Lothar-Günther Buchheim

Das Boot

Roman

Piper
München Zürich

ISBN 3-492-11800-3
Neuausgabe 1993
27. Auflage, 373.–392. Tausend Oktober 1993
(1. Auflage, 1.–20. Tausend dieser Ausgabe)
© R. Piper & Co. Verlag, München 1973
Umschlag: Federico Luci
Foto Umschlagrückseite: Sigrid Neubert
Satz: Ueberreuter, Wien
Druck und Bindung: Clausen & Bosse, Leck
Printed in Germany

Dieses Buch ist ein Roman, aber kein Werk der Fiktion. Der Autor hat die Ereignisse, von denen hier berichtet wird, erlebt; sie sind die Summe der Erfahrungen, die er an Bord von U-Booten machte. Dennoch sind die Schilderungen der handelnden Gestalten keine Portraits einst oder heute noch lebender Personen.

Die Operationen, um die es in diesem Buch geht, fanden überwiegend im Herbst und Winter 1941 statt. Zu dieser Zeit zeichnete sich auf allen Kriegsschauplätzen die Wende ab. Vor Moskau wurden die Truppen der Wehrmacht zum erstenmal in diesem Krieg zum Stehen gebracht. In Nordafrika gingen die britischen Truppen in die Offensive. Die Vereinigten Staaten bereiteten Hilfslieferungen an die Sowjetunion vor und wurden — unmittelbar nach dem japanischen Überfall auf Pearl Harbor — selber kriegführende Macht.

Von den 40 000 deutschen U-Boot-Männern des Zweiten Weltkrieges kehrten 30 000 nicht zurück.

Bar Royal

Von der Offiziersunterkunft im Hotel »Majestic« zur »Bar Royal« führt die Straße dicht am Strand entlang, eine einzige langgestreckte Kurve von fünf Kilometern Länge. Der Mond ist noch nicht heraus. Trotzdem ist die Straße als fahles Band zu erkennen.

Der Kommandant hat das Gaspedal durchgedrückt, als sei er auf einer Nachtrennbahn. Aber plötzlich muß er vom Gas weg auf die Bremse. Die Reifen quietschen. Bremsen, nachlassen, scharf nachbremsen. Der Alte macht es gut und bringt den schweren Wagen, ohne daß er schleudert, vor einem wild fuchtelnden Kerl zum Stehen. Blaue Uniform. Oberfeldwebelmütze. Was für ein Zeichen am Ärmel? – Bootsmann!

Jetzt steht er gestikulierend neben dem Lichtkegel unserer Scheinwerfer. Sein Gesicht ist nicht zu sehen. Der Kommandant will gerade den Wagen langsam wieder anrollen lassen, da drischt der Bootsmann mit den flachen Händen auf unsere Kühlerhaube und brüllt: »Du munteres Rehlein du, ich brech dir das Herz im Nu!«

Pause, dann wieder ein Trommelwirbel auf die Kühlerhaube und noch einmal: »Du munteres Rehlein du, ich brech dir das Herz im Nu!«

Der Kommandant verkneift das Gesicht. Gleich wird er explodieren. Aber nein, er legt den Rückwärtsgang ein. Der Wagen macht einen Satz, daß ich fast gegen die Scheibe knalle.

Dann erster Gang. Slalomkurve. Heulende Reifen. Zweiter Gang.

»Das war unsere Nummer Eins!« gibt mir der Kommandant zu verstehen, »voll bis Oberkante Unterkiefer.«

Der Leitende Ingenieur, der hinter uns sitzt, schimpft Unverständliches.

Kaum hat der Kommandant ordentlich aufgedreht, muß er schon wieder auf die Bremse. Doch diesmal kann er sich etwas Zeit lassen, denn schon von weitem erkennen wir im Scheinwerferlicht eine hin und her schwankende Reihe. Mindestens zehn Mann quer über die Straße. Alles Matrosen im Kulani.

Beim Näherkommen sehe ich, daß allen über die heruntergeklappten Hosenlätze der strahlende Penis hängt.

Der Alte gibt Signal. Die Reihe teilt sich, und wir fahren durch ein pissendes Spalier.

»Sprengwagen nennen die das – alles Leute von unserem Boot.«

Hinten mault der Leitende.

»Die anderen sind im Puff«, sagt der Kommandant. »Da ist heute sicher allerhand Betrieb. Merkel läuft ja morgen auch aus.«

Auf gut tausend Meter ist kein Mensch zu sehen. Dann kommt eine Doppelstreife der Feldgendarmerie in die Scheinwerferbahnen.

»Hoffentlich fehlen uns morgen früh keine Leute«, kommt es von hinten, »wenn die besoffen sind, legen die sich leicht mit den Kettenhunden an.«

»Erkennen den eigenen Kommandanten nicht«, murmelt der Alte vor sich hin, »ganz schön starkes Stück!«

Er fährt jetzt langsamer.

»Der Frischeste bin ich ja nicht mehr«, sagt er halb nach hinten, »bißchen viel Feierlichkeiten für einen Tag. Erst die Beerdigung im Stützpunkt heute früh – der Bootsmann, dens beim Fliegerangriff in Châteauneuf erwischt hat. Und während der Beerdigung wieder ein Fliegerangriff mit allem Brimborium. So was schickt sich doch nicht: während ner Beerdigung! Die Flak hat drei Bomber runtergeholt.«

»Und was gabs noch?« frage ich den Alten.

»Heute nichts mehr. Aber die Erschießung von gestern liegt mir noch im Magen. Fahnenflucht. Klarer Fall. Dieselheizer. Neunzehn Jahre alt. Reden wir nicht darüber. Und dann nachmittags das Schweineschlachten im ›Majestic‹. War wohl als Fest gedacht. Metzelsuppe oder wie das Zeug heißt – geschmeckt hat die keinem.«

Der Alte hält vor dem Etablissement an, an dessen Gartenmauer in ein Meter hohen Buchstaben BAR ROYAL steht: ein Betonbau in der Form eines Schiffes zwischen der Strandstraße und einer im spitzen Winkel aus den Kiefernwäldern kommenden Nebenstraße. Quer über das Ganze ist eine Fensterfront wie ein großer Brückenaufbau gesetzt.

In der »Bar Royal« tritt Monique auf. Eine Elsässerin, die als deutsche Brocken nur Landserkauderwelsch kennt. Schwarzhaarige, schwarzäugige Temperamentsnudel mit Busen.

Außer ihr gibt es als Attraktion drei Bedienerinnen in durchbrochenen Blusen und eine Dreimannkapelle: farblose, verängstigte Gesellen – bis auf den Schlagzeuger, einen Halbneger, dem die Sache Spaß macht.

Die Organisation Todt hatte das Lokal requiriert und ausmalen lassen. Jetzt ist es eine Mischung aus Fin de siècle und Haus der Deutschen Kunst. Das Wandgemälde über dem Orchesterpodium zeigt die fünf Sinne oder die Grazien. Fünf Grazien – drei Grazien? Der Flottillenchef hat das Etablissement der OT wieder abgenommen, mit Begründungen wie: »U-Boot-Soldaten brauchen Entspannung!« – »U-Boot-Offiziere können nicht dauernd im Puff hocken!« – »Wir brauchen gehobenere Atmosphäre für unsere Leute!«

Die gehobenere Atmosphäre besteht aus zerfransten Teppichen, verschlissenen Ledersesseln, weißlackierten Holzstaketen mit künstlichem Weinlaub à la Rüdesheim an den Wänden, roten Schirmen über den Wandleuchtern und verschossenen roten Samtportieren vor den Fenstern.

Der Kommandant grient erst einmal ringsum, bedenkt dann die Tischrunden mit Seelsorgerblick, das Kinn an den Hals gedrückt, die Stirne kraus. Dann schiebt er sich umständlich einen der Sessel zurecht, läßt sich schwer hineinsacken und streckt die Beine von sich. Die Kellnerin Clementine trippelt sofort mit hüpfenden Brüsten heran, und der Alte bestellt Bier für uns alle.

Wir haben das Bier noch nicht, da springt mit einem Knall die Tür auf, und ein Pulk von fünf Männern drängt herein, den Ärmelstreifen nach alles Kapitänleutnants – und hinterher noch drei Oberleutnants und ein Leutnant. Drei von den Kaleuns tragen weiße Mützen: Bootskommandanten.

Im Gegenlicht kann ich Floßmann erkennen. Ein unangenehmer, jähzorniger Bursche, breit gebaut und blondschöpfig, der sich kürzlich damit brüstete, während seiner letzten Reise bei einem Artillerieüberfall auf einen Einzelfahrer zuerst mal die Rettungsboote mit Maschinenwaffen zerschossen zu haben, »um klare Verhältnisse zu schaffen . . .«.

Die zwei anderen sind Kupsch und Stackmann, die Unzertrennlichen, die bei ihrer Fahrt in den Urlaub nicht über Paris hinauskamen und seitdem randvoll von Bordellerlebnissen stecken.

Der Alte mault: »Wenn wir noch ne Stunde warten, ist die gesamte U-Waffe hier. Ich frag mich schon lange, wieso die Tommies den Laden nicht mal mit ner schneidigen Kommandounternehmung hopsnehmen und den BdU in seinem Schlößchen in Kernével dazu. Versteh nicht, daß *der* Laden nicht ausgehoben wird – so nah am Wasser und dichtebei die ganze Wuhling von Port Louis. Uns hier können die, wenn sie wollen, ja auch mit dem Lasso fangen. Heute zum Beispiel wär ne schöne Nacht dazu.«

Der Alte hat weder das schmale, rassige Gesicht des U-Boot-Helden aus dem Bilderbuch noch die drahtige Figur. Er sieht eher biedermännisch aus, wie ein Hapag-Kapitän, und seine Bewegungen sind schwerfällig.

Der Rücken seiner Nase wird in der Mitte schmal, macht einen Knick nach links und verbreitert sich wieder. Seine hellblauen Augen liegen versteckt unter den vom vielen angespannten Sehen zusammengezogenen Brauen. Meist kneift er die Lidspalten so dicht zusammen, daß man im Schatten der Brauen nur noch zwei dünne Striche erkennt. An deren äußeren Enden sammeln sich strahlenförmig eine Menge Falten. Seine Unterlippe ist voll, das Kinn stark ausgeprägt, schon am frühen Nachmittag von rötlichen Stoppeln bedeckt. Die groben, starken Formen geben seinem Gesicht Ernst. Wer sein Alter nicht kennt, hält ihn für einen Vierziger, dabei ist er zehn Jahre jünger. Im Vergleich zum Durchschnittsalter der Kommandanten ist er mit dreißig Jahren freilich schon ein alter Mann.

Der Kommandant ist kein Freund großer Worte. In seinen Kriegstagebüchern nehmen sich seine Unternehmungen wie Kinderspiele aus. Nur mit Mühe ist aus ihm etwas herauszuholen. Gewöhnlich verständigen wir uns mit einem brockenweisen Hin und Her: Tangentialgerede. Nur ja die Dinge nicht beim Namen nennen. Ein leichter Anklang von Ironie, ein leichtes Lippenschürzen genügt, und ich verstehe, was der Alte wirklich meint. Wenn er den BdU lobt und dabei schräg an mir vorbeiguckt, weiß ich, was das heißen soll.

Unsere letzte Nacht an Land. Unter dem Hinundhergerede immer die ziehende Angst: Wirds klargehen – werden wirs schaffen?

Um mich zu beruhigen, rede ich mir vor: Der Alte – ein erstklassiger Mann. Durch nichts zu erschüttern. Kein Schinder. Kein blindwütiger Draufgänger. Verläßlich. Schon auf Segelschiffen gefahren. Fäuste, wie gemacht, um schlagendes Tuch zu bezwingen und mit schwerem Tauwerk zu hantieren. Der hats noch immer geschafft. Zwohunderttausend Tonnen – ein ganzer Hafen voll Schiffe. Immer davongekommen, noch aus der dicksten Malaise . . .

Mein Isländer wird gut zu brauchen sein, wenns nach dem Norden raufgehen sollte. Simone soll nicht mit in den Hafen kommen. Gibt bloß Scherereien. Die Flaschen vom SD, die passen ja auf uns auf wie die Luchse. Neidische Säue. Freikorps Dönitz – da können die nicht ran.

Keine Ahnung, wos wirklich hingeht. Mittelatlantik wahrscheinlich. Wenig Boote draußen. Ganz schlechter Monat. Verstärkte Abwehr. Die Tommies haben ne Menge dazugelernt. Das Blatt hat sich gewendet. Jetzt sind die Geleitzüge bestens gesichert. Prien, Schepke,

Kretschmer – alle an Geleitzügen draufgegangen. Alle abgesoffen außer Kretschmer. Und alle hats fast zur gleichen Zeit erwischt – Februar, März. Schepke besonders böse. Der war eingeklemmt zwischen Sehrohrbock und Schanzkleid, als der Zerstörer seinen gebombten Schlitten rammte. Die Asse! Viele gibts nicht mehr. Endrass ist mit den Nerven fertig. Der Alte aber ist noch intakt: ganz ruhiger Vertreter. Introvertiert. Macht sich nicht durch Sauferei fertig. Wirkt richtig entspannt, wie er so dahockt und sinniert.

Ich muß mal raus. In der Toilette höre ich zwei Wachoffiziere, die neben mir an der gelb verfärbten Kachelwand stehen: ». muß ich noch mal vernaschen.«

»Steckn bloß nicht daneben. Du bist ja blau wie ne Strandhaubitze!«

Als der eine schon halb ın der Tür ist, brüllt der andere noch hinterher: »Steckn schönen Gruß von mir mit rein!«

Leute von Merkels Boot. Besoffen – sonst würden sie nicht *diese* Töne spucken.

Ich komme zurück an den Tisch. Unser Leitender Ingenieur angelt sich mit langgestrecktem Arm sein Glas. Ganz anderer Mann als der Alte. Sieht aus wie ein Spanier mit seinen schwarzen Augen und dem schwarzen Bartschatten – wie aus einem Bild von El Greco. Nervöser Typ. Kennt aber seinen Laden von A bis Z. Siebenundzwanzig Jahre alt. Die rechte Hand des Kommandanten. Immer mit dem Alten gefahren. Die beiden verstehen sich ohne langes Reden.

»Wo steckt denn unser II WO?« will der Alte wissen.

»An Bord. Der hat noch Wache, kommt aber wahrscheinlich noclı!«

»Na ja, irgend jemand muß die Arbeit ja machen«, sagt der Alte »Und der I WO?«

»Im Puff!« quatscht der LI so hin.

»Der und im Puff? Zum Lachen!« sagt der Alte. »Wahrscheinlich schreibt er sein Testament – der hat ja immer alles in Ordnung.«

Nach dem Ingenieurschüler, der mit von der Partie sein wird und den Leitenden nach dieser Unternehmung ablösen soll, fragt der Alte nicht einmal.

Wir werden also zu sechst in der Offiziersmesse sein: viel Leute für die kleine Back.

»Wo bleibt denn Thomsen?« fragt der LI, »der kann uns doch nicht verschaukeln!«

Philipp Thomsen, Kommandant von UF und seit neuestem Ritterkreuzträger, gab am Nachmittag Bericht. Tief in einem Ledersessel sitzend, beide Unterarme aufgestützt, die Hände in Beterhaltung, den Blick über die Hände weg fest auf die gegenüberliegende Wand gerichtet: ». . . wir sind dann etwa dreiviertel Stunden mit Wasserbomben beharkt worden. Sofort nach der Detonation bekamen wir in etwa sechzig Meter Tiefe sechs bis acht Bomben, ziemlich nahe am Boot. Flache Einstellung. Eine lag besonders gut über dem Boot, etwa in der Höhe des Geschützes und siebzig Meter ab seitlich. Genaues ist schwer zu sagen. Die anderen Bomben lagen alle achthundert bis tausend Meter ab. Dann, nach etwa einer Stunde, kam wieder eine Serie. Das war abends, etwa von dreiundzwanzig Uhr dreißig bis ein Uhr. Wir blieben erst mal unten und gingen dann auf Schleichfahrt, immer etwas höher. Dann sind wir aufgetaucht und hinter dem Geleitzug her. Am nächsten Morgen machte ein Zerstörer einen Vorstoß in unsere Richtung. Seegang drei und etwas Wind, Regenböen. Ziemlich bewölkt. Für Überwasserangriffe recht günstig. Wir sind dann unter Wasser gegangen und haben uns zum Angriff hingelegt. Schuß. Daneben geschossen. Dann nochmals. Zerstörer hatte kleine Fahrt. Versuchten mit Heckrohr zu schießen. Und da hats dann geklappt. Und dann sind wir hinter dem Geleitzug hergelaufen, bis wir Befehl bekamen, umzudrehen. – Der zweite Geleitzug war uns von Zetschke gemeldet. Wir haben Fühlung gehalten und laufend Meldung erstattet. Gegen achtzehn Uhr sind wir rangekommen. Gutes Wetter, See zwei bis drei. Ziemlich bewölkt.« Hier machte Thomsen eine Pause. »Sehr komisch: Alle Erfolge haben wir an Tagen erschossen, an denen gerade ein Mann der Besatzung Geburtstag hatte. Wirklich merkwürdig. Beim ersten Mal hatte der Dieselheizer Geburtstag. Beim zweiten ein Funkgast. Der Einzelfahrer fiel auf den Geburtstag des Schmutts und der Zerstörer auf den des Torpedomechmaaten. Das ist doch verrückt!«

Thomsens Boot hatte vier Wimpel am halb ausgefahrenen Sehrohr, als es reinkam heute früh mit der Flut. Drei weiße für versenkte Handelsschiffe und einen roten für einen Zerstörer.

Thomsens rauhe Stimme klang wie Hundebellen über das ölbedeckte Brackwasser: »Beide Maschinen zwomal stop!«

Das Boot hatte noch genug Bewegung in sich, um lautlos an die Pier heranzugleiten. Dabei zeigte es sich spitz: Aus der zähen Ölsoße des stinkenden Hafenbrackwassers ragte es wie eine Vase hoch, mit einem allzu dicht gestopften Strauß darin. Wenig Farben – Immortellenstrauß. Die Blumenköpfe als fahle Flecken zwischen dunklem Bartmoos. Die Flecken wurden im Näherkommen zu bleichen, ausgemergelten Gesichtern. Tief umschattete, in die Höhlen zurückgewichene Augen. Kreidehaut. Einige Augenpaare glänzten wie im Fieber. Schmutziggraues, salzverkrustetes Lederzeug. Haarwülste, auf denen die Kappen kaum noch hielten. Thomsen sah richtig krank aus: zur Bohnenstange abgemagert, das Backenfleisch eingefallen. Sein Grinsen – sicher freundlich gemeint – war wie eingefroren.

»Melde gehorsamst UF von Feindfahrt zurück!« Und wir darauf: »Heil UF!« aus vollen Lungen.

Vom Lagerschuppen I kam ein krähendes Echo zurück, und dann kam noch eins, schwächer, von der Penhoët-Werft.

Der Alte trägt sein ältestes Jackett und demonstriert damit Verachtung für die Geschniegelten und Gebügelten. Die Vorderfront seiner Gammeljacke ist längst nicht mehr blau, sondern ins Graue verschossen, gebleicht von lauter Staub und Flecken. Die ehedem goldenen Knöpfe grünspanoxydiert. Auch das Oberhemd ist von undefinierbarer Farbe – ein ins Lila strebendes Blaugrau. Das schwarzweißrote Band, an dem sein Ritterkreuz baumelt, ist nur eine verdrallte Strippe.

»Das ist nicht mehr die alte Gang!« klagt der Alte und läßt seinen musternden Blick über eine Tischrunde junger Wachoffiziere in der Mitte des Lokals wandern. »Jetzt kommen die Quexe – die naßforschen Typen – die Maulhelden.«

Seit kurzem unterscheiden sich zwei Gruppen im Lokal: die »alten Säcke«, wie die Crewkameraden des Alten sich selber nennen, und die »jungen Marschierer«, die weltanschaulich Durchgeformten, die mit dem Glauben an den Führer im Blick, die Kinnmuskelspanner, wie sie der Alte nennt, die vor dem Spiegel den dräuenden Bella-Donna-Blick üben und den Hintern ohne Not verkneifen, nur weil es Mode ist, mit zusammengepreßten Gesäßbacken federnd auf den Ballen zu wippen, das Körpergewicht leicht nach vorn verlagert.

Ich starre diese Versammlung junger Helden an, als sehe ich sie zum erstenmal. Strichmünder mit scharfen Kerben zu beiden Seiten. Schnarrstimmen. Geschwellt von Elitebewußtsein und ordenssüchtig bis dorthinaus. Nichts anderes im Kopf als: Der Führer schaut auf dich – Unsere Fahne ist mehr als der Tod.

Vor vierzehn Tagen erschoß sich einer im »Majestic«, weil er sich die Syphilis geholt hatte. »Gefallen für Volk und Vaterland«, wurde der Braut mitgeteilt.

Außer der Crew der alten Recken und der Nachwuchsgang gibt es noch den Außenseiter Kügler, der dicht an der Tür zum Klo mit seinem I WO allein an einem Tischchen sitzt. Kügler mit dem Eichenlaub, der nach allen Seiten Abstand wahrt. Kügler, ein edler Ritter der Tiefe, ein Parsival und Fackelträger, ein unerschütter-

13

licher Endsiegglläubiger. Blauer Stahlblick, stolze Haltung. Kein Gramm Fett zuviel – ganz und gar makellose Herrenrasse. Mit gespitzten Zeigefingern hält sich Kügler die Ohren zu, wenn er die Sauigeleien oder das Gestichel der zweifelnden Zyniker nicht hören will. Der Flottillenarzt residiert am Tisch nebenan. Auch er nimmt eine Sonderstellung ein. Sein Hirn hat eine Sammlung der verwegensten Zoten gespeichert. Deshalb wird er kurz und bündig »die alte Sau« genannt. Neunhundertfünfundneunzig Jahre des Tausendjährigen Reiches hält der Flottillenarzt schon für verstrichen und verkündet das vernehmlich, wenn er es für angebracht hält oder besoffen ist.

Mit seinen dreißig Jahren erfreut sich der Stabsarzt allgemeiner Achtung: Bei seiner dritten Feindfahrt hatte er das Kommando übernommen und das Boot in den Stützpunkt zurückgebracht, nachdem im konzentrischen Angriff von zwei Flugzeugen der Kommandant gefallen war und beide Wachoffiziere mit schweren Verwundungen auf den Kojen lagen.

»Hier gabs wohl nen Exitus? Is das hier ne Leichenfeier?« brüllt er jetzt. »Wo sind wir denn eigentlich?«

»Is doch Krawall genug!« mault der Alte und nimmt einen vorsichtigen Schluck.

Monique muß den Flottillenarzt verstanden haben. Sie nimmt das Mikrofon so dicht vor den grellrot geschminkten Mund, als wolle sie es ablutschen, schwenkt mit der linken Hand ein Büschel violetter Straußenfedern und plärrt mit rauchiger Stimme los:

»J'attendrai – le jour et la nuit!«

Der Schlagzeuger rührt auf silbern armierter Trommel mit einem Schlagbesen Teig dazu.

Gekreisch, Geschluchze, Gestöhn: Monique dramatisiert den Song mit Körperkrümmen, Dehnen und Recken ihres opulenten, bläulichweiß schimmernden Busens, wackerer Hinternarbeit und einer Menge Firlefanz mit dem Federbüschel. Sie hält es sich wie einen Indianerkopfputz an den Hinterkopf und führt mit der flachen Hand ein paar schnelle Schläge gegen ihren gespitzten Mund. Dann zieht sie den Federbusch von unten her zwischen den Beinen hoch – ». . . le jour et la nuit« – und verdreht die Augen nach oben. Zärtliches Gestreichel über den Federbusch, Beckenzucken dem Federbusch entgegen – wieder von unten hochsteigen lassen – Hüften wiegen – aus vorgestülpten Lippen haucht sie dem gefiederten Ding entgegen . . .

Plötzlich zwinkert sie über die Tischrunden mit einem Auge zur Tür hin. Aha, der Herr Flottillenchef mit seinem Adjutanten! Mehr als ein flinkes Augenzwinkern dürfte sich auch kaum lohnen für dieses lange Gestell mit dem viel zu kleinen Gymnasiastengesicht obendrauf. Der

14

Flottillenchef leistet sich nicht mal ein Verstanden-Grinsen, dafür aber einen vergrellten Rundumblick, als suche er schon jetzt einen zweiten Ausgang, um unbemerkt wieder davonzukommen.

»Oho, welch hoher Besuch mischt sich da unters niedere Volk!« dröhnt Trumann, ein besonders widerborstiger Typ der alten Garde, in Moniques Geschluchze – »... car l'oiseau qui s'enfuit ...« – hinein. Jetzt wankt er gar auf den Sessel des Flottillenchefs zu: »Na, oller Azteke. Maln Vorstoß zur Front unternehmen, was? Komm, hier is ein feines Plätzchen ... Orchestersitz ... die ganze Landschaft von unten ... Was, willste nich? – Auch gut! ... Jeder nach seinem Flakong – un ganz wie er kann!«

Trumann ist wie immer stockbetrunken. Sein igelborstiges schwarzes Haar ist mit Zigarettenasche beschneit. Drei, vier Zigarettenstummel haben sich im Haarpelz verfangen. Einer qualmt noch. Trumann kann jeden Augenblick in Flammen aufgehen. Das Ritterkreuz trägt er achtern: »Kieler Kragen – eiserner Kieler Kragen« nennt er diesen Aufputz.

Trumanns Boot ist als »das Trommelfeuerboot« bekannt. Seit seiner fünften Reise blieb er von legendärem Pech verfolgt: Länger als eine Woche war er kaum mehr in See. »Auf Kniescheiben und Brustwarzen zurückkriechen«, wie er es nennt, ist für ihn schon zur Routine geworden. Immer wurde er schon auf dem Anmarsch ins Operationsgebiet erwischt: von Fliegern gebombt, mit Wasserbomben beharkt. Es gab stets Ausfälle noch und noch, gebrochene Abgasleitungen, abgerissene Verdichter – aber keine Erfolgschance mehr für Trumann und seine Besatzung. Jeder in der Flottille wundert sich im stillen, wie er und seine Leute die dauernden Nackenschläge bei absoluter Erfolgslosigkeit überhaupt noch aushalten.

Der Ziehharmonikaspieler starrt über den aufgefalteten Balg hinweg, als hätte er eine Erscheinung. Der Halbneger ragt nur bis zum dritten Hemdknopf hinter dem Mond seiner großen Trommel hervor: muß ein Zwerg sein, oder sein Hocker ist zu niedrig. Monique macht ihre rundeste Karpfenschnauze und stöhnt ins Mikrofon: »In my solitude ...« Dabei beugt sie sich Trumann so weit entgegen, bis der plötzlich: »Hilfe – Gift!« schreit und sich hintenübersinken läßt. Monique stockt. Trumann rudert mit den Armen, dann stemmt er sich wieder halb hoch und brüllt: »Der reinste Flammenwerfer – die muß nen ganzen Strang Knoblauch gefressen haben – Gottogottogott!«

Trumanns Leitender erscheint: August Mayerhofer Seit er das Deutsche Kreuz am Jackett trägt, wird er »August mit dem Spiegelei« genannt.

»Na, wie wars im Puff?« brüllt Trumann ihm entgegen. »Haste dich richtig ausgevögelt? Is immer gut fürn Teint. Dein alter Papa Trumann muß es schließlich wissen.«

Am Nebentisch grölen sie gemeinsam: »O du schöner We-e-esterwald . . .« Der Flottillenarzt dirigiert den schleppenden Chor mit einer Weinflasche. Um den großen runden Tisch dicht am Podium, der nach stillem Übereinkommen für die alte Garde reserviert ist, sitzen oder hängen mehr oder weniger betrunken in den Ledersesseln lauter Crewkameraden des Alten: Kupsch und Stackmann, die »siamesischen Zwillinge«, Merkel, Keller, genannt »der Steinalte«, Kortmann, genannt »Indianer«. Allesamt sind sie zu früh ergraute Männer, von der Schippe gesprungene Seegladiatoren, die kaltschnäuzig tun, obwohl sie bestens im Bilde sind, wie ihre Chancen stehen. Sie können stundenlang mit ausdruckslosem Blick im Sessel hocken – fast reglos. Dafür sind sie unfähig, ihr Glas ohne Zittern zu halten.

Alle haben schon mehr als ein halbes Dutzend schwerer Reisen hinter sich, mit Nervenproben der schlimmsten Sorte, Torturen der höheren Grade, ausweglosen Situationen, die sich nur durch schiere Wunder zu ihren Gunsten wandten. Keiner, der nicht schon mit demoliertem Boot zurückgekommen wäre, wider Erwarten sozusagen – mit von Fliegerbomben verwüstetem Oberdeck, vom Rammstoß eingedrücktem Turm, eingeschlagener Bugschnauze, angeknacktem Druckkörper. Aber jedesmal haben sie bolzengerade in der Brücke gestanden und sich gebärdet, als wäre die ganze Unternehmung nichts Besonderes gewesen.

So zu tun, als wäre das alles nichts Besonderes, gebietet der Komment. Heulen und Zähneklappern ist nicht erlaubt. Der BdU hält dieses Spiel in Schwung. Für den BdU ist in Ordnung, wer am Rumpf noch Hals und Kopf und die vier Extremitäten hat. Für den BdU ist erst verrückt, wer tobt. Anstelle der alten Kommandanten hätte er längst unverbrauchte, unbelastete Leute auf die Frontboote schicken müssen. Aber leider sind die unbelasteten Novizen mit ihren intakten Nerven eben bei weitem nicht so fähig wie die alten Kommandanten. Und die wenden jeden nur erdenklichen Trick an, um sich nicht von einem guten, erfahrenen Wachoffizier, der Kommandant werden soll, trennen zu müssen.

Endrass hätte nicht mehr auslaufen dürfen – nicht in diesem Zustand. Der war ja völlig durchgedreht. Aber so ist es nun mal: Der BdU ist mit Blindheit geschlagen. *Der* sieht nicht, ob einer fertig ist. Oder wills nicht sehen. Die alten Asse sind es ja, die ihm die Erfolge holen – die Füllungen fürs Sondermeldungskörbchen.

Die Kapelle macht Pause. Ich kann wieder Bruchstücke der Unterhaltung vernehmen.

»Wo ist denn eigentlich Kallmann?«

»Der kommt sicher nicht!«

»Na ja, kann man ja verstehen!«

Kallmann kam vorgestern herein – mit drei Siegeswimpeln am halb ausgefahrenen Sehrohr: drei Dampfer. Den letzten hatte er im flachen Küstengewässer mit der Kanone versenkt: »Über hundert Schuß hat der geschluckt! Hatten schwere See. Mußten mit beigedrehtem Boot bei fünfundvierzig Grad zur See schießen. – Bei dem vorher kamen wir gegen neunzehn Uhr in der Dämmerung zum Unterwasserschuß. Zwei Treffer auf zwölftausend BRT – ein Fehlschuß. Dann hatten sie uns. Acht Stunden lang Wabos. Wahrscheinlich waren keine mehr an Bord, als sie aufhörten.«

Kallmann sah aus wie Jesus am Kreuz mit seinen hohlen Wangen und dem blonden, strähnigen Bart. Er schraubte die Hände, als brauche er das, um seine Worte hervorpressen zu können.

Wir hörten gespannt zu, wappneten unsere Unsicherheit mit betont zur Schau getragenem Interesse: Wann würde er endlich die Frage stellen, die wir fürchteten?

Als er seinen Bericht beendet hatte, schraubte er auch die Hände nicht mehr. Er blieb reglos sitzen, die Ellbogen hielt er aufgestützt und die Handflächen ineinandergelegt. Und jetzt fragte er, über seine Fingerkuppen den Blick über uns hinweggerichtet, mit forciertem Gleichmut in der Stimme: »Was ist mit Bartel?«

Keiner antwortete. Der Flottillenchef ließ den Kopf um eine Winzigkeit nach vorn nicken.

»So – na, ich habs geahnt, als kein Funkspruch mehr von ihm kam.« Eine Minute Schweigen, dann fragte er drängend: »Weiß man denn gar nichts?«

»Nein!«

»Gibt es noch eine Möglichkeit?«

»Nein!«

Der Zigarettenqualm hing unbewegt vor den Mündern.

»Wir waren noch die ganze Werftliegezeit zusammen. Ich hab ihn noch mit rausgebracht«, sagte Kallmann endlich. Hilflos, verlegen. Es war zum Kotzen. Wir wußten alle, wie sehr Kallmann und Bartel befreundet waren. Sie schafften es immer wieder, daß sie gemeinsam ausliefen. Sie griffen die gleichen Geleitzüge an. Kallmann hatte mal gesagt: »Das steift einem den Rücken, wenn man weiß, daß man nicht allein ist.«

Durch die Schwingtür kommt Bechtel. Er sieht mit seinen weißblonden Haaren, Wimpern, Brauen leicht überbrüht aus. Wenn er so bleich ist, wie jetzt, kommen seine Sommersprossen besonders gut zur Geltung.

Großes Hallo. Bechtel wird von einer Gruppe der Jüngeren umringt. Er soll eine Runde für seine Wiedergeburt ausgeben.

Bechtel hat ein Erlebnis hinter sich, das der Alte als »recht apart« bezeichnete: Bechtel war nach einer heftigen Wasserbombenverfolgung mit allerlei Schäden im Halbdunkel der Morgendämmerung aufgetaucht und hatte eine zischende Wasserbombe vor der Kanone an Oberdeck liegen. Die Korvette noch in der Nähe und die scharfe Bombe vor dem Turm. Sie war auf größere Tiefe eingestellt und ging deshalb nicht los, als sie bei sechzig Meter Bechtel aufs Oberdeck fiel.

Bechtel ließ sofort beide Diesel auf große Fahrt gehen, und der Bootsmann mußte die Wasserbombe wie ein Teerfaß über Bord rollen. »Die rumste schon nach fünfundzwanzig Sekunden. War also auf hundert Meter Tiefe eingestellt.« Und dann mußte Bechtel wieder auf Tiefe gehen und bekam noch mal zwanzig Bomben.

»Ich hätte den Knallbonbon ja mitgebracht«, brüllt Merkel.

»Hätten wir auch ganz gerne. Bloß das lästige Gezische ließ sich nicht abstellen. Wir fanden den Knopf einfach nicht. War lustig!«

Die Bude wird immer voller. Aber Thomsen fehlt noch immer

»Wo bleibt der denn bloß?«

»Vielleicht steckt er schnell noch mal einen weg?«

»Na, ich weiß nicht – in *dem* Zustand?«

»Mitm Ritterkreuz am Hals – mußn ganz neues Lustgefühl sein!«

Bei der Ritterkreuzverleihung durch den Flottillenchef heute nachmittag stand Thomsen noch eisern wie ein Standbild. Er nahm sich derart zusammen, daß er kaum noch Farbe im Gesicht hatte. In seiner Verfassung konnte er von der markigen Rede des FdU kaum ein Wort gehört haben.

»Der soll bloß aufpassen, daß ich seinen Scheißköter nicht fresse«, hatte Trumann gemurmelt. »Jedesmal bei der Berichterstattung die Töle. Das ist hier doch keine Menagerie. Soll er sich doch gleich nen Berberlöwen halten.«

»Son Lackaffe!« schimpfte er dann dem FdU nach, der sich mit mannhaftem Händedruck und Augenblitzen verzog. Und dann zynisch in die Runde: »Feines Tapetenmuster«, wobei er mit spitz gerecktem Zeigefinger auf die Fotos der Gefallenen an den drei Wänden wies: Bildchen neben Bildchen in schwarzen Rahmen. »Neben die Türe gehen auch noch welche hin!«

Da sah ich auch schon das Foto, das wohl als nächstes im schwarzen Rähmchen an die Wand kommen würde: Beckmann.

Beckmann müßte längst zurück sein. Die Dreisternemeldung wird nicht mehr lange auf sich warten lassen. Stinkbesoffen haben sie ihn aus dem Zug von Paris geholt. Vier Leute waren nötig, um ihn rauszuwuchten. Der D-Zug mußte so lange halten. Über eine Leine hätte man ihn hängen können. Völlig ausgevögelt. Albinoaugen. Und das vierundzwanzig Stunden vor dem Auslaufen. Wie den wohl der Flottillenarzt wieder auf die Beine gestellt hat? – Wahrscheinlich hat ihn ein Flugzeug erwischt. Beckmann hat sich ja schon kurz nach dem Auslaufen nicht mehr gemeldet. Kaum zu glauben: Die Tommies wagen sich jetzt schon bis an die Ansteuerungsboje Nanni 1 heran.

Ich muß an den Admiralstabsoffizier Bode in Kernével denken, einen alten einsamen Mann, der sich spät abends allein in der Messe zu betrinken pflegte. Dreißig Boote waren in einem einzigen Monat verlorengegangen. »Man wird – man wird zum Säufer, wenn man jedesmal einen hebt.«

Flechsig, ein schwerer grobschlächtiger Mann aus der Crew der Alten, wirft sich in den letzten freien Sessel an unserem Tisch. Flechsig kam vor einer Woche aus Berlin zurück. Seitdem hat er fast keinen Ton gesagt. Aber jetzt legt er los:

»Sagt doch dieser blöde Affe, so ein richtiger geschniegelter Stabsheini, zu mir: ›Daß Kommandanten weiße Mützen tragen sollen, ist in keiner Bekleidungsvorschrift enthalten!‹ – ›Möchte gehorsamst empfehlen, Versäumnis nachzuholen!‹ hab ich da gesagt.«

Flechsig nimmt ein paar kräftige Schlucke Martell aus einem Wasserglas und wischt sich ausführlich mit dem Handrücken das Feuchte vom Mund.

»So hab ichs gerne: Theater wegen ner Kommandantenmütze! Und hier müssen wir uns nen Rennfahrer anhören. Was denken die sich denn eigentlich? Uns nen Rennfahrerheini herzuschicken. Herrn Stuck! Fotos mit Unterschrift! Zum Kichern! Und dann dieser Goldfasan! Das ham wir wohl nötig, uns von so nem Schwadronierer moralisch aufpäppeln zu lassen!«

Erler, ein junger Oberleutnant, der seine erste Reise als Kommandant hinter sich hat, läßt mit einem Fußtritt die Schwingtür bis zum Anschlag aufknallen. Aus der Brusttasche hängt ihm ein Ende eines rosa Schlüpfers. Erst heute früh aus dem Urlaub zurückgekommen, hat er schon am Nachmittag im »Majestic« mit seinen Erlebnissen gewaltig aufgetrumpft. Wie er erzählte, wurde ihm in seinem Kaff ein Fackelzug gebracht. Vom Bürgermeister bekam er ein halbes

Schwein. Er konnte alles mit Zeitungsausschnitten belegen: Da stand er auf dem Rathausbalkon, die Rechte zum deutschen Gruß erhoben, ein von der Heimat gefeierter deutscher Seeheld.

»Na, der wird auch noch stiller«, murmelt der Alte.

In Erlers Gefolge kommt der Rundfunksprecher Kreß, ein öliger, mit großer Schuhnummer lebender Anschmeißer, und der ehemalige Gauredner Marks, der jetzt phrasenstrotzende Aushalteartikel schreibt. Die beiden sehen aus wie Pat und Patachon in Marineuniformen: der Rundfunkmensch lang und schlaksig, der Aushalte-Marks feist und knubblig.

Bei ihrem Anblick zieht der Alte geräuschvoll das Feuchte in seiner Nase hoch.

Die Lieblingsvokabel des Rundfunkmenschen ist »kontinuierlich«. »Der kontinuierlich gesteigerte Einsatz« – Rüstung, Erfolgsziffer, Angriffswille – alles muß kon-ti-nu-ier-lich vorangetrieben werden.

Erler pflanzt sich vor dem Alten auf und lädt ihn zackig zum Umtrunk ein. Der Alte reagiert eine ganze Weile gar nicht, aber dann gibt er mit schief gelegtem Kopf aus seinem Rasiersitz heraus zum besten: »Für eine alte Flasche haben wir immer Zeit!«

Ich weiß schon, was nun kommt: Erler führt mitten in der Bude seine Methode vor, Sektflaschen mit einem einzigen kurzen, mit dem Messerrücken von unten gegen den Wulstring am Flaschenhals geführten Schlag zu öffnen. Darin ist er groß. Der Korken fliegt mit dem gläsernen Wulstring davon, ohne daß es Splitter gibt, und der Sekt schießt wie aus einem Schaumlöscher hoch. Gleich muß ich an eine Übung der Dresdner Feuerwehr denken: Vor der Oper hatten die Feuerwehrleute zum Reichsfeuerwehrtag einen Stahlmast mit einem Hakenkreuz aus Rohren oben dran errichtet. Um den Mast herum war eine Herde roter Feuerwehrwagen aufgefahren. Der ganze riesige Platz vollgestopft mit einer erwartungsvollen Menge. Da dröhnte aus den Lautsprechern das Kommando: »Schaum marsch!«, und aus den vier Enden des Hakenkreuzes schoß Schaum, das Hakenkreuz begann sich zu drehen, schneller und schneller – es wurde zu einem schaumsprühenden Windrad. Die Menge machte: »Aaah!« Und da begann der Schaum sich allmählich rosa zu verfärben, dann rot, dann violett, dann blau, dann grün, dann gelb. Die Leute klatschten, während sich vor der Oper ein knöcheltiefes Anilingeschliere ausbreitete.

Wieder der Türknall. Da ist er endlich – Thomsen. Von seinen Offizieren halb gestützt, halb geschoben, schwankt er mit verglastem Blick herein. Ich bugsiere schnell Sessel herbei, damit wir Thomsen in unsere Runde aufnehmen können.

Monique singt französisch eingefärbt: »Perhaps I am Napoleon – perhaps I am the king . . .«

Ich sammle die vergammelten Blumen von den Tischen und streue sie Thomsen auf den Kopf. Thomsen läßt sich grinsend schmücken.

»Wo steckt denn der Flottillenchef?« fragt der Alte.

Erst jetzt werden wir gewahr, daß der Flottillenchef schon wieder verschwunden ist. Noch vor der eigentlichen Feier also. Kügler ist auch nicht mehr da.

»Feige Säcke!« schimpft Trumann, erhebt sich mühevoll und wankt zwischen den Tischen davon. Mit einer Klosettbürste in der Hand kommt er zurück.

»Pfui Deibel!« stößt der Alte hervor.

Aber Trumann wankt nur näher. Er stellt sich, mit der Linken auf unseren Tisch gestützt, vor Thomsen hin, holt ein paarmal Luft und brüllt mit aller Kraft: »Ruhe im Puff!«

Sofort setzt die Musik aus, Trumann führt die tropfende Klosettbürste dicht vor Thomsens Gesicht auf und ab und salbadert mit weinerlich gefärbter Stimme los:

»Unser herrlicher, wertgeschätzter, abstinenter und unbeweibter Führer, der in glorreicher Karriere vom Malerlehrling zum größten Schlachtenlenker aller Zeiten . . . stimmts etwa nicht?«

Trumann weidet sich in seinem Suff ein paar Sekunden lang an der eigenen Ergriffenheit, ehe er weiterdeklamiert:

»Also, der große Flottensachverständige, der unübertroffene Seestratege, dem es gefallen hat, in seinem unermeßlichen Ratschluß . . . wie gehtsn weiter?«

Trumann richtet einen fragenden Blick in die Runde, rülpst von tief unten hoch, und legt wieder los: »Der große Flottenführer, der diesem englischen Bettnässer, diesem zigarrequalmenden Syphilitiker . . . hihihi, was hat er noch gedichtet? –, also dem Arschloch von Churchill mal gezeigt hat, wo Dingsbums den Most holt!«

Trumann läßt sich erschöpft in den Sessel fallen und bläst mir seinen Cognacatem mitten ins Gesicht. In der miesen Beleuchtung sieht er grün aus. ». . . Ritter weihen – den neuen Ritter weihen!« stottert er heraus. »Der Scheißgröfaz und der Scheißchurchill!«

Pat und Patachon drängeln mit ihren Stühlen in unsere Runde. Sie biedern sich bei Thomsen an, um seine Besoffenheit auszunützen und etwas über seine letzte Reise zu erfahren. Kein Mensch weiß, wozu sie für ihre Klischeeartikel sich immer wieder um Interviews bemühen. Doch Thomsen ist längst nicht mehr berichtfähig. Er guckt die beiden halb verblödet an und gibt, wenn sie ihm fleißig vorgeredet haben, nur hin und wieder zum besten: »Ja, genau richtig – ging prompt hoch – wie erwartet! – Treffer genau hinter der Brücke – Blue-Funnel-Dampfer. Verstehen Sie nicht? Nein, nicht funny – funnel!«

Kreß fühlt sich von Thomsen auf die Schippe genommen, er schluckt trocken. Sieht komisch aus, wie sein Adamsapfel auf und ab steigt.

Der Alte genießt das mühselige Geacker. Er denkt nicht daran, zu helfen.

Thomsen begreift schließlich gar nichts mehr.

»Alles Scheiße! Diese Scheißaale!« brüllt er heraus.

Ich weiß, was er meint: In den letzten Wochen gab es einen Torpedoversager nach dem anderen. So viele Ausfälle können kein Zufall sein. Es wird von Sabotage gemunkelt.

Plötzlich springt Thomsen hoch, Entsetzen im Blick. Unsere Gläser gehen zu Bruch. Das Telefon hat geklingelt. Thomsen muß das Telefonklingeln für die Alarmglocke gehalten haben.

»Eine Dose Rollmöpse!« verlangt er jetzt unter heftigem Hinundherschwanken. Er tut so, als wäre er nur hochgekommen, um diesen Wunsch besser quer durchs Lokal brüllen zu können: »Rollmöpse für die ganze Bande!«

Mit halbem Ohr höre ich Bruchstücke eines Berichts, den aus dem Sessel hinter mir Merkel seiner Runde gibt:

»Der Zentralemaat war gut. Erstklassiger Mann. Den Dieselmaschinisten muß ich loswerden, der taugt nichts . . . Die Korvette hatte Lage Null. Der Leitende brachte das Boot nicht schnell genug runter . . . Da schwamm einer im Bach. Sah aus wien Seehund. Wir sind rangefahren, weil wir den Namen wissen wollten. Der Kerl war ganz schwarz von Öl. Hing in ner Boje.«

Erler hat entdeckt, daß es einen mörderischen Lärm gibt, wenn man mit einer leeren Weinflasche über die Heizungsrippen fährt. Zwei, drei Flaschen zerspringen, aber Erler läßt nicht locker. Zertretenes Glas knirscht. Monique wirft wütende Blicke, weil sie kaum noch gegen den Krawall anstöhnen kann.

Merkel erhebt sich umständlich und kratzt sich durch die Hosentasche ausführlich zwischen den Beinen. Jetzt erscheint auch sein Leitender Ingenieur. Wegen seiner Fähigkeit, auf zwei Fingern zu pfeifen, wird er allgemein beneidet. Er kann alles: schrille Ganovenpfiffe, Überfallkommandosignale, tolle Tonkapriolen, tremolierende Phantasien.

Er ist gut aufgelegt und macht sich gleich erbötig, mir das Fingerpfeifen beizubringen. Zuerst müsse er aber mal aufs Klo. Als er zurückkommt, fordert er mich auf: »Los, die Pfoten waschen!«

»Wieso das?«

»Wenns Umstände machen sollte – also von mir aus – eine genügt.«

Nach der Waschung betrachtet Merkels LI eingehend meine rechte Hand. Dann steckt er sich kurz entschlossen meinen Zeigefinger und meinen Mittelfinger in den Mund und beginnt, darauf ein paar probierende Töne zu pfeifen – und schon wird daraus eine ganze Melodie, immer schriller und gepfefferter.

Merkels Leitender verdreht die Augen dabei nach oben. Ich bin einfach überwältigt. Noch ein paar hüpfende Kapriolen und Schluß. Mit Achtung betrachte ich meine feuchten Finger. Die Fingerstellung solle ich mir merken, sagt Merkels Leitender.

»Schön!« Nun versuche ich auf den eigenen Fingern loszupfeifen, aber ich entlocke ihnen nur ein paar quengelige Töne und das Fauchen eines undichten Preßluftschlauches.

Merkels Leitender quittiert den Versuch mit einem verzweifelten Blick. Mit gespielter Unschuld nimmt er meine Finger wieder in den Mund und pfeift auf ihnen Fagott.

Wir einigen uns, daß es an der Zunge liegen müsse.

»Die könnt ihr ja nun leider nicht austauschen!« sagt der Alte.

»Ne freudlose Jugend!« brüllt Kortmann unvermittelt in eine Lärmpause. Kortmann mit dem Adlergesicht, Indianer genannt. In Kernével beim BdU ist Kortmann unten durch seit seiner Geschichte mit dem »Bismarck«-Tanker. Befehlsverweigerer Kortmann. Deutsche Seeleute retten! Die Kampfkraft seines Bootes außer Betrieb setzen! Strategische Aufgaben nicht erfüllen bloß wegen Gefühlsduselei! Das konnte auch nur Kortmann passieren, einem von den Alten mit der antiquierten Brandmalerei im Hirn: »Die Sorge um das Los der Schiffbrüchigen ist jedem Seemann erstes Gebot!«

Jetzt kann er gut brüllen, der altmodische Herr Kortmann, der für den BdU ein bißchen zu langsam begreift und noch nicht gemerkt hat, daß die Bräuche strenger geworden sind.

Pech war natürlich auch im Spiel: Mußte der englische Zerstörer auch gerade aufkreuzen, als Kortmann Schlauchverbindung mit dem Tanker hatte? Der Tanker war eigentlich für die »Bismarck« bestimmt. Aber die »Bismarck« brauchte keine Treibölversorgung mehr. Die »Bismarck« war schon abgetakelt worden – mit 2500 Mann. Und der Tanker schwabbelte bis oben voll ohne Abnehmer durch die Gegend. Da entschied die Führung, daß ihn U-Boote leersuckeln sollten. Und gerade als Kortmann dabei war, passierte es: Die Engländer schossen ihm den Tanker vor der Nase weg, und die 50 Mann Tankerbesatzung schwammen im Bach – und der warmherzige Kortmann brachte es nicht über sich, sie schwimmen zu lassen.

Kortmann war auch noch stolz auf den Fischzug: 50 Seeleute mit einem VII C-Boot, auf dem kaum Platz für die eigene Besatzung ist. Wo er sie untergebracht hat, bleibt sein Geheimnis, wahrscheinlich mit der Ölsardinenmethode: einer Kopf rechts, der andere Kopf links – und alle in ausgeatmetem Zustand. Der gute Kortmann dachte sicher, wunder was er geleistet hatte.

Die Betrunkenheit beginnt die Grenzen zwischen dem Lager der alten Recken und den jungen Marschierern zu verwischen. Alle wollen jetzt zugleich reden. Ich höre Böhler räsonieren: »Da gibts doch Richtlinien – klare Richtlinien, meine Herren! Befehle! Ganz klare Befehle!«

»Richtlinien, meine Herren, klare Befehle«, äfft Thomsen nach »Daß ich nicht lache. Unklarer gehts wohl kaum noch!«

Thomsen fixiert Böhler schräg von unten. Er hat auf einmal ein tückisches Funkeln im Auge und ist ganz bei der Sache: »Da ist doch System dabei, daß man uns im unklaren läßt.«

Saemisch steckt seinen Karottenkopf in die Runde. Er hat schon gut geladen. In der schummrigen Beleuchtung sieht seine Gesichtshaut aus wie die eines gerupften und abgebrühten Huhns.

»Was denkense denn so viel«, lallt er, »ich sach immer: Pferde ham große Köpfe. Also lassense doch die Pferde denken.«

Jetzt redet Böhler auf den Karottenkopf Saemisch ein: »Die Sache ıst doch so: Im totalen Krieg kann sich die Wirkung unserer Waffen . . .«

»Leitartikel-PK-Gequatsche!« höhnt Thomsen.

»Lassen Sie mich doch mal ausreden! – Nehmen Sie mal das Beispiel: Da ist doch von einem Hilfskreuzer ein Tommy aufgefischt worden, der war schon dreimal im Bach. – Was solln das? Führen wir nun Krieg oder machen wir bloß Demontage? – Was nützt es denn, wenn wir Dampfer versenken, und die fischen dann ihre Schiffbrüchigen auf, und die Leute steigen auf dem nächsten Dampfer wieder ein . . . Die kriegen ja ne Menge Pinke dafür!«

Jetzt läufts richtig, jetzt hat Böhler das Stichwort gegeben für das brennende, aber tabuisierte Thema: den Feind vernichten oder nur seine Schiffe? Auch die Seeleute killen oder nur die Dampfer versenken?

»Das ist hüben wie drüben«, beharrt Saemisch Aber da mischt sich Trumann ein. Der Agitator Trumann fühlt sich jetzt angesprochen. Ein heißes Thema, um das sich alle herumdrücken – nur der alte Trumann nicht. Jetzt wirds spannend. Gleich wird Klartext geredet werden.

»Mal bissel systematisch«, kommandiert er »Der BdU hat befohlen: den Gegner vernichten – in ungebrochenem Kampfgeist, mit entschlossener Härte, unerbittlichem Einsatz und so weiter – der ganze Quatsch. Der BdU hat aber keinen Ton davon gesagt, daß Leute, die im Wasser treiben, angegriffen werden sollen – oder?«

So wach ist er also noch, das Ledergesicht Trumann, um erst mal den Provokateur zu spielen. Thomsen steigt auch sofort ein: »Nee, hat er natürlich nicht. Er hat bloß un-miß-ver-ständ-lich deutlich gemacht, daß gerade Verluste von Besatzungen den Gegner besonders schwer treffen würden.«

Trumann macht eine pfiffige Miene und stochert noch ein bißchen im aufglühenden Feuer: »Na und?«

Thomsen legt auch prompt mit vom Cognac angeheizter Proteststimme wieder los: »Da kann sich nun jeder seinen eigenen Vers drauf machen . . . Schlau gedacht!«

Jetzt bläst Trumann erst richtig ins Feuerchen: »Es gibt ja einen, der die Probleme auf seine Art gelöst hat und auch noch damit angibt: den Leuten kein Haar krümmen, aber die Rettungsboote zerschießen. Wenn die Wetterlage so ist, daß die Piepels im Bach bestimmt bald draufgehen, um so besser – dann ist ja die Sache geregelt! Die Konventionen sind beachtet . . . stimmt doch? Und der BdU kann sich verstanden fühlen!«

Jeder weiß, wer gemeint ist, aber keiner guckt in Floßmanns Richtung.

Ich muß an die Klamotten denken, die ich mitnehmen will. Nur das Allernötigste. Den neuen Isländer auf jeden Fall. Auch Kölnisch Wasser. Rasierklingen – die kann ich mir sparen . . .

»Das ganze Getue ist doch kalter Kaffee«, höre ich Thomsen wieder. »Solange einer seinen schwimmenden Untersatz noch unter den Füßen hat, darf er abgeknallt werden, aber wenn so ein armes Schwein dann im Bach liegt, rührt er ans Herz. Das ist doch komisch – oder?«

Trumann schaltet sich wieder ein: »Ich will mal sagen, wie die Sache in Wirklichkeit aussieht . . .«

»Ja?«

»Wenn man nen Kerl treiben sieht, stellt man sich vor, das könnte man selber sein. So isses doch. Mit nem ganzen Dampfer kann sich aber keiner identifizieren. Der greift nicht ans Gemüt. Aber der einzelne Mann – der schon! Und gleich sieht die Sache anders aus. Da wirds ungemütlich. Und weil ungemütlich nicht schön ist, wird eben ein Ethos zurechtgebastelt – und huschhusch is alles wieder in Butter!«

Der neue Isländer, den Simone gestrickt hat, ist schon ein Mordsding. Kragen bis zur Ohrenmitte, Zopfmuster – kein Arschbetrüger, sondern richtig schön lang. Vielleicht gehts doch nach Norden.

Dänemarkstraße – oder ganz rauf. Die Rußlandgeleitzüge. Scheußlich, daß man keine Ahnung hat.

»Als Schiffbrüchige sind sie aber doch wehrlos!« hakt Saemisch mit klagend rechthaberischem Ton ein.

»Das hörten wir schon! Die alte Rille!«

Es geht wieder von vorn los. Thomsen verheddert sich aufs neue: »Ich bemerkte bereits einmal, daß es die Leute auf den Tankern auch sind. Auch wehrlos – oder? – Na ja, auf Logik wird hier kaum Wert gelegt!«

Thomsen macht eine resignierende Handbewegung, murmelt noch »ach Scheiße!« und läßt den Kopf hängen.

Mich drängt der Wunsch, aufzustehen und mich davonzumachen, endlich meine Klamotten richtig einzupacken. Ein, zwei Bücher. Welche denn bloß? Nur keinen Schnaps mehr inhalieren! Das hier bringt den stärksten Mann um. Halbwegs klaren Kopf behalten. Die letzte Nacht an Land. Ersatzfilme. Das Weitwinkelobjektiv. Die Pudelmütze. Schwarze Pudelmütze zum weißen Isländer. Muß komisch aussehen.

Der Stabsarzt stützt sich mit abgespreizten Armen auf meine linke und des Alten rechte Schulter, als wolle er Barrenübungen vorführen. Dazu brüllt er in die wiedereinsetzende Musik mit voller Stimmkraft: »Is das nu ne Ritterkreuzfeier – odern Philosophentreffen? Schluß mit dem Scheißpalaver!«

Erst jetzt merke ich, daß an Thomsens Tisch noch weiterdiskutiert wird. Nur Thomsen hat sich sinken lassen und schweigt.

Das Gebrüll des Stabsarztes scheucht ein paar WOs hoch, die sofort zur Aktion schreiten, als hätten sie nur auf eine solche Aufforderung gewartet. Sie stellen sich auf Stühle und gießen von hoch oben her Bier ins Klavier, dessen Tasten ein Kaleun wie rasend bearbeitet. Eine Flasche nach der anderen. Das Klavier schluckt das Bier willig.

Und weil die Kapelle und das Klavier noch nicht genug Krawall hergeben, wird auch das Grammofon in Betrieb gesetzt. Es stöhnt mit äußerster Lautstärke: »Where is the tiger? – Where is the tiger?«

Da wirft ein lang aufgeschossener blonder Oberleutnant das Jackett von sich, kommt mit einer Hocke glatt auf den Tisch und läßt seinen Bauch zucken.

»Bühnenreif!« – »Sonderklasse!« – »Festhalten, ich werd schwul!« Einer wickelt sich während des frenetischen Applauses gemächlich in den roten Teppichläufer, hängt sich die weiße Rettungsboje, die zur Dekoration an der Wand hing, um den Hals und entschlummert sofort.

Bechtel, ein von Natur aus für zügellose Vergnügungen kaum begabter Mann, schlägt irren Blicks mit flachen Händen den Takt zu einer Rumba, die dem Bauchtänzer das Letzte abfordert.

Unser Leitender, der eben noch still vor sich hinsinnierend am Tisch saß, gerät auch außer Rand und Band: Er klettert in das Staket an der Wand über der Bühne und reißt, einen Affen mimend, im Takt der Musik das künstliche Weinlaub aus. Das Staket schwankt, bleibt wie in einem alten Buster-Keaton-Film eine Weile in Schräglage einen halben Meter von der Wand weg stehen und kracht dann mit dem Leitenden aufs Podium.

Jetzt hackt der Klavierspieler mit hintenüber gelegtem Kopf, gerade so, als müsse er die Noten mühselig von der Decke ablesen, einen Marschrhythmus zusammen. Eine Gruppe bildet sich ums Klavier und grölt: »Wir werden weitermarschieren, wenn Scheiße vom Himmel fällt – wir wollen zurück nach Schlicktown, denn hier ist der Arsch der Welt.«

»Kernig, mannhaft, teutonisch«, brummt der Alte.

Trumann stiert sein Glas an, dann ruckt er hoch, als hätte er eine elektrische Leitung berührt, und brüllt: »Skol!« Mit gut zehn Zentimeter Abstand vom Mund füllt er sich von oben herab das Bier ein und läßt dabei eine breite Sabberbahn über sein Jackett triefen.

»Verdammte Sauerei«, schimpft Trumann, als er die Bescherung sieht. Clementine wippt mit einem Handtuch heran. Der Reißverschluß hinten an ihrem Rock ist aus einer Naht geplatzt. Als sie sich über Trumann bückt, heben sich ihre Kniekehlen käsig weiß gegen den schwarzen Stoff ab.

»Cochon!« tuschelt sie Trumann ins Ohr und putzt ihn ausführlich sauber. Dabei hängt sie ihm ihre dicken Brüste so dicht vors Gesicht, daß er hineinbeißen könnte. Sie ist jetzt ganz besorgte Mammi.

»Ne richtige Orgie!« höre ich Meinig, der Flottillendreckschleuder genannt wird. »Fehlen bloß die Weiber!«

Als wäre das ihr Stichwort, verschwinden der Erste und der Zweite von Merkels Boot. Noch vor der Schwingtür werfen sie Seitenblicke, als hätten sie etwas angestellt. Ich dachte, sie wären schon längst weg.

»Angstvögler«, murmelt der Alte, »die brauchen das wie die Grabenkrieger den Schnaps!«

Mit halbem Ohr höre ich vom Nebentisch:

». . . wenn den die Lust mal packte,
dann sprang er auf den Küchentisch
und vögelt ins Gehackte.«

So ist das immer: Des Führers edle Reisige, des Volkes strahlende

Zukunft – und dann ein paar Lagen Cognac und Beck's Bier dazwischen, und aus ist der Traum von der unbefleckten gleißenden Brünne.

»Beachtlich«, muffelt der Alte und angelt mit ausgestrecktem Arm nach seinem Glas.

»Diese Scheißsessel – da kommt man ja überhaupt nicht mehr hoch!«

»Hahaha!« macht einer aus der Runde nebenan, »das sagt mein Mädchen auch: Kommt nicht mehr hoch – kommt nicht mehr hoch!«

Dem Alten bleibt der Mund halb offenstehen, so perplex ist er.

Der Steinalte schüttelt starrsinnig den Kopf: »Diesmal is Schluß. Kannste Gift drauf nehmen; ich komm nich wieder. Diesmal is Schluß!«

»Natürlich kommste wieder«, beschwichtigt Trumann ihn.

»Ne Kiste Cognac, daß ich nich wiederkomme – wetten?«

»Den soll ich dann wohl an nen Engel – an nen Engel in nem weißen Hemd zahlen?« erkundigt sich Trumann.

Der Steinalte stiert ihn verständnislos an.

»Also – also jetzt paßte mal auf: Wennde wiederkommst, dann haste doch verloren«, versucht Trumann sich verständlich zu machen, »das is doch klar, oder? Und dann zahlste ne Kiste Cognac. Wennde nich wiederkommst, haste gewonnen . . .«

»Genau!«

»Un dann zahl ich die Kiste Cognac!«

»So isses!«

»Nu fragt sich bloß noch, an wen denn?«

»An wen? Dann zahlste an mich – doch logisch!«

»Du bist aber abgesoffen!«

»Ich? Wieso?«

Auf dem Tisch hat sich ein wüstes Durcheinander von Sektflaschen mit geköpften Hälsen, Aschenbechern mit schwimmenden Kippen, Rollmopsdosen und zerscherbten Gläsern angesammelt. Trumann läßt wohlgefällige Blicke über das Glassammelsurium schweifen. Als die Klaviermusik endlich mal aussetzt, hebt er die rechte Hand hoch und brüllt: »Achtung!«

»Der Tischtuchtrick!« sagt unser Leitender.

Trumann dreht bedächtig einen Zipfel des Tischtuchs seilartig auf – er braucht dazu gute fünf Minuten Zeit, weil das Tischtuch ihm zweimal, halb aufgedreht, entwischt. Dann gibt er mit der freien Linken ein Zeichen für den Klavierspieler, der prompt, als wäre die Nummer eingeübt, einen Tusch auf die Tasten drischt.

Trumann nimmt jetzt mit der Konzentration eines Gewichthebers festen Stand, starrt eine Minute lang reglos auf seine zwei Hände, die den aufgedrehten Zipfel gepackt halten, brüllt plötzlich urgewaltig »zack!« und reißt mit einem großen Armschwung das Tuch halb vom Tisch weg. Klingeling zerscherbender Gläser, Gebums und Gepolter der auf den Boden fallenden Flaschen und Teller.

»Scheiße – verdammte Scheiße!« flucht Trumann und stiefelt knirschenden Schrittes durch die Scherben. Er steuert schwankend die Küche an und brüllt nach Besen und Schaufel. Dann kriecht er im irren Gelächter der ganzen Meute zwischen den Tischen herum und kehrt verbissen die Scherben auf. Schon zieht er Blutspuren hinter sich her.

Der Handfegerstiel, der Kehrichtschaufelstiel – alles ist im Nu rot verschmiert. Zwei Oberleutnants wollen Trumann das Putzzeug abnehmen. Trumann aber hält eigensinnig daran fest, auch noch die letzte Scherbe aufzusammeln. »Auf-klaren – muß erst mal ornlich auf-klaren. Immer pico-bello Reinschiff . . .«

Endlich läßt er sich in einen Sessel fallen, und der Stabsarzt zieht ihm drei, vier Scherben aus den Handballen. Es tropft nur so auf die Back herab. Und jetzt wischt sich Trumann mit einer blutigen Hand auch noch durchs Gesicht.

»Pfui Deibel!« sagt der Alte.

»Doch scheißegal!« brüllt Trumann, läßt sich aber Heftpflaster, die Christel unter outriertem Augäpfelgerolle herbeibringt, auf die Handballen kleben.

Kaum hat er fünf Minuten im Sessel gehockt, reppelt er sich auch schon wieder hoch, zieht ein Stück abgegriffene Zeitung aus der Tasche und brüllt los: »Wenn euch nichts einfällt, ihr Hammel, hier – das sind goldene Worte . . .«

Ich sehe, was er da in der Hand hält: das Testament des Kapitänleutnants Mönkeberg, der angeblich vor dem Feind fiel, aber in Wirklichkeit auf eine ganz profane Weise ums Leben kam, durch Genickbruch nämlich. Und sein Genick brach er, als er irgendwo im Atlantik an einer ruhigen Stelle, weil gerade so schönes Wetter war, baden wollte. Gerade wie er vom Turm hechtete, rollte das Boot nach der anderen Seite, und Mönkeberg knallte mit dem Kopf auf die Tauchzelle.

Sein markiger Abgesang ging durch alle Zeitungen.

Trumann hält den Zeitungsausschnitt mit ausgestrecktem Arm von sich: »Einer wie der andere – alle für einen – einer für alle – und so sage ich euch denn: Kameraden – nur einmalige Einsatzhärte – der Hintergrund des dramatischen Kampfes von weltgeschichtlicher

29

Bedeutung – namenloser Heldenmut – historische Größe – ganz unvergleichbar – einzig dastehend – das unvergängliche Kapitel männlicher Bewährung wie soldatischen Opfers – höchstes Ethos – Lebende und Kommende – fruchtbar werden – gemäß dem ewigen Vermächtnis würdig erweisen!«

Trumann schwankt, immer das besabberte und bestimmt nicht mehr lesbare Zeitungsblatt vor den Augen, vor und zurück – aber ohne hinzuschlagen. Es sieht aus, als wären seine Schuhe am Boden festgeklebt.

»Tolle Nummer«, sagte der Alte, »der läßt sich jetzt nicht mehr abstellen!«

Ein Oberleutnant hat sich ans Klavier gesetzt und spielt Jazz, aber Trumann ficht das nicht an, seine Stimme schnappt über: »Wir Kameraden – Bannerträger der Zukunft – Leben und Geist einer menschlichen Auslese mit dem Begriff ›dienen‹ als höchstes Ethos dieser Männer – leuchtendes Beispiel für die Hinterbliebenen – gewaltiger als das Schicksal ist der Mut – einsamer Entschluß – kühles Wägen – entschlossenes Wagen – Liebe und Treue von einer so enormen Größe, da habt ihr Knalltüten gar keine Ahnung – kostbarer als Diamanten – Bewährung – jawohl – stolz und männlich. Hurra! – In den Tiefen des Atlantik sein Grab gefunden. Hihihihi! Enge Verbundenheit – Front und Heimat – Opferbereitschaft bis zum Allerletzten. Unser geliebtes deutsches Volk. Unser herrlicher, gottgesandter Führer und oberster Befehlshaber – Heil! Heil! Heil!«

Einige schreien mit. Der Steinalte guckt betreten vor sich hin. Böhler bedenkt Trumann mit dem pikierten Blick einer Gouvernante, schiebt sich aus dem Sessel zu seiner ganzen Größe hoch und verschwindet grußlos.

Trumann verfällt in kicherndes Lachen. Mit einem langen Faden Spucke am Mund pliert er mit gesenktem Kopf in die Runde.

»Die feinen Leute sin ja schon alle weg. Die crème de la crème. Die Edelinge! Bloß noch Pro-pro-proleten da, Saufköppe verdammte und Hurenböcke – Abhub! Der Bodensatz des Freikorps Dönitz! – Wer jetzt nicht dableibt, wird erschossen!«

»Du – geh weg von meine Euter!« schreit Monique auf. Der Stabsarzt ist gemeint. Er hat sichs neben ihr anscheinend zu gemütlich gemacht.

»Dann zieh ich mich eben in meine Vorhaut zurück«, nöhlt er, und seine Runde bricht in brüllendes Gelächter aus.

Trumann läßt sich wieder in den Sessel sacken und klappt die Lider herunter. Ich denke schon: der Alte irrt sich doch. Jetzt entschläft der gute Trumann unter unseren Augen. Da kommt er wie von der Tarantel gestochen wieder hoch und fingert mit der Rechten aus seiner Jackentasche eine Pistole heraus.

Ein WO hat noch soviel Reaktionsfähigkeit, um ihm den Arm herunterzureißen. Ein Schuß knallt ins Parkett, dicht vor der Schuhspitze des Alten. Der schüttelt aber bloß den Kopf und sagt: »Bei soner Musik gar nicht mal besonders laut!«

Die Pistole verschwindet, und Trumann läßt sich mit einem schmollenden Ausdruck in seinen Sessel zurückfallen.

Monique, die den Schuß mit Verzögerung aufgenommen hat, springt hinter der Bar hervor, scharwenzelt an Trumann vorbei, fährt ihm unters Kinn, als wolle sie ihn für eine Rasur einseifen, macht dann einen schnellen Satz aufs Podium und stöhnt ins Mikrofon: »In my solitude . . .«

Aus den Augenwinkeln sehe ich, wie Trumann sich im Zeitlupentempo erhebt. Er zerlegt seine Bewegungen gleichsam in einzelne Abschnitte, dann steht er – pfiffig feixend – mindestens fünf Minuten wankend da, bis Monique ausgestöhnt hat, tastet sich, während alle frenetisch klatschen, zwischen den Tischen hindurch nach hinten bis zur Wand, lehnt sich an, feixt und feixt und zieht dann blitzschnell aus dem Hosenbund eine zweite Pistole und brüllt, daß ihm die Halsadern nur so heraustreten: »Alles unter die Tische!«

Diesmal steht keiner in der Nähe, um ihm auf die Hand zu schlagen.

»Na wirds?« schreit Trumann noch mal. Der Alte läßt sich einfach mit vorgestellten Beinen aus dem Sessel sinken. Drei, vier nehmen Deckung hinter dem Klavier. Der Klavierspieler ist auf die Knie gegangen. Ich hocke mich auch in Beterstellung auf den Boden. Auf einmal ist Totenstille in der Bude – und nun kracht ein peitschender Schuß nach dem anderen.

Der Alte zählt laut mit. Monique schreit schrille Obertöne, die bis ins Mark dringen, unter einem Tisch hervor. Der Alte ruft: »Aus!«

Trumann hat sein Magazin verballert.

Ich blinzele über eine Tischkante hoch: Den fünf Ladies an der Wand über dem Podium fehlen die Gesichter. Noch rieselt der Putz nach. Der Alte steht als erster wieder und betrachtet mit schief gelegtem Kopf den Schaden: »Phantastische Leistung – rodeoreif –, und das mit den zerschnittenen Pfoten!«

Trumann hat die Pistole schon weggesteckt und grinst befriedigt von einem Ohr zum anderen: »Wurde mal Zeit, was? Wurde mal Zeit, daß die treudeutschen Zicken eins drauf bekamen, was?«

Trumann zergeht fast vor selig plierender Genugtuung.

Da erscheint mit hochgehaltenen Armen, als wolle sie kapitulieren, und wie in Todesangst im höchsten Falsett kreischend, die »Puffmutter«.

Als der Alte sie sieht, läßt er sich gleich wieder schräg aus dem Sessel rutschen. Jemand brüllt: »Volle Deckung!«

Ein Wunder, daß sich die übertakelte alte Fregatte, die hier als Wirtin fungiert, noch nicht sehen ließ. Sie hat sich spanisch zurechtgeputzt: mit Spucke angeklebte »Herrenwinker« vor den Ohren, einen funkelnden Schildpattkamm im Haar – ein wabbelndes Fettmonument mit quellenden Wülsten überall. Sie trägt Pantoffeln aus schwarzem Samt. An den Wurstfingern hat sie Ringe mit riesigen falschen Steinen. Dieses Monstrum erfreut sich der besonderen Gunst des Standortkommandanten.

Gewöhnlich klingt ihre Stimme, als ob Speck ausbrät. Jetzt aber haspelt sie jaulend französisches Geschimpfe ab. »Kaputt, kaputt«, höre ich aus dem Gejammer heraus.

»Kaputt – da hatse recht«, sagt der Alte.

Thomsen nimmt die Flasche an den Mund und lutscht wie aus einer Zitze den Cognac in sich hinein.

Merkel rettet die Situation. Er klettert mühevoll auf einen Stuhl und hebt mit weitausholenden Dirigentenbewegungen an:

»O du fröhliche, o du selige, gnadenbringende Weihnachtszeit ...«

Begeistert grölen wir alle mit.

Die »Puffmutter« ringt wie eine Hochdramatische die Hände. Ihr Gequieke schlägt nur hin und wieder durch unseren Chorgesang. Sie tut, als wolle sie sich ihre paillettenbestickte Stola vom Leibe reißen, dann krallt sie sich aber nur die dunkelrot lackierten Nägel in die Haare, macht mit einem schrillen Quieklaut kehrt und schießt davon.

Merkel fällt vom Stuhl, der Chorgesang verebbt.

»So was von Durcheinander! Herrgott, sone Rake!« sagt der Alte.

Die wärmende Leibbinde, denke ich, sollte ich auf jeden Fall mitnehmen. Angorawolle. Prima.

Der Stabsarzt zieht sich Monique auf den Schoß, umspannt mit der Rechten ihren Hintern und hebt mit der linken Hand ihre rechte Brust von unten an, als wolle er eine Melone abwiegen. Die üppige Monique in ihrem viel zu straff gespannten Stoffetzchen kreischt, reißt sich los, kracht gegen das Grammofon, daß die Nadel mit einem dumpf orgelnden Furzen quer über die Rillen fährt. Monique birst vor Gekicher fast auseinander.

Der Stabsarzt drischt mit der Faust auf den Tisch, daß die Flaschen springen, und läuft puterrot an von gestautem Prusten. Und einer langt ihm von hinten beide Arme um den Hals, als wolle er ihn umarmen, aber wie er die Hände wegnimmt, ist der Schlips des Stabsarztes direkt unter dem Knoten zu Ende, und der Stabsarzt merkt es gar nicht. Der Oberleutnant mit der Schere kappt schon Saemischs Krawatte und dann Thomsens, und Monique sieht es und läßt sich vor Lachen hintenüber aufs Podium fallen und zeigt mit strampelnden Beinen, daß sie nur einen klitzekleinen schwarzen Schlüpfer unter dem Rock hat, nur eine Art cache-sexe. Und »Holzauge« Belser hat schon eine Syphonflasche in der Hand und richtet einen scharfen Strahl zwischen Moniques Schenkel, und Monique quiekt wie ein Dutzend in den Schwanz gekniffener Ferkel. Merkel stellt fest, daß ihm die Krawattenenden fehlen, der Alte murmelt, »der reine Kapp-Putsch«, und Merkel greift sich eine halbvolle Cognacflasche und schleudert sie dem Schlipsabschneider in den Magen, daß der einkippt wie ein getroffener Boxer.

»Sauber – astreiner Wurf«, lobt der Alte.

Und jetzt fliegt ein Stück Staket durch die Gegend. Wir ziehen die Köpfe ein, und nur der Alte bleibt unbewegt grienend sitzen und deklamiert in Baßlage:

». . . kam eine Marmorplatte geschwirrt,

rannte der große Spiegel gegen den kleinen Wirt.

Und die See ging hoch, und der Wind wehte.«

Das Klavier muß noch mehr Bier saufen.

»Schnaps macht im-po-tent!« lallt Thomsen. Er kann sich kaum noch auf den Beinen halten.

»Noch zum Schlößchen?« fragt mich der Alte.

»Nee – bißchen pennen! Wenigstens nochn paar Stunden!«

Thomsen rappelt sich mühsam hoch: »Mit – komme mit – verdammte Rakerei – los und ab – bloß noch ne Stange Wasser – ne Stange Wasser in die Ecke stellen!«

Das weiße Mondlicht hinter der Schwingtür trifft mich wie ein Schlag. Auf dieses Licht war ich nicht gefaßt: flirrendes, gleißendes Silber. Der Küstenstreifen ist ein weißblau in kaltem Brand glühendes Band, die Straße, die Häuser – alles ist in dieses kalt glühende Neonlicht getaucht.

Herrgott! Das gibts doch gar nicht – diesen Mond. Er ist rund und weiß wie ein Camembert. Gleißender Camembert. Da kann man ja glatt Zeitung lesen. Die ganze Bucht ein einziges Silberpapiergeknitter. Die riesige Fläche vom Strand bis hin zur Kimm: Millionen metallischer Facetten. Silberkimm gegen samtschwarzen Himmel.

Ich kneife die Augen zu Sehschlitzen. Die Insel draußen ist ein dunkler Karpfenrücken im Gleißen. Der Schornstein des versenkten Transporters, der Maststummel – alles messerscharf. Ich stütze mich gegen die Betonbrüstung: Bimssteingefühl an den Handflächen. Widerlich. Die Geranien in den Kästen: Jede Knospe ist zu erkennen. Gelbkreuzgiftgasbomben sollen wie Geranien riechen.

Die Schlagschatten! Das Sausen der Brandung auf dem Strand! Ich habe dünende Wogen im Kopf. Die gleißende Paillettenhaut der Mondsee trägt mich auf und ab – auf und ab. Ein Hund schlägt an: Der Mond bellt.

Wo ist Thomsen, der neue Ritter? Wo bleibt Thomsen bloß? Zurück und wieder hinein in die »Royal«. Die Luft ist zum Schneiden. Sedimentäre, in Lagen eingeschichtete Luft.

»Wo ist denn Thomsen?«

Thomsen war doch eben noch da. Der kann doch nicht einfach weg sein.

Mit dem Fuß stoße ich die Tür zum Klo auf. Nur nicht die Messinggriffe anfassen.

Da liegt er. Da liegt Thomsen längelang auf seiner rechten Seite in einer großen Pfütze gelben Urins, einen Breihaufen Erbrochenes neben dem Kopf, der den Urin in der Rinne hochgestaut hat. Über dem Abflußrost ist ein zweiter Breifladen Gekotztes. Mit der rechten Gesichtshälfte liegt Thomsen in der trübgelben Brühe. Das Ritterkreuz hängt auch im Urin. Vor Thomsens Mund bilden sich immer neue blubbernde Blasen, weil er Laute hervorstößt. Ich kann aus dem Gegurgel heraushören: »Kämp-fen – sie-gen oder un-ter-gehn! Kämp-fen, sie-gen oder un-ter-gehn! Kämp-fen, sie-gen oder un-ter-gehn!«

Gleich muß ich auch kotzen. Ein heftiges Würgen drängt von hinten gegen mein Gaumenzäpfchen.

»Los, hoch doch!« presse ich heraus und packe Thomsen am Kragen. Ich will den sattgelben Urin nicht an meine Hände kommen lassen.

»Wollt mich – wollt mich – wollt mich heut abend – ja – ja – ja eigentlich richtig ausvögeln«, lallt Thomsen, »now I am – in no condition to fuck.«

Der Alte erscheint. Wir packen Thomsen an Fuß- und Handgelenken. Halb tragend, halb schleifend bringen wir ihn bis vor die Klotür. Auch vom Gesicht tropft ihm die trübgelbe Brühe. Seine Uniform ist auf der rechten Seite ganz durchweicht.

»Los, langt mal mit hin!«

Ich muß Thomsen loslassen. Ich stürze ins Klo zurück. In einem gewaltigen Schwall lasse ich alles, was ich im Magen hatte, auf die Bodenkacheln pladdern. Konvulsivisches Würgen zieht mich zusammen. Tränen in den Augen, stütze ich mich mit gespreizten Fingern gegen die Kachelwand. Mein linker Ärmel ist zurückgeschoben. Ich kann das Zifferblatt der Armbanduhr erkennen: zwei Uhr. Mist: Sechs Uhr dreißig kommt der Wagen zur Fahrt in den Hafen.

Auslaufen

Es gibt zwei Straßen zum Hafen. Der Kommandant nimmt die etwas längere, die an der Küste entlangführt.

Mit brennenden Augen nehme ich die Dinge wahr, die an uns vorbeiziehen: die scheckig getarnten Flakbatterien im grauen Morgenlicht. Die Zeichen der Stabsquartiere: große Buchstaben und geheimnisvolle geometrische Figuren. Ein Ginsterwall. Ein paar weidende Kühe. Das hingeduckte Dorf Réception Immaculée. Reklameschilder. Ein halb verfallener Backofen. Zwei schwere Pferde, die am Halfter geführt werden. Späte Rosen in verwilderten Gärten. Das fleckige Grau von Häuserwänden.

Immer wieder muß ich mit den Liddeckeln schlagen, weil mir die Augen vom Tabakqualm schmerzen. Die ersten Bombentrichter: zerstörte Häuser, die den Hafen ankündigen. Alteisenhaufen. Von der Sonne versengtes Gras. Verrostete Kanister. Ein Autofriedhof. Windschiefe, dürre Sonnenblumen. Graue Wäschefetzen. Ein halb zerschossener Denkmalsockel. Gruppen von Franzosen mit Baskenmützen. Lastwagenkolonnen der OT. Die Straße senkt sich in die Flußniederung. In der Senke hängt noch dichter Nebel.

Ein müder Klepper im grauen Dunst vor einem Zweiradkarren mit mannshohen Rädern. Ein Haus mit glasierten Dachziegeln. Eine ehedem glasverkleidete, jetzt aber zerscherbte Veranda, klägliches Eisengerüst. Garagen. Ein Kerl mit einer blauen Schürze im Türrahmen, den speichelnassen Zigarettenstummel an die fleischige Unterlippe geklebt.

Scheppernder Pufferlärm. Abstellgleise. Der zerfetzte Bahnhof. Alles grau. Grau in unzählbaren Nuancen zwischen schmutzigem Gipsweiß und gelblichem Rußschwarz. Scharfe Pfiffe der Rangierer. Ich spüre Sand zwischen den Zähnen.

Französische Werftarbeiter mit schwarzen, primitiv genähten Umhängetaschen. Erstaunlich, daß die trotz der vielen Angriffe immer noch in der Gegend bleiben.

Ein mennigegeflecktes, halb gesunkenes Schiff. Wahrscheinlich ein alter Heringsdampfer, der umgebaut werden sollte zum Vorpostenboot oder was Ähnlichem. Ein auf Holzstapeln hochgebockter Schlepper mit bulligen Unterwasserformen. Weiber mit gewaltigen Hinterteilen in zerschlissenen Overalls, die ihre Niethämmer wie Maschinenpistolen halten. Das Feuer einer Feldschmiede glüht rot durch die graue Milch.

Die stelzbeinigen Kräne stehen alle noch – trotz der dauernden Luftangriffe. Die Druckwellen der Detonationen fanden in ihrem Eisenfiligran keinen Widerstand.

Unser Wagen kommt im Gleiswirrwarr nicht weiter. Hochgebogene Schienen. Die letzten paar hundert Meter zum Bunker müssen wir laufen. Vier dick vermummte Gestalten hintereinander im Dunst: der Kommandant, der Leitende, der II WO und ich. Der Kommandant geht gekrümmt. Sein Blick ist auf den Weg geheftet. Über dem steifen Kragen der Lederjacke hat sich sein roter Schal bis fast an die fleckigweiße Mütze herausgeschoben. Die rechte Hand hat er tief in die Tasche seiner Lederjacke gesteckt, die linke aber nur mit dem Daumen in die Jacke eingehakt. In der linken Armbeuge trägt er eine dick aufgebauchte Segeltuchtasche. Sein breitspuriger Gang wird durch die klobigen Seestiefel mit den dicken Korksohlen noch schwerer.

Ich folge ihm in zwei Schritt Abstand. Hinter mir geht der Leitende. Er hat eine unstete, tänzelnde Gehweise. Über Gleise, die den Kommandanten nicht aus dem Schrittmaß bringen, setzt er in kurzen federnden Sprüngen hinweg. Der Leitende trägt kein Lederzeug wie wir, sondern einen grüngrauen Overall: ein Maschinenschlosser, der sich eine Offiziersmütze aufgesetzt hat. Seine Tasche trägt der Leitende ordentlich am Bügel.

Den Abschluß macht der Zweite Wachoffizier, der Kleinste von uns allen. Aus seinem Gemurmel zum Leitenden hin höre ich heraus, daß er befürchtet, das Boot könne wegen des Nebels nicht zur rechten Zeit auslaufen. Es ist nicht mal der Hauch eines Windes im geronnenen Dunst zu spüren.

Wir gehen durch eine Kraterlandschaft, in der Tiefe jedes Trichters stockt der Nebel wie dicker Brei.

Der II WO hat die gleiche Segeltuchtasche wie der Kommandant und ich unter dem Arm. Alle Habseligkeiten für diese Reise mußten darin Platz finden: eine große Flasche Kölnisch Wasser, wollenes Unterzeug, eine Leibbinde, gestrickte Handschuhe und ein paar Hemden. Den Isländer habe ich am Körper. Ölzeug, Seestiefel und Tauchretter liegen für mich an Bord bereit. »Am besten schwarze

38

Hemden«, hatte der Obersteuermann geraten und kennerisch behauptet, schwarze schmutzten nicht.

Der I WO und der Ingenieurschüler sind mit der gesamten Besatzung bereits an Bord, um das Boot seeklar zu machen.

Über dem Westhafen hängt der Himmel immer noch voller Dämmerungsschatten. Im Osten über der Reede aber, hinter den schwarzen Silhouetten der vor Anker liegenden Frachter, ist der bleiche Schein schon bis zum Zenit hochgedrungen. Das ungewisse Zwielicht gibt allen Dingen zweideutige und auffällige Gestalt: Die Gerüste der Kräne, die zu beiden Seiten der kahlen Front des Kühlhauses über die geduckten Dächer der Lagerschuppen hochwachsen, sind verkohlte Stakete für Riesenfrüchte. Auf die Teerpappedächer sind Schiffsmasten gesteckt, an denen sich weißer Abdampf und öligschwarzer Qualm hochwinden.

Der Putz der fensterlosen Seitenfront eines halb zerbombten Wohnhauses ist vom Aussatz zerfressen. Er löst sich schon in großen Placken. Mit mächtigen weißen Buchstaben auf schmutzigrotem Grund hat sich das Wort BYRRH mitten auf der Entzündung breitgemacht.

Über Nacht hat Reif die Bretterstapel und die von letzten Bombenangriffen noch überall herumliegenden Trümmer wie Schimmel befallen.

Der Weg zieht sich als Gasse zwischen Trümmern hin. Statt der Läden und Kneipen, die einmal die Straßen säumten, gibt es nur noch zersplitterte Schilder über leeren Fenstern. Vom »Café de Commerce« ist bloß die Silbe »Comme« übriggeblieben. Das »Café de la Paix« ist in einem Bombentrichter völlig verschwunden. Die ausgeglühte Eisenkonstruktion einer Werkhalle hat sich nach innen zu einer gigantischen eisernen Distel zusammengesenkt.

Lastwagen kommen uns entgegen – eine Kolonne, die Sand zum Bau der Bunkerschleuse fährt. Ihr Fahrtwind treibt leere Zementtüten hoch und schlägt sie dem Kommandanten und dem LI um die Beine. Weißer Mörtelstaub benimmt uns für eine Weile den Atem und legt sich wie Mehl auf unsere Stiefel. Zwei, drei zertrümmerte Autos mit Wehrmachtsnummern halten die Räder in die Luft. Dann wieder verkohltes Gebälk und abgehobene Dächer, die wie Zelte zwischen hochgebogenen Gleisen liegen

»Die haben ja wieder ganz schön gehaust«, knurrt der Kommandant. Der Leitende hält das für eine wichtige Mitteilung und holt eilfertig auf.

Da bleibt der Kommandant stehen, klemmt sich seine Segeltuchtasche zwischen die Beine und kramt umständlich aus seiner Lederjacke eine abgenutzte Pfeife und ein altes ungefüges Feuerzeug hervor. Während wir fröstelnd, halb eingeduckt herumstehen, zündet der Alte sich bedächtig die schon gestopfte Pfeife an. Jetzt zieht er weißlichen Pfeifenqualm wie ein Dampfschlepper hinter sich her. Hin und wieder dreht er sich im Laufen halb nach uns zurück. Sein Gesicht ist zu einer unwirschen Grimasse verzogen. Von seinen Augen ist unter dem Schatten des Mützenschirms überhaupt nichts zu sehen.

Ohne die Pfeife aus dem Mund zu nehmen, fragt er mit kratziger Stimme den Leitenden: »Isses Sehrohr in Ordnung? – Is die unscharfe Optik beseitigt?«

»Jawoll, Herr Kaleun. Ein paar Linsen hatten sich von der Kittschicht gelöst. Wahrscheinlich durch den Fliegerangriff.«

»Und die Ruderversager?«

»Alles bereinigt. In der Kabelbahn in der E-Maschine war ein Bruch. Dadurch hatten wir den Wackelkontakt. Wir haben gleich ein neues Kabel eingezogen.«

Auf Bretterzäune folgt nun eine lange Reihe von Waggons. Hinter dem letzten geht es quer über die Gleise hinweg, dann einen verschlammten, von Lastwagenreifen tief gefurchten Weg entlang.

Spanische Reiter mit einem dichten Geflecht von Stacheldrahtranken flankieren den Weg. Posten stehen mit hochgeschlagenen Kragen, die Gesichter verborgen, wie wesenlose Erscheinungen vor einem Wachhaus.

Plötzlich ist die Luft angefüllt von metallisch knatterndem Lärm. Dann setzt das Rattern jäh aus, und der scharf anschwellende Pfiff einer Sirene hängt sich, als Dampfwolke sichtbar, in den feuchtkalten, nach Teer, Öl und verdorbenen Fischen riechenden Wind.

Schon schwellen die metallischen Lärmstöße wieder an. Die Luft wird ganz schwer und trächtig davon. Wir sind im Werftgelände.

Zur Linken gähnt ein riesiger Schacht. Lange Züge mit Kipploren verschwinden im milchigen Bodensatz. Uns unsichtbar fuhrwerken sie ratternd und fauchend auf dem Grund umher.

»Da solln überall noch Bunker hinkommen!« sagt der Alte.

Jetzt geht es auf der Pier hin: abgestorbenes Wasser unter Nebelschwaden. Schiffe in so dichtem Nebeneinander und Hintereinander, daß das Auge ihre Formen nicht zu trennen vermag. Stark mitgenommene, salzüberkrustete Fischdampfer, die jetzt als Vorpostenboote dienen, merkwürdige Schwimmvehikel wie Leichter, Ölprahme, in Päckchen zu dreien nebeneinanderliegende Hafenschutzboote – die »Filzlausflottille« –, das ganze unaristokratische Gewimmel der schäbigen, abgenutzten Arbeits- und Versorgungsboote, die nun mal zu jedem Werfthafen gehören.

Der Leitende zeigt mit ausgestrecktem Arm in den Dunst: »Da vorn – halbrechts auf dem fünfstöckigen Haus – stehtn Auto!«

»Wo denn?«

»Direkt über dem Giebel von dem Lagerschuppen – dem da mit dem kaputten Dach!«

»Nu sagense bloß – wie ist denn das da raufgekommen?«

»Vorgestern beim Angriff auf die Bunker. Da kamen ja richtige Litfaßsäulen runter. Ich hab gesehen, wie die Kutsche hochflog und auf dem Dach landete – direkt auf den Rädern!«

»Zirkusreif!«

»Und wie die Franzosen auf einmal alle weg waren, nicht zu glauben ...«

»Was für Franzosen?«

»Da ist doch immer die ganze Pier voll von Anglern. Direkt neben der Einfahrt zu Box eins hocken immer welche. Die waren da einfach nicht wegzukriegen.«

»Mußten ja auch für die Tommies aufpassen, welche Boote auslaufen und welche zurückkommen – genau mit Uhrzeit!«

»Jetzt passense nich mehr auf. Die waren beim Alarm einfach sitzen geblieben, wo sie saßen. Zwanzig bis dreißig – und dann haute sone Litfaßsäule direkt auf die Pier.«

»Den Bunker hats auch erwischt.«

»Ja, ein Treffer – aber nicht durchgeschlagen – sieben Meter Eisenbeton!«

Blechplatten biegen sich unter unserem Tritt und springen knakkend wieder in die alte Lage zurück. Eine Lokomotive pfeift einen schrillen Wehschrei.

Über der auf und nieder wuchtenden Gestalt des Kommandanten wächst allmählich eine alles überragende Betonwand hoch. Ihre seitlichen Begrenzungen verlieren sich im Dunst. Wir laufen auf eine glatte Front ohne Simse, Türen und Fensterhöhlen zu. Sie wirkt wie eine Seite eines gewaltigen Fundaments für einen Turmbau, der weit über die Wolken reichen soll. Nur die sieben Meter dicke Decke ist ein wenig vorgekragt – eine gewaltige Last. Es sieht aus, als habe sie den ganzen Bau wieder ein Stück in die Erde zurückgedrückt.

Wir müssen den Betonklotz umwandern – über Gleisstränge, Bretterstapel und schenkeldicke Rohrleitungen hinweg. Endlich finden wir an einer Schmalseite das von schwergepanzerten Stahltüren gesicherte Tor.

Ein wütender Wirbel von Niethämmern schlägt uns aus dem

dunklen Innern entgegen. Das Prasseln setzt für Augenblicke aus, aber gleich peitschen die ratternden Schläge wieder los und verdichten sich zu tobendem Lärm.

Im Bunker herrscht Halbdunkel. Nur durch Einfahrten vom Hafenbecken her dringt bleiches Licht in die Betonhöhlen herein. Je zwei und zwei liegen die U-Boote in den Boxen vertäut. Der Bunker hat zwölf Boxen. Einige davon sind als Docks gebaut. Die Boxen sind voneinander durch mächtige Betonmauern getrennt. Die Eingänge der Boxen können durch herablaßbare Stahlschotten geschützt werden.

Staub, Dunst, Ölgestank. Acetylenbrenner zischen, Schweißgebläse fauchen, knallen und heulen. Hier und da zuckt das Feuerwerk von Schneidbrennern auf.

Wir gehen im Gänsemarsch auf der breiten Betonrampe hin, die im rechten Winkel zu den Bassins quer durch den ganzen Bunker führt. Wir müssen höllisch aufpassen. Überall liegt sperriges Zeug herum. Kabelgeschlinge angelt nach unseren Füßen. Eisenbahnwaggons sperren den Weg. Sie bringen neue Maschinenteile heran. Lastwagen haben sich neben die Waggons gedrückt. Auf ihnen liegen in Spezialstützen matt silbern schimmernde Torpedos oder abmontierte Geschütze und Flakwaffen. Und überall Schläuche, Tauwerk, Trossen, Haufen von Tarnnetzen.

Von links her dringt warmgelbes Licht aus den Fenstern der Werkstätten: Tischlereien, Schmieden, Schlossereien, Torpedo-, Artillerie- und Sehrohrwerkstätten. Unter der Betondecke ist eine ganze Werft untergebracht.

Der Kommandant wendet sich zurück. Eine in der Nähe aufzuckende Schweißflamme strahlt sein Gesicht bläulich an. Geblendet kneift er die Augen. Erst als der Lärm für einen Augenblick schwächer wird, brüllt er auf den Leitenden ein: »War im Dock noch besonderer Befund?«

»Ja, Steuerbordschraube – Flügel verbogen!«

»Aha, daher – singendes Geräusch bei Schleichfahrt!«

»Neue Schraube – haben ganz neue Schraube, Herr Kaleun!«

» – geräuschlos? – arbeitet – Tiefenruder?«

»Jawohl – Getriebe – auseinander – Stellen an – Rad – Roststellen – Zahnrad – Ordnung!«

In den Boxen zur Rechten liegen Havaristen. Verstümmelte Boote, mit Rostflecken und Mennigebrand bedeckt. Geruch von Rost, Farbe, Öl, von fauliger Säure, verbranntem Gummi, Benzin, Seewasser, faulem Fisch.

Auf die Schwimmboxen folgen die Trockendocks. Mit offenem

42

Bauch, wie ein ausgeweideter Wal, liegt ein Boot tief unten im Dock. Eine ganze Schar von Werftarbeitern ist da am Werk – zwergenhaft klein, Insekten um einen toten Fisch. Mit Schneidbrennern werden gerade große Stücke der Außenhaut herausgeschnitten. Gezackt leuchtet im Feuerschein der mißhandelte Rumpf auf. Preßluftschläuche, dick gebündelt, und elektrische Kabel hängen aus dem Bootsbauch heraus. Gedärm und Sonden. Der runde Stahlzylinder des Druckkörpers ist über die ganze Länge des Vorschiffes bloßgelegt. Über dem Dieselraum ist er geöffnet. Gelbes Licht dringt aus dem Bootsinnern heraus. Ich kann tief in die Eingeweide hineinsehen: die mächtigen Blöcke der Dieselmaschinen, das verwirrende Geschlinge von Rohren und Leitungen. Jetzt senkt sich der Haken des Krans über das Boot herab. Eine neue Last wird eingehängt. Es scheint, als solle das Boot gänzlich ausgehöhlt werden.

»Die hatten ne schwere Waboverfolgung!« sagt der Leitende.

»Das reine Wunder, daß die mit dem zerbombten Boot noch hereingekommen sind!«

Der Kommandant steuert eine Betontreppe an, die in das Trockendock hinabführt. Die Stufen sind von Öl überzogen, in Gummi verpackte Kabel laufen in dicken Bündeln die Treppe hinunter.

Wieder zischt eine Schweißflamme aus der Dunkelheit auf und reißt ein Stück des Tauchbunkers aus dem Halbdunkel. Weiter hinten im Dock leuchten jetzt auch Schweißflammen, das ganze Boot wird von flackerndem Licht angestrahlt. Das sind nicht die vertrauten schwungvollen Formen der Überwasserschiffe: Von den flachen Seiten recken sich wie Flossen die vorderen Tiefenruder, in der Mitte bläht sich der Schiffskörper auf. Dicke Wülste wölben sich nach rechts und links aus dem Bauch heraus – die Tauchbunker. Sie sind dem Boot wie ein Sattel aufgeschweißt. Alles ist rund gebaucht: ein ringsum verschlossenes Wesen der Tiefsee, nach besonderen Regeln gebaut. Die Spanten sind hier geschlossene Ringe.

An der Seite des Bugs bewegt sich eine Stahlplatte und gibt einen dunklen Spalt frei. Die Platte schiebt sich langsam weiter zurück, und eine große Öffnung wird sichtbar. Sie weitet sich zu einem klaffenden Maul: eine Torpedomündungsklappe.

Zwei Werftarbeiter versuchen, sich über das Knallen der Preßlufthämmer hinweg mit weitausholenden Armzeichen verständlich zu machen.

Die Torpedomündungsklappe schließt sich wieder.

»Sieht schlimmer aus – als – ist. Druckkörper – ja noch ganz gut – Ordnung!« brüllt der Alte.

Ich fühle einen Griff am Arm. Der Leitende steht neben mir,

den Kopf in den Nacken gelegt. Er blickt hoch über den runden Bauch des Bootes.

»Doch toll, was?«

Von oben schaut ein Posten herunter, die Maschinenpistole über der Schulter.

Wir klettern über Stapelklötze hinweg weiter nach achtern. Deutlich zeigt sich die Grundform des Bootes, der langgestreckte Stahlzylinder. Er umhüllt die Maschinenanlagen, die Batterien und den Lebensraum der Besatzung. Dieser Stahlzylinder mit seinen Innereien ist fast so schwer wie das von ihm verdrängte Wasser. Es ist ein VII C-Boot, wie unseres. Ich memoriere: Länge 67,1 Meter. Breite 6,2 Meter. Wasserverdrängung 769 Kubikmeter über Wasser und 871 Kubikmeter unter Wasser – ein sehr geringer Unterschied: das Boot hat eben nur wenige aus dem Wasser ragende Teile. Tiefgang bei Überwasserfahrt 4,8 Meter – eine Normzahl, denn in Wirklichkeit ist der Tiefgang variabel. Man kann ihn Zentimeter für Zentimeter ändern. Dieser Tiefgang entspricht der Verdrängung von 600 Tonnen Wasser in aufgetauchtem Zustand.

Es gibt außer unserem Typ noch den Typ II mit 250 Tonnen und den Typ IX C mit 1000 Tonnen über Wasser und 1232 Tonnen getaucht. Das VII C-Boot ist als Kampfboot für den Atlantik am besten geeignet. Es hat kurze Tauchzeiten und eine für U-Boote große Wendigkeit. Sein Fahrbereich beträgt aufgetaucht 7900 Seemeilen bei 10 Knoten Fahrt, 6500 Seemeilen bei 12 Knoten Fahrt. Getaucht: 80 Seemeilen bei 4 Knoten Fahrt. Die Höchstgeschwindigkeit ist 17,3 Knoten aufgetaucht und 7,6 Knoten unter Wasser.

»Den hats auch am Heck erwischt. Gerammt von einem sinkenden Dampfer!« brüllt der Leitende in mein Ohr.

Hier und da stehen Jupiterlampen auf Stativen. Eingedrückte Platten werden von einer Schar Werftarbeiter ausgebeult. Nicht schlimm: Es handelt sich nur um die Außenhaut, die ja nicht druckfest ist

Von der eigentlichen zylindrischen Schiffsform, dem Druckkörper, ist nur in der Mitte des Bootes ein Stück zu sehen. Nach achtern und vorn wird der Druckkörper von der dünnen Außenhaut überdeckt, die den geblähten Tiefseefisch, wenn er an die Oberfläche kommt, zu einem tiefliegenden Überwasserschiff tarnt. Über die ganze Länge des Bootes sind in die Außenhaut Löcher und Flutschlitze geschnitten, damit beim Tauchen das Wasser in die Räume zwischen dem eigentlichen Druckkörper und dieser Außenhaut eindringen kann, die leichte Umkleidung würde sonst in der Tiefe vom Gewicht des Wassers zusammengedrückt wie ein Pappkarton

Mit Regelzellen oder auch Regelbunkern läßt sich das Bootsgewicht exakt regeln. Mit einem System von Zellen, die teils außerhalb, teils innerhalb des Druckkörpers liegen, kann das Boot bei Überwasserfahrt ausreichend aus dem Wasser gehoben werden. Auch die Brennstofftanks liegen außerhalb des Druckkörpers.

An der Unterseite einer Tauchzelle erspähe ich die Flutklappen, die während der Überwasserfahrt offenbleiben. Die Tauchzellen halten das Boot wie Luftkissen an der Oberfläche. Wenn durch die oben an den Tauchzellen angebrachten Entlüftungen die Luft entweicht, kann von unten her durch die Flutklappen das Wasser einströmen. Der Auftrieb schwindet, das Boot taucht.

Ich lasse den Blick über das Boot wandern: Der dicke Wulst ist der Bunker für den Brennstoff. Das Loch da ist der Kühlwassereintritt für den Diesel. Hier etwa müßten die Untertriebszellen liegen. Sie sind druckfest wie die Regelzellen und die Regelbunker.

Ein Arbeiter hämmert wie wild auf ein paar Nietenköpfe los.

Der Kommandant ist schon weiter nach achtern gegangen. Er zeigt mit ausgestreckter Rechten nach oben: Die Schrauben des Bootes sind von einem Holzgerüst völlig verbaut.

»Den hats ganz schön erwischt«, murmelt der Alte.

»Schraubenwellen – bekommen – neue Pockholzlagerung«, brüllt der Leitende, »wahrscheinlich – Geräuschbildung – Waboverfolgung!«

Direkt über den Schrauben die Mündungsklappe des Heckrohres. In halber Höhe wachsen die Flächen der achteren Tiefenruder aus den Seitenwölbungen heraus wie verkürzte Flugzeugflügel.

Ein über und über mit Farbe bekleckster Kerl rennt mich fast um. Er hat einen großen Pinsel an einem überlangen Besenstiel. Während ich auf den Alten warte, beginnt er von unten her den Bauch des Bootes zu streichen: dunkelgrau.

Als wir zur gefluteten Box 6 gelangen, biegt der Kommandant wieder vom Weg ab und steuert auf das an der rechten Pier vertäute Boot zu. »Das Boot mit dem Fliegerbombenvolltreffer – das Boot Kramer!« sagt der Leitende.

Ich habe Kramers Geschichte noch im Ohr: »Wir tauchen gerade auf, da sehe ich ein Flugzeug. Der Bombenschacht öffnet sich, die Bombe klinkt aus und fällt genau auf die Brücke zu. Ich zucke mit der Schulter zurück – aus Angst, die Bombe könne draufschlagen. Das Ding krachte auch tatsächlich gegen die Brückenverschanzung – aber bißchen seitlich, nicht mit der Spitze, und statt zu detonieren, flog die Bombe einfach auseinander. Zerscheller – oder wie man das nennt!«

45

Der Kommandant betrachtet den Turm von achtern und von vorn, den bizarr aufgerollten Streifen, den die Bombe aus der Blechverkleidung des Turms herausgerissen hat, den durchschlagenen Wellenbrecher. Ein unförmig vermummter Posten von der Mannschaft des Bootes tritt herzu und grüßt.

»Der müßte eigentlich schon seit ner guten Woche im weißen Nachthemd herumfliegen«, sagt der Leitende.

Das Becken der Box 8 ist auch geflutet. Schwarze Reflexe zittern und schlingern auf dem Wasser.

»Unser Boot«, sagt der Leitende.

Im Halbdunkel des Bunkers hebt es sich kaum vom Wasser ab. Aber gegen die helle Bunkerwand zeichnen sich seine über die niedrige Pier ragenden Formen deutlicher heraus. Das Oberdeck liegt nur einen knappen Meter über dem öligen Brackwasser. Noch sind alle Luks offen. Ich taste mit dem Blick die ganze Länge des Bootes ab, als müsse ich mir seinen Anblick für Zeit und Ewigkeit einprägen. Alle Linien, das hölzerne Oberdeck, das flach und ohne Sprung in einer einzigen langgestreckten Vorwärtsbewegung zum Bug strebt, den Turm mit den sperrig abstarrenden Flakwaffen, das leicht abfallende Heck, die schräg vom Turm nach vorn und achtern geneigten Stahltrossen des Netzabweisers mit den eingeflochtenen grünen Porzellanisolatoren. Alles von äußerster Einfachheit. Ein VII C-Boot, seetüchtig wie kein anderes Schiff.

Ich erhasche ein schiefes Grinsen des Kommandanten: wie ein Pferdebesitzer vor dem Rennen.

Das Boot ist ausgerüstet. Seine Bunker sind angefüllt mit Brennstoff und Wasser – klar zum Auslaufen. Und doch gibt das Boot nicht das Beben und hohe Summen seeklarer Schiffe von sich: Die Diesel arbeiten noch nicht, obwohl die Leute vom Leinenkommando schon mit dicken Handschuhen bereitstehen.

»Die Verabschiedung erfolgt in der Schleuse«, sagt der Kommandant, »mit all dem blöden Klimbim.«

Die Besatzung ist an Oberdeck hinter dem Turm angetreten. Knapp fünfzig Leute. Achtzehn-, Neunzehn-, Zwanzigjährige. Nur die Feldwebel und die Unteroffiziere sind ein paar Jahre älter.

Von ihren Gesichtern kann ich im Halbdunkel nicht viel erkennen. Die deutlich gesprochenen Namen kann ich mir nicht merken.

Das Oberdeck ist glitschig vom Dunst, der durch die Bunkertore hereindringt. Das grauweiße Nebellicht blendet so stark, daß die Konturen der Ausfahrtstore aufgelöst werden. Das Wasser im Becken ist fast schwarz und wirkt zähflüssig wie Öl.

Der I WO meldet: »Besatzung bis auf Zentralegast Bäcker vollzählig angetreten. Maschinenanlage, Unter- und Oberdeck seeklar!«

»Danke! – Heil, UA!«

»Heil, Herr Kaleun!« hallt es über den Maschinenlärm hinweg durch die Box.

»Augen geradeaus! Rührt euch! Rumschließen!«

Der Kommandant wartet, bis sich das Geschlurfe gelegt hat.

»Sie wissen, daß es Bäcker erwischt hat. Bombenangriff in Magdeburg. Bäcker war ein guter Mann. – Verdammter Schlamassel. – Die ganze letzte Reise hatten wir nichts.«

Lange Pause. Der Alte macht ein angewidertes Gesicht.

»Na schön – nicht unsere Schuld. Aber paßt bloß auf, daß es diesmal klappt. Ohren steif halten!«

Auf die Gesichter der Leute tritt ein Grinsen.

»Wegtreten!« befiehlt der Kommandant.

»Eine schöne Rede«, murmelt der Leitende, »alle Achtung!«

Auf dem langgestreckten, schmalen Oberdeck liegen noch Fender, Trossen und neue Leinen herum. Warmer Dunst quillt aus dem offenstehenden Kombüsenluk. Das Gesicht des Schmutt erscheint. Ich reiche ihm meine Sachen hinunter.

Lautlos schiebt sich das Sehrohr hoch. Das Polyphemauge wird nach allen Richtungen gedreht, es steigt ganz hoch am silbern glänzenden Mast, dann senkt es sich wieder herab und verschwindet. Ich klettere auf den Turm. Der Anstrich ist noch nicht ganz trocken und färbt auf die Handflächen ab. Das Torpedoübernahmeluk auf dem Oberdeck ist bereits geschlossen. Achtern wird jetzt auch das Kombüsenluk dichtgemacht. Als einziger Zugang ins Boot bleibt nun nur das Turmluk.

Innen im Boot herrscht wüstes Durcheinander. Nirgends kann man ohne Quetschen und Drängen hingelangen. Hängematten, prall mit Broten gefüllt, baumeln unter den Decken. Überall in den Gängen Proviantkisten, Stapel von großen Konservendosen, Säcke. Wo soll das Zeug, das noch in den Gängen steht, bloß Platz finden? Der letzte Winkel scheint ausgenützt zu sein.

Auf Vorratsräume – normalerweise auf Schiffen weiträumig gehalten – haben die Konstrukteure unseres Bootes genauso verzichtet wie auf Waschräume. Sie haben einfach in die Seekriegsröhre hinein ihre Maschinen gebaut und sich gesagt, daß selbst bei raffiniertester Platzausnützung beim Verlegen des Rohrgeschlinges und dem Einbau der riesigen Antriebsmaschinen und der vielen Hilfsmaschinen und Waffensysteme zwangsläufig Ecken und Winkel ungenutzt bleiben müßten: der Platz für die Besatzung.

47

Das Boot hat vierzehn Torpedos übernommen. Fünf sind in den Rohren, zwei in den Oberdeckstuben und die restlichen unter den Bodenbrettern des Bugraums. Dazu 120 Schuß für die 8,8 und eine Menge Flakmunition.

Der Obersteuermann und der Bootsmann, die seemännische Nummer Eins, haben alle Hände voll zu tun. Die Nummer Eins hat an Bord die Rolle des Spießes inne. Ein gewichtiger Kerl, heißt Behrmann, der die meisten um einen ganzen Kopf überragt. Ich kenne ihn schon: ». . . du munteres Rehlein du – ich brech dir das Herz im Nu!«

Noch eine halbe Stunde bis zum Auslaufen. Es bleibt mir noch Zeit, mich in den Maschinenräumen umzusehen – eine alte Liebe, die Maschinenräume seeklarer Schiffe. In der Zentrale lasse ich mich aber erst einmal auf die Flutverteiler sinken. Um mich herum Rohre, Ventile, Handräder, Manometer, Hilfsmaschinen, das durcheinanderlaufende Geschlinge grün- und rotmarkierter Leitungen. Im Halbdunkel erkenne ich die Ruderlageanzeiger, einen elektrischen und einen mechanischen. Fast alle Anlagen gibt es zweimal – zur Sicherheit. Über dem Tiefenruderstand mit den Druckknopfschaltungen für die elektrische Tiefensteuerung kann ich die Lastigkeitswaagen, eine grobe und eine feine, gerade noch ausmachen. Der Papenberg, ein Tiefenanzeiger, zwischen den Rundscheiben der Tiefenmanometer mit ihren Drehzeigern, sieht aus wie ein großes Thermometer. Er zeigt die Tiefen beim Feinsteuern zur Sehrohrbeobachtung mit zehn Zentimeter Genauigkeit an.

Die Zentrale hat druckfeste Kugelschotts nach vorn und achtern, die durch ihre Halbkugelform mehr Druck aushalten als flache Schotts. Durch die beiden Kugelschotts wird das Boot in drei Abteilungen unterteilt.

Viel ist damit für uns nicht gewonnen, denn wenn eine der drei Abteilungen absäuft, ist das Boot nicht mehr schwimmfähig. Die Konstrukteure hatten wohl flache Gewässer wie die Ostsee bei ihrem Entwurf im Sinn.

Die vordere Abteilung hat als Notausgang das Torpedoübernahmeluk, die achtere das Kombüsenluk.

Der Maschinenraum, mein Ziel, liegt hinter der Kombüse.

Alle Schotts sind offen.

Über Kisten und Säcke hinweg turne ich nun mühsam nach achtern durch den Unteroffiziersraum, wo ich schlafen soll, und weiter durch die Kombüse, die auch noch nicht aufgeklart ist.

Unser Maschinenraum ist nicht vergleichbar mit den Maschinenräumen großer Schiffe, jenen hohen Hallen, die meist von oben bis unten durch das ganze Schiff reichen, mit vielen Etagen aus blinkenden Laufrosten und ölglänzenden Stahlstiegen von einer Etage zur anderen, mit ihrem Geblinke von blankem Kupfer und schimmernden Bolzen, mit den verschlungenen, dick wie Glieder in Gipsverbänden bandagierten Rohren, die zu den Hoch- und Niederdruckturbinen führen. Das hier ist dagegen eine enge Höhle, in der die beiden gewaltigen Diesel mit all ihren Hilfsmaschinen wie geduckte Tiere Platz finden mußten. Rings um sie ist auch noch die kleinste Ecke zwischen dem Gewirr von Leitungen ausgenützt: Kühlwasserpumpe, Motorenölpumpe, Ölseparator, Anlaßluftflaschen, Treibölförderpumpe. Dazwischen Manometer, Thermometer, Schwingungsmesser und alle möglichen Anzeigeapparaturen.

Jeder der beiden Diesel hat sechs Zylinder. Beide zusammen leisten 2800 PS.

Wenn die Schotts dicht sind, ist die Bordsprechanlage die einzige Verbindung zur Zentrale. Im Gefecht ist der Boden hier im schmalen Mittelgang zwischen den mächtigen Dieseln besonders heiß, denn im Dieselraum sitzen die meisten Außenbordsverschlüsse, die empfindlichsten Stellen des Druckkörpers.

Die beiden Obermaschinisten haben noch alle Hände voll zu tun. Johann ist ein stiller, sehr bleicher, hohlwangiger und hochaufgeschossener Mensch mit ruhigem Blick und schicksalsergebener Miene, der sich miserabel hält, blond und fast bartlos. Der andere, Franz, ist gedrungen, dunkel und bärtig. Auch er sieht käsig aus und hält sich krumm. Er macht einen mürrischen Eindruck.

Von beiden glaubte ich zuerst, sie ließen sich mit ihren Vornamen anreden. Jetzt weiß ich, daß Johann und Franz ihre Familiennamen sind. Johann heißt August, und Franz heißt Karl.

Noch weiter achtern liegt der Elektromaschinenraum. Die E-Motoren werden von Batterien getrieben, die ihrerseits von den Dieseln aufgeladen werden. Die E-Motoren haben 750 PS. Alles ist hier sauber, kalt und verschlossen wie in einem Kraftwerk.

Aus den silbern glänzenden Flurplatten heben sich die Gehäuse der Motoren, die bei Unterwasserfahrt auf die Wellen geschaltet werden, nur wenig empor. Zu beiden Seiten Schaltkästen mit schwarzen Schildern und ein Gedränge von Amperemetern, Leistungsmessern und Spannungsreglern. Die elektrischen Maschinen arbeiten ohne Außenluft. Es sind Gleichstrommaschinen, die unmittelbar ohne Getriebe hinter den Dieselmaschinen auf den Wellen sitzen. Bei Überwasserfahrt, wenn die Diesel arbeiten, laufen sie mit und dienen so als Generatoren zum Aufladen der Batterien. Am hinteren Ende des Raumes ist der Bodenverschluß des Heckrohres. Links und rechts davon stehen die beiden Kompressoren, in denen die Anblaseluft für die Tauchzellen verdichtet wird.

Ich hangele mich wieder in die Zentrale zurück und klettere nach oben.

Über den Achtersteven wird das Boot von seinen E-Maschinen aus dem Bunker gezogen und gerät in eine perlmutterne Helle, die sofort das feuchte Deck zum Aufschimmern bringt, als wäre es aus Glas. Das Typhon, unser Signalhorn, stöhnt dumpf auf. Einmal – zweimal. Ein Schlepper entgegnet mit noch dumpferem Signal. Im nebelzerstreuten Licht sehe ich ihn wie aus schwarzer Pappe geschnitten vorübergleiten. Ein zweiter Schlepper schiebt sich schwer und stämmig so nahe vorbei, daß ich die Galerie von Autoreifen erkennen kann, die er als Fender außenbords trägt wie Wikinger ihre Schilde. Ein Heizer steckt sein verrußtes Gesicht aus einem Bulleye und ruft uns etwas zu, doch im plötzlichen Aufheulen unseres Typhons kann ich ihn nicht verstehen.

Der Kommandant selber gibt die Maschinen- und Ruderkommandos. Er hat sich hoch über das Brückenschanzkleid hinausgestemmt – so kann er das Boot für die schwierigen Manöver in der Hafenenge von vorn bis achtern übersehen.

»Backbordmaschine stop! – Steuerbordmaschine kleine Fahrt voraus! – Ruder hart backbord!«

Behutsam dringt das Boot Meter für Meter in den Dunst vor. Es ist noch kalt.

Die Bugspitze streicht über eine Reihe von Schiffen hin, die dicht nebeneinander liegen. Es sind kleine Zossen – Hafenschutzboote, ein Vorpostenboot darunter.

Das Hafenwasser stinkt immer mehr nach Teer, Unrat und Tang.

Über die Nebelschwaden wachsen nun einzelne Dampfermasten hoch, dann ein Gewirr von Ladebäumen. Das schwarze Filigran der Kräne ähnelt dem von Bohrtürmen in einer Öllandschaft.

Die Arbeiter, die über eine Schwenkbrücke dem Werftgelände zustreben, werden bis zum Hals von den rostbraunen Seitenwänden der Brücke verborgen: ein Aufzug abgetrennter Köpfe.

Im Osten mischt sich über den fahlgrauen Kühlhäusern allmählich ein rötlicher Schein in den milchigen Dunst. Ein großer Gebäudeblock weicht ganz langsam zur Seite, und plötzlich leuchtet zwischen der Gitterkonstruktion eines Kranes der scharf ausgestanzte Sonnenball auf – einen Augenblick nur, dann weht fettiger Rauch darüber hin, von einem Schlepper ausgestoßen, der tiefliegende schwarze Sand- und Kohlenprahme zieht.

Ich erschauere im feuchten Wind und halte den Atem an, um nicht zuviel von dem stickigen Qualm in die Lungen zu bekommen.

Auf der Schleusenpier haben sich eine Menge Leute versammelt: Werftarbeiter in ölverschmierten Overalls, Matrosen, ein paar Offiziere der Flottille. Ich kann Gregor erkennen, der gestern abend nicht dabei war, Kortmann, die siamesischen Zwillinge Kupsch und Stackmann. Trumann ist natürlich auch da und sieht ganz normal aus, ohne Spuren von der durchsoffenen Nacht. Hinter ihm entdecke ich den Steinalten und Bechtel, der die Wasserbombe an Oberdeck hatte, und Kramer, den mit der Fliegerbombe. Sogar der Angeber Erler ist erschienen, umringt von einem Pulk Mädchen, die Blumen in den Armen haben. Thomsen aber fehlt.

»Wenn ich schon diese saublöden Karbolnutten sehe«, höre ich neben mir einen Seemann, der gerade eine Wurfleine aufschießt, an der die Vorleine zur Pier hochgehievt wurde.

»Mann, sind das doofe Fotzen«, höre ich einen zweiten.

»Die dritte von links, da die Kleene, die habe ich umgelegt!«

»Wer angibt, der hat mehr vom Leben.«

»Ehrenwort. Wenn ich dirs sage!«

Backbord achtern brodelt plötzlich ein Schwall Wasser hoch. Schaumfluten wallen um das Boot: die Tauchzelle 1 wird nachgeblasen, bis sie vollständig luftgefüllt ist. Gleich darauf wird an mehreren Stellen das Wasser längs der Bordwände schaumig aufgequirlt: eine Zelle nach der anderen wird leergeblasen – unser Oberdeck kommt höher heraus.

Dem Artilleristen, der von oben brüllt: »So dicke Dampfer!« und dabei mit ausgebreiteten Armen einen mit seinen Erfolgen protzenden Angler mimt, streckt einer unserer Leute an Oberdeck die Zunge heraus. Zwei, drei rempeln sich gegenseitig an, andere grinsen oder schneiden Fratzen. Sie machen in Laune – lange hält das keiner aus.

Es wird nun wirklich Zeit, daß wir ablegen. Kommandant, Offiziere und alle Mann sind an Bord. Für den einen, den es in Magdeburg erwischt hat, ist der Ersatzmann da: ein spilleriger Achtzehnjähriger mit käsigem Gesicht.

Hochwasser schon seit einer Stunde. Wir müßten doch jetzt glatt durch die Schleuse kommen.

Unsere Piepels an Oberdeck führen ihre Schmierenkomödie auf: wie heilfroh sie sind, daß es nun endlich auf und davon geht. Und die oben auf der Pier zeigen, daß sie sich vor lauter Neid nicht lassen können: Ihr macht diesen herrlichen Trip! Ihr kommt an den Feind! Verdient euch eure Orden, und wir armen Schweine müssen hier an Land in diesem Scheißfrankreich mit den Scheißnutten vergammeln!

Ich räkele mich in dem noch steifen grauen Lederzeug zurecht. Da stehe ich nun: die Hände großkotzig in die Taschen meiner filzgefütterten Lederjacke gestemmt, die mir bis zu den Knien reicht. Mit den schweren mit Kork gegen die Eisenkälte isolierten Seestiefeln trample ich auf die Grätings auf.

Der Alte fragt grinsend: »Ungeduldig?«

Die Kerle vom Musikzug mit ihren Stahlhelmen auf den Köpfen betrachten uns mit leeren Blicken.

Ein Schlaksiger in der zweiten Reihe beleckt nun schon zum fünftenmal das Mundstück seines Fagotts wie einen Dauerlutscher.

Wenn er sein Fagott ganz aufgeleckt hat, wird eine Sekunde der Ewigkeit –

Da hebt der Knobelbecherdirigent seinen Taktstock, und das Messing der Blasinstrumente blitzt auf – ein paar Augenblicke noch, und das Gerede geht unter im Einsetzen und röhrenden Nachhallen der Musik.

Die beiden Stellinge werden eingeholt.

Die erste Wache hat Manöverstationen bezogen. Die Freiwache bleibt an Oberdeck. Der I WO pfeift zum Ablegen. Der Kommandant tut, als ginge ihn das alles nicht das geringste an. Er zieht hingebungsvoll an einer dicken Zigarre. Trumann oben auf der Pier hat sich auch eine angesteckt. Die beiden grüßen sich mit ihren Zigarren zwischen Zeige- und Mittelfinger. Der I WO blickt irritiert weg.

»Wo bleibt denn Merkel?« fragt der Alte zur Pier hinauf, als die Musik aussetzt.

»Noch nicht klar!«

»Ach du Schande!«

Der Alte läßt einen verkniffenen Blick über den Himmel wandern. Dann nebelt er sich nach einem heftig schmauchenden Zug wie ein Schleppdampfer ein.

»Alle Leinen los, bis auf Spring!«

Vor- und Achterleine werden von Soldaten auf der Pier losgeworfen. Die Männer an Oberdeck holen sie ein. Sie arbeiten sich dabei reibungslos in die Hände. Übung von sieben Reisen her.

»Backbordmaschine kleine Fahrt voraus, Steuerbordmaschine langsame Fahrt zurück! Beide Maschinen stop! – Mittschiffs!«

Jetzt klatscht auch die Spring ins Wasser.

Unsere Fender schurren am rund gewölbten Bauch der Außenbunker entlang. Blubberndes Schraubenwassergequirl zieht meinen Blick nach achtern.

Das Boot hat sich von der Pier gelöst, eine düstere Fähre auf einem öligschwarzen Styx, mit einer Fracht Ledergepanzerter auf der

Flakplattform hinter der Brückenwanne. Kein Abdampf ist sichtbar, kein Maschinengeräusch zu hören. Wie mit einem Magneten wird das Boot von der Pier weggezogen.

Kleine Blumensträuße landen in der Brücke. Die Posten stecken sie in die Winddüsen.

Der dunkle Wasserstreifen zwischen dem grauen Stahl des Boots und der ölverschmierten Piermauer wird immer breiter. Da kommt Bewegung in die Gruppe auf der Pier. Von hinten drängt einer heran und zerteilt die Menschenfront: Thomsen! Er reckt beide Arme hoch, sein neuer Halsorden funkelt, und nun brüllt er über das Brackwasser hinweg: »Heil UA!« und nochmals: »Heil UA!«

Der Alte grüßt mit der Zigarre zwischen den Fingern zurück – so lässig, wie er nur kann.

Das Boot schiebt sich nun langsam in das nebeldampfende Vorbecken, die Szene wird weit. Der Bug nimmt Richtung zur offenen See hin.

Allmählich hebt sich der Nebelrauch vom Wasser. Auf den schwarzen Eisenträgern eines Krans klettert die Sonne höher. Ihr starkes Rot läuft über den ganzen östlichen Himmel aus. Auch die Wolkenränder werden von rotem Schaum überflutet. Sogar die Möwen beladen sich mit dem roten Prunk. Mit angelegten Flügeln lassen sie sich durch das rote Licht bis fast aufs Wasser herabfallen und schwingen sich erst im letzten Augenblick laut kreischend wieder hoch.

Nun verschleißen die Nebeltücher vollends, und auch das ölige Wasser brennt in roter Glut auf. Ein Schwimmkran ganz in der Nähe stößt eine Riesenwolke Dampf ab. Die Sonne verfärbt ihn sofort rot und orange. Daneben verblaßt sogar das rote BYRRH.

Schnell wird der Himmel grüngelb, und die Wolken bekommen ein stumpfes Taubengrau. Die Sonne steigt höher und höher und gewinnt Glanz.

Eine grüne Wrackboje wird vorbeigezogen. Im Blick nach steuerbord verschieben sich die roten Dächer der Badevillen gegeneinander und geraten langsam hinter gelbleuchtende Ladebäume.

Plötzlich durchfährt mich ein hoher, gepreßter Ton. Ein hartes, singendes Blubbern folgt. Das Deck beginnt zu schütteln, das Blubbern wird schärfer und findet einen gleichmäßigen Rhythmus: Unsere Diesel sind angesprungen. Es ist, als wäre das Boot aus der Reglosigkeit der Hafenzeit erst jetzt richtig erwacht.

Ich lege die Handflächen auf das kalte Eisen des Brückenschanzkleides und fühle das lebendige Zittern der Maschine.

Die See steht gegen die Einfahrt an. Kurze, kabbelige Wellen zer-

53

platzen an den Tauchbunkern. Der Molenkopf treibt vorbei und weicht zurück.

Ein Frachter zieht vorüber: grüngrauschwarz getarnt.

»Sechstausend Tonnen zirka!« sagt der Kommandant. Keine Bugwelle, der Frachter liegt vor Anker.

Unser Fahrwasser führt jetzt so dicht unter der Küste hin, daß jeder einzelne Angelstand zu sehen ist. Soldaten winken herüber.

Wir laufen langsames Radfahrertempo. Das Pumpenschiff hat eine zerfetzte Trikolore gesetzt. Strudel am Heck: der düstere Kolcher macht also schwache Fahrt. Aus dicken Rohren schießen Ströme dreckigen Wassers.

»Oberdeck tauchklar machen!« befiehlt der Kommandant.

Die Poller, an denen die Leinen belegt waren, werden versenkt, die Bootshaken festgezurrt, Leinen und Fender in Hohlräumen unter den Grätings verstaut. Die Seeleute ziehen mit Stellschlüsseln an Oberdeck alle Verschraubungen nach, holen den Flaggenstock ein, machen die Maschinenwaffen klar, legen Munition bereit.

Die Nummer Eins wacht mit scharfem Auge, daß ja alles mit Sorgfalt geschieht: Bei Schleichfahrt darf nichts klappern. Der I WO kontrolliert nochmals. Dann meldet er dem Kommandanten: »Oberdeck tauchklar!«

Der Kommandant läßt die Fahrt erhöhen. Zwischen den Grätings zischt Gischt hoch, und Spritzer schlagen gegen den Turm.

Die felsige Küste weicht zurück. Dunkle Schatten liegen noch in ihren Klüften. Die Flakstellungen sind so gut getarnt, daß ich sie selbst mit dem Glas kaum finde.

Zwei Vorpostenboote, umgebaute Fischdampfer, nehmen unser Boot jetzt auf, um Flakschutz zu geben.

Nach einer Weile setzt sich zum Minenschutz ein Sperrbrecher vor, ein großes Schiff mit Tarnanstrich, vollgestopft mit Fässern und anderer gut schwimmbarer Ladung. Sein Oberdeck starrt von Flakwaffen.

»Auch son Job«, sagt der Obersteuermann, »die stehen auf Trampolinen, damits ihnen nicht die Knochen kaputt haut, wenn sie mal ne Mine schnappen. Jeden Tag dasselbe: raus – rein – na danke schön!«

Unser Boot hält sich genau im breiten strudelnden Heckwasser des Sperrbrechers.

Ich bekomme die lange Bucht von La Baule ins Glas: ein dichter Saum Spielzeughäuser. Dann wende ich mich achteraus: St.-Nazaire ist jetzt ein dünner Strich, auf dem die hohen Kräne nur noch stecknadelklein gegen den Himmel gezeichnet sind.

»Kompliziertes Fahrwasser – liegen auch allerlei Wracks herum – da – die Mastspitzen! Warn Transporter, von Stukas versenkt, Bombe direkt durchn Schornstein. Bei Niedrigwasser kommt er raus... Da liegt noch ein Wrack! Das Ding davor is ne Leuchttonne!«

Als vom Nordufer der Flußniederung schon fast nichts mehr zu erkennen ist, fordert der Obersteuermann den Peildiopter an. Er setzt das Gerät auf den Sockel und beugt sich darüber.

»He, Jakob, bissel zur Seite!«

Der steuerbordachtere Brückenposten macht Platz.

»Was peilen Sie denn?« will der Kommandant wissen.

»Die Kirchturmspitze da – kaum mehr zu sehen – und die Felsenkuppe an Steuerbord!«

Der Obersteuermann visiert sorgfältig, liest dann die Werte ab und gibt sie nach unten. »Die letzte Landpeilung«, sagt er.

Wir haben keinen Hafen als Bestimmungsort. Unser nächstes Ziel, das uns vom Stützpunkt weg in die Weite des Ozeans leitet, ist ein von zwei Zahlen bezeichnetes Planquadrat im Mittelatlantik.

Die Operationsabteilung des BdU hat die Seeräume in ein Mosaik solcher kleiner Planquadrate eingeteilt. Das erleichtert den Nachrichtenverkehr, macht es mir aber, der ich an die sonst üblichen Koordinaten gewöhnt bin, schwer, unseren Schiffsort auf der Karte mit einem Blick zu erkennen.

Um elf Uhr wird das Geleit entlassen. Die Vorpostenboote fallen schnell zurück. Der Sperrbrecher schwenkt in weitem Bogen ab und hängt eine dunkle breitzerfließende Rauchfahne an den Himmel. Letzte Winksprüche vom Sperrbrecher zum Boot.

Jetzt wendet sich der Obersteuermann mit dem ganzen Körper entschlossen nach vorn, nimmt sein Glas vor die Augen und stützt sich mit den Ellbogen auf das Schanzkleid.

»Na, Kriechbaum, das wärs mal wieder!« sagt der Kommandant und verschwindet im Turm.

Das Boot ist nun allein auf seinem Kurs.

Einer der Brückenposten langt die Blumen aus den Winddüsen und wirft sie über Bord. In quirlendem Heckwasser treiben sie schnell achteraus.

Ich stemme mich hoch, um das Boot von vorn bis achtern über das Brückenschanzkleid hinweg zu übersehen.

Eine lange Dünung kommt uns entgegen. Wieder und wieder taucht der Bug ein und treibt die Seen wie eine Pflugschar auseinander. Jedesmal schießt das Wasser geifernd hoch, und scharfe

Spritzer zischen über die Brücke. Wenn ich mit der Zunge über die Lippen fahre, schmecke ich den Atlantik: salzig.

In der blauen Himmelsglocke hängen ein paar Stratokumuluswolken wie Flocken von Eierschaum. Der Bug trieft ab, schiebt sich hoch heraus, stampft wieder ein, und die ganze Back wird für Minuten von Gischt überstrudelt. Im Wasserstaub weckt die Sonne Spektralfarben, kleine Regenbögen wölben sich über der Back.

Das Meer ist jetzt nicht mehr flaschengrün, sondern tiefdunkelblau. Dünne, weiße Schaumstreifen laufen wie Marmoradern regellos durch die blaue Fläche. Wenn ein Wolkenballen sich für Augenblicke vor die Sonne schiebt, wird das Wasser zu blauschwarzer Tinte.

Achteraus eine breite Milchwasserbahn: Unsere weit aufgefächerten Heckseen treffen mit den Dünungswogen zusammen und prallen an ihnen weißmähnig hoch. Bis an die Grenze des Blicks flechten sie leuchtendweiße Zöpfe.

Die Füße gegen den Sehrohrbock stemmend, klettere ich noch ein Stück höher aus der Brücke hinaus und lehne mich zurück, die Arme auf den Netzabweiser gestützt. Möwen schießen mit geknickten Flügelschwertern ums Boot und richten starre Augen auf uns.

Das Geräusch der Diesel verändert sich ständig: Es ebbt ab, wenn die Abgasklappen, die seitlich aus dem Boot herausführen, vom Wasser überspült werden, und schwillt an, wenn sie freikommen und die Dieselabgase ungehindert austreten können.

Der Kommandant kommt wieder hoch, kneift die Augen zusammen und nimmt das Glas hoch.

Voraus hängt eine Wolke wie eine Flocke grauer Wolle dicht über dem Wasser. Der Kommandant faßt sie scharf ins Auge. Er wiegt die Bewegungen des Bootes so sorgfältig in den Knien aus, daß er sich nicht festzuhalten braucht.

»Wurde Zeit, daß es wieder raus geht!«

Der Kommandant läßt die Fahrtstufe erhöhen und Zickzackkurs laufen. Bei jeder Kursänderung neigt sich das Boot zur Seite. Die Hecksee krümmt sich einmal nach rechts, dann nach links.

»Auf Blasenbahnen aufpassen – Gegend – nicht geheuer!« Und dann zu mir gewandt: »Die Herren von der anderen Firma pflegen uns hier aufzulauern. Die wissen doch ganz genau, wann wir auslaufen. Kunststück – das können die doch leicht erfahren: von den Werftarbeitern, von den Putzweibern und von den Nutten – und zugucken, wenn wir in der Schleuse ablegen, können sie ja schließlich auch.«

Immer wieder richtet der Kommandant mißtrauische Blicke gegen den Himmel. Waschbrettfalten auf der Stirn, die Nase krausgezogen, tritt er ungeduldig von einem Fuß auf den anderen: »Jeden Augenblick kann man hier von Fliegern überrascht werden! – Die werden ja immer frecher!«

Die Wolken schieben sich allmählich dichter zusammen. Kaum daß hier und da noch ein Stück Himmelsblau durchscheint. Die Blende vor der Sonne geht nur noch für kurze Augenblicke auf.

»Gar nicht geheuer«, wiederholt der Alte und murmelt unter dem Glas hin: » . . . mal besser nach unten – bei Alarm – möglichst wenig Leute oben.«

Das gilt mir. Ich mache, daß ich von der Brücke verschwinde.

Meine Koje ist im Unteroffiziersraum. Dieser U-Raum entpuppt sich als der ungemütlichste an Bord. Er hat den meisten Durchgangsverkehr. Wer auch immer in die Kombüse, zu den Dieseln oder zur E-Maschine gelangen will, kommt hier durch. Bei jeder Wachablösung muß sich die alte Maschinenwache von achtern durch den Raum quetschen und die neue von der Zentrale her. Das sind jedesmal sechs Mann. Auch die Backschafter müssen sich mit ihren vollen Schüsseln und Barkassen durch diesen Raum hindurcharbeiten. In Wirklichkeit ist das Ganze nicht mehr als ein schmaler Korridor mit vier Kojen rechts und vier Kojen links. Direkt im Gang steht eine festgeschraubte Back, deren Platten herunterklappbar sind wie die Tragflächen eines Bordflugzeugs. Der Platz zu beiden Seiten ist so schmal, daß die Maate zu den Mahlzeiten mit eingezogenen Köpfen auf den Unterkojen sitzen müssen. Um für sie Hocker aufzustellen, reicht der Platz bei weitem nicht aus. Wenn während des Essens jemand aus den Maschinen in die Zentrale oder von der Zentrale zu den Maschinen gelangen muß, wird es eine böse Wuhling geben.

Die Mahlzeiten für die Maate sind zwar so gelegt, daß das Essen im Bugraum, bei den Feldwebeln und in der O-Messe schon vorbei ist, wenn sie sich um die Back hocken – die Backschafter für die vorderen Räume also nicht mehr zur Kombüse müssen. Aber trotzdem wird es ständig Störungen geben. Mein Glück ist es, daß ich im U-Raum nicht auch essen muß. Für mich wird in der Offiziersmesse gedeckt.

Einige der Kojen werden von je zwei Maaten nacheinander benutzt. Ich bin glücklicher Besitzer einer Koje ganz für mich allein.

Die Maate der Freiwache sind noch dabei, ihre Spinde einzurichten. Zwei Leute von der Maschine müssen nach achtern durch. Sofort gibt es ein Gedränge. Mein Kojengitter, eine Art schmaler Aluminiumleiter, ist heruntergeklappt und stört auch.

Noch liegen Konservendosen, ein Packen Fellwesten und Brote auf meiner Koje. Ein Mann kommt mit Ölzeug, Lederzeug, Seestiefeln und einem Tauchretter. Lauter neues, wunderbares, schweres Zeug. Die gefütterte Lederjacke hat noch keine Falten. Die Stiefel sind mit Filz ausgelegt; sie sind trotzdem groß genug, daß man noch mit dicken Socken hineinkommt.

Der Tauchretter ist in einer dunkelbraunen Segeltuchtasche mit Reißverschluß. Nagelneu. »Reine Dekoration«, meint der Zentralemaat, »mehr für die Ostsee gedacht!«

»Aber ganz brauchbar, wenn der Diesel stinkt«, sagt ein großer dunkelhaariger Kerl mit buschigen Augenbrauen – Frenssen, der Dieselmaat. Immerhin, als Schwimmweste hat der Tauchretter seinen Wert. Wenn ich nur leicht am Stutzen drehe, liefert die kleine Stahlflasche sofort Sauerstoff.

Ich bringe den braunen Beutel am Fußende unter. Für meine Klamotten habe ich ein winziges Spind, nicht mal groß genug, um das Allernötigste aufzunehmen. Schreibzeug und die Kamera verstaue ich deshalb in der Koje zwischen der leicht angehobenen Matratze und der Wand. Für mich selbst bleibt nicht mehr Platz als in einem paßgerechten Futteral. Ich will mich noch ein wenig umsehen bis zum Mittagessen und gehe durch die Zentrale nach vorn.

Außer den Maaten, die hier im U-Raum ihre Kojen haben, hausen alle anderen Besatzungsmitglieder – einschließlich Kommandant und Offiziere – im Vorschiff. Der Kommandant wohnt gleich hinter dem vorderen Kugelschott der Zentrale. Hinter einem grünen Vorhang die Koje, ein paar Spinde an Wand und Decke und ein sehr kleiner Schreibtisch, eigentlich nur eine Schreibplatte – das ist schon alles. Auch der Kommandant muß sehen, wie er zurechtkommt. Abgeschlossene Kammern zu beiden Seiten eines Ganges, wie sie auf Überwasserschiffen üblich sind, gibt es hier nirgends. Der »Raum« des Kommandanten ist der Zentrale am nächsten. Das Funkschapp und den Horchraum hat er direkt gegenüber.

Dann kommt – weiter vorn – die O-Messe, die zugleich der Wohnraum für den Leitenden, den Ingenieurschüler, unseren II LI, für den I WO und II WO ist.

Die Matratze, auf der unser Kommandant mit dem Leitenden zu den Mahlzeiten sitzen wird, ist eigentlich die Schlafkoje des Leitenden. Das Schlafwagenbett darüber, tagsüber hochgeklappt, ist die Koje des II WO. Die Kojen des I WO und des II LI an der Gegenwand sind begünstigte Plätze, da sie tagsüber nicht weggeschlagen werden müssen: Der I WO und II LI können sich in ihrer wachfreien Zeit langmachen.

Die am Boden festgeschraubte Back ist nach Backbordseite aus dem Gang gerückt. Sie ist für vier Leute eingerichtet: für den Kommandanten, den Leitenden und die beiden Wachoffiziere. Wir werden aber zu sechst zum Essen sein. Der Ingenieurschüler ist Nummer fünf. Ich bin Nummer sechs.

Im anschließenden Oberfeldwebelraum, der wiederum nur durch Spinde von der O-Messe abgeteilt wird, hausen der Obersteuermann Kriechbaum, die beiden Obermaschinisten Johann und Franz und der Bootsmann Behrmann. Unter den Bodenbrettern liegt die Batterie I, die mit der Batterie II unter dem U-Raum unsere Energiequelle für die Unterwasserfahrt bildet.

Der Bugraum ist durch ein nicht druckfestes Schott gegen die Oberfeldwebelmesse abgetrennt. Trotz seines Höhlencharakters ist der Bugraum noch am ehesten als Raum zu bezeichnen. Genaugenommen ist er eine kombinierte Werk- und Lagerhalle für Torpedos und zugleich Gefechtsstation. »Bugtorpedoraum« ist deshalb auch die exakte Bezeichnung. Hier hausen die meisten Leute. An jeder Seite befinden sich sechs Kojen, jeweils zwei übereinander. In ihnen schlafen die Seeleute, die »Lords«, aber auch die »Torpedomixer«, die Funkgasten und die Heizer.

Die Heizer haben, weil sie Sechsstundenwachen gehen, zu zweit eine Koje. Von den anderen, die im Dreierstrop auf Wache ziehen, haben drei Leute jeweils zwei Kojen zur Verfügung. Keiner hat eine Koje für sich allein. Wenn ein Mann aufsteht, weil seine Wache beginnt, legt sich der Abgelöste in seinen Mief. Und trotzdem reichen die Kojen nicht aus: Von der Decke baumeln noch vier Hängematten.

Die Freiwächter bleiben hier selten ungestört: Während der Mahlzeiten müssen alle hoch. Die oberen Kojen müssen hochgeklappt und die unteren geräumt werden, damit die Lords auf ihnen sitzen können. Wenn die Torpedos in den vier Bugrohren »geregelt« werden, verwandelt sich der Raum in eine Maschinenhalle. Die Kojen werden dann abgeschlagen und die Hängematten weggezurrt.

Unter den hoch liegenden Bodenbrettern sind die Reservechargierungen für die vorderen Rohre untergebracht. Solange die nicht nachgeladen sind, ist die Enge drangvoll. Für die Leute im Bugraum bedeutet also jeder Torpedoschuß mehr Bewegungsfreiheit. Einen Vorteil wenigstens bietet der Bugraum seinen Bewohnern: Hier herrscht kein Durchgangsverkehr.

Jetzt sieht der Bugraum freilich noch aus wie ein verwüstetes Arsenal: Lederzeug, Tauchretter, Pullover, Kartoffelsäcke, Teekannen, Pützen, aufgeschossene Taue, Brote . . . Unvorstellbar, daß dies alles verschwinden soll, um für einundzwanzig Piepels und den

Torpedomechanikersmaat, der als einziger Maat nicht im U-Raum, sondern hier – direkt an der Stätte seiner Arbeit – wohnt, Raum zu schaffen.

Es scheint, daß fürs erste alles, was noch keinen Platz fand, in den Bugraum bugsiert wurde

Als ich hereinkomme, scheucht der Bootsmann gerade zwei Matrosen nach vorn: »Dalli, dalli – die Salatkiste zwischen die Torpedorohre! So ein verdammter Mist! Salat! Wir sind doch hier kein Gemüseladen!«

Der Bootsmann führt mir die Enge im Boot wie eine besondere Attraktion vor. Er tut gerade so, als wäre sie seine Leistung. »Eins geht hier immer auf Kosten des anderen«, sagt er. »Nehmen wir nur mal die Klos: Zweie sind da, aber eins müssen wir als Proviantlast fahren. Das heißt also: mehr Platz fürs Essen und dafür weniger fürs Scheißen! Und das soll sich reimen!«

In allen Räumen führen unter der Decke in dicken Bündeln Leitungen und Rohre entlang. Wenn man eine Spindtür öffnet, entdeckt man dahinter auch wieder Rohre, Leitungen und Ventile – als sei das Holz der Spinde nur eine hübsche Verschalung für das technische Gewirr.

Zum Mittagessen muß ich mit dem II WO auf Klappstühlen im Gang hocken. Der Kommandant und der Leitende sitzen auf dem »Ledersofa«, der Koje des Leitenden. Der Ingenieurschüler und der I WO haben an den Schmalseiten der Back Platz.

Wenn ein Mann durch den Raum will, müssen wir beide, der II WO und ich, aufstehen oder den Bauch ganz dicht an die Back pressen und den Rücken krumm machen, damit der Mann über uns hinwegturnen kann. Aufstehen ist noch das kleinere Übel, wie sich schnell erweist.

Der Kommandant trägt einen völlig vergammelten Pullover von undefinierbarer Farbe. Sein blaugraues Hemd hat er gegen ein rotkariertes getauscht, dessen Kragen oben zum Pullover heraussteht. Während der Backschafter aufträgt, sitzt er mit verschränkten Armen weit zurückgelehnt in seiner Ecke und betrachtet angelegentlich die Decke, als interessiere ihn nichts so sehr wie die Holzmaserung.

Der Ingenieurschüler ist Oberleutnant. Neu an Bord. Er soll den Leitenden nach dieser Reise ablösen. Blonder Norddeutscher mit breitem, etwas klobigem Gesicht. Beim Essen bekomme ich von ihm nicht viel mehr zu sehen als sein Profil. Er blickt weder nach rechts noch nach links und tut keinen Mucks.

60

Der Leitende sitzt mir gegenüber. Gegen den Kommandanten wirkt er noch schmaler und hagerer, als er es ohnehin schon ist: scharfe, gebogene Nase, die den Knochen deutlich zeigt. Glatt nach hinten gekämmtes schwarzes Haar. Der zurückgewichene Haaransatz täuscht eine Denkerstirn vor. Sehr dunkle Augen. Hervortretende Backenknochen und Schläfenbeine. Volle, geschwungene Lippen, aber festes Kinn. Die Leute nennen ihn »Rasputin«, vor allem wohl, weil er nach jeder Reise seinen schwarzen Spitzbart noch eine gute Weile mit Hingabe und Geduld pflegt, ehe er sich dann doch entschließt, ihn abzuschaben und mit dem Rasierschaum fortzuschwemmen.

Der Leitende ist seit der ersten Fahrt des Bootes an Bord. Er ist hier der zweitwichtigste Mann, der unumschränkte Herrscher in allen technischen Dingen. Sein Reich ist völlig getrennt von dem der Seeoffiziere, seine Gefechtsstation ist die Zentrale.

»Der LI ist prima«, sagte der Alte, »der steuert genau Strich, wenns drauf ankommt. Der macht das mit Gefühl. Der Neue schafft das nie. Der hats eben nicht in den Fingerspitzen. Mit Bescheidwissen allein ist es da nicht getan. Man muß die Reaktion des Bootes erspüren und seine Maßnahmen schon treffen, ehe eine bestimmte Tendenz sich ausgewirkt hat. Erfahrungssache und Gefühl! Kann eben nicht jeder. Läßt sich kaum lernen . . .« Wie er da neben dem Alten sitzt, mit seinen schmalen, äußerst beweglichen Händen, den träumerischen Augen, den dunklen, langen, nach hinten gekämmten Haaren, könnte ich in dem Leitenden wirklich alles mögliche sehen: einen Croupier oder Würfelspieler, einen Geiger oder einen Filmschauspieler aus der Stummfilmzeit. Vom Körperbau her könnte der Leitende sogar Tänzer sein. Statt der Stiefel trägt er nur leichte Sportschuhe, statt des U-Boot-Päckchens eine Art Trainingsanzug. Der Durchstieg durch die Kugelschottöffnungen gelingt ihm von allen am besten. »Der wetzt durchs Boot wie geölt«, hörte ich heute morgen den Zentralemaat hinter ihm her sagen.

Vom Alten weiß ich, daß der Leitende bei aller Rennpferdnervosität ein unerschrockener Mann ist, und ein fleißiger dazu. Während der Werftliegezeiten sah man ihn selten in der Messe der Flottille. Er war von morgens bis abends an Bord und kümmerte sich um jede Kleinigkeit.

»An diesem Boot wird keine Holzschraube eingedreht, ohne daß der LI das überwacht. Der traut keinem Werftarbeiter.«

Der II WO heißt bei den Leuten wegen seiner geringen Größe »Gartenzwerg« oder »Babyofficer«. Ich kenne ihn wie den Alten und den Leitenden schon lange.

Der II WO ist genauso gewissenhaft wie der Leitende. Ständig trägt er eine aufmerksame und dabei doch leicht verschmitzte Miene zur Schau. Wenn man ihn anredet, zeigt er schnell Lachgrübchen.

»Der steht mit den Hinterbeinen fest an Deck«, sagt der Alte. Er schläft ruhig, wenn der II WO Brückenwache hat.

Der I WO hat erst eine Reise mitgemacht. In der Messe sah ich ihn während der Werftzeit fast nie. Ihm und dem II LI gegenüber tut sich der Kommandant Zwang an. Er gibt sich entweder betont reserviert oder übertrieben freundlich.

Im Gegensatz zum II WO ist der Erste lang aufgeschossen, ein verblasener, farbloser Typ mit unbeweglichem Schafsgesicht. Selbstbewußtsein und Sicherheit fehlen ihm. Dafür ist er übertrieben eilfertig. Ich merke bald: ein Pflichterfüller ohne Schlagfertigkeit und Witz. Seine Ohrmuscheln sind merkwürdig wenig ausgeprägt, die Ohrläppchen angewachsen. Die Nasenflügel liegen flach. Sein ganzes Gesicht macht überhaupt einen unfertigen Eindruck. Auch hat er eine besonders unangenehme Art, verkniffene Seitenblicke zu werfen, ohne den Kopf dabei zu bewegen. Nur wenn der Alte sich zu einem Witzchen versteigt, lächelt er säuerlich.

»Wenn wir nur noch mit Gymnasiasten und überständigen Hitlerjungen zur See fahren, wirds zappenduster«, hatte der Alte in der »Bar Royal« vor sich hingemurmelt und damit wohl auch den I WO gemeint.

»Die Becher her!« befiehlt der Kommandant jetzt und gießt für alle den Tee ein. Die heiße Kanne hat auf der Back keinen Platz mehr. Ich muß sie zwischen die Schenkel klemmen und über die Kanne hinweg nach meinem Essen langen.

Verdammt heiß! Kaum auszuhalten.

Mit sichtlichem Wohlbehagen schlürft der Kommandant seinen Tee. Er drückt sich noch tiefer in die Ecke und zieht ein Knie so hoch, bis er es gegen die Back stemmen kann. Dann schaut er mit leichtem Nicken von einem zum andern – ganz wie ein Vater, der mit seinem Clan zufrieden ist.

In seinen Augen bricht der Schalk auf. Sein Mund zieht sich in die Breite. Der II WO muß schon wieder aufstehen. Ich muß natürlich auch hoch, mitsamt der Kanne, weil der Schmutt nach vorn durch den Raum will.

Der Schmutt ist ein stämmiger, zu kurz geratener Kerl mit einem Hals so breit wie sein Kopf. Er strahlt mich vertrauensselig an. Ich habe den Verdacht, daß er ausgerechnet jetzt durch die Messe kommt, um ein Lob für das Essen entgegenzunehmen.

»Von dem erzähl ich Ihnen noch mal was!« sagt kauend der Alte dem Schmutt hinterher.

Ein Knacken im Lautsprecher. Eine Stimme schaltet sich ein: »Erste Wache sich klarmachen!«

Der I WO erhebt sich und beginnt, sich umständlich zurechtzumachen. Der Alte verfolgt interessiert, wie er schließlich in die mächtigen Seestiefel fährt, sich mit äußerster Sorgfalt einen Schal um den Hals schlingt und sich endlich, mit der dick gefütterten Lederjacke vermummt, militärisch korrekt abmeldet.

Wenig später kommt der Obersteuermann, der bis jetzt Wache hatte, mit vom Wind gerötetem Gesicht und macht seine Meldung: »Wind Nordwest, Tendenz rechtsdrehend, Sicht gut, Barometer eintausendunddrei.«

Dann zwingt er uns zum Aufstehen, weil er sich in der Oberfeldwebelmesse umziehen will.

Der Obersteuermann ist auch schon seit der Indienststellung des Bootes an Bord. Er war noch nie auf anderen Schiffen, immer nur auf U-Booten. Schon bei der alten Reichsmarine auf den ganz kleinen Einhüllenbooten.

Als Schauspieler würde der Obersteuermann wohl versagen: Seine Gesichtsmuskeln sind offenbar nur schwer beweglich. Sein Gesicht wirkt dadurch oft maskenhaft starr. Nur seine dunklen Augen, die tief in ihren Höhlen liegen und von dichten Brauen abgeschirmt werden, sind voller Leben. »Der kann noch mitm Hinterkopp gucken«, hörte ich einen aus dem Bugraum respektvoll von ihm reden.

So gedämpft, daß es der Obersteuermann von nebenan nicht hören kann, sagt mir der Alte: »Der is im Koppeln Meister! Wenn wir mal in schlechtes Wetter kommen und durch Tage oder gar Wochen weder Sterne noch Sonne sehn, stimmt unser Schiffsort doch stets erstaunlich genau. Ich frag mich selber manchmal, wie der das so schafft. Hat ne Menge zu tun an Bord: Führer der dritten Wache und dazu den ganzen nautischen Kram.«

Kurz nach dem Obersteuermann will der Bootsmann nach vorn: Behrmann ist ein vierschrötiger Kerl, der von rotbackiger Gesundheit strotzt. Nach ihm kommt, als ginge es um die Darstellung des Kontrastes zwischen Seeleuten und Maschinenpersonal, der bleichgesichtige Obermaschinist Johann. »Das Leiden Christi« nennt ihn der Kommandant, ». . . ein ganz großer Könner. Der ist mit seinen Maschinen verheiratet. Kommt fast nie auf die Brücke, ein typischer Mann der Unterwelt.«

Nach fünf Minuten drängeln drei Mann der neuen Wache nach achtern durch die Messe.

Mich ficht es nicht mehr an, denn ich habe mich, als der I WO aufstand, schnell auf seinen Platz gesetzt.

»Das war eben Ario«, klärt der Leitende auf. »Und der letzte, der kleine, war der Neue – na, wie heißt der gleich – der Ersatzmann für Bäcker. Seinen Spitznamen hat der schon weg: ›Bibelforscher‹ – liest anscheinend Traktätchen.«

Bald kommt die abgelöste Wache durch den Raum. Der Leitende hat sich zurückgelehnt und sagt in leierndem Ton: »Bachmann, genannt ›Eintänzer‹. Dieselheizer. Auch son Quatsch: Zu heizen gibts nichts mehr, aber die Tradition hält eben bei der Marine besser als die alten Schiffe. – Hagen: E-Maschinen-Heizer – da gibts noch weniger zu heizen. – Turbo, der andere Zentralegast. Prima Knabe.«

Dann erscheint in der Gegenrichtung ein hochgewachsener blonder Kerl: »Hacker, der Torpedomechanikersmaat – der Bugraumälteste.«

»Toller Bursche«, sagt der Alte, »der hat mal einen völlig vergammelten Torpedo aus der Oberdeckstube bei erheblichem Seegang auseinandergenommen und repariert – unten im Boot natürlich. Das war unser letzter Aal, und just mit dem haben wir noch einen Zehntausend-Tonnen-Dampfer unter Deck geschoben. *Sein* Dampfer, wenn mans genaunimmt. Der kriegt demnächst das Spiegelei – hat er verdient.«

Der nächste, der durch den Raum kommt, ist klein. Er hat sehr schwarze, sorgfältig nach hinten gestriegelte Haare und grient den Leitenden zutunlich aus Schlitzaugen an. Seine Unterarme sind tätowiert; flüchtig erkenne ich einen Matrosen mit einem Mädchen im Arm gegen eine rote Sonne.

»Das war Dunlop. Torpedomechanikersgast. Der sorgt für Betrieb an Bord. Die große Ziehharmonika im Horchraum gehört ihm.«

Zuletzt kommt der Obermaschinist Franz. Der Leitende schickt ihm einen düsteren Blick nach: »Der dreht zu leicht durch – Johann, der andere, ist der bessere Mann.«

Das Essen ist zu Ende, und ich mache mich auf den Weg von der O-Messe zum U-Raum.

Der Bootsmann muß ein As im Stauen sein. Er hat den Proviant rutschfest und so gleichmäßig über das ganze Boot verteilt, daß die Trimmlage nicht leidet – und, wie er mir stolz versichert, dazu noch so, daß die zuerst benötigten Vorräte vor dem Dauerproviant greifbar bleiben. Keiner außer ihm weiß, wohin die Riesenmengen Proviant verschwunden sind. Nur die Hartwürste, die Speckseiten und die Brote sind noch für alle sichtbar: Das Wurstlager hängt von der Decke der Zentrale herab wie in einer Räucherkammer. Das Frischbrot hat den Hängemattenplatz vor dem Horch- und Funkschapp behalten. Jedesmal, wenn man am Funkschapp vorbei will, muß man sich gebückt unter den Brotlaiben durcharbeiten.

Ich steige durchs zweite Kugelschott. Meine Koje ist jetzt frei. Wohlgeordnet liegt die Ausrüstung auf der Decke. Die Tasche mit den Siebensachen am Fußende. Ich kann den grünen Kojenvorhang zuziehen und die Außenwelt ausschließen. Holzmaserung auf der einen Seite, weißer Lack oben, grüner Vorhang auf der anderen Seite. Das Leben im Boot teilt sich mir nur noch in Gesprächen und Geräuschen mit.

Am Nachmittag entere ich zur Brücke auf. Der II WO hat gerade seine Wache angetreten. Die See ist flaschengrün. Dicht am Boot erscheint sie fast schwarz. Die Luft ist feucht, der Himmel hat sich gänzlich eingetrübt.

Als ich schon eine gute Weile neben den II WO stehe, beginnt er unter dem Glas hindurch zu sprechen: »Hier ungefähr haben sie mal einen Viererfächer auf uns geschossen. Auf der vorletzten Reise. Wir sahen einen Aal achtern und einen vorn vorbeilaufen. Starker Eindruck!«

Auf der niedrigen Dünung zucken kleine Kabbelwellen auf. So friedlich und ohne Falsch das Wasser auch scheinen mag: in jedem Schatten dieser kurzen Wellen kann sich das Sehrohrauge des Gegners verbergen.

»Müssen höllisch spannen hier!« sagt der II WO wieder zwischen den Lederhandschuhen hindurch.

Der Kommandant kommt herauf. Er knurrt einen Fluch wegen des Wetters und dann: »Paßt bloß auf, Jungs, paßt ja auf! Verdammte Ecke hier!«

Plötzlich faucht er den steuerbordachteren Ausguck an: »Mensch, Sie sollte man über die Wäscheleine hängen! Reißen Sie bloß Ihren Rachen nicht so auf!« Und nach einer Weile: »Wers nich verträgt, solls eben lassen. So ganz allmählich müßt ihr doch wieder auf die Beine kommen!«

Der Kommandant ordnet für sechzehn Uhr dreißig Prüfungstauchen an. Nach der langen Werftliegezeit soll das Boot zum erstenmal unter Wasser gehen und genau ausgewogen werden, damit bei Alarm nicht erst viel gelenzt und geflutet werden muß. Zugleich gilt es festzustellen, ob alle Ventile und Verschlüsse in Ordnung sind.

Der Befehl »Brücke tauchklar!« leitet das Manöver ein. Die Flak-

65

munition verschwindet im Turm. Noch sind die drei Ausgucks und der Wachoffizier auf der Brücke.

Befehle, Meldungen, Klingelzeichen. Achtern werden jetzt die Diesel gestoppt und ausgekuppelt. Die E-Maschinen werden auf die Wellen geschaltet und gehen auf hohe Fahrtstufe. Gleichzeitig mit dem Stoppen der Diesel werden die großen nach außenbords führenden Kanäle – für die Abgase und für die Zuluft – geschlossen: Aus dem Dieselraum wird der Tauchklarzustand zur Zentrale gemeldet. Auch der Bugraum gibt sein Tauchklarzeichen. Die Brückenposten sind schon eingestiegen. Ich sehe, den Blick durch den Turmschacht nach oben gerichtet, den Wachoffizier eilig am Handrad drehen, mit dem das Turmluk dicht auf seinen Sitz gepreßt wird.

»Klar bei Entlüftungen«, befiehlt der LI. Die Männer an den Entlüftungshebeln für die Tauchzellen melden in schneller Folge dem Leitenden: »Eins!« – »Drei beide Seiten!« – »Fünf!« – »Fünf sind klar!«

Es klingt wie Beschwörungsformeln.

»Entlüftungen sind klar«, gibt der Leitende nach oben.

»Fluten!« kommt es von oben.

»Fluten!« wiederholt der Leitende für seine Leute.

Die Zentralegasten reißen die Schnellentlüftungen auf. Die Luft, die dem Boot Auftrieb gab, entweicht mit donnerndem Schwall aus den Tauchzellen. Die Tiefenrudergänger legen das vordere Tiefenruder hart unten und das achtere unten zehn. Das Boot kippt an und wird merklich vorlastig, der Zeiger des Tiefenmanometers schiebt sich langsam über die Zahlen des Zifferblatts. Noch trifft ein dröhnender Wellenschlag den Turm, aber dann reißt ganz plötzlich das Lärmen der Seen ab. Die Brücke ist untergeschnitten.

Beklemmende Stille – kein Wellenschlag, kein Schüttern der Diesel mehr. Das Radio verstummt. Die Funkwellen dringen nicht in die Tiefe. Auch das Summen der Lüfter hat ausgesetzt.

Ich passe auf, daß mir nichts entgeht. Vielleicht kommt es irgendwann auf mich an, dann muß ich wissen, welcher Griff zu tun ist.

Der Leitende befiehlt: »Vorne oben zehn, hinten oben fünfzehn!« Die Vorlastigkeit wird aufgehoben. Der Schraubenstrom drückt auf das oben gelegte Tiefenruder und macht das Boot langsam achterlastig. Die letzten Luftblasen, die sich in den Ecken der Tauchzellen festgesetzt haben und unerwünschten Auftrieb geben könnten, entweichen dabei aus den Zellen.

Der Leitende meldet dem Kommandanten: »Boot ist durchgependelt!«

Der Kommandant befiehlt: »Entlüftungen schließen!«

66

Die Entlüftungsklappen, die oben an den Tauchzellen angebracht sind, werden von der Zentrale her durch Handräder und Hebelgestänge geschlossen.

»Auf dreißig Meter gehen!« befiehlt der Kommandant. Er lehnt unbewegt am Kartentisch, die Ellbogen rückwärts aufgestützt.

Der Leitende steht hinter den beiden Tiefenrudergängern – Tiefenruderanzeiger, Tiefenmesser, Trimmzeiger, Wasserstandsgläser, Skalen und Manometerzeiger vor den Augen.

Der Zeiger des Tiefenmanometers dreht sich. Fünfzehn Meter, zwanzig Meter, fünfundzwanzig Meter.

Jetzt ist nur noch leises E-Maschinen-Summen wie aus weiter Ferne zu hören. Irgendwo tropft mit dünnen verlorenen Tönen Wasser in die Bilge. Der Leitende hat einen lauschenden Ausdruck im Gesicht, er richtet sich von der Kartenkiste hoch und sucht mit seiner Taschenlampe zwischen Rohrleitungen an Backbordseite herum. Da hört das Tropfen von ganz allein auf. »Auch geregelt«, murmelt der Leitende.

Ein Zittern wie von einem Kälteschauer läuft durch das Boot.

Der Alte wirkt gänzlich unbeteiligt. Er scheint ins Leere zu starren, doch aus den Augenwinkeln schießt er hin und wieder kurze Blicke.

Der Zeiger des Manometers nähert sich der Dreißig, sein Gang wird immer langsamer. Schließlich bleibt er stehen. Das Boot fällt nicht mehr, es schwebt im Wasser wie ein Zeppelin. Es ist aber deutlich zu spüren, daß es noch achterlastig ist. Es hat zwar keine Steige- oder Falltendenz mehr, ist aber noch nicht auf ebenem Kiel.

Der Leitende beginnt das Einsteuern: »Hundert Liter nach vorn!« Der Zentralegast Turbo dreht sofort ein Ventil hinter dem Sehrohrschacht auf.

Der Leitende läßt erneut Tiefenruder legen. Jetzt steigt das Boot, ohne daß angeblasen wird. Ganz langsam streicht der Zeiger des Tiefenmanometers über das Zifferblatt zurück. Allein durch Betätigung der Tiefenruder und mit Hilfe des Schraubenvortriebs wird die befohlene Tiefe erreicht – dynamisch.

Der Leitende gibt hin und wieder einen Befehl für die Tiefenrudergänger. Endlich läßt sich auch der Kommandant hören: »Auf Sehrohrtiefe gehen!« Er löst sich mit einem Ruck vom Kartentisch und klettert mit schweren Bewegungen in den Turm.

»Vorn oben zwanzig, hinten oben fünf!« befiehlt der Leitende.

Schon sinkt die Wassersäule im Papenberg langsam ab. Der Leitende biegt seinen Oberkörper zur Seite und meldet mit zurückgelegtem Kopf in den Turm: »Sehrohr kommt frei!«

Jedes Steigen oder Sinken der Wassersäule im Papenberg bedeutet ein Aufsteigen oder Absinken des Bootes. Die Rudergänger müssen versuchen, durch rechtzeitiges Legen der Tiefenruder seinen Steige- oder Falltendenzen entgegenzuwirken, noch ehe sie sich im Papenberg anzeigen, denn dann ist es schon zu spät: Entweder kommt das Sehrohr zu hoch hinaus und verrät beim Angriff das Boot dem Gegner, oder es schneidet unter, und der Kommandant sieht im entscheidenden Augenblick nichts.

Der Leitende hat die ganze Zeit den Papenberg nicht aus den Augen gelassen. Auch die beiden Tiefenrudergänger halten ihren Blick auf die Wassersäule geheftet. Sie steigt kaum noch auf und ab. Absolute Stille im Boot. Nur hin und wieder ein leises Summen, wenn der Sehrohrmotor anspringt, mit dessen Hilfe der Kommandant das Sehrohr höher ausfährt oder wieder einzieht.

»Brückenwache sich klarmachen! Anzug Ölzeug!« kommt jetzt die Stimme des Kommandanten von oben.

Die Brückenposten binden sich ihre Südwester unter dem Kinn fest und fahren in die Öljacken. Dann gruppieren sie sich unter dem Turmluk.

»Klarmachen zum Auftauchen!« befiehlt der Kommandant.

Achtern pumpen jetzt die Heizer Öl vor, damit die Diesel sofort anspringen können.

»Auftauchen!« kommt der Befehl von oben.

Der Leitende läßt das vordere Tiefenruder voll oben und das achtere oben fünf legen. Dann befiehlt er: »Anblasen!«

Mit scharfem Zischen strömt Preßluft in die Tauchzellen.

»Druckausgleich!« befiehlt der Kommandant.

Plötzlich schlägt mir Beklemmung auf die Ohren: Der Überdruck ist entwichen. Er war kurz nach dem Fluten entstanden, als die Untertriebszelle ins Boot hinein entlüftet wurde. Jetzt ist er durch Öffnen des Dieselkopf- und -fußventils, der Luftleitungen der Diesel nach außenbords, verschwunden. Und nun stürzt ein Strom frischer Luft von oben her ins Boot: das Turmluk ist auf. Die Lüfter werden angestellt und saugen in mächtigem Zug Frischluft ins Boot.

Befehlsserien für die Maschinen folgen:

»Backborddiesel klar!«

»Backbord-E-Maschine stop. – Umschalten!«

»Backbordmaschine langsame Fahrt voraus!«

Die Untertriebszellen werden wieder geflutet. Danach befiehlt der Kommandant: »Ausblasen mit Diesel!«

Die Dieselabgase drücken jetzt das Wasser aus den Tauchzellen. Das spart Preßluft. Und noch einen Vorteil hat dieses Verfahren: Die fettigen Abgase wirken korrosionshindernd.

Eine Tauchzelle nach der anderen wird ausgeblasen. Der Leitende empfängt eine Meldung, die er sofort nach oben weitergibt: »Eins und fünf werden geblasen!«

Der Kommandant beobachtet von der Brücke aus an den Luftblubbern, die dabei an den Seiten des Bootes aufsteigen müssen, ob die Tauchzellen richtig ausgeblasen werden. Nach einer Weile ruft er herunter: »Alle haben geblasen. Wegtreten von Tauchstationen!«

Das Boot ist wieder zum Überwasserschiff geworden.

Der Kommandant befiehlt: »Steuerborddiesel klar! – Steuerbord-E-Maschine stop! – Umschalten! – Steuerbordmaschine langsame Fahrt voraus!«

Der Leitende steht auf, zieht die Schultern hoch, räkelt alle Glieder und schaut mich pfiffig an: »Na?«

Ich nicke nur ergeben und lasse mich wie ein angeschlagener Boxer auf einen Kartoffelsack fallen, der neben der Kartenkiste lehnt. Der Leitende greift sich eine volle Hand Pflaumen aus der Kiste, die für jedermanns Zugriff neben dem Kartentisch bereitsteht, und hält sie mir hin: »Zur geistigen Stärkung! Tja, wir sind eben kein gewöhnlicher Dampfer.«

Als der Alte verschwunden ist, sagt der Leitende mit gedämpfter Stimme: »Das geht heute sicher noch lustig weiter ›Die Müdigkeit aus den vergammelten Knochen exerzieren!‹ nennt das der Alte. Dem entgeht nichts. Der beobachtet jeden einzelnen Mann. Da braucht bloß einer nervös herumzufingern, und gleich haben wir einen Probealarm nach dem anderen.«

Auf dem Kartentisch liegt unter einer dicken Zelluloidplatte die Seekarte. Noch ist es ein Blatt mit einem Küstensaum. Die Landflächen hinter der Küste sind leer, als wären sie unbesiedelt: keine Straßen, keine Ortschaften – eine Seekarte! Das Land hinter der Küste hat für den Seefahrer keine Bedeutung. Höchstens noch ein paar Peilpunkte und die Leuchtfeuer mit ihren Kennungen. Dafür aber sind alle Untiefen und Sandbänke vor den Strommündungen vermerkt. Ein Bleistiftstrich fährt zickzack von St.-Nazaire weg. Ein Kreuz daran: unsere letzte Landpeilung.

Unser Generalkurs ist dreihundert Grad. Aber immer wieder höre ich Ruderkommandos. Wegen der U-Boot-Gefahr können wir noch keinen geraden Kurs steuern.

In der Zentrale unterhält sich ein Freiwächter vom Maschinenpersonal mit dem Zentralegast Turbo, der sich einen rötlichen Bart über die Hafenzeit gerettet hat und jetzt wie eine Rübezahlimitation aussieht: »Bin gespannt, wos diesmal hingeht.«

»Island, scheints!«

»Nee, ich tippe auf Süden! Ne lange Südunternehmung. Wir haben nämlich ne ziemliche Menge Sachen gestaut.«

»Das hat doch gar nischt zu sagen. Is ja auch völlig schnurz – oder? An Land gehen und einen wegstecken kannste hier nich und kannste da nich.«

Turbo ist schon lange an Bord. Mit der Blasiertheit des Erfahrenen zieht er die im Bartgestrüpp halb versteckten Mundwinkel nach unten, klopft dem anderen gönnerhaft auf die Schulter und erklärt ihm: »Kap Hatteras im Mondschein – Island im Nebel – man kommt eben rum bei der Marine!«

Noch vor dem Abendbrot läßt der Kommandant einen Tieftauchversuch machen. Er will wissen, ob die Außenbordsverschlüsse auch in größerer Tiefe dichthalten.

Erprobt sind die VII C-Boote für eine Tauchtiefe von neunzig Metern. Weil die Wirkung von Wasserbomben aber um so geringer wird, je tiefer sie detonieren – der größere Druck bremst die Druckwelle der Explosionen –, müssen die Boote, um sich der Wasserbombenverfolgung zu entziehen, oft viel tiefer gehen. Bis zu welcher Tiefe der Druckkörper wirklich standhält, wie also die maximale Tauchtiefe ist – wer weiß es? Diejenigen, die zu tief gingen, konnten keine Meldung mehr machen, und die, die sehr tief waren, konnten nicht sicher sein, ob sie tatsächlich die äußerste Tauchtiefe erreicht hatten. Bei welcher Tiefe genau das Boot birst – diese Erfahrung macht eine Besatzung nur einmal.

Die Serie der Tauchkommandos von heute morgen wiederholt sich. Aber wir pendeln uns nicht bei dreißig Metern ein, sondern gehen tiefer und tiefer. Es wird mäuschenstill im Boot.

Plötzlich ein scharfes Schrillen, ein die Trommelfelle peinigender fürchterlicher Lärm. Entsetzte Blicke treffen mich. Aber der Alte trifft keine Anstalten, die Fahrt schräg hinab zu stoppen

Der Manometerzeiger steht auf hundertfünfzig.

Wieder Schrillen, untermischt mit dumpfem Schrammen.

»Nicht gerade ein idyllisches Plätzchen hier«, murmelt der Leitende. Er hat das Backenfleisch nach innen gezogen und schickt sprechende Blicke zum Kommandanten hin.

»Das muß das Boot abkönnen«, sagt der Alte lakonisch. Da wird mir klar, daß das Boot über die Grundfelsen scheuert.

»Reine Nervenfrage«, zischelt der Leitende.

Der wüste Lärm hört nicht auf.

»Der Druckkörper hälts ja aus! . . . Aber die Schrauben und das Ruder . .«, mault der Leitende mit gedämpfter Stimme. Der Alte tut, als höre er nichts.

Gott sei Dank – das Schrillen und Schaben hört auf. Der Leitende ist grau im Gesicht.

»Klang genau wie ne Straßenbahn in der Kurve«, sagt der II WO

Der Alte gebärdet sich wie ein nachsichtiger Seelsorger, als er mir erklärt: »Im Wasser werden nun mal die Geräusche aufs Fünffache verstärkt. Macht viel her, ist aber halb so wild.«

Da pumpt sich der Leitende wie ein vorm Ertrinken Geretteter voll Luft. Der Alte bedenkt ihn mit interessiertem Psychiaterblick, dann teilt er uns mit: »Reicht für heute, auftauchen!«

Die Befehlslitanei für das Auftauchmanöver spult ab. Der Zeiger des Tiefenmanometers streicht über die Skala zurück.

Ich habe den Filmstreifen vom Auftauchen eines Bootes im Kopf. Die druckfeste Kamera war außenbords am Netzabweiserklampen angebracht und auf den Turm gerichtet. Zuerst fahles diffuses Halblicht, eine dunkle Masse mittendrin, die schnell zu einer senkrecht im Wasser schwebenden Tonne mit einem Pfahl obenauf wurde. Als die Konturen sich festigten, wurde die Tonne zum U-Boots-Turm mit ausgefahrenem Sehrohr. Die Helligkeit darüber bekam ein Schlierenmuster, das sich heftig bewegte, und dann erschien ein quirlend aufsteigender Strom aus Luftblasen, das Schlierenmuster wurde zerfetzt, plötzlich blendete Helle auf, und hinter einem abtriefenden U-Boots-Turm schwankte der Himmel von einer Seite auf die andere. Der Netzabweiser fuhr armdick aufs Schanzkleid zu und ließ bizarre Wasserfetzen fallen.

Der Kommandant und die Wache entern auf. Ich folge ihnen und postiere mich hinter der Brückenwanne im »Wintergarten«. Rings um die Vierlingsflak ist hier viel Platz.. Zwischen den Quersprossen der Reling des Wintergartens hindurch kann ich senkrecht nach unten sehen. Obwohl wir nur Marschfahrt machen, sprudelt und quirlt das Wasser heftig. Myriaden weißer Blasen wirbeln darin, Schaumstreifen verflechten sich und dröseln sich schnell wieder auf. Ich fühle mich ganz allein. Einsam auf eisernem Floß. Der Wind preßt sich an mich, das Eisen zittert in feinen Schwingungen. Immer neue Muster ziehen vorüber. Ich muß den Blick losreißen, wenn ich nicht eindösen will.

Plötzlich höre ich hinter meinem Rücken die tiefe zögernde Stimme des Alten: »Schön, was?«

Dann folgt sein üblicher Bärentanz. »Die Beine vertreten«, nennt er das.

Ich blinzele in die tiefstehende Sonne, die durch eine Wolkenlücke bricht.

71

»Vergnügungsfahrt mitten im Krieg! Mehr kann man doch nicht verlangen!«

Jetzt faßt der Alte das Vorschiff ins Auge und sagt: »Das seetüchtigste Schiff, das es gibt – das Schiff mit dem größten Aktionsradius!«

Dann blicken wir beide wieder achteraus über die Hecksee hin.

»Tscha – die Spur unseres Bootes!« sagt der Alte. »Schönes Beispiel für Vergänglichkeit: noch in Sichtweite aus und fini.«

Ich wage nicht, den Alten anzusehen. »Philosophendampfer« würde er sagen, wenn er derlei tiefschürfende Reden von anderen zu hören bekäme. Aber der Alte spinnt seinen Faden sogar noch weiter: »Ja, die gute Mutter Erde ist da doch eine rücksichtsvollere Dame. Die macht uns wenigstens was vor.«

Ich drücke die Zunge von hinten gegen die Schneidezähne und mache: »Tssst!«

Aber der Alte läßt sich nicht abhalten: »Doch klar: Die läßt uns die Einbildung, wir – die Menschen – hätten uns auf ihr verewigt, Zeichen eingegraben, Male aufgedrückt. Dabei läßt sie sich mit dem Planieren nur mehr Zeit als das Wasser. Paar tausend Jahre, wenns sein muß.«

Ich werde ganz klein vor Verlegenheit.

»Da herrschen also wieder mal bei der Marine die berühmten klaren Verhältnisse!« ist alles, was mir einfällt.

»So isses«, sagt der Alte, und dazu grinst er mir voll ins Gesicht.

Die erste Nacht an Bord: Ich versuche, mich innerlich schwer zu machen, alle Gedanken zu löschen. Die Schlafwellen erreichen mich auch, ziehen mich eine Weile mit, aber ehe ich mich richtig in sie einschmiegen kann, setzen sie mich schon wieder ab. Schlafe ich oder wache ich? Die Wärme im Raum! Der Ölgestank! Das ganze Boot zittert in feinen Schwingungen: Die Maschinen übertragen ihren Rhythmus bis in die kleinste Niete.

Die Erregung der letzten Stunden tut das Ihre dazu, um den Schlaf immer wieder zu verscheuchen.

Die Dieselmotoren arbeiten die ganze Nacht. Jeder Wachwechsel schreckt mich hoch. Jedesmal, wenn das Schott aufgeht oder krachend in seinen Rahmen geschlagen wird, bin ich wieder weg vom Rande des Schlafs.

Wie anders ist das Erwachen als auf einem gewöhnlichen Schiff: Statt der Bulleyes, durch die man das Meer schäumen sieht, gibt es hier nur häßlichen Lampenschein in allen Räumen.

Schwerer Kopf, Blei im Schädel vom Maschinendunst. Seit einer halben Stunde schon feilt überlaute Radiomusik an meinen Nerven.

Unter mir sehe ich zwei krumme Rücken – aber keinen Platz für meinen nach Halt angelnden Fuß. Ich müßte, wenn ich jetzt aus der Koje herauswollte, zwischen die halbabgegessenen Teller und die in Kaffeelake zerweichten Weißbrotstücke treten. Die ganze Back ist klebrig und verdreckt. Der Anblick des fahlgelben Rühreis läßt in mir Ekel hochquellen.

Aus dem Maschinenraum kommt Schmierfettgestank.

»Mensch, verdammt noch mal, machs Schott dicht!«

Der Funkmaat Hinrich richtet einen anklagenden Blick gegen die Decke. Als er mich entdeckt, stiert er mich aus noch halb verklebten Augen an, als sei ich eine Erscheinung.

»Mal einen her aus der Tripperspritze!« fordert der E-Maat Pilgrim.

Ich hätte eben eher von meiner Koje hochkommen sollen! Jetzt kann ich denen da nicht ins Frühstück trampeln. Also lasse ich mich zurückfallen und erlausche: »Nimm doch deinen fetten Arsch weg!«

»Wie Babygeschissenes – dieses Mistzeug von Rührei! Ich kann diesen Pulverkram einfach nicht mehr riechen!«

»Willste vielleicht Hühner halten in der Zentrale?«

Die Vorstellung von Hühnern, die in der Zentrale auf den Flutverteilern hocken – weiße Leghornhennen –, erheitert mich. Ich habe sofort deutlich ihre auf die Flurplatten verteilte grünweiße Schmiere zwischen plustrigen Hühnerfedern vor Augen und ihr albernes Gegacker im Ohr. Als Kind mochte ich Hühner nicht anfassen. Ich kann auch jetzt noch Hühner nicht leiden. Der Chromosomengeruch gebrühter Hühnerfedern dic fahlgelbe Hühnerhaut – die fetten Pürzel . . .

»Und in der Bilge könnten wir ja Enten halten – ne kleene Sorte. Die könnten wir mit grünen Rotzaulen füttern!«

»Du alte Toppsau!«

»Komm, komm – was heißt hier Toppsau! Was glaubst denn du, wie die sich freuen würden: jeden Morgen die fetten Dinger – das wär doch ne gute Verwertung – oder? – Was Frisches für die lieben Tierchen.«

Ich muß schlucken, um den Brechreiz hinunterzuzwingen.

»Macht nur so weiter, ihr alten Säue!«

Eine Weile höre ich nur Mampf- und Schmatzgeräusche. Dann aber einen dumpf orgelnden Rülpser, der genauso hochgeschraubt endet, als wolle Konsistentes mit ihm zum Vorschein kommen.

»Jetzt reichts aber!«

»Das schlägt einem ja auf die Laune, du Mistbock!«

Die Lautsprecher brüllen jetzt durchs Boot: »Ich bin die Lilli, die Lilli aus Najanka. Das ist die kleine Stadt in Kamerun am Tanka . . .«

Die Lautsprecher kann man nur etwas leiser schalten, ganz abstellen aber kann man sie nicht, da sie ja auch der Befehlsübermittlung dienen. So muß ich mich in die Willkür des Funkmaaten schicken, der in seinem Schapp den Plattenspieler bedient. Die Lilli hats ihm anscheinend angetan. Die Platte läuft schon zum zweitenmal heute morgen.

Mich verdrießt die Vorstellung, daß es eigentlich erst zwischen vier und fünf Uhr ist. Um für die Funkmeldungen das Umrechnen zu ersparen, richten wir uns nach deutscher Sommerzeit. Außerdem sind wir vom Nullmeridian schon so weit nach Westen entfernt, daß zwischen der Sonnenzeit unseres Standortes und unserer Uhrzeit ein weiterer Unterschied von mehr als einer Stunde entstanden sein müßte. Im Grunde ist es ganz gleich, wohin wir den Tagesanfang legen: Sowohl tags wie nachts brennt hier unten im Boot elektrisches Licht, und der Wechsel von Wachen und Freiwachen vollzieht sich in Intervallen, die nicht von der Tageszeit abhängen.

Es wird Zeit, daß ich mich aus den Decken schäle! Ich sage: »Entschuldigung!« und zwänge meinen Fuß zwischen die beiden Leute, die auf der Koje unter mir hocken.

»Alles Gute kommt von oben!« höre ich Pilgrim.

Während ich meine Schuhe suche, die ich hinter zwei Rohren für sicher festgeklemmt hielt, führe ich ein Morgengespräch mit dem Zentralemaat, der dicht neben mir auf einem Klappstühlchen sitzt.

»Na, wie siehts denn aus?«

»Comme çi – comme ça, Herr Leutnant!«

»Barometer?«

»Steigt!«

Nun klaube ich mir mit Bedacht die Fusseln der Wolldecken aus den Bartstoppeln. Der Kamm, den ich durch die Haare ziehe, ist im Nu völlig schwarz. Meine Haare fangen die festen Bestandteile des Öldunstes wie ein Filter auf.

Aus meinem Spind krame ich Waschlappen und Seife hervor. Ich würde die Morgenwäsche gern auf dem Klo vollziehen, aber ich sehe mit einem schnellen Blick durchs vordere Kugelschott, daß das jetzt nicht möglich ist: das Lichtsignal leuchtet rot. Da reiben wir uns eben nur die Augen ein bißchen aus und verstauen Zahnbürste und Seife in der Hosentasche – für eine spätere Gelegenheit.

Das Lichtsignal hat der Leitende gebastelt. Es leuchtet auf, sobald von innen der Verschlußhebel auf »Besetzt« gestellt wird. Eine der kleinen liebenswürdigen Erfindungen, die die Mühsal des Alltags erleichtern, denn nun braucht sich keiner mehr in Ungewißheit und Zweifel von einem Ende des Bootes durch den engen Gang zum anderen zu winden, um dann schließlich doch nur vor verschlossener Tür zu stehen.

Wie ich die U-Messe verlasse, höre ich Pilgrim verkünden: »Der Morgenschiß kommt ganz gewiß – und wenn es erst am Abend is«, und gleich rumort es mir im Bauch. Ich wende die Methode Coué an: »Nichts rumort in meinem Bauch! In meinem Bauch herrscht Ruhe. In meinem Bauch – da ist es still und friedlich!«

Der Leitende kommt mit öligen, an einem Fetzen Twist nur notdürftig abgewischten Händen aus der Maschine von der Morgenvisite zurück. Der I WO ist nicht zu sehen, der II LI auch nicht. Der Kommandant wird sich wohl gerade waschen. Der II WO hat noch Wache.

Der Schmutt ist schon um sechs geweckt worden. Zu fahlem Rührei, das kalt auf den Tisch kommt, gibt es Butter, Brot und schwarzen Kaffee, »Negerschweiß« genannt. Gegen den Negerschweiß wehrt sich mein Magen mit Entschiedenheit: das Kullern und Rumpeln im Gedärm wird stärker. Ich schiele, ob Schapp H endlich frei ist.

»Schmeckts nich?« erkundigte sich der LI.

»Ach, ich weiß nicht – diese Brühe, die ist doch nicht gerade erfreulich!«

»Sie müßten sich mal die Zähne putzen, vielleicht wirds dann besser«, bringt der Leitende, mit vollen Backen kauend, hervor. Der Kommandant kommt mit Zahnpastaflecken auf der Backe und von Feuchtigkeit gedunkeltem Bart aus seinem Schapp, sagt: »Guten Morgen, die Herren ungewaschenen Seehelden«, zwängt sich in seine Ecke und stiert vor sich hin ins Leere.

Keiner wagt, etwas zu sagen.

Schließlich fragt der Alte nach der Tagesparole.

»Procul negotiis«, schlägt der Leitende vor und übersetzt, um ja keinen bloßzustellen, sogleich: »Fern von den Geschäften!«

Der Kommandant nickt: »Gebildet, gebildet – ausgezeichnet!«

Aus dem Lautsprecher plärrt der Refrain: »Mir geht's gut, ich bin froh, und ich sag dir auch wieso . . .«

Im Boot ist jetzt großer Morgenverkehr. Alle paar Minuten muß sich irgendeiner von vorn nach achtern oder von achtern nach vorn durch die O-Messe zwängen. Da ich auf meinem Klappstuhl mitten im Gang sitze, heißt es für mich jedesmal aufstehen. In meinem Gedärm rumort es jetzt gewaltig.

Verdammt noch mal, denke ich mir, wann kommt der Vollidiot, der da drin ist, denn endlich raus?

Vielleicht wäre alles kein Problem, wenn sich der Klo-Bedarf gleichmäßig verteilte. Wenn es keine rush hour wie diese Morgenstunde gäbe. Auch um Mitternacht ist große Nachfrage, weil dann die Brückenwache und die Maschinenwache gleichzeitig abgelöst werden. Acht Leute wollen dann zur gleichen Zeit aufs Klo. Letzte Nacht passierte es, daß die zuletzt noch Wartenden sich in der Zentrale zusammenkrümmten, als hätten sie einen Tritt in den Bauch bekommen.

Endlich geht das Schott zum Schapp H auf. Der I WO! Ich greife blitzschnell nach meinen Sachen und reiße dem I WO das Schott fast aus der Hand. Im Schapp H gibt es über dem kleinen Waschbecken auch einen Hahn für Süßwasser. Das Süßwasser, das ohnehin nur zum Zähneputzen und für eine Katzenwäsche mit dem Waschlappen langt, läuft nicht. Aus dem Salzwasserhahn kann ich mich bedienen und mit der bereitliegenden Salzwasserseife auch halbwegs Schaum erzielen. Die Salzbrühe in den Mund zu nehmen, werde ich mich hüten. Als ich wieder in der O-Messe auftauche, sitzen alle noch um die Back, maulfaul nach dem Muster des Kommandanten.

Aus dem Lautsprecher fragt eine schmelzende Stimme: »Liebst du mich? – Noch gestern hast du diese Frage verneint . . .«

Der LI seufzt vernehmlich und verdreht die Augen wie ein Schmierenkomödiant.

Ich lasse einen gehörigen Schluck Kaffee im Mund hin und her quirlen, bis er schaumig wird, drücke den braunen Saft von hinten durch die feinen Spalten zwischen den Zähnen wie durch Düsen, lasse ihn durch eine Zahnlücke gurgeln und von der rechten Backentasche in die linke schießen, bis alle Sputumkrusten und Ölrückstände weggewaschen sind – dann schlucke ich das Geschäum mit allem Schleim herunter. Ah! – jetzt läßt sichs besser durch den Rachen atmen. Und nun einen kräftigen Sauger durch die Nase: hoch mit dem ganzen Klitter und runtergeschluckt. Der Hals-Nasen-Trakt ist nun frei. Jetzt schmeckt mir auch der Kaffee besser. Der Leitende hatte wohl recht.

Nach dem Frühstück macht sich der Kommandant mit unverhohlenem Widerwillen ans Kriegstagebuchschreiben. Für eine Stunde später setzt er Fähnrichsunterricht an. Der Leitende verschwindet wieder nach achtern, der I WO macht sich mit irgendwelchem Papierkram zu schaffen.

Der Backschafter kommt zum Abbacken: Bootsroutine.

Als ich auf dem Weg nach achtern wieder durch die Zentrale

komme, ist der runde Ausschnitt des Turmluks immer noch von schwarzer Nacht ausgefüllt. Die Luft, die von oben kommt, ist kalt und feucht. Los, hoch!, sage ich zu mir und setze den linken Fuß auf die Aluminiumleiter, obwohl ich nicht die geringste Lust zum Aufentern verspüre. So – und nun hoch mit dem rechten Bein!

Schon bin ich auf der Höhe des Rudergängers, der über seine schwach leuchtenden Scheiben gebückt im Turm sitzt.

»Ein Mann auf Brücke?«

»Jawoll!« – die Stimme des II WO.

Und nun schiebe ich den Kopf über den Süllrand hoch und wünsche einen schönen guten Morgen.

Es dauert eine Weile, bis sich meine Augen an die Dunkelheit gewöhnt haben und ich die Kimm ausmachen kann. Hoch oben am Himmel blinken noch ein paar blasse Sterne. Über den östlichen Horizont dringt ein rotes Lichtweben langsam empor. Die Kimm wird, so erscheint es mir, klarer. Ganz allmählich erhellt sich auch das Wasser.

Mich fröstelt.

Der Obersteuermann kommt herauf. Er läßt wortlos seinen Blick ringsum gehen, zieht die Nasenfeuchte hoch und läßt sich den Sextanten heraufreichen.

»Stoppuhr klar?« fragt er mit rauh belegter Stimme nach unten.

»Jawoll!« dringt es wie von weit her herauf.

Der Obersteuermann richtet das Instrument gegen den Saturn und drückt sein rechtes Auge ans Okular. Eine Weile verharrt er mit hintenüber gebeugtem Kopf und verkniffenem Gesicht, dann senkt er den Sextanten herab und dreht gleichzeitig an der Stellschraube: Er holt den Saturn vom Himmel und läßt ihn genau auf der Kimm aufsitzen.

»Achtung – Saturn – Null«, ruft er nach unten.

In der Zentrale wird die Zeit gestoppt. Der Obersteuermann hat Mühe, im Dämmerlicht die Gradzahlen abzulesen: »Zwoundzwanzig Grad fünfunddreißig Minuten«, meldet er nach unten.

Aus Zeit und Gestirnshöhe kann jetzt eine Standlinie errechnet werden. Von jedem Punkt dieser Linie sieht man zur selben Zeit das anvisierte Gestirn unter dem gleichen Winkel. *Eine* Standlinie aber gibt noch keinen Schiffsort – wir brauchen eine zweite.

Der Obersteuermann setzt den Sextanten zum zweitenmal an.

»Achtung – Jupiter – Null!«

Pause – und dann: »Zwoundvierzig Grad – siebenundzwanzig Minuten!«

Vorsichtig reicht der Obersteuermann den Sextanten hinunter, dann steigt er selbst ein. Ich klettere ihm nach. Unten zieht er die Jacke aus und drückt sich an den Kartentisch. Er hat kein geräumiges Kartenhaus wie die Navigationsoffiziere großer Dampfer. Das winzige Tischchen in der Zentrale, das an Backbordseite zwischen einem Gewirr von Schaltern, Sprachrohren und Ventilen angebracht ist, muß ihm genügen. Über dem Tischchen ist ein Schrank für den Sextanten und den Sternfinder, daneben ein Regal mit Tabellen und Seehandbüchern, Gezeiten- und Azimuttafeln, Segelhandbüchern, Leuchtfeuerverzeichnissen, Wetter- und Monatskarten.

Der Obersteuermann nimmt einen Bleistift und rechnet. Mit Sinus, Kosinus, Tangens, Semiversus und ihren Logarithmen steht er auf vertrautem Fuß.

»Eigentlich ganz tröstlich, daß wir uns noch der Gestirne bedienen«, sage ich so hin, nur um das Schweigen zu durchbrechen.

»Wie bitte?«

»Ich meinte nur – bei all der technischen Perfektion hier im Boot, da ists doch eigentlich erstaunlich, daß Sie die Schiffsortbestimmung noch mit dem Sextanten . . .«

»Wie soll ichs denn sonst machen?«

Ich sehe ein, daß meine Erwägungen fehl am Platze sind. Vielleicht ists dazu noch zu früh am Tage, tröste ich mich und hocke mich auf die Kartenkiste.

Der Obersteuermann hebt die Zelluloidplatte auf, unter der die Seekarte liegt. Die Karte unseres Seegebiets ist jetzt einheitlich blaugrau. Keine Küstensäume, keine Untiefen – bloß noch ein dichtes Netz von Quadraten mit Zahlen und Buchstaben an den waagerechten und senkrechten Linien.

Der Obersteuermann hält den Zirkel zwischen den Zähnen und murmelt: »Da hätten wirs – ganz gepflegte Versetzung, glatte fünfzehn Meilen, na ja!«

Mit einer Bleistiftlinie verbindet der Obersteuermann unseren letzten Schiffsort mit dem neu gemessenen. Er zeigt auf ein Quadrat der Karte: »Hier wars mal ganz lustig, kurz vor ›Helm ab zum Gebet‹!«

Anscheinend will der Obersteuermann zeigen, daß er doch für ein bißchen Hinundhergerede zu haben ist. Seinen Zirkel hält er auf den Punkt gerichtet, wo es ganz lustig war.

Der Zentralemaat kommt jetzt auch heran und blickt auf den Punkt im Netz der Quadrate.

»Das war auf der vierten Reise. Typische Hallelujafahrt. Sturm noch und noch. Die waren gleich von Anfang an hinter uns her. Den ganzen Tag Wasserbomben. Die Ausfälle waren kaum noch zu zählen...«

Der Obersteuermann hält seinen Blick fest auf der Zirkelspitze, als gäbe es da noch Zeichen und Beweise zu sehen. Dann zieht er die Luft hoch, klappt den Zirkel zusammen und legt ihn mit harter, knapper Bewegung weg.

»War kein bißchen feierlich.«

Ich weiß, daß jetzt nichts mehr zu erwarten ist. Der Zentralemaat hat sich auch schon wieder an seine Arbeit gemacht. Der Obersteuermann bringt den Sextanten sorgfältig im zugehörigen Futteral unter. Von der Spitze seines Zirkels ist ein kleines Loch in der Karte geblieben.

Nun langt sich der Obersteuermann seinen Südwester vom Haken, dann die Gummijacke und das Glas. Er macht sich für seine Wache fertig.

Da im Boot noch ziemliches Durcheinander herrscht, klettere ich, um nicht im Weg zu stehen, auch wieder auf die Brücke.

Die Wolken sind jetzt scharf ausgeschnitten, in den taubenfederblauen Himmel eingelegte Intarsien. Eine der Wolken schiebt sich vor die Sonne. Ihr Schatten nimmt der See das grünweiße Leuchten. Die Wolke ist so groß, daß sie mit ihrem unteren Rand hinter die Kimm hinabreicht. Sie hat aber Löcher, durch die die Sonne jetzt schräge Lichtbahnen hindurchschickt. Wie von einer Blende werden die Lichtbahnen über die See hingelenkt, eine davon wandert direkt auf unser Boot zu, und für eine Weile werden wir angestrahlt wie von einem mächtigen Bühnenscheinwerfer.

»FLUGZEUG VON LINKS!«

Der Ruf des Bootsmaats Dorian trifft mich wie ein elektrischer Schlag. Ich erhasche im Sekundenbruchteil vor dem grauen Wolkengrund einen dunklen Punkt und bin schon am Turmluk. Der Vorreiber des Luks zwischen Turm und Zentrale trifft meinen Steißknochen. Vor Schmerz könnte ich schreien. Beim Durchfallen habe ich deutlich die Form einer Lederschlappe vor Augen, mit der man diesen vorstehenden Eisenhebel überdecken müßte.

Unten gerät mir der Sprung zur Seite zu kurz. Schon kommt der nächste von oben. Einer seiner Stiefel trifft mich im Nacken. Ich höre, wie der Bootsmaat dröhnend auf den Flurplatten landet.

»Verdammt nahe!« stößt er mit pumpenden Lungen hervor.

Der Kommandant steht schon mit offenem Mund unter dem Turm und blickt nach oben.

»Fluten!« brüllt der II WO herunter. Die Entlüftungsklappen werden gezogen. Von oben stürzt ein Wasserschwall herab, aus dem triefend der II WO erscheint.

79

Der Zeiger des Tiefenmanometers bewegt sich nur langsam, als müsse er erst einen zähen Widerstand überwinden. Das Boot scheint an der Oberfläche zu kleben.

Da brüllt der Leitende: »Alle Mann voraus!«

Die Leute hasten und stolpern durch die Zentrale nach vorn, eine rumpelnde, geduckte Kavalkade. Die Vorlastigkeit nimmt endlich zu. Das Boot stellt sich schräg. Ich muß mich festhalten, damit es mir die Beine nicht wegzieht.

Der II WO meldet atemlos dem Kommandanten: »Die Maschine kam von links aus einer Wolkenlücke – Typ nicht erkannt.«

Ich sehe hinter den geschlossenen Lidern wieder den schwarzen Punkt vor den grauen Wolkenschwaden. In mir wiederholt sich der immer gleiche Satz: Jetzt muß er ausklinken – jetzt muß er ausklinken! Und dann nur noch: die Bomben – die Bomben – die Bomben.

Stockende Atemzüge. Der Kommandant wendet den Blick nicht mehr vom Tiefenmesser. Sein Gesicht ist unbewegt, fast gleichgültig. Wasser tropft in die Bilge. Tipp – tapp – tipp. Ganz leise summen die E-Maschinen.

Die E-Maschinen? Oder ist das der Kreiselkompaß?

Warten – Luft anhalten – schließlich ein gepreßter Atemzug.

Nichts?

»Auf Tauchstationen!« befiehlt der Leitende. Die Leute arbeiten sich, zu beiden Seiten Halt suchend, wie Bergsteiger gegen die Schräge zurück.

»Beide Tiefenruder aufkommen!«

Ich richte mich hoch, atme durch. Ein stechender Schmerz geht mir wie ein heißes Eisen durch den Steiß. Erst jetzt merke ich, wie heftig ich auf den Vorreiber aufgeschlagen bin.

»Klargegangen!« sagt der Kommandant, »auf dreißig Meter einsteuern.«

»Scheiße!« murmelt der Obersteuermann.

Der Kommandant steht mitten in der Zentrale, Hände in den Hosentaschen, die Mütze im Genick.

Er grollt: »Jetzt haben die uns spitz, hoffentlich kriegen wir nicht bald die Mahalla an die Fersen.« Dann wendet er sich dem Leitenden zu: »Wir bleiben lieber erst mal unter Wasser.« Und zu mir sagt er: »Wie ich Ihnen gestern gesagt habe: Die wissen natürlich genau, wann wir ausgelaufen sind, und jetzt haben wir die Malaise.«

Den zweiten Fliegeralarm erlebe ich wenige Stunden später, während der Wache des Obersteuermanns. Als er »ALARM!« brüllt, erspähe ich in fünfundvierzig Grad, einen Daumensprung über der Kimm, einen Punkt im Grau – und lasse mich schon, Hände und Füße an den Seitenstangen der Metalleiter, nach unten fallen.

Der Obersteuermann brüllt von oben: »Fluten!«

Ich sehe ihn am Verschlußrad des Lukdeckels hängen und mit den Füßen angelnd Halt suchen. Jetzt – endlich dreht er die Spindel fest.

»Fünf!« – – »Drei beide!« – – »Eins!« – – höre ich rufen. Heftig gurgelnd rauscht das Wasser in die Tauchzellen. »Flugzeug in fünfundvierzig Grad, Entfernung dreitausend Meter. Nicht im direkten Anflug!« meldet der Obersteuermann.

Die Zuluftschächte und Abgasventile der Diesel sind dichtgedreht, die beiden E-Maschinen auf die Wellen gekoppelt. Sie laufen äußerste Kraft. Statt des Dieselgedröhns ist jetzt nur ihr vibrierendes Summen im Boot.

Wieder das Atemanhalten.

»Boot fällt schnell«, meldet der LI, und bald darauf: »Untertriebszellen ausdrücken!« Die Untertriebszellen werden mit Preßluft gelenzt. Sie fassen fünf Tonnen. Bei Überwasserfahrt sind sie geflutet und geben dem Boot zusätzliches Gewicht, das mithilft, die Oberflächenspannung des Wassers beim Tauchen schnell zu überwinden. Jetzt ist das Boot um diese fünf Tonnen zu schwer. Mit berstendem Knall wird Druckluft für die Untertriebszellen freigegeben. Das Wasser entweicht unter heftigem Zischen nach außenbords.

Immer noch keine Bomben!

Bis zu unserem Wegtauchen – bis zum Unterschneiden – waren es sicher nur dreißig Sekunden. Der Wasserschwall, der sich an der Tauchstelle bildet, bleibt aber noch etwa fünf Minuten sichtbar. In diesen Schwall hinein pflegen die Tommies ihre Wasserbomben zu werfen . . .

Nichts!

Der Alte bläst Luft ab. Der Obersteuermann macht es ihm in gemäßigter Form nach. Der Zentralemaat nickt mir ganz leicht zu.

In achtzig Meter Tiefe läßt der LI in aller Seelenruhe durch Ruderlegen den Bug einmal aufwärts und dann wieder abwärts zeigen.

»Boot ist durchgependelt!« meldet er nun und befiehlt: »Entlüftungen schließen!«

Wir stehen gute fünf Minuten wortlos herum. Schließlich läßt der Alte auf Sehrohrtiefe gehen. Beide Tiefenruder werden hart oben gelegt, die E-Maschinen auf halbe Fahrt voraus geschaltet.

Dann ein Befehl, der mich überrascht: Der LI läßt fluten, obwohl das Boot aufsteigen soll. Es geht zwar nur um fünfzig Liter, aber den-

81

noch erscheint das Flutkommando widersinnig. Ich muß mich besinnen, ehe ich mich erinnere: Wenn wir steigen, dehnt sich das Boot aus, weil ja der Druck nachläßt. Dadurch werden wir spezifisch leichter, und das müssen wir wieder ausgleichen, damit wir nicht zu schnell hinaufschießen. Um das Boot genau in der gewünschten Tiefe abfangen zu können, muß es exakt ausgewogen bleiben.

»Vielleicht hat er uns gar nicht gesehen!« sagt der Alte.

Der dritte Fliegeralarm kommt fünf Stunden später. Diesmal ist es der I WO, der sein »FLUTEN!« brüllt. »Kam direkt aus der Sonne!« stößt er mit pumpenden Lungen hervor.

»Alle Mann voraus!« befiehlt der Kommandant, weil das Boot nicht schnell genug vorlastig wird.

Wieder das Rutschen, Schlittern, das wüste Gepolter durch die Zentrale hindurch. Nur runter!

Der Leitende wendet einen zusätzlichen Trick an, um das Boot noch schneller vorlastig zu machen: Erst als das Boot schon mit Hilfe der Tiefenruder angekippt ist, die beide hart unten liegen, befiehlt der Leitende auch die Entlüftungsklappe der hintersten Tauchzelle aufzureißen. Er hat Augenblicke lang ihren Auftrieb benützt, um dem Boot rascher die Richtung nach unten zu geben.

»Dieses war der dritte Streich«, murmelt der I WO, als sicher ist, daß keine Bomben fallen.

»Ich würds nicht auf so plumpe Weise berufen«, tadelt der Alte.

»Die werden immer dreister!« schimpft der Leitende. »Die Sitten verkommen eben!«

»Wir bleiben erst mal auf Tiefe«, gibt der Alte zu verstehen, »auf so viel Glück, wie Kramer es hatte, kann man ja allgemein nicht bauen.«

Wir verholen uns in die O-Messe. »Ganz gut, der I WO«, sagt der Alte – laut genug, damit es bis in die Zentrale zu hören ist. Das Lob hat sich der I WO damit verdient, daß er das Flugzeug früh genug erkannt hatte. Nicht einfach, wenn ein schlauer Kerl im Cockpit hockt und aus der Sonne anfliegt. Zehnmal sind es Möwen. Wenn sie mit starr ausgebreiteten Schwingen knapp über der Kimm auf das Boot zu gleiten, ist der Alarmruf heraus, ehe man sie richtig erkennen kann. In dem gleißenden, augensengenden Glasfluß, der die Konturen zerschmelzen läßt, ist die Täuschung perfekt. Aber das elftemal entpuppt sich die anfliegende Möwe als Flugzeug.

»Vor Flugzeugen muß man unbedingt nach Luv drehen«, sagt der Alte, »der I WO hat das ganz richtig gemacht. Das Flugzeug bekommt dann zuviel Wind auf die geneigte Tragfläche und wird nach außen gedrückt. Viel machts ja nicht aus. Aber wir müssen hier ja mit jedem Meter Vorteil arbeiten.«

»Ich werds mir merken: nach Luv!«

»Vor den Fliegern, die sie jetzt losschicken, kann man nur sagen: Chapeau!«

Der Alte beißt sich auf die Unterlippe, nickt ein paarmal kurz, macht die Augen klein und sagt: »Die hocken mutterseelenallein in ihrer Mühle und gehen doch ran wie Blücher an der Katzbach. Könnten ja ihre Bomben einfach in den Bach schmeißen und die Gurte ins Blaue leerballern – wer siehts denn?«

Der Alte singt das Lob der Royal Air Force weiter: »Die Bomberpiloten, die unseren Stützpunkt angreifen, sind ja auch nicht gerade Hasenfüße. Wie viele Maschinen warns denn das letztemal, die wir runtergeholt haben?«

»Acht«, gebe ich zur Antwort. »Eine ist uns in La Baule fast aufs Dach gekracht – mitten zwischen die Kiefern. Kalbshirn auf Toast eß ich bestimmt nicht mehr!«

»Wieso das?«

»Da waren noch drei Leute drin. Das Cockpit war ganz aufgerissen. Die hatten ne Menge Sandwiches mit. Schneeweißes Brot – doppelt, mit Braten und Grünzeug in der Mitte, und auf dem einen Sandwich hing das Hirn vom Piloten. Ich wollte mir die Papiere schnappen – irgendwas, aber die Maschine brannte schon, und auf einmal ging die MG-Munition hoch – da mußte ich sausen.«

Ich versuche im Seehandbuch zu lesen. Mit halbem Ohr fasse ich nach einer Weile wieder die Stimme des Alten auf: »Der Pilot, der die ›Gneisenau‹ erwischt hat, muß ne Nummer gewesen sein. Statt Marschverpflegung Präservative in der Tasche ...«

Ich lege das Buch weg.

»Der wollte anscheinend den Job mit nem Puffbesuch in der Rue de la Paix verbinden. Die Kanadier denken da praktisch«, sagt der Leitende.

»Worin er sich leider getäuscht hatte«, sagt der Alte, »aber das war schon ein tolles Ding! Im Gleitflug in Spiralen runter. Keine Sau hat anfangs was gemerkt – keine Flaksperre! Überhaupt kein Schuß! Und dann noch in die richtige Position kommen und den Torpedo abwerfen. Der reine Zirkus! Direkt schade, daß die nicht wieder rausgekommen sind! Die Mühle soll wie ein Stein ins Wasser gefallen sein. – Na, da wolln wir mal wieder ...«

Hinter dem Alten und dem LI steige ich in die Zentrale.

Der LI meldet: »Boot ist klar zum Auftauchen!«

»Auftauchen!« befiehlt der Kommandant und entert die Leiter auf.

»Anblasen!« gibt der LI an den Zentralemaat, der sofort das Hauptventil des Anblaseverteilers öffnet.

Der LI verfolgt gespannt das Absinken der Wassersäule im Papenberg, dann meldet er: »Turmluk ist frei.«

Jetzt kommt die Stimme des Kommandanten von oben: »Turmluk wird geöffnet!«

»Druckausgleich!« ruft der LI.

»Hoffentlich lassen die Mistbienen uns jetzt in Frieden«, höre ich den Obersteuermann.

In der Zentrale eine halbe Stunde vor Mitternacht. Leise surren die Lüfter. Durch das geöffnete Turmluk saugen die Diesel einen frischen Luftstrom herab. Die wenigen Lampen sind abgeblendet, damit kein Schein nach oben dringen und uns einem Nachtflieger verraten kann. Die Dunkelheit erweitert den Raum ins Grenzenlose. Aus den ungewissen Schattentiefen glimmen nur die grünphosphoreszierenden Richtungsanzeiger, die uns bei höchster Gefahr, wenn alles Licht ausgefallen ist, den Weg zum Turmluk weisen sollen. Diese Schilder gibt es noch nicht lange. Sie wurden erst nach dem Desaster auf Kallmanns Boot angebracht: Kallmann hatte im Herbst 1940 in der Brunsbütteler Schleuse eine Kollision mit einem norwegischen Frachter. Sein zur Flottille Emsmann gehörendes kleines Boot, das keine wasserdichten Schotts hatte, wurde knapp hinter der Zentrale getroffen und so gründlich aufgeschlitzt, daß es in Sekunden wegsackte. So kam nur die Brückenbesatzung davon. Als das Boot gehoben wurde – Kallmann mußte dabeisein –, fand man in der Zentrale einen Teil der Besatzung ineinanderverklammert, aber nicht etwa unter dem Turm, sondern auf der anderen Seite des Sehrohrschachts – an einer völlig falschen Stelle.

Aber was haben wir hier von den grünen Pfeilen? Wenn hier das Boot wegsackt, fällt es ein paar tausend Meter tief. Da können dann die Zeiger leuchten, soviel sie wollen.

Im Dämmerdunkel wirkt die Zentrale riesengroß. Nur nach vorn gibt der Lichtschein, der das Rund der Kugelschottöffnung klar aus dem Dunkel herauszeichnet, dem Raum eine Begrenzung: er kommt aus dem Funkschapp und von der Lampe, die im Gang zur Offiziersmesse brennt. Zwei Männer sind in der Lichtbahn zu erkennen. Sie hocken auf der Kartenkiste und schälen Kartoffeln. Kaum noch sichtbar lehnt der wachhabende Zentralegast an seinem Stehpult und rechnet im Tauchtagebuch die Füllungen der Reglertanks nach. Mit gurgelnden und zischenden Tönen schwappt unter den Flurplatten das Bilgewasser hin und her. Die beiden geschlossenen Schotts

84

hinter der Unteroffiziersmesse dämpfen das Geräusch der Diesel; es klingt, als dringe es durch Filter. Die Seen, die draußen am Boot entlanglaufen, füllen die Zentrale mit an- und abschwellendem Brausen.

Ich steige durch das vordere Kugelschott. Der wachhabende Funkmaat sitzt, die Muscheln des Kopfhörers an den Ohren, tief in sich zusammengesunken über einem Buch. Es ist Hinrich. Er stützt sich mit den Ellbogen auf die Tischplatten rechts und links, die seine Apparate tragen. Es sieht aus, als hänge er zwischen Krücken. Vor der Kommandantenkoje, dem Funkraum gegenüber, ist der grüne Vorhang zugezogen. Aus schmalen Schlitzen dringt aber Licht: der Kommandant schläft also auch noch nicht. Wahrscheinlich schreibt er, wie es seine Gewohnheit ist, im Liegen Briefe, die er erst nach der Rückkehr in den Stützpunkt abschicken kann.

Die O-Messe erscheint jetzt, da niemand an der Back sitzt, auch viel größer als gewöhnlich. Hinter der Back schläft auf der Sitzbank der Leitende. Dicht über seinem Gesicht baumelt seine Uhr an ihrer kurzen Kette wie ein regelloses Pendel nach allen Richtungen hin und her.

In der Unterkoje an Steuerbord schläft hinter dem Vorhang der I WO seiner Wache entgegen. Das Schott zum Bugraum geht krachend auf. Der Leitende wirft sich mit einem gurgelnden Laut auf die andere Seite und schläft, das Gesicht jetzt den Spinden zugekehrt, schnaufend weiter. Mit zerwühlter Haartolle kommt ein Mann von vorn in die O-Messe, grüßt verschlafen, blinzelt sekundenlang wie entschlußlos und zieht dann resolut den Vorhang zur Koje des I WO zurück: »Zwanzig vor voll, Herr Leutnant!«

Das schlafdumme Gesicht des I WO kommt aus der Schattentiefe der Koje in den Lichtschein. Dann findet der I WO mit einem Bein mühsam aus den Decken, schiebt es staksig über das Kojengitter und wälzt den Körper nach. Der ganze Vorgang sieht aus wie die Zeitlupenaufnahme eines Hochsprungs – ich will ihn durch mein Zusehen nicht reizen und gehe weiter nach vorn.

Im OF-Raum sitzt der Obermaschinist Johann mit trübseliger Miene an der Back. Er gähnt und sagt: »Morgen, Herr Leutnant!«
»Bißchen früh dafür!«

Johann winkt wortlos ab und stemmt sich langsam hoch.

Zwei schwache Lampen geben dem Bugraum nur halbe Helle. Schwerer, saurer Dunst schlägt mir entgegen: Schweiß, Öl, Bilge, Geruch von nassem Zeug.

Hier vorn spürt man das Schlingern des Bootes am stärksten. Zwei schattenhafte Gestalten torkeln vor den Torpedorohrsätzen hin und her. Ich höre Schimpfen: »Unsozial! – Auf die Barrikaden treiben! – Mitten in der Nacht!«

Aus den Hängematten kommen zwei Leute hoch und dann noch einer aus einer Backbordkoje.

»Sauzucht verdammte!« Das muß Ario sein.

Da das Boot wieder schwer rollt, kommen die beiden erst nach etlichen vergeblichen Ansätzen in die Seestiefel.

»Holpriges Wetter, was?« sagt der eine. »Da gibts wieder nasse Füße!« Die beiden arbeiten sich in dicke Isländer und schlingen sich dazu noch Handtücher um den Hals, damit am Halsbund der Gummijacke, die sie erst in der Zentrale anziehen werden, kein Wasser eindringen kann.

Die Leute der alten Wache, die mit steifen Gliedern von oben kommen, sind pudelnaß. Der Obersteuermann hat den Kragen hochgestellt und den Ölhut tief ins Gesicht gezogen. Die anderen haben vom Spritzwasser rotgeschlagene Gesichter. Alle hängen ihre Gläser über die Haken, und so wortlos, wie die neue Wache sich anzog, schälen sie sich ungelenk und schwerfällig aus den nassen Gummijacken. Dann helfen sie sich gegenseitig, die Gummihosen abzustreifen. Der jüngste Mann der Wache belädt sich mit dem ganzen Packen nasser Ölhosen, Öljacken und Südwester und schafft alles nach achtern. Zwischen den beiden E-Maschinen und zu beiden Seiten des achteren Torpedorohres ist noch am ehesten Platz zum Trocknen.

Schnell gurgeln die abgelösten Männer einen Schluck heißen Kaffee hinunter, putzen ihre Gläser und stauen sie weg.

»Na – noch munter?« fragt mich der Obersteuermann.

Der Bootsmaat Wichmann bewegt sich nach achtern, der Obersteuermann mit beiden Ausgucks nach vorn.

Eine Weile höre ich nur das Brausen der Seen und das Wummern der Maschinen, bis der Zentralegast die Lenzpumpe anstellt, die das von oben kommende Wasser aus der Bilge nach außenbords befördert.

Auf einmal ist wieder Hochbetrieb in der Zentrale: die neue Maschinenwache zieht auf. Ich erkenne den Dieselheizer Ario und den E-Heizer Zörner.

Im U-Raum hat sich Wichmann an der Back breitgemacht Er kaut schmatzend.

Ich klettere in meine Koje. Jetzt höre ich dicht neben meinem Ohr die Seen am Boot entlangtasten. Es ist ein langes an- und abschwellendes Schürfen und Rauschen, das sich manchmal zu einem scharfen Zischen steigert.

Nun wird das Schott zur Kombüse aufgestoßen. Palavernd erscheinen Kleinschmidt und Rademacher.

»Laß uns was übrig, alter Freßsack! – Wemma dich sieht: immer mampfen!«

»Du redest ne ganz schöne Menge Quatsch zusammen!«

»Und *du* kannst nischt als fressen!«

Ich sehe durch meinen Vorhangspalt, wie sich Wichmann ganz ungeniert zwischen den Beinen kratzt. Er hebt sich sogar leicht aus dem Sitz, damit er besser hinlangen kann.

»Nimm deine Wichsgriffel da weg, Mensch!« schimpft Rademacher, »du kannst dir doch hier keinen von der Palme holen!«

»Dich fick ich gleich um!« fährt Wichmann auf.

Der Dialog hat Kleinschmidt anscheinend auf eine Erinnerungsspur gebracht: Er kichert so demonstrativ in sich hinein, daß aller Interesse sich auf ihn richtet.

»Da ist mir doch in Paris in som Bistro ein Ding passiert«, fängt er auch gleich an, »ich sitz einfach so da aufm Stuhl, und mir gegenüber auf so nem Sofa sitztn Neger mit ner Mieze, und die macht unterm Tisch dauernd so an dem rum. Die ham da in Paris ja keene Hemmungen!«

Rademacher nickt verständnisvoll vor sich hin.

»Auf einmal fängt der Neger an zu schnaufen und verdreht die Augen. Ich denk: Das mußte dir mal angucken, und schieb meinen Stuhl zurück, und da seh ich gerade, wie der abschießt – mir direkt auf den Schuh!«

»Mach Sachen!« entfährt es Wichmann.

»Was hastn da gemacht?« will Rademacher wissen.

»Ich saß erst mal da wie vom Donner gerührt. Aber dann hättste die sehn solln – die warn hoch und weg wien geölter Blitz!«

»Manometer – Sachen gibts«, staunt Rademacher immer noch.

Wichmann hat die Geschichte anscheinend jetzt erst richtig verdaut. Er lehnt sich zurück und verkündet:

»Die Franzosen sin doch Schweine!«

Der Fähnrich wälzt sich demonstrativ hin und her. Doch die drei an der Back ficht das nicht an.

»Jetzt kann sie schon französisch – bloß sprechen fällt ihr schwer«, plappert Wichmann vor sich hin.

Es dauert noch eine gute Viertelstunde, bis auch im U-Raum endlich Ruhe wird.

Mit dem neuen Zentralegast scheint nicht viel los zu sein. Der Zentralemaat fuhr ihn schon ein paarmal hart an.

Weil er während der Freiwache in schwarzgebundenen Traktaten liest, anstatt sich an der allgemeinen Bugraumreeserei zu beteiligen, hat er die meisten Leute gegen sich. Durch sein überhebliches Ich-bin-ein-besserer-Mensch-Gebaren scheint er sich vollkommen isoliert zu haben. Zwar versucht er immer wieder einmal sein Heil mit Anbiederei – aber dafür erntet er meist nur Abfuhren wie »alter Arschkriecher« oder »Hallelujaheini«.

Besonders Ario ist auf den Neuen nicht gut zu sprechen: »Wie der sich anmeiert! Soll mal lieber besser spuren!«

Als ich mal im Bugraum hocke, höre ich von Ario, daß der Bruder des Torpedomechanikersmaaten Hacker im Zuchthaus sitzt. Er ist nur ein Jahr älter als Hacker: zweiundzwanzig. Um sich für Schikanen zu rächen, hat er fünf Obstbäume des Nachbarn »geringelt«.

Ario erklärt mir das so: »Wenn man rings um den Stamm die Rinde einschneidet, ist son Baum im Arsch!«

»Aber dafür gibts doch nicht Zuchthaus?« kann ich nur staunen.

»Doch. Heutzutage schon – das heißt jetzt ›Gefährdung der Ernährungsfreiheit des deutschen Volkes‹! Sozusagen Sabotage!«

Der Matrose Schwalle hat der Erklärung zugehört: »Mensch, da is er doch gut versorgt!« platzt es aus ihm heraus.

»Was quatschste da?«

»Na weißte – da kann ihm doch nichts passieren – oder? Wir wollen mal so sagen: da is er doch einbruchsicher untergebracht.«

Ario ist sprachlos: »Mann, du hast aber Ansichten!«

Schwalle ficht das nicht an. Er nimmt gleichmütig einen gehörigen Zug Kujambelwasser aus einem keramischen Totenkopf.

Völlig verrückt, denke ich mir, so ein riesiges Ding mit an Bord zu bringen.

Im Kriegstagebuch haben sich die ersten beiden Tage so niedergeschlagen:

SAMSTAG   8.00 h Auslaufen
           16.30 h Prüfungstauchen
           18.00 h Tieftauchversuch
SONNTAG   7.46 h Alarm vor Flugzeug mit Störungsexerzieren und
                   Tieftauchen
           10.55 h Alarm vor Flugzeug
           15.44 h Alarm vor Flugzeug
           16.05 h Marsch in Angriffsraum

»Sie haben ja noch immer Augen wie Albinokaninchen«, stichelt der Leitende am nächsten Tag. Es ist der dritte Seetag.

»Was Wunder – die letzte Zeit war ja reichlich strapaziös – eine Großveranstaltung nach der anderen!«

»Stimmt ja! – Sie sollen doch bei der berühmten Rake in der ›Majestic‹-Bar mit dabeigewesen sein. Das war doch die Nacht vor Thomsen – oder?«

»Genau! Da haben Sie aber was verpaßt! War bildschön, wie der Baurat durch die Scheibe flog.«

»Wie ging denn das?« fragt der Leitende.

»Diesen Scholle«, sage ich zum Leitenden, »kennen Sie doch auch. Der hält sich wohl für besonders kriegswichtig? Also diese Tüte Scholle spendierte sofort eine Runde. Die Leute waren noch halbwegs höflich. Herr Scholle schien sich vorher schon einiges eingeflößt zu haben: Er fühlte sich zweifellos in Hochform. Der hatte überhaupt keine Hemmungen mehr – der tat doch tatsächlich so, als gehörte er mit dazu. Gerade so, als hätten alle auf ihn gewartet . . .«

Ich sehe wieder die Schmisse auf den beiden Hamsterbacken glühen – rot wie Peitschenstriemen, ich sehe, wie Herr Scholle wild gestikuliert, dann langsam hin und her schwankt und, Bierschaum um den Mund, losquatscht: »Phantastisch – einfach phantastisch – diese großartigen Erfolge! – Prächtige Burschen – echtes Schrot und Korn! – Jawoll!« Und ich sehe die verachtungsvollen Blicke der ganzen Bande und höre die Frage: »Was will denn dieses Arschloch eigentlich hier?« laut und deutlich, aber Herr Baurat Scholle hört nur noch seine eigene Rede: »Rücken stärken – Albion in die Knie – Jawoll! Die kämpfende Front kann sich auf uns verlassen – Einsatz bis zum letzten für die Heimat – verschworene Ritter –«

»Dem lief der Quassel ungeölt heraus«, sage ich zum Leitenden, »der ganze Leitartikelblödsinn von ungebrochenem Kampfgeist der Front und so. Klar, daß er damit auch sich meinte. Sich vor allem. Der gute Markus kochte schon ne ganze Weile. Aber der ist ja ein wohlerzogener Mann! Erst als ihm Scholle auf die Schulter klopfte und dazu brüllte: ›Immer ran‹ – und sich überhaupt nicht mehr bremsen ließ, sondern rülpste und dann zum besten gab: ›Ach – die paar Scheißwasserbomben!‹, brannte bei Markus die Sicherung durch. Das hätten Sie sehen sollen: Der wurde vor Wut knallrot und brachte kein Wort raus – als hätten sie ihm die Luft abgestellt. Die anderen aber – die waren wie ein Mann hoch. Die Back und die Stühle – alles flog um. Dann hatten sie den Baurat auch schon an Hand- und Fußgelenken, und ab gings durchs Lokal, halb geschleift, halb getragen – durch den ganzen langen Schlauch. Ihn mit einem Tritt in den Etappenschweinhintern durch die Tür zu stoßen, war wohl die Idee dabei. Aber der Bootsmann hatte plötzlich einen besseren Einfall – wahrscheinlich, weil sie den Baurat nun einmal so schön wie eine Hängematte zwischen sich hatten, dirigierte der Bootsmann die brüllende und strampelnde Last parallel zur großen Scheibe und kommandierte: ›Los – richtig schwingen und bei drei loslassen!‹ Und dann waren sie auch schon dabei: ›Eins – und zwo – und drei!‹ – das hätten Sie sehen sollen: Der Baurat segelte einen Meter durch die Luft, dann gab es einen scharfen klirrenden Knall, und er war draußen auf der Straße gelandet.«

Ich kann noch deutlich den Aufprall hören, und wie ein paar nachstürzende Teile der großen Scheibe zu Boden klingeln und der Bootsmann »So!« sagt. Das ist aber auch schon alles. Wortlos machen die vier kehrt, marschieren im Schlauch zurück zu ihren Plätzen, klopfen sich die Hände ab, als hätten sie sich dreckig gemacht, und greifen zu ihren Gläsern. »So eine dumme Sau!« sagt ein Maat.

Plötzlich brüllt ein anderer: »Da isser wieder!« und zeigt zum Ausgang hin. Durch den Dunst ist eine blutüberströmte Visage in der Tür zu erkennen.

»Der sucht seine Himmlerbrille!« ruft einer.

Drei Leute reißen sich wieder von ihren Stühlen hoch. Sie sind trotz ihrer Besoffenheit blitzschnell an der Tür und ziehen den auf Knien kriechenden Baurat über die Schwelle nach außen. Einer schiebt mit dem Fuß ein Bein des Baurats, das sich am Türstock verfangen hat, nach und drückt dann die Tür zu: »Vielleicht hat er jetzt genug – das dumme Schwein!«

»Und dann war noch was mit der Feldgendarmerie?« fragt der LI.

»Die soll eine Stunde später erschienen sein, als nur noch Maate und Lords unter sich waren, und da hat es dann geknallt. Ein Feldgendarm bekam einen Steckschuß in den Oberschenkel.«

»In der Flottille herrschte allgemeines Bedauern«, sagt der LI, »daß dem nich was andres weggeschossen wurde.«

Ich weiß, warum der Leitende solchen Rochus auf die Kettenhunde und alle sogenannten Kontrollorgane hat: Als er mit dem BdU-Zug aus Paris vom Urlaub zurückkam und es sich in der Nachmittagshitze zum Dösen bequem gemacht hatte, den unteren Jackettknopf auf und leicht im Sitz nach vorn gerutscht, mit einem Oberleutnant von UY allein im Coupé, wurde die Tür aufgeschoben, und dann ging das Theater los. Der Leitende beschrieb mir in der »Royal« alles ganz genau: »Auf einmal stand ein schwitzender Kerl im Coupé, feldgrau, Nachttopf auf dem Kopf, gestiefelt und gespornt, Keulenhosen natürlich, volle Kriegsbemalung sozusagen – mit Kanone am Bauch, und durch die beiden Seitenfenster rechts und links der Tür stierten wie die Ochsen seine zwei Kettenhunde: ›Ihren Marschbefehl, Herr Oberleutnant, und würden Sie gefälligst auf Ihren Anzug achten. Sie sind *hier nicht* bei der Marine!‹«

Da hat sich der LI, wie er erzählte, hochgestemmt, aber nicht etwa den offenen Knopf geschlossen, sondern alle anderen aufgeknöpft, nach seinen Papieren gefingert, sie dem Stahlhelmheini hingereicht und die Hände mit durchgedrückten Armen in die Hosentaschen geschoben.

»Den hätten Sie sehen sollen. Der ist fast geplatzt! Gebrüllt hat der wie ein Stier: ›Ich mache Meldung! – Ich mache Meldung!‹«

»Ach so«, sagte ich darauf, »deshalb war wohl schon an Ersatz für Sie gedacht? Deshalb also haben wir Ihren Fakultätskollegen an Bord? Man wird sich bei der Flottille gesagt haben, daß Sie ganz einfach nicht mehr tragbar sind, nicht das geeignete Vorbild für die Mannschaften, das sich unser Führer wünscht!«

Ich sehe noch, wie dem Leitenden vor Staunen der Mund offenstand. Aber dann strahlte er wie ein angesteckter Christbaum. Anscheinend hatte ich das Richtige getroffen.

Montagabend in der O-Messe. Mein Blick fällt auf die Uhr: zwanzig Uhr. Ich kann nicht fassen, daß wir erst den dritten Tag in See sind. Das Land liegt so weit achteraus, als wären wir schon durch Hunderte von Seemeilen von ihm getrennt. Ich muß es mir mit Anstrengung deutlich machen, daß es erst am Freitagabend war, als um diese Zeit die Rakerei in der »Bar Royal« begann.

»Tiefsinnig?« erkundigt sich der Alte.

»Nee, nicht gerade, ich denke bloß an Thomsen.«

»Na, *die* Uniform würde ich wegschmeißen«, sagt der Alte.

DIENSTAG. 4. SEETAG. Der Leitende geht anscheinend müßig Gute Gelegenheit für mich, ihn zu ein paar technischen Unterweisungen zu animieren. Ich brauche nur zu sagen: »Das ist ja alles verdammt kompliziert«, da redet er auch schon willig los: »Ein wahreres Wort ward nie gesprochen. Verdammt viel komplizierter als bei normalen Dampfern, die nach dem Prinzip des Waschtrogs auf dem Tümpel zur See fahren. Die haben ihre bestimmte Trimmlage und ihren festen Auftrieb. Soundsoviel Bruttoregistertonnen und soundsoviel Ladetonnen. Und wenn schon mal mehr geladen wird, sinkt der Pott eben ein bißchen über die Lademarke ein. Das ist auch schon alles, kein Grund zur Beunruhigung. Geht höchstens die Schiffahrtspolizei an. Aber bei uns hätte ein Übergewicht eine Menge Maßnahmen zur Folge...«, der Leitende gerät ins Stocken und verkneift nervös die Augen. Ich habe Angst, daß er es schon wieder aufgeben könnte, und hefte deshalb meinen Blick an seine Lippen. Aber er läßt mich warten.

Das Schwimmen, das Vom-Wasser-getragen-Werden, empfand ich immer als schwer begreifbares Phänomen. Nicht die hölzernen Ruderboote, aber jedes Eisenschiff erschien mir als Kind wie ein Wunder. Eisen, das auf dem Wasser schwimmt! Auf der Elbe sah ich dann eines Tages sogar Betonschiffe mit bunkerdicken Wänden und wollte nicht wahrhaben, daß auch diese gewaltigen Betonmassen schwammen und noch dazu Ladung elbabwärts trugen.

Obwohl ich die Funktionen der Anlagen des Bootes und den Ablauf des Manövers kenne, bleibt für mich das Tauchen und Wiederauftauchen ein verblüffendes Kunststück. Die Tatsache, daß ein U-Boot seine Schwimmfähigkeit selber zunichte machen kann, um sie später wieder zurückzugewinnen, fasziniert mich immer aufs neue.

Als der Leitende wieder anhebt, hat er einen dozierenden Ton: »Der sozusagen grundlegende Unterschied ist dieser: Wir schaffen uns unseren Auftrieb nicht wie die normalen Pötte durch das vom Bootskörper verdrängte Wasser, sondern durch die Luft in den Zellen. Wir bleiben also durch eine Art Schwimmgürtel an der Oberfläche. Wenn wir die Luft ablassen, sacken wir weg.«

Der Leitende wartet, bis ich verständnisvoll nicke.

»Wie die Schießhunde müssen wir auf unsere Gewichtsverhältnisse aufpassen. Die müssen nämlich immer die gleichen bleiben. Beim Alarmtauchen haben wir ja keine Zeit, lange rumzufummeln. Da muß ja alles wahnsinnig schnell gehen. Deshalb müssen wir das Boot vorher, also schon, wenn wir über Wasser fahren, auf die Tauchfahrt eintrimmen. Das heißt: Wir müssen es durch Änderung der Füllungen in den Regelzellen so auswiegen, daß wir bei Alarm nur mehr den in den Tauchzellen vorhandenen Auftrieb zu vernichten brauchen. Ist das Boot dann unter Wasser, hat es gewichtsmäßig weder Auftrieb noch Untertrieb.«

Der Leitende legt eine Pause ein und fragt: »Kapiert?«

»Ja, LI!«

»In der gewünschten Tiefe muß das Gewicht des Bootes im Verhältnis zum umgebenden Wasser also gleich Null sein, damit es im Schwebezustand ist und aufs feinste schon bei wenig Schraubenarbeit reagiert und leicht mit den Seitenrudern und Tiefenrudern nach oben und unten und nach beiden Seiten manövrierbar ist. Es darf weder durchsacken noch Auftrieb haben. Das Gewicht des Bootes ändert sich aber leider jeden Tag: durch Verbrauch von Proviant, von Wasser, von Treiböl zum Beispiel. Das Dumme ist, daß aber auch das Gewicht des vom Boot verdrängten Wassers nicht gleich bleibt. Also nichts als sich ständig verändernde Faktoren, soweit das Auge blickt. Da kommt man aus der Rechnerei überhaupt nicht mehr heraus. Man wagt hier kaum zu husten.«

Der Leitende macht eine Atempause. Aus dem Spind holt er eine angebrochene Flasche Apfelsaft. Am Scharnier der Spindtür reißt er die Blechkappe von der Flasche und setzt sie an den Mund.

Kaum hat er sich den Mund abgewischt, fährt er fort: »Am meisten macht uns der Wechsel im spezifischen Gewicht des Salzwassers zu schaffen. Wenn wir in Süßwasser tauchten, wär alles viel einfacher. Wir brauchten dann nur täglich die dem Verbrauch an Nahrungs- mitteln, Öl und Wasser entsprechende Gewichtsmenge Wasser in die Regelzellen nachströmen zu lassen, und die Sache wäre geritzt. Im Salzwasser aber herrschen schikanöse Verhältnisse. Anders kann mans schon gar nicht nennen. In diesem Teich hier ist eben Wasser nicht gleich Wasser. Deshalb ändert sich auch unser Auftrieb von einem Tag auf den anderen – eigentlich sogar von Stunde zu Stunde.«

Der Leitende macht wieder eine Kunstpause, um die Wirkung seiner Worte mit Seitenblicken zu kontrollieren.

»Das spezifische Gewicht des Salzwassers wird von allen möglichen Faktoren beeinflußt. Die Tiefe spielt dabei eine Rolle, die Tempera- tur, die Jahreszeit, die verschiedenen Strömungen, sogar der Pflan- zenwuchs – Plankton zum Beispiel wirkt auf das spezifische Gewicht des Wassers ganz erheblich ein. Ein bißchen mehr Plankton im Wasser, und schon müssen wir lenzen. Von der Sonne hängt es auch ab.«

»Von der Sonne?« staune ich.

»Ja, die Sonne bewirkt Verdunstung und damit Zunahme des Salzgehalts. Bei mehr Salzgehalt wird das spezifische Gewicht des Wassers größer.«

»Das kann aber doch nur ganz minimale Unterschiede geben?«

Eine Weile überlegt er mit tiefgefurchter Stirn. »Eine Änderung des spezifischen Gewichts des Wassers – also nehmen wir sie mal wirklich minimal – um ein Tausendstel –, die bedeutet, daß das Gewicht des Bootes auch, um den Ausgleich zu schaffen, um ein Tausendstel geändert werden muß. Ganz logisch. Nun mal angenom- men, das Boot hat siebenhundertfünfzig Tonnen. Eine Änderung um ein Tausendstel ergibt demnach immerhin siebenhundertfünfzig Kilogramm – eine Abweichung von siebenhundertfünfzig Kilogramm wäre aber schon ein schwerer Fehler in der Berechnung für die Füllung der Regelzellen. Um das Boot leidlich in der Schwebe zu halten, müssen wir es nämlich mit Hilfe des Reglertanks bis auf fünf Kilo- gramm genau auswiegen. Ich sage leidlich, weil es praktisch gar nicht möglich ist, das Boot so genau auszuwiegen, daß es ohne Schrauben- und Ruderhilfe in der Schwebe bleibt. Schon ein halber Liter, ja sogar schon ein Fingerhut Wasser zuviel in den Tanks würde es sinken, ein Fingerhut zuwenig würde es steigen lassen. Jeden Tag, den Gott, der alte Wolkenschieber, werden läßt, müssen wir deshalb das spezifische Gewicht des uns umgebenden Seewassers feststellen – mit dem Dichtemesser.«

Mit einem Anflug von Selbstzufriedenheit lauscht der Leitende seiner glatten Rede nach. Er blüht richtig auf, als stamme die ganze Wissenschaft von ihm.

Der Kommandant, der den Leitenden sicher schon eine Weile dozieren hörte, fragt im Vorbeigehen: »Na, Professor, stimmt das auch alles?« ehe er durchs vordere Schott steigt.

Der Leitende gerät sofort aus dem Konzept. Als er wieder anhebt, hat er einen klagenden Tonfall: »Den Alten interessiert eben nur, daß das Boot im stets gleich gut ausgewogenen Zustand ist: kein Liter zuviel – keiner zuwenig . . .«

Der Leitende mimt jetzt den Erschöpften. Ich sehe aber deutlich, daß er noch nach Worten für einen ordentlichen Schlußsatz sucht.

»Tscha«, macht er jetzt, »wir fahren eben mit einer Menge Physik zur See . . .«

»Und Chemie.«

»Ja, auch Chemie – unberufen toi toi toi«, sagt der LI, »wenns mal so richtig chemisch wird, wirds psychologisch. Dann sind wir ziemlich am Arsch des Propheten!«

Der LI hat es auf einmal eilig. Ich kann ihn nicht mehr fragen, wie er das meint.

Der Alte gibt sich beim Mittagessen belustigt. Keiner weiß, was ihn so aufgemuntert hat. Er schlägt sogar einen scherzenden Ton an, den ich an ihm nicht kenne. Der Leitende erscheint als letzter.

»Nun, LI?« fragt der Kommandant mit süffisantem Unterton.

»Alles in Ordnung, Herr Kaleun!«

Der Kommandant lädt ihn freundlich ein, in der Kojenecke Platz zu nehmen. Die betonte Freundlichkeit irritiert den Leitenden. Verstohlen guckt er von einem zum anderen. Ich kann mir vorstellen, was im Busch ist: Als ich durch die Zentrale kam, sah ich den Kommandanten dem Zentralemaaten heimlich kleine Zettel in die Hand drücken.

Es vergehen nur Minuten, da schrillt auch schon die Alarmglocke. Der Leitende kommt nur mit Mühe hoch. An der Decke dreht sich das Flutklappengestänge. Die Teller geraten ins Rutschen

»Festhalten!« ruft der Kommandant.

Der Leitende schießt einen erbitterten Blick auf den Alten ab. Aber was nützt es ihm? Er muß machen, daß er in die Zentrale kommt.

»Richtig wieselflink!« höhnt der Alte hinter ihm her.

Das Gebrüll aus der Zentrale bestätigt mir, daß es mit einem einfachen Probealarm nicht getan ist – das klingt ganz nach Störungsexerzieren.

Alles, was auf der Back ist, schliddert nach vorn. Klirren und Krachen – schon trete ich in Scherben.

Die Vorlastigkeit nimmt immer noch zu.

Fragender Blick des II WO. Aber der Kommandant tut wieder mal, als ginge ihn das alles gar nichts an.

Aus der Zentrale kommt der Alarmruf: »Wassereinbruch über Wasserstandsglas!«

Anstatt nun hochzuspringen, bedenkt der Kommandant den II WO mit einem breiten Grinsen, bis der endlich kapiert, daß es sich um wohlvorbereitete Störungen handelt.

Über das Fluchen und Stimmengewirr aus der Zentrale freut sich der Alte diebisch. Er stemmt sich schwerfällig hoch und hangelt sich gemächlich wie ein bedächtiger Bergwanderer zur Zentrale hinauf.

Überall rasselt und scheppert es, dann gibt es einen heftigen Schlag. Irgendeinen massiven Gegenstand muß es umgekippt haben. Das Boot probiert jetzt Kopfstand.

Der I WO bekommt Glupschaugen.

Wir sammeln das Geschirr in die vordere Ecke des Ledersofas. Verdammte Sauerei! Die ganze Back ist mit Essensresten vollgeschmiert. Unfair vom Alten – ausgerechnet beim Essen!

»Das Boot muß das abkönnen – die Tommies nehmen ja auch keine Rücksicht – Übung ist das halbe Leben – nur kein Moos ansetzen« – sind die höhnischen Kommentare, die der Alte mitten in das Durcheinander hinein gibt.

Gott sei Dank: das Boot kommt allmählich wieder auf ebenen Kiel. Der Alte machts jetzt gnädig. Er läßt auf sechzig Meter gehen. Der Backschafter kommt und macht sich mit wortlosem Eifer ans Aufklaren.

Nach einer Viertelstunde erscheint der Leitende, völlig durchnäßt und ganz außer Atem. Der Kommandant leiht ihm die eigene Fellweste und schenkt mit ausgesuchter Höflichkeit Tee ein.

»Hat ja ganz gut geklappt!«

Der Leitende quittiert das Lob des Kommandanten mit einem scheelen Blick.

»Na, na, na!« macht der Kommandant.

Der Leitende lehnt sich mit dem Rücken an und legt die Hände mit nach oben gekehrten Handflächen in den Schoß; sie sind ölverschmiert. Der Alte wirft einen mißbilligenden Blick darauf: »Aber, aber, LI – was soll denn unser I WO denken, wenn Sie sich so zu Tische begeben?«

Der I WO wird im Nu rot. Der Leitende schiebt die Hände in die Hosentaschen und fragt: »Isses so besser? Ich hab nämlich bereits gegessen.«

»Aber LI! Sie fallen uns ja noch vom Fleische. Kinder, eßt und trinkt und laßts euch wohl sein.« Der Alte mampft mit vollen Backen, dann fragt er im gleichen höhnischen Tonfall: »Wollten Sie nicht was am Backborddiesel reparieren? Jetzt ist doch prima Gelegenheit. Vielleicht lassen Sie den Steuerborddiesel gleich mit überholen? Wir bleiben so lange unter Wasser. Alles für Sie!«

Was bleibt da dem LI anderes übrig, als ergebenen Blicks nach achtern zu verschwinden.

Der Alte grient ringsum und sagt: »Endlich mal wieder Schluß mit diesem verdammten Gammelladen. Die dauernde Rakerei im Stützpunkt – die hängt einem doch zum Hals heraus . . .«

Seitdem das Boot in See ist, gibt der Kommandant sich aufgekratzt oder zumindest still zufrieden. Er ist sogar verfrüht aus dem Urlaub zurückgekommen. Das Boot hätte durchaus ohne ihn ausgerüstet werden können, aber nein: er wollte dabeisein.

Die Leute schließen natürlich aus seiner um eine ganze Woche verfrühten Rückkehr, daß der Kommandant zu Hause nicht gerade in Glück und Wonne schwamm.

Über das Privatleben des Kommandanten weiß anscheinend keiner Bescheid. Auch ich kann mir nur aus widerwillig hingeredeten Reminiszenzen, seinen zynischen Marginalien und meinen Beobachtungen ein Bild seines privaten Daseins machen. Bisweilen sortiert er Briefe, die allesamt mit grüner Tinte und riesigen Buchstaben geschrieben sind. Die Dame, von der sie stammen, soll Fliegerwitwe sein. Ihr Vater Gerichtsdirektor. Von dem Klavier mit Kerzenhaltern – rote Kerzen – und den »sehr schönen Abendkleidern« ließ der Alte schon etwas verlauten. Mit verdrossener Miene erzählte er auch schon Bruchstückhaftes vom letzten Urlaub. Er hätte »dauernd« den Halsorden umhängen und mit zum Einkaufen gehen müssen. »Da lag dann ein bißchen mehr auf der Waage. Zu dumm. Da ist jeden Abend was los. Immer Betrieb. Man wird ganz dußlig. Vorträge in Schulen hätte ich auch halten sollen – ›Ohne mich!‹ habe ich da gesagt.«

Der Alte bekannte auch schon: »Das ist doch alles, was unsereiner im Urlaub will: Die Klamotten wechseln. Stundenlang baden. Auf alles pfeifen. Keine Zeitung. Kein Radio. Abschalten. Ausstrecken. Aber da bekommt man die feingebügelte Sonntagnachmittagsausgehuniform hingelegt, samt Dolchgehänge. Oberhemd blütenweiß, schwarzer Seidenschlips, schwarze Florsocken, gewienerte Spitzgurken und obendrauf den sidolgeputzten Halsorden am tadellos fleckfreien schwarzweißroten Ripsband – ach du meine Güte!«

Die Arbeiten im Dieselraum sind nach einer Stunde beendet. Über die Sprechanlage gibt der Kommandant in alle Räume: »Klarmachen zum Auftauchen!«

Die Brückenwache macht sich unter dem Turmluk fertig.

»Auftauchen!« befiehlt jetzt der Kommandant.

»Vorderes Tiefenruder oben zehn, hinteres oben fünf«, leitet der LI das Auftauchmanöver ein.

»Anblasen!« Aus den Stahlflaschen zischt die Preßluft in die Tauchzellen, deren Entlüftungen noch während des Tauchens wieder geschlossen wurden. Das Wasser darin wird durch die offenen Flutklappen wieder nach unten hinausgedrückt.

»Boot steigt. Turm kommt frei. Boot ist raus!« meldet der Leitende. Das Turmluk wird geöffnet, und der Überdruck entweicht. »Ausblasen mit Diesel!«

Die Wache entert auf. Schon ist das Schaukeln des Bootes in neues Vorwärtsstreben übergegangen. Das Anschlagen der Wellen hat sich in scharfes Zischen verwandelt. Als ganz ausgeblasen ist, befiehlt der Kommandant: »Wegtreten von Tauchstationen!«

Ein Heizer klettert in den Turm herauf. Er zündet sich eine Zigarette an, kauert sich zur Linken des Rudergängers wie ein Araber auf seinen Schenkeln nieder und gibt sich mit geschlossenen Augen der Wohltat der Zigarette hin. Noch ehe er ganz zu Ende geraucht hat, kommen von unten schon Rufe der nächsten Anwärter auf den Platz.

Nachmittag. Das Boot läuft seit zwei Stunden aufgetaucht – zur Abwechslung »zwomal halbe Fahrt«, aber ohne Ladung, weil die Batterien voll sind. Bei dieser Fahrtstufe schafft das Boot 14 bis 15 Seemeilen pro Stunde, nicht mehr als ein guter Radfahrer.

ALARM! Der Glockenklöppel schlägt mir direkt aufs Herz. Der Atem bleibt mir stehen. Verdammte Wahnsinnsglocke!

Ein Mann kommt mit halb herunterhängender Hose aus dem Klo gestürzt. »Scheiß dich nur schön voll«, höre ich hinter ihm herrufen.

97

Die Diesel sind gestoppt – das Boot kippt schon an.

Was ist denn los? Fängt der LI endlich den Schlitten ab? Jetzt erst merke ich: Dieser Alarm ist wirklich echt.

Wir bleiben nur eine Viertelstunde getaucht. Dann zischen die Seen wieder an unserer Stahlhülle.

»Für heute – finde ich – reichts«, äußert der Leitende.

»Tscha«, sagte der Alte.

»Der Alte und die Tommies, die ergänzen sich ja prima«, höre ich im U-Raum Zeitler stöhnen, »da bleibste in Bewegung.«

Gammel 1

MITTWOCH. 5. SEETAG. Radiogedudel macht mich halbwach. Dann knallt das Schott zur Kombüse in den Rahmen. Stimmengewirr, soviel der Raum fassen kann. Der E-Maat Pilgrim brüllt: »Backschafter: Was soll der Fotzenschleim hier auf der Back? Los, Beeilung. Weg damit!«

Ich werfe durch den Vorhangspalt einen Blick nach unten. Der Bootsmaat Wichmann glotzt auf einen Fleck aus Vierfruchtmarmelade auf der Back und plärrt: »Sieht ja aus, als hätte die Dame Stander Z vorgeheißt!«

Pilgrim und Wichmann kennen nur ein Thema. Manchmal kapiere ich das Vokabular und ihre Anspielungen nicht.

»Schneeweißchen und Rosenrot«, sagt Wichmann. Seine Augen stehen weit auseinander. Weil sie auch noch leicht hervortreten, hat sein Gesicht trotz des schmalen Kinns etwas Froschiges. Damit seine nach hinten gekämmten schwarzen Haare glatt am Kopf liegen, verwendet Wichmann Stangenbrillantine, die er sorgfältig zwischen die Zinken seines Kamms drückt und dann mit Hingabe auf seinem Kopf verteilt. Gern schildert er, wie er sich sein Leben wünscht: Theater, Kabarett, feine Gesellschaft, das nennt er seinen »Traum«. Ein Großsprecher, der sich auf seine abgebrochene Gymnasialerziehung etwas zugute hält. Trotz der Angeberei soll Wichmann aber ein guter Seemann sein; er soll sogar schon etliche Geleitzüge als erster ausgemacht haben.

Der E-Maat Pilgrim ist – wie sein Kollege Rademacher – Thüringer, klein, spitzbärtig und bleich. Nur daß er mehr redet als Rademacher.

Jetzt tauschen Pilgrim und Wichmann fachkundige Erfahrungen mit einer bestimmten Dame aus dem Mannschaftspuff aus.

»Ich kanns gar nicht mehr ertragen – dieses ewige Lamento: ›Spritz nisch in meine 'are!‹ Soll se doch selber aufpassen! – So was Dämliches!«

»Aber sonst isse ja gut auf Zack!«

»Nen ordentlichen Arsch hat se jedenfalls – das muß man ihr schon lassen!«

Pause. Dann läßt sich Pilgrim wieder hören: »Ich hab im Stadtpark auf ner Bank die Kleene vom Kiosk aufgerissen. Den vollen Präser hab ich mir aber erst zu Hause von der Palme geringelt...«

Ich reppele mich aus der Koje.

Meine Zunge klebt wie ein Stück Leder in der Gaumenhöhle fest. Da hilft kein noch so kräftiges Räuspern. Weil ich nicht an einen Schluck Wasser komme, muß ich mit dem Kleber hinten in der Röhre und im Mund herumlaufen. Noch ein Räuspern – da quillt mir Schleim von unten in die Mundhöhle: eine mittelgroße Auster. Wohin damit?

Der Backschafter meldet, daß für mich aufgebackt ist. Ich halte die Lippen aufeinandergepreßt und nicke – nur jetzt keine Worte – die Auster springt mir sonst glatt heraus. Ich erwische ein Stück Zeitung, lasse den Rachenrotz senkrecht herunter auf den Zeitungsfetzen triefen und wickele ihn schön ein. Brechreiz würgt mir im Hals.

Endlich kann ich wenigstens mit halbwegs klarer Stimme von der Zentrale aus nach oben fragen: »Ein Mann auf Brücke?«

»Jawoll«, kommt die Stimme des II WO von oben.

Ich stecke das Austernpäckchen in die Lederhosentasche und nun hoch – an die frische Luft!

»Guten Morgen, II WO!« und den verpackten Schleim über Bord und den Rachen auf und Wind hinein und dann in den Wintergarten, die Windrichtung geprüft, die Hose aufgefingert und – ach, die Wohltat! – losgeschifft.

Erst jetzt habe ich ein Auge für Himmel und Meer.

Bald verliere ich mich, über die Gitterstäbe der Reling gebeugt, in der Betrachtung des Wassers, das unter mir brausend und zischend, mit Luft milchig verquirlt, am Boot entlangschießt. Blasen und Schaumstreifen finden sich wie auf einem endlosen Webstück zu immer neuen Mustern zusammen. Von dem weißen Streifen lasse ich meinen Blick achteraus führen. Eine lange, wenige Meter breite Bahn zeichnet unseren Weg. Auf ihr sind die rundum hochzuckenden Wellen geglättet, als wäre eine Schleppe über sie hingegangen und hätte alles Aufzuckende niedergedrückt.

Dann frage ich den II WO: »Was ist Stander Z?«

Der II WO betet sofort eifrig her: »Der Stander Z ist das Angriffssignal. Der Stander Z ist von roter Farbe!«

»Diese Sauigel!« entfährt es mir.

Der II WO guckt mich entgeistert an.

»Danke!« sage ich und verschwinde wieder im Turmluk.

Der Rudergänger im Turm braucht kaum Ruder zu legen. Unter dem Steuerstrich schwankt immer dieselbe Zahl der Kompaßscheibe hin und her: zweihundertfünfundsechzig Grad. Wir fahren gleichbleibenden Kurs. Um zu unserem Operationsgebiet zu gelangen, brauchen wir nach den Berechnungen des Obersteuermanns bei Marschfahrt noch zehn Tage. Wir könnten schneller dort sein, wenn wir die Diesel große Fahrt laufen ließen. Es wird aber Marschfahrt gewählt, weil der Brennstoffverbrauch so am niedrigsten ist. Wir müssen unsere Kraftreserven für die Jagd aufsparen.

Beim Frühstück warte ich vergeblich auf den Kommandanten.

Die Alarmglocke läßt mich zusammenzucken. Flugzeug! durchfährt es mich: Flugzeug! Diese dreimal verdammten Mistbienen! Ente bauen – immer wieder Ente bauen!

Da erspähe ich durch den Kugelschottring den Kommandanten in der Zentrale. Er hat die Stoppuhr in der Hand.

Gott sei Dank: Probealarm! Der Alte kontrolliert, die Stoppuhr in der Faust, wie lange es vom Alarmsignal an dauert, bis das Boot getaucht ist.

Ich drücke mich vor der plötzlichen Wuhling zur Seite. Das Boot kippt schon an. Ich versuche, die Teller auf der Back festzuhalten, aber zwei, drei Teller scheppern auf den Boden.

Ich muß daran denken, was bei Probealarm alles schon passiert ist: Auf dem Boot von Kerschbaumer hatte einer aus Versehen die Ventile für die Leitungen zum Tiefenmanometer geschlossen. Kerschbaumer wollte das Boot schnell auf achtzig Meter Tiefe bringen. Das Boot sank auch entsprechend. Aber weil der Manometerzeiger sich nicht rührte, dachte Kerschbaumer, das Boot klebe noch an der Oberfläche, und ließ noch mehr fluten. Dann noch mehr, bis plötzlich der Fehler bemerkt wurde. Aber da war das Boot schon in zweihundert Meter Tiefe – bei einer Werftgarantie von neunzig Metern.

Während wir zum Mittagessen an der Back sitzen, ist der nächste Probealarm fällig. Der Leitende wischt beim Losstarten eine volle Suppenterrine von der Back und dem II WO direkt in den Schoß.

Der Alte scheint auch nach dem zweiten Probealarm noch nicht zufrieden zu sein: kein Wort der Anerkennung.

Gegen sechzehn Uhr kommt prompt der dritte Alarm.

Die Teetassen auf der Back gehen zu Bruch.

»Wenn das so weitergeht, können wir bald mit den Pfoten essen und aus Barkassen saufen«, höre ich den Bootsmann klagen.

Endlich sagt der Kommandant: »Klappt ja!«

Ich versuche, mich in der Zentrale, am Kartentisch, weiter mit der Technik vertraut zu machen. Einen aufkommenden Streit zwischen Frenssen und Wichmann – das ewige Gezänk zwischen Maschinenleuten und Seeleuten – beendet der Obersteuermann durch sein Erscheinen. Wichmann nennt Frenssens Diesel noch schnell »Stinktiere«, worauf Frenssen blitzschnell seine ölverschmierten Pratzen dicht vor Wichmanns Gesicht bringt.

Als Ruhe ist, kann ich mich wieder auf das System der Zellen konzentrieren: Zu den Taucheinrichtungen des U-Boots gehören vor allem die Tauchzellen. Sie geben, wenn sie luftgefüllt sind, dem Boot die nötige Schwimmfähigkeit. Es gibt deren drei. Sie liegen innerhalb und außerhalb des Druckkörpers. Die innere Tauchzelle ist so dimensioniert, daß das Boot, wenn die äußeren beschädigt werden, allein auf ihr schwimmen kann.

An den Unterseiten der Tauchzellen sind die Flutklappen, oben die Entlüftungen. Beide müssen zum Tauchen geöffnet werden. Die Luft entweicht durch die Entlüftungen, und durch die Flutklappen strömt das Wasser nach. Außer den Tauchzellen hat das Boot auch Tauchbunker. Diese liegen im Außenschiff und sind, wenn das Boot den Stützpunkt verläßt, mit Treiböl gefüllt. Erst wenn sie leergefahren sind, werden sie als Luftreservoirs benutzt, die dem Boot zusätzlichen Auftrieb geben. Je nachdem, ob wir Öl oder Luft in den Bunkern haben, sprechen wir von Schwimmzustand A oder B.

Außer den Tauchzellen und -bunkern hat das Boot noch Regel- und Trimmzellen. Durch den Verbrauch von Lebensmitteln, Wasser und Brennstoff verlorengegangenes Gewicht wird durch Aufnahme von Seewasser in die Regelzellen ersetzt. Die Regelzellen liegen in der Höhe der Zentrale. Regeln heißt: das Gewicht des Bootes durch Zulaufenlassen oder Ausdrücken von Wasser so abzustimmen, daß es dem Gewicht des vom Boot verdrängten Wassers entspricht.

Die Trimmzellen dienen zur Korrektur der Lage des getauchten Bootes. Wenn das Boot vorlastig oder achterlastig ist, kann es durch Umpumpen von Wasser zwischen den beiden Trimmzellen wieder auf ebenen Kiel – das heißt in Trimmlage Null – gebracht werden. Die Trimmzellen sind für das Boot äußerst wichtig, sie sind unsere Balancierstange, denn im Wasser hat das Boot in gleichem Maße Tendenz, sich in der Längsrichtung wie nach den Seiten zu neigen, das heißt. seine Längsstabilität ist unter Wasser gleich seiner Querstabilität. Bei Überwasserschiffen ist das anders. Sie neigen sich zwar im heftigen Seegang auch stark nach der Seite, sie haben aber keine Tendenz, sich auf den Kopf zu stellen. Ihre Längsstabilität ist viel größer als ihre Querstabilität.

Bei U-Booten aber können unter Wasser Lastigkeiten bis zu vierzig Grad durchaus auftreten. Im Gegensatz zum Überwasserschiff ist das U-Boot im getauchten Zustand außerordentlich empfindlich gegen Gewichtsverlagerungen und nur schwer auf ebenem Kiel zu halten. Deshalb gaben die Konstrukteure den Trimmzellen die größtmögliche Wirkung, indem sie diese an den äußersten Enden des Bootes unterbrachten. Sie liegen, von der Zentrale gesehen, gewissermaßen an langen Hebelarmen.

Wenn ein Zentner Kartoffeln im getauchten Boot von der Zentrale nach dem Bugraum geschafft wird, entsteht Vorlastigkeit. Um den Ausgleich zu schaffen, müssen fünfundzwanzig Liter von der Zentrale nach achtern gepumpt werden. Nur die Hälfte des Kartoffelgewichts also, weil ja das Wasser der Trimmzelle am anderen Ende des Bootes entnommen wird. Das Vorschiff wird dadurch zu gleicher Zeit um die Hälfte des Kartoffelgewichts entlastet. Würde der Zentner Kartoffeln aus dem E-Maschinenraum in den Bugraum gebracht werden, sähe die Trimmrechnung schon wieder anders aus. Dann müßten fünfzig Liter von vorn nach achtern gepumpt werden.

Ich präge mir die Faustregel ein: Durch die Regelzellen kann der Auftrieb des Bootes verändert werden, durch die Trimmzellen die Lage des Bootes im Wasser.

Nach dem Abendbrot klettere ich schon bald in meine Koje: hundemüde.

Die Maate, mit denen ich den Raum teile, tun sich meinetwegen, weiß Gott, keinen Zwang mehr an. Wenn ich auf der Koje liege, wenden sie sich völlig ungeniert dem Thema Nummer 1 zu. Ich brauche anscheinend nur meine Vorhänge vorzuziehen, um für sie nicht mehr existent zu sein. Ich komme mir vor wie ein Zoologe, der die Tiere, die er beobachten will, an seine Existenz gewöhnt hat.

Der Tag begann mit Pilgrim und Wichmann, jetzt bringen mich Frenssen und Zeitler zu Bett. Ihre obszöne Phantasie muß unerschöpflich sein. Ich gäbe etwas darum, herauszukriegen, ob Zeitler und Frenssen wirklich alles erlebt haben, was sie zum besten geben. Sind sie wirklich die abgebrühten Bordellbesucher, als die sie sich aufführen? Zuzutrauen ist den beiden freilich einiges.

Der Bootsmaat Zeitler ist Norddeutscher. Sein blasses Konfirmandengesicht mit dem nur schütteren Bartwuchs will weder zu seinem zynischen Gerede noch zu seiner Schwergewichtlerstatur passen. Als Seemann soll er erstklassig sein. Nicht unterzukriegen. Er gehört zur ersten Wache. Wenn mich nicht alles täuscht, setzt der Alte mehr auf ihn als auf den I WO.

Der Dieselmaat Frenssen ist ein vierschrötiger Bursche und dünstet breitspurige Selbstsicherheit aus, wo immer er auftaucht. Nicht der geringste Anhauch von Zweifel an sich selbst kräuselt seine Stirne.

Frenssen stammt aus Kottbus. Er gibt sich gerne kaltschnäuzig: ganz der menschenverachtende Desperado aus drittrangigen Cowboyfilmen. Den düster verkniffenen Blick muß er vor dem Spiegel einstudiert haben. Die Dieselheizer Ario und Sablonski, die zu seiner Wache gehören, haben sicher nichts zu lachen. Frenssen ist nicht älter als zweiundzwanzig Jahre. Er haust direkt unter mir.

Durch meinen halb zugezogenen Vorhang vor meiner Koje höre ich: »Hier stinkts ja säuisch!«

»Mietzenmief kannste ja schließlich hier nich verlangen!«

Stöhnen und Gähnen.

»Wars denn was?«

»Worauf du einen lassen kannst!«

Eine Weile ist nur noch Schmatzen zu hören.

»Bist wohl neidisch, weil de bloß Stinkefinger gemacht hast?«

»Ach halt doch die Schnauze! So gut wie du mitm Schwanz kann ichs allemal noch mitm großen Zeh.«

»Klar, wer aus Kottbus kommt, der machts mitm Zeh!«

Ich höre Luftpumpen, orgelndes Gähnen, Schniefen.

»Jetzt isses jedenfalls erst mal aus mit der Vögelei. Die lassen sich jetzt von anderen stoßen – deine Kleene auch!«

»Waste nich sagst! Du solltest dich zum Stab kommandieren lassen mit so nem wachen Köpfchen. Da brauchense solche wie dich zum Fähnchenstecken.«

»Hättstse eben zukleben müssen, damit de nich noch mehr Lochschwager kriegst! Die lassen sich doch jetzt ohne Mündungsschoner durchziehen – oder was haste gedacht?«

Geschirrklappern, Stiefelscharren.

Mein Vorhang beult sich ein, weil sich einer zwischen der Back und den Steuerbordkojen durchwindet. Dann höre ich wieder ihre Stimmen.

»Bißchen Erholung könnte nix schaden nach so nem Urlaub. Ein Fliegeralarm nachm andern. Mir hats jedenfalls gereicht. Da isses hier direkt ruhig gegen.«

»Mensch, berufs bloß nich!«

»Nich mal nen ordentlichen stoßen kannste mehr – nich mal mehr nittags in der Laube!«

Dann folgt die Erklärung: »Die ham nämlich son Schrebergarten mit ner Holzbude drin. Picobello! Sofa, Eisschrank – alles vorhanden.

Aber kaum biste mittenmang, gehn die verdammten Sirenen ooch schon los – un de Puppe wird nervös! – Das macht doch keinen Spaß mehr . . .«

DONNERSTAG. 6. SEETAG. Am Morgen bin ich noch vor dem Frühstück mit dem Kommandanten auf der Brücke.

Der Himmel hängt voller türkisblauer Batikwolken, die allesamt untereinander durch feine Äderchen verbunden sind. Überall scheint rötlicher Grund durch. Allmählich beginnt der Grund zu leuchten und überstrahlt die Türkisbläue der Wolken. Das rote Gleißen erobert den östlichen Himmelsraum, hinter den Wolken klettert es aufwärts und bricht nun aus jeder Lücke hervor. Auch die Wolkenflächen werden mit leuchtenden Punkten durchsetzt. Dann wird langsam das Geblinker und Geblitze wieder matter, als hätte sich das Licht erschöpft. Die Farben des Himmels besänftigen sich: die Sonne ist hinter den Wolken aufgegangen.

»Angenehme See heute!« sagt der Kommandant.

Bei der Wachablösung glaubte ich neue Gesichter zu entdecken.

»Nie gesehen, den Mann!« murmele ich, als gerade wieder ein Unbekannter aus dem Turmluk kommt.

»Fünfzig Leute sind eben ne Menge«, sagt der Alte. »Ist mir übrigens auch schon passiert, daß ich die eigenen Leute nicht erkenne. Manche sind ja auch die reinsten Verwandlungskünstler, einfach nicht wiederzuerkennen, wenn die Passionsspielerbärte gefallen sind. Nach dem Einlaufen – im Stützpunkt – wenn die sich rasiert haben und dann Wache schieben, frage ich mich eigentlich immer: Was denn, wie denn – mit diesem Kindergarten bist du zur See gefahren? Das sind ja alles Milchgesichter, Säuglinge, die an die Mutterbrust gehören . . . Ich hab mir auch schon gesagt: Um Gottes willen, nur Fotos von einlaufenden Booten für die Wochenschau und die Zeitungen, also nur welche mit bärtiger Besatzung. Ja nicht von auslaufenden mit den Milchgesichtern. Einfach schon aus Rücksicht aufs Gefühlsleben unserer Gegner.«

Der Alte läßt mich wie üblich ein Weilchen rätseln, wie er das wohl meinen könne, ehe er fortfährt: »Die Tommies müssen sich ja schämen, wenn sie zu sehen bekommen, wer ihnen die Hölle heiß macht: ein Kindergarten mit ein paar Hitlerjungen als Offizieren. Man kommt sich ja steinalt vor unter all den Säuglingen – der reine Kinderkreuzzug.«

Am meisten hat sich der Alte verwandelt. So wie jetzt habe ich ihn noch nie erlebt. Gewöhnlich gab er sich schweigsam und mürrisch, zwar nicht wie einer, der mit dem Schicksal zerfallen ist, aber doch als

ein in sich gekehrter, schwerblütiger Grübler. Und jetzt redet er drauflos – stockend freilich, wie es nun mal seine Art ist, aber in langen
Passagen.

Die Dinge haben im Boot nun alle ihren festen Platz bekommen.
Keine Kiste versperrt mehr den Weg durchs Boot, und man braucht
nicht mehr mit eingezogenem Kopf herumzulaufen. Die Leute haben
keine verquollenen Augen mehr. Die Tage haben ihr Gleichmaß
gefunden. Die Schiffsroutine hat sich eingelaufen – eine Wohltat
nach der Erregung der ersten Tage.

Trotzdem ist mir, als spanne sich zwischen mir und der Wirklichkeit noch immer eine membrandünne Haut. Ich existiere wie in
leichter Trance. Die Verwirrung und Konsterniertheit, die ich vor
den vielen Leitungen, Manometern, Aggregaten und Ventilen empfand, hat sich zwar gelegt – ich weiß jetzt, zu welchen Tauchzellen,
Regel- und Trimmzellen die Leitungen führen und sogar, mit welchen
Ventilen sie abgesperrt werden können; Handräder, Hebel, Ventile
und das Geschlinge von Leitungen haben sich zum übersichtlichen
System geordnet, und ich empfinde jetzt eine Art Hochachtung vor
dieser auf sachliche Zweckerfüllung gerichteten Maschinenwelt –
aber doch gibt es noch vieles, das ich nur mit Staunen wie ein schieres
Wunder hinnehmen kann.

Der Leitende legt es geradezu darauf an, mich immer aufs neue
zu verblüffen.

»Man kann übrigens das Boot im Sehrohr aufhängen«, äußert er
so nebenhin und beobachtet aus den Augenwinkeln, ob ich anbeiße.

»Im Sehrohr aufhängen?« Ich gebe mich erstaunt und bedenke
den Leitenden, ganz wie er es von mir erwartet, mit einem fragenden
Blick.

»Ja«, bestätigt der Leitende, »wenn ich unter Wasser die Maschinen
abstelle, steigt oder fällt das Boot. So fein, daß es nicht Steig- oder
Falltendenz entwickelte, können wir es nun mal nicht auswiegen.
Ich brauche, um es auf gleicher Höhe zu halten, eben die Wirkung
der Schrauben und Ruder.«

Ich nicke zum Zeichen dafür, daß das bekannt und plausibel ist.

Jetzt zieht der Leitende die Brauen hoch, blickt mir voll ins Gesicht
und sagt: »Bei ganz ruhigem Wetter kann ich aber ein sehr gut aus-
gewogenes Boot auch mit abgestellten Maschinen auf Sehrohrtiefe
halten. Das geht so: Wenn das Boot mit ausgefahrenem Sehrohr
einer Tendenz zum Sinken folgt, wird sein Volumen im Wasser sofort
größer, weil ja Teile des Sehrohrs, die eben noch über die Oberfläche ragten, ins Wasser gesunken sind. Wenn aber das Volumen

106

des Bootes größer wird, vergrößert sich auch der Auftrieb – logisch?«

Der Leitende wartet ab, bis ich nicke, dann erst doziert er weiter: »Durch die Vergrößerung des Auftriebs wird die Falltendenz, die das Boot eben noch hatte, wieder aufgehoben und sogar in Auftrieb umgewandelt. Auch logisch! Das Boot steigt nun wieder, das Sehrohr schiebt sich höher hinaus, das Volumen des Bootes wird wieder geringer, bis es schließlich wieder Falltendenz bekommt. So geht das weiter – immer auf und ab, bis sich das Boot langsam im Sehrohr einpendelt.«

»Raffiniert!«

Dem Leitenden ist anzusehen, daß er noch nicht am Ende ist. Er gönnt mir nur eine kurze Pause, ehe er weiterredet: »Wenn zum Beispiel ein Modell-U-Boot in einer Schüssel taucht . . .« – doch da hebe ich zum Zeichen der Ergebung beide Hände. Der Leitende läßt Gnade walten und nimmt, anstatt weiterzudozieren, ein paar gehörige Schlucke aus meiner Apfelsaftflasche.

Richtig durchschaut habe ich den II LI immer noch nicht. Es bleibt mir unklar, ob er die verbalen Herausforderungen des Kommandanten aus Sturheit oder aus Mangel an Schlagfertigkeit nicht annimmt. Selbst wenn der Kommandant ihm mit jovialer Betulichkeit weit entgegenkommt, gerät der II LI nicht in Bewegung. Wahrscheinlich absolut phantasielos, das typische Produkt einer einseitigen Fähnrichserziehung, die den zackigen, hirnlosen Pflichterfüller anstrebt, der dem Führer stur ergeben ist.

Von seinem Privatleben kenne ich nur die gröbsten Fakten, kaum mehr als der Personalbogen bekundet. Aber über die anderen Offiziere weiß ich auch nicht mehr.

Nur vom Leitenden erfuhr ich etwas über sein Zuhause. Seine Frau erwartet ein Kind. Seine Mutter ist tot. Im Urlaub hat er seinen Vater besucht. »Keine gelungene Veranstaltung«, berichtete er mir. »Der hat so Tabletts mit blauschillernden Schmetterlingen eingelegt. Geschliffene Gläschen. Selbstgezogenen Likör. Ist Direktor gewesen bei einem Wasserwerk. Ich hab ihm allerlei Vorräte mitgebracht. Er wollte aber nichts davon essen. Das Zeug würde der kämpfenden Front entzogen und ähnlicher Quatsch. Morgens stolzierte er an meinem Bett auf und ab, immer auf und ab. Kein Wort – nur stille Vorwürfe. Das Zimmer, in dem ich hausen mußte, war ein Alptraum: die Sixtina-Engel über dem Bett. Ein Stück Birke mit aufgeklebten Postkarten. Im Grunde ein armes Schwein, so ein Witwer. Wie lebt er denn: dreimal Suppe und abends ein Heißgetränk. Komisch, alles an ihm ist blau: Gesicht, Hände, Anzug – alles blau. Seine Sachen legt er abends über vier Stühle, dann nimmt er sie wieder hoch, legt sie wieder hin. Er hat maln Abwaschbecken konstruiert. Davon lebt er heute noch – vom Entwerferruhm. Und jetzt biegt er so Drähte für Krautwickel, und die verschachert er gegen was Eßbares. Seinen Brotaufstrich hat er selbst fabriziert, aus Hefe. Grausiges Zeug. ›Durchaus genießbar‹, ist aber seine Meinung. ›Will ich verschenken an die Damen. Freude machen ist wichtig!‹ Das ist auch so eine Parole von ihm. Immer versucht er zu beweisen, daß er nicht der ist, als der er erscheint. Er hält sich nämlich für einen großen Nimrod. In seiner Brieftasche schleppt er ein abgenutztes Foto herum. ›Meine Brunft neunzehnhundertsechsundzwanzig‹ steht darauf – eine sogenannte Doublette. Was weiß ich . . .«

Auf Geheiß des Alten liest der I WO den Kalenderspruch für den Tag vor: »Das steht jedem am besten, was ihm am natürlichsten ist – Cicero.«

»Wie bitte?« fragt spitz der LI, und der Alte kommt plötzlich aus dem Dösen hoch.

Der I WO schlägt mit den Wimpern, wie immer, wenn ihn etwas verwirrt. Ich pruste einen Löffel voll Rührei in den Gang. Eilfertig wiederholt der I WO: »Das steht jedem am besten, was ihm am natürlichsten ist.«

»Zeigen Sie her!« fordert der Alte, Unglauben in der Stimme.

»Am frühen Morgen!« der LI mimt verweisende Empörung, »dieser Cicero!«

Der I WO ist rot angelaufen.

»Aber, aber!« macht der LI.

Der Zettel wandert von Hand zu Hand. Der I WO hält seinen Kopf gesenkt, als müsse er über einen Brillenrand blicken.

Später findet sich der Zettel bei den Maaten. Als ich noch rätsele, wie er wohl dahin gelangt sein könnte, gibt Frenssen Erläuterungen: »Im Lazarett hat er allen früh auch immer gestanden – wie der Eiffelturm. Da hatten wir ne Schwester, die brachte früh die Schiffenten. Na, die hatte vielleicht ne prima elegante Art, die Pinte umzulegen – so über die Rückhand – wirklich gar nicht schlecht . . .«

»Euch hättense mehr Soda verpassen sollen«, gibt Dorian, der »Berliner«, aus seiner Koje zum besten. Er öffnet den Vorhang einen Spalt und grinst. Mit seinen Sommersprossen um die Nasenwurzel und dem hochstehenden rötlichen Strubbelhaar sieht er keß und spitzbübisch aus.

Soda. Mir gerät sofort der Geschmack des Eunuchenpulvers auf die Zunge. Im Arbeitsdienst gings damit schon los. Erst dachten wir: Was mixen die uns bloß für Mistkräuter in den Tee – bis wir dahinter kamen: Soda wars! »Hängolin« nannten wir das Zeug.

»Das war eben einer von der Torpedowaffe – Torpedomechanikersgast«, sagte der Alte hinter einem Mann her, der von vorn nach achtern durchkam. »Der wird U-Mensch genannt.«

Es vergeht eine Menge Zeit, bis er sich zu einer Erklärung herbeiläßt: »Das ist nicht etwa von U-Boot abgeleitet, sondern so heißt er wegen seines Oberlippenbärtchens. Das leuchtet wohl nicht ohne weiteres ein, was? – Also das kam so: Ich sagte mal irgendeinem, der Knabe sähe mit diesem Bärtchen geradeso aus wie Menjou, die Filmtype. Die Lords haben das dann zu Mensch-U verballhornt, und weil ihnen das U wahrscheinlich hinten am falschen Platz war, haben sie das Ganze herumgedreht, und nun heißt er eben U-Mensch. Was für die Etymologen!«

Katter, der Schmutt, kommt jetzt durch und grinst den Kommandanten voll an. Er hat ein kleines schwärzliches Käppi auf dem Kopf, das wie zum Jux aufgesetzt wirkt. Sein Hals ist so kurz und kräftig, daß er sich kaum gegen den runden Kopf absetzt. Dicke Muskeln schwellen die entblößten Unterarme.

»Den Schmutt haben wir schon dreimal per Fernschreiben aus Gefängnissen holen müssen«, sagt der Alte, »jetzt hat er totale Urlaubssperre. Den können wir einfach nicht mehr nach Deutschland in Marsch setzen.«

Sieh einer an, denke ich mir, unser ständig freundlich grienender Schmutt! Das ist es also, was mir der Alte erzählen wollte . . .

»Der Mann tut nämlich so, als gäbe es auf der Welt als Vorgesetzten und Instanz nur mich. ›Das sagen Sie mal lieber meinem Kommandanten‹ – ›Da wenden Sie sich besser an meinen Kommandanten!‹ – Eine treu ergebene Seele! Der hat sone Art Schäferhundmentalität: Wenn andere ihm zu nahe kommen, schnappt er zu.«

Ich kann mir deutlich ausmalen, was passiert, wenn der Schmutt, das EK I und das U-Boots-Abzeichen auf der Brust, die Mütze mit den Flatterbändern viel zu schief auf dem Rundschädel, auf eine Streife der Feldgendarmerie stößt.

Ich erinnere mich an einen Mann von Kallmanns Boot, dem Anpassungsschwierigkeiten an die übliche militärische Zackigkeit das Leben gerettet haben: wegen nachlässigen Grüßens wurde er eingesperrt und saß irgendwo im Bunker, als sein Boot auslief. Eine Woche später soff es ab.

»Leider hat der Schmutt inzwischen kapiert, daß er mit seiner großen Schnauze kaum was riskiert«, sagt der Alte, »das Boot braucht ihn. So gute Schmutts wie den hat die Personalreserve heutzutage nicht mehr zu bieten. Schmutts mit dem EK I dürfte es auch nicht viele geben.«

Jetzt ist es an mir, mit der Frage: »Wie kams denn dazu?« das Gespräch in Gang zu halten.

»Der reagierte, als eine Wabodetonation das Kombüsenluk aufschlug, phantastisch und zog, als ihm der Wasserschwall schon entgegenkam, das Luk wieder dicht. Hätte er das nicht geschafft – wäre er stiftengegangen –, dann wäre das Boot nicht mehr zu halten gewesen. Die Kugelschotts hätten ja dann auch nichts mehr genutzt, denn wenn in diesem Boot nur eine Abteilung von dreien absäuft – na, Sie wissen ja!«

Im Bugraum. Der neue Zentralegast erkundigt sich vorsichtig, wie der Kommandant ist. Der »Brückenwilli« gibt ihm Bescheid: »Der Alte? Ja, das ist ein komischer Kauz. Ich muß mich immer wundern, wie der sich freut, wenns wieder raus geht. Ich sag mir immer: Da stimmt doch was nicht. Der scheint mit soner Nazizicke verlobt zu sein. Viel ist da nich rauszukriegen. Fliegerwitwe. Die probierts anscheinend mal durch: erst die Luftwaffe, jetzt die Marine. Gut bedient ist der Alte da bestimmt nich. Muß sone hochgestochene Biene sein. Was man so aufn Foto sieht: hohe Beene, ganz ordentlicher Wasserfall – naja! Der Alte hat mal sicher was Besseres verdient.«

»Die Nazizicken solln gar nich mal so schlecht sein«, höre ich Schwalle.

»Wie kommste da drauf?«

»Die kriegen doch auf der Reichsbräuteschule so allerhand beigebracht. Da müssense sich zum Beispiel n Stück Kreide in den Arsch stecken und auf ne Wandtafel ›otto-otto-otto‹ schreiben. Das macht se gelenkig!«

Es gibt ein großes Hallo, das gar nicht wieder enden will.

Schließlich räuspert sich der Eintänzer ein paarmal, und nach und nach entsteht erwartungsvolles Schweigen. Als keiner mehr einen Mucks macht, sagt der Eintänzer: »Alles hat ein Ende – nur die Wurst hat zwei . . .«

Mit geordneten Schilderungen ist wohl nicht mehr zu rechnen.

Viele Male am Tag erhasche ich im Vorübergehen durch das offene Schott des Funkraums das Bild des Funkmaaten Herrmann. Oder ist es Hinrich? Zwischen den Tischplatten, auf denen seine Apparate stehen, hat er sich auf eine verzwickte Weise zurechtgehockt. In den Händen hält er fast stets ein Buch. Seinen Kopfhörer hat er so übergestülpt, daß nur eine Hörmuschel am Ohr anklemmt. So kann er ankommende Morsezeichen und mit dem freien Ohr zugleich auch Befehle aus dem Boot hören.

Herrmann ist schon seit der Indienststellung des Bootes an Bord. Seine Koje ist im U-Raum, der meinen gegenüber. Sein Vater, erfuhr ich vom Kommandanten, war Oberdeckoffizier eines Kreuzers, mit dem er 1917 unterging.

»Der Junge hat eine ganz typische Laufbahn«, hatte der Kommandant erklärt, »erst kaufmännische Lehre, dann zur Marine. 1935 als Funkgast auf dem Kreuzer ›Köln‹, dann Funkmaat auf einem Torpedoboot, dann U-Schule und dann mit mir bei der Norwegenunternehmung. Der hat sich sein EK I schon ein paarmal verdient. Für den ist das Spiegelei fällig.«

Herrmann ist ein stiller und besonders blasser Mann. Wie der LI bewegt er sich geschmeidig durchs Boot, als gäbe es für ihn keine Hindernisse. Nie habe ich ihn mit gleichgültiger Miene gesehen – sondern immer nur gespannt. Das gibt ihm etwas Tierhaftes.

Er lebt scheu und zurückgezogen. In der Gesellschaft der Maate hält er sich abseits. Er und der Fähnrich Ullmann sind die einzigen, die keine Skatkarte anrühren und dafür lieber lesen.

Ich beuge mich über Herrmanns Tisch und höre die dünnen Töne aus den Muscheln seines Kopfhörers wie das leise Zirpen von Insekten. Noch weiß keiner von uns, auch Herrmann nicht, ob das Diktat, das im gleichen Augenblick Hunderte oder Tausende von Seemeilen entfernt abgegeben wird, uns gilt.

Der Funkmaat schaut auf; sein Blick bekommt wieder Schärfe. Er reicht ein Blatt Papier mit einer sinnlosen Buchstabenfolge aus seinem Schapp heraus. Der II WO nimmt es ihm ab und macht sich sofort eilfertig ans Entschlüsseln.

Es dauert nur wenige Minuten, bis er den Klartext hat: »An BdU – aus Geleitzug zwei Dampfer 5000 und 6000 BRT – sieben Stunden Waboverfolgung – abgedrängt – stoße nach – UW.«

Der II WO trägt diesen Funkspruch in die Funkkladde ein und gibt die Kladde dem Kommandanten zum Lesen. Der Kommandant zeichnet den Funkspruch ab und reicht die Kladde weiter. Der I WO liest ihn und zeichnet ihn auch ab. Der II WO reicht schließlich die Kladde dem Funker wieder hin. Aus dem Funkschapp kommt ihm der Arm des Funkers entgegen.

Ein typischer Funkspruch, der die Geschichte eines Angriffs mit den dürftigsten Worten umschließt: Erfolg, knappes Davonkommen nach sieben Stunden Wasserbombenschlacht und Nachsetzen trotz Abwehr.

»Elftausend BRT – nicht unflott. UW – das ist Bischof«, sagt der Alte, »da hat er ja bald Halsschmerzen!«

Keine Rede von den sieben Stunden Wasserbomben. Der Alte tut, als stünde davon gar nichts im Funkspruch.

Es vergehen nur Minuten, bis unser Funker die Kladde wieder herausreicht. Diesmal ist es ein Funkspruch des BdU an ein Boot, das hoch im Norden steht. Es soll mit Höchstfahrt einen neuen Angriffsraum besetzen. Anscheinend wird in diesem Gebiet ein Geleitzug vermutet. An den unsichtbaren Fäden des Funks wird das Boot nun zu einer bestimmten Stelle im Atlantik gezogen. Über Tausende von Seemeilen von der Zentrale des Befehlshabers entfernt, wird es ferngelenkt. Es nimmt die Jagd auf, ohne etwas vom Feind zu sehen. Auf der großen Karte im Lagezimmer des BdU wird jetzt eins der roten Fähnchen, die den Standort der Boote kennzeichnen, umgesteckt.

Die ruhige Unterwasserfahrt während des täglichen Prüfungstauchens wird im Bugraum zum Regeln der Torpedos genutzt.

Der Bugraum hat sich in eine Maschinenhalle verwandelt. Die Hängematten sind weggezurrt und die Kojen hochgeklappt. Die Männer haben ihre Hemden ausgezogen. Jetzt schlagen sie an den Ladeschienen Flaschenzüge an. Dann wird der Bodenverschluß des ersten Torpedorohrs geöffnet. Mit einem horizontal arbeitenden Flaschenzug wird der erste dick eingefettete, mattblinkende Aal ein Stück aus dem Rohr gezogen. Sein Gewicht wird mit Heißringen abgefangen. Nach dem Kommando des Torpedomechanikers-maaten hängen sich alle wie zum Tauziehen an den waagerecht ausgebrachten Flaschenzug. Langsam gleitet der halbgezogene Torpedo vollends aus dem Rohr. Nun hängt er freischwebend an der Ladeschiene und kann trotz seines Gewichts von dreißig Zentnern leicht nach vorn, achtern und nach beiden Seiten bewegt werden.

»Ganz schöner Dubas, wa?« fragt mich Ario und deklamiert: »Wer de Arbeet kennt und sich nich drückt – der is verrückt!«

Jeder der Männer hat seine Aufgabe: Einer prüft, ob die Antriebsmaschine anspringt, ein anderer, ob alle Lager und Wellen leichtgängig geblieben sind. Preßluftschläuche werden angesetzt und die Luftkessel des Torpedos mit Preßluft aufgefüllt, Seiten- und Tiefenruderapparate durchprobiert und an den Schmierstellen wird Öl nachgefüllt. Mit viel »Hauruck!« wird schließlich der Aal wieder ins Rohr geschoben.

Dann beginnt dieselbe Prozedur für den zweiten Torpedo. Die Piepels scheinen in Fahrt gekommen zu sein. »Raus aus der Lady«, brüllt Dunlop, »so gehts doch auch wieder nicht! – Draußen stehen die Leute Schlange, und der will einfach nicht raus! Langt maln bißchen hin, ihr faulen Säcke. Lauter verdammte Zuhälter und keiner, der arbeiten will.«

Als endlich die Bodenverschlüsse der Rohre wieder dicht sind, werden die Taljen von den Ladeschienen abgeschlagen, die Ladeschienen nach der Seite weggezurrt und die Flaschenzüge verstaut. Nun können auch die Kojen wieder heruntergeklappt werden. Allmählich verwandelt sich der Raum in die altgewohnte Wohnhöhle zurück. Die Bugraumbesatzung hockt sich völlig verausgabt auf die Bodenbretter nieder, unter denen die zweite Torpedochargierung ruht.

»Wird bald Zeit, daß die Biester rauskommen«, mault Ario.

Um die Granaten für die 8,8 braucht sich keiner zu kümmern. Die hochempfindlichen Torpedos bedürfen hingegen der ständigen Pflege. Sie sind eben keine Geschosse, sondern kleine Schiffe mit höchst komplizierten Maschinenanlagen. Außer Seitenrudern wie jedes Schiff haben sie auch Höhenruder. Im Grunde sind sie sogar kleine selbständige U-Boote, beladen mit einer Fracht von 350 Kilo Trinitrotoluol.

Früher sagte man nicht »Torpedos schießen«, sondern »Torpedos lancieren«. Das traf die Sache genauer: Wir bringen die präzisen, dreißig Zentner schweren Unterwassermaschinerien ja nur mit einem Anstoß aus den Rohren heraus auf den Weg. Dann laufen sie mit eigener Kraft – mit Preßluft oder elektrisch – und steuern den vorbestimmten Kurs.

Vier der vierzehn Torpedos sind in den Bugrohren, einer im Heckrohr: G 7 A-Torpedos, motorgetriebene Blasentorpedos mit Luftkesseln Zwei haben Aufschlagpistolen, drei Abstandspistolen. Die Aufschlag pistolen zünden beim Auftreffen auf einen Dampfer die Sprengladung, so daß Löcher in die Bordwand gerissen werden. Die komplizierteren und deshalb empfindlicheren Abstandspistolen mit magnetischen Zündanlagen zünden den entsprechend tief gesteuerten Torpedo im Moment seines Durchlaufs unter dem Schiff. Die Druckwelle der Detonation trifft es so an der konstruktiv schwächsten Stelle.

Die Tage vergehen im stetigen Wechsel der Wachen und Freiwachen. Die gleichen Wachstrops, wie sie auf allen Schiffen der Welt üblich sind: das Maschinenpersonal geht Sechsstundenwachen, die Seeleute drei Wachen zu vier Stunden. Auf vier Stunden Wachdienst folgen für die Seeleute acht Stunden Freiwache.

Die erste Wache hat der I WO. Die zweite der II WO. Die dritte der Obersteuermann.

Die erste Wache – das merke ich deutlich – macht dem Alten Sorge. Der I WO gibt sich zwar überaus beflissen, den Alten kann er damit aber nicht täuschen. Der hält ihn für einen Durchdreher. Ein Glück, daß Zeitler bei dieser Wache ist. Wenn Zeitler auf der Brücke steht, ist er wie verwandelt. Mit dem Glas vor dem Kopf konzentriert er sich ganz auf die Kontrolle seines Sektors, die sexuellen Phantasien scheinen vergessen.

Ich soll für den anscheinend an Grippe erkrankten Jens, der zur zweiten Brückenwache gehört, einspringen. Also Nachtwache von vier bis acht Uhr Bordzeit.

Es ist drei Uhr Bordzeit, als ich aufwache, eine halbe Stunde zu früh. In der Zentrale ist es still. Die Lampen sind abgeschirmt. Wieder überkommt mich der Eindruck, der Raum setze sich in alle Tiefen fort.

Ich hole vom Zentralemaat Erkundigungen über das Wetter ein. »Wasser kommt kaum über, aber kalt!« Das bedeutet: den Wollschal und den dicken Isländer – und vielleicht sogar meine wollene Scharfrichterhaube unter den Südwester. Ich hole mir schon jetzt meine Siebensachen zusammen, dann lasse ich meinen Blick langsam ringsum gehen.

Meine Augen haben sich ans Schummerlicht gewöhnt. Nun fasse ich jede Anlage, jedes Stück der Einrichtung einzeln mit dem Blick auf und nenne alles mit stummen Lippenbewegungen beim Namen, als ob ich zugleich buchführen und kontrollieren müsse, ob alles ordentlich an seinem Platz ist: die beiden Wellenumdrehungsanzeiger; der Kartentisch mit dem geknickten Schwenkarm der Lampe darüber, das Operationsfeld für unsere Kursabstecker; die Kartenkiste, dieses Mordstrumm von metallener Truhe, gut und gerne zwo Kubikmeter groß, mit den Karten aller Seegebiete darin, in die der weise Ratschluß des BdU unser Boot lenken könnte – eine Sammlung, wie sie sich wohl kaum an Bord eines anderen Schiffes finden ließe; das bislang noch nicht benutzte Echolot; der Frischwassererzeuger; das Zentralpult. Das ist alles noch einfach zu übersehen, aber nun beginnt der Wirrwarr: die Handräder und Knickhebel für die Entlüftungen der einzelnen Tauchzellen.

Ich erkenne die Kupplungsschalter zum Ausrücken der Tiefenruder auf Handbetrieb. An Steuerbordseite – knapp rechts vom Tiefenruderstand – eine Fülle übereinander angeordneter Handräder, die den schmalen Raum zwischen Druckkörper und Sehrohrschacht fast ganz ausfüllen: der »Tannenbaum« mit den Anblaseverteilern und den Hoch- und Niederdruckluftverteilern.

Für jede Tauchzelle und für jede Tauchzellenhälfte sitzt hier ein Ventil. Die Ventilräder über dem »Tannenbaum« sind die Ausdrückverteiler für die Regelbunker und die Regelzellen. Die Leitungen aller Hochdruckflaschen kommen hier zusammen.

Ich erkenne auch die Niederdruckstutzen, die vom Hochdruckleiter über den Reduzierautomaten gespeist werden. (Die Luft aus den Flaschen kann nicht direkt in die Zellen geleitet werden, weil sie zu hohen Druck hat. Die Zellen würden ihn nicht aushalten, er muß deshalb erst verringert werden.) Und unter mir die gekrümmten Rohre mit den vielen Ventilrädern der Flut- und Lenzverteiler. Dicht bei ist die Drucкölpumpe und die Druckölflasche für das Sehrohr. Die Wasserstandsgläser in der Nähe gehören offenbar zu den Regelbunkern und Regelzellen.

Achtern, zwischen Rohren an der Wandung des Druckkörpers verteilt und kaum noch wahrnehmbar, sind graue Eisenkästen mit runden Öffnungen für vielerlei Zifferblätter: die Torpedo-feuerleitanlage; Wahlschalter für Stand- und Luftzielsehrohr, für die einzelnen Torpedorohre, für Einzel- und Fächerschuß, für Heck- und Bugschuß; die Kompaßanlage und das Echolot; der Süß-wasserbereiter. An der Stirnwand die Steueranlage für die Seiten-ruder. Der Hauptruderstand ist zwar im Turm, aber wenn er aus-fällt, weil der Turm beschädigt oder vollgelaufen ist, kann das Boot von hier aus gesteuert werden.

Die anderen Brückenposten tauchen jetzt in der Zentrale auf: der Berliner und der Fähnrich.

»Ganz schön kalt«, sagt endlich der Bootsmaat, »die zwote Wache ist doch ne Scheißwache!« Und gleich darauf mit ver-nehmlicher Stimme: »Fünf vor voll!«

In diesem Augenblick kommt der II WO durchs Kugelschott, so vermummt, daß man sein Gesicht zwischen Südwester und Kragen nur wie in einem Visierspalt sieht.

»Morgen, Leute!«

»Morgen, Herr Leutnant!«

Der II WO mimt den Springlebendigen. Und nun entert er als erster auf. Es ist eine Übereinkunft, der alten Wache fünf Minuten zu schenken.

Der I WO, dessen Wache wir ablösen, meldet dem II WO den Kurs und die Fahrtstufe der Maschinen.

Ich habe den steuerbordachteren Sektor. Meine Augen gewöhnen sich schnell an die Dunkelheit. Der Himmel ist eine Spur heller als das schwarze Meer, so daß die Kimm sich deutlich absetzt. Die Luft ist sehr feucht. Die Gläser beschlagen schnell.

»Lederlappen auf die Brücke!« ruft der II WO nach unten. Es dauert aber nicht lange, und die Lederlappen saugen sich voll Feuchtigkeit und beginnen zu schmieren. Bald brennen mir die Augen, und ich muß sie immer wieder für Sekunden zukneifen. Keiner sagt ein Wort. Das Schüttern der Motoren und das Zischen und Brausen der Seen werden schnell zu Geräuschen, die zur Stille gehören. Nur hin und wieder stößt einer mit dem Knie gegen die Turmwand, und es dröhnt dumpf.

Weil der backbordachtere Ausguck seufzt, fährt der II WO herum und mahnt: »Aufpassen, Herrschaften. Paßt bloß auf!«

Ich spüre ein Jucken am Hals. Aber ich bin eingepackt wie eine Mumie. Nicht mal richtig kratzen kann man sich. Jeder Affe darf sich kratzen! Ich aber kann jetzt nicht an den Klamotten herumfummeln. Der II WO wird ja schon unruhig, wenn einer bloß einen Knopf aufmacht.

Der II WO kommt aus einem Vorort Hamburgs. Er sollte studieren, hat es aber aufgegeben. Dafür Banklehre. Danach hat er sich freiwillig zur Marine gemeldet. Das ist auch schon alles, was ich von ihm weiß. Er ist eine glückliche Natur, beim Kommandanten wie bei den Dienstgraden und den Mannschaften wohl angesehen; ein Mann, der sich keinen Zacken abbricht, seinen Dienst mit lässiger Selbstverständlichkeit, ohne viel Getöse, korrekt tut. Obwohl er sich damit als Anhänger einer Dienstauffassung erweist, die der des I WO gar nicht entspricht, ist er der einzige, der mit ihm halbwegs zurechtkommt.

Die Hecksee phosphoresziert. Der Nachthimmel ist schwarz. Schwarz mit eingenähten Brillanten: alle Sterne stehen klar am Himmel. Der Mond hat keinen Schein. Sein Licht ist bleich und ausgelaugt und ein wenig grünlich. Der Mond sieht verdorben aus – wie eine faule Melone. Über das Wasser hin ist die Sicht sehr schlecht.

Ein paar Wolken schieben sich vor den Mond. Die Kimm ist kaum mehr auszumachen. Was ist das? – Schatten auf der Kimm? – Meldung machen? – Abwarten? – Keine Schatten? – Ganz normale Wolken? – Verdammt merkwürdige Wolken! Ich mache meinen Blick so scharf, daß mir die Augen tränen, bis ich die Gewißheit habe: nichts, keine Schatten.

Ich ziehe das Feuchte in der Nase hoch, damit ich besser schnuppern kann. Mancher hat schon in stockdunkler Nacht einen Geleitzug erschnuppert – die weithin stinkenden Rauchfahnen oder das ausgelaufene Brennöl eines angeschossenen Dampfers.

»Dunkel wie im Bärenarsch«, schimpft der II WO, »wir könnten glatt einen Tommy über den Haufen fahren!«

Nach Lichtern brauchen wir nicht zu spähen. Die Tommies hüten sich sehr, ein Licht sehen zu lassen. Schon das Glimmen einer Zigarette könnte ihr Verderben sein.

Das Zeissglas ist schwer. Meine Arme erlahmen allmählich. Die Oberarmmuskeln beginnen zu schmerzen. Immer das gleiche: Das Glas einen Moment am Riemen hängenlassen, die Arme lang machen, sie ausschleudern, als wären sie nur lose am Körper festgeheftet. Dann wieder das schwere Glas hochheben, die Okulare mit den Gummimuscheln an die Augenbrauenbögen drücken, das Glas auf den Fingerspitzen balancieren, damit sich das Zittern des Bootskörpers nicht überträgt. Und immer wieder neunzig Grad Kimm und See nach Anzeichen vom Gegner absuchen. Ganz langsam das Glas von einer Seite des Sektors bis zur anderen führen, die Kimm Millimeter um Millimeter abtasten. Dann das Glas absetzen und den ganzen Sektor in den Blick nehmen, die Augen über den Himmelsraum führen und wieder die Kimm von links nach rechts, millimeterweise, absuchen.

Ab und zu reißt der Wind ein paar Spritzer hoch. Dann machen die vorderen Ausgucks steife Verbeugungen und schützen die Linsen der Gläser mit Händen und Oberkörpern. Wenn dichte Wolken vor den Mond ziehen, wird das Wasser schwarz eingefärbt.

Ich weiß, daß der Atlantik hier mindestens dreitausend Meter tief ist – dreitausend Meter Wasser unter dem Kiel –, aber mir ist, als glitten wir mit langsam törnenden Maschinen auf einer festen Masse voran.

Die Zeit schleppt sich hin. Immer größer wird die Versuchung, die Lider sinken zu lassen und sich mit geschlossenen Augen den Bewegungen des Bootes hinzugeben, das Aufundabwiegen zu genießen, sich einlullen zu lassen.

Ich möchte den II WO nach der Uhrzeit fragen, aber ich verbiete es mir lieber. Im Osten dringt nun eine Spur fahlrötlicher Helle über die Kimm hoch. Die bleich ausgelaugte Rötung kann nur einen dünnen Streifen färben, weil dicht über der Kimm ein Zug blauschwarzer Wolken lagert. Es vergeht viel Zeit, bis hinter ihnen das Licht höher dringt und ihre Säume Feuer fangen. Das Vorschiff ist jetzt als dunkle Masse zu erkennen.

Es dauert seine Zeit, bis so viel Licht am Himmel ist, daß ich an Oberdeck die einzelnen Grätings ausmachen kann. Allmählich werden die Gesichter der anderen drei deutlich: müde, grau.

Jetzt kommt einer zum Schiffen hoch, richtet sein Gesicht in den Wind und schlägt dann sein Wasser nach Lee durch die Reling des Wintergartens hindurch ab. Ich höre den Strahl aufs Oberdeck patschen. Uringeruch kommt mir in die Nase.

Wieder kommt von unten die Frage: »Ein Mann auf Brücke?« Einer nach dem anderen kommt zum Luftschnappen und Schiffen hoch. Ich schnüffle Zigarettenrauch, Gesprächsfetzen schlagen an mein Ohr.

»Jetzt brauchten wa nur noch Präser zu vakoofen – dann wär die Schiffbude perfekt.«

Eine Weile später macht der II WO Meldung. Der Kommandant ist auf der Brücke erschienen – er muß ganz leise aufgetaucht sein. Mit einem schnellen Seitenblick erhasche ich sein von der glimmenden Zigarette rot beleuchtetes Gesicht. Aber dann rufe ich mich zur Ordnung: nicht hinhören, sich nicht ablenken lassen, reglos stehen, den Blick nicht vom Sektor wenden. Ich habe nur eine Aufgabe: spähen, mir die Augen aus dem Kopf gucken.

»Rohr eins bis vier – Mündungsklappen öffnen!«

Der Alte läßt also wieder Feuerleitübungen machen. Ohne den Kopf zu drehen, höre ich, wie der I WO Schußwinkel angibt. Dann kommt von unten die Meldung: »Mündungsklappen eins bis vier sind auf!« Wieder und wieder sagt der I WO seine monotonen Beschwörungsformeln her. Aber vom Alten kommt kein Ton.

Die Kimm wird immer schärfer. Im Osten ist das Licht auf ihr schon breitgelaufen. Bald wird es das ganze Rund erobert haben. In dem Spalt zwischen der Kimm und den blauschwarzen Wolken brennt nun rotes Feuer. Der Wind frischt auf, und plötzlich erscheint im Osten der gleißende Oberrand des Gestirns. Die Sonne hebt sich aus der Tiefe. Schon sind züngelnde Schlangenlinien aus roter Glut auf dem Wasser. Ich habe nur einen kurzen Blick für die Sonne und die Himmelsfarbe, denn die Beleuchtung ist wie für feindliche Flieger geschaffen. Es ist hell genug, daß sie das Boot an der schäumenden Heckwelle erkennen können, aber für uns noch zu dunkel, um Flugzeuge gegen den Himmelsgrund schnell auszumachen.

Die verfluchten Möwen! Sie kosten die meisten Nerven. Möchte wissen, wie viele Alarme schon auf ihr Konto gehen.

Ich bin heilfroh, daß ich nicht den Sonnensektor habe.

Der I WO kommandiert weiter: »Rohr eins bis drei fertig – es schießt Rohr eins und drei – Entfernung vierhundert – Streubreite achtzig – Frage: Lage?«

»Lage neunzig«, kommt es von unten.

Das Meer erwacht nun vollends. Blitzend empfangen die kurzen Seen das Licht des Tages. Unsere Back gleißt auf. Der Himmel wird nun schnell nacheinander rotgelb, gelb und dann blaßgrün.

Die Dieselabgase erreichen mit ihrem bläulichen Schleier ein paar tüllrosa Wolken. Unser Heckwasser wirft tausend Sonnenscherben durcheinander. Mein Nachbar wendet mir sein Gesicht zu. Es ist vom Licht der Sonne rot überflogen.

Plötzlich entdecke ich im Aufblitzen der kurzen Seen weitab ein paar dunkle Punkte ... und schon sind sie wieder weg. Was war das? Der backbordachtere Ausguck hat die Punkte auch gesehen.

»Delphine!«

Sie kommen heran wie schlecht eingesteuerte Torpedos – halb durchs Wasser und halb durch die Luft schießend. Irgendeiner aus der Herde hat das Boot bemerkt, und nun kommen sie wie auf ein Signal hin auf uns zugeschossen. Schon haben wir sie querab zu beiden Seiten. Es müssen viele Dutzend sein. Hellgrün schimmern die Bäuche auf. Dann wieder schneiden die senkrechten Rückenflossen wie Schiffsbuge durchs Wasser. Mühelos halten die Delphine die Bootsgeschwindigkeit. Das ist kein Schwimmen, vielmehr ein leichtes Kurven und Springen. Das Wasser scheint ihnen gar keinen Widerstand zu bieten. Ich muß mich selber ermahnen: Nicht hingucken – auf den Sektor aufpassen!

Nun kabbeln kurze Windstöße die Dünung auf. Allmählich trübt sich der Himmel ein. Das Licht sickert von oben herab wie durch eine riesige waagerecht aufgehängte Milchglasscheibe. Bald triefen unsere Gesichter von den überkommenden Spritzern. Die Bewegungen des Bootes nehmen zu.

Die Delphine lösen sich unvermittelt vom Boot ab.

Nach der Wache ist es mir, als seien meine Augen aus ihren Höhlen gequollen: Tentakelaugen. Mit den Handballen drücke ich die Augäpfel in die Höhlen. Ich habe das Gefühl, sie ließen sich wirklich zurechtschieben.

Nur mühsam vermag ich die steifen Glieder zu bewegen, als ich mich aus dem nassen Ölzeug schäle und dann erschöpft in die Koje klettere.

Es ist zu warm im Raum. Im Nu habe ich Schweiß auf der Stirn. Ich werfe die Decken ab. Durch den Spalt im Kojenvorhang fällt Licht auf mein Gesicht. Leise gestellte Lautsprechermusik wimmert dünn. Das Dieseldröhnen empfinde ich schon nicht mehr als Lärm, sondern als einen Bestandteil der Luft selbst. Von außenbords kommt ein unablässiges Schlurfen und Sausen, ein Betasten und Anpochen am ganzen Boot entlang. Dann wieder klingt es wie Schlurren und Feilen, zeitweise auch wie Stöhnen, unterbrochen von sausenden Hieben und krachenden Schlägen. Diese Schläge, die von den Seen

gegen das Boot geführt werden, sind manchmal dumpf wie auf
schlecht gespanntes Trommelfell, dann wieder scharf und gellend
wie auf Blechbüchsen. Die Stimmen aus der Zentrale kommen wie
von weit her.

Bis zur Wachablösung ist es noch eine Stunde. Ich fasse die schon
tausendmal betrachtete Maserung der Kojenwand ins Auge: eine
nicht entschlüsselbare Geheimschrift der Natur. Die um einen Ast
herumlaufenden Linien sehen aus wie sichtbar gemachte Luftströ-
mungen an Flugzeugtragflächen.

Da werde ich jäh von der Alarmglocke hochgerissen.

Ich bin aus der Koje heraus und taumelnd auf dem Boden, ehe
mein Bewußtsein zu arbeiten beginnt. Der Obersteuermann hat
Wache. Was kann da bloß passiert sein?

Als ich in die Stiefel fahren will, gerate ich ins Torkeln. Der ganze
Raum ist plötzlich voller hastiger Bewegung. Aus der Kombüse
quillt blauer Dunst. Das Gesicht eines Heizers löst sich heraus. Mit
forcierter Gleichgültigkeit in der Stimme fragt er in den U-Raum:
»Wasn los?«

»Was nich angebunden is – dumme Sau!«

Das Boot liegt ja noch auf ebenem Kiel. Was soll denn das: Alarm
und noch in der Horizontalen?

»Belege Alarm! Belege Alarm!« klingt es jetzt aus dem Lautsprecher, und endlich kommt Meldung aus der Zentrale: »Fehlalarm!«

»Was? – Wieso?«

»Der Rudergänger hat aus Versehen die Alarmglocke eingeschaltet!«

»Ach du Scheiße!«

»Welches gottverdammte Arschloch war denn das?«

»Markus!«

Eine Weile Sprachlosigkeit, dann geraten alle in Wut:

»Ich könnt das dumme Schwein kaltblütig über Bord schmeißen!«

»Scheiße verdammte!«

»So ein verwichstes Arschloch!«

»Mußte unbedingt immer deinen Senf dazugeben?«

»Sagt mein Mädchen auch . . .«

»Ach, halt doch die Schnauze!«

»Son Arschloch wie dich hättense mal bloß als Fender verwenden sollen.«

»Möglichst bei Dickschiffen!«

Die Luft riecht nach Fausthieben.

Der Obersteuermann ist außer sich. Er sagt zwar kein Wort. Dafür
läßt er seine Augen Blitze schießen.

Ein Glück für den Rudergänger, daß er oben im Turm hockt. Auch der Leitende sieht ganz so aus, als könne er ihn zerfleischen, wenn er ihn zwischen die Hände bekäme.

Während ich schon wieder auf der Koje bin, lassen die Maate noch ihrer Empörung die Zügel schießen: »Det dumme Schwein - den wer ick aba ma anhauchn!«

»Sone dämliche Sau – soll doch aufpassn!«

»Na, der kann aber was erleben.«

Ein Furz ertönt. Ich sehe durch den Vorhangspalt, wie der Berliner sich daraufhin anlüftet und eine Verbeugung markiert: »Anjenehm! Justaf Meier – mit ck un weechem B vorn!«

»Kanaker!«

Ich höre Zeitler stöhnen: »Ich ärgere mir hier noch die Platze an – Scheiße verdammte!«

Politik wird in der O-Messe nicht berührt. Aber auch im Gespräch mit mir macht der Alte jedem ernsthaften Dialog, sobald er ins Politische einmündet, mit spöttischem Lippenkräuseln den Garaus. Fragen nach Sinn und Chancen des Krieges sind ganz und gar tabu. Dabei gibt es keinen Zweifel, daß der Alte, wenn er tagelang vor sich hin brütet, gerade von solchen Fragen bedrückt wird – und nicht etwa von seinen persönlichen Problemen.

Der Alte camoufliert sich. Nur hin und wieder macht er einen kleinen Visierspalt auf, wagt er eine zweideutige Bemerkung und läßt für Augenblicke seine wahre Meinung erkennen.

Besonders wenn er ergrimmt ist – die Rundfunknachrichten bringen ihn fast immer in Rage –, offenbart er seinen Widerwillen gegen die Nazipropaganda deutlich: »Aderlässe an Schiffsraum nennen die das! Ausradieren von Tonnage! Diese Heinis! Tonnage! Dabei geht es um gute, seetüchtige Schiffe. Die machen uns doch mit ihrer miesen Propaganda zu einer Art Vollstreckungsbeamten – zu Abwrackern – Ausschlachtern . . .«

Die Ladung der versenkten Schiffe, die für den Gegner meist noch viel kostbarer ist als die Schiffe selbst, hat ihn kaum je interessiert. Des Alten Herz hängt an Schiffen. Schiffe sind für ihn lebendige Wesen mit regelmäßig schlagenden Maschinenherzen. Daß er Schiffe vernichten muß, ist ihm ein Greuel.

Ich frage mich oft, wie der Alte wohl mit dem unvermeidlichen inneren Zwiespalt fertig wird. Anscheinend hat er alle Probleme auf einen einfachen Nenner gebracht: Angreifen, um nicht selbst erledigt zu werden. Sich ins Unvermeidliche schicken, scheint seine Devise zu sein. Aber mit großen Worten will er in Ruhe gelassen werden.

Manchmal reizt es mich, ihn aus seiner Reserve zu locken, ihn zu fragen, ob er sich nicht auch nur etwas vormache, auf eine kompliziertere Weise freilich als die meisten. Ob nicht eine Menge Illusion dazugehöre, um mit der Überzeugung leben zu können, daß sich mit dem Begriff »Pflichterfüllung« alle Zweifel zudecken lassen. Aber der Alte entzieht sich mir jedes Mal mit Geschick. Am meisten erfahre ich noch aus seinen Abneigungen und Allergien.

Immer wieder sind es der I WO und der neue Ingenieur, an denen der Alte sich reibt.

Allein schon die pedantische Steifheit, mit der der I WO sich hinsetzt, bringt den Alten auf. Dazu seine demonstrativ zur Schau getragene Sauberkeit. Auch die Tischsitten des I WO ergrimmen den Alten. Der I WO handhabt Messer und Gabel wie ein Sezierbesteck. Noch an jeder Ölsardine nimmt er eine regelrechte Obduktion vor. Mit äußerster Sorgfalt präpariert er zuerst die Hauptgräte heraus – dann macht er sich verbissen ans Ablösen der Haut. Kein noch so kleines Fetzchen läßt er sich entgehen. Der Alte bekommt dann Glupschaugen. Er stiert fasziniert auf das Sektionsfeld, schweigt aber verbissen.

Neben den Ölsardinen sind eine Art Landjäger mit einer äußerst dünnen Haut, die sich von der Oberfläche nicht lösen will, favorisierte Objekte für die Sezierübungen des I WO. Er erwischt die Haut nur in ganz winzigen Stücken. In den Vertiefungen der schrumpelig getrockneten Würste löst sie sich überhaupt nicht. Alle außer dem I WO vertilgen deshalb die Landjäger mitsamt der Haut. Obwohl der I WO mit Messer und Gabel eine Ewigkeit daran herumbosselt, schafft er es natürlich nicht, die Pelle zu entfernen. Deshalb schneidet er schließlich rundum so viel von der Wurst weg, daß ihm fast nichts übrigbleibt. Jetzt kann sich der Alte nicht mehr zurückhalten: »Da wird sich die Müllpütz aber freuen!« Doch selbst das war zu fein gemünzt – der I WO schaltet nicht. Er blickt nur ausdruckslos hoch und bosselt und schneidet verbiestert weiter.

Der neue Ingenieur schmeckt dem Alten offenkundig ebensowenig wie der I WO. Anscheinend stört ihn an dem Neuen vor allem das vulgäre Grinsen und das breitspurige Gehabe. »Nicht viel los mit dem II LI, was?« forschte der Alte kürzlich den Leitenden aus. Der Leitende drehte nur die Pupillen nach oben und wackelte, als habe er das vom Alten abgeguckt, wie eine automatische Schaufensterfigur mit dem Kopf hin und her.

»Na was denn, LI. Raus mit der Sprache!« beharrte der Alte.

»Schwer zu sagen! Sozusagen ein nordischer Typ«, wich der LI aus.

»Aber schon ein ganz langsamer nordischer Typ. Genau das richtige für den LI-Posten!« höhnte der Alte, »haargenau der richtige Mann!« Und nach einer Weile: »Ich bin bloß neugierig, wie wir den wieder loswerden.«

Da erscheint auch schon der II LI. Ich betrachte ihn mir genau: quadratschädlig und blauäugig, das rechte Fotomodell für Schulungshefte. Mit seiner pomadigen Trägheit ist er das Gegenbild zum stets sprungbereiten Leitenden.

Weil er in der Messe so wenig Ansprache hat, hält sich der II LI an die Oberfeldwebel. Der Kommandant sieht solche Grenzüberschreitungen nicht gern und belauert den II LI aus den Augenwinkeln, wenn er in die OF-Messe verschwindet. Unsensibel, wie er nun einmal ist, merkt der II LI aber auch davon nichts, sondern hockt sich, wenn gerade Platz ist, nebenan auf das Sofa und reest den Portepeeträgern etwas vor. Kein Wunder, daß kaum je gelöste Stimmung entsteht, wenn der I WO und der II LI mit an der Back sitzen.

Gespräche bleiben dann ganz neutral. Um brenzlige Themen werden Haken geschlagen. Aber gelegentlich platzt es aus dem Alten heraus. So sagte er einmal beim Frühstück: »Die Herren in Berlin sind anscheinend vollauf beschäftigt, um für Herrn Churchill neue Schimpfnamen zu erfinden. Wie heißt er denn jetzt in der offiziellen Schreibart, der olle Seeräuber?« Der Alte lauert. Als keine Antwort aus der Runde kommt, gibt er sie sich selber: »Trunkenbold, Saufbold, Paralytiker ... Ich muß schon sagen, für einen besoffenen Paralytiker heizt er uns ganz schön ein.«

Der I WO sitzt mit trotziger Miene bolzengerade da. Er scheint die Welt nicht mehr zu begreifen. Der LI fixiert in seiner üblichen Haltung – die Hände um ein Knie gefaltet – eine Stelle zwischen den Tellern, als gäbe es da was Besonderes zu entdecken.

Schweigen.

Der Kommandant läßt sich davon nicht beirren. »Auf den Knien ist *der* noch lange nicht: Möchte nicht wissen, wie viele seiner Schiffe durchkommen. *Jetzt* durchkommen – gerade *jetzt*, während wir hier herumhocken und Maulaffen feilhalten ...«

Und dann tut der Alte plötzlich, als könne er sich vor lauter Wohlbehagen nicht lassen.

»Musik fehlt hier – unser Hitlerjugendführer könnte mal ne Platte auflegen lassen.«

Auch ohne daß einer den I WO anblickt, fühlt der sich betroffen und schießt, von Röte übergossen, hoch. Der Alte ruft ihm dröhnend nach: »Den Tipperary-Song, wenn ich bitten darf!«

Und wie der I WO zurückkommt und die ersten Takte viel zu

laut durchs Boot dröhnen, stichelt er: »Ihrem weltanschaulichen Unterbau wird doch die Platte nichts schaden, I WO?« Und dann verkündet er mit bedeutungsvoll erhobenem Zeigefinger der Runde: »Die Stimme seines Herrn – aber nicht des unsren!«

Im Bugraum, dicht neben dem Schott, hocke ich mit angezogenen Knien direkt auf den Bodenbrettern, wie es im Bugraum nicht anders möglich ist: Torpedos unter mir, den Rücken gegen die Trennwand zur OF-Messe gelehnt.

»Der Tierschutzverein müßte mal her – da gäbs aber Krach. Wenn hier Katzen oder Hunde hausen müßten, du meine Güte!«

»Die Pferde in den Bergwerken hat man abgeschafft – aus Mitleid mit der gequälten Kreatur. Aber um uns kümmert sich keiner!«

Hier wird frei von der Leber weg geredet. Keine gequälte Stimmung wie in der O-Messe. Die Wortführer im Bugraum sind immer die gleichen: Ario, Turbo. Dazu Dunlop und der U-Mensch. Einige der Leute halten sich, weil sie nicht über ein schnelles Mundwerk verfügen, aus den Disputen heraus, sie verkriechen sich, wenn die anderen reesen und sich voreinander aufspielen, in ihre Kojen und Hängematten wie lichtscheue Tiere in ihre Bauten.

»Mir hat mal ne Nutte uffn Rücken gepißt«, kommt jetzt eine Stimme von oben aus der Hängematte, »Mann, war datn Jefühl!«

»Du bist eine ganz große Sau. Das kannste dir mal gesagt sein lassen!«

»Gefühl! – Da gibts noch ganz andere Dinger«, trumpft Ario auf. »Wir hatten auf unserem Dampfer ne Type, der sagte immer: nen Flaschenkorken mit nem Nagel drin und ner Geigensaite dran in den Arsch stecken und sich dann auf der Saite einen fiedeln lassen!«

»Komplizierter gehts wohl nich, was?«

»Das soll im Arsch ganz prima brummen«, beharrt Ario.

Und nun höre ich von ganz vorn Bruchstücke: »Die Emma weiß ja heut noch nich, woher sie das Kind geschnappt hat.«

»Wieso denn nich?«

»Wieso denn nich! Wieso denn nich! O Gott, bist du dämlich – halt du maln nackten Arsch an ne Kreissäge und sag dann, welcher Zacken dich geschnitten hat!«

Großes Gegröle. Einer stöhnt: »Mann, o Mann – o Manometer!«

Ich sehe zum erstenmal den Obermaschinisten Johann auf der Brücke. Hier im hellen Licht sieht er noch einmal so ausgemergelt und abgeschafft aus wie im Lampenschein unten in der Maschine. Obwohl er eben erst hochgekommen ist, fröstelt er schon wie einer, der eigentlich ins Bett gehörte.

»Die frische Luft wohl nicht gewohnt, Johann?« frage ich. Statt eine Antwort zu geben, blickt Johann nur verkniffen übers Schanzkleid, so etwas wie Ekel im Ausdruck. Der Meeresanblick, das läßt er deutlich spüren, vermittelt ihm nichts als Unbehagen. So verdrossen habe ich ihn noch nie gesehen. Gewöhnlich steht in seinem Blick Zufriedenheit – aber dann ruht er eben auf Rohrleitungen und Manometern. Die silbern glänzenden Flurplatten des E-Maschinenraums sind für ihn die rechte Lebensbasis, der feine Ölgeruch in der Luft ein Labsal für seine Lungen. Aber das hier – die rohe Natur – pfui Teufel! Er macht mit einem angewiderten Rundblick deutlich, daß der Meeresanblick für Primitivmenschen wie Seeleute wahrscheinlich das richtige sei, nicht aber für Spezialisten, die mit hochkomplizierten Maschinen auf du und du stehen.

Völlig vergrämt und mit Schauer im Nacken verschwindet Johann stumm wieder nach unten.

»Jetzt weint er sich an seinen Maschinen aus über die böse, böse See«, höhnt der II WO ihm nach. »Komische Heinis, diese Maschinenleute. Wahrscheinlich setzt die frische Luft ihren zarten Lungen zu, das Tageslicht schadet ihrer feinen Bindehaut, und Meerwasser ist für sie die reine Salzsäure.«

»Nicht so für den Leitenden«, gebe ich zu bedenken.

Der II WO ist um eine schnelle Antwort nicht verlegen: »Der ist eben pervers!«

Für mich ist es eine Erlösung, auf der Brücke zu stehen.

Es ist ein Glück, daß außer den Brückenposten noch zwei Mann oben sein dürfen. Ich nutze die Gelegenheit aufzuentern, sooft sie sich bietet. Kaum habe ich den Kopf zum Turmluk hinausgesteckt, überkommt es mich schon wie eine Befreiung: Ich steige aus dem Maschinenpferch, aus der Enge der Wände, aus Dunst, Gestank und Feuchtigkeit ans Licht und zur reinen Luft empor.

Zuerst suche ich den Himmel nach Wetterzeichen ab, dann lasse ich den Blick schnell ringsum über die Kimm gehen. Erst dann drehe ich den Kopf hierhin und dahin und lege ihn schließlich in den Nakken. Durch ein paar Wolkenlöcher kann ich in die Tiefe des Kosmos blicken. Unverstellt bietet sich der Himmel meinem Blick – ein großes Kaleidoskop, das im Ablauf der Stunden immer neue Bilder hervorbringt.

Ich notiere, was das Himmelspanorama rund um die Uhr bietet: Jetzt zum Beispiel ist der Himmel hoch oben tiefblau. Alle Löcher in der Wolkendecke, die sich eilig verschiebt, sind mit tiefer Bläue ausgefüllt. Nur gegen den Horizont zu ist die Decke verschlissen. Hier ist auch das Blau dünner, als wäre es von den wehenden Wasserdämpfen ausgelaugt. Voraus hängt noch ein klein wenig Röte über der Kimm, eine einzelne dunkle, blauviolette Wolke schwimmt darin.

Hinter dem Boot ereignet sich bald Wunderbares: In halber Höhe breitet sich ein stahlblauer feuchter Ton aus, der sich mit einer Flut fahlen Ockers vermischt, die hinter der Kimm hochsteigt. Die Grenzbezirke nehmen zuerst einen verschmutzten grünlichen Ton an, aber dann beginnt von hinten ein mattes, leuchtendes Blau durchzuschlagen, das nur noch einen Schimmer von Grün hat: Veroneser Blau.

Genau um die Mittagszeit füllt kühles silbriges Grau den Himmelsraum. Die Haufenwolken sind verschwunden, nur noch ein paar seidige Zirren hängen ihre Schleier vor die Sonne und zerstreuen ihr Licht zu silbrigem Flimmern und Leuchten. Ein leises Pastorale mit lichten und zarten Tönen wie auf der Innenseite von Austernmuscheln hebt an.

Am Nachmittag an Steuerbord: Hinter dunkelblauen Wolken schimmern gelbe und orange Streifen. Ihre Farbe ist satt, schwer, fast ölig. Die dunkelblauen Wolken steigen hoch wie von einem Steppenbrand. Ein afrikanischer Himmel. Ich stelle mir dazu Tafelberge vor, Giraffenakazien, Gnus und Antilopen.

An Backbord steigt in weiter Ferne neben einem Wolkenhaufen aus verschmutzter Wolle ein Regenbogen in den Himmel. Ein zweiter, blasserer wölbt sich darüber. Mitten im Halbrund schwimmt ein dunkler Ballen wie von einer Schrapnellwolke.

Am späten Nachmittag ändert sich der Prospekt der Himmelsbühne gründlich. Die Verwandlungen werden nicht nur mit ein paar aufgespannten Vorhängen und Farbschwankungen erzielt, es findet vielmehr ein großartiger Wolkenaufzug statt, der schnell den ganzen Himmel erfüllt.

Als ob das Spiel der Formen noch nicht heftig genug wäre, kommt die Sonne durch einen Riß und schießt schräge Strahlenlanzen durch das Wolkengetümmel.

Nach dem Abendbrot klettere ich wieder auf die Brücke: Der Tag ist müde. Er löst sich auf. Von seinem Licht bleibt bald nur hier und da ein Tupfen auf den Wolken zurück, die nebeneinander aufgereiht wie die Kugeln einer Rechenmaschine im westlichen Himmel schwimmen. Bald zieht nur noch ein kleiner Wolkenflaum, der das letzte Leuchten bewahrt, den Blick auf sich. Über dem Horizont hält sich für eine Weile die Glut der untergehenden Sonne. Dann erkaltet auch dort das Licht. Nun ist der Tag ganz hinab. Im Osten hat schon die Nacht die Höhe des Himmels erobert. Das Wasser verwandelt sich unter den violetten Schatten. Sein Geräusch wird lauter. Wie Atemzüge eines Schlafenden ziehen die Wellen unter dem Boot durch.

Weil er seit zwei Tagen kein Besteck nehmen konnte, trägt der Obersteuermann eine sauertöpfische Miene zur Schau. Immer waren die Gestirne hinter dichten Wolkenzügen verborgen. Der Obersteuermann kann sich nur dadurch helfen, daß er etwa stündlich die zurückgelegte Wegstrecke mit dem Kurs des Bootes in seine Karte einträgt. Da aber Wind und Seegang das Boot abtreiben, und der Obersteuermann diese Faktoren nicht genau kennt, kann der gekoppelte Schiffsort nicht genau mit dem tatsächlichen übereinstimmen.

Eine Weile schaue ich dem Obersteuermann über die Schulter zu. Er hantiert gerade nicht mit Stechzirkel und Lineal, sondern blättert im Stromatlas, um die Besteckversetzung zu ermitteln. Dann versucht er, etwas über das Wetter der nächsten Tage und Wochen aus seinen Monatskarten zu ergründen, die nach den Erfahrungen von Dampfern für jeden Monat Hauptwindrichtungen und Hauptwetterlagen in den verschiedenen Seegebieten angeben. Aus anderen Tabellen berechnet er schließlich die Zeit der Mondauf- und -untergänge und des Dämmerungsbeginns für die nächsten Tage.

Beim Wechsel der Maschinenwache um Mitternacht werde ich regelmäßig wach. Die Maschinenwachen – die neu aufziehende und die abgelöste – müssen durch die U-Messe hindurch. Für eine Weile stehen dabei die beiden Schotts zum Dieselraum offen. Brausend schlägt der Diesellärm in den Raum, und die Maschinen saugen in mächtigen Zügen die Luft an, so daß der Vorhang vor meiner Koje hochweht. Beim Vorüberzwängen an der nicht abgeschlagenen Back zieht ihn einer der Abgelösten ganz auf. Jetzt wird es eine geraume Weile dauern, bis wieder Ruhe einkehrt.

Ich halte die Augen geschlossen und gebe mir Mühe, nicht auf die Stimmen der Männer zu hören. Ich klammere mich förmlich an den Schlaf. Doch nun wird auch noch Licht gemacht. Der Schein der Lampe, die dicht neben mir von der Decke strahlt, trifft mich voll ins Gesicht, und ich werde vollends wach. Es riecht stark nach Dieselgas im Raum. Die abgelösten Maate ziehen ihre ölverschmierten Jacken und Hosen aus, nehmen ein paar Züge aus ihren Apfelsaftflaschen und klettern halblaut schwatzend in die Kojen.

»Ganz großer Fackelzug«, höre ich Kleinschmidt erzählen, »Kaffeetafel mit Blumenstrauß und Goldrandgeschirr bei meinen künftigen Schwiegereltern. Ganz nette Leute. Fünfundsechzig der Alte und sie schon siebzig. Napfkuchen und Pflaumenkuchen. Vorher Johannisbeerwein, selber gemacht – alles ganz prima. Meine Braut war gerade in der Küche zum Kaffeeaufgießen. Sitz ich da auf dem Sofa – so mit abgespreizten Armen, und da rutsche ich doch so mit der rechten Hand in die Fuge zwischen dem Sitz und dem Rückenpolster – kannste dirs vorstellen?«

»Klar, mach weiter!«

»Und da fingere ich – was denn wohl raus?«

»Mann, woher soll ich das denn wissen?«

Das muß der Stimme nach der Zentralemaat Isenberg sein.

»Machs bloß nicht so spannend!«

»Ne Fünferpackung Präser. Dreie warn noch drin. Zweie fehlten. Was sagste jetzt?«

»Daß de einfach prima rechnen kannst!«

»Also ich hab die Packung auf den Tisch geknallt. Da haben die Alten vielleicht blöde geguckt. Und dann bin ich hoch und weg – aus der Traum!«

»Du hast dochn Vogel!«

»Was heißtn da Vogel? Wenns nach dir gegangen wär, hätte wohl der Herr Lochschwager gleich mit zum Kaffee kommen solln – was?«

»Na – mach mal halblang.«

»Entweder – oder! Was andres gibts bei mir nich!«

»Du bist schon ne Type. Woher willste denn wissen, daß die Kleene wirklich . . .«

»Ach komm, quatsch nich sauer – soll se sich der Alte etwa übergezogn ham?«

Ich drehe mich wieder der Sperrholzwand zu. Aber da wird das Schott noch einmal mit Krachen aufgestoßen, und als letzter erscheint der Bootsmaat Wichmann. Er knallt das Schott hinter sich dicht und schaltet große Beleuchtung ein. Ich weiß schon von anderen Nächten her, was nun kommen wird. Aber eine verwünschte Neugier treibt mich, aus halbgeschlossenen Augen das Schauspiel zu beobachten, das sich jetzt wiederholt:

Wichmann stellt sich vor dem Spiegel auf, der am Schott angebracht ist, und schneidet sich selber Fratzen. Mit dem Daumennagel fährt er, ehe er sich seine Haare nach vorn über das Gesicht zieht, ein paarmal nach beiden Richtungen über die Zinken seines Kamms. Nach einer Reihe von Versuchen gelingt es ihm, den Scheitel an der richtigen Stelle zu placieren. Wenn er sich etwas vom Spiegel entfernt, sehe ich, daß sein Gesicht vor verklärter Andacht leuchtet. Jetzt kommt der Augenblick, in dem er sich mit schräggelegtem Kopf von rechts nach links betrachtet. Und nun geht er zu seinem Spind, in dem er eine Weile herumkramt, bis er sich wieder, diesmal mit einer Büchse Pomade in der Hand, vor dem Spiegel aufbaut. Die Pomade streicht er sorgsam zwischen die Zinken des Kamms, den er dann wieder und wieder durchs Haar zieht, bis er eine ganz glatte Fläche erzielt, in der sich die Lampen spiegeln.

Endlich packt er seine Utensilien weg, zieht die Jacke aus, fährt, ohne die Senkel zu lösen, aus den niedrigen Schuhen und wälzt sich auf die Koje. Das Licht läßt er einfach brennen.

Fünf Minuten später klettere ich hinab, um an den Schalter zu kommen. Dabei werfe ich einen Blick in die Koje des Bootsmaaten: die ganze Pracht ist wieder hin.

FREITAG. 14. SEETAG. Ich treffe den Alten in der Zentrale. Er gibt sich umgänglich. Allem Anschein nach ist er auf ein Gespräch aus. Diesmal fange ich an und frage ihn, wie er es sich erklärt, daß sich trotz der hohen Verluste so viele Leute freiwillig zur U-Boots-Waffe melden.

Die üblichen Bedenkminuten. Dann unter Stocken: »Ja, aus den Kindern ist da nicht viel rauszukriegen. Die lockt natürlich der Nimbus der U-Boots-Waffe an. Wir sind doch sozusagen das Feinste vom Feinen: Freikorps Dönitz. Die Propaganda tut da sicher auch das Ihre . . .«

Lange Pause. Der Alte hält den Blick auf die Flurplatten gerichtet. Endlich setzt er wieder zum Sprechen an: »Vielleicht können die sich gar nicht vorstellen, was ihnen blüht. Das sind ja alles noch unbeschriebene Blätter – drei Jahre Lehre, dann gleich eingezogen und die übliche Ausbildung. Die haben ja noch nichts gesehen – noch nichts erlebt – und auch keine Phantasie.«

Ein Anflug von Grienen gerät jetzt auf sein Gesicht, als er sich mir halb zuwendet: »Mit ner Knarre auf der Schulter durch die Gegend latschen – das kann ich mir auch nicht gerade als erhebend vorstellen. Wäre jedenfalls nicht mein Fall. Hätten *Sie* denn Lust, in Knobelbechern durch die Gegend zu latschen? Da haben wirs doch hier, weiß Gott, besser. Wir werden gefahren. Wir müssen uns nicht abschleppen und bekommen keine Blasen an den Füßen. Haben unsere regelmäßigen Mahlzeiten – meistens sogar warme. – Wo gibts denn das sonst noch? Außerdem haben wir ordentliche Kojen. Schön geheizt ist es auch. Und immer die gute, belebende Seeluft . . . Und dann für den Landgang die hübschen, adretten Kieler Anzüge und die schönen Orden – also wenn Sie mich fragen: Besser als bei den normalen Truppen und auf den Marineschleifsteinen habens die Piepels hier mal sicher! Eben alles relativ!«

129

Bei dem Wort »Marineschleifstein« sehe ich mich »Einzelvorbeimarsch mit Grußbezeugung« üben. Der Zugführer brüllt aus voller Lunge. Bei jedem Brüllen wippt er auf die Zehenspitzen hoch: »Reißen Sie gefälligst Ihre verdammten Wichsgriffel schneller hoch! Ich werde Ihnen das Arschwasser schon noch zum Kochen bringen, daß es Ihnen zu Nase und Ohren rausdampft!«

Wenn der Brüllaffe so in Hochform war, gelangen ihm sogar Übersteigerungen seiner Schimpfmetaphern ins Surrealistische: »Gleich reiße ich Ihnen den Arsch bis zur Halskrause auf – und noch ein bißchen mehr, damit Sie sich selber mal durchs Arschloch gucken können!«

In der engen Stube die Furzerei von achtzehn Leuten, wenns Kohl gegeben hatte! Ein Wunder, daß sich die ganze gasgefüllte Bude dann nicht von den Fundamenten hob und gen Himmel trieb.

Und vorher beim Arbeitsdienst ... August Ritter von Karavec hieß der Teufel, den man uns als Oberfeldmeister vorgesetzt hatte, nachdem er ein ums andere Mal strafversetzt worden war. »Wenn richtig kommandiert wird, darf man eine Abteilung nur noch am Augenweiß vom Gelände unterscheiden können«, war sein Grundsatz. Mit dem großen Schwenkstern in der Sumpfwiese und Paradesmarsch brauchte er nicht mal fünf Minuten, bis wir über und über mit eiskaltem Schlamm bespritzt waren, keine Stiefel mehr an den Füßen, die steckten im Schlamm, dafür durchnäßt bis auf die Haut. Zwei Stunden später hielt der Irre Spindkontrolle ab und fand bei jedem etwas zu bemängeln. Das aber bedeutete: Raus mit allen Sachen auf einen Haufen mitten in der Stube, aus dem anschließend zwanzig Mann ihre Habseligkeiten wieder aussortieren durften. Zur »Strafe« gab es dann den großen Schwenkstern am Hang. Der war noch schlimmer als in der Sumpfwiese, weil es den Leuten an den Flügeln beim Berganhetzen fast die Lungen zum Hals raus trieb. Und der Teufel von Oberfeldmeister sorgte dafür, daß jeder mal an den Flügel kam ...

Das zynische Grienen ist aus dem Gesicht des Alten verschwunden, als er den Faden wieder aufnimmt.

»Vielleicht kann man das hier nur mit Kindern betreiben, weil die sozusagen noch unterbelichtet sind. Hängen scheints noch nicht richtig am Leben. Noch keine Bindungen. Wenn mal einer durchdreht, ists fast immer ein Dienstgrad. Leute, die Frau und Kinder zu Hause haben! – Komisch: wir haben mal Männer von einem gesunkenen Zerstörer – einem von unseren – aus dem Bach gefischt. Muß etwa zwei Stunden nach dem Untergang gewesen sein, als wir aufkreuzten. Also ziemlich bald. War im Sommer, also kein zu kaltes Wasser.

Aber da hingen die meisten der jungen Seeleute schon ertrunken in ihren Westen. Die hattens einfach aufgegeben – einfach so den Kopf hängenlassen, obwohl nur mittlerer bis mäßiger Seegang war. Gekämpft haben nur die älteren. Einer war dabei – schon vierzig und erheblich verwundet –, aber *der* Mann hats durchgestanden trotz seines großen Blutverlustes. Die Achtzehnjährigen aber, die vollkommen in Ordnung waren, die nicht.« Der Alte schweigt ein paar Augenblicke, als müsse er nach der Formulierung für ein Resümee suchen, und dann: »Die Älteren drehen eher durch – die Jungen geben eher auf.«

Der Leitende ist jetzt in der Nähe. Er wirft mir einen schnellen verwunderten Blick zu.

»Eigentlich müßte man ja hier mit viel weniger Leuten auskommen können. Ich stell mir immer ein Boot vor, das nur von zwei, drei Leuten gefahren wird. Genauso wie ein Flugzeug. Im Grund haben wir die vielen Leute doch nur an Bord, weil die Konstrukteure ihre Aufgaben noch nicht perfekt lösen können. Die meisten hier sind doch bloß Lückenbüßer. Sie füllen die Lücken aus, die die Konstrukteure in der Bootsmaschinerie gelassen haben. Leute, die Spindeln auf- und zudrehen oder irgendwelche Schalter legen, das sind doch eigentlich gar keine Soldaten. Ich kanns schon gar nicht mehr hören, wenn der BdU die Leute mit seinem Reklameslogan aufkeschert: ›Angriff – ran – versenken‹ – das schafft doch bloß falsche Vorstellungen. Wer greift denn hier an? Doch einzig und allein der Kommandant. Die Piepels sehen ja nicht mal die Spur von einem Feind.«

Der Alte legt eine Pause ein. Ich brauche jetzt nichts zu sagen. Der Alte geht heute von allein aus sich heraus.

»Ein Jammer, daß der alte Dönitz auch unter die Maulhelden gegangen ist. Zuerst haben wir ja auf ihn geschworen«, sagt er halblaut.

Ich weiß seit langem, wo den Alten der Schuh drückt: Sein Verhältnis zu seinem Befehlshaber ist seit seiner letzten Berichterstattung getrübt.

»Früher hielten wir ihn mal für so eine Art Seekriegsmoltke, aber jetzt: ›Einer für alle, alle für einen‹ – ›Ein Volk, ein Reich, ein Führer‹ – ›Der Führer schaut auf euch‹ – ›Der Führer, der Führer, der Führer . . .‹ Kaum anzuhören – immer dieselbe Platte. ›Die deutsche Frau, das edelste Gut‹ hat er auch schon zum besten gegeben. Und auch: ›Wenn ich vom Führer komme, fühle ich mich immer wie ein Würstchen.‹ So was haut ja den stärksten Mann um.«

Der Alte hat sich in Verbitterung geredet. Mit einem zur Seite geredeten »Tscha, ja, so isses«, versucht er den Groll wegzuwischen.

Der Leitende guckt starr geradeaus und tut, als höre er nicht her.

»Tscha, die freiwilligen Piepels!« Der Alte kommt zum Ausgangsthema zurück: »Die Kameradschaft – die Zusammengehörigkeit aller Leute an Bord – ›verschworene Gemeinschaft‹ –, *das* ist eben doch nicht bloß eine Phrase. Das zieht die Leute an. Und vor allem eben das Gefühl, zu einer Elite zu gehören. Man braucht ja die Burschen nur mal im Urlaub zu beobachten. Die blasen sich ja auf wie Truthähne mit ihren U-Boots-Kampfabzeichen am Kulani. Scheint ja auch auf Damen zu wirken . . .«

Der Lautsprecher knackt. Dann kommt: »Zwote Wache sich klarmachen!« Dieses Mal gilt die Aufforderung auch mir. Ich soll eine Wache als Dieselheizer gehen: Station Abgasklappen und Diesel.

Der Leitende hat mir Watte für die Ohren gegeben. »Sechs Stunden Diesellärm, das ist nämlich ne Menge!«

Der Sog der Maschinen hält das Dieselraumschott so fest, daß ich alle Kraft aufwenden muß, um es zu öffnen. Sofort bricht der Lärm der Maschinen wie eine Tracht Prügel über mich herein. Das kurzatmige Klappern der Ventilstößel und Kipphebel ist die Schlagzeugbegleitung zu dem geschlossenen Lärmstrom der Explosionen in den Zylindern und dem tiefdröhnenden rauschenden Brummen, das – so vermute ich – vom Gebläse herrührt. Dabei läuft nur der Steuerborddiesel halbe Fahrt mit Ladung. Der Backborddiesel ruht. Also kann das tiefe Brummen auch nicht vom Gebläse herrühren, denn das wird nur zur höheren Luftaufladung gebraucht, dann, wenn die Maschinen große Fahrt laufen.

Die Diesel stoßen fast an die gerundete Decke. An der Flanke des Steuerborddiesels arbeiten die Gelenke zwischen Kipphebeln und Stößelstangen in unbeirrbarem Gleichtakt. Ihr Zucken fährt in Wellen über die mächtige Maschine hin.

Der Obermaschinist Johann hat Dienst. Vorläufig läßt er sich von mir nicht stören. Er hält das Spiel des Umdrehungsanzeigers im Auge: die Nadel schwankt stark. Manchmal ruckt sie heftig über ein paar Striche der Skala und zittert nervös, weil unsere Schrauben in der aufgewühlten See wechselnden Widerstand finden. Auch ohne den Umdrehungsanzeiger werde ich hier im Achterschiff deutlicher als in der Zentrale gewahr, wie die Seen das Boot festhalten, es wieder loslassen und gleich darauf ein Stück schieben. Die Schrauben arbeiten zuerst schwer, wenn das Boot sich aber freigekämpft hat, drehen sie um so schneller.

Johann kontrolliert jetzt nacheinander Öldruck und Kühlwasserdruck, dann faßt er mit abgewendetem Diagnostikerblick nach der Öldruckleitung, die unter der Schmierölpumpe abzweigt, um ihre

Temperatur zu prüfen. Schließlich steigt er auf einen silberglänzenden Tritt, der an der Flanke des Diesels hinführt, und befühlt die auf und ab stoßenden Kipphebelgelenke: alles mit sehr langsamen, genau auskalkulierten Bewegungen.

Brüllend gibt Johann mir zu verstehen, was ich tun muß: Aufpassen, daß nichts heißläuft, immer wieder die Kühlwasserleitungen abfühlen und die Kipphebel an den Ventilen überwachen, wie er es eben vormachte. Und wenn er das Zeichen gebe, die Abgasklappen einschleifen. Ich hätte ja oft genug zugesehen, wie die Sache läuft.

Johann begibt sich wieder an den Fahrstand, wischt sich die Hände an bunter Putzwolle ab, langt aus einer Kiste neben seinem kleinen Stehpult eine Saftflasche und nimmt mit hintenüber geneigtem Kopf ein paar kräftige Schlucke.

Die zuckenden Gelenke triefen von Öl. Ich befühle eins nach dem anderen, wobei meine Hand heftige Stöße empfängt. Alle Gelenke sind gleichmäßig warm. Lückenlos schließen sich die Detonationen in den Zylindern aneinander. Ich memoriere: Ansaugehub, Verdichtung, Arbeitshub und Ausstoßhub.

Nach einer Viertelstunde macht Johann das Schott zur Kombüse auf und dreht ein Handrad an der Decke. Dabei brüllt er mir seine Erklärung zu: »Ich schließe – das – Diesel-fuß-ventil – jetzt – saugt – der – Diesel – seine – Luft – aus – dem – Boot – gibt – schönen – Durchzug!«

Eine Stunde später verläßt der Obermaschinist den Fahrstand und kommt in den Gang zwischen den beiden Motorenblöcken. An der Seite des laufenden Diesels öffnet er einen Indikatorhahn nach dem anderen. Aus jedem schießt ein Feuerstrahl. Johann nickt beruhigt: Zündung in allen Zylindern, also alles in bester Ordnung. Nirgends eine Auffälligkeit. Komisch, denke ich, geraucht werden darf im Boot nicht, aber diese Flammenwerferveranstaltung ist erlaubt.

Mit balancierenden Seiltänzerschritten strebt Johann wieder seinem Fahrstand zu, reibt im Vorübergehen ein paar Ölflecke von einer blanken Fläche und wischt sich wieder die Hände an einem Knäuel Putzwolle sauber. Die Putzwolle klemmt dicht neben dem Schott zwischen den Rohren. Nach einer Weile greift er über sich und stellt an einem Ventil Druckwasser zum Fördern des Treiböls an. Dann schickt er einen Blick auf die elektrischen Fernthermometer, die die Temperaturen aller Zylinder und der Abgassammelleitungen anzeigen. Mit einem Bleistiftstummel, der so kurz ist, daß er ihn nur noch mit den Fingerspitzen führen kann, macht er dann Eintragungen ins Maschinen-Tagebuch: Ölverbrauchsrechnungen, Temperaturen, Druckschwankungen.

Der abgelöste Rudergänger kommt mit beiden Armen voll nassem Ölzeug wie angesaugt zum Schott herein, drückt sich an mir vorbei und hangelt sich an den Haltestangen der Diesel weiter nach achtern zur E-Maschine durch, wo er das triefnasse Zeug rings um das achtere Torpedorohr zum Trocknen aufhängt.

Der Dieselmaat hockt auf der gegenüberliegenden Seite vor dem Fahrstand des Backborddiesels auf einer niedrigen Werkzeugkiste und liest hingegeben in einer zerfledderten Schwarte. Sein Diesel ruht, also hat er nichts zu tun. Er muß aber auf dem Posten sein, weil der Diesel jeden Moment angefordert werden kann.

Immer wieder balanciere ich auf der blanken Eisenstiege an der Flanke des Steuerborddiesels vor und zurück. Die Manometer zeigen normalen Druck.

Der Obermaschinist macht mir ein Zeichen: Ich soll mich ins Schott zum E-Maschinenraum hocken. Dicht am Schott hängen an Schaltkästen die braunen Beutel der Tauchretter. Sie bringen mich auf bedrückende Gedanken: Zentrale und Brücke sind weit weg. Langer Fluchtweg zum Turmluk. Kein geeigneter Posten für phantasiebegabte Leute. Da mag sich einer zehnmal sagen, daß Länge oder Kürze des Fluchtwegs zum Turmluk schnurzegal ist, wenn das Boot in der Tiefe geknackt wird. Das Gefühl, ganz achtern eingesperrt zu sein, zerrt eben doch an den Nerven.

Außerdem kann das Boot ja auch bei Überwasserfahrt erwischt werden – durch Rammstoß zum Beispiel –, und daß dann üblicherweise keiner aus der Maschine unter den Geretteten ist, allenfalls die Brückenwache und die Piepels aus der Zentrale, weiß man ja.

Eine Glocke schrillt durch den Diesellärm. Eine rote Lampe glüht auf. Gleich fährt mir der Schreck in die Glieder. Der Dieselmaat ist aufgesprungen. Was ist los? Johann macht ein beruhigendes Handzeichen. Jetzt kapiere ich: der Backborddiesel wird angefordert. Ich bekomme zu tun, muß die Abgasklappen für den Backborddiesel öffnen. Der Dieselmaat kuppelt den Motor auf die Welle. Nun zischt Druckluft in die Zylinder. Der Obermaschinist hat schon den Brennstoffhebel geöffnet. Ventile knacken, und nun knallt die erste Explosion. In die Stößelstangen kommt Bewegung: der Backborddiesel erwacht aus seiner Starre. Zündung in allen Zylindern, und schon fließt der Lärm des Backborddiesels mit dem des Steuerborddiesels zusammen.

Wieder ist eine gute Weile nichts zu tun. Die Manometer zeigen, daß die Maschinen mit allem, was sie brauchen, versorgt sind: Brennstoff, Luft und Wasser zur Kühlung.

Von der Wache sind erst drei Stunden vergangen: Halbzeit.

Seit der Backborddiesel läuft, ist die Luft im Raum schnell wärmer und schwerer geworden.

Um zehn Uhr bringt uns der Schmutt eine Kanne mit Zitronensaft. Ich trinke gierig direkt aus der Schöpfkelle.

Johann macht eine ruckende Bewegung mit dem hochgestellten Daumen gegen die Decke hin: Zeit zum Einschleifen der Abgasklappen. Die Abgasklappen dürfen wir nicht verschlampen lassen. Sie schließen die Abgasleitungen der Diesel bei Unterwasserfahrt ab. Sie müssen absolut dicht sein, damit kein Seewasser in die Maschine eindringen kann. Während der Überwasserfahrt bilden sich an ihnen aber eine Menge Rückstände aus unvollkommener Verbrennung, die ein dichtes Schließen beim Tauchen verhindern könnten. Zu Beginn des Krieges gingen tatsächlich Boote dadurch verloren, daß sich die Abgasklappen durch solche Ablagerungen nicht dicht schlossen und Wasser ins Boot einströmte. Wir müssen, um diese Gefahr zu beseitigen, die Abgasklappen alle vier Stunden »einschleifen«.

Wieder leuchtet das rote Flackerlicht auf. Der Maschinentelegraf springt auf halbe Fahrt. Der Obermaschinist zieht den Füllungshebel nach oben. Nun kommt weniger Brennstoff an die Pumpen der Zylinder, und der Steuerborddiesel geht mit den Umdrehungen zurück, das Explosionsgeräusch wird holpriger. Jetzt legt Johann den Füllungshebel auf Null, und der Diesel stoppt. Mit einem Faustzeichen gibt er mir zu verstehen, daß ich jetzt mit dem großen Handrad an der Decke die äußere Abgasklappe schließen muß. Dann setze ich die Knarre an und drehe mit aller Kraft den Abgasklappenteller im Gehäuse auf seinem Sitz hin und her, damit die Verkokungen sich lösen. Immer hin und her, bis Johann mich innehalten läßt.

Schweißgebadet und heftig atmend stehe ich da, als der Steuerborddiesel wieder anspringt. Kurze Zeit darauf wird der Backborddiesel gestoppt, und die gleiche Prozedur beginnt für die Backbordabgasklappen. Ich habe schon keine rechte Kraft mehr und muß mich mit äußerster Anstrengung in die Knarre legen. Der Schweiß läuft mir in dichten Bächen über das Gesicht.

Beide Diesel sind noch nicht lange gelaufen, da bekommt das Gesicht des Obermaschinisten einen gespannten Ausdruck. Wie erstarrt lauscht er in den Pulsstrom der Maschinen. Er greift nach Taschenlampe und Schraubenschlüssel und zwängt sich an mir vorbei. Dicht am achteren Schott hebt er eine Flurplatte auf, leuchtet nach unten und winkt mich heran. Da unten ist ein noch tolleres Gewirr von Leitungen, Filtern, Ventilen und Hähnen als über den Flurplatten. Es gehört zu den Anlagen für den Kühlwasser- und Schmierölkreislauf und für die Brennstoffzufuhr.

Jetzt sehe ich es auch: Aus einer Leitung stiebt ein feiner Strahl Wasser. Johann wirft mir einen bedeutungsvollen Blick zu, dann zwängt er sich zwischen die Rohre, krümmt sich wie ein Akrobat und kommt mit seinem Werkzeug tatsächlich bis an die beschädigte Stelle. Es dauert eine Weile, bis er Schrauben und Muttern heraufreicht. Er hat die Dichtungspackung der Leitung entfernt. Ich verstehe nicht, was er mir zubrüllt. Er muß erst seinen Kopf aus dem Rohrgewirr heben, ehe ich kapiere. Der Dieselmaat soll eine neue Packung zurechtschneiden. Plötzlich gibt es alle Hände voll zu tun. Die Reparatur ist nicht einfach. Auf Johanns Rücken zeichnet sich dunkel ein großer Schweißfleck ab. Endlich stemmt sich Johann ölverschmiert aus dem Rohrgewirr wieder hoch und zwinkert mit dem Auge: Hat also geklappt. Aber wie hat er den Fehler bloß erspürt? Johann muß einen sechsten Sinn für seine Maschinen haben.

Fünf Minuten vor zwölf Uhr kommt die neue Wache herein. Noch ein Schluck Apfelsaft, die Hände mit Putzwolle abwischen, und nun nichts als raus aus der Maschinenhöhle und in der Zentrale erst mal frische Luft inhalieren.

Im U-Raum unterhalten sich Wichmann und Kleinschmidt halblaut von ihren Kojen aus, aber immer noch laut genug, daß ich jedes Wort verstehen kann: »Manchmal frage ich mich, wie die Weiber das schaffen wollen – die ganze Zeit nichts Warmes im Bauch.«

Wichmann ist verlobt. Die Versuchungen, in die seine Braut geraten könnte, bereiten ihm offenkundig Sorge.

Kleinschmidt scheint zu wissen, wo Wichmann der Schuh drückt. Statt Feingefühl zu erweisen, legt er jetzt richtig los: »Geh mir doch weg mit den Weibern. Da brauchste doch bloß zu sagen: ›Bitte, nehmen Sie Platz‹ – und schon liegen die auf dem Rücken. Mensch, ich hätte doch jeden Tag ein gutes Dutzend Nummern schieben können.«

»Du gibst ganz schön an!« ist alles, was Wichmann sagt.

»Wieso? Glaubst es nicht? Sicher: dein liebes Mäuschen hält sich die ganze Zeit ihre Mimmi zu. Is ja ne anständige Dame.«

Plötzlich ist unten so viel Durchgangsverkehr, daß Kleinschmidt nicht weiterkommt. Als sich der Trubel gelegt hat, fragt Kleinschmidt: »Wo warn wir stehengeblieben?«

»Ach, leck mich doch am Arsch!« bekommt er von Wichmann Bescheid, und das Wunder geschieht: Kleinschmidt schweigt beleidigt.

15. SEETAG. Zwei Wochen in See. Die Wellen sind heute kurz. Ohne richtigen Strich laufen sie unordentlich durcheinander. Das Boot reitet regellos auf und ab, es findet keinen stetigen Rhythmus. Eine Altdünung, die sich in weiten Abständen unter der aufgekabbelten Oberfläche hebt und senkt, variiert die Bootsbewegungen noch mehr.

Seit Tagen haben wir nicht mehr gesehen als eine Tonne, ein paar Kisten und einmal Hunderte von Flaschenkorken – ein Anblick, auf den sich der Kommandant keinen Vers zu machen wußte: »Die können doch nicht von ner Sauforgie stammen – nur Korken und keine Flaschen – das ist doch verrückt!«

Ich gehe Wache mit dem Obersteuermann. Die Bizeps wenigstens bleiben im Training. Vom ständigen Hochhalten des schweren Glases spüre ich das ganze Oberarmmuskelsystem bis in die Schulterblätter hinein. Jetzt muß ich das Glas schon öfter absetzen als in der ersten Stunde der Wache. Der Obersteuermann kann das Glas stundenlang halten, als wären seine Arme angewinkelt konstruiert.

»Wir führen son richtiges Doppelleben«, beginnt der Obersteuermann unvermittelt.

Ich weiß nicht, worauf er hinaus will. Der Obersteuermann ist alles andere als ein zungengewandter Mensch. Deshalb kommen seine Worte auch nur stockend zwischen den Lederhandschuhen hervor: »Sozusagen halb hier auf dem Boot und halb auf dem Land.« Der Obersteuermann will weiterreden, findet aber offenkundig die richtigen Worte nicht.

Wir beschäftigen uns beide mit dem Absuchen unserer Sektoren.

»Es ist doch so«, hebt der Obersteuermann schließlich wieder an, »hier sind wir ganz auf uns gestellt – keine Post, keine Verbindungen, nichts. Aber trotzdem bleiben wir doch irgendwie mit zu Hause verbunden.«

»Ja?«

»Man macht sich doch zum Beispiel Sorgen. Man muß doch immer wieder denken: Wie wirds denn zu Hause gehen? – Und die zu Hause erst: Die erfahren ja nicht mal, wo wir eigentlich herumkarren.«

Wieder Pause. Dann sagt der Obersteuermann: »Wenn wir auslaufen« – und läßt den Satz lange hängen –, »dann sind wir ja halb verschollen. Wenn nem Boot wirklich was passiert, vergehen ja noch Monate, ehe ne Verlustmeldung gemacht wird.«

Der Obersteuermann verfällt in Schweigen. Ganz unvermittelt hebt er wieder an: »Wenn ein Mann verheiratet is, dann isser bloß noch die Hälfte wert.« Er sagt es wie einen Lehrsatz, an dem sich nicht rütteln läßt.

Endlich geht mir ein Licht auf. Er spricht von sich selber. Ich tue aber so, als merke ich nicht, was er mit seinen allgemein gehaltenen Reden meint.

»Ich weiß nicht, Kriechbaum, ob die Ringe wirklich so viel ausmachen . . . Seit wann ist der Leitende eigentlich verheiratet?«

»Erst seit nem halben Jahr. So ne hochgestochene – blond – mit Kräuselwellen!«

Jetzt redet er ohne zu stocken drauflos, erleichtert, weil es nicht mehr um seine eigenen Probleme geht: »Die hat ihm ein Ultimatum gestellt: ›Ich kann mir doch nicht alles verpfuschen lassen‹, und so in der Art. Dabei sieht die nich gerade aus, als hätte sie keinen Zeitvertreib, wenn wir hier rumkutschen. Schöne Scheiße für den Leitenden. Jetzt isse auch noch schwanger.«

Als Kriechbaum nach langer Pause wieder beginnt, ist seine Rede stockend wie zu Anfang. Anscheinend ist er wieder bei sich selber.

»Ohne daß mans will, schleppt man eben ne Menge Ballast mit sich herum – an nichts zu denken wäre besser!«

»Das hat sich früher schon mal einer gesagt und die Konsequenzen gezogen und die Schiffe hinter sich verbrannt«, murmele ich unter dem Glas hin; die beiden achteren Brückenposten brauchen uns ja nicht zu hören.

»Schiffe verbrannt? Wer hat Schiffe verbrannt?«

»Der Herr hieß Agathokles, Agathokles aus Syrakus. Der war damals nach Afrika gesegelt, um sich mit den Karthagern zu schlagen.«

»Und?«

»Die Geschichte ist ein bißchen kompliziert. Die Karthager belagerten nämlich seine Stadt.«

»Ich denke, der Herr Dingsbums wollte sie in Afrika schlagen?«

»Sehr richtig – aber die Flotte der Karthager war vor Syrakus!«

»Verstehe!« sagt der Obersteuermann.

»Agathokles kam durch die belagernden Schiffe hindurch und gelangte auch bis nach Afrika. Jetzt hieß es marschieren. Und da ließ der Herr Agathokles die am Strand liegenden Schiffe anzünden: keine Möglichkeit zur Rückkehr mehr.«

»Bißchen happig«, sagt der Obersteuermann.

Wir widmen uns wieder dem Absuchen des Horizontes. Zentimeter um Zentimeter taste ich den Horizont mit dem Glas ab. Dann erhole ich meine Augen mit einem umfassenden Rundblick ohne Glas über die See und den Himmel. Ich verkneife die Lider und setze das Glas wieder an. Immer das gleiche: die Kimm absuchen, Glas absetzen, Rundblick, wieder das Glas vor die Augen nehmen.

138

Vor dem Boot, zwei Strich nach backbord, liegt eine Nebelbank – ein Klumpen graugrün-schmutziger Wolle – direkt auf der Kimm. Der Obersteuermann richtet immer wieder sein Glas dorthin: Nebelbänke sind besonders verdächtig.

Es vergehen gute zehn Minuten, bis der Obersteuermann den Faden noch einmal aufnimmt: »Vielleicht das einzig Richtige: Weg mit der ganzen Menkenke!«

Eine Weile arbeitet es in meinem Kopf: Menkenke hat er gesagt – ist das nicht jüdisch? – Woher kann er bloß Menkenke haben? Fisimatenten – das ist auch son Wort: Menkenke – Fisimatenten – man verblödet ganz schön bei dieser Guckerei.

Ich muß an den Fähnrich Ullmann denken. Der hat auch seine Sorgen. Ullmann ist Breslauer. Mit seiner Stupsnase und den paar über das ganze Gesicht verteilten Sommersprossen sieht er wie vierzehn aus. Ein Zug von Verschmitztheit kommt hinzu, um ihn so jung erscheinen zu lassen. Im Stützpunkt habe ich ihn einmal in der blauen Ausgehuniform gesehen. Da sah er mit der zu großen Schirmmütze auf dem Kopf maskiert und komisch aus – wie ein Konfirmand, für den auf Zuwachs eingekauft wurde.

Der Fähnrich erfreut sich allgemeiner Beliebtheit. Er scheint ein zäher Bursche zu sein. Eigentlich wirkt er auch nicht klein, sondern eher gedrungen, und nahe besehen sieht er auch älter aus, als man zuerst annimmt: Die Falten in seinem Gesicht sind nicht nur Lachfalten.

Eines Tages, als ich allein mit dem Fähnrich im U-Raum war, verhielt er sich seltsam. Er wirtschaftete sinnlos mit auf der Back liegengebliebenem Eßgerät herum, schob es hin und her, legte ein Messer parallel zu einer Gabel und guckte ein paarmal hoch, um meinen Blick zu suchen.

Ich merkte, daß er mir etwas sagen wollte.

»Kennen Sie das Blumengeschäft neben dem Café ›A l'ami Pierrot‹?«

»Natürlich, und auch die beiden Verkäuferinnen. Hübsche Käfer Jeannette – und wie heißt noch gleich die andere?«

»Françoise«, sagte der Fähnrich, »mit der bin ich nämlich verlobt – heimlich natürlich!«

»Tststs!« machte ich erst mal vor lauter Staunen: unser kleiner Fähnrich mit der Igelborste und der zu groß geratenen Ausgehuniform und mit einer Französin verlobt.

»Nettes Mädchen«, sagte ich dann.

Der Fähnrich hockte auf seiner Koje, die Hände mit den Handflächen nach oben auf den Oberschenkeln, und sah hilflos aus – und gerade so, als hätte ihn diese Konfession gänzlich erschöpft.

Nach und nach erfuhr ich mehr: Das Mädchen ist schwanger. Der Fähnrich ist nicht so naiv, daß er nicht wüßte, was es für das Mädchen bedeuten würde, ein Kind zur Welt zu bringen. Wir sind die Feinde. Mit Kollaborateuren wird oft kurzer Prozeß gemacht. Der Fähnrich weiß, wie aktiv der Maquis ist. Das Mädchen, so erfuhr ich von ihm, weiß das alles noch viel besser.

»Sie will auch das Kind nicht austragen!« sagte der Fähnrich - aber so zögernd, daß ich aufmerkte: »Und?«

»Nicht, wenn wir zurückkommen!«

Da erinnerte ich mich einer Szene beim Auslaufen aus der Bunkerhöhle. Als der Kommandant einen Rundblick über das Hafenbecken nahm, brummte er mir zu: »Gilt das etwa Ihnen?« und wies mit Kopfnicken die Richtung zu einem leerstehenden Haus rechts von der Schleuse. In einer Fensterhöhle im zweiten Stock sah ich ein winkendes Mädchen.

»Nicht daß ich wüßte!« gab ich dem Alten zurück und fragte: »Ist das nicht alles Sperrbezirk?«

»Und ob!«

Ich fragte den Fähnrich: »Als wir ausliefen, war da Ihre – wie heißt sie? – Francoise im Hafen?«

»Ja! Ich hatte ihr gesagt, daß das nicht geht.«

»Da stehen doch überall Posten!«

»Ja natürlich – aber die schafft das. Die ist mit dem Fahrrad nach St.-Nazaire gefahren.« Der Fähnrich tat, als erklärte der Hinweis auf das Fahrrad alles.

»Hm«, machte ich. Vor Verlegenheit wußte ich nichts Besseres zu sagen als: »Mensch, Ullmann, aber das ist doch kein Grund zum Trübsinn – wird schon alles klargehen. Sie machen auch Sachen!«

»Ja«, sagte der Fähnrich nur.

Wieder hoch mit dem Glas! Die Gläser – die sollte man leichter bauen! Der Obersteuermann neben mir wird bissig: »Das sollten sich die Herrschaften zu Hause mal ansehen – Ozean, nichts als Ozean und keine Spur vom bösen Feind. Kann mir schon denken, wie die sich das so vorstellen: Auslaufen – paar Tage rumkutschieren und siehstewoll da kommen auch schon die Dampfer gefahren – gleich rudelweise und voll bis an die Halskrause. Und dann schneidige Attacke – schießen, was aus den Rohren geht – ein paar Wasserbomben aufs Haupt, damit uns die Bäume nicht in den Himmel wachsen – Siegeswimpel ans Sehrohr für lauter dicke Tanker – und von einem Ohr bis zum andern grinsend an der Pier festmachen – Blechmusik und Orden – natürlich.«

Während seiner Rede hat der Obersteuermann nicht eine Sekunde von seinem Sektor weggeblickt. Jetzt setzt er das Glas ab und guckt mir halb verbittert, halb amüsiert ins Gesicht. Kaum hat er das Glas wieder vor den Augen, macht er auch schon weiter in seinem Text: »Aber das hier sollte mal einer filmen: Lauter Großaufnahmen von Nichts. Kahlrasierte Kimm, paar Wolken – sonst nichts – absolut nichts. Und dann sollten sie unten im Boot filmen: schimmelndes Brot, dreckige Hälse, verfaulte Zitronen, zerrissene Hemden, verschwitzte Decken und vor allem unsere miesen Visagen.«

16. SEETAG. Der Leitende scheint heute guter Laune zu sein. Wahrscheinlich, weil ihm am Morgen eine besonders komplizierte Reparatur an der Maschine gelungen ist. Er läßt sich sogar herbei, uns etwas vorzupfeifen.

»Varietéreif!« sagt der Alte.

Ich brauche nur die Augen für eine Sekunde zu schließen, um die Szenerie der »Bar Royal« deutlich vor Augen zu haben. Dort wars, wo mir Merkels Leitender das Pfeifen auf zwei Fingern beibringen wollte. Pfeifkunst – bei dieser Flottille anscheinend eine Spezialität der Ingenieure.

Wie lange diese Saufnacht nun schon wieder her ist: die leeren, plierenden Blicke der Musiker, der wahnwitzige Trumann. Ich denke an die Wette, die der Steinalte vorschlug. Ich sehe Thomsen im Urin liegen und seine Parolen durch die sprudelnden Blasen brüllen.

»Von Trumann haben wir lange nichts gehört«, sagt der Alte plötzlich, als hätte er meine Gedanken gelesen. »Der muß doch längst ausgelaufen sein!«

Von Trumann nichts. Aber auch von Kortmann nichts, und auch nichts von Merkel.

Wir haben nur mitgekriegt, wie Kallmann und Saemisch zu Standortmeldungen aufgefordert wurden. Nicht zu vergessen die Meldungen der Boote Flechsig und Bechtel, die unser Funker auch aufnahm.

»Das wird ein beschissener Monat«, brummelt der Alte, »den anderen gehts anscheinend nicht besser als uns.«

Bis zum Abendbrot müssen wir noch eine Stunde und zehn Minuten verbringen: siebzig Minuten also – viertausendzweihundert Sekunden!

Der Funkmaat Hinrich erscheint, um einen direkt an uns gerichteten Funkspruch loszuwerden. Der Leitende nimmt dem Funkmaat den Streifen aus der Hand, holt den Schlüsselapparat aus dem Spind, setzt ihn zwischen das Geschirr auf die Back auf,

prüft sorgfältig die Einstellungen und beginnt die Tasten zu drük-
ken.

Wie durch Zufall taucht der Obersteuermann auf und beobachtet
den LI aus den Augenwinkeln. Der aber mimt gesammelte Aufmerksamkeit und läßt nichts von seinem Mienenspiel ablesen.
Schließlich zwinkert er dem Obersteuermann zu und gibt den entschlüsselten Funkspruch an den Kommandanten weiter.

Es ist nichts als eine Aufforderung zur Standortmeldung.

Der Kommandant verschwindet mit dem Obersteuermann in der
Zentrale. Es wird nicht lange dauern, und der Funker wird ein Kurzsignal mit unseren Koordinaten hinauspusten.

Gammel 2

Sooft oben Platz ist, bin ich auf der Brücke. Ich blicke um mich wie von einer winzigen baumlosen Insel aus. Weder Decksaufbauten noch Masten und Rahen versperren die Sicht auf das Meer und den Himmel.

Jeden Tag kleidet sich der Himmel schon morgens in eine andere Farbe. Da gibt es die grünen Himmel, vitriolgrüne, pistaziengrüne. Manchmal ist das Grün so scharf wie von durchleuchteter Waldmeisterlimonade. Und dann wieder ist die Grüntönung nur ein zerblasener grünlicher Schaum wie aus einem überkochenden Spinattopf, oder sie ist ein eiskaltes Kobaltgrün, das schnell ausbleicht und sich zu Neapelgelb verfärbt.

An Gelbtönen bietet das Himmelsgewölbe in der Frühe oft ein kaltes Chromgelb. Die Abendhimmel sind sattgelb wie Messing, auch kadmiumgelb oder indischgelb. Manchmal ist der ganze Himmel wie in gelben Brand gesteckt. Auch die Wolken kleiden sich bisweilen gelb: ein schmutziges, schwefliges Gelb. Die gelbgleißenden Gloriolen des Sonnenuntergangs variieren von grünlichem Goldgelb zu kaltem Goldgelb und orange irisierendem Goldgelb.

Am prunkvollsten sind die roten Himmel. Morgens wie abends können ganze Fluten eines Rots von äußerster Intensität über den Himmelsprospekt fließen. Die Rots erscheinen von allen Farben am reichsten und variabelsten: vom gehauchten Schimmer, vom zarten opalisierenden Rosa bis zu tiefem Purpur, von flüchtigem Malvenrot bis zum grellen Hydrantenrot. Dazwischen gibt es Liebesperlenrot, Geranienrot, Scharlachrot. Und zwischen Rot und Gelb die unendliche Skala der Orangetöne.

Seltener als die roten sind die violetten Brände am Himmel. Die zerblasenen und flüchtigen Violetts, die ganz schnell nach Grau changieren, lassen an verschlissenen Taft denken. Hingegen sehen die schwärzlich getrübten Blauvioletts bedrohlich und bösartig aus. Es gibt auch Abende mit absolut verkitschten Purpurvioletts, wie sie kein Maler wagen dürfte.

Die grauen Himmel haben Tonnuancen ohne Zahl: warmes Grau, kaltes Grau. Sie sind mit Umbra, mit Dunkelocker, mit Terra di Siena gemischt. Velasquezgrau, Taubenfedergrau – neben so farbigen Graus gibt es vollkommen ausdruckslose Grautöne: Betongrau, Stahlgrau.

Außer Grau ist Blau die Hauptfarbe am Himmel. Am großartigsten wirkt ein tiefes Blau über einer tobenden See, die unter sausenden Windzügen hochzuckt: ein hochgewölbtes Kobaltblau ohne Sturmwolken. Manchmal ist das Blau so satt wie in Wasser gelöstes Indigo. Ganz selten und deshalb auch um so kostbarer ist das grünliche Coelinblau.

Wandelbar wie die Himmelsfarben sind die Farbzustände der See: Die im Morgenlicht grau dampfende See. Die schwarze, die flaschengrüne, die graue, die violette, die weiße See.

Die ständig wechselnde Struktur der See bringt neue Variationen dazu: Die seidige See, die stumpfe See, die geriffelte, die gerauhte, die schrundige See. Die kabbelige, die zuckende, die dünende See.

Das Boot schleppt immer noch seine Fracht von 14 Torpedos und 120 Granaten für die 8,8 mit sich herum. Nur die 3,7-Munition ist nicht mehr vollzählig: leichter Abgang durch Probeschießen. Von den 114 Tonnen Öl ist schon eine Menge verbraucht. Auch um ein Gutteil Proviant sind wir leichter geworden.

Eingebracht haben wir der großdeutschen Seekriegsführung noch nichts: Wir haben dem Gegner nicht den geringsten Schaden zugefügt. Wir haben unserem Namen noch keine Ehre gemacht. Wir haben Albions Würgegriff nicht gelockert, dem Lorbeerkranz der deutschen U-Boots-Waffe kein neues Blatt angefügt und so weiter ...

Wir sind nur Wachen gegangen, haben gefressen und verdaut, Gestank inhaliert und selber welchen produziert.

Nicht mal Fehlschüsse haben wir rausgepustet. Fehlschüsse hätten wenigstens im Bugraum Platz gemacht. Aber alle Torpedos sind vorhanden, vorzüglich gepflegt, bestens eingefettet und regelmäßig durchgetörnt.

Während sich der Himmel verdunkelt, werden die Fetzen, mit denen sich der Netzabweiser bei jedem Einstampfen behängt, so grau wie mit der üblichen Kriegsseife gewaschene Wäsche. Bald ist ringsum nur noch Grau in Grau zu sehen. Ohne Trennungslinie geht das Grau des Meeres ins Grau des Himmels über. Weiter oben, dort, wo die Sonne stehen müßte, wird das Grau nur eine Spur heller. Der Himmel sieht aus wie eine allzu reichlich mit Wasser verdünnte Grießsuppe.

Auch der Schaum auf den vereinzelten hochgehenden Seen ist nicht mehr weiß. Es ist angeschmutzter, vergammelter Schaum.

Das Geheule des Windes klingt wie das Jaulen eines getretenen Hundes: mutlos und deprimierend.

Wir knüppeln gegen die See an. Das Boot stampft dahin wie ein Schaukelpferd: up and down. Immer up and down. Die Anstrengung des Spähens wird zur Qual. Ich muß mir selber immer wieder die Sporen geben, um von der fahlen Trostlosigkeit ringsum nicht überwältigt zu werden und in Apathie zu sinken.

Das graue, wie durch Gaze gefilterte Licht drückt auf die Lider. Nirgends in der grauen Suppe kann das Auge etwas Festes erfassen. Der Wasserdunst macht das Grau noch trüber.

Wenn nur irgend etwas geschähe! Wenn die Diesel wenigstens für eine Weile große Fahrt liefen, wenn das Boot wieder einmal die Wellen zerschnitte, statt diese nervtötende Holperfahrt zu machen!

Watte im Kopf. Schwere Glieder. Schmerzende Augen.

Scheißnässe, Scheißwind, Scheißgammelfahrt!

Ich beobachte einen der Torpedomixer beim Nasepopeln. Er macht das nicht etwa nebenher, sondern als regelrechte Prozedur: Zuerst führt er auf eine merkwürdig verdrehte Art – Handrücken dem Gesicht zugekehrt – den kleinen Finger der rechten Hand ins rechte Nasenloch, gerade so, als wolle er es erst mal ein bißchen ausweiten – dann kommt der Zeigefinger nach, der sorgfältig den in der Nacht angetrockneten Rotz abbaggert. Was er zwischen Fingerkuppe und Fingernagel ans Licht fördert, betrachtet der Torpedomixer eingehend, weder Mißbilligung noch ein Zeichen von Freude im Gesicht. Anscheinend handelt es sich um einen ganz normalen Rotzpopel, den er jetzt zwischen Daumen und Zeigefinger zu einem grünlichen Würstchen formt – geduldig, als hätte er eine genaue Vorstellung einer Form, die sich nur nach und nach realisieren läßt. Ich gebe mich der Neugier hin, wohin er wohl den Popel placieren wird. Der Torpedomixer kennt da keine Verlegenheit: Er schmiert ihn kurzentschlossen an die Lederhose und beginnt unverzüglich mit der Säuberung des linken Nasenlochs. Dazu nimmt er die gleiche Hand. Diesmal variiert er aber. Er macht keine Nudel, sondern eine Rotzkugel, die er sich nach sorgfältiger Ausformung mit dem Zeigefinger vom Daumen schnipst – nach vorn zu den Bodenverschlüssen der Torpedorohre hin. Schließlich klatscht er sich streichend in die Hände, wie ein arabischer Händler nach einem guten Geschäft, und läßt Zufriedenheit auf sein Gesicht treten: »So, das wäre geschafft!«

Als ältester Mann im Logis genießt der E-Maschinen-Heizer Hagen allgemeine Achtung. Es ist ihm anzusehen, daß er das auch weiß. Im Schummerlicht sehe ich von seinem Gesicht zuerst nur Augen und Nase. Sein Schnauzbart berührt mit den hochgezwirbelten Spitzen fast die Augenlider. Die Stirn ist hinter einer dicken Haartolle versteckt. Sein schwarzer Kinnbart ist so dicht und mächtig, weil er ihn sich schon während der Hafenzeit stehen ließ. Nach seiner üblichen Redensart heißt Hagen an Bord »die schlichte, aufrechte Art«. Hagen hat schon sieben Feindfahrten hinter sich, davon sechs auf einem anderen Boot.

»Tscha!« sagt Hagen, und schon schweigt alles.

Ich strecke die Beine aus, stemme mich mit dem Rücken gegen das Gitter einer Unterkoje und gebe mich der Erwartung hin, was nun kommen mag.

Hagen kostet die Erwartung bis zur Neige aus, wischt seine Handflächen mit ausführlichen Gebärden an den Brusthaaren ab und hebt das Hinterteil der Teekanne hoch. Gelassen und genießerisch schlürft er alsdann seinen Tee hinunter.

»Na los schon, alte Gnadenterrasse!« muntert ihn schließlich der Eintänzer auf, »zier dich nicht – rede, Herr, dein Volk hört!«

»Was hatte ich doch mal ne Wut auf die Tommies! –«

». . . in meiner schlichten, aufrechten Art!« fährt ihm eine Stimme aus der Koje in die Rede, und Hagen schickt einen bühnenreif verachtungsvollen Blick in die Kojenrichtung.

»Genau bei son Sauwetter wie heute wars, als sie uns bei den Orkneys in der Klemme hatten. Eine ganze Mahalla von Bewachern stand dauernd über uns. Wir hatten keine ordentliche Tiefe unter dem Kiel. Gar keine Schangs, unter Wasser wegzukommen. Knallbonbons den ganzen Tag –«

Hagen nimmt einen Mundvoll Tee. Er schluckt den Tee aber nicht sofort hinunter, sondern gurgelt ihn erst ein paarmal geräuschvoll durch die Zähne.

»Gepflegte Ausfälle. Die Jonnies wurden so sachte alle. Und oben warteten sie bloß, daß wir hochkamen – und dann ab: Holzfällertrupp nach Kanada!«

»Optimist!« sagt einer.

Hagen läßt sich nicht stören: »In der zweiten Nacht sind wir auf Biegen und Brechen rauf und mit dreimal Wahnsinniger und schmaler Silhouette auf und davon. Die Kerls müssen einfach geschlafen haben. Mir heute noch unerklärlich. Gleich am nächsten Tag haben wir einen Zerstörer umgelegt. Wir wärn im Dunst fast auf ihn draufgebrummt. Mußten auf ganz kurze Entfernung schießen!«

Hagen verfällt in tiefes Nachsinnen, und der Eintänzer spielt wieder Geburtshelfer: »Sprich dich aus, Mann, sprich dich aus!«

»Wir kriegten den Zerstörer in Lage Null!« Hagen macht die Situation mit zwei Zündhölzern deutlich: »Das hier ist der feindliche Zerstörer, das andere unser Boot!« Hagen richtet die beiden Streichhölzer jetzt mit den Spitzen zueinander: »Ich hab ihn als erster ausgemacht – in meiner schlichten, aufrechten Art!«

»Na endlich klappts! Wer sagts denn!« kommt wieder die Stimme aus der Koje.

Hagen macht es jetzt kurz. Mit Verschiebungen der Zündhölzer demonstriert er wortlos den Angriff: »In Sekunden war der Zerstörer weg!«

Hagen greift sich das Hölzchen, das den Zerstörer darstellt, und bricht es in der Mitte auseinander. Dann erhebt er sich und tritt es auch noch unter den Stiefel. Jeder kann sehen, wie unversöhnlich sein Zorn ist. Der Eintänzer ruft: »Dacapo!«

Der kleine Benjamin behauptet, er sei ganz ergriffen. Er guckt Hagen gerade ins Gesicht und versucht dabei, die Stulle zu klauen, die sich Hagen zurechtgemacht hat. Hagen aber ist wachsam und klopft ihm heftig auf die Finger: »Faß mir bloß nicht so vertrauensvoll aufs Butterbrot!«

Der kleine Benjamin läßt keine Spur von Verlegenheit erkennen.

»Ein Irrtum«, entschuldigt er sich, »sprach der Igel und stieg von der Klosettbürste!«

Der Zentralegast Turbo will anscheinend auch etwas bieten. Er hat aus Illustriertenreklamen eine Zigarre und eine Pflaume ausgeschnitten und zur obszönen Montage zusammengeklebt, die er stolz herumreicht.

»Alte Sau!« sagt Hagen.

Der Funker nimmt drei Tage und drei Nächte lang nichts als Standortmeldungen anderer Boote auf. Siegesmeldungen kommen keine. »So zappenduster wie jetzt wars noch nie«, sagt der Alte. »Absoluter Tiefstand!«

Die See brodelt und kocht. Der Wind quirlt immer neue gewaltige Mengen Luft in das Wasser hinein, und die See wird zur weißgrauen Fläche. Nirgends mehr auch nur ein Quadratmeter vom gewohnten Bierflaschengrün. Nur stumpfes Weiß und Grau. Wenn unser Vorschiff sich aus einer See freiarbeitet, sieht es aus, als trüge es zu beiden Seiten strähnige Gipsbehänge.

Vor lauter Grübeln vergißt der Alte am Frühstückstisch das Kauen. Erst als der Backschafter zum Aufräumen erscheint, kommt er wie in jähem Erschrecken zu sich, bewegt eilfertig ein paar Minuten lang den Unterkiefer und ist gleich darauf mit seinen Gedanken wieder weit weg.

Lustlos schiebt der Alte den Teller weg, und endlich findet er zu sich zurück. Er bedenkt uns mit zutunlichen Blicken und öffnet den Mund, als ob er etwas sagen wolle, aber er bringt kein Wort heraus. Schließlich rettet er sich in ein paar dienstliche Anweisungen: »Neun Uhr Prüfungstauchen! – Zehn Uhr Fähnrichsunterricht. – Kurs durchhalten bis Mittag!« – Immer dasselbe.

Es ist nicht zuletzt der I WO, der dem Alten die Laune verdirbt. Sein stets leicht kritischer, oft gar geringschätziger Ausdruck feilt an den Nerven des Alten. Mit seiner Pedanterie stört er das Zusammenleben und den Dienstbetrieb – genauso wie ein Autofahrer, der sich exakt nach den Regeln verhält, den Verkehr durcheinanderbringen kann. Vor allem aber sind es seine kaum verhohlenen politischen Überzeugungen, die den Alten reizen.

»Der scheint die Tommies ja richtig zu hassen«, sagte er gestern hinter dem I WO her, als der gerade seine Wache übernahm. »Gut dressiert. Na ja, da hat er wenigstens ne grade Linie.«

Ich gäbe was darum, wenn ich eine halbe Stunde spazierengehen dürfte – oder richtig laufen: Waldlauf. Meine Wadenmuskeln sind erschlafft. Mein Dasein besteht ja nur noch aus Liegen, Stehen, Sitzen. Eine handfeste Arbeit wäre jetzt recht: Bäume schlagen zum Beispiel. Der Gedanke daran läßt mir Harzduft in die Nase steigen. Ich sehe den fast orangeroten Anschnitt gefällter Kiefern, die Blockhütte, die wir uns bauten, höre Schilfgeraschel, sehe mich bei der Jagd auf Wasserratten. Herrje

Der Funker hat einen Funkspruch aufgenommen. Wir gebärden uns mit Fleiß gleichgültig, und doch erwartet jeder einen Funkbefehl, der unserer Gammelei ein Ende setzt. Der Kommandant liest nach einem verächtlichen Blick auf die Schlüsselmaschine den Zettel mit stumm bewegten Lippen und verschwindet, ohne einen Ton zu sagen, durchs Kugelschott.

Wir schauen uns bedeutungsvoll an.

Ich verhole mich, von Neugierde geplagt, in die Zentrale. Der Kommandant ist über die Seekarte gebeugt. Vorläufig muß ich vergebens auf eine Offenbarung der Funknachricht warten. In der linken Hand hält der Kommandant den Funkspruch, und mit der rechten setzt er den Stechzirkel auf.

»Könnte klappen! – Nicht ganz uneben!« höre ich ihn murmeln. Der I WO hält die Ungewißheit nicht mehr aus und bittet um den Streifen Papier. Da steht: »Geleitzug Quadrat XY. Zickzackkurs um 60 Grad, Fahrt 8 Seemeilen – UM.« Mit einem Blick auf die Karte verschaffe ich mir Gewißheit, daß das Quadrat XY für uns erreichbar ist.

Der Obersteuermann räuspert sich und fragt den Kommandanten mit der gleichgültigsten Miene nach dem neuen Kurs. Er tut gerade so, als hätte uns der Funkspruch nicht mehr als die neuen Kleinhandelspreise für Kartoffeln mitgeteilt.

Aber auch der Kommandant läßt sich keine Gemütsbewegung anmerken. »Abwarten«, ist alles, was er sagt.

Vorläufig ereignet sich gar nichts. Der Leitende bohrt sich mit der Zunge in einem Zahn. Der Obersteuermann gibt sich der Betrachtung seiner Fingernägel hin, während der Kommandant auf der Karte Winkel anlegt und mit dem Zirkel Entfernungen mißt: die Kreuzeraufgabe.

Der Obersteuermann guckt ihm dabei über die Schulter zu. Ich lange mir ein paar Backpflaumen aus der Kiste, und indem ich die Kerne fleißig im Mund hin und her bewege, versuche ich, sie aufs beste von allen Pflaumenfleischresten zu säubern. Für die Kerne hat der Zentralegast eine leere Milchdose an die Holzverschalung genagelt. Sie ist schon halb gefüllt. Meine Kerne sind bei weitem die saubersten.

UM – das ist das Boot von Martens, der früher beim Alten als I WO fuhr und jetzt zur 6. Flottille in Brest gehört.

Aus neuen Funksprüchen erfahren wir, daß drei Boote Befehl zur Jagd auf das Geleit bekommen haben, dann vier, schließlich sind es sogar fünf.

Wir sind nicht dabei.

»Jetzt muß alles los, was laufen kann!« kommentiert der Alte. Ich kann mir denken, was er lieber sagen würde: Verdammt noch mal, wann kommt endlich Befehl an uns ...

Stunde um Stunde verrinnt, ohne daß ein direkt an uns gerichteter Funkspruch eingeht. Der Kommandant hockt sich in seine Kojenecke und beschäftigt sich mit einer Anzahl bunter Schnellhefter, in denen allerlei Merkblätter gesammelt sind: Geheimvorschriften, taktische Regeln, Flottillenbefehle und was dergleichen Geschriebenes kursiert. Jeder weiß, wie sehr der Kommandant allem Schreibkram abhold ist und daß er sich die Hefter nur vorgenommen hat, um seine Spannung zu verbergen.

Gegen siebzehn Uhr kommt endlich ein neuer Funkspruch. Der Kommandant hebt die Brauen. Sein ganzes Gesicht öffnet sich: Ein Funkspruch direkt für uns! Der Alte liest, und sein Gesicht verschließt sich wieder. Wie abwesend schiebt er mir den Streifen hin: eine Aufforderung an uns, die Wetterlage zu melden.

Der Obersteuermann macht die Meldung fertig und gibt das Blatt dem Kommandanten zum Abzeichnen: »Luftdruck steigend. Temperatur Luft 5 Grad, Wind Nordwest 6, wolkig, Zirrostratus. Sicht über 7 Seemeilen. UA.«

Um von der miesen Laune des Alten nicht angesteckt zu werden, verhole ich mich in die Zentrale und klettere nach oben. Die dünnen Schleier der Zirren haben sich verdichtet. Das zerblasene Blau verschwindet allmählich dahinter. Sicher wird der Himmel sich bald wieder Grau in Grau kleiden. Das Licht wird kälter. Ringsum haben sich dicht über der Kimm dunkle Wolken hingelagert. Ihre unteren Ränder vergehen ohne Kontur in den grauen Himmelsgrund. Nur nach oben sind sie scharf gegen das Weißgrau abgezeichnet. Während ich mit tief in die Taschen der Lederjacke eingeschobenen Händen dastehe und in den Kniegelenken die Bootsbewegungen ausgleiche, quellen die Wolken allmählich höher, als würden sie von innen aufgeblasen. Der Wind reißt recht voraus eine Lücke auf, doch schon schieben sich die Wolken von beiden Seiten her zusammen und schließen die Lücke wieder. Sie bilden eine gewaltige Phalanx, die bald den ganzen Himmel erobern wird. Als ob die vielen Überschneidungen und Verschiebungen noch nicht Wirrwarr genug bildeten, kommt die Sonne durch einen Riß und bringt mit schrägen Strahlenbündeln ein dramatisches Spiel von Licht und Schatten in das wulstige Formengedränge. Auch auf dem Meer gleißt jetzt ein heller Fleck auf: genau steuerbord querab. Dann wandert das Soffittenlicht der Sonne über einen geschweiften und gewulsteten Wolkensaum dahin, läßt ihn aufgleißen und die Dunkelheit dahinter noch dunkler erscheinen. Als dürfe es keine Minute verharren, läuft es dann eilig hin und her, unschlüssig, welcher Wolke es die Gloriole aufsetzen soll.

Der II WO läßt sich von den Wandlungen des Himmels nicht beeindrucken, sondern schimpft: »Verdammte Fliegerwolken!« Für ihn steckt der großartige Anblick nur voller Falsch und Tücke. Wieder und wieder hebt er sein Glas gegen die Wolkengebirge, die nun fast bis zum Zenit hochgewachsen sind.

Ich klettere nach unten und beschäftige mich mit meinen Kameras.

Es wird Abend. Ich entere wieder auf. Die Wolken sind von irisierenden Farben überschüttet. Sie sind ganz satt davon. Plötzlich läßt das Licht der Sonne die Wolken im Stich, und schon zeigen sie wieder ihr eigentliches kümmerliches Grau. Hoch am Himmel steht als bleicher Schemen das letzte Viertel des abnehmenden Mondes. Es ist achtzehn Uhr.

Nach dem Abendbrot lähmt das vergebliche Warten auf einen neuen Funkspruch die Zungen. Der Kommandant ist unruhig. Alle Viertelstunden verschwindet er in die Zentrale und beschäftigt sich am Kartentisch. Wenn er zurückkommt, hängen sich fünf Augenpaare an seine Lippen Vergebens, der Kommandant sagt nichts.

Der Leitende versucht schließlich, den Kommandanten aus seinem vergrämten Schweigen herauszulocken: »Würde ja Zeit, daß sich der Fühlungshalter mal wieder meldet.«

Der Kommandant hört gar nicht hin.

Da greift sich der Leitende ein Buch. Gut – wenn hier nicht geredet werden soll, markiere ich auch den Leser.

Der II WO und der II LI blättern in Zeitschriften, der I WO in dienstlich aussehenden Schnellheftern.

Als ich gerade etwas aus meinem Spind holen will und mich am Funkschapp vorbeidrücke, sehe ich, wie der Funker mit halbgeschlossenen Augen im Schein seiner kleinen Lampe eilig einen Funkspruch niederschreibt.

Mir klebt es die Schuhsohlen fest: zurück in die O-Messe. Der II WO macht sich eilfertig ans Entschlüsseln. Auf einmal tritt Befremdung auf sein Gesicht. Etwas ist faul.

Der Kommandant hält den entschlüsselten Spruch in der Hand und bekommt allmählich den gleichen etwas verwunderten Ausdruck, wie zuweilen Boxer nach einem schweren Schlag ans Kinn.

Der Kommandant liest vor: »Von Zerstörer aus Regenbö überrascht. Vier Stunden Wasserbomben. Fühlung verloren, stoße nach im Quadrat Bruno Karl. UM.«

Seine Stimme ist bei den letzten Worten weggesackt. Der Kommandant starrt eine gute Minute lang den Funkspruch an, dann pumpt er sich mit einem saugenden Zug voll Luft, starrt wieder und bläst endlich die Luft aus vollen Backen wieder von sich. Dabei läßt er sich in seine Sofaecke fallen. Kein Wort, kein Fluch, nichts.

Später hocken wir auf der Reling im »Wintergarten« hinter der Brücke.

»Das ist ja eben der Wahnsinn«, sagt der Alte, »wir haben das

Gefühl, ganz allein durch den Atlantik zu schwabbeln, und dabei befinden sich todsicher – jetzt im Augenblick – Hunderte von Schiffen in See und einige davon wahrscheinlich nicht weit weg von uns – nur eben: hinter der Kimm.« Mit Bitterkeit in der Stimme fügt er an: »Die Erdkrümmung – die muß der liebe Gott eigens für die Engländer erfunden haben! Was können wir denn schon sehen – bei dieser geringen Ausguckhöhe? Wir sitzen ja tief wie in einem Faltboot. Einfach kläglich, daß man da noch nichts erfunden hat.«

»Doch, hat man . . .«, sage ich, »Flugzeuge!«

»Ja, Flugzeuge! – Flugzeuge hat der *Gegner*. Wo unsere eigenen Seeaufklärer stecken, das möchte ich gern mal wissen. Die große Schnauze haben, das ist auch schon alles, was der Dickwanst leistet, dieser Herr Reichsjägermeister!«

Ein Glück, daß der Leitende auftaucht: »Mal einen Schluck frische Luft nehmen.«

»Wird wohl bißchen eng hier«, sage ich und verschwinde nach unten.

Ein Blick auf die Seekarte: Das Übliche – der Bleistiftstrich, der unseren Kurs markiert, zackt hin und her wie ein spielerisch zum regellosen Ornament geklappter Zollstock.

Der Alte kommt jetzt auch von oben. Er hockt sich auf der Kartenkiste zurecht, läßt ein Weilchen vergehen, ehe er den Faden wieder aufnimmt: »Vielleicht haben wir doch noch Dusel. Wenn genug Boote angesetzt sind, bleibt die Chance, daß irgendeiner wieder Fühlung bekommt!«

Am nächsten Morgen lese ich den Funkspruch nach, der während der Nacht eingegangen ist: »Im Quadrat Bruno Karl vergeblich gesucht. UM.«

Der nächste Tag wird zum schlimmsten seit dem Auslaufen. Wir vermeiden es, miteinander zu sprechen. Wir gehen uns aus dem Weg, als wären wir räudig. Die meiste Zeit hocke ich allein auf dem Ledersofa in der O-Messe. Der Leitende kommt nicht einmal zum Essen aus dem Maschinenraum heraus. Auch der II LI hält sich in der Maschine auf. Wir drei, der I WO, der II WO und ich, wagen nicht, den Alten anzusprechen, der selbstvergessen Löcher in die Luft stiert und nur wenige Löffel von der dick eingekochten Suppe nimmt.

Auch nebenan in der OF-Messe herrscht Schweigen.

Der Funker Herrmann hütet sich, eine Platte auf den Drehteller zu legen. Sogar der Backschafter tut mit niedergeschlagenen Augen so, als hätte er eine Trauergesellschaft zu bedienen.

Endlich bringt der Kommandant den Mund auf: »Die Burschen machen eben keine Fehler mehr!«

Auch im Bugraum ist die Stimmung miserabel. »So isses richtig: Scheiße im Hirn und vergessen zu ziehen«, blefft Ario den Bibelforscher an. Und Dunlop setzt hinterher: »Vergessen, sagst du? Der is doch auch noch dazu zu faul!«

Der Bibelforscher kontert nicht. Er blickt von einem zum anderen und dreht dann seinen Blick nach oben, als erflehe er himmlische Hilfe.

»Nu hör bloß mit *diesem* Getue auf!« empört sich Ario, und der Bibelforscher senkt prompt seinen Blick auf die Bodenbretter. Seine Ohren sind knallrot.

»Der macht mich wirklich noch fickrig mit seinem Getue«, wendet sich Ario an alle. »Wenns nach dem ginge, müßten wir hier dauernd Choräle singen und auf den Knien rutschen.«

Der Bibelforscher schluckt, sagt aber kein Wort.

Als ich in den U-Raum zurückkomme, höre ich Zeitler kennerisch sagen: »Gerade früh machts doch Spaß!« Ich weiß auch gleich, was er meint. Wichmann und Frenssen hören zu.

»Ich mußte mal in Hamburg n Brief abgeben für mein Leitenden. Der war natürlich aus Hamburg. Damals war ich noch bei der Minenräum. Ich klingele, und da macht son blonder Engel auf, die Mama wäre gerade auf der Post, aber gleich wieder da, sacht se. Ich rein – die hatten sone Diele mit nem Sofa. Der Kleenen unter den Rock gegriffen und die mir zwischen die Beine gelangt war eins. Präser raus und ne Nummer geschoben. Wie die Türe nen Spalt aufbumst, waren wir gerade fertig. Die hatten sone Sicherheitskette vor, und da bumste die Tür dagegen. Das Sofa stand zum Glück so, daß mans durch den Spalt nicht sehen konnte. Die Kleene hat den Schlüpfer schnell untern Sofakissen geschoben, aber ich hätte doch beinahe vergessen, meine Klappe zuzuknöpfen. Dann hab ich der Alten meine Stinkefinger hingehalten: ›Zeitler – sehr angenehm!‹, und erst paar Stunden später in ner Schiffbude merk ich doch, daß ich den Präser noch drauf hab – vielmehr ich merks nicht und schiff glatt in den Präser! Der sah gleich aus wie ne gelbe Gurke. Neben mir stand einer, der hat sich fast totgelacht, weil ich mich total vollgesaut hab!«

Wir sitzen in der O-Messe und öden uns an. Der Kommandant fehlt. Der II LI ist in der Maschine.

»Da gibts doch was von Ringelnatz, was hierher paßt«, sagt der Leitende halblaut und probiert: »Nur Sauerampfer – keine Dampfer –«

»– sah Eisenbahn um Eisenbahn und niemals einen Dampfer, der arme Sauerampfer . . .« springe ich ein.

»Wer?« möchte der I WO wissen.

»Der Sauerampfer – der am Bahndamm!«

Der I WO läuft rot an, weil er sich hochgenommen fühlt.

»Das stimmt nun zufällig!« sagt der II WO, »Sie müssen sich eben auch maln bißchen in der feineren Literatur umsehen und nicht nur Grimm, Johst und Beumelberg lesen!«

Der Leitende bedenkt den II WO mit wohlgefälligen Blicken. Sieh einer an, unser Babyofficer!

»Sonst können Sie eben unsere Sauerampfergefühle nicht teilen, I WO«, stichelt der Leitende, »Sie müssen wirklich was für Ihre Bildung tun, statt immer nur Vorschriften zu lesen!«

Was los sei, will der Kommandant von seiner Koje her wissen.

»Sauerampfer!« gibt der Leitende Bescheid, und erstaunlicherweise ist der Kommandant mit diesem Brocken zufrieden.

Die tägliche Rasur, die sich der I WO angedeihen läßt, ist das Thema der Freiwächter im Bugraum: »Der bringt doch den ganzen Laden durcheinander – wo gibts denn so was – sich dauernd im Klo zu rasieren?«

»Da müßte doch der Alte maln Machtwort reden!«

»Ein einziges Scheißhaus für die ganze Besatzung und dann sone Badenutte an Bord!«

Der E-Maat Pilgrim kramt Fotos aus der Brieftasche. Eins davon zeigt einen Aufgebahrten. »Mein Vater!« erklärt er mir. Es klingt wie eine Vorstellung. »Er starb in der Blüte seiner Jahre. So möchte ich auch sterben!«

Mir verschlägt es die Sprache. Ich wage nicht, Pilgrim ins Gesicht zu blicken, sondern murmele nur: »Schönes Foto!«

Pilgrim ist damit zufrieden.

»Das Gefühlsleben der meisten Leute ist für mich ein böhmisches Dorf«, hat der Alte mir mal gesagt. »Was weiß man schon, was die Leute sich so denken. Manchmal erfährt man was – da haut es einen dann aber auch glatt vom Stengel – wie die Geschichte von der Donna des Dieselmaaten Frenssen. Also: Der Dieselmaat Frenssen hatte die Dame im Urlaub kennengelernt. Weil sie dann keine Post von unserem Dieselmaaten bekam, ging sie zu einer Wahrsagerin. So was solls ja immer noch geben. Die Dame war von Frenssen anscheinend nicht darüber unterrichtet worden, daß wir selten aufs

Postamt kommen. Die Wahrsagerin soll eine Menge Getue gemacht und dann gefaselt haben: ›Ich sehe Wasser – nichts als Wasser.‹«

Der Alte machte jetzt abwechselnd die Stimme der Wahrsagerin und die der Dame nach: »›Und kein U-Boot?‹ – ›Nein – Wasser – nur Wasser – nichts als Wasser!‹ – Die Donna, die sich schon für die Braut unseres Dieselmaaten hielt, schrie los: ›Dann ist er ja tot!‹ Draufhin blieb die Wahrsagerin stumm wie das Orakel selbst. Und wissen Sie, was jetzt kommt? Die Donna faßte sich an den Kopf und plärrte los: ›Wie schrecklich – und ich trag immer noch Rot!‹ Die hat einen Brief nach dem anderen an die Flottille geschrieben. Auch an mich. Den Rest der Geschichte hab ich von Frenssen. Der ist im letzten Urlaub gar nicht mehr über Paris hinausgekommen. Der hat fürs erste genug!«

Ich sitze mit dem Alten allein in der O-Messe. Wir nehmen einen an Bachmann gerichteten Funkspruch auf. Zum drittenmal innerhalb vier Tagen wird das Boot Bachmann zur Meldung aufgefordert.

»Schweigen im Walde«, murmelt der Kommandant. »Den hats nun wahrscheinlich auch erwischt. In dem Zustand, in dem der war, hätte der nicht mehr auslaufen dürfen.«

Das alte Thema: Wann ist ein Kommandant »reif« und muß abgelöst werden? Warum gibt es keine Medizinmänner, die aufpassen, daß die Boote nicht mit Kommandanten auslaufen, die kurz vor dem totalen Zusammenbruch stehen?

Bei Bachmann fuhr als I WO Ziemer. Ziemer abgesoffen? Kaum vorstellbar! Ich sehe Ziemer mit der Serviererin der Offiziersmesse in der Sonne liegen. Auf französisch ließ der lerneifrige Ziemer sich ihre Anatomie erklären. Er übte am lebenden Modell. Zuerst griff er ihr an die Brüste und sagte: »Les duduns.« – »Les seins!« verbesserte die Serviererin. Dann griff er ihr zwischen die Beine und sagte: »Le lapin!« Worauf sie korrigierte: »Le vagin«, und so ging es weiter ...

Von nebenan hören wir die Stimme des I WO: Unterricht über Geheimhaltung. »Und dann quatschen sie doch!« kommentiert der Alte. Er sinnt eine Weile vor sich hin: »Die ganze Geheimniskrämerei ist doch übertrieben! Die Tommies haben ja längst ein intaktes Boot.«

»So?«

»Ja, eins hat sich ergeben. Das Boot von Ramlow. Südlich Island auf offener See, und unser komplettes Geheimmaterial, alle Schlüssel – alles auf einmal in die Hände der Tommies!«

»Da wird der BdU aber schön geschaut haben!«

»Wenn man sich vorstellt, daß Ramlow vielleicht sogar Geheimdienstmann war! – Da kann man ja seiner eigenen rechten Hand nicht mehr trauen. Daß der die Offiziere herumgekriegt hat – kaum zu glauben!«

Endlich wieder mal ein Tag, der schön zu werden verspricht. Ich merke es schon mit dem ersten Luftschnappen in der Zentrale.

Auf der Brücke stehe ich dann reglos, die Hände tief in die schräg eingeschnittenen Taschen der Lederjacke gestemmt. Ich sehe zu, wie der hochgewölbte Morgenhimmel sich allmählich voll Bläue saugt. Als der Wind die letzte Trübung weggenommen hat, erscheint die Sonne wie ein Zyklopenauge über der Kimm.

Ich klettere hinunter und werfe einen Blick auf die Wegekarte: In unregelmäßigen Abständen wird die im Netz der Quadrate hin und her zuckende Linie von Uhrzeitnotizen unterbrochen. Die Bleistiftstriche zwischen den Uhrzeitnotizen entsprechen den Strecken, die das Boot jeweils in vier Stunden zurückgelegt hat. An ihrer verschiedenen Länge kann ich erkennen, ob das Boot schnell oder langsam lief.

Der Obersteuermann erscheint.

»Das ist nun das ganze Ergebnis – diese Hieroglyphen auf der Karte! Und die bleiben nicht mal! Nach der Reise radiere ich sie weg, weil die Karte wieder gebraucht wird. Nur eine Durchzeichnung auf transparentem Papier wird aufgehoben.«

Ich halte den Blick auf die Karte geheftet, weil es ganz so scheint, als wolle der Obersteuermann noch weitere halb gezischelte Betrachtungen anfügen. Aber statt dessen fragt er nach einer Weile: »Stimmt was nicht?«

»Was sollte denn nicht stimmen?«

»Ach – nur weil Sie so gucken!«

Zwei, drei Minuten vergehen, dann sagt der Obersteuermann vor sich hin: »Vielleicht isses ganz gut, daß es keine Post gibt, die Marine ist ja spezialisiert auf klare Verhältnisse!«

Vom Obersteuermann hätte ich zu allerletzt Bekenntnisse dieser Art erwartet. Jetzt erst merke ich, wie isoliert ein Mann wie Kriechbaum ist: mit seinen Fähigkeiten übertrifft er zwar den I WO bei weitem, dem Dienstgrad nach ist er aber nur Oberfeldwebel. Eine unsichtbare Schranke, die er von sich aus nicht durchbrechen kann, trennt ihn also von den Offizieren. Durch seine Leistungen hat er freilich eine Sonderstellung – er ist in allen nautischen Dingen die rechte Hand des Kommandanten –, aber das treibt ihn nur noch stärker in die Isolierung, vor allem gegenüber den anderen Feldwebeln. Und zu den Maaten und den Piepels muß er ohnehin Abstand halten.

Im Niemandsland zwischen Schlaf und Wachsein höre ich die Seen um unser Medusenfloß zischen. Weil ich keinen Schlaf finden kann, turne ich schließlich aus der Koje, fahre in die Seestiefel, ziehe die Lederjacke über und steige durch die Öffnung des Kugelschotts in die Zentrale. Der Raum wird nur schwach von der kleinen Lampe am Stehpult des Zentralemaaten erhellt. Der Zentralemaat löst ein Kreuzworträtsel. Auf den Flutverteilern hockt der wachhabende Zentralegast und schält Kartoffeln. Es ist der rotbärtige Turbo.

»Ein Mann auf Brücke?« frage ich mit zurückgelegtem Kopf. Für einen Augenblick erscheint der Obersteuermann in der Öffnung des Luks.

»Jawoll!«

Im Turm hockt der Rudergänger über seiner beleuchteten Kompaßscheibe.

Zwischen Sehrohrbock und Turmschanzkleid taste ich mich achteraus zur Plattform für die Flakwaffe. Der steuerbordachtere Ausguck macht Platz.

Die Kimm ist trotz der Dunkelheit deutlich erkennbar. Auch Wolken, die über den Himmel treiben. An einer Stelle fast genau steuerbord querab wird es hinter ihnen heller. Die Helligkeit läuft breit wie ein ätzender Säurefleck. Unter ihr schimmert das Wasser auf. Für eine Weile verdichten sich die Wolken wieder. Aber auf einmal öffnet sich die Wolkenblende, und die hintenübergekippte Sichel des Mondes erscheint. Die Rundung der vollen Scheibe zeichnet sich nebelgrau auf der blauen Dunkelheit ab. Kurze Wellen blitzen an tausend Stellen auf. Die Schaumstrudel, die am Boot entlangziehen, leuchten. Das Heckwasser schlägt silberne Funken, die Back schimmert hell herauf. Sie spiegelt mit ihrer Feuchte das Mondlicht wider. Die Wolken, die vor der Mondsichel vorbeiziehen, beladen sich für eine Weile mit Helligkeit.

Auch auf die Falten des nassen Ölzeugs der Brückenposten legt das schwache Mondlicht schimmernde Reflexe.

Wenn sich das Boot zur Seite neigt, kantet sich unser Schanzkleid über die Kimm hoch.

Jetzt ziehen dünne Wolken wie zerschlissener Stoff über den Mond hin und blenden ihn ab. Nicht lange, bald glänzt er wieder und gießt aufs neue rieselndes Licht über das Wasser. Nach einer Weile aber kommen dichte Wolken von Westen her wie schwere Frachtensegler herbei, verdecken die Sterne auf ihrem Weg und schieben sich über den Mond. Das Meer wird sofort dunkel wie Bleifluß. Die Schlitze der Grätings sind nicht mehr zu erkennen. Das Achterschiff ist nur mehr eine dunkle Masse, die sich schwerfällig von einer Seite auf die andere neigt.

Das Meer steigt und fällt. Kalt schlägt mir der dunkle Wind ins Gesicht und vertreibt die Wärme aus dem Körper. In der Finsternis schimmern hier und da helle Flecke auf: die sich brechenden Kämme der Seen – sie sehen aus wie Reihen bleckender Gebisse.

Die Dunkelheit hat sich zwischen mich und den Obersteuermann gelegt wie eine Schlucht. Wir sind auf einmal weit voneinander weg. In mir wird der Wunsch wach, die Hand ins Dunkle auszustrecken, um die unbewegliche Gestalt neben mir zu berühren. Doch da kommt schon die Stimme des Obersteuermanns durch die Dunkelheit: »Komische Schipperei.« Ein paar gemurmelte Worte folgen, aber der Obersteuermann hält den Kopf abgewandt, so daß ich sie nicht verstehe.

Vor den Mond haben sich neue Wolken geschoben. Die Finsternis wird noch dichter. Bisweilen kocht an den Seiten des Vorschiffs grünlich phosphoreszierende Gischt auf und zeichnet für Sekunden die Formen des Bootskörpers aus der Schwärze heraus. Manchmal meine ich, in der Dunkelheit Schatten, noch dunkler als die Nacht, zu sehen. Dann starre ich mit geweiteten und schmerzenden Augen in die Finsternis.

Aus der Dunkelheit ersteht vor mir in aller Schärfe ein Bild aus einem alten Marinebuch: Schwarze Nacht. Riesenhaft hoch der Bug eines Schiffes, das einen kleinen Segler überrennt. Die scharfe Pflugschar schiebt mit der Bugwelle gebrochene Masten und zersplitterte Planken vor sich her – ein paar Segelfetzen und zwei hilflos die Arme hochwerfende Männer. In gestochener Kursiv darunter der Titel: »Übersegelt!«

Unser Bug ruckt und staucht. Das Meeresleuchten ist stärker geworden. Auch unser Kielwasser phosphoresziert grünlich. Aus dem geöffneten Turmluk kommt für einen Augenblick ein Lichtschimmer und vergeht wieder. Im Turm wird sich einer eine Zigarette angesteckt haben.

Plötzlich ist voraus ein kaltes, weißliches Aufblitzen am Himmel. Wolkenränder werden deutlich aus der Finsternis herausgezeichnet. Und jetzt zuckt ein Blitz lautlos in einer Wolkenlücke hin. Nervöses Flackern läuft sekundenlang über die Kimm hin.

»Merkwürdig«, sagt der Obersteuermann, »wie ein Wackelkontakt.«

Die Nacht vor dem Bristolkanal kommt mir in den Sinn: Wie ich an eine Wand gedrückt auf der Brücke stand, als plötzlich alle Scheinwerfer durch die Nachtschwärze zu fingern begannen und dann – wie im Nebel schwebend – der erste weißliche Schemen da war: ein Fischkutter vor dem Netz! Dann traf ein schräg sich herabsenkender Lichtbalken noch einen und noch einen – eine ganze Flotte, und bis die Leuchtspurgranaten aus den leichten Maschinenwaffen das erste Ziel suchten, vergingen nur Sekunden. Es sah gar nicht nach Krieg aus, eher als ginge es darum, einen leuchtenden Saum ins Dunkel zu sticken. Und dann schoß die Artillerie, und dann begann das Gefluche, weil kein Schuß die stehenden Ziele traf. Es verging eine Ewigkeit, ehe die hölzernen Boote sanken. Das war als Überfall gedacht, wurde aber eine mühselige Abschlachterei. Widerlich. Nicht gerade ein Ruhmesblatt. Kein Gefecht – richtiggehende Killerei. Hatte ich mir auch anders vorgestellt. Die fishermen, die armen Schweine: plötzlich die Scheinwerfer und dann auch schon die heulenden Granaten. Als wir näher heran waren, sahs ganz so aus, als wäre keiner mehr in den Booten. Ob die alle ins Wasser gesprungen waren? Ob die einer aufgepickt hat?

Nur noch ein Tag Marschfahrt bis zum Erreichen des neuen Operationsgebietes. Ein Funkspruch wird aufgenommen. Wir warten gespannt auf den Klartext.

Der Funkspruch ist an Flechsig gerichtet. Er bekommt Befehl, seinen Standort siebzig Meilen nach Westen zu verlegen. Anscheinend wird dort der Durchgang eines Geleits erwartet. Der Obersteuermann zeigt mir die bezeichnete Stelle auf einer Karte mit kleinem Maßstab. Sie ist in der Nähe der amerikanischen Küste – also viele Tagereisen von uns entfernt. Eine Weile später wird ein Funkspruch an ein Boot aufgenommen, das dicht bei Island steht. Es ist das Boot Böhlers, und an ein drittes, das bei Gibraltar operiert, UJ, das Boot von Kortmann, der den Schlamassel mit dem »Bismarck«-Tanker erlebte.

Ein Boot meldet, daß es tauchunklar ist. Es ist das Boot Meinigs. Die Dreckschleuder Meinig. Tauchunklar ist das Boot fast verloren.

»Beschissen!« sagt der Alte, »nich mal Jagdschutz – zu weit weg. Da können wir nur die Daumen halten!«

Der Alte beugt sich nach vorn, klopft dreimal von unten gegen die Back und sagt: »Hoffentlich schafft ders. Ausgerechnet Meinig!«

Wir sitzen alle schweigend da. Der Alte bewegt lautlos seine Lippen. Vielleicht rechnet er aus, wie lange Meinigs Boot bei Marschfahrt bis nach St.-Nazaire braucht.

Mir läuft es kalt den Rücken hinunter: Was wollen die bloß machen, wenn Sunderlands kommen? Oder Zerstörer? Als Überwasserschiff ist das U-Boot seinen Gegnern heillos unterlegen: zu wenig Maschinenkraft, um ihnen entkommen zu können, keine Panzerung, zu schwache Waffen. Verletzlich wie kaum ein anderes Schiff: ein einziger Treffer in den Druckkörper genügt, um es zu erledigen.

»Junge, Junge!« bringt der Leitende nur hervor. Ihm ist deutlich anzumerken, wie sehr er sich in die Lage seines Kollegen auf Meinigs Boot versetzt. Der Leitende ist richtig blaß geworden.

»Bei Meinig ist doch Meier zwo oder drei als LI?« fragt der Alte.

»Meier zwo, Herr Kaleun – Crewkamerad von mir!«

Keiner bringt den Mund auf. Wir starren alle auf die Back, als gäbe es da wer weiß was zu sehen. Vor Beklommenheit wage ich kaum zu atmen. Ich kenne auch einen von diesem Boot: Habermann – den Balten Habermann, mit dem ich bei dieser fürchterlichen Inspektionsreise nach Gotenhafen zusammen war: mitten im Winter, 25 Grad unter Null und Ostwind.

Deutlich kann ich Habermann auf dem kalten Linoleum sitzen sehen – splitterfasernackt mit steif abgestreckten Beinen, den Rücken gegen die Seidenbespannung der »Cap Arcona« gestemmt, Kopf auf der Brust, mit trüben Speichelfäden am Mund, ringsum eine riesige wäßrige Lache und darin die dick gequollenen und ganz und gar unverdauten Backpflaumen, die es zum Abendessen gab.

Mich kommt ein nervöses Kichern an: Habermann, der stolze Barfußgeher – damals hatte er erst seinen dritten Tripper hinter sich. Keinen Respekt vor der gediegenen Innenausstattung des ehemaligen Prachtmusikdampfers, der jetzt als schwimmende Kaserne diente.

Gegen den Nachgeschmack des Säuglingsfraßes, Reis mit Backpflaumen, den es zum Abendessen gab, wollten wir was unternehmen: große Sauferei in einem ausgeräumten Salon. Habermann war bald stockbesoffen. Wir mußten den schweren Brocken in die Kammer schleifen. Wie wir ihn aus den Klamotten pellten, bis er ganz nackt war – und dann – hopp auf die Unterkoje – ein Heidenspaß! Und wie ich dann nachts gegen zwei Uhr spitzbekam, daß Habermann verschwunden war. Alle seine Klamotten lagen noch in der Ecke, in die wir sie gepfeffert hatten – also mußte er sich splitterfasernackt aufgemacht haben.

Erst suchte ich ihn allein auf unserem endlosen Deck, dann machten wir uns zu dritt auf die Suche – ich hatte noch nie so einen Riesenzossen wie die »Cap Arcona« von innen gesehen: ein wahres Labyrinth von Decks und Niedergängen.

Von Habermann keine Spur. Ich sehe mich an jedem Klo, an jedem Schott rütteln und dann endlos lange nach unserer eigenen Kammer suchen – keiner von uns hatte sich die Nummer gemerkt, und ein Schott sah wie das andere aus.

Wir dachten: Der verrückte Habermann ist in seinem Suff über Bord gegangen. Rings ums Schiff war das eiskalte Wasser zwar nur auf ein paar Meter offen – aber zum Absaufen reichte es. Und wie ich dann noch mal losging, als die beiden Kumpels schon längst wieder grunzten. Muß eine Eingebung gewesen sein: den Niedergang hinab und in das Deck unter dem unseren, dann die endlose Steuerbordseite entlang, in jeden Winkel spähend, aber ohne Resultat – doch dann – auf der anderen Seite, an Backbord, entdeckte ich ihn: ohne einen Fetzen am Leibe in seinem Erbrochenen. Wahrscheinlich saß er schon seit Stunden so da.

Später erfuhren wir von ihm, daß er das Klo gesucht und sich dabei verirrt hatte. Verzweifelt und nackt hat er sich dann hingesetzt und auf Retter gewartet.

Ich sehe in Großaufnahmen die Backpflaumen, diese riesige Menge aufgequollener, von keinem Biß versehrter Backpflaumen rings um den nackten Kerl. Dieses robuste baltische Vieh muß sie in sich hineingeschlungen haben, ohne auch nur eine einzige gekaut zu haben.

Lungenentzündung? Keine Rede davon! Diesen alten Domestikengeißler konnte das stundenlange Sitzen mit dem nackten Hintern in unterkühlter Kotze nicht erledigen. Auch seine zehn Tripper brachten das nicht fertig. Aber jetzt sieht es ganz so aus, als hätten es die Tommies geschafft. Die Dreisternemeldung dürfte bald fällig sein. Der Flemming, der Habermann – viele gibts nicht mehr!

Der Alte sagt als erster was. Er will das Thema wechseln, bleibt aber genaugenommen dabei: »Ein *richtiges* Unterseeboot, das wäre der wahre Jakob. Ein Unterseeboot sind wir doch gar nicht. Das hier ist doch bloß ein Tauchboot.«

Schweigen. Erst auf meinen erstaunt fragenden Blick erklärt der Alte stockend: »Der Kraftvorrat unserer Akkumulatoren reicht ja schließlich nur dazu aus, kurze Sehrohrangriffe zu fahren oder das Boot unter Wasser seinen Verfolgern zu entziehen. Wir sind doch schließlich ganz schön von der Oberfläche abhängig. Mehr als achtzig Seemeilen Unterwasserfahrt bei sparsamstem Verbrauch stecken eben nicht drin. Wenn wir mit höchster Unterwassergeschwindigkeit von neun Seemeilen fahren, sind die Batterien schon in ein bis zwei Stunden leer. Nicht gerade üppig. Dabei sind die Batterien aber ein enormer Ballast. Ihre Bleiplatten wiegen mehr als sämtliche Maschinenanlagen des Bootes zusammen. Unter einem richtigen Unterseeboot stelle ich mir eins vor, das unter der Oberfläche fährt, also nicht mit Dieseln, die Luft brauchen und Abgase entwickeln. Das wäre auch nicht so verletzlich, weil es dann die vielen Einrichtungen nicht zu haben brauchte, die nun einmal unerläßlich für Überwasserfahrt mit Dieseln sind: Abgas, Zuluft – all die Öffnungen im Druckkörper. Was wir brauchten, wäre ein von der Außenluft unabhängiger Antrieb. Tscha!«

Kaum ist das neue Operationsgebiet erreicht, geht ein Funkspruch an uns ein. Wir werden mit anderen Booten zu einer Gruppe zusammengeschlossen, die sich zu einem Aufklärungsstreifen nebeneinander aufstellen sollen. Der Aufklärungsstreifen liegt ein gutes Stück weiter westlich. Wir werden zwei Tage brauchen, um mit Marschfahrt hinzugelangen.

»›Reißewolf‹ heißt die Gruppe – sinnig!« sagt sarkastisch der Alte. »Die haben jetzt anscheinend ne Art Hofpoeten beim Stab. Der denkt sich diesen Quatsch aus – Reißewolf! – Stiefmütterchen hätte es auch getan – aber nein: immer feste auf die Pauke dreschen . . .«

Dem Alten klingt selbst »Operationsgebiet« zu hochgestochen. Wenn es nach ihm ginge, müßte das bei der Marine gebräuchliche Vokabular gründlich entschärft werden. Er selbst kann stundenlang nachsinnen, bis er für die Eintragungen im Kriegstagebuch lauter banale Wörter gefunden hat.

Ich lese nach, was ich in mein blaues Schulheft notierte:

SONNTAG, 16. SEETAG. Ostwärts laufendes Geleit ist gemeldet. Wir laufen Kurs 90 Grad zur Geleitrichtung.

MONTAG, 17. SEETAG. Bekommen neue Standlinie. Weiter südlich. Das Schleppnetz, in das der Gegner geraten soll, wird nach Süden verholt. Wahrscheinlich sind wir nur fünf Boote im neuen Streifen. – Dürftiges Schleppnetz: Entweder sind die Maschen zu groß oder das Netz ist zu klein. Fahrt 8 sm. Hoffentlich stimmen die Bestecke. Hoffentlich wird beim Stab die ungünstige Wetterlage in unserem Seegebiet richtig eingeschätzt.

Kein Waffeneinsatz wegen schlechter Sicht. »Da können wir ja glatt aufbrummen.« – Tauchen zum Horchen.

DIENSTAG, 18. SEETAG. Neuer Vorpostenstreifen - Kurs 170 Grad, Fahrt 6 sm.

MITTWOCH, 19 SEETAG. Wieder neuer Streifen. Nur wenig Dünung, kein Waffeneinsatz möglich. Das Wetter - der Verbündete des Gegners.

DONNERSTAG, 20. SEETAG. Funkstille bis auf Feindmeldungen. Nun doch mehr als fünf Boote in unserem Seegebiet massiert. Der Feind soll diese Ansammlung nicht spitzbekommen. Suchkurse: Nichts. Mittlere Dünung. Wenig Wind aus Nordwest. Stratokumulus. Aber Dunstschicht dicht über dem Wasser. Vom Geleit keine Spur.

21. SEETAG. Das Boot hat noch einmal einen neuen Vorpostenstreifen zugewiesen bekommen.

»Weiß der Teufel, wo die Burschen herumfahren!« schimpft der Kommandant.

Das immer gleiche Bild: Mit aufgelegten Ellbogen steht der Kommandant über die Seekarte gebeugt und »knobelt«. In tiefem Nachsinnen greift er hin und wieder zum Zirkel und legt den Winkel an.

»Wahrscheinlich weichen die nach Norden aus, weil die Nächte lang sind? Und wenn man sie im Norden sucht – schlagen sie prompt riesige Bögen nach Süden. Die fahren, wenns sein muß, ganz verrückte Routen. Zeit spielt da anscheinend keine Rolle mehr. Wir müßten eben größere Seegebiete kontrollieren können.« Plötzlich hebt der Alte die Stimme: »Wo sind unsere Flieger, Herr Göring?« Als hätte er sich damit schon genügend Luft gemacht, verfällt er gleich darauf ins Murmeln: »Na ja – die Bestecke dieser Brüder sind eh falsch. Auf zwanzig, dreißig Seemeilen kommts der Luftwaffe gar nicht an.«

Der Kommandant legt sorgsam Winkel und Lineal auf der Karte an, beugt sich eine Weile tief über den Kartentisch, versucht es mit einer anderen Lage von Lineal und Winkel, nimmt schließlich den Zirkel zu Hilfe, probiert dieses und jenes.

Das geht so eine Weile, bis er mit dem Zirkel auf eine Stelle in all dem gleichförmigen Blau zeigt: »*Hier* müßte man jetzt stehen, hier *muß* was los sein. Hier kommen sie durch – oder ich will Max heißen!«

Ich sehe nichts als Löchlein von der Zirkelspitze im Netz der Quadrate. Zahlen und Linien – keine anderen Orientierungshilfen. Dem Kommandanten aber wachsen jetzt aus der blaugedruckten netzüberzogenen Fläche lebendige Bilder zu: Rauchfahnen hinter der Kimm, dünn und zerblasen, kaum auszumachen. Womöglich sieht er jetzt auch Decksaufbauten, Passagieraufbauten gar, Ladebäume, Schiffe mit großen Luken, Schiffe, deren Aufbauten nach achtern gerückt sind: Tanker.

»Das ist doch eine elende Sauzucht, diese verdammte Gammelei!«
Schließlich stemmt er sich mit einer gedehnten Bewegung wieder
vom Kartentisch hoch, es sieht aus, als säße ihm ein Schmerz
zwischen den Schulterblättern. Eine Weile starrt er noch unschlüssig
aufs Kartenblatt, dann wirft er Lineal und Winkel hin, bläst die
Luft von sich, macht eine fahrige Handbewegung, die Resignation
bedeutet, und wendet sich mit einem plötzlichen Ruck vom Kartentisch ab nach vorn, steckt ein Bein durch den Kugelschottring, duckt
den Körper nach und verschwindet in seine Ecke.

22. SEETAG. Die Brückenwachen dehnen sich endlos. Himmel wie
Rindertalg. Den ganzen Tag hindurch lastet diese riesige schwere Talg-
glocke über der dunklen See – und keine Sonne, die den Talg lösen
könnte.

Ich kann nicht mal Nasebohren. Wie sollte ich denn? Mit diesem
klammen, nassen Zeigefinger etwa? Einen Furz lassen, das ist schon
alles, was hier genehm ist.

Dem Furz wird das Entkommen nicht leichtgemacht. Er bleibt
in der dreckigen Wäsche hängen, muß sich mühsam durch verfilzte
Baumwolle schleichen, und wenn er das geschafft hat, gerät er ans
Gummizeug, das für Fürze so undurchdringlich ist wie Fort Knox
für Tresorknacker. Er bleibt also hängen und stirbt dahin.

Heute haben wir eine prima, tadellose Kimm. Nichts darauf zu
sehen. Nicht eine einzige Maststoppel. Nichts. Wenn wir nur höher
hinauskönnten! Probiert wurde ja schon mancherlei. Die Sache
mit dem Drachen zum Beispiel. Man ließ einen Mann an einem
Drachen hochsteigen. Das wurde schon im Weltkrieg gemacht,
hat aber anscheinend nicht viel gebracht.

23. SEETAG. Der Wind hat aufgefrischt. Das Meer ist ein riesenhaftes
Brandungsfeld geworden. Die Seen gehen nicht sehr hoch, und doch
bricht sich jede See. Davon sieht das Meer weißgrau und greisenhaft aus.

Der Himmel ist immer noch trübe, ein einförmiges graues Tuch,
das dicht über unseren Köpfen ausgespannt ist. Und nun senkt
sich aus dem grauen Tuch an Steuerbord auch noch eine tief durch-
hängende Regengardine herab. Durch die senkrecht ziehenden
Fransen schimmert nur noch dicht über der Kimm ein bißchen
bleiche, weiße Helligkeit hindurch. Die Regenwand ist schiefergrau
mit einer Spur Violett darin. Dunst treibt wie Nebel nach allen
Seiten von ihr ab. Weil die Regenwand sich langsam direkt auf das
Boot zuschiebt, läßt der Kommandant sein Ölzeug und seinen
Südwester heraufreichen. Er flucht Stein und Bein.

Schon stehen wir in berstendem Regen. Es gibt keine Atmosphäre mehr. Die Regengeißel schlägt den Seen ihre Striemen ein. Die Seen machen den Rücken krumm. Sie wagen kein Hochzucken, kein noch so kleines Leuchten mehr. Nur der heftig eintauchende Bug reißt sie auf und fetzt Spritzwasser hoch. Regenströme und Spritzwasserwürfe mischen sich auf unseren Gesichtern.

Von oben niederprasselndes Wasser, von unten hochgefetztes Wasser. Salziges und süßes. Fallen überhaupt noch einzelne Tropfen? Das sind ja Güsse wie aus riesigen Kübeln, die jetzt auf uns herabstürzen.

Das glasige Grün der Seen ist erloschen. Die weißen Adern sind verschwunden. Das Meer ist um hunderttausend Jahre gealtert. Es ist grau, elend, pockennarbig.

Kein Schimmer, keine Farbe. Nichts als gleichförmiges, die Seele vergiftendes Grau.

Die Brückenposten stehen wie Felsblöcke, über die sich der Himmel ausschüttet. Zu sechst versuchen wir die Regenwände zu durchdringen. Gläser können wir nicht mehr gebrauchen – die würden sofort verschlieren. Nirgends mehr eine Spur von Licht. Es ist, als wolle der Regen uns ersäufen.

Erst am Abend läßt die wilde Heftigkeit des Niederrauschens nach. Bis der Regen ganz aufhört, wird es Nacht.

24. SEETAG. In der Zentrale. Der Alte redet halb zu mir und halb mit sich selbst: »Merkwürdig, wie kurz jedesmal die Zeit ist, in der einer der beiden Gegner im Vorteil durch eine neue Waffe ist. Das dauert immer nur wenige Monate. Als wir die Rudeltaktik erfanden, baute der Gegner sein Sicherungssystem auf. Und das funktioniert. Die Boote von Prien, Schepke, Kretschmer sind schließlich alle an einem einzigen Geleitzug verlorengegangen. Jetzt haben wir die neuen akustischen Torpedos mit zielsuchendem Kopf, und schon schleppen die Tommies diese verdammten Ratattelbojen an langen Stahltrossen mit – die ziehen den Torpedo auf sich, weil sie noch mehr Krawall machen als die Schrauben. Wirkung und Gegenwirkung – immer das gleiche ... Nichts mobilisiert so viel geistige Kraft wie der Wunsch, den Gegner zu vernichten.«

Wir fahren nun schon seit länger als drei Wochen ins Leere. Gleichförmig haspeln sich die Tage ab. Im Osten schieben sie sich über die Kimm hoch, zeigen ihr fadenscheiniges Grau in Grau und verblassen schließlich im Westen.

Die Schiffsroutine läuft stur ab. Keine Zwischenfälle. Tag für Tag dieselben Verrichtungen: Prüfungstauchen, Etmalrechnen,

Treibölverbrauch, Wasserverbrauch, Proviantverbrauch, Reinschiff, Torpedoziehen – immer derselbe gleichförmige Wechsel von Wache und Freiwache.

Die Brückenposten gucken sich die Augen aus dem Kopf, ob nicht doch auf der glattrasierten Kimm eine Bartstoppel wächst oder ein Wölkchen erscheint, das nicht aus Luft und Wasser besteht.

Nur die technischen Bezeichnungen für unsere Tätigkeit ändern sich von Zeit zu Zeit: Anstelle von »Anmarsch ins Operationsgebiet« trat »Abfahren von Suchkursen«. Die »Suchkurse« wurden dann von »Vorpostenstreifen« abgelöst. Jetzt ist unsere Aufgabe: »Aufundabstehen im Angriffsraum.«

Wir dampfen der vermuteten Marschrichtung der Geleite entsprechend durch die hohe Dünung von Süden nach Norden. Der Maschinentelegraf steht auf »kleine Fahrt«. Der Ton der Diesel ist dünn und holprig. Die Bugwelle kräuselt sich müde und ohne Glanz. Wir schleichen förmlich durchs Wasser. Brennstoff sparen ist die Devise. Aber auch bei noch so geringer Fahrtstufe verringert sich unser Brennstoffvorrat von Minute zu Minute.

Die letzte Reise des Bootes war schon erfolglos. Ohne einen Torpedo verschossen zu haben, lief es nach mühseliger, sehr langer Unternehmung in den Stützpunkt ein. »Die Kerls scheinen uns zu meiden«, sagt der II WO, als einziger immer noch um ein Witzchen bemüht.

Einen halben Tag brauchen wir, um den uns zugewiesenen Angriffsraum abzufahren, dann stehen wir an seiner Nordgrenze. Durch das geöffnete Turmluk ruft der Rudergänger nach oben: »Zeit zur Kursänderung!«

»Hart backbord! Neuer Kurs einhundertachtzig Grad!« befiehlt der Wachoffizier

Langsam streicht der Bug nun über den Halbkreis der Kimm. Das Heckwasser krümmt sich wie ein Schlangenschwanz, und langsam schiebt sich die mit vielfachen Gazeschichten zu einem weißen Fleck abgefilterte Sonne auf die andere Seite des Bootes.

»Einhundertachtzig Grad liegen an!« kommt endlich die Stimme des Rudergängers von oben.

Die Kursanzeige steht nun auf einhundertachtzig. Vorher stand sie auf dreihundertsechzig. Sonst ändert sich nichts.

Es geht uns wie einem Segler in der Mallung, jener für die Segelschiffe so höllisch widrigen Zone zwischen den Passaten: wir sind auf unsere Art »bekalmt«.

Auf der Brücke gibt es nicht viel zu sehen. Das Meer ist auch eingedöst. Es zeigt nur noch ein bißchen Gekräusel auf einer müden

Altdünung. Auch die Luft regt sich nicht. Die Wolken stehen still wie Fesselballons.

Müdigkeit in allen Knochen, muß ich doch wachen Auges zusehen, wie der Minutenzeiger auf dem Zifferblatt über dem Schott zur Kombüse stur weiterwandert. Endlich gerate ich in einen Dämmerzustand.

Da wird die dünne Schlafhülle jäh zerrissen: Die Alarmglocke schrillt. Der Boden neigt sich schon schräg.

Mit schlafwirren Haaren hockt der Leitende hinter den Tiefenrudergängern. Unbeweglich steht der Kommandant neben der Gruppe. Der Obersteuermann, der den Alarm gegeben hat, hält sich an der Leiter zum Turmluk fest. Sein Atem geht noch schwer von der Anstrengung des Lukschließens.

»Hinten aufkommen – vorn zehn – hinten fünfzehn – langsam aufkommen!« befiehlt der LI den Tiefenrudergängern.

»Da war ein Schatten – in neunzig Grad – spitz!« klärt mich endlich der Obersteuermann auf.

Das Horchgerät ist besetzt. Der Horcher beugt seinen Kopf in den Gang vor. Seine Augen sind blicklos nach innen gerichtet, während er langsam mit seinem Gerät das Wasser nach Geräuschen absucht – jetzt meldet er: »Schraubengeräusche in siebzig Grad – wandern aus!« Und nach einer Weile: »Geräusche werden schwächer – wandern aus!«

»Na ja«, sagt unbewegt der Kommandant und zuckt leicht mit den Schultern. »Auf hundertunddreißig Grad gehen!« befiehlt er und verschwindet wieder durchs Kugelschott. Demnach bleiben wir erst einmal getaucht.

»Gott sei Dank, jetzt ist Ruhe!«

»Irgendein schneller Einzelfahrer – gar keine Chance bei *dieser* Dunkelheit.«

Kaum wieder auf der Koje, sinke ich in Schlaf.

»Feindlicher Geleitzug in Sicht – UX.«

»Geleitzug in Sicht Quadrat XW, 160 Grad, Fahrt 10 Seemeilen – UX.«

»Feind steuert Zickzackkurs um den Generalkurs von 50 Grad. Fahrt 9 Seemeilen – UW.«

»Geleitzug fährt in mehreren Kolonnen. Sicherung rings um den Geleitzug. Kurs 20 Grad, Fahrt 9 Seemeilen – UK.«

Der Funk verschweigt uns nichts. Wir müssen alles, was sich auf dem Kriegsschauplatz Atlantik ereignet, zur Kenntnis nehmen.

Aber keiner der gemeldeten Geleitzüge ist für uns erreichbar, sie sind alle im Nordatlantik aufgespürt worden. Wir stehen viel zu weit südlich davon.

Der Alte suckelt an der Pfeife.

»Da holen sie nun in Kernével alles zusammen, was sich an Nachrichtenmaterial und Agentenmeldungen auftreiben läßt, und trotzdem klappt nichts. Vielleicht schlafen unsere Agenten. Die Luftaufklärung ist mal sicher unter aller Sau. Die Funksprüche der Tommies zu entschlüsseln – das schaffen unsere scheints auch nicht!«

Und nach einer Pause: »Aber die Tommies – die wissen anscheinend alles: unsere Auslaufdaten – unsere Verluste – den Namen jedes Kommandanten – einfach alles.«

Der Alte schnorchelt so geräuschvoll an seiner Pfeife, als wäre der ganze Pfeifenkopf mit Spucke gefüllt.

»Manchmal sah es schon so aus, als wären die Tommies in unseren Schlüssel eingebrochen: Da wurden Boote quer zu vermuteten Geleitzugskursen in dichtem Vorpostenstreifen aufgestellt, und dann machten die dicksten Geleitzüge große Bögen links und rechts um die Aufstellung der Boote herum. Vielleicht können die Brüder uns jetzt auch schon einpeilen, wenn wir bloß Kurzsignale machen, vielleicht sind auch die paar Buchstaben unserer täglichen Positionsmeldungen schon zuviel. Irgendwas haben die wieder ausgetüftelt.«

Der Matrose Merker erklärt mir in reinem Sächsisch, woher er stammt. Kötzschenbroda. Den Ortsnamen hat noch keiner gehört.

»Da bellen die Hunde mit dem Schwanz!« kommentiert Dufte.

»Bell du mal bloß nicht mit deinem Schwanz – dei gönnte heiser wern!«

»Muß ne prima Gegend sein, wo sie die Nachgeburten großziehen und die Babies in die Müllpütz schmeißen!«

Das kriegt Merker nicht so schnell mit. Dufte stößt nach: »Das ist doch sonst nicht üblich – oder?«

Allmählich dämmert es bei Merker

»Was willstn dadermit sachn?«

»Nisch, mein Kleiner! Kannste mir glauben«, lenkt Dufte ein, aber halblaut fügt er an: »Olle Nachgeburt!«

Die anderen lachen.

Merker sagt mißtrauisch: »Dir frisierch de Schnauze noch mal gegen Strich! Das gannste mir glaum!«

Der Bibelforscher liest in einem Traktat. Ario sieht es und höhnt: »Na, was gibt er denn zum besten, der Herr Zebaoth?«

Ario ist schon im pastoralen Deklamieren: »Der die stecknadelgroßen Ichthyosaurier schuf, die menschenfressenden Hundeflöhe, Schweißfüße, Gänsebraten mit Bananenbrei, Nasenpopel und Klabusterbeeren, gelobt sei der Herr, dem wir die Spiegeleier verdanken und die Bratkartoffeln, der das Wasser trennte von der Feste Coburg und von Tannen kommen wird quer durchs Spinatbeet direktemang zu uns in die gute Stube. Hallelujah, Amen, hallelujah, Ehre sei Gott in der Höhe in Ewigkeit, Amen!«

»Hör doch mit der Scheiße auf!« fährt Dufte hoch, »tu mir den einzigen Gefallen.«

»Schon geschehen«, erklärt Ario und schmiert sich ein Brot. »Fürwahr, wir sind schon eine gottesfürchtige Gemeinde. Lauter fromme, unentjungferte katholische Betbrüder!«

»Ach halt doch die Schnauze!«

»Laß mal lesen!« sagt Ario zum Bibelforscher und entreißt ihm schnell das Traktat. Als trüge er daraus vor, hebt er an: »Und nun liebe Gemeinde, vereinigen wir uns im gemeinsamen Gesang des schönen Liedes: ›Es warn einmal drei Juden! – Drei, vier –‹

Nach dem präzisen Einsatz zu schließen, kennen alle das Lied. Ario dirigiert: Mit der Rechten malt er große liegende Achten in die Luft. Der Gesang braust getragen wie ein Choral durch den Bugraum.

»Wenn das so weitergeht, sind wir ja Weihnachten noch in See«, sagt Zeitler.

»Na und?« bekommt er von Rademacher Antwort, »da bringste hier niemand in Verlegenheit. Nen Christbaum haben wir ja schon an Bord.«

»Mach Sachen!«

»Wenn ich dirs sache: nen zusammenklappbaren aus so künstlichem Zeug – wien Regenschirm – in nem Pappkarton. Wenn dus nich glaubst, kannste ja die Nummer Eins fragen.«

»Typisch Marine!« sagt der Fähnrich Ullmann. Dann packt er zu meinem Erstaunen Weihnachtserlebnisse aus: »Bei uns in der Flottille gabs zu Weihnachten immer Tote. Silvester auch. 1940 wars ein Bootsmann. Am Heiligen Abend gegen zwölf Uhr ließ der sein Scherzchen los. Der wollte den klotzigen Oskar spielen, setzte sich die Pistole an die Stirn und krümmte auch tatsächlich den Finger vor der staunenden Gemeinde durch. Der hatte natürlich vorher das Magazin rausgenommen, nur war er nicht schlau genug, auch daran zu denken, daß schon ne Patrone im Lauf war – und bums flog ihm achtern auch schon die Schädeldecke weg. Das war vielleicht eine Sauerei!«

Die weggeflogene Schädeldecke bringt Hinrich auf eine Erinnerungsspur: »Bei uns hats auch mal einem die ganze Visage weggepustet – in der Silvesternacht. Das war, als ich noch aufm Vorpostenboot fuhr. Wir waren alle ganz schön blau. Genau um zwölf entert doch einer von den Maaten hoch und hat sonen Knallbonbon in der Hand. Da gabs nämlich so dußlige Dinger, die genau wie Knallfrösche mit Lunten angezündet wurden. Der Kerl stellte sich an die Reling und hielt seine Zigarette an die Lunte und blies sie auch richtig schön an. Bloß dann kriegte er seine Pfoten durcheinander und schmiß die Zigarette in den Bach statt des Knallbonbons, den behielt er fein vor der Schnauze, bis es rummste – war auch ne schöne Schweinerei!«

Ich mag gar nicht mehr hinhören. Um die Back hocken lauter abgebrühte, blutrünstige Kriegsknechte, die so tun, als wären sie mit dem Hackmesser in der Hand groß geworden.

In der OF-Messe ist wieder mal Fähnrichsschulung. Wir hören den I WO dozieren: ». . . fiel im Kampf gegen einen Geleitzug.«

Der Alte sieht gereizt hoch.

»Fiel? Das ist auch son dämlicher Ausdruck. Der ist wohl gestolpert? Ich hab ne Menge Fotos gesehen von Soldaten, die ›gefallen‹ sind. Na, schön sahen die nach der Fallerei nicht mehr aus! Warum traut sich bloß keiner zu sagen, daß der Betreffende abgesoffen ist? Mir wird immer ganz schwach, wenn ich den Unsinn höre oder lese, der so verzapft wird.«

Er reppelt sich hoch und steuert sein Schapp an. Mit einem Zeitungsausschnitt kommt er zurück. »Ich hab da was gefunden – das hab ich extra für Sie aufgehoben.« Er liest vor: »»So, I WO, das wäre geschafft! – Wieder fünftausend BRT. Aber morgen hat meine Frau Geburtstag. Da ist wieder was fällig. Ehret die Frauen! Das wollen wir doch nicht vergessen!‹ – Da grinst der I WO verständnisvoll, und der Kommandant legt sich auf sein hartes Sofa, um den versäumten Schlaf nachzuholen. Aber schon nach einer Stunde rüttelt ihn der I WO wach: ›Geburtstagsdampfer! Herr Kaleun!‹ Der Kommandant schießt wie der Blitz nach oben, und nun geht alles ganz schnell: ›Rohr eins und zwei klar zum Unterwasserschuß!‹ Beide Torpedos werden Treffer. ›Mindestens sechstausend BRT!‹ sagt der Kommandant. ›Sind Herr Kaleun mit dem Geburtstagspräsent zufrieden?‹ fragt der I WO. ›Sehr zufrieden!‹ antwortete der Kommandant, und ein Strahlen tritt auf das Gesicht seines I WO.«

Der Alte schimpft wieder los: »Und das liest das Volk! Doch kaum zu glauben! Und immer diese schwachsinnige Masche, unsere Gegner als dämliche Affen darzustellen – Kümmerlinge, Nichtskönner, Halbseeleute!«

Wohin ich auch gucke – überall vernagelte Mäuler. Stumpfe Gesichter, auf denen Ekel, Gereiztheit, Widerwillen steht.

Kaum mehr vorstellbar, daß es irgendwo noch die feste Erde gibt. Häuser. Gute Stuben. Hängelampen. Ofenwärme.

Ofenwärme: Ich wittere plötzlich den Geruch von Bratäpfeln. Er weht durch die Eisengitter des grünen, deckenhohen Kachelofens im Wohnzimmer, Bahnhofstraße 28 in Rochlitz. Um diese Zeit gab es immer Bratäpfel. Ich erschnüffele ihren süßen, bunten Geruch. Ich lasse einen Bratapfel von einer Hand in die andere fallen: heiß, heiß, heiß – und delektiere mich am Farbenspiel der aufgeplatzten Schale: blank, glänzend, wie poliert. Äpfel vom eigenen Baum, eine Sorte mit roten Striemen auf gelbem Grund. Das Zentrum der roten Strahlung ist die Blüte. Sieht aus, als sei von oben her auf jeden Apfel ein Guß transparenter roter Lack geträufelt worden.

»Doch gemütlich hier. Keine Post, kein Telefon«, hebt der Alte, als er sich neben mich aufs Ledersofa niederläßt, unvermittelt an, »ein schön durchgelüftetes Boot, hübsche Holzverkleidung, Essen frei Haus. Wir sind doch fein raus!«

». . .wie der Pferdeapfel«, sagt der Leitende, der erschienen ist wie der Teufel aus der Kiste.

»Ist der etwa nicht fein raus?« fragt der Leitende. »Und für sein Fortkommen braucht er auch nicht zu sorgen – sogar qualmen darf er.«

Der Alte ist perplex.

Inzwischen hat sich alles zum täglichen Zitronequetschen um die Back versammelt, einer selbstauferlegten Pflichtübung, die nach und nach Ritualcharakter bekommen hat. In unseren Köpfen spuken Bilder der Verheerungen, die ein Mangel an Vitamin C anrichten könnte. Ich sehe die Tischrunde als Schreckgespenster ohne Zähne, mühselig an harten Brotscheiben mümmelnd: Skorbut.

Jeder hat für das Einverleiben des Zitronensaftes seine besondere Methode ausgebildet: Der Leitende halbiert zuerst die gelbe Frucht, zerstochert dann so gemächlich, als wolle er mit dieser Tätigkeit über den ganzen Abend kommen, die Saftzellen in den beiden Halbkugeln, steckt in jede ein Stückchen Würfelzucker und saugt den Saft, ohne jede Rücksicht auf Etikette, durch den Zucker hindurch mit viel Geräusch in sich hinein.

Auf eine besonders ausgefallene Manier ist der II WO verfallen: Er drückt den Zitronensaft in ein Glas, mischt ihn mit Zucker und gibt dann noch Kondensmilch hinzu. Die Milch gerinnt sofort, und das Ganze bekommt ein scheußliches Aussehen. Der Alte schüttelt sich jedesmal, aber den II WO ficht das nicht an. Er nennt sein Gesöff stolz »U-Boot-Spezialcocktail«, fragt »Neidisch?« in die Runde und schlürft es mit genießerischem Augendrehen ganz langsam hinunter.

Der Ingenieurschüler ist der einzige, der sich keine Mühe macht. Er ist bei der rohen Art geblieben, seine gesunden Zähne in die zerteilten Hälften einzugraben und das Zitronenfleisch gleich mitzuessen.

Der Alte sieht ihn mit deutlicher Mißbilligung an.

Ich kann mich über den II LI nicht genug wundern. Erst hielt ich ihn für obstinat. Aber jetzt weiß ich, daß er ganz einfach ein Mann ist, der von der Natur aus nicht mit Feingefühl, sondern mit einer wahren Elefantenhaut ausgestattet wurde. Er spielt den Unerschütterlichen, schützt Gleichmut vor, macht in Charakterstärke und ist gewiß doch nur ein stumpfer, dickfelliger Geselle. Zudem ist er ein sehr langsam denkender und auch merkwürdig langsam sich bewegender Mensch – in geistiger wie körperlicher Reaktion das genaue Gegenteil unseres Leitenden. Der Himmel weiß, wie er ausgerechnet auf die Ingenieurslaufbahn verfallen ist, und wie er sich mit seiner schwerfälligen Langsamkeit durch Kurse und Prüfungen gemogelt hat.

Das ist der Unterschied zwischen ihm und dem Alten: Der Alte gibt sich schwerfällig und träge – der Zwote ist es. Der Alte betreibt Mimikry, tut, als wäre er der maulfaulsten, der stursten Gesellen einer – der Zwote gehört tatsächlich dazu.

Für eine Weile sind wir mit unseren Zitronen gut beschäftigt. Als die leergesogenen und leergequetschten Hälften sich zwischen uns schon zu einem Berg auf der Back türmen, erscheint der Backschafter und schiebt die Überreste unserer Schmatzerei mit einer weit ausholenden Armbewegung in seine Pütz. Dann wischt er mit einem sauer stinkenden Lappen die vitaminreiche Nässe auf.

Der Bordtag hat jetzt noch runde sechs Stunden. Unsere grauen Zellen haben Ferien. Wir vegetieren einfach so vor uns hin – wie Rentner auf einer Parkbank. Eigentlich fehlen uns nur noch Spazierstöcke, über deren Krücken wir unsere Hände falten könnten. Unsere Herzpumpen funktionieren von allein, Haare und Zehennägel wachsen munter drauflos, die Schleimhäute werden gehörig befeuchtet, die Schamhaare vor Trockenheit geschützt, und in den Innereien ist die Chemie zugange – im Augenblick wirkt da die Ascorbinsäure aus den Zitronen.

Der II WO hat sich über die französischen Zeitungen hergemacht. Er pflegt sie mitsamt allen Anzeigen durchzulesen. Dabei ist er auf eine Veröffentlichung gestoßen, die er nicht versteht. Über fünf Mädchenbildern steht in großen Lettern: »On a couronné les rosières«. Es handelt sich um die Verteilung eines Preises, der von einer verblichenen Bürgerin der Stadt Nancy für tugendhafte Töchter der Stadt ausgesetzt wurde. Ich muß dem II WO den ganzen Artikel, in dem Preislieder auf die Tugend der fünf ausgezeichneten Jungfrauen gesungen werden, übersetzen. Herzbewegend wird geschildert, wie die Töchter am Sonntag der Preisverteilung zum Friedhof gewallt sind und das Grab der Stifterin mit Blumen geschmückt haben.

»Wieviel wars denn pro Nase?« will der II WO wissen.

»Zwohundert Francs – jede!«

Der II WO ist fassungslos: »Das sind ja nicht mehr als zehn Mark – oder?« Der II WO braucht eine Weile, ehe er zu dem Schluß kommt: »So was Dußliges. Wenn die Damen ihre Tugendhaftigkeit außer acht gelassen hätten, wären ihnen doch wohl Verdienstquellen ganz anderer Größenordnung zugänglich gewesen . . .«

»Fein bemerkt«, sage ich.

Es gibt auch eine richtige Bibliothek an Bord: in einem Spind an der Seitenwand des Kommandantenraumes. Ihre Bestände sind aber weit weniger gefragt als die vielen Kriminalschwarten, die vor allem vorn im Bugraum herumliegen. Sie haben Umschläge mit blutrünstigen Szenen und heißen: »Der Knebel aus schwarzem Kattun«, »Der Schuß in den Rücken«, »Drei Schatten am Fenster«, »Verdiente Sühne«, »Die schuldlose Kugel«. Die meisten sind schon so oft von Hand zu Hand gewandert, daß ihre Umschläge in Fetzen gegangen sind, und die Heftklammern die verschmierten Seiten nicht mehr zusammenhalten können. Zur Zeit hält der Matrose Schwalle den Rekord. Er soll auf der letzten Reise zwanzig Hefte in sich hineingeschlungen haben, und jetzt ist er schon wieder bei Nummer achtzehn.

27. SEETAG. Ein Funkspruch ist eingegangen. »An Gruppe Reißewolf. Neuen Vorpostenstreifen einnehmen. Boote steuern 310 Grad. Fahrt 7 Seemeilen. Vorpostenstreifen ist am Dreiundzwanzigsten 7 Uhr erreicht. BdU.« Ein neuer Kurs wird dabei herauskommen. Sonst ändert sich bestimmt nichts.

Aus dem Radio tönt es: »Ungebrochene Kampfkraft . . .«

»Abstellen«, brüllt der LI so laut, daß ich zusammenschrecke.

»Die haben jetzt, wies scheint, den Bogen raus«, sagt der Alte und dreht mir sein verkniffenes Gesicht zu: »Lesen Sie bloß mal die letzten Funksprüche durch: ›Vor Flieger getaucht – abgedrängt – Fühlung verloren – Vor Zerstörer getaucht – Wabos‹ – die ewig gleiche Litanei. Sieht ganz so aus, als hätte sich das Blatt gewendet. In der Haut des BdU möchte ich jetzt nicht stecken. Den wird der Gröfaz schön zur Schnecke machen, wenn nicht bald was fürs Sondermeldungskörbchen kommt.«

»Na, das läßt sich ja schließlich drehen«, werfe ich ein.

Der Alte guckt hoch: »Glauben Sie etwa, daß . . .«

»Glauben – das klingt so nach Kirche.«

Aber der Alte läßt sich nicht provozieren.

»Wo sind wirn eigentlich?« fragt Frenssen, nachdem er abgelöst wurde, in der Zentrale den »Taubeohrenwilli«.

»Fast vor der isländischen Küste.«

»Mach Sachen!« entfährt es Frenssen, »und ich dachte, wir sind bald vor Amerika.«

Ich kann vor lauter Befremden nur den Kopf schütteln: typisch für einen Mann aus der Maschine. *Wo* das Boot operiert, ist ihnen meistens schnurzegal. Auf allen Schiffen das gleiche: Die Maschinenleute hätscheln und tätscheln ihre Diesel und Aggregate und scheren sich nicht mal darum, ob Tag ist oder Nacht. Sie hüten sich vor der frischen Luft und können sich ihrerseits über die Seeleute nur wundern.

Da kann ich nur seufzen: O über die Kastentrennung bei den seefahrenden Verbänden! Wenn die Seeleute den »Untermenschen« gegenüber überhebliche Verachtung zeigen, antworten die Maschinenleute mit der deutlichen Hervorkehrung ihres Berufsstolzes als qualifizierte Spezialisten.

Sogar hier in der Enge des U-Boots herrscht der auf allen Schiffen übliche Kastengeist. Die beiden Hauptkasten sind die Seeleute und die Maschinenleute. Oberdeck und Unterdeck. Hier unterteilt sich die Unterweltkaste wieder in die Elektrischen und in die Dieselkaste. Außerdem gibt es die Zentralekaste, die Torpedomechanikerskaste und die kleine erlesene Kaste der Funker und Horcher.

Es stellt sich heraus, daß der Bootsmann unter seinen Vorräten auch Dosen mit Eisbein bewahrt. Dazu einige Büchsen Sauerkraut. Der Kommandant ordnet kurzerhand für den nächsten Tag eine Schlemmerei an. »Nun erst recht!« ist sein ganzer Kommentar.

Als der Backschafter mittags mit den dampfenden Schüsseln hereinkommt, verklärt sich die Miene des Kommandanten wie bei einer Weihnachtsbescherung. Die Erwartung hebt ihn vom Sitz hoch: Stehend schnüffelt er den duftenden Dampf der Eisbeinstücke ein. Sie drängen sich rund und knollig auf einer großen Aluminiumplatte. Zu beiden Seiten ragen aus dem rosagrauen Fleisch gezackte Knochenstücke und weißer Knorpel hervor. Mit Zwiebelscheiben und Gurkenstücken garniert, liegen die mächtigen Stücke – ganz wie es sich gehört – auf einer Unterlage von gekochtem Sauerkraut.

»Bier wäre dazu nicht schlecht«, tippt der Leitende an, als ob er nicht genau wüßte, daß pro Mann nur eine einzige Flasche Bier an Bord ist, die erst nach dem Sieg über einen Dampfer fällig sein sollte. Der Kommandant scheint aber heute zu allem entschlossen zu sein: »Man muß die Feste feiern, wie sie fallen. Eine halbe Flasche Bier für jeden ist bewilligt – also zwei Mann eine Flasche!«

Die Nachricht läuft schnell bis in den Bugraum und wird dort mit Gebrüll quittiert.

Am Scharnier einer Spindtür reißt der Leitende mit scharfem Ruck die Blechverschlüsse von den drei Bierflaschen, die auf die O-Messe kommen, und der weiße Schaum steigt, ehe wir die Gläser zur Hand haben, in dicken Strahlen aus den Flaschenhälsen wie aus Schaumlöscherdüsen.

»Prost!« Der Kommandant hebt sein Glas: »Auf daß diese verdammte Gammelei ein Ende nehme!«

Der Leitende trinkt sein Glas in einem Zug aus und verharrt mit weit nach hinten gelegtem Kopf, um auch noch den letzten Tropfen zu bekommen. Zu guter Letzt leckt er auch noch den Schaum vom Innenrand und saugt ihn schmatzend in sich hinein. Dann stöhnt er vor lauter Genuß auf.

Als die Knochenreste der Mahlzeit weggetragen sind, erscheint der Backschafter noch einmal. Ich traue meinen Augen nicht: Er trägt einen großen Königskuchen mit schwarzem Schokoladenüberzug vor sich her.

Der Kommandant läßt sofort den Schmutt herzitieren. Der Schmutt macht ein bestürztes Gesicht und bringt zu seiner Verteidigung vor, die Eier hätten verwendet werden müssen, sie wären sonst schlecht geworden.

»Wieviel haben Sie denn gebacken?«

»Acht Kuchen, für jeden drei Scheiben!«

»Und wann?«

»Letzte Nacht, Herr Kaleun!«

Der Schmutt liest die Erlaubnis zum Feixen vom Gesicht des Alten ab. Der Ausschweifung folgt zufriedene Ruhe. Der Alte verschränkt die Arme über der Brust, zieht den Kopf tiefer und die Schultern höher und grinst alle zutunlich an.

Der Leitende hockt sich in seiner Sofaecke zurecht: eine umständliche Prozedur. Er sucht so lange wie ein Hund nach der richtigen Stellung. Als er es endlich geschafft hat, wird von der Brücke durchgegeben: »LI auf die Brücke!«

Fluchend stemmt sich der Leitende wieder hoch. Das hat er nun davon: Sobald es oben etwas Interessantes zu sehen gibt, will er benachrichtigt werden. Erst tags zuvor erboste er sich, weil man ihn nicht gerufen hatte, als ganz in der Nähe des Bootes drei Wale aufgetaucht waren und eine Weile wie im Konvoi neben dem Boot herschwammen und dabei mächtige Spautstrahlen ausstießen

Ich klettere dem Leitenden nach und stecke den Kopf gerade noch rechtzeitig über den Lukrand, um zu hören, wie der Leitende unwillig fragt: »Was gibts denn, zum Teufel?« und der II WO mit öliger Stimme zurückgibt: »Dreizehn weiße Möwen umflatterten soeben das Schiff!«

Den Brückenposten kann ich von hinten ansehen, daß sie grinsen. »Eben sind sie hinter der Kimm verschwunden«, ergänzt der II WO.

Der Leitende droht: »Warten Sie nur!«

Dann hockt er sich in die Zentrale. Es ist ihm deutlich anzusehen, daß er auf Revanche sinnt.

Diesmal nimmt ihm der Alte die Mühe ab. Noch während der Wache des II WO gibt es Probealarm. Das Boot schneidet unter, noch ehe der II WO das Luk dichtgedreht hat. Die Folge ist eine gewaltige Dusche. Der Leitende bedenkt den triefnaß in die Zentrale herabkletternden II WO mit fröhlichen Blicken. Da greift sich der II WO plötzlich mit einer tastenden Bewegung an den Kopf.

»Was ist denn?« fragt besorgt der Kommandant.

Der II WO holt tief Luft, kaut leer und macht ein betretenes Gesicht: »Meine Mütze – auf der Brücke«, stottert der II WO, »ich hatte sie abgenommen und über die UZO-Säule gehängt!«

Der Kommandant fragt im devotesten Kellnerton: »Wünscht der Herr, daß wir sofort auftauchen, auf Gegenkurs gehen und Suchmaßnahmen ergreifen?«

Der II WO läßt sich sacken. Ein Vernichteter, den nichts mehr retten kann.

Eine Fliege zuckt ziellos unter der Lampe über dem Kartentisch hin und her. Sie ist mir ein Ratsel: Schließlich sind Fliegen keine Albatrosse, die quer über den Atlantik gesegelt kommen. Und als wir St.-Nazaire verließen, war nicht die richtige Jahreszeit für Fliegen –

schon zu spät im Jahr, schon zu kühl – auch für französische Verhältnisse. Bleibt nur die Möglichkeit, daß diese Fliege als Ei, also noch im vorembryonalen Zustand, an Bord gekommen ist, vielleicht gemeinsam mit tausend anderen Fliegeneiern, die sich weniger günstig entwickelten. Vielleicht ist unsere Fliege auch als Made in unsere Seekriegsröhre gelangt. Vielleicht ist sie sogar in der Bilge aufgewachsen, ständig verfolgt von der eingefleischten Putzwut der Nummer Eins. Ein wahres Wunder, dieses Fliegenleben – hier ist ja alles eingelötet –, kein Stück Käse liegt frei herum. Keine Ahnung, wie sie es trotzdem geschafft hat.

Man weiß überhaupt zuwenig von seinem Nächsten. Da sitzen wir nun im wahrsten Wortsinn gemeinsam in einem Boot – und doch habe ich keine Ahnung von dieser Fliegenexistenz. Ich weiß nicht das geringste vom Gefühlsleben der gemeinen Stubenfliege. Die Fruchtfliege hingegen kenne ich wenigstens bei ihrem lateinischen Namen: *Drosophila melanogaster.* Die war in meiner Pennalzeit groß in Mode: die stummelflügelige und die langflügelige Drosophila. Von jeder Sorte hatten wir eine gehörige Menge in je einem Reagenzgläschen mit Bananenbrei. Der Biologiepauker verkuppelte genau abgezählte Exemplare in einem dritten Glas, aber das erwartete Kopulierungsresultat stimmte nie, weil wir heimlich ein paar zusätzliche stummelflügelige zu den langflügeligen gelassen hatten. Da stand er nun und versuchte mit Falschzählen ein bißchen zu mogeln, bis wir alle »Schiebung« schrien.

Das Fliegenauge im Mikroskop – ein wahres Wunder. Fliegen muß man von vorn fangen, weil sie ja nach rückwärts nicht starten können. Klar wie Kloßbrühe. Diese hier wird aber nicht gefangen. Sie untersteht meinem persönlichen Schutz. Vielleicht kriegt sie gar noch Junge und die dann wieder Junge – eine Generation von Bordfliegen nach der anderen, und ich bin ihr Fliegenpatron. Dabei mag ich die Viecher nicht sonderlich.

Bei meinem Klassenkameraden Swoboda setzten sich die dicken Blauärsche gleich in die Augenwinkel, als wir ihn kaum aus dem Binsensee gefischt hatten. Swoboda war in einer merkwürdigen Hockehaltung, mit angezogenen Knien, erstarrt. Wie sehr die Akazien in der mecklenburgischen Sommerhitze dufteten! Am Abend erst löste sich bei Swoboda die Leichenstarre, und wir konnten ihn gerade strecken. Da entdeckte ich als erbsengroße gelbe Batzen die Fliegeneier in seinen beiden Augenwinkeln.

Ich kann nur hoffen, daß unsere Fliege keine diesbezüglichen Erwartungen hegt. »Da täuscht du dich aber gründlich, meine Beste! Bei uns nicht!«

Was ich stumm für mich sagen wollte, geriet mir halblaut. Der Kommandant blickt verwundert herüber.

Der I WO hält Fähnrichsunterricht. Durch das Tellergeklapper, das der Backschafter als einen unvermeidbar notwendigen Bestandteil seiner Arbeit ansieht, dringt das Satzfragment: »Würgegriff abschütteln . . .« bis zu uns her.

Der Alte wirft einen Schmerzensblick gegen die Decke und fragt mit erhobener Stimme nach vorn: »Rechnen Sie wieder mal mit Albion ab, I WO?«

Der Obersteuermann hat ein Objekt in dreißig Grad ausgemacht und gemeldet. Der Kommandant klettert so, wie er ist, in Pullover und Drillichhose nach oben. Ich lange mir wenigstens die Gummijacke vom Haken. Zum Glück habe ich die Lederhose und Korksohlenschuhe an.

Das Treibgut läßt sich leicht mit bloßen Augen ausmachen. Der Kommandant gibt, nachdem er gute zwei Minuten das Objekt im Glas anvisiert hat, einen Ruderbefehl, der unseren Bug direkt auf das Stück Treibgut richtet. Es wird schnell größer und nimmt die Form eines Bootes an, das seinen Bug in Lage zwohundert gegen uns richtet.

Der Alte schickt jetzt die beiden Ausgucks von der Brücke und murmelt zur Erklärung: »Das brauchen die nicht zu sehen!«

Schnell stellt sich heraus, daß dies nicht nötig war: das Rettungsboot ist leer.

Der Alte läßt beide Maschinen stoppen: ». . . Mal bißchen dichter ran, Obersteuermann, und den Namen ablesen!«

»Stel–la–Ma–ris«, sagt langsam der Obersteuermann. Der Alte läßt die Brückenposten hochkommen. »Machen Sie ne Notiz fürs KTB«, sagt der Alte zum Obersteuermann und gibt neue Ruder- und Maschinenbefehle.

Nach ein paar Minuten sind wir wieder auf dem alten Kurs. Hinter dem Alten steige ich ein. Das in der graugrünen See schwappende Rettungsboot muß den Alten auf eine Erinnerungsspur gebracht haben: »Mir isses schon mal passiert, daß die Leute mitm Boot direkt auf uns zuhielten. Das war ne komische Geschichte . . .«

Na nun pack mal aus!, denke ich.

Aber der Alte tut vorläufig nichts dergleichen. Mit diesem bedächtigen Getue, dem fünfminutenlangen Zögern, macht er mich eines Tages noch verrückt. Ich muß mir ein gehöriges Maß an Selbstbeherrschung abfordern, um nicht zu drängen.

Diesmal, scheint es mir aber bald, betreibt der Alte nicht einmal seine übliche Regie. In seinem Gesicht arbeitet es: der Alte weiß wohl nicht recht, wie er seine Geschichte aufzäumen soll. Gut, warten wir also. Ich schiebe meine Hände tief in die Hosentaschen, räkle mich zurecht und lege das Körpergewicht von einem Oberschenkel auf den anderen, als könne ich damit die Gesäßbasis zum noch bequemeren Sitzen verbreitern. Zeit haben wir ja in rauhen Mengen.

Während ich dem Picken der Tropfen und dem Sausen der Seen nachlausche, beginnt der Alte endlich zu erzählen: »Ich hab mal einen Dampfer versenkt, das heißt, den hat eigentlich seine eigene Geschwindigkeit erledigt – das war auf der dritten Unternehmung. Der Torpedo hatte ihn ziemlich weit vorn erwischt und den Bug weggerissen. Der Dampfer sackte sofort vorn weg, und weil er noch so viel Fahrt hatte, schnitt er unter wie ein U-Boot. Kaum zu glauben: war im Nu weg. Da sind kaum welche davongekommen!«

Nach einer Weile fügt der Alte an: »Komisch, dabei wars ein schlechter Treffer – aber so gehts eben!«

Das ist die Geschichte nicht, die der Alte eigentlich erzählen wollte, denke ich bei mir, auch interessant und typisch für den Alten, wie er damit rausrückt: sachlich vorgetragene Berufserfahrungen – Besonderheiten und Kuriositäten – erinnernswerte Abweichungen von der Norm. Aber die eigentliche Geschichte? Da spielte doch ein Rettungsboot eine Rolle. Ich werde einen Bohrer ansetzen müssen: »Die kamen also nicht mehr in die Boote . . .?«

»Nein, *die* nicht!« bestätigte der Alte.

Ich versage ihm den Gefallen, weiterzubohren, und warte wieder ab. Der Alte zieht zweimal kurz hintereinander in der Nase hoch, dann wischt er sich mit dem rechten Handrücken unter der Nase hin: »Da soll der Mensch nicht zynisch werden . . .«

Jetzt ist es an mir, durch eine Kopfwendung zu ihm hin Erwartung zu bekunden. Mehr nicht. Der Alte guckt aber stur geradeaus, als hätte er meine Kopfdrehung gar nicht bemerkt. Auch recht, denke ich. Nur nichts überstürzen. Erst als die Pause ganz ausgespielt ist, frage ich so nebenhin, wie ich es nur vermag: »Wieso, warum denn?«

Der Kommandant kaut noch eine Weile am Pfeifenstiel, ehe er stockend ins Reden kommt: »Ich denke gerade daran – ich hab mal erlebt – wie sich Leute in einem Rettungsboot, Engländer, bei mir bedankten, richtig überschwenglich, obwohl ich ihnen gerade das Schiff versenkt hatte!«

Jetzt kann ich keine Gleichgültigkeit mehr vortäuschen. »So?« frage ich gespannt.

Der Alte saugt noch ein paarmal schnorchelnd an der kalten Pfeife, dann legt er endlich los: »Der Dampfer hieß ›Western Star‹. Schönes großes Schiff. Zehntausend Tonnen. Einzelfahrer. Daß wir ihn erwischten, war das reine Glück. Wir hatten durch puren Zufall die nötige vorliche Position. Ich hab einen Viererfächer geschossen, aber nur ein Torpedo wurde Treffer und hatte erstaunlich wenig Wirkung. Der Zossen sackte nur ein bißchen tiefer und wurde langsamer. Dann erzielten wir noch einen Treffer mit dem Heckrohr. Aber der sank noch lange nicht. Ich konnte sehen, wie die Leute in die Boote gingen, und dann bin ich aufgetaucht.

Die hatten drüben zwei Boote ausgebracht, und die beiden Boote hielten direkt auf uns zu – die kamen doch glatt bis auf Rufweite ran, und da war ein Mann, der hörte gar nicht mehr auf, sich dafür zu bedanken, daß wir so feine Leute wären. Ich hab ne ganze Weile gebraucht, um zu kapieren, daß die dachten, wir unternähmen nichts, um ihnen die Chance zu geben, vom Dampfer wegzupullen. Bedankten sich für die Fairneß. Dabei hatten wir einfach keinen Torpedo mehr im Rohr. Die hatten natürlich keine Ahnung, daß wir drei Aale danebengeknallt hatten. Unsere Piepels schufteten wie die Wahnsinnigen. Aber das Nachladen braucht ja nun mal seine Zeit. Die dachten, wir würden mit dem Fangschuß nur warten, um ihnen Zeit zu geben –«

Mit einem halben Seitenblick sehe ich, wie der Alte grinst. Und nun verrät er mir sein eben gefundenes Fazit: »So wird man, eh man sichs versieht, zum feinen Mann!«

Wir bekommen per Funk ein neues Gebiet zugeteilt. Wir sollen nicht etwa auf einen bestimmten Punkt zulaufen, sondern zur Abwechslung wieder einmal mit festgelegter Richtung und Fahrtstufe durch die Gegend karren. Zu einer vorausberechneten Stunde soll das Boot dann dort sein, wo nach dem Plan der Operationsabteilung des Befehlshabers eine Lücke in der Aufstellung der Boote zu schließen ist. In diesem Seegebiet werden wir dann wieder auf und ab stehen, wie wir es gewöhnt sind: Einen halben Tag lang mit kleinster Fahrtstufe nach Norden, einen halben Tag lang nach Süden.

Ich bin in der Zentrale, als der Alte von der Brücke kommt. Sein Pullover hat ein paar feuchte Flecken bekommen. Auch in seinem Gesicht und am Mützenschirm hängen Tropfen.

»Sauwetter! – Brist auf!« gibt der Alte dem Obersteuermann zu wissen. Dann verschwindet er durchs Kugelschott.

Ich spüre, daß das Boot stärker arbeitet. Die Würste an der Decke schwingen bald wie Pendel hin und her. Das Gummizeug am Haken löst sich hin und wieder von der Wand ab. Das Bilgewasser zischt heftiger von einer Seite auf die andere.

Die Tage rinnen weg wie zehnmal durchgebratenes graues Fischbratfett aus einer lecken Pfanne.

Der Leitende schlägt vor: »Die wachfreien Officers sollten stricken lernen – der Obersteuermann kanns ihnen beibringen – der kanns nämlich wirklich, und die Winterhilfe braucht warme Socken.«

»Und woher die Wolle nehmen?« fragt der I WO.

»Da dröseln wir Pullover auf!« sagt der II WO.

»Und aus unseren Socken machen wir dann wieder Pullover – au fein! – und aus den Pullovern Socken und dann wieder aus Socken Pullover!« höhnt der Leitende.

Ich betrachte die Gesichter ringsum: Wie fremd und alt sie alle geworden sind! Beim Auslaufen waren außer dem Kommandanten nur Jünglinge in dieser Messe. Das allmähliche Zuwachsen ihrer Gesichter konnte ich ja, weil es so langsam vor sich ging, nicht bewußt registrieren. Nun werde ich plötzlich gewahr, wie sehr sie sich verändert haben. Mir ist, als hätte ich gute Freunde während langer Jahre nicht gesehen. Die Bärte haben alte Männer aus ihnen gemacht.

Des Leitenden ohnehin schon längliches Gesicht wird durch einen schwarzen Kinnbart, den er hingebungsvoll pflegt und spitz zustutzt, noch verlängert. Er sieht jetzt wie ein spanischer Grande aus. Der Kommandant behauptet freilich: »Genau wie ein Rabbi.«

»Neid!« kontert der Leitende leichthin. Schließlich wächst dem Kommandanten nur eine verfilzte blonde Schifferkrause von der Farbe angebrannten Sauerkrauts, die ihn runder und gutmütiger aussehen läßt, als er ist.

Der I WO hat nur manchmal ein bißchen weichen schwarzen Flaum, den er sich prompt wegrasiert. Am allerschlechtesten ist der II WO dran: nur hier und da zeigt sein Kinn ein paar Stoppelinseln, Oasen im bleichen Wüstengelb seiner Gesichtspelle. Unser Babyofficer sieht aus wie ein alter Chinese, dem die Lepra fleckenweise den Bartwuchs zerstört hat. Auf den verbleibenden Inseln gedeihen seine tiefschwarzen Barthaare um so besser.

»Du mir geben please pot of tea!«

»Ich nix verstehn Suaheli, sorry!«

»Shut your dämliche mouth!«

Die Hitze und die Maulfaulheit dieser Versammlung könnten jeden normalen Menschen umbringen. Aber Normale gibts hier ja nicht. Das ist der Blödeldampfer »Sauerampfer«.

Schale Scherze. Die Laune ist auf Pegelstand Null gefallen. Stundenlang herrscht bleierne Stille im Boot.

Der Leitende hat sich eine der abgegriffenen Schwarten aus dem Seitenregal gezogen und markiert seit einer Weile den Lesenden. Ich fixiere ihn fünf Minuten lang, dann empfehle ich ihm mit allem verfügbaren Hohn, doch auch mal umzublättern, der Quatsch ginge sicher auf der nächsten Seite weiter: »Erfahrung! Empirie sozusagen!«

Der Leitende schießt wütende Blicke, und ich stoße schnell noch ein paar Banderillos nach: »Touché!«

Der Leitende macht wieder seine schicksalsergebene Miene, er zuckt mit den Schultern und blättert tatsächlich um.

Diese Gefügigkeit muß ich loben: »Na wer sagts denn!«

Daraufhin wird der Leitende nicht etwa wütend, sondern er demonstriert, wie fein er blättern kann. Er blättert und blättert, als suche er in der Schwarte eine ganz bestimmte Stelle, und ich gebe mich ganz seiner Betrachtung hin. Gute fünf Minuten hält der Leitende das aus, dann knallt er die Schwarte wie eine Skatkarte zwischen sich und den Alten aufs Ledersofa.

»Hoho!« macht der Alte und blickt den Leitenden indigniert an.

Der II WO tritt von der Zentrale her auf. Er hat sich, weil seine Wache in ein paar Minuten beginnt, schon zum Aufentern klargemacht. Ich weiß, was er braucht: neue ES-Patronen. Die sind aber im Schapp hinter dem Rücken des Leitenden.

Ich erhebe mich eilfertig, damit der II WO hingelangt. Großartig – es tut sich was. Der II WO braucht seine neuen Feuerwerkskörper für das Erkennungssignal. Soll er haben! Wo kämen wir denn hin, wenn irgendein Trottel von der eigenen Fakultät auftauchte und uns für Tommies hielte!

Was mags denn heute Brillantes sein? Drei Weihnachtssterne, vier, fünf? – Blau oder babyrosa?

Der II WO steht in linkischer Haltung da und wartet, daß auch der Leitende sich erhebt.

Jetzt muß sich der Leitende wohl oder übel hochreppeln. Er tut es mit äußerster Verbitterung. Der Alte mimt den begeisterten Zuschauer; als hätte er so etwas Köstliches wie uns beide in ganzer Größe noch nie gesehen.

Der Auftritt ist beendet. Wir öden uns wieder an. Der erste, der sich regt, ist der I WO. Er macht sich an seinem Spind zu schaffen und holt die Schreibmaschine hervor. Unfaßbar! Der Alte stemmt die Hände, Mord in den Augen, gegen die Back.

Wie ein Polizeireviervorsteher drückt der I WO mit zwei gezückten Zeigefingern die Tasten.

»Klingt wie eine Lochstanze«, sagt der Leitende.

Zu meiner großen Überraschung gibt sich der Alte auf einmal wieder hoffnungsvoll: »Wird schon noch was werden...« Als Begründung für seinen Optimismus verkündet er: »Der liebe Gott verläßt seine Gammelpäckchen nicht! – Oder glauben Sie etwa nicht an den lieben Herrgott?«

»Doch, doch«, entgegnet der LI, beflissen kopfnickend, »natürlich glaube ich an den großen Gasförmigen.«

»Sie sind ja ein recht übler Bursche, LI!« muffelt der Alte. Den Leitenden ficht das nicht an. Er berichtet, ganz aus dem Häuschen, er hätte mal eine Marienerscheinung gehabt – »direkt am Netzabweiser – zartrosa mit einem Schimmer ins Violette – und dabei ganz transparent – einfach entzückend! Die Dame hat nach oben gezeigt und die Backen aufgeblasen!«

»Die wollte wahrscheinlich, daß Sie sich sofort zur Luftwaffe melden«, fällt der Alte ein, »zur Ballontruppe.«

»Das wars nicht«, erwidert der LI trocken, »ich hatte nach dem Auftauchen das Ausblasen mit Dieseln vergessen!«

Der Alte ringt hart um Fassung: »Das müssen Sie dem Papst melden. Der spricht Sie glatt heilig. Nach fünfundzwanzig Jahren, wies üblich ist beim Heiligen Stuhl!«

Wir sind uns alle einig, daß der Leitende dann gerade richtig schön aussehe. »Fromm und edel«, meint der Alte, »und noch vergeistigter als jetzt – eine Zierde der katholischen Kirche!«

Als ich durch die Oberfeldwebelmesse komme, ist der Obersteuermann gerade dabei, sein Spind einzurichten. Ich setze mich an die Back der Oberfeldwebel und blättere in einem Seehandbuch. Der Obersteuermann kramt aus einer abgenutzten Brieftasche Fotos hervor und hält sie mir zur Betrachtung hin: reichlich unterbelichtete Kinderbilder. Drei kleine Kerls, der Größe nach hintereinander dick vermummt auf einem Schlitten. Auf einem anderen Bild sind sie in Badehosen. Auf dem Gesicht des Obersteuermanns liegt ein verlegenes Lächeln. Seine Augen hängen an meinen Lippen.

»Sind ja stramme Bengel!«

»Ja, alles Jungen!«

Doch sogleich scheint der Obersteuermann zu fühlen, daß hier zwischen den kondenswasserfeuchten Stahlwänden nicht der Platz für zärtliche Regungen ist. Er zieht wie ertappt die Fotos wieder an sich.

28. SEETAG. Die Sonne hat die Farbe von gekochter Hühnerhaut. Der Himmel ist graugelb wie Hühnerbouillon. Die Kimm geht nach und

nach im Dunst unter. Nach einer Stunde wabern rings ums Boot Nebelfahnen vom Wasser hoch.

»Keine Sicht mehr!« meldet der Obersteuermann nach unten. Der Kommandant gibt Tauchbefehl.

Als das Boot auf fünfzig Meter ist, machen wir es uns in der Zentrale bequem. Die Beine hoch. Stiefel gegen die Kartenkiste gestemmt. Der Kommandant saugt und schnorchelt an einer zerbissenen Zigarettenspitze. Er gibt sich versonnen. Als hänge er Erinnerungen nach, nickt er von Zeit zu Zeit vor sich hin.

Ich lese im KTB die Eintragungen über die Hafenzeit des Bootes nach:

28. 8. Ausräumen des Bootes
29. 8. Beginn der Werftarbeiten
2. 9. Eindocken des Bootes und Beginn der Dockarbeiten
16. 9. Ausdocken des Bootes
17. 9. Treibölübernahme und Schmierölübernahme
18. 9. Standprobe
19. 9. Probefahrt
21. 9. Funkbeschickung. Kompensieren. Trimmversuch. Artilleriemunitionsübernahme. Torpedo- und Proviantübernahme
26. 9. Frischproviantübernahme.

Fast einen Monat war das Boot demnach im Stützpunkt. Fast einen Monat sind wir jetzt in See.

»Träumerei an französischen Kaminen!« sagt der Kommandant plötzlich. Gut denn – auch ich kann mir mit diesem Stichwort im Ohr erbaulichere Bilder als das Rohrgeschlinge in der Zentrale vor die Augen holen: Mastengewimmel hinter grauen Fischernetzen, in deren Säume als Netzschwimmer grüne Glaskugeln eingeflochten sind. Blaubemalte Boote der Thunfischer, die nicht mehr auslaufen, weil es keinen Treibstoff mehr gibt und weil das Metier zu riskant geworden ist. Das abendliche Fischerdorf drüben über der Bucht. Offene Feuer. In ihren Röcken hockende alte Frauen, die im Feuerschein an den Netzen häkeln. Abends an den Salzbecken, in denen das Meerwasser verdunstet; der Himmel aus violettem Silber, die rote Sonnenscheibe dicht über dem Horizont, fast schon ohne Strahlkraft. Die Luft ist schon kalt und feucht. Hier und da aus dem Graugrün leuchtend ein Haufen weißgrauen Salzes. In der Ferne die steinernen Windmühlen, so makellos rund, als wären sie gedrechselt. Flachgeduckte Dörfer mit schwarzen Fensteraugen im Weiß – wie Dominosteine. Auf einem Feld arbeitet noch ein Bauer mit einer Hacke. Er bückt sich, richtet sich halb auf, bückt sich wieder: ein

Bild von Millet. Und nun höre ich Räderrattern ganz in der Nähe und dann eine Stimme hinter den Ginsterbüschen. Ein Mann spricht mit seinem Pferd. Viele Spinnen haben Fäden quer über den Weg gezogen. Das Pferd trägt davon schon einen grauen Schleier auf der Stirn. Der Schlamm, den die Wagenspuren hochgedrückt haben, ist fest wie Stein. Auch die Tritte von Kühen haben sich darin abgezeichnet: eine Unzahl kleiner Krater. Grillen zirpen.

Aus dem Turm kommt eine sonore Stimme: »An Kommandant. Dämmerungsbeginn!«

»Ein Mann auf Brücke?« frage ich nach oben. Die Worte kommen mir raunzig aus der Kehle. Auf das »Jawoll« von oben hin entere ich auf.

Der II WO wendet mir sein zerknautschtes Gesicht zu. Mir will es scheinen, als wäre der II WO über Nacht wieder ein Stück kleiner geworden. Vielleicht kommt dieser Eindruck aber nur vom hohen Schanzkleid der Brücke. Der II WO kann nur mit knapper Not drüberweg spähen.

»Wird bald allerhand Wind geben, da kann sich die dritte Wache aber freuen«, gibt er mir frohgemut zu wissen. Wie zum Beweis kommt eine achterliche See herangerauscht und schäumt bis zur Brücke hoch. Gurgelnd läuft das Wasser durch die Ablaufpforten weg.

Es ist dämmerdunkel. Im Westen hängt die Nacht noch bis auf die Kimm herab. Das Meer ist ein dunkelwogendes Riesenbett, durch das sich der Wind wälzt. Hier und da zischen weißfahle Streifen auf und verlöschen schnell wieder, um an anderer Stelle hochzugeistern. Hin und wieder reißt der Bug bleiche Gischt hoch. Der Wind weht scharf.

Gegen Mittag sieht der Himmel grau und schlierig aus wie Haferschleim. Das Wetter hat sich, ganz wie es der II WO vorausgesagt hat, verschlechtert. Von allen Seiten drängen dunkle Wolken über die Kimm hoch. Die Sonnenscheibe vermag bald nichts mehr gegen die schwarze Übermacht: Sie wird zu einem abgefilterten Lichtfleck, der allmählich zusammenschrumpft. Bald verlischt die Sonne ganz.

Der Seegang nimmt zu. Spritzwasser schießt uns entgegen. Es hat keinen Sinn mehr, die Seegläser mit dem Leder zu putzen. Sie werden alle paar Minuten naß geschlagen. Die Lederlappen zum Putzen der Linsen werden feucht. Ihre salzige Nässe bildet Schlieren auf den Optiken. Am besten bekomme ich die Linsen klar, wenn ich sie mit der Zunge ablecke – wenigstens für Minuten, bis wieder ein scharfer Spritzwasserwurf mein Glas trifft.

Abends in der O-Messe. Ich finde, sosehr ich mich auch anstrenge, nicht den Namen eines vertrauten Nadelbaumes. Weil ich nicht noch länger selbstquälerisch in meinem Hirn nach dem verlorenen Wort suchen mag, frage ich kurz entschlossen den II WO: »Wie heißt doch dieser heimische Nadelbaum, der im Winter seine Nadeln verliert?«

»Lärche!« weiß der II WO sofort. »Wollen Sie hier etwa Lärchen pflanzen?«

»Nee, hab ich nicht vor – ich kam einfach nicht drauf.«

Der II WO sagt daraufhin nichts mehr, aber mit Schniefen und Nasekräuseln macht er deutlich, daß er sich sein Teil denkt.

Ich krame in den alten Zeitungen und stoße auf eine Stelle, die ich für mitteilenswert halte: »Die seebefahrenden Männer unserer Tage sind nicht anders als ihre Vorgänger vor drei oder vier Jahrtausenden die Freunde und die hartnäckigen Überwinder der salzigen Ozeane, nur durch ein paar Planken vom Urquell des Lebendigen getrennt und darum ohne ihr Wissen gefeit gegen ausweglose Weltverzweiflung und lebensfeindliche Haarspaltereien. Die Seegeschichten aller Zeiten sind allesamt Zeugnisse einer Vitalität, der die Komplexe des Zeitalters kaum etwas anhaben können.«

»Gut, daß das Volk das erfährt!« sagt der LI.

29. SEETAG. Ich gehe Vormittagswache mit dem Obersteuermann. Ringsum graue Nebeltücher. Die kaltfeuchte Luft läßt mich erschauern. Manchmal fegen harte Böen heran, die durch den Pullover hindurch bis ins innerste Mark dringen. Der Seegang hat zugenommen. Die Wellen haben Katzenpfoten bekommen. Der Wind singt auf der straff gespannten Saite des Netzabweisers, setzt wieder ab, fängt neu an, als betreibe er sein Gepfeife und Gesirre nur versuchsweise.

Im Osten ist die graue Himmelsdecke eine Spur fadenscheiniger als im Westen. Ein heller Fleck schimmert da sogar. Über dem hellen Fleck zieht es hin wie Schlieren und Geäder. Der Fleck wird größer, das Geäder und Geschliere immer durchsichtiger. Es ist, als würde ein Stoff dicht vor einer Lampe vorbeigezogen. Der ganze Himmel treibt als geschlossene Masse von Westen nach Osten.

Ich merke, daß der Obersteuermann sein Glas ab und zu auch über meinen Sektor wandern läßt. Anscheinend traut er meiner Wachsamkeit nicht ganz.

Zentimeter für Zentimeter suche ich den steuerbordvorderen Sektor der Kimm ab. An der rechten Begrenzung des Sektors angelangt, lasse ich das Glas sinken und die angestrengten Augen in einem großen Blick über den Himmel ausruhen. Dann überblicke ich mit unbewaffneten Augen den ganzen Sektor, setze das Glas wieder an, ganz langsam, Millimeter für Millimeter, Strich für Strich führe ich es wieder auf der Kimm entlang.

Nach einer Stunde schon entsteht von der Anstrengung des Spähens hinter der Stirn dicht über den Augen ein ziehender Schmerz. Mir ist, als würden meine Augen allmählich aus den Höhlen treten und ins Glas hineinkriechen. Dann und wann verschlieren Tränen den Blick. Ich wische sie mit dem Rücken des Lederhandschuhs weg.

»Aufpassen, Leute!« – und dann sagt der Obersteuermann zu mir gewandt: »Die fahren fast völlig rauchlos!« Damit meint er die feindlichen Zerstörer. »Sie haben meist Leute im Mast, und zwar die mit den besten Augen.«

Auch am 30. Tag bleibt die Kimm konstant leer. Ostwind hat eingesetzt. Der Ostwind bringt Kälte mit sich. Die Brückenposten vermummen sich. Im Boot werden die elektrischen Heizkörper angestellt.

Ein Funkspruch geht ein Der Kommandant zeichnet ihn ab und gibt ihn mir weiter:

»An Gruppe Reißewolf: Vorpostenstreifen von Punkt G bis D ist am Achtundzwanzigsten um 8 Uhr zu besetzen. Abstand 10 Seemeilen. Boote steuern 230 Grad. Fahrt 8 Seemeilen. BdU.«

Der Kommandant entfaltet die große Übersegelungskarte und zeigt mit dem Bleistift den Schiffsort. »Da stehen wir jetzt – und da müssen wir hin!« Sein Bleistift fährt weit nach Süden hinunter. »Da haben wir gut und gern drei Tage zu fahren. Die ganze Operation ist, scheints, abgebrochen. Das ist jetzt etwas gänzlich Neues. Wer weiß, was dahinter steckt. Auf diese Weise kommen wir bis auf die Höhe von Lissabon.«

»Und Gott sei Dank aus der Kälte heraus«, fällt der Leitende ein und schüttelt sich wie unter einem Frostschauer.

Durch das halboffene Schott zum Bugraum kommt schläfrig-langgezogener Gesang:

»Zwischen Schanghai und Sankt Pauli
liegt der große Ozean.
Die Matrosen in der Ferne
träumen von der Reeperbahn . . .«

Der Vers wiederholt sich. Sie kommen da vorn nicht weiter – wie ein Tonabnehmer, dessen Nadel immer wieder in die gleiche Rille der Platte zurückspringt. Bei jeder Wiederholung wird der Gesang fauler. Ich gehe nach vorn. Nur zwei trübselige Lampen brennen hier; die Hängematten beulen sich prall durch.

Der Schmutt taucht auf: »So ein Murks!« schimpft er sofort los, »Scheiße – mir sind fünf große Sardinendosen in der Last ausgelaufen. Direkt in den Zucker!« Der Schmutt ist ganz außer sich: »So eine gottverdammte Scheiße – jetzt können wir den ganzen Zucker wegschmeißen!«

»Ich würd ihn lieber aufheben«, sagt Ario, »man kann ja nie wissen – vielleicht mußte mal Fisch süßen.«

Aus einer Oberkoje erscheint ein fuchtelnder Arm, und nun wird auch ein wirrer Haarschopf sichtbar: der Eintänzer. »Tolle Sache hier, die Schwarte«, unterbricht er Ario, »mal herhören: ›Der Walfänger, der sich wäscht, wird des Glücks verlustig. Kein Walfänger, der sich gewaschen hat, wird je einen Wal fangen, bevor er nicht zu stinken begonnen!‹«

»Das isses!« kommt eine Stimme aus einer anderen Hängematte. »Wußte ichs doch, daß wir nichts vor die Flinte kriegen, wenn wir so geile Badenutten wie Schwalle und den Torpedomixer an Bord haben.«

Sie sind sich mit einmal alle prächtig einig, dem Dreck das Wort zu reden. Mein eigenes sehnsüchtiges Verlangen nach einem Bad wird dadurch eher angefacht.

Ich hocke mich auf die Koje des Leitenden und ergehe mich mit dem II WO in selbstquälerischen Phantasien.

Für die Wanne schlage ich grünen Marmor aus den Brüchen von Carrara vor. Der II WO läßt sich nicht lumpen. Er hält Alabaster, »so weiß wie Schwanenflaum«, für noch großartiger. Da kommt der Leitende. Er will natürlich alles aus Chromnickelstahl haben. »Mit ganz scharfen Duschen und zart stäubenden Rieselbrausen – wechselweise scharf und zärtlich – nur so isses richtig!«

Von den Chromnickeldüsen kommt er wie von selbst auf tscherkessische Badesklavinnen: »Recht fett und heißgetanzt, mit frischer Brunnenkresse garniert und so weiter!«

»Aber, aber«, mache ich, »der Motor Ihrer Sehnsüchte läuft ja nicht gerade mit Kujambelwasser!«

Der Leitende zieht einen langen Luftstrom durch die Nase, dann sagt er mit schräggelegtem Kopf: »Das haben Sie aber mal fein ausgedrückt.«

Jetzt ist es an mir, mich leicht vom Sitz zu lüften · »Danke fürs üppige Kompliment!«

Drei Tage vergingen mit Marschfahrt nach Südsüdwest, ohne daß die Brückenposten außer leeren Fässern und treibendem Kistenholz irgendein Anzeichen vom Feind entdeckten.

Und nun hebt wieder das sture Hin und Her in einem Aufklärungs-streifen an. Die Führung probiert dies und das und zieht die kurze Decke fleißig hin und her. Sie reicht nicht oben und unten, weder links noch rechts.

Über dem ewigen Einerlei ist das Gefühl für die Zeit längst ver-lorengegangen. Ich weiß nicht, wie lange die Gammelei schon dauert. Wochen? Monate? Oder kutschiert das Boot schon ein halbes Jahr im Atlantik herum? Auch die Grenze zwischen Tag und Nacht verschwimmt mehr und mehr.

Die vorrätigen Geschichten sind längst erzählt. Wir behelfen uns mit faden Bonmots, die das Denkvermögen nicht in Anspruch neh-men, mit Gemeinplätzen und Blödeleien.

Mit dem Leitenden ist überhaupt nicht mehr vernünftig zu spre-chen. Worauf die Rede auch kommen mag, stets hat er nur ein stupides »Warum auch nicht?« parat, das jede Unterhaltung ab-würgt. Auch der II WO behilft sich mit der stereotypen Redensart: »Beinah fast unglaublich.« Manchmal entschließt er sich zur Varia-tion: »Gar nicht ganz unflott.« Gebräuchliche Dialogtöter sind ferner »Sagt mein Mädchen auch« und »Selbst dran schuld«.

Im ganzen Boot hat sich wie eine Infektionskrankheit als lobendes Adjektiv »bomfortionell« verbreitet. Keiner weiß, wer den blöd-sinnigen Ausdruck in die Welt gesetzt hat. Aber auf einmal ist alles bomfortionell. Auch eine neue Universal-Maßeinheit grassiert an Bord. Sie heißt »Strahl«. Zuerst war »Strahl« nur beim Frühstück zu hören: »Mal nochn Strahl Kaffee, wenn ich bitten darf.« Dann tauchte »Strahl« auch als Zeiteinheit auf: »Mach ich schon – abern Strahl später.« Und jetzt fragt mich gar der Leitende, ob ich nicht mal einen Strahl zur Seite rücken möchte.

Der Leitende greift zu einer zerfledderten Rätselzeitung. Nach einer Weile fragt er: »Wie wird fünfundvierzig von fünfundvierzig so abgezogen, daß fünfundvierzig übrigbleibt?« Ich weiß, daß jetzt der Versuch, weiterzulesen, sinnlos ist, denn der Leitende wird gleich weiterfragen. Das ist immer das gleiche: Wenn er selber nicht be-schäftigt ist, will er auch nicht, daß andere etwas tun. Ich lasse meinen Blick über die Maserung der gegenüberliegenden Holzwand schwei-fen. Ich kenne jede Linie, jeden einzelnen Ast. Ich kenne auch jedes Rohr und jede Niete an der Decke, die Andalusierin an der Wand, den kleinen Basthund mit den blöden Glasaugen, der als unser Maskottchen figuriert. Am Geheimspind baumelt wie üblich die Taschenuhr des Leitenden, mit dem kleinen Schlüssel zum Auf-ziehen an ihrer Kette. Auf dem Rahmen des Bildes vom Stapellauf des Bootes hat sich Staub abgesetzt. Auf der anderen Seite drüben vor der Koje des II WO schwanken die Vorhänge hin und her. Der dritte Vorhangring von links fehlt.

Ich könnte das alles aus dem Kopf zeichnen.

Der Leitende fragt jetzt schnell hintereinander: »Höhenzug bei Braunschweig? Malergerät mit P? Vulkanische Inselgruppe bei Alaska?«

Die Entlüfter summen wie ein ganzes Bienenvolk. Aus der Zentrale kommen gedämpfte Stimmen. Von Zeit zu Zeit pladdert Wasser durch das Turmluk herunter. Es klingt wie ferner Regen. »Körperreinigung mit B, drei Buchstaben?« forscht der Leitende.

Obwohl ich mir alle Mühe gebe, nicht hinzuhören, kann ich nicht umhin, »Bad« zu sagen.

»Verbindlichen Dank, sehr verbunden. Kriegsmaschine mit vier Buchstaben?«

»Tank!« sagt der II WO mit halbgeschlossenem Mund.

»Gut! – Na, großartig. Das läuft ja bomfortionell!« triumphiert der Leitende. Und nun geht es unentwegt weiter: »Innige Zuneigung – offener Bahnfrachtwagen . . .«

Irgendwann zwischendurch richtet der I WO den Blick auf mich und sagte ohne jede Einleitung: »Das Geistige kommt hier zu kurz.«

Welch schöner Spruch! Da hat er sicher lange geknobelt. Das Geistige!

In fünf Rohren Torpedos und in der Messe hochgesteilte Reden statt unseres Geblödels – das könnte unserem Edeling so passen! Ich muß, obwohl ich mein Gesicht zu beherrschen versuche, schmerzlich geblickt haben: der I WO wird rot. Es reizt mich, ihn zu fragen, was er sich unter seiner Vokabel wohl vorstelle. Statt dessen sage ich nur: »Mag ja sein«, seufze und vertiefe mich in meine antiquierte Illustrierte.

»Keine Dampfer – aber immer mehr Dreck«, höre ich aus der Zentrale den Eintänzer sagen.

Mit der Vermehrung des Drecks hat es seine Richtigkeit. Seine Herkunft ist ominös. Ein Thema zum Grübeln. Ringsum nichts als Wasser, und doch finden sich jeden Morgen beim Reinschiffmachen unter den Kokosläufern und Lattenrosten geradezu sedimentäre Ablagerungen. Ein Dissertationsstoff: Ursachen der Vermehrung des gemeinen Kehrichts auf seegehenden Kriegsfahrzeugen.

Ich betrachte die Fliege, die über das Gesicht der andalusischen Schönheit an der Spindwand läuft. Direkt unter ihrem linken Nasenloch bleibt sie stehen. Tut ihr sicher leid, daß sie nicht hineinkriechen kann.

Die Fliege verzieht sich nun gemächlich auf die rechte Pfirsichwange des Damenkonterfeis. Dort bleibt sie nun erst mal kleben. Sie spielt Schönheitsfleck. Nur ab und zu hebt sie die Hinterbeine und reibt sie aneinander.

Ich rutsche tiefer. Wie ein schlecht gefüllter Mehlsack lasse ich mich zusammensinken. Nur die gegen die Back gestemmten Knie geben mir noch ein bißchen Halt.

Die Fliege scheint für heute nichts mehr vorzuhaben. Sie klebt an der Wand und döst.

Der Backschafter kommt und trägt das Geschirr für den Abendtisch auf. Dabei verscheucht er die Fliege. Schade.

Der Kommandant legt in der Zentrale wieder Winkel und Lineal auf der Karte an und brummt dabei vor sich hin. Dann sortiert er Winkel, Lineal, Bleistift zu pedantischer Ordnung und steigt in den Turm.

Ich bleibe in der Zentrale, hocke mich auf die Kartenkiste und versuche zu lesen. Nach einer Stunde kommt der Kommandant schwerfällig aus dem Turm wieder heruntergeklettert.

»Hübsch!« sagt er mit Gramfalten auf der Stirn. Nachdem er drei-, viermal die Zentrale unruhig wie ein Tiger durchmessen hat, läßt er sich neben mir auf die Kartenkiste nieder und saugt, statt etwas zu sagen, an seiner längst erkalteten Pfeife. Ich lege das Buch zur Seite, weil ich fühle, daß es dem Kommandanten um ein Gespräch zu tun ist. Wortlos blicken wir nun beide vor uns hin.

Ich warte darauf, daß der Kommandant das erste Wort gibt. Jetzt zieht er einen zerknitterten Brief mit grüner Tinte aus der Tasche und schlägt ein paarmal mit dem Handrücken aufs Papier: »Hier, hab ich vorhin gerade gefunden. Die haben vielleicht ne komische Vorstellung von unserem Dasein!« Die grüne Tinte, das weiß ich, verwendet die Braut des Kommandanten, die Fliegerwitwe.

Der Kommandant schürzt die Unterlippe weit vor und schüttelt energisch den Kopf. »Thema durch«, sagt er mit plötzlicher Schärfe und macht eine Handbewegung, als wolle er seine eigene Rede von einer Tafel wischen.

Also, dann eben nicht, denke ich.

Obwohl wir das Luk dank des besseren Wetters offen fahren, stinkt es im U-Raum abscheulich. Es stinkt nach verfaultem Brot, nach faulenden Zitronen, faulenden Würsten, es stinkt nach der fettigen Ausdünstung der Diesel, nach nassem Ölzeug, nach Gummistiefeln, nach Schweiß und nach verkästem Penis.

Das Schott wird aufgerissen, und mit einer Wolke von Dieselgestank kommt die alte Maschinenwache herein. Gefluche und Geschimpfe. Spindtüren werden zugeschlagen. Der Dieselmaat Frenssen grölt plötzlich los wie eine Besoffener:»Nur die Liebe, nur die Liebe ganz allein treibt unser Schifflein in den Hafen heim . . .«

Natürlich: Frenssen – immer Frenssen!

»Ein schönes Bier sollte man jetzt haben!«

»Schön trinkkühl mit ner blütenweißen Kappe – und dann eins nach dem anderen – so richtig in sich hineinzischen lassen. Ach du meine Güte!«

»Halt die Schnauze! Mach mich nicht fickrig!«

»Calvados wäre das Übelste auch nicht – oder Gin! – Mensch, auf der ›Caribia‹ da haben se tolle Sachen aus Gin gemixt: Rauhreif-Cocktail, Manhattan-Cocktail . . . Wie hieß das Zeug doch bloß alles? – Da hatten wir vielleicht ne tipsy!«

»Immer besoffen is oochn geregeltes Leben. Dein Glück, daß Besoffenheit immer wieder vergeht!«

»Aber doof bleibt doof, du häßliche Kakerlake!«

Es gibt ein Klatschen, dann ein heftiges Gefluche. Ich mutmaße, daß einem von den dreien eine Kriminalschwarte an den Kopf geflogen ist. Ich drehe mich auf die andere Seite und sage mir: Ich hab mich noch nie schrankenlos dem Trunke ergeben. Jetzt wärs auch bei mir soweit. Eine Flasche nach der anderen inhalieren. Dieser Asketendampfer! Keinen Alkohol an Bord. Nichts außer der halben Flasche Bier, die nach der Eisbeinausschweifung pro Mann noch geblieben ist, und der einen Flasche Cognac. Die hütet der Kommandant aber in seinem eigenen Spind – für medizinische Zwecke.

Die Diesel laufen, damit Brennstoff gespart wird, nur geringe Fahrt. Sie klingen holprig. Fast kann man die einzelnen Takte zählen: Ansaugehub, Kompressionshub, Arbeitshub, Ausstoßhub. Meist arbeitet nur einer der beiden Diesel. Der andere ruht aus, bis umgeschaltet wird und dann ihm aus den Tagesverbrauchstanks das kostbare Öl zufließt.

Die langsame Fahrtstufe tut den Maschinen gar nicht gut. Dem Leitenden auch nicht. Der gequälte Ton der Diesel geht ihm an die Nieren.

Wenig Trost zu wissen, daß weiter im Norden noch andere Boote genauso stumpfsinnig wie wir hin und her schippern.

Der Anblick der Wegekarte wirkt wie böser Hohn. Ein vertracktes Gewirr von Linien, die, wenn man sie so sieht, keinen Sinn ergeben wollen. Sieht wie ein Honigfaden aus, der auf ein Butterbrot geträufelt ist.

Die Bugwelle ist zu einem müden Gekräusel zusammengeschrumpft.

Treibholz zieht so langsam am Boot vorbei, als wolle es der Brückenwache demonstrieren, wie müde wir durchs Wasser schleichen.

»Wir sollten ›Feuer aus‹ machen und uns hier vor Anker legen!« sagt der II WO.

Die Lords sind niedergeschlagen. Wohin man sieht, nur trübsinnige Gesichter. Die Leute gebärden sich, als gebe es nichts Schändlicheres als eine Rückkehr ohne Erfolgswimpel. Als wäre das eine nicht wieder wettzumachende Blamage.

Der Ton im U-Raum ist ruppiger geworden. Wenn sich einer falsch angeredet fühlt, zahlt er heftiger als früher heraus. Einige schleichen herum, als wären sie so schwer beleidigt worden, daß sie es zeitlebens nicht mehr verwinden können.

Auch der Alte zeigte seine schlechte Laune. Er pfiff den Rudergänger an, ob er etwa seinen Namen mit dem Boot in die See schreiben wollte. Dabei ist es, weiß Gott, nicht einfach, bei diesem schiebenden Seegang genau Kurs zu halten.

»Alles für die Katz«, stöhnt der Leitende.

»Ganz stimmts nicht«, brummelt der Kommandant.

Ich traue meinen Ohren nicht: Versucht sich der Alte auf einmal in Zuspruch? Oder will er sich nur selber trösten?

»Allein schon der Zwang, seine Schiffe im Geleitzug fahren zu lassen, schädigt doch den Gegner erheblich. Da entstehen doch schließlich enorme Wartezeiten für die schon beladenen Schiffe. Die Häfen sind doch auf sukzessiven Betrieb eingerichtet und nicht auf diese Art Stoßgeschäft.«

Der Alte merkt plötzlich auf. Von nebenan ist Schreibmaschinengeacker zu hören. Schon beginnt die Wut in seinem Gesicht zu arbeiten. Er kaut auf der Trense, schießt es mir durch den Kopf. Das ist genau der richtige Ausdruck.

»Elefantenfell!« schnaubt der Alte. »Wenn dieser Klapperkasten doch zum Teufel ginge!«

»Bitte Herrn . . . Herrn Kaleun . . .« stottert der LI plötzlich los. »Bitte Herrn Kaleun fragen zu dürfen, ob das als dienstlicher Befehl aufzufassen ist.«

Jetzt grinst der Alte wenigstens wieder.

Der Himmel ist heute schlickrig wie gestockte Milch. Keine Bewegung. Das Wasser scheint zähflüssiger geworden zu sein. Die Seen buckeln sich nur mehr rund und müde hoch, sie haben keine Kämme mehr. In ihrem Schwarzgrün ist nur hier und da weißes Geäder zu sehen. Der Atlantik ist unifarben geworden: schwärzliches Grün – kein Anblick, der das Gemüt erheben könnte.

Große Schiffe bieten dem Auge wenigstens hier und da Farbe: Schornsteinmarken, weißgepönte Windhuzen, rote Markierungen. Bei uns aber ist alles grau. Nicht ein Tüpfelchen Farbe am ganzen Schiff. Nur Grau – und das noch ohne Schattierungen.

Wir selber passen uns dem Grau vorzüglich an: Auch unsere Haut nimmt allmählich ein helles käsiges Grau an. Von der Rosatönung, wie sie Kinder zum Malen von Gesichtern verwenden, ist bei uns keine Spur zu sehen. Selbst der Bootsmann, dessen Gesicht beim Auslaufen noch wie ein Apfel rot glänzte, sieht jetzt aus, als hätte er ein langes Krankenlager hinter sich. Trotzdem ist er noch gut bei Stimme. Ich höre ihn brüllen: »Reißen Sie doch mal Ihre Klüsen auf, vielleicht geht dann Ihr Arschloch zu!«

Wir sollten alle einen Psychiater frequentieren. Der könnte dem I WO das gezierte Getue wegquatschen – das wäre eine Aufgabe! Auch das Nasenkräuseln, das feinsinnige, so unendlich nachsichtige Lächeln.

Mit den Lachgrübchen des II WO ist es eine andere Sache: die müßten erhalten bleiben. Das Babygesicht ist überhaupt noch leidlich in Ordnung. Aber der Leitende hätte eine intensive Behandlung nötig, nervös und überspannt, wie er ist. Der Kneiftick im äußeren Winkel seines linken Auges müßte verschwinden, das Mundverziehen, das Wangenfleisch- und Lippeneinsaugen, auch das grundlose Mundspitzen und vor allem die Schreckhaftigkeit; das jähe Zusammenfahren beim kleinsten˚ Geräusch. Wenigstens ein Stückchen Dickhaut des Zwoten sollte man auf den Leitenden transplantieren können. Das wäre sogar für den Zwoten selber ein Gewinn. Eine dünnere Haut, das ist es, was der Zwote braucht.

Und dann diese geräuschproduzierenden Zwangshandlungen des Alten: Das Kratzen am Bart, das Gesuckel an der Pfeife, das Schnorcheln im Pfeifenkopf, das so klingt, als ob auf ganz kleinem Feuer Fett briete, das Nasenschniefen. Manchmal drückt er auch seine Spucke durch eine Zahnlücke, daß es nur so gurgelt und schmatzt.

Johann wird immer christusähnlicher. Wenn er seinen fahlgelben Haarschopf zurückstreicht und die hohe Stirn freilegt, braucht er nur noch die Augenlider zu senken, um schon als perfekte Schweißtuchdekoration zu wirken.

Genau hinsehen sollte man wirklich nicht. Einige Leute wirken völlig verelendet. Sie erinnern mich an Fotos von Bergleuten, die zwei Wochen lang unter Tage eingeschlossen waren und im letzten Augenblick gerettet wurden. Wir hausen ja auch in einer Art Stollen, gebückt und eingeduckt wie Bergleute, bei Kunstlicht tagaus, tagein. Der Schacht, der nach oben führt, ist unser Turm, nach vorn und achtern gehen die Stollen von der Zentrale weg. Die Torpedomixer schuften vor Ort. Ihre Handlampen sind Grubenlichter.

Um den Fähnrich mache ich mir wirklich Sorgen. Erst meinte ich: sieht ganz pfiffig aus. Jetzt ist der pfiffige Ausdruck verschwunden. Ich habe ihn schon ein paarmal in Grübelei versunken auf seiner Koje hocken sehen.

Über Funk erfahren wir, daß Meinigs Boot ein Kühlschiff mit 9000 BRT versenkte, einen Einzelfahrer.

Ich starre den Funkspruch an: Kaum zu glauben! Wie die das mit dem ramponierten Boot bloß geschafft haben! Meinig hat gemeldet – also lebt auch Habermann noch. Hätte ich mir denken können: *den* bringt so schnell nichts um.

»Da muß er aber allerhand Schwein gehabt haben«, sagt der Alte. »Ohne Glück ist so was heutzutage gar nicht mehr zu schaffen: Wenn man nicht durch Zufall vorliche Position hat und sich hinpacken kann, bis einem der Zossen vor die Rohre läuft ... Was heute noch einzeln fährt, ist schnell. Von achteraus aufdampfen hat da keinen Zweck mehr. Ein schnelles Kühlschiff hängt einen glatt ab. Ich habs oft genug versucht, mich ranzuknüppeln – aber jedesmal hats nur Brennstoff gekostet. Selbst wenn wir mit maximaler Tourenzahl laufen, schaffen wir bloß ein bis zwei Seemeilen mehr als ein schneller Einzelfahrer – und wenn der dann zackt und nach der für ihn günstigen Seite und wir kriegen das zu spät mit, dann isses sowieso aus und vorbei.«

33. Seetag. Der Kalender zeigt Mittwoch an. Morgens um acht Uhr kommt eine B-Meldung: »Geleitzug mit Westkurs Quadrat Gustav Fritz zu erwarten!«

Über den Kartentisch gebeugt, bringt der Alte ein skeptisches »Na ja!« hervor. »Nicht gerade günstig, aber immerhin – mit ein bißchen Glück könnten wir hinkommen – gerade so«, offenbart er uns nach fünf Minuten Knobelei. Neuer Kurs, höhere Fahrtstufe. Sonst ändert sich nichts.

»Bei kleinem wirds ja Zeit, daß wir ein paar Tonnen unter Deck schieben«, sagt der II WO und macht gleich darauf ein betretenes Gesicht, weil er selber merkt, daß seine Bemerkung für unseren gereizten Zustand viel zu forsch klang.

Mittag. Ich entere hinter dem I WO, dessen Wache gerade beginnt, auf. Die Luft ist stumpf und träge. Das Meer hat sich unter dem diffusen Licht weggeduckt und mit einer grauen Haut überzogen, die sich nur hier und da ein bißchen buckelt und beult: Ein langweilender Anblick, der aufs Gemüt schlägt.

Aber am Abend, während der Wache des II WO, kommt Farbe in das Bild: Einzelne flach über den Horizont hingestreckte Wolkenbänke glühen wie in einem Schmiedefeuer auf. Schnell wird der ganze Himmel rot, und auch das Meer wird mit prunkender Glut überfangen. Das Boot zieht mit puckernden Motoren durch den roten Rausch. Der ganze Bootskörper erglüht. Das Vorschiff sieht aus wie ein riesiges Schmiedestück. Auch die Gesichter der Brückenposten werden von Röte übergossen. Die Farben Schwarz und Rot genügten, um das alles zu malen: Meer, Himmel, Bootskörper und die Gesichter unter den Südwestern.

Eine Viertelstunde lang stehen Himmel und Meer in Brand, dann verlischt das karmesinrote Glühen der Wolken, sie kleiden sich sogleich in düsteres, schwefliges Grau. Jetzt sehen sie wie Aschenberge aus, in deren Innerem es noch leise glost.

Plötzlich glüht eine Stelle direkt voraus in der grauen Wand auf: Dann wird wie von einem Gebläse der glimmende Brand neu entfacht. Aber schon nach Minuten schrumpft das rote Gleißen wieder zusammen, es leuchtet noch eine Weile wie das Ausstoßloch eines Schmelzofens und verlischt schließlich ganz: die Sonne ist hinter der Kimm versunken.

Hoch über den Wolkenaufzügen behauptet sich auf dem Himmelsplan die Röte noch immer. Nur ganz langsam wird sie dünn und streifig, und an ihre Stelle tritt ein safrangelber Ton, der sich allmählich ins Grünliche verfärbt und sich bis zum Horizont herabsenkt.

Das Meer spiegelt nun diese giftige grüngelbe Tönung wider. Es liegt wie in Lähmung unter der grüngelben Haut erstarrt.

Der Kommandant kommt herauf, schnüffelt und betrachtet den Himmel. »Bunt, aber nicht schön!« konstatiert er sauertöpfisch.

Im Schlaf spüre ich, wie das Boot arbeitet: Trampolinträume. Versteift, die Handflächen an den Hosennähten, lasse ich mich hochschleudern – hundert-, tausendmal. Ich mache auch Saltos und variiere sogar meine Sprünge durch Pirouetten und Anderthalb-Saltos, so daß ich einmal mit den Füßen, einmal mit dem Kopf – aber immer bolzensteif – aufkomme.

Der II WO zupft ein Kalenderblatt weg. Das Wort DONNERSTAG erscheint.

Zum Frühstück muß der Backschafter, weil das Boot heftig rollt, Schlingerleisten aufsetzen. Sie teilen die Back in regelmäßige Gevierte. Teller und Tassen sind nun wie in kleinen Gehegen eingezäunt.

Der Kommandant verkündet, wir müßten durch ein Sturmtief, das von der Neufundlandbank her nach Osten marschiere und durch das Aufeinanderprallen der Warmluftmassen des Golfstroms mit den Kaltluftmassen des Labradorstroms entstanden sei.

»Der Wind hat in der Nacht nach Nord gedreht, dann nach Nordnordost«, sagt der Kommandant. »Dabei bleibt es aber bestimmt nicht. Für die nächsten Stunden rechne ich mit starkem Richtungswechsel über die halbe Kompaßrose – über West bis Süd.«

Der Backschafter hat schon jetzt alle Mühe, die vollen Teller durch den Gang zu balancieren. Weil er keine Hand zum Festhalten frei hat, versucht er, sich mit den Ellbogen nach beiden Seiten abzustützen.

Der Kommandant zwängt sich in seine Ecke und klemmt sich mit Bedacht zurecht. »Ziemlich verrückt: viel mehr Seegang als bei dieser Windstärke üblich. Da ist sicher eine Altdünung im Spiel. Hier muß es vor kurzem ganz schön geblasen haben!«

»Teekanne fest!« ruft der Leitende. Der Raum neigt sich im gleichen Augenblick heftig von einer Seite auf die andere. Dann fährt er auf und nieder und gerät sogar in kreisende Bewegungen.

»Stampft ganz schön!« sagt der II LI.

»Rollt!« berichtigt der I WO.

Dem II LI bleibt der Mund offen. Der I WO deutet das als erwartungsvolle Ermunterung zum belehrenden Weiterreden: »Stampfen nennt man die Aufundabwärtsbewegung in der Längsrichtung.«

»Und wie nennen die wertgeschätzten Seeleute denn die seitlichen Bewegungen?« mischt sich der Leitende ein.

Den I WO ficht der Spott nicht an: »Schlingern!«

»Nicht krängen?« bohrt der Leitende lauernd.

»Nein – Krängung bezeichnet einen Zustand – einen Winkel –, nämlich den, um den das Boot aus der senkrechten Lage geneigt ist. Beide Komponenten – das Schlingern und Stampfen zusammen – ergeben das Rollen!«

»In Ewigkeit Amen«, faucht der LI, »das war aber mal ne feine Erklärung für die blöden Maschinenleute!«

Ich kann nicht schlafen. Als ich durch die Zentrale komme, sehe ich, daß es bald Mitternacht ist. Die erste Brückenwache versammelt sich gerade. Im ungewissen Licht sehen die Leute im schweren Ölzeug plump wie Taucher aus. Es wird kaum gesprochen. Die beiden aus dem Bugraum gähnen so ausdauernd, als gebe es Preise dafür. Der I WO wischt sich mit dem Zeigefingerknöchel der rechten Hand die Augen aus. Der Zentralegast hat Kaffee gemacht. Der I WO schlürft aus einer vielfach angestoßenen Tasse – geräuschvoll, gar nicht nach der feinen Art. Einer nach dem anderen trinkt. Es gibt nur zwei Tassen. Der Bootsmaat Zeitler hat schon seine dicken Lederhandschuhe an. Zwischen ihnen verschwindet die Tasse gänzlich. Jeder wiegt die Bewegungen des Bootes in den Kniegelenken aus, damit kein Tropfen Kaffee überschwappt. Ab und zu schielt der I WO nach der Uhr dicht unter der Decke am Sehrohrschacht. Zeitler schimpft, weil sein Ölhut vertauscht ist, jetzt hat er einen mit verknoteten Strippen. Der Zentralegast räumt Kanne und Tassen wieder weg. Fünf Minuten vor zwölf: Die vier entern auf.

Im U-Raum sitzen die Abgelösten der dritten Wache und reesen. Dorian schimpft durch seinen Vorhang, er wolle schlafen.

»Mensch, faß dir doch mal an den Arsch und guck nach, ob du noch da bist. Wir reden hier so lange, wies uns paßt – und wenns dir nicht gefällt, kannste dir ja Putzwolle in die Ohren stopfen.« Das war Kleinschmidt, und Wichmann unterstützt ihn: »Tu doch nich immer, als wärstn besserer Mensch, bloß weil de in geregelten Verhältnissen lebst!«

Stunden später fragt der Fähnrich im Halbschlaf: »Wasn los?«

»Ach Scheiße – nichts is los!« schimpft Zeitler, macht eine Pause und schimpft weiter: »Was solln schon los sein bei der Marine?«

Jetzt wird Wichmann wach: »Du quergefickstes Arschloch – kannste nich ne anständige Antwort geben?«

»Mann Gottes. Reg dich nich auf. Getaucht sind wir, weils nischt zu sehen gibt. Nu hab dich man bloß nich so!«

Zeitler wickelt sich in seine Decke, grunzt noch: »Blödes Vieh, blödes«, schnieft zweimal heftig und pennt.

Wenn der Alte nicht gerade auf der Brücke steht, verbringt er viele Stunden des Tages in einsiedlerischer Zurückgezogenheit hinter seinem grünen Vorhang oder im Turm auf dem Sehrohrsattel. Manchmal höre ich von unten, wie der Sehrohrmotor anspringt. Dann fährt der Alte, weil er sich ödet, Karussell.

Die Leute hören seine Stimme tagelang nicht. Sie könnten glauben, das Boot führe ohne Kommandanten zur See.

Auch den Leitenden nimmt die Gammelei böse mit. Er hat viel von seiner Lebhaftigkeit eingebüßt. Es sieht aus, als hätte er grüne Schminke unter die Augen gelegt, um seinem Blick

Dämonie zu geben, aber seine grünlichen Augenringe sind echt. Seit langem bastelt er nichts mehr – wenn er nicht gerade die Maschinen kontrolliert, sieht man selten mehr von ihm als den gesenkten Kopf mit der hellen Scheitellinie: Er ist einer Lesewut verfallen. Nur zu den Mahlzeiten hebt er den Kopf hoch, und der Kommandant sagt: »Guten Tag!« zu seinem käsigen Gesicht. Manchmal sitzt der Leitende auch nur herum und lüftet seinen Griesgram aus.

Das wortlose Verstehen zwischen dem Leitenden und dem Kommandanten ist aber trotz aller Gereiztheit ungetrübt. Zwischen den beiden haben sich anscheinend alle Spannungen längst abreagiert. Sieben gemeinsame Feindfahrten haben sie schon hinter sich.

Wir sind jetzt fast 3000 Seemeilen vom Stützpunkt weg. Das Boot hat zwar einen Aktionsradius von etwa 7000 Seemeilen. Da wir aber mit der Hinundherkutschiererei im Vorpostenstreifen schon viel Brennstoff verheizt haben, bleibt nur noch wenig »Lose«. Mit so wenig Ölvorrat in den Bunkern könnten wir kaum noch an einen Geleitzug über größere Distanz herangeholt werden. Für die lange AK-Fahrt, die ja beim Operieren auf ein Geleit unvermeidlich ist, würden unsere Reserven jetzt kaum mehr ausreichen.

Der I WO macht den Leitenden mit Spindöffnen und -schließen, mit Schlüsselgeklapper und seinem Hantieren mit Schnellheftern nervös. Keiner weiß, was er sich aus den bunten Schnellheftern aneignet.

»Der lernt die Puffordnung für den Einlaufhafen auswendig«, vermutet der Leitende, als der I WO in Richtung Zentrale verschwunden ist. Einen seiner Schnellhefter hat er auf der Back liegenlassen. Ich kann der Versuchung nicht widerstehen und blättere ihn auf. HANDHABUNG DER MENSCHENFÜHRUNG AUF EINEM U-BOOT, lese ich als roten Titel auf der ersten Seite. Ich blättere weiter und bringe meine Augen nicht mehr los:

»Punkt 1 – Sonderheiten des U-Boot-Lebens.

Das Leben an Bord ist lange Zeit eintönig. Lange Wochen muß man Mißerfolge ertragen können. Wenn Wasserbomben hinzukommen, dann ist das ein ›Nervenkrieg‹, der vornehmlich auf den Vorgesetzten lastet.«

Wieder in Rotstift: »Der Geist der Besatzung ist abhängig«: und darunter Punkt für Punkt in blauer Füllertinte:

»1. von der Disziplin der Besatzung;

2. vom Erfolg des Kommandanten.

Wenn der Kommandant Erfolg hat, dann wird ihn, mag er auch ein Dummkopf sein, die Besatzung immer mehr lieben als einen, der keinen Erfolg hat. Aber gerade der Kommandant, der Mißerfolg hat, muß eine Besatzung haben, die von gutem Geist erfüllt ist;

3. von einer guten Organisation des täglichen Lebens an Bord;
4. von dem Vorbild und der einwandfreien Haltung der Offiziere;
5. von einer wirklich geistigen Führung der Männer, verbunden mit einer einwandfreien Truppenbetreuung.«

Mit Rotstift: »Zur Disziplin«, und dann wieder in Blau:

»Der Kommandant hat die Aufgabe, dafür zu sorgen, daß auf seinem Boot der Geist der guten Soldaten vorherrscht und die Meinung der schlechten Soldaten wenig gilt. Er muß sich an Bord vielleicht wie ein Gärtner verhalten, der das Unkraut ausreißt und die guten Pflanzen pflegt.«

Und jetzt lese ich unter dem Rotstifttitel »Zitat aus einem Vortrag des Kapitänleutnants L.«:

»Ich weiß wohl, daß die Frauen die kämpferische Moral des Soldaten zermürben können, weiß aber auch, daß sie den Mann in seiner Haltung stärken können, und ich habe oft erlebt, daß gerade Verheiratete besonders gut erholt vom Urlaub zur neuen Feindfahrt antraten. Man muß den verheirateten Unteroffizieren sagen, was sie von einer Soldatenfrau verlangen müssen. Ich war froh, als ich in der Heimat einmal die Gelegenheit hatte, die meisten Frauen meiner Soldaten zu einem Kaffee einladen zu können, sie kennenzulernen und ihnen sagen zu können, daß von ihnen eine tapfere Haltung erwartet wird. Ich glaube, daß mancher von ihnen das Rückgrat dadurch gestärkt wurde, und ich habe meine Frau gebeten, ihnen ab und zu zu schreiben und Fühlung mit ihnen zu halten.

An den eisernen Willen, seine Gesundheit zu erhalten und kleine Schwierigkeiten zu überwinden, muß appelliert werden. Wenn zwei Soldaten zum EK I anstehen und es kann nur eines verliehen werden, so gebe ich es lieber dem, der an Bord bleibt und weiterfährt, als dem, der das Glück hat, Unteroffizier oder Feldwebel werden zu können, und der deshalb aussteigen muß. Schließlich ist das Eiserne Kreuz keine Wohlfahrtseinrichtung, sondern eine Belohnung für Tapferkeit vor dem Feinde, die gerade noch nach der Verleihung erneut verdient werden muß.«

Mir gehen schier die Augen über: Das ist also die Fibel unseres I WO! Ich brauche nicht lange zu lesen, um wieder einen Fund zu machen:

»Auf langen Feindfahrten wird von den jungen Soldaten auch viel Geschirr zerschlagen. Zureden hilft bekanntlich wenig, zumal bei Seegang die Backschaft oft schwierig ist. Ich lasse nun jede Woche eine Geschirrmusterung machen. Wenn zuviel fehlt, dann muß der Backschafter 3 Tage lang aus der Konservendose essen. Eine harte Strafe ist auch das Rauchverbot. 3 Tage Spielverbot für Skatlöwen wirkt Wunder.«

Jetzt kommt eine hektographierte Seite:

»Es ist Ehrensache, und ebenso lege ich Wert darauf, daß die Etikette an Bord gewahrt bleibt. Im Hafen natürlich mehr als auf See, wo es genügen muß, daß

in den Räumen ›Ordnung‹ gerufen werden muß, die der Kommandant zum erstenmal am Tage betritt, daß stets der älteste anwesende Soldat meldet, was gemacht wird, ebenso wie sich der WO auf der Brücke zu melden hat. Im Hafen muß in der Werftliegezeit mindestens einmal täglich zur Musterung angetreten werden. Besonderen Wert lege ich auf eine würdige Flaggenparade. Auch auf See muß die Spindordnung ab und zu kontrolliert und auf dauernde Ordnung im Boot geachtet werden . . .

Ich habe auf See einen Toten gehabt und ein paar Verletzte. Als Ersatz holte ich mir von einem deutschen Dampfer auf See einen kriegsfreiwilligen Leichtmatrosen. Er war 19 Jahre alt, seit dem 14. Lebensjahr auf deutschen Schiffen im Ausland. Er kam mit einem Strohhut auf dem Kopfe an Bord und sagte: ›Tag, Käpten, ich soll hier einsteigen.‹ Er hatte keine Ahnung von der äußeren Form des Soldatentums. Ich habe ihm meinen besten Unteroffizier als Korporal gegeben, der ihn Gehen und Stehen gelehrt hat und der ihm die grundlegenden Themen beibrachte. Nach 14 Tagen haben wir ihn vereidigt. Wir haben dazu getaucht, den Bugraum mit Flaggen ausgeschmückt und haben diese Vereidigung zu einer richtigen Feierstunde gestaltet. Den Eid hatte der Mann vorher auswendig gelernt. In meiner Ansprache erzählte ich ihm von den Pflichten eines deutschen Soldaten. Die Besatzung saß einheitlich im braunen Tropenhemd da. Zur Feier des Tages hatten sie sich alle einen ordentlichen Haarschnitt zugelegt, und vorher waren die Lieder, die die Feier umrahmen sollten, festgelegt, so daß der Gesang auch wirklich klappte. Dem jungen Seemann haben wir außerdem die ›Pflichten des Soldaten‹ geschenkt. Einer hatte sie in Schönschrift geschrieben.«

Die Überschrift »Feste und Feiern« macht mich besonders gespannt:

»In der Adventzeit brannten in jedem Raum die elektrischen Adventskerzen auf Tannenkränzen, die aus zusammengedrehten Handtüchern und grünbemaltem Lokuspapier hergestellt waren. 14 Tage lang war die Weihnachtsbäckerei in Betrieb, und jeder durfte auch mal dran naschen, genauso wie zu Hause. Zum Weihnachtsabend steht im festlich geschmückten Bugraum ein selbstgemachter Weihnachtsbaum. Es erscheint der Weihnachtsmann, der in den Tropen nur ein Bettlaken umgehängt trägt, und schenkt jedem Soldaten Süßigkeiten und ein Buch mit Widmung, alles natürlich von schönen Versen und Redensarten begleitet . . . Wir sagen manches an Bord mit Musik. Wenn getaucht wird, dann erfährt es die Freiwache dadurch, daß sie den schönen Einsteuerungsmarsch hört: ›Wir schaffen es schon, wir schaffen es schon, wir werden das Ding schon drehn‹, den wir unserem LI spielen, wenn er sich um die Tiefensteuerung müht. Und wenn sich die Wache klarmachen soll zum Auftauchen, dann erfährt sie es durch den Marsch: ›Heut stechen wir ins blaue Meer‹.«

Erster Angriff

Der Funker reicht einen Funkspruch aus dem Schapp. Er hat dabei nicht mehr Ausdruck auf seinem Gesicht als sein ewig gleiches, friedfertiges Grinsen.

Der I WO setzt, ganz Wichtigkeit, den Schlüsselapparat auf die Back, legt den Papierstreifen des Funkers neben sich, neigt den Kopf von einer Seite auf die andere wie ein Huhn, das ein Korn sucht, kontrolliert die Einstellung und drückt endlich die Tasten.

Der Leitende stellt derweil die gelangweilte Miene eines englischen Rennstallbesitzers zur Schau. Der wachfreie II WO blickt nicht einmal von seinem Buch hoch. Auch ich mime Gleichgültigkeit.

Kaum hat der I WO das letzte Wort entschlüsselt, nimmt ihm der Kommandant – mit einem verächtlichen Blick auf die ganze Apparatur, aber doch um eine Spur zu eilig, den Papierstreifen der Schlüsselmaschine aus den Händen, liest ihn mit verkniffenem Gesicht, erhebt sich und steuert die Zentrale an, ohne auch nur ein einziges Wort verlauten zu lassen. Durch den Kugelschottring sehe ich, wie er sich die Lampe sorgfältig über dem Kartentisch zurechtdreht.

Zwischen dem Leitenden und mir wandern bedeutungsvolle Blicke hin und her.

»Oha!« sagt der Leitende.

Ich bezähme meine Neugier und lasse eine Weile vergehen, ehe ich dem Kommandanten in die Zentrale nachsteige. Der Obersteuermann ist auch schon da – wie herbeigezaubert.

Der Alte hat sich mit seiner ganzen Breite über die Seekarte gebeugt; in der linken Hand hat er den Funkspruch, in der rechten den Zirkel. Er schenkt uns keinen Blick.

»Nicht ganz uneben«, murmelt er endlich. Dann schiebt er mir wortlos den Funkspruch zu, und ich lese: »8.10 Uhr Geleitzug in Sicht. Quadrat Bruno Max. Steuert Nordkurs. Werde von Flieger abgedrängt. Feind aus Sicht. UR.«

Der Kommandant zeigt mit dem Zirkel das Quadrat Bruno Max. Es liegt nicht weit von unserem Schiffsort ab.

»Über den Daumen gepeilt«, sagt der Kommandant, »müßten wir mit großer Fahrt in vierundzwanzig Stunden hinkommen können.«

Jetzt hängt alles davon ab, ob UR wieder Fühlung bekommt, denn nur dann würden wir von der Führung auf das Geleit angesetzt werden.

»Also vorläufig Kurs und Fahrt beibehalten.«

Die beiden nächsten Stunden vergehen mit Mutmaßungen: »Sieht so aus, als ob das Geleit nach Amerika läuft – kann aber auch ein Gibraltargeleit sein. Nichts Genaues weiß man nicht«, höre ich vom Obersteuermann.

»UR, das ist Bertold«, sagt der Alte, »guter Mann. Kein Anfänger. Der läßt sich nicht so leicht abschütteln . . . Die müssen eine Woche nach uns ausgelaufen sein, die hatten doch so ein Dilemma mit dem Sehrohr.«

Mit einer einladenden Geste fordert der Kommandant mich auf, auch auf die Kartenkiste zu kommen. Erwartung und Spannung haben ihn munter gemacht. »Immer die Scheißflugzeuge«, sagt er, »die arbeiten neuerdings mit Jagdgruppen – mit mehreren Zerstörern — zusammen, und wenn so eine Mahalla einen erst mal am Wickel hat . . . Früher, als es in dieser Gegend kaum Flieger gab – ja, das waren noch Zeiten. Da brauchte man bloß auf das Wasser zu achten und wußte so ziemlich genau, womit man zu rechnen hatte.«

Der Zentralegast, der an seinem kleinen Stehpult mit Eintragungen ins Tauchtagebuch beschäftigt ist, hält im Schreiben inne.

»Die versuchen alles, um uns abzuschütteln. Die setzen ihre Zerstörer ja längst nicht mehr zum unmittelbaren Schutz der Dampferherde ein. Die haben jetzt den Dreh raus und lassen sie in weitem Abstand von ihren kostbaren Dampfern mit Höchstfahrt Außensicherung fahren, um uns schon beim Fühlunghalten, schon an der äußersten Grenze der Sicht, abzudrängen oder unter Wasser zu drücken. Und ihre ›Feger‹, die lassen sie schon weit vor dem Geleitzug herumkarriolen . . . Es ist eben keine Liebe mehr unter den Menschen. Die habens ja sogar schon fertiggebracht, große Frachter zu Hilfsflugzeugträgern umzukonstruieren. Aus kleinen Trägerflugzeugen und Zerstörern lassen sich natürlich Sicherungsgruppen bilden, die uns die Hölle ganz schön heiß machen können. Die brauchen dann nur noch auf feines Zusammenspiel trainiert zu sein, und das von einer Biene entdeckte Boot wird von den alarmierten Zerstörern so lange bearbeitet, bis die kostbaren Dampfer so weit abgelaufen sind, daß das Boot auch nicht mehr die Spur von einer Chance hat, die Zossen wiederzufinden. Da kann man sich dann zu Tode knüppeln und jagt doch nur seinen Brennstoff zum Teufel . . .«

Der Alte wirkt vollkommen gelöst. Er gibt sich redselig: »Wir hätten eben gleich früher richtig losschlagen sollen – noch ehe der Gegner wach wurde und seine Abwehr organisierte. Aber als der Krieg ausbrach, hatten wir ja bloß siebenundfünfzig Boote, und von denen waren nicht mehr als fünfunddreißig für den Atlantik brauchbar. Das reichte natürlich nicht hin, um die Zufahrten zur Insel zu blockieren. Ein sozusagen nur tastender Würgegriff! Und dann das Hin und Her: Sollen wir alles auf U-Boote setzen, oder sollen wir auch Dickschiffe bauen? Den Onkels von der Kaiserlichen Marine waren wir ja nie so ganz geheuer. Die brauchten ihre stolze Flotte, ganz egal, ob mit Dickschiffen noch was zu holen war oder nicht. Wir sind eben ein kon-ser-va-ti-ver Verein!«

Als ich mir später die Beine in der Zentrale vertreten will, kommt ein neuer Funkspruch. »9.20 Uhr vor Flieger getaucht. Eine Stunde unter Wasser. Feindlicher Geleitzug wieder in Sicht. Quadrat Bruno Karl. Standort des Feindes ungenau. UR.«

»Ich sags ja: Der läßt sich die Burschen nicht durch die Lappen gehen! Obersteuermann, das Geleit scheint auf Parallelkurs zu laufen?«

Der Kommandant ist diesmal nur ein paar Minuten am Kartentisch beschäftigt, dann wendet er sich mit einem heftigen Ruck um und befiehlt: »Auf zwohundertsiebzig Grad gehen. Beide Maschinen große Fahrt!«

Die Befehle werden quittiert. Der Maschinentelegraf klingelt. Ein heftiges Schüttern durchläuft das Boot, und die Taktstöße der Motoren sammeln sich zu einem tosenden Rauschen, das alle Geräusche übertönt.

Oho, denke ich, der Alte geht aber ran! Der wartet nicht einmal einen Befehl aus Kernével ab!

Das Dieselrauschen schwillt an, es singt sich hinauf, dann wieder klingt es dumpf und dröhnend, als würde es gedrosselt: in Dieselmusik übersetzter Seegang. Der gedrosselte Ton bedeutet eine große See, in der sich der Bug festrennt, der hell singende ein Wellental, in das unser Boot hinabschießt.

Überall sind Leute dabei, die so oft geprüften Leitungen noch einmal zu kontrollieren. Sie tun es ohne Befehl – unauffällig, gleichsam inoffiziell.

»Ein Mann auf Brücke?« frage ich nach oben.

»Jawoll!«

Mein erster Blick gilt der Hecksee. Sie kocht weiß auf – eine gewaltige, dichte, leuchtende Schleppe, die sich erst an der Grenze unseres Gesichtskreises wieder ins Flaschengrüne aufdröselt und in einzelne Strähnen zerfranst, als wären ihre Säume aufgegangen. Zu beiden Seiten der weißen Schleppe sind Bahnen aus einem hellen Grün, das die Tönung von durchleuchtetem Bierflaschenglas hat. Über die Grätings zieht blauweißer Dieselqualm weg.

Dann wende ich mich nach vorn. Sofort trifft mich ein Peitschenschlag Flugwasser so heftig ins Gesicht, als wäre Sturm. Vorliche See, und die Diesel laufen mit Karacho – daran hättest du eben denken sollen, mein Lieber!

Wasser tropft mir von der Nase.

»Gratuliere«, sagt der II WO.

Nun starre ich mit verkniffenen Augen aus der Deckung des Schanzkleides heraus auf unser Vorschiff. Wir preschen dahin, daß der Bug die Wasserfetzen nur so hochreißt und breite Schaumbahnen um die Flanken des Bootes kochen.

Der Kommandant hat die Hände tief in die Taschen der Lederhose gestemmt. Die ehedem weiße, abenteuerlich verbeulte Mütze mit den grünoxydierten Beschlägen tief nach vorn ins Gesicht gezogen, sucht er mit verkniffenen Augen Himmel und Wasser ab. Immer wieder ermahnt er die Brückenposten: »Aufpassen – Kinder, paßt bloß auf, daß uns jetzt keiner verquer kommt!«

Nicht einmal zum Essen steigt er ein.

Erst eine volle Stunde später klettert der Kommandant nach unten, um sich auf der Karte die Entwicklung der Dinge anzuschauen. Ich verschwinde auch von der Brücke.

Der Obersteuermann hat unten eifrig weitergekoppelt.

»Aha«, sagt der Kommandant, und dann zum Obersteuermann gewendet: »Sieht doch ganz ordentlich aus, was?«

Auf der Seekarte zeigt ein neues kleines Bleistiftkreuz den letzten Standort des Feindes. Wir können nun schon von der eigenen Karte seinen Kurs und seine Geschwindigkeit ablesen. Noch ein Bleistiftkreuz: der Schnittpunkt seines vermuteten Kurses mit unserem. Unsere Gedanken richten sich auf diesen Punkt, zwanghaft, wie sich Kompaßnadeln nach Norden richten.

Stunde um Stunde vergeht. Der Brennstoff wird durch die Leitungen gerissen.

»Das schafft was weg!« höre ich Dorian. Der Leitende dürfte es nicht hören.

Der II WO kommt mit einem neuen Funkspruch.

»Aha«, sagt der Kommandant mit deutlicher Erwartung in der Stimme. Er läßt sich sogar herbei, uns den Funkspruch vorzulesen: »An UA: Sofort mit Höchstfahrt auf den von UR gemeldeten Geleitzug operieren – BdU.«

Der Kommandant befiehlt: »An WO: Dreihundertundvierzig Grad steuern, weiteres folgt.« Wie ein Echo kommt die Wiederholung des Befehls vom Rudergänger aus dem Turm.

»Haut astrein hin – haut ganz astrein hin!«

Der Kommandant zeigt uns auf der Karte den Schiffsort des Geleitzugs und den unsrigen: »Morgen früh, so gegen sechs Uhr, müssen wir dort sein.«

Bertold darf jetzt nicht angreifen. Fühlunghalten ist wichtiger – den entdeckten Feind solange nicht entkommen lassen, Kurzsignale geben, bis andere Boote aus der Weite des Atlantiks herangeführt sind.

»Das macht sich ja«, äußere ich vorsichtig.

»Nur nicht vor der Kirchweih jubeln«, dämpft mich der Kommandant sofort.

In der Öffnung des Kugelschotts erscheinen fragende Gesichter. Die Leute sehen zu ihrer großen Verblüffung ihren Kommandanten wie einen Brummbären von einem Bein auf das andere wankend in der Zentrale im Kreise tanzen.

»Also doch!« sagt Dorian, »wie ick jeahnt habe –«

Der Kommandant nimmt das Mikrofon der Bordsprechanlage vor den Mund und gibt an alle Räume: »Boot operiert auf Geleitzug, an dem UR Fühlung hat. Ab sechs Uhr früh ist Zusammentreffen zu erwarten.« Ein Knacken in den Lautsprechern. Nichts weiter.

Durch das halbgeöffnete Schott zum Bugraum kommt rostiger Gesang:

»Natascha aus Odessa

ist schärfer wie ein Messa,

hat Augen wie das Schwarze Meer.

Wodka her! Wodka her!«

Der Kommandant hält seinen Kopf weit zurückgelehnt. Seine Ellbogen hat er hinter sich zwischen die Speichen des Handrades der Tiefensteuerung geklemmt. Jetzt löst er den rechten Arm, nimmt die Pfeife aus dem Mund, macht mit dem Pfeifenstiel eine weitausholende Bewegung und legt unvermittelt los: »Tolle Sache, son Boot. Da gibts Leute, die haben was gegen die Technik. Soll angeblich den Menschen abstumpfen, seine besten Kräfte verderben – und son Zeug.«

Der Kommandant besinnt sich. Es vergehen gute zehn Minuten,

bis er den Faden wiederaufnimmt. »Für mich gibts aber nichts Schöneres als so ein U-Boot ... Das soll keine Schwärmerei sein – Gott bewahre!«

Der Alte holt jetzt tief Atem und bringt ein paar schniefende Töne hervor, als wolle er sich selbst bespötteln. Dann redet er aber weiter: »Segelschiffe sind auch wunderbar. Es gibt auf der Welt überhaupt keine schöneren Linien als die von Segelschiffen! Ich bin ja früher auf einer Dreimastbark gefahren. Da war die untere Rahe schon zwölf Meter über Deck. Und von ganz oben waren es ganze fünfzig Meter. Bei schwerem Wetter enterte da keiner gern bis zum Skysegel auf. Und wenn dann einer von oben kam, hörte man im ganzen Schiff den Aufschlag. Das ist uns während einer einzigen Reise dreimal passiert. Wenn es in dieser bestimmten Art bumste – dumpf, aber doch durchdringend –, da wußte jeder im Schiff sofort, was los war.«

Der Alte legte eine Pause ein und läßt das Gesuckel und das Bratfettgeräusch seiner kalten Pfeife hören.

»War ein wunderbares Schiff. Jeder Laderaum so groß wie eine Kirche – Kirchenschiffe – deshalb nennt man die wohl so. Meistens hatten wir Ballastsand unten. Manches war ja ein bißchen anders als hier«, jetzt grinst der Alte vor sich hin, »schon mal, daß wir uns ordentlich die Beine vertreten konnten!«

Eine Weile bleibt seine Faust mit der Pfeife im Leeren stehen, dann schiebt er, ehe er sie wieder fallen läßt, mit dem Handballen die Mütze in den Nacken. Unter dem Mützenschirm drängen sich seine krausen blonden Haare hervor. Das gibt ihm einen Anstrich von Verwegenheit. »Ich hör gar nichts lieber als diese Diesel, wenn sie große Fahrt oder AK laufen. Und da gibts Leute, die halten sich die Ohren zu, wenn sie Diesel hören!« Der Alte schüttelt den Kopf, als könne er sich gar nicht genug über Leute wundern, die Diesellärm nicht mögen. »Gibt ja auch welche, die kein Benzin riechen können. Meine Braut kann Ledergeruch nicht ausstehen – komisch!«

Der Kommandant hält auf einmal die Lippen geschlossen, wie ein Junge, der sich verplappert hat.

Mir fällt keine rechte Frage ein. So sitzen wir beide wortlos und schauen vor uns hin auf die Flurplatten, als wäre dort ein interessanter Text abzulesen. Da erscheint der Leitende und fragt, ob der Backborddiesel für fünfzehn Minuten gestoppt werden dürfe. Grund: ein vermuteter Schaden an der Kurbelwelle.

Der Kommandant macht plötzlich ein Gesicht, als hätte er in eine Zitrone gebissen: »Tscha, LI, wenn uns nichts anderes übrigbleibt.«

Der Leitende verschwindet schnell nach achtern. Schon nach ein paar

Augenblicken wird der Ton der Diesel schwächer. Der Kommandant beißt sich auf die Unterlippe.

Erst als ihm ein neuer Funkspruch gereicht wird, hellt sich sein Gesicht wieder auf. »Zuletzt beobachteter Standort des Feindes ist Quadrat Bruno Anton. UR.«

Die zweite Wache versammelt sich in der Zentrale und macht sich fertig. Anschnallgurte werden nicht mehr gebraucht. Als sich der große Zeiger der Uhr der Zwölf nähert, entern die vier Männer auf. »Kurs dreihundertvierzig Grad, Steuerborddiesel läuft große Fahrt – Backbord hat gestoppt«, meldet der Rudergänger bei der Übergabe.

Die abgelöste Wache kommt von oben. Die Gesichter der Männer haben die Farbe gebrühter Hummer. Der Obersteuermann, der als letzter in die Zentrale heruntersteigt, nimmt Haltung an: »Melde mich von Wache. Leichter Wolkenaufzug aus Nordwest. Wind Nordwest zu West. Tendenz rechtsdrehend. Durch hohe Fahrtstufe kommt viel Wasser über.«

Wie zur Bestätigung schlägt ein Guß Wasser von oben herab auf die Flurplatten.

»Danke«, nickt der Kommandant. Die vier grüßen, dann schütteln sie sich wie Hunde. Wasser sprüht von ihrem Gummizeug quer durch die Zentrale. Einer von der alten Wache riskiert die Frage: »Wie weit sind denn die Zossen noch ab?«

»Noch einen ganzen Strahl!« antwortet ein Zentralegast.

Der Backschafter kommt durch. Ihn scheint der Hafer zu stechen. Er tänzelt, als wolle er einen Oberkellner imitieren. Ein Wunder, daß er nicht auch noch eine Serviette unter den Arm geklemmt hält.

Nach dem Backschafter erscheint der Schmutt auf dem Weg zum Bugraum. Er trägt das beflissene Lächeln eines Kneipenwirts zur Schau, der seine Gäste begrüßt und nach ihren Wünschen fragt.

»Das reine Affentheater heute«, sagte der Alte und merkt nicht, daß er selber eine führende Rolle spielt, wie er so in seiner Ecke sitzt und wie ein zufriedener Vater leuchtende Blicke über die Seinen schweifen läßt.

Es ist, als habe sich eine Umklammerung gelöst, als dürften wir jetzt wieder freier atmen. Keine Suchstreifen mehr, kein Aufundabstehen im gleichen Seegebiet, endlich ein klarer Kurs, Höchstfahrt in Richtung auf den Gegner. Der einzige, der keine Freude am Dieselton und am Gezisch der Seen hat, ist der Leitende: »Da geht eine Menge von meinem Öl zum Teufel«, murrt er und macht dazu ein miesepetriges Gesicht. Aber auch er hat Zufriedenheit in der Stimme, als er den Diesel wieder klar meldet.

209

»Schön, LI, war schon zu hören!« sagt der Alte, »nun schnaufen Sie erst mal schön aus.«

Ich verhole mich in Richtung Bugraum. Gleich als ich das Schott öffne, merke ich, daß hier »gehobene Stimmung« herrscht. Hinter mir erscheint der Schmutt mit einer großen Kanne Kujambelwasser. Die Freiwächter umringen ihn wie eine Horde Verdurstender.

»Hoffentlich springt mal was dabei raus«, gibt der kleine Benjamin, kaum daß er getrunken hat, zum besten.

»Ich kanns erwarten!« sagt Schwalle kaltschnäuzig.

»Mir hängt die Gammelei jedenfalls zum Hals raus!«

»Ein Held!« höhnt einer aus dem Halbdunkel weiter vorn.

»Aber Kleinchen, laß dir ja deinen Wehrwillen nicht demolieren, du bist schon in Ordnung!«

»Du hast wohl wieder Quasselwasser geschluckt?« kommt die gleiche Stimme aus dem Halbdunkel.

»Paßt dir was nicht? Immer diese negativen Typen! Dabei kanns uns doch gar nicht besser gehen!«

»So?« fragt die Stimme.

»Nehmt mich mal als Beispiel«, sagt Ario. »Zu Hause muß ich ne halbe Stunde zur Arbeit latschen – hier wird sie mir bis fast in die Koje geliefert. Und – und – zu Hause, da redet mich jede Rotznase mit ›Du‹ an, hier sagen sogar die Herren Offiziere ›Sie‹ zu mir. Na, ist das etwa nichts?« Ario läßt seinen Blick beifallheischend wie ein Drehfeuer ringsum gehen und wiederholt: »Ist das nichts?«

Eine Weile ist nur das verschlafene Dudeln der Radiomusik zu hören, wenn das Sausen der Seen gerade abschwillt. Auf einmal kommt die Rede auf den gemeldeten Geleitzug: »Wenn der Alte was erreichen will, muß er noch diese Nacht rankommen«, stellt der Torpedomechanikersgast mit wichtiger Miene fest.

»Wieso denn das?« erkundigt sich der Brückenwilli.

»Weil morgen Sonntag ist, du Kakerlake!« faucht ihn der kleine Benjamin von der Seite her an, »steht ja schon in der Bibel: Du sollst den Feiertag heiligen und deine Schwester nicht vögeln.«

Ich komme mir vor wie unter lauter Schauspielern. Aufgeführt wird in unserem seegängigen Laientheater ein Stück von Unerschrockenheit, Kaltschnäuzigkeit und Heldenmut – und dabei quatschen sie doch nur ihre Angst nieder.

Während der Nacht nimmt der Seegang zu. Ich kann es im Halbschlaf deutlich spüren.

Kurz nach fünf Uhr entere ich zur Brücke hoch. Der II WO hat Wache. Der Kommandant ist auch oben. Zwielicht. Das Boot

210

stampft gegen die noch dunklen Seen an. Von ihren Kämmen weht es wie Rauch. Wasserrauch erfüllt auch die Täler zwischen den Wogen. Äußerste Wachsamkeit: Wenn das Geleit über Nacht zugezackt haben sollte, kann das Boot jeden Augenblick seinen Kurs schneiden.

Fracksausen? frage ich mich. Ach Quatsch! Weiß schon: kein Zuckerschlecken – gewiß nicht – der Alte hats ja erklärt, doppelt und dreifach gesichert. Aus der Luft überwacht. Und wie die Kommandanten aussahen, die Geleitzugsattacken hinter sich hatten, das weiß ich auch ... Wird schon klarschlippen! Soll ich mich etwa mit Heulen und Zähneklappern beschäftigen? Zugegeben, eine verrückte Spannung ist das schon – wie leichter Rausch oder Fieber. Der Alte schaffts schon! Das weiß doch jeder, daß der Alte ein besonnener Mann ist – kein verrückter Husar – nicht vom Ehrgeiz rapplig. Schon komisch: erst diese Kotzgammelei – und jetzt plötzlich gehts ab dafür.

Die Sonne erscheint achteraus als milchige Scheibe. Voraus aber bleibt der Himmel von schwarzen Wolkenwänden verstellt. Ganz langsam lösen sie sich von der Kimm, als würden sie von einem Schnürboden aus hochgezogen: Versatzstücke, die nicht mehr gebraucht werden. Trotzdem bleibt es diesig.

»Verdammt unsichtiges Wetter«, grollt der II WO.

Bald schon schleift neues dunkles Gewölk dicht über dem Wasser heran. Es drapiert sich zu einem düsteren Vorhang. Genau voraus beginnt der Vorhang auszufransen. Die Fransen sind schwarzgrau wie die Wolken selbst, sie berühren das Wasser. Die Kimm verschwindet gänzlich.

Ein paar Strich nach backbord kann bald eine andere Wolke ihre Regenlast nicht mehr halten. Es daucrt nicht lange, bis die niedersträhnenden Fransen der beiden Wolken zusammenwachsen.

Schon fallen ein paar Tropfen. Sie geben auf Südwester und Öljacke kleine pickende Töne wie von Vogelschnäbeln. Die Regenfront schwärmt noch weiter nach den Seiten aus. Immer größere Stücke der Kimm gehen in schnürendem Dunst unter. Es ist, als würde rings um das Boot ein dunkles Netz ausgebracht. Schon zieht es sich hinter uns zusammen. Jetzt ist keine Sicht mehr.

Angestrengt suchen wir Millimeter um Millimeter die grauen Vorhänge nach einem Anzeichen vom Gegner ab. Ich spähe mir die Seele aus dem Leib. In jeder der grauen Wände vor uns kann ein Zerstörer sein, aus den jagenden Wolken können jeden Augenblick Flugzeuge herabstürzen.

Flugwasserwurf über das Schanzkleid, die Zunge schmeckt Salz.

211

Mein Ölhut ist ein Dach. Der Regen trommelt schwer darauf. Mit der Kopfhaut kann ich die kurzen Aufschläge der Tropfen erfühlen. Von der Krempe fallen sie nahe vor den Augen herunter wie von einer undichten Dachrinne. Aber in den Falten unseres blaugrünen, vor Nässe glänzenden Ölzeugs schießt der Regen in Bächen herab. Wir stehen da wie Steinblöcke, über die sich der Himmel ausschüttet.

Überall sind jetzt Blasen und Runzeln auf den Seen. Ihre Schaumköpfe sind verschwunden. Die Flanken sind stumpf wie ein Geschiebe von geriffelten Schieferplatten. Ich kann deutlich sehen, wie der Regen die Seen niederdrückt, als ginge eine schwere Walze über sie hin. Nur unser Bug entreißt ihnen weißgrauen Schaum. Von der Sonnenscheibe ist nichts mehr zu sehen. Der ganze Himmel hat sich in düsteres Regengrau gekleidet.

Es muß jetzt sieben Uhr sein. Gegen sechs sollten wir auf den Geleitzug stoßen.

Ich höre Dorian schimpfen: »Det Wetta is ja unta alla Kanone! Ick ha vielleicht den Kanal voll!« Der II WO fährt gleich herum und raunzt: »Menschenskinder, paßt bloß auf!«

Trotz des Frotteehandtuchs, das ich als Schal um den Hals geschlungen habe, ist mir Wasser bis auf den Bauch heruntergelaufen.

Als ich einsteige, bedenkt mich der Zentralemaat mit einem erwartungsvollen Blick. Zu seiner Verwunderung bringe ich nur einen resignierenden Seufzer hervor, dann ziehe ich mich vollständig um und schaffe die nassen Sachen in den E-Raum.

»Wind Nordwest 5, Seegang 4, bedeckter Himmel, schlechte Sicht«, lautet der fürs Kriegstagebuch vorbereitete Text. Das Boot holt immer schwerer über.

Die letzte Fühlungshaltermeldung ist jetzt schon drei Stunden alt: »Gegner ändert Kurs auf hundertzehn Grad. Marschiert in breiter Formation. Vier Kolonnen. Etwa dreißig Dampfer.« Seither kam keine neue Kunde. Die Diesel laufen noch große Fahrt.

Ich höre, wie das Meer Salve auf Salve gegen den Turm schlägt. Es sieht ganz so aus, als wären wir in den Bereich einer hochgehenden Altdünung geraten, die der Wind jetzt wieder aufwühlt.

Um acht Uhr wird die Wache abgelöst.

Isenberg fragt den Berliner: »Wie siehts denn aus?«

»Hat uffjehört – mit sachte Rejnen! – Jetzt kübels richtich!«

»Ach laß doch dein dämliches Gequatsche – was is denn los?«

»Abjeblasen – fällt allet aus – wejen Nebel!«

Ario erscheint und flüstert Turbo zu: »Das dauert ja ewich un drei Dache!«

Plötzlich schimpft der Alte los: »Dieses dreimal vermaledeite

Sauwetter! Immer, wenn wirs nicht brauchen, dieses Sauwetter! Kann einem glatt passieren, daß man auf ein paar Seemeilen an den Brüdern vorbeikarriolt! Waschküche, verdammte!« Und dann gemäßigter:»Wenn sich Bertold nur rührte!«

So gierig wir auch warten, es kommt kein neuer Funkspruch.

Ohne eine neue Fühlungshaltermeldung sind wir aufgeschmissen, denn unsere Rechnungen standen ja ohnehin auf wackliger Basis. Eine astronomische Standortbestimmung war dem Fühlungshalter in den letzten achtundvierzig Stunden kaum möglich: Auch in *seinem* Seegebiet war der Himmel sicherlich Tag und Nacht bedeckt. Also hat er einen gekoppelten Standort gemeldet. Selbst wenn der Obersteuermann auf Bertolds Boot noch so präzise gekoppelt haben sollte, die Versetzung des Bootes durch Seegang und Wind konnte er nur schätzen.

Die Führung schweigt sich aus. Ist Bertold unter Wasser gedrückt worden? Hat ihn ein Zerstörer überrascht?

Von den anderen auf den Konvoi angesetzten Booten kann noch keine Sichtmeldung kommen. Die waren alle noch weiter ab als wir. Daß von denen keiner Laut gibt, ist also ganz in Ordnung... Aber der Fühlungshalter Bertold – der müßte sich rühren.

»Der ist eben auch in diese Waschküche geraten«, sagt der Alte.

Die Maschinen dröhnen gleichmäßig. Für den Leitenden gibt es jetzt nicht viel Arbeit. »Die Kollegen stampfen sich ja bei diesem Wetter zu Tode«, sagt er.

Ich brauche eine Weile, bis ich kapiere, daß das Mitgefühl des Leitenden den Besatzungen der gegnerischen Schiffe gilt. Da sagt der LI auch noch:»Die Zerstörerleute können einem richtig leid tun – auf ihren Blechkästen.«

Als er meine erstaunte Miene sieht, beharrt er: »Is doch wahr. Unsere Zerstörer laufen ja schon nicht mehr aus, wenn das kleinste Wetterchen vor der Haustür hängt.«

Die Zentrale bevölkert sich zunehmend. Es sieht ganz so aus, als wäre jeder hier, der einen nur halbwegs stichhaltigen Grund dafür hat. Ich sehe außer dem Kommandanten, dem Obersteuermann und dem Zentralemaat mit seinen beiden Gasten auch den I WO, den II LI und Dorian.

»Aus! Dein treuer Vater!« sagt Dorian so leise, daß nur ich ihn höre. Alle anderen schweigen – wie mit plötzlicher Stummheit geschlagen.

Da wirft der Alte den Kopf hoch und befiehlt: »Klarmachen zum Tauchen!«

Ich weiß, was der Kommandant im Sinn hat: rundhorchen.

Die Schrauben- und Maschinengeräusche der feindlichen Schiffe trägt das Wasser in der Tiefe weiter, als jetzt unsere Sicht reicht. Die übliche Serie von Befehlen und Handgriffen folgt.

Ich blicke auf das Tiefenmanometer. Der Zeiger beginnt sich zu drehen, und schon reißt wie mit einem Schlag das Toben und Brausen der Wellen ab.

Der Kommandant läßt auf dreißig Meter gehen und hockt sich neben das Funkschapp in den Gang. Das Gesicht des Horchers wird von unten her beleuchtet, es ist ganz ausdruckslos. Sein Blick ist leer. Den Kopfhörer übergestülpt, versucht er, mit seinem Gerät ringsum aus den vielen Geräuschen des Wassers Anzeichen vom Feind herauszufinden.

Wieder und wieder fragt der Kommandant: »Keine Peilung?« – und nach einer Weile ungeduldig und gespannt: »Gar nichts?«

Für einen Augenblick drückt er sich selber eine Hörmuschel ans Ohr, dann gibt er den Hörer an mich weiter. Ich höre nichts als ein summendes Tosen, ähnlich dem Geräusch, das aus großen Muscheln dringt, wenn man ihre Öffnungen ans Ohr preßt.

Seit einer Stunde fährt das Boot schon unter Wasser. Keine Horchpeilungen. »So gehts«, murmelt der Leitende und fingert sich mit nervösen Bewegungen ein paarmal durchs Haar.

»Verrat!« höre ich jemanden halblaut sagen.

Der Kommandant will sich gerade wieder hochreppeln und dem Leitenden Befehl zum Auftauchen geben, als sein Blick auf das Gesicht des Horchers fällt. Der Horcher hat jetzt die Augen geschlossen, sein Mund wird fest, sein Gesicht zieht sich zusammen, als schmerze ihn etwas. Nur mehr ganz langsam dreht er die Steuerung seines Gerätes nach rechts und links. Schließlich schlägt er sein Rad nur mehr um Zentimeter aus: Er hat das Geräusch eingezingelt! Mit mühsam niedergehaltener Erregung in der Stimme meldet er dem Kommandanten: »Horchpeilung in sechzig Grad – ganz schwach!«

Der Kommandant richtet sich mit einem Ruck auf und drückt sich wieder eine Muschel des Hörers ans Ohr. Auf sein Gesicht tritt sofort hellhörige Spannung.

Plötzlich zuckt der Horcher kaum merkbar zusammen, und der Kommandant zieht die Lippen zwischen die Zähne.

»Wasserbomben! Die beharken einen. Wie ist jetzt die Peilung?«

»Siebzig Grad – wandert achteraus – weitab!« antwortet der Horcher. Der Kommandant steigt durchs Kugelschott in die Zentrale. Barsch befiehlt er: »Auf fünfzig Grad gehen! – Klarmachen zum Auftauchen!«, und dann zum Obersteuermann hin. »Notieren Sie fürs KTB: Entschließe mich trotz Wetterlage über Wasser auf Geleit zu operieren.«

Das Wetter ist noch schlechter geworden. Die tiefhängenden Regenböen verdüstern ringsum den Himmel. Alle Helligkeit des Tages ist erloschen. Es sieht aus, als wäre der Abend schon da. Spritzwasserwürfe überziehen die Wasserlandschaft mit bleichem Dunst.

Das Boot schlingert stark. Die See kommt von backbord querab. Durch das geöffnete Turmluk stürzt Wasser herunter. Das Luk muß jetzt aber offenbleiben, weil der Feind das Boot jeden Augenblick überraschen kann.

Die Schrauben rasen, den Dieseln wird das Letzte abgefordert. Der Kommandant weicht nicht mehr von der Brücke. Unter der tief herabgezogenen Krempe des vor Nässe glänzenden Südwesters sucht er das Wasser ab. Reglos stehend dreht er seinen Kopf langsam hin und her.

Nach einer Viertelstunde steige ich wieder ein, um am Kartentisch die Entwicklung anzusehen. Der Obersteuermann ist eifrig beim Koppeln. Ohne das Gesicht vom Kartentisch zu heben, sagt er: »Hier stehen wir – hier ist der Geleitzug zu vermuten. Aber vielleicht hat er auch wieder gezackt.«

Mein sinnloses Herumstehen macht mich verlegen. Als ich schon die linke Hand an der Aluminiumleiter habe, sage ich mir: Das Rauf und Runter sieht ja aus, als wärst du nervös. Jetzt mal ganz ruhig und lässig. Was anliegt, erfährst du allemal rechtzeitig. – Wie spät isses denn? – Was, schon Mittag vorbei? Also jetzt mal so tun, als könne uns das alles nicht erschüttern, und raus aus den nassen Klamotten.

Ich versuche es in der Messe mit einem Buch, bis endlich der Backschafter Teller und Tassen für das Mittagessen aufträgt. Der Kommandant erscheint nicht.

Kaum haben wir uns um die Back zurechtgesetzt – der Leitende, der II LI und ich –, als Gebrüll aus der Zentrale dringt. Der Leitende geht sofort in eine lauernde Stellung. Eine Meldung von der Brücke wird durchgegeben: »Mastspitze backbord voraus!«

Noch ehe ich richtig zu denken beginne, bin ich schon im Gang zur Zentrale: der Geleitzug!

Vor dem Leitenden entere ich auf. Der Regen ist heftiger geworden. Mein Pullover wird von Spritzwasser und Regen sofort durchnäßt. Bei all der Hast habe ich vergessen, meine Öljacke vom Haken zu langen.

Ich höre den Kommandanten: »Hart steuerbord auf hundertachtzig Grad gehen!«

Ein Brückenposten reicht mir unaufgefordert sein Glas. Ich suche in der Blickrichtung des Kommandanten. In den Okularen erscheint das Grau einer Regenfahne. Nichts als trübes Grau! Mit angehaltenem Atem zwinge ich mich zur Ruhe, suche das rechte Ende der Regenfahne und führe dann das Glas von rechts nach links ganz langsam über sie hin. Da entdecke ich in dem gestreiften Grau einen haardünnen Strich, der sogleich wieder verschwindet. Wars eine Täuschung? Bilde ich mir den Strich nur ein? Ich atme tief, mache mich in den Kniegelenken locker, federe leicht durch, lasse das Glas auf den Fingerspitzen aufsitzen. Das Boot dreht unter mir. Ich finde die Richtung nicht gleich, orientiere mich wieder am Kommandanten. Da ist der Strich wieder!

Er zittert und tanzt im Glas hin und her. Ein Mast! Ohne Zweifel. Aber: ein Mast und keine Rauchfahne dicht dabei? Nur dieser einzelne haardünne Mast? So scharf ich auch meinen Blick mache, ich finde nichts als diesen Mast, der sich langsam höher über die Kimm herauszuschieben scheint.

Ich weiß: Jeder Dampfer hat eine Rauchfahne, die ihn längst verrät, ehe seine Masten hinter der Kimm hochkommen. Das da kann also kein Dampfer sein.

Verdammt noch mal – wo ist der Strich jetzt? Da habe ich ihn wieder. Man müßte ihn jetzt schon mit bloßen Augen sehen können. Ich setze das Glas ab und suche – da ist er schon!

Der Kommandant hat die Lippen zwischen die Zähne gezogen: Wieder führt er das Glas an die Augen. Als spräche er für sich, stößt er zwischen den Zähnen hervor: »Scheißzerstörer!«

Eine Minute vergeht. Mein Blick saugt sich an dem dünnen Strich über der Kimm fest. Erregung pocht mir hoch im Hals.

Es gibt jetzt keinen Zweifel mehr: Der Mast kommt höher heraus – der Zerstörer hält also direkt auf uns zu. Mit unseren langsamen Maschinen haben wir keine Chance mehr, über Wasser davonzukommen.

»Die müssen uns gesehen haben! Verdammt – verdammt!« flucht der Kommandant und gibt mit nur wenig erhobener Stimme Alarm.

Mit einem einzigen Satz bin ich am Turmluk. Knallend schlagen meine Stiefel auf den Flurplatten auf. Der Kommandant steigt als letzter ein. Er wirft das Luk dicht. Noch ehe er es ganz festgezogen hat, befiehlt er: »Fluten!«

Der Kommandant bleibt im Turm. Mit gleichmäßiger Stimme gibt er von oben in die Zentrale herab: »Auf Sehrohrtiefe ein-

216

steuern!« Der Leitende fängt das Boot ab. Der Zeiger des Tiefenmanometers bleibt stehen, dann streicht er langsam über die Skala zurück. Dufte steht in nassem Ölzeug schwer atmend neben mir. Zeitler und Böckstiegel haben sich vor die Druckknöpfe der Tiefensteuerung gehockt. Ihr Blick hängt an der Wassersäule im Papenberg. Der I WO läßt mit gesenktem Kopf Regenwasser von der Krempe seines Südwesters abtriefen.

Keiner sagt ein Wort. Nur ganz leise, wie von gepolsterten Türen gedämpft, klingt das Summen der elektrischen Maschinen von achtern.

Endlich fällt von oben die Stimme des Kommandanten in die Stille: »Frage Tiefe?«

»Zwanzig Meter!« meldet der Leitende.

Die Wassersäule im Papenberg sinkt langsam ab: Das Boot steigt. Gleich kommt das Objektiv des Sehrohrs frei.

Da das Boot noch nicht auf ebenem Kiel liegt, läßt der Leitende aus dem vorderen Trimmtank nach achtern trimmen. Langsam richtet sich das Boot in die Waagerechte ein. Es liegt aber nicht ruhig. Die Seen bewegen es nach allen Richtungen. Sie saugen, ziehen, schieben. Da wird die Sehrohrbeobachtung verdammt schwierig werden.

Ich lausche nach oben, warte auf die Stimme des Kommandanten, da meldet der Horcher: »Steuerbord querab ein Zerstörer!«

Ich gebe die Meldung nach oben weiter.

»Genehmigt«, antwortet der Kommandant. Dann, genauso trocken: »Auf Gefechtsstationen!«

Der Horcher beugt sich mit dem Oberkörper aus dem Horchschapp in den Gang heraus. Seine blicklosen Augen sind geweitet. In der frontalen Beleuchtung ist sein Gesicht eine flächige Maske, die Nase nur zwei Löcher.

Der Horcher ist nun, neben dem Kommandanten, der einzige, dessen Sinne aus der Stahlröhre nach außen dringen. Der Kommandant sieht den Gegner, der Horcher hört ihn. Wir anderen sind blind und taub. Jetzt meldet der Horcher: »Horchpeilung wird stärker – wandert leicht nach achtern aus!«

Die Stimme des Kommandanten klingt gedrosselt: »Rohr eins bis vier bewässern!«

Dachte ichs mir doch: Der Alte will den Zerstörer annehmen. Der ist auf einen roten Wimpel scharf. Ein Zerstörer fehlt noch in seiner Sammlung. Als nach dem Alarmbefehl »Auf Sehrohrtiefe einsteuern!« kam, wußte ich schon Bescheid.

Von oben wieder die Stimme des Kommandanten: »An Zentrale – LI – genau auf Tiefe halten!«

Wie soll er nur, sage ich mir, bei diesem schiebendem Seegang? Die dünnen Muskeln im Gesicht des Leitenden straffen sich und entspannen sich wieder in schnellem Rhythmus. Es sieht aus, als ob er Kaugummi kaue. Wehe, wenn das Boot zu hoch kommt, wenn es die Oberfläche durchbricht und uns dem Gegner verrät!

Der Kommandant hockt im schmalen Raum zwischen Sehrohr schacht und Turmwand auf dem Sehrohrsattel, den Kopf gegen die Gummimuschel gedrückt, die breitgespreizten Schenkel gegen den mächtigen Schaft gepreßt. Die Füße hat er auf den Pedalen, mit deren Hilfe er die mächtige Säule mitsamt seinem Sitz geräuschlos und schnell um den ganzen Gesichtskreis drehen kann, die rechte Hand hält er am Hebel, der den Motor zum Aus- und Einfahren des Rohres schaltet.

Jetzt summt der Sehrohrmotor: Der Kommandant zieht das Sehrohr ein Stück ein. Er hält den Sehrohrkopf so dicht an der Oberfläche des Wassers, wie es nur geht.

Der Leitende steht vollkommen reglos hinter den zwei Mann der Brückenwache, die jetzt die Tiefensteuerung bedienen. Er hat den Blick auf den Papenberg geheftet, in dem die Wassersäule ganz langsam auf und ab steigt. Jedes Auf und Ab bedeutet ein Steigen oder Sinken des Bootes.

Kein lautes Wort. Das Summen des Sehrohrmotors klingt wie durch feine Filter passiert, der Motor springt an, stoppt, dann ertönt wieder das Summen. Der Kommandant fährt das Sehrohr nur für ganz kurze Augenblicke aus und läßt es gleich wieder vom Wasser überspülen. Der Zerstörer muß also ganz nahe sein.

»Rohr fünf bewässern«, kommt es geflüstert von oben.

Der Befehl wird leise an den Hecktorpedoraum weitergeleitet. Wir sind mitten im Gefecht.

Ich lasse mich in den Rahmen des Kugelschotts sinken. Von achtern kommt die geflüsterte Meldung: »Rohr fünf ist klar zum Unterwasserschuß bis auf Mündungsklappe.«

Alle Rohre sind also bewässert. Alle fünf Torpedos schwimmen schon. Jetzt fehlen nur noch die Preßluftstöße, um sie auf Fahrt zu schicken, und vorher das Öffnen der Mündungsklappen. Der Kommandant will die Ruderlage wissen.

Ich merke auf einmal, daß ich noch einen halben Bissen Brot im Mund habe. Brotbrei mit Hartwurstflomen. Schmeckt schon säuerlich.

Ich habe das Empfinden, ich hätte irgendwo diese Situation schon erlebt. Bilder schimmern auf, schieben sich durcheinander, überlagern, durchdringen sich. Es ist, als ob durch ein kompliziertes

System Gegenwartseindrücke über das Gedächtniszentrum geleitet würden und von dort als Erinnerung ins Bewußtsein kämen.

Der Alte ist verrückt – bei diesem Seegang einen Zerstörer anzugreifen!

Aber der Seegang hat auch wieder sein Gutes. Da ist unser Sehrohr kaum zu erkennen. Der Schaumstreifen, der es verraten könnte, ist unter dem anderen Gequirl schwer auszumachen.

Das Tropfen in die Bilge klingt scharf, wie lautsprecherverstärkt. Ein Glück, daß bisher alles geklappt hat: keine Einsteuerungsschwierigkeiten. Der Leitende war gut präpariert, hatte alles gut durchgerechnet.

Wenn der Alte schießen sollte, muß der Leitende gleich fluten, um das Gewicht der Torpedos auszugleichen. Sonst käme das Boot hoch. Dreißig Zentner wiegt ein Torpedo – also eintausendfünfhundert Liter fluten pro Torpedo. Multipliziert mit der Zahl der geschossenen Torpedos macht das eine Menge.

Der Kommandant schweigt.

Es ist sehr schwer, einen Zerstörer zu treffen. Geringer Tiefgang. Ändert zu schnell Kurs. Aber wenn ein Zerstörer getroffen wird, ist er gleich weg, wie fortgepustet. Die Torpedodetonation – der Geysir aus Wasser und Eisenfetzen – und dann nichts mehr zu sehen.

Da kommt die feste Stimme des Kommandanten von oben: »Mündungsklappen öffnen. Schaltung Rohr eins und zwo! Gegnerfahrt fünfzehn. Bug links. Lage sechzig. Entfernung tausend!«

Der II WO stellt die Werte auf der Rechenanlage ein. Aus dem Bugraum wird gemeldet, daß die Mündungsklappen geöffnet sind. Der I WO gibt leise, aber deutlich akzentuiert nach oben: »Rohr eins und zwo klar zum Unterwasserschuß!«

Jetzt hat der Kommandant die Hand schon auf dem Abschußhebel und wartet, daß der Gegner ins Fadenkreuz einwandert.

Sehen! Nur sehen können!

Die Stille leistet der Phantasie Vorschub. Katastrophenbilder tauchen auf: Ein Zerstörer, der zudreht bis in Lage Null. Ein Zerstörerbug, der mit schäumender Bugwelle – den weißen Knochen im Maul – hochwächst und zum Rammstoß ansetzt. Aufgerissene Augen, der scharfe Riß eines Lecks, kantenzerfetzte Stahlbleche, grüne Wasserschwälle, die durch das Leck wie durch eine Düse fauchen.

Da schlägt die Stimme des Kommandanten scharf wie ein Peitschenhieb von oben herunter: »Mündungsklappen schließen. Auf sechzig Meter gehen. Schnell auf Tiefe!«

Der LI befiehlt nur einen Sekundenbruchteil danach: »Beide unten hart – beide AK voraus! Alle Mann voraus!«

Ein Durcheinander lauter Stimmen. Ich zucke zusammen, ducke mich zur Seite, bekomme die Beine nur mühselig unter den Körper. Schon drängt der erste Mann durchs achtere Kugelschott, strauchelt, reppelt sich wieder hoch und hastet halbgeduckt am Horchraum vorbei weiter nach vorn.

Weit aufgerissene fragende Augen richten sich auf mich. Ein wüstes Rutschen, Stolpern, Rumoren, Kollern hebt an. Zwei Kujambelflaschen poltern von der U-Messe her gegen die Wand zur Zentrale und zerschellen krachend.

Beide Tiefenruder liegen hart unten. Das Boot ist schon stark vorlastig, aber immer noch kommen Leute von achtern. Sie schlittern durch die schräggeneigte Zentrale wie auf einer Rutschbahn. Einer schlägt lang hin und faucht Flüche.

Jetzt ist nur noch das Maschinenpersonal im Achterschiff. Unter mir rutscht der Boden weg. Am Stander des Luftzielsehrohrs finde ich zum Glück Halt. Die Würste stehen weit von der Wand ab. Von oben höre ich durch das Stiefelscharren und Poltern den Kommandanten: »Gleich kommen Wasserbomben!« Seine Stimme klingt nüchtern, als handele es sich um eine beiläufige Mitteilung.

Mit schweren Bewegungen kommt er nun herabgeklettert – betont langsam, wie exerziermäßig. Er traversiert, sich nach beiden Seiten abstützend, über die Schräge und setzt sich mit einer Gesäßhälfte auf die Kartenkiste. Mit seiner rechten Hand umschließt er ein Rohr.

Der Leitende läßt das Boot langsam aufkommen und befiehlt: »Auf Tauchstationen!« Die Leute, die nach vorn gehastet waren, arbeiten sich nun hangelnd gegen die Schräge zurück.

Die Würste sind wie Lastigkeitspendel: Wir sind immer noch gute dreißig Grad vorlastig.

»Rrabaum! – – Rrumm! – – Rrumm!«

Drei knallharte Schläge, wie mit der breiten Axt geführt, reißen mich um. Halb betäubt höre ich ein dumpfes Rauschen. Was ist denn das? Angst krallt sich mir ins Herz: Was rauscht da? Endlich begreife ich: Das ist das Wasser, das in die von den Detonationen in der Tiefe gerissenen Löcher zurückströmt.

Wieder zwei ungeheure Detonationen.

Der Zentralemaat hat den Kopf eingezogen. Der neue Zentralegast, der Bibelforscher, taumelt und klammert sich am Kartentisch fest.

Noch eine Detonation, härter als die anderen.

Aus! Finsternis!

»Ersatzbeleuchtung ausgefallen!« höre ich rufen.

Die Befehle des Leitenden kommen wie von weit her. Taschenlampenkegel reißen weißliche Flecke aus der Dunkelheit. Jemand ruft nach Sicherungen. Die Stationsleiter geben durch Sprachrohre ihre Meldungen: »Bugraum klar!« – »E-Maschinenraum klar!« – »Dieselraum klar!«

»Kein Wassereinbruch!« sagt der Obersteuermann. Seine Stimme ist dabei so sachlich wie die des Kommandanten.

Nicht lange, und zwei Doppeldetonationen lassen die Flurplatten tanzen.

»Torpedozelle eins lenzen!« Mit scharfem Geräusch springt die Lenzpumpe an. Sobald der Schwall der Detonationen verklingt, wird sie wieder gestoppt. Sie könnte sonst von den Horchgeräten des Feindes angepeilt werden.

»Vorne hochkommen!« befiehlt der Leitende den Rudergängern. »Boot ist abgefangen«, meldet er dem Kommandanten.

»Es kommt noch mehr«, sagt der Alte. »Die Burschen haben doch tatsächlich das Sehrohr gesehen. Kaum zu glauben – bei diesem Seegang.«

Der Kommandant schaut sich um. Auf seinem Gesicht ist keine Spur des Schreckens. Seiner Stimme gibt er jetzt sogar einen Unterton von Hohn: »Jetzt wirds psychologisch, meine Herren.«

Zehn Minuten vergehen, ohne daß etwas geschieht. Aber plötzlich schüttelt eine Detonation das Boot heftig durch. Dann folgt eine nach der anderen. Das Boot rüttelt und stöhnt.

»Fünfzehn!« zählt der Obersteuermann, »sechzehn – siebzehn – achtzehn – neunzehn!«

Der LI starrt auf den Zeiger des Tiefenmanometers, der bei jeder Detonation ein Stück über die Markierung schnellt. Seine Augen sind groß und dunkel. Der Kommandant hat die Augen zu und seine Umwelt ausgeschlossen, um konzentriert zu rechnen: Eigenkurs, Gegnerkurs, Ausweichkurs. Der Kommandant muß sekundenschnell reagieren. Von uns allen ist er der einzige, der kämpft. An der Richtigkeit seiner Befehle hängt unser Leben.

»Hart backbord!«

»Ruder liegt hart backbord!«

»Auf null Grad gehen!«

Der Kommandant rechnet ununterbrochen. Die Grundfaktoren seiner Rechnung verändern sich mit jeder Meldung. Nach der Stärke der Schraubengeräusche und der Anlaufrichtung des Zerstörers muß er den Ausweichkurs bestimmen. Er hat jetzt keine unmittelbaren sinnlichen Wahrnehmungen mehr, muß das Boot wie ein Pilot im Blindflug führen, seine Entschlüsse nach den Zeichen fassen, die ihm die Apparaturen geben.

Auf meinen geschlossenen Lidern kann ich sehen, wie die schwarzgrauen Fässer schwerfällig vom Werfer weg durch die Luft torkeln, ins Wasser einklatschen, mit perlenden Schweifen in die Tiefe trudeln und in der Schwärze detonieren: magnesiumweiß glühende Brandbälle, sengende Feuersonnen!

Das Wasser pflanzt den Druck viel härter fort als die Luft. Wenn eine heftige Druckwelle durch ein Boot läuft, zerreißt sie dessen Verbände. Um ein getauchtes U-Boot zu zerstören, muß die Wasserbombe es nicht leckschlagen. Sie braucht nur innerhalb des sogenannten tödlichen Radius zu detonieren, um ein Boot zu vernichten. Die leichten Wasserbomben, die vom Flugzeug geworfen werden, haben 60 Kilo. Die Zerstörerbomben etwa 200. Der tödliche Radius der Bomben beträgt in hundert Meter Tiefe etwa achtzig bis hundert Meter. Gelernt ist gelernt. Eine Art von Genugtuung erfüllt mich, daß ich mein Wissen auch jetzt parat habe.

Eine Weile bleibt es still. Ich mache die Ohren so scharf, wie ich es vermag: kein Schraubengeräusch, kein Einklatschen von Bomben. Nur das feine Summen unserer Elektromotoren. Kaum ein Atemzug. Dann ist es, als ob sich der Kommandant allmählich an uns erinnere: Er läßt, ohne sich zu rühren, seine Augen herumwandern und sagt leise: »Ich konnte die Burschen genau sehen. Die standen auf der Brücke und guckten genau zu uns her. Im Topp waren drei Mann. Eine Korvette!«

Der Kommandant neigt sich vor und flüstert dem Horcher durchs Kugelschott zu: »Achten, ob die Korvette auswandert!« Immer noch vorgeneigt, fragt er nach einer Minute drängend: »Lauter oder leiser?«

Der Horcher antwortet sofort: »Gleichbleibend.« Es ist Herrmann: Gesicht wie eine No-Maske – ohne Farbe. Augen und Mund nur dünne Striche. Wenn er den Kopf anhebt, bilden zwei Punkte seine Nase. Der Alte läßt tiefer gehen.

Unser Druckkörper hält eine Menge aus. Aber die Flanschen, die verdammten Durchbohrungen, sind unsere Lindenblattstellen – da sind wir verwundbar. Es gibt viel zu viele davon: die Anblase- und Ausblaseleitungen für die Tauchzellen, die Durchführungen zum Abluftmast im Turmumbau, den Dieselzuluftmast, die Abgasklappen für beide Diesel, die Seekühlwasserleitungen für die Wasserkühlung der Diesel, die Ruderschaftsdurchführung ... Na, sage ich

222

mir, und das Stevenrohr für die beiden Propeller? – Und vielleicht sind das noch nicht einmal alle!

Am gefährlichsten für das Boot sind Bombendetonationen schräg unter dem Kiel, weil an der Unterseite die meisten Flanschen und Außenbordsverschlüsse liegen. In größeren Tiefen wird der tödliche Radius geringer, der Wasserdruck, der uns selber in der Tiefe heftiger bedroht, weil die Vorbelastung der Verbände groß ist, schränkt zugleich die Wirkung der Bomben ein – bis auf vierzig, fünfzig Meter.

Plötzlich wird eine Handvoll Kieselsteine von außen gegen das Boot geworfen.

»Asdic!« höre ich eine Stimme aus dem achteren Bereich der Zentrale. Das scharf klingende Wort steht plötzlich wie in grell leuchtenden Versalbuchstaben in meinem Kopf: ASDIC.

Ein zweiter Wurf Kieselsteine – ein dritter!

Ein Schauer läuft mir den Rücken hinunter: *antisubmarine development investigation committee*, das Ultraschallverfahren!

Das Auftreffen des Ortungsstrahls gegen unsere Bordwand ist es, das dieses leise klirrende, zirpende Geräusch gibt. In der absoluten Stille bekommt es die Lärmdimensionen einer Sirene. Die Abstände der Impulse: etwa dreißig Sekunden.

Abstellen! möchte ich brüllen. Das Gezirp feilt an den Nerven. Keiner wagt mehr, den Kopf zu heben oder zu schnaufen. Dabei findet uns das Asdic auch, wenn keiner einen Mucks tut. Gegen das Asdic hilft Schweigen nichts. Auch nicht das Stoppen der E-Maschinen. Die normalen Horchgeräte sind Stümperei gegen das Asdic. Das Asdic ist nicht auf Geräusche angewiesen, es reagiert auf unsere Masse. Die Tiefe bietet uns keine Deckung mehr.

Die Nervenanspannung hat mir zugesetzt. Meine Hände zittern. Ich bin heilfroh, daß ich nicht auf den Beinen stehen muß, sondern im Kugelschottrahmen hocken kann. Ich probiere Körperfunktionen aus, die keine Gliederbewegungen erfordern: Schlucken, Wimpernschlagen, Zähnebeißen, Gesichtsmuskeln verziehen – Grübchen links, Grübchen rechts –, Spucke durch eine Zahnlücke drücken.

Der Horcher flüstert: »Wird lauter!«

Der Kommandant löst sich vom Sehrohrschaft, balanciert an mir auf Zehenspitzen vorbei: »Frage Auswanderung?«

»Peilung steht bei zwohundertfünfundneunzig Grad!«

Vier Detonationen in schneller Folge. Kaum ist das Brausen und Gurgeln des Detonationsschwalls zu Ende, sagt der Kommandant halblaut: »War schön bemalt, ein ziemlich altes Schiff, stark ausladende Back, ziemlich vierkant!«

223

Ein harter Schlag gegen die Füße staucht mich zusammen. Die Flurplatten scheppern.

»Siebenundzwanzig – achtundzwanzig«, zählt der Obersteuermann und versucht, es dem Alten mit betonter Lässigkeit in der Stimme gleichzutun.

Eine Pütz rasselt ein Stück über die Flurplatten.

»Verdammt noch mal – Ruhe!«

Jetzt ist es, als würden die Kieselsteine in einer Blechbüchse einmal hin und einmal her geschüttelt, dazwischen ein heftigeres, singendes Geräusch, unterlegt von einem scharfen, schnellen Grillenzirpen: die sausenden Schraubenschläge der Korvette. Ich stehe starr – wie eingeeist. Ich wage nicht die geringste Bewegung, als ob jede Regung, ja schon der kleinste Schurrlaut die Schraubenschläge näher locken könnte. Auch keinen Wimpernschlag, keine Pupillenregung, keinen Atemzug, kein Nervenzucken, kein Muskelspiel, keinen Hautschauer.

Wieder fünf Bomben! Der Obersteuermann zählt sie zu den andern hinzu. Ich habe keine Miene verzogen. Jetzt hebt der Kommandant den Kopf. Deutlich akzentuiert setzt er mitten im Lärm des Nachrauschens seine Worte: »Nur ruhig – immer ruhig, meine Herren, das ist doch gar nichts!«

Die Ruhe seiner Stimme tut wohl, sie legt sich beschwichtigend auf das Schwirren der Nerven.

Da trifft uns ein einzelner schmetternder Schlag – wie mit einer Riesenkeule auf eine riesige Blechplatte gedroschen. Zwei, drei Leute geraten ins Taumeln.

Die Luft ist dunstig, sie liegt in blauen Schwaden im Raum. Und weiter: »Bumm – rrackbaum – rrawumm!«

»Vierunddreißig – fünfunddreißig – sechsunddreißig!« Diesmal höre ich die Zahlen als Flüstern.

Doch der Kommandant sagt mit fester Stimme: »Was denn, was denn nur – was ist denn los?« Dann verschließt er sich wieder über seinen Kursrechnungen. Es wird totenstill im Boot. Nach einer Weile wieder die Flüsterstimme: »Wie peilt er jetzt?«

»Zwohundertundsechzig Grad – wird lauter!«

Der Kommandant reckt den Kopf hoch. Er hat seinen Entschluß: »Hart steuerbord!« und gleich danach: »An Horchraum – wir drehen nach steuerbord!«

Ein Schraubenschlüssel muß nach achtern durchgegeben werden. Eilfertig greife ich danach und reiche ihn weiter. Herrgott, nur irgend etwas tun können. Handräder drehen, Hebel stellen, die Lenzpumpe bedienen...

Der Horcher beugt seinen Oberkörper weit in den Gang vor. Er hat die Augen offen, aber er sieht uns nicht. Seine Linsen sind auf Unendlich gestellt. Nun ist er der einzige, der mit der Außenwelt in Verbindung steht. Wie er so ins Leere starrt, sieht er aus, als spräche er medial: »Peilungen werden lauter – zwohundertunddreißig – zwohundertundzwanzig!«

»Unnötiges Licht aus«, befiehlt der Alte. »Weiß der Satan, wie lange wir den Strom noch brauchen!«

Der Horcher meldet wieder: »Anlauf beginnt – Geräusche peilen zwohundertundzehn Grad – werden schnell lauter!... Ziemlich nahe jetzt!« Vor Aufregung gibt er keine richtige Meldung.

Der Kommandant befiehlt: »Mittschiffs – beide Maschinen große Fahrt voraus!«

Die Sekunden dehnen sich. Nichts! Keiner rührt sich.

»Wenn er jetzt nur nicht Kollegen ranholt!« Der Alte artikuliert, was mir längst in den Knochen sitzt: die Feger, die Killer... Viele Hunde sind des Hasen Tod.

Der uns jetzt am Wickel hat, ist kein Anfänger, und wir sind wehrlos, obwohl wir fünf Torpedos in den Rohren haben. Aber wir können nicht hoch. Wir können nicht aus der Deckung springen und uns dem Feind entgegenwerfen. Wir haben nicht einmal die grimmige Sicherheit, die schon die bloße Handhabung einer Waffe gibt. Nicht einmal brüllen dürfen wir. Nur wegducken. Immer tiefer gehen. Wie tief denn jetzt? Ich traue meinen Augen nicht: der Zeiger des Tiefenmanometers steht auf der Einhundertvierzig. Werftgarantie neunzig Meter, schießt es mir durch den Kopf.

Zehn Minuten vergehen, ohne daß etwas geschieht.

Wieder trifft ein Kieselsteinwurf in Höhe des Backbordtauchbunkers das Boot. Und schon sehe ich am Gesicht des Horchers, daß wieder Bomben fallen. Er bewegt die Lippen. Jetzt zählt er die Sekunden bis zur Detonation.

Die erste sitzt so gut, daß ich den Knall bis ins Rückgrat spüre. Wir hocken in einer großen Pauke, die Stahlbleche statt der üblichen Paukenfelle hat. Ich sehe, wie sich der Mund des Obersteuermanns bewegt, aber ich höre nichts. Bin ich taub geworden?

Doch da vernehme ich den Kommandanten. Er läßt wieder mit der Fahrtstufe höher gehen. Und nun setzt er mit lauter Stimme seine Worte in die Lärmorgie hinein: »Recht so – nur so weiter, meine Herren, immer weg mit dem Zeug! Zu Hause gibts...«

Er verstummt mitten im Satz. Plötzlich ist wieder Stille, eine schwirrende, wie eine Violinsaite gespannte Stille. Nur die paar schmatzenden Schwapplaute aus der Bilge.

»Vorne hochkommen! – Fest«, befiehlt der Leitende den Rudergängern. Seine Flüsterstimme klingt überscharf in der Stille. Die E-Maschinen sind wieder auf Schleichfahrt geschaltet. Bilgewasser rauscht nach achtern. Woher kommt bloß das viele Wasser in der Bilge? Ist da vorher nicht richtig gelenzt worden?

»Achtunddreißig bis einundvierzig«, zählt der Obersteuermann.

Das Brüllen und Bersten der Bomben noch im Ohr, empfinde ich die Stille, die nun folgt, als ungeheures akustisches Loch, schwarz austapeziert und grundlos. Wohl nur, damit die Stille nicht zu quälend wird, flüstert der Kommandant: »Nicht sicher, ob die oben Kontakt haben!« Im gleichen Augenblick durchschüttern neue Detonationen die Tiefe: eine klare Antwort.

Wieder konnte mein Gehör sie nicht voneinander trennen. Ich habe auch kein Empfinden dafür, ob diese Bomben rechts oder links, über oder unter dem Boot krepierten. Der Alte aber kann offenbar die Detonationen lokalisieren. Er ist wohl auch der einzige, der weiß, in welcher Lage zu unserem Peiniger wir uns befinden. Oder rechnet der Obersteuermann mit? Ich habe jedenfalls kein Bild mehr. Ich sehe nur, wie der Zeiger des Tiefenmanometers langsam vorwärts über das Zifferblatt streicht: Wir gehen wieder tiefer.

Der Leitende hat sich weit gegen die Tiefenrudergänger hin vorgebeugt. Sein Gesicht wird vom Lampenschein überdeutlich gegen den dunklen Hintergrund abgesetzt und jeder Knochen, wie im Gesicht eines Schauspielers, der nur Rampenlicht hat, von dunklen Schatten scharf herausgeformt. Seine Hand sieht wächsern aus. Über seine rechte Backe läuft ein schwarzer Streifen. Er hat die Lider dicht verkniffen, als würde er geblendet.

Die beiden Tiefenrudergänger hocken reglos vor ihren Druckknöpfen. Selbst wenn sie Ruder legen, sieht man an ihnen keine Bewegung. Für das bißchen Fingerdruck, das sie dazu aufwenden müssen, brauchen sie ihre Glieder nicht zu verlagern. Unsere Ruder werden mit elektrischer Kraft bewegt. Alles ist perfekt – nur eine Vorrichtung, den Gegner zu beobachten, gibt es nicht.

Haben wir eine Verschnaufpause? Ich versuche, mich noch besser festzusetzen. Die Korvette wird sicher nicht lange auf sich warten lassen. Sie zieht jetzt nur einen neuen Kreis, sie entfernt sich von uns, aber hält uns mit ihrem dreimal verfluchten Asdic fest. Da oben haben sie jetzt alle verfügbaren Leute auf der Brücke zum Anglotzen der Kabbelsee, zum Durchsuchen des Schaumgeäders im Flaschengrün nach einem Anzeichen von uns. Aber nichts gibts zu sehen als Zebramuster im Grün, weißgrünes Ochsengallepapier mit ein paar Spuren von Schwarz darin. Ölgeschiller würden die da oben lieber sehen. Könnte ihnen so passen...

Der Horcher rührt sich immer noch nicht: keine Geräusche.

Da – was bedeutet dieses merkwürdige Klicken? Ein neuer Ortungstrick? Minuten vergehen, keiner rührt ein Glied. Sogar die Luft vor den Mündern bleibt unbewegt. Das Klicken setzt aus, dafür rasselt wieder ein Wurf Kieselsteine gegen das Boot – diesmal feiner Gartenkies. Jäh nimmt der Kommandant seinen Kopf hoch: »Ob wir – den – wohl – wiederkriegen?«

Wiederkriegen? Meint er mit »den« den Geleitzug oder etwa die Korvette?

Jetzt neigt der Kommandant sich nach vorn und gibt leise an den Horcher: »Achten, ob er auswandert!« Nach Sekunden fragt er schon ungeduldig: »Lauter oder leiser?«

»Gleichbleibend«, antwortet der Horcher, und nach einer Weile: »Wird lauter!«

»Frage Auswanderung –«

»Peilung steht bei zwohundertundzwanzig Grad«, antwortet der Horcher.

Sofort läßt der Kommandant das Ruder hart steuerbord legen. Wir schlagen also wieder einen Haken.

Und nun läßt der Kommandant beide Maschinen auf kleine Fahrt gehen.

Kondenswassertropfen fallen in regelmäßigen Abständen in die geschärfte Stille: »Pitsch, patsch – tick, tack – pitsch, patsch.«

Ein harter Schlag läßt die Flurplatten klirrend hochspringen. »Siebenundvierzig – achtundvierzig«, zählt der Obersteuermann. Und dann: »Neunundvierzig – fünfzig – einundfünfzig!«

Ein Blick auf die Uhr an meinem Handgelenk: Vierzehn Uhr dreißig. Wann war Alarm? Muß kurz nach zwölf gewesen sein. Also werden wir seit zwei Stunden gejagt!

Meine Uhr hat einen roten Sekundenzeiger, der auf derselben Nabe wie die beiden Hauptzeiger sitzt und sich zuckend über das ganze Zifferblatt fortbewegt. Ich sammle meine Gedanken in der Betrachtung dieses Zeigers und stelle mir die Aufgabe, die Zeitspannen zwischen den einzelnen Bombendetonationen zu messen: zwo Minuten dreißig Sekunden – – – wieder ein Schlag: dreißig Sekunden – – – der nächste: zwanzig Sekunden.

Ich bin froh, etwas zu haben, worauf ich mich konzentrieren kann. Jetzt gibt es für mich nur noch diesen Zeiger. Ich mache den Griff meiner Rechten fester, als könne ich so die Konzentration auf den Zeiger schärfen. Es muß ja vorübergehen. *Muß* vorübergehen. Muß – muß – muß!

Wieder ein harter, trockener Schlag: vierundvierzig Sekunden. Ich fühle deutlich, wie sich meine Lippen, die eben noch lautlos Silben formten, zu einem liegenden Oval verspannen und meine Zähne bloßlegen. Ich muß zum Festhalten jetzt auch die linke Hand nehmen. Der Sekundenzeiger gerät mir aus dem Blick.

Der Kommandant läßt noch mal zwanzig Meter tiefer gehen.

Zweihundert Meter jetzt. Ein heftiges Knistern und Knacken läuft durch das Boot. Der neue Zentralegast wirft mir einen Angstblick zu.

»Nur das Gebälk«, flüstert der Kommandant.

Die Holzverkleidungen sind es, die so scharf ächzen und knakken, die Innenarchitektur verträgt es nicht, daß unser Druckkörper zusammengepreßt wird. Zweihundert Meter: eine runde Zahl. Damit läßt sich rechnen. Jetzt lastet auf dem Quadratzentimeter unserer Stahlhaut das Gewicht von zwanzig Kilo – auf dem Quadratmeter also zweihundert Tonnen. Und das bei nur zwei Zentimeter Dicke.

Das Knacken wird schärfer.

»Unschön«, murmelt der Leitende.

Die Zerreißspannung unserer Stahlhaut quält mich wie eine Tortur – als werde meine eigene Haut gespannt. Sie zieht sich mir, als es wieder laut wie ein Gewehrschuß knallt, über dem Schädel zusammen. Unter diesem aberwitzigen Druck ist unsere Hülle verletzlich wie eine Eierschale.

Da sehe ich keinen halben Meter weg unsere Bordfliege. Wie mag ihr diese infernalische Paukerei bekommen? Jeder wählt sich sein Schicksal selbst: die Fliege – ich. Auch ich bin zu dieser Unternehmung aus freien Stücken eingestiegen.

Ein Doppelschlag, dann noch einer, kaum schwächer als der davor. Jetzt fischen die da oben mit einem noch dichteren Netz aus Detonationen nach uns.

Neues Flurplattenklirren und wüstes Nachrauschen.

Nur ein paar Herzschläge lang ist Ruhe, dann fallen unter zwei berstenden Schlägen die Glasscheiben der Tiefenmanometer klirrend zu Boden, das Licht verlöscht.

Ein Taschenlampenkegel geistert über die Wände und arretiert sich auf dem Zifferblatt des Tiefenmanometers. Ich mache eine schreckliche Entdeckung: Die Zeiger beider Tiefenmanometer sind weg. Das Wasserstandsglas zwischen den beiden Tiefenrudergängern ist zersprungen und läßt einen zischenden Wasserstrahl quer durch den Raum schießen.

»Wassereinbruch über Wasserstandsglas«, höre ich eine flatternde Stimme.

Der Kommandant faucht: »Quatsch, nur kein Theater!«

Die leeren Zifferblätter sehen aus wie im Tod verglaste Augen Wir können jetzt nicht mehr ablesen, ob das Boot fällt oder steigt.

Mir zieht es wieder die Kopfhaut zusammen. Die Instrumente lassen uns im Stich. Ohne sie haben wir kein Gefühl für unsere Lage im Wasser.

Ich starre angestrengt auf die schwarzen Punkte der Naben, aber ohne Zeiger offenbaren sie nichts.

Der Zentralemaat fummelt im Lichtschein der Taschenlampen zwischen Rohrleitungen herum. Anscheinend versucht er, das Ventil zu ertasten, das den stiebenden Wasserstrahl aufhalten kann. Ehe er es findet, ist er über und über naß. Obwohl der Strahl gedrosselt ist, fingert der Zentralemaat weiter auf dem Boden herum. Auf einmal hält er zwischen spitzen Fingern einen Zeiger. Sorgsam wie einen kostbaren Fund nimmt er ihn hoch und setzt ihn auf die Vierkantnabe des kleinen Manometers, das die größeren Tiefen anzeigt.

Mir ist, als hänge unser aller Leben davon ab, ob dieser dünne Metallstreifen sich jetzt bewegt oder nicht.

Der Zentralemaat löst seine Hand. Der Zeiger zittert und nun beginnt er, sich langsam zu drehen. Stumm nickt der Kommandant dem Zentralemaaten Beifall.

Das Manometer zeigt hundertneunzig Meter an.

Da meldet der Horcher: »Peilungen werden lauter – zwohundertunddreißig Grad – zwohundertundzwanzig Grad!«

Der Kommandant nimmt seine Mütze vom Kopf und legt sie auf die Kartenkiste. Sein Haar, naß von Schweiß, sieht wie verfilzt aus. Er holt tief Luft und sagt: »Nur zu!«

Der Kommandant hat wohl seine Stimme nicht mehr ganz in der Gewalt! Da war doch ein Unterton von Resignation zu hören.

»Geräusche peilen zwohundertundzehn Grad! Werden lauter Anlauf beginnt!«

Der Kommandant läßt sofort die höchste Fahrtstufe einlegen. Ein heftiger Ruck läuft durchs Boot, als mache es einen Satz nach vorn. Der Kommandant lehnt sich mit dem Rücken gegen die fettig blinkende Säule des Luftzielsehrohrs und neigt den Kopf zurück.

Längst vergessene Bilder fallen in mein Bewußtsein: Ich sehe die spiralig bemalten gegeneinander rotierenden Pappscheiben an den zwei Eismaschinen einer Jahrmarktsbude. Das rot-weiße Streifengeschlinge füllt meinen Kopf ganz aus. Ich erkenne es als die Schweife von zwei Wasserbomben, gleißende Kometen, die alles mit weißer Glut versengen.

Der Horcher schreckt mich auf. Er gibt wieder eine Meldung. Ich

229

starre auf seinen Mund, aber seine Worte dringen nicht bis in mein Hirn.

Wieder mit angehaltenem Atem warten. Schon der kleinste Laut trifft die Nerven schmerzhaft wie die Berührung einer Wundfläche. Es ist, als wären sie durch die Oberfläche der Haut getreten und lägen nun bloß. Mein Hirn hat nur den einen Gedanken: Die sind über uns. Genau über uns. Genau über uns. Ich vergesse, Luft zu holen. Erst als mich Atemnot würgt, ziehe ich ganz langsam und vorsichtig die Lungen voll. Auf meinen geschlossenen Lidern sehe ich wieder Bilder von Bomben, die mit einem Schweif funkelnder Luftblasen senkrecht in die Tiefe sacken und im Auseinanderbersten zu weißen Feuersonnen werden. Um die Feuerkerne herum sprühen die Spektrumsfarben zu wahnsinniger Blendung auf, die einen höher, die anderen tiefer, immer mehr, bis das ganze Innere des Meeres lodert wie der Feuerfluß in einem Hochofen.

Der Zentralemaat löst den Bann: Mit Gesten und Flüstern macht er den Leitenden darauf aufmerksam, daß in einer Ecke der Zentrale eine Lecköltkanne überläuft. Es ist im Augenblick höchst gleichgültig, ob das Öl überläuft oder nicht. Aber dem Zentralemaaten gefällt das nicht.

Aus einem Nicken des Leitenden schließt er, daß er etwas dagegen unternehmen darf. Das Rohr, aus dem das Öl tropft, reicht in die volle Kanne hinein. Er kann sie nicht einfach unter dem Rohr wegziehen, sondern muß sie schräg halten. Dabei fließt noch mehr Öl auf die Flurplatten und bildet einen widerwärtigen schwarzen Fleck.

Der Obersteuermann schüttelt angeekelt den Kopf. Der Zentralemaat zieht die übervolle Kanne so vorsichtig weg, als müsse er wie ein Einbrecher vermeiden, durch seine Bewegung eine elektrische Warnanlage auszulösen.

»Korvettengeräusche wandern achteraus!« meldet der Horcher. Fast im gleichen Augenblick detonieren wieder zwei Bomben. Aber das Detonationsgeräusch ist schwächer und dumpfer als das der vorhergehenden.

»Weitab«, sagt der Kommandant.

»Rruwumm – tjummwumm!«

Noch dumpfer. Der Kommandant ergreift seine Mütze. »Manöverarbeit! Sollten mal schön zu Hause üben!«

Der Zentralemaat hat sich schon darangemacht, neue Glasröhren in die zerbrochenen Wasserstandsgläser einzusetzen, als wüßte er, daß der Anblick der Zerstörung wie Gift wirkt.

Ich richte mich auf. Meine Glieder sind steif. Die Beine sind gefühllos geworden. Ich versuche einen Schritt – es ist, als ob ich ins

Leere träte. Ich halte mich am Kartenpult fest und erblicke die Seekarte.

Da ist der Bleistiftstrich, der den Weg des Bootes anzeigt – und da das Bleistiftkreuz der letzten Schiffsortbestimmung. Und hier setzt der Bleistiftstrich plötzlich ab – die Gradzahlen dieser Stelle werde ich mir merken, wenn wir hier herauskommen . . .

Der Horcher sucht den ganzen Kreis seiner Skala ab.

»Na?« fragt der Kommandant. Er gibt sich gelangweilt und drückt die Zunge von innen gegen die linke Backe, so daß sie sich rund herausbeult.

»Wandert aus!« antwortet der Horcher.

Der Kommandant schaut sich um. Er ist jetzt die Genugtuung in Person. Er grinst sogar: »Die Angelegenheit scheint soweit erledigt zu sein!«

Der Kommandant stellt sich auf die Beine und macht einen unsicheren Schritt: »Mal ganz lehrreich: mitten aus den dicksten Spiegeleiern in die schönsten Bomben!« Schwerfällig steigt er durchs Kugelschott in den Kommandantenraum.

»Ein Stück Papier her!« fordert der Kommandant bald aus seinem Kabuff. Will der Alte etwa jetzt etwas Tiefstapelndes fürs Kriegstagebuch dichten? Oder eine Nachricht für die Führung? Sicher notiert er nichts anderes als: »Von Korvette aus Regenböe überrascht – drei Stunden Wasserbombenverfolgung.« Ich müßte ihn schlecht kennen, wenn er mehr niederschriebe als so ein paar trokkene Worte.

Nach fünf Minuten erscheint er wieder in der Zentrale. Er tauscht einen Blick mit dem Leitenden, dann befiehlt er: »Auf Sehrohrtiefe gehen!« und steigt in gemächlichem Tempo in den Turm hoch.

Der Leitende läßt Ruder legen.

Von oben kommt nun die Stimme des Kommandanten: »Frage Tiefe!«

»Vierzig Meter!«

Dann meldet der Leitende laufend: »Zwanzig Meter – fünfzehn Meter – Sehrohr kommt frei!«

Ich höre den Sehrohrmotor summen, aussetzen, wieder summen. Minuten vergehen. Von oben kommt kein Wort. Wir warten und warten. Nicht eine Silbe läßt der Alte verlauten.

Fragend schauen wir uns an. »Was nicht in Ordnung . . .« murmelt der Zentralemaat.

Endlich läßt sich der Kommandant vernehmen: »Schnell runter! Auf Tiefe gehen. Alle Mann voraus!«

Ich wiederhole den Befehl. Der Horcher gibt ihn weiter. Von

231

achtern höre ich ihn wie ein vielfaches Echo. Die Leute hasten mit verstörten Gesichtern durch die Zentrale nach vorn.

»Gottverdammte Sauzucht!« flucht der Leitende halblaut. Der Zeiger des Tiefenmanometers dreht sich wieder vorwärts: zwanzig – dreißig – vierzig Meter . . .

Die Seestiefel des Kommandanten erscheinen. Langsam kommt er in die Zentrale heruntergeklettert. Alle Blicke heften sich auf sein Gesicht. Aber der Kommandant lächelt nur spöttisch und befiehlt: »Beide Maschinen kleine Fahrt voraus. Auf sechzig Grad gehen!« Dann klärt er uns endlich auf: »Die Korvette liegt fünfhundert Meter ab. Anscheinend gestoppt. Die wollten uns überraschen, die Dummköpfe!« Der Alte beugt sich über die Seekarte. Nach einer Weile wendet er sich mir zu: »Tolle Burschen. So eine Saubande. Da kann man gar nicht vorsichtig genug sein. – Na, jetzt setzen wir uns mit Schleichfahrt erst mal schön gemütlich nach Westen ab.«

Dann fragt er den Obersteuermann: »Wann beginnt die Abenddämmerung?«

»Um achtzehn Uhr dreißig, Herr Kaleun!«

»Schön, wir bleiben vorläufig unter Wasser!«

Es scheint keine unmittelbare Gefahr mehr zu bestehen, der Kommandant hat jedenfalls wieder mit lauter Stimme gesprochen. Nun holt er tief schnaufend Luft, wölbt seinen Brustkorb heraus und nickt mit angehaltenem Atem von einem zum anderen.

»Nach der Schlacht«, sagt er und läßt seine Augen demonstrativ über das Tohuwabohu aus zerbrochenem Glas, heruntergerissenem Ölzeug und Pützen wandern.

Ich sehe Blätter von Dix: auf dem Rücken liegende Pferde, die Bäuche offen wie geborstene Schiffe, alle vier Beine starr gegen den Himmel abgestreckt, in den Schlamm zusammengesunkene Grabenkämpfer, die wie im Irrsinn die Zähne blecken. Hier an Bord aber gibt es, obwohl wir eben nur mit knapper Not der Vernichtung entkamen, kein herausbaumelndes Darmgeschlinge, keine abgesengten Glieder, kein durch die Zeltplane blutendes Hackfleisch. Diese paar Scherben von zerbrochenen Gläsern, zerdepperten Manometern, die ausgelaufene Kondensmilchdose, zwei zertrümmerte Bilder im Gang – das sind auch schon alle Spuren unseres Kampfes. Der Backschafter erscheint, wirft einen angewiderten Blick auf die Scherben und beginnt aufzuklaren. Das Foto vom BdU hat es leider nicht erwischt.

In den Maschinenräumen hat es allerdings eine Menge Schäden gegeben. Der Leitende leiert eine ganze Liste technischer Details herunter. Der Alte nickt geduldig.

»Lassen Sie ordentlich hinklotzen«, sagt er zum LI, »ich hab so ein Gefühl, daß wir hier in der Gegend noch gebraucht werden.« Und dann zu mir: »Zeit, was zu essen. Hab verdammten Kohldampf!« Er langt seine Mütze vom Kopf und hängt sie über das Ölzeug an die Wand.

»Die Spiegeleier sind wohl kalt geworden«, bemerkt der II WO und zerrt dazu ein Grinsen auf sein Gesicht.

»He, Schmutt, frische Spiegeleier aufbacken!« ruft der Kommandant nach achtern.

Ich bin wie betäubt. Ist das wahr, daß wir hier im trauten Verein sitzen, oder ist es eine Täuschung? Mein inneres Ohr tönt wider wie eine Wachsplatte, die die Bombenschläge aufgenommen hat. Ich kann es nicht fassen, daß wir heil durch die Wabogewitter gekommen sind. Ich sitze stumm da und schüttele den Kopf, als könne ich damit Betäubung und Augentrug loswerden.

Es ist noch keine Stunde seit dem letzten Bombenwurf vergangen, da legt der Funkmaat eine Grammofonplatte auf. Die Stimme Marlene Dietrichs erklingt: »Steck doch dein Geld ein – zahlen kannst du ein anderes Mal . . .« Die Platte stammt aus dem Privatbesitz des Alten.

Ich stecke meinen Kopf in den Bugraum und höre, wie Ario den Bibelforscher attackiert: »Jetzt denkste wohl, du hast uns mit deiner verdammten Beterei errettet? Jetzt meinste wohl, der Schöpfer Himmels und der Erden, der da kommen wird zu richten die Lebendigen und die Toten – der hat sein schützendes Händchen über uns gehalten, weil du Flasche dir das so gewünscht hast! – Na, so isses recht: Wir solln dir wohl die Füße dafür küssen? – Mensch Mann, bist du ein blödes Schwein! Glaub doch bloß nicht, daß der olle Vorhautsammler den Daumen dazwischen hält, nur weil du hier herumwinselst! Wenns den gäbe, dann dürften die Tommies bloß entschärfte Bomben werfen – ist das klar, du Knalltüte? – Du wirst schon noch sehen, du kriegst den Arsch genauso aufgerissen wie jeder andere – da nutzt dir kein Hallelujah was – da hilft dir kein Bitten und kein Flöhen, kein Sitzen zur Rechten Gottes des Schöpfers Himmels und der Erden – du bist genauso dran wie wir alle – verlaß dich drauf. Ehre sei Gott in der Höhe und hallelujah Amen und leck mich doch kreuzweise mit deinem dämlichen Getue!«

Der Bibelforscher ist in sich zusammengesunken. Aber Ario nimmt die Kapitulation nicht an: »Das haste dir wohl noch nie überlegt, wie dein lieber Gott in der Bredouille sitzt, wenn die

Tommies auf ihren Zerstörern auch sone Knalltüte haben wie dich – soll er dann etwa würfeln?«

Es ist neunzehn Uhr, als vom Kommandanten der Befehl »Klarmachen zum Auftauchen« über Bordsprechanlage kommt. Der Leitende schwingt sich durchs Kugelschott und gibt die nötigen Befehle für die Tiefenrudergänger. Die Brückenposten steigen ins Gummizeug, stellen sich unter dem Turmluk bereit und fummeln an ihren Gläsern herum.

»Sechzig Meter – fünfzig Meter – Boot steigt schnell!« meldet der Leitende. Als der Manometerzeiger auf der Dreißig anlangt, läßt der Kommandant rundhorchen. Keiner tut einen Mucks. Ich wage kaum zu atmen. Nichts.

Der Kommandant klettert die Leiter hoch. Als das Boot auf Sehrohrtiefe ist, höre ich am Legen der Schalter, daß der Kommandant einen Rundblick nimmt.

Wir warten gespannt: Nichts!

»Auftauchen!« befiehlt der Kommandant.

Zischend strömt Preßluft in die Tauchzellen. Der Kommandant fährt das Rohr ein. Es dauert eine Weile, bis es mit einem Klicken einrastet. Erst jetzt löst er den Kopf von der Gummimuschel des Okulars.

»Turmluk ist frei«, meldet der Leitende nach oben und dann: »Druckausgleich!«

Der I WO dreht die Lukspindel auf. Das Turmluk springt mit einem Sektpfropfenknall hoch. Der Druckausgleich war noch nicht beendet. Frischluft stürzt ins Boot herab. Sie ist kalt und feucht. Gierig sauge ich sie mit weitgeöffnetem Mund ein. Ich nehme die Luft entgegen wie ein Geschenk, pumpe mich voll damit, schmecke sie auf der Zunge. Das Boot schlingert.

»Klarmachen zum Ausblasen! Klar bei Entlüftungen – Dieselraum bleibt tauchklar!« ruft der Kommandant laut von der Brücke.

Der Leitende nickt verständnisvoll. Der Kommandant ist mißtrauisch, will nichts riskieren.

Im Rund des Süllrands der dunkle Himmel. Ein paar zerstreute Sterne. Sie funkeln und zwinkern – winzige, im Wind zitternde Laternen.

»Backborddiesel klar!«

»Backborddiesel ist klar!«

Das Boot dümpelt. Der Kreisausschnitt des Turmluks wandert über die zwinkernden Sterne hin und her.

»Backborddiesel langsame Fahrt voraus!«

Ein Schauern und Schüttern läuft durch das Boot. Der Diesel springt an.

Der Kommandant befiehlt die Brückenwache und den Obersteuermann nach oben.

»Funkspruch muß raus!« höre ich sagen.

Der Obersteuermann kommt schon wieder herab. Ich luchse ihm über die Schulter, und nun kann ich mir ein Grinsen nicht verkneifen, weil er fast genau den Text aufschreibt, den ich mir ausgedacht habe.

Der Obersteuermann macht eine befremdete Miene, weil er mein Grinsen nicht zu deuten weiß.

»Lapidar«, sage ich. Aber auch das versteht der Obersteuermann nicht. Als er zum Funkschapp geht, sehe ich, wie er den Kopf schüttelt.

»Ein Mann auf Brücke?« frage ich nach oben.

»Jawoll!« kommt die Stimme des Kommandanten zurück, und ich entere auf.

Vor dem Mond öffnet sich die Wolkenblende. Hinübergeneigt schwimmt der Mond auf den Bahnen seines Lichts. Dort, wo die Lichtbahn auf das Wasser tritt, glitzert und gleißt das Meer. Nun schließt die Wolkenblende sich wieder. Der einzige Lichtschein geht jetzt von ein paar zerstreuten Sternen und vom Wasser aus. Hinter dem Boot phosphoresziert die Gischt: grünlich-magisches Leuchten. Seen zischen über die Back, als würde Wasser auf heiße Eisenplatten ausgegossen. Unter dem scharfen Zischen tönt ein dumpfes Rauschen fort. Manchmal erhebt sich eine größere See und schlägt mit schwerem Schlag den dumpfen Gong der Bootswand: »Bomm – bomm – tsch – jwumm!«

Mir ist, als würde das Boot nicht vom Wasser getragen, als glitte es vielmehr zwischen Tiefe und Höhe auf einer dünnen, verharschten Haut dahin: Abgrund oben, Abgrund unten. Tausend Stockwerke Nacht in die Höhe und tausend Stockwerke Nacht in die Tiefe. Schweifende Gedanken – verschwommen, nicht scharf gestellt: Wir sind gerettet. Orkusschiffer, die zurückfanden.

»Immerhin gut, daß dieser Teich drei Dimensionen hat!« sagt dicht neben meinem Kopf der Kommandant.

Ich sitze an der Back. Frühstück. Aus der Oberfeldwebelmesse nehme ich mit halbem Ohr Gesprächsfetzen auf. Der Stimme nach ist es Johann. Anscheinend ist er mitten in einem Bericht:

». . . nu war endlich ein Ofen da. Gottogott, war das ne Rennerei! Nichts zu haben. Nicht mal mit nem U-Boots-Abzeichen am Jackett.

235

Der Küchenschrank war Gott sei Dank kein Problem. Ich habe da nen Schwager, der is Gefängnisinspektor, der läßt das im Gefängnis machen ... Kinderwagen sin natürlich auch nich zu bekommen! Ich hab schon zu Gertrud gesagt: ›Braucht man denn heute überhaupt noch sone Karre? Die Negerinnen binden sich die Babies ja auch mit nem Tuch fest!‹ – Na, jetzt brauchen wir noch ne Stehlampe – dann wär die Sitzecke erst mal in Ordnung. Die soll aber ruhig mal der Alte bezahlen ... Die Gertrud ist schon ganz schön aufgegangen. Sechster Monat! Neugierig, ob wir gerade drin sind, wenns soweit ist ... Nee – keine Tapeten – Tapeten sind doch Quatsch. Außerdem, woher kriegen und nicht stehlen? Das könnte mein anderer Schwager machen, der is doch Anstreicher. Nennt sich aber feiner: Dekorationsmaler ... Ich sag immer: wenn bloß die Bude stehen bleibt! Die hatten jetzt in einer Woche acht Angriffe!«

»Na, eine Reise noch und dann ab zum Lehrgang«, sagt ein anderer in tröstendem Tonfall. Es ist der Bootsmann.

»Den Tisch kann man ja weiß streichen und um den Zähler nen kleinen Kasten machen.«

»Den könnten dir doch die Piepels auf der Werft bauen. Son kleiner Kasten kannste doch glatt mitnehmen. Das is doch nich die Welt.« Das muß der Obersteuermann sein.

»Da würde ich mir den Kinderwagen auch gleich mitmachen lassen – die sind doch auf so was eingerichtet«, frotzelt der Bootsmann.

»Wenn ich nen gepanzerten brauchte, da wär dein Tip richtig«, sagt Johann.

Obwohl er damit einen akzeptablen Schlußsatz geliefert hat, macht er doch noch weiter: »Daß die sich jetzt mit dem eingesparten Proviant so aufpusten. Würdes jedem gönnen, ein paar Dosen mitzunehmen. Gertrud könnts auch brauchen.«

Am nächsten Tag geraten wir gegen neun Uhr früh in ein Trümmerfeld. Hier muß ein Boot am Geleitzug gerakt haben. Unsere Bugwelle treibt vom Heizöl schwarz verschmierte Planken auseinander. Dann taucht ein Schlauchboot auf mit einem Mann darin. Er sitzt wie in einem Schaukelstuhl. Seine Füße hängen über den Gummiwulst fast bis ins Wasser. Die Unterarme hält er nach oben gerichtet, als wolle er Zeitung lesen. Ich wundere mich, wie kurz sie sind. Da erkenne ich im Näherkommen, daß seine beiden Hände fehlen. Er streckt uns schwärzliche Stummel entgegen. Das Gesicht ist eine schwarzgesengte Maske, aus der die Zahnreihen blecken.

236

Einen Augenblick lang verfiel ich der Täuschung, der Mann hätte sich einen schwarzen Strumpf übergezogen.

»Tot!« sagt der Obersteuermann.

Das hätte er sich sparen können.

Das Schlauchboot mit dem Toten treibt schnell vorbei. Unsere Hecksee wiegt es heftig auf und ab. Es sieht aus, als fände es der Mann gemütlich, in dieser bequemen Zeitungsleserstellung auch noch geschaukelt zu werden.

Keiner wagt ein Wort. Der Obersteuermann sagt schließlich: »Das war doch ein *ziviler* Seemann. Frage mich bloß, woher der das Schlauchboot hatte. Die haben doch auf den Dampfern sonst Flöße. Das Schlauchboot – das ist doch komisch. Sah ganz nach Marine aus!«

Die fachmännische Erörterung ist jetzt eine Wohltat. Der Alte greift das Thema willig auf. Eine gute Weile bereden die beiden ob auf den Dampfern nicht längst Marineleute fahren: »Wer soll denn die Geschütze sonst bedienen?«

Das Treibgut wird nicht alle. Der abgeschossene Dampfer hat eine breite Trümmerbahn aufs Wasser gelegt: schwarzes Heizöl, Kisten, zerspellte Rettungsboote, geschwärzte, halb zerfetzte Flöße, Bojen, ganze Brückenaufbauten. Dazwischen drei, vier Ertrunkene, die mit gesenkten Köpfen in ihren Schwimmwesten hängen. Und nun werden es mehr: ein ganzes Feld treibender Leichen, die meisten ohne Schwimmwesten, Gesicht im Wasser – viele verstümmelt.

Der Obersteuermann hat die Toten zwischen den Trümmern zu spät entdeckt. Wir können keinen Haken mehr schlagen.

Der Alte gibt mit frostiger Stimme Befehl für höhere Fahrt an die Maschine. Wir preschen durch die zerspellten und zerfetzten Überbleibsel. Unsere Bugsee treibt alles wie ein Schneepflug nach den Seiten weg. Der Alte guckt geradeaus. Der Obersteuermann beobachtet seinen Sektor.

Ich sehe, wie der Steuerbord-Ausguck schluckt, als gerade eine mit dem Gesicht nach unten über einem weißgepönten Balken hängende Leiche vorbeitreibt.

Wie es die erwischt haben mag?

»Da schwimmt ne Boje!« sagt der Alte, und seine Stimme klingt knarzig, wie schlecht geölt.

Der Alte gibt jetzt in schneller Folge zwei, drei Befehle für die Maschine und den Rudergänger, und unser Boot sucht ganz langsam die Richtung auf die rot-weiße Boje, die im Seegang immer nur für Augenblicke zu sehen ist.

Der Kommandant wendet sich dem Obersteuermann zu und

sagt viel zu laut: »Ich nehme sie an Backbord. Los – die Nummer
Eins wahrschauen!«

Ich halte die auf und ab tanzende Boje mit dem Blick fest. Schnell
wird sie größer.

Der Bootsmann meldet sich atemlos auf der Brücke, dann klettert
er die Steigeisen außen am Turm hinab. Er hat einen kleinen Wurfanker mit.

Obwohl wir längst wissen, was der Alte vorhat, sagt er: »Wollen
doch mal sehen, wie der Zossen hieß!«

Der Obersteuermann stellt sich hoch hinaus, damit er das Boot
vom Bug bis Heck zum Manöver übersehen kann. Dann gibt er
nach unten: »Backbordmaschine kleine Fahrt voraus! Steuerbordmaschine große Fahrt voraus! Ruder hart backbord!«

Der Rudergänger im Turm quittiert die Befehle. Die Boje verschwindet zeitweilig in Wellentälern. Wir passen scharf auf, daß
sie nicht außer Sicht gerät.

Der Obersteuermann läßt die Backbordmaschine stoppen und die
Steuerbordmaschine langsame Fahrt voraus gehen. Ich merke es
wieder: Mit der sonst so gerühmten Wendigkeit des Bootes ist bei
Sturm nicht viel los. Es ist lang und dazu so schmal, daß die beiden
Schrauben zu dicht beieinander sitzen.

Wo ist die Boje jetzt? Wo ist denn die verdammte Boje? Jetzt
müßten wir sie doch fast schon backbord querab haben. Gott sei
Dank – da kommt sie hoch.

»Backbord fünfzehn auf hundert Grad gehen – beide Maschinen
kleine Fahrt voraus!«

Langsam nimmt der Bug Richtung auf die Boje. Und nun läßt
der Obersteuermann das Ruder aufkommen und genau darauf
zuhalten. Scheint so zu stimmen.

Der Bootsmann hält in der einen Hand den Wurfanker, mit
der anderen die wie ein Lasso aufgeschossene Leine. Mit staksigen
Bewegungen und am Netzabweiser Halt suchend, bewegt er sich
über die glitschigen Grätings nach vorn. Jetzt ist die Boje schon
in Höhe des Bugs. Dumm: die Beschriftung scheint auf der anderen
Seite zu sein. Oder ist sie verwaschen?

Langsam zieht sie in drei Meter Abstand am Boot hin. Besser
konnte sie gar nicht kommen! Nun zielt der Bootsmann und wirft
den Anker. Daneben! Ich stöhne auf, als hätte er mich getroffen.
Ehe er den Anker wieder beigeholt hat, ist die Boje schon weit
achteraus gewandert.

»Beide Maschinen stop!«

Zum Teufel, was nun? Im Boot ist noch eine Menge Fahrt.

Wir können ja nicht die Bremsen ziehen. Der Bootsmann ist nach achtern gelaufen und wirft noch mal vom Achterdeck aus – aber diesmal ruckt er zu früh in die Leine. Der Anker klatscht einen halben Meter vor der Boje ins Wasser, und der Bootsmann schaut mit ergebener Miene herauf.

»Einen neuen Anlauf, bitte!« sagt frostig der Kommandant. Während das Boot einen großen Kreis beschreibt, halte ich die Boje mit aller Anstrengung im Glas.

Diesmal geht der Obersteuermann so nahe heran, daß der Bootsmann sie, wenn er sich aufs nasse Oberdeck streckte, mit der Hand erwischen müßte. Er verläßt sich aber auf seinen Wurfanker und trifft diesmal auch.

»Gulf Stream!« brüllt er zur Brücke hoch.

In der O-Messe sagt der Alte: »Hoffentlich machen wir niemand Ärger mit unserer Aktivität.«

Der Leitende setzt eine fragende Miene auf. Auch der I WO guckt hoch. Aber der Alte läßt sich Zeit. Endlich offenbart er stokkend, was ihm durch den Kopf geht: »Mal angenommen, die haben auf dem Boot, das das Schiff versenkt hat, den Namen nicht mitgekriegt – und dann kräftig hochgeschätzt in der Erfolgsmeldung. Mal angenommen, die haben fünfzehntausend BRT gemeldet – und nun melden wir, daß wir Wrackteile vom Dampfer ›Gulf Stream‹ gefunden haben – und dann stellt sichs raus, daß der laut Register nur zehntausend hatte . . .«

Der Kommandant macht eine Pause, um zu kontrollieren, ob wir auch alle richtig folgen, und sagt dann: »Wäre doch peinlich, doch sehr peinlich – oder?«

Ich betrachte das Linoleum der Back und frage mich im stillen: Was reden wir da? Ob sich ein Kommandant blamieren könnte oder nicht? Diese grausige Schnitzeljagd und jetzt diese Erwägungen . . .

Der Kommandant hat sich zurückgelehnt. Ich hebe die Augen und sehe, wie er sich mit dem Handrücken der Rechten den Bart streicht. Über sein Gesicht läuft dabei ein nervöses Zucken. Natürlich – der Alte gibt sich nur so hartgesotten, um uns mit Standfestigkeit zu impfen. Den schlaucht das alles auch. Er überspielt, unterhält sein Auditorium mit Betrachtungen und Mutmaßungen – alles nur, damit die Schreckensbilder nicht mehr tangiert werden . . .

Mir aber will der tote Seemann nicht aus dem Kopf. Er überblendet die Visionen des Trümmerfeldes. Es war der erste fremde tote Seemann, den ich sah. Von weitem sah er aus, als hätte er

239

sichs im Schlauchboot schön bequem gemacht und würde ganz genußvoll dahinpaddeln, den Kopf leicht im Nacken, um besser den Himmel betrachten zu können ... Die weggebrannten Hände: Andere müssen ihn ins Schlauchboot gehoben haben. Ohne Hände hat er das nicht geschafft. Ein Rätsel. Was kann da passiert sein?

Schiffbrüchige, denke ich, waren keine zu sehen. Die hat anscheinend ein »Feger« aufgenommen. Leute, die im Geleitzug ihr Schiff verlieren, haben noch Chancen. Aber die anderen? Die auf Einzelfahrern?

Der Kommandant ist wieder am Kartentisch und knobelt. Es dauert nicht lange, bis er befiehlt, mit beiden Maschinen auf große Fahrt zu gehen.

Der Kommandant richtet sich vom Kartenpult hoch. Er reckt sich auf und drückt die Schulterblätter zurück. Er räkelt sich ausführlich, räuspert sich eine gute Minute lang, harkt seine Stimme durch, ehe er Silben – Worte – herausbringt: »Einen Piassavebesen will ich quer fressen, wenn wir nicht direkt auf dem Kurs des Geleits sind. Zu dumm – wir haben während der Tauchzeit wahrscheinlich eine Menge Funkmeldungen nicht mitbekommen. Hoffentlich läßt sich der Fühlungshalter noch mal hören – oder irgendein Boot, das jetzt dran ist.«

Und dann sagt er plötzlich: »Die Wasserbombe ist das ungenaueste Geschoß, das es gibt!«

Der Leitende hat es auch gehört. Auf seinem Gesicht malt sich Verblüffung. Der Alte nickt jetzt mit einem Anflug von Selbstzufriedenheit. Alle in der Zentrale haben es gehört. Dem Alten ist es soeben geglückt, das Fazit aus den Korvettenangriffen zu ziehen: Mit Wasserbomben trifft man nicht. Wir sind schließlich der Beweis dafür – der lebende Beweis.

Bertold wird wiederholt zur Standortmeldung aufgefordert. Wir warten genauso gespannt wie die Leute in Kernével darauf, daß Bertold sich meldet.

»Hm«, macht der Alte und nagt an ein paar Barthaaren. Noch mal »hm«.

Sturm

FREITAG. 42. SEETAG. Der Nordwest wird stärker. Der Obersteuermann erklärt das so: »Wir stehen anscheinend südlich von einer Zyklonenfamilie, die auf der Grönlandbasis nach Europa gezogen wird.«

»Komische Sitten haben die Zyklopen mit ihren Familien!« sage ich.

»Wieso Zyklopen?«

»Der Zyklop ist ein einäugiger Wind.« Der Obersteuermann bedenkt mich mit einem eindeutig zweifelnden Blick.

Für mich wirds wohl Zeit, daß ich den Kopf wieder einmal an die frische Luft stecke.

Die See ist jetzt dunkelblaugrün. Ich versuche, ihren Ton zu bestimmen. Thujafarben? Nein – eher blauer als Thujen sind. Onyx? Ja, Onyx schon eher.

In der Ferne unter den tief herabhängenden Wolkenmassen erscheint die See fast schwarz. Ringsum auf der Kimm liegen ein paar einzelgängerische Wolken, dunkelgraublau und aufgeplustert. In halber Höhe und in geringerer Entfernung schwebt genau voraus eine andere, die dichtere Konsistenz vortäuscht. Zu beiden Seiten von ihr ordentlich aufgereiht: schmutziggraue Wölkchen von der Form riesiger Weberschiffchen. Und ganz oben vom Wind zerblasene Zirren, die sich kaum vom Untergrund abheben – eigentlich gar keine Wolken mehr, sondern nur ein bißchen liederlich zerlaufendes Deckweiß.

Nur im Osten ist heftige Bewegung am Himmel. Immer neue Wolken quellen dort über die Kimm herauf und werden zusehends praller, bis sie sich schließlich von der Kimm loslösen wie Ballons, die nun für den freien Flug genügend gefüllt sind. Ich verfolge, wie sie den Himmel erobern: Von dem dunklen Heerhaufen, der im Westen dicht über der Kimm lagert, lösen sich zuerst Späher ab: Kleine Wolkengruppen, die sich allmählich bis zum Zenit vortasten. Erst wenn sie sich festgesetzt haben, folgt der ganze düstere Troß.

Langsam steigt er auf, gerät vor den Wind und wird seitlich versetzt. Aber unter ihm drängen schon neue Wolken ihre krausen Ränder über die Kimm hoch – es sieht aus, als würden sie aus einem unerschöpflichen Reservoir heraus nach oben gedrückt. Wolken noch und noch.

Der Matrose Böckstiegel, neunzehn Jahre alt, kommt mit juckendem Schorf in den Achselhöhlen zum Sani Herrmann.

»Du alte Sau«, sagt Herrmann, »Filzläuse! Zieh mal die Hosen runter!« Plötzlich legt der Sani los: »Bist du denn wahnsinnig? Da tummelt sich ja ne ganze Armee Sackratten. Die fressen sone halbe Portion wie dich doch glatt auf!«

Der Sani macht dem I WO Meldung. Der I WO ordnet für die Freiwachen um neunzehn Uhr eine Kontrolle an. Für die Wachen anderthalb Stunden später.

Der Kommandant, der schlief, erfährt davon erst eine Stunde später in der O-Messe. Wie ein von der Capa fixierter Stier schießt er von unten her funkelnde Blicke auf den I WO. Dann schlägt er sich mit der flachen linken Hand gegen die Stirn und stößt mit mühsam erkämpfter Fassung »Na schön!« aus.

Im U-Raum geht es hin und her: »Da biste baff, wa?« – »Das is aber stark!« – »Da isset Ende von weg!« – »Ne neue Nummer im Programm!« – »Die ham vielleicht Nerven!«

Jetzt haben wir zur Bordfliege also auch noch Filzläuse an Bord, denke ich. Wir werden noch zu einer Art Arche Noah für die niederen Tiere.

Bei fünf Leuten der Freiwachen werden Filzläuse festgestellt. Im Boot verbreitet sich bald danach süßlicher Petroleumgeruch: das Vernichtungsmittel.

Wie aus einer engen Düse gepreßt kommt der Wind herangebraust. Manchmal setzt er für Augenblicke aus, es ist dann, als sauge sich ein Blasebalg erst wieder voll, um dann plötzlich mit neuer Kraft wieder loszublasen.

Von Minute zu Minute erregt sich das Wasser stärker unter den saugenden Zügen. Schaumstreifen zucken überall wie Sprünge durch dunkles Glas. Die Seen bekommen ein immer tückischeres Aussehen. Sie flattern schon hier und da geifernd auf. Zischend wäscht Gischt wieder und wieder über unsere Back und sprudelt durch die Grätings hoch. Der Wind fährt zwischen die Spritzer und belädt sich mit Flugwasser, das er mit scharfen Würfen den vorderen Ausgucks ins Gesicht schlägt.

Die Nässe in der Zentrale nimmt zu. Nach und nach wird alles von Feuchtigkeit wie von einem Film überzogen. Auch die Steigleiter fühlt sich naß und kalt an.

Ohne Ölzeug und Südwester kann ich nicht mehr oben bleiben. Unten fasse ich als erstes den Barographen ins Auge. Seine Nadel hat eine stufenförmige Abwärtslinie geschrieben. Sieht aus wie ein Querschnitt durch die Kaskaden von Wilhelmshöhe. Bald muß die immer weiter abwärts kletternde Schlechtwetterlinie den unteren Papierrand erreichen.

Der Barograph ist ein faszinierendes Instrument: Das Wetter schreibt wie mit einem Federhalter seine Autobiographie auf eine Trommel, die sich langsam um ihre senkrechte Achse dreht. Diese Wetterlinie wird freilich in regelmäßigen Abständen von scharfen, nach oben zeigenden Keilen unterbrochen.

Weil ich mir auf diese Zacken keinen Vers machen kann, frage ich den Obersteuermann, was sie bedeuten.

»Die bleiben von unserem täglichen Prüfungstauchen – der Barograph reagiert ja nicht nur auf die Schwankungen des Drucks der Außenluft, sondern natürlich auch auf die Druckunterschiede im Boot. Die Zacken kommen also vom Überdruck.«

Das Wetter macht dem Kommandanten offensichtlich Sorgen. »Solche Tiefs wandern bisweilen mit einer Geschwindigkeit von zweihundert bis dreihundert Stundenkilometern, mit starker Unruhe und Pendelung zwischen subtropischer und polarer Luft«, erklärt er, »da bilden sich dann recht ausgedehnte Störungen – die Windverhältnisse können ganz verrückt sein.«

»Sie sollen eben was geboten bekommen«, pflaumt der Leitende und grinst mir ins Gesicht.

Der Alte beugt sich über die Seekarte, der Obersteuermann guckt ihm über die Schulter.

»Diese nordatlantischen Störfronten haben es in sich«, sagt der Kommandant. »An der Rückfront des Tiefs wird die kalte Luft sein – die wird wahrscheinlich Böen bringen und hoffentlich auch bessere Sichtverhältnisse. Wir könnten ja weiter nach Norden gehen, aber da kämen wir sicher tiefer in den Kern hinein. Und ausweichen nach Süden geht ja leider aus taktischen Gründen nicht. Na, Kriechbaum, da bleibt wohl nichts übrig, als brav und gottesfürchtig mitten hindurch. Vorläufig haben wir ja die See leider noch von backbord querein.«

»Wird sicher noch ganz schön holprig!« sagt dumpf der Obersteuermann

Ein paar Leute der Freiwache sind dabei, mit dünnen Leinen die Proviantkisten festzuzurren. Sonst bleibt nicht viel zu tun: keine Sturmvorbereitungen wie auf einem Überwasserschiff. Der Alte kann seine schweren Hände getrost auf den Oberschenkeln liegen lassen.

In der U-Messe höre ich aus Zeitlers Mund: »Da werden wohl einige der Herren Würfelhusten bekommen!«

Als wäre es bei ihm schon soweit, läßt er seinen Adamsapfel auf und ab steigen. Aber das Ergebnis ist nur ein gewaltiger Rülpser.

Der Taubeohrenwilli mault: »Verdammt schlechte Akustik!«

»Mach dochs Fenster auf un bißchen Durchzug, da wirds gleich besser!« gibt Zeitler zurück.

Der O-Messen-Backschafter arbeitet sich schwer beladen durch die schmale Passage zwischen Back und Koje hindurch. Dorian quatscht ihm hinterher: »Man merkts am Jang – da is was mang!«

Zum Mittagessen müssen wir Schlingerleisten aufsetzen und trotzdem ständig auf der Hut sein, daß uns die Suppe nicht überschwappt.

Auf einmal sagt der Leitende so nebenbei zum II LI: »Was haben Sie da eigentlich an den Wimpern und den Augenbrauen? Das sollten Sie aber mal dem Sani zeigen!«

Nachdem die beiden WOs und der II LI sich verholt haben, läßt der Leitende beiläufig fallen: »Das waren übrigens Filzläuse.«

»Wie – was?« macht der Alte.

»Das was der II LI in den Brauen und an den Wimpernwurzeln hatte.«

»Machen Sie Witze?«

»Im Ernst, wenn die Biester sich *dort* tummeln, ist das sozusagen der fünfte Grad!«

Der Alte saugt ein großes Quantum Luft durch die Nase und starrt den LI an – fassungslos, die Stirn in Waschbrettfalten gelegt, den Mund halb offen.

»Ihr Wissen in Ehren, LI – aber soll das heißen, daß Ihr Nachfolger in spe . . .?«

»Tscha – man sollte vielleicht nicht gleich das Ärgste denken!«

Dem Leitenden steht ein zynisches Grinsen im Gesicht. Der Kommandant wendet den Kopf hin und her, als wolle er die Funktionsfähigkeit seiner Nackenwirbel überprüfen. Schließlich sagt er: »Da steigt der II LI ja geradezu in meiner Achtung! – Bloß neugierig, was er jetzt macht.«

Jetzt ist es der LI, dem vor lauter Verblüffung der Mund offen bleibt.

Es wird ruhig im Boot. Der Summton der Entlüfter kommt voll zur Geltung. Nur wenn das Schott zum Bugraum aufgeht, dringt für Augenblicke Gesang und Stimmengewirr bis zu uns her. Ich stehe auf und gehe nach vorn.

»Großer Rabatz im Kettenkasten!« sagt der Obersteuermann mit zustimmendem Nicken, als ich durch die OF-Messe komme. Im Bugraum ist es noch schummriger als sonst.

»Was ist denn hier los?«

»Jubel, Trubel, Heiterkeit!« tönt es mir vielstimmig entgegen. Die Freiwächter hocken dicht bei dicht im Schneidersitz auf den Bodenbrettern. Es sieht aus, als wollten sie die Räuberszene aus »Carmen« stellen und hätten dafür die verlottertsten Kostüme, die sich finden ließen, aus dem Fundus geholt: ölverschmierte Drillichjacken, gestreifte Pullover.

Das Boot holt plötzlich stark über. Lederjacken und Ölzeug entfernen sich von der Wand. Wir müssen uns an den Halteseilen der Kojen festklammern. Aus der Tiefe des Raumes kommt wüstes Fluchen. Ich spähe zwischen Köpfen und Hängematten hindurch ins Dunkel. Da tanzt ja einer völlig nackt herum!

»Der Brückenwilli! Der zerweicht seinen köstlichen Corpus«, bekomme ich von Benjamin Aufklärung. »Macht er oft! Liebt sich eben!«

Aus zwei vorderen Kojen und einer Hängematte kommt schwermütiger Gesang. Vorn scheppert die Waschschüssel, die der Brückenwilli zwischen den Torpedorohren festgeklemmt hatte, mit viel Lärm hin und her. Nun holt Benjamin seine Mundharmonika hervor, klopft sie umständlich in die leere Handfläche aus, führt sie mit eingezogenen Lippen in der hohlen Hand ein paarmal vor dem Mund hin und her und kommt dann auf eine Melodie, die er mit weichen schnellen Schlägen der freien Hand leicht tremolieren läßt. Hagen summt dazu. Einer nach dem anderen hält summend mit. Und nun macht Böckstiegel den Vorsänger:

»Sie ging von Hamburg bis nach Bremen,
bis daß der Zug aus Flensburg kam.
Sie wollte sich das Leben nehmen,
und legt sich auf die Schienen dann.
Jedoch der Schaffner hats gesehen,
er bremste mit gewaltger Hand.
Allein der Zug, der blieb nicht stehen,
ein junges Haupt rollt in den Sand.«

»Au, verflucht, schon zehn vor voll!« stellt Fackler unvermittelt fest. »Das ist doch kein Dasein! Kaum sitzte mal, dann mußte schon wieder hoch – Mist!« Schimpfend verläßt er die Runde.

Auch Schwalle zieht sich umständlich den Gürtel fest und sagt im Verschwinden durchs Schott: »Ick jeh uff Arbeet!«

»Grüß schön!« ruft ihm Böckstiegel hinterher.

In der O-Messe hockt immer noch der LI. Er sieht mich erwartungsvoll an und fragt: »Was macht der Glaser, wenn er kein Glas hat?«

Ich kann die Augen noch so verzweifelt verdrehen, der LI verschont mich nicht: »Er trinkt aus der Flasche!«

Ich winke müde ab.

Von der Zentrale her klingen die Güsse des überkommenden Wassers wie Gewitterregen. Manchmal schlägt eine riesige Faust von unten gegen den Schiffsboden. Plötzlich rumpelt es so laut unter den Bodenplatten, daß ich erschreckt zusammenzucke. Der Kommandant grinst und sagt: »Das sind See-Elefanten, die wollen ihren Laich am Boot abstreifen!«

Wieder das dumpfe Rumpeln. Der Leitende steht auf und hebt, sorgfältig abgestützt, eine Bodenplatte hoch und winkt mich heran: »Da unten fährt einer längs!«

Ich stecke meinen Kopf durch das Loch und sehe im Schein einer Taschenlampe einen schmalen Wagen, der an zwei Schienen hängt. Ein Mann liegt in verkrümmter Stellung darauf.

»Der prüft den Säuregehalt der Batterien«, erklärt der Leitende.

»Schöner Job bei diesem Seegang!«

»Kann man wohl sagen!«

Ich greife nach einem Buch, aber bald merke ich, daß ich viel zu müde und zerschlagen bin, um noch Gedrucktes aufnehmen zu können. Sich einen ansaufen, das wäre jetzt das richtige. Eine ordentliche tipsy und ganz weit weg sein – nicht dieser verdrießliche Zustand zwischen Hängen und Würgen: Beck's Bier – Pilsner Urquell – das gute Münchner Löwenbräu – Martell – Hennessy – die feinen Drei-Sterne-Sachen! O Gott, ja!

Da kommt mir ein fader Bonbongeschmack auf die Zunge, und sofort sehe ich grünen Fusel und als Kontrast dazu tintenrotes Heißgetränk. Woher die beiden Ladies nur dieses unglaubliche Zeug hatten, das allenfalls zum Tütenkleben verwendbar war! Der Bootsmaat Friedrich war schon ein freches Stück – einfach bei »Aschinger« die beiden anzuquatschen: »Schätzchen, ihr riecht so schön, wo wohnt ihr denn?«

»Umlegen, was vor die Flinte kommt!« war seine stehende Rede, wenn wir an Land gingen. »Aber erst mal schön sachte vollaufen lassen!« die übliche Ankündigung.

Herrgott, war das eine Wahnsinnsnacht! Die beiden aufgekratzten

Ladies: blond und rothaarig. Vorne Innenrolle – hinten Gebammel bis in den Nacken.

»Na wie gehts?« – »Ach, unsere blauen Jungs! Was hasten da fürn Orden? Det müssen wa aba feiern!«

Und gleich ging das Geschunkel los. Die Blonde hatte den Bogen raus. Den Bauch vor und mir den Oberschenkel einklemmen!

»Tanzen is aba verboten!« maulte einer über die Schulter weg. »Aba nich bei uns uff Bude, olle Knallschote! Los, Ida –, bestell ne Taxe!«

Geschubse, geiles Gekichere. Der animierte Taxifahrer.

In der Vitrine die Teepüppchen mit den fein gefältelten Röckchen – in allen Größen – orgelpfeifenartig aufgereiht. Zwischen den beiden Zimmerlinden die kleinste Nummer der üblichen Gartenzwerge – mindestens ein Dutzend davon, untermischt mit lackglänzenden Figuren der hölzernen Engelskapelle aus Seiffen im Erzgebirge. Gipserne Rehe mit Silberflitter auf dem Rücken, und dann die rot getönte Glühbirne in der Stehlampe, die Sofakissen, alle in der Mitte von einem Handkantenschlag getroffen, der die beiden Zipfel steif nach oben getrieben hatte. Auch runde Kissen aus regenbogenfarbenem Häkelschlauch, die drei, vier Teddybären dazwischen, einer davon sogar rosafarben. Und an der Wand ein Elfenreigen. Ich sehe in diesem Augenblick alles ganz deutlich vor mir: die Klöppeldeckchen unter den Likörgläsern – und wieder darunter das Intarsientablett: die Markuskirche in Venedig. Die riesige Puppe, die oben auf der Vitrine ihre rosa Zelluloidbeine spreizte, war wohl auch ein Mitbringsel aus Italien.

Die Couch hatte ein Muster aus dunkelrotem Weinlaub, die Vorhänge eins aus riesigen Hortensien, der Teppich eins aus rosaroten Phantasieblumen. Bilder aus schwarzem Samt mit Kirschen, Auerhähnen und Windmühlen. Als die rote Lampe brannte, sah man von allem freilich kaum noch etwas – das grüne Gesöff in den Gläsern verfärbte sich fast schwarz im roten Schein.

»Ihr wollt uns wohl vergiften«, fragte der Bootsmaat Friedrich und murmelte gleich darauf zu mir hin: »Da will ich lieber einen stiften . . .« Ein poetisches Talent, dieser Friedrich. Hansdampf in allen Gassen.

»Denkt euch bloß nich . . .« fing die Rothaarige zickig an. »Um Gotteswillen, nein, Gnädigste!« kam ihr Friedrich dazwischen. Und dann das Diskantkreischen. Und »Hände weg vom Ruhrgebiet – was willste denn?« Und wieder Friedrich: »Dreimal darfste raten!«

Später begann die Rothaarige, die sichs mit Friedrich im Dunkeln auf dem Teppich gemütlich gemacht hatte, unter dem ständigen Gequassel Friedrichs loszustöhnen – taktmäßig wie ein lädierter Blasebalg. Und unter Stöhnen gab sie zum besten: »Wir sind anständige Kriegerfrauen – das könnt ihr mal glauben!«

Auf einmal hatte ich die andere, die Blondine, die mit offener Bluse neben mir auf dem Sofa lag, am Hals.

Hinterher gerieten sich die beiden Ladies in die Wolle. Die Blondine schimpfte auf die Rothaarige, sie hätte mit der Vögelei angefangen.

»Biste doof? – Erst als ihr da oben losgelegt habt, war mir alles wurscht . . .«

Friedrich grölte aus voller Lunge:

»Denkste denn, denkste denn,
du Berliner Flanze,
denkste denn ich liebe dir,
weil ich mit dir – – –«

Plötzlich bekam er eine geschmiert, daß es ihm die Sprache verschlug. Da kannte die rötliche Lady aber unseren Friedrich schlecht. War das ein Gestrampel und Gezappel – und dann klitschklatsch auf den Kriegerfrauenhintern.

Die Fuselflasche kippte runter, die Gläser gingen entzwei.

»Hört bloß auf mit dem Krawall!« zeterte die Blondine, »die Leute im Haus! Seid ihr denn wahnsinnig?«

Auf einmal merke ich, daß mich der Leitende intensiv von der Seite her betrachtet. Und nun höhnt er los: »Versponnen – das ist wohl der richtige Ausdruck – unser versponnener Bordpoet!«

Da fahre ich herum, zerre den Mund breit, entblöße die Zähne und fauche wie ein Raubtier. So gefällt es dem Leitenden. Er grinst noch lange.

Der Kommandant hat über den Freitag ins Kriegstagebuch geschrieben: »Wind Nordwest 6–7, Seegang 5, Suchkurse.«

SAMSTAG. Ich gehe die Morgenwache mit dem Obersteuermann. Der Wind hat über Nacht die Altdünung aufgerissen in weißgeifernde Kämme und eilig wandernde grüne Täler. Höhenzüge ohne Glanz, mit Schrägen wie stumpfe Schieferplatten. Wir haben zum Glück die See nicht mehr von backbord querein, sondern ganz vorlich. Ich weiß nicht, welchem Umstand wir die nächtliche Kursänderung verdanken.

Es ist, als stünden wir still und die Wassergebirge wanderten uns dicht auf dicht entgegen.

Scharfe Spritzwasserwürfe zielen mir immer wieder ins Gesicht

Die Nässe findet ihren Weg schnell zum Halsbund herein, rinnt in kleinen Bächen über Brust und Rücken herab und läßt mich erschauern.

Der Wind ist unstet. Die Gewalt seiner Stöße und auch ihre Richtung wechseln.

Der Himmel ist ein fast lückenloses Grau. Über dem Himmelsgrau stauen sich dunklere Wolken wie Haufen verschmutzter Baumwolle. Nirgends ein freundlicher Ton; überall nur Grau. Nichts als dieses miesepetrige Grau. Nur in den Flanken der stahlgrauen Seen ein weißes Geäder und schmutzigweißer Geifer auf den Kämmen. Dort, wo ich die Sonne sehen müßte, ist nicht mehr als ein blasser Schein.

Nach der halben Wachzeit ersteht genau voraus eine Wand wie aus schwarzgrauem Gips gefügt. Sie reicht von der Kimm bis hoch in den Himmel. In die Wand kommt allmählich Leben. Arme wachsen aus ihr heraus und strecken sich nach und nach über den halben Gesichtskreis. Sie löschen bald den letzten schwachen Schein des Gestirns aus. Die Luft wird immer schwerer von dumpfem Druck. Die Seen tosen und zischen noch lauter, weil das Gejohle des Windes ausbleibt.

Und schon ist der Sturm da! Er kommt in einem jähen Angriff aus der Wand vor uns herangerast, daß es die weißgrüne Haut nur so von den Wellen wegfetzt.

Die Seen werden mit jeder Minute gröber. Sie kommen uns bald schon wie eine hetzende, hechelnde Meute entgegen.

Der Himmel ist nur mehr eine ganz und gar lückenlose, mausgraue Schicht, die stillzustehen scheint. Nur ein paar dunklere Flecken im Unigrau verraten, daß der ganze Himmel in jagender Fahrt ist.

Wie verängstigt baumen sich einzelne Seen höher als die anderen auf. Aber der Sturm nimmt sie sofort mit harten Stößen an und strählt das hochzuckende Wasser in seine Richtung.

Das Gepfeife auf dem Drahtseil des Netzabweisers wird schnell schriller.

Der Sturm probiert alle möglichen Töne und Lautstärken, er kreischt, jault, orgelt. Immer, wenn der Bug weggestaucht wird und der Netzabweiser unterschneidet, setzt der scharfe Lärm für Augenblicke aus. Er ist aber sofort wieder da, sobald der Bug aus dem weißgrünen Gequirl herausspringt. Die Wasserfahne, die am Netzabweiser hängt, wird vom Wind zerfetzt und gezerrt wie ein alter Lumpen – in einer Sekunde ist nichts mehr von ihr übrig.

Ich stemme den Rücken gegen den Sehrohrschacht und drücke den ganzen Körper dabei so hoch, daß ich über das Schanzkleid der

Brücke hinweg das ganze Vorschiff übersehen kann. Sofort treffen sausende Windschläge den Kopf. Das ist keine Luft mehr – kein leichtes Element, sondern eine feste, körperhafte Masse, die sich mir in den Rachen stopft, wenn ich den Mund aufmache.

Das ist der Sturm! Ich möchte losbrüllen vor Begeisterung. Ja, das ist der Sturm! Ich mache die Augen scharf und nehme Momentbilder der Wellenbewegungen auf: Zeitrafferaufnahmen aus der Entstehungsgeschichte der Erde.

Die Flugwasserwürfe zwingen mich in Deckung hinter dem Schanzkleid. Sie knallen mir sonst wie Peitschenhiebe ins Gesicht. Meine Augenlider schwellen an. Meine Seestiefel haben sich mit Wasser gefüllt. Sie sind falsch konstruiert: In die Schäfte dringt das Wasser von oben her. Auch die Handschuhe taugen nichts. Ich habe sie längst, weil sie vollkommen durchgeweicht waren, nach unten gegeben. Meine Fingerknöchel sind so weiß, wie ich sie noch nie gesehen habe: Waschfrauenhände.

Die schäumenden Güsse decken uns derart zu, daß ich minutenlang nicht wagen kann, mich hochzurichten. Ich stehe wie unter einem Wasserfall, der nur hin und wieder aussetzt.

Man sollte diese nach achtern offene Blechwanne, in der wir uns wie abwehrende Boxer ducken, nicht »Brücke« nennen. Dieser Platz hier hat nichts gemein mit den Brücken gewöhnlicher Schiffe, die sich über ihre ganze Breite ziehen, die ordentlich verglast sind, trocken und warm: ein sicherer Schutz vor den Schlägen der See. Von ihnen herab kann man das Sturmmeer aus einer Höhe von zehn oder fünfzehn Metern wie aus einem oberen Stockwerk eines festen Hauses betrachten, durch schnell rotierende Glasscheiben hindurch, auf denen sich kein Wassertropfen hält.

Dagegen ist das hier nicht mehr als ein großer Schild, eine Art Brustwehr Die Winddüsen, die ringsum an der Oberkante des Brückenschanzkleides angebracht sind, sollen uns zwar schützen, indem sie den waagerecht anrennenden Wind in einen Aufwärtsstrom verwandeln und eine Art Luftmauer bilden – bei dieser Sturmstärke haben sie aber alle spürbare Wirkung verloren. Und nach achtern gibt die Brücke überhaupt keine Deckung: Nach achtern ist unser Stand offen. Aber auch von achtern stürzen Wasserschwälle herein.

Die meiste Zeit dieser Wache stehe ich mitten im quirlend hochsteigenden Wasser wie in einem zerrenden und saugenden Wildfluß. Kaum sind die Strudel nach achtern und durch die Wasserpforten weggerauscht, brüllt der II WO schon wieder: »Festhalten!«, und der nächste Sturz peitscht in die Brücke. Ich ducke mich wie im

250

Ring im Infight weg, das Kinn gegen die Brust gedrückt. Doch das Wasser hat seine Finten. Von unten her schlägt es mir jetzt ins Gesicht – Uppercuts, regelrechte Aufwärtshaken.

Damit ich nicht aus dem Stand geworfen werde, klemme ich mich zwischen UZO-Säule und Brückenwandung fest. Festklemmen, voll Luft pumpen, schwer machen! Auf die Gurte allein ist kein Verlaß, so wuchtig und solide sie auch aussehen.

Kaum habe ich – noch ganz benommen – den Kopf hochgereckt und schnell meinen Blick über den Sektor gehen lassen, da brüllt der II WO schon wieder: »Achtung!«, und eine neue See rast heran. Wieder Kopf weg. Wieder Hieb über den Rücken und dann ein Nachschlag von unten. Im klammernden Griff treten meine Knöchel spitz aus dem Handrücken heraus.

Ich wage einen Blick achteraus: Vom Achterschiff ist zwischen den Stäben der Reling hindurch und am Pivot der Flakwaffe vorbei nichts zu sehen – es wird von einer dicken Decke aus brodelnder Schaumflut bedeckt. Die Abgasklappen sind unter all dem quirlenden Schaum verschwunden: die Einlaßventile für die Zuluft auch. Also müssen die Diesel jetzt ihre Luft aus dem Boot saugen.

Die Schaumdecke über dem Achterschiff verschleißt schnell, sie wird dünn und dünner, das Boot wuchtet hoch und reißt ihre letzten Fetzen auseinander. Wasserstürze triefen wie weiße Bärte zu beiden Seiten des Achterschiffs ab. Die Abgasklappen kommen frei. Ölig-blauer Dieselqualm quillt hoch und wird sofort, noch ehe er sich entfalten kann, vom Wind weggezerrt.

Denen unten im Boot werden bei diesem Wechsel die Trommelfelle übel malträtiert: Überdruck, Unterdruck, Überdruck – immer so weiter.

Es dauert nur Sekunden, bis eine neue See mit dumpfem Schlag gegen den Turm wuchtet und sich an ihm wie an einem Riff hochsteilt. Und schon fallen wieder zwei Walzen aus blendender Gischt von beiden Seiten über das Achterschiff her und schießen im Zusammenprall brüllend in die Höhe. Dann ist wiederum über dem Achterschiff ein einziges schäumendes Quirlen und Gurgeln, bis der Bootskörper sich erneut von unten durch das Geschäum und Gebrodel hochdrückt, die zuckenden Wassermassen samt dem weißgrauen Geifer mit sich emporhebt und sie zitternd bis zum letzten Fetzen abschüttelt. Für ein paar Augenblicke ist dann das ganze Oberdeck frei. Aber schon schlagen die schäumenden Fäuste der Seen aufs neue zu und stauchen das Achterschiff wieder hinunter. Freiwühlen und Wegducken, Absacken und Aufrichten, Hochrecken und Einstauchen in immer gleichem Wechsel.

Ich fühle meine Glieder nicht mehr, als ich einsteige. Unter Ächzen schäle ich mich aus der Gummijacke. Alles naß! Neben mir schimpft der Brückenwilli: »Unwahrscheinlich saugfähig! Wer *die* Klamotten konstruiert hat, das mußn schöner Arsch mit Ohren sein!«

Sein Geschimpfe versiegt nicht, während er sich die nassen Klamotten vom Körper zieht.

»Beschwer dich doch beim BdU«, stichelt Isenberg, »der freut sich über jede Anregung aus der kämpfenden Truppe, kannste Gift drauf nehmen.«

»Ziemlich rauh!« kommentiert der Alte den Seegang. Er sitzt an der Back und blättert in blauen und grünen Heften.

Ich möchte ihm sagen, daß das Adjektiv »rauh« für mich allenfalls die Oberfläche von Sandpapier charakterisiert, nicht aber diese Wahnsinnssee – aber was solls: Für den Alten scheint es über »rauh« hinaus gar keine Steigerung mehr zur Bezeichnung hochgehender See zu geben.

Der Alte liest holpernd vor: »Das U-Boot kann unsichtbar, vom Gegner unbemerkt, sich in alle Seegebiete begeben, in denen es militärisch tätig sein will. Das U-Boot ist also der geeignete Minenleger, um die Minen unmittelbar an die feindliche Küste, vor die feindlichen Häfen und Flußmündungen hinzutragen. Hier an den Brennpunkten des feindlichen Verkehrs wirkt sich die geringe Zahl der Minen, die das U-Boot nur mitführen kann, auch weniger nachteilig aus. Auch die wenigen Minen haben hier bessere Aussicht, zur Wirkung zu kommen.«

Nun guckt er hoch und mir frontal ins Gesicht: »Tätig sein will – Minen haben die bessere Aussicht!« höhnt der Alte. »Na, ist das etwa kein Stil?«

Bald findet er noch eine Stelle, die ihn zum Vorlesen reizt: »Der U-Boots-Mann liebt seine Waffe. Sie hat ihren kühnen Geist im Weltkrieg bewiesen, und auch die heutige U-Boots-Waffe pflegt dieses mutige Wollen nach bestem Streben.«

»Doch hübsch gesagt!« bringe ich an.

»Und ob!« sagt der Alte und schnieft. »Stammt vom BdU!«

Eine Weile später liest der Alte unter Kopfschütteln aus einer Zeitung: »Helios ist die Überraschung im Pokal!« Für einen Moment schließt er die Augen, dann muffelt er hinterher: »Sorgen haben die Leute!«

Wie weit weg das alles ist!

Ich werde mir bewußt, wie wenig Gedanken wir an das feste

Land wenden. Kaum einer redet von zu Hause. Manchmal kommt es mir so vor, als wären wir schon Jahre unterwegs. Wären die Funknachrichten nicht, könnten wir glauben, wir trieben als die einzigen überlebenden Exemplare der Spezies Homo sapiens auf unserem Planeten dahin.

Ich spiele mit der Vorstellung, daß die Führung uns vergäße. Was geschähe dann? Wie weit kämen wir bei sparsamstem Verbrauch? Wir haben zwar das Schiff mit der größten Seeausdauer unter den Füßen. Aber wie lange reichte unser Proviant? In unserem Dämmerlicht müßten sich Champignons züchten lassen. Für Pilze herrscht hier an Bord das richtige Klima. Der Schimmel auf den Broten beweist es. Oder Brunnenkresse. Brunnenkresse soll auch unter elektrischer Beleuchtung wachsen. Der Bootsmann fände sicher noch einen Platz dafür, dicht unter der Decke im Gang zum Beispiel. Wir brauchten uns nur tiefer zu bücken, Brunnenkresse-Gärten über den Köpfen, kardanisch aufgehängt.

Algen könnten wir schließlich auch fischen. Algen haben hohen Vitamin-C-Gehalt. Vielleicht gibt es sogar eine Sorte, die in der Bilge gediehe und das Fett in der Bilge als eine Art Dünger goutierte.

SONNTAG. »Knackfrische Brötchen müßten jetzt auf die Back«, sagt der Leitende beim Frühstück, »schön mit gelber, gesalzener Butter beschmiert, die so ein bißchen anschmilzt, weil die Brötchen innendrin noch warm sind – ganz frisch vom Bäcker! Und dazu ne Tasse heißen Kakao – keinen süßen – eher die bittere Sorte, aber auf jeden Fall ganz heiß – das wär jetzt ne Sache!«

Der Leitende dreht verzückt die Augen nach oben und wedelt sich ostentativ den imaginären Duft zu.

»Varietéreif«, sagt der Alte, »und nun machen Sie mal vor, wie Ihnen das von der Kriegsmarine gelieferte Frühstück mit Rührei aus dem Beutel schmeckt.«

Der Leitende würgt und schluckt und läßt seinen Adamsapfel heftig auf und ab steigen, seine Augen richten sich starr auf einen Punkt der Back und quellen hervor.

Der Alte ist zufrieden. Aber der I WO, der unbewegten Gesichts auch noch beim Essen Pflichteifer walten läßt, indem er sich die zugemessenen Rationen ordentlich und ohne Reste zu lassen, einverleibt, kann jetzt nichts mehr vertilgen. Er schaut gequält um sich.

»Abbacken!« ruft der Kommandant in die Zentrale, und der Backschafter erscheint mit seinem sauren Lappen. Angewidert zieht der I WO die Nase hoch.

Nach dem Frühstück verhole ich mich wieder in den U-Raum.

253

Ich will versuchen, zu einem bißchen Schlaf zu kommen. »Da kriegen wir noch ganz hübsch was um die Ohren!« ist der letzte Satz, den ich vom Alten aus der Zentrale höre.

»Die Flügeltüren öffnen sich und herein tritt der Graf!« kündigt Pilgrim das Erscheinen des Taubeohrenwillis an. Das Schott zur Kombüse kracht bei einem neuen Einstampfen des Bootes so heftig in den Rahmen, daß ich erschreckt hochfahre. Der Taubeohrenwilli setzt wie zur Entschuldigung ein hilfloses Grinsen auf. Umständlich schält er sich aus dem nassen Ölzeug und zwängt sich an die Back.

Nanu, denke ich, wieso hat der Zentralemaat Ölzeug an? Der kommt doch nicht von der Brücke. Da höre ich einen heftig aufpladdernden Wasserguß aus der Zentrale und weiß Bescheid.

»Mach dich nich so breit, du alter Geleehaufen!« schimpft Frenssen auf den Taubeohrenwilli ein, »und bring ja deine nassen Klamotten woanders unter. Bei dir piepts wohl?«

Dann höre ich: »Mir is koddrich zumute.«

»Da willste wohl Kohldampf schieben?«

»Ach Mann, da lachen ja die Hühner! Schmeiß mal den Kanten her!«

Sosehr ich mich auch anstrenge und ständig neue Lagen durchprobiere, gelingt es mir doch nicht, meinen Körper in der Koje so festzuklemmen, daß er nicht mehr hin und her gewälzt oder hochgehoben werden kann. Ans Schlingern könnte ich mich, wenn es nur einen halbwegs gleichmäßigen Rhythmus hielte, noch gewöhnen. Aber die harten Stöße beim Einklatschen des Bugs oder die schweren Staucher auf die Back bringen mich zur Verzweiflung. Und dazu die neuen bedrohlichen Geräusche. Die sausenden Hiebe gegen den Turm und die immer neuen Untertöne: dieses nie absetzende Feilen, Surren, Schrammen, Schaben und ganze Tonlagen höher ein dröhnendes Pauken ohne Rhythmus, ein nervtötendes Schrillen, Pfeifen, Jaulen. Keine Minute vergeht ohne heftige Erschütterung des Schiffskörpers und ohne ins Mark dringende Geräusche. Diesem nicht endenden Malträtiertwerden und dieser Lärmorgie kann ich nur noch stumpfe Ergebenheit entgegensetzen.

Das Üble ist, daß auch in der Nacht der Lärm nicht aussetzt. Weil dann die vielerlei Geräusche im Boot ausbleiben, scheint das Getose der Seen sogar noch zuzunehmen. Bisweilen klingt es, als würden Wasserfälle über den Abstich von Hochöfen gestürzt. Ich liege dann wach und versuche die Tonkomponenten herauszusondieren, aus denen der Lärm außenbords besteht: zum Feilen und Zischen kommt ein Schlurren, Patschen, Meißeln. Dann wieder setzt es gewaltige krachende Schläge, und unter den Schlägen dröhnt das Boot nach wie eine riesige Trommel, die alle paar Minuten anders gespannt wird. Klabund!, denke ich, dumpfe Trommel und berauschtes Gong! Der Sturm wird jetzt wohl mit gut fünf Dutzend Seemeilen Geschwindigkeit dahinfegen.

»Tschtschssstjum!« Der Bug macht seine Verbeugung. Der Raum sinkt nach vorn weg, er stellt sich schräg – immer schräger. Unsere Sachen entfernen sich fünfundvierzig Grad von der Wand. Mein Vorhang schießt von alleine auf, meine Beine kommen hoch, mein Kopf sinkt weg – und jetzt gerät der Raum noch dazu in eine kreisende Bewegung, weil das Boot nach der Seite auszubrechen versucht. Es will nicht kopfstehen. Von achtern klingt es, als würden sich unsere Schrauben in Baumwolle festwühlen. Das Boot zittert wie von Fieberschauern, ein Eisenteil rappelt heftig gegen ein anderes: Trommelwirbel.

Frenssen bedenkt mich mit einem gelangweilten Blick, dann verdreht er die Augen nach oben: »Holprig, was?« fragt er.

»Ja, ganz schön holprig!«

Endlich rasen die Schrauben wieder befreit los. Der Raum legt sich waagerecht. Die Sachen hängen ordentlich an den Haken. Ich ziehe meinen Vorhang zu. Hat es Sinn? Gleich wird das Boot die nächste See annehmen.

Im Halbschlaf höre ich, daß Dorian erschienen ist: »Ollet Ekel – zieh doch keene solche Flabbe! – Flez dir jefälligst nich so hin! – Ach mach doch keen Feez! – Det kann ick dir aba flüstern!«

MONTAG. Ich war lange nicht mehr auf der Brücke. Zeit wäre es also, wieder mal nach oben zu klettern und auszulüften. Aber was habe ich davon?

Backpfeifen von den Seen, Schläge mit der siebenfach Geschwänzten, Nässe bis auf die Haut, steifgefrorene Glieder, lahme Knochen, schmerzende Augen.

Das sind doch wohl stichhaltige Argumente! Bleiben wir also hocken! Noch der beste Platz, hier in der O-Messe: trocken.

Ein Buch ist vom Bord gefallen. Ich muß das Herabstürzen bemerkt haben, aber das am Boden liegende Buch sehe ich erst jetzt. Anscheinend wird, was das Auge aufnimmt, nur mehr mit Verzögerung ins Bewußtsein geleitet. Die Nerven sind überdehnt wie ausgeleierter Gummi. Ich spüre in mir deutlich die Forderung, das Buch aufzuheben: Kann doch da nicht liegenbleiben! Ich will aber nicht darauf hören. Ich verschließe meine Ohren, lasse das letzte bißchen Initiative verkümmern: So wie es da unten liegt, störts doch keinen!

Der Leitende kommt von seinen Maschinen, sieht das Buch und bückt sich danach. Na also!

Der Leitende klemmt sich nun mit hochgezogenen Beinen auf seiner Koje zurecht und langt eine Zeitung unter seinem Kopfkeil hervor. Dabei sagt er keinen Ton. Er hockt nur griesgrämig da und verbreitet Treiböldunst um sich.

Nach einer Viertelstunde erscheint der Fähnrich und bittet um die neuen Patronen für das Erkennungssignal. Auch das Wahrnehmungsvermögen des Leitenden hat gelitten: Er hört den Fähnrich nicht. Der Fähnrich muß mit lauterer Stimme seine Bitte wiederholen. Endlich blickt der Leitende mit finsterem Gesicht hoch. Von der Seite her beobachte ich, wie es in ihm mühsam arbeitet. Der LI ringt hart um einen Entschluß. Die ES-Patronen, das weiß er ja, sind eine ernste Sache! Und im Spind hinter seinem Rücken! Weiß der Himmel, ob wir sie je brauchen werden. Der tägliche Wechsel der ES-Patronen gehört nun aber mal zur geheiligten Routine.

Der Leitende steht schließlich auf und öffnet mit dem Ausdruck äußersten Widerwillens das Spind. Er tut gerade so, als habe man ihm Exkremente unter die Nase gehalten. Seine Zeitung rutscht von der Koje herab und in eine Pfütze, die wohl noch vom letzten Essen da ist. Der Fähnrich verschwindet bekümmerten Blicks mit seinen Patronen. Der Leitende zerbeißt einen Fluch und hockt sich wieder in seine Ecke. Diesmal zieht er die Beine noch höher. Es ist, als wolle er hinter seinen Beinen Deckung nehmen.

Hockergrab, denke ich; der Leitende mimt Hockergrab. Ich will ihm meinen Eindruck mitteilen. Aber selbst dazu bin ich zu faul.

Knapp fünf Minuten vergehen, und der Fähnrich kommt wieder. Ganz klar: er muß die alten Patronen wegschließen lassen. Mit den ES-Patronen darf kein Leichtsinn getrieben werden. Die können nicht irgendwo herumliegen. Jetzt platzt der Leitende wie eine Bombe, denke ich. Aber der Leitende sagt kein Sterbenswort. Er erhebt sich sogar mit einiger Energie, schießt mir einen angewiderten Blick zu, klemmt seine Zeitung unter den Arm und verschwindet nach achtern. Zwei Stunden später finde ich ihn im E-Maschinenraum. Mit dem Rücken gegen das achtere Torpedorohr gelehnt, sitzt er dort im Gestank auf einer hochgestellten Backpflaumenkiste und liest seine Zeitung weiter.

Nach dem Abendbrot erinnert mich eine innere Stimme daran, daß ich den ganzen Tag noch nicht auf der Brücke war. Mit dem Argument, jetzt wäre es ja oben fast schon dunkel, bringe ich sie zum Schweigen.

Um mir aber doch noch ein bißchen Abwechslung zu verschaffen, verhole ich mich in den Bugraum. Eine kompakte Gestanksmischung aus Bilge, Essensresten, schweißdurchnäßten Kleidern und faulenden Zitronen schlägt mir entgegen. Zwei schwache Birnen geben bordellartiges Schummerlicht.

Ich kann Schwalle erkennen, der eine große Aluminiumschüssel mit den Beinen festhält. Eine Schöpfkelle ragt heraus. Ringsum ein Durcheinander von Brot und Wurst mit Gurken und geöffneten Sardinenbüchsen und darüber zwei vom Gewicht der schlafenden Freiwächter tief durchgebauchte Hängematten. Die oberen Kojen rechts und links sind auch belegt.

Hier vorn sind die Bewegungen des Bootes am stärksten. Alle paar Minuten gerät der Raum in heftige Schwankungen, und Schwalle muß jedesmal eilig die Schüssel hochheben, damit sie nicht überschwappt.

Der Torpedomixer Dunlop kommt auf allen vieren aus der Tiefe des Raums, eine rote und eine grüne Glühlampe in einer Hand, die er gegen die weißen austauschen will. Es dauert lange, bis er es geschafft hat. Der Torpedomixer gerät über die Wirkung in Verzückung. Bengalische Festbeleuchtung! Sein Werk!

»Schön geil«, kommt aus einer Hängematte Anerkennung.

»Doch noch prima sauber – was?« höre ich den Eintänzer den kleinen Benjamin fragen. »Was glaubste wohl, wie lange ich das Hemd schon anhabe?«

»Bestimmt schon seit dem Auslaufen!«

»Denkste!« erwidert der Eintänzer, Triumph in der Stimme, »schon seit zwei Wochen vorher.«

Neben Schwalle und Ario und dem Torpedomixer Dunlop sitzen der Dieselheizer Bachmann – der Eintänzer –, Dufte, Fackler und der kleine Benjamin, der mit dem Menjoubärtchen, direkt auf dem Boden.

Der Kommandant hat die Wachzeiten verkürzen lassen. So kommt es, daß jetzt Leute beieinander sitzen, die sich sonst während der Freiwachen nie sahen.

Das Boot stampft unerwartet hart ein. Die Aluminiumschüssel rutscht zwischen Schwalles Beinen weg und ergießt einen Schwapp Suppe über das Brot. Das Boot holt über und kommt in ein verrücktes Torkeln. Polternd fällt neben dem Schott eine Pütz um und entleert ihren Inhalt von verschimmelten Brotrinden und ausgequetschten Zitronenschalen. Das Bilgewasser gurgelt. Krachend setzt der Bug ein – der ganze Raum zittert wie in Schüttelfrost. Das Bilgewasser schießt rauschend nach vorn.

»Verdammte Sauzucht!« flucht Schwalle.

»Zum Kotzen – Kreuzdorian!« Der kleine Benjamin rollt schimpfend am Boden, reppelt sich wieder hoch und hockt sich, einen Arm um eine Sprosse im Kojengitter gehenkelt, wie ein Buddha im Schneidersitz zurecht.

»Mach dich bloß nich so breit!« fährt ihn Ario an.

»Moment – dir zu Gefallen inhalier ich mich glatt!« Um nicht auch noch umgekippt zu werden, schlingt Ario seinen linken Arm um das straff gespannte Halteseil einer Unterkoje. Dann langt er sich den schweren, grün verschimmelten Brotlaib, und zieht mit einem großen Messer klobige Stücke herunter, deren gesunde Teile nur mehr pflaumengroß sind. Seine Bizepse werden dabei ganz rund vor Anspannung.

Wieder holt das Boot über. Aber Ario hängt an seinem gewinkelten Arm fest.

»Wie son Affe an der Stange!« stichelt Schwalle.

»Das brauchst du dir nich gefallen zu lassen!«

»Sei man bloß vorsichtig – ich hab erstklassige Referenzen von Leuten, die von mir schon maln paar Maulschellen bezogen haben – waren alle zufrieden!«

Neues Klirren und Scheppern. Vorn zwischen den Torpedorohrsätzen schlägt eine Barkasse hin und her. Niemand erhebt sich, um sie wieder festzuklemmen. Ein Handtuch, das an einem Kojengitter an Steuerbord hängt, streckt sich langsam ab und bleibt eine Weile schräg im Raum stehen, als wäre es steif gestärkt.

Ario betrachtet konzentriert das Handtuch: »Schätzungsweise fünfzig Grad«, kommentiert er.

Das Handtuch sinkt langsam wieder in eine vernünftige Lage zurück, dann klebt es sich ans Gitter fest: das Boot hat nach steuerbord übergeholt.

»Scheiße – Scheiße zu Pferde«, stöhnt der Torpedomixer, der eine Pütz vorn zwischen den Gestängen eingeklemmt hat und aufzuwaschen versucht. Sein Lappen stinkt sauer durch den ganzen Raum. Nun kriecht auch noch das schmutzige Wasser, das vor wenigen Augenblicken noch in seiner Pütz war, über die Bodenbretter auf die Sitzenden zu. Ario will sich schon hochreppeln, da bleibt das Wasser wie hypnotisiert stehen und fließt dann langsam wieder nach vorn.

Ario wischt sich mit dem Handrücken den Schweiß von der Stirn, stemmt sich nun doch schwerfällig hoch, lehnt sich schräg an eine Koje, wobei er acht gibt, daß er mit einer Hand immer das Kojenseil gefaßt hält, und schält sich aus seiner Jacke. Durch die Löcher seines Hemdes quellen seine schwarzen Brusthaare wie die Polsterung aus einer lecken Matratze. Ario ist am ganzen Körper schweißnaß. Schnaufend hockt er sich wieder zurecht und gibt allen zu wissen, er würde sich jetzt, dem Wetter zum Trotz, die Wampe so vollschlagen, daß man Flöhe mit dem Daumennagel darauf zerdrücken könne. Gleich können wir sehen, wie ernst es ihm ist. Auf den noch nicht gänzlich verschimmelten Rest eines Stücks Brot häuft er sorgfältig Butter, Wurst, Käse und Sardinen übereinander.

»Der reine Turmbau zu Babel!« zollt ihm der Eintänzer Anerkennung. Ario weiß, was er seinem Ansehen schuldig ist, und schmiert mit Gleichmut noch eine dicke Schicht Senf oben drauf. Schlürfen und Schmatzen. Das harte, trockne Brot erfordert ausführliche Kaumuskelarbeit.

»Immer noch besser als das Mistzeug aus der Dose«, muffelt Ario. Mit rotgelbem Tee spült er den dicken Brei schließlich hinunter. Fett glänzt um die Münder: Kannibalen um ihre Schüsseln. Die Beine haben sie wie in einem Eisenbahnabteil ineinandergeschlichtet. Hin und wieder belegt Ario mit einem Rülpsen, daß es ihm schmeckt. Eine Apfelsaftflasche geht reihum.

Einige machen sich fertig zur Wachablösung und verschwinden nach achtern. Nach einer Weile wird das Schott aufgedrückt. Der rothaarige Markus aus Brunsbüttelkoog schwankt herein. In seinem waagerecht blauweiß gestreiften Trikot sieht er aus wie ein Ringkämpfer der achtziger Jahre. Mit ihm kommt der Gestank der Diesel in den Raum und vermischt sich mit dem sauren Geruch.

Erst hält sich Markus mit anzüglichen Vergleichen über die Beleuchtung auf, dann zieht er das ölverschmierte Trikot über den Kopf. Dabei torkelt er hin und her, als wäre er betrunken. Schließlich läßt er sich mit seinem ganzen Gewicht wie ein angeschlagener Boxer in eine Lücke zwischen die anderen fallen. Empört knufft ihn Ario in die Seite. Aber Markus zeigt keine Reaktion. Kauend bemerkt er: »F.C. Hertha hat verloren – ist vorhin im Radio gekommen – die haben eine ziemliche Wucht bezogen – fünf zu null! Bei Halbzeit stands schon drei zu null – die haben jetzt keine Chance mehr für die Vorschlußrunde!«

»Mach Sachen!«

»Au Backe!«

F.C. Hertha hat verloren – und der Sturm, der uns beutelt, verliert sofort an Eindruckskraft.

Eine heftige Debatte entwickelt sich im Handumdrehen: »Ausgerechnet F.C. Hertha! Nicht maln Ehrentor! Zum Heulen!«

Ario scheint der Hafer zu stechen. Er hält gegenan: »Ja, sichtlich rührend, wenn man dran wackelt!«

Als nach einer Viertelstunde das Thema restlos ausgeschöpft ist, erfährt die Runde von Ario, daß Benjamin sich mit Heiratsabsichten trage. Ein wüstes Hallo hebt an. Von allen Seiten rasselt es auf Benjamin los: »Nu mach mal halblang!« – »Du hast wohl nen Vogel – so was wie dich sollten se lieber durch den Zoo führen und bei den Schimpansen Kreuzungen vornehmen!« – »Das arme Weib! Igittigitt!«

Benjamin gerät in ehrlichen Zorn und schimpft: »Jetzt is aber gleich der Bart ab!«

Es bedarf Arios ganzer Überredungskunst, ihn wieder zu beruhigen. Schließlich bringt er ihn mit beschönigenden Redensarten sogar soweit, aus seinem Spind eine zerfledderte Brieftasche hervorzugraben, der er eine ganze Serie Fotos der zur Sprache stehenden Dame entnimmt. Mit einem schnellen Griff bekommt sie der Eintänzer in die Hände. Ehe er die Bilder einzeln weiterreicht, kommentiert er jedes: »Wasn Chassis! – Marke Hausgebrauch! – Hilfe, ich bin unschuldig! – Doof fickt gut! – Einfach, aber geschmacklos!« Als er nichts mehr in den Händen hat, wendet er sich mit gespieltem Staunen Benjamin zu und sagt: »Du willst doch nich im Ernst behaupten, daß sich diese müde Matratze vögeln läßt?« Aber Benjamin hört gar nicht hin, er gibt sich verzweifelte Mühe, wieder in den Besitz seiner Fotos zu kommen. Die Teekanne wird dabei umgeworfen. Auf dem Boden bildet sich zwischen strampelnden Beinen schnell ein heilloses Durcheinander von Brotstücken, Wurstscheiben, Ölsardinendosen und hangelnden Händen. Der Torpedomechanikersmaat, der Bugraumpräsident, muß von seiner Koje her mit scharfem Donnerwetter dazwischenfahren, damit sich der Aufruhr wieder legt.

Benjamin gebärdet sich, obwohl er alle Fotos gegrabscht hat, immer noch fuchsteufelswild. Jetzt spielt er sicher Theater. Er macht dabei ganz den Eindruck, als wäre er insgeheim über das Aufheben um die Dame seines Herzens gar nicht unzufrieden: Benjamin, der Weiberheld.

Für Minuten ist nur Schmatzen und Kauen zu hören.

Das Schott geht wieder auf.

»Kruzitürken, wie schauts denn wieder aus in der Stubn!« entrüstet sich der Brückenwilli und schüttelt sich Nässe von Gesicht und Händen.

Brüllendes Gelächter antwortet ihm.

»Sags noch mal!« höhnt Fackler.

»In der Stubn! Wie schauts aus in der Stubn!« imitiert der Eintänzer den Brückenwilli und fragt ihn: »Du bist wohl nich ganz hoppla?« Der Eintänzer kann sich gar nicht beruhigen: »Manometer, das is ne Ausdrucksweise – ›in der Stubn‹. Fast so schön wie ›Kugeln aus dem Keller holen‹.«

260

»Was willste denn mit Kugeln aus dem Keller?« erkundigt sich Fackler.

»Das hat die Schnapstüte doch beim letzten Artilleriegefecht zum besten gegeben. Weißte das noch nich? ›Kugeln aus dem Keller holen‹ hat er gesagt anstatt ›Granaten aus der Last mannen‹!«

Ein hilfloses Grinsen macht sich auf dem Gesicht des Brückenwilli breit. Er ist so rundlich, daß man in ihm eher den Schmutt des Boots vermuten könnte als einen Seemann. Sein Gesicht verzerrt sich ununterbrochen. Ein schwarzes Bärtchen ist das einzig Feste darin. Sicher ist er ein verträglicher Gemütsmensch, denn er nimmt die Anpflaumerei nicht krumm, sondern sucht sich wortlos einen Platz in der Runde. Rangelnd zwängt er sich in eine Lücke.

»Mach dich nich so breit!« schimpft jetzt Fackler los.

Aber der Brückenwilli grinst ihn, ohne sich zu rühren, nur freundlich an. Fackler gerät davon in Feuer: »Du bist schon ein komischer Geleehaufen – so ein richtiges dußliges Gallertemonument!«

Da schlägt sich der Eintänzer auf die Seite des Brückenwilli und redet ihm pastoral begütigend zu: »Komm, laß dich von den bösen Buben nicht ärgern!« Plötzlich ruft er laut: »Wo ist die Tasse mit dem goldenen Rand? Unser Willi soll aus der Tasse mit dem goldenen Rand trinken!«

Der Brückenwilli zeigt, wie man zugleich grinsen und kauen kann. Ab und zu bläst er die Backen auf und unterdrückt einen Rülpser.

»Tu dir ja keinen Zwang an«, reizt Fackler wieder. »Du bist schon ein komischer Uhu: furzen wien Waldesel – das kannste, aber rülpsen hältste für unfein!«

Als wäre sein Vorrat an Hetzreden nunmehr erschöpft, steht Fackler auf. Wie er sich auf seine Koje werfen will, sieht er, daß eine nasse Gummijacke und ein Pullover dort liegen.

»Was solln die dreckigen Windeln hier auf der Koje?« fährt er fauchend herum.

»Sich wohl fühlen!« gibt der Brückenwilli unbewegt zurück und entläßt nun wirklich einen lang nachrollenden Rülpser aus dem Gehege seiner Zähne.

»Mensch, sei bloß vorsichtig. Bei den Spartanern hätten sie dich längst in den Busch gelegt und krepieren lassen!«

»Gebildet!« höhnt Ario, »meine Fresse, hier schmeißt einer mit Spartanern um sich.«

Eine Weile ist Ruhe. Das Scheppern der Barkasse vorn zwischen den Torpedorohren und das Schmatzen der Esser klingt dafür um so lauter.

261

Der Torpedomixer Dunlop tritt in den roten Schein der Lampe und macht sich an seinem Spind zu schaffen. Eine Menge Flaschen kommen zum Vorschein. Der gesuchte Gegenstand muß ganz hinten liegen.

»Was fehlt dir denn?« fragt schließlich Fackler von seiner Koje her.

»Meine Gesichtscreme!«

Als wäre das für die ganze Bande das erwartete Stichwort, ziehen sie sofort unisono vom Leder: »Guck mal einer die süße Badenutte!« – »Gleich salbt er sich seinen Alabasterleib!« – »Bittebittebitte, mach mich nich schwul!«

Wütend fährt der Torpedomixer herum: »Ihr Flaschen – ihr habt eben keine Ahnung, daß es so was wie Hygiene gibt!«

»Ach gittegitt, nun beiß dir bloß keinen Häcksel aus der Spucke!« – »Reklame für Hygiene – hier auf dem Dampfer – du hast ja wohl den Arsch offen?« – »Nu guck dir den mal an: Haut auf die Pauke mit Hygiene – und läßt seinen Pimmel zu Gorgonzola verfaulen!« – »Gerade du blöder Affe mußt von Hygiene reden – das hab ich gern: Dreckig wien Waldesel und dann noch die Schmiere drauf – das nennst du Hygiene!«

Der Bugraumpräsident brüllt: »Gottverdammichnochmal – wird jetzt hier Ruhe oder nicht?«

»Nicht!« sagt Ario – aber so leise, daß es der Torpedomechanikersmaat in seiner Koje nicht hören kann.

DIENSTAG. Der Seegang hat erheblich zugenommen Das Boot sackt so jäh weg, daß es mich staucht. Ein heftiges Zittern dringt bis in alle Nieten – es dauert eine halbe Minute lang. Das Vorschiff scheint überhaupt nicht wieder frei zu kommen, so tief hat es sich in einer See festgerannt. Das Boot wälzt sich von rechts nach links, ich spüre deutlich, wie es versucht, nach der Seite hin auszubrechen – endlich hebt sich der Bug, die Schrauben törnen ordentlich los – es ist, als hätte sich eine Umklammerung gelöst.

Ich versuche, das Frühstück bei mir zu behalten und sogar zu schreiben. Aber da fährt der Raum so schnell talwärts, und es hebt mir den Magen. Mit aller Gewalt klammern wir uns fest, weil die Erfahrung lehrt, daß das Abwärtsschießen mit einem jähen Staucher endet. Doch diesmal gehts glimpflich ab. Die Schrauben wühlen schon wieder heftig.

Das Mittagessen besteht aus Wurst und Brot. Warmes Essen ist vom Programm gestrichen. Es gibt nur noch kalten Mampf aus der Dose, weil der Schmutt seine Töpfe nicht mehr auf dem Herd halten

262

kann. Ein Wunder, daß es ihm gelingt, uns wenigstens mit heißem Tee oder Kaffee zu versorgen. Den »Mittelwächter« gibt es auch immer noch. Der Schmutt tut wirklich sein Bestes – ein unverdrossener Bursche.

Nach dem Mittagessen hangelt sich der Kommandant nach oben. Er hat sich einen dicken Pullover unter das Ölzeug angezogen. Statt des Südwesters trägt er eine Kapuze aus Gummistoff, die dicht am Kopf anliegt und nur Augen, Mund und Nase frei läßt.

Es vergehen keine fünf Minuten, bis der Kommandant triefnaß und kaum artikulierte Flüche ausstoßend wieder unter uns erscheint. Murrend arbeitet er sich aus den naß glänzenden Gummiklamotten, zieht sich den Pullover über den Kopf und zeigt mir einen großen dunklen Nässefleck, der sich in der kurzen Zeit, die er oben war, auf seinem Hemd gebildet hat. Schniefend läßt er sich auf die Kartenkiste sacken – ein Zentralegast zieht ihm die Gummistiefel von den Beinen. Das Wasser stürzt aus den Schäften und verschwindet in der Bilge.

Während der Kommandant seine Socken wie durchnäßte Feudel auswringt, kommt ein pladdernder Wasserschwall von oben, zischt ein paarmal auf den Flurplatten hin und her und findet auch seinen Ab lauf in der Bilge.

»Lenzpumpe anstellen!« befiehlt der Kommandant, hüpft barfuß über die nassen Flurplatten, steigt durchs Kugelschott und hängt seine feuchten Kleider im Horchraum über dem rotleuchtenden Heizkörper zum Trocknen auf.

Dem Obersteuermann, der sich hinter ihm vorbeidrücken will, teilt er seine Beobachtungen mit: »Wind dreht nach links. – Soweit ganz programmäßig.«

Ein korrekter Sturm also, der sich durchaus erwartungsgemäß verhält.

»Soll Kurs durchgehalten werden?« fragt der Obersteuermann.

»Müssen ja wohl! – Solange es noch geht – auf jeden Fall – geht ja noch!«

Wie zum Gegenbeweis fliegt bei einem kräftigen Überholen der Ziehharmonikakoffer aus dem Horchraum heraus. Krachend schlägt die Riesenkiste im Gang an die gegenüberliegende Wand.

»Hoffentlich leer«, sagt der Kommandant. Da wird der Koffer schon an die andere Wand geschleudert, bricht auf und entlädt den Inhalt. Der Leitende steckt seinen Kopf in den Gang vor, guckt halb neugierig, halb beunruhigt, und stellt fest: »Davon wird sie kaum besser!«

Der Zentralegast kommt mehr gekrochen als gelaufen und klaubt die Koffertrümmer samt der Ziehharmonika auf.

Der Kommandant arbeitet sich wankend zur O-Messe durch und klemmt sich in seine Ecke an der Schmalseite der Back zurecht. Er räkelt sich hin und her, schließt für Sekunden die Lider, als müsse er sich angestrengt besinnen, wie er früher die Glieder verstaut hatte, und probiert dann verschiedene Stellungen, bis er endlich soviel Festigkeit findet, daß er beim nächsten Überholen nicht aus dem Sitz gelüftet wird.

Wir halten alle drei die Köpfe über unsere Bücher. Nach einer Weile blickt der Kommandant auf: »Lesen Sie das mal! – Hier, das trifft es genau!«

Ich finde von seinem Zeigefinger eingewiesen die Stelle, die er meint:

»Die Launenhaftigkeit der Winde ist wie der menschliche Eigensinn eine traurige Folge innerer Zuchtlosigkeit. Anhaltender Zorn und ungezügelte Kraft verderben das freimütige, hochherzige Wesen des Westwindes. Es ist, als würde sein Herz durch bösartige, brütende Erinnerungen vergiftet. In der maßlosen Ungebärdigkeit seiner Kraft verwüstet er das eigene Reich. Wenn seine Stirn sich umdüstert hat, droht er aus den südwestlichen Himmelsbezirken. Er atmet seine Wut in furchtbaren Böen aus und erstickt sein Reich unter unendlichen Wolkenmassen. Auf die Decks der lenzenden Schiffe wirft er die Samen der Unruhe; er läßt das gischtgestreifte Meer alt aussehen und sprengt graue Fäden in das Haar der Kapitäne, die auf heimkehrenden Schiffen den Kanal ansteuern. Wenn der Westwind seine Gewalt von Südwesten losläßt, gleicht er oft einem wahnsinnig gewordenen Despoten, der seine treuesten Gefolgsleute verflucht und in Unheil, Untergang und Tod treibt . . .«

Ich schlage die Titelseite auf: Joseph Conrad »Spiegel der See«.

MITTWOCH. »Ein Gutes hat dieses Sauwetter«, sagt der Alte, »jetzt haben wir wenigstens die Flieger vom Hals!«

Kaum Schlaf während der Nacht. Meine Koje versuchte, mich auszukippen trotz des Kojengitters – oder mich die Sperrholzwand hinaufzurollen. Zweimal bin ich aus der Koje gestiegen, weil ich es hier oben nicht mehr aushalten konnte. Jetzt ist mir zumute, als hätte ich eine ganze Woche nicht geschlafen.

Der Sturm zeigt nicht die geringste Tendenz, abzunehmen. Der Tag vergeht mit stumpfem Dahindösen. Die ganze Besatzung läßt sich mehr und mehr in Apathie sinken.

DONNERSTAG. Der Kommandant liest sich selber die letzten Worte des Textes vor, den er ins Kriegstagebuch schrieb: »Wind Südsüdwest, 9–10. Seegang 9. Diesig. Barometer 711,5. Starke Böen.«

»Diesig« – die übliche Untertreibung. Wenn der Alte schriebe:

264

»Waschküche«, träfe er die Wahrheit besser. Oben sieht es nämlich aus, als wolle die Zahl der Elemente sich verringern, indem Wasser und Luft zu einem werden. Der Sturm hat noch zugenommen – genau wie es der Alte vorausgesagt hat.

Ich lange mein Ölzeug vom Haken, knote mir wie üblich ein Frotteehandtuch um den Hals und hole meine Gummistiefel aus dem Horchraum, wo sie vor der Heizsonne zum Trocknen standen: Ich will mit dem Obersteuermann Wache gehen. Als ich einen Stiefel zur Hälfte am Bein habe, zieht es mir den Boden weg. Ich wälze mich im Gang wie ein auf den Rücken geratener Käfer. Als ich gerade die Beine unter den Körper bekomme, wirft mich ein neues Einstampfen wieder um. Schon außer Atem, kann ich mich endlich an den Flutverteilern hochstemmen.

Die Stiefel sind innen naß. Der abgestreckte Fuß will nicht in den Schaft hineinrutschen. Im Stehen wird das nie was, also versuche ich es im Sitzen. So, nun gehts. Wer sagts denn! Warum denn nicht gleich? Das nächste Überholen schiebt den grünen Vorhang des Kommandanten ganz auf: Der Kommandant dichtet Kriegstagebuch. Jetzt kaut er am Stift. Der Satz, den er schrieb, hat sicher noch ein Wort zuviel. Der Alte tut jedesmal, als verfasse er ein Überseetelegramm, für das jedes Wort ein Vermögen kostet.

Nun die Ölhosen über die Stiefel. Auch die Ölhose ist innen feucht. Ölhose – auch so ein antiquierter Ausdruck – in Wirklichkeit ist sie aus gummiertem Stoff. Ich vollführe einige Verrenkungen, ehe ich die Hose wenigstens bis zu den Kniekehlen hochbringe. So, und nun den Hintern lüften und auf die Füße! Das Biest von Hose widersetzt sich auch jetzt noch. Mir bricht der Schweiß aus, bis ich sie endlich über das U-Boots-Päckchen gezogen habe.

Und nun noch die Öljacke. Sie kneift unter den Armen, weil ich zwei Pullover anhabe. Oben soll es sehr kalt sein. Schließlich ists November und ganz hübsch nördlich. Ich sollte mich mal wieder auf der Seekarte orientieren. Wir müssen so um den Sechzigsten herumschippern. Wahrscheinlich ists nicht mehr weit bis Island. Dabei sollten wir erst die Höhe von Lissabon ansteuern.

Und jetzt den Südwester. Er ist innen völlig naß. Mich schüttelts von der kalten Berührung an der Kopfhaut. Die Strippen sind verknotet. Der Knoten ist von der Nässe so gequollen, daß er sich nicht lösen lassen will.

Der Kommandant läßt das Telegrammdichten sein, steht auf, streckt sich, sieht mich an der Strippe herumarbeiten und stichelt: »Hartes Leben auf See, was?«, und dann macht er »hoho!«, weil eine heftige Bewegung des Bootes ihn auch fast umwirft.

Alles Hängende entfernt sich schräg von den Wänden. Ein paar Seestiefel rutschen von einer Seite auf die andere. Durchs Kugelschott komme ich noch mit Eleganz, aber in der Zentrale erfaßt mich die Gegenbewegung: Ich erwische die niedrige Schlingerleiste am Kartentisch nicht mehr, verliere den Halt völlig und setze mich hart auf die Flut- und Lenzverteiler. Und da intoniert der Alte auch schon wieder seinen blöden Vers: »Paß auf mein Schatz, daß du die Balance nicht verlierst!« Muß ein alter Schlager sein – einer, der vor meiner Zeit en vogue war.

Jetzt taumelt der Raum nach backbord. Ich fliege gegen die gewölbte Haube der Kreiselkompaßanlage, aber dann kann ich mich an der Leiter zum Turmluk festhalten. Der Alte behauptet, er habe einmal eine kubanische Rumba gesehen, die wäre Dreck gewesen, verglichen mit meiner Leistung. Hohnvoll attestiert er mir tänzerische Begabung, »... vor allem für National- und Eingeborenentänze!«

Der Alte, das muß man ihm lassen, hat den Bogen raus. Wenn er ins Schwanken gerät, sieht er sich aus den Augenwinkeln blitzschnell nach einem geeigneten Landeplatz um. Dem Geschobenwerden durch die Bootsbewegung hilft er geschickt steuernd nach und kommt mit Anstand zum Sitzen. Gewöhnlich blickt er dann auch noch gleichmütig um sich, als hätte er just in diesem Augenblick gar nichts anderes im Sinn gehabt, als sich auf der Kartenkiste niederzulassen.

Von oben kommt triefend der II WO. Ein mächtiger Guß schießt hinter ihm her. Atemlos berichtet er: »Uns isn Schweinsfisch direkt übers Geschütz gesprungen – direkt drüberweg! Wir hatten ne steile See so schräg an Backbord, der Schweinsfisch sprang wie aus ner Wand raus und jumpte über das Geschütz! Kaum zu glauben!«

Ich schlinge noch den breiten Anschnallgurt mit dem schweren Karabinerhaken um und klettere nach oben. Im Turm ist es dunkel. Nur die Zifferblätter der Instrumente des Rudergängers leuchten fahl. Über mir in der Brücke gurgelt es. Ich warte ein paar Sekunden, bis das Gurgeln nachläßt, dann stemme ich, so schnell ich es schaffe, den schweren Lukdeckel hoch, klettere hinaus und werfe das Luk wieder dicht. Geschafft! Aber schon muß ich mich mit den anderen vor der nächsten zischenden See hinter die Brückenverschanzung ducken. Der Wassersturz wuchtet mir auf den Rücken, zerrende Strudel quirlen um meine Beine. Ehe sie mich umreißen können, klinke ich den Karabinerhaken am UZO ein und klemme mich zwischen Sehrohrsockel und der Wandung der Brückenwanne fest.

Nun erst kann ich einen Blick über das Schanzkleid wagen: Mein Gott, das ist ja kein Meeresanblick mehr! Meine Augen wandern über eine weißgraue, glanzlose, zuckende Schneelandschaft, von deren Hügeln der Wind schneeige Gischt wegreißt. Durch das Weiß laufen dunkle Risse, schwarze Bänder, die hin und her zucken und ständig neue Formen bilden. Kein Himmelsgewölbe mehr, nur noch ein flacher, grauer Teller, der fast auf der weißgrauen Wüstenei aufliegt.

Die Luft ist ein Nebel von fliegenaem Salzwasser. Ein gewalttätiger Nebel, der die Augen rötet, die Hände verklammt und schnell die Wärme aus dem Körper laugt.

Jetzt wälzt sich der runde Bauch unseres Steuerbordtauchbunkers träge aus den Schaumstrudeln heraus, die See, die uns hochtrug, beginnt zusammenzusinken, das Boot neigt sich immer mehr nach backbord und verharrt sekundenlang, während es immer tiefer hinabgeht, in äußerster Schräglage.

Eine weißgrau geriefte Woge nach der anderen zieht gelassen auf das Boot zu. Hin und wieder kommt eine, die die anderen mit einem gewaltigen Schaumkamm überragt. Direkt vor dem Boot beginnt sich die Wasserfront zu höhlen – erst langsam, dann immer schneller, und nun bricht sie zusammen und kracht wie ein ungeheurer Hammer auf das Vorschiff herab.

»Achtung Null!« brüllt der Obersteuermann. Jetzt jagt es den Geysir am Turm hoch – und jetzt bricht er über uns zusammen. Ein Schlag auf die Schultern, dann quirlt von unten das Wasser bis zum Bauch hoch. Die Brücke zittert und bebt. Das Boot wird von heftigem Schütteln durchlaufen. Endlich reckt sich das Vorschiff wieder aus der Gischt heraus. Der Obersteuermann brüllt: »Aufpassen – kann einen – glatt aus der – Brücke waschen!«

Ein paar Augenblicke lang jagt das Boot in einem Tal dahin. Weiße Wogengebirge kesseln die Sicht ein. Dann werden wir wieder angehoben; das Boot gleitet eine riesenhafte Schräge empor. Das Blickfeld öffnet sich, das Boot wird immer höher gehoben. Das Blickfeld wird größer – jetzt ist das Boot auf dem schäumenden Kamm der See, und wir können über das Sturmmeer sehen wie von einem Aussichtsturm: Das ist nicht der alte dunkelgrüne Atlantik, sondern das Meer eines Planeten, der noch in Schöpfungsschauern zuckt.

Die Wachzeit für die Brückenwache ist auf die Hälfte verkürzt. Mehr ist auch nicht zu schaffen. Nach zwei Stunden Wegducken, Starren, Wegducken ist der Mensch erledigt. Ich bin froh, daß ich bei der Wachablösung die Knochen noch zu bewegen vermag, um ins Boot hinunterzukommen. Eine Vierstundenwache unter diesen Bedingungen hielte keiner aus.

267

Ich bin so erschöpft, daß ich mich am liebsten in den nassen Klamotten auf die Flurplatten hinsinken ließe. Was um mich geschieht, nehme ich nur noch dumpf – wie durch Nebel – wahr.

Meine Lider haben sich entzündet, ich spüre jeden Lidschlag. Am besten: Augen schließen, sich sacken lassen, alle viere von sich strecken. Gleich hier in der Zentrale. Aber mein Bewußtsein funktioniert noch halbwegs. Es läßt mich nach achtern steuern. Als ich das rechte Bein hebe, um durchs Kugelschott zu steigen, könnte ich vor Schmerzen brüllen. Himmel, bin ich fertig.

Das Ausziehen ist nur mit langen Verschnaufpausen möglich. Ich muß immer wieder die Zähne zusammenbeißen, um nicht laut aufzustöhnen. – Und nun das schlimmste: die Turnübung hinauf in die Koje. Keine Leiter wie im Schlafwagenabteil. Der große Spreizschritt, das Abstoßen mit der linken Fußspitze – ich habe nasse Augen, als ich endlich langliege.

Schon eine ganze Woche Sturm! Wie lange soll das denn noch dauern? Unglaublich, daß unsere Körper diese Torturen mitmachen: kein Rheumatismus, kein Ischias, kein Hexenschuß, kein Skorbut, kein Dünnschiß, keine Koliken, keine Gastritis, keine größeren Entzündungen. Wir sind allem Anschein nach kerngesund, widerstandsfähig wie unser Fliegenbock.

FREITAG. Ein mit dumpfem Dösen und mühevollen Lesen hingebrachter Tag. Ich liege in der Koje. Aus der Zentrale höre ich das scharfe Aufschlagen von oben kommenden Wassers. Das Turmluk ist sicher geschlossen, aber nicht festgezurrt. So kommt, wenn die Turmwanne vollschlägt, immer wieder der Wassersturz herab.

Der Obersteuermann erscheint von vorn und berichtet, daß es einen neuen Mann seiner Wache schwer gepackt hätte: »Der sitzt auf den Flurplatten und kotzt und kotzt...«

Der Obersteuermann belebt seine Worte zu meinem Erstaunen durch pantomimische Darstellungen. Wir erfahren von ihm auch noch, daß einer der Dieselheizer auf eine Erfindung verfallen ist, die schon Schule gemacht hat. »Der hat sich an einer Strippe eine Konservenbüchse wie eine Gasmaske um den Hals gehängt.« Drei Leute liefen nach seinem Beispiel schon mit »Kotzdosen« herum, sagt der Obersteuermann zu mir herauf – ohne den kleinsten Anflug von Schadenfreude.

Ich kann keine fünf Minuten in der gleichen Lage liegenbleiben. Mit der linken Hand halte ich mich an einer Sprosse des Kojengitters fest und winkele den Körper so ab, daß ich mich mit dem Rücken gegen die Wand stemmen kann. Aber bald dringt die Kälte des Eisens durch das dünne Holz, und auch das Kojengitter leitet einen Kältestrom in meine Hand.

Das Schott zur Kombüse geht auf. Ich bekomme Druck auf die Ohren, und alle Geräusche werden sofort flacher: Die Dieselzuluftklappen sind in der schweren See untergeschnitten. Die Diesel bekommen durch die Zuluftschächte keine Luft mehr. Unterdruck – Überdruck. Trommelfelle rein – Trommelfelle raus – da soll einer schlafen können. Ich wälze mich auf den Bauch und hänge den linken Arm, um besseren Halt zu gewinnen, über das Kojengitter. Es dauert nicht lange, bis ein abgelöster Heizer durch den Raum kommt und mit dem Gewicht seines ganzen Körpers gegen meinen Arm wuchtet.

»Autsch!«

»Wasn los? – Ach so! – Tschuldigung!«

Die Koje, die mir beim ersten Anblick so schmal erschien, ist jetzt viel zu breit. So viele verschiedene Lagen ich auch probiere, ich finde in ihr keinen rechten Halt. Zuletzt bleibe ich doch auf dem Bauch liegen und spreize die Beine ab wie ein Ringkämpfer, der sich nicht auf den Rücken drehen lassen will. An Schlafen ist dabei nicht zu denken.

Nach Stunden verfalle ich auf die Idee, den Kopfkeil zwischen meinen Körper und das Kojengitter zu klemmen. Breitseits paßt er nicht, aber mit der Schmalseite nach oben klappt es. Jetzt liege ich zwischen Holzwand und Kopfkeil wie in einem Etui festgeklemmt So scheint es zu gehen.

Ich sehe mich als rotstreifige Anatomie-Atlas-Lithographie in gezierter Haltung mit Ziffern auf den einzelnen Muskelsträngen: Nutzanwendung der Anatomiekurse – ich weiß jetzt wenigstens Bescheid, wie der Muskel heißt, der gerade schmerzt. Sonst schleppe ich die faserigen Fleischpakete auf dem Skelett herum, spüre allenfalls mit Genugtuung, wie sie sich kontraktieren und wieder lösen – eine selbständige, mir dienstbare Installation, vernünftig eingerichtet, reibungslos arbeitend –, aber jetzt will die Anlage nicht mehr funktionieren, sie muckt auf, macht trouble, sendet Warnsignale: hier ein Stich, da ein ziehender Schmerz. Viele Teile des Bewegungsapparats bekomme ich zum erstenmal in meinem Leben zu spüren: Platysma zum Beispiel, den ich zu Kopfbewegungen brauche Psoasmuskel für die Bewegung der Beine im Hüftgelenk. Am wenigsten Kummer machen mir die Bizepse. Die sind trainiert. Aber beim Pectoralis fängt es schon an: ich muß verkrampft gelegen haben - wie sollte er sonst derart schmerzen!

SAMSTAG. Ich notiere in mein blaues Schulheft: Sinnlos – Herumtorkeln mitten im Atlantik. Vom Gegner keine Spur. Gefühl, als wären wir das einzige Schiff, das es gibt. Bilge- und Kotzgeruch. Kdt. findet Wetter ganz normal. Redet wie ein alter Kap-Horn-Segler.

SONNTAG. Das tägliche Prüfungstauchen, sonst als lästig empfunden, wird zur Wohltat. Wir sehnen uns nach den paar Minuten Muskelentspannung, die es uns bringt: mal sich ausstrecken, mal sich schlaff machen, mal richtig tief durchatmen, mal sich nicht ducken und festklammern müssen, mal wieder frei und aufrecht einfach so dastehen – entspannt.

Mit dem Befehl »Klarmachen zum Tauchen« beginnt das Ritual. »Klar bei Entlüftungen« ist das nächste Kommando. Der LI hat sich hinter die beiden Tiefenrudergänger gestellt. Die Zentralegasten, die an den Entlüftungen der Tauchzellen stehen, melden: »Eins!« – »Drei beide Seiten!« – »Fünf!«

Der Leitende ruft in den Turm: »Entlüftungen sind klar!«

»Fluten!« kommt die Stimme des II WO von oben.

»Fluten!« wiederholt der Leitende. Jetzt ziehen die Zentralegasten die Entlüftungen.

»Vorn hart unten – achtern Mitte!« befiehlt der Leitende den Tiefenrudergängern. Bei »Mitte« muß er die Stimme anheben, um das Brausen des Wassers zu übertönen, das in die Tauchzellen strömt. In fünfzehn Meter Tiefe läßt der LI die Untertriebszelle lenzen. Statt des Tosens der Seen bekommen wir das Fauchen der Preßluft zu hören und gleich auch das Brüllen des Wassers, das aus der Untertriebszelle gedrückt wird.

Bei fünfunddreißig Meter bleibt der Zeiger des Tiefenmanometers stehen. Das Boot liegt fast auf ebenem Kiel, aber es bewegt sich immer noch so heftig, daß ein Bleistift auf dem Kartenpult hin und her rollt.

Der Leitende läßt die Entlüftungen der Tauchzellen wieder schließen, und der Kommandant befiehlt: »Auf fünfundvierzig Meter einsteuern« Aber auch in fünfundvierzig Meter Tiefe liegt das Boot noch nicht still. Der Alte nimmt seinen gewohnten Platz mit dem Rücken am Sehrohrschaft ein. »Auf fünfzig Meter gehen!«, und nach einer Weile: »So, jetzt scheinen wir Frieden zu haben.«

Welche Gnade! Die Tortur hat ausgesetzt. Diesmal sogar für mindestens eine Stunde, wie ich aus den Anweisungen des Alten an den LI heraushöre.

Noch habe ich den Kopf voll Sausen und Brausen, als hielte ich große Seemuscheln an die Ohren. Allmählich erst wird es in meinem nachdröhnenden Schädel ruhiger.

Nur jetzt keine Minute verlieren: Schnell auf die Koje. Herrje, diese Schmerzen! Ich mache mich ganz schwer – die steif ausgestreckten Arme lege ich parallel zum Körper und kehre die Handflächen der Matratze zu. Das Kinn angezogen kann ich sehen, wie sich mein Brustkorb hebt und senkt. Obwohl ich heute noch nicht auf der Brücke war, brennen meine Augen. Es sind eben keine Fischaugen, nicht dafür eingerichtet, durch Salzwasser zu glotzen. Ich sauge die Lippen zwischen die Zähne und schmecke Salz. Ich lecke mir um den Mund und schmecke noch mehr Salz. Wahrscheinlich trage ich am ganzen Körper Salz auf mir. Das Seewasser ist ja überall hingekrochen. Ich bin gut durchsalzen wie Pökelschinken oder ein Kasseler Rippchen – Kasseler Rippchen! Mit Sauerkraut, Lorbeerblättern, Pfefferkörnern und viel Knoblauch. Mit Gänsefett wirds noch besser, und mit einem Schuß Sekt ists große Klasse. Komisch: Kaum setzt die magenumstülpende Jumperei aus, kommt auch der Appetit wieder. Wie lange habe ich eigentlich nichts gegessen?

Schön ist es auf meiner Koje. Ich habe nie gewußt, was Daliegen für eine herrliche Sache sein kann. Ich mache mich flach wie ein Brett und erspüre mit jedem Quadratzentimeter meiner Rückseite die Matratze, auch mit dem Hinterkopf, den Innenseiten der Arme, den Handflächen. Und jetzt ziehe ich die rechten Zehen an und dann die linken, strecke das rechte Bein aus und dann das linke. Ich wachse, werde immer länger. Im Lautsprecher brät Fett, dann klingt es, als gurgele einer, und nun geht es los: eine der Platten, die der Alte selber mit an Bord gebracht hat:

»Sous ma porte cochère
chante un accordéon,
musique familière
des anciennes chansons.
Et j'oublie la misère
quand vient l'accordéon,
sous la porte cochère
de ma vieille maison . . .«

Von seiner Donna, von der mit der grünen Tinte, denke ich mir, hat er *die* Platte mal nicht. Woher diese Platte kommt, kann ich nur mutmaßen. Der Alte – vielleicht doch ein stilles Wasser?

Da kommt Isenberg und meldet, daß aufgebackt sei.

»Jetzt schon?«

Ich erfahre, daß der Alte das Mittagessen um eine Stunde vorverlegt hat, damit wir in Ruhe stauen können.

Gleich melden sich Verdauungssorgen. In Ruhe essen ist gut –

aber wie sollen wir die Reste davon wieder loswerden bei der Jumperei? Mir graust vor dem »Triton«.

Dem Alten scheinen meine Bedenken fremd zu sein. Er verleibt sich riesige Stücke Schweinskopfsülze ein, auf die er dicke Lagen Senf spachtelt. Es gibt Gurken dazu, eingelegte Zwiebeln und Dosenbrot. Der I WO seziert mit penibler Sorgfalt ein Stück Schwarte mit ein paar weißen Borsten darauf aus seiner Sülzenscheibe und schiebt es angewidert an den Tellerrand.

»Schlecht rasiert, die Biester!« sagt der Alte dazu und dann unter kräftigem Kauen: »Hier fehlt Bier — und Bratkartoffeln!«

Statt des ersehnten Biers bringt der Backschafter Tee. Der II WO will sich die Kanne schon wieder zwischen die Schenkel klemmen, da kommt die Erleuchtung über ihn, daß das jetzt nicht mehr nötig ist, und er schlägt sich theatralisch mit der flachen Linken vor die Stirn.

Der Alte verlängert die Tauchzeit noch um zwanzig Minuten: »Weil Sonntag ist!«

Die Maate im U-Raum nutzen die ruhige Unterwasserfahrt auf die übliche Art. Frenssen berichtet, er wäre im letzten Urlaub wegen eines Bombenangriffs auf den Zug bloß bis Straßburg gekommen und hätte auch prompt den Puff gefunden.

»Die sagte, sie hätte ne Spezialnummer. Wollte nich sagen, was. Ich geh mit rauf. Die zieht sich aus, legt sich lang. Ich denk, ich laß mich überraschen und will ihn reinstecken – da sagtse: ›Vögeln willste, du Süßer! Mein Gott, wie primitiv!‹ Und plötzlich nimmtsen Auge raus – Glasauge natürlich – und hat da son rotes Loch und sagt: ›Los, jetzt kannste äugeln!‹«

Ein, zwei Sekunden höre ich nichts als Schnaufen. Aber dann bricht unten ein Tumult aus: »Du gottverdammte Sau!« – »Das kannste deiner Großmutter erzählen!« – »Du bist doch die allerletzte Drecksau!« – »Ich muß gleich kotzen wegen dir Mistbock!« – »Dir solltense den Schwanz abhacken!«

Als sich das Geschimpfe gelegt hat, sagt der Dieselmaat völlig gleichmütig: »Doch ne prima Idee – oder?«

Ich habe ein Würgen im Hals. Ich starre an die Decke und sehe auf dem Sperrholzgrund ein verschwommenes fahles aufgeschwemmtes Gesicht und das dunkelrote Loch. Stimmt das? frage ich mich, gibts so was? Kann sich einer so monströse Sauereien *ausdenken*? Spielt sich Frenssen nicht bloß auf?

Ich liege noch auf der Koje, als wir wieder auftauchen. So erspüre ich mit dem ganzen Körper, wie das Boot erst nur leise bewegt wird. Dann ist mir wie einem, dem im Winter beim Autofahren in der Kurve die Hinterräder weggezogen werden. Und schon gerät der Raum ins

Torkeln. Und jetzt höre ich die erste See wie eine gewaltige Tatze anschlagen. Wir sind oben, der Veitstanz geht wieder los.

Lärm aus der Zentrale. Der Zentralemaat flucht vor sich hin, weil dauernd Wasser von oben kommt.

Ich ducke mich durch den Kugelschottring. Als der Zentralemaat mich sieht, hebt er wieder an: »Verdammte Sauerei! Hier ist man bald nirgends mehr sicher!«

MONTAG. Der Sani hat zu tun. Ein paar Leute sind verletzt. Prellungen, eingeklemmte Finger, ein violett geschlagener Nagel, Blutblasen – nichts Ernstliches. Einer ist aus der Koje geflogen, ein anderer in der Zentrale auf die Ventile geschleudert worden. Ein Matrose hat sich den Kopf am Echolot eingerannt. Die Platzwunde sieht böse aus.

»Schöne Bescherung! Hoffentlich schafft der Sani das, sonst muß *ich* nämlich ran!« sagt der Alte.

Mit der 16-Uhr-Wache des II WO mache ich mich fertig. Ein Ausguckposten ist seekrank ausgefallen. Ich soll für ihn einspringen. Noch ehe ich das Luk aufstemmen kann, bin ich schon pudelnaß. So schnell ich kann, klemme ich mich zwischen Sehrohrschacht und Brückenverschanzung fest und hake den Karabinerverschluß meines Gurtes ein. Dann erst versuche ich den Körper hochzudrücken, damit ich über das Schanzkleid hinwegsehen kann.

Der Anblick nimmt mir den Atem. Ein einziger Tumult! Die Seen überreiten sich. Sie fallen sich über den Rücken her und fressen sich selbst auf.

Das Boot verharrt gerade auf dem Rücken einer gewaltigen See: Ein riesenhafter Wal hat es huckepack genommen. Ich kann sekundenlang die uralte Meereslandschaft wie aus der Gondel eines Riesenrades überblicken. Doch nun gerät das Boot ins Taumeln, der Bug sucht hin und her, als wolle er ein Ziel finden, aber da geht die Fahrt schon wieder sausend hinab.

Noch ehe das Boot sich unten im Tal wieder aufrichten kann, fällt eine zweite riesenhafte See mit wuchtenden Tonnengewichten über uns her, kracht mit irrsinnigem Getöse an Oberdeck, staucht uns in die Knie, deckt uns gänzlich ein, malmt und strudelt um unsere Körper. Es scheint mir eine Ewigkeit, bis sich das Boot endlich wieder freischüttelt. Nur für Augenblicke wird das Vorschiff in ganzer Länge sichtbar, dann schlägt schon die nächste Pranke zu.

Mir brennt bald der Hals. Der steife Kragen des Ölzeugs reibt die Haut im Nacken auf. Das Salzwasser verschärft den Schmerz, es brennt wie Säure.

Am linken Handballen habe ich eine Schnittwunde. Solange Salz-

273

wasser in den Schnitt dringt, wird er nicht heilen. Die Salzbrühe ätzt und frißt uns langsam auf. Sie soll der Teufel holen!

Und diesen scharfen kalten Wind dazu. Er reißt den Seen die weiße Haut auf und fetzt sie waagerecht weg. Aus den Spritzwasserwürfen macht er Schrotschüsse. Wenn sie über die Brücke hinfegen, müssen wir hinter der Verschanzung in Deckung gehen.

Der II WO wendet sich um. Er grinst mir mit rot geschlagenem Gesicht zu. Ich soll wohl sehen, daß der II WO nicht der Mann ist, der sich von dieser Jumperei beeindrucken läßt. Über das Rauschen und scharfe Zischen hinweg brüllt er: »Das wär ne Sache – so ein Wetter und dann kein Schiff untern Füßen!«

Das Zischen der Seen ist scharf wie Tigerfauchen. Aber dem II WO gelingt es, das Gefauche noch zu überbrüllen: »Und dann in jeder Hand nen schweren Koffer!«

Ein neuer Schlag trifft den Turm. Ein schwerer Schwall klatscht auf unsere gekrümmten Rücken. Aber schon ist der II WO wieder hoch, faßt die Kimm ins Auge und brüllt weiter: »Wasser – nichts als Wasser! Und kein Feudel zum Auftrocknen!«

Ich habe keine Lust, gegen das Zischen und Fauchen anzuschreien. So tippe ich mir nur, als der II WO gerade hersieht, an die Stirn.

Jedesmal, wenn ich das Glas vor die Augen nehme, rinnt mir Wasser an den Armen herunter. Dieser Ärger mit dem Gummizeug und dieser dreimal verfluchte Ärger mit den Gläsern! Die meiste Zeit ist kein einziges Glas auf der Brücke, weil sie allesamt heillos vom Salzwasser verschliert sind. In der Zentrale wird jetzt ständig an den Gläsern herumgefummelt – aber wenn ein noch so gut geputztes Glas wieder auf die Brücke hochgegeben wird, vergehen doch nur Minuten, bis es wieder naßgeschlagen ist. Mit unseren gänzlich durchnäßten Putzledern können wir längst nichts mehr ausrichten.

Ich muß plötzlich grinsen, weil ich daran denken muß, wie in Marinefilmen Sturm dargestellt wird: in der Badewanne mit Schiffsmodellchen. Und für die Großaufnahmen wird ein Stück Brücke auf das Trampolin gestellt, und mal nach links, mal nach rechts geschaukelt – und dann den Schauspielern von allen Seiten das Wasser kübelweise ins Gesicht geklatscht. Und statt sich wegzuducken werfen die Herren dräuende Blicke um sich.

Hier könnten sie die richtige Masche lernen: Wir sind nur für Sekunden zu sehen. Wir ducken den Kopf weg, machen den Buckel krumm, halten den Seen das Schädeldach hin. Sekunden nur beobachte ich aus dicht zusammengekniffenen Lidern meinen Sektor, dann weg mit dem Gesicht. Runter – wie in den Clinch. Trotzdem treffen mich die dünnen Peitschenschnüre aus Flugwasser. Gegen sie gibt es

274

keinen Schutz. Ein richtiger krachender Schwall mitten ins Gesicht ist allemal noch besser zu ertragen als diese scharfen tückischen Hiebe. Sie brennen wie Feuer.

Gleich wieder muß ich einen gurgelnden Schwall auf den Rücken nehmen. Aus nach unten gerichteten Augen sehe ich, wie das Wasser um meine Stiefelschäfte quirlt, wie es hochflutend und zerrend wieder zurückebbt wie um die Pfosten eines Anlegestegs. – Und wieder ein Schwall und bald der nächste.

Die Ablösung vor der Zeit ist wie eine Begnadigung. Der II WO mag sich noch so forsch gebärden – eine volle Wachzeit hätte auch er nicht durchstehen können.

Das Ausziehen ist Schwerarbeit: Wie ich gerade mit einem Bein nalb aus der Hose gestiegen bin, wird mir der Boden unter den Füßen weggezogen. Ich schlage längelang auf die Flurplatten und könnte vor Schmerz laut stöhnen. Rücklings auf den Handrädern liegend komme ich schließlich ganz aus der Hose.

Der Zentralemaat wirft mir ein Frotteehandtuch zu. Ich muß mich noch aus einem triefnassen Pullover und triefnassem Unterzeug schälen, bis ich mich mit einer Hand abfrottieren kann, während ich mich mit der anderen festhalte.

Mir graut vor der Nacht. Wie soll ich die vielen Stunden auf der Matratze, die bockt, wegsackt und schleudert, hinbringen?

DIENSTAG. Seit Sturmbeginn sind nun schon anderthalb Wochen vergangen. Anderthalb Wochen Martern und Torturen.

Am Nachmittag entere ich hoch. Über uns zerfetzter Himmel, den die Seen in immer neuen irren Anläufen anspringen. Es sieht aus, als wolle das Wasser sich mit verzweifelten Anstrengungen von der Erde losreißen. Aber sosehr die Seen sich auch bäumen und hochspringen, die Schwerkraft zerrt sie zurück und läßt sie wieder zusammenbrechen.

Abgründe und Gebirge. Der Boden der Abgründe wird von ungeheuren Eruptionen hochgeschleudert, die Gebirge stürzen hinab, verschwinden in den Abgründen, schieben sich wieder hoch, wachsen mit zuckenden Flanken zum Himmel auf und stürzen jäh wieder zusammen.

Das Tempo, mit dem die Seen auf uns zukommen, ist atemberaubend. Die Brecher haben keine Schaumkronen mehr. Noch im Entstehen reißt der Sturm sie ihnen ab. Die Kimm ist im Wüten der Elemente gänzlich untergegangen. Länger als eine halbe Stunde halte ich es nicht aus. Meine Hände versteifen vom Anklammern, in der Rückgratmulde rinnt mir Wasser bis in die Hosen hinab.

275

Als ich gerade wieder unten bin, dröhnt das Boot, als wäre es von einem riesigen Schmiedehammer getroffen worden. Der Druckkörper zittert bis in alle Spanten, er ächzt und stöhnt.

MITTWOCH. Ich hocke am späten Vormittag mit dem Kommandanten auf der Kartenkiste. Von der Brücke dringt Fluchen und Schimpfen in die Zentrale herunter. Da das Fluchen kein Ende nimmt, richtet sich der Kommandant von der Kartenkiste hoch, ergreift die Leiter zum Turmluk und fragt, den Kopf in sicherem Abstand vom herabtriefenden Wasser schräg nach oben gerichtet, was denn zum Teufel los sei.

»Boot dreht nach backbord – läßt sich nur schwer auf Kurs halten«, gibt der Rudergänger zur Antwort.

»Kein Grund zur Aufregung!« ruft der Kommandant nach oben. Er bleibt noch eine Weile neben dem Turmluk stehen, dann beugt er sich über den Kartentisch. Es dauert nicht lange, bis er den Obersteuermann rufen läßt. Ich kann nicht mehr verstehen als: ». . .keinen Zweck mehr – kaum noch Fahrt über Grund.«

Der Kommandant bedenkt sich noch eine Weile, dann gibt er über den Bordlautsprecher durchs Boot: »Klarmachen zum Tauchen!« Der Zentralemaat, der eben noch wie eine matte Fliege auf den Flutverteilern hockte, stemmt sich eilfertig hoch und stößt schon jetzt ein erlöstes Schnaufen aus. Der Leitende kommt durchs Kugelschott und gibt seine Anordnungen zur Vorbereitung des Tauchens. Auf einmal ist nur noch das Gurgeln des Bilgewassers zu hören und die von der plötzlichen Stille vielfach verstärkten Paukenschläge der Seen. Ein Schwall Wasser stürzt durch den Turm herab: die Brückenposten kommen triefend heruntergestiegen. Sofort besetzen zwei Mann von ihnen die Tiefenruder, schon gibt der I WO von oben den Befehl: »Fluten!«

Zischend entweicht die Luft aus den Tauchzellen. Wir werden schnell vorlastig. Das Bilgewasser schießt gurgelnd nach vorn. Ein schmetternder Schlag trifft den Turm: »Wumm-tschsss«, aber die nächste See klingt nur noch dumpf, und die folgenden finden schon keinen Widerstand mehr. Brausen und Gurgeln, dann Stille.

Wir stehen alle steif herum, von der plötzlichen Ruhe benommen. Die Stille ist wie eine mächtige Isolierwand, die sich vor das Lärmorchester geschoben hat.

Das Gesicht des I WO sieht wie gebrüht aus. Seine Lippen sind blutleer. Die Augen liegen tief in den Höhlen. Auf den Jochbeinen hat sich Salz abgelagert. Schniefend löst er das mit Wasser vollgesogene Frotteehandtuch vom Hals.

Das Tiefenmanometer zeigt eine Tauchtiefe von vierzig Metern. Aber der Zeiger streicht noch weiter über das Zifferblatt: fünfzig, sechzig Meter. Aha: Diesmal müssen wir noch tiefer hinunter, um Ruhe zu finden. Erst als die Fünfundsechzig durch ist, läßt der Leitende das Boot durchpendeln und bringt es auf ebenen Kiel. Das Bilgewasser rauscht nach achtern, dann wieder zurück. Allmählich beruhigt es sich: das Rauschen und Schwappen hört auf. Die Blechdose, die eben noch über die Flurplatten rollte, bleibt unbeweglich liegen.

»Boot ist durchgependelt«, meldet der LI dem Kommandanten.

Der I WO läßt sich auf die Kartenkiste sinken und hängt seine weiß gelaugten Hände zwischen den Knien herab – zu erschöpft, um sich sogleich der nassen Sachen zu entledigen.

Fünfundsechzig Meter Wasser über dem Boot!

Wir sind jetzt vor den Schlägen der Seen so sicher wie im toten Winkel eines Geschützes. Das Meer selber gibt uns Schutz vor seinen Schlägen.

Der Kommandant wendet sich mir zu: »Festhalten ist jetzt überflüssig!« Da merke ich, daß ich noch immer eine Rohrleitung umfaßt halte.

Der Backschafter bringt das Geschirr fürs Abendbrot und macht sich daran, die Schlingerlejsten zusammenzustecken.

»Schlingerleisten herunter, Kerl!« fährt der Leitende ihn an und greift selber blitzgeschwind zu.

Der Brotlaib, den der Backschafter aufträgt, ist von der Feuchtigkeit im Boot fast gänzlich verdorben. Die grünen Schimmelpilze, die jeden Tag aus der braunen Rinde hochwuchsen, hat der Schmutt zwar täglich mit seinem sauer stinkenden Lappen weggeputzt aber viel hat das nicht geholfen: Das Brot ist von grünem Schimmel durchsetzt – wie Gorgonzola. Dazu sind gelbe Einlagerungen gekommen, die aussehen wie der Niederschlag von Schwefel.

Der Leitende sagt: »Nichts gegen den Schimmel. Schimmel ist gesund«, und jetzt wird er gar schwärmerisch: »Schimmel ist ein edles Gewächs – in der Art von Hyazinthen! Gerade in dieser Umgebung sollte sich der Mensch über alles freuen, was wächst!«

Wir wenden die gleiche Geduld wie für eine komplizierte Laubsägearbeit auf, um kleine noch halbwegs gesunde Mittelstücke aus den dicken Scheiben herauszuschneiden. Von einem ganzen Brotlaib bleibt nur ein Brocken – kleiner als eine Kinderfaust – übrig.

»Feierabendkunst« nennt der Kommandant das abfällig.

Der II WO aber behauptet, ihm mache diese Brotschnipselei Spaß, und während er mit betonter Emsigkeit unregelmäßige Sterne aus grauen Brotscheiben schneidet, erzählt er von Seeleuten, die sich monatelang von Würmern, Mäusedreck und Zwiebackstaub ernährt hätten. Er versieht seine Schilderung mit so vielen Details, daß man glauben kann, er habe das alles selber miterlebt.

Schließlich fällt ihm der Leitende in die Rede: »Klar doch, oller Azteke, weiß schon, das war damals, als Sie bei Kapitänleutnant Magalhaes über den Pazifischen geschippert sind, weil Ihr Chef da drüben ne Straße auf seinen Namen taufen wollte, der alte Ehrgeizling. Bin im Bilde. Mußn hartes Leben gewesen sein!«

Nach dem Essen verhole ich mich in den Bugraum. Lärmendes Stimmengewirr schlägt mir schon in der OF-Messe entgegen: Im Bugraum wird Skat gespielt: »Vierundzwanzig! Kreuz sticht!« Krachend hauen Fäuste auf die Back.

Dunlop kommt herein. Er trägt den reparierten Ziehharmonikakoffer wie einen Kindersarg vor sich her.

»Der Dunlop! Nur hereinspaziert!«

Dunlop schaut gönnerhaft in die Runde und weist mit geschraubten Worten darauf hin, daß ein halbes Dutzend Bässe seiner Harmonika infolge der Feuchtigkeit klemmen.

Der Sturz hat sie also nicht außer Betrieb gesetzt.

»Na wenn schon! – Macht bitte fast gar nichts!«

Von allen Seiten genötigt, hockt Dunlop sich auf einer Unterkoje zurecht und zieht den Balg auf, dann blättert er ein paar Tonkapriolen hin und bietet schließlich ein gepfeffertes Solo, während die anderen mit krachenden Fausthieben ihre Karten weiter ausspielen.

»Ein Lied!« ruft der Maschinengefreite Fackler in den Lärm.

»Die Frauen in der Wüste
ham zwei Meter lange Brüste.
Es wird höflich drum gebeten,
nicht darauf herumzutreten . . .«

Im Gegröl geht die Melodie unter. Das Skatspiel hat auf einmal an Reiz verloren, die Karten werden zur Mitte zusammengeschoben. Das Lied schleppt sich eine Weile unordentlich hin, bis es in Schwung kommt. Dann singt Dunlop mit hoher Stimme wie eine Koloratursängerin:

»O Ranzo was no sailor,
he shipped on board a whaler.«

Oben die geifernden Seen, die brechenden Kämme und hier die Piepels, die ihre Unterarme bis zu den Ellbogen auf die Back gelegt haben und singen. Ich habe das Verlangen, den Kerls in die Gesichter zu greifen, um mich von ihrer Körperhaftigkeit zu überzeugen.

DONNERSTAG. Kaputt. Erledigt. Kein Nachlassen des Sturmes. Endlich Erlösung, als der Kommandant gegen Abend wegen mangelnder Sicht Tauchbefehl gibt.

Allmählich wird es wieder ruhig im Boot. Dicht neben dem Kugelschott sitzt der Berliner und nimmt ein Glas auseinander, zwischen dessen Linsen Wasser eingedrungen ist.

Der Funkraum ist leer. Der Funker sitzt nebenan im Horchraum. Er hat die Kopfhörer übergestülpt und dreht mit lässigen Bewegungen am Rad des Horchgerätes.

In der O-Messe ist der I WO mit seinen bunten Schnellheftern beschäftigt – natürlich! Er hat sich sogar einen Locher geholt. Komisch, daß wir auch einen Locher an Bord haben. Eine Bleistiftspitzmaschine gibt es ja auch. Wir sind anscheinend wie ein komplettes Büro ausgerüstet. Wir haben Glück, daß er wenigstens die Schreibmaschine in Ruhe läßt.

Der Leitende betrachtet ein paar Fotos. Der II LI scheint in der Maschine zu sein. Der Kommandant döst.

Ganz unvermittelt sagt der Leitende: »Zu Hause liegt jetzt sicher schon Schnee!«

»Schnee?«

»Kann stimmen – wir sind ja schon weit im November!« sagt der Kommandant. »Komisch: Seit Jahren hab ich keinen Schnee mehr gesehen!«

Der Leitende zeigt die Fotos herum: Schneelandschaften. Figuren als dunkle Flecken in lauter Weiß: der Leitende mit einem Mädchen. Hügel mit Skispuren. Ein Zaun ragt von links ins Bild. Um die Zaunpflöcke herum ist der Schnee weggeschmolzen.

Während ich den Blick auf das Bild halte, wachsen mir Erinnerungen zu. Im Erzgebirgsdorf kurz vor Weihnachten. Die warme Geborgenheit der niedrigen Stuben. Die unermüdlichen Hände, die aus dem weichen Fichtenholz mit vielerlei Messern und Sticheln neue Figuren für die vielen Etagen der großen Drehpyramide oder den mechanischen Weihnachtsberg schnitzten. Geruch von Holz und Ofenwärme fliegt mich an. Dazu der von Farbe und Leim und der Schnapsduft aus dem großen Glas in der Mitte des Tisches, »Reitschule« genannt, weil es ringsum ging. Der Kirchengeruch der Räucherkerzen, der in bläulichen Schwaden aus den runden Mäulern der Räuchermännchen quoll oder aus Bergknappen im schwarzen Lederschurz oder aus wilden Rübezahlfiguren. Und draußen Schnee und Kälte – so knirschend scharf, daß es die Nasenflügel beim Atmen zusammenzog. Schlittengespanne mit vieltönigem Klingeling. Der weiß im Licht der Kummetlaternen aufleuchtende Dampf aus den

Nüstern der Pferde! Die Licnterengel überall ın den Fenstern zwischen Polstern aus Moos . . .

»Ja«, macht der Alte. »Mal wieder richtiger Schnee – das wäre schon recht!«

Der Leitende packt bedächtig seine Fotos wieder weg.

Der Kommandant läßt das Abendbrot vorverlegen.

»Eigens für den II WO«, sagt er, »der soll in Ruhe essen können!«

Kaum hat der II WO den letzten Bissen hinuntergespült, tönt es durchs Boot: »Klarmachen zum Auftauchen!«

Sofort spannen sich meine Muskeln an.

Mitten in der Nacht werden die Maschinen wieder gestoppt. Ich stemme mich verwirrt aus dem Halbschlaf hoch. Im Kopf summt der Diesellärm noch nach. Eine einzige Lampe brennt im Raum. Durch das Kugelschott höre ich Befehle aus der Zentrale – halblaut, als ginge es um eine verschwiegene Tat. Jetzt höre ich Zischen. Das Boot neigt sich vorn tiefer. Der Lampenschein wandert über das Kugelschott hinauf. Die Seen, die noch gegen den Bootskörper schlagen, klingen, als ob jemand mit der flachen Hand auf einer straff gespannten Leinwand trommele. Dann Stille. Deutlich ist das kommende und gehende Atmen der Freiwächter zu hören.

Ein Mann tappt jetzt von der Zentrale her durch den Raum.

Frenssen hält ihn fest: »Wasn los?«

»Keine Ahnung!«

»Jetzt erzählst du uns mal schön artig, was anliegt – verstanden?«

»Nichts Besonderes. Keine Sicht mehr. Schwarz wie im Bärenarsch.«

»Genehmigt!« sagt Frenssen.

Ich wälze mich zurecht und schlafe mit einem Gefühl tiefer Befriedigung ein.

Es muß zwei Uhr sein, als ich noch einmal aufwache. Es ist sehr heiß im Raum. Der Dunst der rastenden Maschinen ist aus dem Dieselraum gedrungen. Die Lüfter summen. Ich strecke mich genüßlich lang. Die Koje bewegt sich nicht. Tief im Bauch genieße ich diese Wohltat.

FREITAG. Erst kurz nach dem Frühstück läßt der Kommandant wieder auftauchen. Schon in vierzig Meter Tiefe wird das Boot von den Grundseen bewegt. Schnell gerät es in zerrende Strudel, und schon dröhnen wieder die ersten Brecher gegen den Turm. Von oben kommt soviel Wasser herab, daß die Bilge schnell voll läuft. Es gibt keine Haltung, in der sich die Muskeln entspannen könnten.

280

Mir schmerzt jeder Muskel einzeln, der Trapezıus, der Pectoralis, der Glutaeus vor allem, die Knochen dazu, der Steiß besonders heftig.

Die Anlaufrichtung der Seen muß sich schon wieder geändert haben. Obwohl das Boot unter Wasser Kurs durchgehalten hat, schlingert es jetzt vermehrt nach backbord. Manchmal verharrt es erschreckend lange in äußerster Backbordschräglage.

Der Obersteuermann meldet, der Wind habe nach rechts gedreht und komme jetzt aus Westsüdwest. Da haben wir es!

»Seitliche See – das werden wir nicht lange machen können!« sagt der Kommandant.

Aber beim Mittagessen, während wir mühselig versuchen, uns an der Back zu halten, verteilt der Kommandant Trostreden: Die See käme jetzt freilich etwas querein. Der Wind würde aber demnächst drehen. Wenn er dann von achtern käme, wäre überhaupt alles gut und in bester Ordnung.

Ich entschließe mich, gemeinsam mit dem Alten auch nach dem Mittagessen noch in der O-Messe zu bleiben. Vor dem Spind des II WO entdecke ich ein Buch, das auf dem Boden hin und her rutscht. Ich lange täppisch danach und schlage es aufs Geratewohl in der Mitte auf: Ich erfasse nur einzelne Worte: »Bagienrah – Binnenklüver – Großunterbramsegel – Backbrassen – Bramstagsegel . . .«

Fachmännisches Rotwelsch aus der Segelschiffzeit: schöne, pralle Worte. Wir haben nichts Vergleichbares.

Das Sausen der Seen längs unserer Stahlhaut schwillt wieder und wieder zum wüsten Furioso an.

Auf einmal legt sich das Boot nach backbord, ich werde aus dem Sitz gekippt, die Bücherregale entleeren sich vollends. Was noch zwischen den Schlingerleisten auf der Back stand, poltert herunter. Der Alte hat sich schräg eingestemmt wie ein bremsender Schlittenfahrer. Der Leitende ist zu Boden gerutscht. Wir alle verharren minutenlang so, als sollten wir ohne Blitzlicht fotografiert werden Das Boot will aus dieser äußeren Schräglage nicht wieder hochkommen. Mein Gott, das können wir nicht ab! Jetzt – jetzt erwischts uns! Das ist zuviel!

Doch nach Minuten richtet sich der Raum wieder in die Lotrechte. Der Leitende bläst die gestaute Luft mit einem Sirenenton von sich. Der Alte stemmt sich im Zeitlupentempo wieder in den Sitz hoch und sagt: »Jungejunge!«

»Oha!« brüllt einer im Bugraum.

Am liebsten würde ich mich auf den Boden hocken. Gleich neigt sich der Raum nach steuerbord. Das Tosen wächst an. Mein Gott, wie übersteht das die Brückenwache!

281

Ich tue, als würde ich lesen. Dabei quirlt es in meinem Kopf. Muß das Boot abkönnen, sagte der Kommandant. Seetüchtig wie kein anderes Schiff. Ballastkiel, einen Meter breit, halben Meter hoch, voller Eisenbarren. Langer Hebelarm – von der Mitte gerechnet. Alles Gewicht unten. Oben nur der leichte Turm. Keine Aufbauten. Gewichtsschwerpunkt unter dem Formschwerpunkt. Kein anderes Schiff hielte das aus.

»Was isn das?« fragt der Alte, seinen Blick auf mein Buch geheftet.

»Was über Segelschiffe!«

»Hach«, macht er als Antwort, »richtiger Sturm auf nem Segelschiff – *das* sollten Sie mal mitmachen. Hier merkt man ja überhaupt nichts davon.«

»Ich danke schön!«

»Turmluk dicht. Das ist doch schon alles, was wir veranlassen. Aber auf Segelschiffen – du meine Güte! Segel bergen und reffen, alles Zeug mit Sturmzeisingen an den Rahen festmachen, die Sturmschooten anschlagen, Strecktaue an Deck spannen, Luken verkeilen – Arbeit in rauhen Mengen! Dann bleibt einem nichts, als in der Poop zu sitzen und auf Gott den Herrn zu bauen. Nichts zu essen. Dafür aber auf in die Wanten, zerrissene Segel aufgeien und abschlagen. Neue annähen – mit Kabelgarn an die Jackstage der Rahen. Das is ne Knochenmühle. Und dann das dauernde Brassen, wenn der Wind springt . . .«

Da ist sie schon wieder, diese präzise, lebendige, kraftvolle Sprache, um die wir ärmer geworden sind.

Als sich der Raum gerade nach backbord neigt, lüfte ich mich aus dem Sitz. Ich will den Krängungsanzeiger in der Zentrale sehen.

Der Krängungsanzeiger ist ein simples Pendel mit einer Skala. Das Pendel schwingt jetzt nach links bis zur Fünfzig. Das Boot hat sich also nach steuerbord um fünfzig Grad geneigt. Jetzt bleibt das Pendel aber wie festgenagelt auf der Fünfzig stehen. Das Boot verharrt, anstatt sich wieder aufzurichten, in dieser extremen Lage. Ich kann mir das nur so erklären, daß eine zweite See über das Boot hergefallen ist, noch ehe es sich von der ersten befreien konnte. Jetzt schlägt das Pendel sogar noch weiter aus – bis sechzig Grad. Und für einen Augenblick erreicht es sogar die Fünfundsechzig.

Der Kommandant ist nachgekommen: »Sieht imposant aus«, sagt er hinter mir, »aber da muß man was abziehen, weil das Pendel zu weit schwingt – durch sein Eigengewicht!« Wahrscheinlich müßte, damit der Kommandant einmal wirklich verblüfft wird, das Boot kieloben durch die See fahren.

Die Männer, die in der Zentrale Dienst tun, tragen jetzt Ölzeug

Die Bilge muß in kürzesten Zeitabständen gelenzt werden. Mir kommt es so vor, als liefe die Pumpe ununterbrochen.

Der Obersteuermann erscheint. Er stützt sich nach beiden Seiten ab wie einer, der sich einen Fuß gebrochen hat.

»Na?« wendet sich der Kommandant dem Obersteuermann zu.

»Seit gestern nacht vierundzwanzig Uhr ist eine Stromversetzung von fünfzehn Seemeilen anzunehmen.«

»Drücken Sie sich doch ruhig etwas unvorsichtiger aus, es wird schon stimmen.« Für mich fügt der Kommandant halblaut an: »Der tut immer so kleinlaut – aber am Ende stimmen seine Berechnungen fast genau. War noch jedesmal so.«

Ein Funkspruch ist eingegangen. Der Kommandant bekommt die Kladde gereicht. Über seinen Arm gebeugt, lese ich in der Funkkladde mit: »Kann befohlenes Operationsgebiet nicht zur befohlenen Zeit erreichen wegen Wetter. UT.«

»Das werden wir abschreiben und unsere eigene Bootsbezeichnung drunter setzen«, sagt der Kommandant. Dann schiebt er sich aus dem Sitz hoch und schwankt, geschickt ein Überholen des Bootes nutzend, nach vorn. Bald kommt er mit einer halbaufgefalteten Karte wieder, die er auf der Kartenkiste ausbreitet.

»Hier steht UT – ziemlich genau in unserer Marschrichtung – und hier sind wir.«

Ich kann sehen, daß diese beiden Punkte etliche hundert Seemeilen voneinander entfernt sind. Der Kommandant gibt sich griesgrämig: »Wenn es sich um dasselbe Tief handelt, dann Prostemahlzeit! Scheint ein enorm ausgebreiteter Komplex zu sein – ohne Neigung, schnell zu wandern.«

Bedächtig faltet der Kommandant die Karte wieder zusammen und schiebt den Ärmel seines Pullovers zurück, um die Uhr an seinem Handgelenk sehen zu können. »Wird bei kleinem auch Zeit zum Abendessen«, sagt er, als sei das nun das ganze Fazit aus dem Funkspruch und seinen Überlegungen.

Als es soweit ist und der Kommandant in der O-Messe erscheint, traue ich meinen Augen nicht: er trägt Ölzeug. Die anderen starren ihn an, als wäre er fremd an Bord. Von seinem Gesicht ist kaum noch etwas zu sehen, so dicht hat er sich vermummt.

»Zum Essen heute Anzug Ölzeug. Wegen der Suppe«, murmelt der Alte und grinst uns zwischen dem hochgeschlagenen Kragen der Öljacke und der tief herabgezogenen Krempe des Südwesters wie durch den Spalt eines Visiers heraus an. »Na, die Herren«, fragt er ungeduldig, »wohl keinen Hunger heute? Dabei hat der Schmutt eine Glanzleistung hinter sich: bei diesem Wetter Suppe!«

283

Es dauert eine ganze Weile, bis Bewegung in uns kommt, und wir wie folgsame Kinder in die Zentrale taumeln, wo das Ölzeug hängt. Mir gerät die Laokoongruppe vor das geistige Auge, als ich die Verrenkungen und Korkzieherbewegungen sehe, welche die Herren Ingenieure und Wachoffiziere vollführen, um in die halbnassen Klamotten zu kommen.

Schließlich sitzen wir wie lauter Störtebekers um die Back. Der Kommandant ist eitel Freude. Fastnachtsvermummung!

Plötzlich poltert es im Gang: Der Backschafter liegt auf dem Bauch. Mit beiden Händen hält er die Suppenschüssel über den Kopf. Kein Tropfen schwappt heraus.

»Den hat es noch nie umgelegt!« sagt unbewegt der Kommandant, und der Leitende nickt anerkennend.

»Also ohne Training gleich diese Nummer – wirklich einsame Klasse!«

Der II WO gibt die Suppe aus. Sie besteht aus Kartoffeln, Fleisch und Gemüse. Ich halte den II WO dabei mit einem Griff unter die Öljacke am Gürtel fest. Trotzdem gießt der II WO schon beim zweiten Teller die volle Kelle daneben.

»Sauerei verdammte!«

Der Leitende läßt gleich darauf seinen halbvollen Teller überschwappen und vergrößert die Suppenpfütze auf der Back um ein beträchtliches. Wie Eisblöcke von einem Gletscher, der gerade gekalbt hat, schwimmen die hellen Kartoffelstückchen in der dunkelbraunen Brühe zwischen den Schlingerleisten hin und her. Beim nächsten Überholen sind nur noch die Kartoffelstückchen auf der Back, die Brühe hat ihren Weg unter den Schlingerleisten hindurch gefunden und ergießt sich dem Kommandanten und dem Leitenden in den Schoß.

Der Kommandant schickt einen triumphierenden Blick rundum: »Na bitte!« Anscheinend kann er es gar nicht erwarten, daß noch mehr Suppe nachfließt.

In das glucksende Gelächter des II WO fällt ein dumpfer Schlag. Das belustigte Grinsen des Kommandanten erstarrt. Er nimmt sofort einen lauernden Ausdruck an. Der Leitende springt auf, um ihm Platz zu machen, da wird aus der Zentrale gemeldet: »Kartenkiste ist umgeschlagen.«

Durch das Kugelschott sehe ich, wie sich vier Mann mit aller Kraft bemühen, die schwere Eisenkiste wieder an ihren Platz zu bringen.

Der Kommandant guckt entgeistert, dann murmelt er vor sich hin: »Völlig verrückt. Seit der Indienststellung steht die Kiste an ihrem Platz und hat sich noch nie auch nur um einen Zoll bewegt.«

»Tja, wird einem zu Hause keiner glauben«, meint der Leitende. »Die können sich das gar nicht vorstellen. Man müßte eben im nächsten Urlaub mal U-Boots-Fahrer spielen«, schlägt er vor und malt gleich darauf aus, wie er das meint: »Monatelang nicht rasieren und nicht waschen. Kein Wäschewechsel. Mit Stiefeln und stinkendem Lederzeug ins Bett. Die Knie beim Essen gegen den Tisch stemmen und den Spinat statt auf den Teller direkt auf die Tischplatte kleckern . . .«

Der Leitende führt sich hastig ein paar Bissen zum Mund und spinnt den Plan weiter aus: »Und wenn das Telefon klingelt, wie ein Irrer ›Alarm‹ brüllen, den Tisch umreißen und wie ein geölter Blitz an die Tür rasen.«

SAMSTAG. Aus dem böigen Wind ist wieder einer mit langem Atem geworden, der pausenlos das Boot von vorn annimmt. Der ganze Luftraum ist in eine einzige schnelle Bewegung geraten; und die feste Erde mit dem Wasser des Atlantik kreiselt gegenläufig unter dem rasenden Himmelsraum dahin.

Der Barograph schreibt steil nach unten.

»Ich möchte bloß wissen«, sagt der Alte, »wie die Tommies bei solchem Engelswetterchen ihre Pötte im Geleit beieinanderhalten. Die können ja nicht mit dem ganzen riesigen Konvoi beidrehen? – Na und erst die Brüder auf den Blechschachteln von Zerstörern. Die machen jetzt einiges mit!«

Ich erinnere mich an Zerstörerfahrten bei Seegang 5. Das war schon schlimm genug. Bei Seegang 5 war an AK-Fahrt längst nicht mehr zu denken. Bei 6 liefen unsere Zerstörer aus Brest nicht mehr aus. Schonzeit. Die englischen Zerstörer aber können sich das Wetter nicht aussuchen. Sie müssen bei jedem Steam Geleitschutz fahren – auch bei diesem.

Am Nachmittag vermumme ich mich mit dem Anzug »großer Seehund« und entere auf. Ich warte dicht unter dem Lukdeckel, bis ein Wasserschwall weggegurgelt ist, stoße dann den Deckel auf und klettere rauf. Das Luk dicht treten und den Karabiner meines Gurtes festhaken ist eins.

Die Täler zwischen den Seen sind ganz mit Wasserrauch gefüllt. Überall wehen von den Kämmen züngelnde Fahnen hoch und werden sofort weggefetzt. Flattern hoch, werden weggefetzt. In der Ferne sind die einzelnen Kämme nicht mehr zu unterscheiden, da sieht das Meer aus wie gerauhte Wolle. Die Seen aber, die mit mächtigen Schrägen ganz dicht neben dem Schanzkleid der Brücke hochwachsen, haben ein dunkles Flaschengrün. Schaumstreifen laufen wie helle Sprünge hindurch.

285

Ein Rücken wie von einem riesenhaften Wal taucht schräg vor dem Boot auf. Er wird immer größer, verliert seine Rundung, steilt sich zur Wand auf. Die Wand wird hohl. Gläsern grün leuchtend kommt sie auf uns zu. Und jetzt sticht der Bug in sie hinein. »Gar keinen –«, der II WO hat kaum zu reden angehoben, als die See ihren schmetternden Schlag gegen den Turm führt. Das Boot neigt sich schräg.

»Gar keinen Zweck mehr«, bringt der II WO seine Rede nach Minuten zu Ende.

Ich weiß, daß schon ganze Brückenbesatzungen von einer überdimensionalen See aus der Brückenwanne gerissen wurden und keiner im Boot etwas davon merkte. Solche mörderischen Seen können aus Überlagerung der einzelnen Wellenschwingungen ganz unerwartet entstehen. Gegen so einen Giganten helfen auch keine Gurte mehr.

Was mag das für ein Gefühl sein, mit den schweren Klamotten im Bach zu liegen und das Boot davonziehen zu sehen – kleiner, immer kleiner, für Momente weg hinter den Kämmen der Seen und dann ganz weg – aus, fini. Das Gesicht des Mannes, der als erster entdeckt, daß die ganze Brückenwache verschwunden ist und das Boot blind durch die Gegend karrte, möchte ich sehen.

Wir machen wenig Fahrt. Mehr wäre bei diesem Seegang gefährlich. Das Boot könnte unterschneiden. Es gibt da Erfahrungen: In schwerer See zu schnell laufende Boote haben sich mit dem gleichen Neigungswinkel, den sie beim Hinabgleiten von einem riesigen Wellenberg annahmen, wie Dübel in die nächste See getrieben und gerieten bei ihrer Schußfahrt bis auf dreißig, vierzig Meter Tiefe. Die Brückenposten wären fast ertrunken. Und wenn bei einer solchen Panne zu viel Wasser durch die Dieselzuluftschächte einströmt, kann das Boot sogar absaufen.

Unser Leitender ist zum Glück ein vorsichtiger Mann. Der ist jetzt sicher in der Zentrale, um notfalls sofort eingreifen zu können. Hin und wieder kommen mich doch Bedenken an, daß unser Auftrieb nicht ausreichen könnte, um das Boot in dieser tobenden See oben zu halten. Angst, daß trotz geschlossenem Luk zuviel Wasser überkommen könnte und die in der Zentrale nicht rechtzeitig lenzen würden. Ich fragte mich schon, ob man das Boot nicht höher hinausheben könnte – durch Lenzen der Untertriebszellen zum Beispiel –, und gab mir selbst die Antwort: Hat auch keinen Zweck – wir würden den Seen nur noch mehr Fläche bieten, das Boot müßte dann noch gröbere Schläge hinnehmen.

Der II WO dreht mir sein rotes Gesicht zu: »Möchte wissen, wieviel Fahrt wir eigentlich über Grund machen!«

Plötzlich schreit er: »Achtung Null!«

286

Das heißt: Wieder hinabducken und die Luft anhalten.

Ich sehe noch, daß dem II WO der Mund offenstehen bleibt, sehe das grüne Gebirge, das sich schräg links vor dem Turm aufrichtet, und sehe, wie sich eine weiße Pratze hochreckt und verharrt. Und jetzt schlägt die Pratze mit donnernder Gewalt von der Seite her auf das Vorschiff ein. Unter dem Schlag sackt das Boot tief weg. Runter mit dem Kopf! Ein kochender Guß zischt über die Brücke hin. Die Brücke geht unter. Wir haben kein Schiff mehr unter den Füßen.

Aber jetzt hebt die gleiche See das Boot hoch. Der Bug reckt sich ganz aus dem Wasser und steht eine Weile im Leeren, bis die See das Boot fallen läßt. Durch die Speigatten und nach achtern läuft das Wasser aus der Brückenwanne ab. Schäumende Strudel zerren an unseren Beinen.

Ich habe eine Vorstellung von riesigen Fäusten, die unser Boot schütteln, fallen lassen, wieder packen, aufs heftigste in einem Irrsinnstakt wie eine große Rumbanuß rütteln, dann wegschleudern, wieder packen – und das ohne Unterlaß.

»Verdammter Mist«, flucht der II WO. Dann läßt er, als die nächste See eben unter dem Boot durchgelaufen ist, das Luk öffnen und gibt nach unten: »An Kommandant: Sicht durch überkommende Seen stark behindert. Frage: Kann auf dreihundert Grad gegangen werden?«

Für einen Augenblick tönt aus dem geöffneten Turmluk Radiomusik. Dann kommt von unten eine Stimme: »Es kann auf dreihundert Grad gegangen werden.«

»Auf dreihundert Grad gehen«, befiehlt der II WO dem Rudergänger. Langsam dreht das Boot an und dreht weiter, bis die Seen schräg von achtern kommen. Jetzt macht das Boot Schaukelpferdbewegungen. Die Seen heben den Achtersteven hoch, brausen in Höhe des Turmes wild auf, platzen auseinander. Der Bug macht eine tiefe Verbeugung. Er vergräbt sich in der durchlaufenden See, wühlt sich wieder frei und läuft weit herausgeschoben in der tiefen Höhlung zwischen zwei Wellenbergen mit. Rings um das Boot ist die See eine weiß kochende zuckende Fläche, in die immer neue grüne Wogen hineinbrechen.

»Dreihundert Grad liegen an«, kommt die Stimme des Rudergängers von unten. Das Turmluk wird wieder geschlossen.

Mein Gesicht brennt, wenn ich mit dem Ärmel darüberwische. Ich weiß nicht, wie viele Peitschenschläge mich schon ins Gesicht getroffen haben. Mich wundert nur, daß mir die Augen noch nicht vollends zugeschwollen sind. Jeder Wimpernschlag ist schmerzhaft. Meine Lider scheinen doppelte Dicke zu haben. O Gott, was für eine Kasteiung!

Ich nicke dem II WO wortlos zu, passe das Wegrauschen eines quirlenden Strudels ab, reiße das Luk hoch und verschwinde nach unten.

Bodenlose Niedergeschlagenheit bemächtigt sich meiner. Diese Marter ist wie eine Probe darauf, was der Mensch ertragen kann. Ein Experiment, um die Grenzen unserer Leidensfähigkeit zu ergründen.

Der Funker nimmt SOS-Rufe von mehreren Schiffen auf.

»Jetzt schlägt es den Dampfern die Lukendeckel kaputt und die Ladeluken laufen voll Wasser. Diese Seen machen sogar die Rettungsboote zu Kleinholz.«

Der Alte malt alle Arten von Sturmverwüstungen aus, die ein normales Schiff treffen können: »Wenn jetzt auf so einem Zossen die Rudermaschine versagt oder die Schraube verlorengeht, können die Leute bloß noch beten.«

Das Sausen der Seen, das Prasseln der Güsse und das Zischen der Bilge ist die Tonuntermalung für die dumpfen, nachdröhnenden Schläge beim Einstampfen unseres Vorschiffs.

Ich kann nur staunen, daß dieses ewige Aufundniederwuchten noch nicht alle Verbände gelockert hat, daß das Boot noch nicht weich geworden ist. Das bißchen Porzellangeschirr und ein paar Apfelsaftflaschen, das ist wohl alles, was bisher zu Bruch ging. Es scheint, als könnte die See dem Schiff selber nichts anhaben. Aber uns zwingt sie allmählich in die Knie. Die Technik widersteht – nur wir Menschen sind falsch konstruiert, nicht für diese Torturen eingerichtet.

Ich hocke mich in die Zentrale. Der Obersteuermann macht gerade Kriegstagebuchnotizen. Ich kann sehen, was er konzipiert hat: »Barometer 758,8. Wind hat nach Südost gedreht. In den Böen bis Stärke 11. Sehr grobe See von Ost nach Südost.«

Der Alte tritt dazu und muffelt: »Das wird der mieseste Monat, den es je gab, da können die ihre Sondermeldungsfanfare schön im Koffer lassen. Einfach beschissen! Wenn das so weiter geht, können wir Feuer aus machen.«

Schon am schwachen Funkverkehr kann ich feststellen, wie erfolglos die U-Boote sind. Aufforderungen zur Standortmeldung, Routinefunk, Füllfunk – das ist alles.

Ich muß an eine Stelle in »Jugend« von Joseph Conrad denken, wie die Bark »Judea« mit einer Ladung Kohlen für Bangkok im Atlantik in einen Wintersturm geriet, der nach und nach das Schiff zerschlug: das Schanzkleid, die Stützen, die Boote, die Ventilatoren, das Deckhaus mit der Kombüse und dem Mannschaftslogis! Wie sie an den Kurbeln der Pumpen standen, vom Kapitän bis zum Schiffsjungen, und um ihr Leben schufteten, an den Mast gebunden – Tag und Nacht. Der Satz: »Wir hatten vergessen, wie es war, sich trocken zu fühlen« ist mir noch im Sinn.

Die Erinnerung daran dient mir jetzt zum Trost: Uns kann die See nicht ersäufen. Kein Schiff ist so seetüchtig wie dieses hier.

SONNTAG. Noch vor der kleinsten Aktion muß ich Kämpfe mit mir selber austragen: Soll ich – oder soll ich lieber nicht?

Der Schlafmangel ist es, der am meisten an unseren Kräften zehrt. Wirkliche Ruhe gibt es nur, wenn keine Sicht ist und der Kommandant deshalb tauchen läßt. Ist das Boot erst einmal eingesteuert, hört man kaum noch laute Gespräche. Die Skatkarten bleiben beiseite. Jeder versucht, während der ein, zwei Stunden Unterwasserfahrt zu schlafen.

Die Stille im getauchten Boot ist jedes Mal wieder befremdlich Wenn, von Erschöpfung überwältigt, alle auf den Kojen oder auf den Bodenbrettern liegen, ist es, als wäre das Boot von seiner Besatzung verlassen.

MONTAG. Ich bringe noch so viel Entschlußkraft auf, um in mein Heft zu notieren:

Aufbacken unmöglich. Das Ganze ist sinnlos. Kurz vor zwei Uhr tauchen. Herrlich: Wir bleiben unter Wasser. Entzündungen mehr und mehr. Furunkel der bösesten Art. Brandiger Schorf. Ichthyolsalbe für alles.

DIENSTAG. Der Kommandant schreibt über den vergangenen Tag ins Kriegstagebuch:

13.00 Boot macht mit beiden Maschinen Umdrehungen für halbe Fahrt. Trotzdem stehen wir fast auf der Stelle.
13.55 Getaucht wegen schlechten Wetters.
20.00 Auftauchen. Noch immer starker Seegang. Waffenverwendung beschränkt.
22.00 Unterwassermarsch wegen Wetterlage.
01.30 Aufgetaucht. Starker Seegang. Geringe Sicht
02 15 Boot beigedreht wegen sehr grober See.

MITTWOCH. Der Wind dreht nach Südost. Seine Stärke ist wieder auf 11 angewachsen. »Sehr grobe See von Ost und Südost. Barometer fällt stark«, schreibt der Kommandant ins Kriegstagebuch.

In der Zentrale hat sich der Obersteuermann mit breitgespreizten Beinen gegen den Kartentisch gestemmt. Als ich ihm über die Schulter spähen will, blickt er mit mürrischem Gesicht auf und knurrt: »Seit zehn Tagen kein Besteck! Und dabei diese irre Versetzung durch Seegang und Wind!«

Geräuschvoll zieht er die Nase hoch. Es klingt, als hätte er geheult. Mit dem Bleistift weist er auf lange Papierstreifen, die mit Spalten klein untereinandergeschriebener Zahlen gefüllt sind, und erklärt: »Hier hab ich mir Erfahrungswerte zusammengestellt. Wenn ich nämlich bloß einfach so weiterkoppeln würde, käme ich wer weiß wo heraus. Da hab ich mir ausgeknobelt, um wie viele Meilen das Boot von Wind und Seegang in soundso viel Stunden versetzt wird, wenn wir zum Beispiel mit beiden Maschinen kleine Fahrt in einem Winkel von dreißig Grad gegen die See laufen . . .«

Ein Wasserfall prasselt durch das Luk herab und übertönt seine Stimme. Mit einem Satz bin ich mit dem Hintern auf der Kartenkiste und kann gerade noch die Füße hochziehen. Zischend schießt mir das Wasser auf den Flurplatten nach und dann wieder nach backbord.

Wie ein mutwilliges Kind patscht der Obersteuermann mit seinen schweren Seestiefeln darin herum. Vielleicht trampelt er auch nur seine Wut aus.

DONNERSTAG. In der Morgendämmerung will der Obersteuermann wieder einmal sein Glück versuchen. Die Sicht ist tatsächlich etwas besser geworden. Der Himmel reißt hier und da auf und gibt ein paar Sterne frei. Die Kimm ist halbwegs deutlich auszumachen, wenn sie nicht gerade von den Rücken wandernder Seen überdeckt wird. Dann sieht es aus, als wären in der scharfen Linie Buckel hochgetrieben worden.

Aber sooft der Obersteuermann auch ansetzt und schon einen Stern beim Namen nennt, fegen Spritzer über die Brücke, und der Sextant wird unbrauchbar. Der Obersteuermann muß ihn nach unten in die Zentrale reichen lassen und warten, bis er geputzt wieder nach oben kommt. Nach einer Viertelstunde gibt es der Obersteuermann auf: »Ein ungenauer Schiffsort ist soviel wert wie gar keiner!« sagt er beim Herunterklettern. In der Abenddämmerung will er es noch einmal probieren.

Es scheint, als ob die See sich beruhige. Gegen elf Uhr, während der Wache des II WO, wird der Obersteuermann gerufen. Die Sonne, heißt es, sei für Augenblicke sichtbar.

»Chance zum Sonneschießen!« gebe ich weiter in die OF-Messe. Keine Antwort. Der Obersteuermann schläft anscheinend. Ich stemme mich hoch, hangele mich nach nebenan und rüttele den Obersteuermann wach: »Chance zum Sonneschießen!«

Eilfertig reppelt sich Kriechbaum hoch: »Bestimmt kein Witz?«
»Nein doch!«

Mit unsicherem Blick verschwindet er in der Zentrale. Bald darauf sehe ich ihn auf die Brücke klimmen.

FREITAG. »Scheißleben!« befindet der Leitende schon beim Frühstück.

»Unser Suchsystem«, sage ich zum Alten, »erinnert mich an gewisse Fischermethoden, die in Italien praktiziert werden.« Ich mache eine Lockpause, wie der Alte sie einzulegen pflegt, nachdem er den Köder geworfen hat. Erst als er »So?« gemacht hat, rede ich weiter: »Ich hab in der Gegend von Venedig gesehen, wie die Fischer von der Mole aus über eine Art Steven riesige quadratische Netze ins Wasser ließen. Sie warteten eine Weile ab und dann leierten sie die Netze über Rollen hoch – in der Hoffnung, ein Fisch wäre so dußlig gewesen, sich ausgerechnet über dem Netz aufzuhalten.«

»Das klingt ja wie Kritik an der Führung!« mischt sich der LI ein.

»Typischer Fall von Wehrkraftzersetzung!« meint der Alte, und der Leitende verkündet: »Man sollte die klugen Köpfe an die richtigen Stellen setzen, die Flaschen raus aus der Führung und dafür Sie in den Stab, damit sich mal was tut!«

»Und den LI ins Deutsche Museum!« kann ich ihm, ehe er in die Zentrale verschwindet, gerade noch nachrufen.

SAMSTAG. Es ist früh sechs Uhr vierzig, als ein Fahrzeug backbord achteraus gemeldet wird. Die Windstärke ist 8 bis 9, der Seegang 8. Die Sicht ist miserabel. Ein Wunder, daß die Brückenwache das Schiff in der eintönigen grauen Soße so früh ausgemacht hat. Zweifellos ein Einzelfahrer, der stark zackt.

Wir haben Glück: Wir stehen in guter Position zu dem dunkelgrauen Schatten, der nur ab und zu hinter einer schäumenden See hochkommt und dann wieder für lange Minuten wie weggehext verschwunden bleibt.

»Der hält sich wahrscheinlich für schneller, als er ist. Macht doch höchstens vierzehn Meilen! Müßte schon einen großen Zack nach der falschen Seite machen, um uns auszukommen«, sagt der Alte. »Mal noch ein bißchen ranstaffeln! Gegen die Wolken kann er uns ja nicht sehen!«

Es vergehen nur zehn Minuten, bis der Kommandant tauchen läßt. Die Torpedowache wird auf Gefechtsstationen befohlen.

Maschinenbefehle. Ruderbefehle. Und dann: »Schaltung Einzelschüsse Rohr eins und drei!«

Wie will der Kommandant bei diesem Seegang schießen? Alles auf eine Karte setzen ist wohl jetzt die Parole – auf Biegen und Brechen einen Erfolg erzielen wollen.

Der Kommandant selber gibt die Schußwerte an, ohne die geringste Erregung in der Stimme. »Gegnerfahrt vierzehn. Lage hundert. Entfernung tausend Meter.«

Der I WO meldet die Rohre klar, auch er fast beiläufig. Doch plötzlich flucht der Alte Stein und Bein und läßt die Fahrtstufe wieder vermindern. Wahrscheinlich läßt die hohe Fahrt das Sehrohr vibrieren.

Der Sehrohrmotor summt und summt, er setzt nur mehr für kurze Augenblicke aus. Der Alte tut sein Bestes, um trotz des hohen Seegangs den Gegner im Blick zu halten. Anscheinend steckt er den Spargel jetzt höher hinaus. Bei dieser See kann er damit nicht viel riskieren. Wer auf dem Dampfer könnte schon auf die Idee kommen, daß in diesem Tohuwabohu ein U-Boot zum Angriff ansetzt? Erfahrung und Schulmeinung lehren: Bei diesem Wetter ist die Waffenverwendung für U-Boote unmöglich. Wir taumeln durch die See.

Der Kommandant gibt herunter: »Glatt zehntausend Tonnen. Der hat ne Mordskanone – Heck. Diese gottverdammten Regenböen!«

»So wird das nichts!« hören wir plötzlich aus dem Turm. Der Alte befiehlt: »Auftauchen!« Der Leitende reagiert blitzschnell. Von der ersten schweren See, die uns voll trifft, werde ich quer durch die Zentrale geschleudert, kann mich aber am Kartentisch gut abfangen.

Der Kommandant läßt mich auf die Brücke kommen.

Tief schleifende dunkelgraue Vorhänge ringsum über der tobenden See. Von dem Dampfer keine Spur. Er ist in den Regenböen verschwunden.

»Vorsicht!« warnt der Alte vor einer anrollenden flaschengrünen See.

Als sie durchgerauscht ist, brüllt er mir ins Gesicht: »Der kann uns doch nicht bemerkt haben!«

Er läßt in der Generalrichtung des Dampfers nachstoßen. Wir müssen dabei mit hoher Fahrt gegen die Seen angehen. Unsere Gesichter werden gepeitscht. Ich halte das kaum zehn Minuten aus, dann verschwinde ich in einem Wassersturz von der Brücke. Der Leitende muß alle paar Minuten lenzen lassen. »Sinnlos«, verkündet er nach ein paar Minuten, »der ist doch weg!«

Ich wage trotz der Brausegüsse einen schrägen Blick in den Turm. Rudergänger ist der kleine Benjamin. Ein guter Mann – jetzt hat er mächtig zu tun, um den befohlenen Kurs zu halten. Sogar ohne Sicht auf die anrollenden Seen spüre ich, wie der Bug immer wieder aus

292

dem Kurs gedrückt wird. Das Luk ist wieder dicht gezurrt. Als Verbindung von der Brücke ins Boot bleibt nur das Sprachrohr.

Der Alte befiehlt Tauchen, um zu horchen. Er will also nicht aufgeben. Das Horchgerät müßte jetzt weiter reichen als die Sicht.

Triefnaß, mit krebsroten Gesichtern, kommt die Brückenwache herunter.

Wir steuern vierzig Meter Tiefe an. Im Boot wird es totenstill. Nur die Bilge schwappt hin und her, weil die Grundseen uns immer noch bewegen. Alle, außer den beiden Brückenposten, die am Tiefenruderstand hocken, blicken zum Horcher. Sosehr der Horcher aber auch an seinen Steuerrädern dreht, er findet nichts. Der Alte befiehlt: »Sechzig Grad steuern!«

Nach einer halben Stunde läßt der Alte wieder auftauchen. Hat er endlich aufgegeben? Ich entere mit der Brückenwache des Obersteuermanns hoch. Der Kommandant bleibt unten.

So wie sich uns jetzt die Sturmseen zeigen, haben höchstens noch Schiffbrüchige sie zu sehen bekommen. Das Boot wird so tief hinabgestaucht und so heftig überschäumt, daß wir wie auf einem Floß durch den Tumult treiben.

»Knochenmühle«, brüllt der Obersteuermann. »Ja aufpassen – auf Boot – Wachter hat sich – einmal . . .« Der Obersteuermann kommt nicht weiter, weil vor uns eine See zum Schlag ansetzt. Ich stemme mich schräg gegen das Schanzkleid und drücke das Kinn an die Brust: Schlag auf die Schultern, dann das Gischten und Reißen an den Beinen.

Kaum ist das Wasser weggegurgelt, redet der Obersteuermann in der gleichen angestrengten Tonlage weiter: ». . . der hat sich drei – Rippen gebrochen – dem ist der Gurt gerissen – nach achtern geschmissen – direkt drauf auf die Oerlikon – der hat noch Schwein gehabt!«

Nachdem das Boot die nächsten drei Seen angenommen hat, fährt er herum, nimmt den Stopfen vom Sprachrohr und ruft nach unten: »An Kommandant: keine Sicht mehr!«

Der Kommandant hat ein Einsehen. Neues Tauchen und Rundhorchen. Wieder nichts.

Lohnt es sich, die triefnassen Klamotten vom Leib zu zerren? Die Tiefenrudergänger haben sogar ihre Südwester aufbehalten. Schon nach einer halben Stunde zeigt es sich, daß sie recht daran taten: der Kommandant läßt wieder auftauchen.

»Jetzt haben wir nur eine Chance, wenn der einen großen Zack macht – eine Hauptkursänderung – und damit seinen Vorsprung einbüßt«, sagt der Alte.

Eine gute halbe Stunde hockt er mit zusammengezogenen Brauen und halbgeschlossenen Liddeckeln einfach da. Dann reißt es ihn plötzlich hoch. Seine jähe Bewegung läßt mich zusammenzucken. Der Alte muß irgendeinen Ton von der Brücke gehört haben. Noch ehe von oben Meldung kommt, daß der Dampfer wieder in Sicht ist, hat der Alte schon das Luk erreicht.

Wieder Alarm. Tauchen.

Als ich in die Zentrale komme, hockt der Alte im Turm hinter dem Okular. Ich verhalte den Atem. Wenn das Tosen der Seen einen Augenblick ausbleibt, höre ich von oben halblautes Fluchen. Der Alte hat wieder seine Not. Wie will er auch den Dampfer bei dieser groben See länger als für Sekunden ins Sehrohr bekommen?

»Da ist er!«

Der Ruf von oben läßt mich zusammenzucken. Wir stehen gut abgestützt oder eingeklemmt lange Minuten wie Ölgötzen, aber von oben kommt nichts mehr.

Der Alte schimpft lauthals los, weil er nichts sehen kann. Dann kommen von oben Ruderbefehle. Und jetzt – ich traue meinen Ohren nicht – läßt der Alte beide E-Maschinen AK laufen. Bei diesem Wetter?

Drei, vier Minuten vergehen, dann kommt von oben: »Schnell auf sechzig Meter!« Wir starren uns an. Der Zentralemaat sieht völlig entgeistert aus.

Was soll denn das?

Der Alte ist es, der uns jetzt von der Ungewißheit befreit. Im Herunterklettern verkündet er: »Kaum zu glauben – die haben uns gesehen. Der Zossen hat direkt auf uns zugedreht. Wollte uns rammen. So ein zähes Miststück. Doch kaum zu glauben!«

Der Alte ringt um Beherrschung – ohne Erfolg. Wütend knallt er einen Handschuh auf die Flurplatten: »Dieses Sauwetter – dieses gottverdammte...!«

Vom Schimpfen ganz außer Atem, hockt er sich auf der Kartenkiste zurecht und versinkt in Apathie.

Ich stehe verlegen herum und denke: Nur nicht gleich wieder auftauchen – nur nicht wieder zum Fangball der Seen werden.

Ich habe eine tiefsitzende Angst vor der Marter der dauernden Muskelspannung, vor der akustischen Tortur, vor diesem unablässigen Krachen und Sausen der Seen.

»Im Eimer«. höre ich Dorian.

SONNTAG. Wir fahren getaucht. Wahrscheinlich wünschen sich die Leute jetzt insgeheim schlechte Sicht, denn schlechte Sicht bedeutet Tauchen. Und Tauchen bedeutet Ruhe.

Wir sind zu alten ausgezehrten Männern geworden, halb verhungerten Robinsons – und das, obwohl es genug zu essen gibt. Aber keiner hat mehr Lust, den Schlangenfraß anzurühren.

Die Maschinenleute hat es am stärksten mitgenommen. Die kommen überhaupt nicht mehr an die frische Luft. Der Wintergarten kann schon seit mehr als vierzehn Tagen nicht betreten werden. Der Kommandant hat zwar erlaubt, daß im Turm, »an der Dorflinde«, geraucht werden darf, aber dem ersten, der versuchte, sich dort eine Zigarette anzustecken, ging das Streichholz sofort wieder aus. Der Luftzug ist hier zu stark, weil die Diesel Luft aus dem Boot saugen.

Selbst Frenssen ist einsilbig geworden. Auch der abendliche »Rabatz im Kettenkasten«, die Schwafel- und Singrunden im Bugraum, haben ihr Ende gefunden.

Nur der Horchraum und die Ruderstände sind besetzt. Der Zentralemaat und seine beiden Gasten tun Dienst. Das E-Maschinen-Personal auch. Der Seitenrudergänger im Turm muß aufpassen, daß er nicht auch einschläft.

Irgendeine Maschine summt. Ich mache mir längst nicht mehr die Mühe, darüber nachzudenken, welche es sein könnte. Das Boot macht fünf Knoten Fahrt. Viel weniger als ein Radfahrer, und dennoch mehr, als wir aufgetaucht schaffen.

Unsere Erfolglosigkeit lastet schwer auf dem Alten. Von Tag zu Tag wird er grüblerischer. Umgänglich oder gar gesellig war er nie, aber jetzt ist er kaum noch ansprechbar. Er wirkt so deprimiert, als laste der Mißerfolg der gesamten U-Boots-Waffe auf seinen Schultern.

Die Nässe im Boot scheint mit jedem Tag noch zuzunehmen.

Große Zeit für Schimmelpilze: Sie haben auch schon meine Ersatzhemden befallen. Es ist eine andere Sorte, die nicht so üppig in die Höhe wächst wie die auf den Würsten, aber dafür große schwarzgrüne Flecken bildet. Auch das Leder der Sportschuhe ist grün überzogen, die Kojen riechen modrig. Anscheinend schimmeln sie von innen. Wenn ich meine Seestiefel nur einen Tag nicht anziehe, sind sie grünlichgrau von Schimmel und Salz.

MONTAG. Wenn mich nicht alles täuscht, läßt in der Nacht die Heftigkeit des Sturms um ein paar Grade nach.

»Ganz normaler Verlauf«, sagt der Alte beim Frühstück, »kein Grund zum Jubeln. Es kann sogar passieren, daß wir in eine ziemlich stille Zone geraten – wenn wir in den Kern des Tiefs kommen sollten. Aber dann geht todsicher der Tanz wieder los – sozusagen auf der anderen Seite.«

Obwohl die See noch genauso hoch geht wie tags zuvor, bekommen die Brückenwachen nicht mehr unablässig Peitschenschläge von Flugwasser ins Gesicht. Hin und wieder können sie sogar wagen, die Gläser zu benutzen.

Das Turmluk wird wieder offen gefahren. Nur ab und zu quirlt ein Guß in die Brückenwanne und schüttet einen Schwall in die Zentrale herab, nicht mehr aber als die Lenzpumpe mit viertelstundenweisem Anspringen wieder außenbords schaffen kann. Die ohrenpeinigende Heulerei auf dem Netzabweiserseil hat nachgelassen.

Die See sieht aus, als würde sie von gewaltigen eruptiven Kräften bewegt, von Hunderten und aber Hunderten von Vulkanen, die in der Tiefe in Aktion sind, die Wassermassen hochjagen und sich aufbäumen lassen.

Die hohe Dünung bringt es mit sich, daß die Leute unten im Boot kaum einen Unterschied zum vorhergehenden Tag merken. Die Nachricht, der Sturm habe nachgelassen, bleibt für sie abstrakt: Das Boot setzt genauso hart ein und wird genauso heftig gebeutelt wie tags zuvor.

DIENSTAG. Ich brauche mich nicht mehr nach Halt umzusehen, wenn ich die Zentrale durchqueren will. Wir können sogar ohne Schlingerleisten essen und brauchen die Schüsseln nicht mehr mühselig zwischen den Oberschenkeln zu halten. Es gibt eine richtige Mahlzeit: Flottenspeck mit Kartoffeln und Rosenkohl. Ich spüre, wie mir beim Essen der Appetit wächst.

Nach der Ablösung der Abendwache hebt im U-Raum eine fürchterliche Furzerei an. Der Rosenkohl! Der Bootsmaat Wichmann tut sich bei der Furzerei besonders hervor. Er läßt eine Serie von Fürzen krachen und eine andere dumpf ausrollen.

Den Berliner bekommt er damit nicht wach. Die anderen scheinen zwischen Empörung und belustigter Anerkennung zu schwanken. Nur Kleinschmidt wird böse: »Rammel dir doch nen Korken in den Arsch, du alte Toppsau!«

Da an Schlafen bei diesem Gestank nicht zu denken ist, reppele ich mich von der Koje hoch. Der runde Himmelsausschnitt im Turmluk ist kaum einen Schimmer heller als der schwarze Lukrahmen. Ich warte, gegen das Pult des Obersteuermanns gestützt, volle zehn Minuten in der Zentrale, bis ich nach oben frage: »Ein Mann auf Brücke?«

»Jawoll!« kommt es zurück: die Stimme des II WO. Meine Augen haben sich in der abgeblendeten Zentrale ans Dunkel gewöhnt – ich kann die Posten sofort erkennen.

»Bommtschtschjwumm« schlagen die Wellen gegen das Boot. Dazwischen ein scharfes Zischen und dumpfes Brausen. Schaumschnüre schimmern fahl zu beiden Seiten und flechten sich achteraus in das Dunkel ein.

Ich lehne mich gegen das Schanzkleid. »Tschum, tschjum.« Wieder und wieder schlägt das Meer den dumpfen Gong der Bootswandung. Hin und wieder rauscht ein Brecher über das Vorschiff – der Netzabweiser gibt dann einen kleinen singenden Ton.

Seitab zuckt der Widerschein eines einzelnen Sterns auf den Wellen hin und her. Ich stemme mich höher heraus, bis ich das ganze Vorschiff übersehen kann. Am Boot entlang schimmert das Wasser grünlich auf, als wäre es von innen her durchleuchtet. Das grüne Leuchten zeichnet die Formen des Bootskörpers deutlich aus dem Dunkel heraus.

»Verdammtes Meeresleuchten!« schimpft der II WO. Der Mond fließt hinter Dunststreifen breit auseinander. Ab und zu blinzelt ein Stern auf und verlischt schnell wieder.

»Verdammt dunkel«, grollt Dorian vor sich hin. Dann herrscht er die achteren Brückenposten an: »Paßt bloß auf, ihr Brüder!«

Als ich gegen dreiundzwanzig Uhr wieder in die Zentrale steige, sehe ich zwei Zentralegasten, die über den Flutverteilerventilen beschäftigt sind. Beim Näherhinschauen merke ich, daß sie Kartoffeln reiben.

»Was wird denn das?« frage ich und höre die Stimme des Alten hinter mir: »Kartoffelpuffer, Reibekuchen, oder wie die Dinger sonst noch heißen.«

Ich muß mit in die Kombüse. Dort langt er sich Tiegel und Fett. Ein Gast kommt aus der Zentrale mit einer Schüssel voll geriebener Kartoffeln. Der Kommandant läßt das Fett im Tiegel zergehen und freut sich dabei wie ein Schuljunge; er hebt den Tiegel hoch und läßt das Fett zischend von einer Seite auf die andere fließen. Von hoch oben gießt er nun den Teig ein, Fett spritzt aus dem Tiegel und mir auf die Hose. Wie ein über seine Retorten gebeugter Chemiker beobachtet der Kommandant, wie der Teig langsam fest wird und sich bräunt. »Gleich geht der erste vom Stapel!« Mit krauser Nase zieht der Alte den aufsteigenden Duft ein, und nun faßt er Posto. Der große Augenblick kommt. Ein Schwung, der Puffer fliegt durch die Luft, dreht Salto, und da liegt er schon wieder brav und flach in der Pfanne: goldbraun.

Aus dem ersten fertigen Kartoffelpuffer reißen wir uns jeder ein Stück und halten es mit hochgezogenen Lippen zwischen den Zähnen, bis es sich halbwegs abgekühlt hat. »Toll, was?« fragt der Kommandant. Der Schmutt muß von seiner Koje hoch und große Dosen mit Apfelmus holen.

Allmählich häufen sich die fertigen Kartoffelpuffer zu einem gehörigen Stapel. Es ist fast Mitternacht: Ablösung für die Maschinenwache. Das Schott geht auch schon auf, und ölverschmiert kommt der Eintänzer in die Kombüse. Verblüfft starrt er den Kommandanten an und will sich schnell durch den Raum drücken, aber »Halt! Stop!« ruft ihn der Kommandant an und der Eintänzer bleibt wie an den Boden genietet stehen.

Nun muß er nach Befehl Augen zu- und Mund aufmachen, und der Kommandant stopft ihm einen zur Roulade gerollten Kartoffelpuffer hinein und schmiert noch einen Löffel Apfelmus über die Füllung. Auch des Eintänzers Kinn bekommt eine Ladung ab.

»Kehrt marsch! Der nächste!«

Die Prozedur wiederholt sich sechsmal. Mit der neu aufziehenden Wache wird genauso verfahren. Unser gestapelter Vorrat ist im Nu aufgebraucht. Wir rühren fleißig die Hände. Schon kommt Grund in der Schüssel zum Vorschein.

»Der nächste Schwung ist für die Seeleute!«

Es ist ein Uhr, als sich der Kommandant räkelt und sich mit dem Jackenärmel den Schweiß vom Gesicht wischt. »Los, aufessen!« Damit schiebt er mir den letzten Puffer hin.

MITTWOCH. Am Nachmittag entere ich zur zweiten Wache auf. Der Anblick der See hat sich völlig verändert. Keine wandernden Gebirgskämme mehr mit lang anwachsenden Hängen in Luv und Steilabfällen in Lee – aus der geordneten Phalanx der Seen ist ein wildes Durcheinander geworden: So weit im Wasserdunst der Blick aus zusammengekniffenen Augenspalten reicht, ist die ganze Wasserlandschaft in heftiges unrhythmisches Zucken verfallen. Gewaltige Wassermassen werden in alle möglichen Richtungen hochgeschleudert. Die Seen haben überhaupt keinen Strich mehr. Der Wind muß eine neue Dünung über die alte gelegt haben. Und so treffen riesige Wellenberge mit mächtigen Dwarsseen zusammen. Die Wogen prallen aneinander hoch, als wollten sie den Himmel anspringen.

Unser Bug schlägt einen irren Takt in das regellose Zucken der Wellen. Zwei, drei, vier Schläge kurz hintereinander, dann folgt eine Pause, und dann kommt eine neue Serie schnell geführter Hiebe.

Kaum mehr Sicht. Keine Kimm. Nur Wasserdunst dicht vor den Augen. »Diese verdammten Kreuzseen!« schimpft der Obersteuermann. Das Boot vollführt eine Art Torkeltanz. Es ruckt und taumelt, findet keinen Rhythmus mehr. Sein Bug schwankt hin und her. Aber jetzt treffen seine Stöße meist ins Leere.

Eine neue Strafe trifft uns. Es ist wieder kalt geworden. Die eisigen Stöße des Windes schneiden in mein nasses Gesicht wie Messer.

DONNERSTAG. Der Wind weht aus Westnordwest. Das Barometer fällt weiter. In meinem Hirn nistet sich der törichte Wunsch ein, daß es Öl regnen möge. Ich ersehne nichts so sehr wie einen Strichregen von Öl, der das Meer glätten könnte.

Zum Abendbrot erscheint der Kommandant mit mürrischem Gesicht. Lange fällt kein Wort, dann faucht er durch die Zähne: »Vier Wochen! Nicht schlecht, Herr Specht!«

Seit nunmehr vier Wochen werden wir geschüttelt und geworfen, gepeitscht und gestaucht.

Der Alte schlägt mit der linken Faust auf die Back, holt tief Atem, hält die Luft lange in sich, bläst sie schließlich mit flappenden Lippen wieder ab und legt den Kopf mit geschlossenen Augen zur Seite: ein Bild der Schicksalsergebenheit. Wir sitzen herum, uns selbst zum Übel.

Der Obersteuermann meldet, die Kimm sei klarer geworden. Der nordwestliche Wind hat also die tief lastenden Wolken verweht und uns wieder sehend gemacht.

FREITAG. Das Meer ist eine riesige grüne und böse zerschlissene Steppdecke, aus der überall die weiße Kapokfüllung herausquillt. Der Kommandant probiert alles Mögliche, um das Boot vor den Schlägen der Seen zu schützen. Die wasserdichte Back wird geschlossen. Die Untertriebszellen werden ausgeblasen. Aber es hilft nichts. Die Dwarsseen sind nicht zu ertragen. Schließlich bleibt nichts anderes übrig, als Kurs zu ändern.

Mit schmerzenden Augen durchsuche ich die Löcher, Trichter, Falten, Schründe, das Geriffel in der Ferne – nirgends ein dunklerer Fleck – nichts! An Flieger denken wir schon gar nicht mehr. Welche Maschine sollte sich in diesem Sturm halten können? Welches Auge sollte uns in diesem Tumult entdecken? Wir haben ja keine Hecksee, keine verräterische Schleppe mehr.

Wieder fahren wir zu Tal, und schräg hinter uns wächst die nächste See hoch. Der II WO starrt sie an, aber er duckt sich nicht weg –, er bleibt versteift stehen, als hätte ihn ein Hexenschuß getroffen.

»Da war doch was...«, höre ich ihn brüllen, aber schon schlägt die See gegen den Turm. Ich presse das Kinn an die Brust, halte die Luft an, stemme mich ein, mache mich schwer, damit mich das saugende Gequirl nicht von den Füßen schlagen kann. Und wieder hoch mit dem Kopf und die tobenden Seen absuchen. Falte für Falte.

Nichts.

»Da war was!« brüllt der II WO wieder, »in zwo-hun-dert-sech-zig Grad – war was – freß nen Besen!«

299

Er herrscht brüllend den backbordachteren Ausguck an: »Mann – Mann – haben Sies – nicht gesehen?«

Wir werden wieder wie von einem sausenden Fahrstuhl hochgetragen. Ich stehe Schulter an Schulter mit dem II WO. Und da! Plötzlich wird unter dem wehenden Wasserstaub ein dunkler Körper hochgeschleudert – im nächsten Augenblick ist er verschwunden.

Eine Tonne? Wie weit weg?

Der II WO nimmt den Stopfen vom Sprachrohr und preßt den Mund in die Muschel. Er fordert ein Glas an. Das Luk wird von innen aufgestoßen und das Glas gerade im rechten Moment vor dem Hereinschlagen eines neuen Strudels heraufgereicht. Der II WO tritt hastig das Luk dicht. Das Glas ist halbwegs trocken geblieben.

Ich ducke mich neben den II WO, der die Optik des Glases mit der linken Hand vor dem Wasserstaub schützt und gespannt wartet, daß das Treibstück wieder hochkommt. Aber nichts ist zu sehen als ein Tumult weiß gebänderter Hügel. Wir sind in einem tiefen Wellental.

Als es in die Höhe geht, heißt es die Lidspalten zusammenziehen, sie eng wie Panzerschlitze machen.

»Verdammtverdammtverdammt!« flucht der II WO. Er reißt abrupt das Glas vor die Augen. Ich starre in seine Richtung. Plötzlich brüllt er: »Da!« Da war etwas! Kein Zweifel, der II WO hat recht: Da war etwas! Da wieder! Ein dunkler Körper. Er steigt hoch, verhält ein paar Herzschläge lang und sackt wieder weg.

Der II WO setzt das Glas ab und brüllt: »Da – das war doch...«

»Was?«

Der II WO zerbeißt Silben zwischen den Zähnen. Dann wendet er mir sein Gesicht voll zu und stößt heraus: »Das – muß – ein U-Boot sein!«

Ein U-Boot? Ein U-Boot? Diese torkelnde Tonne ein U-Boot? Kleinen Mann im Ohr! Nicht ganz bei Troste!

»ES schießen?« fragt der Bootsmaat.

»Noch – noch nicht – noch – abwarten – nicht sicher!« Der II WO beugt sich wieder über das Sprachrohr: »Lederlappen auf die Brücke! Beeilung!«

Lauernd wie der Harpunier auf einem Walfänger duckt er sich hinter dem Schanzkleid zusammen und wartet, daß wir aufs neue hochsteigen. Ich schöpfe die Lungen bis zum Bersten voll Luft und halte den Atem an, als ich über die kochenden Seen starre, als würde davon der Blick schärfer.

Nichts!

Der II WO reicht mir das Glas. Ich stemme mich fest wie ein Kletterer im Kamin und suche in zweihundertsechzig Grad.

»Verdammt noch mal!« Kreisrunder Ausschnitt weißgrauer See. Sonst nichts.

»Da!« brüllt der II WO und reckt den rechten Arm hoch. Ich reiche ihm schnell das Glas zu. Der II WO visiert verbissen. Jetzt setzt er das Glas ab. Mit einem Sprung ist er am Sprachrohr: »An Kommandant: Backbord achteraus U-Boot!«

Der II WO reicht mir wieder das Glas. Ich wage nicht, es anzusetzen, weil sich achteraus eine gewaltige See hochsteilt. Im Festklammern versuche ich, das Glas vor dem Leib zu schützen. Der Schwall steigt mir aber bis zum Nabel hoch.

»Verdammtverdammt!«

Jetzt hebt die Riesensee uns an. Ich reiße das nasse Glas hoch, suche zwei, drei Sekunden die tobende Wasserwüste ab – da habe ich das Objekt. Kein Zweifel: Der II WO hat recht – ein U-Boots-Turm. Ein paar Sekunden nur, dann ist er wie ein Spuk wieder weg.

Das Luk geht auf, als die See ausgerauscht ist. Der Kommandant stemmt sich herauf und läßt sich vom II WO einweisen.

»Tatsächlich!« knurrt er unter dem Glas hindurch.

»Die tauchen doch nicht?« brüllt der Kommandant, »die tauchen doch nicht etwa? Schnell Handscheinwerfer hoch!«

Für Sekunden ist trotz allen Suchens dreier Augenpaare nichts mehr zu sehen. Ich erhasche einen verstörten Blick des Kommandanten. Da erscheint im grünlichen Weißgrau eine Spitze – die hochgestellte Tonne!

Der Alte läßt mit beiden Maschinen angehen. Was will er denn tun? Warum läßt er kein ES schießen? Warum schießen die anderen kein ES? Haben sie uns etwa nicht gesehen?

Obwohl Flugwasser und Gischt in schweren Fetzen von achtern in die Brücke hereinschlagen, stemme ich mich höher. Von achtern zieht ein ganzer Alpenzug mit weißen Schneegipfeln heran. Ein paar Herzschläge lang habe ich Angst, die erste riesige See könnte uns nicht rechtzeitig anheben und über uns brechen. Aber da ist schon ein scharfes Zischen: Die See läuft unter dem Boot durch – aber nun legt sie sich wie ein mächtiger haushoher Wall vor den Blick. Und die nächstfolgende See kesselt die Sicht nach achtern ein.

Aber da erscheint der Turm des anderen Bootes hoch oben über den Schaumköpfen, wie ein aus der Flasche geschossener Korken. Eine Weile tanzt der Korken, dann zieht es ihn wieder weg. Minutenlang ist er nicht mehr zu sehen.

Der II WO schreit. Es sind keine Worte, nur röhrende Rufe. Der Kommandant hebt den Lukdeckel an und brüllt nach unten: »Wann kommt endlich der Handscheinwerfer?«

Der Handscheinwerfer wird hochgereicht. Der Kommandant selber

301

klemmt sich zwischen Sehrohrschacht und Schanzkleid wie ein Kletterer im Kamin fest und ergreift den Schweinwerfer mit beiden Händen. Ich stemme mich gegen die Oberschenkel des Kommandanten, damit er mehr Halt bekommt und höher hinaus kann. Ich höre, daß er schon den Taster drückt: kurz – – kurz – – lang. Der Kommandant setzt ab. Aus. Ich wage den Kopf zu heben. Das andere Boot ist weg – wie vom Abgrund angesogen. Ringsum nichts als graue Wasserwüste.

»Verrückt! Rein irrsinnig!« höre ich den Kommandanten.

Da blitzt es, ohne daß ich den Turm der anderen wieder entdeckt hätte, im grauen Gequirl auf: Eine weiße Sonne gleißt uns durch den Wasserdunst entgegen, verlischt, strahlt wieder auf: kurz – – lang – – lang. Eine Weile nichts, dann wieder das Aufblenden im Tohuwabohu.

»Das ist Thomsen!« brüllt der Alte.

Mit aller Kraft halte ich, schräg eingestemmt, den linken Schenkel des Kommandanten umklammert, der II WO ist jetzt dicht neben mir. Er hält den rechten Oberschenkel des Kommandanten. Jetzt blinkt unser Scheinwerfer wieder auf, der Kommandant gibt seine Zeichen hinüber. Ich kann, weil ich das Gesicht nach unten halten muß, nicht sehen, was er tastet, aber ich kann es hören: Er diktiert sich mit lauter Stimme: »Kurs – und – Fahrt – bei – be – hal – ten – wir – kom – men – nä – her!«

Ein Wasserberg, gewaltiger als alle, die wir bis jetzt sahen, schiebt sich von achtern heran. Vom Kamm dieser riesigen See weht wirbelnd weißer Wasserrauch wie Pulverschneeschwaden von einer Schneewehe. Der Kommandant gibt den Scheinwerfer ab und läßt sich auf unsere Schultern gestützt schnell heruntersinken.

Mir stockt der Atem. Das Brausen und Zischen dieser vier Stockwerke hohen See übertönt den Lärm aller anderen Wogen ringsum. Wir drücken den Rücken gegen das vordere Schanzkleid. Der II WO hebt wie ein Boxer zur Abwehr den linken Unterarm vors Gesicht.

Für das andere Boot hat keiner mehr ein Auge. Wir starren auf diese Riesensee, die mit unheimlicher Gelassenheit auf uns zukommt – schwer wie Blei, schwerfällig von ihrer ungeheuren Masse. Auf ihrem Rücken leuchtet böse die Gischt. Im Näherkommen wächst sie noch höher und immer noch höher über das grüngraue Getümmel hinaus. Plötzlich setzt der Wind aus. Ums Boot zucken die Seen regellos hoch. Ich begreife sofort: Diese Ursee hat sich wie eine gewaltige Barrikade vor den Sturm gelegt. Wir sind in ihren Windschatten geraten.

»Festhalten! – Achtung – Null« brüllt der Kommandant, so laut er kann.

Ich lasse mich noch tiefer sacken, spanne alle Muskeln, um mich fest wie in einem Schraubstock zwischen Schanzkleid und UZO-Säule einzuklemmen. Mein Herz überstürzt sich. Das ist zuviel! Wenn diese See sich bricht – dann gnade uns Gott! Das kann das Boot nicht ab. Das halten wir nicht aus! Unsere Knochen – mein Gott!

Alle Geräusche werden jetzt von einem bösartig scharfen Zischen überdeckt. Es klingt, als würden tausend Eimer Wasser zugleich auf riesige glühheiße Platten ausgegossen. Ein paar beengte Herzschläge lang verharre ich atemlos. Dann erfühle ich, wie das Boot achtern hochgehievt wird, höher und höher. Es steigt, schräg an den tausendfältig geriffelten Hang geklebt, so hoch wie noch nie. Der Würgegriff der Angst lockert sich schon – da bricht sich der Kamm doch noch: Ein viele Tonnen schwerer Klöppel schlägt gegen den Turm, läßt ihn erdröhnen und das ganze Boot heftig zittern. Ich höre einen schrillen gurgelnden Winsellaut, und ein Wirbelstrom von Wasser schießt strudelnd in die Brücke.

Ich presse die Lippen zusammen und staue die Luft in den Lungen. Vor den Augen habe ich grünes Glas. Ich mache mich so schwer ich kann, damit die harten Strudel mich nicht von den Füßen reißen. Herr im Himmel – sollen wir ersäuft werden? Die ganze Brückenwanne ist ja bis zum Überlaufen voll Wasser.

Endlich legt sich der Turm schräg. Ich tauche auf und bekomme Luft. Aber schon stockt mir wieder der Atem. Die Brücke legt sich schräger – die Brücke will uns auskippen.

Kann ein U-Boot kentern? Unser Ballastkiel! Ist der Ballastkiel solchen Kräften gewachsen?

Die Wasserstrudel wollen mir die Klamotten vom Leibe reißen. Ich sperre den Mund auf, pumpe Luft und ziehe nacheinander den rechten und den linken Fuß aus den Strudeln wie aus Schlingen hoch. Und jetzt wage ich aufzusehen. Unser Heck ist himmelwärts gerichtet. Schnell wende ich den Kopf nach vorn, drücke mich aus den Kniekehlen hoch, lasse den Blick über das Schanzkleid schweifen. Unser Vorschiff ist tief in grünweiß quirlendem Gestrudel verschwunden. Mein Blick trifft das Gesicht des II WO: Er hat den Mund weit aufgerissen, als wolle er aus voller Kraft losbrüllen. Aber diesmal kommt kein Laut aus ihm.

Vom Gesicht des Kommandanten trieft Wasser. Aus der Krempe des Südwesters rinnt es wie aus einer Dachrinne. Auch sein Gesicht ist rotgeschlagen. Starr und unbewegt hält er den Blick voraus. Ich folge seiner Sehrichtung.

Das andere Boot muß jetzt backbord voraus sein. Auf einmal wird es in seiner ganzen Länge sichtbar. Dieselbe See, die unter uns durchlief, hebt nun die anderen himmelwärts. Es dauert nur Augenblicke, dann wird auch ihr Bug von einer Gischtflut begraben. Es sieht aus, als führen die da drüben nur noch mit dem halben Boot zur See. Und jetzt steigt an ihrem Turm eine Gischtsäule senkrecht hoch wie an einer Felsklippe, die in der Brandung steht. Im grauen Wasserrauch verschwinden die anderen ganz und gar.

Der II WO brüllt so etwas, das wie »die armen Kerle!« klingt. Die armen Kerle? Spinnt der II WO? Vergißt er, daß wir genauso gebeutelt und geworfen werden wie die anderen?

Wir drehen weiter. Der Winkel zwischen Bootskurs und der Anlaufrichtung der Seen wird immer spitzer. Gleich haben wir es geschafft und können den Bug gegen die Seen richten.

»Maßarbeit – au verflucht!« brüllt der II WO, »wenn die – jetzt bloß – da drüben – keinen Firlefanz machen!«

Auch mich fällt die Angst an, daß die anderen bei diesem Seegang das Boot nicht auf Kurs halten könnten. Wir werden auf unserem Drehkreis schnell näher an sie herangetragen. Schon treffen die Wellenberge, die vom Bug des anderen Bootes wie von einem Schneepflug abgetrennt wurden, mit den taumelnden Dwarsseen zusammen, die wir aufgepflügt haben. Wasserfetzen schießen senkrecht hoch – Dutzende von Geysiren, kleine, große, riesengroße . . .

Da werden wir wieder emporgetragen. Wieder hat sich eine Irrsinnssee aus der Tiefe erhoben und uns wie ein monströser Wal auf ihren Rücken genommen. Wir steigen auf – submarine Himmelfahrt – Kyrie eleison. Als wollten wir uns von der Erde lösen, schweben wir als schwarzer Zeppelin immer höher. Unser Vorschiff ist in seiner ganzen Länge frei.

Wie vom Dach eines Hauses kann ich jetzt in die Brücke des anderen Bootes sehen – ach du meine Fresse! Hat der Alte nicht zuviel riskiert? Wenn wir jetzt auf die da heruntergeschleudert werden!

Aber vom Alten kommen keine Befehle. Ich kann jeden einzelnen der fünf erkennen, die da gegen die Steuerbordseite der Verschanzung gestemmt zu uns heraufstarren: Thomsen in der Mitte.

Alle haben die Münder auf, sperrangelweit wie die Holzpuppen, denen man Stoffbälle in die Mäuler zielt – oder wie Vogelbrut, die wartet, daß die Vogelmutter anfliegt.

So sieht das also aus! So könnten uns die Tommies sehen, wenn sie jetzt unterwegs wären: Eine Tonne mit fünf festgezurrten Männern drin – ein schwarzer Kern in einem Gischtfleck, ein Kern in weißem Fruchtfleisch. Nur wenn die Seen ablaufen, verändert sich das Bild – dann wälzt sich ein stählernes Rohr aus dem Wasser.

Jetzt läßt uns der Wal seitwärts von seinem Rücken rutschen, uns wieder abwärtssinken. Hinab, hinab.

Himmelsakra – warum tut der Alte nichts?

Ich erhasche sein Gesicht. Der Alte grinst. Dieser vom Teufel gerittene Kerl kann jetzt noch grinsen.

Und jetzt brüllt er: »Achtung Null!«

Schnell Katzenbuckel machen. Festklemmen – Knie gegen das Schanzkleid, Rücken gegen den Sehrohrbock. Muskeln spannen Bauchdecke strammen. Die Wand, die Wasserwand, flaschengrün und heraldisch geflügelt steigt sie vor uns auf wie die Welle von Hiroshige.

Jetzt wird die Wand oben hohl, sie krümmt sich uns entgegen – bloß weg mit dem Kopf! Noch schnell die Lungen voll Luft und nun zusammenkrümmen, das Glas vor den Bauch gepreßt, und schon fällt wieder der Hammer herab. Luft anhalten, zählen. Das Würgen hinunterpressen und weiter zählen, bis die zerrende Flut abläuft.

Ich staune: Die gefürchtete Seitenversetzung blieb aus.

Der Alte, der verwegene Hund – der hat gewußt, wie der Wal sich verhalten würde. Er kann sich in das Wasser hineinfühlen. Er weiß, wie sich so ein Monstrum von See bewegt.

Jetzt ist es Thomsens Boot, das auf dem Kamm eines Wassergebirges balanciert. Wie von einer ungeheuren Faust wird es immer noch höher gestemmt. Im Glas erhasche ich, wie seine Tauchbunker ganz frei kommen und hell aufblinken. Eine Ewigkeit lang verhält das Boot so – dann erst wird es plötzlich mit einer gewaltigen Schleuderbewegung ins nächste Tal gerissen. Ein weiß zerfetzter Kamm schießt zwischen beiden Booten hoch und läßt die anderen verschwinden, als hätten sie nie existiert. Dutzende von Herzschlägen lang sehe ich nichts mehr als weißgrau kochende Seen, zuckende Schneegebirge. Mit dem anderen Boot darin sehen sie noch einmal so gewaltig und urwelthaft aus.

Zu denken, daß unten im Bauch des anderen Bootes während dieses wüsten Tanzes die Wachen an den Maschinen stehen, daß da unten der Funker in seinem Schapp hockt, daß sie im Bugraum in ihren Kojen klemmen, lesen oder zu schlafen versuchen, daß da unten Licht brennt und Menschen hausen . . .

Junge, Junge, brabble ich, jetzt gehts dir wie dem II WO, du vergißt ja ganz, daß wir ein Zwillingsboot fahren. Unseren Leuten gehts doch nicht anders als denen da drüben.

Der Kommandant fordert Winkflaggen. Winkflaggen? Völlig meschugge! Wie soll denn hier einer winken?

Aber da ergreift der Kommandant schon selber die Flaggen wie zwei Stafettenstäbe, und wie wir jetzt wieder zum Himmel steigen, löst er sich schnell von seinem Gurt, stemmt sich mit dem Rücken gegen den Sehrohrbock hoch über das Schanzkleid, hält sich festgeklemmt wie ein Kletterer im Kamin, entrollt die Handflaggen und gibt in aller Ruhe, als führen wir auf dem Wannsee spazieren, seine Zeichen: w..a..s..h..a..b..e..n..s..i..e..v..e..r..s..e..n..k..t.

Nicht zu glauben: Drüben macht tatsächlich einer mit den Armen das »Verstanden«-Zeichen. Und während wir in sausendem Förderkorb wieder in die Tiefe fahren, signalisiert dieser Höllenhund da drüben mit den Armen: z..e..h..n..t..a..u..s..e..n..d..t.. o..n..n..e..n.

Wie aus den Kabinen zweier gegeneinander laufender Riesenräder machen wir uns durch die fliegende Gischt hindurch Mitteilungen in der Taubstummensprache. Für Augenblicke sind die Boote auf gleicher Höhe. Wie wir wieder hochsteigen, gibt der Alte dem anderen Boot neue Winkzeichen: g..u..t..e..c..h..a..n..c..e..n..i..h.. r..h..i..m..m..e..l..h..u..n..d..e.

Drüben haben sie jetzt auch Signalflaggen hochbekommen. Wir lesen im Chor ab, was der Signalgast gestikuliert: s..e..r..v..u..s ..m..a..s..t..u..n..d..s..t..e..n..g..e..b..r..u..c..h.

Jählings läßt uns die See fallen, wieder werden wir in jagender Fahrt hinabgestürzt. In äußerster Schräglage sacken wir in ein von Wasserstaub erfülltes Tal hinein.

Hoch über uns schiebt sich der Bug des anderen Bootes viele Meter frei über den Abgrund vor, verharrt in dieser unglaublichen Lage noch einmal eine Ewigkeit – die beiden Torpedomündungsklappen der Backbordseite sind deutlich zu sehen – jeder einzelne Flutschlitz – die ganze Unterwasserform – so lange, bis das überhängende Vorschiff als sausende Schneide zu Tal fährt. Mit einer Wucht, die Stahl zerschneiden müßte, schlägt es in die See ein. Der Bootsrumpf dringt wie ein Keil nach und zerspaltet die See. Rechts und links vom Vorschiff wird das Wasser jählings in riesigen glasiggrünen Schollen weggeschleudert. Jetzt brechen die Seen über dem tief eingerammten Vorschiff zusammen, decken es unter zuckenden und springenden Wirbeln zu und gehen auch über die Brücke hinweg. Nur ein paar dunkle Punkte sind in dem rasenden Geifer noch zu sehen: die Köpfe der Brückenwache und ein Arm, der mit einer roten Signalflagge fuchtelt.

Ich erfasse einen verstörten Blick des II WO zum Kommandanten hin, dann blicke ich in das ekstatisch verzerrte Gesicht des Leitenden, der schon eine ganze Weile auf der Brücke sein muß.

Ich umklammere das Sehrohr mit einem Arm und ziehe mich höher. Das andere Boot bleibt achteraus in den Falten der Seen verschwunden. Dann ist da plötzlich eine Tonne, die hochgeworfen wird und wieder wegsackt, dann nur noch ein tanzender Korken, und ein paar Minuten später ist von ihm schon nichts mehr zu sehen.

Der Alte läßt wieder Kurs aufnehmen. Das Turmluk auf – eine ablaufende See abpassen – und durch den engen Schlund hinunter! Der Rudergänger im Turm drückt sich weg. Das Boot krängt nach steuerbord. Jetzt kriegt er doch noch einen Guß ab.

»Was war denn los?« will er wissen.

»Warn Boot unterwegs – U-Thomsen – ziemlich nahe!«

Von oben wird das Luk dicht getreten. Bleiche Gesichter, wie von Grubenlampen aus dem Dunkel herausgeholt. Das Bergwerk hat uns wieder. Mich überfällt die Erkenntnis, daß nicht einmal der Rudergänger sah, was sich zutrug.

Ich binde den Südwester unterm Kinn los, streife mühsam die Gummijacke ab. Der Zentralemaat hängt an meinen Lippen. Ich muß ihm wohl oder übel ein paar Happen hinwerfen: »Kaum zu glauben, wie der Kommandant rangiert – ehrlich – das war Maßarbeit!«

Es ist, als hätte die Erregung auch meine Muskeln mobilisiert: ich komme auf einmal viel schneller als die Tage zuvor aus den nassen Klamotten. Neben mir frottiert sich der LI mit Sorgfalt ab.

Zehn Minuten später versammeln wir uns wieder in der O-Messe. Obwohl in mir noch die Erregung pocht, versuche ich mich gelassen zu geben: »War das nicht alles ziemlich formlos?«

»Was denn?« fragt der Alte zurück.

»Die Begrüßung.«

»Wieso denn?«

»War denn da nicht das Erkennungssignal fällig?«

»Ach du meine Güte«, sagt der Kommandant, »*der* Turm – der war doch auf den ersten Blick zu erkennen! – Die hätten doch einen Mordsschreck bekommen, wenn wir ES geschossen hätten. Die hätten doch gleich antworten müssen. Und wer weiß, ob die bei dem Wetter gerade aufs ES-Schießen vorbereitet waren. Man darf doch seine Kameraden nicht in Verlegenheit bringen.«

»Und dafür, daß das Erkennungssignal im Zweifelsfall doch nicht benutzt wird, müssen wir jeden Tag paarmal hoch wegen der ES-Patronen!«

»Nur nicht maulen«, sagt der Alte, »was sein muß, muß sein – Vorschrift.«

Nach zehn Minuten kommt er auf meinen Einwand zurück: »Mit Tommy-Booten brauchen wir ja bei diesem Wetter sowieso nicht zu rechnen. Was sollten die denn vorhaben? Etwa *deutsche* Geleitzüge suchen?«

SAMSTAG. Der Rausch ist ausgegoren. Der Vorhang ist gefallen. Wir haben uns zum Mittagessen um die Back herum festgeklemmt und kauen. Die Freiwächter sinken allmählich wieder in die alte Lethargie zurück.

Nach dem Essen bringt der Alte endlich den Mund auf: »Die sind aber schnell fertig geworden!«

Mit »die« meint er sicher Thomsen und seine Leute. Der Alte staunt, daß Thomsen in diesem Seeraum aufgetaucht ist. »Der war doch erst kurz, ehe wir aus dem Stützpunkt ausliefen, hereingekommen – und mit was für Schäden!«

Schnell fertig geworden – das heißt: kurze Werftliegezeit.

»Ja, der BdU hats jetzt eilig!« sagt der Alte.

Verkürzte Werftliegezeiten – schnellere Abfertigung. Der Patient muß bald wieder hoch aus der Koje und auf die Beine kommen. Schluß mit dem langen Herumliegen.

Es vergeht eine gute Viertelstunde, bis der Alte wieder anhebt: »Da stimmt doch was nicht. Wenn wir viele Boote im Atlantik haben sollten, dann sinds etwa ein Dutzend. Von Grönland bis zu den Azoren ein Dutzend – und wir karren uns hier fast über den Haufen. Da stimmt doch was nicht! – Na ja, nicht meine Sorge!«

Nicht seine Sorge! Dabei zerbricht sich der Alte von früh bis spät und wahrscheinlich auch noch nachts den Kopf über das offenkundige Dilemma: zu großes Schlachtfeld – zu wenig Boote – keine Flugzeuge.

»Wird Zeit, daß die sich was ausdenken.«

Abendbrot. Das verdammte Dosenbrot ist einfach nicht hinunterzukriegen. Auch der Alte hat seine liebe Not damit. Er schiebt den Brotbrei von einer Backentasche in die andere, bis er ihn endlich hinunterwürgt. Auch an der Begegnung mit dem anderen Boot scheint der Alte immer noch zu kauen: »Wahrscheinlich hat der den anschließenden Vorpostenstreifen«, bemerkt er stockend und ruft gleich darauf nach dem Obersteuermann.

»Unser Standort stimmt doch – halbwegs?« wendet sich der Kommandant an seinen Nautiker.

»Halbwegs – so kann man es nennen, Herr Kaleun! Seit sieben Tagen haben wir kein Besteck gehabt. Und dann hat der Wind ja paarmal gedreht!«

»Schön, Kriechbaum.«

Der Alte wendet sich wieder uns zu: »Und wenn bei den anderen der Standort auch nur halbwegs stimmt, passierts eben, daß zwei Boote in der gleichen Gegend umherkarren – und weiter südlich oder weiter nördlich gibts riesige Lücken – da können die Engländer mit einer ganzen Armada durchbrausen, und wir merken nicht das geringste davon. Hier im Grünen sieht eben alles anders aus als in Kernével beim Stab.«

Am dritten Morgen nach der Sturmbegegnung merke ich beim Erwachen an den Bewegungen des Bootes, daß der Seegang nachgelassen hat.

So schnell es geht, fahre ich ins Ölzeug und klettere auf die Brücke. Es ist noch nicht ganz hell.

Die Kimm ist saubergeblasen. Auf der hohen Dünung brechen sich die Seen nur noch hier und da. Sie heben das Boot zwar fast noch so hoch empor und lassen es fast so tief hinabsinken wie während der letzten Tage, ihre Bewegungen sind aber viel weicher geworden – das Boot wird nicht mehr gerüttelt und gestaucht.

Der Wind ist stetig. Nur manchmal schwankt er unruhig ein paar Strich von seiner Hauptrichtung Nordwest ab. Es ist kalt.

Gleich wird die Sonne aufgehen. Am östlichen Himmel erscheint eine rötliche Illuminierung, die schnell bis zum Zenit emporsteigt. Die ersten Sonnenstrahlen schießen wie gleißende Lanzen hinter der Kimm hoch. Die noch nachtdunklen Wolkengebirge bekommen orangefarbene Säume.

Unser Vorschiff blinkt im ersten Sonnenlicht auf. Die hochgehenden Dünungswogen erscheinen im Morgenlicht in heftigem Helldunkelkontrast. Das Meerespanorama wird zu einem riesigen Holzschnitt – Licht und Schatten – hell und dunkel.

Gegen Mittag setzt der Wind fast ganz aus. Statt des Windheulens ist nur noch gedämpftes Zischen und Rauschen zu hören. Ich habe das wüste Orgeln des Sturms noch im Ohr. Die ungewohnte Stille macht mich benommen. Mir ist, als hätte im Kino der Ton ausgesetzt: Die Seen gehen immer noch hoch, eine rastlose weißmähnige Herde, die dem Boot entgegenzieht, ernst und feierlich.

Kaum vorstellbar, daß sich bei diesem eiligen Hinziehen nicht die Wassermassen vorwärtsbewegen, daß nicht die ganze Oberfläche der See in eiliger Bewegung begriffen ist. Ich muß das Bild eines unter Windstößen wellenden Kornfeldes zu Hilfe nehmen, um mir bewußt zu machen, daß die riesigen Wassermassen sich genausowenig vom Ort weg bewegen wie die Kornhalme.

»Selten so eine mächtige Dünung gesehen!« sagt der Obersteuermann, »die reicht glatt ihre tausend Meilen weit.«

Am nächsten Morgen regt sich die See nur noch wie unter einer Schicht von flüssigem Blei. Es ist, als hätte sich über Nacht das spezifische Gewicht des Wassers verdoppelt. Der Himmel ist in Reglosigkeit verfallen: geronnene Milch.

»Immer kommt es verkehrt!« sagt der Obersteuermann, Aufbegehren in der Stimme, »so ne ruhige See hätten wir weiß Gott ein bißchen früher brauchen können!«

Später in der Zentrale sagt der Obersteuermann: »Hier stehen wir heute«, und setzt die Zirkelspitze an ein Bleistiftkreuz auf der Seekarte, »und hier standen wir gestern um diese Zeit!« Der Obersteuermann zieht die Mundwinkel zu einer bitteren Miene herab: »Auf diesem Streifen hier schippern wir nun hin und her!« Er holt aus der Kartenkiste eine Karte hervor, die aus einer Anzahl unserer üblichen Seekarten zusammengedruckt ist und auch die Küstensäume zeigt. Er weist auf ein ganz kleines Quadrat südwestlich von Island: »Hier, dieses Quadrat entspricht der Karte, die wir auf dem Tisch haben!«

Mit der Zirkelspitze zeigt er nun den Weg, den wir bisher zurückgelegt haben: »Diese ganze Strecke sind wir nach Westen gelaufen. Dann kam das schlechte Wetter. Dann sind wir hierher abgebogen, dann weiter nach Norden, dann im großen Zack nach Süden herunter, wieder nach Westen, dann der Haken nach Norden. Hier ein paar Zickzacks und nun wieder nach Westen – und hier stehen wir nun wie festgenagelt!«

Ich stiere auf das Blatt, als gäbe es da wer weiß was zu sehen. Das ist nun alles, denke ich mir, was von der mühseligen Schipperei bleibt: ein hin und her springender, irr zackender Bleistiftstrich im Netz der Planquadrate!

Wir nehmen eine Funknachricht von Hinrich auf: »Einzelfahrer Dreierfächer versenkt.«

»Der bringts noch mal zum Admiral«, sagt der Alte. Es klingt eher angewidert als neidisch. »Oben in der Dänemarkstraße!«

Die Verbitterung des Alten macht sich in einem Wutausbruch Luft: »Die können uns doch nicht einfach so herumkarriolen lassen – einfach so auf Verdacht! So kann das doch nichts werden . . .«

Die Stimmung im Boot ist wieder auf dem Nullpunkt angekommen. Der Bootsmann kommt anscheinend noch am besten über die Runden. Seine Lautstärke hat nicht im geringsten abgenommen. Allmorgendlich, wenn alle noch maulfaul sind, tobt er sich aus wie eh und je, weil in seinen Augen nicht gut genug Reinschiff gemacht wurde. Er wartet dazu regelmäßig ab, bis der Kommandant auf der Brücke ist – aber dann legt er los, als bekäme er für seine Wutanfälle Sonderzulagen.

Zur Abwechslung räume ich mein winziges Spind neu ein. Alles vergammelt: schwarzgraue Stockflecken in allen Hemden. Einen Gürtel hat der Schimmel grün gefärbt. Alle Klamotten riechen modrig. Ein

Wunder, daß wir nicht auch verfaulen oder uns allmählich bei lebendigem Leibe in Gallerte und Schleim auflösen.

Bei einigen von uns scheint dieser Prozeß freilich schon zu beginnen. Zörners Gesicht ist durch rote Beulen mit gelbem Korn in der Mitte ganz entstellt. Der Kontrast zu seiner käsigen Haut gibt den Entzündungen ein besonders bösartiges Aussehen. Die Seeleute sind am schlimmsten dran, weil die immer neue Berührung mit Salzwasser verhindert, daß ihre Wunden und Furunkel heilen.

Der Sturm ist vorbei. Die Brücke ist wieder ein Platz der Erholung.

Nichts unterbricht das Rund der Kimm. Eine makellose Linie, auf der Himmel und Wasser genau aneinandergepaßt sind.

Ich empfinde den Meeresanblick als eine große flache Scheibe, auf die eine Glocke aus grauem Opalglas gesetzt ist. Wie wir uns auch bewegen, die Glocke zieht mit, und wir bleiben im Mittelpunkt der schwarzgrünen Scheibe. Bis zu ihrer Begrenzung sind es nur sechzehn Seemeilen. Die Scheibe hat also zweiunddreißig Seemeilen Durchmesser – ein Nichts im Verhältnis zur Größe des Atlantik.

Fühlung

Der erste Funkspruch, den der Funker heute aufnahm, war eine Aufforderung an Thomsen zur Standortmeldung.

»Wo steckt denn Thomsen jetzt?« frage ich den Alten.

»Hat sich nicht gemeldet«, sagt der Alte. »Ist inzwischen noch zwomal aufgefordert worden.«

Sofort suchen mich Bilder heim: Boote von oben gesehen, um die herum Bombendetonationen wie riesige Blumenkohlköpfe weiß aufleuchten.

Ich sage mir, die werden schon wissen, warum sie schweigen. Es gibt ja tatsächlich Situationen, in denen sich auch noch das kürzeste Funksignal verräterisch auswirken kann.

Am nächsten Morgen frage ich beim Frühstück so beiläufig wie möglich: »Was von Thomsen?«

»Nein!« sagt der Alte und kaut weiter, den Blick stur geradeaus. Antennenschaden, sage ich mir, Sendestörung! Antennenschacht abgesoffen, irgendwas in dieser Art!

Herrmann kommt mit der Kladde. Der Alte greift eine Spur zu ungeduldig danach, liest die Funksprüche, zeichnet sie ab und klappt die Kladde zu. Ich lange danach und reiche sie zurück. Der Alte sagt keinen Ton.

In jüngster Zeit gab es Fälle, in denen von Flugzeugen gebombte Boote nicht mal mehr imstande waren, eine Notmeldung abzusetzen.

»Der hätte längst von sich aus melden müssen«, sagt der Alte.

Am nächsten Tag spricht keiner über Thomsen. Das Thema ist tabu: keine Mutmaßungen. Dem Alten ist freilich anzusehen, was er denkt. Da wird wohl bald eine neue Dreisternemeldung fällig sein.

Gegen zwölf Uhr, als gerade das Essen aufgetragen werden soll, kommt aus der Zentrale die Meldung: »An Kommandant: Rauchfahnen in einhundertvierzig Grad!«

Der Kommandant ist wie hochgerissen auf den Beinen. Wir stürzen ihm in die Zentrale nach. Im Vorbeilaufen lange ich mir ein Glas vom Haken und entere dicht hinter dem Kommandanten auf.

»Wo?«

Der Obersteuermann weist den Kommandanten ein: »Da, backbord querab unter den rechten Ausläufern der großen Kumulus – heben sich nur ganz schwach ab.«

In der angegebenen Richtung finde ich trotz aller Sehanstrengung nichts. Der Obersteuermann wird doch nicht etwa Himmelsschiffe für Rauchwolken halten? In dieser Richtung staffeln sich besonders viele Wolkenkulissen über der Kimm, dort ist das reichste Spiel grauer und malvenfarbener Tönungen. Der Kommandant duckt den Kopf hinter das Glas. Ich taste mich wieder auf der Kimm entlang. Sie schwankt im Glas heftig auf und ab. Nichts als hintereinander aufgehängte graue Wolkenkulissen, vielfach grau, mausgrau bis hin zu hellviolett, und jede einzelne davon sieht aus wie eine Rauchfahne. Ich mache meinen Blick so scharf, wie ich es nur irgend vermag. Schon tränen mir die Augen.

Herrgott ist das ein Getümmel und Geplustere! Da endlich entdecke ich einen dünnen Schlauch, eine Spur dunkler als der malvenfarbene Grund und oben breiter werdend wie eine Tuba. Dicht daneben wiederholt sich die gleiche Form wie ein Spiegelbild – ein wenig schwächer und zerblasener zwar, aber doch deutlich. Und da – das ist ja eine ganze Reihe winzigster dünner Pinien, deren Stämme hinter den Horizont hinabreichen. Der Kommandant setzt das Glas ab: »Geleitzug! – Klarer Fall! Was liegt an?«

»Zwohundertfünfzig Grad!«

»Zwohundertdreißig Grad steuern!« Der Alte zögert nicht eine Sekunde.

»Zwohundertdreißig Grad liegen an!«

»Beide Maschinen halbe Fahrt voraus!«

Der Kommandant wendet sich dem Obersteuermann zu, der das Glas noch keinen Augenblick abgesetzt hat: »Läuft anscheinend Südkurs, Obersteuermann?« Der Obersteuermann antwortet: »Vermute auch!« Er nimmt dabei nicht einmal das Glas von den Augen.

»Müssen die Burschen erstmal voraus nehmen und genau sehen, wohin sie steuern«, sagt der Kommandant und gibt das Ruderkommando: »Backbord zehn!«

Kein Ausbruch von Erregung. Keine Jagdgier. Um mich verschlossene Gesichter.

Nur Wichmann steht die Erregung deutlich auf dem Gesicht. Er hat die Rauchwolken als erster entdeckt.

»Ja, die dritte Wache, ich sags ja: die dritte Wache!« murmelt er selbstzufrieden unter dem Glas hindurch vor sich hin. Doch als er mit einem Seitenblick merkt, daß ihn der Kommandant gehört hat, läuft er rot an und schweigt.

Die winzigen Pinien verraten uns noch nichts über den Kurs der Schiffe. Südkurs – das war nur eine Vermutung. Das Geleit kann aufs Boot zukommen. Es kann sich aber auch von uns entfernen. Nach allen Richtungen der Windrose können sich die an ihren Rauchfahnen entdeckten Dampfer hinter der Kimm bewegen.

Mein Glas hält das Ziel fest, während unter mir das Boot langsam dreht.

»Ruder komm auf!«

Der Rudergänger im Turm legt jetzt das Ruder in Mittschiffslage. Noch dreht das Boot weiter.

»Was geht durch?« fragt der Kommandant.

»Einhundertsiebzig Grad!« kommt die Antwort von unten.

»Auf einhundertfünfundsechzig Grad gehen!«

Das Boot dreht jetzt nur noch langsam, bis die winzigen zerblasenen Pinien genau über unserem Bug stehen. Der Kommandant sucht mit mißtrauisch zusammengekniffenen Augen den dicht mit grauen Wolken verhangenen Himmel ab. Er legt den Kopf in den Nacken und dreht sich einmal fast ganz um seine Achse. Nur jetzt keine Flieger!

Von unten kommt die Meldung: »Essen ist aufgebackt!«

»Keine Zeit! – Bringts rauf«, fordert der Kommandant brummig.

Das Eßgeschirr wird auf kleine, aus der Brückenverschanzung herausklappbare Sitze gestellt. Dort bleibt es stehen. Keiner rührt das Essen an.

Der Kommandant will jetzt vom Obersteuermann die Zeit des Monduntergangs wissen. Also will er für den Angriff die Nacht abwarten. Vorläufig heißt es für uns nichts als Aufpassen und auf Biegen oder Brechen Fühlung halten, damit noch andere Boote an den Geleitzug herangeführt werden können.

Allmählich wachsen die Rauchwolken höher über der Kimm empor und verschieben sich leicht nach steuerbord.

»Ich meine, er wandert nach rechts aus!« sagt der Obersteuermann.

»Auslaufender Geleitzug«, bestätigt der Kommandant. »Wird im Ballast fahren. Eigentlich schade. Ein einlaufender wäre besser.«

»Insgesamt zwölf Mastspitzen sind schon zu sehen!« meldet Wichmann.

»Das genügt mir vorerst!« quittiert der Kommandant und fragt nach unten: »Rudergänger, was liegt an?«

»Einhundertfünfundsechzig Grad!«

315

Der Kommandant bedenkt sich halblaut: »Geleitzug peilt zwanzig Grad an Steuerbord – also rechtweisende Peilung einhundertfünfundachtzig Grad – Entfernung? – Sicher mittlere Dampfer - also zirka sechzehn Seemeilen.«

Unser Heckwasser strudelt wie Selterslimonade. Oben am Himmel stehen weiße Schrapnellwölkchen, ungezielt da- und dorthin gepufft. Das Boot prescht mit geifernder Schaumschnauze durch die graue See.

»Sind wohl dicht genug dran! – Der geht uns nicht mehr durch die Lappen!« sagt der Kommandant. »Wenn nichts dazwischenkommt!« schränkt er gleich wieder ein und befiehlt dem Rudergänger: »Hart steuerbord. Auf zwohundertfünfundfünfzig Grad gehen!«

Langsam verschieben sich die Rauchwolken bis nach backbord querab. Das Boot läuft jetzt auf einem gemutmaßten Parallelkurs zum Geleitzug.

Der Kommandant setzt nur für Sekunden das Glas ab. Hin und wieder murmelt er etwas unter dem Glas hindurch. Ich höre nur Bruchstücke davon: »Ganz ... mans braucht ... kommts eben nie ... hat falschen Kurs.«

Also: Ein vollbeladener, England ansteuernder Geleitzug wäre ihm lieber. Nicht nur wegen der Ladung, die vernichtet würde, sondern auch, weil wir mit der Jagd auf einen Ostkurs steuernden Konvoi der Heimat näherkämen. Der große Brennstoffverbrauch bei AK-Fahrt ist es, der dem Alten Sorge macht. Wenn die Jagd auf die Schiffe uns zugleich näher zum Stützpunkt brächte, ließe sich das eher verschmerzen.

»Brennstoff«, höre ich jetzt auch aus dem Mund des Obersteuermanns. Sonst meidet er dieses Wort, als bezeichne es eine Obszönität. Der Kommandant macht ein Gesicht wie ein Kriminalist und tuschelt dann mit dem Obersteuermann. Schließlich wird der Leitende zugezogen. Der hat seine düsterste Miene aufgesetzt.

»Alles genau durchpeilen lassen!« befiehlt der Alte, und der Leitende verschwindet mit der Gewandtheit eines Akrobaten wieder nach unten.

Es muß etwa eine halbe Stunde vergangen sein, als der Kommandant beide Maschinen auf große Fahrt gehen läßt. Er will bei Dunkelheit genügend weit vor dem Geleit stehen.

Das Dröhnen der Motoren singt sich hoch hinauf, die Detonationen in den einzelnen Zylindern schließen sich zu einem einzigen rauschenden Brüllen zusammen. Gischt schießt aus den Schlitzen der Grätings und flattert uns wie Rasierschaum entgegen. Die Bugwelle wächst hoch.

Prompt erscheint der Leitende. Die Sorge um den Brennstoff treibt ihn herauf.

»Haben ziemlich heruntergefahren! Nur noch fünfzig Kubik, Herr Kaleun!« mahnt er mit Leichenbittermiene. »Mit dieser Fahrtstufe können wir höchstens drei Stunden durchlaufen!«

»Wieviel rechnen Sie denn bei langsamster Fahrt für den Rückmarsch?« fragt der Kommandant in beiläufigem Tonfall. Weil sich der Leitende nach vorn bückt und die Hände um den Mund legt, als wolle er sich im Wind eine Zigarette anzünden, kann ich seine Antwort nicht verstehen. Er hat jedenfalls seine Zahlen sofort parat.

Allmählich wachsen die bräunlichen, zerfaserten Qualmbällchen etwa einen Daumensprung über der Kimm zu einer schmierig ockerbraun gefärbten Dunstbank zusammen. Die Mastspitzen unter ihnen gleichen langsam wachsenden Bartstoppeln.

Der Alte setzt das Glas ab, schiebt den Lederschutz über die Optik und wendet sich zum I WO, der inzwischen die Wache übernommen hat: »Auf keinen Fall Mastspitzen höher herauskommen lassen als jetzt!« Dann verschwindet er durchs Turmluk. Nicht ganz so gelenkig wie der Leitende, denke ich mir, und klettere hinter ihm her.

Auf großem Millimeterpapier hat der Obersteuermann unten in der Zentrale alle Bootsdrehungen mitgekoppelt. Eben trägt er eine neue Peilung des Gegners und die Entfernung dazu ein.

»Herzeigen!« unterbricht der Kommandant seine Arbeit. »Da steht er also erstmal! Sieht ja ganz proper aus!« Und zu mir gewandt: »Der genaue Kurs ergibt sich aus dem Koppelbild der nächsten Stunden.« Als der Kommandant vom Obersteuermann fordert: »Falten Sie doch mal die große Karte auseinander, damit wir sehen, woher er kommt«, hat er nun doch einen drängenden Unterton in der Stimme. Über die Karte gebeugt hält er sodann einen Monolog: »Kommt aus dem Nordkanal! Welchen Generalkurs mag er wohl gesteuert haben? Na, das werden wir gleich haben...« Der Kommandant legt seine Winkel zwischen dem Geleitzugsstandort und dem Nordkanal an und liest auf der Winkeleinteilung die Gradzahl ab: »Überschlagsmäßig zwohundertfünfzig Grad!« Er denkt einen Augenblick nach: »Das können die aber doch nicht durchgesteuert haben. Die haben sicher weit nach Norden ausgeholt, um vermutete U-Boots-Aufstellungen zu umfahren. Na, hat ihnen nichts gebracht... ja, so gehts!«

Das gleichmäßig klirrende Gedröhn der beiden Diesel erfüllt das Boot bis in den letzten Winkel. Auf alle wirkt es wie ein belebendes Elixier: Wir tragen unsere Köpfe wieder höher – wir sind alle elastischer geworden. Mir ist, als ginge auch mein Puls heftiger.

Der Alte hat sich am deutlichsten verwandelt. Er gibt sich gelöst, fast heiter, in seinen Mundwinkeln kräuselt sich hin und wieder ein Lächeln. Die Maschinen laufen große Fahrt, und schon sieht für uns die Welt wieder rosig aus – als hätten wir uns nach nichts so sehr gesehnt wie nach dem geschlossenen Brausen und Dröhnen der Diesel. Eine Weile herrscht Schweigen. Dann sagt der Kommandant: »Vor Dunkelheit können wir jedenfalls nicht aufschließen. Die könnten Überraschungen im Körbchen haben.«

Bis zur Dunkelheit – das sind noch viele Stunden.

Ich verhole mich in den U-Raum. Ein bißchen auf Vorrat langliegen. Zeitler und Kleinschmidt hocken an der Back. »Tu doch nich so, als hättestes noch keiner verheirateten Frau besorgt. Die sind doch die schärfsten!« bekomme ich zu hören. Offenbar hat das Thema Nummer eins schon wieder das alte Interesse gewonnen.

»Die haben sich an die Bumserei gewöhnt, und dann solls plötzlich damit aus sein und fini? Du mußt doch mal logisch denken. Du führst dich ja ooch nich grade wie ne Jungfrau auf. Aber von deinem Mäuschen – da verlangstes. Daß grade immer die fleißigsten Puffbesucher den eifersüchtigen Heini markieren müssen – das is doch zum Lachen!«

»Schließ nur ruhig von deiner Schickse auf andere – du dämliche Knalltüte.«

»Mensch, faß dir mal an Arsch und fühl mal nach, ob de noch da bist. – Manometer, kapierste denn gar nichts? Da is doch ne Menge aufgestaut. Nach-hol-be-darf nennt man das!« Zeitler legt so viel Überzeugungskraft in seine Stimme, als wolle er einen Heiden bekehren. Plötzlich gerät er in einen aggressiven Tonfall: »Du kannst mirs glauben: Du bist das dümmste Schwein, das ich je gesehen hab!«

Wichmann ist erschienen und meldet sich nun auch zu Wort: »Geh mir doch weg mit den verheirateten Weibern . . . Ich bin mal mit einer hochgegangen und wie wir so richtig schön mittenmang waren, fängt son Gör nebenan zu heulen an. Manometer, das stört aber! Also, mir wenigstens – mir schlägt das gewaltig auf die Laune. – Das is mir doch schon zum zwotenmal passiert. Also – weißte nee – mir bleibt da die Luft weg!«

»Hab dich bloß nich so, du edler Knabe!«

Wichmann kommt noch nicht von seinen Erinnerungen los: »Mir reichts schon, wenns dauernd klingelt.«

Ich sehe durch den Vorhangspalt, wie Kleinschmidt sich erhebt und seine rechte Hand unter seinen weißblau quergestreiften Sweater schiebt. Er kratzt sich ausführlich am Bauch. Zwischen Daumen und Zeigefinger fördert er schließlich einen kirschkerngroßen grauen Fussel zutage und untersucht ihn sorgfältig. Dann gibt er zum besten: »Tscha, ich bin mal mit einer hochgegangen – das war in Hamburg – un als erstes holt dien Nachttopp raus, hockt sich hin und läßt die Ente schnattern – da hats mir aber auch die Laune verschlagen! – Saudumm, die hatt ich im Hippodrom kennengelernt. Zehnmal bin ich da immer rum – un immer ohne Bügel.«

»Da haste dir wohl die Eier plattgeritten – und dann wunderste dich noch – Mann, du bist ne Rübe!«

»Du kannst gut reden – fünf Reichsmark im Arsch – mir kam er einfach nich mehr hoch!«

»Ach bezahlt hattste schon? Da warste aber dämlich!«

Ich vermag nur eine Viertelstunde auf meiner Koje auszuharren. Mal sehen, wie es achtern im Maschinenraum aussieht. Das Schott zum Dieselraum will nicht aufgehen. Mit dem Gewicht des ganzen Körpers muß ich daran reißen, ehe es dem mächtigen Sog der große Fahrt laufenden Maschinen nachgibt. Wie Maulschellen schlägt mir der Diesellärm um den Kopf. Ich sperre Mund und Augen auf: Das Kipphebelzucken an den Flanken der Diesel ist nur als Wellenbewegung wahrzunehmen. Die Nadeln auf den Zifferblättern der Manometer zittern fiebrig hin und her. Öldunst erfüllt den Raum wie dichter Nebel.

Johann hat Dienst. Frenssen ist da. Ein breites Grinsen ersteht auf seinem Gesicht, als er mich sieht. Jetzt hat er nicht mehr seinen üblichen müden Blick. Aus seinen Augen leuchtet Stolz. Alles in Ordnung. Jetzt zeigt sichs, was in den beiden Dieseln steckt.

Johann putzt sich mit einem bunten Twist schwarzes Öl von den Händen. Ein Wunder, daß er hier nicht taub wird. Aber vielleicht klingt dieses infernalische Dieselgebrüll für ihn wie Waldesrauschen. Johann beugt seinen Mund ganz dicht an mein Ohr und schreit mit voller Lungenkraft hinein: »Was-liegt-an?«

Ich brülle mit Anstrengung zurück, direkt in seine Ohrmuschel hinein: »O-pe-rie-ren-auf-Ge-leit-zug. War-ten-bis-Dun-kel-heit!« Der Obermaschinist schlägt zweimal mit den Lidern, nickt und wendet sich wieder seinen Manometern zu. Ich brauche Sekunden, um zu kapieren, daß die Leute hier achtern ja nicht einmal wissen, *warum* wir große Fahrt laufen. Die Brücke ist weit weg. Wenn man hier auf den Eisenrosten steht, ist die Welt hinter dem Schott zu Ende. Der Maschinentelegraf, die Signallampen, das Bordtelefon sind die einzigen Verbindungen von hier zur Oberwelt. Wenn der Alte sich nicht dazu bequemt, über die Bordsprechanlage die Gründe für Fahrtstufenwechsel bekanntzugeben, weiß hier keiner, was los ist.

Noch wie jedes Mal, wenn ich den Fuß in Maschinenräume setze, nimmt das gleichmäßige Explosionsgedröhn, dieser gewaltige Lärmstrom ganz von mir Besitz. Ich bin wie betäubt, und schon formen sich

319

böse Visionen, heimsucherische, quälende Vorstellungen: Die Maschinenräume großer Schiffe – das Ziel für unsere Torpedos! Mächtige Hallen mit den Hochdruck- und Niederdruckturbinen, mit den riesigen dick isolierten Rohrleitungen, die unter großem Druck stehen, mit den hochempfindlichen Kesseln und den Getrieben und den vielen Hilfsmaschinen. Nicht durch Schotts unterteilt. Nach einem Treffer laufen sie schneller voll als irgendwelche anderen Räume des Schiffs. Mit abgesoffenem Maschinenraum ist kein Schiff zu halten.

Ganze Bilderserien laufen in mir ab: Treffer mittschiffs – Kettenreaktion: Kessel mit hochgespanntem Dampf explodieren, Rohrleitungen zerreißen, das Schiff verliert sofort seine Antriebskraft. Die silbern glänzenden Eisentreppen, so schmal, daß gerade ein Mann Platz hat – aber alle wollen auf einmal im Dunkeln durch den fauchenden Dampf hindurch nach oben.

Was für ein Job! In den Maschinenräumen, drei Meter unter der Wasserlinie und dabei wissen, daß in jeder Sekunde und ohne jede Vorwarnung ein Torpedo die Bordwand zerreißen kann! Wie oft mögen die Leute während einer Geleitzugfahrt mit den Augen die dünnen Platten, die sie von der Flut trennen, abtasten. Wie oft insgeheim den schnellsten Weg nach oben probieren, immer mit dem Vorgeschmack panischer Angst im Mund, das reißende Klirren des Eisens, den scharfen Knall der Explosion und den rauschenden Einbruch der See schon im Ohr. Nicht eine Sekunde lang das Gefühl von Sicherheit. Immer nur Bammel, immer nur Warten auf das Anschlagen der Alarmglocke. Eine Hölle der Ängste – drei, vier Wochen.

Auf den Tankern ist es noch schlimmer. So ein Tanker wird, wenn ihn ein Torpedo mittschiffs getroffen hat, schnell zu einer einzigen Flammenhölle. Vom Bug bis zum Heck glüht dann jeder Quadratmeter. Wenn die gestauten Gase explodieren, geht das Schiff in einer gewaltigen berstenden Entladung aus Feuer und Qualm hoch. Benzintanker blowen unter der Detonation auf wie gigantische Fackeln.

Eine leichte Veränderung auf Johanns Gesicht reißt mich aus meinen Schreckensbildern. Auf seine Züge tritt der Ausdruck lauernder Konzentration, bleibt eine Minute stehen und löst sich wieder: alles in Ordnung. Das Schott zur E-Maschine steht offen. Ölschwere Treibhauswärme erfüllt den Raum. Die E-Maschine dreht ohne Ladung mit. Ein kurzes Schlagen zeigt an, daß die Luftverdichter arbeiten. Der E-Maat Rademacher ist gerade dabei, die Temperatur der Wellenlager zu kontrollieren. Auf einem Pack Ölzeug sitzt der E-Maschinenheizer Zörner und liest. Er ist zu vertieft, um zu merken, daß ich ihm über die Schulter schaue und eine Weile mitlese: »*Der Junker hielt die Frau im Arm und bog sie zurück, daß ein Glanz auf ihr schwarz um-*

ringeltes Antlitz fiel, und begegnete einem Blick gleich wütender Herausforderung, wie er seinen eigenen auf Maria hinabglühen fühlte, als wollten dieser wie jene ihre Hingabe wilder genommen wissen bis zum Ende, bis zu einem rauschenden Untergang, einer Heimkehr in jene Finsternis, daraus sie in den goldenen und singenden Saal eines ringsum bedrohten Lebens getreten waren zur ungeheuren Vergeblichkeit ihrer flüchtigen Augenblicke. Das Antlitz des Junkers war erstarrt in einer drohenden und lähmenden Überfülle an Kraft, bis es sich wund und langsam öffnete und er stammelnd in das Rauschen der Stille hinein sagte, als gehorche ihm die Zunge nur mühsam, er wünsche, sie zu töten...«

Die Brücke ist weit weg. Ich muß mich wie am Ariadnefaden in die Wirklichkeit zurücktasten. Als ich das Schott in den Rahmen fallen lasse, wird der Diesellärm wie mit einem Messer abgeschnitten, aber in meinem Schädel dröhnt er noch dumpf weiter. Mit einem Schütteln des Kopfes versuche ich mich davon zu befreien, doch es dauert noch Minuten, bis ich das dumpfe Röhren in beiden Ohren loswerde.

»Müssen recht kompliziertes Zacksystem haben«, sagt mir der Alte, als ich wieder auf die Brücke komme.

»Erstaunlich, wie sie das durchführen. Die fahren ja nicht nur ihren Generalkurs mit ein bißchen routinemäßiger Zackerei. Nee – die bauen in ihr Zacksystem, damit wir nicht so schnell dahinterkommen, noch allerlei Abweichungen ein. Damit ärgern sie unseren Obersteuermann ganz hübsch. Der hat jetzt gewaltig zu tun, der Gute: vermeintlicher Gegnerkurs, eigener Kurs, Kollisionskurs. Einfach kann das nicht sein, so eine Mahalla beieinander zu halten!« Ich komme nicht sofort darauf, daß der Alte mit seinem letzten Satz nicht mehr unseren Obersteuermann meint, sondern den englischen Geleitzugführer. »Früher wichen sie nur mit regelmäßigen Schlägen vom Kurs ab. Da wußten wir bald, wie das Ganze gedacht war, aber inzwischen haben sie gelernt, uns das Leben schwerzumachen, die Brüder. Tut eben jeder sein Bestes. Muß ein ganz interessanter Job sein, Geleitzugführer bei denen da drüben! Sone Hammelherde beieinander zu halten, quer über den Atlantik, immer auf dem Quivive...«

Jetzt sind *wir* Fühlungshalter. Jetzt müssen *wir* zusehen, daß wir nicht abgedrängt oder unter Wasser gedrückt werden. Hartnäckig sein wie unsere Fliege. Wenn man, ohne sie zu treffen, nach ihr geschlagen hat, läßt sie sich sofort wieder am alten Platz nieder. Die Fliege – ein Inbild der Zähigkeit, also eigentlich ein rechtes Wappentier. Warum hat sie noch keiner am Turm? Wilde Eber, schnaubende Stiere lassen sich die Kommandanten an den Turm pinseln, aber auf die Fliege ist noch keiner verfallen. Dem Alten mal vorschlagen: große Fliege am Turm! Nur jetzt nicht. Jetzt vollführt er mit tief in die Hosentaschen gestemmten Händen seinen plumpen Torkeltanz um das geöffnete Luk herum. Ein Brückenposten wagt einen verwirrten Blick. Sofort fährt ihn der Alte an: »Mann, wo haben Sie Ihre Augen!«

So wie jetzt habe ich den Alten noch nie erlebt. Immer wieder schlägt er mit der Faust gegen die Turmverschanzung, jetzt ist es ein ganzes Trommelfeuer, die Brücke dröhnt nur so. Dann brüllt er: »Obersteuermann, jetzt müssen wir aber den Funkspruch vorbereiten. Ich will schnell erst noch mal peilen, damit wir einen ordentlichen Generalkurs melden.«

Der Peildiopter wird auf die Brücke gebracht. Der Kommandant setzt ihn auf den Brückenkompaß auf, peilt die Rauchfahnen an und liest die Gradzahl ab. Dann gibt er nach unten: »An Obersteuermann: rechtweisende Peilung einhundertundfünfundfünfzig Grad – Entfernung vierzehn Seemeilen.«

Nach einer Weile meldet der Obersteuermann: »Geleitkurs ist zwohundertundvierzig Grad!«

»Na also, genau das, was wir vermutet haben«, spricht der Kommandant vor sich hin und nickt mir zu. Dann fragt er nach unten: »Können Sie schon etwas über die Geschwindigkeit aussagen?«

Das Gesicht des Obersteuermanns erscheint im Turmluk. »Zwischen sieben Komma fünf und acht Komma fünf Meilen, Herr Kaleun!«

Es vergeht kaum eine Minute, und der Zettel mit dem Funkspruch wird heraufgereicht: »Geleit steht Quadrat AX dreihundertundsechsundfünfzig – Kurs zwohundertundvierzig Grad – Fahrt um acht Seemeilen – UA«, liest der Kommandant vor. Er zeichnet mit einem Bleistiftstummel den Funkspruch ab und gibt ihn wieder nach unten.

Der Leitende kommt herauf. Er macht sein bedenkliches Gesicht. Wie ein getretener Hund guckt er den Kommandanten von unten her an.

»Jetzt kommen Sie schon wieder!« versucht der Kommandant im vorhinein die Rede des Leitenden zu unterbinden. »Wer laufen will, der muß auch zahlen! – Oder haben Sie etwa *ernsthafte* Befürchtungen?«

»Wegen der Diesel nicht, Herr Kaleun! Nur der Rückmarsch wird in Frage gestellt!«

»Ach, Leitender, unken Sie mal nicht! Immer brav und gottesfürchtig! Oder glauben Sie nicht an Gott, den Herrn, den allmächtigen Vater Himmels und der Erden? Läuft doch gut, was?«

Als der LI verschwunden ist, läßt er sich aber doch herbei, mit dem Obersteuermann einen Überschlag zu machen: »Wann ist es dunkel?«

»Um neunzehn Uhr.«

»Da brauchen wir also nicht mehr sehr lange große Fahrt zu

laufen. Für den ersten Angriff reicht es auf jeden Fall! – Und dann müssen wir eben die stillen Reserven in Anspruch nehmen, die die Herren Leitenden hinter der Hand zu haben pflegen.«

Die Rauchwolken sehen jetzt aus wie Fesselballone, die an kurzen Fäden über die Kimm aufgereiht sind. Ich zähle fünfzehn.

Mit forciert gleichgültiger Stimme sagt der Kommandant: »Wir müssen uns jetzt mal um die Sicherung kümmern. Gehen Sie maln bißchen näher ran. Kann für die Nacht ganz nützlich sein, zu wissen, mit welcher Sicherung wir zu rechnen haben.«

Der I WO verlegt sofort den Kurs zwei Dez nach backbord. Die Nummer Eins, die den steuerbordvorderen Sektor überwacht, läßt sich vernehmen: »Da is was fällig! . . .«

Der Kommandant fällt sofort scharf in die Rede: »Vorsicht, meine Herren! Bis zur Dunkelheit kann uns noch allerlei dazwischenkommen!«

Schwarzmalerei. Doch ich bin überzeugt, daß der Alte insgeheim ganz sicher ist. Der alte Aberglaube: Nur ja nichts berufen.

Aus den Funksprüchen des Befehlshabers geht hervor, daß mittlerweile fünf Boote auf den Geleitzug angesetzt sind. Fünf – das ist schon ein ganzes Rudel. Eines der Boote muß, wie wir aus seiner Standortmeldung schließen, auch schon in der Nacht herankommen. Flechsig steht westlich von uns.

In der O-Messe sitzt der I WO. Er zeigt deutliche Anzeichen von Nervosität. Ich sehe seine Lippen sich stumm bewegen. Er wird wohl sein »Gebet vor der Schlacht«, die Befehlsansprache für die Torpedowaffe memorieren. Der I WO fährt, da das Boot bei der letzten Reise keinen Gegner vor die Rohre bekam, seinem ersten Angriff entgegen. Vor seiner Schreibmaschine sind wir jedenfalls erstmal sicher.

In der Zentrale stoße ich auf den Leitenden. Er gebärdet sich gefaßt, dabei sitzt er wie auf Kohlen. Ich beobachte ihn wortlos, aber mit demonstrativem Grinsen, bis er sich wütend erkundigt, was es denn an ihm Interessantes zu sehen gebe.

»Na, na!« macht der Alte, der plötzlich aufgetaucht ist.

»Hoffentlich halten die Abgasleitungen durch«, sagt der LI. »Die vom Backborddiesel hat nämlich einen Schaden!«

Erst vor wenigen Stunden erzählte mir Johann eine Geschichte: »Auf UZ sind uns beim Fühlunghalten mal die Dieselabgasleitungen gebrochen«, sagte er, »das war vielleicht eine Bescherung! Alle Abgase in den Dieselraum! Wir konnten die Hand nicht mehr vor Augen sehen. Mußten raus aus dem Raum und dann mit den Tauchrettern wieder rein. Zwei Heizer kippten uns aus den Latschen. Die wurden abgelöst. Der Alte kam selber runter. Die Frage war: Aufgeben und die Zossen fahren lassen oder bis zum Angriff in dem vergasten Raum durchhalten. Stand auf Messers Schneide – aber gleich drei Stunden lang! Die Wände waren schon ganz schwarz, und wir sahen aus wie die Neger!«

Dem Leitenden wird es ungemütlich in der Zentrale. Er verschwindet wortlos nach achtern. Aber fünf Minuten später ist er schon wieder da.

»Na, wie siehts aus?«

»Comme çi – comme ça«, ist seine sibyllinische Antwort.

Der Kommandant, der am Kartenpult beschäftigt ist, scheint nicht hinzuhören.

Der Funker kommt mit seiner Kladde zum Abzeichnen. Demnach sind wieder zwei Stunden vergangen.

»Unser Nachrichtenblatt«, sagt der Alte, »ein Funkspruch für Merkel, nichts Besonderes, soll bloß seinen Standort melden. Der ist ja am gleichen Tag wie wir ausgelaufen.«

Daß der alte Merkel, auch Katastrophenmerkel genannt, noch am Leben ist, darüber wundern sich alle. Von seinem I WO erfuhr ich, was er während seiner letzten Unternehmung bei ungewöhnlich grober See mit einem Tanker veranstaltete. »Der Tanker hatte Pech. Weil er seinen Generalkurs änderte, lief er uns vor die Flinte. Die See war so grob, daß wir ihn erstmal gar nicht ins Sehrohr bekamen. Wir mußten ganz nahe ran, damit dem Tanker nach einem Torpedoschuß keine Zeit zum Ausweichen blieb. Dann befahl der Alte einen Einzelschuß aus Rohr drei. Im Boot hörte man die Trefferdetonation und gleich darauf noch eine. Der LI tat, was er konnte, um das Boot auf Sehrohrtiefe zu halten, trotzdem bekamen wir den Dampfer nicht in den Blick. Minuten vergingen, bis das Sehrohr freikam, und da stand die Bordwand des Dampfers auch schon groß vor uns. Der hatte doch tatsächlich einen Kreis geschlagen! Wir hatten keine Chance mehr wegzukommen. Auf fünfzehn Meter hat er uns gerammt. Beide Sehrohre im Eimer – aber der Druckkörper hielt – erstaunlicherweise. Da ist es doch tatsächlich um ein paar Zentimeter gegangen. Auftauchen ging nicht. Unser Turmluk war nämlich vom Rammstoß total verklemmt. Gar nicht angenehm, wenn man keinen Rundblick nehmen und nicht durchs Turmluk raus kann. Gar kein gutes Gefühl. Wir sind dann später durchs Kombüsenluk raus und haben das Turmluk von draußen mit Hammer und Brechstange aufgekriegt. Wir waren aber nicht mehr alarmtauchklar . . .«

Keiner wagte damals, den alten Merkel zu fragen, wie sie das denn

324

geschafft hatten: mit demoliertem Turm und ohne Sehrohre zweitau-
send Seemeilen bis zum Stützpunkt zurück. Graue Haare hatte der
alte Merkel eh schon.

Als ich im U-Raum meine Kameras klarmachen will, gerate ich
in eine laut geführte Unterhaltung der Freiwächter. Sie sind, trotz
der Nähe des Geleits, wieder beim Thema Nummer eins.

»Ich hatte mal eene, die setzte immer nen Topp Wasser uffs Gas,
ehe se sich auszog . . .«

»Wolltse dir deinen Käsepimmel waschen?«

»Ach Quatsch. Das war für hinterher. Für ihre Spülung. Die war
eben ein praktisches Mäuschen, die zündete gleich erst mal das Gas
an. Is ja nich gerade ermunternd – oder?«

»Aber sicher verdammt nötig! Dem seine letzte Donna müßt ihr
nämlich mal sehn. Jahrgang achtzehnhundertundsiebzsch, bei der
mußter erstmal die Spinnennetze wegfieseln . . .«

Zeitler läßt einen Rülpser fahren, den er von ganz unten hoch-
geholt hat. Dröhnend läßt er ihn ausrollen.

»Langstrecke!« sagt Pilgrim anerkennend.

Ich flüchte in den Bugraum. Dort sitzen die Freiwächter, fünf,
sechs Leute, unter baumelnden Hängematten auf den Bodenbrettern,
mit angezogenen Beinen, oder halb ausgestreckt. In ihrer Mitte fehlt
nur ein kleines Lagerfeuer.

»Na, wie siehts aus?« werde ich bestürmt.

»Scheint alles nach Programm zu gehen!«

Mit einem fettigen Messer rührt der Eintänzer in seiner Teetasse.

»Tolle Bouillon«, grinst Ario. »Aber nahrhaft!«

Der Brückenwilli kommt herein und tut verwundert: »Was habt
ihr denn hier für ein kanadisches Nachtlager aufgeschlagen?«

»Was hat er gesagt?« spöttelt der Eintänzer, »kanadisches Nachtlager? – Granadisch heißt das!«

Der Brückenwilli stutzt eine Sekunde lang, dann entscheidet er:
»Kanadisch oder granadisch, das ist doch ganz egal!«

Als er sich dann mit in die Runde hocken will, entrüstet sich Ario:
»Faß mir bloß nich so vertraulich aufs Butterbrot! Gestern auch schon.
Gleich hau ich dir ein paar runter!« Der Brückenwilli langt sich ein
anderes Stück Brot, rempelt sich zurecht und gibt den beiden zu
verstehen: »Im Vertrauen gesagt, ihr seid ganz blöde Schweine!«

Keiner nimmt es ihm übel.

»Morgen essen wir nicht mehr an Deck!« kündigt der Eintänzer
mit lauter Stimme an, »da sind die Aale raus. Da können wir unsere
Back anschrauben!«

325

»Und dann das Damasttischtuch her! Und die Tassen mit dem Goldrand! Und das alte Familiensilber!« nimmt Ario den Faden auf. Und dann schimpft er unversehens los: »Ich kann dieses gottverdammte Gebrabbel nicht mehr hören!«

Ario nimmt den Backslappen und versucht, in die Hängematte des Bibelforschers zu treffen.

»Daneben!« konstatiert der Brückenwilli.

Jetzt kommt Ario richtig in Fahrt: »Los, komm doch raus! Brabbel nicht bloß! Rutsch mal richtig auf den Knien herum und fleh ihn an, deinen alten Rauschebart. Vielleicht brät er uns dann ne Extrawurscht, vielleicht holt er dich sogar ganz persönlich am Händchen von Bord, wenn uns der Arsch mit Grundeis gehen sollte.«

»Laßn doch!« sagt Hacker.

Aber Ario mault noch: »Dieses Gefasel macht mich rein verrückt!«

»Komm, reg dich wieder ab!« redet ihm Hacker zu.

Von der Hängematte des Bibelforschers her ist nichts mehr zu hören.

Die Spannung treibt mich um. Zurück in die U-Messe. Ich brauche kaum hinzuhören, um gleich zu wissen, worum es geht. Zeitler führt jetzt das Wort: »Bei der Minenräum hatten wir auch sone Sau!«

»Falls du mit ›Sau‹ mich meinen solltest, kannste nen Zuschuß aus der Armenkasse beziehen!« meldet sich Frenssen, »und das sofort!«

»Quatsch, du Heini. Wer redet denn von dir?«

»Wem der Schuh paßt, der ziehtn sich an«, plappert Pilgrim dazwischen.

Ich sehe mich im Raum um: Rademacher hat seinen Kojenvorhang zu. Zeitler scheint den Beleidigten zu spielen. Er macht es anscheinend Frenssen nach und wartet, bis er gebeten wird. Pilgrim hat aber schon etwas zu bieten: »Ich hab mal einen gekannt, der hatte son Ding aus Gummi – das stülpte der sich drüber – war ganz dufte gemacht – richtig mit Haaren dran!«

»Gummi – das sagt mir nischt!« gibt Frenssen barsch zu wissen. »Was haste denn nu schon wieder?«

»Gummi, Mensch, das is doch nischt! Da koof ich mir aber allemal liebern Pfund Schweinsleber und mach nen Schlitz rein – also wenn schon Ersatz – dann muß die Richtung aber stimmen!«

Respektvolles Schweigen. Pilgrim drückt seine Anerkennung bündig mit »Klasse!« aus und fistelt dann hinterher: »Hier wirste ja richtig verdorben – Manometer!«

Das Schott zur Kombüse geht auf. Das nächste zum Maschinenraum steht offen. Im Diesellärm geht das Gerede unter. »Zehn vor voll!« höre ich eine Stimme. Gerumpel, Geschimpfe, Fluchen:

326

Fertigmachen zur Wachablösung für die Maschine. Es muß achtzehn Uhr sein.

Wieder auf der Brücke. Bald wird es zu dämmern beginnen. Unter dem grauen Himmel sind schon dunkle Wolken aufgezogen. An manchen Stellen hat das Grau wie ein fadenscheiniger Stoff dünne Stellen. Für Momente sieht es zwar aus, als wäre das Licht augenblicks bereit, wieder aufzubrechen und den Himmel zu überfluten. Aber dann löst sich im Grau des Himmels ein dunkles Blauschwarz wie auf nassem Papier. Es fließt allmählich breit, bis die letzte ungewisse Helligkeit im Westen darin ertrinkt.

Das brausende Sauggeräusch der Gebläsestutzen zu beiden Seiten der Brücke übertönt das Dieseldröhnen.

»Möchte nicht bei denen Geleitzugführer sein, wenn wir im Rudel angreifen«, sagt der Alte mit lauter Stimme unter dem Glas hindurch. »Die geringe Geschwindigkeit! Die sind ja gezwungen, so langsam zu laufen wie der langsamste Dampfer. Und dann die fehlende Wendigkeit! Da gibts doch sicher stumpfsinnige Brüder unter den Kapitänen – und mit so einer Bande dann ein bestimmtes Zacksystem fahren – ach du meine Güte! Das sind doch alles Leute, die gewohnt sind, stur geradeaus zu fahren und halbwegs mit der Seestraßenordnung klarzukommen . . .«

Nach einer Weile fängt er wieder an: »Und trotzdem – wer bei denen auf nem Benzintanker fährt, der muß schon ein toller Hecht sein – oder keine Nerven haben. Bei dem Scheißtempo wochenlang auf lauter Sprit sitzen und auf den Torpedotreffer warten? Na, ich danke schön!«

Der Alte blickt eine gute Weile stumm durchs Glas. »Zähe Burschen sind das schon«, brummelt er dann, »ich hab mal von einem gehört, den Zerstörerleute das vierte Mal aus dem Bach gefischt haben. Dreimal hatte der sein Schiff verloren. Dreimal gerettet und auch das vierte Mal wieder eingestiegen – dazu gehört schon einiges . . . Natürlich, Moneten kriegen die auch massig – Vaterlandsliebe plus Moneten, das ist vielleicht die beste Mischung – sozusagen der fertilste Nährboden für Helden.« Und dann fügt er trocken hinzu: »Schnaps allein tuts manchmal auch.«

Der Funkrahmen ist schon seit einer Weile ausgefahren. Wir senden Peilzeichen für die in der Nähe stehenden Boote. Für die Fähnchenstecker beim BdU in Kernével werden jetzt in Stundenabständen Kurzsignale gegeben, bestimmte Buchstabenfolgen, aus denen sie alles herauslesen können, was sie über den Geleitzug wissen müssen: Schiffsort, Kurs, Geschwindigkeit, Anzahl der Schiffe, Sicherungssystem, den eigenen Brennstoffbestand und sogar das Wetter. Aus

327

unseren Kursänderungen können sie sich ein Bild von den Bewegungen des Konvois machen. Ehe nicht andere Boote herangeholt sind, dürfen wir nicht angreifen.

Die Stimmung im Boot hat sich gewandelt. Es ist merkwürdig ruhig in den Räumen. Der Rausch scheint verflogen zu sein. Die meisten Leute haben sich niedergelegt und versuchen, noch während der letzten Stunde vor dem Angriff ein Auge voll Schlaf zu nehmen.

In der Zentrale sind alle Anlagen längst klar. Wieder und wieder sind die Leitungen durchgeprüft worden. Jetzt bleibt für den Zentralemaaten und den Bibelforscher nichts mehr zu tun. Der Zentralemaat löst Kreuzworträtsel und fragt mich, ob ich eine Stadt in Frankreich mit »Ly« am Anfang wüßte.

»Lyon.«

»Danke! Prima.«

Der Leitende erscheint von achtern. »Na, wie siehts aus?« fragt er.

»Gut, meine ich.«

Für den Leitenden gibt es anscheinend außer seinen Treibstoffsorgen auch keine dringlichen Probleme mehr. Er ist genug durchs Boot gewieselt. Jetzt hockt er sich auf die Kartenkiste und schwätzt ein bißchen: »Da scheint sich die Knüppelei ja doch noch zu lohnen, hab schon nicht mehr dran geglaubt. Herrgott, sind das beschissene Zeiten! Ja, früher, da gings veni vidi vici.« Er spricht es wehniwiddiwietschie. »Da konnte man sich direkt an die Routen legen und warten, bis einer des Wegs kam. Jetzt machen sich die Herrschaften selten – haben ja auch recht, von ihrem Standpunkt aus.«

Neunzehn Uhr. In der Zentrale liegt schon die Zieloptik für die Nachtzielsäule bereit. Drei Leute hantieren herum. Die Torpedoabfeuerungsanlage wird überprüft.

Mit halbem Ohr höre ich: »Ne Menge Pötte – da is wat jefällich!«

Wieder hoch zur Brücke. Es ist jetzt neunzehn Uhr dreißig. Oben sind außer dem Ingenieurschüler alle Offiziere versammelt. Der Leitende hockt auf dem UZO-Sockel wie ein Jäger auf seinem Hochsitz. Hundertachtzig Grad liegen an. Hinter den Rauchfahnen hat sich der Himmel in blutrote waagerecht gelagerte Streifen zerteilt. Er sieht aus wie eine große Markise. Die Sonne ist hinter den Wolken weggesunken. Das Rot der Streifen vergeht allmählich in ein blasses, seidiges Grün. Nur ein paar Wolken, die mit aufgefaserten Rändern dicht über der Kimm treiben, werden noch rot beleuchtet. So, wie sie rosa gestromt und gefleckt langsam dahinziehen, gleichen sie kostbaren Arten schleierschwänziger Goldfische. Jetzt glühen ihre Schuppen auf, sie prunken und funkeln, dann verblassen sie wieder. Die Fische haben dunkle Flecke wie von Fingergriffen bekommen.

Im Osten steigt nun die Nacht hoch. Zone um Zone erobert die von uns so sehnlich erwartete Dunkelheit den Himmel.

»Obersteuermann, notieren Sie mal: ›Neunzehn Uhr dreißig – Dämmerungsbeginn – etwas herangestaffelt – Geleitzugformation einwandfrei in vier Kolonnen auszumachen – Absicht ist Nachtangriff.‹ So, da haben wir schon was fürs KTB.«

Der Alte gibt einen Maschinenbefehl nach unten. Das Rauschen der Diesel nimmt sogleich ab. Ihr Ton wird holpriger. Es klingt wieder nach mühseliger Karrerei. Die weiße Mähne der Hecksee fällt in sich zusammen, sie verwandelt sich zur hellgrünen Schleppe zurück.

Wir stehen schon weit genug vor dem Geleitzug. Jetzt geht es darum, trotz der schnell abnehmenden Sicht jede Kursänderung des Geleits so rechtzeitig zu erkennen und entsprechend weit ab- oder zuzulaufen, daß die Aufbauten der Dampfer nicht zu hoch herauskommen.

Der Himmel hat sich schon mit der kalkig weißen Scheibe des Mondes behängt. Allmählich gewinnt sie Glanz.

»Kann noch ne ganze Weile dauern«, sagt der Alte zu mir. Er hat kaum ausgeredet, da meldet der steuerbordachtere Ausguck: »Mastspitze achteraus!« Unsere Gläser schwenken alle in dieselbe Richtung. Wieder finde ich nichts. Der Alte murmelt: »Verdammt, verdammt, verdammt!«

Ich werfe ihm einen Seitenblick zu, beobachte, in welche Richtung sein Glas zeigt. Dann fasse ich die Kimm auf und führe das Glas langsam nach links auf ihr hin und versuche, die Richtung des Kommandanten zu finden. Die Kimm hebt sich nur noch schwach vom Abendhimmel ab. Ich suche und suche – da! Tatsächlich: ein Mast! Haardünn! Keine Qualmwolke – also ein rauchlos fahrendes Sicherungsfahrzeug. Korvette? Zerstörer? Ein Feger, der seinen großen Abendschlag macht, um noch vor der Nacht das Revier zu säubern?

Ob die uns schon gesehen haben? Die haben ja ihre besten Leute im Mastkorb!

Jedenfalls haben sie uns genau voraus. Und im Westen ist es noch längst nicht dunkel genug. Wir stehen für die Tommies gegen eine viel zu saubere Kimm.

Der Alte – warum veranlaßt der Alte nichts? Er steht eingeduckt wie ein Harpunier, der hinter seiner Kanone auf einen neuen Spautstrahl wartet. Ohne das Glas abzusetzen, befiehlt er jetzt: »Beide Maschinen AK!«

Kein Ruderbefehl. Kein Tauchbefehl.

Die Gebläse brüllen auf. Das Boot macht einen Satz. Mein Gott, diese weiß brodelnde Hecksee, die muß uns doch den Tommies signalisieren! Unser Bootskörper ist zwar grau getarnt, aber diese weiße Schleppe, und die blaue Abgaswolke darüber . . . Die Diesel spucken jetzt soviel blaues Gas wie ein defekter Bauernschlepper. Hinter dieser dichten Abgasfahne verschwindet achteraus die Kimm vollends, mitsamt dem Stecknadelmast. Ich kann nicht sehen, ob er größer oder kleiner geworden ist.

Wenn wir ihn nicht sehen, denke ich, sieht er uns vielleicht auch nicht.

Der Diesellärm ist infernalisch. Jetzt geht es erst richtig an die Treibölbestände des Leitenden.

Der LI, merke ich, ist von der Brücke verschwunden. Der Alte hält sein Glas konstant achteraus gerichtet. Wir sind nicht einen Strich vom Kurs abgegangen. Der Obersteuermann späht auch achteraus.

Nach einer Weile läßt der Alte beide Diesel auf kleine Fahrt gehen. Die Hecksee schrumpft zusammen. Allmählich lichtet sich der blaue Dunst. Angespannt suchen der Alte und der Obersteuermann die Kimm ab. Ich tue dasselbe – Millimeter um Millimeter. Ich finde nichts.

»Hm«, macht der Alte. Der Obersteuermann schweigt. Er balanciert sein Glas zwischen den ausgestreckten Daumen und den Mittelfingern. Endlich sagt er: »Nichts, Herr Kaleun!«

»Haben Sie die Uhrzeit, wann die Mastspitze in Sicht kam?«

»Jawoll, Herr Kaleun, neunzehn Uhr zwoundfünfzig!«

Der Alte tritt neben das Luk und gibt nach unten: »Mal aufschreiben: Neunzehn Uhr zwoundfünfzig Bewacher in Sicht – haben Sies? – Mit Höchstfahrt über Wasser ausgewichen – Bewacher sieht uns nicht, da durch Qualmwand Dieselabgase – haben Sies? – da durch Qualmwand der Dieselabgase gut gedeckt...«

Das wars also: Der Alte brauchte die Abgasfahne – er hat auf den Qualm gesetzt.

Mir klopft das Herz noch hart.

»Ganz spannend, was?« sagt der Alte. Da fährt mir ein neuer Schreck in die Knochen: im Westen steigt eine Rakete über der Kimm hoch. Sie bleibt eine Weile stehen und krümmt sich dann, die Form eines Spazierstockgriffs beschreibend, zurück, ehe sie verlischt.

Der Kommandant setzt als erster das Glas ab: »Was soll denn das?«

»Die ändern Kurs!« sagt der Obersteuermann.

»Vielleicht! – Vielleicht holt er aber auch Zerstörer ran«, brummt der Kommandant, »wenn sie uns nur jetzt nicht auf den Hals kommen. – Herrschaften, aufpassen! Aufpassen!« Und nach einer Weile. »Ne Rakete – die müssen ja einen Vogel haben!«

Der Obersteuermann gibt nach unten: »Aufschreiben: Leuchtrakete über Geleit in zehn Grad – Uhrzeit dazu!«

»Komisch!« brummt wieder der Alte. Dann wendet er sein Gesicht dem Mond zu: »Hoffentlich geht das Biest bald in die Knie!« Ich stehe dicht neben dem Kommandanten, den Blick auch zum Mond gerichtet. Der Mond zeigt ein Menschengesicht: dick, rund, glatzköpfig. »Wie son richtiger oller, ruhiger Bordellbesucher«, findet der II WO.

»Zwei Männer in Betrachtung des Mondes«, murmele ich vor mich hin.

»Wie bitte?«

»Ach – nichts. So heißt ein Bild von Friedrich.«

»Was fürn Friedrich?«

»Caspar David – deutscher Maler-Romantiker.«

»Verstehe! Naturfreund...«

»Mastspitzen kommen höher heraus!« meldet der Obersteuermann.

Der Feind muß zugezackt haben.

»Drehen Sie mal wieder ab!« befiehlt der Kommandant.

Von unten wird die neue Ruderlage gemeldet: »Zwohundert Grad liegen an!«

Der Mond dekoriert sich mit einem breiten spektrumfarbenen Hof.

»Hoffentlich bleiben wir in Ruhe«, murmelt der Kommandant kratzig. Laut fragt er nach dem Brennstoffverbrauch.

Der Leitende erscheint so schnell, als hätte er unten gewartet, und meldet: »Um achtzehn Uhr haben wir alles genau durchgepeilt, Herr Kaleun. Wir haben bis jetzt mit den hohen Fahrtstufen fünfeinviertel Kubik verbraucht. Wir haben praktisch keine Reserve mehr.«

»Die Nummer Eins hat ja noch nen Vorrat von Speiseöl«, höhnt der Alte, »und wenns nicht anders geht, müssen wir eben nach Hause *segeln*.«

Ich hocke mich auf ein naßgespritztes Sitzbrett neben der Plattform für die Flakwaffe. Unter mir schießen weiße Strähnen in ständig neuer Linienmusterung hindurch. Im Heckwasser geht das Spiegelbild des Mondes in Trümmer. Tausend kleine Splitter werden zu immer neuen Figuren durcheinander geschüttelt. Das Meer ist transparent. Es wird von innen von kleinen grünlichen Punkten durchstrahlt. Deutlich hebt sich der Bootskörper aus dem Geflimmer ab: Plankton. Die Eisenstäbe der Reling werfen scharfe Schatten auf die Grätings. Mit den Linienschatten zwischen den einzelnen Planken der Grätings bilden sie ein scharf gezeichnetes Muster aus lauter Rhomben. Jetzt

331

verschiebt sich das Muster – die Schatten der Reling wandern über meine Stiefel: Das Boot dreht also näher an den Geleitzug heran.

Auf einmal schießen dünne Strahlenbündel fächerförmig und bleichgrün über den Himmel.

»Nordlicht! – Auch das noch!« höre ich den Kommandanten.

Ein Vorhang aus glitzernden Glasstäben, wie wir sie an der alten Ziehlampe zu Hause hatten, wallt jetzt quer über den Himmelsprospekt. Ein weißgrünes Aufleuchten geht in Wellen durch den Glasvorhang hindurch. Dann schießen gleißende Lanzenbündel hinter der Kimm hoch, verlöschen, flammen wieder auf, verlöschen nur halb, werden im Aufgleißen länger. Das Wasser ums Boot funkelt, als wäre es von Myriaden von Leuchtkäfern durchsetzt. Die Hecksee wird zum Glitzerschweif.

»Allerhand Illumination«, sagt der Kommandant, »schön, aber nicht erwünscht!«

Aus den kurzen Sätzen, die zwischen dem Kommandanten und dem Obersteuermann hin und her gehen, entnehme ich, daß erwogen wird, das Boot aus vorlicher Position mitten in den Geleitzug hineinsacken zu lassen. Der Obersteuermann neigt den Kopf bedenkend von rechts nach links und wieder nach rechts. Der Alte scheint sich auch nicht sicher zu sein.

»Lieber nicht!« sagt schließlich der Kommandant und wendet sich dem Mond zu. Der Mond ist ein fast kreisrund in das tintige Himmelstuch gestanztes Loch, durch das ein Schein von weißem Licht herunterfällt, ein kalkiges, aber doch außerordentlich leuchtkräftiges Gaslicht. Über die Kimm hoch treiben ein paar Wolken wie graue Eisschollen. Sobald sie in den Schein des Mondes geraten, leuchten sie auf, sie kleiden sich kostbar ein, an einigen Stellen prunken sie wie mit Saphiren besetzt.

Die See unter dem Mond wird zu einer riesigen Fläche aus knittrigem Silberpapier. Sie gleißt und blinkt und vertausendfacht den weißen Schein des Mondes. Es ist, als sei die See unter dem Mondlicht erstarrt. Keine Wellenbewegung – nur dieses reglose gleißende Geknitter. Vor mir entsteht die Szenerie der Abschiedsnacht in der »Bar Royal« – Thomsen. Jetzt nicht dran denken.

Der Alte riskiert, trotz der Mondhelle noch ein Stück näher ans Geleit heranzustaffeln. Er vertraut dabei auf unseren schönen dunklen Hintergrund und setzt wohl auch auf den Mangel an Wachsamkeit bei den Seeleuten auf den Geleitdampfern.

Wir ragen ja ohnehin kaum aus dem Wasser. Viel Bugwelle haben wir bei dieser Fahrtstufe auch nicht. Wenn wir gar noch dem Gegner nur unsere schmale Silhouette zu zeigen brauchten, wären wir fast unsichtbar. Dazu sind wir aber leider jetzt nicht in der Lage: Wir halten etwas vorgesetzten Parallelkurs zum Geleit.

Hat denn ein so großes Geleit nicht mehr Außensicherung? frage ich mich. War dieser Bewacher denn schon alles, was die Tommies zum Flankenschutz aufzubieten haben? Oder sollten wir etwa schon zwischen Außensicherung und Geleit stehen?

Der Alte wird wissen, was er zu tun hat. Das ist nicht sein erster Geleitzug. Der Alte kennt sich aus in den Praktiken des Gegners. Einmal hat er sogar selber durchs Sehrohr eine ihm zugedachte Wasserbombenverfolgung beobachtet. Damals soll der Zerstörerkommandant das Boot in großer Tiefe an einer Stelle vermutet haben, die es längst verlassen hatte. Der Alte ließ alle Maschinen abstellen, hängte das Boot im Sehrohr auf und schaute zu, wie der Zerstörer seine Überläufe machte und ganze Bombenteppiche schmiß. Er soll obendrein noch den Sportreporter gespielt und alles, was er sah, fleißig ins Boot gemeldet haben, damit die Piepels auch was davon hatten.

Jetzt schweigt der Alte. »Vier Kolonnen«, ist alles, was er im Verlauf der nächsten Viertelstunde von sich gibt.

Das Ausweichen mit hoher Fahrt vor dem Bewacher hat uns anscheinend zu weit vor den Geleitzug gebracht. Wohl deshalb fahren wir schon seit einer Weile langsame Fahrt. Der BdU wird mehrere Boote angesetzt haben, die noch nicht heran sind. Unsere Aufgabe wird vorläufig das Abgeben von Peilzeichen sein.

»Könnten doch nochn bißchen ranschließen?«

Die Frage des Kommandanten gilt Kriechbaum.

»Mhm!« macht der Obersteuermann nur und hält sein Glas unbeweglich gegen den Konvoi gerichtet. Dem Alten scheint das als Bestätigung zu reichen. Er gibt einen Ruderbefehl, der unseren Bug schräg gegen den Geleitkurs richtet.

Wir stehen wieder starr und stumm. Aufgeregt? Gott bewahre! Wie die Ölgötzen, geht es mir durch den Kopf. Ölgötzen? Was sind eigentlich Ölgötzen? frage ich mich, aber gleich herrsche ich mich selber an: Ach zum Teufel damit, paß lieber ordentlich auf!

»Auf Gefechtsstationen«, befiehlt der Alte nach unten. Seine Stimme klingt wie schlecht geschmiert. Er muß hüsteln, um seine Stimmbänder frei zu bekommen. Von unten kommt eine laut gebrüllte Klarmeldung nach der anderen: »An LI: Maschinenraum ist auf Gefechtsstation!« – »An LI: Zentrale ist auf Gefechtsstation!« Der Leitende meldet herauf: »Unterdeck ist auf Gefechtsstation!« Doch damit ist das Gebrüll noch nicht zu Ende: »An I WO: Torpedowaffe ist auf Gefechtsstation!« Und jetzt die unverkennbare Konfirmandenstimme des I WO: »Torpedowaffe ist auf Gefechtsstation!«

333

Die Zieloptik wird heraufgereicht. Der I WO setzt sie sorgsam – als wäre sie empfindlich wie ein rohes Ei – auf die Nachtzielsäule auf.

Wir sind – vom Geleitzug her gesehen – im Mondluv. Ich kapiere nicht, warum der Alte auf dieser Seite des Geleitzugs bleibt und nicht ins Mondlee geht. Wahrscheinlich denkt er jetzt mit den grauen Zellen des Gegners. Im Mondluv, da ist die See ja hell wie Silberpapier, da leuchtet sie stärker als am hellen Tag. Also treibt sich da bestimmt kein deutsches Boot herum.

Der Alte baut also darauf, daß im Mondluv die feindliche Seitensicherung schwach ist. Wahrscheinlich hat er damit recht, denn wenn auf dieser Seite keine Lücken in der Sicherung wären, müßte der Gegner uns längst entdeckt haben.

Ich kann mir die Aufstellung der Schiffe des Geleitzugs und der Sicherungsfahrzeuge deutlich wie auf einem Luftbild vorstellen: in einem langgestreckten Rechteck die vier Kolonnen. In der Mitte die wertvollsten Schiffe, die Tanker. Zwei Korvetten, die Feger, als Voraussicherung, die mit langen Törns quer vor dem Geleit hin und her jagen, um U-Boote daran zu hindern, sich aus vorlicher Position zwischen die Dampfer sacken zu lassen. Und dann die seitlich sichernden Zerstörer oder Korvetten, die an den Flanken des Geleits hin und her hetzen – natürlich im Mondlee. In weitem Abstand von der Herde dann die Achteraussicherung, die Killer: Geleitschiffe, die nicht unmittelbar zur Abdeckung des Geleits eingesetzt sind, weil ja aus achterlicher Position U-Boote das Geleit kaum angreifen können. Sie sollen U-Boote annehmen, die von den Geleitkorvetten geortet wurden, sich mit ihnen beschäftigen, während das Geleit weiterzieht.

Zwanzig Uhr. Für meine Kamera sollte ich einen zweiten Nachtfilm bereithalten, geht es mir durch den Kopf. Beim hastigen Einsteigen verheddere ich mich. Kaum bin ich in der Zentrale, kommt prompt von oben ein Durcheinander von Rufen. Ohne den Film entere ich hastig wieder auf. »Fahrzeug kommt auf«, höre ich die Stimme des Kommandanten, »da – von außen – staffelt deutlich heran!«

Mir stockt der Atem. Voraus, vier Striche an Backbord erwische ich die Mastspitzen der Dampfer. Aber der Alte steht nach achtern gewendet. Ich suche in seiner Richtung. Da habe ichs: ein schmaler Schatten ist über die Kimm hochgekommen.

Was wird jetzt? Wegtauchen? Aufgeben? Aus?

»Beide Maschinen äußerste Kraft voraus!« Die Stimme des Kommandanten ist ganz monoton. Will er den alten Trick noch mal probieren und einfach stur weiterlaufen?

»Ein Dez nach backbord!«

Also doch nicht.

Eine Minute vergeht, dann teilt uns der Alte seine Absicht mit: »Wir laufen auf den Geleitzug zu!«

Als ich mein Glas gerade wieder auf die Dampfer gerichtet habe, meldet der Obersteuermann mit einer Stimme, die sachlicher klingen könnte: »Mastspitzen werden größer!«

In Minutenschnelle sind wir in die Zwickmühle hineingeraten. Wir müssen jetzt entweder vor dem schnell heranstaffelnden Zerstörer tauchen, oder wir laufen viel zu dicht auf den Geleitzug auf.

Unsere Hecksee schlägt wie ein gewaltiger Schweif zuckend hin und her. Darüber quillt unser Dieselqualm breit. Er nebelt uns ein – hoffentlich hilft das auch dieses Mal. Den Zerstörerschatten kann ich jedenfalls durch die Qualmschleier nicht mehr sehen.

Ich schwenke das Glas wieder herum. Wir haben den Geleitzug jetzt genau vor dem Bug.

»Verdammt, verdammt, verdammt!« flucht der Kommandant.

»Zerstörer scheint abzufallen«, meldet der Obersteuermann. Lange Minuten ungewisser Spannung, bis der Obersteuermann den Bann bricht: »Entfernung wird größer!«

Der Kommandant hat keinen Blick mehr in die Richtung des Zerstörers gewendet. Seine ganze Aufmerksamkeit gilt den Hügeln auf der Kimm – direkt vor unserem Bug.

»Was liegt an?«

»Kurs ist fünfzig Grad!«

»Steuerbord fünfzehn auf einhundertvierzig Grad gehen!« befiehlt der Kommandant.

Der Schrecken sitzt mir noch in den Gliedern.

Der Kommandant sagt: »Die fahren ja ziemlich aufgelöst . . .« Dann erst kommt er auf den Zerstörer zurück: »Bloß gut, daß wir nicht getaucht sind. Diesmal wars knapp.«

Ganz unvermittelt fragt er dann den Obersteuermann: »Kriechbaum, was haben Sie für ein Gefühl?«

Der Obersteuermann läßt seinen Ellbogen aufgestützt, er dreht nur den Kopf hinter dem Glas hervor und sagt: »Sicher, Herr Kaleun! Ganz sicher. Muß klappen!«

»Klarer Fall!« bestärkt der Kommandant den Obersteuermann.

Was für ein komischer Dialog, denke ich, sprechen sich die beiden Mut zu?

Ich werfe einen schnellen Blick in den Turm. Vom Vorhaltrechner, Streuwinkelrechner und Torpedoabfeuerungsschalter sind die Hüllen abgenommen. Bläulicher Schein glimmt von den Zifferblättern auf.

»Uhrzeit?« fragt der Kommandant nach unten.

»Zwanzig Uhr zehn!«

Unglaublich, daß wir unbehelligt neben dem Geleit herfahren dürfen, als gehörten wir dazu.

»Der Schatten da gefällt mir nicht«, murmelt der Kommandant zum Obersteuermann hin.

Ich drehe mich in die gleiche Richtung wie der Kommandant und fasse den Schatten im Glas auf. Seine Lage ist recht spitz. Aufkommend oder ablaufend – das ist nicht auszumachen. Dreißig Grad oder hundertfünfzig? – Sicher kein Dampfer! Aber der Alte dreht sich schon wieder weg.

Nervös fingert der I WO am UZO herum, visiert durch die Zieloptik, richtet sich dann wieder für Augenblicke vom Glas hoch und peilt direkt über das Schanzkleid hinweg in Richtung Geleitzug. Der Alte, der die Unruhe spürt, fragt mit einem Unterton von Spott: »Haben Sie gute Sicht, I WO?«

Wieder und wieder wendet der Alte sein Gesicht dem Mond zu. Dann macht er seiner Erbitterung Luft: »Den sollte man abschießen können . . .«

Ich setze meine Hoffnung auf die Wolken, die in dichten Haufen über der Kimm lagern und allmählich höher wachsen – so langsam zwar, daß es noch eine gute Weile dauern kann, bis sie den Mond erreichen.

»Die zacken doch nach steuerbord!« sagt der Alte, und der Obersteuermann gibt zur Antwort: ». . . ganz den Eindruck!«

Die Schatten sind tatsächlich flacher geworden.

Der Alte läßt vier Dez nach steuerbord drehen.

»Die werden doch nicht noch Sperenzchen machen?«

Ich stehe jetzt so dicht neben dem UZO, daß ich die Atemstöße des I WO hören kann. Mich beunruhigt, daß der hellere Schatten nicht mehr zu finden ist.

»Uhrzeit?«

»Zwanzig Uhr achtundzwanzig!«

Zweiter Angriff

Der Mond ist noch weißer, noch eisiger geworden. Rings um seine scharf ausgeschnittene Scheibe ist der Himmel völlig wolkenfrei. Den Mond umgibt nur der Ring seines breiten Hofes. Aber eine der Wolken über der Kimm kommt auf ihn zu. Es sieht so aus, als sei sie die Vorhut für den ganzen Wolkentroß.

Ich habe nur noch Augen für diese Wolke. Sie nimmt auch den richtigen Weg. Doch nach einer Weile wird sie langsamer. Sie steigt kaum noch. Und nun wird sie gar noch fadenscheinig. Sie beginnt zu zerfransen. Unter unseren Blicken löst sie sich auf. Nur ein Dunstschleier bleibt von ihr übrig.

»Infamie!« zischt der Obersteuermann.

Da macht eine andere Wolke Anstalten, sich von der Kimm zu lösen. Sie ist sogar noch dichter und fülliger als die erste.

Der Wind verschiebt sie ein Stück seitlich, genau wie wir es brauchen. Keiner flucht mehr, als könne ein Fluch die Wolke verdrießen.

Ich senke meine Augen von der Wolke weg wieder auf die Kimm hinab. Im Glas sind schon deutlich Bug, Heck und Mittelaufbauten der Dampfer zu erkennen.

Der Kommandant weist den I WO an: »Ranlaufen und gleich schießen. Nach dem Schuß sofort nach backbord drehen. Wenn jetzt die Wolke hochkommt, gehe ich ran!«

Der I WO gibt die nötigen Befehle an die Rechenanlage, die mit einem Mann im Turm und einem zweiten in der Zentrale besetzt ist

»Rohr eins bis vier klar zum Überwasserschuß!«

Jetzt werden alle vier Bugtorpedorohre geflutet.

Vom Bugraum wird über Sprachrohr gemeldet: »Rohr eins bis vier klar zum Überwasserschuß!«

»Schaltung UZO mit Vorhaltrechner. Abfeuerung Brücke!« befiehlt der I WO.

Die Befehle kommen ihm glatt von den Lippen. Das kann er also. Das hat er gelernt.

Der Maat an der Rechenanlage im Turm meldet die Ausführung der Befehle herauf.

Der Alte tut, als gingen ihn die liturgischen Wechselgesänge gar nichts an. Nur seine gespannte Haltung verrät, wie sehr er aufpaßt.

Der I WO gibt jetzt an den Maat im Turm: »Gegnerlage Bug rechts – Lage fünfzig – Gegnerfahrt zehn Seemeilen – Abstand dreitausend Meter – Torpedogeschwindigkeit dreißig – Tiefe drei – Lage laufend.«

Um den richtigen Vorhaltwinkel für die Torpedos braucht sich der I WO nicht zu kümmern. Den findet die Torpedorechenanlage. Die Rechenanlage hat direkte Verbindung mit dem Kreiselkompaß und der Zielsäule und ist außerdem direkt auf die Torpedos geschaltet, deren Schwenkmechanismus sie jetzt laufend beeinflußt: Jede Kursänderung des Bootes wird automatisch als Kurskorrektur auf die Torpedos übertragen. Der I WO braucht nur noch das Ziel im Fadenkreuz des Glases auf dem UZO zu halten.

Der I WO beugt sich über die Optik: »Klar zum Seitenvergleich!... Seite... Null!«

»Der Anlauf *muß* gelingen«, murmelt der Kommandant. Wieder richtet er seinen Blick gegen den Mond. Die zweite Wolke ist stehengeblieben wie ein Fesselballon, der die vorgesehene Höhe erreicht hat. Drei Daumensprünge unter dem Mond: Da hängt sie nun und rührt sich nicht mehr.

»Eine einzige Schufterei!« Der Obersteuermann droht mit der geballten Faust nach oben, ein Gefühlsausbruch, der mich von einem so ruhigen Mann wie Kriechbaum überrascht. Doch mir bleibt keine Zeit, mich über den Obersteuermann zu wundern; der Kommandant wendet mit einem heftigen Ruck sein Gesicht aus dem Schein des Mondes und befiehlt: »Beide Maschinen äußerste Kraft voraus! Hart backbord! Anlauf beginnt! Mündungsklappen öffnen!«

Von unten wird die Wiederholung der Befehle heraufgebrüllt. Schon beginnt der Bug über die Kimm zu streichen. Er sucht die Schatten.

»Mittschiffs! – Recht so! – Weiter neunzig Grad steuern!« Nun rast das Boot genau auf die Schatten zu, die von Sekunde zu Sekunde größer werden.

Die Pflugschar des Bugs schneidet in die glitzernde See und wirft leuchtende Wasserschollen zur Seite. Die Bugwelle steigt auf und blinkt von tausend Pailletten. Das Vorschiff schiebt sich hoch heraus. Sofort kommt Spritzwasser über. Die Diesel laufen Hochtouren. Das Schanzkleid zittert.

»Ziel auffassen!« befiehlt der Kommandant.

Der I WO hält sich über die Optik gebeugt.

»Da, die zwei, die sich überlappen, die nehmen Sie. – Da, haben

Sie? – links neben dem einzelnen Dampfer! Der große kriegt Doppelschuß, die anderen Einzelschüsse. Doppelschuß auf Vorkante Brücke und kurz vor achterem Mast losmachen!«

Ich stehe dicht hinter dem Kommandanten, der seinen Kopf gegen die Schiffe hin vorgeschoben hält.

»Rohr eins bis vier fertig!«

Herzklopfen bis hoch in den Hals.

Meine Gedanken laufen durcheinander: die brüllenden Motoren – die Schatten – die silberne See – der Mond! Dieses Lospreschen! Ich denke, wir sind ein U-Boot – wenn das nur gutgeht!

Der I WO hält das Ziel im Glas gefaßt. Sachlich und trocken kommt seine Stimme aus seinem nach unten gewandten Mund. Er verbessert ständig seine Werte. Schon hat er die rechte Hand am Abfeuerungshebel.

»Schaltung Rohr eins und zwo – Lage fünfundsechzig – Lage laufend folgen!«

»Frage Lage?«

»Lage siebzig... Lage achtzig!«

Dicht neben meinem Ohr höre ich den Kommandanten: »Rohr eins und zwo – Feuererlaubnis!«

Sekunden danach befiehlt der I WO: »Rohr eins und zwo los!«

Ich mache alle Sinne scharf: kein Knall – kein Ruck im Boot – nichts! Das Boot prescht weiter, noch näher an die Dampfer heran.

Die merken nichts! – Die merken nichts!

»Schaltung Rohr drei!«

»Rohr drei – los!«

»Backbord zehn!« befiehlt der Kommandant.

Wieder streift der Bug suchend über die Kette der Schiffe hin.

»Schaltung Rohr vier!« höre ich den I WO. Er wartet, bis das neue Ziel einwandert und befiehlt: »Rohr vier... los!«

Dicht unter dem anvisierten Dampfer entdecke ich in diesem Moment ein langgestrecktes Schiff, einen Schatten, der nicht so dunkel ist wie die anderen – wahrscheinlich grau bemalt.

»Hart backbord! Auf Heckrohrschaltung!« Das war die Stimme des Kommandanten. Das Boot legt sich im Drehen träge auf die Seite. Die Schatten ziehen nach steuerbord hinüber.

Der Obersteuermann ruft: »Fahrzeug dreht zu!«

Ich sehe, wie sich jetzt unser Heck auf die Schatten richtet. Ich sehe aber auch, wie das helle Schiff schmaler wird. Jetzt ist sogar der Saum seiner Bugwelle zu erkennen.

»Rohr fünf – los!... Hart steuerbord!« brüllt der Kommandant. Das Boot hat kaum nach der anderen Seite abgedreht, da zuckt drüben ein

339

orangeroter Blitz auf, einen Sekundenbruchteil darauf noch einer. Eine gewaltige Faust staucht mich in die Knie. Scharfes Sausen dringt wie ein kalter Stahl in mich ein.

»Die Schweine, die schießen! – ALARM!« brüllt der Alte.

Mit einem Satz bin ich am Luk und lasse mich durchfallen. Seestiefel schlagen mir auf die Schultern. Ich springe weg, drücke mich gegen den Kartentisch, der Schmerz krümmt mich zusammen. Ein Mann rollt vor mir auf dem Boden.

»Fluten!« ruft der Kommandant und gleich danach: »Hart backbord!« Von oben kommt ein Wassersturz. Die große Fahrt zwingt das Boot mit starker Vorlastigkeit auf Tiefe. Trotzdem befiehlt der Kommandant noch: »Alle Mann voraus!«

»War verdammt gut!« stößt er aus, als er hinter uns anlangt.

Mühsam begreife ich, daß dieses Lob der feindlichen Artillerie galt. Die Kavalkade der Piepels schlittert durch den Raum. Ich erhasche entsetzte Blicke. Jetzt gerät alles ins Rutschen. Die Lederjacken und die Gläser an ihren Riemen rechts und links vom Kugelschott stehen weit von der Wand ab.

Der Zeiger des Tiefenmanometers wandert schnell über die Skala, bis der Leitende endlich Gegenruder geben läßt. Nun sinken die Lederjacken und Gläser langsam wieder herab – ganz allmählich nähern sie sich der Wand. Das Boot kommt auf ebenen Kiel.

Ich kann keinen Blick vom Kommandanten erhaschen. War verdammt gut – noch besser, wäre übel gewesen. Dann denkt es in mir nur noch: Die Torpedos – die Torpedos – die Torpedos.

»War ein Zerstörer, dachte ich mirs doch«, sagt der Kommandant. Es klingt gepreßt. Ich sehe, wie sich sein Brustkorb hebt und senkt.

Der Kommandant läßt seinen Blick über uns hinschweifen, als wolle er sich vergewissern, ob auch alle da sind, und sagt mit halber Stimme: »Gleich geht der Tanz los.«

Der Zerstörer! Die geringe Entfernung! Der Alte hats sicher schon lange gewußt, daß dieser hellere Schatten kein Dampfer war. Zerstörer sind hellgrau bemalt. Bei den Tommies wie bei uns.

Ein Zerstörer und mit Affenfahrt direkt auf unsere Tauchstelle zu! Gleich geht der Tanz los! Geht der Tanz los! Gleich kommen die Bomben! Gleich kommen die Bomben!

»Auf neunzig Meter gehen – langsam«, befiehlt der Alte.

Der LI wiederholt es gedämpft. Er hat sich hinter die Rudergänger gehockt und läßt den Blick nicht mehr vom Manometer.

Einer flüstert: »Da haben wir den Salat!«

Schwer machen, klein machen, zusammenschrumpfen!

Die Torpedos! Alle daneben? Gibts das? Vier Schüsse: ein Doppel –

zwei Einzel – und das Heckrohr im Abdrehen noch dazu. Der Schuß aus Rohr fünf war sicher ungenau gezielt, aber die anderen! Warum knallts denn nicht?

Der Kopf des Leitenden schiebt sich noch näher dem Rundauge des Manometers entgegen. Auf der Stirn steht ihm Schweiß wie funkelnde Tauperlen. Ich sehe, wie die einzelnen Tropfen sich vereinigen und auf seinem Gesicht Spuren bilden wie feuchte Bahnen von Schnecken. Mit einer fahrigen Bewegung wischt sich der Leitende mit dem Rücken der rechten Hand über die Stirn.

Schneckenbahn – Schneckenbahn! Wir rühren uns kaum von der Stelle.

Jetzt muß er gleich über uns sein!

Was ist denn los? Warum knallts nicht?

Alle stehen stumm und zusammengeduckt da – halslose Lederlemuren. Der Zeiger des Tiefenmanometers bewegt sich über die nächsten zehn Teilstriche.

Ich versuche, klar zu denken. Wieviel Zeit seit dem Tauchen? – Die Geschwindigkeit des Zerstörers? – Fehlschüsse! – Alles Fehlschüsse! – Diese Scheißtorpedos! – Die bekannte Malaise! – Da muß doch Sabotage im Spiel sein! – Was denn sonst? Steuern falsch, die Biester! Und gleich werden die Tommies uns den Arsch aufreißen! Der Alte war wohl wahnsinnig. Das war ja ein Schnellbootangriff! Über Wasser! Einfach drauf und dran. Die müssen schön geguckt haben! Erst tut er so ruhig und dann das! Wieviel Meter Abstand waren das denn? Wieviel Sekunden braucht der Zerstörer mit AK bis zu uns her? Die wirren Ruderkommandos! Der Haken! – Der Haken? Verrückt: Den Haken hat der Alte im Wegtauchen geschlagen. Das ist doch ganz und gar ungewöhnlich. Was soll das denn? Jetzt kapiere ichs: Die Tommies haben uns nach steuerbord zu wegtauchen sehen. Der Alte hat sie täuschen wollen – hoffentlich sind sie nicht auch so schlau!

Der Alte hockt mit einem Schenkel auf der Kartenkiste. Ich sehe von ihm nur den gekrümmten Rücken und über dem hochgeschlagenen Kragen seiner Fellweste das fahle Weiß seiner Mütze.

Der Obersteuermann hat die Augen fast ganz geschlossen. Seine Augenspalten erscheinen wie mit scharfen Sticheln in Holz gekerbt. Die Lippen hat er zwischen die Zähne gezogen. Mit seiner rechten Hand hält er sich am Stander des Luftzielsehrohrs fest. Das Gesicht des Zentralemaaten ist in zwei Meter Entfernung nur ein verwischter, bleicher Fleck.

Ein dumpfer, gedrosselter Ton bricht in die Stille – ein Klöppelschlag auf ein nicht ordentlich gespanntes Paukenfell.

»Den hats erwischt!« zischelt der Kommandant. Er reißt den Kopf

hoch und zeigt mir sein Gesicht. Seine Augen sind zusammenge-
kniffen, der Mund breit verzerrt.

Noch ein dumpfer Schlag.

»Und den auch!« Trocken stößt der Kommandant hinterher.
»Verdammt lange Laufzeit!«

Was war das? Die Torpedos? Haben zwei Torpedos getroffen?

Der II WO hat sich aufgerichtet. Er hält beide Fäuste geballt und
entblößt die aufeinander gepreßten Zähne wie ein Orang-Utan. Ich
kann deutlich sehen, daß er schreien will. Aber er schluckt nur und
würgt. Sein Gesicht bleibt für Sekunden in der Grimasse erstarrt.

Der Zeiger des Tiefenmanometers streicht langsam weiter über die
Skala.

Wieder ein Klöppelschlag.

»Nummer drei!« sagt einer.

Diese dumpfe Detonation – nichts weiter? Ich presse die Lider
zusammen. Alle meine Nerven knüllen sich in den Gehörgängen:
Soll das alles sein?

Da klingt es, als würde ein Laken langsam mitten durchgerissen
und ein zweites schnell auseinandergefetzt. Dann wird heftig über
Metall geraspelt, und jetzt ist ringsum ein einziges Reißen, Feilen,
Knacken, Brechen.

Ich habe meinen Atem so lange angehalten, daß ich jetzt um Luft
ringen muß. Verdammt, verdammt. Was ist denn jetzt passiert?

Der Alte hebt den Kopf.

»Da saufen zweie ab, Obersteuermann – das sind doch zweie?«

Dieser Lärm – sind das die brechenden Schotts?

»Die hats erwischt!« Der Alte hechelt die Silben atemlos hervor.

Keiner rührt sich. Niemand bricht in Triumphgeschrei aus. Neben
mir steht der Zentralemaat – reglos in seiner gewohnten Stellung:
eine Hand an der Leiter, den Kopf geradeaus auf die Tiefenmanometer
gerichtet. Die beiden Tiefenrudergänger: die steifen Falten ihres
Gummizeugs, ihre nässeglänzenden Südwester. Das bleiche Manometerauge: Der Zeiger steht jetzt. Mein Gott, die Tiefenrudergänger
haben tatsächlich ihre Südwester noch auf!

»Verdammt lange Laufzeit. Hatte es schon aufgegeben!«

Die Stimme des Kommandanten klingt wieder dunkel und brummig.
Das Brechen, Knacken, Dröhnen, Reißen nimmt kein Ende.

»Die sind nicht mehr zu verwenden!«

Da reißt mich ein schmetternder Schlag von den Beinen. Mit
knapper Not kann ich mich an einem Rohr auffangen. Glas klirrt.

Ich komme wieder hoch, mache automatisch zwei taumelnde

342

Schritte nach vorn, remple einen Mann an, stoße gegen eine harte Kante und lasse mich in den Schottrahmen sinken.

Jetzt gehts los! Jetzt kommt die Abrechnung! Nur nicht zucken! Ich drücke die linke Schulter heftig ans Metall und mache mich so schwer, wie ich kann. Mit beiden Händen packe ich wieder das Rohr, das unter meinen Schenkeln durchläuft. Mein Stammplatz! Meine Hände erfühlen den glatten Lackanstrich, erspüren aber auch spröden, bröckelnden Rost an der Unterseite des Rohres. Klammergriff. Ich halte das Rohr fest wie in einem Schraubstock. Ich betrachte intensiv meinen linken, dann meinen rechten Handrücken, als könne ich mit meinem Blick den Druck der Hände noch fester machen.

Der nächste Schlag?

Wie eine Schildkröte schiebe ich meinen weggeduckten Kopf ganz langsam hoch, immer auf den Schlag gefaßt und bereit, mich sofort wieder zusammenzuziehen. Ich höre nur ein Rotzhochziehen.

Mein Blick wird von der Mütze des Kommandanten wie magnetisch angezogen. Jetzt tritt der Kommandant einen Meter zur Seite, und ich bekomme seine Mütze und die rotweißen Skalen zu beiden Seiten des Wasserstandsglases zugleich in den Blick: gebänderte Narrenpritschen. Oder die überlangen Bonbonlutscher am Holzstiel, die wie Blumen in den Gläsern der Pariser Confiserien stecken. Dauerlutscher. Sehen genauso aus. Oder der Leuchtturm, den wir beim Auslaufen an Backbord hatten. Der war auch rot und weiß bemalt.

Der Schottring will mich wegschleudern. Eine ungeheure Detonation will mir die Trommelfelle zerreißen. Dann folgt Schlag auf Schlag, als stecke die Tiefe voller gewaltiger Pulverladungen, die dicht nacheinander gezündet werden.

Ein Mehrfachwurf!

Meine Fresse, der lag gut! Die haben uns! Das war der zweite Anlauf. Die sind nicht dämlich, die haben sich nicht bluffen lassen.

In mir krampft sich alles zusammen

Draußen brüllts und gurgelts und rauschts! Das Boot wird von den Tiefenstrudeln hin und her geschaukelt.

Ein Glück, daß ich hier festklemme wie in einem Rhönrad.

Plötzlich verebbt das Gurgeln der in die Detonationslöcher zurückstürzenden Wassermassen, aber das dumpfe Tosen, Knacken und Brechen ist immer noch zu hören.

Der Kommandant lacht wie ein Irrer: »Die gehen in die Knie! – Haha! Erspart uns den Fangschuß. – Nur schade, daß wir die Pötte nicht absaufen sehen!«

Ich schlage irritiert mit den Augendeckeln. Doch der Alte hat schon wieder seinen üblichen kaltschnäuzigen Tonfall: »Dieses war der zwote Streich!«

Ich höre die Stimme des Horchers. Mein Wahrnehmungsvermögen muß partiell ausgesetzt haben. Der Horcher hat bestimmt fortwährend Meldungen gegeben, aber ich habe nichts gehört.

»Zerstörer peilt dreißig Grad backbord. Schnell lauter werdend!«

Der Blick des Kommandanten hängt an den Lippen des Horchers: »Verändert sich?«

Der Horcher zögert mit der Antwort. Endlich meldet er: »Peilung wandert achteraus!«

Der Kommandant läßt sofort eine Fahrtstufe höher gehen. Ich kann mich endlich von den Nebeln im Hirn befreien, kann verfolgen, was geschieht, und mitdenken. Hoffen wir, daß der Zerstörer den Kurs unseres Bootes so, wie der Alte es anscheinend will, ein gutes Stück achteraus schneidet.

Noch wissen wir nicht, nach welcher Seite der Zerstörer abdrehen wird, um aufs neue zu versuchen, unser Boot zu überlaufen – der Alte muß backbord vermuten, denn er läßt jetzt Steuerborduder legen.

Der Obermaschinist Franz kommt durch den Raum. Sein Gesicht ist kalkweiß. Schweißperlen, so dick als wären sie aus Glyzerin, glänzen auf seiner Stirn. Obwohl wir keinem Seegang ausgesetzt sind, hält er sich abwechselnd mit der linken und rechten Hand fest. »Jetzt hats uns!« stößt er hervor. Dann ruft er laut nach Patronensicherungen für den Kreiselkompaß.

»Schreien Sie nicht so!« fährt ihn der Kommandant wütend an.

Vier Detonationen, kurz hintereinander, fast ein einziger Schlag, durchschüttern das Boot. Die Tiefenstrudel erreichen uns aber nicht.

»Achteraus – viel zu weit achteraus!« höhnt der Alte, »gar nicht so einfach!«

Der Alte nimmt ein Bein hoch und stemmt es gegen die Kartenkiste ein. Und nun klaubt er an seiner Fellweste herum: Er öffnet die Knopfschlaufen – der Alte macht sichs bequem. Er schiebt die Hände in die Taschen der Lederhose und wendet sich zum Obersteuermann hin.

Wieder eine einzelne Detonation – nicht nahe, aber merkwürdig lang nachhallend. Das Brodeln und Rauschen will gar kein Ende nehmen. In den dumpfen Krawall hinein die Stimme des Alten: »Die spucken an der verkehrten Stelle.«

Der Zerstörer scheint tatsächlich nicht mehr die besten Peilungen zu haben: wieder ein paar Detonationen weitab. Aber wir werden von der akustischen Wirkung jeder Bombe drangsaliert – auch noch von solchen, die etliche tausend Meter ab detonieren. Die Gegner wissen,

wie sehr sie uns auch noch mit weitab liegenden Bomben demora-
lisieren können.

»Schreiben Sie mal auf, Obersteuermann . . .«

»Jawoll, Herr Kaleun!«

»Zwoundzwanzig Uhr vierzig – laufe zum Angriff an – zwoundzwanzig Uhr vierzig stimmt doch wohl, Obersteuermann? . . . laufe
zum Angriff an – Kolonnen fahren dicht geschlossen – ja, dicht geschlossen. Wie viele Kolonnen brauchen wir ja nicht anzugeben –
Zerstörer vorn und auf der Mondseite gut zu erkennen . . .«

Wie? – Gut zu erkennen? – Zerstörer vorn und auf der Mondseite
gut zu erkennen? Vorn auch? Also gleich mehrere! Mir bleibt die
Spucke weg. Davon hat der Alte keinen Ton gesagt. Im Gegenteil:
die ganze Zeit über hat er so getan, als wäre auf unserer Angriffsseite
keine Sicherung.

». . . gut zu erkennen. Haben Sies? – Auf die Steuerbordseite der
zweiten Kolonne zugelaufen – ja – haben Sies?«

»Jawoll, Herr Kaleun . . . zu-ge-lau-fen.«

»Die Nacht ist durch den Mond sehr hell . . .«

»Kann man wohl sagen«, murmelt der II WO, aber so leise, daß es
der Kommandant nicht hören kann.

». . . sehr hell – für Unterwasserangriff aber zu dunkel . . .«

Ich muß aus meinem Sitz hoch, weil Leute durchs Schott wollen,
die vom »Alle Mann voraus«-Befehl noch vorn waren. Die balancieren,
um ja nicht laut aufzutreten, wie Seiltänzer an mir vorbei.

Jetzt läßt der Alte tiefer gehen und das Boot dann etwa fünf Minuten
Tiefe und Kurs beibehalten. Erst als der Horcher einen neuen Anlauf
meldet, läßt er nochmals tiefer steuern. Er baut jetzt darauf, daß die
Zerstörerleute sein zweites Tiefenrudermanöver nicht mitgekriegt
haben und ihre Bomben auf die Tiefe einstellen, die wir vorher so
lange durchhielten, damit die Ortungsfritzen im Bauch des Zerstörers
sie gut registrieren konnten.

Neue Horchermeldungen. Kein Zweifel: der Zerstörer ist uns auf
den Fersen.

Trotz des Drängens in der Stimme des Horchers gibt der Alte keine
neuen Ruderbefehle. Ich weiß: Er zögert die Änderung unserer Fahrt-
richtung bis zum letzten Moment hinaus, damit der anlaufende Zerstörer auf unser Ausweichmanöver nicht mehr reagieren kann. Der
Hase und der hetzende Hund! Erst wenn der Hund schon zuschnappen
will – wenn er glaubt, jetzt hat er den Hasen in den Fängen, erst
dann zackt der Hase zur Seite, der Hund aber schafft den Haken nicht.
Sein Tempo trägt ihn aus der Kurve.

Ganz stimmt das für uns allerdings nicht – wir sind nicht so schnell

345

wie der Hase – unser Drehkreis ist zu groß. Stimmt überhaupt nicht: Der Zerstörer kann allemal schneller drehen als wir. Aber wenn er AK fährt und dann schnell seine Anlaufrichtung ändern will, drückt es ihn auch aus der Kurve. So ein Blechkasten hat einfach zu wenig Tiefgang.

»Haben nicht schlecht geschossen, die Brüder. Seite war verdammt gut. Nur bißchen zu hoch gehalten . . .« Dann befiehlt der Alte: »Hart steuerbord. Backbordmaschine große Fahrt voraus!«

Längst sind alle Hilfsmaschinen abgeschaltet: der Funkumformer, die Raumlüfter und selbst die Kreiselkompaßanlage. Ich wage kaum Luft zu holen. Mucksmäuschenstill. Was ist das: ein Mucksmäuschen? Die Katze oben – und wir das Mucksmäuschen? Ja nicht mucksen!

Die hätten uns ja bei ihrem ersten Anlauf erwischen müssen, so nahe wie die schon an unserer Tauchstelle waren. Aber denen war der Alte zu clever: Der drehte erst mal schmale Silhouette gegen schmale Silhouette. Und dann das Abdrehen nach steuerbord – dann Alarm – und runter, aber jetzt mit den Rudern in Backbordhartlage. Wie ein Torschütze, der in die linke Ecke visiert und in die rechte kickt.

Der Alte bedenkt mich mit einem Kopfnicken: »Den sind wir noch nicht los. Zäher Bursche. Kein Anfänger.«

»So«, mache ich.

»Die sind jetzt sicher auch ein bißchen erbittert«, fügt er hinzu.

Er läßt auf noch größere Tiefe gehen: hundertfünfzig Meter. Nach den Meldungen des Horchers muß uns der Zerstörer jetzt wie an einer Leine folgen. Jeden Augenblick kann er seine Maschinen wieder AK laufen lassen und zum Angriff ansetzen. Ein schnelleres Boot sollten wir haben!

Der Alte läßt die Fahrtstufe erhöhen. Aber damit geht er allerhand Risiko ein, denn je schneller unsere Maschinen laufen, desto mehr Krawall machen sie. Die Tommies müssen unsere E-Maschinen mit bloßen Ohren hören können. Aber der Kommandant will wahrscheinlich entschlossen aus dem Ortungsbereich des Gegners heraus.

Der Horcher meldet halblaut: »Zerstörergeräusche werden lauter!«

Der Kommandant läßt mit Flüsterbefehl die Fahrtstufe wieder verringern. Das hat also nicht geklappt. Ausbruchsversuch gescheitert. Die machen weiter! Die lassen sich nicht abhängen! Lieber lassen die ihre Zossen ohne Schutz weiterschwimmen. Ein sicher geortetes U-Boot – das gibts nicht alle Tage.

Ein riesiger Vorschlaghammer trifft das Boot. Der Alte brüllt fast im gleichen Augenblick Befehle zum Lenzen und für eine höhere Fahrtstufe der E-Maschine. Sobald der Tumult draußen abebbt, läßt der Alte die Lenzpumpe wieder stoppen und die E-Maschinen auf kleine

Fahrt gehen. »Dreizehn – vierzehn«, zählt der Obersteuermann und macht zwei neue Kreidestriche auf seiner Tafel. Das waren also zwei Bomben. Ich rechne: vorher vier. Demnach ist der zweite Wurf, der Mehrfachwurf, als sechs Bomben gezählt worden. Stimmt doch? Ich rechne noch einmal.

Wieder drei, vier Schläge – so heftig, daß die Flurplatten klirren. Ich bekomme die Detonationen bis ins Zwerchfell zu spüren. Ich wende vorsichtig den Kopf. Der Obersteuermann macht vier Striche.

Der Alte hat sich nicht einen Millimeter gerührt. Er hält den Kopf so, daß er das Tiefenmanometer im Auge hat und zugleich sein linkes Ohr dem Horchschapp zugekehrt hält.

»Die scheinen uns ja richtig zu hassen.«

Das kam vom Fähnrich. Nicht zu glauben: Unser Fähnrich hat sich zu Wort gemeldet. Jetzt hält er den Blick auf die Flurplatten gerichtet. Der Satz muß ihm herausgerutscht sein. Alle haben ihn gehört. Der Obersteuermann grinst. Der Alte dreht den Kopf. Für einen Augenblick hat er einen Anflug von Amüsiertheit auf dem Gesicht.

Die Kieselsteinchen! Erst klang es schon einmal nach einem Wurf groben Sand gegen unsere Backbordseite, aber jetzt ist es Gartenkies – drei, vier Würfe hintereinander. Ihr Asdic hat uns gefunden. Es kommt mir vor, als ob wir plötzlich von allen Seiten angestrahlt wie auf einer riesigen Bühne für alle Blicke offen dalägen.

»Schweine!« murmelt der Zentralemaat halb in sich hinein. Auch mich übermannt für einen Augenblick Haß auf unsere Gegner. Aber wer sind die denn: das harte singende Schraubengeräusch, das Hornissengebrumm, die Kieselsteinwürfe an die Bordwand? Dieser Schatten, diese schmale Silhouette, die nur eine Spur heller als die eines Dampfers war – das ist alles, was ich von unseren Gegnern zu sehen bekam ... Das Weiße im Auge des Feindes! Für uns ist das Quatsch! Uns ist das Sehen vergangen. Nicht mehr sehen – nur noch lauschen. Der Lauscher an der Wand! Warum gibt unser Oberlauscher keine neue Meldung? Der Kommandant schlägt ungeduldig mit den Lidern. Nichts? Immer noch nichts?

Aller Ohren lauschen auf Dich, o Herr, denn Du wirst große Freude machen allen denen, die auf Dein Wort ... oder so ähnlich. Der Bibelforscher wirds genauer wissen. Im Schummerdunkel ist er kaum zu erkennen.

Der Horcher hebt die Brauen. Auch ein Zeichen. Gleich werden unsere Ohren wieder eingedeckt werden.

Sie haben Ohren und hören nicht. Psalm Davids. Die Ohrfeige - die Ohrdattel – was gibts noch? Die Ohrnuß – der Ohrwurm.

Ich bin ganz Ohr. Ich bin ein einziges riesiges Ohr, alle meine Nerven sind Knäuel in den Ohrgängen. Sie haben sich wie feines Feenhaar um Hammer, Amboß, Steigbügel gewickelt.

Um die Ohren schlagen – wir haben eine Menge um die Ohren – eins hinter die Ohren – na, das kommt ja zusammen: hinter die Ohren schreiben – ein williges Ohr leihen – unsere Wände haben Ohren – das Fell über die Ohren . . . natürlich, *das* ist es: Man will uns das Fell über die Ohren ziehen. Der polnische Fuchs, der paßt auch prima hierher: Alles nur ein Übergang, sagte der Fuchs . . . als man ihm das Fell über die Ohren zog!

Wie mag es da oben jetzt aussehen?

Oben ist jetzt sicher eine Mordsillumination. Alle Scheinwerfer an und der Himmel mit Leuchtgranaten an Fallschirmen bestückt, damit ihnen der Erzfeind ja nicht entgeht. Alle Rohre in Tiefstellung, damit sie gleich losballern können, wenn sie es schaffen sollten, uns anzuschlagen und hochzutreiben.

Der Horcher meldet: »Zerstörergeräusche in zwanzig Grad. Schnell lauter werdend!« Und nach kurzem Stocken: »Anlauf beginnt.«

Zwei Schläge, wie mit der breiten Axt geführt, treffen das Boot. Wieder das wüste Rauschen und Gurgeln. Dann noch mal zwei Schläge in den brausenden Schwall hinein.

Ich habe den Mund aufgesperrt, wie es die Kanoniere tun, damit die Trommelfelle nicht platzen. Schließlich bin ich als Marineartillerist ausgebildet. Oft genug das Maul aufgesperrt, weil der Abschußknall sonst nicht zu ertragen war. Aber jetzt stehe ich nicht am Geschütz, sondern mitten in den Einschlägen.

Hier ist kein Entkommen. Hinschmeißen hilft nichts. Eingraben – zum Lachen: Unter den Füßen haben wir hier eiserne Flurplatten mit Fotzenmuster, wie Zeitler die tausend kleinen Rhomben nennt. Ich wende alle Kraft auf, um die Platzangst niederzuwürgen, die verdammte Sucht, in irgendeine Richtung zu türmen. Die Füße an die Flurplatten festnageln! Ich wünsche mir Blei an die Schuhsohlen, wie die bunten kegelförmigen Kasper es haben, die immer wieder von selbst aufstehen, wenn man sie – gleich nach welcher Richtung – umlegt. Gott sei Dank, jetzt weiß ichs wieder, wie sie heißen: Stehaufmännchen . . . Stehaufmännchen, Räuchermännchen, Brummkreisel, Nußknackerriesen. Das schöne bunte Spielzeug.

Ich habs bei Lichte besehen gut getroffen. Ich kann auch nicht umschlagen. Der Kugelschottrahmen, in dem ich hocke, ist der beste Platz in dieser Situation.

Ich lockere den Griff ums Rohr. Anscheinend dürfen wir pausieren. Den Muskelkrampf lösen, mit der Kinnlade spielen, das Skelett lockern, Bauchdecke entspannen, das Blut zirkulieren lassen. Jetzt erst spüre ich, wie schmerzhaft die angespannte Haltung war.

Wir richten uns ganz nach unseren Gegnern. Die Tommies dürfen sogar unsere Haltung bestimmen: Wir ziehen die Köpfe ein, wir warten geduckt auf den Detonationsschlag, und wir richten uns auf und lockern die Glieder, wenn es draußen rauscht. Sogar der Alte gibt wohl acht, daß er sein Hohngelächter nur während des Wassergurgelns nach den Detonationen losläßt.

Der Horcher öffnet den Mund halb. Mein Atem gerät sofort wieder ins Stocken. – Was ist? Wenn ich bloß wüßte, wo die letzte Serie lag, in welchem Abstand zum Boot die Bomben detonierten, oder wie weit wir uns von unserer Tauchstelle entfernt haben. Mir kommt es so vor, als wäre die Jagd nach unserem ersten vergeblichen Ausbruchsversuch immer im Kreis herumgegangen – einmal rechts, einmal links herum, auf und nieder, Achterbahnschleifen. Das ist es: Wir haben keinen Raum gewonnen. Noch jeden unserer Versuche, uns seitwärts in die Büsche zu schlagen, hat der Gegner erkannt.

Der Horcher schließt den Mund und öffnet ihn wieder. Er sieht aus wie ein Karpfen hinter der dicken Bassinscheibe beim Fischhändler, wie er so den Mund aufmacht und wieder schließt und wieder aufmacht. Und jetzt meldet er einen neuen Anlauf.

»Ortung«, ruft er gleich darauf heiser aus seinem Schapp. Das hätte Herrmann sich sparen können. Jeder in der Zentrale hat das Pink-pink gehört. Und die im Bugraum an den Torpedos und die ganz achtern an den E-Maschinen und die im Dieselraum auch.

Mit den Tentakeln seiner Ortungsstrahlen hält uns der Gegner fest. Die drehen jetzt an ihren stählernen Handrädern und suchen die dreidimensionale Gegend ab mit gebündelten Impulsen – zirp – zirp – pink – pink . . .

Das Asdic, memoriere ich, ist nur bis zu einer Fahrtgeschwindigkeit von etwa dreizehn Seemeilen einsetzbar. Bei scharfem Anlauf hat der Zerstörer keine Ortung mehr. Bei höheren Geschwindigkeiten wird das Asdic von den Eigengeräuschen und den eigenen Schraubenstrudeln erheblich gestört. Vorteil für uns, denn so können wir im letzten Moment die Gelegenheit für einen kleinen Platzwechsel nutzen. Aber der Commander oben kann sich auch vorstellen, daß wir nicht faul sind, wenn wir ihn anlaufen hören. Nur: Wohin wir uns bewegen, können ihm seine Ortungsfritzen nicht verraten. Da muß er schon seine Phantasie spielen lassen.

Ein Glück auch für uns, daß der Gegner mit seinem Patentgerät nicht genau feststellen kann, wie tief wir sind. Da hilft uns die Natur: Wasser ist nicht gleich Wasser, es bildet bis in unsere Tiefe herab

349

Schichten wie sedimentäre Lagerungen. Der Salzgehalt und die physikalischen Eigenschaften der einzelnen Wasserschichten sind nicht gleich. Die Asdic-Impulse werden von ihnen gebrochen. Schon wenn wir plötzlich von einer warmen in eine Schicht kalten Wassers geraten, wird die Asdic-Ortung ungenau. Eine Schicht mit viel Plankton beeinträchtigt sie auch. Und die oben an ihren Geräten können ihr Bild von unserer Lage nicht verläßlich korrigieren, weil sie nicht wissen, in welcher Tiefe die irritierenden Schichten liegen.

Herrmann arbeitet heftig mit seinem Rad.

»Meldung!« zischt der Alte in Richtung Horchraum.

»Geräusche peilen in dreihundertfünfzig Grad.«

Es vergehen keine fünf Minuten – da hören alle die Schrauben mit bloßem Ohr.

»Ritschipitschipitschipitschi« – das ist keine AK-Fahrt. Der Zerstörer hält genau die Fahrtstufe, bei der er noch orten kann. Wir hören die Asdic-Impulse mit aller Deutlichkeit.

Neuer Anlauf. Vier, fünf Detonationen. Nahe. Auf meine geschlossenen Lider projizieren sich Stichflammen, gewaltige Elmsfeuer, zuckendes Chrysoprasgeflimmer, Funkenkaskaden um dunkelrote Glutkerne, bleich gleißende Naphtaflammen, wirbelnde chinesische Feuerräder, weiß blendende Protuberanzen, durch die Schwärze schießende Amethyststrahlenbündel, ein ungeheures Feuerschwärmen aus regenbogenbunten Bronzefontänen.

»Manöverarbeit«, flüstert da der Alte.

Ich würds nicht so berufen.

Eine Riesenfaust schleudert und schüttelt das Boot. In den Knien spüre ich, wie wir hochgeworfen werden. Der Zeiger des Tiefenmanometers schnellt zurück. Das Licht fällt aus. Glas klingelt. Beengte Herzschläge, bis endlich Notlicht aufleuchtet.

Ich sehe, wie der Alte sich auf die Unterlippe beißt. Jetzt muß er sich entscheiden: wieder hinunter in die Detonationstiefe der letzten Bomben oder hinauf auf hundert Meter.

Der Alte setzt erstmal einen Haken an und läßt gleichzeitig tiefer gehen. Wir ziehen wieder mal eine Achterbahnschleife nach unten. Eins – zwo – drei – wo? – Oben? Unten? Rechts? Links? Der letzte Schwall klang, als hätte der Wurf backbord voraus gesessen. Aber über oder unter dem Boot?

Schon gehts weiter. Der Horcher meldet wieder.

Der Schlag trifft mich direkt in den dritten Rückenwirbel. Und zack und zack – gleich noch zwei Kantenschläge auf Hinterkopf und Genick.

Neben dem Ruderstand qualmts. Kann hier zu allem anderen

auch noch Feuer ausbrechen? Schmoren da Leitungen? Gibt das Kurzschlüsse?

Die Nerven zur Ruhe bringen! Dem Schlitten kann nichts passieren. *Ich* bin ja an Bord. *Ich* bin unsterblich. Mit mir an Bord ist auch das Boot gefeit!

Kein Zweifel: Die Schalttafel brennt! Das Schild auf dem Minimax: Ruhe bewahren! Feuer von unten bekämpfen! Mein Hirn tönt: gefeit – gefeit – gefeit!

Der Zentralemaat springt gegen das Feuer an. Er verschwindet fast ganz in Flammen und Qualm. Zwei, drei Mann kommen ihm zu Hilfe. Ich merke, daß das Boot vorlastig ist, ja, daß die Vorlastigkeit zunimmt. Ich höre: »Ventil – Lenzleitung gerissen!« Das kann doch aber nicht alles sein! Warum läßt der LI nicht nach achtern trimmen? Wozu haben wir denn unsere Balancierstange – die Trimmtanks?

Obwohl der Zerstörer ganz in der Nähe sein muß, läßt der Alte auf große Fahrt gehen. Kapiert! Wir haben schon zu viel Wasser im Boot. Statisch schaffen wirs nicht mehr, das Boot zu halten. Wir brauchen die Kraft der Schrauben und ihren Druck auf die Tiefenruder, um das Boot schnell achterlastig zu machen. Wenns anders wäre, würde der Alte nicht eine solche Krawallfahrt veranstalten. Aber bei dieser Fahrtstufe haben wir eine Kuhglocke um. Verdammte Zwickmühle: entweder absinken oder aufdrehen.

Die Tommies oben müssen jetzt unsere E-Maschinen, unsere Schrauben und unsere Lenzpumpe mit bloßen Ohren hören. Die können jetzt glatt ihr Asdic abstellen und Strom sparen.

Der Alte hat nun zu den komplizierten Kursberechnungen auch noch die ständige Sorge, das Boot zu halten. Unser Zustand ist labil geworden. Keine gesunden Verhältnisse mehr. Ja, wenns nur darum ginge, hochzukommen; das wäre schnell erledigt: »Klar bei Tauchrettern«, und anblasen, was das Zeug hält. Gar nicht dran denken!

Alles naß. Die Feuchtigkeit der Luft schlägt sich überall nieder. »Wellendichtungen machen Wasser!« ruft einer von achtern. Gleich darauf einer von vorn: ». . . Ventil macht Wasser!« Ich höre schon nicht mehr genau hin. Ich zerbreche mir nicht den Kopf, welches Ventil es sein könnte.

Vier Detonationen kurz hintereinander. Dann das irre Gegurgel und Geräusch, mit dem von allen Seiten her die schwarze Flut in die riesenhafte von Bomben aufgerissene Druse zurückstürzt.

»Dreiunddreißig – vier – fünf – sechsunddreißig«, zählt mit lauter Stimme der Obersteuermann. Die saßen nahe!

Wir sind jetzt hundertzwanzig Meter tief.

Der Alte läßt vierzig Meter tiefer gehen und dreht das Boot nach backbord.

Die nächste Detonation schlägt meine Zähne aufeinander. Ich höre Schluchzen. Der neue Zentralegast? Den wird doch nicht etwa das Heulen ankommen?

»Recht so!« höhnt der Alte laut in den Schwall der nächsten Detonationen hinein.

Ich halte meine Bauchmuskeln gestrammt, als müßten sie meine Organe gegen den Druck von Zentnerlasten schützen. Erst nach Minuten wage ich, meine linke Hand vom Rohr zu lösen. Automatisch fährt sie empor. Der Handrücken gleitet über meine Stirn: kalter Schweiß. Jetzt spüre ich auch, daß mein ganzer Rücken naß und kalt ist. Angstschweiß?

Ich sehe das Gesicht des Kommandanten wie durch Nebel.

Der Qualm vom Ruderstand! Die Schmorerei hat zwar aufgehört, aber der Qualm hängt noch im Raum. Mir kommt es sauer hoch. Dumpfer Druck im Kopf. Ich halte den Atem an, aber der Druck wird davon nur noch stärker.

Jetzt wird es gleich wieder soweit sein. Der Zerstörer muß bald seinen Drehkreis abgefahren haben. Das bißchen Zeit müssen die Hunde uns gönnen, ob sie wollen oder nicht.

Da ist auch schon wieder das Asdic! Die Kieselsteine! Zwei, drei scharfe Würfe! Eine kalte Hand fährt mir von hinten unter den Kragen und den Rücken hinab. Mich schauert.

Gleich geht der Schlamassel wieder los – geht los – geht los – geht los!

Der Druck im Kopf wird unerträglich. Was denn? Warum tut sich nichts? Jedes Flüstern ist erstorben. Kondenswassertropfen pitschen und patschen und halten dabei Sekundenrhythmus. Stumm zähle ich mit. Bei »zwoundzwanzig« trifft mich der Schlag. Er klumpt mich zusammen und staucht mir den Kopf auf die Brust herunter.

Bin ich taub? Ich sehe die Flurplatten tanzen, aber es dauert Sekunden, bis ich ihr metallisches Geprassel höre, untermischt mit einem jaulenden Stöhnen und pfeifhohen Quietschen. Das ist der Druckkörper! Das kann gar nichts anderes sein als der Druckkörper. Das Boot ruckt und zuckt in den tobenden Strudeln. Die Leute taumeln gegeneinander. Hört das denn nicht auf?

Wieder ein Doppelschlag. Das Boot ächzt. Geklirr und Geschepper.

Die Tommies machen es ökonomisch. Keine Teppichwürfe mehr – dafür immer zwei Bomben auf einmal – wahrscheinlich mit Tiefendifferenz. Ich wage noch nicht, die Muskeln zu lockern – da trifft der Hammer wieder mit ungeheurer Wucht das Boot.

Ein gurgelndes Keuchen und Japsen ist ganz in meiner Nähe. Jetzt geht es in Stöhnen über. Es klingt, als wäre einer getroffen worden. Einen Augenblick lang bin ich verwirrt, bis ich wieder weiß: Unsinn, hier kann es keinen erwischen.

Der Alte muß sich etwas Neues ausdenken. Keine Aussicht, sich davonzuschleichen. Die Ortungsstrahlen lassen uns nicht los. Da sitzen erstklassige Leute an den Geräten, Leute, die sich nicht leicht bluffen lassen. Wieviel Zeit bleibt noch? Wieviel Zeit brauchen die Tommies für ihren Drehkreis?

Unser Glück, daß die Tommies ihre Bomben nicht einfach über Bord schmeißen können, wann sie wollen, sondern zum Werfen AK fahren müssen! Ja, wenn die Saukerle das schafften, sich mit dem Asdic anzuschleichen und dann, wenn sie genau über dem Boot stehen, ihre Wabos zu werfen, dann wärs längst aus, das Katz-und-Maus-Spiel. So aber brauchen sie den Anlauf mit hoher Fahrt, damit sie nicht selber in die Luft fliegen, wenn ihre Bomben krepieren.

Was tut der Alte jetzt? Er hat die Brauen zusammengezogen. An der Bewegung seiner Stirnfalten sehe ich, wie heftig seine Gedanken arbeiten. Lauert er noch ab? Gelingt es dem Alten wieder, noch im letzten Augenblick das Boot aus der Anlaufrichtung des Zerstörers wegzusteuern? – Nach der richtigen Seite hin? – Mit der richtigen Fahrtstufe? – In der richtigen Tiefe?

Jetzt wirds aber Zeit, daß der Alte den Mund zu einem Befehl aufmacht. Oder hat der Alte etwa aufgegeben? Das Handtuch geworfen?

Plötzlich wird eine riesige Leinwand mittendurch gerissen. Sofort kommt die knarsche Stimme des Kommandanten: »Lenzen! – Hart backbord! Beide E-Maschinen zwomal Wahnsinnige!«

Die Schrauben rumpeln los. Die Lenzpumpen sind im Getöse überhaupt nicht mehr zu hören. Die Tiefe ist ein einziger Aufruhr. Die Leute taumeln, klammern sich an Rohrleitungen fest. Der Alte sitzt gut festgestemmt. Der Obersteuermann hält sich an seinem Pult.

Wie durch eine Erleuchtung verstehe ich, was der Alte eben riskiert hat. Er hat stur durchsteuern lassen, obwohl wir geortet waren. Eine neue Masche. Eine Variante, die er den Tommies noch nicht geboten hat. Ganz klar: Der Zerstörer-Commander ist ja auch nicht von gestern. Der rast ja nicht blindlings auf die geortete Stelle los. Die kennen unsere Tricks. Die sagen sich: Der Gegner im U-Boot weiß, daß wir anlaufen, weiß auch, daß wir bei AK-Fahrt nicht mehr orten können, also versucht er, aus unserer Anlaufrichtung herauszukommen und auch die geortete Tiefe zu verlassen. Ob er nach backbord ausweicht oder nach

353

steuerbord, ob nach oben oder unten, das läßt sich freilich nur vermuten. Da heißts auf Glück bauen.

Und da verzichtete der Alte eben zur Abwechslung mal auf alle Tricks und behielt ganz simpel bis zum neuen Wurf Kurs und Tiefe bei. Trick und Doppeltrick. Und wenn du denkst, du hast das Glück – bums, da ziehts den Arsch zurück!

»Uhrzeit?« fragt der Kommandant.

»Ein Uhr dreißig«, antwortet der Obersteuermann.

»So?« Der Alte hat basses Staunen in die Silbe gelegt. Scheint ihm selber schon ein bißchen lange zu dauern.

»Ganz ungewöhnlich«, murmelt er jetzt, »die wollens aber genau wissen!«

Eine Weile rührt sich nichts. Der Alte läßt tiefer gehen. Dann noch tiefer.

»Uhrzeit?«

»Ein Uhr fünfundvierzig!«

Wenn mich nicht alles täuscht, ist sogar der Kompaß abgestellt. Kein Laut mehr im Boot. Nur das Gepitsche der Kondenswassertropfen im Sekundenrhythmus.

Haben wirs geschafft? Wie weit kommen wir bei Schleichfahrt in einer Viertelstunde? In die Stille fallen jetzt wieder die grausigen Geräusche, die der Alte »Knacken im Gebälk« nennt: Unser Stahlzylinder wird vom Druck der Tiefe brutal auf Druckfestigkeit geprüft. Zwischen den Spanten beult sich uns jetzt die Stahlhaut entgegen. Das eingebaute Holz stöhnt und kracht.

Wir sind wieder zweihundert Meter tief, mehr als das Zweifache der Werftgarantie. Mit vier Seemeilen Fahrt schleichen wir durch die schwarze Tiefe, mit dem ungeheuren Druck einer Wassersäule von zweihundert Meter Höhe auf unserer Stahlhaut.

Die Tiefensteuerung wird zum Balancierkunststück. Wenn jetzt das Boot durchsackt, kann es sein, daß das gequälte Material dem Außendruck nicht mehr widersteht. Zentimeter können da entscheiden. Baut der Alte darauf, daß der Tommy unsere maximale Tauchtiefe nicht kennt? Wir selber sprechen die magische Zahl nie aus, sondern sagen »dreimal r plus sechzig«. Klingt wie eine Beschwörungsformel. Sollte der Tommy wirklich nicht wissen, wieviel »r« ist? Jeder Dieselheizer weiß es, wahrscheinlich wissen fünfzigtausend Mann die Zahl, für die der Buchstabe »r« steht.

Vom Horcher kommen keine Meldungen. Ich kanns nicht glauben, daß wir entkommen sind. Die Saukerle liegen wahrscheinlich gestoppt und warten ab. Daß sie schon fast genau über uns waren, wußten sie ja. Nur unsere Tiefe fehlte ihnen im Kalkül. Und was die Tiefe anbelangt, hat der Alte ja extreme Verhältnisse geschaffen. Der Leitende bewegt seinen Kopf unsicher hin und her. Nichts scheint ihm so an den Nerven zu feilen wie das Knistern im Gebälk.

Zwei Detonationen. Erträglich. Das Gurgeln verstummt wie abgehackt. Unsere Lenzpumpe lief noch um Sekunden länger! Die müssen das verdammte Biest gehört haben. Daß man keine leiser laufenden Lenzpumpen bauen kann!

Je länger wir diese Tiefe halten, desto quälender wird die Vorstellung, wie dünn unsere Stahlhülle ist. Wir sind an keiner Stelle gepanzert. Wir haben dem Tiefendruck und den Detonationen mit ihren Druckwellen nur zwei Zentimeter Stahlhaut entgegenzusetzen. Nur die ringförmigen Spanten – pro Meter zwei – geben unserer dünnwandigen Röhre das bißchen Widerstandskraft, von dem wir hier unten leben.

»Verdammt lange Veranstaltung«, flüstert der Alte. Also müssen wir es mit besonders kiebigen Burschen zu tun haben, wenn es der Alte schon zugibt.

Ich mache einen Versuch mir vorzustellen, wie es da oben zugeht. Ich kann meine eigenen Erinnerungen zu Hilfe nehmen, denn schließlich ist es noch gar nicht so lange her, daß ich auf der Seite der Jäger war. Das gleiche: hüben wie drüben. Nur, daß die Tommies ihr hochperfektioniertes Asdic zum Spüren haben und wir nur das S-Gerät hatten. Der Unterschied zwischen Elektronik und Akustik.

Horchen – anlaufen – schmeißen – kreisdrehen – horchen – anlaufen – wieder Bomben schmeißen – mal höher einstellen – mal tiefer – dann mal die Glanznummer: Den Teppichwurf – mindestens ein Dutzend Werfer zugleich feuern lassen – Trommelfeuer aus einem Dutzend Werfern, das war alles das gleiche wie bei den Tommies.

Jede unserer Wasserbomben enthielt vier Zentner Amatol. Ein Dutzend Bomben also mehr als zwei Tonnen hochbrisanten Sprengstoff. Als wir gute Ortung im S-Gerät hatten, feuerten alle Werfer: steuerbord, backbord und achteraus. Ich höre noch die Stimme des Kommandanten: »Diese Art der Jagd befriedigt nicht!«

Merkwürdig, daß nichts geschieht. Aufgeschoben – aufgehoben? Ich könnte die Versteifung meiner Muskeln lockern. Aber Vorsicht – ich darf nicht zucken, wenns wieder losgeht. Waboschlacht: Vernichtungswirbel mit Pausen. Warten bis Schnee fällt. Die Angst vor der nächsten Attacke wühlt in mir. Ich muß meine Gedanken beschäftigen: Den Kontakt im S-Gerät bekamen wir dicht vor dem Südwestzipfel Englands. Der Zerstörer »Karl Galster« – nichts als Waffen und Maschinen. Die Angststimme aus der Steuerbord-Brückennock: »Torpedolaufbahn drei Dez an Steuerbord!« Die Stimme sitzt in mir fest:

heiser und dabei doch durchdringend laut. Nicht mehr zu vergessen, und wenn ich hundert Jahre alt werden sollte.

Die Blasenbahn – die war deutlich zu sehen. Eine Ewigkeit, bis der fahle Schweif unseres Heckwassers sich endlich krümmte!

Ich muß schlucken. Der Angstgriff am Hals. Doppelte Angst: die von jetzt und die von damals. Meine Gedanken laufen durcheinander Aufpassen, daß sich nichts verheddert. »Torpedolaufbahn drei Dez an Steuerbord!« – das war auf der »Karl Galster«. Dieses ungeheure denkunfähige Gespanntsein! Und dann die Erlösungsstimme: »Torpedolaufbahn achteraus vorbei!«

Durchstehen, über die Runden kommen! Wie lange dauert das nun schon? Ich wage immer noch nicht, mich zu bewegen. Diesmal bin ich bei den Gejagten. Im Tiefkeller. Auf einem Boot, das keinen Torpedo mehr in den Rohren hat. Wehrlos, auch wenn wir auftauchen könnten.

Wie der Kommandant das damals geschafft hat! Das mußte um Zentimeter klargegangen sein. Hartruder und dreimal äußerste Kraft, bis das Schiff in die Anlaufrichtung des Torpedos gedreht war. Wie das Schiff vibrierte! Gerade so, als wollte es auseinanderfliegen. Und dann die schrille Glocke: Warnung für die Männer in der Maschine: gleich knallts! Und dann der Torpedooffizier durchs Telefon: »Wirf zwo Wasserbomben!« Und dann das Lauern in Atemlosigkeit, bis der Doppelschlag das Schiff bis in alle Fugen durchzitterte. Zu sehen gabs nichts als achteraus den weißen Schimmer zweier Schwälle links und rechts neben der fahl leuchtenden Schleppe der Hecksee – nicht anders, als wären dort zwei große Felsbrocken ins Wasser gefallen.

Und dann der Befehl: »Hart backbord!« Und dann ließ der Kommandant mit der Fahrt heruntergehen, damit die unten im Bauch des Schiffes besser orten konnten: die gleiche Taktik wie bei den Tommies. Genau dasselbe! Wieder hoch mit der Fahrt, daß das Schiff einen spürbaren Ruck machte – und los und ab dafür in Richtung auf das Echo, das wir im S-Gerät hatten.

Und dann ließ der Kommandant an der Stelle, an der das Gerät am stärksten reagierte, den Teppich werfen. Flach eingestellte Bomben. Detonationen kurz und hart. Es rumste, als wären wir auf eine Mine gelaufen. Ich kann noch die mächtigen, weiß leuchtenden Geysire sehen, die für Sekunden majestätisch dastanden, ehe sie stiebend zusammenstürzten. Und das Gischtgesprüh, das wie nasse Gardinen bis zu uns herwehte.

Immer noch nichts! Ich wage jetzt ein paar lange, schöpfende Atemzüge.

Der Alte hält seinen Blick auf die Manometer gerichtet, als müsse er das Spiel der Zeiger kontrollieren. Die Zeiger rühren sich aber nicht. Keine Asdic-Geräusche. Der Horcher sieht aus wie ein frommer Meditierer. Ich frage mich, warum die oben sich nicht rühren. Warum geschieht nichts? Mit dieser Vier-Seemeilen-Fahrt können wir doch nicht aus dem Netz ihrer Ortungen entkommen sein.

»Auf zwohundertundzwanzig Grad gehen«, befiehlt der Alte.

Wieder Stille.

»Zwohundertundzwanzig Grad liegen an«, meldet nach geraumer Weile flüsternd der Rudergänger.

»Schraubengeräusche peilen zwanzig Grad. Werden schwächer«, lautet die nächste geflüsterte Meldung. Sie zaubert ein höhnisches Grinsen aufs Gesicht des Alten.

Ich versetze mich wieder auf die Brücke der »Karl Galster«: Das bleiche Mondlicht auf den kalten, verschlossenen Gesichtern. Sosehr wir uns die Augen auch ausstierten – kein Anzeichen vom Gegner. Nur Befehle, Plumpsen der Bomben, die Schläge der Detonationen. Kreuzpeilungen und neue Würfe. Dann weiße Waller, die das fahle Geflecht unseres Kielwassers zerstörten.

Und dann auf dem schwarzen Wasser der Ölfleck. Ich sehe gestochen scharf den dünnen weißen Finger eines Scheinwerfers, der auf den Ölfleck zeigt. Das Schiff drehte sofort darauf zu. Und nun ohne Barmherzigkeit erst recht: »Backbordbombe wirf! – Steuerbordbombe wirf!«

Alle Rohre waren auf den Ölfleck gerichtet. Tiefstellung.

Ich sehe noch im Licht des Scheinwerfers die vielen Fische, die mit zerplatzten Schwimmblasen an der Oberfläche trieben. Fische noch und noch – aber keine Wrackteile – nur das bißchen Öl. – Der Kontakt war plötzlich weg.

Zum Suchen war keine Zeit mehr. Jeden Augenblick konnten Kreuzer auftauchen und uns den Rückweg nach Brest verlegen. Der Kommandant mußte, ob er wollte oder nicht, den Bug in Richtung Brest drehen. Und in diesem Augenblick sagte er seinen Spruch: »Diese Art des Kampfes befriedigt nicht!«

Auf einmal dringt die Stimme des Horchers in mein Bewußtsein. Wenn ich recht kapiere, dreht der Zerstörer zu. Also doch – ein neuer Anlauf. Die haben uns nur zappeln lassen. Katz und Maus. Alles Hoffen auf Entkommen war vergebens. Denen sind wir nicht entwischt.

Der Horcher verzieht wieder das Gesicht. In mir zählt es, und dann geht es Schlag auf Schlag Wir werden gebeutelt und gerüttelt. Das ganze Meer ist eine einzige krepierende Pulverladung.

Und wieder das röhrende Rauschen, das nicht enden will. Und dann Schraubengeräusche! Aber wieso denn keine Pause? Woher kommen denn so schnell wieder Schraubengeräusche? Das ist das behäbige Schaufeln einer langsam drehenden Schraube, nicht das schnelle klirrende Mahlen mit dem bösartig pfeifenden Heulen als Unterton darin, das AK-Fahrt anzeigt.

Im Hinterkopf formt sich die Erkenntnis, was es jetzt geschlagen hat: Der Zerstörer, der eben erst geworfen hat, kann das nicht sein – nicht schon wieder. Der braucht seine Zeit, um seinen Bogen auszufahren. Der kann doch nicht über den Achtersteven zurückgehen . . . also?

Die nächsten Bomben lassen nicht auf sich warten. Sie kommen als Drillinge: eins, zwei, drei – kurz hintereinander.

Das Licht ist erloschen. Reservesicherungen werden gefordert. Der LI hält den Lichtkegel seiner Taschenlampe auf das Tiefenmanometer. Jetzt darf er das Tiefenmanometer auch nicht für Sekunden aus den Augen lassen. Wir sind so tief, daß jedes Tieferfallen gefährlich ist.

»Frage Horchpeilung?«

»Neun Dez an Backbord«, antwortet der Funkmaat dem Kommandanten.

»Hart steuerbord, auf dreihundertundzehn Grad gehen.«

Der Kommandant versucht, genau wie wir das oben exerzierten, mit der schmalen Silhouette zu operieren. Er will dem Gegner das Heck zeigen, damit die Ortungsstrahlen möglichst wenig Auftrefffläche finden.

»Schraubengeräusche in zwohundert Grad – werden stärker!«

Wieder trifft uns der Ortungsstrahl. Die Erstarrung weicht nicht: Gleich muß mein Kopf zerspringen wie Glas. Mein Schädel steht unter äußerstem Druck – wie unsere Stahlhaut. Jede Berührung kann jetzt zu viel werden. Mein Herzklopfen klingt mir wie durch Lautsprecher verstärkt in den Ohren. Ich muß den Kopf schütteln. Aber das Pochen wird davon nicht schwächer.

»Junge, Junge, Junge«, flüstere ich vor mich hin. Eine zur Hysterie überspannte Angst scheint mir schier die Besinnung zu rauben. Zugleich schärft sie mein Wahrnehmungsvermögen zum äußersten. Ich sehe und fühle alles, was um mich vorgeht, überdeutlich.

»Wie weit? . . . Und das zwote Geräusch?« Die Stimme des Alten hat ihre Gleichmäßigkeit verloren.

Also doch! – Keine Täuschung! Verdammt, verdammt: der Alte hat seine Ruhe nicht mehr. Hat ihn das zweite Geräusch aus dem Konzept gebracht? Dabei kommt alles auf sein klares Denken an. Statt mit Präzisionsinstrumenten muß der Alte mit einem Wahrnehmungssystem arbeiten, das seinen Sitz vielleicht unter dem Bauchfell, vielleicht im Magen hat.

Der Alte fährt sich mit dem Handrücken über die Stirn. Er hat die Mütze auf den Hinterkopf geschoben. Sauerkrautfarbenes Haar quillt wie aus einer lecken Matratze unter dem Mützenschirm hervor. Seine Stirn ist ein Waschbrett, von dem die scharfe Lauge des Schweißes abrinnt. Er entblößt die Zähne und beißt sie dreimal scharf aufeinander. In der Stille klingt das wie schwacher Kastagnettenschlag.

Mir schläft das linke Bein ein. Ameisenkribbeln. Ich hebe es vorsichtig hoch. Gerade als ich nur auf dem rechten Bein stehe, trifft eine Serie fürchterlicher Detonationen das Boot. Ich finde keinen Halt mehr, schlage hin und wälze mich am Boden auf dem Rücken.

Nur mühselig komme ich auf Hände und Füße. Ich drücke die Arme durch und stemme die Schultern hoch, den Kopf aber halte ich eingeduckt in Erwartung des nächsten Schlags.

Wie aus weiter Entfernung höre ich Schreie.

Wassereinbruch? Hörte ich nicht eben »Wassereinbruch?« Sacken wir deshalb achtern tiefer? Erst vorn – jetzt achtern . . .

»Hinten oben zehn – beide E-Maschinen AK voraus!«

Das war der Alte. Deutlich. Ich kann also noch hören. AK-Fahrt. In dieser Situation! Das ist doch viel zu laut! Mein Gott: Das Boot zittert und ächzt ja immer noch. Es arbeitet wie in einer ungeheuren tiefgehenden Dünung.

Ich möchte mich sinken lassen, den Kopf in die Arme bergen.

Kein Licht. Die wahnsinnige Angst, im Dunkeln abzusaufen, die grünweißen Wasserstürze nicht zu sehen, wenn sie ins Boot hereinbrechen . . .

Ein Taschenlampenkegel zuckt über die Wände, findet sein Ziel: das Tiefenmanometer. Von achtern kommt ein scharfer, singender Ton, als ob sich eine Kreissäge ins Holz fräße. Zwei, drei Leute lösen sich aus der Erstarrung. Befehle werden gezischt. Eine Lampe trifft das Gesicht des Alten. Es ist wie aus grauer Pappe geschnitten. Die Achterlastigkeit nimmt doch immer noch zu. Ich kann es mit dem ganzen Körper fühlen. Wie lange will denn der Alte die Maschinen noch AK laufen lassen? Der Bombenschwall ist doch längst verrauscht. Jetzt kann uns jeder hören – jeder im Bauch des Schiffes oben. Oder etwa doch nicht? – Könnte uns hören, wenn das Schiff gestoppt läge.

»Wo bleiben die Meldungen?« höre ich den Alten fauchen.

Ich spüre mit dem Ellbogen, daß der Mann, der halblinks vor mir steht, zittert. Ich kann nicht sehen, wer es ist.

359

Wieder die alte Versuchung, mich sinken zu lassen. Ich darf ihr nicht nachgeben.

Ein Mann stolpert, der Alte zischt »Ruhe!«

Jetzt erst merke ich, daß die E-Maschinen nicht mehr AK laufen Notlicht flammt auf. Das ist also doch nicht der Rücken des Leitenden – der Zwote hat die Tiefensteuerung übernommen. Der Leitende ist nicht zu sehen. Wahrscheinlich ist er achtern. Achtern scheint der Teufel los zu sein. Das bösartige Kreissägenschrillen hat immer noch nicht ausgesetzt.

Aber wir fahren. Nicht auf ebenem Kiel zwar, aber wir sacken nicht tiefer. Der Druckkörper hat also gehalten. Und die Maschinen arbeiten.

Ein merkwürdiges Schleifen läßt mich den Kopf hochheben. Es klingt, als ob draußen ein Seil entlangschurrte. Suchleinen? Aber das kann doch nicht sein! Die können doch nicht bis in diese Tiefe herab mit Suchleinen arbeiten. Also ist es irgendwas Neues, eine besondere Art von Suchimpulsen vielleicht?

Das Schleifen hört auf. Dafür ist das zirpende Pink-pink wieder da Die haben uns! Kein Zweifel, die passen auf, daß wir nicht entkommen!

Wie spät? Ich kann die Zeiger nicht genau erkennen: wohl zwei Uhr.

»Peilt einhundertundvierzig Grad. Wird lauter!« meldet der Horcher.

Wieder das gemeine Geräusch, das der auftreffende Ortungsstrahl verursacht. Jetzt klingt es, als ob Steinchen in einer Blechdose geschüttelt würden – nicht mal laut. Aber dieses bißchen Geräusch läßt mir Schreckvisionen durchs Hirn zucken: Kaskaden von Blut, die über die Tauchbunker herabtriefen. Rotgefärbte See. Leute, die einen weißen Fetzen in den erhobenen Händen halten. Ich weiß ja, wie das abläuft, wenn ein Boot hochkommt. Die Tommies wollen Rot sehen, soviel roten Saft wie nur möglich. Die rotzen aus allen Rohren. Zersieben den Turm, in dem wir armen Schweine hochklettern, zerscheppern die Brücke, machen alles zu Hackfleisch, was sich bewegt. Halten in die Tauchbunker, damit der graue Wal die Schwimmluft abbläst. Und dann der Rammstoß! Mit dem scharfen Bug hinein ins Boot, daß es jault und knirscht! Verdenken kanns ihnen keiner: Da ist endlich der Feind, nach dem sie sich die Augen ausstierten – tage-, wochen-, monatelang. Der heimtückische Peiniger, der sie in keiner Sekunde ruhen ließ, auch dann nicht, wenn er Hunderte von Seemeilen weg war. Sicher sein konnten sie ja zu keiner Sekunde, daß sie nicht aus einer Falte der See heraus mit dem Polyphemauge belauert

360

wurden. Da ist sie nun endlich, die Tarantel, die sie bis aufs Blut geschunden hat. Ehe nicht fünfzehn, zwanzig Mann ermordet sind, kühlt der Blutrausch bei denen nicht ab.

Der Druckkörper knistert, stöhnt und knirscht wieder. Der Alte hat also, ohne daß ich es merkte, tiefer steuern lassen. Der Blick des Leitenden ist auf die Manometerscheibe gebannt, dann flattert er plötzlich zum Alten hin, doch der Alte tut, als merke er nichts.

»Wie peilt er jetzt?«

»Zwohundertundachtzig Grad – zwohundertundfünfundfünfzig Grad – zwohundertundvierzig Grad . . . wird lauter.«

»Hart backbord!« flüstert der Kommandant nach kurzem Besinnen und gibt die Kursänderung diesmal auch dem Horcher bekannt: »An Horchraum: Wir drehen nach backbord!« Und als Kommentar für uns: »Das Übliche!«

Und das zweite Geräusch?

Vielleicht haben die sich abgelöst, sage ich mir, vielleicht ist das oben schon nicht mehr das gleiche Schiff, das uns mit seinem Geschütz attackierte. Die Sicherungsschiffe haben ja alle verschiedene Aufgaben. Der Zerstörer, der uns beschoß, fuhr Seitensicherung. Wahrscheinlich übergab er die Aufgabe, uns zu killen, längst an einen Feger.

Wir haben keine Ahnung, wer uns attackiert.

Das System der Dynamitfischer: Den Fischen die Schwimmblasen aufreißen, damit sie aus der Tiefe nach oben treiben. Die Schwimmblasen – das sind unsere Tauchbunker. Die Fische haben sie *im* Bauch. Bei uns sitzen die großen Schwimmblasen *außen*. Nicht einmal druckfest. Für einen Sekundenbruchteil sehe ich einen abtriefenden grauen Riesenfisch, der mit zerfetzten Schwimmblasen hochgetrieben ist und sich, den weißen Bauch oben, schwerfällig im Seegang von einer Seite auf die andere wälzt.

Dieses elende Getropfe! Nur Kondenswasser. Pitsch – pitsch – pitsch – jeder einzelne dieser verdammten Tropfen klingt laut wie ein Hammerschlag.

Endlich dreht der Alte den Kopf herum. Dabei gibt er mit dem Körper keinen Zentimeter nach. Er dreht einfach den Kopf auf der Drehscheibe seines Pelzkragens bis zum Anschlag und grinst uns an. Das Grinsen sieht aus, als hätte man ihm mit unsichtbaren Operationshaken die Mundwinkel schräg nach oben auseinandergezogen – ein bißchen schief dazu, damit wir im linken Mundwinkel fünf Millimeter Zahnweiß zu sehen bekommen.

Wie solls bloß weitergehen? Die können doch nicht plötzlich Feuer aus und Feierabend gemacht haben?

Feierabend? Wie spät mags denn sein? Kurz nach vier Uhr? Schon zwei Uhr fünfzehn? Seit zwoundzwanzig Uhr dreiundfünfzig haben sie uns am Wickel.

Was war das nur für ein zweites Geräusch? Mysteriös!

Hat denn der Horcher immer noch keine neuen Peilungen? Herrmann ist der Mund wie zugenäht. Er steckt zwar sein Gesicht aus dem Horchschapp und hat auch ausnahmsweise die Liddeckel nicht runtergeklappt – es sieht leer aus, als wäre das Leben aus Herrmann gewichen, und als hätte man versäumt, ihm die Augen zuzudrücken.

Das verächtliche Grinsen des Alten ist eine Spur menschlicher geworden. Es sieht jetzt nicht mehr ganz so fatal aus. Die Entspannung im Gesicht des Alten ist wie ein Handauflegen. Stehet auf und wandelt! Ja, wandeln – ums Schiff herum lustwandeln – auf dem Promenadendeck, dem weißgepönten. Das wäre jetzt die richtige Erholung. Aber an unsere Bedürfnisse hat ja keiner gedacht. Uns hat man nicht mehr Auslauf zugemessen als Tigern im Reisekäfig.

Der Tigerkäfig auf Rädern in Ravenna maritima steht mir plötzlich vor Augen: dieser völlig verdreckte Gitterwagen. Die durstig in der prallen Mittagssonne jachternden Riesenkatzen – an der Rückwand auf einen Quadratmeter Schatten zusammengedrängt. Direkt davor hatten die Fischer auf dem Boden tote Thunfische aufgereiht: stahlblaue glänzende Projektile, fast so schlank wie Torpedos. Schon waren die dicken Blauärsche da. Auch Thunfischen gehen sie zuerst an die Augen, genau wie sie es bei Swoboda machten. Und zu diesem tristen Anblick ein Gedröhn von dumpfen Negertrommeln, ein scharfes rhythmisches Stakkato über den von Menschen leergefegten Hof hin. Nur in einer entfernten Ecke ein braunschwarzer Kerl in Overall-Lumpen. Der wars, der die Negermusik machte, in dem er vierkantige Eisriegel, etwa 15 × 15 × 100 Zentimeter, in einen Blechschlund schob, in dem eine mit Dornen bestückte Walze in rasenden Umdrehungen rotierte. Die stieß den Riegel hoch, biß nach ihm, stieß ihn hoch, biß wieder zu. Stieß und biß und zermahlte den Eisriegel unter Dröhnen, Brummen, Pauken. Dieses wilde Geklöppel, die toten Thunfische, die fünf Tiger mit hängenden Zungen in ihrem Höllenofen – das ist alles, was mir von Ravenna maritima geblieben ist.

Der Alte gibt – leise, leise – einen Ruderbefehl. Der Rudergänger drückt seinen Druckknopf: ein stumpfes Klicken. Wir schlagen also einen Haken, ein Häkchen eher schon.

Wenn nur einer verriete, was diese neuerliche Pause bedeutet. Die wollen uns doch nur in Sicherheit wiegen!

Aber warum kommen keine Ortungen mehr? Erst zwei Geräusche und jetzt gar keins mehr!

Haben wir uns nun doch davongeluchst? Oder erreicht das Asdic uns nicht mehr in dieser Tiefe? Schützen uns *jetzt* die sedimentären Schichtungen des Wassers?

In die geschärfte Stille flüstert der Kommandant: »Mal Bleistift her und ein Stück Papier.«

Der Obersteuermann begreift nur langsam, daß die Anrede ihm gilt.

»Mal FT vorbereiten«, murmelt der Alte.

Darauf war der Obersteuermann natürlich nicht gefaßt. Täppisch greift er nach einem Block, der auf dem Kartentisch liegt. Seine Finger ertasten einen Bleistift so mühsam, als wäre er blind.

»Schreiben Sie«, fordert der Kommandant: »Treffer auf acht-tausend BRT und fünftausendfünfhundert BRT – Sinken gehorcht – Treffer auf achttausend BRT wahrscheinlich . . . na los! Schreiben Sie schon!«

Der Obersteuermann beugt sich über sein Pult.

Der II WO wendet sich um, den Mund vor Staunen weit offen.

Der Obersteuermann ist jetzt fertig und dreht sich wieder herum. Sein Gesicht verrät gar nichts. Es ist ausdruckslos wie immer. Der Obersteuermann braucht sich, um diese Wirkung zu erreichen, nicht einmal anzustrengen. Ihn hat die Natur mit kaum beweglichen Gesichtsmuskeln bedacht. Auch von seinen Augen ist nichts abzulesen. Sie liegen zu tief im Schatten der Brauen. »Das ist doch alles, was die wissen wollen«, sagt der Alte halblaut. Der Obersteuermann hält den Zettel mit halb ausgestrecktem Arm ins Leere. Ich komme ihm auf Zehenspitzen entgegen und reiche den Zettel weiter zum Horcher. Der soll ihn schön sorgsam aufbewahren, damit er ihn parat hat, wenn der Fall eintreten sollte, daß wir wieder funken können.

Der Alte murmelt gerade vor sich hin ». . . der letzte Treffer«, da durchschüttern vier Detonationen die Tiefe.

Der Alte zuckt mit den Schultern, macht eine verächtliche Handbewegung und brummt vor sich hin: »Na ja!« Nach einer Weile: »Ja doch!«

Der Alte tut ganz so, als müsse er sich widerwillig die zähen Rechthabereien eines Betrunkenen anhören. Sobald aber der Detonationsschwall verrauscht ist, sagt auch der Alte kein Wort mehr, die Stille wird wieder scharf.

Der Horcher meldet seine Zahlen in halbhoher Tonlage, halb geflüstert wie Beschwörungsformeln. Der Horcher hat also wieder eine klare Ortung.

Keine Asdic-Geräusche! In mir höhnt es: Die Brüder setzen ihr Asdic nicht ein, um unsere Nerven zu schonen . . .

363

Der Mond – the fucked moon! Das hat mit seinem Singen the fucked moon getan ...

Wenn jetzt einer unverhofft zur Tür hereinkäme – ei, der würde aber staunen, wie wir so dämlich herumstehen und nicht mal piep sagen. Maulaffenfeilhalten – das ist das richtige Wort! Ein Brocken Gelächter quillt in mir hoch; schnell schlucke ich ihn wieder hinunter: zur Tür rein! Feiner Witz.

»Uhrzeit?«

»Zwei Uhr dreißig«, bekommt der Kommandant Antwort vom Obersteuermann.

»Ganz schön schon«, quittiert das der Kommandant.

Ich habe keine Ahnung, was üblich ist. Wie lange können wir das machen? Wie stehts überhaupt mit dem Sauerstoff? Läßt der Leitende schon kostbares Atemgas aus seinen Flaschen zusetzen?

Der Obersteuermann hat seine Stoppuhr. Der verfolgt das zuckende Spinnenbein mit einer Aufmerksamkeit, als hänge unser Leben von seinen Beobachtungen ab. Ob er auch unsere Tauchfahrt, unsere Ausweichversuche mitkoppelt? Die müßten ein verrücktes Bild ergeben.

Der Alte ist unruhig. Wie sollte er auch dem Frieden trauen? Der Alte kann nicht wie ich an irgend etwas denken. Für ihn existiert nur der Gegner und seine Taktik.

»Na?« macht der Alte jetzt erwartungsvoll, lang gedehnt und höhnisch in einem, und richtet seinen Blick theatralisch nach oben. Warum fragt er nicht gleich: »Wirds denn bald?«

Jetzt grinst mich der Alte gar mit schiefgelegtem Kopf an. Ich versuche ein Lächeln zur Erwiderung. Ich fühle, wie das Lächeln sich schnell versteift. Die Backenmuskeln werden, ohne daß ich es will, hart.

»Die haben wir schön erwischt, was?« sagt er jetzt leise und räkelt sich gegen den Sehrohrschaft zurecht. Er tut, als koste er nachträglich den Angriff aus. »Beachtlich, wie die Schotts brachen. Das war ja ganz fabelhaft zu hören. Der erste muß verdammt schnell abgesoffen sein.«

»Sterbegeröchel«, woher habe ich bloß das Wort? Sicher aus so einem PK-Bericht. So eine stark aufgeblähte Vokabel kann nur daher stammen: Sterbegeröchel.

Sterben – ein komisches Wort, das anscheinend allgemein gescheut wird. In den Todesanzeigen stirbt überhaupt keiner. Da nimmt der Herr zu sich. Da wird hingeschieden, in den ewigen Frieden eingegangen, dem Erdenwallen ein Ende gesetzt – nur gestorben wird nicht. Das klare, einfache Verbum – keiner wills, als hätte es den Aussatz.

Stille im Boot. Nur das leise Legen des Tiefenruders. Und ab und zu eine Kursänderung. Wenn mich nicht alles täuscht, ist sogar der Elektromotor für den Kompaß abgestellt.

»Schraubengeräusche werden rasch lauter«, meldet der Horcher. Und da ist auch das Asdic wieder! Diesmal klingt es, als schriebe einer mit zu viel Fingerdruck mit dem Schieferstift auf einer Schiefertafel.

»Geräusche werden lauter«, meldet der Horcher.

Die Würste an der Decke geraten mir in den Blick. Sie sind alle weißlich beschlagen. Tut ihnen nicht gut: der Gestank und das Feuchte. Aber Salami hält ja einiges aus. Bestimmt noch verwendbar. Das Rauchfleisch auch. Totes Fleisch – lebendiges Fleisch. Mein Kreislauf arbeitet. Mein Gehör sondiert. Das harte Pochen meines Herzens: die haben uns!

»Uhrzeit?«

»Zwei Uhr vierzig!«

Ein jaulendes Geräusch! Was war das? Im Boot? Draußen?

Klare Ortung! Den weißen Knochen im Maul! Braßfahrt!

Der Alte nimmt die Füße hoch und knöpft sich die Weste auf. Es sieht ganz so aus, als setze er sich gemütlich zurecht, um uns ein paar Witzchen zu erzählen.

Ich frage mich, was wird aus den abgesoffenen Booten? Bleiben sie zusammengedrückt als groteske Armada im ewigen Schwebezustand in einer Wassertiefe hängen, deren Gewicht genau dem Gewicht des Klumpens aus zusammengefaltetem Stahl entspricht, oder werden sie immer heftiger zusammengepreßt, bis sie Tausende von Metern durchsacken und auf Grund fallen? Da müßte ich mich mal beim Kommandanten erkundigen. Der Alte steht ja auf du und du mit Druck und Verdrängung. Der muß es wissen. Vierzig Stundenkilometer Fallgeschwindigkeit – ich sollte es auch wissen.

Der Alte grinst sein übliches, leicht schräg gezerrtes Grinsen. Seine Pupillen aber lauern in den Winkeln. Jetzt gibt er halblaut seinen Ruderbefehl: »Hart backbord, auf zwohundertundsiebzig Grad gehen!«

»Zerstörer läuft an!« meldet der Horcher.

Ich halte meinen Blick auf den Alten fixiert. Nur jetzt nicht herumgucken.

Der weiße Knochen . . . Die kommen mit Karacho!

Wir sind immer noch in Maximaltiefe.

Eine Minute Atempressen. Und jetzt zieht der Horcher sein Gesicht zusammen. Weiß schon warum!

Die Gummisekunden: Jetzt trudeln die Bomben herunter. Atem

stauen, alle Muskeln spannen. Eine Serie schmetternder Schläge reißt mich fast aus dem Sitz.

»Na bitte!« macht der Alte. Einer schreit: »Wassereinbruch über Wasserstandsglas!«

»Bißchen leiser!« faucht der Kommandant.

Das hatten wir beim letzten Mal schon. Schwacher Punkt. Ein Wasserstrahl schießt linealsteif quer durch die Zentrale, er teilt das Gesicht des Alten in Hälften. In der unteren sein verwundert aufgerissener Mund, in der oberen die hochgezogenen Augenbrauen. und die tiefen Wellenfalten auf der Stirn.

Ein schrilles Pfeifen und Knattern. Unverständliches Hinundher-gebrülle. Mir ist, als gerinne mein Blut zu Eis. Der flatternde Blick des neuen Zentralegastes trifft mich.

»Habs gleich!« höre ich den Zentralemaaten. Er ist mit einem Satz bei der Einbruchstelle.

Jählings erfaßt mich eine fürchterliche Wut: diese gottverdammten Schweine. Das ist alles, was uns geblieben ist: abwarten, daß diese Himmelhunde uns im eigenen Boot wie die Ratten ersäufen.

Der Zentralemaat trieft. Er hat irgendwelche Ventile gedrosselt. Jetzt wird der Strahl schlapp und pladdert abgekrümmt auf die Flur-platten.

Ich merke, daß das Boot schon wieder achterlastig ist. Den Deto-nationslärm der nächsten Bomben ausnützend, läßt der Leitende nach vorn trimmen. Das Boot richtet sich ganz langsam wieder waage-recht.

Der unter ungeheurem Druck ins Boot stiebende Strahl ist mir in die Glieder gefahren: Vorgeschmack einer Katastrophe. Fingerdünn nur, aber widerlich genug. Schlimmer als die gewaltigste Sturm-see.

Da treffen schon neue Schläge das Boot. Das Rauschen der Wasser-massen, die in die Detonationslöcher zurückstürzen, klingt wie der rasselnde Atem eines Asthmatikers.

Kam dieser Angriff nicht zu schnell? Konnte der letzte Wurf über-haupt vom gleichen Zerstörer stammen?

Wenn mich nicht alles täuscht, haben sich ein paar Leute unter dem Turmluk gruppiert. Als ob das jetzt Sinn und Verstand hätte. Reiner Atavismus – dieser Trieb, unter den Turm zu gelangen.

So weit, daß wir hoch müßten, ist es noch nicht. Der Alte sieht, wie er so breitspurig dahockt, nicht nach Matthäi am letzten aus. Aber das Grinsen ist von seinem Gesicht verschwunden.

Der Horcher flüstert: »Schraubengeräusche auch in einhundertund-zwanzig Grad.«

»Da haben wir den Salat!« bringt der Alte hervor. Nun ist wohl kein Zweifel mehr.

»Wie peilt er jetzt – das zwote Geräusch?«

Die Stimme des Alten ist drängend geworden. Jetzt muß er in seinem Kopf eine Rechenwalze mehr arbeiten lassen.

Von achtern kommt die Meldung: »Dieselluftkopfventile machen stark Wasser!« Der Alte tauscht einen Blick mit dem LI. Dann verschwindet der LI nach achtern. Der Alte übernimmt die Tiefensteuerung.

»Vorn oben zehn«, höre ich ihn einen Ruderbefehl murmeln.

Ich spüre einen heftigen Druck auf der Blase. Der Anblick des Wasserstrahls muß ihn ausgelöst haben. Ich weiß nicht, wohin ich meinen Urin abschlagen soll.

Der Leitende erscheint wieder in der Zentrale. Achtern hat es zwei, drei Wassereinbrüche über Flanschen gegeben. Der LI läßt seinen Kopf hin und her zucken, als hätte er einen nervösen Tick. Wassereinbruch – und der LI kann nicht lenzen. Die oben erlaubens nicht. Die Hilfslenzpumpe muß ohnehin kaputt sein. »Glasbehälter an der Hilfslenzpumpe gesprungen«, hörte ich aus dem Durcheinandergebrüll heraus. Warum muß hier auch ausgerechnet so viel Glas verbaut werden? Zu blöde, die Wasserstandsgläser hats auch zerdeppert.

Der Alte hat wieder beide E-Maschinen auf große Fahrt schalten lassen. Unsere Ausweichmanöver mit hohen Fahrtstufen ziehen die Jonnies nur so aus den Batterien. Der Alte aast mit unseren Vorräten. Wenn kein Batteriesaft mehr da ist, wenn die Preßluft ausgeht oder der Sauerstoff, *muß* das Boot hoch. Da isses aus und fini mit der Tauchfahrt. Da können wir uns auf den Kopf stellen . . . Der Leitende hat ja wieder und wieder Preßluft auf die Tauchzellen gegeben, um uns Auftrieb zu verschaffen, wenn es allein mit Lenzen nicht mehr zu machen war.

Preßluft hat jetzt einen extrem hohen Marktwert, denn in unserer Lage sind wir außerstande, neue Preßluft zu fabrizieren. Der Verdichter kann nicht arbeiten.

Und wie stehts mit dem Sauerstoff? Wie lange können wir den Gestank, der im Boot herrscht, noch atmen?

Der Horcher gibt eine Meldung nach der anderen. Und jetzt höre ich auch wieder Asdic-Gerassel.

Klar und entschieden scheint es immer noch nicht zu sein, daß wir zwei Verfolger statt einen haben.

Der Alte schiebt die Hand unter die Mütze. Wahrscheinlich hat er jetzt kein klares Bild mehr. Die Horchermeldungen geben zuwenig Hinweise, kaum Aufschlüsse über die Absichten des Gegners.

Können die uns etwa auch mit Geräuschen täuschen? Müßte technisch möglich sein. Daß wir uns ganz und gar auf die Wahrnehmungen des Horchers verlassen müssen, ist doch ein Aberwitz.

Anscheinend beschreibt der Zerstörer oben einen großen Kreisbogen. Vom zweiten Geräusch ist wieder mal keine Rede mehr. Das könnte aber auch bedeuten, daß ein zweites Schiff seit langem gestoppt liegt.

Immer noch Pause. Der I WO wirft einen unsicheren Blick um sich. Geschrumpftes Gesicht. Spitznäsig. Weiß um die Nasenwurzel.

Der Zentralemaat versucht, seinen Urin in eine große Dose abzuschlagen. Mühevoll wirtschaftet er an sich herum, um durch die Lederhose seinen Penis herauszubekommen.

Da kracht es ohne Vorankündigung. Dem Taubeohrenwilli fällt die halbvolle Dose aus der Hand und scheppert auf die Flurplatten. Es stinkt sofort gemein nach Pissoir. Mich wundert, daß der Alte kein Donnerwetter vom Stapel läßt.

Auch das noch! Ich hole ganz flach Luft, um nicht die Stahlklammer um die Brust zu spüren und nicht zuviel Gestank inhalieren zu müssen. Die Luft im Boot ist miserabel. Die von der AK-Fahrt erhitzten stinkenden Diesel. Der Körpergestank von fünfzig Leuten. Unser Schweiß. Angstschweiß. Weiß der Kuckuck, woraus sich die widerliche Geruchsmischung sonst noch zusammensetzt. Jetzt stinkt die Luft auch noch nach Scheiße – zweifellos. Irgendeinem hat der Schließmuskel versagt. Schweiß und Pisse und Scheiße und Bilge – nicht auszuhalten.

Ich muß an die armen Schweine achtern denken. Die können den Kommandanten nicht sehen und sich nicht wie wir an seinem Anblick stärken. Sie sind die wirklich Eingekäfigten. Keiner gibt ihnen ein Zeichen, wann die höllische Paukerei wieder beginnt. Nicht ums Verrecken möchte ich da hinten zwischen den wärmedunstenden Maschinenböcken sein.

Es ist also doch nicht gleich, wo einer seine Gefechtsstation hat. Auch hier gibt es Benachteiligte und Privilegierte.

Hacker und seine Leute, die vorn in der Bugraumhöhle an den Rohren ausharren – denen sagt auch keiner, was anliegt. Sie hören nicht mal die Ruderbefehle, und die Maschinenbefehle schon gar nicht. Die hören nicht, was der Horcher meldet. Die haben keine Ahnung, nach welcher Richtung wir uns bewegen – ob überhaupt Bewegung im Schiff ist. Nur wenn eine Detonation das Boot plötzlich hochreißt oder abrupt in die Tiefe staucht, reagieren ihre Magennerven, und wenn wir ganz tief gehen, hören sie das Knistern im Gebälk.

Drei Detonationen. Diesmal hat der riesenhafte Vorschlaghammer von unten gegen das Boot gewuchtet. Ich kann im Taschenlampenkegel das Tiefenmanometer erhaschen. Der Zeiger schnellt zurück. Ich spürs auch in der Magengrube. Wir werden hochgeschleudert wie in einem schnellen Fahrstuhl.

Fünfunddreißig Meter unter dem Boot – so wars doch? – soll die Druckfortpflanzung der Wabos bei etwa hundertundsechzig Meter Tiefe am schlimmsten sein. Wie tief sind wir jetzt? Hundertundachtzig Meter.

Unten gibts kein Knautschblech. Die Fundamente der Maschinen! Die halten Detonationen von unten am wenigsten aus.

Gleich noch mal sechs Bomben. Wieder so dicht schräg unter dem Kiel, daß ich den harten Wirbelschlag in den Kniegelenken zu spüren bekomme. Ich stehe wie auf einer Wippe, auf deren anderes Ende Steinblöcke gedroschen werden. Der Zeiger ist wieder zurückgeschnellt. Up and down – ganz wie die Tommies es wollen.

Dieser Anlauf hat die oben gut und gerne ein Dutzend Bomben gekostet. Oben schwimmen jetzt sicher eine Menge Fische mit zerrissenen Schwimmblasen auf der Seite. Die Tommies könnten sie mit Keschern einsammeln: was Frisches für die Kombüse.

Ich versuche, mich zu langen, regelmäßigen Atemzügen zu zwingen. Gute fünf Minuten atme ich tief durch, dann detonieren vier Bomben. Sie liegen alle achteraus. Der Horcher meldet das Abnehmen der Lautstärke.

Ich konzentriere mich auf Überlegungen, wie man das alles hier, den ganzen Laden, aus Pappmaché für die Bühne nachbauen könnte. Alles ganz genau. 1 : 1. Müßte leicht zu machen sein: Einfach die Backbordwand wegnehmen – auf dieser Seite sitzen die Zuschauer. Keine erhöhte Bühne. Alles direkt vis-à-vis: Blick auf den Tiefensteuerstand. Das Luftzielsehrohr davor setzen, damit das Ganze Tiefe bekommt. Ich präge mir die Stellungen und den Habitus der Akteure ein: der Alte mit dem Rücken am Sehrohrschaft – plump, schwer, zerlumpter Pullover, die Fellweste, die grauen salzfleckigen Lederhosen vom U-Boots-Päckchen, salzfleckige Stiefel mit dicken Korksohlen, das störrische Haargekräusel unter dem Mützenrand, die alte Gammelmütze mit oxydiertem Beschlag, schon ganz grünschwarz. Bartfarbe: Sauerkraut, leicht schlierig gewordenes Sauerkraut, mit dem Schimmer ins Bläulichgrünlichweiße.

Die Tiefenrudergänger in ihren Gummijacken – unbeweglich, die schweren Falten in ihrem Gummizeug – wie aus dunklem Basalt gehauen und dann noch nachpoliert: zwei steinerne Blöcke.

Der Leitende im Halbprofil: olivgrünes Hemd, die Ärmel hochgekrempelt, vergammelte dunkelolivgrüne Leinenhose. Turnschuhe, glatte zurückgestrichene Valentino-Haare. Windhundschmal. Wachspuppenstarr. Nur seine Kaumuskeln spielen immer. Keine Silbe – nur das Kaumuskelspiel.

Der I WO kehrt dem Publikum den Rücken zu. Man kann aber spüren, daß er sich nicht sehen lassen will, weil er sich nicht im Zaume hat.

Vom Gesicht des II WO ist nicht viel zu sehen. Er ist zu sehr vermummt. Er steht unbewegt, aber seine Augen gehen hurtig hin und her. Die Augen sind das einzig Bewegliche an ihm. Es sieht aus, als suchten seine Augen nach einem Ausschlupf – als wollten sie weg; sich selbständig machen und einen erstarrten augenlosen II WO am Sehrohrschacht stehenlassen.

Der Obersteuermann hält den Kopf gesenkt und tut, als kontrolliere er den Lauf seiner Stoppuhr.

Nur wenig Geräusche: leises Summen und ein bißchen Getropfe auf Metallplatten.

Alles leicht nachzumachen. Viele Minuten lang Stille, totale Reglosigkeit. Nur immer das Summen und Tropfenpitschen. Einfach alle starr stehen lassen – so lange, bis die Zuschauer unruhig werden . . .

Drei Detonationen, zweifellos achteraus.

Ich höre schon gar nicht mehr aufs Lenzen.

Der Obersteuermann hat anscheinend eine neue Markiertechnik: Er führt jetzt jeden fünften Kreidestrich quer durch die ersten vier. Das spart Platz und gibt einen besseren Überblick. Jetzt ist er schon bei der sechsten Reihe: Liktorenbündel. Wie mag unser sorgsamer Registrierer nur die letzten Teppichwürfe gezählt haben?

Der Alte rechnet ununterbrochen: Eigenkurs, Gegnerkurs, Ausweichkurs. Mit jeder Meldung aus dem Horchraum verändern sich die Grundfaktoren seiner Rechnung.

Was tut er jetzt? Läßt er durchsteuern? – Nein, diesmal probiert er es wieder mit einem Haken: Backbordruder.

Hoffen wir, daß er die richtige Seite gewählt hat, daß der Zerstörerkommandant sich nicht auch für backbord entschließt – oder nicht für steuerbord, falls er uns entgegensteuert. So ist das: Ich weiß ja nicht mal, ob der Zerstörer zu einem Anlauf von achtern oder von vorn ansetzt.

Die Zahlen, die der Horcher gibt, verheddern sich in meinem Kopf.

»Wirft Wabos!« Der Horcher hat mal wieder das Aufklatschen der Bomben auf dem Wasserspiegel gehört.

Ich halte mich im Schraubstockgriff meiner Hände fest.

»Haupt-lenz-pum-pe«, fordert der Alte deutlich akzentuierend, obwohl es noch gar nicht gerumst hat.

Dieser Lärm, denkt es in mir. Aber dem Alten scheint er nichts auszumachen.

370

Ein Wirbel von Detonationen.

»Teppichwurf!« sagt der Alte.

Wenns mit Einzelwürfen und Serien nicht geht, schmeißt man eben einen Teppich.

UNSHRINKABLE!

Mit halbem Bewußtsein befrage ich mich, woher ich das Wort »unshrinkable« habe. Endlich sehe ich es maschinengestickt in goldenem Faden auf einem Stoffetikett an meiner Badehose unter den Worten »pure wool«.

Teppichwurf! Die Haspel im Hirn spult ab: handgeknüpft, hochkünstlerisches afghanisches Muster – fliegender Teppich – Harun al Raschid – orientalischer Beschiß!

»Zuviel der Ehre!« höhnt der Alte. Er hat im Lärm des Schwalls mit der Fahrt höher gehen lassen. »Jetzt müssen sie nachladen!« kommentiert er das Ausbleiben neuer Detonationen mit Hohn in der Stimme. »Wer viel schmeißt, hat bald nichts mehr!«

Eine goldene Metapher. Ein Spruch wie aus unserem Kalender. Die Quintessenz aus Dutzenden von Waboverfolgungen: »Wer viel schmeißt, hat bald nichts mehr!«

Der Kommandant läßt noch höher gehen. Was soll das? Will er etwa auftauchen? Kommt jetzt doch noch: »Klar bei Tauchrettern?«

»Killer Atlantik« – das wäre ein Titel für den Film: Einen Haarriß in einem Ei zeigen. Ein Ei mit einem Knacks. Unsere Eierschale braucht nur einen Knacks zu bekommen. Für den Rest kann der Gegner auf die Hilfe der See rechnen.

Die verschiedenen Versuche, Gartenschnecken zu töten. Die schwarzen, schleimigen Riesen, Nacktschnecken, sammelten wir in Eimern, die wir in die Kloschüssel kippten und dann die Spülung zogen. Ertränkt in der Senkgrube – das war gründlich. Zertreten ist genauso ekelhaft wie das Zerschneiden. Wie unter Druck quillt dann grüner Brei aus ihnen heraus.

Als Kinder spielten wir das Krematoriumsspiel: Herdringe weg, Eimerchen voller Regenwürmer in das rote Loch gekippt – und in Sekundenschnelle waren die Würmer unter heftigem Gezisch nur mehr ein bißchen schwarzes Gekrümm in der Glut.

Karnickel hält man mit der linken Hand an den Hinterläufen gepackt und versetzt ihnen einen Karateschlag ins Genick. Präzise und sauber: nur ein bißchen Gezappel – wie elektrisiert. Karpfen preßt man mit der Linken hochkant auf den Holzstock und läßt ihnen einen schweren Holzprügel auf die Schnauze sausen. Das knirscht. Dann schnell den Bauch aufschlitzen. Vorsicht, die Galle! Die Galle darf nicht auslaufen. Die prallen Schwimmblasen glänzen wie Christbaumschmuck. Mit den Karpfen ist es komisch. Auch wenn man sie halbiert, bleibt noch Leben in ihnen. Haben wir uns als Kinder erschreckt, wenn die Hälften noch stundenlang zuckten!

Tauben habe ich nie umbringen können. Dabei ist Taubenkillen leicht. Man reißt ihnen einfach den Kopf ab. Zwischen Zeigefinger und Mittelfinger einklemmen – eine leichte Drehbewegung und zack weg! Hähne und Hühner packt man hoch oben an den Flügeln mit der Linken, direkt unter den Schulterblättern sozusagen. Und dann schnell seitlich auf den Hackstock drücken und mit dem Beil guillotinieren. Austropfen lassen und dabei schön festhalten, denn sie fliegen sonst ohne Kopf weg, und das kann eine Riesensauerei geben.

Mein Hirn wird von neuen Tönen attackiert: Schraubengeräusche – hoch und sirrend, im ganzen Boot zu hören. Ich sehe, wie der neue Zentralegast am ganzen Leib zittert und sich schräg über die Flutverteiler sinken läßt. Ein anderer – wer ist das bloß? – setzt sich auf die Flurplatten. Er ballt sich zusammen: ein dunkler Klumpen Fleisch und Angst. Die anderen halten sich eingeduckt. Es sieht aus, als wären alle kleiner geworden. Als ob Wegducken jetzt was nützte.

Nur der Alte hockt da wie immer.

Als ich mein Gehör gerade aufs äußerste geschärft habe, trifft mich eine Detonation bis ins Mark. Ich bin zusammengezuckt. Jetzt presse ich die Lider aufeinander, verkrampfe den ganzen Körper, versuche alles, um meine Muskeln unter Kontrolle zu halten – aber zu spät.

Neue Detonationen! Meine linke Schulter schlägt irgendwo so hart auf, daß ich schreien könnte.

Wieder zwei berstende Schläge.

»Anlenzen!« befiehlt laut der Alte in den Detonationsschwall hinein. Wir werden den Zerstörer nicht los! Verdammt, verdammt, wir werden ihn nicht los!

Der Leitende pliert aus den Augenwinkeln. Es sieht aus, als könne er die nächste Serie Bomben gar nicht erwarten. Pervers: Der Leitende *will* lenzen und dazu *braucht* er die Bomben, das Rauschen und Gurgeln.

Das Boot ist ohne dauerndes Lenzen ja nicht mehr zu halten: Lenzpumpe an, wenns draußen rauscht und gurgelt. Lenzpumpe stop, wenn das fauchende Gegurgel aufhört. Immer wieder: an und stop – an und stop.

Warten – warten – warten.

Noch nichts? Immer noch nichts? Ich schlage die Augen auf, halte aber den Blick fest auf die Flurplatten gerichtet.

Ein irrsinniger Doppelschlag. Schmerz im Nacken. Was war das? Schreie – der Boden zittert – die Flurplatten scheppern – das ganze

Boot vibriert – der Stahl jault wie ein Hund. Das Licht ist erloschen. Wer hat geschrien?

»Frage anblasen?« höre ich den Leitenden wie durch Wolle hindurch.

»Nein!«

Der Lichtkegel der Taschenlampe des Leitenden zuckt über das Gesicht des Kommandanten. Kein Mund. Keine Augen.

Reißen, Gellen, schrilles Quietschen – dann noch mehr schmetternde Schläge.

Kaum ebbt die Lärmorgie ab, ist schon das Asdic-Gezirpe da. Die Tiefseevoliere. Gezirp, das nach Heimtücke klingt. Feilt am meisten an den Nerven. Ein gemeineres Geräusch konnten die Tommies gar nicht erfunden haben, um uns zu piesacken. Es trifft die Nerven wie die Sirenen der Stukas. Atem anhalten.

Drei Uhr und wieviel Minuten? Ich kann den großen Zeiger nicht genau erkennen.

Meldungen. Wortfetzen, von achtern und von vorn zugleich. Was macht stark Wasser? Eine Wellendichtung? Natürlich, die beiden Wellen führen ja auch durch den Druckkörper.

Die Notlampen leuchten auf. Im Halbdunkel sehe ich, daß die Zentrale voller Leute ist. Was denn? Was ist denn los? Was sind das für Leute? Die müssen durchs achtere Kugelschott gekommen sein. Ich saß ja im vorderen. *Da* konnte keiner durch. Das verdammte Funzellicht. Ich kann keinen genau erkennen. Zwei Leute – der Zentralemaat und ein Zentralegast – versperren mir auch noch halb den Blick. Sie stehen genauso starr da wie immer – aber hinter ihnen ist Bewegung. Ich höre Schlurren von Stiefeln, stoßendes Atmen, ein scharfes Schnaufen, ein paar gefauchte Flüche.

Der Alte hat noch nichts gemerkt. Er hält seinen Blick aufs Tiefenmanometer. Nur der Obersteuermann hat ruckartig den Kopf gedreht.

»Wassereinbruch im Dieselraum«, ruft jemand von achtern.

»Propaganda!« sagt der Alte und wendet sich nicht einmal herum, und dann noch mal, deutlich akzentuierend: »Pro-pa-gan-da!«

Der LI macht einen halben Schritt in Richtung Dieselraum, stoppt aber sofort und richtet nun auch den Blick auf die Manometer.

»Ich verlange Meldung!« faucht der Kommandant und dreht dabei den Kopf von den Manometern weg und sieht im Halbdunkel das Gedränge am achteren Schott.

Wie in einer Reflexbewegung duckt er sofort den Kopf ein und macht einen leichten Buckel. »LI, geben Sie mal Ihre Lampe her«, fordert er zischelnd.

Da kommt Bewegung in die Leute, die von achtern in die Zentrale

373

gekommen sind. Sie weichen zurück wie Tiger vor ihrem Dompteur. Dem einen gelingt es sogar, ein Bein nach rückwärts zu heben und sich so durchs Kugelschott zu tasten. Es sieht aus wie ein Dressurakt. Die Taschenlampe in der Hand des Kommandanten trifft nur noch den Rücken eines Mannes, der durchs Kugelschott nach achtern hastet, Tauchretter unterm Arm.

Das Gesicht des Zentralemaaten ist ganz nahe an meinem. Sein Mund ist ein dunkles Loch mit nach innen gestülpten Rändern. Geweitete Augen – ich kann das volle Rund seiner Pupillen sehen. Es sieht aus, als schreie er lautlos.

Ist mein Wahrnehmungsvermögen irritiert? Ich sehe nicht den Zentralemaaten, der Angst hat, sondern einen Schauspieler, der die Angst des Zentralemaaten spielt.

Der Kommandant läßt beide Maschinen auf halbe Fahrt gehen.

»Beide Maschinen gehen halbe Fahrt voraus!« tönt die Stimme des Rudergängers aus dem Turm.

Der Zentralemaat scheint sich aus einem Krampf zu lösen. Er läßt seinen Blick verstohlen umherhuschen. Dabei meidet er die Begegnung mit anderen Blicken. Sein rechter Fuß tastet vorsichtig über die Flurplatten. Seine Zunge befeuchtet seine graue Unterlippe.

Der Alte höhnt halblaut: »Verschwenden ihre Wabos . . .«

Dem Obersteuermann ist die Hand mit der Kreide halbhoch stehengeblieben. Es sieht aus, als sei er mitten in der Bewegung erstarrt. Dabei zaudert er nur. Er weiß wieder nicht, wie viele Striche er für die letzte Attacke machen soll. Seine Buchführung könnte durcheinandergeraten. Ein einziger Zählfehler – und das Ganze taugt nichts mehr.

Jetzt zwinkert der Obersteuermann, als müsse er sich von einem Traum befreien, dann macht er fünf entschiedene Striche. Vier senkrechte, einen mittendurch.

Die nächsten Schläge kommen einzeln – scharf und reißend, aber mit wenig Nachhall. Der LI muß deshalb die Lenzpumpen schnell wieder stoppen. Der Obersteuermann macht ein neues Liktorenbündel. Beim letzten Strich fällt ihm die Kreide aus der Hand.

Wieder ein gewaltiger Schlag. Wieder rattern wir über Feldbahngeleise, springen über Weichen, dann geht es rüttelnd durch den Schotter. Metall quietscht und schrillt.

Wenn jetzt eine Niete wegplatzt, das weiß ich, kann die den Schädel durchhauen, wie ein Geschoß: der ungeheure Druck! Ein Wasserstrahl, der jetzt ins Boot dringt, kann einen Mann zersägen.

Der saure Geruch der Angst! Jetzt haben sie uns in der Mangel, am Schlafittchen. Jetzt sind wir dran. It's our turn!

»Sechzig Grad – stärker werdend – Horchpeilung in zwohundert Grad!«

Zwei, vier berstende Schläge gellen mir in den Kopf. Die reißen uns ja die Luks auf! Die elenden Schweine!

Ich höre Stöhnen und ein hysterisches Schluchzen.

Das Boot wird geschüttelt wie ein Flugzeug in Turbulenzen.

Teppichwurf!

Der Detonationsschlag hat zwei Leute umgerissen. Ich sehe einen im Schrei geöffneten Mund, zappelnde Füße, Entsetzensstarre in zwei Gesichtern.

Noch zwei Detonationen. Die Tiefe ist ein einziges Strudeln, Toben, Wallern.

Ausrauschen und dann plötzlich wieder Stille. Nur die unvermeidlichen Geräusche: das sonore Insektengesumm der E-Maschinen, das Atemschöpfen, das Tropfenpitschen.

»Vorne oben zehn«, flüstert der Leitende.

Das Summen des Rudermotors fährt mir in die Knochen. Muß denn hier auch *alles* Krawall machen?

Ändert der Alte den Kurs nicht? Schlagen wir keinen neuen Haken? Will der Alte noch einmal versuchen, mit sturem Durchsteuern aus dem Achterbahnbezirk herauszukommen?

Warum sagt der Horcher nichts?

Wenn der Horcher nichts zu melden hat, kann das doch nur heißen, daß oben keine Maschinen laufen. Die Schweinehunde können kaum so schnell abgelaufen sein, daß der Horcher das nicht mitgekriegt hätte. Die liegen also gestoppt. Das hatten wir schon ein paarmal, nur blieb das Geräusch der Zerstörermaschinen noch nie so lange aus wie jetzt.

Der Alte behält stur Tiefe und Kurs bei.

Fünf Minuten vergehen, dann reißt der Horcher die Augen auf und dreht an seinem Handrad. Seine Stirn hat dichte Falten bekommen. Also läuft unser Gegner wieder an. Ich höre schon nicht mehr auf die Meldungen des Horchers, sondern versuche, mich ganz auf meinen festen Sitz zu konzentrieren. Eine scharfe Doppeldetonation.

»Boot macht Wasser«, kommt in den Detonationsschwall hinein ein Ruf von achtern.

»Machen Sie eine anständige Meldung«, herrscht der Kommandant den Unsichtbaren mit gepreßter Stimme an.

Macht Wasser! Dieser dämliche Marineausdruck! Klingt nach Produktion: Machen gleich herstellen, und dabei bezeichnet Wassermachen das Ärgste, was uns in dieser Lage passieren kann.

Die nächste Detonation trifft mich wie ein Tiefschlag. Mir bleibt die Luft weg. Nur ja nicht schreien! Ich beiße die Zähne zusammen, daß die Kiefer schmerzen. Ein anderer schreit für mich. Falsett. Es geht mir durch und durch. Der Taschenlampenkegel huscht herum, sucht nach dem Schreier. Ich höre einen neuen Ton: Zähnegeschnatter wie schnell ratternde Kastagnetten. Dann Schniefen, Rotzhochziehen. Da schluchzen doch welche!

Ein Körper wuchtet gegen meine Knie und reißt mich fast um. Ich spüre, wie sich einer hochreppelt. Er faßt mir ans Bein. Aber der Mann, der mir gegen die Knie schlug, scheint auf den Flurplatten hocken zu bleiben.

Die Notlampe über dem Pult des Obersteuermanns glüht immer noch nicht wieder auf. Die Dunkelheit ist wie eine Decke, unter der sich die Panik heimlich ausbreiten kann.

Wieder schüttelndes Schluchzen. Es kommt von einem, der auf den Flutverteilern hockt. Ich kann nicht sehen, wer es ist. Der Zentrale-maat ist plötzlich neben ihm und verpaßt dem Mann einen so harten Knuff in den Rücken, daß er laut aufschreit.

Der Alte fährt herum wie von der Tarantel gestochen und faucht in Richtung Flutverteiler: »Melden Sie sich zum Rapport, wenn das hier vorbei ist!«

Wer? Der Zentralemaat? Der getroffene Mann?

Als wieder helleres Licht da ist, sehe ich, daß der neue Zentralegast lautlos vor sich hin weint.

Der Alte läßt auf halbe Fahrt gehen.

»Beide Maschinen gehen halbe Fahrt voraus!« meldet der Ruder-gänger.

Bei kleiner Fahrt ist das Boot also nicht mehr zu halten. Achtern ist zu viel Wasser eingedrungen.

Die Schraubengeräusche sind deutlicher als je im Boot zu hören: Sirren und Mahlen mit einem sausenden rhythmischen Schlag darin. Als Unterton eine Milchzentrifuge und darüber ein scharf arbeitender Schlagzeugbesen und das Sausen eines Mauerbohrers. Höchstfahrt!

Der Zeiger des Tiefenmanometers streicht ein paar Teilstriche weiter. Das Boot sinkt langsam. Der Leitende kann es jetzt nicht ab-fangen. Das Anblasen würde gar zu viel Krach machen. An Lenzen ist nicht zu denken.

»Einhundertundneunzig Grad!« meldet der Horcher, »einhundert-undsiebzig Grad!«

»Auf sechzig Grad gehen!« befiehlt der Kommandant und drückt das straff gespannte Drahtseil des Luftzielsehrohrs weit durch. »Hof-fentlich haben wir keine Ölspur«, läßt er wie beiläufig fallen. Ölspur! Das Wort zuckt durch den Raum, wiederholt sich in mir wie ein

Echo und läßt sofort buntschillernde Schlieren auf meinen geschlossenen Lidern aufscheinen. Wenn vom Boot Öl auftreibt, hat der Feind eine Fährte, wie er sie sich nicht besser wünschen kann.

Der Kommandant beißt sich auf die Unterlippe.

Oben ist es dunkel, aber Öl kann man im Dunkeln erschnuppern – auf Meilen hin.

Aus dem Horchraum kommt ein Flüstern: »Zerstörergeräusche ganz nahe!«

Der Kommandant befiehlt ebenso leise: »Beide Maschinen kleine Fahrt voraus – wenig Ruder legen!«

Dann nimmt er seine Mütze ab und legt sie neben sich auf die Kartenkiste. Das Zeichen der Ergebung? Sind wir am Ende?

Der Horcher beugt sich weit aus seinem Schapp heraus, als wolle er eine Meldung machen. Sein Mund bleibt jedoch geschlossen. Auf seinem blassen Gesicht malt sich übermächtige Spannung. Auf einmal nimmt er die Hörer ab. Ich weiß, was das bedeutet: Geräusche überall, so daß es keinen Zweck mehr hat, ihre Richtung bestimmen zu wollen.

Jetzt höre ich sie auch mit bloßen Ohren.

Krachen, Bersten, Brüllen, als sollte das Meer zusammenstürzen. Aus! Dunkelheit!

»Wann kommen endlich Meldungen?« höre ich mit noch geschlossenen Augen eine fremde Stimme.

Das Boot wird spürbar achterlastig. Im Schein der Taschenlampen entfernen sich Telefonkabel und das Ölzeug an den Haken von der Wand.

Ein paar Herzschläge, dann fällt die Stimme des Befehlsübermittlers in die Stille: »Wassereinbruch in E-Maschine!« Gleich darauf folgen andere Meldungen: »Bugraumverschlüsse halten dicht – – Dieselraumverschlüsse halten dicht.« Endlich das Notlicht. Der Zeiger des Tiefenmanometers streicht mit erschreckender Geschwindigkeit weiter über die Ziffern.

»Beide E-Maschinen große Fahrt voraus!« befiehlt der Kommandant. Seine Stimme ist trotz der Panikrufe sachlich und ruhig.

Der Ruck im Boot: die Batterien sind hintereinandergeschaltet worden.

»Vorn hart oben! – Hinten hart unten!« befiehlt der Leitende den Rudergängern. Doch der Ruderlageanzeiger rührt sich nicht, er bleibt wie festgefroren stehen.

»Hinteres Tiefenruder ausgefallen«, meldet der Zentralemaat. Dabei dreht er sein blasses Gesicht über die Schulter dem Kommandanten zu: ein Blick voller Vertrauen.

377

»Auf Handruder umkuppeln«, befiehlt der Leitende – so ruhig, als wäre alles nur ein Übungsmanöver.

Die Rudergänger stemmen sich hoch und legen sich mit aller Kraft in die Handräder. Die weiße Nadel des Ruderlageanzeigers – jetzt zittert sie – Gott sei Dank, sie bewegt sich! Das Rudergeschirr ist also nicht beschädigt. Das Ruder klemmt nicht. Demnach kann nur die *elektrische* Steuerung ausgefallen sein.

Das laute Summen der E-Maschinen! Große Fahrt! Das ist ja Wahnsinn! Aber was bleibt uns denn noch übrig als aufzudrehen? Mit Schleichfahrt können wir uns nicht mehr halten. Der E-Maschinenraum macht Wasser. Wassereinbruch an unserer empfindlichsten Stelle.

»Beide E-Maschinen kommen nicht auf volle Drehzahl!« ruft der Befehlsübermittler. Er erntet für den lauten Ruf einen gefauchten Anpfiff.

Der Alte bedenkt sich nur eine Sekunde, dann befiehlt er: »Beide Batterien untersuchen! Akkubilgen auf Säure prüfen!« Kein Zweifel: Einige Batteriezellen sind gerissen und leergelaufen. Was noch? Was soll denn noch kommen?

Mir will das Herz stehenbleiben, als der I WO zur Seite tritt: das Tiefenmanometer! Der Zeiger läuft immer noch langsam weiter. Das Boot fällt, obwohl die E-Maschinen mit höchster noch verfügbarer Kraft laufen.

»Tauchzelle drei anblasen!« befiehlt der Kommandant.

Schon nach Sekunden schlägt ein scharfes Zischen an mein Ohr.

Der Zentralemaat hat Druckluft gegeben. Unsere Tauchzellen füllen sich.

»Festblasen!«

Der Leitende ist aufgesprungen. Sein Atem geht kurz und stoßweise. Seine Stimme vibriert: »Nach vorn trimmen! Los, los!«

Ich wage nicht aufzustehen, aus Angst, daß meine Beine versagen könnten. Meine Muskeln zittern, meine Nerven flattern. Soll er doch kommen: der endgültige Schlag! Aufgeben! Schluß damit! Das ist nicht zu ertragen!

Ich merke, wie ich in dumpfe Teilnahmslosigkeit falle. Mir ist schon alles gleich. So oder so – aber endlich Schluß damit! Mit aller Kraft pariere ich mich durch. Verdammt noch eins: nicht schlappmachen. Mit stummen Lippen rezitiere ich mir was vor: ». . . bis eine Stunde uns die Stirnen küßte . . .«

Jetzt kann ich mir wenigstens das Hirn nach den fehlenden Zeilen zermartern. ». . . die strahlend und als ob sie alles wüßte – von dir kommt, wie der Wind vom Meer.«

Wir sind fünfzig Meter höher gekommen. Der Zeiger steht. Der Kommandant befiehlt: »Entlüftung drei öffnen!«

Schrecken quillt in mir. Ich weiß, was der Befehl bedeutet. Ein Luftschwall steigt jetzt nach oben und bildet einen Blubber, der unsere Lage deutlich signalisieren kann. Angstwogen ziehen durch mich hindurch. Ich murmele dagegen an: Gefeit! Gefeit!

Mein Herz klopft und klopft! Mein Atem stößt. Ich höre wie durch eine geschlossene Tür: »Entlüftung schließen!«

Der Obersteuermann dreht seinen Kopf zum Alten hin. Ich kann ihm voll ins Gesicht sehen: holzgeschnitzt. – Poliertes fahles Lindenholz! Jetzt sieht er mich und schilpt die Unterlippe vor.

»Hysterische Weiber«, grollt der Alte.

Wenn achtern die E-Maschinen absaufen, wenn sie Kurzschluß bekommen . . . Wie sollen dann die Schrauben drehen? Ohne Schrauben- und Ruderarbeit ist es nicht mehr zu machen.

Der Kommandant fordert ungeduldig Meldungen von den Maschinenräumen an.

Ich erfasse nur Bruchstücke: ». . . mit Leckkeilen gedichtet – – Verdichtersockel gerissen – – stark Wasser, Ursache unbekannt.«

Ich nehme ein hohes Wimmern auf. Sekunden vergehen, ehe ich kapiere, daß dieses neue Geräusch nicht vom Gegner produziert wird. Es kommt von vorn: ein hoher jachternder Ton.

Der Alte dreht sein Gesicht in die Richtung: angewidert. Der Alte sieht aus, als würde es ihn gleich vor Widerwillen schütteln

»Einhundertundfünfzig Grad – wird lauter!«

»Und das andere – das erste?«

»Neunzig Grad, sechzig Grad. Gleichbleibend!«

Gott im Himmel, jetzt geht die Saubande aufs Ganze. Jetzt spielen sie sich oben den Ball zu. Der Ball – das sind die Asdic-Peilungen. Jetzt stört unseren Verfolger kein Handikap mehr. Wenn er jetzt mit AK anläuft und sein eigenes Asdic nicht einsetzen kann, ortet der Kollege für ihn, während er selber Schleichfahrt läuft. Per UK kann der zweite Zerstörer seine Werte an den Angreifer geben.

Der Alte hat das Gesicht so verzogen, als hätte er eine besonders bittere Pille nicht schnell genug hinuntergeschluckt. »Jetzt wirds kriminell!«

Der Horcher zeigt zum erstenmal Zeichen von Nervosität. Oder *muß* er jetzt sein Suchrad so heftig hin und her drehen, damit er schnell herausfindet, welches der beiden Geräusche zunimmt?

Wenn auch der zweite Commander ein alter Hase ist, wenn die beiden auf Zusammenspiel trainiert sind, tauschen sie die Rollen, so oft sie können, um uns zu übertölpeln.

Wenn mich nicht alles täuscht, steuert der Alte dem stärksten Geräusch auf einem engen Kreis entgegen.

Achterbahn! In mir denkt es immer wieder Achterbahn. Rauf, runter, Schleifen in verschiedenen Ebenen, steigende, fallende Bögen, fast geschlossene Kreise, jähe Abstürze und brüske Anstiege.

Zwei berstende Hammerschläge erschüttern das Boot. Vier, fünf harte Detonationen folgen. Zwei davon lagen unter dem Boot. Es vergehen nur ein paar Sekunden, da erscheint das vor Angst aus allen Fugen geratene Gesicht des Dieselobermaschinisten Franz im achteren Kugelschottrahmen.

Hechelnd stößt er eine Art hohes »Hihihi« aus. Es klingt wie eine schlechte Imitation der Zerstörerschrauben. Der Kommandant, der die Augen wieder geschlossen hatte, dreht erst auf dieses Geräusch hin seinen Kopf in Richtung des achteren Schotts. Der Dieselobermaschinist ist inzwischen durch den Schottrahmen gestiegen und steht nun, den Tauchretter in der Hand, halb hinter den Sehrohrschacht geduckt, in der Zentrale. Er zeigt sein Gebiß, als wolle er einen Affen nachmachen, hell leuchten seine Zähne aus seinem dunklen Bart. Zum »Hihihi« kommt ein stoßartiges Schluchzen.

Wie macht er das bloß? frage ich mich – da merke ich, daß das Geschluchze aus einer anderen Ecke kommt.

Der Alte versteift sich. Einen Sekundenbruchteil lang sitzt er erstarrt aufrecht. Dann duckt er den Kopf wieder ein und dreht sich langsam um. Jetzt sieht er den Obermaschinisten. Sekunden vergehen, ehe er faucht: »Sind Sie wahnsinnig? Auf Gefechtsstation – aber sofort!«

Jetzt müßte der Obermaschinist: »Jawoll, Herr Kaleun!« sagen – von Rechts wegen. Aber er sperrt bloß den Mund auf, als wolle er nun endlich richtig losschreien.

Tonausfall, denkt es in mir: Der schreit und ich kann nichts hören! Aber mein Gehör arbeitet ja! Ich höre den Alten zischeln: »Verdammt noch mal, drehen Sie ja nicht durch!«

Der Alte ist jetzt auf den Füßen.

Das Schluchzen hat aufgehört.

»Zerstörer peilt einhundertundzwanzig Grad«, meldet der Horcher. Der Alte zwinkert irritiert.

Der Obermaschinist beginnt, sich in stummem Kampf wie unter dem Blick eines Hypnotiseurs zu winden. Ich kann deutlich sehen, wie sich seine Verzerrung lockert. Wenn er nur nicht wegsackt.

»Gehen Sie sofort auf Ihre Gefechtsstation!« und gleich noch mal mit lauerndem Unterton: »Sofort, hab ich gesagt!«

»Einhundertundzehn Grad. Wird lauter!« Die Flüsterstimme des Horchers klingt wieder priesterlich monoton.

Der Alte zieht den Kopf noch tiefer ein, dann löst er sich aber wieder aus der Starre und bewegt sich zwei, drei Schritte nach vorn. Ich stemme mich hoch, mache Platz. Wo will der Kommandant hin?

Der Obermaschinist zuckt endlich zusammen und würgt: »Jawoll, Herr Kaleun!«

Dann wirft er einen blitzschnellen Blick um sich, duckt sich ganz tief zusammen und verschwindet, ohne daß der Alte ihn sieht, in dieser Haltung durchs achtere Schott.

Der Kommandant, der gerade sein linkes Bein durch den Kugelschottrahmen stecken will, hält wie gebannt mitten in seiner Vorwärtsbewegung inne und wendet den Kopf merkwürdig verdreht zurück.

»Herr Kaleun, er ist weg«, stottert der Leitende.

Der Kommandant zieht sein Bein zurück. Es sieht aus, als ob ein Film plötzlich rückwärts liefe. Wie ein leicht angeschlagener Boxer, der für Sekunden nicht präzise wahrnehmen kann, stakst der Kommandant wortlos an seinen Platz zurück.

»Den hätt ich umgelegt!«

Die Pistole im Schapp des Kommandanten!

»Hart steuerbord – auf zwohundertunddreißig Grad gehen!« befiehlt der Alte mit seiner normalen Stimme. »Fünfzig Meter tiefer, LI!«

Der Horcher meldet: »Schraubengeräusche in zehn Grad!«

»Genehmigt!« sagt der Alte.

Rasselnd tasten Ortungsstrahlen am Boot entlang.

»Ekelhaft«, zischelt der Alte.

Jeder in der Zentrale weiß, daß er damit nicht das Asdic, sondern den Obermaschinisten meint. »Ausgerechnet Franz! Schamlos!« Der Alte schüttelt sich, angewidert, als hätte er einen Exhibitionisten gesehen. »Einsperren. Den laß ich einsperren!«

»Zerstörer läuft an!« meldet der Horcher mit monotoner Stimme.

»Auf zwohundert Grad gehen. Beide E-Maschinen langsame Fahrt voraus!«

Der Alte versuchts wieder mit dem alten Trick: seitwärts in die Büsche schlagen. Zum wievielten Male wohl?

Durchs vordere Schott kommt ein saurer Geruch. Da müssen welche gekotzt haben. Auch das noch!

Der Horcher hat die Augen schon wieder verkniffen. Wenn er diese Visage macht, drehe ich meinen Kopf von ihm weg und ziehe ihn zwischen die Schultern.

Ein Paukenwirbel drischt aufs Boot, und dann folgt ein einzelner ungeheurer, berstender Schlag, und schon kommt wieder das höllische nachhallende Gurgeln und Rauschen des Wassers als mächtiges rollendes Echo.

Fünf knallharte Schläge in das Echo hinein. Ganz dicht hintereinander. Es vergehen nur Sekunden. Und alles, was lose herumliegt, kommt ins Rutschen und Rollen nach achtern. Der LI hat noch während der Detonationen die Fahrtstufe erhöht und in den Schwall der Bomben hinein »Lenzen!« gebrüllt. Geduckt wie zum Sprung hält er sich hinter den Tiefenrudergängern.

Das Brausen und Rauschen des Detonationsschwalls will kein Ende nehmen. Wir fahren durch einen gurgelnden, fauchenden Wasserfall. Die Lenzpumpen laufen.

Noch ehe der Leitende festlenzen kann, erschüttern noch mal drei Detonationen das Boot.

»Weiterlenzen!« Der Leitende zieht die Luft ein, wirft einen schnellen Blick zum Kommandanten hin. War da nicht ein Blinken von Genugtuung? Freut sich der Leitende, daß seine Lenzpumpen immer noch arbeiten dürfen?

»Die tun auch alles für unseren LI!« sagt der Alte, »aufmerksame Bedienung!«

Es ist jetzt vier Uhr. Unsere Ausbrechversuche dauern schon – wie viele Stunden? Ich kann nicht rechnen. Die meisten Leute in der Zentrale haben sich hingesetzt, die Ellbogen auf die Knie gestützt und den Kopf in die Hände gelegt. Nach oben guckt längst keiner mehr. Der II WO stiert auf den Boden, als ob auf den Flurplatten Pilze wüchsen. Der Gradkranz des Luftzielsehrohrs baumelt heruntergerissen an einem Draht. Glasscherben klirren herab.

Wunder über Wunder: Das Boot hält dicht. Wir fahren, wir schweben noch. Die Maschinen laufen, unsere Schrauben törnen. Wir ziehen durch die Tiefe, wir haben Kraft auf den Rudern. Der Leitende kann das Boot halten. Es ist sogar wieder auf ebenem Kiel.

Der Obersteuermann hat sich über den Kartentisch gebeugt, als gebe es da wer weiß was Interessantes zu studieren. Er hat den Kopf tief über den Tisch gesenkt. Mit der rechten Faust hält er den Stechzirkel umschlossen. Die Zirkelspitze ist in das Linoleum des Kartentisches gebohrt.

Der Zentralemaat hat zwei Finger in den Mund gesteckt, als wolle er auf ihnen pfeifen.

Der II WO, der Möchtegern, versucht jetzt, es dem Kommandanten nachzumachen und Gleichmut zu zeigen. Aber seine Fäuste verraten ihn. Sie sind fest um ein Glas geschlossen – der hat tatsächlich sein Glas noch am Hals hängen. Ganz langsam drehen es seine Fäuste in den Gelenken hin und her. Seine Knöchel werden dabei vor lauter Anstrengung weiß.

Der Kommandant wendet sich dem Horcher zu. Der Horcher hält

die Augen geschlossen. Er dreht die Steuerung seines Gerätes nach rechts und links. Dann, als hätte er das gesuchte Geräusch eingezingelt, dreht er sein Rad nur noch ganz wenig hin und her.

Mit niedergehaltener Stimme meldet er: »Zerstörergeräusche entfernen sich in hundertundzwanzig Grad!«

»Die denken jetzt, sie haben uns erledigt!« sagt der Kommandant. Das ist der eine – aber was ist mit dem zweiten Geräusch?

Der Leitende ist achtern. Der Kommandant hat selbst die Tiefensteuerung übernommen.

Das Wimmern hat aufgehört. Nur noch stoßartiges Schluchzen kommt in großen Abständen von vorn.

Als der Leitende wieder erscheint, sind seine Hände und Unterarme schwarz von Öl. Von seiner halb geflüsterten Meldung höre ich: »Flansch – äußeres Abgasventil – Juverdichter – zwei Stiftschrauben abgebrochen – schon mit Holzkeilen dichtgesetzt – Flansch leckt nur noch leicht!«

Neben dem Pult des Kommandanten liegt ein Pappgefäß mit Sirup zerquetscht und breitgetreten auf dem Boden. Der Ziehharmonikakoffer liegt aufgeschlagen in der ekelhaften Schmiere. Alle Bilder sind von der Wand gerissen. Ich mache einen vorsichtigen Schritt über das Gesicht des BdU hin.

In der O-Messe liegen die Bücher verstreut zwischen ausgelaufenen Apfelsaftflaschen und Handtüchern. Auch der verkitschte Basthund mit den Glasaugen, der als Maskottchen gilt, ist zu Boden gefallen. Hier sollte ich wohl zuerst Ordnung schaffen. Etwas tun, die Hände betätigen. Ich bücke mich. Steife Gelenke. Ich lasse mich auf die Knie nieder. Herrgott im Himmel. Ich kann meine Hände rühren. Ich mache mich nützlich! Leise, leise – Vorsicht. Nur nicht anstoßen. Es muß schon weit nach vier Uhr sein.

Als ich gut zehn Minuten herumgewirtschaftet habe, kommt der Leitende durch. Er hat grünliche Ringe unter den Augen. Seine Pupillen sind schwarz wie Kohlestücke. Seine Wangen eingefallen. Der Leitende ist total erledigt.

Ich reiche ihm eine Saftflasche hin. Nicht nur seine Hand – der ganze Mann zittert. Während er schluckt, läßt er sich auf einen Hocker sinken. Aber mit dem Absetzen der Flasche ist er auch schon wieder hoch, leicht taumelnd wie ein Boxer, der sich, angeschlagen und völlig erschöpft, noch einmal aus seiner Ringecke hochreppelt. ».. .haut nicht hin!« murmelt der Leitende im Verschwinden.

Plötzlich rumst es wieder dreimal. Aber diesmal klingen die Detonationen wie Schläge auf ein nicht straff gespanntes Paukenfell. »Sehr weit ab«, höre ich den Obersteuermann.

»Zwohundertundsiebzig Grad – wandert langsam voraus!« meldet der Horcher.

Zu denken, daß irgendwo die feste Erde besteht, Hügel und Täler . . . In den Häusern schlafen sie noch. Das heißt: In Europa schlafen sie. In Amerika sitzen sie noch beim Lampenschein. Wir sind ja wohl der amerikanischen Küste näher als der französischen. Zu weit nach Westen gekommen.

Im Boot ist vollkommene Ruhe. Nach einer Weile meldet der Horcher flüsternd: »Zerstörer in zwohundertundsechzig Grad ganz leise zu hören. Nur wenig Umdrehungen – scheint auszuwandern.«

»Der ist auf Schleichfahrt«, sagt der Kommandant, »nicht mehr als Langsame fahren. Die horchen! Wo steckt bloß der zweite? Passen Sie ja auf!«

Das galt dem Horcher. Der Alte weiß also nicht mehr genau, wo der Gegner steht.

Ich höre den Chronometer ticken und Kondenswasser in die Bilge tropfen. Der Horcher sucht angespannt ringsum – wieder und wieder –, bekommt aber keine weitere Ortung ins Gerät.

»Das gefällt mir nicht«, murmelt der Kommandant vor sich hin, »gefällt mir gar nicht.«

Eine Finte! Das wirds sein. Mit dem Krückstock kann man ja spüren, daß hier etwas nicht stimmt.

Der Alte starrt ausdruckslos vor sich hin. Dann schlagen seine Wimpern ein paarmal schnell hintereinander, und er schluckt leer. Aber zu einer Aktion kann er sich anscheinend nicht entschließen.

Wenn ich doch wüßte, was gespielt wird. Keine Detonationen mehr – kein Asdic – das bißchen Mimik des Kommandanten, der sich noch dazu dauernd verstellt, da mache sich einer einen Vers!

Wenn ich den Alten offen fragen könnte – einfach nur mit zwei Worten: »Wie stehts?«

Aber mir ist der Mund zugenietet.

Unfähig, zu denken. Mein Kopf ist ein Kratersee – Asphaltsee, aus dem Blasen aufsteigen und gellend zerplatzen.

Ich spüre Durst. Im Geschirrspind muß noch mehr Apfelsaft sein! Wie ich es vorsichtig öffne, fallen Scherben heraus. Verdammtes Scheppern. Die meisten Tassen und Teller sind zerbrochen. Einer Kaffeekanne fehlt die Schnauze. Ohne Schnauze sieht sie albern aus. Die Apfelsaftflasche ist zum Glück noch heil. Anscheinend ist sie es gewesen, die die anderen Sachen zertrümmert hat. So ists richtig: ringsum Bruch machen und selber ganz bleiben.

Das Bild vom Stapellauf unseres Bootes liegt noch unter der Back: zerschlagen. Im Rahmen hängen spitze Glaszacken. Muß mir beim

Aufklaren entgangen sein. Ich bekomme es zu fassen, verspüre aber keine Lust, die Glasdolche zu lösen. Also: so wie es ist wieder an seinen Nagel.

»Keine Geräusche mehr?« fragt der Kommandant.

»Nein, Herr Kaleun!«

Es wird allmählich fünf Uhr.

Keine Geräusche – das ist doch nicht zu fassen! Sollten die wirklich die Jagd nach uns aufgegeben haben? Oder gelten wir in den Augen der Tommies als versenkt?

Ich taste mich in die Zentrale zurück. Der Kommandant berät sich flüsternd mit dem Obersteuermann. Ich höre: »In zwanzig Minuten tauchen wir auf!«

Ich höre es, und will es doch nicht glauben. *Müssen* wir hoch, weil wir am Ende sind? Oder sind wir wirklich heraus aus der Scheiße?

Der Horcher stößt eine halbe Silbe aus. Er wollte wohl zu einer Meldung ansetzen – aber anstatt zu reden, dreht er sein Suchrad weiter. Er muß ein schwaches Geräusch aufgespürt haben, dessen Richtung er jetzt mit ganz leichten Ausschlägen seines Rades zu ergründen versucht.

Der Alte starrt ins Gesicht des Horchers. Jetzt befeuchtet der Horcher sich mit der Zunge die Unterlippe. Ganz leise verkündet er: »Geräusch peilt sechzig Grad – sehr schwach.«

Abrupt steigt der Alte durchs Schott und hockt sich neben dem Horcher in den Gang. Der Horcher übergibt ihm den Kopfhörer. Während der Alte lauscht und der Horcher sein Rad ganz fein über die Skala hin und her dreht, wird sein Gesicht kalt.

Minuten vergehen – der Alte bleibt durch die Litze des Kopfhörers mit dem Horchgerät verbunden. Es sieht aus, als wäre er angeleint. Jetzt gibt er Befehle für den Rudergänger: Er läßt unseren Bug herumdrehen, um besser hören zu können.

»Klarmachen zum Auftauchen!«

Die knarsche, entschlossene Stimme des Alten hat nicht nur mich erschreckt. Die Augenlider des Leitenden zucken.

Klarmachen zum Auftauchen! – Der Alte muß wissen, was er zu tun und zu lassen hat! Noch Horchpeilungen, und er will schon hoch.

Die Tiefenrudergänger hocken vor ihren Ständen. Der Obersteuermann hat endlich den Südwester abgenommen. Sein maskenhaftes Gesicht sieht um Jahre gealtert aus. Die Kerben darin sind vertieft.

Der Leitende hält sich hinter ihm, das linke Bein auf die Kartenkiste gestellt, die rechte Hand am Stander des Luftzielsehrohrs, Oberkörper vorgebeugt, als müsse er den sich langsam über die Skala schiebenden Zeiger des Tiefenmanometers so nahe wie möglich vor Augen haben.

385

Der Zeiger dreht sich rückwärts. Mit jedem Teilstrich, den er hinter sich läßt, kommen wir der Oberfläche einen Meter näher. Der Zeiger läuft ganz langsam, als wolle er allen Zeit geben, diese Minuten nachhaltig zu erleben.

»Funkspruch ist doch klar?« fragt der Kommandant.

»Jawohl, Herr Kaleun!«

Die Wache steht schon in Ölzeug und Südwester unter dem Turmluk versammelt. Gläser werden geputzt, allzu eifrig, wie mir scheint. Keiner sagt einen Ton.

Mein Atem geht jetzt gleichmäßiger. Meine Glieder haben Kraft zurückgewonnen. Ich kann dastehen, ohne Angst vorm Taumeln haben zu müssen.

Aber dabei spüre ich jeden Muskel, jeden Knochen im Körper einzeln. Mein Gesichtsfleisch ist wie erfroren.

Der Alte will auftauchen lassen. Wir sollen wieder Seeluft atmen Wir leben. Die Hunde haben uns nicht gekillt.

Kein Freudenausbruch. Der Schrecken arbeitet noch in mir. Die verspannten Schultern sinken lassen, den Kopf ein wenig heben – das ist alles, was wir uns leisten.

Die Leute sind völlig ausgepumpt. Obwohl »Auftauchen« befohlen ist, hocken die beiden Zentralegasten apathisch auf den Flut- und Lenzverteilern. Und der Zentralemaat? Sosehr er sich auch um eine gleichmütige Miene bemüht, sehe ich doch das Entsetzen noch in seinem Gesicht.

In mir wird der Wunsch nach einem zehnfach verlängerten Sehrohr wach. Wenn doch dem Alten aus der Deckung unserer Tiefe heraus ein einziger schneller Rundblick möglich wäre, damit wir wüßten, was oben los ist – was die verfluchte Bande nun eigentlich im Schilde führt. Auf einmal dringt mir ins Bewußtsein, daß der Leitende zufluten ließ. Ich stutze: Wieso denn jetzt zufluten? Diese für mich gegensinnigen Maßnahmen machen mich noch verrückt! Der Alte hat ja anblasen lassen. Ich presse die Lider fest aufeinander, um mich zu konzentrieren. Das eingedrungene Wasser war nach Anblasen durch Auftrieb in den Tauchzellen kompensiert worden – aber wie weiter? Ich bin vor lauter Denkanstrengung ganz versteift. Keine Umwelt mehr. Zahnreihen aufeinanderbeißen und dieses vertrackte Problem lösen. Der Leitende macht doch schließlich keinen Unsinn – also was? Da funkt es in mir: natürlich – die Tauchzelle drei wurde nach dem Anblasen zwar kurz wieder entlüftet, aber sie enthält sicher noch Restluft in einer Luftblase. Die Luftblase hat sich vergrößert, als wir höherstiegen. Klarer Fall: Der Druck ließ ja nach, also mußte ausgeglichen werden – entweder durch Ziehen der Entlüftungen oder durch Zufluten. Entlüftung geht nicht wegen der Blubber – also zufluten. Die Spannung in meinem Körper löst sich, die Kaumuskeln lockern sich – ich atme durch. Keiner kann das Grinsen der Zufriedenheit auf meinem Gesicht sehen.

Das Boot ist auf Sehrohrtiefe gestiegen. Wir sind dicht unter der Oberfläche. Der Leitende hat das Boot fest in der Hand. Keine Spur Auftrieb zu viel.

Der Alte steckt jetzt den Spargel hinaus. Ich höre den Sehrohrmotor anspringen und wieder stoppen und dann das feine Einrasten und Klicken der Schalter: Der Alte fährt Karussell.

Die Spannung im Raum ist kaum noch ertragbar. Ohne es zu wollen, halte ich den Atem an, bis ich wie ein Ertrinkender nach Luft schnappen muß. Von oben kommt kein Wort.

Das sieht doch faul aus! Wenn alles frei wäre, würde der Alte uns das gleich sagen. Er könnte doch damit nicht warten, bis wir uns die Beine in den Leib treten.

»Schreiben Sie mal!«

Gott sei Dank: Das war die Stimme des Alten.

Der Obersteuermann fühlt sich angesprochen. Er greift zum Bleistift. Mein Himmel, soll das jetzt wieder losgehen? Kriegstagebuchdichtung?

»Also – erkenne bei Sehrohrrundblick – in rechtweisend hundert Grad Zerstörer – liegt gestoppt – Entfernung etwa sechstausend Meter – haben Sies?«

»Jawoll, Herr Kaleun.«

»Durch Mond noch sehr hell – haben Sies?«

»Jawoll, Herr Kaleun!«

»Bleiben getaucht. – So, das wärs!«

Von oben kommt kein Wort mehr.

Drei, vier Minuten vergehen, dann kommt der Kommandant schwerfällig heruntergestiegen. »Der wollte uns übertölpeln! Immer die gleichen Mätzchen! – Naiv! Die glauben doch jedesmal, wir gehen ihnen auf den Leim! – LI, mal wieder auf sechzig Meter gehen! Wir wollen uns mal ein bißchen absetzen und dann in Ruhe Torpedos nachladen.«

Der Alte tut, als wäre bereits alles in bester Ordnung. Ich möchte mir an den Kopf greifen: der Alte redet daher, als lese er eine langweilige Aufzählung aus dem Wirtschaftsteil der Zeitung vor. »Obersteuermann, notieren Sie noch mal: ›Schleichfahrt, um uns weiter vom Zerstörer abzusetzen. Vermute, daß Zerstörer – daß Zerstörer uns verloren hat. Kein Geräusch in unmittelbarer Nähe.‹«

»Vermute« ist gut! Er weiß es also nicht einmal sicher.

387

Der Alte verkneift die Augen. Anscheinend ist er mit seinem Diktat noch nicht zu Ende.

»Obersteuermann!«

»Jawoll, Herr Kaleun?«

»Notieren Sie mal noch: ›Feuerschein – starker Feuerschein in rechtweisend zwohundertundfünfzig Grad. Vermute, von uns angeschossener Tanker.‹« Dann gibt der Alte einen Kursbefehl: »Auf zwohundertundfünfzig Grad gehen!«

Ich gucke von einem zum anderen und sehe nichts als vernagelte Gesichter. Nur der II WO zeigt seine Grübchen. Der I WO blickt ausdruckslos vor sich hin. Der Obersteuermann schreibt am Kartenpult.

Achtern und im Bugraum wird repariert. Ab und zu kommt ein Mann mit ölverschmierten Händen durch die Zentrale und meldet dem I WO, der jetzt die Tiefensteuerung leitet, sein Passieren. Die Leute tun es immer noch flüsternd. Außer dem Alten wagt keiner mit normaler Stimme zu sprechen.

»Noch eine halbe Stunde, dann laden wir erst mal Torpedos nach!« sagt der Alte – und zu mir, »jetzt wär was zu trinken recht.«

Der Alte trifft keine Anstalten, die Zentrale zu verlassen. So beeile ich mich, nach einer Apfelsaftflasche zu suchen. Meine Glieder kommen nur schwer in Gang. Schmerzen in allen Muskeln, als ich durchs Schott steigen will. Im Vorbeihumpeln sehe ich, daß Herrmann mit größter Anspannung am Rad seines Horchgerätes dreht. Aber jetzt solls mir schon schnuppe und egal sein, was er da aufspürt!

Wie er es angekündigt hat, gibt der Alte nach einer halben Stunde Befehl zum Torpedonachladen.

Im Bugraum schuften sie wie die Berserker. Dicht neben dem Schott sind nasse Klamotten, Pullover, U-Boots-Päckchen und aller mögliche Kram zuhauf getürmt. Die Bodenbretter sind weg.

»Gott seis gelobt, getrommelt und gepfiffen!« intoniert der Torpedomechanikersmaat Hacker. »Weil hier jetzt Platz wird«, fügt er für mich als Erklärung an. Mit einem dreckigen Handtuchfetzen wischt er sich den Nackenschweiß weg. Dann treibt er seine Kulis an: »Los Leute, los – ran an die Taljen!«

»Schön Vaseline drauf und dann rein in die Fotze!« Ario hängt sich in die Kette des Flaschenzugs und imitiert Ekstase, während er sich nach Hackers Hau-ruck-Rufen ins Zeug legt: »Fick mich – fick mich – du geiler Bock, oh, oh, oh, du alte Sau – oh, du Sau – so isses richtig - noch tiefer – los! So und so und so!«

Ich staune, woher er bei der Plackerei die Luft dazu nimmt. Merker schuftet auch verkniffen am Flaschenzug. Er stellt sich taub.

Als der erste Torpedo wieder im Rohr ist, stellt sich der Berliner

388

breit hin und trocknet sich mit einem Handtuch den Schweiß vom Oberkörper. Dann reicht er den verschmutzten Fetzen an Ario weiter.

Vom obszönen Gerede in Schwung gebracht, kommt auch meine Phantasie auf Touren: Die Eisenhymen der Dampfer, in die sich der Torpedophallus einrammt. Die gezackten Schamlippen. Das Hochbäumen der Dampferkühe, wenn der Torpedo zwischen ihre Spanten eingedrungen ist und seine Ekrasit-Ejakulation entlädt. Und dann das Reißen, Brechen, Stöhnen und Röcheln . . .

Der I WO erscheint, um die Zeit zu kontrollieren. Die Leute schuften verbissen weiter. Außer den Hau-rucks von Hacker und gedämpften Flüchen ist nichts mehr zu hören.

Als ich in die O-Messe zurückkomme, sehe ich den Alten in seiner gewohnten Ecke auf der Koje des Leitenden. Er hat die Beine von sich gestreckt und hängt schräg auf dem Sitz wie in der Eisenbahn nach langer Fahrt. Sein Gesicht ist gegen die Decke gerichtet, der Mund steht ihm halb offen. Aus dem linken Mundwinkel zieht sich ein Speichelfaden und verheddert sich im Bart.

Ich frage mich, was ich tun soll. Der Alte kann hier, wo die Leute durchkommen, nicht so liegenbleiben. Ich räuspere mich, tue so, als müßte ich meine Stimmbänder von einem Belag freibekommen – da ist der Alte im Nu hellwach und setzt sich wieder gerade hin. Er sagt aber kein Wort, sondern fordert mich mit einer Geste zum Setzen auf.

Endlich fragt er stockend: »Wie siehts denn vorne aus?«

»Ein Aal ist schon im Rohr. Die sind ziemlich fertig! Nicht mit der Arbeit – aber so!«

»So? Und waren Sie mal achtern?«

»Nein – war mir zuviel Wuhling!«

»Tscha, achtern siehts ziemlich beschissen aus. Aber der LI schafft das schon – ist ja eine Koryphäe!« Dann ruft er in den Gang: »Was zu essen! Auch für die Herren Wachoffiziere!« Und zu mir: »Man muß die Feste feiern, wie sie fallen – und wenns mit ner Stulle und ner sauren Gurke ist!«

Jetzt werden Teller und Bestecke gebracht. Wir sitzen bald um einen ordentlich gedeckten Tisch.

Einfältig plappere ich mit stummen Lippen vor mich hin: »Verrückt – verrückt.« Ich habe die glatte saubere Back vor Augen: Teller, Messer, Gabel, Tasse, traulicher Lampenschein. Ich starre den Alten an, der mit blankem Löffel Tee rührt, den I WO, der Wurst aufspießt, den II WO, der eine Gewürzgurke längelang teilt.

Der Backschafter fragt mich, ob ich noch Tee wolle. »Ich? Tee? Ja!« stottere ich. In meinem Kopf dröhnen noch hundert Wabos nach, alle Muskeln schmerzen von der heftigen Anspannung, im rechten

Oberschenkel habe ich einen Krampf, selbst die Kaumuskeln spüre ich bei jedem Biß. Das kommt vom Zähnezusammenbeißen!

»Was glotzen Sie denn so?« fragt mit vollem Mund der Kommandant, und ich beeile mich, mit der Gabel eine Wurstscheibe aufzuspießen. Nur jetzt die Augen offenhalten, nicht ins Sinnieren kommen. Kauen, ordentlich kräftig durchkauen, die Pupillen hin und her drehen, die Lider schlagen.

»Noch Gurke?« fragt der Alte.

»Ja, bitte – noch – danke!«

Aus dem Gang kommt ein dumpfes Geräusch. Will sich Hinrich, der Herrmann im Horchschapp abgelöst hat, bemerkbar machen? Ein deutliches Stiefelstampfen, dann meldet Hinrich: »Wasserbombendetonationen in rechtweisend zwohundertunddreißig Grad.«

Hinrichs Stimme klingt viel höher als die Herrmanns. Tenor gegen Baß.

Ich versuche, seine Meldung auf unseren Kurs zu beziehen: also zwo Dez an Backbord.

»Jetzt wirds aber Zeit, daß wir hochkommen«, sagt der Alte mit vollem Mund. »Uhrzeit?«

»Sechs Uhr fünfundfünfzig!« meldet der Obersteuermann aus der Zentrale

Der Alte erhebt sich, immer noch kauend, spült, schon im Stehen, den Mundinhalt mit einem großen Schluck Tee hinunter und macht plumpe drei Schritte bis zum Gang: »In zehn Minuten tauchen wir auf. Wollen mal noch notieren: ›Sechs Uhr Torpedos nachgeladen. Sechs Uhr fünfundfünfzig Wasserbombendetonationen in rechtweisend zwohundertunddreißig Grad.‹«

Dann kommt er zurück und drückt sich wieder in seine Ecke

Hacker erscheint von vorn mit pumpenden Lungen. Noch ehe er Worte herausbringt, muß er erst ein paarmal heftig Atem schöpfen. Mein Gott, wie sieht Hacker aus! Der Schweiß bricht ihm in Rinnsalen aus. Er kann sich kaum auf den Beinen halten, als er seine Meldung stammelt: »Vier Bugtorpedorohre sind nachgeladen. Heckrohr . . .«, will Hacker weiterstammeln, da fällt ihm der Alte ins Wort: »Schon gut, Hacker, mir klar, daß da vorläufig nicht ranzukommen ist.«

Hacker versucht eine zackige Wendung, kommt dabei aber aus dem Gleichgewicht. Er kann sich gerade noch an der Spindecke fangen.

»Diese Jungs!« sagt der Alte, »diese tollen Jungs!« Und dann: »Herrgott, ist das ein anderes Gefühl: wieder Torpedos in den Rohren.«

Ich weiß, daß der Alte jetzt am liebsten den Zerstörer, der uns piesackte, attackierte. Der setzte glatt noch einmal alles auf eine Karte. Aber er hat wohl anderes vor . . .

Der Alte stemmt sich resolut hoch, macht drei Knöpfe seiner Fellweste zu, drückt sich die Mütze fester auf und steuert die Zentrale an.

Da erscheint der Leitende und meldet, daß achtern mit Bordmitteln die Schäden beseitigt worden sind. Mit Bordmitteln – das soll wohl heißen: provisorisch.

Ich steige dem Alten in die Zentrale nach.

Die Brückenwache steht schon klar. Der II LI hält sich hinter den Tiefenrudergängern. Das Boot steigt schnell: Bald werden wir auf Sehrohrtiefe sein.

Der Alte klettert ohne Worte zu verlieren in den Turm. Der Sehrohrmotor beginnt zu arbeiten. Wieder das Klicken und Rasten: Wieder preßt es mir den Atem ab, bis der Alte laut und scharf »Auftauchen!« herunterruft.

Der Druckausgleich trifft mich wie ein Faustschlag. Ich möchte zugleich brüllen und schlucken. Statt dessen stehe ich nur da wie alle anderen. Nur meine Lungen pumpen und pumpen die frische Seeluft ein, die im breiten Strom herabstürzt. Von oben kommt nun auch die Stimme des Kommandanten: »Beide Diesel . . . !«

Hinten im Dieselraum zischt Preßluft in die Zylinder. Die Kolben beginnen auf und ab zu steigen. Und jetzt die Zündung! Die Diesel wuppern. Ein Zittern läuft durchs Boot, hart wie bei einem Traktor. Die Lenzpumpen summen, die Lüfter pumpen Luft durchs Boot – in diesem Lärmstrom strecken sich die Nerven aus – wie in einem wohltuenden Bad.

Hinter dem Brückenposten entere ich auf.

Gott im Himmel! Ein gewaltiger roter Schein steht über der Kimm. »Das muß der dritte Dampfer sein!« brüllt der Kommandant.

Ich erkenne gegen das Himmelsdunkel eine schwarze Wolke über der Rötung: Qualm, der sich als riesenhafter Wurm gegen den Zenit windet.

Wir halten darauf zu. Bald sind der Vordersteven und das Heck des Schiffs deutlich zu erkennen, aber das Mittelteil ist kaum zu sehen.

Der Wind trägt den scharfen stickigen Geruch von Heizöl bis zu uns her.

»Dem hats das Rückgrat gebrochen«, stößt der Kommandant aus. Er läßt das Boot auf große Fahrt gehen und korrigiert den Kurs. Unser Bug richtet sich genau auf den Brand ein.

Der Feuerschein, der von unten gegen die riesenhafte Qualmwolke geworfen wird, flackert, und jetzt sind durch den Qualm hindurch auch Flammenzungen zu erkennen.

391

Hin und wieder wird die ganze riesige Qualmwolke von innen her gelb durchzuckt, und einzelne Flammenbündel schießen hoch ins Dunkel wie Leuchtkugeln. Nun steigen richtige Raketen, rosarote und blutigrote, durch die Rauchschwaden empor. Ihre Spiegelungen züngeln auf dem schwarzen Wasser zwischen uns und dem brennenden Schiff.

Ein einzelner Mast zeichnet sich dunkel gegen den Widerschein des Feuers ab. Er reckt sich wie ein Schwurfinger aus den Flammen hoch.

Jetzt drückt der Wind den Qualm herunter. Es ist, als wolle das sinkende Schiff sich einnebeln, um seinen Untergang zu tarnen. Nur noch das Heck des Tankers ist als dunkler Klumpen auszumachen. Es muß sich uns entgegengeneigt haben: Wenn der Wind den Qualm wegstreicht, erkenne ich das schräge Deck, ein paar Aufbauten, den Stumpf, der einmal ein Ladebaum war.

»Der braucht keinen Fangschuß mehr!« Die Stimme des Kommandanten ist rauh, wie belegt. Seine Worte gehen in ein heiseres Gurgeln über – das wie betrunkenes Gelächter endet.

Trotzdem läßt der Kommandant nicht abdrehen. Im Gegenteil: Wir gehen mit langsamer Fahrt noch näher an das Inferno heran.

Ich sehe, daß rings um das Tankerheck dunkelrote Flammen direkt vom Wasser hochzüngeln: Das Wasser brennt! Ausgelaufenes Heizöl!

»Vielleicht kriegen wir raus, wie das Schiff heißt!« sagt der Kommandant.

Brodeln und Prasseln wie von einem Reisigfeuer klingt herüber, dann ein scharfes Zischen und Fauchen. Das Meer ist jetzt gelb vom Widerschein des brennenden Hecks und rot von den Ölflammen.

Auch unser ganzes Boot wird von roter Lohe übergossen. Jeder Schlitz in den Grätings ist im Licht der Feuerzuckungen deutlich zu erkennen.

Ich wende den Kopf. Alle Gesichter sind rot – verzerrte rote Fratzen.

Jetzt blafft drüben eine Explosion hoch. Und dann – ich schärfe das Gehör – war da nicht heiseres Geschrei? Sind da etwa noch Leute an Bord? Sah ich nicht eben gestikulierende Arme? Ich mache meinen Blick eng – aber in den Okularen habe ich nichts als Flammen und Qualm. Unsinn, durch dieses Flammenbrüllen wäre kein menschlicher Laut zu hören.

Was wird der Alte tun? Er gibt nur hin und wieder einen Ruderbefehl. Ich weiß: Spitz bleiben – ja keine Silhouette gegen den Brand bilden. »Scharf ausgucken!« sagt der Alte, und dann: »Der säuft gleich ab!«

392

Ich höre kaum hin. Wir stehen wie festgewurzelt: Irre, Desperados, die in eine Flammenhölle starren.

Welcher Abstand kann das sein? Achthundert Meter?

Ich kaue an dem Gedanken: ein großes Schiff. Wie viele Leute hat so eins als Mindestbesatzung? Wie viele hat es da erwischt? – Zwanzig, dreißig? Sicher fahren die englischen Dampfer jetzt mit so wenig Seeleuten wie nur irgend möglich. Vielleicht gehen sie die Wachen sogar im Zweier- statt im Dreierstrop. Aber mit weniger als zehn Seeleuten, dazu acht Mann für die Maschine, Funker, Offiziere, Stewards, werden sie nicht auskommen können. Ob ein Zerstörer die Leute aufgenommen hat? Aber dazu hätte er ja stoppen müssen! – Kann das ein Zerstörer riskieren – mit einem U-Boot in unmittelbarer Nähe?

Drüben schießt ein Bündel grellroter Feuerstrahlen empor: Das immer noch schwimmende Heck speit Funkenschnüre aus. Und dann steigt eine Seenotrakete hoch. Also sind da doch noch welche! Herrgott im Himmel: in diesem Inferno aus Glut und Qualm!

»Die hat sich von alleine gelöst. Da ist doch keiner mehr an Bord. Das gibts doch nicht!« sagt der Alte mit seiner gewohnten Stimme.

Ich taste mich wieder mit dem Glas durch den Qualm. Da! Kein Zweifel: Leute! Leute, die auf dem Heck zusammenlaufen. Ich habe sie für eine Sekunde scharf gegen den hellen Hintergrund. Und jetzt springen welche ins Wasser! Nur zwei, drei irren oben noch hin und her. Einer wird hochgeschleudert. Ich sehe ihn deutlich wie eine verrenkte Puppe gegen den gelbroten Schein.

Der Obersteuermann brüllt: »Da sind auch welche!« und weist auf das Wasser vor dem brennenden Tanker. Ich reiße das Glas hoch: ein Floß mit zwei Leuten darin.

Ich halte sie eine halbe Minute im Glas. Die beiden rühren sich nicht – sicher tot.

Aber da! Die schwarzen Buckel – das müssen Schwimmer sein!

Der II WO richtet sein Glas auch ein. Da wettert der Alte los: »Aufpassen! Herrgott, paßt doch nach achteraus auf!«

Höre ich jetzt durch das Geprassel hindurch nicht doch Schreien? Einer der Schwimmer reckt für einen Augenblick einen Arm hoch. Die anderen, sieben – nein zehn Leute, sind nur als treibende schwarze Bälle zu erkennen.

Für einen Moment kann ich, weil der Wind wieder Fahnen fettigen Qualms herunterdrückt, die Schwimmer nicht sehen. Dann aber sind sie wieder da. Kein Zweifel: Sie halten auf unser Boot zu. Hinter ihnen läuft das rot züngelnde Öl zu immer breiterer Front aus.

Ich werfe einen Seitenblick auf den Kommandanten.

»Verdammt riskant«, höre ich ihn murmeln und weiß, was er meint: Wir sind zu nahe ans Feuer herangetrieben. Es wird heiß.

Der Alte sagt zwei, drei Minuten nichts. Er nimmt das Glas hoch, setzt es wieder ab: Er kämpft um 'einen Entschluß. Dann gibt er nach unten mit einer zum Krächzen belegten Stimme den Befehl, beide Diesel rückwärts laufen zu lassen.

Die in der Maschine werden Augen machen: Rückwärtsgang – das hatten wir noch nicht. Unbehaglich: Wir könnten jetzt nicht schnell Alarm tauchen – wir haben ja keine Fahrt im Boot.

Das brennende Öl läuft geschwinder breit, als die Leute schwimmen können. Die Schwimmer haben keine Chancen. Der Brand auf dem Wasser verschlingt den Sauerstoff. Ersticken, Verbrennen, Ertrinken – wen es so erwischt, der krepiert an allem zugleich.

Ein Glück, daß im Prasseln der Brände und dem dumpfen Dröhnen kleiner Explosionen das Schreien nicht zu hören ist.

Auf dem rot beleuchteten Gesicht des II WO steht Entsetzen.

»Begreif das nicht«, sagt dumpf der Alte, »daß die keiner vom Schiff geholt hat . . .« Mir will das auch nicht in den Kopf: So viele Stunden! Ob die erst einmal versucht haben, das Schiff zu halten? Vielleicht blieb das Schiff nach dem Treffer noch schwimmfähig, machte die Maschine noch Dampf für ein paar Meilen Fahrt. Vielleicht haben die Leute versucht, das Feuer zu löschen, in der Hoffnung, dem Unterwasserfeind doch noch zu entkommen. Mich schaudert bei der Vorstellung, was die Besatzung dieses Schiffes durchlebt haben muß.

»Nun erfahren wir nicht mal den Namen!« höre ich den Alten. Es sollte wohl sarkastisch klingen.

Würgen im Hals. Mir erscheint das Bild des Mannes, den ich nach einem Fliegerangriff aus einer riesigen Öllache im Hafenbecken bergen half. Wie der sich erbrach und unter konvulsivischen Krämpfen auf der Pier stand und stöhnte. Das brennende Heizöl hatte ihm die Augen versengt. Ein Glück, daß ein Matrose mit einem Feuerlöschschlauch erschien, der ihm mit so hohem Druck den Ölschlamm abspritzte, daß das arme Schwein gebeutelt und über die Steine gerollt wurde wie ein dunkles formloses Paket.

Plötzlich kommt das Dampferheck hoch heraus, es wächst, als würde es von unten her hochgedrückt, aus dem Wasser empor. Eine Weile steht es steil wie ein Riff aus der brennenden See, und dann rauscht es mit zwei, drei gedämpften Explosionsschlägen jaulend weg.

Die See schließt sich sekundenschnell über der Sinkstelle, sie hat das riesige Schiff in sich eingesogen, als hätte es nie existiert. Von den Schwimmern ist nichts mehr zu sehen.

Unten im Boot hören sie jetzt die Sinkmusik, das schauerliche Gestöhn, das Knacken und Reißen, dann die Kesselexplosionen, das Brechen der Schotts. Wie tief ist der Atlantik hier? Fünftausend Meter? Viertausend mindestens.

Der Kommandant läßt abdrehen.

»Hier bleibt keine Arbeit mehr!«

Die Brückenposten stehen wieder unbeweglich wie immer, die Gläser vor den Köpfen.

Da erscheint voraus über der Kimm ein schwacher rötlicher Schein, wie ihn ferne Großstädte nachts an den Himmel werfen. Und nun lichtet sich die Nacht in Südwest fast bis zum Zenit hoch.

»Obersteuermann aufschreiben: ›Feuerschein in zwohundertunddreißig Grad‹ und Uhrzeit«, befiehlt der Kommandant, »da sind andere Boote dran . . . Wollen doch mal sehen, was das für ne Lichtreklame ist«, murmelt er in meine Richtung und läßt den Bug in die flackernde Helligkeit drehen.

Was denn? – Soll das so weitergehen, bis wir mit leergefahrenen Bunkern irgendwo liegenbleiben? Noch nicht genug? – Wahrscheinlich brennt der Alte darauf, sich einen Zerstörer zu krallen. Heimzuzahlen, sich für die Tortur zu revanchieren.

Der Leitende verschwindet von der Brücke.

»So«, sagt der Alte, »jetzt wirds aber wirklich Zeit für den Funkspruch! Obersteuermann – Papier und Bleistift her. Wir fangen mal lieber von neuem an. Jetzt können wir uns ja mal richtig ausquatschen . . .!«

Ich weiß, was der Alte meint: Die Gefahr, daß wir eingepeilt werden könnten, wenn wir mehr funkten als ein Kurzsignal, kann uns jetzt nicht jucken. Der Tommy weiß ja mittlerweile, daß wir hier tätig sind. *Jetzt* braucht er seine Einpeilstationen nicht mehr zu bemühen.

»Also schreiben Sie mal auf – also: ›Von Zerstörer – Wasserbombenverfolgung‹ – gepflegte Wasserbombenverfolgung könnte mans auch nennen – ›zahlreiche Ausfälle‹ – welche, das geht ja keinen was an. Das steht ja zum Nachlesen im KTB. Also einfach: ›zahlreiche Ausfälle.‹ Die interessiert ja mehr, was wir umgelegt haben – also, Obersteuermann, wir machen ganz einfach: ›Von Zerstörer Wasserbombenverfolgung‹ – lassen Sie mal ›zahlreiche Ausfälle‹ auch weg. Weiter: ›Wasserbombenverfolgung. Fünf gezielte Schüsse. Vier Treffer. Passagierdampfer achttausend BRT und Frachter fünftausendfünfhundert BRT. Sinken einwandfrei gehorcht. Treffer auf Achttausend-BRT-Tanker. Sinken beobachtet. UA.‹«

»Passagierdampfer«, diktierte der Alte. War das einer, der zum Truppentransporter umgebaut wurde? Ich wage nicht, mir Torpedotreffer auf einen vollbeladenen Truppentransporter auszumalen . . . Das besoffene Hickhack in der »Bar Royal«: Den Gegner vernichten – nicht bloß seine Schiffe!

Von unten kommt die Meldung, daß der Funker SOS-Rufe englischer Dampfer aufgenommen hat. »Soso«, sagt der Alte. Kein Wort mehr.

Sieben Uhr dreißig nehmen wir den Funkspruch eines eigenen Boots auf. Der Obersteuermann liest ihn mit erhobener Stimme vor: »Versenkt drei Dampfer. Ein viertes Schiff wahrscheinlich. Bei Angriff vier Stunden Wasserbomben. Geleitzug in Gruppen und Einzelfahrer zersprengt. Fühlung abgerissen. Stoße nach in SW – UZ.«

Ich starre auf den Schein über der Kimm, durch den hin und wieder ein helles Flackern zuckt.

Ein frenetischer Wirbel von Bildsequenzen jagt mir durch den Kopf. Der Projektor ist zu schnell gestellt. Die Filmstücke sind ohne Sinn und Verstand zusammengeklebt und dazu eine Menge Überblendungen: Immer wieder die Explosionswolken, die ein paar Augenblicke lang wie festgefroren stehenbleiben und dann in sich zusammenstürzen und einen Regen von Planken und Eisenfetzen fallen lassen – der schwarze Ölqualm, der den Himmel wie ein riesiges Wollknäuel verdunkelt. Dazu das Flammengeprassel. Und nun auch die Ölflammen auf dem Wasser – die treibenden schwarzen Bälle davor.

Das Entsetzen über das, was wir mit unseren Torpedos angerichtet haben, wirkt in mir nach. Ein Druck nur auf den Abfeuerungshebel! Ich schlage mit den Lidern, um die heimsucherischen Visionen verschwinden zu lassen, aber ich sehe immer wieder das Flammenmeer, das sich auf dem Wasser ausbreitet und darin die Leute, die um ihr Leben schwimmen.

Wie mag es bloß dem Alten zumute sein, wenn er sich die Versammlung der Schiffe vorstellt, die er allein vernichtet hat? Und wenn er an die Schar der Leute denkt, die auf diesen Dampfern fuhren und mit ihnen abgesoffen oder schon bei der Detonation der Torpedos draufgegangen sind: verbrüht, zerfetzt, zerstückelt, verbrannt, erstickt, ertränkt, zerschmettert. Oder halbverbrüht und halberstickt und dann ertränkt! Fast zweihunderttausend Tonnen: ein mittlerer Hafen voller Schiffe kommt allein auf das Konto des Alten.

Nach einer Weile kommt von unten Meldung, daß Funksprüche eingegangen seien. Kupsch hat Fühlung am gleichen Geleit, Stackmann hatte Treffer auf sechstausend BRT.

Die Wogen der Müdigkeit wollen mich überschwemmen. Nur nicht gegen das Schanzkleid lehnen oder gegen den UZO – ich schlafe sonst im Stehen ein! Meine Arme bringen das Glas kaum noch hoch. Dumpfe Leere im Schädel – und jetzt meldet sich ein spastisches Wühlen im Gedärm. Und Blasendruck. Ich klettere steifbeinig ins Boot hinunter.

Der Obermaschinist Franz ist nicht im OF-Raum. Er hat sich seit seiner Durchdreherei nicht wieder sehen lassen. Eigentlich müßte er doch Freiwache haben. Wagt sich wahrscheinlich gar nicht mehr aus dem Maschinenraum heraus.

Als ich aus Schapp H komme, steht der II WO draußen vor dem Schott. Hats also auch nötig. Mein Gott, wie sieht der II WO bloß aus: ein altes Zwergengesicht, verknautscht und faltig. Sind seine Bartstoppeln etwa dunkler geworden? Ich starre ihn verblödet an, bis ich merke: Falscher Eindruck – kommt von seiner kreidebleichen Haut. Die Bartstoppeln heben sich jetzt nur deutlicher ab als zuvor.

Als der II WO wieder erscheint, verlangt er vom Backschafter Kaffee.

»Kujambelwasser, würde ich sagen«, mische ich mich ein.

Der Backschafter bleibt irritiert stehen. Der II WO hat sich in die Sofaecke sinken lassen und gibt keine Antwort mehr.

»Kujambelwasser«, entscheide ich, »für mich auch gleich mit.«

Eine Mütze voll Schlaf würde uns beiden guttun. Was soll da der Kaffee?

Ich räkele mich schon versuchsweise zurecht, da erscheint der Alte und sagt: »Bloß schnell was essen!«

Der Backschafter kommt mit der Kujambelkanne und zwei Tassen.

»Für mich nen steifen Kaffee und paar Schnitten, aber Beeilung!« sagt der Alte.

Der Backschafter ist schnell wieder da. Der Schmutt muß die Schnitten schon im Vorrat gehabt haben.

Der Alte kaut, macht Pause, kaut wieder, starrt vor sich hin. Das Schweigen wird drückend.

»Wieder drei Schiffe weg«, sagt der Alte, aber ohne eine Spur von Triumph in der Stimme, eher mürrisch und vergrellt.

»Und wir beinahe auch!« entfährt es mir.

»Flausen«, sagt der Alte und stiert Löcher in die Luft. Er kaut ein, zwei Minuten, und dann höre ich aus seinem Mund: »Ja, ja, man trägt eben immer einen anständigen Sarg mit sich herum. Wie die Schnecke ihr Haus!«

Das banale Bild scheint ihn auch noch zu freuen: »Ganz wie sone Schnecke«, wiederholt er und nickt mit müdem Grinsen vor sich hin.

Das war es also: Der Gegner – nur diese paar Schatten über der Kimm. Der Abschuß der Torpedos – nicht mal als Ruck spürbar. Der Feuerzauber – unser Siegesfanal. Nichts will mehr zueinander passen: Erst das Jagdfieber – der Angriff, dann die Wabos, die vielen Stunden Tortur – aber noch vor der ersten Wabodetonation die Sinkgeräusche – und dann, nach dem Auftauchen, das brennende Schiff! Das dritte Opfer! Vier Torpedos Treffer – und jetzt diese gedrückte Stimmung!

397

Der Alte scheint aus halber Trance zu erwachen. Er richtet sich auf, beugt dann den Oberkörper vor und ruft in den Gang: »Frage Uhrzeit?«

»Sieben Uhr fünfzig.«

»Obersteuermann!«

Der Gerufene erscheint sofort aus der Zentrale.

»Ob wir da noch mal rankommen?« fragt ihn der Alte.

»Schwer!« sagt der Obersteuermann, »es sei denn«, der Obersteuermann stockt und beginnt von neuem: »Es sei denn, die andern ihren Generalkurs.«

»Was kaum anzunehmen ist . . .«

Der Alte folgt dem Obersteuermann in die Zentrale. Ich höre Bruchstücke des Dialogs und die laut gesprochenen Gedanken des Alten. »Getaucht zwoundzwanzig Uhr dreiundfünfzig – sagen wir dreiundzwanzig Uhr – jetzt ist es sieben Uhr fünfzig, also gute acht Stunden verloren. Wieviel läuft das Geleit? Wohl etwa acht Seemeilen, also ist es vierundsechzig Seemeilen weitergekommen – alles ganz grob gerechnet. Um mit AK-Fahrt hinzukommen, wo das Geleit jetzt steht, brauchten wir mehr als vier Stunden. Aber der Brennstoff! Zu lange AK-Fahrt – und außerdem bewegt sich das Geleit ja weiter!«

Trotzdem scheint der Alte noch keine Anstalten treffen zu wollen, um auf Gegenkurs zu gehen.

Der Leitende taucht in der Zentrale auf. Er sagt kein Wort. Aber wie er so dasteht, ist er eine einzige Frage: »Wann drehen wir um?«

Ich kann trotz der Erschöpfung nicht schlafen. Mir ist, als stecke ich voll Pervitin. Die Erregung treibt mich um. In der OF-Messe ist niemand zu sehen. Aus dem Bugraum dringt Lärm. Da vorn findet wohl eine Art zaghafte Siegesfeier statt. Ich drücke das Schott auf. Im Schummerlicht erkenne ich eine Runde auf den jetzt tiefer liegenden Bodenbrettern. Ich höre schleppenden Gesang:

»Kommt ne dicke, fette und verheiratete
oder sonst ein Frauenzimmer durch den Wald,
wird sie erst besichtigt
und dann notgezüchtigt,
daß es von den Bergen
widerhallt!«

Den Schluß ziehen sie getragen hinaus, damit der Gesang choralartig klingt. Die haben gut grölen. Die haben ja nichts gesehen – die armen Schöpse.

Wenn man ihnen nicht gesagt hätte, daß das knallende Bersten und gellende Reißen vom Brechen der dem Wasserdruck nachgebenden Bordwände und Schotts der sinkenden Schiffe, unserer Opfer, herrührte, hätten sie sich auf den dumpfen Tiefenkrawall nicht mal einen Vers machen können.

Der Obersteuermann hat Wache. Der Feuerschein ist schwächer geworden, aber noch deutlich zu sehen. Der Seegang hat zugenommen. Plötzlich ruft der Obersteuermann: »Da treiben welche!« Mit der Rechten weist er voraus auf die dunkle See. Der Obersteuermann gibt Meldung nach unten. In Sekundenschnelle ist der Alte auf der Brücke.

Ein Floß, wies scheint, mit einem Klumpen Menschen drauf.

»Megafon rauf«, fordert der Alte, und dann: »Dichter rangehen!« Er stemmt sich hoch hinaus und jetzt brüllt er: »What's the name of your ship?«

Und die von unten rufen eilfertig, als könnten sie sich eine rettende Hand als Belohnung erkaufen: »Artur Allee!«

»Gut, wenn mans weiß!« sagt der Alte.

Einer der Schiffbrüchigen will sich an unserem Boot festhalten, doch wir haben schon Fahrt aufgenommen. Der Mann hängt zwischen Floß und unserem Boot. Jetzt läßt er los und sinkt in unseren Heckstrudel. Gebisse – ich kann nur Gebisse erkennen – nicht mal die Augäpfel.

Ob die noch einer findet?

Wir sind noch keine Viertelstunde gelaufen, da erscheint im fahlen Dämmern ein merkwürdiges Lichtergeblinke auf dem Wasser. Winzige Lichtpunkte – wie Glühwürmchen. Im Näherkommen werden sie zu auf und nieder tanzenden Lämpchen. Wieder Schiffbrüchige. Sie hängen in ihren Westen. Ich kann deutlich sehen, wie sie die Arme hochwerfen. Wollen sie auf sich aufmerksam machen? Wahrscheinlich schreien sie auch. Aber von ihrem Schreien ist nichts zu hören, weil der Wind gegen sie ansteht.

Der Alte läßt mit der Fahrt heruntergehen, gibt mit steinernem Gesicht Ruderbefehle, damit das Boot nicht zu nahe an die Treibenden herankommt. Aber wir machen noch Fahrt genug, daß unsere Bugwelle zwei, drei von ihnen hochwirbelt und wieder sacken läßt. Winken sie wirklich oder sind das Drohungen, letztes ohnmächtiges Aufbegehren gegen den Feind, der sie dem Räubergriff der See überantwortet hat?

Wir stehen alle wie erstarrt. Sechs Männer, die mit krallender Angst im Herzen wissen, daß jeder der in der See Treibenden einer von uns sein könnte. Was wird aus denen? Aus dem Untergangs-

399

desaster davongekommen sind sie. Aber ob sie Hoffnung haben? Wie kalt ist das Wasser jetzt im Dezember? Kommt der Golfstrom hierher? Wie lange mögen sie schon treiben? Kaum zu begreifen: Die Achterausssicherung des Geleits muß den Schauplatz des Dampferuntergangs doch schon seit Stunden passiert haben.

Der Alte steht reglos. Ein Seemann, der einem anderen in Seenot nicht helfen darf, weil ein BdU-Befehl verbietet, Schiffbrüchige aufzunehmen! Nur eine Ausnahme gilt: abgeschossene Flieger. Von denen will man etwas wissen. Flieger scheinen ihr Gewicht in Gold wert zu sein.

Ich sehe noch immer die Lämpchen irrlichtern. »Backbord fünf!« befiehlt der Alte. »Das waren Marineleute. Wahrscheinlich von einer Korvette.«

Der II WO kommt rauf. »Sieht aus wie ein Vulkanausbruch«, sagt er vor sich hin und meint den Feuerschein. Die Lämpchen sind nicht mehr zu sehen.

Ein Blitz zuckt durch den Qualm. Nach einer Weile rollt wie dumpfer Donner eine Detonation über das Wasser. Dann noch eine. Der Befehlsübermittler gibt herauf: »Horchraum an Brücke: Wasserbomben in zwohundertundsechzig Grad!«

Jetzt muß im Geleit die Hölle los sein. Der Wind trägt uns den Geruch von brennendem Öl zu: Todesgestank.

Eine bleiche Morgendämmerung kommt über die Kimm. Der Feuerschein wird allmählich blasser.

Bleierne Müdigkeit drückt mich schier zu Boden. Ich bin wieder in der O-Messe, als die Brücke meldet: »Brennendes Fahrzeug voraus!« Es ist neun Uhr. Was bleibt mir übrig, als wieder auf die Brücke zu turnen?

»Der ist angeschossen«, sagt der Alte, »Nachhinker. Den knöpfen wir uns vor!«

Der Alte setzt das Glas an und sagt zwischen den Lederhandschuhen hindurch zum Obersteuermann: »Erst mal vorsetzen. Viel Fahrt macht der wohl nicht mehr. Schätze fünf Seemeilen.«

Der Alte gibt einen Ruderbefehl: »Zwo Dez nach backbord.« Die Qualmwolke wird rasch größer und verschiebt sich allmählich nach steuerbord. Eigentlich müßten jetzt Masten, sogar Aufbauten zu sehen sein, aber die Qualmschwaden verbergen alles.

Es vergehen noch fünf Minuten, dann läßt der Alte tauchen und das Boot auf Sehrohrtiefe einsteuern: Vierzehn Meter.

Nach einer Weile gibt er »Schlachtbericht« aus dem Turm: »Der soll bloß nicht ausbrechen. – Jetzt zackt er. – Na, laß mal, der zackt

auch wieder zurück. Mal abwarten. Schiff hat zwei Masten, vier Ladeluken, ganz hübscher Zossen – zirka achttausend – liegt achtern tief
– Brand achtern. Muß aber auch mittschiffs gebrannt haben.«

Jetzt wird seine Stimme knurrig: »LI – aufpassen! Der zackt ran!«

Wahrscheinlich war das Sehrohr für einen Moment untergeschnitten, und der Kommandant konnte nichts sehen.

Der LI verzieht das Gesicht. Jetzt kommt es für ihn darauf an,
genau Strich zu steuern, damit der Kommandant möglichst ohne
Sehrohrbewegungen auskommt. Der Leitende hält den Kopf eingeduckt und gegen den Papenberg vorgeschoben.

Eine Serie von Rudermanövern. Plötzlich läßt der Kommandant
die E-Maschinen mit AK laufen. Das Boot macht einen spürbaren
Satz.

»Kaum zu glauben!« schimpft der Alte.

Dann höre ich über mir den I WO die Rohre klar melden. Jetzt
laufen die Seitenpeilungen vom Sehrohr aus in die Vorhaltrechner
im Turm. Und vom Vorhaltrechner werden sie elektrisch in die Torpedos eingekuppelt.

Der I WO hat längst den Sicherungsstift aus der Abfeuerungsanlage
gezogen. Oben im Turm wartet er nun auf das Kommen des Alten
zum Schuß.

Nimmt denn das kein Ende? In mir dreht sich alles. Träume ich?
Habe ich Fieber? Ist das denn wirklich die Stimme des Alten? ...
Mündungsklappen? Hörte ich: »Mündungsklappen öffnen«?

Ich schlage mit den Lidern, ein Schauer durchläuft mich. Ich recke
den Kopf, pariere mich durch: der Leitende neben mir – ich kann
ihn doch deutlich wahrnehmen. Jesus der Auferstandene steuert
Strich. Der Alte macht uns was vor: Sehrohrangriff auf einen Nachhinker. Der Alte kann einfach nicht genug kriegen. Da ... wieder
der Alte: »Rohr eins Achtung!« und nach zwei Sekunden Pause:
»Rohr eins los! – Rohr zwei schalten!«

Ich erlebe alles wie in einem hellen Wachtraum. Höre die dumpfe
Detonation, dann gleich darauf eine viel heftigere.

Wie von sehr weit her kommt die Stimme des Kommandanten:
»Liegt jetzt gestoppt!«

Und dann nehme ich mit halbem Bewußtsein auf: »Scheint langsam
zu sinken.«

Noch ein Schiff mehr! Ob das auf unser Konto kommt? Der Nebel
in meinem Hirn verdichtet sich. Weiche Knie. Nur auf den Beinen
bleiben! Ich halte mich am Kartentisch, hangele mich langsam weiter
zum achteren Schott Mir ist, als wäre meine Koje Kilometer weit
weg.

401

War es ein Geräusch, das mich hochgeschreckt hat?

Im U-Raum herrscht Ruhe. Schlafverfangen und mühsam klettere ich von meiner Liegestatt. Ich taumele mehr, als daß ich gehe. Taste mich in die Zentrale wie ein Blinder. Gliederschmerzen, als käme ich aus dem Streckbett.

In der Zentrale ist Leben. Der Taubohrenwilli und der Bibelforscher werkeln herum. Ich kann noch nicht fassen, was passiert ist. Bin ich umgekippt? Aus den Latschen gefallen? Mir ist, als hätte ich plötzlich nicht mehr deutlich wahrgenommen, als hätten sich dichte Nesseltücher vor die Szene gehängt. Bin ich jetzt ganz wach oder träume ich noch?

Da fällt mein Blick auf das KTB. Es liegt aufgeschlagen auf dem Pult. 13: 12.: Ja, das muß stimmen. Verrückt: In einem Monat ist Weihnachten längst vorbei. Kein Gefühl mehr für die Jahreszeiten. Gänzlich abhanden gekommen. Ich lese:

13. 12.   9.00 Angeschossenen Tanker. Läuft geringe Fahrt. 5 sm. Kurs etwa 120 Grad. Vorgesetzt zur Bestimmung der Schußunterlagen.

          10.00 Getaucht zum Unterwasserangriff. Dampfer zackt ran, dadurch wird Schußentfernung sehr klein.

          10.25 Torpedo geschossen. Schuß wurde Treffer Mitte. Starke Mitdetonation des Brennstoffs. Große Rauch- und Feuerentwicklung. Auslaufendes Öl brennt auf dem Wasser. Am Himmel riesige Rauchwolke. Starker Feuerschein. Dampfer sackt tiefer, läuft aber weiter. Besatzung noch teilweise an Bord. Drei Geschütze auf den Aufbauten achtern. Können wegen Qualm und Hitze nicht bedient werden. Keine Rettungsboote zu sehen.

Daß der Dampfer Geschütze hatte, hat der Alte nicht erwähnt. Wann hat er das bloß alles geschrieben? Wie spät ist es denn jetzt?

          10.45 Zunächst noch Schraubengeräusche. Wandern voraus.

          10.52 Erneuter Angriff. Warten zu gefährlich. Verräterischer Schein. Treffer unter dem achteren Mast. Wieder Riesenfeuer. Dampfer stoppt. Sackt achtern tiefer. Bordwand an der Einschußstelle herausgeschlagen. Brand auf dem Wasser breitet sich rasch aus. Muß energisch mit den Maschinen zurückgehen.

          11.10 und 11.12 Detonationen an Bord. Anscheinend hochgehende Zellen. Benzinfässer oder Munition. Tanker bleibt jetzt liegen.

11.40 Schraubengeräusche. Turbine. Zerstörer vermutet. Im Sehrohr nicht zu sehen.

11.55 Aufgetaucht. Nicht ausgeblasen. Zerstörer liegt gestoppt bei Wrack.

Das habe ich doch noch mitgekriegt. Aber der zweite Torpedoschuß...? In mir geht alles durcheinander: Ich habe doch an der Back gehockt! Wie bin ich bloß auf die Koje gekommen? Ich lese weiter:

11.57 Alarmtauchen. Schleichfahrt. Weiter abgesetzt.

12.10 Aufgetaucht. Beabsichtige liegenzubleiben und abzuwarten, ob Tanker sinkt. Batterie aufgeladen. Zerstörermast kommt zeitweilig noch in der Nähe des Wracks über die Kimm.

13.24 bis 14.50 Gestoppt gelegen. Dampfer sinkt nicht. Brand wird langsam kleiner.

15.30 Entschließe mich noch einmal heranzugehen und Fangschuß zu geben. Tanker ist vor den achteren Aufbauten an der Einschußstelle durchgebrochen. Beide Teile sind durch die Laufbrücke noch verbunden. Totalverlust sicher. Das Vorschiff ist seitlich abgebogen und überspült. Rettungsboote treiben leer. Zerstörer offenbar abgelaufen.

16.40 Gehen näher heran und schießen in Bug und Heck mit Maschinenwaffe Luftlöcher.

20.00 Rückmarsch angetreten. Andere Boote haben noch Fühlung. Funkspruch abgesetzt: »Angeschossener Tanker 8000 BRT versenkt. Rückmarsch – UA.«

23.00 Funkspruch aufgenommen: »Von UX: Zwei große Frachter 00.31 Quadrat Max-Rot. Generalkurs Ost. 10 sm. Seit einer Stunde Fühlung verloren. Stoße nach. WNW 7, Seegang 5, 1027 steigend. Waffeneinsatz wegen Wetter noch eingeschränkt.«

Also drei Torpedos für den Zossen! Ein Sehrohrangriff nach allen Regeln. Und dann noch Maschinenwaffen. Klar, das Geratter habe ich ja gehört. Wann bin ich denn bloß ausgefallen?

Ich starre auf die Seite: Auch der letzte Absatz zeigt die Handschrift des Alten. Allmählich wird er mir unheimlich. Auch dazu hat er noch die Kraft gehabt: in der Nacht KTB zu schreiben. Ich höre ihn noch sagen: »Aber nun nichts als ab nach Kassel«, und seinen Befehl, auf fünfundvierzig Grad zu gehen, den habe ich noch im Ohr. Ich habe auch noch deutlich wahrgenommen, daß wir Nordost steuerten.

Ich finde mich nur schwer zurecht: dieser Dieselton – ungewohnt holprig: Sparfahrt – natürlich!

Sparfahrt! Wenn ich den LI richtig verstanden habe, kann er sich anstrengen, wie er will, um die »günstigste« Fahrtstufe für den Rückmarsch auszuknobeln – bis hin zuʊ Schleusenpier von St.-Nazaire kann der Brennstoff nicht reichen.

Der Obersteuermann hat eine Großkarte aufgelegt, die auch Landsäume zeigt. Ich staune, wie weit nach Süden wir geraten sind. Den Alten scheinen Brennstoffsorgen nicht zu drücken. Oder glaubt er wirklich, der LI verfüge über geheime Reservoirs, die eben notfalls angezapft werden könnten?

Der grüne Vorhang vorm Schapp des Alten ist zu. Der Alte schläft. Ohne es zu wollen, hebe ich mich auf die Zehenspitzen: leise, leise! Ich muß mich rechts und links festhalten, so sehr schmerzen meine Glieder.

In der O-Messe sind auch die Kojen belegt. Noch nie erlebt: ein vollbesetztes Schlafwagenabteil. Ich komme mir vor wie ein Schaffner, der nach dem Rechten sehen will.

Lauter Schläfer – demnach hat der Obersteuermann Wache Die dritte Wache – es muß also nach acht Uhr sein.

Meine Uhr steht.

In der Oberfeldwebelmesse ist es auch ruhig. Die Koje des Dieselobermaschinisten Franz ist nicht belegt. Klar: Seit sechs Uhr ist die zwote Maschinenwache dran.

Der Alte hat kein Wort mehr an den Vorfall gewendet. Will er ihn ganz vergessen oder wird es noch ein kriegsgerichtliches Nachspiel geben?

Durchs Bugraumschott kommen keine Geräusche. Da vorn werden wohl jetzt alle Freiwächter pennen.

Wir sind ein Schlafboot. Keiner ist wach, mit dem ich reden könnte. Ich hocke mich auf die Kartenkiste, starre vor mich hin und verliere mich in den Mahlströmen quälender Visionen: Der Gemütliche im Schlauchboot. Die dunklen Nöcks vor den Ölflammen auf dem schwarzen Wasser. Die Glühwürmchen. Die hochgereckten Arme.

Vorher hatte ich kaum Tote gesehen. Swoboda, ja. Und zweimal Leute mit gebrochenem Genick: der Ringer in Oberlungwitz – Gaumeisterschaften griechisch-römisch. Das Knacken war im ganzen Saal zu hören. Der Bergsteiger, der auf der Höfatsflanke ins Rutschen kam. Grasberg. Kein Halten mehr. Als wir ihn auf den Bauernwagen luden (überall klebte noch der umbrafarbene Mist) baumelte sein Kopf ohne Halt wie der einer Marionette. Und dann die Lehrerin, die in Gerstruben nachts in die Jauchengrube gefallen war – und als ich erst vierzehn war, der kleine Junge, der seltsam verrenkt in der prallen Mittagssonne in Colditz auf dem Asphalt lag, von einem Lastwagen überrollt.

Versorgung

Der Funkmaat Herrmann meldet mit erhobener Stimme: »M-Offizier!«

Normale Funksprüche werden vom Funkmaaten mit Hilfe der Kodemaschine entschlüsselt und in Klarschrift in die Funkkladde eingetragen, die der Kommandant sich alle zwei Stunden vorlegen läßt.

Diesen Funkspruch ließ der Funkmaat auch durch seine Maschine gehen, er ergab aber keinen Sinn. Nur das erste Wort Offiziersfunkspruch erschien in Klartext. Also Arbeit für den Funkoffizier. Das ist der II WO.

Als hätte der II WO die Meldung auch gehört, ist er schon mit wirren Haaren von seiner Koje hochgekommen. Er setzt eine wichtige Miene auf und macht das Entschlüsselgerät auf der Back klar. Die Schlüsseleinstellung für diesen Tag gibt ihm der Kommandant auf wasserlöslichem Papier. (Damit ja nichts passieren kann, sind auch noch die Steckerverbindungen der Schlüsselmaschine salzwasserlöslich.)

M-Offizier! Das hat noch gefehlt. Irgendeine neue Sonderveranstaltung, etwas besonders Schlaues, Supergeheimes.

»Hoffentlich wirds bald!« mault der Alte.

Das erste Wort, das der II WO herausbekommt, heißt »Kommandant!« Das bedeutet, daß der II WO den ganzen Spruch durch sein Kodegerät drücken muß, aber auch damit noch keinen Sinn herausfindet. Also eine dreifach verschlüsselte Nachricht. Der Kommandant selber muß nach dem II WO die ganze Arbeit noch einmal machen, mit einer Einstellung, die nur ihm allein bekannt ist.

Bedeutungsvolle Blicke: völlig ungewöhnlich. Noch nie gehabt. Was ist da im Busch? Der Alte verschwindet mitsamt der Schlüsselmaschine in sein Schapp. Er läßt den I WO kommen. Die beiden kramen gute fünf Minuten in Papieren. Dicke Luft. Der Alte sagt, als er schließlich wieder erscheint, keinen Ton. Schweigen überall.

»Interessant«, murmelt der Alte endlich. Kein Wort mehr, obwohl unser aller Blicke an seinen Lippen hängen. Erst nach ein paar Minuten bringt er den Mund auf: »Wir haben einen neuen Einlaufhafen bekommen!«

Seine Stimme ist nicht ganz so gleichmütig, wie er sie wahrscheinlich haben will. Irgend etwas scheint faul zu sein mit diesem neuen Einlaufhafen.

»So?« fragt der Leitende in beiläufigem Tonfall, als interessiere ihn nicht besonders, wo er das Boot versorgen soll.

»La Spezia«, nuschelt der Kommandant.

»Wie bitte?« entfährt es dem Leitenden.

»La Spezia – genau, wie ich schon mal sagte. Leiden Sie neuerdings an Schwerhörigkeit, LI?«

Der Kommandant stemmt sich hoch, steuert wieder seinen Raum an und verschwindet hinter dem Vorhang. Wir können hören, wie er in seinem Schapp kramt.

Ich sehe die Europakarte vor mir. Jeden Zacken des Umrisses. Im freihändigen Zeichnen der Europakarte war ich als Pennäler nicht zu übertreffen. La Spezia – Italien

Schöne Bescherung! Ich habe ein hohles Gefühl in der Magengrube. Der Schreck sitzt tief in mir, ich zwinkere und schnappe wie ein Fisch nach Luft.

Der II WO stottert: »Das bedeutet doch . . .«

»Ja, Mittelmeer!« fährt ihm der LI barsch dazwischen. »Wir werden demnach im Mittelmeer verlangt.« Der Leitende schluckt. Sein Adamsapfel bewegt sich deutlich auf und ab: »Also auf nach Gibraltar!«

»Gibraltar . .«, sagt der II WO und schaut mich mit offenem Mund an.

»Dschebel al Tarik!«

»Was?«

»Gibraltar auf arabisch: Berg des Tarik.«

Gibraltar: Ein von Affen bewohnter Felsen. Großaufnahme: Affenmutter mit Jungaffen am Bauch, bleckendes Gebiß. Britische Kronkolonie. Die Säulen des Herkules. Völkerbrücke zwischen Europa und Asien. Der Film »Die Fähre von Gibraltar«: der Kapitän mit einer schwarzen Frau in Afrika und einer weißen in Europa. Afrika, olé! Tanger! Tang, Tanger, am Tangesten! Die Gibraltargeleitzüge! Die halbe englische Flotte in Gibraltar. In meinem Kopf hakt jetzt die Tonabnehmernadel in der Rille Gi-bral-tar-Gi-bral-tar – Gipsaltar, Gipsaltar, Gipsaltar . . .

Den Alten wird das auch schön schlauchen. Aufs Mittelmeer wird er kaum neugierig sein. Und nicht auf einen Gammelhafen irgendwo in Italien. Führer befiehl, wir tragen die Folgen! Richtig, das ist das Motto: Das gehörte in Brandmalerei auf einen Zitronenkistendeckel und in die Zentrale gehängt.

Jetzt kann ich mir auf die Radionachrichten der letzten Wochen einen Reim machen: Nordafrika. Die schweren Kämpfe bei Tobruk. Der Vormarsch der Engländer auf der Küstenstraße nach Westen. Das Mittelmeer muß von englischen Geleitfrachtern und Kampfschiffen nur so wimmeln. Und jetzt sollen U-Boote die Lage bereinigen?

Ich sehe das Kartenbild der Straße von Gibraltar ganz genau vor mir und hineinprojiziert ein widerwärtig dichtes System von Ortungsgeräten, Netzen, dichten Kordons von Bewachungsfahrzeugen, Minen und allen Schikanen.

Ich bin noch wie betäubt, kann nicht klar denken. Es denkt nur irgendwo hinten in meinem Kopf, und da hält sich hartnäckig ein Wort: WERFTREIF. Der Schlitten ist doch werftreif nach all den Ausfällen. Was soll der Quatsch bloß? Wenn der Alte doch endlich vernünftig redete!

»Brennstoff – Brennstoff«, höre ich jetzt aus der Zentrale und wieder: »Brennstoff.« Einmal sagt es der Alte, einmal der Obersteuermann.

Dann höre ich: »Auf neunzig Grad gehen!«

Neunzig Grad? Glatter Ostkurs? Jetzt begreife ich gar nichts mehr.

Als der Alte aus der Zentrale zurückkommt und sich mit verkniffenem Gesicht, als rechne er immer noch Kurse aus, an die Back setzt, sollte der Leitende wohl mit der Frage herausrücken, auf die wir alle warten: »Woher den Brennstoff nehmen?«

Aber der Mund des Leitenden ist wie mit Heftpflaster verklebt.

Der Alte läßt gut fünf Minuten mit Bartkraulen verstreichen. Dann knurrt er: »Versorgung in Vigo!«

Vigo – Vigo – Vigo! Was heißt denn das nun wieder? Vigo – das ist doch in Spanien – oder in Portugal. Wo liegt denn bloß Vigo?

Der Leitende hat seine Lippen so fest nach innen gezogen, daß sich kleine Grübchen auf den Backen bilden. »Mhm«, ist das einzige, was er hervorbringt.

»Doch aufmerksam von der Führung«, höhnt der Kommandant, »die denken eben an alles. An *Ihre* Sorgen vor allem. Zwohundertundfünfzig Seemeilen weniger – zirka. Da schaffen wirs wahrscheinlich auch ohne Segeln – na, LI – was sagen Sie jetzt?«

Der Kalender zeigt den 14. Dezember, den Tag, an dem wir eigentlich einlaufen sollten. Jetzt wollen sie uns statt französisch spanisch kommen und dann noch italienisch. Ganz international also. Empfang mit Kastagnetten statt mit großdeutscher Blechmusik und mit hundert Jahre altem Sherry anstelle von Dosenbier.

Spanischer Garten, Spanische Fliege, was gibts noch Spanisches?

»Alles bestens geregelt«, sagt der Alte. »Sie brauchen gar nicht so zu gucken, LI! Wir bekommen Treibstoff in jeder Menge und auch Aale. Und Proviant natürlich auch – sozusagen eine richtiggehende Versorgung – genau wie im Heimathafen!«

Woher weiß er nur das alles, frage ich mich. Das FT war doch ziemlich kurz.

»Herz, was willst du mehr!« sagt der Leitende.

Der Alte blickt ihn nur mißbilligend an.

Mir fällt ein, daß diese Reise für den LI die letzte sein sollte. Immerhin seine zwölfte Reise. Dies ist ja schon sein zweites Boot. Es gibt heutzutage kaum noch welche, die zwölf Reisen überlebt haben. Und jetzt, zu guter Letzt, soll dem LI noch mal was Besonderes geboten werden? Nennen wir das Kind doch beim Namen: beste Chancen zum Absaufen – eine Minute vor Torschluß gewissermaßen.

Ich raffe mich auf und steige durchs Kugelschott.

Noch hat die Besatzung keine Ahnung, was uns blüht. Die werden Augen machen! Statt Schleuse St.-Nazaire mit Blasmusik irgendso ein Makkaronihafen und vorher sicher eine Menge Saures.

Daß etwas im Busch ist, haben die Lords anscheinend doch spitzgekriegt. Auf einmal haben alle gespannte oder neugierige Gesichter. Die Ruhe nach dem Funkspruch konnte ja nur bedeuten, daß eine sehr wichtige Nachricht das Boot erreicht hatte. Und den Ruderbefehl, der bald darauf kam, zu registrieren, war für aufgeweckte Leute Selbstverständlichkeit. Kurs auf den Heimathafen lag jedenfalls nicht mehr an.

Überall hört die Unterhaltung sofort auf, wenn ich in den Raum komme. Fragende Gesichter wenden sich mir zu. Aber solange der Alte nichts bekanntgibt, muß ich wohl oder übel eine gleichmütige Miene zur Schau tragen.

Noch hat der Alte mit keinem Ton den Befehl kommentiert, doch sein verdüstertes Gesicht ist beredt genug: Kann der Durchbruch ins Mittelmeer überhaupt gelingen? Und wenn ja, wie soll es denn dann weitergehen? Über dem Mittelmeer ist die gegnerische Luftüberwachung, von den vielen nahen Landbasen begünstigt, ungleich dichter als über dem Atlantik. Ob Boote da tagsüber überhaupt noch operieren können? Bei besonders günstigem Blickeinfallwinkel und günstigen Lichtverhältnissen soll im Mittelmeer ein U-Boot als Schatten vom Flugzeug aus noch bis in sechzig Meter Tiefe zu erkennen sein.

Die breite Stirn des Bootsmanns ist von einer schräg über der rechten Braue zur Nasenwurzel hinziehenden Narbe gezeichnet, die sich jedesmal, wenn er sich erregt, rötlich verfärbt. Jetzt ist sie dunkelrot angelaufen.

408

Der Obersteuermann hat keinen so verläßlichen »Emotionsanzeiger«. Er gibt sich völlig gleichgültig: Chargendarsteller eines absolut vernagelten Typs. Jetzt löst er den Kommandanten am Kartenpult ab. Wie ein Tiger, der sich mit seiner Beute beschäftigt, knurrt er jeden an, der auch nur in seine Nähe kommt. So kann keiner sehen, auf welcher Seekarte er gerade mit seinen Winkeln und Zirkeln hantiert.

»Jetzt laufen wir schon ne Stunde mit geändertem Kurs«, sagt Turbo halblaut und mit klingendem Tonfall, als er von achtern her durch die Zentrale kommt.

»Kluges Kind, du merkst auch alles!« höhnt Hacker, »dich solltense zum Decken verwenden.«

Schon eine Stunde! Eine ganze Stunde, sechzig Minuten. Daß ich nicht lache! Was ist denn für uns eine Stunde? Wie viele Stunden haben wir sinnlos verkarrt, wie viele ausgeleierte Routinestunden totgeschlagen! Genau mit dem Rückmarschbefehl begann der Stundenkurs freilich wieder zu steigen. – Jetzt wären es noch hundertvierzig Stunden bis zum Einlaufen – Normallage vorausgesetzt. Hundertvierzig Zeiteinheiten à sechzig Minuten bei brennstoffschonender Marschfahrt und ohne Flieger. Mit AK wären es wahrscheinlich nur dreißig Stunden, nur AK-Fahrt käme nicht in Frage. – Aber damit ist es nun sowieso aus und vorbei. Programmwechsel!

Marschfahrt. Im Streckbett banger Neugierde bringen die Leute die zweite Stunde hin. Der Alte schweigt sich immer noch aus.

Als ich mir im U-Raum Schreibzeug holen will, höre ich: »Komischer Kurs . . .« – »Naja, vielleicht wollen die höheren Chargen die Abenddämmerung in der Biskaya bewundern.« – »In Nazaire mal wieder einen wegstecken – ordentlich so richtig einen unter den Troier jubeln, das kannste abschreiben, die Sache scheint ganz schön zu stinken.«

Schweigen.

Da höre ich das vertraute Knacken im Lautsprecher. Endlich! Der Kommandant!

»Mal herhören: Wir haben einen neuen Einlaufhafen bekommen. La Spezia. Das liegt bekanntlich im Mittelmeer. Versorgung in Vigo. Das liegt in Spanien.«

Kein Kommentar, kein Sterbenswörtchen der Erklärung, keine Beschönigung – nichts. Der Kommandant sagt nur noch »Ende«, und dann knackt es wieder.

Die Maate der Freiwache stieren verstummt vor sich hin. Der E-Maschinenmaat Rademacher starrt auf seine Stulle, als wäre sie ihm von einem Fremden in die Hand gedrückt worden. Endlich bricht Frenssen den Bann: »Ach, du Scheiße!«

»Meine Fresse!« ist die nächste laute Äußerung.

Allmählich wird ihnen wohl klar, was der Befehl bedeutet: Keine Rückkehr in den Stützpunkt, der allen zur zweiten Heimat geworden ist. Nichts da mit einem schneidigen Anlegemanöver, damit die Nachrichtenzicken und die Karboltrinen mit den dicken Blumensträußen vor den gestärkten Schürzen was zu staunen haben. Der Weihnachtsurlaub? Wahrscheinlich auch im Eimer.

Und nun entrüsten sich alle: »Det is jan Ei!« – »Die ham vielleicht den Arsch offen!« – »Du kannst ja aussteigen, wenns dir nicht paßt!« – »Mensch, wer das geahnt hätte!«

Mein Blick sucht den Fähnrich. Er hockt auf seiner Koje, die Hände hängen ihm zwischen den Knien herunter. Er ist bleich und starrt leer vor sich hin.

»Das wird dem LI aber schmecken!« sagt jetzt Frenssen. »Wir sind doch ganz runtergefahren. Wir haben ja kaum noch Öl und fast keine Aale, was soll denn der Quatsch?« – »Spanien ist doch neutral . . .« – »Laß man – andere lassen sich auch!« – »Das schmeckt aber nach grünem Tisch!« – »Daß so was kommen mußte, das konntste dir am Arsch abfingern!« – »Jetzt wirds ja heiter!«

Im Bugraum herrscht noch betroffenes Schweigen. Das Scheppern einer Barkasse zwischen den Torpedorohren klingt unnatürlich laut.

»Das geht doch gar nicht«, sagt endlich Ario.

»Zerbrech dir mal nicht den Kopf der Führung«, gibt Dunlop zurück, »wohl nie was von Versorgern gehört?«

»Was soll denn das dann mit Spanien – mit – wie hieß das Kaff?«

»Vigo!«

»Scheiße!« sagt Böckstiegel und schiebt noch zweimal nach: »Scheiße – Scheiße!« Und dann: »Scheiße zu Pferde!«

»Die sind doch – die sind doch – die sind doch glatt verrückt!« Der Eintänzer stottert vor Erregung. »Ins Mittelmeer!« Er legt so viel Verachtung in das Wort, als spräche er von einer stinkenden Kloake.

Turbo ist besorgt: »Da sind wir wohl ganz abgemeldet in St.-Nazaire. Was machen die denn mit unseren Seesäcken?«

»Die kommen in die Nachlaßlast!« beruhigt ihn Ario.

»Schnauze!« schreit der Eintänzer. So witzig verträgt es keiner.

»Weihnachten bei den Makkaronis – Mensch, wer das gedacht hätte!«

»Wieso bei den Makkaronis? Wenn de Urlaub krichst, isses doch schnuppe, ob de nu quer durch Frankreich oder quer durch Italien fährst . . .«

»Längs durch Italien!« verbessert Hagen.

410

»Na ja!« macht Ario in resigniertem Tonfall und denkt sicher, was keiner auszusprechen wagt: »Erst mal dort sein – bei den Makkaronis!«

»Gibraltar – was issen da so schlimm?« erkundigt sich vorsichtig der Bibelforscher.

»Doof bleibt doof, da helfen keene Pillen«, bekommt er aus einer Hängematte zur Antwort. Und aus einer Unterkoje: »So was lebt – und Schiller mußte sterben!«

»Hat keine Ahnung von Geographie, diese Jammergestalt! Da haste wohl gerade gefehlt, wie Gibraltar dran war? Mensch, da isses so eng wie in ner Jungfrauenfotze. Da müssen wir unseren Schlitten mit Vaseline schmieren, wenn wir durchwollen.«

Basses Staunen. Für eine Weile sind alle sprachlos.

»Das gibts tatsächlich«, meldet sich schließlich Hagen zu Wort.

»Was denn?«

»Daß de in ner Fotze festklemmst und nich wieder rauskommst. Das is mal nem Kollegen passiert. Da sitzte mit dem Pint fest wie in nem Schraubstock.«

»Mach Sachen!«

»Wenn ichs euch sage!«

»Und wie gehts dann weiter?«

»Da hilft nichts, nur der Doktor. Der muß der Lady ne Spritze geben . . .«

Turbo, der stets auf Genauigkeit hält, gibt sich damit nicht zufrieden. »Und wie holste den Doktor, wenn du in der Lady steckst?«

Gibraltar hat für einen Augenblick seinen Schrecken verloren.

»Keene Ahnung. Vielleicht mußte schreien?«

»Oder warten, bis Schnee fällt!«

In der Zentrale treffe ich auf den Kommandanten.

»Mal was anderes«, bohre ich.

»Heiter!« sagt er mürrisch. Er dreht sich mir zu und betrachtet mich prüfend. Wie immer kaut er am Stiel seiner erkalteten Pfeife. Wir stehen uns eine gute Weile gegenüber wie Denkmäler, bis der Alte eine einladende Handbewegung macht. Ich placiere mich neben ihm auf der Kartenkiste.

»Nachschubwege sichern soll das wahrscheinlich heißen. In Afrika brennts – und wir sollen die Feuerwehr spielen. Komische Idee: U-Boote ins Mittelmeer. Dabei haben wir doch schon im Atlantik zuwenig Boote . . .«

Ich versuche es sarkastisch: »Nicht die richtige Jahreszeit fürs Mittelmeer. Da hat er aber schlecht geplant, der BdU . . .«

»Von dem scheint das nicht mal zu stammen. Der BdU hat sich ja schon mit allen Mitteln dagegen gewehrt, daß U-Boote als Wetter-boote eingesetzt werden. Wir brauchen doch *jedes* Frontboot. Für was sonst als für die Atlantikschlacht sind denn die VIIC-Boote gebaut?«

Eben noch, denke ich, waren wir großherrlich. Ein auf sich gestelltes Kampfboot. Jetzt sind wir bloß noch das Objekt höherer Strategie. Unsere Nase wird gen Spanien gedreht, ferngelenkt, und unser Ein-laufplan und alles, was daran hängt, gerät zu Essig . . .

»Der macht jetzt ganz schön was mit, der LI«, beginnt der Kom-mandant stockend wieder: »Seine Frau – die muß in diesen Tagen Nachwuchs kriegen. Wir hatten alles schon so schön hingetrimmt mit dem Urlaub. Sogar ne lange Unternehmung war einkalkuliert. Aber das hier natürlich nicht. Die haben nicht mal mehr ne schlichte Eta-genwohnung. Total ausgebombt während der vorletzten Reise. Woh-nen bei den Eltern der Frau in Rendsburg. Jetzt hat der LI Angst, daß was schiefgehen könnte. Begreiflich. Irgendwas ist nicht in Ord-nung mit der Frau. Die ist schon mal bei ner Geburt fast draufgegangen. Da war das Kind tot.«

Das erste Mal, daß ein Privatleben zur Sprache kommt. Warum erzählt mir der Alte das alles? Das entspricht doch gar nicht seiner Art.

Eine Stunde nach dem Abendessen weiß ich Bescheid. Wie der Alte beim Kriegstagebuchschreiben merkt, daß ich an ihm vorbei will, sagt er: »Moment mal«, und nötigt mich auf seine Koje: »Ich will Sie in Vigo absetzen – Sie und den LI. Der LI sollte ja nach dieser Reise aussteigen – das ist mal amtlich.«

»Aber . . .«

»Machen Sie nicht in Heroismus. Ich knoble noch am Funkspruch. *Irgendwie* werden Sie mit dem LI schon durch Spanien gelotst werden, meinethalben als Zigeuner verkleidet.«

»Aber . . .«

»Nichts aber. Einer allein, das geht schlecht. Ich hab mirs überlegt. Wir haben da Agenten, die bringen Sie schon durch.«

Ein Wirbel von Gedanken quirlt mir durch den Kopf: Jetzt das Boot verlassen? Wie sieht das denn aus? Quer durch Spanien? Was denkt sich denn der Alte?

In der Zentrale finde ich den Leitenden: »Wissen Sies schon – der Alte will uns beide absetzen!«

»Was soll das denn heißen?«

»Wir sollen in Vigo aussteigen – Sie und ich.«

»Wieso?« Der Leitende zieht die Lippen ein. Ich kann zuschauen, wie es in ihm arbeitet. Er braucht sich gar nicht aufzuspielen, ich weiß ja alles. Endlich sagt er nur sachlich: »Möchte nur wissen, wie der Alte mit der Schafsnase klarkommen will – ausgerechnet jetzt!« Mehr sagt er nicht. Ich brauche ein paar Augenblicke, bis ich kapiere: Die Schafsnase, damit meint er seinen Nachfolger.

Den Fähnrich – wenn wir doch den Fähnrich mitnehmen könnten, denke ich.

Als ich das nächste Mal durch die Zentrale komme, ist der Obersteuermann am Kartenpult. Jetzt kann er wieder einen geraden Strich für unseren Weg in die Seekarte einzeichnen. Alle sind beschäftigt. Aber jeder macht seine Arbeit ohne aufzublicken. Jeder versucht, allein mit seiner Enttäuschung und seinen Sorgen fertig zu werden.

Am zweiten Tag hat sich der Schreck gelegt. Von der Ansteuerung an die spanische Küste trennen uns nun noch vier Tage Marschfahrt. Viel schneller als bei dem allgemeinen Tiefstand der Laune zu erwarten war, haben sich die Leute gefangen. Aus meiner Schlafwagenkoje höre ich wieder die vertrauten Gespräche.

»Das letzte Mal hab ich Schwein gehabt: Von Savenay bis Paris in nem Abteil mit ner Nachrichtenzicke ganz allein! Mann, das macht Laune! Da brauchste dich gar nicht anzustrengen – das geht wie geschmiert rauf und runter – die Gleisstöße! – Wie der Zug über ne Weiche gekracht ist, bin ich fast aus der Dame rausgeflogen. Hahaha!«

Zwei Minuten später:

»Also ich schaff das nich im Auto . . . da haste doch gar keine Bewegung. Nee, nischt für mich! Da laß ich se lieber auf die Vordersitze hocken und rammle von hinten – so von draußen – im Stehen – –!«

Ich kann durch den Vorhangspalt direkt in Frenssens erinnerungsverklärtes Gesicht sehen: »Mal hats geregnet. Da blieb das Mäuschen schön trocken – aber ich war gleich patschnaß! Das kam vom Dach wie aus ner Rinne. Da konnt ich mir dann ooch gleich noch den Pint abwaschen!«

»Biste barfuß gegangen?«

»Klar Mann, das Mäuschen weiß schon, wannse aufpassen muß!«

Später höre ich: ». . . der hat sich noch ne Freundin angeschafft. Dabei isser schon drei Jahre verheiratet. Die leben jetzt über Kreuz – zu dritt!«

»So so.«

»Nee, das is kein besonders sensibler Mensch!«

»Muß mer denn dazu besonders sensibel sein?«

Am dritten Tag nach dem Gibraltarbefehl, kurz vor Mittag, schon gegen Ende seiner Wache, meldet der Steuermann von oben ein treibendes Objekt. Hinter dem Kommandanten entere ich auf. Der Obersteuermann weist den Kommandanten ein: »Steuerbord fünfundvierzig Grad!«

Das Objekt ist noch etwa tausend Meter ab. Der Kommandant läßt darauf zuhalten. Ein Rettungsboot ist es nicht – eher ein unförmiger flacher Klumpen. Kaum Seegang. Es ist, als triebe das Objekt auf uns zu. Über ihm steht eine merkwürdige Wolke wie ein Wespenschwarm. Möwen? Der Kommandant saugt die Luft zwischen gespannten Lippen ein. Sonst kommt kein Ton von ihm. Er nimmt das Glas von den Augen: »Gelbe Stellen – das ist ein Floß!«

Jetzt erkenne ich das Floß auch im Glas: ein unbemanntes Floß mit Fässern an der Seite. Fässer? Oder sind das Fender?

»Da hängen Leute dran!« sagt der Obersteuermann unter dem Glas hindurch.

»Tatsächlich!«

Der Alte gibt eine Kurskorrektur. Unser Bug zielt wieder genau auf das Floß zu.

»Da rührt sich keiner mehr!«

Ich starre durchs Glas. Das treibende Objekt wird immer größer Sind nicht schon schrille Möwenschreie zu hören?

Da schickt der Kommandant die beiden Ausguckposten von der Brücke.

»Obersteuermann, übernehmen Sie die Sektoren! – Das ist sicher kein Anblick für die Leute«, murmelt er mir zu.

Der Alte läßt jetzt Backbordruder geben. Wir kommen in einer langgezogenen Linkskurve heran. Unsere Bugwelle erfaßt die Leichen, die rings um das Floß im Wasser hängen. Sie geraten nacheinander in nickende Bewegungen wie automatische Schaufensterpuppen.

Fünf Tote – ans Floß festgebunden. Warum nur liegen sie nicht auf dem Floß? Warum hängen sie in den Webeleinen, die ringsum am Floß angebracht sind? Der scharfe Wind! Suchten die im Wasser Schutz vor dem beißenden Wind?

Kälte und Angst, wie lange erträgt man die? Wie lange reicht die Körperwärme aus gegen die eisige, ans Herz fassende Lähmung? Wie schnell mögen einem die Hände absterben?

Einer ragt höher aus dem Wasser als die anderen. Er macht steife Verbeugungen, die gar kein Ende nehmen wollen.

»Kein Name auf dem Floß«, sagt der Alte.

Einer der toten Seeleute treibt aufgequollen in Rückenlage auf dem Wasser. Kein Fleisch mehr auf den Gesichtsknochen. Die Möwen haben ihm alles Weiche aus dem Gesicht gehackt. Auf dem Knochenschädel ist nur ein kleines Stück Skalp mit schwarzen Haaren übriggeblieben.

Das sind keine Menschen mehr, eher Gespenster wie von der Geister-bahn, grausige Chimären – alles, nur keine Menschen. Statt der Augen haben sie nur mehr Höhlen. Bei einem liegt auch das Schlüsselbein frei. Obwohl die Möwen kein Fleisch an ihnen gelassen haben, sehen die Toten schlierig und schleimig aus. Auch die Fetzen der Hemden und die Schwimmwesten sind von grünlicher Gallerte überzogen.

»Da kommen wir wohl zu spät«, sagt der Alte. Mit heiserer Stimme gibt er seine Maschinen- und Ruderbefehle. »Bloß schnell weg«, höre ich ihn murmeln.

Die Möwen fliegen, schrill und bösartig schreiend, über uns hin. Ich wünsche mir ein Schrotgewehr, um sie abzuknallen.

Der Klumpen treibt achteraus. Er wird rasch kleiner. Unsere Ab-gase lösen seine Konturen auf, sie lassen ihn diffus erscheinen.

»Das waren Dampferleute!«

Gut, daß der Alte redet.

»Die hatten ja noch diese altmodischen Korkschwimmwesten. Auf Kriegsschiffen gibts die ja wohl nicht mehr.« Und nach einer Weile murmelt er: »Kein gutes Omen!« und gibt einen Ruderbefehl. Dann wartet er noch zehn Minuten, ehe er die Posten wieder hochkommen läßt.

Ich werde mit dem Anblick nicht fertig. Schrecken hat sich mir in die Brust gekrallt. Ich fühle mich nicht mehr wohl hier oben und klettere nach unten. Es vergehen keine zehn Minuten, da kommt der Kom-mandant auch herunter. Er sieht mich auf der Kartenkiste sitzen und sagt: »Das ist fast immer so mit den Möwen. Einmal haben wir zwei Rettungsboote gefunden. Da waren auch alle Mann tot. Wahrschein-lich erfroren. Auch alle ohne Augen!«

Wie lange mögen die schon mit ihrem Floß getrieben sein? Ich wage nicht, den Alten zu fragen.

»Am besten«, sagt der Alte, »man trifft einen Tanker mit Benzin. Das blowt mit einem Schlag auf. Da gibts solche Probleme nicht. - Bei Rohöl siehts leider schon wieder anders aus!«

Obwohl die Brückenposten, ehe der Kommandant sie nach unten schickte, nicht viel gesehen haben können, hat sich offenbar im Boot herumgesprochen, was da im Wasser trieb: Die Leute sind einsilbig. Auch der Leitende muß etwas gemerkt haben. Er guckt den Alten fragend an. Dann senkt er schnell den Blick.

Über die Schiffbrüchigen wird auch im U-Raum kein Wort ver-loren. Ich höre nicht einmal eine der üblichen koddrigen Bemerkun-gen, mit denen die Leute sonst ihre wahren Gefühle verbergen. Man könnte meinen, hier wären besonders dickfellige und gefühlsarme Ge-sellen versammelt, die das Verhängnis der anderen nicht berührt.

Aber das Schweigen, das sich plötzlich ausgebreitet hat, die Reizbarkeit, die in der Luft hängt, belehrt eines Besseren. Ich bin sicher, daß mancher sich vorstellt, er wäre es, der jetzt hilflos an einem Floß hängt oder in einem Boot treibt. Jeder an Bord weiß, wie gering die Chancen sind, daß ein Floß mit Schiffbrüchigen in diesem Seegebiet entdeckt wird, und wie das Schicksal abläuft, auch wenn die See ruhig ist. Die Leute, die im Geleitzug ihr Schiff verlieren, können noch eher hoffen, aufgepickt zu werden. Da sind Sucheinheiten unterwegs, da weiß man, wo das Unglück passierte und hat sich auf Rettung eingerichtet. Aber dies waren keine Leute von einem Geleitzug. Es wären sonst Trümmer zu sehen gewesen – nicht nur dieses einzelne Floß.

Die Ansteuerung Vigos wird schwierig. Seit Tagen haben wir kein ordentliches Besteck mehr bekommen. Immer nur dunstiges Wetter. Keine Sonne, keine Sterne. Der Obersteuermann hat zwar so gut gekoppelt, wie er es nur irgend vermochte, aber die Stromversetzung kann er in seine Berechnungen nicht genau einkalkulieren – weiß der Himmel, wie weit wir vom errechneten Schiffsort weg sind. Viele Möwen begleiten das Boot. Sie haben schwarze Flügeldecken und schmalere, dafür aber längere Schwingen als die Atlantikmöwen. Mir kommt es vor, als könne ich schon Land riechen.

Plötzlich spüre ich eine würgende Sehnsucht nach dem festen Land. Wie mags jetzt aussehen? Spätherbst – fast schon Winter. Wir merken auf unserem Boot ja nur am Kürzerwerden der Tage, wie spät im Jahr wir schon sind. Um diese Zeit machten wir als Kinder unsere Kartoffelfeuer und ließen selbstgebastelte Drachen steigen, die größer waren als wir selber.

Da merke ich: Irrtum. Die Zeit der Kartoffelfeuer ist ja längst vorbei. Mein Zeitgefühl funktioniert nicht – ist in die Binsen gegangen. Trotzdem sehe ich den milchig weißen Qualm, der sich wie eine riesige Made von unserem Feuer weg über die feuchte Erde windet. Das Kraut will nicht richtig brennen. Nur wenn der Wind kommt, loht das Feuer rot auf. In der heißen Asche lassen wir dann die Kartoffeln backen . . . Das ungeduldige Probieren mit harten Stengeln, ob sie gar sind. Die schwarze Pelle, die schrundig aufplatzt. Und dann der erste Biß mit nach innen gezogenen Lippen in das gelbe mehlige Innere hinein! Der Rauchgeschmack auf der Zunge! Der Rauchgeruch, der noch tagelang danach in den Kleidern saß! Kastanien in allen Hosentaschen! Gelbe Finger vom Auslösen der Walnüsse! Die kleinen weißen Gehirne, die nur gut schmeckten, wenn man vorsichtig die gelben Häute aus allen Vertiefungen gelöst hatte, sonst aber bitter waren.

Sogar dem Obersteuermann hat Spannung die Zunge gelöst. Ich brauche nicht herumzustehen, von einem Bein aufs andere zu treten und einladende Blicke zu werfen – diesmal redet er von allein los und fährt dabei mit dem Zirkel Bleistiftlinien auf der Karte nach: »Was die sich so ausdenken! – Und wenn wir erst mal drin sind – wie sollen wir dann bloß das richtige Schiff finden – nachts? Da liegt doch mehr als *ein* Kolcher rum.«

Kriechbaum gibt deutlich zu verstehen, daß er das Ganze für einen reichlich verstiegenen Einfall hält: »Na, jedenfalls mal was Neues!«

Der Alte erscheint und beugt sich über die Seekarte: »Mal ausklamüsern – ansteuern nach Inseleckpunkten. Wie heißt die Insel vor der Bucht?«

»Insel Cies!« antwortet der Obersteuermann.

»Hier müßte ein Feuer in Linie neunundsechzig Komma drei sein. Aber die haben ja sicher auch alle Feuer ausgemacht. Ganz schön knifflig.«

»In der Bucht haben wir eine Wassertiefe von dreißig Metern!«

»Die südliche Ausfahrt wollen wir uns auch mal genauer beschnuppern.«

Sechs Uhr morgens.

Der dunkle Kreisausschnitt des Turmluks wandert herüber und hinüber, an ein paar Sternen kann ich seine Bewegungen erkennen. Am Rudergänger vorbei, der an der Vorderseite des Turms dicht an die Wand gedrückt zwischen seinen Geräten hockt, entere ich auf.

»Ein Mann auf Brücke?«

»Jawoll!« kommt die Stimme des II WO zurück.

Ich greife mit der Linken den blanken Vorreiber des Turmluks, mit der rechten Hand eine am Sehrohrschacht angebrachte Eisenstange und ziehe mich ganz aus dem Luk heraus. Kalt faßt mir der Wind ins Gesicht. Er ist mit Feuchtigkeit beladen und läßt mich erschauern. Wie unter einem Zwang suche ich, ehe ich mich der Betrachtung des Himmels hingebe, den Horizont ab: ungebrochen liegt das Rund der Kimm um uns.

»Wind hat vor einer Stunde nach Westen gedreht«, sagt der II WO.

Die Posten stehen unbeweglich. Ihre Gläser wandern von einer Grenze ihres Sektors zur anderen – hin und zurück – wieder und wieder. Manchmal setzt einer das Glas ab und beobachtet eine Weile mit bloßem Auge. Blick über den ganzen Sektor, den Himmel vor allem, dann führt er das Glas wieder vor die Augen, um neunzig Grad der Kimm Millimeter für Millimeter abzusuchen.

Im Westen ist noch dichte Dunkelheit. Im Osten aber lichtet sich die Nacht. Vom Horizont schwebt ein Hauch grünlichen Lichtes hoch, das breitfließt und immer größere Stücke der Kimm dunkel gegen hell abzeichnet. In halber Höhe reißt es ein paar Wolken aus dem Dämmer und hellt ihre Ränder auf.

Wir fahren durchs Morgengrauen wie ein Geisterboot. Das Gepatsche der Wellen, die unter uns an der Rundung der Tauchtanks hochlecken, klingt wie von weit her. Das Rauschen der Bugwelle ist kaum zu hören: Über dem Wasser liegt Nebel, der sich allmählich in Streifen zerfasert: Es ist, als ob das Wasser rauche. Durch den Nebel strömt kalter Wind ohne Laut.

Allmählich hebt sich der Nebel. In weichen Wellen kommt die Morgendämmerung. Das Nachtmeer wird vom ersten Licht getroffen. Überall zuckt und zittert es unter seinen Berührungen.

Der II WO wendet sein Gesicht dem Turmluk zu: »An Kommandant: Dämmerungsbeginn!« und danach: »An Obersteuermann: Chance zum Sterneschießen!«

Die Wolkengebäude fangen Feuer. Im Nu steht der ganze östliche Himmel in Brand. Amethystfarbenes Licht quillt über den Saum der Kimm und breitet sich aus. Glut und Brand. Dazwischen Wolken wie dunkler Qualm mit Violett am Untersaum. Der Himmel gerät in Tumult. Das Meer glüht. Wir fahren durch die Röte hindurch. Auch von unserer Back glänzt roter Widerschein.

Nun schiebt die Sonne ihren oberen Rand über die Kimm. Der Himmel verfärbt sich für ein paar Augenblicke grünlich und bekommt dann eine blaugraue, gegen die Kimm blasser werdende Tönung. Während die Sonne schnell höher steigt, aber wenig Glanz gewinnt, verlieren die Wolken ihre Farbe, und das Wasser wird wieder dunkel. Wie Sprünge zucken weiße Schaumstreifen durch die dunkle Fläche.

Das Meer sieht heute wie verkleinertes Vorgebirge aus. Runde, abgeschliffene Hügel, auf und ab schwingende und sich überschneidende Linien. Die Hügel rollen unter dem Boot durch. Sie heben uns auf und ab. Wenn ein Windstoß kommt, laufen Furchen und Runzeln über ihre Flanken. Ein gutes Dutzend Möwen kreist mit unbewegten Flügeln um das Boot. Ihr Gefieder leuchtet blendend auf und stumpft wieder ab, wenn sie gegen die Sonne stehen. Sie recken die Köpfe und blicken uns aus starren Augen an.

Während der Wache des Obersteuermanns wird es wieder dunstig. Der Obersteuermann macht sein besorgtes Gesicht. In Küstennähe, ohne den Schiffsort genau zu kennen und dann noch Dunst: Für den Navigator gibt es nichts Ärgeres. Weil wir irgendeine Peilung haben müssen, koste es, was es wolle, läßt der Alte mit langsam tuckernden Dieseln näher an die Küste heransteuern.

Der I WO ist auch auf der Brücke. Wir starren alle angestrengt voraus in die wäßrige Milchsuppe. Da klumpt sich etwas im trüben Grau und gewinnt schnell Kontur: Ein Fischerboot, das unseren Kurs quert.

»Den könnten wir mal fragen, wo wir sind«, brummt der Alte. »I WO, Sie können doch Spanisch?«

»Jawoll, Herr Kaleun!«

Der I WO braucht seine Zeit, bis er merkt, daß der Alte Jux macht.

»Der würde schön staunen, wenn wir ihn jetzt anriefen! So aus dem Nebel raus!«

Allmählich kommt Wind auf, der Dunst wird dünner und dünner, und auf einmal reißt der Wind die weißlichen Fetzen höher, und direkt vor uns baut sich eine Felsenküste auf.

»Prost Mahlzeit!« entfährt es dem Alten. »Stop Maschinen – stop!«

Wir sind viel zu dicht aufgelaufen.

»Hoffentlich sind da oben keine Spaziergänger unterwegs«, muffelt der Alte, »na, kaum das richtige Wetter für Promenaden.«

Unsere Bugwelle sinkt zusammen. Die plötzliche Stille benimmt mir den Atem. Die Brücke beginnt zu schwanken. Der Alte nimmt das Glas nicht mehr von den Augen. Auch der Obersteuermann sucht intensiv die Küste ab.

»Prima, Obersteuermann!« sagt endlich der Alte, »wir scheinen ziemlich genau dort zu stehen, wo wir hin wollten – bloß ein bißchen nahe dran! Na, jetzt mogeln wir uns mal schön sachte an die Einfahrt ran, und dann begucken wir uns dort erst mal den Verkehr. – Beide Maschinen langsame Fahrt voraus! Dreißig Grad steuern!«

Der Rudergänger quittiert die Befehle.

»Wassertiefe?« fragt der Kommandant.

Der I WO wendet sich über das Luk und wiederholt die Frage.

»Achtzig Meter!« kommt Antwort von unten.

»Laufend peilen!«

Wieder wehen Dunstschleier heran.

»Vielleicht gar nicht ungünstig«, sagt der Kommandant. »Ne Art Tarnmantel. Paßt bloß auf, Leute, daß wir keinen zu Klump fahren!«

Wir sind gut zwei Stunden früher hier vor der Küste aufgekreuzt als ursprünglich errechnet war.

»Am besten, denke ich mir«, hebt der Alte schleppend an, »durch die Nordeinfahrt rein – unter Wasser – und vielleicht – da auch wieder raus. Die Nacht durch versorgen und dann vor der Dämmerung, so gegen vier Uhr, ab die Post! Obersteuermann, ich will möglichst ab zwoundzwanzig Uhr ans Schiff. – Sechs Stunden – das muß doch reichen? – Wir müssen uns eben mit der Übernahme gewaltig beeilen!«

Keine Feuer, keine Peilungen, keine Ansteuerungsbojen! Nichts! Noch vor dem einfachsten Hafen hilft der Lotse jedem Dampfer beim Einlaufen und Auslaufen. Trotz bester korrigierter Karten muß auch bei klaren Wetterverhältnissen stets ein Lotse an Bord – bloß für uns gelten diese Vorschriften nicht.

Die Dunstfahnen heben sich schon wieder.

»Nichts Ganzes und nichts Halbes. Doch lieber abwarten bis Dunkelheit . . .« höre ich den Alten.

Ich gehe von der Brücke.

Gleich darauf läßt der Alte tauchen: Sehrohrtiefe.

Mit den E-Maschinen mogeln wir uns allmählich immer näher an die Hafeneinfahrt heran.

Der Alte hockt im Turm auf dem Sehrohrsattel, das Mützenschild nach hinten gekehrt wie ein Motorradfahrer aus der Pionierzeit.

»Was ist das für ein Geräusch?« fragt er jetzt dringend. Wir spitzen alle die Ohren. Ich höre deutlich ein hohes gleichförmiges Sausen, überdeckt von dumpfen Schlägen.

»Keine Ahnung!« sagt der Obersteuermann.

»Komisch!«

Der Alte läßt den Sehrohrmotor anspringen und gleich wieder stoppen. Er steckt also den Spargel nur ganz kurz hinaus.

»An Horchraum: Was peilt in hundertzwanzig Grad?«

Herrmann gibt Antwort: »Kleiner Diesel!«

»Wohl irgendein Küstenkolcher«, kommt es von oben, »wieder was – und noch einer – und da kommt noch son Zossen, anscheinend Generalversammlung – der läuft aber – hoppla!« Und nach einer Weile: »Schon wieder schlechte Sicht. Kaum mehr was zu sehen! – Wir müssen einen Zossen finden, an den wir uns anhängen können.«

»Vierzig Meter!« meldet der Mann am Echolot.

»Wie wärs, wenn wir hier einfach vor Anker gingen?« fragt der Alte herunter.

Der Obersteuermann schweigt. Er hält das anscheinend nicht für eine ernst gemeinte Frage.

Anker? Tatsächlich schleppen wir dieses Sinnbild der Hoffnung mit uns herum wie irgendein Dampfer. Ob das Boot seinen Anker jemals gebraucht hat?

Der Kommandant läßt sich vom I WO am Sehrohr ablösen und hangelt sich schwerfällig herunter. »In zwei Stunden wirds dunkel, dann laufen wir ein – so oder so!«

»Wie soll das Ganze denn überhaupt weitergehen?« wage ich zu fragen.

»Genau nach Plan!« ist die trockene Antwort des Alten.

Das »P« von Plan ließ er zwischen den Lippen herausplatzen – seine Art, sich über die Organisation zu mokieren.

Schließlich läßt er sich aber doch zu einer Erklärung herbei: »Unter den Geheimsachen, die wir mitgekriegt haben, sind Anweisungen – genau für diesen Fall. Wir haben ja per FT ganz genaue Einlaufzeit bekommen. In Vigo besorgen sicher unsere Agenten das Nötige – oder haben es längst besorgt.«

»Apart«, murmelt der Leitende.

»Kann man wohl sagen.«

»Zeit zum Auftauchen«, meldet der Obersteuermann.

»Na denn!« macht der Alte und stemmt sich hoch.

Blaugraue Abenddämmerung. Der Wind steht von der Küste her. Er trägt uns den Geruch von Land entgegen. Ich wittere wie ein Hund, der seine Nase mit kleinen Stößen in den Wind reckt, und sondiere die Duftschichten, die durcheinanderwehenden Gerüche: vergammelter Fisch, Treiböl, Rost, verbrannter Gummi, Teer – aber dazwischen und darüber ist noch mehr: Staubgeruch, Erdgeruch, Blättergeruch.

Die Diesel springen an. Der Kommandant hat sich anscheinend entschlossen, auf Teufel komm raus loszupreschen.

Ein paar Positionslaternen blinzeln auf. Rote, grüne. Dann auch wieder eine weiße – höher als die anderen, muß also ein Topplicht sein.

Der II WO meldet ein Schiff, das von backbord querab heranstaffelt.

Der Alte richtet sein Glas ein, steht eine Weile reglos, dann läßt er die Fahrtstufe verringern. »Na, das sieht ja – sieht ja gar nicht unflott aus. Der will rein – gar keine Frage. Na, wer sagts denn – wer sagts denn – den nehmen wir jetzt mal schön voraus – scheint wieder son Küstenkolcher zu sein – aber einer von der stämmigen Sorte – macht ne Menge Qualm – heizt anscheinend mit alten Filzstiefeln – wenns nur bißchen dunkler wäre!«

Der Alte hat nicht ganz ausblasen lassen. Unser Oberdeck ragt kaum aus dem Wasser. Wer uns nicht von der Seite sieht, kann uns kaum als U-Boot ausmachen.

Der Alte richtet jetzt den Bug auf die grüne Steuerbordlaterne des Aufkommers. Wir stehen vom Dampfer her gesehen gegen einen Küstenstreifen, der die Umrisse des Turms aufnimmt: Immer auf den Hintergrund achten – die alte Regel!

Der Alte läßt allmählich mehr Steuerbordruder legen. So behalten wir die grüne Laterne über dem Netzabweiser, bis wir auch das Heck-

421

licht des Dampfers zu sehen bekommen. Erst jetzt läßt der Alte eine Fahrtstufe höher gehen: Wir fahren direkt im Heckwasser des Dampfers. Ich kann seinen Qualm riechen.

»Pfui Deibel«, sagt der Alte. »Aufpassen! Aufpassen, daß uns keiner querkommt! Hier musses Fähren und so Zeug geben!«

Der Alte sucht unablässig mit dem Glas. Plötzlich taucht an Steuerbord ein Schatten auf. Keine Zeit mehr zum Ausweichen! Wir schieben uns so nahe daran vorbei, daß wir einen Glimmpunkt erkennen können. Kein Zweifel: ein Mann, der eine Zigarette raucht. Wenn er aufgepaßt hat, muß er uns gesehen haben – als einen halb vom Qualm verdeckten merkwürdigen Schatten.

Jetzt haben wir drei, vier große Schatten voraus. Kommen sie auf? Wandern sie aus? Was ist da los?

»Jede Menge Betrieb«, murmelt der Alte unter seinem Glas hindurch.

Lichter – Hecklaternen – fernes Gerumpel.

»Die scheinen vor Anker zu liegen«, höre ich den Obersteuermann.

»Sollte das schon die Innenreede sein . . .?«

»Scheint so!«

Jetzt blitzt in der Ferne eine ganze Lichterkette auf. Sie ist sorgfältig über die Kimm hingespannt, aber an zwei, drei Stellen unterbrochen: Das könnte eine Pier sein, an der Schiffe liegen. Die Lücken könnten durch die Schatten der Schiffe entstehen.

An Steuerbord sind jetzt auch Dampfer. Ihre Lage ist schwer auszumachen. Wenn sie alle nach einer Richtung vor dem Anker geschwoit hätten, wäre es einfach. Aber da liegt einer, der kehrt uns das Heck zu – ganz ohne Zweifel, und der daneben seinen Bug: Deutlich ist der Schattenriß trotz der Dunkelheit gegen die Lichter in der Ferne zu erkennen.

»Liegen anscheinend zwischen Tonnen«, murmelt der Alte.

Ich habe keine Ahnung, wie der Alte unter den Dampfern den richtigen ausbaldowern will – den, der uns versorgen soll, das deutsche Schiff »Weser«.

»Uhrzeit?«

»Einundzwanzig Uhr dreißig!«

»Das klappt ja phantastisch!«

Der Alte gibt zwei sich schnell folgende Hartruderbefehle. Hier scheint es komplizierte Strömungen zu geben. Der Rudergänger bekommt eine Menge zu tun.

Verdammt! Verdammt! Wenn wir doch den Scheinwerfer benutzen könnten. Ohne Licht in fremder Wohnung stöbern – eine vertrackte Sache.

Dampfer gibts hier jedenfalls in Mengen. Kriegsschiffe scheinen auch dabei zu sein. Da, drei Strich an Steuerbord, das muß ein Kanonenboot sein oder ein kleiner Zerstörer.

Der Alte läßt die Maschinen stoppen. Wir machen noch eine Weile Fahrt. Dabei wird unser Bug nach steuerbord herumgezogen.

»Jetzt such mal einer den richtigen Pott raus!« höre ich den Alten.

Wieder Maschinenkommandos, dann Ruderbefehle, neue Maschinenkommandos, eine Serie Ruderbefehle in schneller Folge: Zickzackfahrt zwischen den großen Schatten hindurch.

Die Kommandos für den Rudergänger und die Maschine jagen sich.

»Ich werd verrückt!« murmelt der II WO.

»So haut das nicht hin«, grollt der Alte.

»Da fährt ne Straßenbahn!« sagt der II WO.

Was hat er gesagt? Straßenbahn? – Da – ein blauer Lichtblitz: tatsächlich eine Straßenbahn! Der Stromabnehmer reißt wie zum Beweis noch zwei, drei Lichtblitze aus dem Oberleitungsdraht.

Vor uns liegt eine mächtige dunkle Masse. Das müssen zwei, drei Dampfersilhouetten sein, die sich überlappen.

»Da blinkt einer!« meldet der Obersteuermann.

»Wo denn?«

Ich mache die Augen scharf. Einen Sekundenbruchteil lang war ein winziger Lichtpunkt mitten in dem großen Schatten zu sehen.

Der Alte beobachtet stumm. Der Zigarettenpunkt blinzelt wieder an, geht aus, geht wieder an.

»Das Zeichen!« sagt der Alte und atmet tief durch.

Ich hefte meine Augen ungläubig auf den immer wieder aufglühenden und verlöschenden Glimmpunkt. Das ist doch allenfalls eine kleine Stablampe!

»Die trauen uns ja allerhand zu«, entfährt es mir.

»Mehr würde auffallen«, sagt der Alte.

Unser Boot schiebt sich mit langsamer Fahrt dichter an die dunkle Masse heran, allmählich zerteilt sie sich zu drei Schatten: drei Schiffe in einer Reihe. Auf dem mittleren blinzelt der Glimmpunkt auf. Die Schatten treiben immer weiter auseinander. Wir halten direkt auf den mittleren zu. Er hat Lage hundertzwanzig, dann hundert. Allmählich wächst er hoch, wird zur sperrenden Wand. Der Alte läßt beidrehen. Plötzlich höre ich deutsche Laute: »Wahrschau! Fender her! Dalli, dalli!« – »Mensch, überschlag dich bloß nicht!« – »Hierher nochn Fender!«

Die Spanne schwarzen Wassers zwischen der Wölbung unseres Backbord-Tauchbunkers und der steil aufragenden Schiffswand wird immer schmaler. Jetzt müssen wir schon die Köpfe in den Nacken legen, wenn wir die Umrisse der Leute erkennen wollen, die sich oben über die Reling beugen.

Unser Bootsmann ist an Oberdeck. Mit halblauten Flüchen hetzt er seine Leute hin und her. Von oben werden vier, fünf Fender herabgelassen.

»Die schalten wenigstens!« sagt der Alte.

»Vielleicht nicht ohne Übung? – Sind wir denn die ersten hier?« Der Alte antwortet nicht.

Von einem Schiff, das in der Nähe ankert und im Schein von Sonnenbrennern Ladung von Leichtern übernimmt, geht ein Mordsgetöse aus. Die Kolbenstöße der Winschen geben den Takt.

»Ganz gut so, der Krawall«, sagt der Alte.

Das bißchen Licht aus den Bulleyes ist die ganze Szenenbeleuchtung, die man uns gönnt.

Ein dumpfes Anbumsen.

»Neugierig, wie wir da hochkommen sollen!«

Da wird schon eine Jakobsleiter herabgelassen. Ich darf gleich nach dem Kommandanten aufentern. Herrje – die steifen Knochen! Keine Übung! Von oben strecken sich Hände entgegen. Eisenplatten dröhnen unter den Füßen. Jemand erfaßt meine Rechte: »Herzlich willkommen, Herr Kapitänleutnant!«

»Nein, bitte – ich nicht – hier – der Kommandant!«

Geblendet stehen wir im Schott zum Salon: Blütenweiße Tischtücher, zwei Sträuße Blumen, furnierte Wände – blank wie Spiegel, zierlich geraffte Vorhänge vor den Bulleyes, ein dicker Teppich ... Ich bewege mich wie im Traum. Blattpflanzen noch und noch, in Kübeln auf dem Boden, an goldenen Kettchen von der Decke hängend. Mein Gott! Polstermöbel, und auf dem Tisch Weintrauben in einer Schale.

In der Magengrube habe ich ein Gefühl tiefen Mißtrauens: gleich wird es knallen, und der Spuk verschwindet.

Ich starre in das strahlende Pastorengesicht des fremden Kapitäns, als wäre er eine übersinnliche Erscheinung: weißer Kinnbart, Mönchskrause um eine braungebrannte Glatze, Schlips und Kragen.

Wieder der Griff nach meiner Hand. Eine sonore Stimme wie aus weiter Ferne. Neue Verwirrung. Der Alte hätte sich weiß Gott was anderes anziehen können als seinen ewigen Gammelpullover! Endlich stimmt die Richtung wieder. Wie kann der »Weser«-Kapitän auch wissen, daß der in Lumpen gehüllte Kerl unser Alter ist. Ich bin sicher rot geworden. Aber der Alte und der »Weser«-Kapitän sind sich gleich nahegekommen: intensives Händeschütteln, Gegrinse, Durcheinandergerede.

424

Wir werden in Sessel genötigt. Die Offiziere der »Weser« erscheinen. Herr im Himmel: alle fein in Schale. Neues Händeschütteln. Neues Gegrinse. Der Alte hätte mal ruhig seinen Halsorden anlegen können!

Der Kapitän fließt schier über vor Entgegenkommen. Ein Kapitän wie aus dem Bilderbuch: knittrig, verschmitzt, große rötliche Ohren. Er will für uns alles so gut machen, wie er es nur irgend vermag. Die Bordbäckerei arbeitet schon seit dem Morgen mit Hochdruck. Es gibt alles: Kuchen, frisches Brot, was wir nur wollen. Mir schießt das Wasser im Mund zusammen: aufhören, um Himmels willen aufhören!

»Auch Weihnachtsstollen und natürlich frische Semmeln«, sagt der Kapitän.

Ich habe die Lustbarkeitsschilderung des Leitenden im Ohr: frische Brötchen, zerfließende gelbe Butter und heißer Kakao!

Wie mit Geisterstimme höre ich den Kapitän weiter aufzählen: »Frische Würste, Wellfleisch – heute morgen erst geschlachtet – Bratwürste. Jede Sorte Obst, sogar Ananas. Jede Menge Orangen. Frische Feigen, Weintrauben – Mandeln . . .«

Herr im Himmel! Wir sind direkt im Garten Eden gelandet. Seit Jahren habe ich weder Orangen noch Ananas gesehen, noch nie im Leben frische Feigen gegessen.

Der Kapitän weidet sich an unserem sprachlosen Staunen. Dann macht er wie ein Zauberer eine Bewegung über den Tisch hin – es vergeht kaum eine Minute, und große Platten mit Wurst und Schinken werden hereingetragen.

Mir gehen die Augen über. Aber auch der Alte ist völlig entgeistert. Er stemmt sich, als könne er die Fülle nicht ertragen, aus dem Sessel hoch und stottert: »Mal schnell sehen, wies läuft.«

»Das klappt alles bestens – das läuft – läuft alles gut!« wird ihm von drei Seiten zugleich versichert, und der Kapitän drückt ihn am Unterarm in den Sessel zurück.

Der Alte sitzt verlegen da und stottert: »Den I WO holen – und den Leitenden – der II WO . . .«

Ich bin schon auf den Beinen.

»Der II WO und der II LI sollen vorläufig an Bord bleiben!«

»Alle Leute können baden«, ruft der Kapitän mir noch nach, »in zwei Schichten. Alles vorbereitet.«

Als ich wieder in der ungewohnten Helligkeit erscheine, grinst der Alte immer noch verlegen. Er räkelt sich unsicher im Sessel, als traue er dem Frieden nicht.

Der Kapitän möchte wissen, wie die Unternehmung des Bootes verlief. Der Alte windet sich vor Verlegenheit.

425

»Ja, ja. Diesmal hatten sie uns ganz schön am Kanthaken. Das glaubt man kaum, was so ein Boot aushält!«

Der Kapitän nickt, als könne er sich aus den paar Brocken seinen Vers selber machen.

Jetzt wird eine Batterie Bier auf der großen Back aufgereiht. Bier aus Bremen. Dazu deutscher Korn, französischer Martell, spanischer Cognac, spanischer Rotwein.

Da wird ans Schott geklopft. Was kommt nur jetzt noch? Zwei Kerle in Trenchcoats ziehen weiche Hüte von den Köpfen und lassen ihre Augen schnell zwischen uns hin und her schießen, als suchten sie einen Übeltäter. Es sieht aus wie ein Auftritt der Kriminalpolizei.

»Herr Seewald, der Vertreter des Marineattachés«, höre ich.

Die zweite Type scheint eine Art Agent zu sein. Der I WO und der Leitende drängen hinterher. Der Salon füllt sich.

Mir klopft das Herz hoch oben. Jetzt wird sichs gleich entscheiden, ob für den Leitenden und mich die Reise zu Ende ist oder nach Gibraltar führt.

Neue Sessel werden herangerückt. Der Alte blättert schon in den Papieren, die ihm der Längere der beiden mit einer formellen Verbeugung übergeben hat.

Ein paar Augenblicke lang ist nur das Knittern von Papier zu hören – und ein an- und abschwellendes Windheulen.

Jetzt richtet der Alte über das Papierbündel hinweg seinen Blick auf den Leitenden und sagt: »Abgelehnt, LI – die Führung hat abgelehnt!«

Ich wage jetzt keinen Blick zum LI hin. In mir jagen sich die Gedanken: Das gilt auch für mich! Dann eben nicht, dann eben nicht! – Ganz gut so. Wahrscheinlich ganz gut so.

Ich zwinge ein Grinsen auf mein Gesicht.

Der Alte kann ja auch das Boot nicht verlassen. Keiner kanns. Und ohne den LI ist der Alte aufgeschmissen. Alles bestens geregelt. Angst? Der Alte schaffts gewiß! Aber da ist auch die Gegenstimme: Der Schlitten ist werftreif. Die vielen Schäden – nur mit Bordmitteln repariert – haut doch alles nicht hin. Wie soll denn das werden!

Vigo in Spanien. Vorläufig sitzen wir erst mal in Spanien. Mitternacht etwa. Erst allmählich begreife ich die Nachricht richtig. Jetzt heißts gute Miene machen. Gute Miene – böses Spiel.

Könnte mich die Enttäuschung so stauchen, wenn ich nicht fest geglaubt hätte, daß der Plan des Alten klappen würde?

Natürlich hatte ich darauf gesetzt, daß für uns beide die Reise in Vigo zu Ende sein würde. Nur eingestehen wollte ich mir das wohl nicht.

Und weil ich von Anfang an keine Begeisterung für den Plan des Alten, uns in Vigo auszuschiffen, zeigte, kann ich jetzt so tun, als hätte ich gar nichts anderes erwartet als diese Absage. Nur ja keine Gemütsbewegung! Abgelehnt – auch gut! Aber der Leitende! Das ist ein böser Brocken für ihn. Den Leitenden trifft es schlimmer als mich.

Der Alte hat die Nachricht jedenfalls schlecht verdaut. Das war ihm deutlich anzumerken. Er scheint froh zu sein, daß die beiden Trenchcoats ihm ein neues Thema offerieren, an dem er sich festhalten kann. Dennoch sitzt er da, als hätte es ihm die Graupen verhagelt. Diese beiden öligen, zum Dienern und Händereiben bereiten Kriecher machen die Szene zum nächtlichen Schauerstück, dessen Regisseur auf plumpe Wirkungen ausgeht. Hier wird mit allzu augenfälligen Kontrasten gearbeitet: Der würdevolle Kapitän und diese versoffenen Galgenvögel!

Aber wie sehen wir selber denn aus? frage ich mich im stillen und betrachte den Alten prüfend, als sähe ich ihn zum erstenmal. Ich bin ja noch anschaubar angezogen mit meiner salzverkrusteten grauen Lederhose und dem halbwegs gut gewaschenen Troier, aber der Alte sieht aus wie mitten in der Nacht von einem Asylbett hochgetrieben. Sein Bart ist genauso verstrubbelt wie sein Schopf. An Bord hat sich jeder an seinen halbverrotteten Pullover gewöhnt, aber hier im hellen Licht zwischen den getäfelten Wänden irritiert dieser sich überall aufdröselnde Lumpen sogar mich. Nur der V-förmige Ausschnitt ist noch intakt. Rechts über den Rippen hat der Pullover ein Loch fast so groß wie der Halsausschnitt. Dazu das krumplige Hemd, die alte Mütze, die Gammelhose . . .

Jetzt erst sehe ich, wie bleich, hohläugig und abgezehrt der Alte aussieht. Und der Leitende erst: für eine Mephistorolle brauchte der sich nicht mehr zu schminken. Die letzten Tage haben ihn böse mitgenommen. Diese seine dreizehnte Reise war ein bißchen viel für einen abgekämpften Mann, der mehr Sorgen herumschleppen muß als irgendein anderer der Besatzung.

Der Alte legt es offenkundig darauf an, den Abstand zu den beiden Zivilisten deutlich werden zu lassen. Macht sein Essiggurkengesicht, lehnt angebotene Zigaretten ab. Gibt kaum noch Antwort.

Ich höre, daß die »Weser« sich bei Kriegsbeginn hier internieren ließ. Eine Art schwimmendes Lager, das hin und wieder aufgefüllt wird mit Treiböl und Torpedos. Klammheimlich – unter strikter Wahrung der spanischen Neutralität.

Ich bestaune die Steckbriefgesichter der beiden Galgenvögel. Der größere: pfiffig, verschlagen, zusammengewachsene Augenbrauen, miserable Stirn, Pomadenscheitel, Lippenbärtchen nach Menjou-muster, Koteletten bis unter die Ohrläppchen runter. Viele Arm-streckbewegungen ins Leere hinein, damit die Manschetten heraus-kommen und die goldenen Klunkerknöpfe. Der andere: angewach-sene Ohrläppchen, schwartiges Gesicht, Heuchlerblicke. Die beiden stinken auf hundert Meter nach Agenten, obwohl der eine sich Ver-treter des Marineattachés nennt. Anscheinend schwer, für einen Dunkelmannberuf ein nicht dazu passendes Gesicht mitzubringen.

Ich habe mit halbem Ohr ein paar Satzfetzen aufgeschnappt. So, auch das noch: Nicht einmal Post dürfen wir absetzen! Zu riskant! Geheimaktion! Nichts darf durchsickern. Wir dürfen gar nicht wissen, wo Vigo eigentlich liegt.

Da wird es zu Hause böse Sorgen geben. Die Reise hat ohnehin schon länger gedauert, als normal ist. Weiß der Teufel, wie lange es nun noch dauern wird, bis wir Post loswerden. Wie den Leuten wohl zumute sein wird, wenn sie zu hören bekommen, daß sie all die Briefe behalten können, die sie so eifrig während der letzten beiden Tage geschrieben haben?

Der Fähnrich – wie wird der das verkraften? Mir wäre lieber, ich wüßte von seiner Romeo-und-Julia-Geschichte kein Wort. Ich werde doch nicht hingehen und ihn trösten können wie einen romantischen Jüngling.

Wie durch Watte hindurch nehme ich das Animiergeschwätz der beiden Galgenvögel auf: »Noch einen zum Abgewöhnen, Herr Kapitänleutnant!« – »So jung kommen wir ja nicht mehr zusammen, Herr Kapitänleutnant!« – »War sicher ne interessante Unternehmung, Herr Kapitänleutnant?«

Ich müßte den Alten schlecht kennen, wenn jetzt mehr als ein muffiges »Ja!« über seine Lippen käme.

Auch mit der direkten Frage, ob das Boot Erfolg hatte, locken sie nichts aus ihm heraus. Der Alte bedenkt nur einen nach dem anderen mit einem verkniffenen Blick, wartet ab, bis sein Schweigen die beiden sichtlich nervös macht und sagt dann: »Ja.«

Ich merke, wie es die ganze Zeit in ihm arbeitet. Ich kann mir denken, woran er kaut. Unwillkürlich muß ich auf die Hände des Alten blicken. Er schraubt sie mit großem Druck ineinander, wie immer, wenn er sich unbehaglich fühlt.

Da gibt mir der Alte mit Kopfnicken ein Zeichen.

»Mal bißchen die Beine vertreten«, sagt er in die Runde.

Der jähe Wechsel von der Wärme im Salon in die kalte Nachtluft nimmt mir den Atem. Ich schnuppere Öl: unsere Versorgung! Der Alte strebt sofort mit großen Schritten nach achtern. Ich komme kaum nach. Als es nicht weitergeht, wendet er sich abrupt um und lehnt sich gegen die Reling. Zwischen dem Bug eines Rettungsboots und den schwarzen Streben einer Eisenkonstruktion hindurch, deren Sinn ich nicht zu deuten vermag, sehe ich das Lichtergeflimmer von Vigo: gelbe Lichter, ein paar rote Lichter, weiße Lichter. Zwei funkelnde Lichterketten streben nach oben zusammen – das muß eine Straße sein, die vom Hafen geradenwegs den Berg hinaufführt.

An der Pier liegt ein Zerstörer, der über alle Decks beleuchtet ist. Sonnenbrenner gleißen auf einem Frachter auf. Es ist deutlich zu sehen, wie seine Ladebäume arbeiten.

Von unten leuchtet eine kreisrunde Scheibe gelb herauf: das offene Torpedoübernahmeluk. Auch das Kombüsenluk ist offen. Ich höre Stimmen: »Ich wer ja nich wieder – die guten Sachen!« – »Ach, quark nich so – los, faß an!« – »Reich mir die Flosse, Jenosse!«

Das war unverkennbar der Berliner.

Gedämpft kommt Gesang aus dem Innern der »Weser«:

»Un denn ziehn ma mit Jebrülle,
in de nächste Schnapsdestille,
un denn ziehn ma mit Jesang,
in det nächste Restorang!«

Die Funkellichter, die rosaroten Halos um die Laternen drüben am Ufer erregen mich. Über den weißen Lichtgirlanden spüre ich ein Miasma von Beischlaf. Ich rieche dumpfen Bettengeruch, schwer wie Azaleenblüte, warmen milchigen Hautgeruch, süßlichen Puder, sardellenscharfen Fotzengeruch, Eau de Javel, Sperma.

Fetzen von Rufen, halbe Kommandos, heftiges Anbumsen gegen Metall dringen zu uns her.

»Ganz schöner Rabatz«, sagt der Alte.

Ich spüre, daß dem Alten die Lage nicht behagt. »Die auf dem Fischerboot – die haben uns mal sicher gesehen«, sagt er endlich. »Und dann die vielen Leute auf dem Schiff hier! Wer weiß, ob die alle dicht sind. Hier kann doch ganz leicht einer Blinksignale zum Ufer rüber geben.« Der Alte bedenkt sich: »Auf jeden Fall werden wir früher auslaufen. Nicht zur vorgesehenen Zeit. Und wir nehmen den alten Weg. Nicht die südliche Passage, wies empfohlen wird. Wenn man hier nur mehr Wasser unter dem Kiel hätte! . . .«

Blaue Funken leuchten drüben auf, als würde ein Kurzschluß flackern: wieder eine Straßenbahn. Jetzt wird auch ihr Geratter vom Wind hergetragen – dann das Gehupe von Autos und dumpfes Poltern von anderen Schiffen. Dann wieder tiefe Stille.

»Woher haben die bloß Torpedos?« frage ich den Alten.

»Haben andere Boote hier abgegeben. Die auf dem Rückmarsch

waren und sich noch nicht verschossen hatten. Die haben denen hier eben auch mal Besuch gemacht. Sozusagen als Lieferanten. Dazu paßt ja dann auch der Hintereingang. Und überflüssigen Treibstoff hatten die Rückkehrer auch noch in den Bunkern.«

»Wie hat denn das bisher geklappt? Wir sind doch nicht die ersten?«

»Das ist es ja...« gibt er zurück. »Drei Boote haben hier schon versorgt. Zwei davon gingen verloren.«

»Wo?«

»Genau das ist eben unklar. – Durchaus möglich, daß jetzt draußen vor der südlichen Einfahrt schon der Tommyzerstörer vom Dienst wartet. Mulmig! – Das ist alles nicht mein Fall! – Mehr was fürn Film!«

Von unten dringt choralartiger Gesang herauf:

»Freut euch des Lebens,

Großmutter wird mit der Sense rasiert,

Alles vergebens!

Sie war nicht eingeschmiert...«

Da kommt mal wieder das Geistige zu kurz, denke ich mir. Da fehlt der I WO. – Aber jetzt schlägts doch dreizehn: die Melodie des alten Sozialistenlieds, aber mit einem neuen Text:

»Brüder zur Sonne, zur Freiheit!

Kauft euch den Priem im Konsum!

Klaut euch das Holz in den Wäldern

Und auf dem Bahnhof die Kohln!«

Im schwachen Schein der entfernten Sonnenbrenner kann ich den Alten grinsen sehen. Er horcht noch eine Weile, dann redet er weiter: »Hier wird doch zu wenig aufgepaßt! – Das ist doch keine solide Sache!«

Siedendheiß fällt mir ein, daß ich so eine spanische Zündholzschachtel, wie drinnen einige auf der Back lagen, schon einmal gesehen habe.

»Diese spanischen Zündhölzer«, sage ich, »kenn ich schon!«

Der Alte hört anscheinend nicht zu. Ich fange noch mal an: »So ne Zündholzschachtel, so ne spanische – so eine wie im Salon da auf der Back, hab ich schon mal gesehen...«

»Ach?« macht der Alte.

»Ja – in La Baule in der ›Royal‹ auf dem Tisch. Sie gehörte dem I WO von Merten.«

»Da war also Merten auch schon mal hier – interessant!«

»Die Zündholzschachtel war auf einmal weg. Aber keiner wollte sie eingesteckt haben.«

»Interessant«, sagt der Alte wieder. »Schmeckt mir alles nicht!«

430

»Und dann ist so ne Schachtel noch mal aufgetaucht . . .«, aber das scheint den Alten nicht zu interessieren. Es genügt ja auch, wenn er weiß, daß die Art unserer Versorgung nicht so geheim geblieben ist, wie die Herren am grünen Tisch sich das vorstellen. Die Zündholzschachteln – vielleicht alles nicht so wichtig. Da bilde ich mir am Ende nur was ein. Aber doch: spanische – immerhin auffällig – spanische Zündholzschachteln in Frankreich.

Ich muß an den Fähnrich denken. Hoffentlich veranstaltet Ullmann keinen Blödsinn. Besser mal nachsehen, wo er steckt. Ich tue so, als hätte ich es nötig, meinen Urin abzuschlagen und klettere über den Turm ins Boot hinunter. Wie schäbig das hier aussieht!

Gleich in der Zentrale stoße ich auf den Fähnrich. Er hilft mit, frische Brote wegzustauen. Die Hängematte, die beim Auslaufen vor dem Horchschapp hing, füllt sich wieder.

Ich werde ganz klein vor Verlegenheit. Was soll ich nur dem Fähnrich sagen?

»Na, Ullmann«, bringe ich hervor und dann noch: »Schöner Mist!«

Zum Trostspender bin ich offenkundig wenig geeignet. Der Fähnrich sieht kläglich aus. Wie oft mag er sich in den letzten Stunden schon gesagt haben, daß von La Spezia kein Weg mehr nach La Baule führt? Am liebsten würde ich ihn bei den Schultern nehmen und ordentlich durchschütteln. Statt dessen halte ich den Blick wie er auf das Rautenmuster der Flurplatten und stammle nur: »Menschenskinder, das ist ja – das ist ja belämmernd!« Da schnieft der Fähnrich. Herrje, er soll sich doch zusammenreißen! Mir kommt eine Idee: Ich sage: »Los, Ullmann, geben Sie schnell Ihren Brief her . . . oder wollen Sie noch einen Riemen dazuschreiben? – Nein, besser, Sie schreiben per Tempo neu und unverfänglich – Sie wissen ja. Also in zehn Minuten in der Zentrale!«

Es wäre doch gelacht, denke ich, wenn ich den Kapitän der »Weser« nicht herumbekäme . . .

Der Alte steht noch immer grübelnd an der Reling. Ich halte mich wortlos neben ihm. Bald taucht ein kompakter Schatten auf: Der »Weser«-Kapitän. Der Alte vollführt seinen üblichen Trampeltanz und sagt dabei: »Ich war noch nie in Spanien!«

Meine Gedanken sind bei Ullmann. Nur mit halbem Bewußtsein nehme ich wahr, wie die weißbläulichen Lichter der Stadt auf eine merkwürdige Art blinzeln, gerade so, als ob die Luft zwischen diesem Schiff und dem Ufer in wabernder Bewegung wäre.

Der »Weser«-Kapitän ist kein schnellzüngiger Mann. Er spricht auf angenehm bedächtige Weise mit norddeutsch gefärbter tiefer

Stimme: »Wir haben hier ein Flettnerruder, stammt von dem gleichen Flettner, der das Rotorschiff konstruiert hat. Die Rotoren haben sich nicht bewährt, das Ruder aber schon. Wir können auf dem Teller drehen. In engen Häfen ist das ein großer Vorteil!«

Ein Kauz – uns jetzt einen Vortrag über seine spezielle Ruderanlage zu halten.

Ein dumpfes Bumsen beunruhigt den Alten. Da taucht der I WO auf. »Sehen Sie mal, ob die Fender und Leinen richtig ausgebracht sind!« befiehlt ihm der Alte.

Es brist merklich auf.

Ob der Kommandant denn nicht baden wolle, fragt der »Weser«-Kapitän.

»Lieber nicht«, antwortet der Alte.

Ein Mann kommt heran und meldet, daß im Salon aufgebackt sei.

»Lassen wirs uns schmecken!« sagt der Alte und setzt sich hinter dem Kapitän in Bewegung.

Der Wechsel von Dunkelheit in die blendende Helle des Salons lähmt mir wieder für einen Moment den Schritt. Die beiden Galgenvögel scheinen sich einen angesäuselt zu haben. Ihre Gesichter sind gerötet, ihre Augen nicht mehr ganz so flink wie um Mitternacht.

Ich richte einen verstohlenen Blick auf die Armbanduhr: Zwo Uhr dreißig. Jetzt muß ich mich erst mal wieder verdrücken und den Fähnrich suchen. Wie ein Taschendieb seinem Komplicen spielt er mir den Brief in die Hand.

Der I WO und der Leitende haben inzwischen den II WO und II LI abgelöst. Es wird wohl fünf Uhr werden, bis wir auslaufklar sind.

Ich wünsche, ich könnte mich ausstrecken und schlafen. Statt dessen muß ich zurück in den Salon.

Die beiden Zivilisten mimen jetzt die fidelen Burschen. Der Alte muß es sich gefallen lassen, daß ihm der Größere auf die Schulter klopft und ihm mitten ins Gesicht plärrt: »Heil und Sieg und fette Beute!«

Ich sinke fast in die Knie vor Beschämung.

Zum Glück brauchen wir nicht über die Jakobsleiter zurück. Wir steigen einen Niedergang hinunter. Trifft sich gut, daß alles bestens verdunkelt ist. Ich schaffe es, mit dem »Weser«-Kapitän ein paar Worte zu wechseln und dabei die Schritte so zu verhalten, daß wir in Abstand zu den anderen geraten. Dann brauche ich gar nicht viel zu sagen. Der »Weser«-Kapitän nimmt den Brief ohne viel Umstände an sich: »Wird besorgt!«

Von einem tieferen Deck ist eine Gangway zu unserer Brücke hinübergelegt worden. Mit einer Hand auf den UZO gestützt, lasse ich

432

mich in die Brückenwanne sinken. Ich bin wieder auf unserem Boot! Eine Art Zuneigung formt sich in mir. Ich lege beide Hände flach gegen das feuchte Metall des Schanzkleids. Jetzt erzittert das Blech: unsere Diesel beginnen zu arbeiten.

Leinenkommandos. Rufe von oben.

Der Alte sorgt dafür, daß wir schnell loskommen. Ich kann schon kaum noch die winkenden Gestalten auf der »Weser« ausmachen.

Die Backbordlaterne eines Dampfers ist auf einmal ganz nahe. Da ruft der Alte nach der Klappbuchs – was hat er bloß vor?

Jetzt gibt er selber »Anton Anton« hinüber. Auf dem Dampfer strahlt ein Handscheinwerfer auf.

»B-u-e-n-v-i-a-j-e«, liest der Alte ab.

Und nun gibt er: »G-r-a-c-i-a-s!«

»Ja, Fremdsprachen!« sagt der Alte und dann: »Der hat uns gesehen – gar kein Zweifel. Vielleicht hält er uns jetzt für höfliche Tommies oder sonstwas. Ging doch prima – oder?«

Kurs hundertundsiebzig Grad liegt an. Fast direkt Südkurs.

Die Versorgung in Vigo hat die Leute aufgemöbelt.

»Klappte ja ganz gut – aber Weiber hättense man oooch noch organisieren können!« bekomme ich im U-Raum zu hören.

»So uff de Schnelle – das wäre doch was gewesen. Aber an so was denkt de Truppenbetreuung eben nich!«

»Was grinste so dämlich?«

»Ich stell mir bloß vor, wie det jewesn wär – wenn mir an den falschen Dampfer längsseits jejangen wärn!«

»Die fühlten sich ja direkt gebumfidelt von unserm Besuch! Der Alte mit *dem* Pullover – das war ja ne Nummer für sich!«

Die Bestürzung, die alle nach dem Gibraltarfunkspruch verstummen ließ, scheint verflogen zu sein. Die Reden klingen, als hätten die Maate sich immer schon als Abwechslung das Mittelmeer gewünscht.

Frenssen behauptet, einen Bruder zu haben, der bei der Fremdenlegion war. Er entwirft eine Wüstenlandschaft mit Dattelpalmen und Oasen, mit Fata Morgana, Wüstenforts und üppig ausgestatteten Bordellen »mit tausend Weibern – aber auch Lustknaben – für jeden Geschmack was!«

»Ich hatte mal eene, die war ganz verrückt nach Hosen mit Zahlteller«, Pilgrim ist es, der seine Erlebnisse auspackt. »Das ging in der S-Bahn schon los. Da kam die mir immer so mit der Hüfte an die Hosenklappe. Die war vielleicht komisch! So was von Fummelei: Hosen aufknöppen – und ihn dann – zack – raushuppen lassen. Wieder zu und wieder raus . . .«

433

»Na und?« macht Wichmann.

»Was meinstn mit na und? – Mann, du kennst ooch nischt andres als druff wie Blücher!«

»Jeder wies ihm schmeckt – oder?«

». . . Wie son Gorilla – det is doch keene Kultur.«

Wichmann gibt sich auf einmal versonnen: »Son richtiger langsamer Nachmittagsfick – bißchen Musik – bißchen was zu trinken – das ist doch das höchste – du mit deinem Drüberbügeln . . .«

Gleich fliegen mir Erinnerungen zu: Träge Liebeleien am Nachmittag, wenn es regnet. Die Türklingel schrillt, aber wir machen nicht auf: enthoben – aus der Tagesroutine geflüchtet, die Vorhänge halb zu. Die Wirtin beim Einkaufen. Nur die Katze in der Wohnung.

Später unterhalten sich Frenssen und Zeitler in aller Ruhe und Sachlichkeit über Nachteile oder Reize bestimmter Beischlafpositionen.

»Manchmal biste wie verblödet«, sagt Frenssen, »ich hab mal in der Heide ne Puppe schräg ann Hang gelegt. Mann, das war vielleicht mühselig – so den Berg hinauf – aber dann kam ich endlich auf den Trichter und hab die Dame um hundertachtzig Grad gedreht.«

Frenssen macht mit schaufelnden Bewegungen beider Hände die Drehung deutlich.

Zeitler hat wohl nur darauf gewartet, daß der Dieselmaat aufhört zu reden. Er macht eine wischende Handbewegung über den Tisch hin, als wolle er imaginäres Geschirr wegfegen. Dann läßt er sich aber eine gute Minute Zeit, bis aller Blicke sich fragend auf ihn richten.

Endlich offenbart er, daß er am liebsten unten läge und begründet das: »Da kann sich das Mäuschen doch viel besser bewegen – so auf dem senkrechten Nagel – immer schön stoßen und kreisen und nen richtigen Galopp reiten! – Das ist doch prima!«

Ob ich will oder nicht, ich muß auch noch anhören, was der Taubeohrenwilli zum besten gibt. Anscheinend etwas über seinen letzten Urlaub: ». . . das war son Dienstmädchenball in Swinemünde. Ich hab da Verwandte. War scheißkalt. Da oben ziehts nämlich gewaltig. Ein Kumpel von mir hat da eine von den Mäusen an nen Baum gelehnt und gleich so im Stehen gevögelt.«

Der Taubeohrenwilli kanns anscheinend immer noch nicht fassen: »War wirklich saukalt. Ich bin von einem Fuß auf den anderen gestiegen und hab gewartet, bis der sich ausgevögelt hatte. Zu blöde, wenn man selber verheiratet ist.«

Ich denke: Jetzt kommt Hohngebrülle, aber ich höre von den anderen keinen Ton.

Später gibt es ein geflüstertes Hin und Her zwischen zwei Kojen: »Wie fühlste dich?«

»Wie soll ich mich schon fühlen? Is doch wurscht, wohin sie uns schicken, oder?«

»Gib nur ruhig an! Denkst du, ich weiß nich, warum du so beschickert herumsitzt? Tscha, mein Lieber, damit isses nu aus! Aber mach dir mal keine Sorgen. Deine Kleene wird *auch* bedient, die is doch ne ganz passable Puppe, so was verstaubt doch nich . . .«

Am nächsten Tag herrscht im U-Raum nachdenkliche Stimmung. Ein paar großsprecherische Bemerkungen aus Zeitlers und Frenssens Mund kommen nicht dagegen an. Keine Unterhaltungen mehr von Koje zu Koje. Auch Dorian ist mit seinen Gedanken beschäftigt: Das Ganze wird kein Kinderspiel – das weiß mittlerweile jeder.

Der Alte rückt beim Mittagessen mit der Sprache heraus, wie er sich den Gibraltardurchbruch vorstellt – stockend und Geduld erfordernd wie üblich, gerade so, als setze er eben erst seine Gedanken wie die Teile eines Märklin-Baukastens zusammen, als hätte er nicht Stunde um Stunde schon seinen Plan ausgeheckt, die Risiken erwogen, das ganze Projekt wieder verworfen, neu kombiniert und immer wieder das Für und Wider abgeschätzt.

»Wir machen uns bei Dunkelheit über Wasser ran. So nahe, wies nur geht. Da werden wir allerhand auszumanövrieren haben.«

Zerstörer und sonstige Bewacher, ergänze ich stumm.

»Und dann lassen wir uns einfach getaucht durchsacken.«

Wie das? möchte ich fragen, verkneife es mir aber, ich wage nicht mal einen neugierigen Blick, sondern mime Informiertheit: Ganz klar – durchsacken lassen. Das ist die Mode.

Der Alte blickt nur mehr vor sich hin. Er gibt sich nachdenklich und schweigt sich aus, als hätte er sich schon erschöpfend mitgeteilt.

Durchsacken lassen! – ein schöner Ausdruck ist das mal nicht, denke ich. Verursacht Fahrstuhlgefühle in der Magengrube. Aber wenn das delphische Orakel es so will, werden wir es eben so halten: durchsacken lassen!

Der II WO hat sein Gesicht nicht so gut im Zaum wie ich. Er blinzelt, als litte er an einem nervösen Tick. Er sieht aus, als frage er mit den Wimpern – eine neue dezente Art, Erkundigungen einzuholen.

Aber der Alte legt nur den Kopf zurück wie beim Frisör. Nach zwei, drei Minuten erst gibt er dem feingemaserten Sperrholz an der Decke ein paar Erklärungen: »In der Straße von Gibraltar gibt es nämlich zwei Strömungen – eine Oberflächenströmung aus dem Atlantik in das Mittelmeer und eine Tiefenströmung aus dem Mittelmeer heraus. Da sitzt ganz schön Druck dahinter.«

435

Der Alte schilpt die Unterlippe vor und saugt das Backenfleisch an. Mit niedergeschlagenem Blick sitzt er dann wieder schweigend da.

»Ein Sieben-Seemeilen-Strom«, wirft er uns endlich hin – wie einen Brocken, an dem wir eine Weile kauen sollen.

Da geht mir ein Licht auf. Durchsacken lassen – das meint der Alte diesmal horizontal und nicht, wie wirs gewöhnt sind, in der Up-and-down-Mischung.

Das Ei des Columbus! – Die Glanzidee!

Einfacher geht es nicht: Auf Tiefe gehen und sich dann vom Strom durch die Straße ziehen lassen – das macht keinen Krawall, das spart Brennstoff.

Jetzt verlangt die Spielregel von uns, daß auch wir gelangweilt tun. Ja kein Staunen auf das Gesicht treten lassen! Nicht nicken! Kein Wimpernzucken!

Der Alte schiebt wieder die Unterlippe vor und nickt bedächtig. Da wagt es der LI, seinen linken Mundwinkel zu einem schiefen Grinsen hochzuziehen.

Der Alte sieht das, nimmt einen tiefen Atemzug, geht wieder in Rasierstellung und fragt in unerwartet dienstlichem Tonfall: »Na, LI, alles klar?«

»Jawoll, Herr Kaleun!« antwortet der LI und nickt dazu so heftig, als könne er sich vor lauter Beflissenheit gar nicht lassen.

Es gibt eine spannungsvolle Stockung. Jetzt braucht der Alte einen Gegenspieler, den Zweifler. Der LI springt willig ein. Er macht zwar nur »hm, hm«, aber das genügt, um auszudrücken, daß er doch gewisse Bedenken habe. Obwohl wir nun alle, nur der Kommandant nicht, unsere Augen erwartungsvoll an den Mund des LI heften, legt der bloß den Kopf schief wie eine Amsel, die im kurzen Gras nach Regenwürmern späht. Er denkt nicht daran, seine Bedenken jetzt schon zu artikulieren – er hat sie nur durchschimmern lassen. Das reicht fürs erste. Der alte Routinier läßt sich Zeit. Er retardiert. Das hat er vom Alten gelernt.

Gute fünf Minuten gibt sich unsere Truppe dem stummen Spiel hin. Dann scheint es endlich dem Alten genug zu sein. »Na, LI?« mahnt er. Doch der Leitende hält sich auch jetzt noch hervorragend. Er wiegt nur ganz leicht den Kopf hin und her, und nun kommt aus seinem Mund der trocken gesetzte Blackout: »Ganz prima, Herr Kaleun! Ausgezeichnete Idee!«

Ich bin voller Bewunderung: dieser kalte Hund! Und dabei fürchtete ich während der letzten Attacke schon, er wäre dicht vor dem Durchdrehen.

Aber auch der Alte hält sich gut: er zeigt keine sichtbare Reaktion.

Er beobachtet seinen Leitenden nur mit leicht gesenktem Kopf aus den Augenwinkeln, als müsse er, ohne daß der Patient das merkt, seinen Geisteszustand kontrollieren. Mit leichtem Heben der linken Braue gibt er nun seinen Sorgen über den Kranken Ausdruck: Kammerspiel.

Der LI tut, als spüre er den Psychiaterblick des Kommandanten gar nicht. Er zieht mit souverän dargestelltem Gleichmut sein rechtes Bein hoch, faltet die Hände unterm Knie und verzieht keine Miene, während er angelegentlich die Holzmaserung betrachtet.

Als eine Überlänge entstehen will, taucht der Backschafter auf: Selbst die Statisten sind hier gut in Form und sorgen für Aktion, wenn es an der Zeit ist, das stumme Spiel abzubrechen.

Nun geht erst einmal die Suppe reihum. Wir löffeln, kauen und schweigen.

Die Fliege zieht wieder mal meinen Blick auf sich. Sie spaziert jetzt über den BdU. Sie paßt ihm genau in den weit aufgerissenen Mund. Schade, daß ihm das noch nicht in natura passiert ist: Eine knödelgroße schwarze Fliege direkt in den Rachen – genau an der Pedalstelle seiner Einpeitschrede: »Angriff – ran –.« Jetzt startet die Fliege, und von »versenken« bringt der BdU nur noch die ersten drei Buchstaben hervor. Unsere Fliege ist nicht in Vigo ausgestiegen – sie hat jeder Versuchung, sich als spanische Fliege zu etablieren, widerstanden. Spanische Fliege – das gibts doch! Spanische Fliege gleich Syph – wars so? Quatsch, der mich nur von unserem Bordmaskottchen abbringt! – Also: Nicht ausgestiegen, Treue erwiesen. *Keiner* ist abgehauen. Wir sind alle noch an Bord, vollzählig und inklusive unserer Fliege. Dabei ist sie doch wohl das einzige Wesen, das hier kommen und gehen darf – frei Schnauze. Nicht an BdU-Befehle gebunden wie unsereins. Ein Beispiel für spektakuläre Treue. Durch dick und dünn Unerschütterlich.

Vorn scheint eine Art Opernabend stattzufinden. Durch das geschlossene Schott dringt getragener Gesang. Wenn das Schott aufgeklinkt wird, kommt es brausend aus dem Bugraum:

»Es kommt der Scheich
Der Scheich kommt gleich . . .«

Das wiederholt sich ad infinitum.

Als ich schon nicht mehr auf einen Textwechsel zu hoffen wage, einigen sie sich auf diesen Vers:

»Es schleicht durch die Wüste Sahara
ein altes geschlechtskrankes Weib.
Da kommt ein böser Araba,
Der bolzt sie in den Unterleib.«

»Arabische Woche – das kommt wohl vom Südkurs«, sagt der Alte. »Die singen sich jetzt Mut an.«

Mitten in der Nacht werde ich geweckt.

»Lissabon querab!« sagt der Matrose Böckstiegel.

Ich schlüpfe in die leichten Sportschuhe und klettere – nur im Hemd – nach oben. Meine Augen gewöhnen sich nur langsam an die Dunkelheit. Der Kommandant scheint auch oben zu sein.

»Da!«

Ich sehe nichts als backbord querab einen blassen Schein über der Kimm.

»Lissabon!« Das war wieder der Kommandant.

Das Boot wälzt sich ganz langsam von links nach rechts, von rechts nach links. Die Diesel laufen große Fahrt: ein geschlossenes dumpfes Brummen.

Da stehe ich nun, die Holzgrätings der sich langsam hin und her neigenden Brücke unter mir, die Hände auf dem stumpfen, nassen, vibrierenden Eisen des Schanzkleids, und starre nach Osten in die Nacht. Das bißchen heller Schein zeichnet dort kaum die Kimm heraus.

In mir steigt ein Schlucken auf. Dieser Schein und die Nachricht »Lissabon querab« – und schon quillt es mir in der Kehle hoch.

Wieder auf der Koje höre ich die Maate der abgelösten Wache schwatzen: »Lissabon – das is doch ne richtige Großstadt!« – »Warum ham die denn nich verdunkelt?« – »Die sind doch neutral – du dummes Schwein!« – »Keine Fliegerangriffe, keine Alarme, keine Bomben – und wahrscheinlich genug zu fressen, das kann man sich doch kaum noch vorstellen . . .« – »Die müssen ne Menge Lichtreklamen haben, sonst wärs nicht so hell am Himmel.« – »Ich weiß gar nicht mehr, wie das aussieht, so grün und rot und aus und an! Meine Fresse!«

Schon im Halbschlaf höre ich sie durch meinen Vorhang hindurch noch diskutieren: »Das ist doch arschklar, daß diese Unternehmung als zwei Reisen gezählt wird. Wir haben doch schließlich versorgt. Ob in Frankreich oder in Spanien, das dürfte doch schnuppe sein – oder?«

»Erzähl das doch deina Jroßmutta!«

»Die verschaukeln uns ja ganz schön!« Es ist der Taubeohrenwilli, der sich da ächzend auf seinen Bauch rollt. »Doch Scheiße das Ganze! Na, mit uns können dies ja machen!«

Weil der Alte nach dem Frühstück Zeit zu haben scheint, erheische ich von ihm Aufklärung: »Dieser starke Strom in das Mittelmeer hinein – den versteh ich nicht. Woher kommt denn das viele Wasser?«

Ich muß mich in Geduld fassen; der Alte ist nun einmal kein Kaltstarter. Er legt erst mal den Kopf schräg und zieht die Brauen zusammen – ich kann deutlich sehen, wie er sich präpariert.

»Nun ja, das sind schon recht merkwürdige Verhältnisse.«

Pause. Jetzt erfordert die Regel, daß ich meinen Blick an seine Lippen hänge, damit seine Mitteilungen weiterholpern.

»Das wissen Sie ja schon: In das Mittelmeer geht ja nicht nur ein Strom *hinein*, sondern auch einer *heraus*. Zwei Strömungen übereinander: oben hinein – unten heraus. Und das kommt so: Ins ganze große Mittelmeer fällt ja kaum Regen. Aber Sonne gibts da ja jede Menge – und da verdunstet viel Wasser. Demzufolge, weil Salz schließlich nicht mitverdunstet, steigt der Salzgehalt. Je salzhaltiger das Wasser ist, desto schwerer ist es. Doch alles klar und logisch?«

»Bis hierher – ja!«

Jetzt verzögert der Alte. An seiner kalten Pfeife saugend, tut er so, als wäre das ganze Problem erschöpfend dargestellt. Erst als ich mich hochstemme, fährt er fort: »Die Salzbrühe sinkt ab, sie bildet das Mittelmeer-Tiefenwasser, das mit seiner Tendenz, noch tiefer zu wollen, durch die Straße abfließt und im Atlantik dann bis auf zirka tausend Meter absinkt – und dann das gleiche spezifische Gewicht hat wie das Wasser dort. Und oben findet inzwischen der Ausgleich statt: Weniger salzhaltiges Oberflächenwasser aus dem Atlantik fließt ins Mittelmeer und ersetzt die Verdunstungsverluste.«

». . . und das abgeflossene Tiefenwasser.«

»So isses!«

»Und wir wollen von dieser sinnigen Regelung profitieren! Also mit dem Ersatzwasser, dem weniger salzhaltigen, rein?«

»Die einzige Möglichkeit, ums zu schaffen . . .«

Ich gehe auf Befehl des Kommandanten zusätzlich Ausguck.

»Diese Landnähe ist brenzlig!«

Es ist noch keine halbe Stunde vergangen, als der steuerbordachtere Ausguck losbrüllt: »Flieger in siebzig Grad!«

Der II WO fährt herum, und sein Blick folgt dem ausgestreckten Arm des Ausgucks.

Ich bin schon am Turmluk. Während ich mich durchfallen lasse, höre ich den Alarmruf und gleich darauf das Schrillen der Glocke. Der Leitende kommt mit einem Satz von vorn durchs Kugelschott.

Die Schnellentlüftungen werden gezogen, die rotweiß markierten Handräder aufgewirbelt.

Von oben die Stimme des II WO: »Fluten!«

Langsam, als müsse er einen zähen Widerstand überwinden, setzt sich der Zeiger des Tiefenmanometers in Bewegung.

»Alle Mann voraus!« befiehlt der Leitende. Mehr fallend als laufend, stürzen die Leute durch die Zentrale nach vorn.

Der Kommandant hat sich auf die Kartenkiste gehockt. Ich sehe nur noch seinen zusammengekrümmten Rücken. Er löst sich als erster aus der Starre, erhebt sich und winkt wie ein verärgerter Dirigent mit der linken Hand ab, während er die Rechte tief in die Hosentasche schiebt: »Nichts! Vorläufig unter Wasser bleiben!« Und zum II WO: »Gut, zwote Wache!«

Dann wendet er sich zu mir: »Geht ja munter los! Fängt ja gut an! Da kommen wir fein voran, wenn das so weitergeht!«

Am Kartentisch ist gerade Platz. Ich kann mir die Seekarte von Gibraltar mal genau ansehen. Von der afrikanischen Küste bis zu den britischen Docks sind es etwa sieben Meilen. Diese Docks sind die einzigen, in denen die englische Mittelmeerflotte reparieren kann. Die einzigen auch, die angeknackten Handelsschiffen zur Verfügung stehen. Die Engländer werden diese Anlagen zu schützen wissen.

Nur sieben Meilen von Küste zu Küste – ein enger Korridor, durch den wir hindurch sollen.

Die Säulen des Herkules: im Norden der Felsen von Gibraltar, der Berg des Saturn, und im Süden, an der Küste Spanisch-Marokkos, der Felsen von Avila bei Céuta. Wahrscheinlich werden wir uns an die Südküste drücken müssen – an der Wand lang sozusagen uns hineinlisten.

Aber wäre das wirklich ein Vorteil? Die Tommies werden sich denken können, daß ein deutsches U-Boot nicht gerade durch ihren Kriegshafen fahren wird, und sich entsprechend um die andere Seite kümmern. – Der Alte wird natürlich längst seinen Plan haben. Neugierig, welchen Kurs er sich ausgedacht hat.

Der II WO erscheint und beugt sich neben mir über das Kartenpult.

»Die Stelle des reizvollsten klimatischen Zusammentreffens. Die Milde und Schönheit der mediterranen Welt begegnet hier der Kraft und der Weite der atlantischen Atmosphäre.«

Ich staune ihn an.

»So stehts im Seehandbuch!« sagt er gleichmütig und hantiert mit den Winkeln.

»Sieben Meilen – na, da haben wir ja Platz!«

»Tiefe?« frage ich.

»Bis neunhundertundachtzig Meter«, sagt er. »Reicht auch!«

Der Leitende tritt zu uns.

»Wir haben mal im Rudel ein Gibraltargeleit angegriffen. Was da zum Schluß noch übrig war – die müssen sich nicht schlecht gefreut haben, als die Felsen von Gibraltar auftauchten. Als die losfuhren, bestand das Geleit aus zwanzig Dampfern. Nach unserem Angriff nur noch aus acht. Das war hier in der Gegend – bloß bißchen weiter westlich.«

Die Feuer, die ich auf der Karte entdecke, haben fremde Namen. Eines heißt Zem Zem. Da ist auch das Kap Vincent. Wie war das doch mit Nelson und dem Kap Vincent?

Nach einer Stunde tauchen wir wieder auf. Kaum hat der I WO Wache bezogen, fährt mir die Alarmglocke wieder in die Knochen.

»Kam plötzlich hoch raus, der Vogel. Typ nicht erkannt!« stößt Zeitler hervor. Er atmet schwer.

»Die werden uns schon spitzgekriegt haben«, meint der Kommandant und entscheidet: »Wir bleiben erst mal unter Wasser!«

Der Alte verläßt die Zentrale nicht mehr. Er ist sichtlich beunruhigt: Kaum hat er sich auf die Kartenkiste gehockt, treibt es ihn auch schon wieder hoch. Dazu macht er sein griesgrämigstes Gesicht. »Wahrscheinlich gehört das alles schon zur Außensicherung.«

Eine halbe Stunde vergeht, dann klettert der Alte in den Turm und läßt wieder auftauchen.

Die Maschinen laufen noch keine zehn Minuten, da schrillt die Alarmglocke schon wieder. Ihr bösartiger Ton dringt mir zwar nicht mehr bis ins Mark, aber er läßt mich doch noch gehörig zusammenfahren.

»Wenn das so weitergeht, stehen wir hier den ganzen Tag up and down!«

Der Alte spielt mit so bissigen Reden zwar immer noch den Gleichmütigen, aber er kennt die Schwierigkeit der Aufgabe. Die Bedingungen für den Durchbruch sind denkbar ungünstig. Die See wird nach der langen Schlechtwetterperiode nur mehr von einem Kräuseln bewegt. Bei solchem Wetter sind wir für Flugzeuge, auch wenn der Mond nicht scheint, gut auszumachen.

Und wenn die Engländer die Straße schon nicht mit U-Boots-Netzen schließen können, werden sie vermutlich alles, was schwimmen kann, im Einsatz haben. Wahrscheinlich werden sie auch längst wissen, was unsere Führung vorhat. *Ihr* Geheimdienst funktioniert ja schließlich.

Durchsacken lassen durch die Enge – das mag ganz überzeugend klingen –, der Plan bringt uns aber nur den Vorteil, daß der Gegner uns nicht *horchen* kann. Vor Asdic-Ortung schützt uns dieses Verfahren hingegen nicht.

441

Ich werde Zeuge, wie der Zentralemaat seinen Tauchretter hinter seiner Koje hervorholt. Es ist ihm sichtlich peinlich, daß ich es gesehen habe. Er schmeißt sofort den Tauchretter mit indignierter Miene auf die Decke seiner Koje. Er tut gerade so, als wäre er ihm durch reinen Zufall in die Hände geraten.

Pilgrim kommt durch den Raum. Er verbirgt mit dem Körper, was er in der Hand hält. Ich traue meinen Augen kaum: Auch Pilgrim hat seinen Tauchretter geholt. Denen geht also jetzt schon der Arsch mit Grundeis! – Komisch, wie verschieden die Leute reagieren: Vorn im Bugraum die Lords tun so, als wäre gar nichts Besonderes im Busch, und hier werden die Tauchretter hervorgekramt.

Ich entdecke, daß die Bananen an der quer durch die Zentrale gespannten Leine sich schon gelb färben. Da werden sich die in La Spezia drüber freuen können – und über die vielen Orangen. Südfrüchte nach Italien – Eulen nach Athen. Und der viele Rotwein, den die »Weser«-Leute an Bord gebracht haben! Der Alte wetterte, als er die Flaschen entdeckte. Aber sie über Bord werfen zu lassen – dazu hatte er doch nicht das Herz.

Mal sehen, wies jetzt oben aussieht! – Kaum habe ich meinen Kopf hinausgesteckt, taucht schon ein Fischdampfer aus einer tiefliegenden Dunstwolke auf.

»Verdammt nahe. Muß uns gesehen haben!«

Die Nummer hatten wir schon mal, denke ich.

Der Alte schnauft. Eine Weile sagt er keinen Ton Er grübelt »War sichern Spanier.«

Hoffen wirs, ergänze ich im stillen

»Na ja, kanns auch nicht ändern!«

Die portugiesische Küste kommt heraus. Ich erkenne über rötlichem Gefels ein weißes Haus. Eine Küste wie in der Bretagne, wie die Côte Sauvage bei Le Croisic, an der bei Sturm die Brandung detoniert wie Treffer von schwersten Kalibern. Erst gibt es ein paar dumpfe Schläge, und gleich darauf schießen die Geysire zwischen dem schwarzen Gefels hoch. Mal hier, mal dort. Bei ruhiger See und Ebbe liegen gelbe winzige Strände zwischen den Klippen. Das fahlgelbe, dürre, knisternde Schilf in den feuchten Buchten! Der stachlige Ginster – über und über mit Schaumflocken behangen, wenn der Nordwest gegen die Küste tobt! Die tief ausgefahrenen Wege, vom Brandungsschaum zugeschüttet wie von Schnee. Die matt silbernen Distelsterne auf dem bleichen Sand. Manchmal auch eine angetriebene Suchotter, von einem Minenräumboot verloren. Die hohen Zweiradkarren, mit denen die Bauern halbtrockenen Tang zu großen Haufen zusammenfuhren. Und draußen der Leuchtturm, rotweiß gebändert wie unser Papenberg.

Und jetzt gerät mir die spanische Streichholzschachtel wieder vor Augen. Ich wußte es ja schon die ganze Zeit, ohne es mir eingestehen zu wollen: Die gleiche Schachtel mit dieser strahlenden Sonne darauf – scharf gelb auf brünstigem Rot – hatte Simone in ihrer Krokodiltasche. Die trug sie immer mit sich herum als Behältnis für »ma vie privée«, wie sie es nannte. Einmal kramte sie in ihr nach einem Foto, das sie mir zeigen wollte, und da fiel diese Schachtel heraus, und Simone grapschte allzu flugs danach. Warum sollte ich sie denn nicht sehen? Der I WO von Frankes Boot, der öfter ins Café ihrer Eltern kam, habe sie ihr geschenkt – nein, liegengelassen – nein, sie habe sie ihm abgebettelt ... Schon nimmt mich das alte Mißtrauen wieder gefangen: Simone und der Maquis! Ob Simone doch nicht ehrlich war – trotz all ihrer Beteuerungen? Ihr ständiges Gefrage: »Quand est-ce que vous partez? – Vers quel heure?« – »Frag doch deine Freunde. Die haben die Gezeitentafel besser im Kopf als wir!« Darauf der Tränenausbruch, das klägliche Gewimmere und dann die plötzliche Wut: »Gemein, gemein – tu es méchant – méchant – méchant!« Schminke verwischen, Rotz hochziehen: ein Bild des Elends.

Aber warum bekam Simone nicht auch so einen kleinen hübschen schwarzgepönten Spielzeugsarg wie ihre Freundinnen mit der Post ins Haus? Warum nur Simone nicht? Ihr jammervoller Augenaufschlag – gespielt? Echt? Das erschöpfte verzagte Gesicht – alles Mache? Aber so gut kann doch wohl kein Mensch schauspielern. Oder doch?

Ich sehe das breite niedrige Bett, das bombastische Rosenmuster auf der Decke, die gedrehten Fransen, spüre Simones trockene duftende Haut. Simone schwitzt nie. Wie sie ihren zierlichen, straffen Körper liebt – sich stets bewußt bewegt ...

Ich sitze mitten im Café und wage nicht, ihrem Blick zu begegnen. Wenn sie sich jedoch um Gäste kümmern muß und sich mit wieselflinker Schnelligkeit zwischen den Stühlen hin und her bewegt, verfolge ich sie mit den Augen. So leicht und grazil bewegen sich die Matadore in der Arena. Die Stellung der Stühle bestimmt ihre Figuren, sie gibt ihr immer neue Varianten ein. Simone weicht den Stühlen aus wie den Hörnern eines Stieres, sie krümmt die Hüfte zur Seite oder zieht ein wenig den Bauch ein. Ihr weißes Serviertuch handhabt sie wie eine Capa. Ich beobachte, daß sie niemals anstößt, nie auch nur Ecke oder Lehne eines Stuhls streift. Und dazu ihr Lachen! Sie wirft ihr Lachen wie funkelnde Münzen um sich. Immer wieder dringt huschend das Violett ihres Pullovers wie von der Seite her in meinen Blick. Vergeblich versuche ich meine Augen auf die Zeitungsseite zu richten und das huschende Violett nicht zu bemerken. Wer hatte ihr diese raffinierte Kombination von violettem Pullover und grauer Hose eingegeben, dieses ganz besondere, weder rot- noch blaustichige Violett – wie aus einem Bild von Braque? Dazu die ockerbraune Haut ihres Gesichts und das Schwarz der Haare. Ein Teufelsding – dieser kleine Pullover aus Angorahaar!

Es sind nun viele Gäste im Lokal. Sie kommen mit Durst vom Strand zurück. Die Bedienerin ist nicht schnell genug. Es macht Spaß, Simone zu beobachten, wie sie zwischen ihren Gängen die Bedienerin an der Kasse trifft und zurechtweist – heimlich, wie eine leise drohende Katze.

Draußen flimmert die Hitze wie Glasfluß. Ich will mich noch nicht hinauswagen. Ich liebe die Kühle des Kachelbodens und die Kühle der Marmorplatten der Tische, die durch das dünne Jackett in die aufgelegten Unterarme dringt. Ich rede mir ein, daß die Hitze mich am Aufbruch hindere, weiß aber zugleich, daß ich noch in Simones Nähe bleiben will. Auf einmal sitzt sie mit am Tisch und strickt an einem neuen Pullover. Wieder so ein Teufelsding. Diesmal zitronengelb, ein ungebrochenes starkes Zitronengelb. Sie hält das begonnene Stück im Schoß, das Knäuel gelber Wolle liegt neben ihr. Zum Violett und Grau jetzt noch dieses Gelb! Sie fragt, ob es eine schöne Farbe sei. Ein Augenfest! Das schönste Gelb, das es gibt! Und unter ihr der kalte, weißblau gekachelte Boden. Und dahinter ein Stück nußbraun gestrichener Schrank . . .

Ich habe es noch im Ohr: »Wir müssen vorsichtig sein!« – »Ach, immer vorsichtig sein!« – »Du mußt aufpassen, und ich muß auch aufpassen!« – »Wer kann uns denn verbieten?« – »Du bist dumm! Sie können eine Menge tun, ohne verbieten!« – »Mir ist aber alles gleich!« – »Wir wollen aber durchkommen!« – »Ach, keiner kommt durch!« – »Aber wir!«

Sie holt mich in Savenay aus dem Zug, hat wer weiß woher ein Auto, läßt mich nicht zu Wort kommen, weil sie weiß, daß ich schimpfen würde, fährt Schweinetempo, fragt: »Hast du Angst? Wenn ein Feldgendarm kommt, geb ich Gas. Die Kerle treffen doch nie!«

Ich höre Simone am Morgen vor dem Auslaufen: »Si tu ne drehst disch maintenant nisch rum un stehs auf – je te pousse avec mon cul dehors – mit meine Arsch, compris?«

Simone sengt mit einer brennenden Zigarette Haare an meiner rechten Wade an: »Riescht so schön nach kleine cochon!« Sie hangelt nach einem pelzbesetzten Gürtel, klemmt sich das Ende mit vorgeschilpter Lippe als Schnurrbart unter die Nase, sucht den Spiegel, kann sich vor Lachen nicht halten. Dann zupft sie Wolle aus den Fransen der Bettdecke und stopft sie sich in die Nase und Ohren. Und nun probiert sie deutsch: »Isch stehe zur Verführung – isch bin ungesund – je suis d'accord – isch bin ganz freudisch dazu – damit –

darüber – wie sagt man? – Isch könnte sein eine schöne kleine Kannibale – j'ai envie d'être verführt. Et toi. Jeu du voyage? Was das is? Reisspiel! Man sagt so: Reisspiel! Ihr mit eure dämliche Tset. – Reizspiel – Reizspiel. Jeu du ris? Du bis eine junge Selle, ja. Junge Selle – c'est bien ce que je dis – un seul mot? Junggeselle! Deux ›g‹? Du bis ein Scheißkerl! Du bis beschissen, ja? Du bis zu dumm für lieb sein. Du muß liebkosen – an diese Platz. Das is bloß Krabbeln! Isch bin reizend, ja? Mein selige Brust, ja? Drollige kleine Imitation von die Brust. Los, mal drücken! Drollig deine Haar auf die Brust. Komische Mann.« Sie will sich ausschütten vor Lachen. »Du wirz ja fett – du wirst – sag isch doch! Du wirz zu fett, du bist wie eine Lumpe. – Und jetz isch dir sing was vor:

›Monsieur de Chevreuse ayant declaré que tous
les cocus devraient être noyés
Madame de Chevreuse lui a fait demander
S'il était bien sur de savoir nager!‹«

Alles gespielt? Alles nur Täuschung? Mata Hari in La Baule?

Und noch der Morgen des Auslauftags: Simone hockt mit schmalen Schultern bewegungslos am Tisch, starrt mich mit schwimmenden Augen an, die halbgekaute Masse von Brötchen, Butter und Honig im Mund.

»Nun iß schon!«

Gehorsam beginnt sie zu kauen. Tränen perlen ihr über die Wangen. Eine hängt an der Nase. Der Tropfen ist trübe. Ich registriere es genau. Muß wohl vom Salz kommen. Salzige Zähren. »Jetzt iß, sei brav!« Ich fasse ihr fest wie einem Kaninchen in den Nacken und schiebe dabei die Haare mit dem Handrücken hoch. »Los, iß jetzt, mach dir doch um Himmels willen keine Sorge!«

Der Troier – gut, daß es diesen weißen Isländer mit dem Zopfmuster gibt. Nur jetzt etwas sagen: »Ein Glück, daß du den Troier fertig hast – den werde ich gut brauchen können. Schon ganz schön kalt draußen!«

Simone geht darauf ein. Sie zieht die Nase hoch: »C'est fantastique – die Wolle – ganz genau. Nur noch so eine kleine Stück.« Sie zeigt mir die Fadenlänge zwischen gespreiztem Daumen und Zeigefinger: »Mème pas pour quatre sous! Wie sagt ihr zu Pullover bei die Marine? So was wie fidel? – Wie treu? Bist du fidel mit deine Troier?«

Simone schnieft, hält die Luft an, lacht unter Tränen. Sie hält sich tapfer. Weiß ja genau, daß es kein Kirschenessen wird. Man kann ihr nichts erzählen wie den Frauen zu Hause. Sie wußte immer, wenn ein Boot abgeblieben war. Auffällig? Ein deutliches Indiz? Aber da waren ja hundert »legitime« Möglichkeiten, Bescheid zu wissen: Lords, die sonst Stammgäste waren, kamen nicht mehr ins Café. Die französischen Putzfrauen in den Unterkünften wußten ja auch, wann eine Besatzung hinausgegangen war, und wann sie nach aller Erfahrung hätte wiederkommen müssen. Überall wurde zuviel geredet. Und doch, und doch . . .

Warm steigt es in mir hoch: Nein, das kann keine Täuschung sein. Schuft, der du bist. So schauspielert niemand! Es will mir die Kehle zuschnüren.

Die alte bretonische Uhr zeigt sechs Uhr dreißig. Aber sie geht zehn Minuten vor. Aufschub. Der Fahrer wird in zehn Minuten kommen. Simone macht sich an meiner Jacke zu schaffen: »Du hast hier einen Fleck, o cochon!«

Sie will es nicht fassen, daß ich so an Bord gehe.

»Was stellst du dir eigentlich vor? Das ist doch kein Musikdampfer!«

Ich habe jedes Wort bewahrt: »Isch komm mit zur Schleuse!« – »Nein, das darfst du nicht. Außerdem ist abgesperrt!« – »Isch werde doch durchkommen, ich leih mir einen Schwesternausweis. Isch will sehen, wenn ihr auslauft!« – »Bitte nein. Das kann dumm ausgehen. Du weißt, wann wir auslaufen. Vom Strand kannst du uns eine halbe Stunde später sehen.« – »Aber nur wie eine Streischholz!«

Wieder das Wort »Streichholz«. Die rotgelbe Schachtel blendet sich ein. Ich mache die Erinnerung scharf. Ich ergreife einen Gegenstand mit den Tentakeln der Erinnerung: den Bridgetisch mit den von Zigaretten eingebrannten braunen Flecken im hellen Pflaumenholz. Und nun ist es mir ein Leichtes, das Trompe-l'oeil-Muster der Fliesen auf dem Boden zu erkennen, aus dem sich entweder auf die Spitze gestellte Würfel scharf perspektivisch abzeichneten oder negative geometrische Einbuchtungen, je nachdem, ob man zuerst eine weiße oder eine schwarze Kachel ins Auge faßte . . . Die graue Asche im Kamin . . . Draußen quietschen Bremsen. Gleich darauf blökt das Horn. Der Fahrer in Feldgrau: Marineartillerie.

Simone streicht mit flachen Händen über den neuen Troier. Sie reicht mir nicht unters Kinn, so klein macht sie sich. Ich habe zudem die großen Seestiefel an.

»Warum hast du so große Stiefel?«

»Sie sind mit Kork gesohlt und gefüttert und außerdem . . .«, ich stocke einen Augenblick, aber dann gibt mir ihr Lachen und ihre Bewunderung Sicherheit, ». . . müssen sie groß genug sein, daß man sie im Wasser mühelos ausziehen kann!« Ich nehme sie schnell beim Kopf und wühle meine Finger in ihre Haare. »Na, nun schimpf nur nicht!« – »Deine Tasche? – Wo hast du deine Tasche? Hast du gesehen, wie isch alles eingepackt hab? Das Verschnürte darfst du erst draußen aufmachen, ja? Versprichs!« – »Ich versprechs!« – »Und wirst du den Troier auch tragen?« – »Jeden Tag, sobald wir erst mal draußen sind. Und zum Pennen mach ich den Kragen hoch und fühl mich zu Hause!«

Froh, daß jetzt alles sachlich wird.

»Brauchst du Handtücher?« – »Nein, gibt es an Bord. Und laß die Hälfte der Seife da. Haben Seewasserseife an Bord.«

Ich sehe auf die Uhr. Seit fünf Minuten steht der Wagen draußen. Wir müssen den Leitenden noch abholen. Ich denke: Wenn es nur erst vorüber wär! Jetzt ganz schnell: das hüfthohe Gartentor – Terpentingeruch der Kiefern – noch einmal umwenden. Das Tor zuschlagen. Aus – fini!

Eine prunkvolle Dämmerung beginnt. An der Steuerbordseite behängt sich der Himmel mit glühend roten Girlanden. Mit der Zeit wird das Rot fast unmerklich stumpfer und läßt allmählich ganz nach. Wo eben noch die prächtigen Girlanden glühten, hängt jetzt nur noch eine schmutzig graue Wolkenkette vor stahlblauem Himmelsgrund, einen knappen Daumensprung über der Kimm.

Es wird rasch dunkel. Das letzte Himmelslicht verschimmert in unserer Hecksee.

»Na, Kriechbaum, was haben Sie für ein Gefühl?« fragte der Kommandant den Obersteuermann.

»Gut!« sagt der Obersteuermann ohne Zögern. Aber klang seine Stimme nicht betont forsch?

Noch eine halbe Stunde – dann schickt mich der Kommandant von der Brücke. Auch die drei Posten läßt er einsteigen. Er will nur noch den Obersteuermann oben haben. Demnach müssen wir schon ganz nahe an den vermuteten Sicherungsringen sein.

Ich höre, daß auf E-Maschinen umgekuppelt wird. Das Dieselbrummen setzt aus. Wir fahren jetzt über Wasser mit E-Maschinen. Das haben wir noch nicht gemacht.

»Uhrzeit?« fragt der Kommandant herab.

»Zwanzig Uhr dreißig«, meldet der Rudergänger nach oben.

Ich bleibe in der Zentrale. Eine halbe Stunde vergeht. Die E-Maschinen laufen mit so wenig Geräusch, daß ich alles, was der Kommandant oben sagt, deutlich hören kann, wenn ich nur unter den Turm trete.

»Die haben ja – die haben ja die halbe feindliche Flotte aufgeboten! – Die können doch nicht alle nach Tanger ins Spielkasino wollen? – Nehmen Sie den da mal, Kriechbaum – hoffentlich fahren wir keinen über den Haufen.«

447

Der Leitende tritt neben mich und blickt auch nach oben.

»Verdammt schwierig!« sagt er.

Einzig und allein aus Positionslichtern muß der Alte jetzt Kurs und Fahrt der gegnerischen Schiffe bestimmen und einem Bewacher nach dem anderen unsere schmale Silhouette zeigen und ihn ausmanövrieren. Verteufelt schwer, immer gleich zu wissen, welches Licht zu welchem Schiff gehört, ob der Zossen gestoppt liegt, ob er abläuft in Lage hundertzehn – oder etwa in Lage siebzig auf das Boot zukommt.

Auch der Rudergänger muß höllisch achtgeben. Er gibt seine Rückmeldungen mit gedämpfter Stimme. Die Tonlage des Alten aber ist eher gelöst. Wie ich ihn kenne, fühlt er sich jetzt in seinem Element.

»Alles anständige Leute, die haben alle ordentlich ihre Positionslampen gesetzt – so isses schön! – Kriechbaum, was macht Ihr Kolcher? Kommt der auf?«

Mir will es scheinen, als beschriebe das Boot einen Kreis. Ich muß besser auf die Ruderkommandos achtgeben, meine Vorstellungskraft aktivieren.

»Verdammt! Das ging knapp!«

Der Kommandant schweigt eine Weile. Also mulmig. Mir pocht die Erregung hoch im Hals.

»So mein Lieber, na, lauf schön weiter!« höre ich den Kommandanten endlich.

»Verdammte Menge! Die tun aber auch, was sie können! – Hoppla, wer kommt denn da? – Backbord auf neunzig Grad gehen.«

Ich würde etwas darum geben, wenn ich jetzt auf die Brücke dürfte.

»Obersteuermann, behalten Sie den Dwarslöper im Auge – ja, den da! – Melden, wenn er Kurs ändert!«

Plötzlich läßt der Kommandant beide E-Maschinen stoppen. Ich spitze die Ohren. Der Leitende schnieft. Was denn? Was soll denn nun das wieder bedeuten?

Das Anpatschen der Seen an die Tauchbunker klingt überlaut – wie Schläge von nassen Lappen. Das Boot dümpelt hin und her. Mein fragender Blick zum Leitenden hin bleibt ohne Antwort. Weil alles Licht in der Zentrale abgeblendet ist, kann ich sein Gesicht nur als fahle Fläche erkennen.

Ich höre deutlich, wie der Leitende vor lauter Spannung sein Standbein zweimal wechselt.

»Tschjumm – tschjumm«, machen die Seen, die von der Seite her gegen das Boot anlaufen.

Welch eine Erlösung, als der Alte endlich die Backbordmaschine anfordert. Wir machen gute zehn Minuten lang ganz wenig Fahrt. Es ist, als pirschten wir uns auf Zehenspitzen weiter.

»Den hätten wir geschafft!« kommt es von oben. Der Leitende bläst Luft ab.

Und nun fordert der Alte auch die Steuerbordmaschine wieder an. Ob wir uns schon durch die dichte Außensicherung durchgemogelt haben? Ob die Tommies *mehrfache* Bewacherketten aufgezogen haben?

»Balkensperren«, sagt der Alte, »können sie kaum auslegen – wegen der Strömung.« Wo stehen wir überhaupt? Ein Blick auf die Karte? – Nein, jetzt nicht. Dazu ist keine Zeit.

»Na, Kriechbaum – ganz spannend, was?«

Der Alte redet da oben vollkommen ungeniert. Seine tiefe, tragende Stimme ist auch nicht um eine Spur gedämpft.

»Gut so! – Was macht denn der Dwarslöper?«

Den Obersteuermann kann ich leider kaum verstehen. Dem muß die Spannung den Sprechatem abgepreßt haben. Er antwortet dem Alten mit Flüsterstimme.

Der Alte korrigiert jetzt wieder den Kurs: »Nochn bissel ran! – Klappt ja ganz gut! – Die rechnen wohl doch nicht mit uns! – Passen Sie auf, daß der Kolcher da drüben gut klar hält – naaa?«

Gute fünf Minuten kommt nichts von oben als zwei Ruderbefehle.

»In zehn Minuten tauchen wir!«

»Soll mir recht sein«, murmelt der Leitende.

Vorläufig scheint sich der Leitende aber trotz der Ankündigung des Alten nicht von der Stelle rühren zu wollen. Will er zeigen, wie sicher er seiner Sache ist? Das Boot ist jedenfalls bestens eingesteuert. Alle Anlagen, die dem Leitenden unterstehen, hat er in den letzten Stunden sorgfältig durchgeprüft. Der Zentralemaat ist gar nicht mehr zur Ruhe gekommen.

». . . na, wer sagts denn . . . so isses recht . . . na, mach schon!«

Die Stimme des Alten klingt, als rede er einem Kind zu, das nicht aufessen will.

»Na, da wollen wir mal!« sagt der Leitende endlich und verschwindet nun doch.

Mir schießt es durch den Kopf: Schnell noch mal zum Klo! Die Gelegenheit dazu könnte rar werden.

Ein Glück: Schapp H ist frei.

Im Klo hockt man wie mitten in einer Maschine. Hier ist das sinnverwirrende Geschlinge von Rohrleitungen nicht durch Sperrholz abgedeckt. Zwischen den engen Wänden kann man sich kaum bewegen. Um die Enge noch drangvoller zu machen, hat der Bootsmann

449

zwischen Pützen und Feudeln sogar noch Konserven von der »Weser« in den Ecken gestapelt.

Während ich mich abmühe, schwirrt mir die Schilderung eines Seemanns durch den Kopf, der auf einem Havaristen im Sturm in der Latrine mit dem langsamen Ausgießen von Öl beschäftigt war. Das über den Latrinenstutzen ausfließende Öl sollte die hochgehende See beruhigen. Weil der Dampfer erhebliche Schlagseite hatte, lag die Latrine auf etwa gleicher Höhe mit dem Wasser. Wenn nun das Schiff schwer überholte, quoll das Wasser durch das Abflußrohr in die Latrine hinein und stieg und stieg, und das Schott ließ sich nicht mehr öffnen, weil außen ein Riegel zugefallen war, und der Seemann wußte, daß er ersaufen mußte, wenn das Schiff noch stärker rollte. Es blieb ihm nicht einmal die Hoffnung, daß sich an der Decke Luft fangen und dem Wasserdruck entgegensetzen würde, denn Latrinen sind nun mal gut entlüftet – normale Schiffslatrinen, nicht die hier.

Der Seemann war gefangen wie eine Maus in der Falle und goß sein Öl aus, wenn der Ablaufstutzen nicht gerade Seewasser spie: ein einsam auf verlorenem Posten um sein Schiff kämpfender Mann.

Jäh überfällt mich eine infame Platzangst. Ich bilde mir ein, daß wir eine Tauchpanne hätten, die Batterie würde explodieren, und auch diese verdammte Eisentür mit den schwergängigen Vorreibern ließe sich nicht mehr öffnen – durch die Explosion verbogen. Ich sehe mich verzweifelt am Schott rütteln: keiner hört mich.

Bilder aus Filmen zucken auf: Ein in einen Fluß fahrendes Auto, aus dem keiner mehr entrinnen kann. Verzerrte Gesichter hinter den Gittern eines ausbrennenden Zuchthauses. Ein durch eine Panik mit Menschenknäueln verrammelter Saaleingang. Ich bringe keine peristaltischen Bewegungen mehr zustande, stemme mich aus dem Sitz hoch und versuche, mich auf die Betrachtung der Kondenswassertropfen an der unteren Kante einer silbern glänzenden Kalipatrone zu konzentrieren, die hinter dem Triton in ihrer Halterung steckt.

Nun mach mal halblang, rede ich mir zu.

Ich gebärde mich gefaßt und ziehe mir betont langsam die Hosen hoch. So, das hätten wir wieder! Wäre ja noch schöner!

Aber dann pumpen meine Hände doch schneller, als ich es ihnen erlaube, den Triton leer. Bloß schnell das Schott auf! Draußen! Tief durchatmen! Herrje noch einmal!

Angst? War das jetzt Angst, richtige gemeine Angst oder Klaustrophobie? Wann hatte ich denn überhaupt im Leben schon Angst? Im Bombenkeller? – Kaum! Das war doch klar, daß wir ausgebuddelt würden. Einmal in Brest – da bin ich, als die Bomber plötzlich kamen, wie ein Hase gerannt. Das war schon ein Theater – aber richtige Angst?

In Dieppe auf dem Räumboot? – Dieser wahnsinnige Tidenunterschied! Wir hatten schön einen gehoben, und als plötzlich Alarm kam, war die Kaimauer hoch wie ein vierstöckiges Haus, und wir lagen im Schlamm auf dem Grund des Hafenbeckens und wußten, als die Bomber abluden, nicht wohin.

Aber das war alles nichts gegen die Angst, die mich in den endlos nachhallenden Internatsfluren befiel, sonntags, wenn die meisten nach Hause gefahren waren – kaum noch ein Mensch in dem Riesenbau. Da waren sie hinter mir her mit Messern in der Hand, da krümmten sich Finger zum Griff von hinten an die Gurgel! Immer die Schritte hinter mir im Gang – das Tappen der Verfolger! – Der Schauder über den Rücken! Immer die Angst im Nacken. Diese qualvolle Internatszeit: Mitten in der Nacht fuhr ich aus dem Schlaf hoch. Zwischen den Schenkeln wars klebrig. Ich dachte, ich müßte verbluten. Kein Licht. Da lag ich – entsetzensstarr, gelähmt von Angst, daß ich verloren wäre, wenn ich mich nur rührte.

Gibraltar

Zeit zur Wachablösung. Es ist viel Gedränge im Raum, weil die Leute der zweiten Wache wartend herumstehen, und nun auch noch die der dritten erscheinen. Der Berliner kann es nicht fassen, daß wir immer noch nicht tauchen: »Na, der Alte – der jeht ja uffs Janze. Der lackmeiert die einfach!«

Die Spannung hat die Zungen gelöst. Drei, vier reden durcheinander: »Mann, das hats in sich!« – »Det jeht ja wie noch nie!« – »Wie läuft denn der Laden?« – »Das macht sich!«

Zeitler fährt sich mit einem Kamm durch die Haare.

»Putz dich nur fein raus«, sagt der Berliner. »Bei den Tommies solls viel Schwule geben!«

Zeitler läßt sich nicht beirren. Er zieht sich den dichtzinkigen Kamm schon zum fünftenmal langsam und sorgfältig durch seinen angenäßten Schopf.

Turbo singt halblaut vor sich hin:

»Lieber Maler male mir
über meine Stubentür
meiner Frau zum Trotze
eine große – Fuhrmannspeitsche!«

Ich stehe unter dem Luk, den Südwester unter dem Kinn festgebunden, die rechte Hand schon an der Leiter und den Blick nach oben gerichtet. »Ein Mann auf Brücke?«

Da brüllt der Kommandant: »ALARM!«

Der Obersteuermann läßt sich an der Leiter herunterrutschen. Seine Seestiefel krachen dicht neben mir auf die Flurplatten. Von oben kommt ein heftig anschwellendes Getöse.

Der Kommandant! Wo bleibt denn bloß der Kommandant?

Ich will den Mund zur Frage öffnen, da staucht mich eine fürchterliche Detonation in die Knie. Herrgott, meine Trommelfelle! Ich taumele gegen die Kartenkiste. Einer schreit: »Der Kommandant! Der Kommandant!«, ein anderer: »Artillerietreffer!«

453

Ein mächtiger Schwall stürzt von oben herab. Kein Licht mehr. Betäubt. Der Flattervogel Angst sitzt mir in der Brust.

Das Boot kippt schon an. Da fällt der Kommandant wie ein schwerer Sack mitten unter uns. Vor Schmerz stöhnend bringt er nur hervor: »Ein Treffer – direkt neben dem Turm!«

In einem Taschenlampenkegel sehe ich, wie er sich weit nach hintenüber krümmt, als wolle er eine Brücke machen, und sich dabei die Hände in die Nierengegend stemmt.

»Geschütz ist weg! – Mich hats fast hinausgerissen!«

Irgendwo im Dunkeln, in der achteren Hälfte der Zentrale, schreit einer, schrill wie ein Weib.

»War ne Biene – Direktanflug«, preßt der Kommandant hervor. Ich spüre, daß das Boot schnell durchsackt. Ne Biene? Ne Biene? Was denn? Ne Biene mitten in der Nacht? Also doch kein Artilleriefeuer? – Ne Biene? – Das gibts doch nicht!

Ein Notlicht flammt auf.

»Anblasen!« brüllt der Kommandant, »alles anblasen«, und dann mit hetzender Stimme: »Sofort auftauchen! – Klar bei Tauchrettern!«

Mir bleibt der Atem stehen. Zwei, drei verstörte Gesichter im Halbdunkel im achteren Schottrahmen. Dann erstarren plötzlich alle Bewegungen.

Der Kommandant ächzt. Sein Atem fliegt.

Und schrieb und schrieb an weißer Wand Buchstaben von Feuer, die keiner verstand . . . Ne Biene – das kann doch gar nicht sein!

Vorlastig! Viel zu vorlastig! Geschütz weg! Wie kann denn das Geschütz verschwinden?

»Treffer neben dem Turm!« kommt es wieder wie Fauchen aus dem Mund des Alten. Und dann lauter: »Was ist denn los? Himmelherrgott! Wann kommen Meldungen?«

Als Antwort Durcheinandergerufe von achtern: »Wassereinbruch im Dieselraum!« – »Wassereinbruch im E-Maschinenraum!« Vier-, fünfmal höre ich das widerliche Wort »Wassereinbruch« aus dem wirren Gebrüll heraus, halb übertönt vom Fauchen der Preßluft, die in die Tanks strömt.

Endlich steht der Zeiger des Tiefenmanometers, er zittert heftig und ruckt dann langsam zurück: Wir steigen!

Der Kommandant steht jetzt unter dem Turm: »Los, LI! Hoch und raus! Kein Sehrohrrundblick! Ich gehe allein auf die Brücke. Alles klarhalten!«

Mich durchfährt ein eisiger Schreck: ich habe meinen Tauchretter nicht bei mir. ich mache drei Taumelschritte zum achteren Schott, zwänge mich zwischen zwei Leuten durch, die sich nicht von der

Stelle rühren wollen, dann fahren meine Hände zum Fußende meiner Koje und packen das Ding. Gott sei Dank – ich kann tief durchatmen.

Die Preßluft faucht und faucht. In der Zentrale ist ein wüstes Durcheinander. Damit ich nicht im Weg stehe, hocke ich mich neben den vorderen Schottring.

»Boot bricht durch – Turmluk ist frei!« meldet der Leitende mit schräg nach oben gewandtem Gesicht – ganz sachlich, exerziermäßig. Der Alte ist schon im Turm. Jetzt stemmt er das Luk auf, und schon kommen seine Befehle: »Beide Diesel AK voraus! Hart steuerbord! Auf hundertachtzig Grad gehen!« Die Stimme ist schrill und hart.

Aussteigen? Schwimmen? Ich nestele an meiner Preßluftflasche, fingere hastig an den Schnallen der Schwimmweste herum. Die Diesel! Dieser Lärm! Wie lange kann das gutgehen? Ich zähle halblaut die Sekunden in den Stimmenwirrwarr hinein, der durchs achtere Kugelschott kommt.

Was hat der Alte im Sinn? Hundertachtzig Grad – Südkurs! Wir laufen also direkt auf die afrikanische Küste zu.

Irgendwer brüllt: »Backborddiesel ausgefallen!« Dieser aberwitzige Maschinenlärm – ist das tatsächlich nur *ein* Diesel?

Plötzlich zieht gleißende Helle im Rund des Turmluks meinen Blick nach oben. Neben mir der LI hält auch sein Gesicht in das blendende Magnesiumlicht.

»Leuchtgranaten!« stößt der LI aus. Es klingt wie Bellen.

Der Diesel macht mich wahnsinnig. Dieser irre Krawall! Ich will die Ohren zuhalten, um das Getöse der Detonationen in den Zylindern zu ersticken. Besser noch, den Mund aufreißen, wie es die Kanoniere tun, denn gleich kann es wieder knallen: der erste Streich – der zweite Streich!

Ich höre mich zählen. In mein Zahlengemurmel schlägt ein neuer Panikruf von achtern: »E-Maschinen-Bilge macht stark Wasser . . .«

Nie mit Tauchretter geschwommen! Nicht mal probeweise. Die Bewacher! Wie weit sind die nächsten ab? Viel zu dunkel! Da sieht uns ja von den Bewachern keiner, wenn wir schwimmen. Der Strom! Da ist eine Menge Druck dahinter! Der Alte hats ja gesagt. Dieser Druck, der treibt uns doch auseinander. Wenn wir schwimmen müssen, sind wir erledigt. So wars: Der Oberflächenstrom führt raus aus dem Mittelmeer. Das heißt also: rein in den Atlantik. Im Atlantik – da findet uns keiner. Unsinn. Alles falsch: uns treibts ins Mittelmeer. Der Oberstrom . . . der Unterstrom. Zählen – Weiterzählen! Die Möwen! Die Hackschnäbel! Die Gelatinebrüder! Die kahlen, weißen Schädel mit dem Schleim darüber!

Ich bin mit meinem Zahlengehaspel bei dreihundertundachtzig, da brüllt der Kommandant: »ALARM!«

Die Entlüftungen werden aufgerissen. Diesmal wird das Boot in Sekundenschnelle kopflastig.

Der Kommandant kommt die Leiter herunter: linker Fuß, rechter Fuß – ganz normal. Aber seine Stimme ist nicht wie sonst: »Die Schweine schießen Leuchtgranaten – aus allen Knopflöchern!« Jetzt erst gelingt ihm sein üblicher Tonfall: »Hell wie am lichten Tag!«

Was denn nun? Steigen wir *nicht* aus? Was hat der Alte vor? In seinem schwach beschienenen Gesicht gibt es nichts zu lesen. Er hat die Liddeckel heruntergeklappt, tiefe Falten an der Nasenwurzel. Die Meldungen, die von achtern kommen, scheint er gar nicht aufzunehmen.

Die Vorlastigkeit drückt mich schwer gegen die vordere Zentralewand. Mit meinen Handflächen kann ich hinter mir den feuchtkalten Lack fühlen. Irre ich mich? Gehen wir diesmal nicht schneller auf Tiefe als sonst? Wir sacken ja wie ein Stein weg!

Jetzt ist die Hölle los. Leute taumeln in die Zentrale, rutschen, schlagen hin. Einer stößt mir im Hinfallen seinen Kopf in den Bauch. Ich stemme ihn hoch. Erkenne nicht, wer es ist. Habe ich im Durcheinandergebrüll den Befehl »Alle Mann voraus« überhört?

Der Zeiger! Er dreht sich immer noch. Das Boot war aber doch für dreißig Meter eingesteuert! Dreißig Meter: Da müßte der Zeiger sich längst langsamer bewegen. Ich fixiere ihn – da wird er von blauem Dunst vernebelt: Rauchschwaden dringen von achtern in die Zentrale.

Der Leitende zuckt mit dem Kopf herum. Im Sekundenbruchteil kann ich seinen entsetzten Blick sehen.

Der Zeiger! Der dreht sich viel zu schnell!

Der Leitende gibt einen Ruderbefehl. Der alte Trick – das Boot dynamisch halten. Druck auf die Tiefenruder geben. Die E-Maschinen? Laufen die E-Maschinen jetzt AK? Ich kann das gewohnte Bienenschwarmsummen nicht hören. Laufen die E-Maschinen denn überhaupt?

Das verdammte Geschlurr und Geschlürfe übertönt alles. Und das Gewimmere – wer kann das sein? Bei diesem Funzellicht ist ja keiner richtig zu erkennen.

»Vorderes Tiefenruder fest!« meldet der Tiefenrudergänger, ohne sich umzuwenden.

Der Leitende hat den Kegel seiner Handlampe auf das Tiefenmanometer gerichtet. Trotz des Qualms kann ich sehen, daß der Zeiger schnell über die Fünfzig, die Sechzig läuft. Als die Siebzig durchgeht, befiehlt der Kommandant: »Anblasen!« Das scharfe Fauchen der

Preßluft ist eine Wohltat für meine flatternden Nerven. Gott sei Dank: jetzt bekommt der Schlitten endlich wieder Auftrieb!

Aber noch dreht der Zeiger weiter. Freilich, muß er ja. Das ist normal: Er dreht so lange weiter, bis sich die Falltendenz in Steigtendenz verwandelt. Das dauert immer seine Zeit.

Jetzt – aber jetzt – jetzt *muß* er doch stehenbleiben! Meine Lider schlagen heftig. Ich reiße die Augen auf, stoppe den Lidschlag, starre mit aller Anstrengung auf die Manometerscheibe. Der Zeiger denkt gar nicht daran, haltzumachen. Er schiebt sich weiter. Die Achtzig geht schon durch, die Neunzig.

Ich lege alle Kraft in meinen Blick. Ich versuche, diesen dünnen schwarzen Streifen Metall im Scheinwerferlicht, das aus der Handlampe des Leitenden kommt, mit den Augen zu arretieren. Vergebens: Die Hundert geht durch, der Zeiger schiebt sich weiter.

Reicht der Auftrieb aus unseren Preßluftflaschen etwa nicht?

»Boot ist nicht zu halten«, flüstert der LI.

Was war das? Nicht zu halten – nicht zu halten? Die Wassereinbrüche! Sind wir zu schwer geworden? Gehts jetzt dahin?

Ich hocke immer noch neben dem Schott.

In welcher Tiefe wird der Druckkörper zerdrückt? Wann reißt die Stahlhaut zwischen den Spanten?

Der Zeiger streicht über die Hundertundzwanzig und schiebt sich stetig weiter. Ich wage schon nicht mehr, hinzusehen. Ich stemme mich hoch, suche taumelnd nach Halt. Der Druck! Mir schießt durch den Kopf, was der Leitende mir einpaukte: In größeren Tiefen verringert der Wasserdruck das Volumen des Bootes. Es bekommt dadurch Übergewicht gegenüber dem verdrängten Wasser. Wir werden also mehr und mehr zusammengedrückt und dabei schwerer und schwerer. Kein Auftrieb mehr, nur noch Erdanziehung, Fallbeschleunigung . . .

»Einhundertundneunzig!« meldet der Leitende, »zwohundert – zwohundertundzehn . . .«

Die Meldung dröhnt in meinem Schädel nach: Zwohundertundzehn! Und immer noch tiefer!

Mein Atem bleibt stehen. Gleich kommt der gellende Riß. Und dann die grünen Katarakte.

Wo zuerst?

Wasser hat einen kleinen Kopf, sagt es in mir.

Das ganze Boot ächzt und knackt. Ein scharfer Knall wie von einem Pistolenschuß. Dann ein hohles, zirpendes Singen, das mir durch Mark und Bein geht.

Es wird immer schriller – ein höllisches Geräusch wie von einer in hohen Touren singenden Kreissäge.

Wieder ein scharfer Knall und noch mehr Knacken und Ächzen.

»Zwohundertundsechzig läuft durch!« ruft eine fremde Stimme. Meine Beine rutschen weg. Am Stander des Luftzielsehrohrs kann ich mich gerade noch festhalten. Das dünne Drahtseil schneidet sich mir schmerzhaft in die Handfläche.

So ist das also!

Der Zeiger wird gleich die Zweihundertundsiebzig erreichen! Wieder ein Peitschenknall. Ich kapiere: da platzen Nieten ab. Geschweißt und genietet. Diesen Druck halten Nieten und Schweißnähte nicht aus.

Die Flanschen! Die verfluchten Außenbordsverschlüsse!

Eine Stimme leiert: »Wende nicht von mir dein Aug und Angesicht . . .« Der Bibelforscher? Was ist das überhaupt für ein Gedränge in der Zentrale? Wer fummelt denn alles hier herum?

Plötzlich reißt mich ein harter Schlag von den Beinen. Ich rolle auf den Flurplatten nach vorn, greife in ein Gesicht, stemme mich gegen einen Körper in der Lederjacke. Aus der vorderen Schottöffnung kommt ein vielstimmiger Schrei – wie ein Echo auch Geschrei von achtern. Die Flurplatten werden unter Krachen und Klirren wieder und wieder hochgeworfen. Langanhaltendes Glasgeklingel, als wäre ein Weihnachtsbaum umgefallen. Noch ein heftiger Schlag, der brummend nachdröhnt – noch einer! Und jetzt ein grelles Schrillen, das mir quer durch den Körper sägt. Das Boot vibriert in irren Schwingungen. Es wird von einer Serie dumpfer Schläge getroffen, als ob wir über ein gewaltiges Schotterfeld ratterten. Von draußen kommt ein stöhnendes, urgewaltiges Aufheulen, dann ein irres Kreischen, noch zwei dröhnende Schläge – dann ist es plötzlich zu Ende damit. Nur ein hohes pfeifendes Singen bleibt.

»Angekommen!« höre ich eine deutlich artikulierende Stimme, aber fern, wie durch eine Tür hindurch. Das war der Kommandant.

Ich liege auf dem Rücken, versuche die Beine mit den schweren Stiefeln unter den Körper zu bekommen, hangele mich hoch, torkele, rutsche aus, schlage auf die Knie. Ein Schrei sitzt mir in der Kehle. Ich kann ihn gerade noch abwürgen.

Licht! Wo bleibt denn das Licht? Die Notbeleuchtung – schaltet denn keiner die Notbeleuchtung ein?

Ich höre Wasser gurgeln. Ist das die Bilge? Wasser von draußen würde doch nicht so gurgeln.

Ich versuche, die Geräusche zu trennen und zu lokalisieren: Geschrei, Geflüster, Gemurmel, hohe Panikstimmen, die Frage des Alten: »Wo bleiben die Meldungen?« Und gleich danach herrisch: »Ich verlange ordentliche Meldungen!«

Endlich Licht! Halbes Licht. Was wollen bloß die vielen Leute hier? Ich schlage mit den Liddeckeln, kneife die Augen zu Spalten, versuche das Halbdunkel zu durchdringen, nehme Wortfetzen und Geschrei wahr. Am lautesten ist es achtern. Herr im Himmel, was ist bloß los?

Mal habe ich das Gesicht des Alten vor Augen, mal das des Leitenden. Ich nehme wieder Bruchstücke von Meldungen auf. Mal einen ganzen Satz, dann nur Wortfetzen. Leute hasten an mir vorbei nach achtern, die Augen vom Entsetzen geweitet. Einer rempelt mich an, ich gehe fast zu Boden.

Ne Schaufel Sand – woher kamen die Worte? Der Alte – natürlich: »Ne Schaufel Sand unter den Kiel geschmissen!«

Ich versuche zu begreifen: Oben wars doch dunkel. Nicht ganz schwarz zwar, aber auch nicht mondhell. Bei so wenig Licht konnte uns doch kein Flieger entdecken. Fliegerbomben nachts – das gibts nicht. Vielleicht wars doch ein Artillerietreffer? Schiffsartillerie? Landartillerie? Aber der Alte hat doch »ne Biene!« gebrüllt. Und das Gedröhn unmittelbar vor der Detonation?

Der LI hetzt hin und her und bellt seine Befehle.

Und dann? »Angekommen!« – Schotterfeld – der Druckkörper - wir sind ungepanzert wie ein Windei! Die irren Quietschtöne – Straßenbahn in der Kurve – natürlich: Wir sind in die Grundfelsen gerannt mit vollem Karacho. Was denn sonst? Beide E-Maschinen alle Kraft voraus und die Nase nach unten! Daß das Boot das mitmacht! Der vom Druck der Tiefe zum Reißen gespannte Stahl! Und dann dieser Anprall – der Aufprall – der Anprall . . .

Drei, vier Leute liegen noch am Boden. Der Alte steht als dunkle Masse unter dem Turm, eine Hand an der Leiter.

Klar und deutlich höre ich im Durcheinandergebrüll der Befehle das leiernde Singen des Bibelforschers:

»Herrlich, herrlich wird es einmal sein,

wenn wir ziehn, von allen Sünden rein,

in das gelobte Kanaan ein . . .«

Weiter kommt er nicht. Eine Taschenlampe blitzt. Der Zentralemaat versetzt dem Bibelforscher mit dem rechten Handrücken einen fürchterlichen Schlag auf den Mund. Es kracht, als brächen ihm die Vorderzähne nach innen. Durch den Nebel hindurch sehe ich Blut aus seinem Mund hervorquellen und seine staunend aufgerissenen Augen.

Die kleinste Bewegung bereitet mir Pein. Ich muß mit der rechten Schulter und beiden Schienbeinen zugleich irgendwo angeschlagen sein. Mir ist, als müsse ich mich mühselig durch Wasser drücken, wenn ich mich rühren will.

In der Vorstellung sehe ich einen Querschnitt durch die Straße von Gibraltar: rechts die afrikanische Küste – die tektonischen Schichten des nach der Mitte abfallenden Grundes – und auf halber Strecke zwischen dem tiefsten Punkt und der afrikanischen Küste unsere winzige Röhre.

Der Alte, der wahnsinnige Hund, hoffte er gegen seine bessere Überzeugung, die Engländer wären nicht auf dem Posten? War dem Alten nicht klar, was für eine massive Abwehr uns erwarten würde? Da steht er, die eine Hand immer noch an der Leiter, die vergammelte Mütze auf dem Kopf.

Der I WO hat den Mund offen. Sein Gesicht ist ein einziges entsetztes Fragen.

Wo ist denn der Leitende? Der Leitende ist verschwunden.

Der Horcher meldet: »Horchgerät ausgefallen!«

Die beiden Tiefenrudergänger – die hocken am Steuerstand, als ob es jetzt noch was zu steuern gäbe.

Der Gradkranz des Luftzielsehrohrs baumelt an einem Draht herunter. Komisch: Das hatten wir doch schon einmal! Müßte doch vernünftiger zu bauen sein. Das ist doch Pfusch.

Das scharfe Pfeifen und Fauchen von vorn höre ich erst jetzt: Wassereinbrüche auch im Vorschiff? Leck geschlagene Flanschen? Was sitzt denn im Vorschiff an Außenbordverschlüssen? Der Druckkörper muß jedenfalls widerstanden haben. Sonst wärs doch schon aus. Leckriß – das geht schneller.

Durchgesackt wie ein Stein. Daß es uns nicht das Rückgrat gebrochen hat beim Aufrasseln! Diese harte Landung in einer Wahnsinnstiefe, für die wir gar nicht gebaut sind! Ich empfinde eine Art Hochachtung vor der Widerstandskraft unserer Röhre: dieser dünne Stahl – erstklassige Qualität. Spezialstahl. Bestens verarbeitet.

Auf einmal ist mir alles deutlich: Der Alte hat unser leckgeschlagenes Schiff in flacheres Wasser gebracht. Der Südkurs! Mit dem kurzen Schlag in Richtung Küste hat der Alte uns gerettet. Chapeau! Alles auf eine Karte gesetzt und sofort mit dem Diesel losgepreßt. Jede Minute Zögern hätte den Grund, auf dem wir jetzt liegen, unerreichbar werden lassen.

Eine Gruppe von Leuten um den Zentralemaat schuftet mit stoßenden Lungen. Der schrille Pfeifton setzt auf einmal aus. Aber was ist das? Ich höre statt des hohen gepreßten Singens jetzt ganz deutlich ein merkwürdiges »Witschiwitschiwitsch«.

Ich mache das Gehör scharf: das sind Schrauben. Kein Zweifel: Schrauben. Kommen näher.

Das Geräusch läßt alle erstarren, als hätte uns mitten in der Bewegung ein Zauberstab berührt. Jetzt haben sie uns. Die Killer! Jetzt sind sie über uns. Jetzt machen sie uns fertig.

Ich ducke den Kopf zwischen die hochgezogenen Schultern und beobachte die erstarrten Leute aus den Augenwinkeln. Der Alte nagt an der Unterlippe. Achtern und vorn müssen sie das Gewitsche auch gehört haben. Der Stimmenlärm ist wie abgehackt.

Under the gun! Blick direkt in den Pistolenlauf. Wann krümmt sich der Finger am Abzug durch?

Keine Regung, kein Wimpernschlag. Starr wie Salzsäulen.

»Witschiwitschiwitschiwitschiwitsch«.

Warum wird dieses verdammte Gewitsche nicht wieder schwächer? Es *muß* doch auswandern. Das ist doch nur eine einzige Schraube: »Witschiwitschiwitsch« – unverändert. Immer genau der gleiche hochgespannte Singsang, der meine Nerven trifft, als lägen sie offen und ungeschützt zutage. Der Kolcher da oben fährt langsame Fahrt. Sonst würde man die patschenden Laute nicht mithören. Turbinenmaschine, keine Kolbenstöße.

Aber der kann doch nicht mit törnender Schraube direkt über uns stehen! Nach so viel Minuten müßte dieses Gewitsche doch schwächer werden. Herrgott im Himmel, was soll denn das bedeuten?

Ich kann das Gesicht des Alten nicht sehen. Ich müßte mich nach vorn drängen, aber das wage ich nicht. Nur jetzt keine Bewegung. Muskelspannung. Atemstocken.

Da – der Alte hat eben was im tiefen Baß gemurmelt: »Ehrenrunden – die drehen Ehrenrunden!« und ich kapiere: der Kolcher da oben fährt im engen Kreis, so eng, wie er nur kann – genau über uns. Mit Hartruder. Fährt einen Trichter ab. Wir sind die Trichterspitze.

Die wissen also ganz genau, wo wir liegen. Die haben uns präzise geortet.

Das Witschen wird nicht schwächer, nicht stärker. Ich höre jemand neben mir mit den Zähnen mahlen, dann einen erstickten Seufzer. Noch einer – schon mehr ein dumpfes Stöhnen.

Ehrenrunden! Der Alte hat es erfaßt: Die warten, daß wir hochkommen. Die brauchen jetzt noch ein paar Beweise, Wrackstücke, Öl, ein paar Fetzen weißes Fleisch.

Aber warum schmeißen die Schweine denn keine Bombe?

»Pitschpatsch« – das sind Wassertropfen. Keiner rührt sich. Wieder die Brummstimme des Alten: »Ehrenrunden!« Und noch mal: »Ehrenrunden!« Einer wimmert. Das muß wieder der Bibelforscher sein.

Das Wort »Ehrenrunden« quillt in mir auf und füllt die Hirnschale aus. Die Steherrennen in Chemnitz. Diese verrückte Beinzappelei. Die tief herabgekrümmten Radelfritzen an den Rollen hinter ihren

461

steif aufgerichteten schwarzen Ledermatadoren – und dann langsam die Pedale tretend und mit erhobener Hand winkend, einen riesigen goldenen Kranz schräg umgehängt: der Sieger! Die Ehrenrunde! – Zum Abschluß dann das Brillantfeuerwerk. Und wie die Leute schließlich als schwarzer Wurm zu den Straßenbahnen trotteten!

»Witschiwitsch...«

Von achtern her werden Meldungen von Mund zu Mund geflüstert. Ich nehme sie nicht auf. Ich höre nur noch das Schraubenschlagen. Es ergreift meinen ganzen Körper. Ich werde zu einer einzigen Resonanztrommel für das gleichbleibende Witschiwitsch.

Der Bibelforscher wimmert vor sich hin. Wir starren alle voneinander weg, wir starren die Bodenplatten oder die Wände der Zentrale an, als sollten dort gleich projizierte Bilder erscheinen. Einer sagt »Jesus!« und der Alte lacht heiser.

»Witschiwitschiwitsch...« Alles entrückt sich mir. Nebelschleier vor den Augen. Oder Qualm? Brennt es wieder irgendwo? Meine Ohren wachsen zu großen Schalltrichtern an. Meine Nerven vibrieren im Rhythmus des singenden Schraubengeräuschs. Da murmelt dicht neben mir der Zentralemaat Unzusammenhängendes. Ich versuche es zu deuten und komme wieder zu mir. Meine Augen stellen sich scharf. Aber der bläuliche Dunst bleibt. Ja, Qualm! Weiß der Teufel woher!

Das Wort »Ölauftrieb« schlägt mir ans Ohr. Herrgott, wir müssen einen Ölauftrieb haben! Ich sehe Kaleidoskopbilder von bunt schillernden Schlieren, wie sie Öl auf der Oberfläche des Wassers bildet: Jugendstilgeschlinge, Ochsengallepapier, Isländisch Moos.

Ich will meine Angst beschwichtigen. Die heftige Strömung – sie kann unser Glück sein. Sie wird das schillernde Geschliere verziehen und auseinandertreiben.

Doch was nützt das? Die Tommies kennen die Strömungsverhältnisse. Die Brüder sind ja hier zu Hause. Die nehmen doch die Stromversetzung in ihre Rechnung auf. Die sind doch nicht von gestern. Weiß der Teufel, wieviel Öl aus unseren Bunkern hochtreibt. Aber wenn viel Öl auftreibt, ist das vielleicht gerade gut. Je mehr, desto besser, denn dann sieht es für die Tommies so aus, als hätten sie es tatsächlich geschafft. Welchen Bunker kann es zerrissen haben?

Wieder beginnt sich alles in mir zu drehen. Ich sehe schwärzliche Waller im Scheinwerferlicht des Bewachers – und wie unser Öl sprudelt und hochquirlt, wie es zu einem riesigen schillernden Fleck breitläuft. Und in der Mitte immer neues Blubbern und Wallen, als wäre eine unterseeische Ölquelle aufgebrochen. Und immer neue tastende weiße Scheinwerferfinger, rote Signalraketen, Leuchtgranaten. Und von allen Seiten her Schiffe mit dem weißen Knochen im Maul, alle Geschütze auf den Ölsprudel gerichtet.

Ich will davonrennen, die Umzingelung aus Rohrleitungen und Maschinen durchbrechen, weg von all den Ventilen und Aggregaten, die zu nichts mehr nütze sind. Sogleich überkommt mich bittere Lust, zynisch zu werden. Du hast das doch alles gewollt. Selber so gewollt. Dir stand das Wohlleben ja bis zum Hals. »Eselchen, Eselchen, ich will dich durch heiß und kalt führen, daß dir Hören und Sehen und all die anderen Geilheiten vergehen!« So ging doch wohl der Spruch. Du wolltest zur Abwechslung mal Heroisches. »Einmal vor Unerbittlichem stehn . . .« Binding und der ganze Quatsch! Damit hast du dich doch besoffen gemacht: ». . . wo keines Mutter sich nach uns umsieht, kein Weib unseren Weg kreuzt, wo nur die Wirklichkeit herrscht, grausig und groß . . .« Das ist sie jetzt, deine Wirklichkeit!

Lange halte ich den Hohn nicht durch. Schon will Selbstmitleid in mir hochquellen, da sage ich halblaut vor mich hin: »Scheiße, ach du gottverdammte Scheiße!«

Das »Witschiwitsch« ist so laut, daß keiner mich hören kann. Das Herz klopft mir direkt hinter dem Gaumensegel. Meine Kopfhaut ist gefroren. Mein Schädel will zerspringen.

Warten.

War da nicht eben ein leises Scharren an der Bordwand – oder habe ich schon Ohrentäuschungen?

Warten – warten – warten.

Bis jetzt wußte ich nicht, was das heißt: keine Waffe in der Hand. Kein Hammer, mit dem ich losschlagen, kein Schraubenschlüssel, auf den ich Druck setzen kann.

Das »Witschiwitsch« da oben will nicht schwächer werden. Unbegreiflich! Warum hören wir denn keine Ortung? Keinen Asdicstrahl?

Haben die etwa kein Asdic an Bord? Ich muß versuchen, klar zu denken. Liegt unser Boot etwa in einer Mulde? Liegt es so, daß es sich für das gegnerische Asdic nicht abzeichnet? Auf Sand sind wir jedenfalls nicht gefallen. Das ist sicher. Das Geheule und Gekreisch kam von Felsen, an denen wir entlangscheuerten.

Der Kommandant tut einen hörbaren Atemzug. Dann murmelt er: »Unglaublich – in direktem Anflug – aus der Dunkelheit!« Das Flugzeug ist es also, das den Alten beschäftigt.

Die da oben haben bestimmt kein Asdic an Bord. Lächerlich: Wozu sollten sie auch Asdic brauchen? Die genaue Tiefe unseres Liegeplatzes wissen sie auch ohne Asdic. Hier reicht ein simples Echolot.

463

Sogar die Seekarte genügt schon. Von der Seekarte kann die Bande nach einer Kreuzpeilung in aller Ruhe ablesen, wie tief wir liegen.

Ich staue den Atem, bis es nicht mehr gehen will. Dann schlucke ich krampfhaft. Jetzt reißt es mir die Zähne mit Gewalt auseinander, und ich pumpe mich mit einem einzigen tief schöpfenden Atemzug voll Luft. Und nun wieder Atem anhalten, stauen, pressen – neues Würgen im Hals.

Wann kommt die Bombe? Was soll denn das? Wie lange wollen diese verfluchten Schweine noch mit uns spielen? Mein Magen krampft sich. Ich reiße die Lippen auseinander. Dann halte ich wieder die Luft mit gepreßten Lippen in den Lungen. Noch – immer noch! Die Halsschlagader klopft heftig. Jetzt gehts nicht mehr – jetzt muß ich Luft ablassen. Sie kommt mir in zittrigen Stößen aus dem Mund.

Die brauchten doch nicht mal ihre Werfer zu benutzen. Die könnten doch eine Wasserbombe einfach über Bord kippen – ganz lässig, wie ein überzähliges Teerfaß.

Schlucken – schlucken – schlucken, bis es mir wieder die Lippen auseinanderreißt und ich wie ein Ertrinkender nach Luft ringe. Nun schmeißt doch endlich, verdammte Hunde!

Von achtern werden neue Meldungen in die Zentrale geflüstert. Der Alte scheint gar nicht hinzuhören.

». . . Oberflächenbombe – Aufschlagzünder – unmittelbar neben dem Boot – in Höhe des Geschützes . . . Nicht zu fassen, so dunkel – und trotzdem!« höre ich ihn murmeln.

Was für eine Wahnsinnsidee, uns durch diese Enge zu prügeln! Mußte ja schiefgehen. Das konnte sich doch jeder abfingern, daß das schiefgehen mußte. Und der Alte hats gewußt! Der hats die ganze Zeit gewußt – seit dem Funkspruch mit dem Befehl zum Durchbruch hat ders gewußt. Hat gewußt, daß wir mit dem Funkspruch schon halb geliefert waren. Nur deshalb wollte er uns beide ausschiffen in Vigo. Der Alte sah kaum Chancen, hier durchzukommen. Und wollte uns weismachen: Ganz einfach geht das. Mit einem Trick. Durchsacken lassen. Bloß klappen muß er, der Trick. Hier hat man keine drei Versuche gut. Hier zählt nur das erste Mal.

Was murmelt der Kommandant?

Alle in der Zentrale haben es gehört: »Aufmerksame Leute – fahren Ehrenrunden!«

Die paar höhnischen Worte aus dem Mund des Alten tun ihre Wirkung. Die Leute heben die Augen, sie rühren sich wieder. Allmählich kommt Bewegung in die Zentrale. Geduckt, aber auf Zehenspitzen, balancieren zwei von vorn nach achtern.

Ich starre fassungslos den Alten an: Er hat seine beiden Hände tief in die Taschen der Fellweste geschoben, den rechten Fuß hat er auf eine Sprosse der Leiter gesetzt. Im Lichtkegel einer Taschenlampe kann jeder sehen, daß der Alte nichts von seiner legeren Haltung aufgegeben hat. Und nun bietet er uns sogar noch ein herablassendes Schulterzucken.

Werkzeug scheppert irgendwo. »Ruhe!« faucht der Kommandant. In der Bilge gluckert es. Muß schon eine Weile gegluckert haben, aber erst jetzt fällts mir auf. Da durchfährt es mich: Wir liegen doch still. Wie kann denn da die Bilge gluckern? Verdammt, unter den Flurplatten scheint das Wasser zu steigen.

Der Alte spielt sein Schmierenstück vom tapferen Helden weiter: »Die tun was für uns. Was kann der Mensch mehr verlangen!«

Da wird das »Witschiwitsch« schwächer. Eindeutig. Der Kolcher scheint auszuwandern. Der Kommandant dreht lauschend den Kopf hin und her, damit seine Ohrmuscheln die verblassenden Töne besser aufnehmen können. Ich will schon aufatmen, da kommt das Schraubengewitsche in der alten Lautstärke wieder.

»Interessant«, murmelt der Alte und neigt seinen Kopf dem LI entgegen. Ich höre aus dem Geflüster der beiden nur heraus: »Nicht standgehalten – Ölauftrieb – ja –«

Dann fragt der Alte flüsternd den Obersteuermann: »Wie lange fahren die denn jetzt schon Karussell?«

»Volle zehn Minuten, Herr Kaleun!« flüstert Kriechbaum zurück. Er rührt sich dabei nicht. Nur sein Kopf geht ein paar Grad zur Seite.

»Mahlzeit!« sagt der Kommandant.

Der II LI, das merke ich erst jetzt, ist nicht mehr zu sehen. Wohl nach achtern verschwunden. Da muß der Teufel los sein. Aber auch von vorn kam eine Katastrophenmeldung nach der anderen. Nicht alle aufgenommen. Ein Glück, daß wir zwei Ingenieure an Bord haben. Das gibt es sonst kaum: zwei Ingenieure auf einem Boot. Glück – wir haben Glück! Rauschen durch, und der liebe Gott schmeißt uns eine Schaufel Sand unter den Kiel. Und dann noch zwei Ingenieure. Jede Menge Glück!

Der Alte verzieht das Gesicht: »Wo ist der II LI?«

»Im E-Maschinenraum, Herr Kaleun!«

»Soll sofort Batterie prüfen!«

Jetzt scheints an allen Ecken und Enden zugleich zu brennen. Ich nehme wieder ein schrilles Pfeifen wahr, das ich schon die ganze Zeit über im Ohr hatte. Es muß *doch* aus dem Dieselraum kommen. Die Wassereinbrüche! Die Achterlastigkeit! Erst sind wir doch mit dem Bug aufgerasselt, aber jetzt ist das Schiff erheblich achterlastig. Also

465

steigt achtern das Wasser. Warum wird denn nicht nach vorn getrimmt? Normalerweise würde jetzt gelenzt. Die Hauptlenzpumpe ist aber ausgefallen, und außerdem: Käme sie denn gegen den ungeheuren Außendruck an? Zwohundertundachtzig Meter! *So tief war noch kein Boot!* Für diese Tiefe ist unsere Pumpe sicher nicht konstruiert.

Ich kann durch die Kugelschottöffnung einen Blick nach achtern erhaschen. Was ist denn im U-Raum los? Wieso wimmelt es denn im U-Raum von Leuten? Das Funzellicht! Nichts genau zu erkennen.

Der Alte hat seinen Rücken gegen den silbern gleißenden Schaft des Luftzielsehrohrs gelehnt. Ich kann nur seinen waagerecht abgestreckten Oberschenkel sehen, aber nicht, worauf er sitzt. Die rechte Hand drückt er auf die Kniescheibe, als ob er da Schmerzen hätte. Seine Mütze sitzt ihm halb im Genick und gibt seinen krausen Haarwulst frei.

Plötzlich spannt sich seine Gestalt. Er drückt das Kreuz durch und richtet sich auf. Seine Stimme ist nicht mehr zum Flüstern gedrosselt, als er jetzt den LI fragt: »Wieviel Wasser ist eingedrungen? Welche Tauchzellen sind beschädigt? Welche fallen für das Anblasen aus? Können wir das eingedrungene Wasser außenbords pumpen?«

Die Fragen des Alten prasseln nur so auf den Leitenden ein: »Was ist mit der Hauptlenzpumpe los? Ist die wieder hinzukriegen? Bekommen wir bei gründlichem Ausblasen aller unbeschädigten Tauchbunker und -zellen noch genügend Restauftrieb?«

Der Alte bewegt die Schultergelenke, als wolle er seine Rückenmuskeln lockern. Dann macht er zwei, drei ziellose Schritte. Der Zentralemaat kommt auch wieder in Bewegung.

Ich strenge meinen Kopf an: Wir haben Drei-Abteilungen-Status. Gut und schön. Aber was nützt der uns jetzt schon? Wenn der Alte das Zentraleschott nach achtern schließen ließe – bloß mal angenommen, weils ja eh für uns nichts nützt –, wenn wir also das Schott dicht machten, blieben Zentrale und Vorschiff schön trocken. Gar keine Frage. Da könnten wir dann im Trocknen abwarten, bis der Sauerstoff zu Ende geht. Das wäre auch schon der ganze Vorteil. Weiterdenken! rede ich mir zu. Die Hauptlenzpumpe – wenn die ausgefallen ist, haben wir ja noch die Preßluft. Das eingedrungene Wasser können wir ja auch mit Preßluft aus den Zellen drücken. Aber haben wir denn nach dem vergeblichen Anblasen davon noch genug? Wer weiß denn, ob die Preßluftflaschen überhaupt dichtgehalten haben. Ohne Lenzpumpen *und* ohne Preßluft sind wir erledigt. Das ist doch klar: Wir müssen lenzen *und* anblasen können, unser Gewicht verringern *und* Auftrieb schaffen. Und was ist, wenn die Tauchzellen die Preßluft überhaupt nicht mehr halten? Wenn die kostbare Preßluft durch ein Leck oder durch undichte Entlüftungen nach oben rauscht, sobald wir anblasen? Wenn sie nur Blubber an der Oberfläche macht, uns aber keinen Auftrieb liefert?

Es stinkt infernalisch. Kein Zweifel: Batteriegase – also müssen Batteriezellen kaputt sein. Die Batteriezellen sind empfindlich. Die Detonation und dann der Aufprall. In der Batterie steckt unsere Antriebskraft. Wenn die Zellen kaputt sind ...

»Beeilung!« höre ich den Leitenden, »dalli, dalli!« den Bootsmann. Und dazwischen immer neue geflüsterte Meldungen, die meisten von achtern. Ich höre sie, aber begreife nicht mehr. Ich nehme stoßende Atemzüge wahr, Jachtern wie von Hunden. Und über allem das singende und klopfende Schraubengeschaufel. Turbinenmaschine – ohne Zweifel. Wollen die uns systematisch nur mit ihrem Lärm fertigmachen? Das hält keiner aus! Es drängt mich, mir die Ohren zuzustopfen. Die Zeigefinger in die Ohrlöcher zu stecken. Aber dann bekomme ich nicht mit, was hier geschieht. In dem verdammten Halbdunkel kann ich kaum etwas sehen: Grubenlicht.

Die Leute kommen mit grotesken Balancierbewegungen durch die Zentrale. Ich drücke mich dicht an den Stander des Luftzielsehrohrs. Mich quält das Gefühl, überflüssig zu sein, nur im Weg zu stehen.

Der II WO ist ganz in meiner Nähe, auch zur Seite gedrückt. Die Seeleute haben hier nichts mehr zu bestellen. Auf einem normal gestrandeten Schiff gäbe es jede Menge Arbeit für Seeleute. Aber wir sind ja ein gesunkenes Schiff. Auf gesunkenen Schiffen kann es keine Arbeit mehr für Seeleute geben. Ganz logisch.

Der I WO, wo mag der stecken? Der müßte auch in der Zentrale sein. Das Geistige kommt zu kurz! Wie recht er hat.

Das stoßende Atmen in meiner Nähe, das ist der Zentralemaat. Der Taubeohrenwilli. Taube Ohren, die wären vielleicht sogar ein Segen. Nichts sehen, nichts hören, nichts riechen! – In den Boden versinken. Eiserne Flurplatten – da versinkt sichs schlecht. Mitgefangen – mitgehangen! Das gute Treiböl! Seis drum. Weiß der Satan, ob wir jemals noch Bedarf an Treiböl haben. Klarsehen. Sich nichts vormachen: Die haben uns. Diesmal ist nichts mit Davonschleichen, Sich-in-die-Büsche-Schlagen. Wir liegen hier wie festgenagelt. Gewiß, unsere Röhre, die hält. Aber unsere Maschinen haben sie zur Minna gemacht. Aufgeschmissen! Ohne unsere Maschinen sind wir aufgeschmissen. Klarsehen! Sich nichts vorgaukeln! Ohne Auftrieb liegen wir hier bis zum Jüngsten Tag. Die Auferstehung des Fleisches! Aus zwohundertundachtzig Meter Tiefe. Sondermasche der Kriegsmarine. Zum Herrn über unseren Auftrieb gemacht. Vermessenheit kommt vor dem Fall!

Ich sehe gegen das Funzellicht am Tiefensteuerstand, wie sich die Schultern des Kommandanten leicht senken. Da lockere auch ich wie unter einem Imitationszwang die Muskelverspannung. Ich fühle die Erleichterung den ganzen Rücken hinunter. Der Rhomboideus – das war der Rhomboideus, der sich da eben entkrampfte, der große Schulterdreher. Gelernt ist gelernt. Die Anatomie in Dresden. Die alberne Leichenschnipselei. Gasvergiftete waren gut. Die hielten sich besser als normal Hingeschiedene. Der Saal voller Skelette. Alle nach antiken Skulpturen präpariert. Eine Versammlung skurriler Knochenmänner: der Diskuswerfer, der Adorant, der Dornauszieher.

»Komisch«, höre ich den Kommandanten gegen die Manometer hin flüstern. Daß immer noch nichts geschieht, daß die da oben nichts tun, das findet der Kommandant komisch. Jetzt wendet er sich halb um und flüstert mir zu: »So kam er an, drehte bei, schmierte bissel ab. War alles ganz deutlich!«

Seine Handbewegungen kann ich nicht erkennen. Der Alte bringt mich vollends durcheinander. Für ihn scheint es nur dieses Flugzeug zu geben. »Vielleicht waren es zwei Bomben – nicht genau mitgekriegt.«

Die Luft liegt in dunstig-blauen Schwaden im Raum. Das Atmen wird schwer. Der Gasgestank. Zwei Mann heben in der O-Messe den Deckel der Batterie I hoch. Ich kann durchs Kugelschott im Notlicht sehen, wie der eine einen Streifen blaues Lakmuspapier in der linken Hand hält und mit der rechten einen Peilstab nach unten führt. Dann hebt er den Peilstab hoch und benäßt das Lakmuspapier. Ich starre die beiden an wie Ministrantenbuben beim Ritual.

Der Leitende befiehlt mit fliegender Stimme: »Sofort mit Kalkmilch ran. Dann feststellen, wieviel Zellen ausgelaufen sind!«

Also ist das Bilgewasser der Batterien säurehaltig. Es müssen eine Menge Batteriezellen gesprungen und ausgelaufen sein, und ihre Schwefelsäure hat sich mit Seewasser verbunden und Chlorgase gebildet. Diese Chlorgase sind es, die so hundsgemein stinken.

Der Alte hat zu hoch ausgereizt. Das ist nun die Quittung dafür. Der Alte? Was kann denn der Alte dafür? Diese verrückte Bande in Kernével, die Herren vom Stab, bei denen dürfen wir uns bedanken. Die haben uns auf dem Gewissen.

Gleich höhnt es in mir: Gewissen? Die und Gewissen! In Kernével sind wir nichts als eine Nummer. Ein Strich durch: aus. Die Werft baut ein neues Boot. Leute gibts bei der Personalreserve.

Ich sehe den Leitenden durch den Nebel. Sein Hemd ist völlig durchnäßt. Es steht bis zum Nabel offen. Die Haare hängen ihm wirr ins Gesicht. Eine Schramme läuft ihm schräg über die linke Backe.

Der II LI kommt von achtern. Ich höre aus seinem Geflüster, daß das Wasser in der E-Maschinenbilge immer noch langsam steigt, dann nur Bruchstücke: »Dieselraum macht Wasser ... stark Wasser ... Flutventil der Torpedozelle eins unter Rohr fünf aufgesprungen ... Kühlwasserleitungen für Kühlung ... E-Maschinenlager ... in Luftkühler Kühlrohr gerissen ...«

Der II LI muß innehalten, um Atem zu schöpfen.

Stiefel schlurren über die Flurplatten.

»Ruhe!« faucht der Alte sofort. Verdammt ja – der Kolcher kurvt ja noch über uns herum.

Einige der Wassereinbrüche geben anscheinend Rätsel auf. Der II LI ist sich über den Weg des eingedrungenen Wassers nicht im klaren. Auch in der Zentralebilge steigt das Wasser weiter. Das dumpfe Glucksen und Gurgeln ist deutlich zu hören.

Der Alte fragt: »Und was ist mit dem Ölauftrieb? Welchen Treibölbunker hat es erwischt?«

Der Leitende verschwindet nach achtern. Schon nach ein paar Minuten taucht er wieder auf und gibt dem Kommandanten mit pumpenden Lungen Bericht: »Aus der Entlüftungsleitung kam zuerst ein Ölstrahl – dann aber kam Wasser.«

»Merkwürdig«, sagt der Alte.

Der Vorgang ist offenbar wider die Regel. Die Entlüftungsleitung, so erfahre ich, liegt in Dieselnähe. Der Wasserstrahl hätte, wenn der Bunker dort leck wäre, unter viel stärkerem Druck aus dieser Entlüftungsleitung schießen müssen, als er es tat. Der Kommandant und der Leitende rätseln: Der Bunker war noch halb voll. Wie kann es da zu diesem schwachen Strahl kommen? Neben den normalen Treibölbunkern waren noch zwei der Tauchbunker mit Treiböl gefüllt, von der »Weser« vollgepumpt.

»Merkwürdig«, sagt jetzt auch der Leitende, »erst der Ölstrahl, aber dann kam Wasser aus der Prüfleitung.«

»Wo hat dieser Treibölbunker Außenbordsdurchführungen durch den Druckkörper? Wo Entlüftungen und Einfüllstutzen?« fragt der Alte. Anscheinend bleibt die Hoffnung, daß es nur die Entlüftungsleitung erwischt hat, und daß der Bunker selber gar nicht leckgeschlagen wurde.

Der Leitende und der Alte können jetzt nur Schlüsse ziehen, denn die Leitungen liegen so verborgen, daß keiner herankann. Wie die Tauchbunker nach der Bombendetonation und dem Aufprall von außen aussehen, läßt sich nicht mal erraten.

Der Leitende verschwindet hastig wieder nach achtern.

Ich versuche, mir ein Bild der verschiedenen Tanks zu machen. So war das doch: In den Satteltanks schwimmt das Öl auf Wasser, dadurch findet Druckausgleich statt. Keine Hohlräume. Sie sind also weniger gefährdet als die Bunker. Wahrscheinlich ist einer der Außenbunker leck. Aber da müßten doch Peilkontrollen Aufschluß geben, wieviel Öl wir verloren haben. Fragt sich nur, ob der Leitende genau weiß, wieviel Öl in den Bunkern sein müßte. Die Ölstandanzeiger arbeiten jedenfalls nicht präzise. Und die Berechnung des Verbrauchs nach Betriebsstunden ist auch ungenau. Nur die regelmäßigen Peilkontrollen ergeben genaue Werte. Aber wann wurde denn alles zuletzt durchgepeilt?

Der Zentralemaat meldet, über und über durchnäßt, daß ein Ventil einer Leitung gerissen war. Er hat den Schaden behoben. Das war also die Ursache für das viele Wasser in der Zentralebilge.

Auf einmal werde ich gewahr, daß das »Witschiwitsch« ausgesetzt hat. Ist das eine Finte? Haben die Brüder etwa gestoppt? Dürfen wir jetzt aufatmen, oder versucht es der verdammte Kolcher mit einem Trick?

»Alles kapores!« höre ich murmeln. Kapores – das muß Dorian sein Ich spitze die Ohren: kein »Witschiwitsch«.

»Die haben jetzt Ausscheiden mit Dienst«, murmelt der Alte. Und dann: »Der hat uns *doch* nicht gesehen, der kann uns doch gar nicht gesehen haben.«

Der Ehrenrundenfahrer ist für den Alten abgetan. Kein Geräusch mehr. Also erledigt. Seine Gedanken kreisen wieder um das Flugzeug. ». . . kann er nicht. Ganz ausgeschlossen bei *der* Dunkelheit und den Wolken! Der war viel zu plötzlich da. Der flog uns ja direkt an.« Der Alte murmelt jetzt etwas, das wie: ». . . nicht funken – böse Sache – verdammt wichtig«, klingt. Ich verstehe, was er meint. Die anderen sollen wissen, was für eine Novität die Engländer haben. Da war ja immer so ein Gemunkel, daß die Tommies ein neues elektronisches Ortungsgerät hätten, eins, das klein genug sei, um in ein Cockpit zu passen. Wir sind die Probe aufs Exempel, daß das Gemunkel stimmt. Uns hat es als erste erwischt. Wenn die uns jetzt von ihren Flugzeugen aus orten können, wenn wir auch nachts nicht mehr sicher sind, dann aber Helm ab zum Gebet.

Der Alte will die anderen warnen! Aber fürs Nachrichtengeben sind wir nicht mehr zuständig.

In der Zentrale ist jetzt ein solches Gewühl, daß ich mich lieber in die O-Messe verziehe. Aber hier ist auch kein Platz. Die Back und auch das Sofa des Leitenden – alles ist mit Plänen und Bauzeichnungen und Rissen bedeckt. Mir wird der erschreckende Doppelsinn des Wortes »Risse« bewußt: Risse im Druckkörper. Risse in den Spanten.

Die Spanten *können* diesen wahnsinnigen Aufprall doch gar nicht ausgehalten haben. Die Detonation vorher auch nicht. Die Stahlhaut ist bis zu einem gewissen Grad elastisch, aber die ringförmigen Spanten – die können ja nicht nachgeben.

Der LI nimmt sich einen Schaltplan vor. Während er hastig mit der Kuppe eines abgebrochenen Bleistifts Linien abfährt, murmelt er unablässig vor sich hin. Dann biegt er mit zittrigen Händen eine Büroklammer auf und benutzt sie statt des Bleistiftes. Mit dem Klammerdraht kratzt er Zeichen ins Linoleum der Back, gerade so, als käme es jetzt auf Beschädigungen unseres sonst so sorgfältig behandelten Mobiliars nicht mehr an.

Der I WO hockt daneben und putzt ein Glas. Total plemplem, denke ich. Mit der Seemannschaft ists fürs erste aus – das könnte der I WO auch begriffen haben. Zu blöde, als ob es jetzt noch auf gute Sicht ankäme! Und wie der Mann aussieht! Das sonst so glatte Gesicht hat zwei tiefe Affenfalten von den Nasenflügeln zu den Mundwinkeln bekommen. Die lange Oberlippe wirkt dadurch wie eingeklammert. Am Kinn zeigen sich blonde Stoppeln. Das ist nicht mehr unser adretter I WO.

Ein Schwirren um die Lampe. Unsere Fliege! Die hat also auch *das* überstanden. Die ist fähig, uns noch alle zu überleben.

Wie spät ist es denn? Ich entdecke mit Schrecken, daß meine Uhr weg ist. Schlechtes Zeichen! Ich versuche, das Zifferblatt am Handgelenk des Leitenden zu erspähen. Zwölf Uhr und ein paar Minuten. Mitternacht gerade vorbei.

Der Kommandant ist erschienen und richtet fragende Blicke auf den Leitenden. »Mit Bordmitteln nicht zu machen«, höre ich aus dem Gemurmel des Leitenden heraus.

Mit was für Mitteln denn dann? Sollen wir etwa Werftarbeiter bestellen? Die Spezialisten anfordern, die das Boot gebaut haben?

Unmittelbar vor unserer Back und im Gang sind jetzt alle Bodenplatten weggehoben. Zwei Mann arbeiten unten in der Batterie I. Kabelstränge und Werkzeug werden ihnen von der Zentrale her nachgereicht.

»Elender Mist!« höre ich eine Stimme von unten, »so ein gottverdammter Rotz!« Es klingt wie von weither.

Auf einmal erscheint Pilgrim in der Öffnung. Seine Augen tränen. Heftig hustend gibt er, weil er nicht sieht, daß der LI in der O-Messe hockt, seine Meldung nach der Zentrale durch: »Insgesamt vierundzwanzig Batteriezellen ausgelaufen!«

Vierundzwanzig von wie vielen? Sind vierundzwanzig verheerend oder erträglich?

Der Leitende reppelt sich hoch und befiehlt Pilgrim und seinem

Helfer, Tauchretter anzulegen. Zwei braune Beutel kommen aus der Zentrale. Ich reiche sie nach unten.

Während die beiden noch mit den Tauchrettern beschäftigt sind, zwängt sich der Leitende selber durch das Loch vor unserer Back. Schon nach wenigen Minuten windet er sich hustend wieder herauf, holt in Eile einen Plan der Batterie aus dem Schapp hervor, breitet ihn über die anderen Pläne und versenkt sich in die Zeichnung. Mit Kreuzen streicht er einzelne Batteriezellen durch – insgesamt vierundzwanzig Stück.

»Die Überbrückungsschienen reichen auf keinen Fall aus.« Der Leitende hebt das Gesicht nicht von den Plänen. Ich verstehe: Die kaputten Zellen können nicht einfach ausgebaut und über Bord geworfen werden. Der LI will sie überbrücken und versuchen, aus dem kleinen Rest gesunder Zellen ein funktionierendes Element zu machen.

Die kürzesten Leitungswege zur Verbindung der gesunden Zellen zu finden, scheint äußerst vertrackt zu sein. Dem LI bricht neuer Schweiß aus der Stirn. Er macht Striche, kreuzt sie wieder durch. Alle paar Sekunden zieht er die Nasenfeuchte hoch.

Der Eintänzer balanciert eine große Pütz durch den Raum, in der weiße Kalkmilch hin und her schwappt. Mit ihr soll die aus den Batterien ausgelaufene Schwefelsäure neutralisiert werden, damit die Chlorgasbildung aufhört. Ich höre den Eintänzer das Schott zum Klo öffnen. Im Klo ist der Füllstutzen für das Berieselungsrohr, das die Kalkmilch in die Batteriebilge leitet.

»Schnell, Mann. Höchste Eisenbahn!« sagt der LI. Dann erhebt er sich zögernd. Den Plan noch in der Hand, beugt er sich über die Einsteigöffnung zur Batterie I und gibt halblaute Anweisungen nach unten. Pilgrims Stimme höre ich nicht. Es ist, als spräche der Leitende ins Leere. Aber dann kommt ein merkwürdig gedrosseltes Ächzen und Stöhnen aus der Versenkung.

Der Kommandant verlangt mit lauter Stimme Weißbrot und Butter. Ich denke, mich rührt der Schlag: Weißbrot und Butter! Jetzt! Der Alte hat bestimmt keinen Hunger. Weißbrot und Butter – das soll heißen: So einfach liegen die Dinge. Euren Kommandanten gelüstet es, zu essen. Wer Appetit hat, dem kann es nicht ganz schlecht gehen.

Der Backschafter nähert sich tatsächlich unter akrobatischen Verrenkungen mit einer Doppelschnitte Weißbrot und einem Messer. Wo mag er in der Wuhling nur das Brot gefunden haben?

»Die Hälfte?« fragt mich der Kommandant.

»Nein danke!«

Der Alte bringt so etwas wie ein Grinsen auf sein Gesicht. Er lehnt sich zurück und macht vor, wie man richtig kaut. Er schiebt den Unterkiefer hin und her, wie es wiederkäuende Kühe tun.

Zwei Leute hangeln sich neben der Bodenöffnung entlang und sehen den Kommandanten futtern. So wird sich die Nachricht im Boot verbreiten, ganz wie es der Alte sich wünscht.

Von unten stemmt sich der kleine Zörner herauf und zieht die Nasenklemme ab. Der Schweiß tropft ihm vom entblößten Oberkörper. Als er den Alten sieht, bleibt ihm vor Staunen der Mund offen.

Der Dieselobermaschinist Franz kommt geduckt heran, eine Stablampe in der Hand. Er sucht wohl den Leitenden. Seine Arme sind bis hoch hinauf von schwarzem klebrigem Öl bedeckt. Der Leitende macht einen Spreizschritt über das Loch im Boden, dem Obermaschinisten entgegen. Weil Pilgrim von unten gurgelnde Rufe heraufschickt, kann ich nicht verstehen, was er zwischen hechelnden Atemstößen dem Leitenden meldet. Ich höre aber heraus, daß achtern das Wasser immer noch steigt. Der Leitende turnt mit Franz in die Zentrale. Aber schon nach Minuten ist er zurück und klettert wieder in die Batterie hinunter.

Der Alte schiebt Brot und Messer von sich weg: Ende der Vorstellung.

Die Stimme des Leitenden kommt jetzt gereizt aus der Tiefe herauf: »Verdammt! Was ist denn los? Hallo, Zörner, warum ist denn das Licht weg?«

»Scheiße«, knurrt einer.

Anscheinend fehlts da unten an Händen. Ich erblicke eine Handlampe in einem Winkel der Messe, greife danach, probiere: ja, brennt! Mit rücklings eingestemmten Armen, die Lampe hinter den Hosenbund geklemmt, lasse ich mich nach unten. Schon schimpft der Leitende wieder: »Was ist denn los? Kommt nun Licht oder kommt keins?«

Und jetzt erscheine ich unten als Lichtbringer – wie Gott der Herr in seiner Gloriole. Der Leitende akzeptiert mich wortlos. Als wolle ich ein Auto von unten reparieren, strecke ich mich, halb auf der Seite, in die flache Fahrbühne, die an Schienen unter der Decke hinläuft. Ein gepflegtes Plätzchen ist das hier unten! Wenn sich der Leitende nur nichts vormacht: falls die E-Maschine absäuft, ist das, was wir hier tun, umsonst. Soviel habe ich nun doch begriffen. Komisch, daß der Leitende keinen Ton sagt. Ich sehe sein rechtes Bein neben mir. Es liegt da wie das Bein eines Toten. Nur gut, daß ich seinen stoßenden Atem höre. Jetzt gibt er mir Anweisungen, wie ich die Lampe halten soll, und ich sehe, wie sich seine ölverdreckten Finger im Lichtkegel krümmen, auffächern hochstellen und zusammenziehen.

Stumm beschwöre ich den Leitenden: Mach bloß weiter! Fummle nicht so nervös herum! Sauber arbeiten, nichts überstürzen! Es geht um die Wurst!

Auf einmal sehe ich uns wie von weit weg, wie ein tausendmal betrachtetes Bild: Mit Öl und Dreck beschmierte Prachthelden, waagerecht posierende Film-Bergleute mit verzerrten Gesichtern, dicke Schweißperlen auf der Stirn.

Jetzt wird meine freie Hand auch gebraucht: hier festziehen! Ja, habs schon! Langsam, damit der Schlüssel nicht abrutscht. Scheiße, schon passiert! Auf ein Neues! Und wenn du denkst, du hast ihn schon, den goldenen Abendstern, dann haut er dir mit der Pfanne vorn Bauch: Das ist der Tag des Herrn!

Wenn man sich doch rühren könnte! Kriechstollen. Die gleiche Masche. Statt mit dem Bohrmeißel schuften wir uns hier mit Schraubenschlüssel, Zange und Überbrückungsschienen ab. Die Luft ist kaum noch genießbar. Wenn nur der Leitende nicht schlappmacht! Er hat einen Schlüssel quer im Mund wie ein anschleichender Indianer sein Messer. Jetzt robbt er gute drei Meter weiter. Ich krieche ihm nach und stoße mir dabei beide Knie auf.

Ich hatte ja keine blasse Ahnung davon, daß das Batterielager unter den Bodenbrettern, auf denen wir uns den ganzen Tag bewegen, so groß ist. Unter »Batterie« habe ich mir immer etwas viel Kleineres vorgestellt. Das hier ist die gigantische Vergrößerung einer Autobatterie. Aber was ist davon noch verwendbar? Wenn in einer Socke mehr Löcher sind als ganze Stellen, dann ist das eben keine Socke mehr und kommt zu den Lumpen. Das hier ist vielleicht schon Schrott. Das ganze Boot haben sie zu Schrott gemacht, die verdammten Hunde!

Luft! Menschenskinder, schickt bloß Luft runter! Die Stahlklammern um die Brust drücken mir alle Kraft ab.

Ein Gesicht senkt sich von oben herab. Es juckt mich, in dieses Gesicht hineinzufassen. Ich kann nicht erkennen, wem es gehört, weil es gegen meine Lage um hundertundachtzig Grad verdreht ist. Auf dem Kopf stehende Gesichter kann man schlecht erkennen. Komisch.

Der Leitende gibt mir ein Zeichen. Wir müssen raus hier unten. Von oben kommen hilfreiche Hände entgegen. In flappenden Stößen atme ich scharf aus – ein und wieder aus.

»Schöne Scheiße, was?« fragt einer. Ich höre seine Stimme nur gedämpft, als ob ich Druck auf den Ohren hätte. Ich kann nicht mal »Ja!« antworten: keine Luft. Meine Lungen pumpen und pumpen. Zum Glück ist zwischen all den Plänen ein bißchen Platz auf dem Sofa des Leitenden. Ich höre, daß es zwo Uhr ist. Erst zwo Uhr?

Der Leitende meldet dem Alten, daß es an Draht fehlt. Die Überbrückungsschienen haben nicht einmal für diese eine Batteriehälfte gereicht.

Es sieht auf einmal so aus, als wäre das Hochkommen gar nicht unser eigentliches Problem, sondern nur noch das Aufspüren von Draht. Der Leitende hat die Losung »Wir brauchen Draht« ausgegeben. An der Suche nach Draht beteiligt sich auch der II WO.

Schöne gleißende Torpedos in den Rohren, im Bugraum und in den Oberdeckstuben, das Stück zu fünfundzwanzigtausend Mark, aber kein Stück Draht. Was wir brauchen, ist für fünf Mark alter Draht. Auch für genügend Granaten wurde gesorgt, aber nicht für Draht. Zum Lachen: Munition für die idiotische Kanone haben wir genug. Spreng und Brand! Aber die Kanone liegt noch tiefer, als wir hier liegen, sie markiert die Stelle, an der wir uns eigentlich befinden müßten, wenn der Alte nicht diesen Schlag nach Süden gemacht hätte. Zehn Schuß Spreng für zehn Meter Draht! Das wäre jetzt ein Geschäft!

Der Bootsmann ist im Bugraum verschwunden. Weiß der Teufel, wo er dort Draht auskramen will. Und wenn der Bootsmann nicht fündig wird bei seiner Kramerei, der II WO nicht und der Obersteuermann und der Zentralemaat nicht – was dann?

Ich höre »Stromleitungen ausbauen« und »zusammendröseln«. Das kann doch wohl nichts werden. Einen gewissen Durchmesser muß der Draht haben. Also mehrere Stromleitungsdrähte verflechten? Fragt sich bloß, wie lange eine so aufwendige Bastelei dauern kann.

Wir sind deutlich spürbar achterlastiger geworden. Das achtere Torpedorohr soll schon zu zwei Dritteln im Wasser stehen. Wenn die E-Maschine absäuft, dann hat die ganze Drahtsucherei keinen Sinn.

Der Wievielte ist denn? Der Kalender ist nicht mehr an der Wand. Weg wie meine Armbanduhr. »Eine kurze Spanne Zeit ward uns zugemessen . . .«

Nach ein paar Minuten halte ich es nicht mehr in der O-Messe aus. Ich turne über die offenen Bodenbretter weg wieder in die Zentrale. Von den Verrenkungen schmerzen mir alle Knochen. Zwischen den Schulterblättern habe ich ein heftiges Stechen und ziehende Schmerzen den ganzen Rücken hinunter. Der Steiß tut mir auch weh.

Auf den Flurplatten, dicht am Sehrohrschacht, liegt der Barograph. Er ist über die Schlingerleisten des Bordes, auf dem er stand, heruntergeschleudert worden. Zwei seiner Glasscheiben sind zertrümmert. Die Schreibnadel ist wie eine Haarnadel nach hinten umgebogen. Die auf der Papiertrommel aufgezeichnete auf- und absteigende Kurve hat in nach unten führendem Strich und einem dicken Klecks ihr Ende gefunden. Mich überkommt die Versuchung, das Papier von der Trommel zu trennen und es aufzuheben. Wenn wir hier rauskommen, sollte ich mir das Blatt an die Wand hängen – unter Glas und Rahmen. Eine wahrhaft dokumentarische Grafik! Unser Verhängnis ist es, das sich mit diesem nach unten führenden verknitterten Strich aufgeschrieben hat: eine Fallitkurve.

Der LI hat ein Präferenzensystem bei seiner Abwehr gegen die Verheerungen entwickelt. Das Wichtigste zuerst. Das sich am schnellsten ausbreitende Unheil eindämmen. Den schwelenden Brand mit den Füßen austreten, ehe der Wind hineinfährt. Hier an Bord ist zwar jedes Aggregat lebenswichtig. Überflüssige Installationen gibt es nicht. Aber jetzt, in unserer Situation, gibt es Unterschiede von unbedingt lebenswichtig bis zu mehr oder weniger lebenswichtig.

Der Kommandant und der Leitende tuscheln! Jetzt kommt der Obermaschinist Johann von achtern. Der Zentralemaat wird auch zugezogen. Sogar der Obermaschinist Franz darf wieder mitreden. Die ganze technische Führung ist in der Zentrale versammelt – bis auf den II LI, der im E-Maschinenraum ist. Achtern, so höre ich heraus, wird mit Stetigkeit und Methode gearbeitet. Es gibt Fortschritte. Die Sorge um die Batterie hat der Leitende den beiden E-Maaten überlassen. Ob die zurechtkommen?

Die Gruppe löst sich wieder auf. Nur der Kommandant und Isenberg bleiben in der Zentrale. Der Kommandant hockt sich breit auf der Kartenkiste zurecht. Er macht den Piepels, die durch die Zentrale tappen, vor, wie bequem er dasitzt, in die Lederjacke gemummelt, die beiden Arme tief in die Taschen eingeschoben, ein Mann, der sich auf seine Spezialisten verlassen kann.

Pilgrim kommt durch und meldet, daß er vorn Draht suchen wolle.

»Recht so!« sagt der Alte. Draht wird gebraucht? Gewiß doch, Draht! Draht wird sich finden, und wenn wir ihn uns aus dem Hintern spulen müssen!

Da taucht der Bootsmann im vorderen Kugelschott auf, beseligt grinsend wie ein Kind unterm Weihnachtsbaum. Er hat ein paar Meter alten dicken Draht in den ölverschmierten Händen.

»Na bitte!« sagt der Alte, »wenigstens etwas!«

Die Nummer Eins patscht durch das Wasser, das in der achteren Hälfte der Zentrale über den Flurplatten steht, und steigt durchs achtere Schott in den U-Raum. Dort liegt die Batterie II unter den Bodenbrettern.

»Prima!« höre ich die Stimme des Leitenden von achtern.

Der Bootsmann kommt zurück und tut, als hätte er Amerika entdeckt. Ein schlichtes Gemüt! Weiß nicht, daß diese paar Meter Draht unsere Probleme nicht aus der Welt schaffen.

»Weitersuchen!« befiehlt der Alte der Nummer Eins. Dann schweigt er gute zehn Minuten lang, weil kein Zuschauer für seine Schauspielerei da ist.

»Wenn sie jetzt nur nicht mit Suchleinen kommen!« höre ich ihn endlich.

Suchleinen? Ich muß gleich an die bretonischen Muschelfischer denken, die ihre Fangdrachen über den Sandgrund schlorren lassen, um die halb eingebuddelten Muscheln herauszureißen. Aber wir liegen ja bestimmt nicht auf Sandgrund. Eher zwischen Felsen.

Aber dann wären Suchleinen ja nicht das richtige Mittel, um unser Boot zu erfassen, wenn stimmt, was ich mir unter »Suchleinen« vorstelle.

Der Leitende erscheint wieder. »Wie gehts?« fragt der Kommandant.

»So lala. Sind fast fertig. Noch drei Zellen, Herr Kaleun!«

»Und achtern?« fragt der Alte drängend.

»Geht so!« sagt der Leitende. Geht so – das heißt: ziemlich hinüber.

Ich lasse mich aufs Ledersofa der O-Messe sinken. Mit geschlossenen Augen versuche ich, mir unsere Situation vorzustellen: Während des Durchrauschens ließ der Alte anblasen. Auf Teufel komm raus anblasen. Aber das nützte nichts mehr, denn wir hatten bereits soviel Wasser im Boot, daß dieses Gewicht nicht mehr durch Ausdrücken von Wasser aus den Tauchbunkern auszugleichen war. Auch noch nachdem alles angeblasen war, hatte das Boot ja Untertrieb. Daraus folgert, daß sich jetzt, obwohl wir auf Grund liegen, in unseren Tauchbunkern Luft befinden müßte – eben die Anblaseluft. Diese Luft könnte uns statisch hochtreiben – aber nur, wenn es uns gelänge, das Gewicht des Bootes zu verringern. Wir sitzen also wie im Korb eines schon gefüllten Freiballons, den ein Zuviel an Ballast am Boden hält. Es muß Ballast aus dem Korb gekippt werden, damit der Ballon steigt. Alles klar. Aber stimmt eben nur unter der Voraussetzung, daß die Entlüftungen unserer Tauchbunker dichtgehalten haben. Wenn es die Entlüftungen auch erwischt haben sollte, wenn also die Entlüftungen nicht schließen, dann wäre *keine* Luft in den Tauchbunkern und wir könnten noch soviel Luft – unseren gesamten Vorrat in den Preßluftflaschen – in die Tauchbunker drücken, ohne Wirkung zu erzielen.

Gewiß, außer der statischen gibt es ja noch die dynamische Methode, um das Boot auf und ab zu bewegen. Mit Maschinenkraft und beiden Tiefenrudern oben läßt sich ein Boot trotz Untertriebs schräg aufwärts steuern. Wie ein Flugzeug in der Luft. Diese Methode ist aber nur bei *leichtem* Untertrieb möglich. In unserem Fall funktioniert das sicher nicht. Dazu ist das Boot eben zu schwer – und ob der Batteriesaft noch ausreicht, unsere Schraube auch nur minutenlang zu bewegen, das ist

477

die Frage. Ob der Leitende überhaupt eine Ahnung hat, was die paar gesund gebliebenen Zellen bestenfalls noch hergeben können?

Wir sind jetzt wahrscheinlich ganz und gar auf die Luftballonmethode angewiesen. Also muß das eingedrungene Wasser aus dem Boot. Muß aus dem Boot! Muß um jeden Preis aus dem Boot!

Und dann hoch! Hoch und außenbords und dann schwimmen.

Meine Filme kann ich mir an den Hals hängen. Ich habe einen wasserdichten Beutel. Die von der Sturmbegegnung gehen allemal hinein. *Die* müssen auf alle Fälle gerettet werden. Solche Bilder gabs noch nie.

Der verdammte Strom in der Straße. Wenn der nur nicht wäre!

Die Schaufel Sand unter dem Kiel! Nicht zu glauben, im letzten Moment! Ein Wunder, ohne Zweifel!

Der Alte kaut auf der Unterlippe Der Leitende ist es, der denkt und der lenkt. Von seinen Entschlüssen hängt jetzt alles ab. Wie er das nur aushält! Er hat noch nicht eine Minute ausgesetzt.

Alle Wassereinbrüche scheinen jetzt zu stehen, bis auf ein bißchen Gerinne, ein paar nässende Wunden in der Stahlhaut. Aber das Wasser im Boot? Ich habe keine Ahnung, wieviel es ist. Ein Liter Wasser gleich ein Kilo Gewicht: Ich spüre die Last mit dem ganzen Körper – schwer, schwer, wir sind ungeheuer schwer. Wir liegen auf Grund wie angewachsen.

»Stinkt schön nach Scheiße!« höre ich den Taubeohrenwilli

»Mach doch die Fenster auf!« höhnt Frenssen.

Von achtern her dringt ein Fauchen wie von einem abblasenden Dampfrohr. Es geht mir durch und durch. Verdammt, verdammt, was ist das nun wieder? Jetzt klingt das Geräusch wie ein scharfer Strahl, der auf Eisen trifft. Immer noch keine Möglichkeit, nach achtern zu kommen?

Was hat der Alte denn überhaupt vor? Was mag er nur, wenn er so vor sich hinstarrt, im Kopf bewegen? Will er etwa versuchen, hochzukommen und noch ein Stück auf die afrikanische Küste zuhalten, um das Boot aufzusetzen? Das muß es doch wohl sein, weil er ja vor Hellwerden hoch will. Wenn er nur im Sinn hätte, einen Auftauchversuch zu machen und uns aussteigen zu lassen, brauchte ihn ja nicht zu interessieren, ob die achtern ihren Laden noch vor Dämmerungsbeginn klarbekommen. Aber just danach fragt er immer wieder.

Im Dunkeln zu schwimmen, das wäre doch viel zu riskant. Die Strömung triebe uns in Null Komma nichts auseinander. Ob die Tommies uns dann überhaupt spitzbekämen? *Wir* haben ja keine Seenotlämpchen an den Schwimmwesten. Nicht mal Rotfeuer. Überhaupt keine Ausrüstung für diesen speziellen Fall.

Der Alte schweigt sich aus. Und fragen kann ich ihn nicht. Klar: Zuerst müssen wir versuchen, das Boot vom Grund zu lösen, Ballast loszuwerden. Aber was dann, wenn das klappen sollte? Wie soll es denn dann weitergehen?

In diesem Augenblick erscheint der Alte in der O-Messe. »Der kriegt jetzt seinen Orden verpaßt«, höre ich ihn reden, »irgendso einen feineren Klimperorden. Viktoriakreuz oder so was!«

Ich gucke den Alten verblödet an.

»Hat er ja auch verdient. Tadellose Arbeit. Was kann der Mann dafür, daß wir noch hier herumliegen und nicht ganz durchgerauscht sind!«

Ich sehe deutlich die Szene: Niedrige Baracke in Gibraltar. Eine Horde Flieger in ihren Kombinationen, Sektgläser in der Hand, versammelt, um eine U-Boots-Versenkung zu feiern – einwandfrei beobachtet und zudem von der Marine bestätigt.

»Die nackte Angst«, flüstert der Kommandant und weist auf den Rücken des neuen Zentralegasten. Sein Sarkasmus ist für mich wie ein Handauflegen: Kommt her zu mir alle, die ihr mühselig und beladen seid, denn ihr sollt getröstet werden!

Der Obersteuermann steht im Gang und meldet: »Der Sehrohrkopf ist gesprungen.« Er läßt seine Meldung so beiläufig klingen, als teile er mit, daß seine Sohlen durchgelaufen sind. »Das Luftzielsehrohr ist auch kaputt!«

»So«, sagt der Alte bloß. Es klingt müde und resigniert, als käme es jetzt auf ein bißchen mehr oder weniger Demolierung auch nicht mehr an.

Achtern muß es am bösesten aussehen. Ich frage mich, wieso die Bombendetonation sich im Achterschiff so verheerend auswirken konnte. Die Schäden in der Zentrale und in der Batterie I sind ja erklärlich. Aber daß achtern so viel zu Bruch gegangen ist, will mir nicht einleuchten. Ob es nicht doch zwei Bomben waren? Klang die Detonation nicht wie ein Doppelschlag? Ich kann den Alten nicht fragen.

Durchs achtere Schiff kommt der Leitende und macht dem Alten Meldung. Aus seinen hervorgestoßenen Sätzen kann ich heraushören, daß fast alle Außenbordsverschlüsse Wasser gemacht haben. Die Elektroanlage ist insgesamt ausgefallen. Die Feuerleitanlage demzufolge ebenfalls. Die Lager haben möglicherweise auch etwas abbekommen. Das heißt doch nichts anderes, als daß sie heißlaufen würden, wenn die Wellen drehen könnten.

Was der Leitende hervorbringt, ist eine komplette Inventur der Schäden. Nicht nur die Hauptlenzpumpe, auch alle anderen Lenzpumpen sind ausgefallen. Die Kühlwasserpumpe ebenfalls. Die vordere Trimmzelle ist nicht mehr dicht. Die Fundamentbolzen des Backborddiesels haben zwar wie durch ein Wunder gehalten, aber die des Steuerborddiesels sind abgeschoren. Die Verdichter sind von ihren Sockeln abgerissen. Das vordere Tiefenruder läßt sich kaum noch bewegen. Wahrscheinlich wurde es erst demoliert, als das Boot in die Grundfelsen rasselte. Die Kompaßanlage ist völlig im Eimer. Magnet- wie Kreiselkompaß und alle Töchter. Die Fahrtmeß- und Lot- Aggregate sind aus ihren Halterungen gerissen worden und wahrscheinlich nicht mehr funktionsfähig. Die Funkerei hat es böse erwischt. Sogar der Maschinentelegraf ist hinüber.

»Noch ist Babel nicht verloren«, murmelt der Alte. Der Leitende schlägt mit den Lidern, als könne er den Alten nicht genau erkennen. Wie heißt das doch gleich richtig? Ich zermartere mir das Hirn und komme doch nicht drauf. Babel verloren? – so bestimmt nicht!

Plötzlich höre ich ein neues Geräusch. Ich spitze die Ohren. Kein Zweifel, es kommt von draußen: ein hohes schwingendes Singen mit einem dumpferen Rhythmusschlag darin. Das sind sie wieder! Mir bleibt der Atem stehen wie abgestellt. Der Alte hat das Geräusch im gleichen Augenblick wie ich gehört. Er lauscht mit offenem Mund und gekrauster Stirn. Das Schwingen und Sirren schwillt an. Turbinenmaschinen! Jetzt kommt sicher gleich die Asdic-Ortung. Alle sind erstarrt – im Hocken, Stehen oder Knien. Ich habe Mühe, die dunklen Massen um mich zu deuten: Links neben dem Sehrohr – das muß der Obersteuermann sein. Er hat die linke Schulter wie immer etwas höher gezogen, daran kann ich ihn erkennen. Der gekrümmte Buckel vor dem Tiefensteuerstand gehört dem Leitenden. Links daneben, das muß der II WO sein. Der Mann direkt unter dem Schacht ist der Zentralemaat.

Wieder die Klammer über der Brust, das Würgen im Hals. Schlucken, wieder schlucken und dann bebend Luft saugen wie ein Ertrinkender.

Das Klopfen meines Pulses ist wie ein überlautes Metronom. Mir ist, als müsse man es im ganzen Raum hören.

Meine Ohren sind wieder hochempfindliche Horchgeräte, die einen ganzen Fächer winziger Geräusche aufnehmen – auch solche, die sie früher gar nicht registrierten: das Knarzen der Lederjacken zum Beispiel und das feine Mäusepfeifen, das zwischen einer Stiefelsohle und der eisernen Flurplatte entsteht. Die Schiffsmaschinen da oben sind für mein überempfindliches Horchsystem viel zu laut.

Jetzt wollen die uns den Garaus machen! Suchleinen? Asdic? Vielleicht hatte der Ehrenrundenfahrer keine Wasserbomben an

Bord. Dann ist das jetzt die Ablösung. Ich spanne alle Muskeln, mache mich ganz steif. Nur ja nichts spüren lassen.

Was ist los? Nimmt das Schraubensirren etwa ab? Ich täusche mich doch nicht?

Schmerz in den Lungen! Ich wage es, den Brustkorb leicht zu heben. In einem flackernden Zug sauge ich Luft in mich ein, japse schon nach dem nächsten Schluck. Noch mehr! Die Lungen vollstauen! Und jetzt wieder die Luft festhalten – gleich tickt das Metronom wieder heftig.

Kein Zweifel: die Geräusche werden schwächer.

»Wandert aus«, murmelt der Alte. Sogleich lasse ich mich sacken. Die gestaute Luft flappt heraus, und nun leiste ich mir einen ordentlichen geräuschvollen Schöpfzug vom Gasgestank.

»Warn Zerstörer«, sagt der Alte, ohne Bewegung in der Stimme: »Hier wimmelt es bloß so von Schiffen, die haben doch alles versammelt, was laufen kann!«

Damit will der Alte wohl sagen, daß dieser Überlauf Zufall war. Mir wälzt sich ein Stein vom Herzen.

Aber meine Gehörnerven werden aufs neue attackiert: Klirren und Scheppern von Werkzeug läßt mich zusammenzucken. Im Achterschiff schuften sie anscheinend schon wieder weiter. Erst jetzt registriere ich, daß eben wieder mehr Leute in der Zentrale waren, als hierher gehören. Dieses Streben nach einem Platz unter dem Turm, wenn der böse Feind zu hören ist, ist doch der reine Atavismus. Als ob die Lords noch nicht begriffen hätten, in welcher Tiefe unser Boot liegt. Hier unten gibt es keine Bevorzugung der Seeleute vor dem Maschinenpersonal. In unserer Lage sind die Tauchretter keinen Schuß Pulver wert. Das heißt: von dem Sauerstoff in ihren Patronen mal abgesehen – da steckt immerhin für eine halbe Stunde Leben drin, wenn unsere Sauerstoffflaschen nichts mehr hergeben sollten.

Der Gedanke, daß die Tommies uns sicher längst abgeschrieben haben, daß unsere vermeintliche Versenkung schon seit Stunden der britischen Admiralität gemeldet ist, ruft in mir ein Gefühl zwischen Hohn und Entsetzen wach: Not yet, ihr Schweinekerle!

Eine Welle von Übelkeit erfaßt mich. Nur das nicht! Ich schlucke heftig und schwemme die aufsteigende Säure mit meiner Spucke wieder hinunter. Da meldet sich im Hinterkopf ein dumpfer pochender Schmerz, über der rechten Braue auch. Was Wunder – der Dunst, den wir atmen, ist noch dichter geworden. Kaum zu glauben, daß sich diese Mischung aus hunderterlei Gestank, aus Dieseldunst und Batteriegas überhaupt noch inhalieren läßt. Sicher auch hochbrisant. Empfindlich gegen Funkenschlag.

»Der LI, der kippt uns doch glatt noch aus den Pantinen«, nehme ich mit halbem Ohr auf. Dorian. Ich könnte ihm dafür eins auf die Schnauze geben. Nur jetzt nichts berufen! Die Dödelnalle von II LI kann unseren Leitenden nicht ersetzen. Nicht auszudenken, daß der Leitende nicht an Bord wäre. Wenn der sich in Vigo verabschiedet hätte, wie es geplant war ... Komische Sorgen, sage ich mir, ganz schön behämmert: Du wärst dann ja auch nicht mehr auf diesem Schrottschlitten. Zu zweit sollten wir ja abmustern. Dann hätten die hier aber gar keine Chance. Dann wären sie gleich zweimal verraten und verkauft. Solange *ich* an Bord bin, kann dieses Boot nicht auf der Strecke bleiben. In meinen Handlinien ist zu lesen, daß ich ein alter Mann werde. Also *müssen* wir durchkommen. Nur darf keiner erfahren, daß ich gefeit bin. Nur nichts berufen. Schön schweigen und gute Figur machen. Die haben uns noch lange nicht! Wir atmen noch. Gepreßt und stoßweise zwar, aber es geht noch.

Dumpfes Brummeln und Flüstern aus der Zentrale sind seit langem die einzigen menschlichen Laute, die zu mir in die O-Messe dringen. Der Wunsch überkommt mich, meine eigene Stimme zu hören. Dem II WO, der sich neben mich auf die Koje des Leitenden gehockt hat, möchte ich sagen: Trappisten heißen die Brüder des Schweigeordens, die mich, als ich im Faltboot donauabwärts unterwegs war, allen Ernstes für ihren Verein catchen wollten. Ins Kloster! Ausgerechnet mich! Nichts zu essen und nichts zu reden! Das bietet die Kriegsmarine schließlich auch. Mein Boot von damals hieß »Stuß«. Ein Klepper. So weit ist es nun mit meiner Bootsfahrerei gekommen – bis auf Grund in der Straße von Gibraltar.

Der II WO würde schön staunen, wenn er mein Gebrabbel zu hören bekäme.

Auf meiner Zunge hat sich ein dicker Belag gebildet. Ich fühle sie nur mehr wie ein ekelhaftes, ranziges Stück Fleisch im Mund.

Wenn wir wenigstens noch eine Nachricht absetzen könnten! Aber selbst wenn die Funkanlage nicht beim Teufel wäre, könnten wir aus dieser Tiefe nicht mehr senden. Zu Hause wird also niemand erfahren, wie es uns erwischt hat. »Vorm Feind gefallen«, der übliche Brief von der Flottille an die Angehörigen. Unser Desaster bliebe ein Geheimnis. Es sei denn, die britische Admiralität verriete über den Sender Calais, wie sie uns geschnappt haben.

Die haben ja so eine feine Art entwickelt: präzise Angaben, damit die Leute zu Hause ihnen auch Glauben schenken: Name, Geburtsdatum, Mützengröße des Kommandanten. Und bei uns im Stab? Mit der Dreisternemeldung lassen die sich jedenfalls Zeit, wie es üblich ist beim Freikorps Dönitz. Wir könnten ja auch triftige Gründe haben, nicht zu funken. Sicher werden wir demnächst zur Meldung aufgefordert. Einmal, zweimal – die alte Leier.

Aber wie die Dinge liegen, werden die Herren im Stab bald richtig vermuten, daß wir den befohlenen Durchbruch nicht geschafft haben. Viel Chance, durch diesen Schlund zu kommen, bestand ja wohl kaum. Das wußten die ASTOs in Kernével sicher ganz genau. Ihr verrückter Einpeitscher kann sich allmählich mit dem Gedanken vertraut machen, daß er wieder ein Boot los ist: abgesoffen vor Gibraltar – britischer Kriegshafen – von Affen bewohnter Felsen – mediterranes Klima – Ort des reizvollsten klimatischen Zusammentreffens – so wars doch! – Gott im Himmel! Nur nicht durchdrehen! Ich fasse die Bananen ins Auge, die über dem Horchraum an der Decke hängen und vor sich hinreifen. Zwei, drei Prachtexemplare Ananas hängen dazwischen. Aber dieser Anblick irritiert mich nur: unten die verwüstete Batterie und oben der Spanische Garten.

Der Leitende erscheint wieder. Noch im Gang bleibt er unversehens stehen. Es sieht aus, als könne er sich jetzt, da er an so vieles zugleich denken muß, nicht auch noch in Bewegung halten. Ich kann deutlich sehen, wie es in seinem Gesicht arbeitet. Die Lider hat er halb herabgesenkt, die eingefallenen Wangen zucken.

War unter den Geräuschen, die von achtern kommen, eins, das den Leitenden so plötzlich stoppen ließ? Endlich kommt er wieder in Bewegung, aber nicht gleitend und katzenhaft, wie es bisher seine Art war, sondern steif wie eine Marionette. Es ist, als müsse er sich zwingen, einen Fuß vor den anderen zu setzen. Nach zwei, drei Schritten scheint er sich endlich zu lockern. Er öffnet wieder das Spind mit den gerollten Plänen, sucht tastend, greift einen heraus und breitet ihn auf der Back aus. Ich komme ihm zu Hilfe und beschwere den Plan an seinen Ecken mit Büchern: ein Längsschnitt durch das Boot. Die Leitungen sind als rote Venen oder schwarze Arterien eingezeichnet.

Ich weiß nicht, auf welcher Spur der Leitende ist. Sucht er wieder nach den Außenbordsdurchführungen durch die Treibölbunker? Will er doch noch herausbekommen, auf welchen Wegen Wasser in einen Treibölbunker gelangen konnte?

Der Leitende hat tiefe Falten im Gesicht. Öl hat sich in ihnen abgelagert. Wenn sich der Leitende mit einem Lappen über das Gesicht wischt, bleibt der Schmutz in den Vertiefungen sitzen wie fettige Farbe in einer Radierplatte.

Der Leitende muß wie ein Kriminalist denken. Mit Forschheit und Elan ist jetzt gar nichts zu erreichen. Hin und wieder murmelt er geheimnisvolle Formeln, dann malt er kabbalistische Zeichen. Lange Minuten hüllt er sich ganz in Schweigen, denkt nur verbissen nach.

Der II LI taucht auf, wirrer Haarschopf, außer Atem. Er beugt sich neben dem Leitenden über die Pläne. Seine Lippen sind blutleer. Auch er sagt kein Wort. Stummfilm.

Alles hängt jetzt an den Überlegungen der beiden Ingenieure. Sie sitzen über unser Schicksal zu Rate. Ich verhalte mich ganz still. Ja nicht stören. Der Leitende zeigt mit dem Bleistift auf eine Stelle des Plans und nickt dem Zwoten zu. Der Zwote nickt »verstanden« und beide stemmen sich zugleich hoch.

Es sieht ganz so aus, als wüßte der Leitende jetzt, wie er es anstellen kann, das Wasser außenbords zu befördern. Wie will er es nur schaffen, gegen diesen Druck anzukommen?

Auf der Back der OF-Messe sehe ich ein angebissenes Stück Brot liegen: frisches Weißbrot von der »Weser«, mit Butter dick beschmiert und mit einer dicken Scheibe Wurst belegt. Mein Blick bleibt wie festgeklebt auf der Brotscheibe mit der halbrunden Bißspur. Widerwärtig! Mein Magen macht sich sofort bemerkbar. Da muß einer gerade gefuttert haben, als es krachte. Erstaunlich, daß das Brotstück nicht von der Back gerutscht ist, als wir durchrauschten.

Das Atmen wird immer schwerer. Warum setzt der LI nicht mehr Sauerstoff zu? Erbärmlich genug, daß wir so von der Atemluft abnängig sind. Ich brauche meinen Atem bloß für kurze Zeit anzuhalten, gleich beginnen im Ohr die Sekunden zu ticken, und dann kommt mich auch schon das Würgen hinter dem Gaumensegel an. Wir haben zwar schönes frisches Brot, wir sind vollgestaut mit frischen Freßsachen – aber was wir wirklich brauchen, ist Luft. Jetzt wird uns richtig eingebleut, daß der Mensch ohne Luft nicht existieren kann. Wann denke ich denn sonst schon daran, daß ich ohne Sauerstoff nicht zu leben vermag, daß hinter meinen Rippen die quabbeligen Flügel sich unablässig blähen und schrumpfen? Lunge – die bekam ich nur gekocht zu sehen. Gekochte Lunge – ein beliebtes Hundefutter! Lüngerl mit Knödel, genannt »Voressen« – für sechzig Pfennig im Hauptbahnhof, wo sie die Leberknödelsuppe in Marmeladeeimern zum Warmhalten in Sauerkrauttöpfe stellten, mit dem ganzen Sägemehl vom Fußboden unten dran – so lange, bis die Gesundheitspolizei den Laden dichtmachte.

»Flüssige Luft«, so hieß eine Vorstellung in der Aula des Gymnasiums. Es war wie im Varieté: Der Vortragsreisende holte ein Würstchen aus dem Zylinder und ließ es unter Hammerschlägen zersplittern, er tauchte eine Rose hinein und ließ sie dann zwischen seinen Fingern zerbröseln: das machte alles die flüssige Luft im Zylinder.

Zweihundertundachtzig Meter. Was wiegt die Wassersäule, die auf dem Boot lastet? Ich wußte es doch. Ich habe mir die Zahlen eingeprägt. Aber jetzt ist die Prägung verwischt. Mein Hirn arbeitet misera-

484

bel. Ich kann nicht denken mit so viel dumpfem Druck unter der Schädeldecke.

Mir ist, als wären meine grauen Zellen ein gärender Brei, aus dem zerplatzende Blasen steigen. Wenn ich doch meine Uhr noch hätte. Mein Zeitgefühl ist gestört. Ich weiß nicht, wie lange wir schon hier unten liegen. Mein Ortsgefühl setzt auch aus. Für Minuten weiß ich nicht, wo ich bin. Dann ist mir, als trennten mich erhebliche Distanzen von den Objekten, die meine Augen aufnehmen. Mein Linsensystem arbeitet falsch: Es entrückt sie mir. Das Gesicht des II WO, das doch ganz dicht neben mir sein müßte, ist weiter weg als zwei Armlängen.

Da erscheint der Leitende wieder. Ich versammle meine Gedanken in der Betrachtung des Leitenden: Noch mehr Striemen in allen Richtungen über das Gesicht hin. Scharfe Glanzlichter auf den kohledunklen Pupillen. Der Mund ist ein schwarzes Loch. In diesem fahlen Licht sieht das Gesicht des Leitenden aus, als habe es sich nach innen gestülpt – ein negatives Relief. Gemme oder Kamee? Wie wars doch gleich: Kameen sind erhaben – also sieht der LI wie eine Gemme aus. Die Rillen auf seiner Stirn bewegen sich schnell wie Blinkfeuerjalousien. Schließen, Lösen, wieder Zusammenziehen.

In meiner linken Hosentasche erspüre ich meinen Talisman – ein abgegriffenes, oval geformtes Stück Türkis. Ich lasse meine linke Faust sich öffnen und fahre mit den Fingern tastend über den Stein hin, wie über glatte leichtgewölbte Haut. Simones Bauchdecke! Sogleich habe ich Simones Gebrabbel im Ohr: »Das ist meine kleine nombrille - wie heißt das? Knopf im Bauch? Bauchknopf. Komisch – pour moi c'est ma boîte à ordure – regarde – regarde!«

Simone fingert aus der Vertiefung ihres Nabels Wollfusseln heraus und hält sie mir kichernd vor die Nase.

Wenn mich Simone hier sehen würde: zwohundertundachtzig Meter tief. Nicht irgendwo im Atlantik, sondern mit fester Adresse: Straße von Gibraltar. Mehr nach der afrikanischen Seite hin. Hier liegt unsere Röhre mit ihrer Fracht von fünfzig Körpern: Fleisch, Knochen, Blut, Rückenmark, pumpende Lungen, klopfende Pulse, schlagende Lider, fünfzig Hirne – jedes mit einer ganzen Welt von Erinnerungen.

Ich will mir Simones Haar vorstellen. Wie trug sie es eigentlich zuletzt? Sosehr ich meine Gedanken auch anspanne – ich weiß es nicht mehr. Ich versuche, ihr Bild näher heranzuholen und ihre Haare zu erkennen, aber es bleibt unscharf. Macht nichts. Es wird mir ganz plötzlich wieder einfallen. Ich darf nur nicht so angestrengt daran denken. Die Gedanken nicht anspannen, dann kommt die Erinnerung von allein wieder.

Ihren violetten Pullover kann ich deutlich sehen. Das gelbe Halstuch auch und auch die malvenfarbene Bluse mit dem winzigen Muster, das sich bei richtigem Hinschauen als tausendmal »Vive la France« entpuppte. Der Goldorangeton ihrer Haut! Und jetzt habe ich auch die Haartolle. Die Strähnen, die ihr immer in die Stirn fielen, waren es, die mich irritierten: sie sind meist wirr, aber doch glatt – dahinter ist Simones Haar gelockt, und im Nacken bildet es manchmal sogar Ringellocken, wie man sie im Biedermeier trug. Darauf legt Simone Wert: auf kunstvolle Weise unfrisiert auszusehen.

Das war nicht recht von Simone, mir mein neues Glas zu stibitzen, für den Herrn Papa. Der wollte sicher prüfen, ob die neue Machart wirklich so viel besser ist als die alte. Die neue Blaubeschichtung, die unsere Gläser für die Nacht soviel lichtstärker macht, muß ihn interessiert haben. Und Simone? Wollte sie sich bloß in Szene setzen? Monique bekam einen Spielzeugsarg, Geneviève bekam einen, Germaine auch – nur Simone nicht.

Der Alte erscheint mit dem Leitenden. Beide beugen sich über einen Plan. »Von Hand in den Reglertank«, schnappe ich auf. Aha, das eingedrungene Wasser! Von Hand in den Reglertank? Geht das denn? Beide nicken jedenfalls.

»Dann vom Reglertank mittels Hilfslenzpumpe und Preßluft außenbords...«

In der Stimme des Leitenden ist ein deutliches Vibrato. Mir wird, wie ich den Leitenden so im Profil sehe, angst und bange. Ein Wunder, daß er sich noch auf den Beinen hält. Der Leitende war ja schon fertig, ehe der Schlamassel losging. Wer ein paar Dutzend Waboverfolgungen hinter sich hat, der ist allemal fix und fertig. Deshalb sollte der Leitende ja auch abgelöst werden. Nur diese eine Reise noch!

Und nun das hier! Der Leitende hat dicke Schweißperlen auf der Stirn, die wegen der Waschbrettrillen nicht abtropfen können. Wenn er den Kopf dreht, funkelt sein ganzes Gesicht von Schweiß.

»... Krawall ... nicht vermeiden ... nicht zu schaffen! Tauchzelle drei ...«

Was redet er denn jetzt nur von der Tauchzelle drei? Die kann doch nichts abbekommen haben, sie liegt ja innerhalb des Druckkörpers. Wie hieß es doch: allein auf der Tauchzelle drei kann das Boot schwimmen. Doch bei so viel eingedrungenem Wasser reicht der Auftrieb dieser einen Zelle natürlich nicht aus – bei weitem nicht. Also bleibt es dabei: das Wasser muß raus aus dem Boot, so schnell wie möglich. Ich habe keine Ahnung, wie der Leitende es schaffen will, das Wasser von der Zentrale erst mal in die Regelzellen zu pumpen und

486

dann von den Regelzellen außenbords. Aber der Leitende ist ja kein Dummkopf. Der gibt nichts zum besten, wenn er seiner Sache nicht sicher ist.

Ich kapiere, daß der LI den Versuch, das Boot vom Grund zu lösen, erst wagen will, wenn alle nötigen Reparaturen gemacht sind. Er kann anscheinend nur einen einzigen Versuch machen.

»Boot – erst mal – ebenen Kiel!« höre ich den Alten. Richtig, die verdammte Achterlastigkeit! Aber Umpumpen kommt wohl nicht mehr in Frage. Also wie?

». . . Wasser von achtern in die Zentrale mannen«, sagt der Kommandant. Mannen? echot es in mir – Mann, o Mann, o Manometer! Mann Gottes! Wasser mannen! Etwa mit Pützen? Von Hand zu Hand? Ich starre den Alten an und warte darauf, daß er sich deutlicher äußert. »Schöpfkommando bilden«, schnappe ich noch auf. Der Alte meint es also ernst.

Durch den U-Raum und die Kombüse formiert sich eine Feuerwehrkette, in die ich mich einreihe. Mein Platz ist dicht am Kugelschott. Heiser geflüsterte Anweisungen und Flüche. Eine Barkasse, eine von der Art, die der Backschafter zum Besteckspülen verwendet, kommt mir durchs Kugelschott entgegen. Ich greife danach und lasse die halbvolle Barkasse wie eine Bügelhantel durchpendeln – der Zentralemaat bekommt sie am Ende meines Schwungs zu fassen. Ich höre, wie er sie in Höhe des Sehrohrs in die Zentralebilge auskippt. Der scharfe Guß, das Gepatsche – widerliches Geräusch.

Von vorn werden immer mehr Pützen und Barkassen herangereicht, die nach achtern weitergegeben werden müssen. Im Nu entsteht ein Tohuwabohu. Mit gezischten Befehlen löst der Leitende das Durcheinander von leeren Barkassen und gefüllten wieder.

Ich passe auf, daß mir die schmutzige Brühe nicht überschwappt. Jetzt läuft die Sache. Ich habe den Bogen raus. Wenns die Pumpen nicht schaffen, machen wirs eben mit Pützen und Barkassen. Wasser ist ins Boot eingedrungen, da muß eben geschöpft werden wie ehedem bei der christlichen Seefahrt.

Der Mann, der mir die Pützen zureicht, ist Zeitler. Er hat ein völlig verdrecktes und zerfetztes Hemd an. Mit jeder Pütz zeigt er mir ein grimmig verbissenes Gesicht. Hinten wird »Wahrschau!« und wieder »Wahrschau!« geflüstert, gezischt, heiser gekrächzt. – Eine besonders schwere Barkasse erscheint. Ihren Bügel muß ich mit beiden Händen packen. Trotzdem schwappt sie über. Die Brühe durchnäßt meine Hose und meine Schuhe. Mein Rücken ist auch schon naß – aber vom Schweiß. Zweimal erhasche ich beim Abgeben der Pütz ein ermunterndes Grinsen vom Alten. Das ist doch endlich was:

487

. . . durch der Hände lange Kette
um die Wette
fliegt der Eimer.
Hoch im Bogen . . .

Manchmal gerät der Nachschub ins Stocken, weil es irgendwo achtern eine Wuhling gab. Ein paar unterdrückte Flüche, dann funktioniert die Kette wieder.

Der Zentralemaat braucht sich nicht vorzusehen. Er ist der Schlußmann, der das Wasser auf die Flurplatten platschen lassen kann. Der Boden im U-Raum – das kann ich mit schnellen Blicken erhaschen – ist auch schon naß. Unter den Bodenbrettern des U-Raumes ist aber doch die Batterie II. Passiert da nichts? Der Leitende, sage ich mir, ist ja in der Nähe. Der wird schon aufpassen.

Wieder ein Schwapp – diesmal direkt vor den Bauch. Verfluchte Pest!

Ein dumpfer Aufprall, dann Geschimpfe, die Kette stockt wieder mal, anscheinend ist diesmal eine Pütz gegen den Schottrahmen der Kombüse geknallt.

Täusche ich mich? Hat sich das Boot nicht schon um ein paar Grade in die Waagerechte zurückgehoben?

In der Zentrale steht das Wasser jetzt schon knöcheltief.

Wie spät ist es? Doch mindestens vier Uhr. Meine Armbanduhr. Schade! Das Lederband taugte zwar nichts mehr. War geklebt und nicht genäht. Moderner Pfusch. Aber das Werk war Qualität. Schon zehn Jahre hatte ich diese Uhr und keine Reparatur.

»Wahrschau!« faucht Zeitler. Verdammt, ich muß aufpassen. Ich winkele die Arme nicht mehr an. Wenn Zeitler mir die Pütz richtig zureicht, spare ich eine Menge Kraft. Zeitler hat es schwerer: er muß die Pützen durchs Schott bugsieren. Deshalb guckt er auch so verbissen. Zu jedem Hochheben braucht er beide Hände. Ich brauche nur die rechte Hand. Ich merke schon gar nicht mehr, wie sie zugreift und die Pütz wie an einem Trapez durchschwingen läßt, bis der Fänger sie abpflückt.

»Wann ist Dämmerung?« fragt der Alte den Obersteuermann. Der blättert in seinen Tabellen und sagt: »Beginn der Morgendämmerung sieben Uhr dreißig.« Es bleibt uns also nur eine kurze Frist!

Es kann sogar schon später als vier Uhr sein. Wenn wirs nicht bald schaffen, entfällt der Auftauchversuch fürs erste. Dann müssen wir damit bis zum Abend warten. Dann haben die da oben noch einen ganzen Tag lang Zeit, sich im schönsten Sonnenlicht für uns zu interessieren.

»Pause«, wird von Mund zu Mund geflüstert: »Pause – Pause – Pause!«

Wenn der Alte vorhaben sollte, auf die Küste zuzulaufen mit unseren paar Jonnies – vorausgesetzt, daß der Auftauchversuch Erfolg hat –, dann braucht er den Schutz der Dunkelheit. Wir waren ja noch nicht bis zur engsten Stelle vorgedrungen. Bis zur Küste ist es von unserem »Liegeplatz« aus noch eine ganze Strecke. Also ist die Frist, die uns bleibt, wenns klappen soll, noch kürzer. Ob das bißchen Saft aus den gesundgebliebenen Zellen für die E-Maschinen überhaupt reicht? Und was nützt die ganze Bastelei an den beiden Batterien, wenn die Wellenlager nicht in Ordnung sind? Die Bedenken des Leitenden – die waren ja nicht aus der Luft gegriffen.

Himmel, wie sehen die Leute aus! Grüne Gesichter, gelbe Gesichter. Schwarzgrün umrandete Augenhöhlen. Rotgeränderte Augen. Die vor Atemnot halboffenen Münder sind wie dunkle Löcher. Alles gerät in der einseitigen Beleuchtung zu hartem Schwarz-Weiß-Kontrast. Frenssen sieht aus wie holzgeschnitzt. Nur seine fleischigen Lippen im schwarzen Kinnbart sind ein grelles Farbsignal. Schweißperlen blitzen auch auf seinem Gesicht wie Flitter.

Der Leitende erscheint wieder und meldet, daß die E-Maschinen außer Gefahr seien. Ein Stein vom Herzen: die E-Maschinen sind nicht hinüber. Der Leitende will aber noch mehr Wasser aus dem Hecktorpedoraum heraushaben.

»Gut«, sagt der Kommandant mit seiner normalen Stimme: »Dann eben weiter!«

Beim ersten Griff zur Pütz, die Zeitler mir reicht, merke ich, wie sehr mir alle Muskeln schmerzen. Ich schaffe es kaum, wieder in den richtigen Schwung zu kommen.

Würgen, fliegende Lungen, keine Luft mehr im Boot. Aber eins ist sicher: wir kommen mehr und mehr auf ebenen Kiel.

Der Kommandant tapst heran und fragt durchs Schott nach achtern: »Gehts denn?«

»Jawoll, Herr Kaleun – jawoll, Herr Kaleun!«

Ich könnte mich, wie ich stehe, sinken lassen – in die Brühe auf den Flurplatten hinein – mir wärs egal. Ich zähle die Pützen. Als ich gerade »fünfzig« vor mich hinsage, kommt von achtern Befehl: »Ausscheiden mit Schöpfen!«

Gott seis gelobt, getrommelt und gepfiffen! Noch muß ich Zeitler vier, fünf volle Barkassen abnehmen, aber die leeren Gefäße läßt der Zentralemaat nicht mehr zurückwandern, sondern gibt sie nach vorn weiter.

Jetzt aber schnell die nassen Klamotten vom Leib. Im U-Raum ist Wuhling, weil alle etwas Trockenes an den Körper haben wollen. Ich erwische meinen Isländer, sogar meine Lederhose finde ich auf

489

meiner Koje: Phantastisch! Trockene Sachen! Und nun in die Seestiefel. Ich bekomme Frenssens Ellbogen in die Rippen, Pilgrim trampelt mir auf den rechten Fuß, aber schließlich habe ich es geschafft: Ich patsche mit den schweren Seestiefeln durch die Zentrale nach vorn – mutwillig wie ein Gassenjunge. In der O-Messe kann ich erst mal die Beine von mir strecken.

Da höre ich »Sauerstoff«. Und dann wird von Mund zu Mund der Befehl durchs Boot gegeben: »Kalipatronen aufsetzen. Alle freien Leute auf die Kojen verholen!«

Der II WO guckt mich konsterniert an.

Neue Durchsage: »Gegenseitig aufpassen, daß keiner beim Schlafen den Schnorchel aus dem Mund fallen läßt.«

»Lange nicht gebraucht«, murmelt der Bootsmann im Nebenraum.

Kalipatronen! Dann ist alles klar! Dann wirds noch lange dauern. Dann sehen wir ihn noch nicht – der Morgenröte Schein. Der II WO sagt kein Wort und macht keine Grübchen. Der Befehl scheint ihm nicht zu schmecken. An seiner Uhr sehe ich, daß es fünf Uhr ist.

Ich tappe nach achtern zurück, patsche wieder durch das Wasser in der Zentrale, registriere die vernagelten Gesichter des Zentralepersonals. Unsere Hoffnung, wir könnten doch noch vor Morgengrauen den geplanten Auftauchversuch machen, ist dahin. Durch Kalipatronen atmen – das bedeutet, keine Möglichkeit, in den nächsten Stunden hochzukommen. Das bedeutet auch: Abwarten, bis es wieder dunkel wird. Also den ganzen Tag auf Grund. Herr im Himmel! Den Maschinenleuten wird reichlich Zeit geboten, ihren Laden wieder in Ordnung zu bringen. Kein Grund mehr zur Eile.

Aus einer Ecke am Kopfende lange ich mir mit fahrigem Griff meine Kalipatrone, einen rechteckigen Blechkasten, doppelt so groß wie eine Zigarrenkiste.

Die anderen U-Raum-Bewohner sind schon dabei, die Schläuche mit dem Mundstück einzuschrauben und den Gummistutzen, den Schnorchel, zwischen die Zähne zu nehmen. Nur Zeitler ist noch nicht soweit. Er flucht, was das Zeug hält: »Verdammte Scheiße – jetzt reichts mir aber!«

Pilgrim und Kleinschmidt hängen bereits die schwärzlichen Schläuche aus dem Mund. Ich setze die Nasenklemme auf und merke dabei, wie zittrig meine Hände sind. Vorsichtig ziehe ich den ersten Schluck Luft durch die Patrone hindurch. Noch nie gemacht. Gespannt, wies geht. Beim Ausatmen rasselt das Ventil des Mundstücks. Da stimmt wohl etwas nicht. War der Atemstoß zu heftig? Also langsamer ausatmen, ruhiger aus und ruhiger ein! Die Luft aus dem Rüssel schmeckt scheußlich nach Gummi. Hoffentlich bleibt das nicht so.

Der Kasten ist lästig. Er hängt mir wie ein Bauchladen über dem Magen. Wiegt gut ein Kilo. Die Füllung soll das Kohlenoxyd, das wir ausatmen, binden, wenigstens so viel, daß die Luft, die wir einatmen, nicht mehr als vier Prozent davon enthält. Mehr als vier Prozent sind gefährlich. Wir könnten glatt an unseren eigenen Ausatemprodukten ersticken. »Wenns chemisch wird, wirds psychologisch«, sagte der LI. Wie recht er hat!

Wie lange reicht eigentlich der Sauerstoff? Die Seeausdauer unter Wasser soll für den Typ VII C drei Tage betragen. Ergo müßte genug Sauerstoff für dreimal vierundzwanzig Stunden in den Flaschen sein – und nicht zu vergessen die Gnadenfrist aus den Stahlzylindern der Tauchretter.

Wenn Simone mich so sehen könnte: mit dem Schnorchel im Mund und der Kalipatrone vor dem Bauch!

Ich fasse Zeitler ins Auge, betrachte ihn wie mein Spiegelbild: Nasse, verstrubbelte Haare, Schweißperlen dicht bei dicht auf der Stirn, große starrende, fiebrig glänzende Augen Schwarzviolette Ringe darunter. Die Nase von der Klemme zusammengedrückt. Darunter wächst der graue Saugrüssel aus dem filzigen Bartgestrüpp: wüster Mummenschanz.

Diese Rübezahlbärte! Wie lange sind wir eigentlich schon draußen? Mal herzählen: sieben, acht Wochen? Oder sind es nicht gar schon neun, zehn Wochen?

Simone blendet sich wieder ein. Ich sehe sie wie auf einer Filmleinwand lächeln, gestikulieren, sich die Träger von den Schultern streifen. Ich schlage mit den Lidern – da verschwindet ihr Bild.

Mal einen Blick in die Zentrale werfen, sage ich zu mir und steige mühsam durch den Schottring. Verdammter Bauchladen! Und jetzt sehe ich Simone direkt auf Röhren, Gestänge und Manometer projiziert. Ich sehe zugleich das Geschlinge von Leitungen, Handräder von Absperrventilen und darüber hingebreitet Simone: Brüste, Schenkel, Flaum, ihren feuchten, halboffenen Mund. Simone wälzt sich auf den Bauch und zieht die Füße hoch. Mit den Händen angelt sie nach ihren Fesseln und macht »Schwan«. Die streifigen Schatten der Jalousie gleiten über ihren vor- und zurückwiegenden Körper hin. Zebraschwan. Ich schließe die Augen. Da ist Simone schon über mir. Rund hängen mir ihre Brüste entgegen: große bräunliche Höfe wie aufgemalt um die rosigen Hütchen.

Nun kurze Filmschnitte: Simone zwischen graugrünem Strandhafer, Bauch und Brüste von dunkelfeuchtem Sand paniert. Simones hintenübergeneigter Kopf, die langgedehnte Kehle: Simone ohne Gesicht, nur noch zuckender Körper.

491

Da erscheint dicht vor mir wie in Überblendung ein Gesicht, dem ein Saugrüssel aus dem Mund wächst. Ich erschrecke: der II WO! Er hält den Blick auf mich gerichtet. Er will mir wohl eine Mitteilung machen. Ungeschickt fingert er sich den Gummistutzen aus dem Mund, Speichel trieft davon ab. »Ja keine Pistolenbenutzung, Explosionsgefahr!« sagt er näselnd und zieht dabei die Brauen hoch . . . Das Gas aus der Batterie, natürlich!

Der II WO lutscht seinen Nuckelschlauch wieder ein. Er zwinkert mit dem linken Auge, ehe er sich auf seine Koje hockt. Ich kann nicht mal »Witzbold, blöder!« sagen.

Dafür nehme ich einen kräftigen Zug, daß die Kalipatrone nur so rasselt. Dieser irre Kerl, der Babyofficer. Anscheinend nicht totzukriegen. Den haben sie noch nicht erledigt. Den nicht und uns andere auch nicht. Noch tränen unsere Augen beim Wimpernschlagen, noch werden unsere Gelenke vollautomatisch geschmiert, noch laufen Ströme durch unsere Hirne. Das vegetative System: Wunder über Wunder. Die Maschinen stehen, aber unsere bodies arbeiten, als wäre nichts geschehen, in der gewohnten Art, ohne daß wir uns darum zu kümmern brauchten. Die bunten Informationstafeln stehen mir vor Augen, auf denen ganze Mannschaften am Werk sind, Säurestrahlen in die Mägen spritzen, den ganzen Kram durchwalken, Sekrete zusetzen . . .

Die Wunder des Lebens! Da kommst du aus dem Staunen nicht heraus. Die Seeschnecken zum Beispiel, die in hartglasierten Muscheln mit komplizierten Spindeln wohnen. Wie kann ein solches Gehäuse, das hart wie Porzellan ist, denn wachsen? Einen Mann der Wissenschaft fragen, das wollte ich schon lange. Und wie kommen zartfleischige Pilze mit ihren Köpfen durch harten Asphalt hindurch? In unserer Toreinfahrt haben sie das geschafft. Und wie können Blutegel mein dickes Blut durch die Haut hindurch in sich einsaugen?

Ich taste mich unsicher wie ein Betrunkener an den Spindwänden entlang, erfühle den Vorhang des Alten, dann wieder Sperrholzwände. Ich kann ohne Verrenkungen in die O-Messe gelangen. Die Bodenbretter sind wieder zugeklappt. Wahrscheinlich ist die Batterie nicht gänzlich verloren. In Rudimenten noch verwendbar für eine winzige Strecke E-Maschinenfahrt.

In der O-Messe brennt Licht. Wenn wir nur diese eine Lampe im Boot brennen ließen, müßte die ja schier ewig leuchten. So eine Glühbirne – vierzig Watt – verbraucht doch sicher in einer ganzen Woche nicht soviel Strom, wie für eine einzige Schraubenumdrehung nötig wäre. Das ewige Licht – zweihundertundachtzig Meter tief!

Irgendeiner hat hier aufgeklart. Leidlich wenigstens. Die Bilder hängen wieder an der Wand – ohne Glas freilich. Die Bücher stehen sogar halbwegs geordnet im Regal. Der I WO scheint auf seiner Koje zu liegen. Sein Vorhang ist jedenfalls zugezogen. Der II WO hockt jetzt in der linken Ecke der Koje des Leitenden. Er hat die Lider heruntergeklappt. Er täte wohl auch besser daran, sich richtig langzulegen, anstatt wie ein nasser Sack in der Ecke der LI-Koje zu lehnen. Er hat sich dort so fest zurechtgemummelt, als wolle er diesen Platz nie mehr aufgeben.

Ich könnte mir an den Kopf greifen vor Staunen: So friedlich wie jetzt war es hier noch nie. Kein Durchgangsverkehr, keine Wachablösungen. Die Bilder und die Bücher! Der trauliche Lampenschein, das schön gemaserte Holz, das schwarze Ledersofa! Keine Leitungsrohre, kein weißer Schiffslack, nicht mal ein Quadratzentimeter vom geschundenen Bootskörper ist hier zu sehen. Mit einem grünen Seidenschirm mit Glasperlenbehang um die Lampe wäre es hier richtig heimelig. Dann fehlte nur noch ein Blumenstrauß auf der Back – ein künstlicher von mir aus – und eine Fransendecke, und die gute Stube wäre fertig. Über das Ledersofa gehörte allenfalls noch ein Stück Brandmalerei oder ein gestickter Wandspruch. Kreuzstich: »Klein, aber mein«.

Der II WO verdirbt freilich das Bild. Vielmehr sein Schnorchel. Diese Maskerade paßt nicht in unsere gute Stube.

Diese Stille im Boot! Es ist, als wäre die Besatzung gar nicht mehr an Bord, als wären wir beide, der II WO und ich, ganz allein zwischen den Wänden.

Um mich nicht an diese Vorstellung zu verlieren, muß ich mir sagen, daß draußen dunkelste, undurchdringliche Schwärze ist. Hochkomprimierte Schwärze. Die absolute Dunkelheit kann ich mir noch vorstellen, den Druck aber nicht, diesen ungeheuren schwarzen Druck, vor dem uns nur die dünne verbeulte Stahlhülle schützt. Wir sind von der Natur eben nicht dazu ausgestattet, in solcher Tiefe zu leben. Keine Kiemen, keine Flossen, kein Druckausgleichsystem . . .

Der II WO hat seinen Kopf auf die Brust sinken lassen. Er hat es geschafft, die Umwelt auszuschließen. Den Babyofficer, unseren Gartenzwerg, jucken keine Sorgen. Wie bringt er es nur fertig, ausgerechnet jetzt zu pennen? Schicksalsergebenheit wie bei den meisten Leuten? Oder ist die Zuversicht, die der Alte uns vorspielt, sein schlafgebendes Narkotikum? Blindes Vertrauen in die Fähigkeiten des Leitenden, in die Tüchtigkeit der Reparaturtrupps? Oder ist es einfach Disziplin? Schlafen ist befohlen, also wird geschlafen?

493

Hin und wieder grunzt er, oder er verschluckt sich an der eigenen Spucke. Trotzdem wacht er nicht auf, sondern suckelt mit Schmatztönen wie ein Ferkel an den Zitzen der Muttersau weiter. Er macht mit seinem Gesauge und Gesuckel ganz den Eindruck, als wäre er, an beseligende Früherinnerungen hingegeben, der Gegenwart entflohen und wieder an der Mutterbrust angelangt. Ich kann ihn nur beneiden, wie er so schmatzend dahinpennt.

Umfallmüde. Manchmal sinke ich für Minuten weg, aber dann treibe ich schon wieder hoch. Es muß jetzt nach sechs Uhr sein. Jetzt sieht der II WO aus wie ein erschöpfter Feuerwehrmann, mit seinem Saugrüssel.

Ignis quis vir: der Feuer wer Mann
multum in id plus: viel in das mehr
ignis quis vir multum in id plus:
der Feuerwehrmann fiel in das Meer.

Durch meine Bewußtseinsschichten steigen ständig neue Versfetzen und Lernreime von unten her auf. Dann wieder kommen spiegelnde Seifenblasen hoch, mit schillernden Erinnerungsbildern über und über bedeckt. Ich versuche, welche davon festzuhalten, eines der Bilder zu fixieren, einen klaren Gedanken zu fassen: Zuviel Vertrauen in die Maschinen gesetzt. Wir haben uns ihnen überantwortet – auf Gedeih und Verderb. Jetzt müssen wir uns gutstellen mit unseren Maschinen, damit sie uns gewogen bleiben. Feindliche Maschinen bringen einen glatt um. Nicht zu glauben, was sich Maschinen leisten können. Ich brauche bloß an meinen alten Fiat vor der Bahnschranke in Verona zu denken: »Mirácolo, mirácolo!« riefen die Fernlastfahrer, die mir zu Hilfe gerannt waren, weil mein Motor auf höchsten Touren lief, obwohl ich kein Gas gab und sogar den Zündschlüssel abgezogen hatte. Dann rissen sie kurzerhand ein Batteriekabel ab und, um es gründlich zu machen, auch noch das zweite. Aber der Motor der kleinen Karre raste trotzdem weiter ... Kein Benzinabstellhahn zu finden. Den haben nur die ganz alten Typen! Die Maschine tat, was sie wollte. Zündete selber. Glühzündungen – wurde mir später erklärt. Zu lange in der Hitze herumkarriolt.

Ich sollte mich ein bißchen mobiler halten, nicht so gottergeben herumsitzen. Vielmehr alles aufnehmen, was sich jetzt im Boot begibt. Details fixieren. Irgendwas groß heranholen. *Dazu* aber muß ich mich gar nicht bewegen. Ich kann zum Beispiel die vorblitzenden Mäusezähnchen des II WO ins Auge fassen. Dann sein linkes Ohrläppchen: ordentlich ausgeprägt, besser geformt als beim I WO. Ich betrachte den II WO ganz genau. Zerlege seinen Kopf in Einzelteile. Ich mache Großaufnahmen von Wimpern, Brauen, Lippen.

Auf einmal geraten die vergrößerten Standaufnahmen wieder in Bewegung. Ich starre mit aller Anstrengung auf das schüttere Oberlippenbärtchen des Babyofficers. Aber der Bildertanz geht wieder los. Jener feiste Vertreter erscheint, der mich mit seinem alten Opel von der Straße auflas und alle Viertelstunden seine These repetierte: »Eine jede Frau läßt! Ich sage Ihnen: eine jede – auch die reichste. Bloß richtig kommen muß man, das ist der Witz!«

Ich reiße meine Augen wieder auf, und auch dieses Bild verblaßt. Aus welcher Schicht der Erinnerung trieb dieser Widerling bloß hoch? Das war doch schon vor fünf Jahren – mehr als fünf Jahren – und seither habe ich nie mehr an diese Landstraßenbegegnung gedacht, aber eben konnte ich sogar die beiden Haarbüschel sehen, die ihm aus den Nasenlöchern wuchsen. Auch seinen riesigen Siegelring. Und seinen Tonfall habe ich nuancengenau im Ohr: »Eine jede Frau läßt . . .«

Ich mache neue Versuche, meine Gedanken zu lenken. Aber es ist, wie wenn man einen defekten Motor anwirft: ein paar Zündimpulse und dann nichts mehr.

Dann lasse ich es in mir ganz leer werden. Aber da steigt ganz unten vom Boden des Vakuums wieder die Angst auf. Ich muß sofort neue Anstrengungen machen, um meine Gedanken zu beschäftigen. Wie mit Bausteinen setze ich Erinnerungsbilder zusammen: die große Tanne am Torfstich zu Hause. Ihr mächtiger, vom Blitz zerspellter Stamm, die wie drohende Arme hochgereckten verkrümmten Äste – ein festes Bild, das ich ganz scharf stelle. Ein Fixpunkt, von dem aus ich mich weitertasten kann: der blaßgrau-violette Weg jetzt, die unten braunvioletten und weiter oben lachsrosafarbenen Stämme der beiden Kiefern, die Waldwiese, die im Herbst rehfarben wurde, die strubbeligen Schöpfe der Graspulte zwischen den dunklen Sumpflachen.

Ich setze Stein an Stein. Als ich das ganze Puzzlebild fast fertig habe, wollen mir ein paar Stücke herausfallen. Ich versuche sie zu halten, aber da bröckelt das Bild schon an allen Seiten auseinander wie ein altes verwittertes Mosaik.

Vielleicht bin ich nicht sorgsam genug vorgegangen. Ich muß noch genauer sein, nicht nur Visuelles beschwören, sondern zugleich auch die Erinnerung riechen, schmecken, tasten lassen.

Geduldig fange ich von neuem an: ich lasse das riesige Haselnußgebüsch am Weg zum Torfstich erstehen. Die grünen Haselnüsse in ihren geschlitzten Kapuzen. Eine erstaunlich große Sorte. Auf der Welt gibts nichts Besseres als frische Haselnüsse. Ich puhle die kuriose grüne Verpackung, aus der die Nuß nur zu einem Drittel herauslugt, mit dem Daumennagel weg. Dann lange ich mir einen Feldstein-

495

fäustling, wie es sie in diesem alten Urstromtal millionenfach gibt, und zerdeppere die Nuß auf einem großen Steinbrocken mit vorsichtig gestopptem Schlag, damit der Kern ja intakt bleibt. Zwischen den Backenzähnen lasse ich den Kern mit tastendem Druck erst mal in zwei Teile platzen und fühle mit der Zungenspitze ihre blankpolierten, angefeuchteten Innenflächen ab. Dann schiebe ich sie im Mund hin und her, eine ganze Weile, ehe ich die Zähne einsetze und sie zu einem feinen weißen Brei zermahle. Den Brei drücke ich nach vorn auf die Lippen und beginne jetzt erst, ihn ganz auszukosten. Es ist kein starker Geschmack. Noch milder als Milch, aber doch intensiv. Mit nichts vergleichbar. Und dazu diese angenehme Konsistenz: erst das Aufplatzen, dann das Schnorpeln, der Widerstand der kleinen Teilchen gegen den mahlenden Biß.

Man muß für die Ernte den richtigen Augenblick erwischen. Die Eichhörnchen sind auch hinter der grünen Beute her!

Wie viele Stunden liegen wir denn eigentlich schon hier unten? Es muß so um Mitternacht gewesen sein, als wir durchrauschten. Jedenfalls nach unserer Bordzeit. Aber die entspricht diesem geographischen Ort nicht und ist zusätzlich noch um eine Stunde falsch: Wir haben ja deutsche Sommerzeit. Muß ich jetzt abziehen oder zuzählen? Ich schaffs nicht. Nicht einmal so eine einfache Sache mehr. Ich bin völlig aus dem Geleise . . . Nach Bordzeit muß es doch mindestens schon sieben sein. Die Chancen für einen Auftauchversuch im Morgenduster sind jedenfalls gründlich vorbei. Jetzt heißts abwarten, bis es oben wieder dunkel ist.

Die englischen Schmutts haben wahrscheinlich längst schon Unmengen von Spiegeleiern auf Räucherspeck produziert, ihr handfestes Frühstück für die Flotte.

Hunger? Um Gottes willen, nur nicht mehr an Essen denken!

Daß wir noch vor der Morgendämmerung einen Auftauchversuch machen würden, hat uns der Alte ja nur suggeriert, um uns auf den Beinen zu halten. Festgelegt hat er sich klugerweise nicht. Optimismusmache? Augenwischerei! Die Leute bei der Stange halten – das war die ganze Absicht.

Einen ganzen Tag hier unten? Und vielleicht noch länger – immer mit dem Schnorchel im Mund, o Gott!

Schlafverfangen höre ich, wie der II WO ein Räuspern von sich gibt. Ich treibe aus Schlaftiefen hoch. Die Oberfläche platzt. Ich schlage heftig mit den Wimpern.

Mit den Knöcheln der Zeigefinger reibe ich mir die Augen. Schwerer Kopf. Blei im Schädel Schmerzen hinter den Brauenwülsten – noch heftigere Schmerzen ganz hinten in der Hirnschale. Der gottverdammte Rüssel! Das Schnorcheltier in der anderen Ecke ist immer noch der II WO.

Wüßte gern, wie spät es ist. Bestimmt schon Mittag. Meine Uhr war ein gutes Stück. Schweizer Werk. 75 Mark. Schon zweimal verloren, aber immer wiedergefunden – jedesmal wars ein reines Wunder. Wo die sich nur herumtreibt. Geklaut haben kann sie keiner.

Immer noch diese Ruhe! Sosehr ich auch die Ohren schärfe: nichts Kein Gesumm irgendwelcher Hilfsmaschinen. Noch die gleiche Totenstille. Die Kalipatrone lastet mir auf dem Bauch wie eine ungefüge Wärmflasche.

Eine Weile bemühe ich mich krampfhaft, mich der chemischen Zusammenhänge der Wärmeentwicklung bei der Bindung von Stickstoff durch Kali zu erinnern. Es gelingt nicht. Ich werfe alles durcheinander. In Chemie war ich eine Niete. Nie sehr aufgepaßt. Besser, ich gebe es auf. Vielleicht kanns mir der Leitende ordentlich erklären – später mal.

Hin und wieder kommt einer mit ölverschmierten Händen und Armen durch den Raum. Ist denn der Laden achtern immer noch nicht in Ordnung? Hat sich unsere Lage denn nicht gebessert, während ich schlief? Gibt es neue Hoffnung? – Keinen kann man fragen. Geheimniskrämerei überall.

Aber woher weiß ich denn, daß der Kompaß wieder funktioniert? Die ganze Anlage. Die Kompaßmutter samt den Töchtern. Im Halbschlaf aufgeschnappt? Das Tiefenruder funktioniert nur bedingt, ist schwergängig. Aber das war ja schon bekannt, ehe ich einpennte.

Wie stehts nur mit dem Wasser? Der LI hatte da seinen Plan. Aber glaubt er noch daran? Das habe ich nun davon: nicht mehr auf dem laufenden. Nicht mal eine Ahnung, wie lange ich weg war.

Irgendwann hörte ich doch den Kommandanten: »Sobald es dunkel wird, müssen wir rauf.« Natürlich! Das war die Stimme des Alten! Sie rumort noch jetzt in mir: »Müssen rauf!«

Wie viele Stunden noch, bis es wieder dunkel wird? Dunkel – das muß doch genügen! Eine Schande, daß ich keine Uhr mehr habe!

Wie ich mich suchend umblicke, entdecke ich, daß unser Basthund verschwunden ist. Er baumelt nicht mehr von der Decke. Unter der Back kann ich ihn auch nicht erspähen. Da lasse ich mich von der Koje rutschen, gehe mit beiden Händen zwischen Gummistiefeln und Konservendosen auf die Knie und fummele im Dunkeln herum. Verdammt, Splitter! Ich erwische das Kopfkissen des Leitenden: Hoch damit! Dann Handtücher und Lederhandschuhe, aber den Hund nicht. Dieser kunstgewerbliche Köter ist der Talisman des Bootes. Der darf doch nicht verschwinden. Scheißkram verfluchter!

497

Als ich mich wieder hinsetzen will, fällt mein Blick auf den II WO. Er hat den Hund unter den linken Arm geklemmt, hält ihn an sich gedrückt wie ein Kind seine Puppe und schläft dabei fest.

Wieder kommt einer mit vorsichtig gesetzten Füßen, schweres Werkzeug in den ölverschmierten Händen, durch den Raum. Ich schäme mich, daß ich untätig bin. Ich kann mich nur damit trösten, daß der II WO samt dem seemännischen Personal auch nichts tut, ja, daß uns ruhiges Verhalten – Schlafen – befohlen ist. Wir haben sogar das schlechtere Los: dahocken, daliegen, hinstieren, Halluzinationen haben. Ich wünschte, ich dürfte wieder mit zupacken.

Um meine Gedanken zu beschäftigen, versuche ich, den Ablauf der Ereignisse zu rekapitulieren. Ich sehe den Obersteuermann von oben herabstürzen, höre Sekunden später die Detonation. Jetzt bin ich mir fast sicher, daß es zwei waren: ein Doppelschlag. Der Alte war sofort wieder auf den Beinen. Die Detonation hatte ihm das Turmluk aus der Hand gerissen. Das hätte ins Auge gehen können. Er hatte ja schon »Alarm!« gebrüllt und das Luk war noch nicht dicht. Ein Wunder überhaupt, daß der Alte schon in Deckung war, als es krachte. Sonst hätte es ihn wahrscheinlich zermantscht. Nur eine Sekunde länger auf der Brücke – und der Alte wäre ein toter Mann gewesen. Dann wäre der I WO zum Kommandanten aufgerückt. Gar nicht auszudenken!

Dann waren plötzlich die vielen Gesichter in der Zentrale. Aber der Alte brauchte nur einen Blick, um die Leute wieder auf ihre Tauchstationen zurückzuscheuchen. Dann der Auftauchbefehl, obwohl oben die ganze Mahalla alarmiert war. Der Ruderbefehl: »Einhundertundachtzig Grad!« Wie sich das alles überstürzte! Die Leuchtgranaten und der irrsinnige Dieselkrawall! Dabei kanns nur *ein* Diesel gewesen sein, der mit AK lief. Der zweite war ja ausgefallen. Der Alte, der tat, als gäbs die Tommies überhaupt nicht. Der blieb auf der Brücke und ließ den Diesel rennen. Nach Süden – mit allen Sachen, die noch rauszuholen waren, schnurstracks auf die nordafrikanische Küste zu. Weit konnte es dahin ja nicht sein. Welche Strecke wir wohl schafften? Zwei, drei Meilen? Jedenfalls verdammt kostbare Meilen, die uns aus der tiefen Rinne rausbrachten. Was hatte der Obersteuermann für die Mitte der Straße als Tiefe angegeben? Dreihundertundzwanzig bis neunhundertundachtzig Meter – das wars doch. Der Alte muß es gleich gewußt haben, daß das Boot beim zweiten Tauchen nicht mehr zu halten sein würde. Der hatte es im Urin, wieviel Wasser ins Boot gedrungen war. Mit Diesel mitten im Hausflur der Tommies – kaum zu glauben! Und dann, als wir aufgeprallt waren, seine Rede: »Typisch eine von den Situationen, in denen junge Kommandanten die Boote verlieren!« Ja, jetzt erinnere ich mich! Der Alte, dieser verwegene Hund, der ist bestimmt keine Sekunde zu früh getaucht. Aber jetzt – aber jetzt, hoffentlich ist der Alte jetzt nicht am Ende seines Lateins.

Diese verdammte Schnorchelei! Zuviel Spucke in der Mundhöhle. Vorher der ledertrockene Gaumen und nun diese Überproduktion. Die Speicheldrüsen sind eben auf diese Lebensweise nicht eingestellt.

Nur zwei von drei Booten saufen nicht gleich bei der ersten Unternehmung ab. Das gilt heutzutage als Faustregel: jedes dritte Boot geht also ziemlich gleich flöten. So gesehen gehört UA zu den begünstigten. UA hat schon allerlei Schaden angerichtet. Die Tommies zur Ader gelassen, wie es so schön heißt. Jetzt haben die Tommies den Spieß herumgedreht. Auch so dämliche Metaphern: Spieß herumgedreht – zur Ader gelassen.

Du mußt dich jetzt hinlegen, rede ich mir zu wie einem störrischen Kind, richtig langmachen! Du bist ja kurz vorm Schlappmachen.

Langlegen? Auf meine Koje turnen? Aber das kann ich doch nicht, wenn der Alte unablässig auf dem Posten sein muß, und die Maschinenpiepels sich abschuften!

»Ein jeder Tod muß seine Ursach haben!« – Zweimal, dreimal schießt mir der sächsisch eingefärbte Satz durch den Kopf. Dazu sehe ich den trüben Leichenwagenfahrer ganz nahe, wie er tiefsinnig nickt und übers Lenkrad auf die Straße glotzt: auch ein Fazit langjähriger Berufserfahrung – unterwegs zu einem Dorf in Mecklenburg. Um Swoboda abzuholen, der im Dorfteich ertrunken war. Der studentische Erntehelfer Swoboda, zwanzig Jahre alt wie ich und aus meiner Akademieklasse. Die mecklenburgischen Landleute setzten uns jeden Tag, auch noch bei der größten Sommerhitze, in Weckgläsern eingemachtes fettes Schweinefleisch und Kartoffeln vor. Nicht mal Senf war da. Dafür gabs Myriaden von Mücken. Swoboda war eines Abends verschwunden. Ich fand ihn mit dem Boot erst am nächsten Morgen: mitten unter spinatgrünen Wasserpflanzen, an einer Stelle, die nicht mal zwei Meter tief war. Auf Zehen stehend hätte er Luft bekommen müssen.

Swoboda hatte eine Haltung wie in einem Hockergrab und sah ganz weiß aus. Als ich seinen rötlichen Haarschopf zwischen all dem scharfen Grün entdeckte, mußte ich mein »He, hallo, hier!« dreimal lauter schreien, als ich wollte.

Ertrinken war Swobodas Todesursache. Warum er aber ertrunken war, wußte keiner: Swoboda war ein halbwegs guter Schwimmer.

Hier würden die Ursachen klarer zutage liegen: Sauerstoffmangel.

499

Unser Sauerstoff kann nicht mehr lange reichen. Sauerstoffmangel wäre gewissermaßen die direkte, die Fliegerbombe die indirekte Ursache für unser Hinscheiden. Einige Leute auf den Kojen sehen jetzt schon aus, als wären sie hinübergepennt: still, friedfertig mit ihren Rüsseln in den Mündern. Bei denen, die sowieso schon auf dem Rücken liegen, brauchte nur noch jemand die Hände zu falten.

Ich muß mich, ob ich will oder nicht, mit mir selber unterhalten: War diese Prüfung nicht hoch an der Zeit? Ich will dich in die Mangel nehmen, spricht der Herr, und dir den Arsch aufreißen, bis zum obersten Nackenwirbel, daß dir Heulen und Zähneklappern vergeht, spricht der Herr!

Da ist sie wieder: Die Angst, die mir von einer Stelle zwischen den Schulterblättern her bis hoch oben in den Hals steigt, mir den Brustkorb hebt und sich so breit macht, bis sie den ganzen Körper füllt. Sogar im Penis kann ich die Angst spüren. Erhängte, das weiß ich, haben oft einen steifen Pint. Oder ob das von etwas anderem kommt?

Der Kommandant der »Bismarck«, der hatte noch seinen Führer im Sinn, als es abkratzen hieß. Und das mußte er auch noch in Worte fassen und als FT hinauspusten lassen: ». . . bis zur letzten Granate . . . in Treue fest . . .« oder ein ähnlich erhebender Text. Das war ein Mensch nach dem Geschmack unseres I WO.

Wir hier sind für diese Art Fisimatenten schlecht eingerichtet. Edle Texte könnten wir in dieser Tiefe allenfalls dichten, aber nicht absetzen. Der Führer muß auf letzte Worte von UA verzichten. Hier reicht die Luft nicht mal zum Absingen des Deutschlandliedes.

Der gute Marfels, der ist schon hinüber. War ein Fehler, sich auf der »Bismarck« einzuschiffen. Eigentlich zum Kichern. Dem Abzeichensammler Marfels fehlte noch das Schlachtschiff-Kampfabzeichen. Deshalb mußte er sich zur Kasse drängen. Jetzt kann sich die jugendliche Witwe an dem nachgelassenen Klimperkram erfreuen.

Wie mags da bloß zugegangen sein, nachdem sie ihren Torpedotreffer in die Ruderanlage weghatten und bloß noch im Kreis herumschippern konnten? Die Bergungsschlepper »Castor« und »Pollux« sollten noch von Brest auslaufen, aber da war auf der »Bismarck« alles schon zu Schrott und Hackfleisch gemacht.

Dulce et decorum est pro patria . . . all der verdammte Quatsch!

Langemarck! Damit haben sie uns auch besoffen gemacht. Langemarckfeier – da mußte ich einen Riemen von Binding lernen und in der Aula vortragen. Wie ging der doch? Scharf nachdenken, Lider schlagen – schon habe ich den Text:

»Da geschah das Unvergleichliche: in nächtlichem Angriff – einem der unzähligen – in späten Oktobertagen des Jahres neunzehnhundertundvierzehn,

mitten im schon regnenden Feuer des Feindes, überglüht von wildem in rotem
Achatschliff erstarrten Gewölk der Schlacht sprangen Scharen von jungen Män-
nern, wie von einem Geiste geführt aus Furchen, von flacher Erde, zum Letzten
gefaßt, plötzlich empor und stürmten, den brausenden Gesang eines Liedes auf
den Lippen – gefolgt von anderen Singenden, die sie mitrissen –, in den Tod.«

Das sollte ich dem I WO mal vorbeten! Daran könnte er sich delek-
tieren: das Geistige – sozusagen in Reinkultur.

In meinem Kopf wirbelt es jetzt nur so von patriotischen Versen:
»Nur ein klangloses Wimmern,
ein Schrei voll Schmerz
entquoll dem metallenen Munde.

Eine Kugel hatte durchlöchert ihr Erz
um die Toten klagte die Wunde . . .«
». . . Und er taucht ihm den Kopf ein
und läßt ihn nicht frei,
bis der Ritter erstickt ist
im glühheißen Brei . . .«

Ein Glück, daß sie uns so viel eingepaukt haben, all diesen Mist,
der aber festsitzt.

»Er hat uns gerettet, er trägt die Kron,
er starb für uns, unsre Liebe sein Lohn . . .«

Ich strenge mich an, um das Durcheinander zu entwirren. Ver
gebens. Die Zeilen rutschen mir weg. Und jetzt sagt es in mir: »Epheser,
Philipper, Kolosser, Habakuk . . .«

Die Wasserleiche Swoboda, nicht gerade ein erhebender Anblick.
Wir sind wenigstens ordentlich angezogen. U-Boots-Päckchen. Swobodas weiße Haut, sein brandroter Schopf.

Aus den bösen Visionen heraus flüchte ich mich wieder zu Simone.
Ich sage mir ihren Namen mit stummen Lippen vor. Einmal, zweimal,
immer wieder. Aber die Beschwörung will diesmal nicht recht gelingen.
Simone erscheint nur wie auf ausgeblichten Fotos, sosehr ich an die
Wand gegenüber starre.

Auf einmal erscheint da Charlotte statt Simone. Ihre Kürbistitten,
das schwere Geläut. Wie sie es hin und her schwingen konnte, wenn
sie sich auf Knie und Hände stützte.

Jetzt dringen andere Bilder wie von unten her durch Charlottes
Konturen. Inge in Berlin. Die Stabshelferin Inge. Das von der Bahn-
hofskommandantur zugeteilte Zimmer. Ein Berliner Zimmer, eher
schon ein Saal. Kein Licht machen: die Verdunkelungsrollos fehlen.
Ich ertaste Inge. Die Schenkel breit, läßt sie mich in sich hineinfallen.
»Um Gottes willen, hör nich auf! Mach weiter! Hör jetzt bloß nich
auf. So und so und so!«

Inges Schluchzgesicht. Ihre nasse Zunge über mein Gesicht hin. Ihre triefenden Lippen. Die Spuckefäden, die pitschnassen Schamhaare. Ich führe meine Handfläche über ihre schleimigen, aufgequollenen Schamlippen. Ein Zittern durchläuft ihren Körper, als wäre er aus Gelee. Der Druck ihrer Schenkel. Ihre Hunnenritte. Das Aufbäumen, Taumeln, Ertrinken, der Duft, der aus ihrer Haut brach.

Und die jetzt? Das ist die Illustriertensekretärin. Dieses Lockengekräusel! Die hatte doch todsicher einen künstlichen Busen. Gummi. Warum behielt sie denn sonst immer die Klamotten an? Da half kein Zureden: die zog sich nie aus. Dabei scharf wie sonstwas. Aber immer erst dieses Getue. Was zu essen? Schnittchen? Und immer zwei Kerzen. Aber dann legte sie sich doch allmählich hintenüber nach all den Fisimatenten. Und immer den ganzen Fummel an dabei.

Fliegeralarm mittendrin. Fenster mit Kartonpappe reparieren. Der feine Mann zeigt sich erkenntlich.

Redefetzen kommen in mir hoch und ziehen wie Gasblasen durchs Bewußtsein: »Du mit deiner grauenhaften Vitalität! Vater im Sterben – und du hast nichts anderes im Kopf!«

Brigitte, die mit der Turbanmode: »J'aime Rambran ... parce qu'il a son style!« Damals brauchte ich Minuten, um zu begreifen, daß sie Rembrandt meinte.

Und jetzt die aus Magdeburg, mit dem ungewaschenen Hals und den Sommersprossen auf der Nase! Der halbgefüllte Aschenbecher mit dem benutzten Präser. Verdammte Schlamperei, diese Pensionsvetteln! Appetit verschlagen. Gleich das Genöle: »Na wasn los? Willste warten, bis Schnee kommt? Mann, was solln das? Protz endlich ab!« Und dann: »Nu mal langsam – ich laß mich doch nich kaputtrammeln!«

Die im Zug aufgegabelte Blondine erscheint, die ich für mich »Tittenlilly« nannte. Nicht mal den Namen weiß ich mehr von diesem beschissenen Nest, in dem wir Gasthäuser und Pensionen abklapperten. Mißtrauisch prüfende Blicke – und dann das Bedauern: »Leider alles besetzt!« Lange, das wußte ich, würde ichs nicht mehr aushalten, ich spürte die schmierige Feuchtigkeit schon zwischen den Beinen. Automatische Schmierung. Verrückt, wie das alles funktioniert! Noch keine Bleibe, aber die Schmierung arbeitete schon. Hinter den Häusern weit und breit nichts als flache Wiesen. Kein Gebüsch. Keine Möglichkeit, schnell ins Unterholz zu verschwinden. Mir zieht es noch jetzt die Schenkel zusammen, wenn ich nur daran denke, wie wir es noch mal probierten, noch mal und noch mal: »Hätten Sie wohl ein Zimmer frei?« bis wir fast schon am Ende dieses feinen Kaffs doch noch unter Dach kamen. Den Schlüssel rumgedreht, die Kleider runter – und dann wars auch schon geschehen – fürs erste: Uns blieben ja noch vierundzwanzig Stunden Zeit.

Wie auf einem schnell drehenden Karussell sehe ich die Halbnutte mit den gewaltigen hängenden Brüsten vorüberhuschen. »Truppenbetreuung!« sagte die auf die Frage, warum sie es gratis machte. Vom Gleiten und Schieben kam sie nicht in Fahrt. In Liegestützhaltung auf Händen und Zehen und dann wie das leibhaftige Donnerwetter senkrecht von oben – so wollte die es!

Deutlich erkenne ich eine Milchglasscheibe, die unterste von dreien in einer weißen Lacktür. Schemenhaft darauf ein Gesicht: Der verstoßene Ehemann auf allen vieren, der sich hinter dem Mattglas unsichtbar wähnte. »Guck ihn dir nur an – ja, guck ihn nur an, den Herrn Voyeur!«

Und jetzt die Märchenerzählerin: Die quatschte, während sie auf mir hockte mit angezogenen Knien, in aller Ruhe weiter, als wüßte sie gar nicht, was sich da unten tat. Wollte nicht, daß ich mich rührte. Machte auf kindlich: erzählte dabei Märchen. Wo hatte ich die bloß aufgegabelt?

Die beiden nackten Nutten im schäbigen Hotelzimmer in Paris, die will ich nicht sehen. Weg damit! Ich versuche, meine Gedanken auf Simone zu konzentrieren. Aber ich schaffe es nicht, Simone heranzuholen. Ich sehe vielmehr, wie die eine der beiden Nutten sich auf dem Bidet zwischen den Beinen wäscht, dicht unter einer Glühlampe ohne Schirm. Diese schlaffe käsige Haut. Die andere ist nicht besser. Sie hat die Strümpfe anbehalten und ihren angeschmutzten, verdrallten Strumpfhalter. Jetzt zieht sie aus einer abgewetzten Markttasche unter hektischem Geschwätz einen halben, schon abgezogenen jämmerlich kleinen Hasen hervor. Feucht gewordenes Zeitungspapier klebt in dunkelgrauen Flecken daran. Der Hals ist in der Mitte halb durchgetrennt. An der Hackstelle haben sich dunkelrote Blutgerinnsel gebildet. Die eine Nutte, die sich immer noch auf dem Bidet mit dem Gesicht zur Wand mit beiden Händen von unten her plätschernd bearbeitet, dreht wieder und wieder, schrille Obertöne ausstoßend, ruckartig den Kopf nach dem bläulich-weißen Hasenleichnam um, den ihr die andere am ausgestreckten Arm entgegenhält. Vor Begeisterung über diese Beute gerät sie ins Stottern, in prustendes Gelächter. Die mit dem Hasen in der Hand hat rote Schamhaare. Am rechten Oberschenkel, dicht daneben, klebt ihr ein handgroßes Stück von der feuchten Zeitung, in die der Hase eingeschlagen war. Ihr Bauch schwabbelt unter ihrem Gekicher, die schlaffen Brüste wabbeln mit.

Brechreiz quillt in mir hoch wie damals. Meine Kalipatrone beginnt sofort zu rasseln. Ich muß mich um gleichmäßige Atemzüge mühen. Aufpassen! Nur noch ans Atmen denken. Es ordentlich machen.

Vor allem muß ich aufpassen, daß ich nicht zu kräftig ausatme. Immer schön ruhig. Nicht hudeln. Aber wenn ich so aufpasse und mich anstrenge, es ja recht zu machen, entsteht viel zu viel Spucke. Ich weiß nicht, wie ich den Speicheldrüsen beikommen kann. Die Speicheldrüsen lassen sich nicht kommandieren. Den Atemrhythmus kann ich steuern, die Speicheldrüsen aber nicht. Die liefern, was sie wollen. Nie geübt, die Speicheldrüsen zu beherrschen.

Wenn wir uns gar nicht mehr rührten, auch den kleinen Finger nicht, müßte der Sauerstoffverbrauch doch in die Nähe von Null geraten. So hingestreckt, ganz und gar reglos, nicht mal die Lider schlagend, müßten wirs mit unseren Vorräten an Atemgas doch sicher noch eine gute Weile aushalten können, viel länger als die Normzahlen lauten.

Die Lungenbewegungen an sich, die verbrauchen ja auch schon Sauerstoff. Also: Ganz flach atmen, nur ja nicht mehr inhalieren, als der Körper für seine nicht abstellbaren Funktionen braucht.

Aber was wir hier durch Reglosigkeit an Sauerstoff sparen, das verbrauchen die Leute, die sich achtern an den demolierten Maschinen abplagen. Die treiben Raubbau an unseren Vorräten. Die schlucken uns den ganzen guten Sauerstoff vom Mund weg.

Hin und wieder kommt von achtern dumpfes Gedröhn. Jedesmal schrecke ich auf: Im Wasser wird der Schall fünffach verstärkt! Die Jungs tun sicher, was sie können, um Lärm zu vermeiden. Aber wie sollen sie mit dem schweren Werkzeug lautlos arbeiten . . .

Wenn ich an die Lärmhölle in der Bunkerwerft denke – und mir dann vor Augen halte, daß die Kameraden achtern mit ihren riesigen, schweren Schraubenschlüsseln kaum irgendwo anstoßen dürfen, wenn sie nicht die Tommies auf uns hetzen wollen!

Die Taucher, die aus zu großer Tiefe zu schnell hochkommen, ersaufen im eigenen Lungenblut, heißt es. Das erschien mir immer irre: im eigenen Blut ersaufen. Was sind das für Zusammenhänge. Tiefenrausch – das gibt es auch. Da soll man keine klare Übersicht mehr haben. Wie narkotisiert sein.

Der I WO kommt von einem Kontrollgang zurück. Er muß von Zeit zu Zeit nachsehen, ob alle Schläfer ihren Schnorchel noch richtig im Mund haben. Die blonden Haare kleben ihm schweißnaß auf der Stirn.

Ich kann von seinem Gesicht nicht viel mehr als die Backenknochen erkennen – die Augen liegen im Dunkel.

Den Leitenden habe ich lange nicht mehr gesehen. Ich möchte nicht in seiner Haut stecken. Das ist zu viel auf einmal, was dem Mann zugemutet wird. Wenn ers nur durchsteht.

Der Alte erscheint auf leisen Sohlen. Als er noch zwei Meter von der Back weg ist, bumst es achtern wieder einmal. Da verzieht der Alte wie unter einem plötzlichen Schmerz das Gesicht.

Der Alte trägt keine Kalipatrone. »Na wie gehts?« fragt er, als wüßte er nicht, daß ich mit dem Rüssel im Mund nicht reden kann. Ich hebe zur Antwort leicht die Schultern und lasse sie wieder fallen. Der Alte wirft schnell noch einen Blick in die OF-Messe, dann verschwindet er wieder.

Obwohl ich vor Übermüdung zusammensacken könnte, ist an Schlaf nicht mehr zu denken. In meinem Gedächtnis schieben sich Bilder wie Karteikarten hoch. Die Haarnetztante erscheint, die hochgestochene Tante Bella, die Christian-Science-Lady, die mit allen Weihwassern gewaschene Gesundbeterin. Das war ein feiner Betrieb: Die Haarnetze kamen in riesigen Klumpen aus Hongkong. Zentnerware. Die Tante Bella hatte sich elegante Kuverts mit Klarsichtfeld und feinen Textchen drucken lassen, und da saß sie nun mit drei fleißigen Mäuschen, und gemeinsam fummelten sie die Haarnetze vom Klumpen ab und steckten sie einzeln in die lichtvioletten Kuverts, und schon kostete so ein Haarnetz fünfzigmal soviel wie eben noch. Tante Bella hatte ein gutes Dutzend Vertreter laufen. Später erfuhr ich, daß sie mit Präservativen genauso verfuhr wie mit den Haarnetzen – aber das geschah spät abends. Ich stellte sie mir oft vor, wie sie konzentriert und emsig vor einem Haufen blaßrosa Präser saß wie vor einem Berg Hammelgedärm, das Durcheinander mit flinken Händen sortierte und in ihre kleinen Briefchen fingerte. Faber hieß die Tante Bella: Bella Faber. Der Herr Sohn, Kurtchen Faber, sah aus wie ein Hamster von dreißig Jahren. Er war es, der die Vertreterkolonne leitete. Friseure waren die Hauptkunden. Onkel Erich, Tante Bellas Mann, stellte inzwischen Automaten auf. In Klos von miesen Kneipen. »Drei Stück 1 R-Mark.« Mit jedem Kneipenwirt mußte der Onkel Erich auf seinen Automaten-Füll-Rundfahrten einen heben. Und dann wieder aufs Fahrrad, in der einen verriebenen Aktentasche die R-Markstücke, in der anderen die Präser, und wieder runter, einen heben, Geld raus aus dem Automaten, Präser auffüllen, noch einen heben. Das hielt er nicht lange aus, der gute Onkel Erich mit der silbernen Fahrradklammer in der Hose, die er nie abnestelte; auch zu Hause nicht. Er kippte zwischen zwei Automatenstandplätzen vom Rad und war hin. Die Polizei schaffte ihn weg. Die werden gestaunt haben über die vielen Markstücke und die vielen Präser in seiner Tasche.

Auf einmal sehe ich, daß der II WO das Mundstück der Kalipatrone nicht mehr im Mund hält. Wieviel Zeit ist vergangen, seit er ohne Schnorchel atmet? War ich selber eine Weile weg? Ich rüttele den II WO an der Schulter, aber damit entlocke ich ihm nur ein Brummen. Erst als ich ihn heftiger anstoße, zuckt er zusammen und starrt mir entsetzt ins Gesicht, als sei ich eine grausige Erscheinung. Es dauert Sekunden, bis er sich zurechtfindet, verwirrt nach seinem Schnorchelmundstück greift und emsig, als wolle er mir vormachen, wie gut ers kann, daran zu saugen beginnt. Gleich schläft er wieder ein.

Begreifen werde ich es nie, wie der II WO das schafft. Wenn er nur so täte, als ob er pennte – aber nein, er ist wirklich schon wieder hinüber. Fehlte nur noch, daß er schnarchte! Ich kann meinen Blick gar nicht wieder vom schlafflachen, bleichen Gesicht des Babyofficers losreißen. Neid? Oder kratzt mich Enttäuschung darüber, daß ich mich ihm jetzt nicht einmal durch Blicke und Gesten mitteilen kann?

Jetzt hält es mich nicht mehr länger auf dem Sofa. Hier schlafen mir ja noch die Glieder ein. Also hoch und in die Zentrale.

Im Funkschapp wird immer noch repariert. Die beiden Maate haben sich eine starke Birne eingedreht und arbeiten ohne Schnorchel. Anscheinend kommen sie mit der Funkenpusterei nicht zurecht. Uhrmacherkram. Da werden wohl auch die nötigen Ersatzteile fehlen. »Nicht mit Bordmitteln hinzukriegen«, höre ich Herrmann sagen. Immer dasselbe: »Nicht mit Bordmitteln . . .« Als ob wir die Wahl hätten.

Die Notlampen der Zentrale geben einen häßlichen Schein, der die dicke Luft nur schwach durchdringt. Die Wände werden nicht erreicht. Sie bleiben im Dunkel. Drei, vier schemenhafte Gestalten schuften an der Vorderseite, geduckt wie Bergleute vor Ort. Gegen den Kartentisch gestemmt mit aufgelegten Unterarmen, also mir abgekehrt, der Alte, reglos die Seekarte fixierend. In der dunklen Brühe liegen immer noch auseinandergenommene Maschinenteile. Auch auf den Flut- und Lenzverteilern sehe ich Brocken, die da nicht hingehören. Wahrscheinlich Stücke von der Hauptlenzpumpe. Im Hintergrund geistert der Lichtkegel einer Taschenlampe über die Armaturen und Ventile hin. Mit Mühe kann ich im Halbdunkel das bleiche Manometerauge ausmachen. Der Zeiger steht auf der Zahl zweihundertachtzig. Ich starre den Zeiger an, als würde ich es selber nicht glauben: zweihundertachtzig. So tief war noch kein Boot.

Es wird immer kälter. Nun ja, viel Körperwärme dünsten wir sicher nicht mehr aus, und an Heizen ist gar nicht zu denken. Wie kalt mag es draußen sein?

Gipsaltar, sagt es in mir: Gibraltar – Gipsaltar.

Jetzt kommt Gott sei Dank der Leitende von achtern. Er bewegt sich wieder geschmeidig wie immer. Hat er einen Sieg errungen? Der Alte wendet sich ihm zu, macht »hm« und »ja?«

Sosehr ich auch die Ohren spitze, ich kann doch nur erfahren, daß alle Wassereinbrüche stehen.

Kein Zeichen der Befriedigung auf dem vom halben Licht verblaßten Gesicht des Alten.

»Vor der Dunkelheit können wir ja sowieso nicht auftauchen!«

Zu diesem Argument des Alten kann ich nur nicken. Am liebsten würde ich jetzt einwerfen: »Können wirs denn dann?«

Ich fürchte, daß der Kommandant und auch der Leitende mehr auf Hoffnung als auf Gewißheit setzen.

Der Mann, der eben von achtern nach vorn durch die Zentrale kam, hat zweifellos gehört, was der Alte sagte. Es würde mich nicht wundern, wenn der Alte den Satz mit dem Verbum »auftauchen« nur für die Ohren dieses Mannes formuliert hätte, damit der jetzt vorn erzählt: »Der Alte hat eben was von Auftauchen gesagt.«

Ich bin mir immer noch nicht im klaren, wieviel an der Zuversichtsmiene des Alten Schauspielerei ist – und wieviel Überzeugung. Wenn er sich unbeobachtet fühlt, sieht er jedenfalls um Jahre gealtert aus: zerfurcht, alle Gesichtsmuskeln schlaff, die geröteten Lider verquollen und halb gesenkt. Mit seinem ganzen Körper drückt er dann Resignation aus. Jetzt hält er sich, mit dem Rücken angelehnt, gerade: die Arme über der Brust verschränkt, Kopf leicht zurückgelegt, steif, als müsse er für einen Bildhauer Modell stehen. Ich kann nicht mal sehen, ob er atmet. So steif und unbeweglich wie der Alte dasteht, könnten ihn Spinnen einspinnen. Aber Spinnen haben wir nicht übernommen. Nirgends an Bord gibt es Spinnennetze. Wer weiß, warum sich Spinnen hier nicht halten. Wahrscheinlich ist es ihnen bei uns zu feucht und mal zu warm und dann wieder zu kalt. Dieser strapaziöse Wechsel bekommt anscheinend nur unserer Fliege. Sie muß ein besonders resistentes Biest sein. Ein Fliegenbock vielleicht? Mir kams schon mal so vor, als hätten wir zwei Fliegen in unserer Seekriegsröhre – aber jetzt glaube ich nicht mehr recht daran. So lange jedenfalls nicht, bis ich zwei Fliegen auf einmal zu sehen bekomme. Unser Fliegenbock kann ja ein raffiniertes Aas sein und seine Verdoppelung nur vortäuschen wie die Soldaten im Burenkrieg. Seine Flugbahnen lassen sich nicht verfolgen. Wenn er sich eben in der Zentrale entdecken ließ, kann er gleich darauf wieder den altgewohnten Messegast mimen.

Ich habe mich, ohne daß es mir richtig bewußt wurde, in den Ring des vorderen Kugelschotts gehockt.

Plötzlich ist das Gesicht des Alten über mir. Hat er etwas gesagt?

Ich muß einen völlig verstörten Eindruck machen, als ich mich hoch-reppele, denn der Alte bringt ein beruhigendes »na, na, na« hervor. Dann fordert er mich mit einer Bewegung des Kopfs auf, ihn nach achtern zu begleiten. »Müssen uns achtern ja auch mal sehen lassen.«

Ich fingere den Gummistutzen heraus, schlucke die Spucke hinunter und schöpfe einen Zug Luft durch den Mund. Wortlos folge ich dem Alten. Erst jetzt sehe ich, daß einer auf der Kartenkiste hockt: Turbo. Sein Kopf hängt so schlaff auf der Brust, als wäre sein Rückgrat gebrochen. Und jetzt kommt uns einer entgegen: Zentralemaat Isenberg. Er wankt vor Erschöpfung wie ein Betrunkener. In der linken Faust hat er lange Metalleisten und Elektrokabel, in der rechten hält er eine große Rohrzange, die er schräg von sich weg einem am Boden Hockenden reicht.

Der Alte bleibt in Höhe des verwaisten Tiefenruderstands stehen und betrachtet die düstere Szenerie. Der Zentralemaat hat uns noch nicht bemerkt. Plötzlich aber, als sein Gesicht vom Patschen meines Stiefels zu uns herumgezogen wird, richtet er sich auf, versucht gerade zu stehen, sein Mund öffnet und schließt sich wieder.

»Na, Isenberg?« macht der Alte. Jetzt schluckt der Zentralemaat, bringt aber kein Wort hervor.

Der Alte macht einen Schritt seitlich auf ihn zu und legt ihm seine Rechte auf die Schulter, eine Sekunde nur. Aber so kurz die Berührung auch ist, der Taubeohrenwilli blüht unter ihr auf. Und nun zerrt er sogar ein zutunliches Grinsen aufs Gesicht. Der Alte macht zwei, drei kurze Kopfnicker und setzt sich schwerfällig in Bewegung.

Ich weiß, daß der Zentralemaat jetzt hinter unseren Rücken mit seinen Leuten Blicke wechselt: Der Alte! Unser Alter hats noch immer geschafft!

Im U-Raum sind die Flurplatten noch aufgeklappt. An der Batterie II wird also immer noch gearbeitet. Oder wieder gearbeitet. Ein von Schweiß und Ölstriemen verschmiertes Gesicht richtet sich wie aus einer Bühnenversenkung von unten her hoch. Am breit gestutzten Bart erkenne ich den E-Maat Pilgrim. Wieder stummes Spiel: Zwei, drei Sekunden lang wechseln der Alte und Pilgrim Blicke. Dann grient Pilgrim übers ganze schwarz gestriemte Gesicht. Der Alte läßt nun ein fragend ansteigendes: »Naaa?« hören. Dann nickt er, und Pilgrim nickt beflissen zurück. Auch er ist getröstet.

Nach achtern ist schwer durchzukommen. Der flinke Pilgrim versucht, ein Stück der Bodenbretter von unten her so zurückzukippen, daß wir Platz zum Aufsetzen der Füße gewinnen.

»Laß man«, sagt der Alte und traversiert wie ein Bergsteiger, den Bauch gegen die Kojengitter gedrückt, auf der schmalen Standleiste hin weiter nach achtern. Ich habe die Wahl und nehme Pilgrims Hilfe an.

Das Schott zur Kombüse steht offen. In der Kombüse ist aufgeklart. »Prima«, murmelt der Alte, »war zu erwarten.«

Auch das nächste Schott, das zum Dieselraum, steht offen. Gewöhnlich muß man es, wenn die Diesel laufen und Luft saugen, mit Kraft gegen den Unterdruck, der dann im Dieselraum herrscht, aufstemmen. Aber jetzt ist das wuppernde Herz unseres Schiffes ja tot.

Schwaches Handlampenlicht, an das sich die Augen schnell gewöhnen. Mein Gott, wie sieht es hier aus! Die Laufroste sind entfernt. Die blanken Bodenplatten auch. Erst jetzt werde ich gewahr, wie weit hinunter die Diesel reichen. Zwischen ihren Fundamenten kann ich ein Tohuwabohu schwerer Maschinenteile ausmachen – Ölwannen, Werkzeuge, Dichtungen. Das ist kein Maschinenraum mehr, sondern eine Ausschlachthöhle. Alles trieft von schwarzem Schmieröl, ausgelaufenem schwarzem Maschinenblut. Eklige Lachen haben sich auf den Waagerechten gebildet. Klumpige Putzwolle liegt herum. Überall Fetzen von Lumpen, verschmutzte Packungen, gekrümmte Rohrstücke, schwarz befingerte Asbestplatten, fettige Bolzen und Muttern.

Flüsternde Stimmen, das dumpfe Anschlagen eines Werkzeugs.

Während Johann mit dem Alten flüstert, arbeitet er mit einem riesenhaften Schraubenschlüssel weiter. Ich habe nicht geahnt, daß wir so schweres Werkzeug an Bord haben. Johanns Bewegungen sind genau abgemessen, kein nervöses Danebenlangen, kein Zittergriff.

»Leckstützbalken halten dicht!« höre ich.

Das Wort »Balken« irritiert mich wieder. Holz zwischen all dem Stahl? Balkensperre – die kommt im Marinevokabular vor. Aber was gibt es sonst mit »Balken«? Wasser hat keine Balken – Balken, Balken – Balken im Auge.

Da sehe ich tatsächlich die Balken. Es sind Vierkanthölzer, etwa 12 × 12 Zentimeter. Sie sind mit Keilen festgesetzt wie Stempel im Bergwerk – genau nach der gleichen Methode. Die schiere Zimmermannsarbeit zwischen all dem Stahl und Eisen! Wo steckte das Holz nur? Ich habe hier an Bord Balken nie gesehen.

Ich weiß nicht, woher Johann seine Ruhe nimmt. Vergißt er einfach, daß wir zweihundertundachtzig Meter Wasser über uns haben, und daß der Sauerstoffvorrat demnächst zu Ende geht? Der Alte guckt hierhin und dorthin. Er geht in die Hocke und läßt sich auf die Knie sinken, um näher an die Leute heranzukommen, die unterhalb der Bodenbretterhöhe in Fakirverrenkungen schuften. Er sagt kaum einen Ton, brummt nur ein bißchen vor sich hin und bringt sein übliches langgezogenes »Naaa?« an.

Aber die Blicke, die die Ölverschmierten aus ihren engen Schächten auf den Alten richten, gelten einem Wundertäter. Der Glaube der Leute an die Fähigkeit des Alten, uns hier herauszubringen, muß grenzenlos sein.

Betont langsam, mit Bewegungen, die so ausführlich sind, als wolle er ihren Ablauf in Phasen teilen, steigt der Alte über die Maschinenteile.

Am achteren Ende des Steuerborddiesels sind im Schein von Handlampen zwei, drei Leute in verkrümmten Stellungen an den Dieselfundamenten zu erkennen, die große Dichtungen schneiden.

»Wie siehts denn sonst so aus?« fragt der Alte halblaut und mit einem warmen Klang in der Stimme, als erkundige er sich nach der Gesundheit von Frau und Kindern.

Ich kann im Winkel zwischen seinem stützenden Arm und seinem Körper nun auch den Leitenden erspähen. ». . . dutzendweise Spanten gerissen!« höre ich ihn flüstern, ». . . kommt ja nirgends richtig ran!«

Sein Gesicht wird jetzt überscharf von einer Handlampe beleuchtet. Die Übermüdung hat ihm grünliche Halbringe unter die Augen gelegt. Seine dunklen Augen glänzen fiebrig: Die Falten in seinem Gesicht haben sich tief gelegt. Der Leitende sieht aus, als wäre er über Nacht um zehn Jahre gealtert.

Den Körper des Leitenden kann ich nicht sehen. Nur das grell angestrahlte Gesicht. Ich erschrecke, als das bleiche, bartgerahmte Holoferneshaupt wieder spricht: »Die Kühlwasserleitungen hats auch zur Minna gemacht. Ziemlich gründlich sogar! – Löten – Steuerborddiesel, Herr Kaleun – wahrscheinlich – fällt ganz aus – nicht mit Bordmitteln – haut sonst hin – nicht im Trimm – Wellenlager . . .«

Irgend etwas, so erfahre ich, läßt sich nur mit schweren Hämmern wieder ins Lot bringen. Der Kommandant und der Leitende sind sich einig, daß ein Arbeiten mit schweren Hämmern nicht in Frage kommt.

Wieder die Stimme von unten: »Gott sei Dank – läßt sich gut an – halbwegs in Schuß – Tüdelkram verdammter – mehr was für Uhrmacher . . .«

Der Alte knurrt: »Haut ja prima hin – das macht sich ja!« und zu mir gewandt, als hätte er eine sehr vertrauliche Mitteilung zu machen, doch so laut, daß alle sein Flüstern hören können: »Eben gut, wenn man nur richtig ausgebildete Spezialisten an Bord hat!«

Der besudelte E-Raum entsetzt mich genauso wie der Dieselraum: Das hier ist nicht mehr unser steril sauberes Elektrizitätswerk, in dem alle Maschinenteile unter Stahlhauben verborgen waren. Jetzt sind die Verkleidungen weggerissen, die Bodenplatten entfernt, die Innereien liegen bloß zutage. Auch hier überall schmierige Twiste, Holzstücke, Werkzeuge. Auch Keile, Kabel, Handlampen, ein Drahtnetz. – Und immer noch Wasser unten. Dieser Anblick hat etwas Obszönes. Hier sieht es nach Schändung aus. Der E-Maat Rademacher liegt auf dem Bauch. Seine Halsschlagadern sind vor Anstrengung weit herausgetreten. Er versucht, mit einem riesigen Schraubenschlüssel Fundamentmuttern festzuziehen.

»Ne Masse Flurschaden!« sage ich.

»Flurschaden ist gut«, meint der Alte, »gleich kommt der Zahlmeister und besichtigt den zertrampelten Salat, dann reguliert er die Lappalie aus der Gesäßtasche – unbürokratisch!«

Rademacher hört ihn und will sich hochraffen, aber der Alte drückt ihn an der Schulter zurück. Dann nickt er und schiebt seine Mütze in den Nacken. Rademacher grient.

Ich entdecke eine Uhr: zwölf Uhr. Da muß ich *doch* hin und wieder geschlafen haben. Bald Mittagszeit. Wie die Uhr nur die Detonation überstanden hat! Mein Blick fällt auf eine leere Flasche. Durst! Woher kriege ich bloß was zu trinken? Wie lange ist es her, seit es was zu trinken gab? Hunger habe ich keinen. Zwar hohlen Bauch, aber keinen Hunger. Dafür aber diesen höllischen Durst.

Da ist noch eine Flasche – eine halbvolle. Aber ich werde mich schön hüten, Rademacher den Saft wegzutrinken.

Der Alte steht bolzensteif und sinniert, den Blick auf den Bodenverschluß des Heckrohrtorpedorohres gerichtet. Macht sich der Alte ein Resümee?

Plötzlich überkommt mich die Erinnerung an den italienischen Postbusfahrer, mit dem ich, als ich zwanzig war, vom Tal aus mit meinen Skiern auf die Seiser Alm hinauffahren wollte. Der war genauso wie die Piepels hier bis über die Ellbogen hoch ölverschmiert. Den Motor hatte er, so schien mirs, gründlich zerlegt. Und in zwei Stunden sollte es losgehen. Ginge es auch, sagte er mir. Und das Wunder geschah – das sollte ich dem Alten erzählen! Aber da käme ich jetzt schlecht an. Eine deprimierende Szenerie: Der bäuchlings herumfuhrwerkende Rademacher und der erstarrte Alte.

Endlich erinnert er sich meiner Gegenwart, ruckt herum und murmelt: »Da wollen wir mal wieder.« Also noch einmal der beschwerliche Weg hindurch zwischen den Verdammten, den Bejammernswerten und Trostbedürftigen! Erst durch die Wiederholung prägt sich das Schauspiel richtig ein.

Aber diesmal tut der Alte so, als gebe es nichts zu bemerken, als sei alles in Ordnung. Ein paar halbe Kopfnicker hierhin und dorthin und damit sind wir wieder in der Zentrale. Der Alte tritt ans Kartenpult.

511

Die Orangen! Natürlich: Wir haben doch Orangen von der »Weser«! In den Bugraum sind zwei Kisten Orangen gekommen, vollreife Orangen. Dezember: beste Orangenzeit! Ich spüre, wie mir das Wasser im Mund zusammenlaufen will. Meine Rachenhöhle ist aber mit zu viel zähem Glibber ausgeschlagen. Mein ganzer Mund eine einzige halbtrockene Schleimerei. Die Speicheldrüsen kommen dagegen nicht an. Aber mit Orangen müßte das alles hinuntergehen.

In der Oberfeldwebelmesse ist kein Mensch zu sehen. Die Techniker sind alle achtern. Der Obersteuermann war zuletzt in der Zentrale. Wo aber treibt sich der Bootsmann herum?

Ich versuche, das Schott zum Bugraum möglichst leise zu öffnen. Wenig Licht – wie üblich. Eine einzige schwache Lampe. Es dauert eine gute Minute, bis ich bei diesem Funzellicht die Szenerie erkennen kann: Alle Piepels liegen auf den Kojen und in den Hängematten und pennen. Auch auf den Bodenbrettern – fast bis ans Schott heran, liegen welche dicht aneinander wie Clochards, die sich gegenseitig wärmen wollen.

Noch nie sah ich so viele Leute im Bugraum zusammengepfercht Plötzlich wird mir klar, daß ja jetzt nicht nur die Freiwächter, sondern auch die Lords, die jetzt eigentlich Wache hätten, im Bugraum liegen – doppelte Besetzung also.

Ich lasse den Lichtkegel der Stablampe über die Körper tasten. Hier siehts aus wie auf einem Leichenfeld. Schlimmer noch: wie nach einem Gasangriff. Wie plötzlich niedergebrochen und unter Schmerzen verkrümmt liegen unsere Leute im Halbdunkel – als hätten die Masken nicht gegen ein neues vom Gegner eingesetztes Gas schützen können.

Eine Beruhigung, daß ich Schlafzüge und dumpfes Schnarchen hören kann.

Wahrscheinlich würde es gar keiner merken, wenn der Leitende den Sauerstoffzusatz abstellte. Die würden wohl genauso friedlich weiterpennen, hinüberpennen mit ihren Saugrüsseln vor den Schnauzen und den Kalipatronen auf dem Bauch. Schlafe mein Kindlein, schlaf ein . . . Hinübergepennt, eingeduselt für Volk und Führer . . .

Bewegt sich da nicht einer halbgebückt? Es ist Hacker, der Torpedomechanikersmaat. Er steigt vorsichtig über die Körper, als suche er einen Bestimmten. Hacker muß wachen und aufpassen, daß keiner den Saugrüssel der Kalipatrone aus dem Mund verliert.

Ich suche jetzt auch mit tastendem Fuß Grund. Ich muß ihn zwischen Körper zwängen. Nicht mal zum Aufsetzen meines Fußes ist hier Platz. Ich muß Spalten ertasten, meinen Fuß wie einen Keil zwischen die verkrümmten Körper schieben und aufpassen, daß ich

512

mich nicht in einem Schnorchelrüssel wie in einer Schlinge verfange.

Die Orangen müßten ganz vorne bei den Bodenverschlüssen gestaut sein. Endlich ertaste ich eine Kiste und dann auch eine Frucht. Ich wiege sie in der Hand: schwer und groß. Ich schlucke. Jetzt kann ich es nicht mehr erwarten: So wie ich dastehe, mit beiden Füßen zwischen Körpern, Armen oder Beinen, fingere ich den Schnorchel aus meinem Mund und schlage die Zähne in die dicke Schale. Erst mit dem zweiten Biß erwische ich Fruchtfleisch. Saugend und schmatzend verleibe ich mir den Saft ein. Eine Menge davon läuft mir die Mundwinkel hinab, tropft auf die Schläfer. Diese Wohltat! O diese Labsal! Hätte längst daran denken sollen.

An meinem linken Fuß bewegt sich einer. Eine Hand greift mir an die Wade. Ich erschrecke, als hätte mich ein Polyp gepackt. Bei diesem schwachen Licht kann ich nicht einmal sehen, wer es ist. Ein Gesicht stemmt sich mir entgegen: eine grausige, rüsselbewehrte Lemure. So aus dem Halbdunkel von unten herauf hochkommend, erschrickt mich der Mann zu Tode. Ich kann immer noch nicht erkennen, wer es ist: Schwalle oder Dufte? Ich stammele: »Verdammt gut, die Orangen!« Aber Antwort kommt nicht.

Der immer noch herumgeisternde Hacker kommt in meine Nähe, fingert sein Mundstück heraus und brummt: »Keine gute Akustik.« Im Lichtkegel meiner Stablampe zieht ihm Spucke in langen Fäden vom Kinn herab. Geblendet schließt Hacker die Augen.

»Entschuldigung!«

»Ich such den Schmutt«, flüstert Hacker.

Ich zeige in eine dunkle Ecke nahe am Schott: »Da – das dort müßte der Schmutt sein!«

Hacker steigt balancierend über zwei Leute hinweg, beugt sich nach unten und sagt halblaut: »Los, reise, reise – Katter! Hoch und los. Die achtern brauchen was zu saufen.«

In der O-Messe hat sich nichts verändert. Der II WO lehnt noch in seiner Ecke und schläft. Ich lange mir eins der zerfledderten Hefte aus dem Bord und zwinge mich zum Lesen:

»Gaston de Vernon verkehrte jetzt viel bei John White, sie freundeten sich nach dem Geheimnis, das sie beide teilten, sehr an. Cinta Morena traf er niemals auf seinen verschiedenen Gängen durch die Stadt. Das war ihm angenehm . . .«

Meine Augen tasten die Zeilen ab. Sie gleiten in gewohntem Tempo von links nach rechts und registrieren jede Silbe, jeden einzelnen Buchstaben, aber währenddessen schweifen meine Gedanken ab. Fehlschaltungen bilden sich in meinem Hirn. Ganz andere Texte als der gedruckte, den ich vor Augen habe, schieben sich ein: Die versunkenen Boote – was wird aus denen? Kehrt die im Atlantik gesunkene U-Boots-Armada eines Tages wieder, angetrieben zwischen Muscheln und Tang? Oder liegen die Leute wohlbewahrt wie in Spiritus für die nächsten zehntausend Jahre hier unten? Und wenn doch eines Tages Mittel gefunden würden, den Urgrund der Meere abzusuchen und die abgesoffenen Boote zu heben? Wie würden wir, wenn so ein Boot dann aufgeschweißt würde, wohl aussehen?

Eigentlich müßten wir den Bergungsleuten ein wunderlich friedvolles Bild bieten. In anderen abgesoffenen Booten siehts sicher schlimmer aus. Da sind die Piepels wahrscheinlich ineinandergekrampft, oder sie treiben aufgequollen zwischen den Dieselblöcken. Wir sind ein Ausnahmefall. Wir liegen im Trockenen.

Unsere Konserven sind dann sicher noch eßbar. Kein Sauerstoff, also auch kein Rosten. Und außerdem ohnehin bestens haltbare U-Boots-Qualität. Die Bergung müßte sich lohnen: Wir haben jede Menge verwertbarer Sachen an Bord. Nur die Bananen, die Ananas, die Orangen – die sind dann sicher hinüber.

Und wir selber? Wie weit vergammeln überhaupt Leichen ohne Sauerstoff? Was wird aus fünfzig Blasen voll Urin, aus den Frikadellen und dem Kartoffelsalat in unseren Gedärmen, wenn der Sauerstoff alle ist? Wird da nicht auch der Gärprozeß gestoppt? Werden U-Boot-Leichen etwa dürr und trocken wie Stockfisch oder wie die Bischöfe, die es hoch über Palermo in Piana degli Albanesi zu besichtigen gab? Dort lagen sie unter den Altarbildern in Glaskästen, geschmückt mit Brokatseide, bunten Glassteinen und Perlen: häßlich, aber dauerhaft. Das war eben der Unterschied: Die Bischöfe hat man ausgeschlachtet. Aber sie stanken ja trotzdem noch, wie nur Stockfische stinken können, durch ihre Glasscheibe hindurch, wenn es ein paar Tage hintereinander regnete.

Ich schlucke, presse die Lippen um das Mundstück und lese weiter:

»Stärker als in der Zeit seiner Verliebtheit in Cinta sah er im Geiste immer wieder die blonde Fränze Mallentin. Eines Tages traf er bei White eine hübsche blonde Frau, die junge Witwe eines Neuyorker Arztes. Sie war eine Cousine von White, hatte fabelhaft dickes blondes Haar und blaue Augen.«

Da kommt mir unsere Bordfliege in den Sinn. Ich sehe ein nach Jahren gehobenes Boot, zottig dunkelgrün bewachsen, Muscheln in dicken Klumpen überall. Das Turmluk wird aufgebrochen, und heraus schwirren Millionen feister Fliegen. Großaufnahme von Millionen Panzerkreuzer-Potemkin-Maden, die über den Süllrand quellen. Wie

Grind bedecken Millionen und aber Millionen von Filzläusen die fünfzig Kadaver der Besatzung.

Sachlich bleiben, sage ich mir. Wieviel Luft brauchen denn Fliegen? Wie lange können Sackratten ohne Sauerstoff existieren? Die müßten tatsächlich mit sehr wenig auskommen und sich noch fleißig vermehren können, wenn das Atemgas für unsereinen schon nicht mehr reicht.

Ich gebe mir einen Ruck: los weiterlesen!

»Sie besaß keine Ähnlichkeit mit Fränze Mallentin, aber ihm schien es so, und deshalb gefiel ihm Ellen Hunter. Auch er gefiel ihr, White spielte ein bißchen Vorsehung, seine Frau half ihm dabei . . .«

Auf einmal erheitert mich die Absurdität dieser mühsamen Lektüre. Ich könnte laut herauslachen, aber mit dem Saugrüssel im Mund geht das nicht. Ich lasse die Schwarte sinken und brabbele lautlos vor mich hin:

»Hier liegt Anselm Feuerbach,

der im Leben manches malte.

Fern von seiner Heimat, ach!

die ihn dafür so schlecht bezahlte . . .«

Gereimtes, das merke ich immer wieder, hilft mir gut über die Runden. Da gab es doch eine Menge Verse, mit denen wir als Kinder die Erwachsenen entsetzten. Mal sehen:

»Er wollte mal, er konnte nicht, er hatt ihn in der Hand,

da ist er voll Verzweifelung die Stube lang gerannt.

Er wollte mal, er konnte nicht, das Loch war viel zu klein,

er kriegte nicht den Kragenknopf zum Oberhemd hinein.«

Und dann der Vers mit Auguste »... wenn de nich willst, dann mußte.«

Ich probiere es mit »tamtatatam«, aber sosehr ich mich auch anstrenge, ich bekomme den Reim doch nicht zusammen.

»Dämmerung!« höre ich aus der Zentrale. Wie hieß das: Morgendämmerung, Abenddämmerung? Alles gerät mir durcheinander.

Die Flüsterstimmen kommen näher. Der Alte erscheint und hinter ihm der Leitende.

Der Leitende berichtet dem Alten. Dem Leitenden scheinen neue Kräfte zugewachsen zu sein. Er ist wie ein Boxer, der neuen Dampf aufmacht, obwohl man ihn Runden vorher fast schon ausgezählt hatte. Vollkommen schleierhaft, wie er das schafft. Er hat mit dem II LI und seinen Leuten ja noch keine Minute ausgesetzt. Jetzt macht er mit dem Alten eine Art Zwischenbilanz auf. Ich höre, daß die Verdichter mit Holzkeilen festgerammt wurden. Die daumendicken Bolzen, mit denen sie auf ihrem Sockel festgelascht waren, hatte die

Druckwelle glatt durchgerissen. An den Verdichtern hängt viel: Sie liefern die Preßluft zum Ausblasen des Tauchtanks. – Die beiden Sehrohre sind definitiv im Eimer. Da ist vorläufig nichts zu machen. Zu kompliziert . . .

Ich kann sehen, daß der LI beim Rapportieren eine Art verklärten Hoffnungsblick zustande bringt.

Haben sich unsere Chancen gemehrt? Ich höre schon gar nicht mehr genau hin. Ich will nur wissen, ob der Leitende sicher ist, daß er das Wasser außenbords drücken und das Boot vom Grund lösen kann. Was geht mich das Sehrohr an! Auf das schlichte Wiedergewinnen der Oberfläche haben sich alle meine Wünsche reduziert. Weiß der Himmel, was dann kommt. Fürs erste müssen wir hoch. Nichts als hoch!

Aber von Lenzen und Außenbordspumpen höre ich nichts. Was nützen denn dann alle anderen Erfolge? Was haben wir von unseren Maschinen und Aggregaten, solange wir uns nicht vom Grund lösen können?

Plötzlich sind wieder Geräusche zu hören. Die Geräusche kommen langsam näher – unverkennbar: Schiffsschrauben. Sie werden lauter und lauter.

»Ringsum Schraubengeräusche!« höre ich eine Meldung.

Was heißt denn das: Ringsum? Karrt etwa ein ganzer Konvoi über uns hin? Die Schraubengeräusche klingen wie ein einziges tief brummendes Rumoren. In aller Deutlichkeit ist ein rhythmisch an- und abschwellendes Schaufeln und Tosen herauszuhören, das sich vielfach verlagert, dann den Rhythmus verliert, zum Rauschen wird, in das hinein ein scharfes »Witschiwitsch« zu tönen beginnt. Der Alte dreht die Augen nach oben als mime er einen Mieter, der sich ärgert, weil über seinem Kopf krakeelt wird.

Ich blicke hilflos herum. Ich bin hier überflüssig. Ich kann mich nur tiefer in meine Ecke drücken. Sofort spüre ich jeden Knochen im Leib. Gerädert und gepiesackt. Das muß vom Eimerschwingen kommen: eine Art fiebriger Muskelkater.

Der Alte redet ungeniert mit seiner vollen, brummigen Stimme. Erst erschrecke ich, dann wird mir klar: Bei dem Krawall da oben können wir ruhig laut reden. Da horcht uns keiner. Und jetzt ist die gewohnte kratzig, brummige Stimme des Alten wie ein Trost.

»Allerhand Verkehr!« höre ich ihn. Der Alte tut kaltschnäuzig wie eh und je. Aber mir kann er nichts vormachen: Ich habe gesehen, wie er sich heimlich mit beiden Händen den Rücken massierte und gehört, wie er dabei stöhnte. Er muß verdammt böse aufgeschlagen sein. Seit seinem Fall hat er sich nur kurze Viertelstunden langgelegt.

516

Der Leitende verkraftet die Geräusche nicht so gut wie der Alte. Ihm bleibt, als es jetzt dumpf rumpelt, das Wort in der Kehle stecken, und sein Blick schießt hin und her. Keiner sagt mehr etwas. Stummes Spiel.

Ich wünsche mir, das Ganze fände ein Ende, und die Spieler könnten endlich wieder mit ihren alltäglichen Gesichtern vor die Rampe treten.

Da hört wenigstens der Schraubenlärm auf. Der Alte blickt mir voll ins Gesicht und nickt befriedigt, als wäre er es gewesen, der den Lärm gedrosselt hat – mir zu Gefallen.

Der Leitende nimmt einen hastigen Schluck aus der Saftflasche und verschwindet wieder. Ich will endlich meine Hemmung überwinden und den Alten rundheraus fragen, wie es um uns steht. Aber da stemmt er sich mit schmerzverzerrtem Gesicht hoch und verschwindet breitspurig nach achtern.

Ich weiß mir nichts Besseres, als mich nach einer Weile auch nach achtern zu verholen. Vielleicht kann ich den Alten in der Zentrale ins Gespräch ziehen. Aber der Alte ist nicht mehr zu sehen. Muß also weiter nach achtern gegangen sein. Ich habe das ungute Gefühl, daß achtern etwas faul ist. Ich hätte mal besser hinhören sollen. Den Nebel in der Hirnschale bekämpfen. Aufmerken! Nichts entgehen lassen! Selber ergründen, was man mir nicht sagt!

Doch der Schlafnebel im Kopf wird dichter, er will mich ganz umfangen. Ach ja, am besten wirds sein, wenn ich mich doch auf meine Koje verhole. Irgendwann muß der Mensch ja schlafen. Keinen Sinn – das Herumsitzen.

Den Weg bis zum U-Raum muß ich wie in Trance ertastet haben. Aber jetzt wird es schwierig: Ich habs nun mal nicht geübt, mit der Patrone vorm Bauch in die Koje zu turnen. Mit Beinabspreizen und ein paar sehr schmerzhaften Verrenkungen schaffe ich es schließlich doch. Und nun: das Hemd aufknöpfen, den Gürtel lösen, das Hemd noch weiter aufknöpfen bis ganz runter, den Bauch rauswölben und wieder abflachen lassen – lang machen, Luft abblasen, daliegen wie im Futteral, wie aufgebahrt, mit der Kalipatrone als Bauchwärmflasche. Ich starre die Decke dicht über meinem Kopf an: die weiß lackierten Stahltraversen, die Nietenreihen! Auf den Köpfen der Nieten hat sich auch hier Kondenswasser gesammelt, zum Glück aber noch nicht genug, um herunterzufallen. Es sind erst halbe Tropfen – Damoklestropfen. Durch die Vorhangringe hindurch kann ich, wenn ich den Kopf zurücklege, an der Decke über dem Gang zwischen den vielen Rohren, die durch den Raum laufen, das graugestrichene eiserne Lautsprechergehäuse sehen. Der Lautsprecher ist stumm. Nicht einmal das übliche Krächzen und Knarren ist zu hören. Ausgefallen! Tot! Nicht schade drum. Mit optimistischen Durchsagen ist ohnehin nicht zu rechnen. Kein Maschinenlärm, auch nicht das leiseste Summen. Kein Wort. Nicht einmal ein Räuspern, obwohl ich ja nicht allein im Raum bin. An diese Stille habe ich mich immer noch nicht gewöhnt. Sie hat etwas Penetrantes.

Mein Bewußtsein löst sich auf. Ist es Schlaf, der mich umfängt, ist es eine Art Besinnungslosigkeit?

Als ich wieder zu mir komme, ist es siebzehn Uhr. Bordzeit. Ich weiß es von Isenbergs Armbanduhr.

Ich bleibe noch auf der Koje. Die Grenze vom Wachsein zum Schlaf verliert sich wieder. In meinen Halbschlaf wummern sehr dumpfe Detonationen. Statt hochzuschrecken versuche ich, die Schlafhülle enger um mich zu schließen. Aber das dumpfe Wummern dringt doch hindurch. Mit geschlossenen Lidern, aber schon wach, lausche ich nun. Die Detonationen klingen wie der lang nachhallende Donner von einem entfernten Gewitter. Kein Zweifel: Das sind Wasserbomben. Schreckbomben? Oder beharken die Tommies ein anderes Boot? Aber ist denn oben nicht noch hellichter Tag? Am hellichten Tag wird doch keiner den Durchbruch versucht haben. Also was? Manöver? Halten die Tommies nur ihre Leute in Trab?

Ich schärfe das Gehör, versuche, das Donnergrollen zu lokalisieren: es kommt aus verschiedenen Richtungen. Wahrscheinlich sind da kleine Einheiten am Werk, die das Umzingeln üben. Jetzt ist es wieder still. Ich beuge mich aus der Koje und starre in die Zentrale.

Der Horcher meldet Schraubengeräusche, gleich mehrere in verschiedenen Richtungen. Wieso denn: Das Horchgerät war doch im Eimer? Aber da erinnere ich mich, daß der Alte schon mal eine Muschel des Kopfhörers am Ohr hatte, als ich mich an ihm vorbeidrängte. Das Horchgerät ist also wieder funktionsfähig. Wir sind wieder soweit, daß wir akustische Mitteilungen vom Gegner empfangen können. Ein Gewinn in unserer Lage?

Der Ölauftrieb! Mit Sicherheit hat die Strömung ihn so weit versetzt, daß die da oben nicht mehr herausbekommen, wo er hochquoll. Wahrscheinlich – hoffentlich – wars nur ein einziger mächtiger Auftrieb und dann Schluß. Öl schwimmt zum Glück nicht ewig wie Kork. Es emulgiert und verteilt sich. Viskosität – ist es das? Wieder ein Wort, mit dem ich mich beschäftigen kann. Ich flüstere es mit stummen Lippen silbenweise wie eine Beschwörungsformel.

»Wir liegen offenbar ganz günstig«, höre ich den Alten aus der Zentrale. Ja, wir sollten uns schon darüber freuen, daß wir zwischen Gefels hingepackt sind und deshalb allem Anschein nach nicht geortet werden können.

»Gottverdammich, ich werd noch wahnsinnig, wenn das nich auf-hört!« stöhnt plötzlich Zeitler auf. Das ist gegen den Befehl: Zeitler müßte seinen Saugrüssel im Mund haben und schweigen. Hoffentlich hat ihn der Alte nicht gehört.

Nur nicht bewegen, nichts dergleichen tun, rede ich mir zu. Einfach stur liegenbleiben, jede Bewegung kostet Sauerstoff. Noch jeder Wim-pernschlag verbraucht unser Atemgas.

Aus der Koje gegenüber hängt Zeitlers linker Arm. Ich mache den Blick scharf, um seine Armbanduhr zu erkennen: achtzehn Uhr. Was, erst? Kein schönes Omen, daß ich meine Uhr nicht mehr habe. Sie muß mir einfach vom Handgelenk gefallen sein. Vielleicht tickt sie irgendwo in der Bilge. Ist ja waterproof, antimagnetic, shockprotected, stainless, Swiss made.

Ja, die Schweizer. Tüchtige Leute. Unsere Oerlikon haben sie auch geliefert. Todsicher haben die Tommies die gleichen Kugelspritzen Schweizer Präzisionsarbeit: für alle Welt – in aller Welt.

Die Nasenklemme tut mir so weh, daß ich sie für einen Moment lösen muß.

Hilf Himmel, wie das stinkt! Das ist das Gas aus der Batterie! Aber nein, nicht bloß das Gas. Jetzt stinkt es auch nach Fäkalien und Urin, so penetrant, als hätte sich einer direkt hier in den Raum entleert. Hat etwa bei einem Schläfer der Schließmuskel versagt? Oder steht hier irgendwo eine Pütz zum Pissen herum?

Pissen: Prompt spüre ich einen kräftigen Druck auf der Blase. Ich klemme die Oberschenkel zusammen. Der Pißdrang nimmt ab, aber das Rumoren im Bauch, das sich nun auch einstellt, kann ich so nicht abstellen. Ich hab doch kaum was gegessen! Ein Bissen Dosenwurst auf Brot von der »Weser«, das war schon alles. Aber jetzt gärt es deut-lich in mir. Wie soll das bloß werden, wenn sich bei den vielen Leuten im Bugraum die Kaldaunen rühren. Auch in den Bäuchen gehen ja die Funktionen munter weiter. Der Fäkaliengestank ist schon jetzt kaum noch zu ertragen. Das Zeug mit Preßluft außenbords drücken, das klappt jetzt nicht mehr. Der Triton ist in dieser Tiefe nicht be-nutzbar.

Lieber wieder die Klemme auf die Nase und mit dem Mund durch die Rasselpatrone atmen! Die von der Natur eingerichtete Wahlschal-tung Nase oder Mund ist ein rechter Segen. Ich bin ja nicht auf meine Nase angewiesen. Ich kann einfach den Atemweg durch den Mund wählen, und in meinem Rachen sitzen zum Glück keine Geruchs-nerven. Der Schöpfer des Himmels und der Erden hatte mehr weise Voraussicht bei seiner Lehmkneterei als die Konstrukteure unseres Schlittens.

Ich halts bestimmt noch eine Weile aus. Wäre ja gelacht! Nur flach liegenbleiben, nicht rühren, die Bauchmuskeln lockern, an etwas anderes denken als ans Pissen und Scheißen.

Im Puff in Brest, da stanks auch gemein: Schweiß, Parfüm, Sperma, Pisse und Lysol – eine hundsföttische Mischung – der Geruch der schwärenden Gier. Eau de Javel hieß das Lysolzeug, gegen das kein noch so süßliches Parfüm ankam. Da wären auch Nasenklemmen am Platz gewesen.

Rue d'Aboukir! Wenn ein Dickschiff eingelaufen war, blieben die Nutten zwischen den Nummern einfach liegen. Nichts mehr mit Bidethocken, Höschen an, Schöntun, Höschen wieder runter: ausgeleierte Fleischzylinder, in denen Tag für Tag fünf Dutzend verschiedene Kolben up and down rammelten.

Ich sehe die abschüssige Gasse: Die aussätzigen Mauerreste, hochsprießende verkohlte Balken. Ein toter Hund – breitgefahren auf dem löcherigen Pflaster. Sauerei! Schon in Verwesung übergegangen. Ein ganzer Schwarm von Schmeißfliegen wirbelt vom halb herausgequetschten Gedärm hoch. Dachpappefetzen. Bizarre Ziegeltrümmer wie Riesenbrocken von Schichtnougat. Alle Mülltonnen umgestürzt. Ratten am hellichten Tag. Jedes zweite Haus hat einen Bombentreffer. Aber auch die noch halbwegs intakten verlassen. Die Holzläden von den Fenstern wie zu Barrikaden geschichtet. Zwischen den Trümmern und dem Unrat nur ein Trampelpfad.

An einer Mauer zwei Seelords frontal aneinander gelehnt: »Mensch, komm, ich bezahl dirn Fick. Du hasts nötig. Dir kommts ja schon zur Nase raus. Los Mensch, was willste mit dem abgestandenen Zeug!«

Grölen, dann widerwilliges, stockendes Hundekläffen.

In der Tiefe der Gasse stehen sie mit steifen Pinten in zwei Reihen Schlange vor der Sanistube, die alle passieren müssen. Hin und wieder brüllt der fette Sanimaat zur Tür heraus: »Die nächsten fünf . . . schon mal kräftig anwichsen! – Daß mir ja keiner länger als fünf Minuten oben bleibt!«

Das blöde Gegrinse. Die Blaujacken haben eine Hand in der Hosentasche und halten ihre Hoden oder ihren Pint. In der anderen haben fast alle eine Zigarette: nervöses Gequalme.

Was für ein Schuppen! Alles grau und verschlampt. Weiß gestrichen nur die Sanistube. Speckige Ölfarbe – leicht gelbranzig. Geruch von Samen und Schweiß. Es gibt keine Bar. Nicht die primitivste Kaschierung.

Die Puffmutter auf ihrem hölzernen Thron hat einen obszönen Köter gegen ihren Busen gedrückt, direkt in die Rinne zwischen ihre beiden gewaltigen Titten. »Sieht eigentlich aus wien fetter Arsch«, sagt einer. »Mann, da möcht ich mal reinvögeln!«

Die Vettel gibt ihr aufgeschnapptes Deutsch zum besten: »Allons - keine Zeit. Los, los, nix Maschin kaputt!«

Mit den Fingern der linken Hand klimpert sie dabei auf dem rechten Unterarm. Ihre Finger rühren sich wie riesige fette Maden. Sie schnauft, pumpt gewaltig Luft, trinkt einen hastigen Schluck Bier und wischt mit dem gepolsterten Ballen über den Mundrand – vorsichtig, damit die Bemalung keinen Schaden nimmt. Über ihrem Thron hängt ein Schild mit einem bunten Hahn und dem Text: »Quand ce coq chantera, crédit on donnera.«

Jedem, der bei ihr zahlt, will sie eine von ihren abgegriffenen Foto-kollektionen verkaufen. Ich höre einen Antwort geben: »Mensch Tante, hier braucht doch keener ne Wichsvorlage. Mir geht er doch so schon gleich los. Heute wird gerammelt, bis bloß noch blaue Luft kommt.«

Matratzengequietsche durch die fleckige Wand.

Eine schrille Keifstimme: »Komm Süßer, leg die Pinke da hin.«

Wie perplex ich war, weil die deutsch redete!

»Guck nich so doof. Fais vite. – Ja, da staunste, ich bin nämlich auch ausm Elsaß. – Nee – nee, denkste ich will hier rausfliegen? Na legs schon hin. Hier wird vorausbezahlt, mein Herzchen. Hast wohl Bammel um den Zaster? – Na, aber wennstes mal los bist, zahlt sichs schlechter. Na, mach schon. Nu leg mal der süßen Lilly noch was drauf. Haste nich noch nen Fuffziger? Laß mal fühlen! – Na leg mal zu, ich zeig dir auch nochn paar schöne Bilder.« Und von nebenan: »Na Süßer, komm schon. Bist jan ganz Lütten!« – Sind die hier alle aus dem Elsaß? – »Hat bei euch heute der Kindergarten Ausgang? Lauter solche Blüten! Behalt die Hose mal an. Und beeil dich!«

Unten am Fußende der Couch ein Streifen schäbiges Wachstuch für die Schuhe. Schuheausziehen gilt hier als Zeitvergeudung.

»Na, Mensch, das warn Schnellschuß, fixe Jungen. – Na, bistes los!«

Ich hör sie hinter einem Paravent in ein Nachtgeschirr pissen. Un-verbrämt.

Die bleichen Schenkel, das nasse Pelzdreieck, das vom Puder ver-wischte kränkliche Gesicht, gelbe und einige schwarz angefaulte Zähne, der Schnapsatem, die wundrot gemalten Lippen. Das bleiche Darmgeschlinge benutzter Präser im Papierkorb neben dem Bidet.

Im Gang flucht ein Seemann: »Geld wieder – zuviel Bier – nach Bier kommt er mir nicht hoch.«

Unten protestiert einer gegen die Spritze.

»Dann kriegste auch kein Soldbuch!«

»Mensch, ich bin doch nich barfuß gegangen!«

»Halts Maul. Hier kriegt jeder eine verpaßt.«

»Ihr habt wohln Gratisfick hier?«

»Sei bloß vorsichtig, Mann!«

»Ach leck mich doch am Arsch!«

Was für ein Dienst! Den ganzen Tag diesen gelben Schlamm in Schwänze spritzen!

»So, erledigt. Hier haste dein Soldbuch wieder. Doppelte Sicherheit. Gummimantel *und* Spritze. Ordnung muß sein bei der Marine!«

Der Blasendruck wird quälend. Hatte der Bootsmann nicht in der Zentrale Pützen aufgestellt mit einer Büchse Chlorkalk daneben? Ich reppele mich hoch, stake in die Zentrale.

Das Licht ist jetzt besser, läßt Einzelheiten erkennen. Die Druck-knopfsteuerungen hängen immer noch an ihren Drähten herunter. Aus einem Schlauch quillt und quillt trübes Wasser. Woher kommt diese Brühe bloß? Warum stellt die denn keiner ab? Glühbirnen, Seestiefel, eine Dose, zwei Tauchretter schwimmen in der Pfütze. Glas knirscht unter meinem patschenden Tritt. Die Düsternis war jedenfalls mildtätiger.

Und da erkenne ich auch die Pützen: zwischen den Maschinenteilen festgeklemmt.

Herrgott, ist das eine Erlösung! Das schäumt, als hätte ich Kern-seife gegessen. Das Rumoren im Bauch läßt gleich nach – hat die Druckabnahme in der Blase dem Gedärm mehr Platz verschafft? Gott sei Dank – ich möchte mich hier nicht hinhocken müssen.

Und wohin soll ich jetzt? Die Kartenkiste – ja, ich könnte mich zur Abwechslung wieder mal auf die Kartenkiste setzen. Der Alte scheint in seinem Kabinett zu sein. Zwei, drei Leute wirtschaften schnaufend zu meinen Füßen herum.

Es waren *doch* zwei Bomben! Anders ist das ja gar nicht denkbar. Sonst wären ja auch die Diesel nicht so mitgenommen. Wie die das achtern nur schaffen wollen! Johann schien seiner Sache zwar sicher zu sein, doch ich werde nicht mit den Zweifeln fertig. Mir selbst zum Trost halte ich mir vor, daß wir schließlich auch ohne Maschinen auf-tauchen könnten. Den Diesel, an dem noch jetzt geschuftet wird, können wir wahrscheinlich überhaupt nicht mehr einsetzen – ebenso-wenig wie den Kompaß. Um die Oberfläche zu gewinnen, brauchen wir aber keinen Diesel und auch keine Kompaßanlage.

Und gesetzt den Fall, wir kommen hoch – was soll uns dann der Diesel nützen? Mitten unter den englischen Schiffen – mit Diesel? Diese Nummer noch einmal? Wohl kaum! Und die E-Maschine? Die

Dynamos mögen in Ordnung sein, aber ich kann einfach nicht glauben, daß in der demolierten Batterie noch mehr Energie ist als für ein paar Schraubenumdrehungen. Und trotzdem: Vielleicht kann schon ein bißchen Schraubenarbeit unsere Rettung sein, wenn das Boot erst mal leichter ist.

Meine Gedanken gehen hin und her – kaum festigt sich die Hoffnung, kommen wieder Zweifel: Und wenn schon – was dann? Schwimmen ist doch alles, was uns bestenfalls bevorsteht. Aber dann doch nicht nachts! Das wäre ja Wahnsinn! Purer Wahnsinn! Was denkt sich der Alte eigentlich? Wir können doch nicht nachts aussteigen! Da findet uns keiner! O Gott, der Alte *muß* doch mal verraten, was er eigentlich vorhat. Wenn ich wenigstens wüßte, was die anderen für eine Meinung haben. Aber hier läßt sich ja keiner mehr sehen. Der Leitende und der II LI sind sicher achtern. Die haben ihre Arbeit! Ich aber kann nur nachdenken und hinnehmen, wie meine Zwangsvorstellungen wuchern. Ich spüre, daß ich noch verrückt werde, wenn ich mich ihnen überlasse.

Also: wieder Fixpunkte im Tohuwabohu bilden. Inseln in den Mahlströmen ungebetener Visionen aufschütten.

Das Wort »Petunie« schießt mir durch den Kopf. Ich murmele es dreimal vor mich hin. Da erscheinen Farbspiele: violett, rot, rosa, weiß. Petunia – Nachtschattengewächs. Blüten zylindrisch. Röhren mit ausgebreitetem Saum. Frostempfindlich, weichhaarige Blätter.

Blumen – ein gutes Thema. Ich werfe mir das Wort »Geranie« hin. Sogleich habe ich außer der Geruchs- auch eine Tastvorstellung: Die samtige Haut der breiten, blaugrünen Blätter. Storchschnabelgewächs. Geranie. Die lachsroten Sorten, die mit den niederliegenden Stengeln und den glänzenden Blättern. »Pelargonien«. Karminrot. Vor Bauernfenstern wachsen sie so hoch wie das ganze Fenster: achtzig Zentimeter hohe Pflanzen, über und über voller Blüten. Kunststück: die bekommen ja auch jede Menge fettesten Mist. Im Winter in den Keller damit. Wenig gießen, damit sie nicht faulen. Stecklinge ausbrechen. – Eine Spezialsorte: Efeupelargonien.

Ich sage mit stummen Lippen: »Portulack« – und noch einmal »Portulack«. Und dann Portulack – Portufrack. Gleich rufe ich mich wieder zur Vernunft: Wie sieht Portulack denn eigentlich aus? Der Portulack – die Portulacke. Portulacke – Kinderkacke. Geht der Tanz wieder los? Ich sage Portulacke – Kinderkacke vor mich hin – monoton, als wolle ich mich einlullen.

Mit dem Wort »Begonie« fange ich mich wieder. Die Knollen sind kleine bräunliche Fäuste. Schwer zu finden in der Erde. Vortreiben lassen, damit die strotzenden geilen, fettigen Blüten sich früh genug entfalten können.

Ich wünsche, ich könnte laut reden, meine eigene Stimme hören. Die Stille ist beklemmend. Sonst läuft hier immer irgendeine Hilfsmaschine mit leisem Summen oder Klopfen. Aber jetzt ist kein noch so leises Zeichen von Maschinenleben zu hören. Der Puls hat ausgesetzt. Ringsum nur tote Materie. Eisen, Stahl, Farbe. Starrer Schrott. Stahlsarg.

Plötzlich erkenne ich den Geruch von Rhododendron. Ich spiele mit dem Wort Rhododendron, sage roter Dendron und zerteile das Wort dann in seine Silben: Rho-do-den-dron. Ich lasse die Buchstaben in fetter Groteskschrift vor mir erscheinen und überlege, ob die Schreibweise mit dreimal »d« richtig ist. Buchstabe für Buchstabe taste ich das Wort ab. Und nun lasse ich wie aus Nebel heraus die Rhododendrenwälder von Châteauneuf wachsen: Doppelt mannshoher Rhododendron! Ein lackiertes Blatt dicht am anderen und daraufgesteckt der Prunk der riesigen hellvioletten Blüten. Kopfgroß und noch größer. Ein undurchdringliches Dickicht, ein Rhododendrendschungel. Mit Kalkwasser, erinnere ich mich, kann man Rhododendron ermorden. Rhododendron braucht sauren Boden. Torfmull und Kuhmist sind gut. In Bayern gedeiht er nicht – eben wegen des kalkhaltigen Wassers. Hingegen aufs herrlichste in der feuchten Seeluft an den Küsten. In der Bretagne blüht er von Februar bis Juli: weiß, rot, violett – in allen nur denkbaren Schattierungen.

Um diese Reise hätte ich mich drücken können. Fraglos. Aber ich wollte ja partout einsteigen. Mit dem Alten rausgehen. Dem Gammeldasein ein Ende setzen.

Und jetzt? Jetzt ist auch der Alte am Ende seines Lateins, hier, in der Straße von Gibraltar.

Wenn ich mir vorstellen will, wie der Gibraltarfelsen aussieht, projiziert sich ein altes Guckkastenbild in mein Hirn. Ich sehe den Felsen von Gibraltar unter himbeerwasserrotem Himmel mit türkisblauen Konturen, und die Schiffe davor sind keine modernen Zerstörer, sondern eine Art Koggen wie die »Bunte Kuh«. Ein ganzes Gewimmel – alle braun gemalt, und jede hat eine Galerie aus Seifenblasen an der Seite: die Abschußwolken der Vierzehnpfünder.

Ich muß mal wieder die Nasenklemme abnehmen. Der infame Gestank ist kaum zu ertragen. Gegen den Brechreiz rufe ich, während ich durch den Mund atme, angenehme Geruchsvorstellungen wach: Veilchen, Maiglöckchen, Sellerie, Schnittlauch, Quark, Pilze, Petersilie, Thymian.

Als wolle ich mir den eigenen Mut beweisen, schalte ich auf mir unangenehme Gerüche um: Herakleumsamen – der ist mir besonders zuwider. Riecht durchdringend nach Tigerkäfig. Gebrühte Gans:

Pfui Teufel – die Erinnerung an den schalen Geruch der nassen, ausgerupften Federn schüttelt mich.

Und nun fliegen mich Gerüche an, die ich nicht sofort bestimmen kann. Ich muß mir den Kopf zergrübeln, woher dieser und jener Geruch kommt, den ich deutlich entnehmen kann. Dieser scharfe, süßliche zum Beispiel gibt mir Rätsel auf. Da komme ich auf eine Spur. Natürlich: die Meerschweinchen! Unser Spielzimmer. Deutlich sehe ich alle Möbelstücke vor mir und die Aquarien, die vor den Fenstern standen. Selbst die Bänderung der Schnecken, die an der Innenseite des Aquariumglases klebten und es sauberhalten sollten, kann ich genau erkennen.

Ein neuer, mit keinem anderen vergleichbarer Geruch weht mich an. Sofort weiß ich: schwarzer Formsand. Ich sehe die hohen Werkhallen unserer Eisengießerei, deren Luft gesättigt war von diesem Geruch. Zu hohen Haufen aufgeschüttet bedeckte der Formsand überall den Boden, nur sorgsam weggeputzt um die versenkten Formkörper. Es sah aus, als sollten hier kostbare Sarkophage aus schwarzer Erde freigelegt werden.

Da sitze ich nun im schweren Dunst von Öl, Schweiß, Feuchtigkeit, Fäkalien und erspüre durch ihn hindurch aus der Erinnerung immer neue Gerüche: Kartoffelfeuer, den fauligen Dunst der Herbstfelder – was immer ich will.

Ich vermag sogar aus meinen Geruchsvorstellungen Bilder zu bauen, mich von ihnen weiterlotsen zu lassen bis hin zu taktilen Erinnerungen: Ich rieche alten Samt, und schon fahre ich im Geist mit den Fingerkuppen darüberhin und bekomme auch prompt eine Gänsehaut. Der Geruch von Zuckerwatte weht mich an, und allein schon die Vorstellung, ich müßte sie anfassen, zieht mir die Kopfhaut zusammen.

Der Leitende erscheint. Er läßt sich schwer atmend neben mich auf die Kartenkiste sinken und bewegt sich nicht mehr. Nur sein Atem geht. Jetzt spitzt er die Lippen und zieht die Luft ein. Dabei entsteht ein Pfeifen. Der Leitende fährt zusammen – erschreckt von seinem eigenen Ton.

Ich fingere den Saugrüssel aus dem Mund: »LI, ich hab noch Traubenzucker.« Der Leitende holt sich mit einem Ruck in die Wirklichkeit zurück: »Nein danke, Schluck Apfelsaft wär recht.«

Ich stemme mich eilfertig hoch, stakse durch den Schottring, tappe zum Spind und fingere nach der Flasche. Der Leitende setzt sie mit einer Hand an, nimmt aber gleich die zweite zu Hilfe, weil ihm das Glas gegen die Zähne schlägt. Der Leitende schluckt heftig. Ein

Rinnsal trieft ihm über die Unterlippe herab und verfängt sich in seinem Bart. Der Leitende wischt sich nicht mal ab.

Jetzt den Leitenden mal fragen, wies um uns steht? Lieber nicht. So, wie der Leitende aussieht, könnte er glatt durchdrehen.

Im U-Raum sind die Vorhänge der Kojen an Backbordseite offen, die Kojen aber nicht leer. Die Seeleute liegen steif wie Aufgebahrte auf den Kojen. Zeitler, der Fähnrich, der Berliner und Wichmann. Nur die Schnorchelrüssel passen nicht ins Bild.

Die Kojen der Maschinenleute sind leer. Also sind die Dieselmaate und die E-Maate immer noch achtern. Ich strecke mich auf der nächsten Unterkoje aus.

Der I WO erscheint. Mit besorgter Beamtenmiene prüft er, ob auch alle schön ihren Schnorchel im Mund halten. Wie ich dem I WO nachgucke, spüre ich, daß die Schlafnebel heranziehen.

Als ich wieder zu mir komme, erkenne ich Frenssen. Der Anblick Frenssens, der mit allen Anzeichen völliger Erschöpfung an der Back hockt, geht mir ans Herz. Frenssen hat keinen Schnorchel. Natürlich: Die Leute, die in der Maschine arbeiten müssen, können das hinderliche Ding nicht brauchen. Frenssen wendet, weil ich beim Herumwälzen Lärm mache, langsam den Kopf. Er stiert mich an, als könne er mich nicht erkennen. Sein Rückgrat scheint nicht mehr imstande zu sein, die Last seines Oberkörpers zu halten. Frenssen könnte sich ja auf die Back aufstützen, aber er läßt die Arme zwischen den Knien hängen. Seine Schultern sind herabgesunken, als hätten sie statt der Gelenke nur mehr Schnurverbindungen wie primitive Marionetten. Es sieht aus, als wirke auf ihn die Gravitation mit doppelter Kraft. Den Mund hat er offen. Sein Glasaugenblick erfüllt mich mit Schrecken: Mein Gott, der kippt gleich aus den Latschen! Wer weiß, wie die anderen die Schufterei in der schlechten Luft aushalten, wenns Frenssen schon nicht mehr schafft. Dieser Bulle – und nun schlapp wie ne Fliege.

Fliege? Wo steckt unsere Fliege?

Der Gedanke an eine submarine Weihnachtsfeier kommt wieder. Wenn die achtern nicht fertig werden, sitzen wir hier ja Heiligabend noch. Dann gibts submarine Bescherung. Ich fange die Fliege für den Alten als Geschenk. Sie kommt in eine leere Streichholzschachtel, in eine schöne mit spanischem matchbox label, die kann der Alte sich dann ans Ohr halten, und wenn die Fliege schön brummt, sich einbilden, die E-Maschinen liefen wieder. Eine prima Idee! Auch der Leitende muß die Augen zumachen und darf an dem Schächtelchen lauschen – und wenn der Alte einverstanden ist, darf die Streichholzschachtel sogar reihum gehen, und einer nach dem anderen darf das Gebrumm eine volle Minute belauschen – ein Ohrenlabsal bei all dieser Stille. Ein erlesenes Geschenk zum Fest der Geburt des Herrn.

Ich komme mir armselig und ausgepowert vor. Wie gern würde ich jetzt was zu Frenssen sagen: »Will mal sehen, wo der Tee steht«, oder irgendeinen Quatsch in dieser Art – aber mit dem Schnorchel gehts nun mal nicht. Frenssen rührt sich nicht einen Millimeter. Panoptikumseffekt. Wachsfiguren-Kabinett. In solchen Vorstellungen sind wir jetzt groß.

Der Tee! Die Kanne muß in der Zentrale sein. Als ich in der Zentrale war, muß ich sie gesehen haben.

Ich steige mühsam aus der Koje. Frenssen hebt kaum den Blick. In der Zentrale steht das Wasser immer noch über den Flurplatten. Unser bösestes Problem ist also noch nicht geklärt. Das hat sich der Leitende wohl aufgespart. Da hat er ja seinen Plan. Aber der Anblick dieser trüben Überschwemmung, die Patschgeräusche, die meine Stiefeltritte machen, erfüllt mich doch wieder mit flatterndem Entsetzen.

Ich brabbele vor mich hin: Alles für die Katz! Das wird doch nichts mehr. Schön, das Boot liegt jetzt auf ebenem Kiel. Der E-Maschine kann also nichts mehr passieren. Die Wassereinbrüche sind gestoppt. Aber das Gewicht dieser Wassermenge nagelt uns am Boden fest. Wenn wir es nicht bald aus der Röhre schaffen können, ists aus. Der Sauerstoff geht ja mal zu Ende.

Der Tee! Ich lasse meinen Blick ringsum gehen, nirgends sehe ich die Kanne. Aber ich weiß ja, wo Apfelsaft zu finden ist. Ich stakse durchs Schott und schlurfe hin zum Spind, lange mir eine Flasche heraus, reiße die Kapsel an einem Scharnier ab und bringe Frenssen die Flasche. Herrgott, braucht der lange, bis er kapiert, daß sie für ihn bestimmt ist. Den dankbaren Hundeblick hätte er sich sparen können – ich bin ja nicht der Alte.

Ich kann nichts tun als dazuhocken und Bilder zu beschwören: Ich sehe das seit Kriegsbeginn verlassene Haus an der Bucht zwischen La Baule und Le Croisic inmitten eines Urwalds aus übermannshohen Rhododendren. Alle Wege grasbedeckt, die Mauerpfeiler gestürzt, von Schlingpflanzen, Ackerwinde vor allem, überwuchert, die Türstöcke verfault. Ein Haus im baskischen Stil: weiß gekalkt, mit einem großen, nicht sehr geneigten Satteldach. Das Balkenwerk war einst schwarz. Der rote Steinboden in der Diele verströmt angenehme Kühle. Oben im Haus liegen auf den geborstenen Dielenbrettern kleine Häufchen feinen gelben Holzmehls verteilt. An den Wänden zeichnen sich noch die Stellen ab, wo Bilder hingen. Riesige Spinnennetze überall. In der Tür Einschußlöcher – auf der Rückseite die Ausschußlöcher sperrig aufgesetzt. Muffiger Modergeruch. Den Blick aufs Meer verdeckt ein

527

Dünenrücken. Auf der Düne stehen noch zwei verlassene Häuser. Im linken fand man eine geheime Sendeanlage. Im grauen Gras hier und da gelbe Flecken: Schützengräben, die immer wieder zufallen oder zugeweht werden. Zwischen den Rhododendren ein Rundbeet mit Riesenhortensien. Wie das hier alles wuchert! Vom Dünenkamm aus erspähe ich eine Frau mit hochgeschürztem Rock weit draußen gebückt im flachen Wasser. Sie sammelt Muscheln in einen Korb. Tiefebbe. Die Sonne ist nur mehr eine Handbreit über der Kimm. Unter ihr gleißt der nasse Sand wie ein Spiegel.

Das Bild wird wieder grau und verflacht. Das ist es ja: Um mich gegen die Umzingelung von Angst und Sorgen zu wehren, brauche ich stärkere: Ich hole mir Brüste vor die Augen, ein ganzes Gewimmel verschieden geformte Titten, verschiedene Brustwarzen: dicke, erigierte, groß wie Hütchenpralinen, länglich geformte, gesteift wie Kinderlutscher. Braune, hochrote, rosafarbene. Große Zitzen und kleine Schwellhügel, die erst angesaugt werden wollen, wenn man sie zwischen die Zähne haben will. Die Höfe drumherum: bräunliche große Scheiben, kleine, kaum abgesetzte runde Bezirke, ein Ring von Gänsehaut. Ich erkenne eine Brust mit einem einzigen zentimeterlangen schwarzen Haar an der Grenze des bräunlichen Hofes, und ein Schauder läuft mir den Rücken hinunter. Den Schauder stoppe ich mit einem nach innen schütternden Gelächter: Tiemann ist zugleich mit dem Haar in der Erinnerung aufgetaucht. Ihn fragte ich damals: »Kannst du dir vorstellen, wieso dieses Stück Malheur son Haar nich wegmacht?« »Was solls – vielleicht isses ein Toupet?« war Tiemanns Antwort. Tiemann ist nun auch schon hinüber. Abgesoffen mit einem großen Boot.

Und jetzt? Jetzt lasse ich Bauchnabel erscheinen: nach innen gezogene, in eine beschattete Mulde verkrochene, Bauchnabel flach wie Jackettknöpfe und Bauchnabel, die wie Capuchons hervorstehen. Inges Druckknopf und Charlottes Nabelhöhle. Und nun ganze Bäuche: stramme, schmale, hervorgedrückte wie die auf Cranachs Bildern. Lukretiabäuche, weiche, warme, großflächige, weiße, braune – einen schwarzen Bauch mit einem violetten Glanz um den Nabel herum.

Auseinandernehmen, in Einzelteile zerlegen. Wieder der Großaufnahmetrick. – In einer Pariser Pferdemetzgerei sah ich das mal auf die Spitze getrieben: hier ein Haufen Gedärme, da Köpfe, dort Schwänze. Von zwölf hohen Pferdebeinen waren nur mehr die sorgsam abgeschabten Knochen übrig. Standen sauber ausgerichtet mit den Hufen daran in einer Reihe an der Wand wie abgestellte Skier.

Und warum denn jetzt noch zimperlich? Warum denn nur Pferdebeine und violett irisierende Innereien? – Da bieten sich auch schon nasse, wulstige Schamlippen, rosa Fleischblüten, die krausen Haare ringsum von Feuchtigkeit gedunkelt. Klaffend weit aufgesperrte Höhlen, dicht zugeklemmte, senkrecht stehende Spalten, halb geöffnete Saugmünder. Fleischlappen, die sich entfalten wie japanische Wunderblumen: rosenfarben mit sich kräuselnden Rändern, dunkle, mit dem Blick nicht ergründbare, tubusförmige Saugtrichter, die eine ganze Hand füllen. Groß geschwollene Fotzen und kleine Hühnerfötzchen, adrett geschlitzte Sparbüchsen, anusstramme Klammerfotzen und lappig weiche. Fotzen über- und untereinander, hintereinander. Ein ganzes Fotzensortiment. Ein Fotzenmusterbuch. Variatio delectat. Und jetzt höre ich auch leises Schmatzen, wie von Schnecken, die man von einer Glasplatte zieht.

Das wird zu viel! Ich schlage mit den Lidern, will die Fotzenbilder wegwischen. Doch sie halten sich klebrig zäh: quellende und welke rotgetönte Blüten in schwarzen und rötlichen Krausen. Ich brauche ein Gegengift.

Da kommt mir das Wort Glückstadt in den Sinn. Das hilft: sogleich quillt Bitternis in mir hoch. Die unzähligen Demütigungen! Glückstadt: Der Name allein war schon der reine Hohn. So ging das immer: Baracken, Kasernenstuben, wieder Baracken. Erst Arbeitsdienst und dann die Marineschleifsteine – Glückstadt war am schlimmsten. Nomen est omen – ein Aberwitz! Die Erinnerungsbrocken treiben durcheinander und gegeneinander, als schwämmen sie im Strom und Gegenstrom und gerieten in Strudel.

Die Familienonkels in der Stube, die vor lauter Trennungsschmerz halb verblödet waren! Einer von diesen fiesen Typen hatte sich den Arm verstaucht, und trotzdem trat er zum Sport mit an. Ich sehe ihn deutlich wie damals mit einer Hand das Tau anspringen, um seine Beflissenheit zu demonstrieren.

Das Lokal zum schmierigen Löffel mitten in der Stadt! Es hieß anders – natürlich. Dort fraßen wir abends schüsselweise Bratkartoffeln, weil wir in der Kaserne nicht satt wurden. Wir mußten zu dritt zum Rapport, weil dem Wirt unsere Bezeichnung für seine Bruchbude zu Ohren gekommen war. Ausgangssperre. Schleiferei noch und noch. – Aus vollen Lungen brüllen war damals die Hauptsache. Meine Glanznummer: Einen Zug ins Gelände zu kommandieren, die Leute in Bodenvertiefungen zum Skat verschwinden zu lassen und wie ein Wahnsinniger Befehle in die Gegend zu brüllen. Das gefiel – und zwar allen.

Ich sehe mich mit letzter Kraft im Kutter am Riemen hängen, fast von der Ducht taumelnd. Die gemeinen Visagen der rüden Maate, für die es eine Art Sport war, uns untrainierte Leute zu erledigen, zu hetzen und zu schinden. Ich sehe, wie sie den kleinen Flemming fertigmachen. Den ach so kümmerlichen, nervösen Flemming, der den als Bootsmannsmaaten verkleideten Sadisten hilflos ausgeliefert war: Rin in die Klamotten, raus aus den Klamotten! Takelzeug an, Takelzeug aus. Ausgehuniform an, Ausgehuniform runter, Sportzeug an, Sportzeug aus. »Dalli, dalli, ihr schiefgenagelten Scheißhaustüren!«

Fünf Minuten später: Spindbesichtigung.

Der arme Flemming kam nie nach. Er bekam den irren Blick einer gefangenen Ratte. Und wenn die Schweine merkten, daß sich einer nicht wehren konnte, wurden sie auf den erst richtig scharf. Im Laufschritt dreimal um die Kaserne, einmal Robben um die Kaserne. Hundert Meter Häschen hüpfen. Zwanzig wegpumpen. Husch, husch über die Eskaladïerwand!

Und dann die Sondermasche für alle: Mit Braßfahrt den Kutter in den Schlamm pullen und ihn dann wieder losarbeiten, flottmachen – aber nur mit den Riemen –, stundenlang die Riemen im Gleichtakt durchs Wasser ziehen, bis es den Modder unter dem Kutter weggespült hatte.

Das hielt der arme Flemming nicht aus, konnte er gar nicht aushalten.

Eines Abends zur Musterung war er weg.

Die verstümmelte Leiche wurde im Hafen angetrieben zwischen alten Fendern, Flaschen, Kistenstücken, Schmieröllachen.

Es war glatter Mord. Flemming war systematisch zu Tode gehetzt worden. In seiner Verzweiflung hatte er sich ertränkt. Dabei konnte Flemming schwimmen. Seine Leiche sah nicht schön aus. War in die Schraube eines Dampfers geraten. Ich mußte zur Verhandlung nach Hamburg. Jetzt ist es soweit, dachte ich mir, jetzt muß der verdammte Schinderladen hochgehen. Aber was passierte? Den lieben Angehörigen, diesen feinen Hamburger Reedern, war Selbstmord peinlich. Also hielt man sich an die Version: Im Dienst verunglückt! Für Volkführervaterland. In treuer Pflichterfüllung. Anscheinend wollten die lieben Angehörigen auf die drei Salven am Grab nicht verzichten. Also ballerten wir über Flemmings Erdloch hin: Zur Salve – schräg hoch legt an – Feuer. Und dann noch mal und noch mal. Nicht mal Grinsen war erlaubt.

Und vorher? Wie wars denn vorher? Es verzieht mir bitter den Mund, wenn ich mich durch die nachtleeren Straßen irren sehe, nur um die Urlaubsfreiheit bis zur letzten Minute auszukosten, der Verzweiflung vollkommen hingegeben.

Und dann in Frankreich: Wie ich dem Rundfunksprecher Obermeier die Pistole aus der Hand wand, mit der er sich am Strand vor unserer requirierten Villa erschießen wollte. Dieses Theater, weil er es in Paris mit einer Dame getrieben hatte, von der bekannt wurde, daß sie Halbjüdin war. Das Arschloch. Obermeier gebärdete sich wie ein Amokläufer und brüllte: »Ich als Nationalsozialist – meine Pistole her, meine Pistole!« – Viel hätte nicht gefehlt, und ich hätte ihm den Gefallen getan.

Kaum schließe ich die Augen – da beginnen meine Gedanken auch schon wieder zu kreisen und zu wirbeln. Leuchtende Wanderschriften hetzen mir durch den Kopf: sausende Bilder, Lamettagehänge, riesengroße Glaskugeln in hundert Bronzetönen, Glasfaserflügel, hinhuschende Blitze. Sturz und Krach und alles ein Flammenmeer. Öl, das auf dem Wasser brennt. Rund wie Pilze tauchen die ölversengten Nöcks auf und werfen die Arme hoch. Im grüngelben Flackerlicht treiben Gallertevisagen heran . . . rote Punkte – Seenotlämpchen.

Ein heftiges Würgen quillt in meiner Kehle hoch. In meinem Mund ist alles gequollen, gallebitter. Ich kann den Schnorchel nicht mehr ertragen. Mein Mund preßt ihn fast von allein aus. In langen Fäden tropft mir der Speichel aufs Hemd. Ich betrachte angestrengt den Speichelfaden. Ich brauche auch einen Schluck. Frenssen verübelt mir nicht, daß ich mir die Flasche von der Back lange.

Was ist denn das? Meine Armbanduhr liegt auf der Back! Wer hat sie da hingelegt? Ich ertaste sie, fühle mich richtig beschenkt. Das Spinnenbein des Sekundenzeigers hastet noch übers Zifferblatt. Ein gutes Werk. Es ist kurz nach zwanzig Uhr.

Demnach wären wir fast schon vierundzwanzig Stunden hier unten. Bei Dunkelheit wollte der Kommandant den Auftauchversuch wagen. Zwanzig Uhr: Da muß es langst richtig dunkel sein. Bei dieser Jahreszeit! Aber warum um Himmels willen fragte der Kommandant den Obersteuermann, wann der Mond verschwindet? Das verwechsele ich doch nicht! Der Alte fragte doch ein zweites Mal – erst vor ein paar Stunden. Aber war denn nicht vor kurzem erst Neumond? Da kann es ja keinen Monduntergang geben. Also was? Wieder die Bredouille: ich kann jetzt keinen fragen – den Alten nicht und nicht den Obersteuermann. Richtig dunkel wirds anscheinend erst gegen vier Uhr früh.

Das wäre ja noch eine ganze Nacht. *Noch* eine Nacht – das halten wir nicht durch. So weit reicht der Sauerstoff nicht. Und die Kalipatronen?

Die Unruhe treibt mich um. Wie in Trance bewege ich mich in die O-Messe. Mein Platz auf der Koje des Leitenden ist unbesetzt. Der

II WO ist verschwunden. Mir ist, als hätte dieser Tag schon hundert Stunden. –

Ich weiß nicht, wie lange ich in der Kojenecke gedämmert habe, als ich aufwache und im Gang zur O-Messe den Alten erkenne. Er stützt sich nach beiden Seiten ab, als wären wir noch ein Überwasserschiff in schwerer See. Er muß aus seinem Schapp gekommen sein. Kraftlos läßt er sich auch auf die Koje des Leitenden sinken. Er sieht grau und verfallen aus. Mich scheint er gar nicht wahrzunehmen. Sein Blick ist abwesend. Gute fünf Minuten sagt er keine Silbe. Dann höre ich ihn murmeln: »Tut mir leid!«

Ich sitze wie versteinert. In mir wiederholt es sich wie ein Echo: »Tut mir leid!«

Der Kommandant hat mit drei Worten meine Hoffnungsflamme ausgetreten. Der Flattervogel Angst krallt sich mir wieder ins Herz. Keine Chance mehr! Das soll es doch heißen. Aus der Traum! Noch ein bißchen Theater und gutes Benehmen . . . und dann das Ende. Das ganze Gewühle, unsere Anstrengungen – nichts als Augenwischerei! Ich wußte es: Wir liegen hier fest bis zum Jüngsten Tag.

Mit Schwimmen wärs vielleicht *doch* zu schaffen gewesen. Sofort aussteigen, gleich beim ersten Hochkommen. Aber jetzt – aber jetzt? Langsam einschlafen, bis der Sauerstoff zu Ende ist?

Ich nehme den Schnorchel aus dem Mund, obwohl ich gar nicht reden will. Meine Hände tun es unwillkürlich. Intelligente Hände, die sich sagen: Was solls denn noch? Wozu die Schnorchelei, wenn wir doch keine Chance mehr haben? Mir trieft ein Spuckefaden vom Mund, wird immer länger, zieht sich bis zum Boden. Wie bei den Posaunenbläsern die viele Spucke aus den abgezogenen U-förmigen Röhrchen.

Ich wende mich voll dem Alten zu. Sein Gesicht ist leblos wie eine Maske. Ich habe das Gefühl, daß ich ihm die Maske ablösen könnte, aber dann würde ich – das weiß ich bestimmt – auf rohes Fleisch und Sehnen blicken müssen wie auf ein Bild aus dem Anatomie-Atlas: kugelrunde Augäpfel, viel Bläulichweiß, vielfach verästelte weiße Stränge, feine Schläuche und Muskelbänder.

Haben die Anstrengungen den Alten nun doch fertiggemacht? Das kann doch die Wahrheit nicht sein: Tut mir leid! Das kann der Alte doch nicht im Ernst gesagt haben.

Der Alte rührt sich nicht um einen Millimeter. Ich kann seinen Blick nicht fangen, weil er vor sich hin auf den Boden starrt.

Angst vor der Leere in meinem Kopf. Ich darf jetzt nicht durchdrehen, darf mir nichts entgehen lassen. Auf mich selber aufpassen und dabei den Alten nicht aus den Augen lassen.

Kein Zweifel: Der Alte ist fix und fertig. Wie könnte ihm sonst so etwas über die Lippen kommen?

Das war sicher kein gültiger Verdammungsspruch – nur ein Zeichen von Resignation. Resignation, nichts weiter.

Vielleicht wendet sich gerade jetzt alles zu unserem Heil, und nur der Alte weiß davon noch nichts. Was kann ich nur tun? Dem Alten sagen, daß doch alles gut läuft? Die Not am größten, der Herr am nächsten?

Ich spüre, wie es in mir quillt: Nein – und nein! Der Alte kann mir doch mit seinem Drei-Worte-Urteil nicht das heimliche Wissen nehmen, daß ich davonkommen werde. *Mir* kann nichts geschehen. *Ich* bin tabu. Durch mich ist das ganze Boot gefeit.

Der Alte kam von achtern. Was kann ihm der Leitende nur gesagt haben? Der Leitende war doch ganz Zuversicht, als ich ihn zum letztenmal sah. Der Leitende hatte doch seinen Plan. Das klang doch alles ganz vernünftig. Der Leitende ließe doch seine Leute nicht einfach so schuften – ohne Sinn und Verstand. Der ist doch kein Schauspieler wie der Alte! Das kanns doch noch nicht sein. Nein, noch ist es nicht Matthäi am letzten. Wir werden hier nur gepiesackt. Durch heiß und kalt geführt. ». . . ich will dich durch heiß und kalt führen, daß dir Essen und Trinken und all die anderen Geilheiten vergehen . . .«

Aber schon kommt der Zweifel wieder. Ich habs doch gemerkt – mir nur nicht eingestanden: Oben ist es dunkel. Seit Stunden schon. Und bei Dunkelheit wollten wir hoch. Wir hätten es also *längst* versuchen müssen. Das Gerede über den Mond – das war doch nur ein vorgeschütztes Problem.

Der Alte sitzt immer noch reglos, als wäre alles Leben aus ihm gewichen. Nicht mal ein Wimpernschlag. Was ist denn mit dem Alten los? So hab ich ihn ja noch nie gesehen . . .

Ich will den Würgegriff abschütteln. Ich versuche zu schlucken, die Angst hinunterzuwürgen. Das ist doch alles Theater!

Was tappt denn da?

Ich starre in den Flur. Da steht tatsächlich der Leitende. Er stützt sich rechts und links gegen die Wände ab wie der Alte eben. Ich versuche im Gesicht des Leitenden zu lesen. Aber er hält sich im Halbdunkel. Sein Gesicht bleibt verwischt.

Warum kommt der Leitende nicht bis in den Lampenschein? Sind denn hier alle verrückt geworden? Warum hockt er sich nicht mit zu uns an die Back? Doch wohl nicht, weil sein Hemd zerfetzt ist? Weil er die Arme bis hoch hinauf voll Dreckschmiere hat?

Der Leitende hat den Mund auf. Der Leitende will wohl eine Meldung machen. Nun wartet er, daß der Alte hochblickt. Jetzt bewegt der Leitende die Lippen und löst die Hände vorsichtig von den Wänden: Der Leitende will sicher seiner Meldung durch Haltung Nachdruck geben. Aber der Alte hält immer noch den Kopf gesenkt. Er hat wahrscheinlich gar nicht gemerkt, daß der Leitende zwei Meter weg von uns im Gang steht.

Ich will schon den Alten anstoßen, damit er aus seiner Starre herauskommt, da räuspert sich der Leitende, und der Alte hebt irritiert den Blick. Sofort beginnt der Leitende: »Melde Herrn Kaleun gehorsamst – E-Maschine klar – eingedrungenes Wasser in Regelzellen gepumpt – von Regelzellen mit Preßluft außenbords möglich – Kompaßanlage klar – Echolot klar . . .«

Der Leitende verhaspelt sich. Seine Stimme ist heiser. Ich höre nur mehr wie einen vielfachen Nachhall: » . . . klar . . . klar . . . klar . . .«

»Gut, LI – gut, gut!« stammelt der Alte. »Ruhen Sie sich erst mal aus!«

Ich taumele hoch, um dem LI Platz zu machen. Der aber stottert: » . . . noch Probleme . . . noch paar . . . zu klären« und macht zwei Schritte nach rückwärts, ehe er eine Art Kehrtwendung vollführt. Der schlägt gleich hin! Der hat nicht mal mehr für einen Fünfer Kraft Den könnte einer glatt umpusten.

Der Alte hat die Ellbogen auf die Back gelegt und eine Hälfte seiner Unterlippe zwischen die Zähne genommen. Das verzerrt sein Gesicht zu einer schiefen Grimasse. Warum sagt er nicht endlich was? Warum bringt der Alte keinen Ton hervor?

Da läßt der Alte endlich seine Unterlippe los und bringt einen Luftstoß heraus: »Gute Leute – muß man eben haben – ja, gute Leute!«

Der Alte legt beide Handflächen auf die Back, läßt sein Körpergewicht nach vorn sinken und stemmt sich schwerfällig hoch. Er drückt sich langsam an der Back vorbei, zieht im Gang stehend seinen Hosenbund höher und setzt sich mit den unsicheren Schritten eines Betrunkenen nach achtern in Bewegung.

Ich sitze da wie vor den Kopf geschlagen. Was war das? Mit beiden Händen halte ich das Mundstück meines Schnorchels im Schoß. Mich befällt Angst, ich könnte den Auftritt des Leitenden nur geträumt haben. Aber der Alte ist ja nicht mehr da. Wohin ist denn der Alte verschwunden? Eben noch saß er hier . . . »Tut mir leid«, hallt es in mir nach. Und: » . . . klar . . . klar . . . klar!« Wo sind denn nur alle hin? Ich will schon brüllen, da höre ich aus der Zentrale Stimmen: » . . . versuchen! . . . mal sehen, obs hinhaut!« – »Wann sind Sie denn soweit klar?« Das ist die Stimme des Alten. Jetzt wird sie drängend: »Viel Zeit bleibt nicht mehr!«

In mir dreht wieder das Taifunrad. Was sitze ich denn noch hier herum? Ich stecke mir den Gummistutzen wieder in den Mund. Verdammt zittrig. Und wacklig bin ich auch. Ich kann mich kaum auf den Beinen halten. Mir ist, als ob mir bei jedem Schritt einer in die Kniekehlen schlüge.

In der Zentrale stecken der Alte, der Leitende und der Obersteuermann die Köpfe zusammen. Sie bilden eine dicht geklumpte Gruppe am Kartentisch.

In mir höhnt es: Jetzt wird retardiert, das Stück über die Runden gezogen, immer noch ein Auftritt herausgeschunden. Die Verschwörergruppe und das dumpfe Geflüster – das macht sich gut.

Erst jetzt registriere ich: kein Wasser mehr in der Zentrale. Trokkener Fuß. Nicht wahrgenommen. Absencen. Bin ich denn wenigstens jetzt bei Sinnen?

Da höre ich den Alten halblaut fragen: »Wie siehts denn oben aus, Obersteuermann?«

»Abenddämmerung hat vor zwei Stunden begonnen, Herr Kaleun!«

Der Alte hat sich augenscheinlich wieder in der Gewalt. Und der Obersteuermann wußte auf Anhieb die Antwort. Den hat nichts verwirrt, der hat seine Sinne beisammen.

Der Zentralemaat feudelt zwischen den Flut- und Lenzverteilern herum. Ich kann sehen, wie er die Ohren spitzt. Komplette Sätze bekommt er auch nicht zu hören, aber die Brocken, die für uns abfallen, sind Heilsbotschaft genug. Mich wundert nur, daß ich nicht zusammensacke und hinschlage.

»Die einzige Möglichkeit – na schön!« murmelt der Alte. Dann blickt er auf seine Uhr, besinnt sich und sagt mit unbewegter Stimme, als handele es sich um eine beliebige Ankündigung: »In zehn Minuten tauchen wir auf!«

Tauchen wir auf – tauchen wir auf! Die drei Worte wiederholen sich in mir wie eine mystische Botschaft. Ich nehme den Gummistutzen wieder aus dem Mund. Der Spuckefaden reißt ab, aber schon bildet er sich wieder.

Tut mir leid – tauchen wir auf! – Da soll einer nicht verrückt werden!

Ich steige zurück in die O-Messe. Der II WO liegt noch auf seiner Koje.

»Hallo, II WO!« Ich kenne meine Stimme nicht. Sie liegt zwischen Krächzen und Schluchzen.

Der II WO bewegt sich kaum.

Ich versuche es ein zweites Mal: »Hallo!« Diesmal klingt es schon besser.

Der II WO tastet mit beiden Händen nach dem Schlauch seines Mundstücks, er umklammert ihn wie ein Kind die Flasche. Er wehrt sich ganz augenscheinlich gegen das Erwachen. Unser II WO will nicht wieder hoch aus der Deckung des Schlafs, er will diesen Schutz vor dem Irrsinn behalten. Ich muß den II WO fest am Arm packen und schütteln: »He, Kerl, komm doch zu dir!«

Da öffnen sich für eine Sekunde seine Lider. Aber noch will er nicht wach werden. Er versucht, mir zu entkommen und sich in den Schlaf zurückzuretten.

»In zehn Minuten tauchen wir auf!« flüstere ich jetzt dicht vor seinem Gesicht.

Der II WO blinzelt mißtrauisch, aber nun nimmt er doch den Schnorchel aus dem Mund.

»Was?« fragt er verstört.

»Wir tauchen auf!«

»Was? – Wie?«

»Ja, in zehn Minuten!«

»Ist das wahr?«

»Ja, vom Kommandanten . . .«

Der II WO springt nicht auf. Auf seinem Gesicht zeigt sich nicht einmal Freude. Er lehnt sich nur mit hintenübergelegtem Kopf zurück, schließt für einen Augenblick die Augen wieder – aber jetzt lächelt er. Er sieht aus, als wisse er, daß für ihn heimlich ein Fest bereitet wird, von dem er eigentlich noch gar nichts erfahren dürfte.

Rückmarsch

»Klarmachen zum Auftauchen!«

Der Befehl echot durch das Boot.

Der Kommandant bestimmt: »Der I WO und der Obersteuermann nach mir auf die Brücke!«

In der Zentrale suchen I WO und Obersteuermann ihr Ölzeug heraus, steigen taumelnd, als würde das Boot vom Seegang bewegt, in die Hosen, ziehen die steifen Jacken über. Sie vermeiden es, sich anzusehen. Gesichter, unbeweglich wie Frisörpuppen. Der Obersteuermann setzt sich, als wolle er allen vormachen, wie man das richtig handhabt, den Südwester ganz langsam auf – exerziermäßig, nach Zeiten Die Strippen bindet er unter dem Kinn mit bedächtiger Sorgfalt fest.

Jetzt erst merke ich richtig, was ich einatme: einen stinkenden Dunst, der in kompakten Schwadenschichten im Boot liegt. Sauer und stickig. Meine Lungen müssen heftig pumpen, um genug Sauerstoff aus dem stickigen Gemisch zu filtern.

Wird sich das Boot wirklich vom Grund lösen? Und wenns klappt, wie solls dann weitergehen?

Wie als Antwort auf diese stumme Frage befiehlt der Alte: »Klar bei Tauchrettern!«

Darauf will der Alte also hinaus: Hoch – und dann außenbords, und dann heißt es schwimmen. Nun doch noch! Jetzt im Dunkeln! Bei diesem gewaltigen Strom!

Meine Filme! Ich haste zu meiner Koje. Da liegt alles bereit: der Tauchretter und die Filme wasserdicht verpackt und so, daß ich sie mir um den Hals hängen kann.

Wie in einer zweiten, tieferen Schicht sitzt in mir eine noch bösere Angst als die vor Dunkelheit und Strom: das feindliche Feuer. Wenn uns ein Scheinwerferfinger von einer Korvette erwischt, liegen wir wie auf der hellen Bühne da. Und dann kommen mehr Scheinwerferfinger dazu, und der Himmel hängt sich voller Leuchtgranaten. Die

537

verdammten Weihnachtsbäume! Und dann belfern die Schnellfeuerwaffen los!

Aber wir können ja auch Glück haben. Da gibts die verrücktesten Sachen: Vielleicht entdecken sie uns nicht gleich. Aber wenn wir im Wasser sind, und sie sehen uns *dann* nicht, treiben wir ja sonstwohin.

Seenotlämpchen! *Wir* haben keine Seenotlämpchen. Die Tommies sind da besser ausgerüstet. Die sind aufs Aussteigen eingerichtet. Aber im Konzept unserer Führung ist ja eine Lage wie die unsere nicht vorgesehen. Die Tauchretter – das ist unsere ganze Seenot-Ausstattung.

Ich führe mich dämlich auf beim Anlegen meines Tauchretters. Ungeübt. Nie geglaubt, daß ich das Ding einmal brauchen könnte. Frenssen hilft mir. Versuchsweise setze ich mir das Mundstück ein. Wieder ein Schnorchelrüssel. Das hört nicht auf. Vorsichtig drehe ich die Sauerstoffflasche auf und höre das Zischen. Gut, das scheint zu klappen, die Luft bläst.

Auf einmal ist ringsum Geschäftigkeit und Flüstern. Der Schreck ebbt ab.

Alle haben jetzt ihre Tauchretter an, fummeln daran herum, tun so, als wären sie wer weiß wie beschäftigt, nur damit sie nicht hochsehen müssen.

Nur der Blick des II WO trifft mich. Er schafft es nicht, gleichmütig zu erscheinen. Er macht ein verzerrtes Gesicht, um seine Gemütsbewegung nicht zu zeigen.

Jetzt steht alles auf Messers Schneide: Der Leitende wird also seine Preßluft einsetzen, und es wird sich entscheiden, ob wir durch Ausblasen der Regelzellen und Anblasen der Tauchbunker genügend Auftrieb bekommen, um uns vom Grund zu lösen. Noch wissen wir nicht, ob die Entlüftungen der Tauchbunker dichthalten werden. Wir können nur diesen einen Versuch machen. Eine zweite Chance gibt es nicht. Soviel ist gewiß.

Der Kommandant befiehlt mit klarer Stimme: »Anblasen!« und der Zentralemaat bedient seine Hähne. Jetzt zischt die Preßluft in die Bunker. Wird sie das Wasser hinausdrücken? Wir stehen starr und lauschen. Rührt sich das Boot?

Ich mache mich ganz locker in den Knien, damit ich auch noch die kleinste Bewegung erspüren kann.

Nichts! Wir liegen fest! Fest wie aus Blei!

Ich mache mich noch weicher und leichter in den Kniekehlen.

Die Preßluft bläst und bläst.

Nichts!

Laßt alle Hoffnung fahren! Alles für die Katz! Meine Beine wollen nachgeben . . .

Aber jetzt! – Da war doch eine Bewegung im Boot! Und jetzt höre ich ein Anschrammen, eine Berührung von außen wie das Auftreffen von Asdic-Strahlen. Ein Quietschen – schrill wie von einem Messer auf Porzellan – fährt mir in die Knochen, und nun zittert der Zeiger des Tiefenmanometers.

Mit einem deutlich spürbaren Ruck löst sich das Boot vom Grund. Jetzt schabt es ächzend an einem Riff hin Wieder Kreischen und Jaulen. Und dann Ruhe.

In meiner Kehle staut sich der Jubel.

Mit der linken Hand halte ich mich an der Leiter zum Turmluk fest, den Blick scharf auf den Zeiger gestellt. Er soll um Gottes willen weiterzittern. Ich mache meinen Blick hypnotisch – da schnellt der Zeiger über drei, vier Teilstriche zurück. Das Boot schwebt, es treibt auf – statisch – wie ein Freiballon.

Herrgott im Himmel – wir liegen nicht mehr auf Grund. Wir sind jetzt leichter als das verdrängte Wasser. Wir haben ein Quentchen Auftrieb!

Ich starre an der Schulter des Kommandanten vorbei auf den Manometerzeiger. Die anderen auch. Ganz langsam streicht der Zeiger über die Ziffern zurück. Keine Regung im Raum, kein Wort.

Der Zeiger läuft qualvoll langsam. Ich möchte ihn weiterdrücken, als könne allein schon das Vorrücken des Zeigers das Steigen des Bootes bewirken.

Und jetzt? Bleibt der Zeiger etwa wieder stehen? Steigen wir nicht mehr weiter? – Aber das ist unmöglich! Jetzt *haben* wir Auftrieb. Jetzt *müssen* wir hochkommen.

»Zwohundertundfünfzig Meter!« sagt der Leitende, als wüßten wir alle es nicht längst.

»Zwohundertundzehn! – Zwohundert! – Einhundertundneunzig!«

Sehrohrblick entfällt, denke ich. Beide Sehrohre sind im Eimer. Der Kommandant wird sich also nicht einmal vergewissern können, ob die Luft rein ist. Ich schiebe diesen Gedanken schnell weg und konzentriere mich wieder auf das Tiefenmanometer. Das Boot steigt langsam immer weiter.

»Einhundertundsechzig Meter«, murmelt der LI.

Der Kommandant tritt schon unter den Turm, als der Zeiger erst über die Einhundertdreißig streicht.

Die Minuten dehnen sich wie schlaffe Gummilitze.

Wir stehen steif herum. Ich wage nicht, das Standbein zu wechseln. Der Alte sieht mit seinem Tauchretter über der Fellweste unförmig aus.

Als der Zeiger über die Sechzig streicht, läßt der Kommandant die

Lampen in der Zentrale abblenden. Es bleibt nur das fahle Dämmern, das von beiden Seiten durch die geöffneten Kugelschotts hereindringt und kaum die Umrisse der Gestalten erkennen läßt.

Wir gewinnen so langsam an Höhe wie eine Fahrstuhlkabine, die bei Stromausfall von Hand bewegt wird. Ich wechsle nun doch das Standbein. Vorsichtig, langsam. Keiner soll es merken.

Das Horchgerät ist besetzt: Herrmann. Ich weiß, daß er jetzt eine Menge Peilungen hat und nur melden wird, wenn eine ganz nahe ist. Herrmann schweigt. Anscheinend haben wir Glück.

»Zwanzig Meter – achtzehn Meter!«

Die Wassersäule im Papenberg sinkt jetzt schon. Der Kommandant klettert schwerfällig nach oben.

»Turmluk ist frei!« meldet der LI.

Ich schlucke. Tränen treten mir in die Augen. Blinde sollen wieder sehen, Vergiftete wieder frische Luft schöpfen!

Das Boot beginnt sich zu bewegen, es dümpelt ein bißchen hin und her. Und jetzt ein Ton: »Tschj-wumm-tschj-wumm!« Da hat eine See gegen den Bootskörper geschlagen.

Jetzt geht alles schnell wie immer: Der Leitende meldet: »Boot ist raus!« Von oben ruft der Alte: »Druckausgleich!«

Ein scharfer Knall. Das Turmluk ist aufgesprungen. Der Druckausgleich war also nicht vollständig. Die Luft fällt von oben wie eine feste Masse herab. Meine Lungen pumpen sich unter Schmerzen voll. Dann stocken sie – als könnten sie die Sauerstofffülle nicht bewältigen. Ich taumele. Der Lungenschmerz drückt mich schier in die Knie.

Herrgott im Himmel, was ist nur oben los? Kommt jetzt das Aufgleißen der Leuchtgranaten? Hat der Alte was gesehen? Warum kommen denn keine Befehle?

Das Boot dümpelt sacht von einer Seite auf die andere. Ich höre das patschende Anschlagen kleiner Wellen. Das Boot läßt es nachdröhnen wie ein Gong.

Endlich kommt des Alten Baßstimme wieder: »Klarmachen zum Ausblasen!«

Erstickter Jubel in der Kehle: Ausblasen!

Im Rund des Luks bleibt es dunkel.

Jetzt gibt der Alte herunter: »Klar bei Entlüftungen!« und als nächsten Befehl: »Dieselraum bleibt tauchklar!«

Dieselraum bleibt tauchklar? Schon habe ich meinen Schreck wieder weg. Gehört uns die Oberfläche noch nicht ganz? Kann uns das Geschenk, das wir eben bekamen, jeden Augenblick wieder entzogen werden?

Aber dieser Luftschluck gehört mir. Und dieser auch. Schwarze

540

feuchte Nachtluft! Ich dehne meinen Brustkorb, schöpfe mich voll, so viel die Lungen nur fassen können.

Wieder das Anklatschen der Wellen: tschjum – tschjum. Ich lausche hin wie auf ein Kyrie eleison. Ich könnte dem LI um den Hals fallen.

Da kommt von oben her der Ruf: »Klar bei Diesel!« Lauter, als es nötig wäre, rufe ich nach achtern: »Klar bei Diesel!«

Der Ruf pflanzt sich fort von Mund zu Mund bis zur Maschine. Jetzt öffnen sie achtern am heilen Diesel die Abgasklappen, die Preßluftflaschen, die Probierventile. Sie prüfen, ob der Diesel Wasser genommen hat, kuppeln den Diesel auf die Welle.

Und nun kommt die Klarmeldung aus der Maschine – und wieder der Alte von oben: »Backborddiesel halbe Fahrt voraus!«, und der Rudergänger im Turm echot den Befehl, und ich rufe ihn weiter nach achtern: »Backborddiesel halbe Fahrt voraus!«

Und jetzt höre ich das Gebläse fauchen! Und jetzt läuft der erste schütternde Pulsschlag durchs Boot.

Mein Gott! – wenn das nur gutgeht! Der Alte setzt wieder alles auf eine Karte! Noch kann ich kaum fassen, daß wir hochgekommen sind, daß wir Nachtluft atmen, daß wir leben – und da läßt der Alte den Diesel laufen. Ob er auf die Küste zuhalten will?

Der Diesel saugt die Frischluft in breitem Schwall ins Boot herunter. Alle Raumtüren sind offen, damit die Frischluft bis in alle Winkel dringen kann.

Der Diesellärm geht mir durch und durch. Ich möchte mir die Ohren zuhalten. Unseren Diesel muß man ja bis nach Afrika und nach Spanien hören können. Und oben muß es doch von Bewachern nur so wimmeln! Aber was soll der Alte machen? Wir haben keine Wahl. Wir können nicht leise auftreten.

Ein flatternder Blick des Bibelforschers trifft mich.

Wenn ich doch wüßte, wies oben aussieht! Aber von oben kommen nur simple Ruderbefehle, aus denen ich mir kein Bild machen kann.

Der Alte läßt jetzt den Obersteuermann auf die Brücke kommen. Der I WO neben mir hat auch das Gesicht nach oben gerichtet. Er hält die rechte Hand an der Steigleiter, ich die linke – der I WO steht da wie mein Spiegelbild.

Drei, vier Ruderbefehle in schneller Folge – ein Gegenbefehl: »Belege hart backbord! – Weiter zwohundertundfünfzig Grad steuern!«

Der Rudergänger kommt mit seinen Rückmeldungen nicht mehr klar: Er verhaspelt sich. Aber von oben kommt kein Anpfiff.

»Na, na, na!« höre ich den Kommandanten nur. Das letzte »na« ist langgedehnt. Nicht gerade ein Übermaß an Information, aber ich kann mir doch vorstellen, daß es eben nur sehr knapp klarging.

Die Zähne zusammenbeißen. Ganz fest wünschen, daß der Alte das Richtige trifft. Der Alte hat ja Übung darin: den Gegner zu äffen, ihm direkt vor der Nase herumzukutschen, die schmale Silhouette zu zeigen, immer gegen dunklen Grund zu bleiben, ganz nach den Regeln der Kunst.

Der I WO zieht Schleim hoch. Dann atmet er durch den weitgeöffneten Mund. Könnte auch mal was sagen. Mit seinen Vorschriften wäre *der* aufgeschmissen. Was der Alte jetzt macht, wird einem nicht auf Lehrgängen eingetrichtert. Jetzt heißt es: den Weg, den wir mit leisen E-Maschinen gekommen sind, mit lärmendem Diesel wieder zurückzumogeln: Der Durchbruchversuch ins Mittelmeer ist gescheitert.

Wie unter einem Zwang ziehe ich nun auch Rotz hoch. Wir haben uns wohl alle ein bißchen erkältet. Ich setze meinen linken Fuß auf die unterste Sprosse wie auf eine Barstange. Der I WO machts mit seinem rechten nach.

Der Obersteuermann ist wieder mal zu leise. Ich kann immer nur die Hälfte seiner Meldungen verstehen: »Objekt – zig Grad! – Objekt Lage dreißig – staffelt heran –«

»Das scheint jan Betrieb wie auf dem Wannsee zu sein«, höre ich hinter mir. Der Babyofficer! Er kann den starken Mann spielen, soviel er will, mir kann er nichts mehr vormachen. Ich werde ihn immer in der Kojenecke hocken sehen; erledigt, den Basthund an sich gedrückt.

Jetzt ist der II WO ganz dicht herangetreten. Ich merke es an seinem Atem.

In der Zentrale scheint ein Volksauflauf zu sein. Verständlich, daß die Freiwächter sich jetzt nicht gern in entlegenen Räumen aufhalten. Wer kann, schafft sich einen Vorwand, um in die Nähe des Turms zu gelangen. Im Dunkeln sieht sie zu ihrem Glück keiner. Ich höre trotz Diesellärm deutlich Zischen von Preßluft aus einem der kleinen Stahlzylinder am Tauchretter. Und da – noch mal. Da haben sich eben zwei fürs Aussteigen präpariert.

Mir klopft das Herz hoch im Hals. Wenn uns einer entdeckt – auf Tiefe gehen können wir jedenfalls nicht.

Eine verwirrende Folge von Ruderbefehlen: »Backbord - steuerbord – mittschiffs – recht so – hart backbord!« Der Alte dreht das Boot hin und her: Schlangenlinien.

Ich kann nicht fassen, daß wir immer noch unbemerkt sind, noch ungeschoren bleiben – daß die Tommies nicht Großalarm geben, daß nicht alles, was laufen kann, von allen Seiten herangeprescht kommt. Irgend jemand *muß* uns doch hören oder sehen. Die können doch nicht *alle* schlafen. Schützt uns etwa gar der lärmende Diesel? Halten die

Leute auf den Bewachern uns für ein englisches Boot? Die Tommy-boote haben aber doch eine andere Turmform. Ja, sage ich mir, von der Seite gesehen mag das stimmen. Aber von vorn, bei schmaler Silhouette, besteht sicher nicht viel Unterschied.

Wieder das kurze, scharfe Fauchen der Preßluftflasche eines Tauch-retters. Wenn wir bloß nicht aussteigen müssen!

Ich habe mich weich gemacht im Kniegelenk meines Standbeines, als könnte ich dadurch leichter werden und unser Boot entlasten.

Und wenn wieder ein Flugzeug kommt?!

Aber das war doch kein Routineflug. Wir waren vielmehr avisiert! Die konnten ja mitkoppeln und sich für die richtige Stunde bereithal-ten. Für heute ist nichts angekündigt. Also bleiben die Flugzeuge auf ihren Feldern.

Da stehen wir drei nun und wagen kaum zu atmen. Wie auf dem Theater: Der Wächter oben auf dem Turm meldet herunter, was sich vor seinen Augen begibt. Und deutlich wie früher vom Theaterolymp herab die vom Turmwächter beschriebenen feindlichen Heerscharen kann ich jetzt die Schatten entfernter Schiffe sehen, die sich zusammen-schieben, sich drehen, höher herauswachsen und wieder verschwinden.

Aber jetzt schweigt unser Wächter. Wenn er nur wieder eine Nach-richt gäbe!

Der II WO räuspert sich und sagt mit Piepsstimme: »Erstmal or-dentlich nach Westen absetzen, vermute ich.«

Der Alte schweigt schon gute fünf Minuten lang. Ich sehe das Kar-tenbild vor mir: Ja, einen großen Bogen nach Westen schlagen, um den Verkehr ums Kap Vincent zu meiden.

Wenn ich doch nur auf die Brücke dürfte! Sehen. Sehen. SEHEN!

Der Himmel wenigstens hat Verständnis dafür: Eine Wolkenblende öffnet sich, und ein paar Sterne erscheinen. Sie schieben sich im Kreis-rund des Luks von rechts nach links, von links nach rechts. Wie sie wohl heißen mögen? Der Obersteuermann wüßte es auf Anhieb.

Aber der Obersteuermann ist oben.

»Backbord zwanzig – auf zwohundertundsiebzig Grad gehen!«

Eine Minute, dann meldet der Rudergänger: »Zwohundertund-siebzig Grad liegen an.«

Ich habe mich schon wieder an den Diesellärm gewöhnt. Aber als wir auftauchten, fuhr er mir wie ein Schlag in die Glieder.

»Frage Uhrzeit?« ruft der Kommandant herunter.

»Einundzwanzig Uhr dreißig!« antwortet der Rudergänger aus dem Turm.

Also etwa eine Stunde, seit wir wieder oben sind. Wieviel schafft der eine Diesel?

Ich weiß nicht mal genau, welche Fahrtstufe er läuft. Bei zwei Dieseln würde ich es am Klang hören. Aber auf einen Diesel ist mein Unterscheidungsvermögen von Fahrtstufen nicht trainiert. Wir fahren mit E-Ladung. Wir brauchen ja jeden Jonny. Hoffentlich speichern die paar gesunden Batteriezellen soviel Vorrat, daß wir durch den nächsten Tag kommen. Denn das ist klar, ohne daß darüber gesprochen wurde: Sobald die Frühdämmerung beginnt, müssen wir von der Oberfläche verschwinden. Der Leitende will dann das Boot auf Sehrohrtiefe halten können. Hoffen wir das Beste.

Endlich wieder mal ein paar Brocken von oben: ». . . nee, Obersteuermann, der läuft ab. Da bin ich sicher. Behalten Sie mal den Aufkommer im Auge. Weitab – aber unschön.«

Nach fünf Minuten fragt der Kommandant: »Was liegt an?«

»Zwohundertundsiebzig Grad liegen an!«

»Recht so!«

»Wieviel Meilen schaffen wir denn noch, bevor es hell wird?« frage ich den I WO.

Der schnieft: »Zwanzig vielleicht.«

»Läuft ja ganz gut.«

»Ja, scheint so.«

Ich spüre einen Griff am Oberarm und zucke vor Schreck zusammen.

»Wie siehts denn aus?« fragt der Leitende.

»Ich betatsche Sie auch mal aus dem Dunkeln!« entfährt es mir. »Akzeptabel siehts aus – für mein Gefühl.«

»Verzeihung, der Herr!« sagte der LI.

»Und bei Ihnen, LI?«

»Danke der Nachfrage: comme çi – comme ça!«

»Eine wahrhaft erschöpfende Auskunft!«

»Wollte bloß mal Luft schnappen«, erklärt der Leitende und verschwindet wieder.

»Bei den Makkaronis sind wir scheints nicht erwünscht«, höre ich hinter mir.

Das muß der Zentralemaat Isenberg gewesen sein. Richtig: La Spezia! Gar nicht mehr daran gedacht, daß wir dorthin wollten. Das schöne blaue Mittelmeer. Jetzt muß der gute Rommel sehen, wie er ohne uns seinen Nachschub querrüber bekommt. Schließlich sind wir ein Atlantikboot. Sollen sich doch die Italiener um die Mittelmeergeleitzüge kümmern.

Ob wir das einzige Boot waren? Oder ob da noch andere durchgeprügelt werden sollten?

Wenn wir es schaffen, uns gehörig nach Westen abzusetzen – was dann? Ein Tag unter Wasser, auf Sehrohrtiefe, gut und schön! Aber wie weiter? Wir sind tauchunklar. Mehr als Sehrohrtiefe hält das Boot nicht aus. Ob unser Sender arbeitet? Von Funksprüchen war keine Rede mehr. Wie viele Seemeilen sind es bis zum nächsten französischen Hafen? Oder will der Alte mit dem demolierten Schlitten wieder nach Vigo hinein und uns dann zu Fuß durch Spanien schicken? Diesmal allesamt?

Wenn das Wetter schlechter wird – wie sollen wir dann mit dem ramponierten Boot durch die Biskaya kommen? Am Tag zu marschieren dürfte sowieso unmöglich sein. Wir kommen ja vor keinem Flugzeug mehr weg, und in der Biskaya wimmelts von Flugzeugen. Immer nur nachts marschieren und tagsüber getaucht bleiben? Gut, die Nächte sind lang, aber obs klappt?

»Stütz... recht so!« höre ich von oben.

Der Alte ist vom Kurs abgefallen. Er läßt weiter südlich halten. Das alte Spiel: Der Alte denkt, die Tommies denken... könnten denken, wenn noch mehr Boote den Durchbruch versuchen sollten, tun sie das auf dem kürzesten Weg. Dann gehen sie, wenn sie aus dem Nord- und Mittelatlantik kommen, nicht unter sechsunddreißig Grad herunter, also sollten wir uns südlich vom Sechsunddreißigsten halten. Vorläufig.

Wenn ich die Sache richtig sehe, müßten wir etwa wieder in der Gegend von Kap Spartel sein. Oder schon weiter westlich, jedoch auf der Höhe von Kap Spartel. Der Obersteuermann kann jetzt nicht mitkoppeln. Keiner springt für ihn ein, da wird ihm später ein hübsches Stück auf seiner Wegekarte fehlen.

Ich merke, daß beide WOs verschwunden sind. Ich kann mich auch kaum noch senkrecht halten. Von oben kommen weniger Ruderbefehle. Wir haben anscheinend die Bewacherketten schon hinter uns gebracht – ungeschoren.

Wenns also nicht mehr ganz so brenzlig ist, sollte ich mir doch ein Herz fassen –

»Ein Mann auf Brücke?« frage ich nach oben.

»Jawoll«, kommt die Antwort des Alten.

Ich bringe meine Glieder kaum in Gang. Vom langen Stehen bin ich völlig steif. Mühselig klettere ich am Rudergänger vorbei – es ist der Berliner. Wind massiert mir das Gesicht, noch ehe ich zu einem Blick übers Schanzkleid komme. Und jetzt stopft er sich in meinen offenen Mund.

»Naa?« fragt gedehnt der Alte.

Ich bringe kein Wort hervor. Spähe ringsum: keine Schatten – nichts. Da – an Backbord blinzelt eine Lichterkette: neun, zehn Fun-

545

kellichter. Was mag das sein? Die afrikanische Küste? Kaum zu fassen!

Jetzt stemme ich mich hoch und werfe einen Blick über das Schanzkleid. Das Vorschiff schimmert im schwachen Mondlicht. Du mein Himmel, wie leer das Oberdeck daliegt! Trotz der Dunkelheit kann ich sehen, daß die Grätings bizarr aufgerissen sind. Vom Geschütz steht nur noch das Pivot. Wie mag bloß die Vorderseite unseres Turms aussehen? Die Turmverkleidung ist sicher zerfetzt.

Der Alte steht neben mir und sagt: »Ganz eindrucksvoll, oder?«

»Wie bitte?«

»Doch ganz eindrucksvoll!« Und dann folgt Gemurmel, aus dem ich heraushöre: »Der liebe Gott . . . verläßt eben seine Gammelpäckchen nicht!«

Da läßt sich der Obersteuermann hören: »Dachte immer, der wär für die Engländer. *Die* haben doch den Whisky!«

Ich will meinen Ohren nicht trauen: schale Witzchen.

Ein Gefühl der Unwirklichkeit nimmt von mir Besitz: Das ist nicht die alte Erde. Wir gleiten auf einer Haut aus Blei dahin, auf einem Mond, der tot und kalt durchs All kreist. Kein Lebewesen existiert hier außer uns. Mir ist, als trieben wir schon hundert Jahre dahin: Sind wir nicht doch ausgelöscht? Sind wir die alten? Noch die gleichen? Haben wir nur einen Aufschub erreicht? Was bedeutet das alles?

Lange Minuten weiß ich nicht, ob ich träume oder wache. Ich spüre, wie sich jetzt schon alles wandelt: Was war Realität? Was habe ich mir vorgemacht? Was war Angsthalluzination? Wie lange hat die Tortur überhaupt gedauert? Wann war ich wach? Wie habe ich die vielen Stunden nur hingebracht? Wie haben die anderen das durchgestanden?

Am liebsten würde ich den Obersteuermann fragen: »Wie war das alles?«

Meine Glieder sind schlaff wie nach schwerer Krankheit, aber mein Blut pulst heftig in den Adern. Ich höre das Herzpochen in den Ohren.

Ich muß das Metall des Schanzkleids berühren, um sein Zittern zu erspüren. Unser Diesel läuft wirklich. Das ist keine Täuschung! Wir haben es geschafft. Wir sind entwichen.

Ich merke, daß ich automatisch meine Hände öffne und schließe. Das Spiel meiner Fingergelenke verschafft mir Genugtuung: Sie lassen sich in Betrieb setzen, wenn ich es will. Meine Muskeln reagieren. Ich kann deutlich spüren, wie Muskeln und Gelenke arbeiten. Und jetzt fahre ich mir über die Stirn, um den kalten Schweiß wegzuwischen.

Der Obersteuermann wendet sich zurück, sagt aber kein Wort. Auch ich halte meine Lippen geschlossen.

Neue Lichter zwinkern auf. Der Alte gibt Ruderbefehle. Wir kurven hin und her, aber der Generalkurs bleibt West. Erstmal nichts als weg. Raum gewinnen. Raus aus dem Trichter!

»Wie lange gehts denn noch, Obersteuermann?«

»Noch eine gute Stunde, Herr Kaleun!«

Ich will nur dastehen und meine Lungen ganz gleichmäßig pumpen lassen, auf meinen Herzschlag lauschen, meinen Blick über die sich kaum absetzende Kimm schweifen lassen, das Zischen der Bugsee hören. Eben bekam ich einen Spritzer ab. Ich lasse meine Zunge hervortasten: salzig. Meine Geschmacksnerven reagieren. Sehen, schmekken, hören, die Nachtluft riechen. Die Bewegungen des Bootes erspüren. Alle meine Sinne funktionieren – ich lebe!

Heftiger Blasendruck meldet sich. Am liebsten würde ich in den Wintergarten hinter der Brücke treten, wie es üblich ist. Aber ich weiß nicht – mir kommt das jetzt fehl am Platze vor. Noch nicht die richtige Zeit dafür. Dem Alten könnte es nicht passen. Ne Weile gehts noch, gehts sicher noch.

Ich lege meinen Kopf in den Nacken. Hier und da ein paar Sterne. Eine zerschlissene Wolkendecke, die sich wenig bewegt und die Mondsichel abblendet. Da ziehen wir nun durch die Nacht. Wiedergeborene, von denen keiner weiß. In Kernével gelten wir als versenkt. Die Tommies haben sicher gleich gemeldet. *Die* können ja funken, soviel sie wollen. Wir nicht. Es hieß zwar, daß die Funkenpusterei möglicherweise wieder arbeiten könnte, aber wir werden uns schön hüten, Laut zu geben. Die Tommies sind zu sehr auf Zack, die peilen noch das kürzeste Funksignal ein.

»Na schön«, murmelt der Alte, »noch ne Stunde und dann packen wir uns erst mal hin!«

Er setzt das Glas an, dann sagt er unter dem Glas hindurch: »Ich glaube, wir können die Wache aufziehen lassen – was, Obersteuermann?«

»Glaube auch, Herr Kaleun!«

»Zwote Wache, sich klarmachen!« gibt der Kommandant nach unten. »Na?« fragt er dann zu mir her.

»Ich kanns nicht begreifen!«

»Was denn?«

»Daß die uns hier rumkarriolen lassen!«

»Ich auch nicht«, sagt der Alte trocken. »Aber typisch. Meine alte Rede: Nicht aufhören! *Mir* wäre das nicht passiert.«

»Was denn?«

»Daß wir jetzt wieder hier herumfahren! Nicht aufhören, bis die Mütze des Kommandanten hochkommt – alte Regel.«

Mir bleibt vor Verblüffung der Mund offen. Fachmännische Manöverkritik. Wenn es nach dem Alten ginge, wären wir also gekillt worden, gründlich und unwiderruflich. Der Alte hätte es uns besser besorgt.

»Sie sollten sich mal hinhauen«, sagt der Alte zu mir. Er redet mit schwerer Zunge wie ein Betrunkener, der einem anderen Betrunkenen guten Rat gibt, weil er sich selber für nüchtern hält.

»Geht ja noch«, sage ich wie nebenhin – aber als ich höre, daß die zwote Wache klar ist, melde ich mich doch von der Brücke.

Die stinkenden Pützen sind verschwunden. Der Chlorkalk auch. Normale Verhältnisse. Die Entlüfter summen. Überall ist aufgeklart. Schapp H ist wie durch ein Wunder frei.

Im U-Raum ist Stille, drei Vorhänge sind zugezogen. So wie ich bin, mit allen Klamotten am Leibe, klettere ich in meine Koje. Den Tauchretter schiebe ich ans Fußende, unverpackt. Jetzt liegt mir aber noch die Kalipatrone mit dem Saugrüssel im Weg. Wohin damit? Am liebsten gleich über Bord! Ich will diesen Aluminiumkasten nicht mehr sehen. Wo haben denn die anderen ihre Kalipatronen untergebracht? Hochkant gegen die Wand stellen. Ja, so gehts.

In meine Träume schlagen Detonationen. Ich bin eine dröhnende Pauke, riesengroß und aus Blech. Die Klöppel sind eine Art mächtiger Dreschflegel. In mir – in der Pauke – kreisen Feuerräder gegeneinander: innen magnesiumweiß, außen rosa. Das Gesprüh, das sie im Drehen gegen den Paukenring werfen, ist blutrot. Die Pauke steht zwischen riesenhaften glühenden Dahlien, einer Allee aus glühenden Dahlien. An ihrem Ende im Magnesiumlicht der Grünewaldsche auferstehende Christus. Über ihm auf einem Grund von grünlicher Goldbronze eine strahlende rosa Aureole, die bis hoch zum Zenit reicht. Raketen schießen von beiden Seiten über wirbelnde Feuerräder und die glühenden Dahlien hoch. Der ganze Boden funkelt und blitzt: bunte chinesische Feuertöpfe noch und noch.

Plötzlich setzt das Paukenklöppeln aus. Wer klöppelte überhaupt? Aus dicken bronzenen Schützenfestböllern werden nun glühende Kegelkugeln von beiden Seiten her auf die Pauke geschossen, aber keine trifft. Die Feuertöpfe fauchen und zischen. Richtig: Wenn ich genau hingucke, ist das im bläulichen Gasstrumpflicht glühende Gesicht am Ende der Feuerallee auch gar nicht der Herr Jesus Christus, sondern unser Alter. Er erhebt sich in seinen vergammelten Klamotten zu ganzer Größe, schlägt sich auf die Schenkel und lacht dabei aus vollem Halse. Das Böllerschießen ist es, das ihm soviel Spaß macht.

Da treffen zwei Schüsse beide Seiten meiner Pauke zugleich. Die Blechbespannungen reißen. Die funkensprühenden Kugeln prallen in mir scheppernd aufeinander. Dem Scheppern folgt ein dröhnendes Gerummel.

»Was denn, was denn?« stammle ich und schlage jäh den Vorhang zurück. Wieder drei, vier dumpf nachhallende Schläge!

Unten an der Back sitzt einer. Jetzt dreht er mir sein Gesicht zu. Ich schlage mit den Lidern und erkenne den Dieselmaat Kleinschmidt.

»Die beharken einen!«

»Ach, du Scheiße!«

»Uns können sie kaum meinen – das geht schon seit ner halben Stunde!«

»Wie spät isses denn?«

»Elf Uhr dreißig!«

»Was denn? Wieso denn?«

»Elf Uhr dreißig – stimmt genau!«

Kleinschmidt reckt mit einer Drehbewegung seinen rechten Arm hoch: ich soll mich auf der Uhr an seinem Handgelenk vergewissern.

Da merke ich, daß ich ja meine eigene Uhr wiederhabe. Ich könnte mir mit der flachen Hand gegen die Stirn schlagen: verrückt, vollkommen verrückt . . . Ich bin verstört: außer Kleinschmidt kein Mensch im Raum. Oder doch? Die Vorhänge der Kojen an der anderen Seite sind zugezogen.

Beharken einen! Jetzt muß es oben doch hell sein. Elf Uhr dreißig – doch nicht etwa nachts! Kein Verlaß aufs Zeitgefühl. Bin ganz durcheinander. Was denn? Am Tag kann doch keiner versuchen, hier durchzukommen?

Wieder eine Serie von Detonationen! »Vielleicht Schreckbomben«, sage ich zu Kleinschmidt. »Das sollten sie aber lieber lassen, das macht mich ganz schön rapplig!«

Ich stemme mich hoch, wälze mich über das Kojengitter. Ich will in die Zentrale. Sehen, was los ist.

Der Zentralemaat hat die Funktion des Bombenaufrechners übernommen, weil der Obersteuermann schläft.

Laut zählt er mit: »Dreiunddreißig, vierunddreißig, fünfunddreißig, sechsunddreißigachtunddreißig.«

Die letzten beiden Bomben waren ein Doppelwurf.

Der I WO ist auch in der Zentrale. Er hockt mit lauschendem Ausdruck auf der Kartenkiste. Affenjacke aus Drillich. Wo hat er die denn her? Das ist doch kein korrekter Anzug, wie man ihn am I WO gewöhnt ist. Sein Bart sprießt auch noch. Die Beleuchtung vom Karten-

549

pult her drängt seine Augen tief in Schattenhöhlen zurück: ein Totenkopf! Er brauchte nur noch die Zähne zu blecken.

»Vierzig, zwoundvierzig, vierundvierzig – das schafft!«

»Wie weit isn das ab?«

»Ganzen Strahl«, sagt der Zentralemaat.

»Mindestens fünfzehn Seemeilen«, sagt der I WO ·

»Danke verbindlichst!«

Daß der Kommandant nicht in der Zentrale ist, macht mich unsicher. Und der Leitende? Ist der in der Maschine? Oder schläft er endlich? Die beiden Tiefenrudergänger hocken reglos vor ihren Druckknöpfen. Teilnahmslos, als wären sie längst eingeschlafen.

Eine ganze Serie von Detonationen schließt sich zu einem grummelnden Donnern zusammen.

»Weitab!« höre ich hinter meinem Rücken die Brummstimme des Kommandanten. Er hat nur Hemd und Hose an. Sein Gesicht ist mißbilligend verkniffen. Hinter dem Alten sehe ich den Obersteuermann. Und nun erscheint auch der Leitende.

»Scheiße!« murmelt der Leitende in jede Bombenpause hinein: »Scheiße – Scheiße – Scheiße!« Wie ein trotziges Kind.

Beschäftigen sich da etwa welche mit unserer Ölspur? Einem anderen Boot können die Bomben doch kaum gelten. Es ist doch hellichter Tag!

»Die kommen näher«, sagt der Obersteuermann.

Das fehlte grad noch! Der Rudermotor geht viel zu laut! Alles in diesem Boot ist zu laut.

Der Alte winkt aus lockerem Handgelenk ab und murmelt: »So ein Blödsinn!«

Da hört das Gewummere plötzlich auf. Gerade so, als hätte die Handbewegung des Alten ihm ein Ende gesetzt.

»Wahrscheinlich überzählige Bestände!« pflaumt der Alte, »die müssen eben weg! Auf die einfachste Art!«

Der Kommandant ist wieder verschwunden.

Ich werfe einen Blick auf die Seekarte. Erstaunlich – der Obersteuermann hat das fehlende Wegstück eingeflickt. Mich würde es nicht wundern, wenn der Schiffsort, der früh sechs Uhr eingetragen wurde, auf astronomischer Beobachtung beruhte. Wie ich den Obersteuermann kenne, hat der noch schnell Sterne geschossen, ehe er von der Brücke ging.

Auf der Karte sieht alles ganz simpel aus. Wir haben schon ganz andere, viel kompliziertere Zacken gemacht als diesen Umkehrzack. Am Papenberg sehe ich, daß wir zwanzig Meter tief sind.

Herrmann hat Dienst im Horchraum. Er bedenkt mich mit einem starren Eulenblick.

»Guten Morgen«, hätte ich fast in sein leeres Gesicht hinein gesagt. Dabei ist ja schon Mittag. Jetzt darf ich Herrmann nicht stören. Er soll lauschen, rundhorchen. Seine zwei Kopfhörermuscheln müssen vier Gläser ersetzen, seine beiden Trommelfelle acht Augen.

Wie hatte der Zentralemaat gesagt? »Am Krückstock nach Hause hinken – nicht gerade mein Fall.« Ja, das ist das richtige Wort: Nach Hause hinken! Von der Beresina an Krücken zurück. Mit Mann und Roß und Wagen hat sie der Herr geschlagen. Glaube, Liebe, Hoffnung – diese drei! Aber die Hoffnung ist die größte unter ihnen.

Der Kommandant hat seinen Vorhang zugezogen. Ich stelze auf Zehenspitzen vorbei.

In der O-Messe pennt der II WO. Aber der Leitende ist nicht auf seiner Koje. Wenn der Leitende überhaupt noch nicht geschlafen haben sollte, muß er allmählich irrenhausreif werden. Vor zwölf Stunden war der LI ja schon ein fast toter Mann. Vom Obersteuermann weiß ich, daß es mit der Frau unseres Leitenden gerade jetzt soweit sein müßte. Zeiten sind das: In Flensburg in einer Klinik die Frau, und der Leitende im Atlantik zwischen demolierten Maschinen, in zwanzig Meter Tiefe und am Rande des Wahnsinns.

Todesumfallmüde. Nicht die Kraft, mich in die U-Messe zurückzuschleppen. Ich lasse mich halb bewußtlos in eine Ecke auf die Koje des Leitenden sacken.

Der Backschafter weckt mich. Anscheinend hat er das schon eine Weile versucht. Ich habe deutlich gespürt, wie er an mir rüttelte, und wie ich auf den Schlafwogen immer wieder abtrieb. Der Mund des Backschafters ist nahe an meinem Gesicht: »Fünf vor zwölf, Herr Leutnant!«

Ich presse die Lider so fest zusammen, wie ich nur kann, und reiße dann die Augen auf.

»Ja?«

»Fünf vor zwölf, Herr Leutnant!«

»Gibt wohl was zu essen?«

»Jawoll, Herr Leutnant!«

Den Kommandanten höre ich nebenan mit dem Horcher reden. Er hat die raspelnde Stimme eines Betrunkenen. Jetzt kommt er.

»Na?« ist wieder mal alles, was er sagt.

Gerötete Augen, Liderzucken, käsiges Gesicht, glitschige Haare, dunkelglitschiger Bart: der Alte hat anscheinend den ganzen Kopf in Wasser gehalten.

Endlich bringt er den Mund auf: »Was gibts denn?«

»Rindsrouladen mit Rotkohl«, antwortet der Backschafter.

Der Schmutt, der verrückte Kerl. Mit Dosenwurst habe ich allenfalls gerechnet, aber nicht mit Sonntagsessen.

»Hm«, macht der Alte. Er hat sich weit zurückgelegt und zwinkert die Decke an.

»Wo ist denn der LI?« frage ich.

»Bei seinen geliebten Maschinen natürlich. Der ist zwischen den Dieseln in der Hocke eingeschlafen. Seine Leute haben ihn langgelegt auf ner Kojenmatratze. Da soll er erst mal bleiben.«

Drei dampfende Schüsseln kommen auf die Back. Der Alte fächelt sich den Rouladenduft unter die Nase.

Wieder drei, vier dumpfe Detonationen. Ja, hört das denn gar nicht mehr auf?

Der Kommandant hat das Gesicht verzogen. Er nagt an seiner Unterlippe. Nach den nächsten zwei Detonationen sagt er: »Richtig lästig, diese Knallerei! Als ob schon Silvester wäre!«

Der Alte drückt die Augen zu, dann wischt er sich mit der flachen Hand übers Gesicht und knetet es wie einen Feudel. Mit den Zeigefingern drückt er beide Augen tief in die Höhlen, und schließlich führt er seine rechte Hand wie einen Kamm durch den Bart.

In sein Gesicht ist davon Farbe gekommen. Aber sie hält sich nur einen Augenblick lang. Schon ist seine Haut wieder bleich, seine Augen nur noch heftiger gerötet.

»Und der II LI – wo ist denn der?«

Der Kommandant gähnt. Mit dem Gähnen läßt er die Worte: »Auch in der Maschine« aus sich herausquellen. »Da gibts ja schließlich noch einiges zu basteln.«

Nun gähnt der Kommandant wieder. Er lehnt sich zurück und schlägt sich mit dem rechten Handrücken vor den weit geöffneten Mund, wodurch sein Gähnton tremoliert.

»Der ist ja prima eingeführt worden. Der weiß jetzt wenigstens, was anliegt!« sagt der Alte, als er ausgegähnt hat, und spießt ein Stück Roulade auf, vorsichtig schiebt er die geschürzten Lippen darüber: heiß.

»Schraubengeräusche in rechtweisend neunzig Grad!« ruft der Horcher.

Der Alte ist sofort hoch und neben dem Horchraum. Er stemmt sich schräg in den Gang, den linken Arm gegen den Schottrahmen des Horchraums gestützt.

»Lauter oder leiser?« fragt er ungeduldig.

»Gleichbleibend! Turbinenmaschine! Noch ziemlich schwach – wird lauter!«

Jetzt geht der Alte in die Kniebeuge, der Kopf des Horchers neigt sich ihm so weit entgegen, als wolle ihm der Horcher etwas ins Ohr flüstern. Er hat seinen Kopfhörer abgenommen und die Hörmuscheln so verdreht, daß er sich eine an sein linkes Ohr drücken kann und der Kommandant die andere an sein rechtes. Der Bügel des Kopfhörers wölbt sich wie eine Klammer zwischen den Köpfen der beiden. Nichts geschieht. Kein Wort wird gesprochen.

Langsam wende ich meinen Blick wieder unserer Back zu. Meine halbe Roulade liegt zwischen einem Häufchen Rotkraut und einem Häufchen Kartoffeln. Sieht auf einmal komisch aus. Ich habe noch Messer und Gabel in Händen, aber – ich kann doch nicht einfach weiteressen?

»Wandert aus!« Das war die Stimme des Horchers. Ich höre am Stöhnen und einem Gelenkknacken, daß der Alte sich wieder hochstemmt.

»Die könnten uns doch wenigstens in Ruhe essen lassen«, sagt er, als er sich wieder an der Schmalseite der Back durchschiebt.

Kaum sitzt er, meldet der Horcher neue Geräusche: »Einhundertundsiebzig Grad!«

»War doch erst ganz schön ruhig!« sagt der Kommandant mit Vorwurf in der Stimme – und dann: »Mal abwarten!«

Er nimmt zwei, drei Bissen. Ich entschließe mich, auch weiterzuessen. Ganz vorsichtig, damit ich keinen Lärm mit dem Besteck mache.

Daß die Tommies auch noch, während wir uns die guten Rouladen einverleiben wollen, für akustische Effekte sorgen, nimmt der Alte anscheinend als pure Schikane: »Kalt!« sagt er angewidert, nachdem er sich ein neues Stück Roulade in den Mund geschoben hat. Verbiestert stiert er noch ein paar Minuten lang auf sein Essen, dann schiebt er den Teller weg.

Die Wasserbombendetonationen und jetzt noch dazu die nahen Schraubengeräusche machen den Alten sichtlich nervös. Möglicherweise beschäftigen sich die Tommies *doch* mit unserem Ölauftrieb. Können wir denn wissen, ob wir nicht sogar eine Ölspur hinter uns *herziehen*? Unseren großen Ölauftrieb müßte der Strom zwar längst schon weiter in Richtung Mittelmeer vertrieben haben, aber vielleicht läuft das Öl noch immer aus!

Der I WO hat sorgfältig aufgegessen und Messer und Gabel parallel nebeneinander auf den Teller gelegt. Der I WO kennt sich eben in den feinen Sitten aus. Dem Backschafter hat er sie auch schon beigebracht: »Wenn ich gekreuzt habe, heißt das, daß ich noch nachgereicht haben möchte!«

»Abbacken«, sagt der Kommandant, rekelt sich hoch und steuert die Zentrale an. Kaum hat er sich auf die Kartenkiste gehockt, fallen wieder sechs Bomben. Es klingt wie fernes Donnergrollen.

Die Back im U-Raum bietet ein wüstes Bild: Nur drei Leute haben gegessen, aber die wie die Schweine. Für die anderen stehen die Schüsseln mit kalt gewordenem Essen zwischen den schmierigen Tellern herum. Anscheinend sind die Leute zu erledigt, um noch Ordnung zu halten. Ich möchte mir den Aufstieg in meine Koje ein bißchen bequemer machen, aber ich habe alle Mühe, um zwischen dem eklen Wirrwarr auf der Back einen Platz für meinen rechten Fuß zu finden.

Ins Hornissensummen der E-Maschinen rumpeln wieder drei Wabodetonationen. Ich werde mir bewußt, warum nach jedem Bombengedröhn eine solche Friedhofsstille im Raum herrscht: kein Musikgedudel mehr aus dem Lautsprecher. Seit der Fliegerbombe ist es Schluß damit. Der Treffer hatte also auch sein Gutes.

Noch paar Stunden pennen, das wärs! Diese Wohltat: Ausstrecken – die Zehen einkrampfen und wieder hochziehen. In unserer Situation genügt schon das bloße Langliegen zum vollkommenen Glück. Mich schauderts bei dem Gedanken, daß wir seit vielen Stunden schwimmen müßten, wenn der Alte nicht so stur gewesen wäre. Der eiskalte Vabanquespieler weiß, was ein schwimmender Untersatz wert ist, auch der demolierteste noch.

Es ist siebzehn Uhr dreißig, als ich aufwache. Wir steuern merkwürdigerweise dreißig Grad. Der Alte will also wieder näher an die Küste heran. Wenn wir diesen Kurs durchsteuerten, kämen wir direkt nach Lissabon.

Wie lange ist es her, daß ich nachts auf die Brücke geholt wurde, weil wir Lissabon querab hatten?

Dicht unter der Küste, da wird es für uns am sichersten sein, mutmaßlich. Notfalls den Schlitten aufsetzen, das kann es sein, was der Alte im Sinn hat. Möglich, ja. Aber wie ich den Alten kenne, versucht der alles, um es durchzustehen.

Unser Schiff ist schließlich voll ausgerüstet. Öl in rauhen Mengen – trotz des Abgangs durch das Leck. Volle Torpedozahl und jede Menge Proviant. So etwas gibt ein Mann wie der Alte nicht leichtfertig auf.

Für einen Marsch quer durch die Biskaya würde Kap Finisterre die Absprungstelle sein. Ob der Alte den Sprung wagt?

»Klarmachen zum Auftauchen!« höre ich aus der Zentrale. Der Befehl echot von Mund zu Mund. Da sich in der Oberfeldwebelmesse niemand rührt, stehe ich auf, stakse in den Gang und mache das Schott zum Bugraum auf, um ins Halbdunkel hineinzubrüllen: »Klarmachen zum Auftauchen!«

Das übliche Ritual beginnt. Die zwote Wache ist dran. Es ist achtzehn Uhr. Also bleiben nur noch zwei Stunden Wachzeit.

Gedränge in der Zentrale. Wir müssen wieder blind auftauchen.

»Turm ist frei!«

»Druckausgleich!«

Das Luk springt auf. Der Kommandant ist als erster oben. Schon fordert der alte den Diesel an. Das Boot erzittert. Und nun laufen wir wieder mit Dieselkraft – Kurs dreißig Grad.

Hinter dem II WO entere ich hoch. Rascher Rundblick: Wir sind allein im Kreisrund der Kimm. Die Kimm ist gut auszumachen. Die nachtschwarze See setzt sich deutlich gegen den um eine Spur helleren Himmel ab. Wenig Wind.

Ich sauge soviel Nachtluft ein, wie die Lungen schaffen. Ich kann gar nicht genug davon bekommen. Die Luft läßt sich kauen. Meine Zähne zerbeißen diese schwarze Luft. Ein Spritzer schießt mir ins Gesicht. Ja, ein bißchen Salz kann diese schwarze Luft vertragen!

Wir haben vorn am Bug sogar wieder einen fahl heraufleuchtenden Schnauzbart. Immer wieder mal patscht eine See ans Boot, und unsere Blechverkleidung dröhnt gongdumpf nach.

»Bald haben wir wieder Lissabon querab«, sagt der Alte.

»Diesmal aber an Steuerbord«, sage ich und denke mir: Wenn das nur der einzige Unterschied wäre!

Auf dem Weg zum Abendessen komme ich durch die Zentrale.

»Die neue Type sieht ja aus als wär er auf die Schnauze gefallen. Dem haste wohl was am Gebiß verändert?« sagt Dorian zum Zentralemaat. Richtig – dem Bibelforscher fehlen vorn zwei Zähne. Der Zentralemaat ist kleinlaut.

»Det jehörte dem!« spricht ihm der Berliner Mut zu. »Der wird schon wieder.«

Ich sehe deutlich, wie in Isenberg die Wut hochkommt. Er hat Mühe sich zu beherrschen: »Ach quatsch doch nich so!« bringt er wie ein Fauchen hervor.

Zum Abendessen erscheint der Leitende. Ich wage kaum, ihn anzusehen, so mitgenommen sieht er aus.

»Die hatten sicher Radar«, sagt der Alte zum LI.

Radar. Die großen Pötte haben alle Radar: diese großen drehbaren Matratzen am Mast. Die »Bismarck« hat die »Hood« mit Radar erwischt, ohne daß von der »Hood« nur eine Mastspitze für das Auge zu sehen war. Und jetzt habens die Tommies wahrscheinlich geschafft, die riesigen Anlagen schön schrumpfen zu lassen wie die Japaner ihre Bäume. Die japanischen Zwergbäume und jetzt die Tommies mit Zwergradar, so klein, daß der ganze Kram ins Cockpit paßt. Und sicher gibt es noch kein Kraut dagegen.

Neugierig, wanns Simone erfährt. Ihre Leute sind ja auf Zack. Ihre Leute? Ich gäbe was darum, wenn ich wüßte, ob sie sich wirklich beim Maquis engagiert hat oder nicht. Wir müßten ja längst zurück sein. So lange wie wir war im letzten Jahr kein Boot draußen, auch ohne das Gibraltar-Desaster nicht.

Wir sprechen mit keinem Wort von Gibraltar. Keiner erlaubt sich die geringste Anspielung. Es ist, als wären die Stunden, die wir auf Grund verbrachten, tabu.

Auch die Piepels verhalten sich stumm. Gibraltar hat sich auf die Gesichter gezeichnet. Und jetzt steht auch unverhohlene Angst in den Mienen vieler. Jeder weiß: Wir sind tauchunklar. Mehr als Seh-rohrtiefe hält das Boot nicht aus Eine Menge Spanten sind gerissen. Das Boot ist weich wie eine Hängematte, eigentlich nur mehr ein durch die See ziehendes Wrack. Jeder hat Angst, daß das Boot die Fahrt durch die Winterstürme der Biskaya nicht schaffen könnte. Unser Glück ist nur, daß die Tommies sicher sind, uns geknackt zu haben, und keine Suchgruppen auf uns ansetzten.

Erst am nächsten Tag höre ich im U-Raum Gesprächsfetzen.

»Meinst du, ich scheiße in die Hosen, wenn wir keinen Jagdschutz bekommen?«

Darauf erfolgt keine Antwort.

»Ganz schöne Entfernung!« sagt Dorian nach einer Weile so leicht-hin wie möglich.

»Ausgerechnet durch die Biskaya mit diesem Schlitten«, wirft Kleinschmidt ein.

»Macht mal halblang!« Das war Frenssen. Er scheint sich auf seine Autorität zu besinnen. »Wird schon klappen, da haben doch schon ganz andere Sachen geklappt. Kein Grund zur Aufregung – oder?«

»Wie viel Meilen sinds denn bis zum nächsten Stützpunkt?« will der Taubeohrenwilli wissen.

»Was meinste denn mit ›nächsten‹?«

»Na guck einer den Seemann an Du glaubst doch wohl nich, daß wir bis St.-Nazaire kommen. Du warst wohl noch nich achtern? Große Sprünge können wir mit diesem Schrotthaufen nich mehr ma-chen!«

556

Ich treibe, werde sanft gewiegt, gerate in einen Strudel, kreise schnell um die eigene Achse. Mächtig zieht es mich dabei hinunter. Unten ist alles silbrig. Mondsilbergrotte. Helle Blasen steigen wie in Kohlensäurelimonade hoch. Doch ich erkenne, daß alles nicht echt ist, sondern nachgemacht aus geknittertem Silberpapier, die funkelnden Riffe sind aus Silberpapier. Verkitscht. Weg hier, sage ich mir. Ich muß aufpassen, daß ich mir beim Abstoßen nicht den Fuß zerschneide. Im silbrigen Geperle ziehe ich gelassen wie ein Fisch nach oben. Die Oberfläche platzt mit einem scharfen Knall. Ich schlage mit den Armen, schnappe nach Luft, erwache und spüre einen Griff am Arm.

Peitschender Schreck durchfährt mich: »Was ist denn los?«

Der Zentralegast Turbo fängt meinen entsetzten Blick auf. Kein Diesellärm, auch kein Summen der E-Maschinen. Stille im Boot.

»Wasn los?«

Das Gesicht des Zentralegasten bleibt auf mich gerichtet.

»Mensch, nun sagen Sie bloß endlich, was los ist!«

»Wir liegen gestoppt.«

Gestoppt? Wie? Stets drang jede Veränderung der Fahrtstufe selbst im Schlaf noch in mein Bewußtsein und wurde registriert. Und jetzt soll ich das Stoppen der Maschine nicht gehört haben?

Ein Klang wie von Fausthieben auf einen Sandsack, dann ein saugendes Schmatzen: die Seen, die gegen die Tauchbunker schlagen. Das Boot dümpelt sachte hin und her.

»Sie solln auf die Brücke kommen.«

Der Zentralegast ist ein rücksichtsvoller Mann. Er hat seine Nachricht in mundgerechte Happen zerkleinert und wartet ab, bis ich die ersten davon geschluckt habe, ehe er den nächsten Happen anbietet: »Der Kommandant ist oben – Sie sollen auch nach oben kommen – wir haben nämlich nen Dampfer gestoppt.«

Wie zur Bekräftigung nickt er und entzieht sich mit Rückwärtsschritten weiteren Fragen.

Dampfer gestoppt? – Dampfer gestoppt? – Der Alte ist wohl verrückt? – Dampfer gestoppt? Was soll der Quatsch bedeuten? Etwa eine neue Nummer im Programm? Eine von Anno Tobak? Dampfer gestoppt! – Seekrieg nach Prisenordnung?

Diese Ruhe! Der Vorhang gegenüber ist aufgezogen, der darunter auch. Ist denn kein Mensch im Boot? Niemand zu sehen. Sind denn alle beim Dampferstoppen?

Ich habe meine Glieder nicht in der Gewalt. Das Boot krängt, ich kippe um, den rechten Fuß schon halb im Stiefel. Jetzt rutscht der Boden nach der anderen Seite weg. Ich werde gegen ein Kojengitter geworfen. Sauzucht! Nun aber schnell in die Jacke und ab durchs Kugelschott.

In der Zentrale hocken wenigstens zwei Mann. Mit schräg gelegtem Kopf frage ich nach oben: »Ein Mann auf Brücke?«

Sofort kommt die Antwort: »Jawoll!«

Ein feuchter Wind. Der Himmel voller Sterne. Klobige Massen im Dunkel: der Kommandant, der Obersteuermann, der I WO. Schneller Blick über das Schanzkleid: Ach du meine Fresse – ach du großheilige genotzüchtigte . . . Da liegt genau über dem Netzabweiser ein Riesenschiff. Lage neunzig, Bug links. Hell erleuchtet von vorn bis achtern. Passagierdampfer. Glatt zwölftausend BRT, wenn nicht noch mehr! Liegt einfach da! Gestoppt! Tausend züngelnde weiß-gelbe Reflexe auf der schwarzen See. Paillettengeschimmer.

»Mit dem beschäftige ich mich schon ne Stunde«, brummt der Alte, ohne sich zurückzuwenden.

Es ist eiskalt. Ein Frösteln durchschauert mich. Der Obersteuermann reicht mir sein Glas. Nach zwei, drei Minuten wieder der Alte: »Den haben wir vor genau fünfundfünfzig Minuten gestoppt.«

Der Alte hat das Glas vor den Augen. Der Obersteuermann erklärt mir halblaut: »Mit der Klappbuchs haben wir ihm rübergegeben –« Da fällt der Kommandant ein: »– rübergegeben, daß wir ihm einen verpassen, wenn er funkt. Hat wahrscheinlich auch nicht gefunkt. Und dann sollte er seinen Namen rübermachen. Aber der Name stimmt nicht. ›Reina Victoria‹ – irgend so was Spanisches. Der I WO hat ihn nicht gefunden im Register. Da ist was faul im Staate Dänemark!«

»Aber die Vollillumination?« rutscht es mir heraus.

»Ne bessere Tarnung gibts doch wohl kaum als alle Lampen an und als Neutraler firmieren!«

Der Obersteuermann räuspert sich: »Komisch«, sagt er zwischen seinen das Glas stützenden Händen hindurch.

»Schon bißchen mehr als komisch – für meinen Geschmack«, brummt der Kommandant. »Wenn wir nur wüßten, ob der Zossen gemeldet ist. Haben angefragt. Funkspruch ist längst raus.«

Nun hat der Alte doch gefunkt! Verdammte Pest. Mußte das sein?

»Noch keine Antwort. Oder es hapert doch mit unserer Anlage.«

Ich kann das nicht begreifen. In unserer Lage einen Funkspruch rauspusten! Damit wir eingepeilt werden können!

Als hätte er meine Gedanken gehört, sagt der Alte: »Ich muß hier sichergehen.«

Wieder habe ich das Gefühl, daß ich keinen Kontakt mit der Wirklichkeit habe, daß dieses riesige Schiff ein Augenspuk ist, daß es gleich

558

einen Knall geben wird und dann· Aufatmen, Gelächter, Schluß der Vorstellung.

»Seit ner halben Stunde weiß der, daß er torpediert wird, wenn er kein Boot schickt«, knurrt der Alte.

Der I WO hat auch das Glas vor dem Gesicht. Er sagt keinen Ton. In meinem Kopf dreht eine Schiffsschraube leer: Das ist ja Wahnsinn, heller Wahnsinn. Direkt über dem Netzabweiser dieser riesige Dampfer! Mit dem kaputten Schlitten Kaperkrieg! Haben den Alten denn alle guten Geister verlassen?

»Wir halten seine Welle besetzt. Aber weiß der Teufel, was das alles bedeutet. I WO, machen Sie auf englisch noch mal rüber: Wenn das Boot nicht in zehn Minuten hier ist, kriegt er einen verpaßt. Uhrzeit Obersteuermann?«

»Drei Uhr zwanzig!«

»Melden Sie mir, wenn es drei Uhr dreißig ist.«

Jetzt sehe ich erst, daß der Funkmaat Hinrich auch auf der Brücke ıst. Er stemmt sich, die schwere Klappbuchs in den Händen, hoch über das Schanzkleid hinaus und läßt Lichtdolche gegen den Dampfer hin ins Nachtdunkel zucken.

»Verdammte Sauerei!« flucht der Alte, weil von drüben kein Verstandenzeichen kommt, »das ist doch wohl . . . das ist doch wohl die Höhe!«

Der Funkmaat muß seinen Anruf dreimal wiederholen, ehe endlich ein Signalscheinwerfer zwischen den vielen hellen Bulleyes des Dampfers aufgleißt. Der I WO flüstert nun dem Funkmaat Buchstabe nach Buchstabe zu: Kurze Lichtdolche – lange Lichtdolche – kurze, lange –

Wieder dauert es eine Ewigkeit, bis von drüben Antwort kommt. Der Alte liest sie wie aus Trotz nicht mit ab.

»Also was?« herrscht er schließlich den I WO an.

»Er forciert die Arbeit, hat er rübergemacht, Herr Kaleun.«

»Forciert die Arbeit! Forciert die Arbeit! Was soll denn das bloß heißen? Erst gibt er uns nen falschen Namen rüber und nun dieses Gewäsch. Uhrzeit Obersteuermann?«

»Drei Uhr fünfundzwanzig!«

»So was von Frechheit: nen falschen Namen geben, sich einfach stur stellen, nichts veranlassen . . .«

Der Kommandant tritt von einem Fuß auf den anderen, die Hände tief in die Seitentaschen der Lederjacke eingeschoben, den Kopf eingeduckt. Ich kann sein Halbprofil gegen den Lichterschein auf dem Wasser gut erkennen. Er ist ganz starres Hinstieren auf den Dampfer.

Keiner wagt ein Wort. Nur das Aufklatschen der Seen gegen die

Tauchbunker ist zu hören, bis der Kommandant mit kratziger Stimme wieder losschimpft: »Was soll denn das bloß heißen: Forciere Arbeit?«

Von unten her fragt der Leitende: »Was isn los?«

»Wenn in fünf Minuten kein Boot da ist, verpaß ich ihm einen«, sagt gepreßt der Alte.

Ich merke deutlich, daß er vom Obersteuermann eine Bestätigung seiner Absicht erwartet. Aber der Obersteuermann schweigt sich aus. Er setzt das Glas an, setzt es wieder ab, macht aber sonst keine Bewegung. Die Minuten vergehen. Jetzt dreht sich der Kommandant dem Obersteuermann entgegen. Der Obersteuermann will schnell das Glas anheben. Zu spät – jetzt muß er sich äußern: »Ich – ich – keine rechte Meinung, Herr Kaleun. Man kann ja nicht wissen –«

»Was kann man nicht wissen?« fährt ihm der Alte dazwischen.

»Irgendwas stimmt da nicht«, sagt der Obersteuermann tastend.

»Genau meine Meinung!« erwidert der Alte, »die verzögern doch absichtlich. Die holen doch Zerstörer ran. Oder Flugzeuge.«

Der Alte redet, als müsse er sich selbst überzeugen. Dann kommt wieder die stockende Stimme des Obersteuermanns: »... noch warten.«

Ich sehe die gelbleuchtenden gereihten Lichterketten der Bulleyes, spüre den feuchten Nachtwind ums Gesicht, ertaste vorsichtig wie ein Blinder das feuchte Metall des Schanzkleids, erfühle das Hinundherdümpeln des Bootes. Ich höre das Klatschen und Bumsen der Seen gegen die Tauchbunker, hin und wieder auch Zischen wie von einem scharfen Guß auf heiße Platten. Ich rieche den Jodgeruch, die feuchte Nachtluft. Auch einen Ruch von Treiböl kann ich erschnüffeln. Alle meine Sinne nehmen wahr, und doch ist mir, als wäre ich nur bei halbem Bewußtsein, als dürfe ich meinen Wahrnehmungen nicht trauen: falscher Zauber, Vorspiegelung, Gaukelei, Fata Morgana.

Wir können doch mit dieser kaputten Röhre nicht Kaperkrieg spielen. Der Alte kann doch jetzt nicht mehr auftrumpfen. Ein Glück, daß die Kanone weg ist. Der Alte wäre sonst imstande, in der Gegend herumzuballern, um die Leute auf dem Geisterschiff in Schwung zu bringen.

»Rohr eins bewässern!«

Diese unterkühlte Stimme! Der Alte steht schräg hinter mir. Ich kann seine Ungeduld zwischen den Schulterblättern spüren. Des Wahnsinns fette Beute. Das wird kein Angriff. Das ist Schießbude. Der Gegner gestoppt. Wir gestoppt. Geringster Abstand. Wir halten das Gewehr sozusagen mit der Mündung fast auf die Scheibe.

Zwei Seen schlagen kurz hintereinander ihre dumpfen Gongtöne auf die Tauchbunker. Mir will der Kopf schier bersten von dem sonoren

Gedröhn. Und nun ist wieder Stille. Nur stoßweises Atmen ist zu hören. Das kann doch nicht der Obersteuermann sein?

Plötzlich sagt der Alte laut und schneidend: »Jetzt reichts mir, Obersteuermann! Ist was zu sehen?«

»Nein, Herr Kaleun«, antwortet Kriechbaum unter dem Glas hindurch, diesmal betont zackig. Sekundenpause, dann fügt er in halber Tonstärke an: »Ich weiß aber nicht . . .«

»Was denn, Obersteuermann. Sehen Sie was – oder sehen Sie nichts?«

Zwischen seinen Handschuhen hindurch sagt der Obersteuermann zögernd: »Nein, Herr Kaleun. Nichts zu sehen.«

»Was sollen dann die metaphysischen Betrachtungen?«

Wieder ein paar Atemzüge Stille, in die das Anpatschen der Seen überlaut hineinklingt.

»Also gut!« stößt der Kommandant wie von jäher Wut überwältigt hervor und gibt den Befehl: »Rohr eins – klar zum Unterwasserschuß!«

Der Kommandant atmet tief durch, dann gibt er halblaut – als handele es sich nur um eine Nebensächlichkeit, auf die keine besondere Betonung mehr verwendet werden muß, den Feuerbefehl für Rohr eins.

Ein deutlicher Ruck durchfährt das Boot: Der Torpedo hat das Rohr verlassen.

»Schuß aus Rohr eins ist elektrisch gefallen!« kommt von unten Meldung.

Der Obersteuermann setzt das Glas ab. Der I WO auch. Wir stehen alle wie angewurzelt, die Gesichter gegen die funkelnden Bulleyeketten gerichtet.

Du mein Himmel, was wird das geben? Dieses Riesenschiff! Passagierdampfer! Sicher bis in alle Winkel voller Menschen. Gleich werden sie zum Himmel fahren. Oder in ihren Kabinen absaufen. Unser Torpedo *kann* gar nicht fehlgehen. Das Schiff hat ja keine Fahrt. Keine Vorhaltrechnung. Die glatte See. Die Torpedoeinstellung: zwei Meter unter der Wasserlinie – genau mittschiffs gezielt. Die ideale Entfernung.

Ich starre mit weit aufgerissenen Augen auf den Dampfer. Schon projiziert sich das Vorstellungsbild einer gewaltigen Detonation auf die blinkende Silhouette. Ich sehe, wie das ganze Schiff sich aufbäumt, wie die zackigen Fetzen in den Himmel steigen und der riesige Qualmpilz hochwächst. Die weiße Glut, die rote Glut!

Mir staut sich die Luft. Wann kommt endlich der Hammerschlag der Detonation? Die Lichterketten des Dampfers beginnen zu tanzen. Das macht das starre Hinsehen. Ich atme nicht mehr.

Da schlagen Worte einer Meldung an mein Ohr: ». . Torpedo läuft nicht!«

Was? Wie? Wer war das? Das kam doch von unten! Das war eine Meldung aus dem Horchraum! Torpedo läuft nicht! Ich habe doch deutlich den Ausstoß gespürt. Und jetzt?

»Kein Wunder«, sagt der Obersteuermann und atmet tief auf. Torpedo läuft nicht. Das heißt: funktioniert nicht. Die Fliegerbombe! Ja, das ist es: Die Fliegerbombe hat auch diesen Torpedo erwischt. Die Druckwelle – natürlich. Das kann ja kein Torpedo ausgehalten haben. Ein Omen! Ein Fingerzeig! Und nun?

Rohr zwo, Rohr drei, Rohr vier?

»Dann probieren wirs eben mit Rohr fünf«, höre ich den Alten und gleich darauf seinen Befehl: »Heckrohrschaltung!«

Schon folgen die nötigen Maschinen- und Ruderbefehle, um das Boot zu wenden – ruhig, wie im Manöver.

Rohr fünf! Den anderen Torpedos in den Bugrohren traut der Alte also auch nicht – aber der im Heckrohr, der hat vielleicht nichts abgekriegt.

Der Alte läßt es also nicht sein. Auf Fingerzeige reagiert er nicht. Braucht schon ordentliche Staucher. Das Boot kommt langsam in Fahrt und dreht an. Das illuminierte Schiff, das wir eben noch voraus hatten, schiebt sich allmählich nach steuerbord und rückt dann achteraus. Nur noch zwei, drei Minuten, dann müssen wir es genau über dem Heck haben: Schußposition für Rohr fünf.

»Da sind sie!«

Ich schloddere zusammen. Der Obersteuermann hat mir direkt ins rechte Ohr gebrüllt.

»Wo?« faucht der Kommandant.

»Da – das muß das Boot sein!« Der Obersteuermann weist mit ausgestrecktem Arm ins Dunkel.

Mir tränen die Augen vom Starren auf die nachtschwarze See. Da – da ist tatsächlich ein Klumpen, nur eine winzige Nuance dunkler als die See!

Gleich haben wir ihn achteraus zwischen unserem Heck und dem Lichtgeflimmer, und schon zeichnet sich die dunkle Masse gegen die zuckenden Spiegelungen deutlich ab. Kein Zweifel: ein Boot!

»Mitm Kutter! Ja, sind die denn wahnsinnig?« höre ich den Alten. »Bei diesem Seegang mitm Kutter! Und keine Laternen gesetzt . . .«

Ich starre fassungslos auf die dunkle Masse. Gegen das Lichtgeflimmer kann ich für einen Augenblick sechs Erhöhungen sehen.

»Nummer Eins mit zwo Mann an Oberdeck klarhalten! Scheinwerfer auf die Brücke!« befiehlt der Alte.

Aus dem Turm kommt Stimmengewirr.

»Wirds bald?«

Das Kabel hat sich anscheinend verheddert. Aber jetzt packt der Obersteuermann von oben her zu und bekommt den Handscheinwerfer zu fassen.

Höre ich das Einpatschen von Riemen oder täusche ich mich?

Plötzlich erscheint im Lichtkegel des Scheinwerfers der Bug des Kutters hoch aus dem Wasser, unwirklich, wie auf eine Kinoleinwand projiziert, und schon verschwindet er wieder zwischen zwei Seen. Nur noch der Kopf des Mannes im Heck ist zu sehen. Mit erhobenem Unterarm wehrt er die Blendung ab.

»Nummer Eins aufpassen! Gut klarhalten!« brüllt der Alte.

»Ach du meine Fresse!« dringt es mir ins Ohr. Ich fahre zusammen: der Leitende. Ich habe nicht gemerkt, daß er auch auf die Brücke gekommen ist.

Der Kutter wird wieder hochgehoben. Ich erkenne sechs Mann und den Steuermann: unförmige Ruderknechte.

Die Nummer Eins streckt dem Kutter einen Bootshaken wie eine Lanze entgegen.

Geschrei, Stimmengewirr. Die Nummer Eins flucht und scheucht seine Leute an Oberdeck mit Fendern hin und her. Und jetzt klingt es, als ob ein Riemen splittert. Der Steuermann des Kutters fuchtelt wild mit der freien Hand. Von ihm kommt das meiste Geschrei.

»Wahrschau!« brüllte die Nummer Eins. Und wieder: »Wahrschau! Verdammt noch mal, ihr blöden Säue . . .«

Der Kommandant steht die ganze Zeit reglos da. Er sagt keinen Ton.

»Scheinwerfer aufs Oberdeck! Die Leute nicht blenden!« brüllt die Nummer Eins herauf.

Der Kutter wird wieder weggerissen, zwischen ihm und unserem Oberdeck klaffen schnell fünf, sechs Meter auf. Zwei Männer haben sich im Kutter aufgerichtet, der Steuermann und einer, den ich vorher nicht sah; also sind es acht Leute.

Die Nummer Eins hat inzwischen Verstärkung bekommen, und wie der Kutter auf einer See wieder herangetragen wird, wagen die beiden von drüben kurz hintereinander den Sprung auf unser Oberdeck. Der erste taumelt, will hinschlagen, wird aber gerade noch vom Bootsmann aufgefangen. Der zweite springt zu kurz, kommt auf ein Knie auf, aber noch ehe er zurückfallen kann, hat ihn einer von unseren Leuten wie ein Karnickel am Genick. Der erste stolpert in das Loch, das die Fliegerbombe ins Oberdeck gerissen hat. Der zweite strauchelt auch und fällt gegen das Pivot. Es gibt einen ordentlichen Bums.

»Der wird sich schön die Visage aufgeschlagen haben«, sagt jemand hinter mir. Der Bootsmann flucht.

Die beiden Vermummten klettern steif an den Steigeisen außen am Turm hoch. Herrgott, die haben ja altmodische Kapokschwimmwesten an. Kein Wunder, daß sie sich mit diesen Dingern nicht bewegen können

»Buenos noches!« höre ich.

»Was äußerten die Herren soeben?« fragt der Leitende.

Die Brücke ist plötzlich zu eng. Ein unverständlicher Redeschwall wird gegen uns ausgekippt. Der kleinere der beiden gestikuliert wie eine von einem hochgradig Nervösen vorgeführte Marionette.

Die tief herabgezogenen Südwester lassen von den Gesichtern der beiden nur wenig erkennen. Ihre Kapokschwimmwesten sind beim Klettern so hoch gerutscht, daß die Arme des zweiten, der nicht mit den Händen fuchtelt, abstehende Henkel bilden.

»Nun mal langsam, die Herren, downstairs please!« sagt der Alte und macht dämpfende Handbewegungen von oben nach unten.

»Spanier«, sagt der Obersteuermann.

Mit ihrer Vermummung kommen die beiden nur schwer durchs Luk Dabei sind es kleine Leute.

Im Halbdunkel der Zentrale kann ich sie endlich erkennen. Einer, anscheinend der Kapitän, ist dicklich. Er hat ein schwarzes Bärtchen wie angeklebt auf der Oberlippe. Der andere ist einen halben Kopf größer und dunkelfarben. Beide lassen ihre Blicke herumfahren, als suchten sie einen Ausschlupf. Jetzt erst sehe ich, daß der Dickliche aus einer Platzwunde über dem Auge wie ein angeschlagener Boxer blutet. Das Blut rinnt in drei Parallelbahnen über sein Jochbein herab.

»Mann, sind die aber durchgedreht!« höre ich den Zentralemaat Isenberg.

Er hat recht: So viel Angst habe ich noch nie gesehen.

Da wird mir bewußt, welchen furchteinflößenden Anblick wir ihnen bieten: unsere glänzenden Augen, die eingefallenen Wangen, unsere wilden Bärte, eine Horde von Wüstlingen zwischen lauter Maschinen. Und sicher stinken wir auch wie die Pest. Die meisten von uns haben noch die gleichen Wäschefetzen am Leibe wie am Auslauftag. Und diese beiden hier kommen aus ihren Palisanderkammern. Sicher Teppiche in den Gängen, Kristallüster an den Decken. Alles so picobello wie auf der »Weser«.

Haben wir sie beim Dinieren hochgeschreckt? Aber nein: es ist ja mitten in der Nacht.

»Die tun ja so, als wollten wir se abstechen«, murmelt Isenberg.

Der Alte starrt mit offenem Mund den gestikulierenden spanischen Kapitän wie ein Wesen von einem fremden Planeten an. Warum sagt er denn bloß keinen Ton? Wir stehen im Kreis um die beiden Zappelfiguren und glotzen, und keiner sagt was. Der dickliche Spanier fuchtelt mit beiden Armen und stößt unverständliche Silben aus.

Plötzlich steigt rasender Zorn in mir hoch: Ich könnte diesem radebrechenden Kerl an die Kehle springen, ihn würgen, die Kniescheibe in die Hoden treten. Ich kenne mich selber nicht mehr: »Du gottverdammter Saukerl!« höre ich mich fauchen, »uns das hier einzubrocken!«

Der Alte wirft mir einen entgeisterten Blick zu.

»Ihr könnt uns doch nicht so verarschen!«

Der Spanier starrt mich an, blankes Entsetzen im Blick. Ich bin nicht fähig, zu artikulieren, was mich in Wut versetzt. Aber ich weiß es: Uns zu Henkern zu machen! Einfach nicht zu reagieren! Den Alten stundenlang warten zu lassen! Mit diesem kindischen Kutter angepullt kommen anstatt mit einem Motorboot. Ohne Laterne, einfach so durch die Gegend.

Dem Spanier hat es auch die Sprache verschlagen. Sein Blick zuckt von einem zum anderen. Plötzlich stammelt er los: »Gutte Mann! Gutte Mann!« Und weil er nicht weiß, an wen er sich mit seiner grotesken Anrede wenden soll, dreht er sich in seiner Schwimmwestenvermummung, täppisch wie ein Bär, um die eigene Achse, die Wachstuchtasche mit den Schiffspapieren immer noch unter dem Arm. Jetzt erwischt er sie mit der Rechten und vollführt eine Art hands up. Die Tasche zieht unsere Blicke nach oben.

Der Alte verkneift das Gesicht und langt wortlos nach der Tasche. Darauf erhebt der Spanier ein kreischendes Lamento. Doch der Alte fährt ihm kalt dazwischen: »Your ships name?«

»Reina Victoria – Reina Victoria – Reina Victoria!« springt es dem Spanier heraus.

Er ist plötzlich ganz devote Dienstwilligkeit, verbeugt sich und hebt sich gleich darauf auf die Zehen, um dem Kommandanten diesen Namen in den Schiffspapieren, die der Alte aus der Tasche gezogen hat, zu zeigen.

Der I WO blickt völlig ausdruckslos auf die Szene, Gesicht wie eine nasse Gurke.

Plötzlich ist Ruhe. Der Alte hebt nach einer Weile den Blick von den Papieren und richtet ihn auf den I WO: »Sagen Sie diesem Herrn, sein Schiff gibt es gar nicht. Sie können ja Spanisch.«

Der I WO erwacht wie aus Trance. Er wird von Röte übergossen und beginnt Spanisches hinter dem Rücken des fremden Kapitäns zu stottern. Der reißt entgeistert die Augen auf, läßt den Kopf nach beiden Seiten zucken und versucht den Blick des I WO zu erhaschen – er schafft es aber nicht mit einer bloßen Kopfwendung, weil seine dicke Kapokschwimmweste ihm viel zu hoch sitzt –, er muß seinen ganzen Körper drehen, und dabei kehrt er mir den Rücken zu. Da durchzuckt es mich. In kleinen Schablonenbuchstaben lese ich an der Unterkante seiner Schwimmweste: »South Carolina«. Jetzt haben wir dich, jubelt es in mir! Also doch! Der Alte hatte recht! Amerikaner – als Spanier getarnt!

Ich stoße den Alten an. Mit dem Zeigefinger fahre ich die Schrift auf dem Saum der Schwimmweste nach: »Interessant – hier: ›South Carolina‹!«

Da fährt der Spanier wie von einer Tarantel gestochen herum und schüttet uns einen ganzen Wortschwall entgegen.

Jetzt haben wir dich erwischt, alter Schlawiner! Jetzt laß das spanische Gequassel. Jetzt kannst du englisch reden, du Saukerl!

Der Alte starrt verblüfft auf das silbenhaspelnde Männchen, dann herrscht er den I WO an: »Nun sagen Sie endlich, was der Kerl da quasselt.«

»›South Carolina‹ – das Schiff – hat tatsächlich – ›South Carolina‹ geheißen«, stottert der I WO. Der Spanier hängt an seinen Lippen und nickt wie ein Zirkusclown zu jedem einzelnen Wort. »Jetzt – heißt es aber ›Reina Victoria‹. Es – wurde vor – fünf Jahren – von den Amerikanern gekauft.«

Der Alte und der Spanier starren sich an, als wollten sie sich gleich an die Kehle springen. Es ist auf einmal so still, daß man einzelne Kondenswassertropfen fallen hört.

Da meldet sich der Obersteuermann vom Kartenpult her: »Stimmt! Vierzehntausend Bruttoregistertonnen.« Der Obersteuermann hält das Schiffsregister in der Hand.

Der Alte läßt seinen Blick zwischen dem Spanier und dem Obersteuermann hin und her wandern.

»Wie bitte?« fragt er endlich mit schneidender Stimme.

»Das Schiff steht im Nachtrag, Herr Kaleun.« Und weil der Alte noch nicht reagiert, fügt er halblaut an: »Der Herr Oberleutnant hat nicht im Nachtrag nachgeschaut.«

Der Alte ballt die Fäuste und fixiert jetzt starr den I WO. Mit aller Anstrengung ringt der stoische Mann um Beherrschung. Endlich stößt er hervor: »Ich verlange eine Erklärung!«

Der I WO dreht sich unsicher zum Obersteuermann um und faßt nach dem Register. Am Kartenpult findet er nach zwei taumelnden Schritten Halt. Er stützt sich ab wie ein Verletzter.

Der Alte schüttelt sich, als durchliefe ihn ein Schauer. Noch ehe der I WO etwas sagen kann, wendet er sich wieder dem Spanier zu, ein verzerrtes Grinsen auf dem Gesicht. Der spanische Kapitän bemerkt sofort die Wandlung, und radebrecht wieder wild drauflos: »›South Carolina‹ American ship – now – ›Reina Victoria‹ Spanish ship . . .« Immer wieder. Fünf-, sechsmal. Allmählich weicht dabei die zuckende Angst aus seinem Gesicht.

»Obersteuermann, schauen Sie sich mal die Papiere an!« befiehlt der Kommandant. Aber noch ehe der Obersteuermann zu blättern beginnt, erfahren wir von dem spanischen Kapitän: »Dos mil pasageros – por America del Sud – Buenos Aires!«

Der Alte zieht mit einem langen Schniefer Luft hoch und läßt sie mit flappenden Lippen wieder aus sich herausfahren. Sein ganzer Körper sackt dabei zusammen. Und jetzt klopft der Alte gar dem Spanier auf die Schulter. Die Augen des zweiten Spaniers, es muß der Erste Offizier sein, leuchten auf wie Christbaumkerzen. Er zieht abwechselnd den Mund breit und spitzt ihn wieder. Noch nie gesehen – zieht ihn breit, spitzt ihn wieder. Sicher ein Tick.

Der Alte ist wie ausgewechselt. Den I WO hat er anscheinend völlig vergessen. Wie herbeigezaubert ist plötzlich die Cognacflasche mit drei Gläsern da. »Ein Schnäpschen in Ehren kann keiner verwehren«, murmelt der Alte. Der Spanier hält das für einen Trinkspruch und will sich auch nicht lumpen lassen. Er stößt wieder ein wüstes Kauderwelsch hervor und schreit mit erhobenem Cognacglas: »Eilitler! Eilitler! Eilitler!«

Der I WO ist bleich wie ein Laken. Er versucht stammelnd zu übersetzen, was der Spanier jetzt vorbringt: »Der Kapitän – dachte, wir wären – wir wären ein englisches Patrouillenboot. Deshalb – deshalb hat er – sich – sich soviel Zeit gelassen. Erst als er merkte, daß wir – daß wir keine Engländer sind, gings bei ihm Hals über Kopf. – Und dann ist das erste Boot – das ist, so sagt er, ausgerauscht.«

Der Spanier nickt und nickt wie ein Schaukelpferd und sagt: »Si, si«, immer wieder »si, si, si.«

». . . ausgerauscht und abgetrieben. – Er bittet um Entschuldigung.«

»Entschuldigung ist gut!« sagt der Alte. »Auf den Knien sollte er uns danken und dem Tommy, der unseren Aal demoliert hat. Und wollen Sie ihm nicht sagen, daß er eigentlich dank Ihrer gütigen Hilfe schon lange im weißen Hemd oben stehen müßte? Diese beiden Herren und zwotausend Passagiere dazu! Die hätten *Sie* fast auf dem Gewissen – sagt Ihnen das was?«

Der I WO renkt den Unterkiefer nach einer Seite. Er ist völlig fertig: Er kann nicht mal mehr seinen Unterkiefer beherrschen.

Als der spanische Kapitän mit seinem Begleiter schon wieder im Kutter hockt, bietet er uns laut schreiend und gestikulierend Schallplatten und Früchte an. Nur eine halbe Stunde, dann wäre alles da: Ganz moderne Platten! Spanische Musik! Flamenco! Herrliche, frische Früchte, jede Menge, für die ganze Besatzung!

»Hau bloß ab, du altes Arschloch!« brüllt einer von den Leuten an Oberdeck und drückt mit weit abgespreiztem Bein, als wolle er Spagat üben, den spanischen Kutter vom Tauchbunker weg. Die Nummer Eins hilft mit dem Bootshaken nach. Patschend fallen die Riemen ins Wasser. Spanische Wortfetzen und dann etwas, das wie »Wiedersehen« klingt.

»Bist du wahnsinnig?« brüllt der Bootsmann. Die Spanier werden schnell wieder zu einem dunklen Klumpen.

»Ganz schönen Vogel, die Brüder, keine Lampe zu setzen!« schimpft ihnen der Obersteuermann hinterher, »die waren ja glatt schon auf zwanzig Meter ran, als wir sie entdeckten. Völlig verrückt!«

Wir starren alle den Spaniern nach. Doch schon ist keine Spur mehr vom Kutter zu sehen, als hätte die nachtschwarze See ihn eingesogen. Unser Boot krängt heftig von einer Seite auf die andere. Wir stehen wie auf einem schwankenden Floß.

Der Alte läßt sich Zeit mit Befehlen an die Maschine.

In der Zentrale trifft er dann wieder auf den I WO.

»Wissen Sie eigentlich – haben Sie genug Grips, um sich klarzumachen, was Sie da um ein Haar angerichtet hätten? Was *ich* angerichtet hätte, weil mein großartiger I WO nicht imstande ist, so was Primitives wie das Nachschlagen im Register zuverlässig zu erledigen? Ich will Ihnen mal was sagen: Sie gehören vor ein Kriegsgericht!«

Jetzt kann sich der I WO nur noch erschießen, denke ich mir. Aber die einzige Pistole an Bord verwahrt ja der Kommandant. Die ist gut eingeschlossen.

Durcheinandergerede im U-Raum: »Der Obersteuermann hat den Braten gleich gerochen!« – »Mensch, der I WO – der hat ja eine reingewürgt gekriegt!« – »Da wärn ma ja in wat rinjeschliddert!« – »Typisch fürn Alten – nu grade – aus Daffke! – Jungejunge! Das hätte aber ins Auge gehen können!« – »Mensch hatten dien Dusel!« – ». . . un ne Meise. Ne so was! Son großes Schiff un dann nich mal ne Barkasse!« – »Jungejunge – son Demelack!« Ich fürchte, daß er den I WO meint.

Stunden später rekapituliert der Alte in der Zentrale: »Da kam aber auch alles zusammen. Das hätte um ein Haar einen zweiten ›Lakonia‹-Fall gegeben, wenn nicht der Steuerapparat des Torpedos versagt hätte . . . da lief aber auch alles schief!«

Schweigen. Nach Minuten erst bringt der Alte, während er am Pfeifenstiel kaut, hervor: »Da sieht man wieder mal, von welchen Zufällen das Leben des Menschen – ach Quatsch.« Kein Zweifel: Dem Alten ist die Geschichte längst nicht mehr geheuer. Was er sagt, ist eine Art Rechtfertigungsversuch: »Aber die Sache war doch eindeutig: das *war* doch eine Verzögerung! Wir haben doch länger als genug gewartet. Die haben sich ja völlig verrückt verhalten, die Brüder!«

»Eben in der Annahme, sie wären von einem englischen Patrouillenboot gestoppt worden. Wir haben sie ja auf englisch angerufen. An ein deutsches U-Boot haben die scheints gar nicht gedacht.«

»Jaja«, macht der Alte, »das hat man davon, wenn man mit Fremdsprachen protzt!«

»Die müssen ja schier zu Tode erschrocken sein, als sie unsere Firma erkannten!«

»Tscha! So passiert's eben – da kommt eins zum andern.«

Der Alte schweigt gute fünf Minuten, dann sagt er: »Das ist auch so ein böser Fehler, daß wir die Leistung unseres Senders nicht messen können. Vielleicht ist unsere Anfrage gar nicht rausgegangen. Der Antennenschacht war ja abgesoffen – und auch sonst allerlei im Eimer. Ja, ja – demolierte Anlagen und ein unfähiger I WO, das ist eben zu viel des Guten!«

Und unser Nervenzustand, ergänze ich im stillen. Der Obersteuermann hatte recht. Bedachtsamer Kerl. Kalter Überleger. Der hat sich nicht beirren lassen. Der paßt sich der Meinung des Alten nicht an, wenn er eine andere Überzeugung hat.

Das betuliche Pfeifensuckeln des Alten macht mich jetzt schier verrückt. »Das hätte ja ein schönes Theater gegeben«, rede ich los, »da wäre ja wohl einiges auf uns zugekommen . . .«

»Gar nichts wäre . . .« fährt mir der Alte barsch dazwischen.

Ich kann mir auf diese Worte keinen Vers machen. Mal abwarten. Der Alte will bestimmt noch was sagen. Weil die Pause aber doch zu lang wird, bringe ich schließlich hervor: »Versteh ich nicht.«

»So? – Ganz einfach: Da hätten wir eben tabula rasa machen müssen – der typische Fall . . .«

Der Alte stockt, dann sagt er halblaut: »Überlebende hätte es da keine geben dürfen!«

Ich stutze. Was sagt der Alte da?

Auf meinen fragenden Blick hin redet er weiter: »Das war genau die typische Situation, für die es *keine* Weisung gibt. Da ist man ganz auf sich gestellt. Entscheidungsfreiheit heißt das.«

Der Alte läßt die kalte Pfeife in seiner rechten Hand kreisen. Er sucht angestrengt nach Worten: »Gefunkt hatten die nicht. Die wissen ja, daß man das überwachen kann – normalerweise. Gesetzt den Fall, der Gradlaufapparat wäre in Ordnung gewesen, und es hätte gerumst – dann wäre der Dampfer eben auf eine Mine gelaufen. So schnell gesunken, daß nicht mal Zeit für ein Funksignal blieb – sozusagen. Ein deutsches U-Boot hätte jedenfalls nichts damit zu tun haben dürfen. Da hilft eben nichts – da muß man tabula rasa machen, ob man nun will oder nicht!«

Der Kommandant zieht wieder an der Pfeife. Langsam löst er den Blick von den Bodenplatten, stemmt sich mühevoll hoch, räkelt sich: »Wer A sagt, muß auch B sagen«, murmelt er noch und setzt sich schwerfällig in Richtung vorderes Schott in Bewegung.

Ich erschrecke über die grauenhafte Bedeutung, die der banale Spruch plötzlich gewonnen hat. Im Nu suchen mich Bilder von Rettungsbooten heim, die mit Maschinenwaffen zersetzt wurden. Ich sehe hochgeworfene Arme, von Blutströmen rot gefärbte See, Gesichter in ungläubigem Entsetzen. Die Schreckensbilder lassen mich erschauern. Fetzen von Geschichten, die mir das Blut stocken ließen, kreisen mir durchs Hirn. Halb erlauschte Palaver in der »Bar Royal«: Nur wer tot ist, hält die Schnauze. – Warum *die* denn bloß? Warum *wir* denn nicht? – Uns fassen sie ja auch an den Arsch!

Meine Zahnreihen schlagen aufeinander. Ich habe keine Kontrolle mehr über die Kaumuskeln. Was denn nun noch? Was muß denn jetzt noch passieren, damit wir endgültig in die Knie gehen?

Ein schüttelndes Schluchzen steigt mir aus dem Bauch hoch. Ich halte die Fäuste an ausgestreckten Armen und presse die Kiefer aufeinander. Ich würge das Schluchzen ab, bis meine ganze untere Gesichtshälfte ein einziger Schmerz ist. Da taucht der Leitende auf.

»Na, na, was ist denn?« fragt er, Besorgnis in der Stimme.

»Nichts«, presse ich heraus, »nichts – bin ganz in Ordnung!«

Der Leitende reicht mir ein Glas Apfelsaft hin. Ich fasse es mit beiden Händen, tue einen mächtigen Zug, dann sage ich: »Langlegen – will mich mal lieber langlegen.«

Als Dufte im Bugraum sagt: »Biskaya – wenn das nur gutgeht!« wird er fast verprügelt. Nur jetzt nicht das Schicksal berufen, nicht an dem Tisch wackeln, auf dem das Kartenhaus steht. Wer weiß, was alles in diesem angeschlagenen Schlitten noch zu Bruch gehen kann. Der Alte wird seinen Grund haben, Kurs so dicht unter der Küste zu halten. Das Kommando »klar bei Tauchretter« hängt immer in der Luft.

Am meisten fürchten wir die gegnerischen Flieger. Wenn uns jetzt eine Maschine entdeckt, ist es aus und fini. Das weiß jeder. Alarmtauchen kommt nicht mehr in Frage. So ändern sich die Zeiten: Jetzt beten wir um schlechtes Wetter – aber nur gemäßigt schlechtes. Sturmtiefs mögen uns verschonen.

Morgen wird alles noch böser aussehen. Da wird die Küste zurückweichen. Dann beginnt der Marsch quer durch die Biskaya. Wie sollen wir nur diese Strecke schaffen, ohne daß uns ein Flugzeug aufspürt. Gerade die Biskaya wird ja vom Gegner bestens überwacht. Und wenn es stimmt, was der Alte mutmaßt? Wenn auch die englischen Flieger inzwischen das Gerät besitzen, das uns ihnen sichtbar macht – auch noch in der dunkelsten Nacht?

Was für ein Tag ist heute? – Heute – was bedeutet das überhaupt noch? Wenn wir unter Wasser dahinschleichen, ist es Tag, wenn wir mit Diesel aufgetaucht fahren, ist es Nacht. Jetzt ist es zehn Uhr und wir sind unter Wasser. Also ist es zehn Uhr vormittags.

Aber was für ein Wochentag? Mein Hirn arbeitet mühsam, um dahinterzukommen. Ich bin wie narkotisiert. Endlich bildet sich in mir das Wort: Kalender. Ich will jetzt wissen, was für ein Tag dran ist. Außerdem sitzt sichs nicht bequem auf dieser blöden Kiste. Mal lieber in die O-Messe verholen. Kalender! In der O-Messe hängt der Kalender!

Scheißwackelig auf den Füßen. Stelzengang. Nu mal los! Mach schon!, rede ich mir zu.

Der Horcher glotzt blöde. Sieht aus wie ein Kugelfisch hinter der Aquariumscheibe.

In der O-Messe stemme ich mich mit der Linken auf die Back. So steht sichs ganz gut. Bequem.

Ei, was haben wir denn da für ein Datum auf dem Kalender? Neunter Dezember! Da sind wir aber ganz schwer hinter dem Mond. Du meine Güte! Runter mit dem neunten Dezember! Den heb ich mir auf für mein privates Geschichtsbuch. Denkwürdig. Eine Art Sedanstag! Das Barographenblatt und das Kalenderblatt: aussagestarke Souvenirs. Kost nix und macht fürn Taler Spaß! Elfter Dezember. Auch runter damit! Am Zwölften hats gerumst. Auch aufheben. Neunzehnter Dezember. Da lagen wir auf Grund. Zwanzigster – so wars doch? Einundzwanzigster, Zweiundzwanzigster. Ne Menge Zeit – und das ist der Dreiundzwanzigste. – Heute. Also Dienstag. Angenehm!

Da höre ich in meiner Nähe: »Morgen is Heiliger Abend!« Schöne Bescherung! rutscht es mir fast über die Lippen. Schlucken. Sentimentalitäten? Wohl gar die übliche Weihnachtsrührung? Das Fest der Liebe – in See, auf einem zerbombten Schlitten – mal was anderes. Fürs Fest der Liebe gerüstet sind wir ja bestens. Die unvergleichliche Vorsorge bei der Marine: der zusammengeklappte Weihnachtsbaum,

571

der mit dem Proviant an Bord kam! Wie der Alte das wohl hindrehen wird? Weihnachten – der Alte wird andere Sorgen haben.

Der Alte erwägt, La Rochelle anzusteuern. Einlaufen in Bordeaux – die Gironde hinauf – wäre auch möglich. Obwohl Bordeaux südlicher als La Rochelle liegt, ist es kaum näher. La Rochelle gefällt dem Alten außerdem besser. Von unserem Schiffsort bis nach La Rochelle sind es noch etwa vierhundert Seemeilen – vierhundert Seemeilen quer durch die Biskaya, das heißt also: noch mindestens fünfunddreißig Stunden. Da wir aber tagsüber tauchen müssen, sieht die Rechnung trüber aus. Wir brauchen für diese Strecke wahrscheinlich drei Tage und drei Nächte. Das ist lange, zumal wir nicht wissen, mit welcher Wetterlage wir für die nächsten Tage zu rechnen haben, und ob der Diesel durchhält.

Den Alten und den Obersteuermann drücken noch mehr Sorgen. Ich höre, während die beiden »operieren«, nur Bruchstücke: »Fragt sich, wie wir da reinkommen – keine Ahnung – sehr schmaler Durchschlupf – sicher allerhand Sperren – Küstenvorfeld sehr flach – Grundminengefahr . . .«

Gedrückte Stimmung überall. Es ist, als trete jeder leiser auf, als könnten wir durch laute Geräusche einen lauernden Gegner auf uns lenken.

Ich beobachte, daß alle Leute, die durch die Zentrale kommen, einen Blick auf die Seekarte zu erhaschen versuchen. Aber keiner wagt zu fragen, wie viele Meilen es bis zum Stützpunkt sind. Keiner will zugeben, wie knieweich er ist. Dabei hat jeder den gleichen Gedanken: Der Golf von Biskaya – der große Schiffsfriedhof! Das Gebiet der heftigsten Stürme, der intensivsten Luftüberwachung!

Als der Obersteuermann mal wieder am Kartenpult beschäftigt ist, frage ich geradezu: »Wie viele Stunden noch?« Der Etmalrechner wiegt den Kopf wie ein Wahrsager hin und her. »Tscha!« ist fürs erste alles, was ich von ihm zu hören bekomme. Gleich wird er Konditionalsätze mit »wenn« am Anfang von sich geben, denke ich mir, aber der Obersteuermann machts diplomatischer: »Was soll man da sagen?«

Ich betrachte ihn von der Seite her, bis er sich endlich äußert: »Schätze sechsundsechzig Stunden mindestens. Das heißt: insgesamt, also nicht nur für die reine Marschfahrt!«

Einige Leute lassen sich nicht mehr in die Augen sehen. Ihre Pupillen brechen aus. Ein Maschinenobergefreiter zuckt schon wie elektrisiert zusammen, wenn ich ihn nur anspreche. Ein anderer hat im linken Augenwinkel einen nervösen Tick. Weil er ihn loswerden will, kneift er das Auge wie ein Hotelportier und verzieht dabei die linke

Gesichtshälfte zu einer Grimasse. Gut, daß er selber nicht weiß, wie widerlich das aussieht: Hier gibts keine Spiegel.

Im Bugraum erfahre ich, daß Ario eine besondere Sorge quälte, als das Boot auf Grund lag: Ario hat eine Sammlung Präservative in seinem Seesack. Teure Spezialausführungen dabei. Ario zählt auf: »Mit Gumminoppen, mit Kitzlertaster, mit Igelringen . . .« Dieser reichliche Vorrat hat ihn die ganze Zeit über seelisch belastet: »Wie sieht denn das aus, wenn so was in den Nachlaß kommt? Die wissen doch gar nich, was das is . . . Das kann ich euch sagen: Vor der nächsten Reise blas ich alle Präser auf und laß se zerknalln!«

»Da brauchste keene Angst zu ham, da sorgt schon die Flottille für, daß die verschwinden. Das wird alles genau durchgefilzt«, erklärt Böckstiegel. »Schweinfotos und Überzieher, alles was den Witwen und Anverwandten keine Freude macht, kommt da raus. – Ich war mal dabei, da hat der VO so seine Spezialisten. Ehe deine Klamotten in die Nachlaßlast kommen, sin se koscher. Da kannste dich drauf verlassen!«

Für den auf Ökonomie gerichteten Sinn des Brückenwilli bleiben da noch Fragen offen: »Was machtn der VO mit den vielen Präsern? Die sind doch schließlich Privateigentum – oder?«

»Die führt er auf ner Liste auf, du Knallkopp – was denn sonst? Und die Liste wird dann doppelt abgezeichnet!«

»Typisch Marine!« sagt Schwalle.

Der Alte ist mal in der Maschine, mal im Bugraum, dann wieder in der Zentrale, immer gefolgt vom Leitenden. Der Alte will sich ein Bild vom Zustand des Bootes machen. Ganz wird er freilich nicht ergründen können, was alles kaputt ist. Die Spanten zum Beispiel können wir wegen der Einbauten nicht kontrollieren.

»Das Boot ist mal sicher im Eimer!« höre ich im Vorbeigehen den Kommandanten.

Der Obersteuermann meldet, daß wir die Höhe von Kap Ortegal erreicht haben. Die Durchquerung der Biskaya beginnt also.

Der Alte zieht jetzt auch den I WO zu Rate, vielleicht aus einer Regung von Mitgefühl heraus, damit der I WO sich nicht gänzlich vernichtet fühlen muß. Ein genaues Marschprogramm wird festgelegt. Die Faktoren der Rechnung müssen freilich konstant bleiben, wenn der Plan Gültigkeit behalten soll. Grundbedingung ist, daß der Diesel durchhält.

Kaum hat sich der Alte in der O-Messe aufs Sofa sinken lassen, entfährt ihm ein Satzbeginn: »Die lieben christlichen Feste . . .« Dann bleibt er stumm. Ich merke deutlich, daß er herumdruckst – ich weiß, wo ihn der Schuh drückt.

Jetzt versucht er, mich mit Räuspern aus der Reserve zu locken. Aber was soll ich denn sagen? Daß für eine Bordweihnachtsfeier nicht gerade die richtige Stimmung . . .

»Ach, Mist blöder!« schimpft der Alte in mein Überlegen hinein, »wir verschieben die Festlichkeiten ganz einfach. Weihnachten ist für uns, wenn wir wieder festen Boden unter den Füßen haben. Oder legen Sie etwa Wert auf Klimbim – wollen Sie etwa das Lukasevangelium vorlesen?«

»Nein!« kann ich nur sagen. Witziges fällt mir nicht ein.

»Na also!« freut sich der Alte. »Wir tun einfach so, als wärs noch nicht soweit – mit Weihnachten.«

Weihnachten: Seit meinem vierzehnten Lebensjahr ging da immer etwas schief. Triste Weihnachten, hochdramatische Weihnachten. Gefühlskäse im Überfluß. Geheule und die Polizei im Hause. Und dann die versoffenen Weihnachten . . .

Dämme gegen die Gedankenflut errichten! Gegen das gefühlige Aufwallen: Recht hat er, der Alte! Was soll uns der Kitsch, dieses Wühlen in Sentimentalität? Einfach den Normaltag laufen lassen. Normaltag. Ach du meine Güte! Lieber nicht gleich großspurig mit Tagen rechnen – lieber bloß in Stunden. Nichts berufen. Wegducken. Keine Feier – nein, kommt ja gar nicht in Frage.

Der Alte ist deutlich aufgelebt: ein Problem weniger. Ich bin nur neugierig, wie er seinen Festverschiebeplan den Leuten mitteilen will. Da sagt der Alte: »Sagen Sies den Maaten – dann spricht sichs schon herum!«

So einwandfrei, wie es zuerst schien, funktioniert der Diesel anscheinend doch nicht. Er zeigt Mucken, die dem Leitenden Sorge bereiten. Nichts Gravierendes, aber doch verdrießlich genug.

Der Leitende verläßt während der nächsten Stunden den Dieselraum nicht mehr. »Der wird jetzt richtig gehätschelt und getätschelt«, sagt der Obersteuermann und meint den Diesel. Anscheinend traut er sich nicht, das Wort »Diesel« in den Mund zu nehmen. Leise auftreten. Verschwiegen sein. Nichts berufen – das alte Lied.

Seit die Leute wissen, daß wir nicht mehr in Küstennähe sind, ist es im Boot noch stiller geworden. Die gespannte Nervosität zeigt sich im schreckhaften Zucken bei harmlosen Geräuschen. Der Leitende gab das schlimmste Beispiel. Zwar reagiert er auch sonst schon auf winzige Geräusche aus der Maschine, die sonst keiner registriert, mit der gleichen Empfindlichkeit, mit der besonders verfressene Hunde das feine Rascheln von Kekspackungen wahrnehmen, diesmal aber erschreckte er auch mich. Als wir in der O-Messe beisammen saßen,

574

sprang er plötzlich hoch, daß es mir eisig in die Glieder fuhr, lauschte den Bruchteil einer Sekunde lang mit weit aufgerissenen Augen und flitzte in die Zentrale. Von dort kam gleich darauf ein Heidenspektakel. Die Stimme des Leitenden überschlug sich. Ich konnte nur Bruchstücke hören: »Wohl wahnsinnig geworden – verdammt noch mal – seit wann – so was – immer verrückter – schaffen Sie bloß weg – Beeilung!«

Als der Leitende sich schnaufend wieder in seine Ecke sinken ließ, wagte ich nicht, ihn zu fragen, was in der Zentrale los war. Nach zehn Minuten erkundigte ich mich so beiläufig wie möglich beim Zentralemaaten, was der Aufstand zu bedeuten hatte.

Der Bibelforscher hatte Messer mit Putzsand bearbeitet. Das gab ein Schmirgelgeräusch, das der Leitende noch nicht kannte.

Vierundzwanzigster Dezember. Wir schwimmen noch – wir haben eine ziemliche Strecke zurückgelegt, das Kümmerpflänzchen Hoffnung hat sich ein wenig gekräftigt. Mit dem Wetter haben wir ein unwahrscheinliches Glück: Weihnachtswetter. Die Dezemberstürme in der Biskaya sind normalerweise fürchterlich. Aber wir haben höchstens Wind 4 bis 5, Seegang 3. Der Seegang hält sich wie üblich eine Nummer unter dem Wind. Besser konnte es gar nicht kommen. Wir stehen fast schon mitten in der Biskaya. Der Diesel hat durchgehalten. Wir hatten – toitoitoi – keine Suchgruppe auf unseren Spuren. Das wäre doch Anlaß genug, um ein bißchen Optimismus zu zeigen.

Aber nein! Alle drücken sich mit vergrellten Visagen herum. Auch der Alte ist einsilbig. Und das färbt ab. Dabei hält der Alte sich vielleicht nur an seine Parole: »Nur nicht vor der Kirchweih jubeln.« Die Leute aber lassen sich gleich, wenn der Alte sie nicht ermuntert, in tiefen Pessimismus sinken. Lauter Gemütskranke. Müßte mal wieder in den Bugraum, vielleicht ists dort besser.

Vor Erschöpfung und Nervenanspannung kann ich kaum mehr essen. Der Leitende rührt überhaupt nichts an. Auch die anderen stieren mehr auf ihre Teller, als daß sie sich Essen einverleiben. Der Backschafter muß halbvolle Teller abtragen. Das hat er gar nicht gern: Halbvolle Teller lassen sich nicht übereinanderstapeln.

La Pallice – La Rochelle – das Haus Schepke: Meine stärksten Erinnerungen daran sind die an fürchterliche Flohbisse. Flohbisse in solcher Menge und so schmerzhafte hatte ich noch nie erlebt. Heißester Sommer wars. Wir saßen in der Messe an langen Tafeln zum Mittagessen. Alle weiß kostümiert. Ein Mordsgehabe. Da spürte ich die ersten Bisse den rechten Arm hinauf. Erst wars noch wie Jucken, aber dann kam ein bösartiger Schmerz. Ich aß weiter. Dann biß es mich die rechte Seite hinunter bis zum Gürtel. Hier war Schluß. Also wieder hinauf! Vom Kratzverlangen wurde ich fast überwältigt.

»Bitte Herrn Kapitän gehorsamst, mich zurückziehen zu dürfen!«

Ich ließ den Adamsapfel zweimal hochsteigen, um Übelsein vorzutäuschen. Befremdete Blicke. Scheißegal! Bloß die Klamotten runter und vor den Spiegel. Da verschlugs mir den Atem: zwei Dutzend rote Schwellungen – jede groß wien Markstück! Anscheinend eine Spezialität von La Rochelle.

Im Bugraum sieht es schlimm aus: ein Durcheinander wie noch nie. Reinschiff zu befehlen, wagt die Nummer Eins wohl nicht mehr. Die rot drapierten Lampen sind verschwunden. Kein Gedanke mehr an Puffstimmung. Apathisch, völlig erschlafft liegen die Freiwächter auf den Bodenplatten, vergreiste Kinder mit Fastnachtsbärten. Selbstaufgabe, Fatalismus haben um sich gegriffen. Die Leute reden kaum noch miteinander.

Aber einige Stunden später wird im ganzen Boot picobello aufgeklart. Der Kommandant hat der Nummer Eins einen bösen Rüffel verpaßt. Weihnachtsputz?

»Nur keine Schlamperei einreißen lassen!« murmelt der Kommandant mir zu.

Das war gut gedacht und entschieden: einfach die Schiffsroutine weiterlaufen lassen – kein Aufheben machen, die Tränenschleusen verschlossen halten, die nach Hause schweifenden Gedanken ablenken. Gar nicht auszudenken, was das für ein Vollbad in Rührung geben könnte. Unsere zerfransten Nerven und dann noch Gefühlswabern – das hielte keiner aus.

»La Spezia – das hätte gerade gut hingehauen«, sagt der Alte.

Ach je, ist er wieder bei der Weihnachtsfeier?

Mir kommen Erinnerungen an die Freß- und Sauforgien in der Flottille, Hotel »Majestic«: Lange, weißgedeckte Tafeln – Kiefernzweige statt Tannengrün als Dekoration. Für jeden ein »bunter Teller« – ein sternartig ausgestanzter und vertiefter Pappdeckel mit Spekulatius, Russischem Brot, Pralinen, einem Schokoladenweihnachtsmann – und dann aus vollem Rohr: »O du fröhliche-e, o du selige-e, gnadenbringende Weihnachtszeit!« Und dann die Ansprache vom Flottillenchef – das starke Band von unseren schlagenden Herzen zu den schlagenden Herzen der Lieben daheim. Der sorgende Führer, die alte deutsche Weihe-Nacht, das große Deutsche Reich und über allem unser herrlicher Führer! – Und dann stehend: »Sieg Heil – Heil – Heil!« Und dann die große Besäufnis und das Absacken in die große Rührung, das Kollabieren, der Katzenjammer, das heulende Elend . . .

576

Es steht nun fest: Wir wollen versuchen, den nächsten erreichbaren Stützpunkt anzulaufen. Also nicht St.-Nazaire, sondern La Rochelle.

Wir stehen jetzt vierundzwanzig Stunden vor La Rochelle. Der Alte hält eisern an der normalen Routine fest: Achtundvierzig Stunden vor dem Einlaufen soll die Puffordnung verlesen werden. Hätte also längst geschehen müssen. Eigentlich ist das Aufgabe des I WO. Der Alte hat ihn davon entbunden – eine Art Gnadenbeweis, denn dieser Text hats in sich. Dem II WO obliegt es nun, ihn der Besatzung über Bordlautsprecher bekanntzugeben. Die Puffordnung also statt des Lukasevangeliums. Der II WO macht es gut. Seine Stimmlage hat für das Vorlesen eines Flottillenbefehls den nötigen Ernst, trotzdem kann keiner glauben, daß er das Ganze nicht für eine Schnapsidee hielte.

Der Zentralemaat malt Erfolgswimpel. Einen mit der Zahl 8 000 hat er schon fertig: Der ist für den ersten dicken Zossen aus dem Geleit.

Der I WO hockt mit dem LI in der Messe über Papierkram. Aufträge für die Werft, Ölverbrauchsrechnungen, Torpedoschußmeldungen. Es würde mich nicht wundern, wenn er die Schreibmaschine wieder klappern ließe.

Fast jede Stunde werfe ich einen Blick auf die Seekarte. Jedes Mal drängt es mich dabei, den Bleistiftstrich, der auf La Rochelle zielt, heimlich ein bißchen zu verlängern.

Mit jeder Seemeile, die wir hinter uns bringen, wird die Umklammerung der Angst lockerer.

Durch das halb geöffnete Schott zum Bugraum kommen Wortfetzen. Die Lebensgeister der Leute scheinen wieder wach zu werden. Ich höre sogar nebenan in der OF-Messe einen fragen, wer denn die Urlaubsscheine ausschriebe. »Noch nichts bekannt«, kommt die Antwort vom Bootsmann. Kaum zu glauben: Wir haben noch eine ganze Nacht vor uns, wir können uns noch lange nicht in Sicherheit wiegen –, und nebenan interessiert sich einer für seinen Urlaubsschein.

Was ich im U-Raum zu hören bekomme, kann mich nun schon nicht mehr verblüffen: »Was gibts denn für Puffs in La Rochelle?«

Der E-Maat Pilgrim war anscheinend mal in diesem Stützpunkt.

»Was weiß ich?« ist seine Antwort.

»Dich kann man auch nichts Vernünftiges fragen!« schimpft Frenssen.

Ein Glück: von Weihnachtsrührung keine Spur.

Gegen ein Uhr klettere ich auf die Brücke.

»Noch zirka zweieinhalb Stunden bis zum Geleitaufnahmepunkt!« meldet der Obersteuermann dem Alten.

Geleitaufnahmepunkt? Sollten wir schon so nahe an die französische Küste herangekommen sein?

»Da sind wir ja fein früh dran«, sagt der Alte, »da packen wir uns dann erstmal hin und betrachten uns den Verkehr.«

»Jawoll Herr Kaleun!« ist alles, was der Obersteuermann darauf zu sagen hat.

»Na«, wendet sich der Alte mir zu, »jetzt haben wirs ja wohl nicht mehr eilig – oder?«

Ich blase nur Luft ab. Was soll ich schon sagen? Wie sich das alles wiederholt!

Die Nachtluft ist seidig. Bilde ich mirs nur ein, daß sie nach Land riecht – daß ihr ein feiner Duft von Herbstlaub beigemischt ist?

Die Küstenlandschaft um La Baule im Winter! Steinmauern um jedes noch so winzige Wiesenstück! Die Steinmauern halten den Wind ab, der gegen die Küste anbraust. Es gibt da einen uralten Park mit einer Art riesiger Thujahecke hinter einer gewaltigen Granitmauer. Der Wind hat die sechs, sieben Meter dicke Hecke, eigentlich schon einen Wald, wie mit einer gewaltigen Schere zu einer schräg hinter der Mauer ansteigenden Fläche gestutzt.

Bei Sturm hängt der Schaum von der Brandung noch ein paar hundert Meter landein in riesigen, schmutzigweißen Flocken zwischen den Ginsterbüschen.

Um La Rochelle hingegen ist nicht viel los. Überall nur flaches Land. Keine große Küste. Die Insel Ré – alles flach, Schwemmland.

Vielleicht läßt sich bald schon ein Lichtschein von der Küste entdecken. Aber nein! La Rochelle ist ja nicht Lissabon. Hier ist alles verdunkelt. An der französischen Küste haben alle Leuchttürme Feuer aus gemacht.

»Noch ne Stunde pennen?« fragt mich der Alte.

»Könnte nicht schaden . . .«

Ich bitte den Obersteuermann, mich zu wahrschauen, wenn er abgelöst ist, und steige kurz nach dem Alten ein.

»Seegang zwo – kaum noch Wind«, sagt der Obersteuermann, als er mich mit kräftigem Armrütteln weckt.

Noch vor dem Kommandanten bin ich wieder auf der Brücke.

Ich ziehe die Brauen zusammen, um den Blick schärfer zu stellen: Die Kimm ist klar. Im Osten wird es schon heller. Backbord vorn steht der I WO. Jetzt meldet er nach unten: »An Kommandant: Dämmerung beginnt!«

Der Kommandant kommt hoch und nimmt wortlos einen Rundblick.

»Na, ein Weilchen gehts wohl noch«, sagt er endlich. Aber ich spüre bald, wie er unruhig wird. Immer wieder hebt er den Kopf und schickt mißtrauische Blicke zum Himmel. Im Osten liegt schon ein finger-dicker margarinegelber Streifen über der Kimm. Die Dunkelheit verdünnt sich nun schnell. Noch zehn Minuten, dann sagt der Kom-mandant: »Da wären wir wohl so ungefähr.«

Die See ist ruhig. Wir fahren wie auf einem Teich dahin. Das Echolot ist in Betrieb. Von unten kommen dauernd die Lotungen herauf: »Dreißig Meter, achtundzwanzig Meter . . .« Dann sind es nur noch zwanzig Meter. Und dabei bleibt es.

»Na prima!« sagt der Alte. »Gerade richtig für uns! Also Ober-steuermann, da wollen wir mal! Da packen wir uns erstmal hin – wird ja bald heller!«

»Klarmachen zum Tauchen!« Noch ein Blick ringsum über die dunkle, geschmeidige See – dann steigen wir in aller Ruhe ein.

»LI, versuchen Sie mal, uns schön zart auf Grund zu setzen! Zwan-zig Meter, das muß doch zu schaffen sein?«

Der Bums, mit dem das Boot den Grund berührt, ist nicht stärker als der eines aufsetzenden Flugzeugs.

»So, und nun lassen wir den lieben Gott erstmal einen guten Mann sein!« sagt der Alte.

»Und seine Frau Gemahlin eine liebenswerte alte Dame . . .« Das war die Stimme des Leitenden! Ich drehe mich verblüfft um: Das lose Mundwerk des Leitenden wieder in Betrieb?

»Tiens, tiens!« macht der Alte. Fühlt er sich etwa schon wieder in Frankreich? Ich sollte den Obersteuermann fragen, ob wir bereits auf gutem französischem Sandboden liegen, oder ob das Gelände hier noch international ist.

Im Unterbewußtsein habe ich schon seit einer Weile merkwürdige Schabe- und Schürfgeräusche registriert. Jetzt gibt es gar einen dumpfen Bums wie von einem Faustschlag gegen eine Holztür. Und gleich noch mal und noch mal. Der dritte Schlag dröhnt schwer im Boot nach, wird dann von einem schrillen Fiepen übertönt, und dann kommt wieder das Schlurren und Schaben.

»Nicht zu glauben«, sagt der Alte, »so was von Strömung!«

»Und so schön glatt, wie er hier sein müßte, ist der Grund wohl auch nicht«, höre ich den LI.

Das Bumsen kommt also von Steinen. Wir liegen nicht fest. Wir werden über den Grund gezogen.

»Mal ordentlich nachfluten, LI!«

»Jawoll, Herr Kaleun!«

Ich höre das Wasser in unsere Reglertanks einströmen. Wir machen uns schwer.

»So, jetzt muß die Richtung aber stimmen!« sagt der Alte.

Ruhe im Boot. Nur das Pinkpink der Kondenswassertropfen. Die Freiwächter haben sich alle längst auf ihre Kojen verholt. Sobald es richtig hell ist, will der Alte auf Sehrohrtiefe – vierzehn Meter – gehen. Er schweigt sich aus, wie er dann weiter verfahren will. Ohne Sperrbrecher und ohne Geleitschutz die Küste anzusteuern, wird eine heikle Aufgabe werden. Am Tage unmöglich und nachts äußerst schwierig.

Wie ich gerade das rechte Bein hebe, um es durch den achteren Schottring zu stecken, bumst es wieder.

»Verdammte Sauzucht«, flucht der Alte. »Wir liegen wohl nicht richtig zum Strom. Wir müssen versuchen, das Boot besser in den Strom zu legen.«

Ich höre mit halbem Ohr Anblasgeräusche. Noch ein Bums, der durchs ganze Boot dröhnt. Dann ein Befehl für die E-Maschine, dann Ruderbefehle. Na, wird schon klappen.

Da kommt wie aus weiter Entfernung die Stimme des Horchers: »Maschinengeräusche in dreihundert Grad. Werden lauter!«

Der Alte hat die Augenbrauen wie ein Mime gehoben. Er steht mitten in der Zentrale und lauscht. Der Leitende steht halb verdeckt hinter ihm. Auch ich wage keine Bewegung mehr.

Jetzt schluckt der Alte. Ich sehe es deutlich am Auf und Ab seines Adamsapfels.

»Kolbenmaschine!« meldet der Horcher.

Der Alte hockt sich in den Gang neben dem Horchraum nieder und stülpt sich die Hörer über. Sein gerundeter Rücken ist uns zugekehrt. Der Horcher steckt den Kopf aus seinem Schapp heraus.

Der Alte murmelt: »Da will ich doch Max heißen, wenn das kein U-Boots-Diesel ist.«

Der Alte gibt die Kopfhörer an den Funkmaaten zurück. Der lauscht zwei Minuten. Der Alte hält sich neben ihm: »Na, Hinrich?«

»U-Boots-Diesel! Sicher!«

»Deutscher Diesel oder englischer – das ist jetzt die Frage . . . Los I WO, ES-Pistole klar. Wir tauchen auf, und Sie schießen sofort ES. Wie ist jetzt die Peilung?«

»Peilung steht zwohundertundsiebzig Grad.«

»Flakwaffen klarhalten! I WO – Sie kommen sofort nach mir hoch!«

Wie mit einem Schlag ist die Zentrale von Getümmel erfüllt. Das Munitionsschapp wird geöffnet.

Direkt vor der Haustür soll noch mit der ES-Pistole Feuerwerk gemacht werden? Und vielleicht gar noch mit der Dreikommasieben?

»Hab schon Pferde direkt vor der Apotheke kotzen sehen«, höre ich Frenssen.

»Altes Arschloch, dämliches«, erntet er von Pilgrim als Entgegnung. Jetzt hat der Alte schon die rechte Hand am Leiterlauf. »Alles klar?«

»Jawoll, Herr Kaleun!«

»Auftauchen!«

»Anblasen!«

Ich stehe gerade unter dem Luk, als oben die ES-Pistole knallt. Weil immer noch Leute aufentern, erhasche ich zwischen Süllrand und der Flanke eines Mannes nur weißes und rotes Magnesiumleuchten. Bunte Weihnachtssterne. Wie es sich gehört. Ich warte mit angehaltenem Atem.

»Na, bestens!« höre ich den Alten, »Signal quittiert. Gehen Sie mal näher ran, I WO. Mal den Kollegen begucken!«

»Unwahrscheinlich!« sagt hinter mir der LI.

»Ein Mann auf Brücke?« frage ich nach oben.

»Nur zu!«

Ich brauche eine Weile, bis ich auf dem dunklen Wasser das andere Boot erkennen kann. Es zeigt sich spitz. Man könnte es für eine treibende Tonne halten.

»Los, die Klappbuchs hoch – Beeilung!« fordert der Alte.

»So, Zeitler, nun stellen Sie uns mal vor, wie sichs für höfliche Leute gehört!«

Zeitler hat die Klappbuchs gegen das andere Boot gerichtet und tackert seinen Anruf.

Von drüben strahlt der Signalscheinwerfer auf: das Verstandenzeichen. Dann höre ich unsere Klappbuchs wieder und dann liest der Obersteuermann ab, was von drüben kommt: »UXW Oberleutnant Bremer.«

Der Bootsmaat bleibt in Blinkposition. Sein ganzer Rücken wartet auf neuen Text.

»Das ist ja phantastisch!« entfährt es dem Alten, »die sind doch todsicher angemeldet, da brauchen wir uns ja bloß anzuhängen!«

Der Obersteuermann strahlt. Ihm muß ein schwerer Stein vom Herzen gefallen sein: *Er* hätte ja die Ansteuerung von La Rochelle bewältigen müssen.

»Jetzt brauchen wir nur schön auf denen ihr Geleit zu warten. Fragen Sie mal an, wann Treffen mit Geleit vereinbart ist.«

Der Bootsmaat drückt den Taster der Klappbuchs, die Antwort von drüben kommt sekundenschnell. Die müssen einen erstklassigen Signalgasten haben: »Acht Uhr!«

»Und jetzt machen Sie: ›Hängen uns bei Ihnen an!‹ Die drüben

581

werden schön rätselraten, wieso *wir* nicht gemeldet sind. Die werden sich ohnehin schon gefragt haben, wieso wir den Stützpunkt einer anderen Flottille anlaufen – und ausgerechnet heute.«

Der Alte scheint nicht die Absicht zu haben, Aufklärung zu geben. Während des Signalaustauschs sind wir näher an das andere Boot herangetrieben. Rufweite. Da kommt auch schon eine röhrende Megafonstimme von drüben: »Was ist denn mit Ihrem Geschütz passiert?«

Wir sehen uns betroffen an. Der Alte stutzt. Auch ich brauche eine Weile, bis mir klar wird, daß die anderen uns ja genausogut erkennen können wie wir sie, und daß sich an unserer Silhouette einiges verändert hat.

»Blöde Fragerei!« mault der Obersteuermann.

Der Alte aber setzt das Megafon an den Mund und brüllt hinüber: »Dreimal dürfen Sie raten!« und dann wendet er sich mit seiner normalen Stimme zum Obersteuermann: »Der soll mal lieber aufpassen, daß er seine Flakwaffen klarhält. Hier siehts nämlich verdammt mulmig aus!«

Der Obersteuermann nimmt das als direkte Aufforderung, die Brückenposten anzufahren: »Jetzt ja scharfen Ausguck halten!«

Plötzlich läuft eine heftige, dumpf klingende Detonation durch das Boot. Ich spüre einen Schlag in den Kniegelenken. Explosion in dei Batterie? In der E-Maschine? Ist mit dem Diesel was los? – Verdammt noch mal, was war das bloß?

Der Alte ruft durchs Luk nach unten: »Meldung! – Wo bleiben denn die Meldungen?«

Von unten kommt aber nichts. Fragende Blicke zwischen dem Alten und dem Obersteuermann. Jetzt erhebt der Alte seine Stimme zum Brüllen: »Meldung! – Aber sofort!«

Da erscheint das Gesicht des Leitenden im Turmluk. Der Leitende stottert: »Nichts – keine Meldungen, Herr Kaleun!«

Der Kommandant hält seinen Blick auf das Gesicht des Leitenden gerichtet. Sind wir denn alle verrückt? Eben hat es doch gerumst, und zwar erheblich!

Da strahlt drüben die Sonne der Klappbuchs auf. »Los – mitlesen!« Drei Münder buchstabieren gleichzeitig: »h-a-b-e-n-m-i-n-e-n-t-r-e-f-f-e-r!«

»Los! Näher ran!«

Mine, Mine, Mine. Wir schlurren also über ein Minenfeld. Wo eine Mine ist, da gibts noch mehr.

Ich habe mein Glas auf das andere Boot eingestellt. Ihm ist nichts anzusehen. Es liegt nur mit dem Heck ein wenig tief, wie schlecht angeblasen. Einen Minentreffer hab ich mir jedenfalls anders vorgestellt.

Unser Bug kommt langsam herum. Jetzt blinken sie drüben wieder.

»Ablesen!« befiehlt der Kommandant.

»t-r-e-f-f-e-r-a-c-h-t-e-r-n-m-a-c-h-e-n-s-t-a-r-k-w-a-s-s-e-r-
t-a-u-c-h-u-n-k-l-a-r«

»Eine von den verdammten E-Minen«, sagt der Alte, »wahrscheinlich nachts von nem Flugzeug geschmissen!«

»Und sicher nicht als einzige . . .« sagt der Obersteuermann gleichmütig.

»Kanns nicht ändern, Obersteuermann, jetzt *müssen* wir oben bleiben und Flakschutz geben.«

Und schön allmählich durch das Minenfeld treiben, denke ich.

Der Obersteuermann sagt nichts dazu. Das Glas auf das andere Boot gerichtet, läßt er nicht die geringste Regung erkennen.

»Brüllen Sie mal rüber: ›Bleiben oben und geben Ihnen Flakschutz!‹«

Der Obersteuermann nimmt die Flüstertüte vor das Gesicht. Von drüben wird mit einem knappen »Danke!« quittiert.

Ich habe mich in den Knien weich gemacht. Wir können jeden Augenblick auch einen Treffer bekommen.

»Obersteuermann, schreiben Sie auf: ›Sechs Uhr fünfzehn Minentreffer auf UXW‹ – Der Funker solls noch mal versuchen. Vielleicht haben wir Glück. Lassen Sie machen: ›Kr Kr UXW hat Minentreffer. Tauchunklar. Alles ausgefallen. Erbitte sofort Geleit. Stehen auf Treffpunkt. UA.‹«

Wir können jetzt nichts machen als auszuharren und zuzusehen, wie es heller wird.

»Anscheinend hats denen die Welle verbogen«, sagt der Alte mit gerauhter Stimme. »Wenn die Diesel hin wären, müßte doch die E-Maschine noch was schaffen – oder umgekehrt.«

An der höher steigenden Helligkeit hinter uns merke ich, daß uns der Strom herumgedreht hat: Wir haben Osten jetzt im Rücken. Im fahlen Morgenlicht sehen alle um mich so grau aus, als hätten sie sich mit Asche angestrichen.

Kein Maschinenlärm, keine Bewegung, kein Zittern im Boot. Wir schwimmen wie ein Stück Treibgut dahin. Mir sitzt die Angst wie ein Geschwür im Körper. Eine halbe Stunde schwärt das Geschwür nun schon. Diese Stille! Ich wage kaum, mich zu räuspern. Wenn nur unser Diesel wieder liefe! Ich gäbe was drum, wenn ich wieder den Lärm unseres Diesels zu hören bekäme.

Da sind doch Bojen! Eine ganze Bojenreihe Wenn wir uns da entlanghangelten! Aber nein, das Boot drüben ist ja nicht fahrklar. Wir müssen wie ein siamesischer Zwilling treiben, wohin es die anderen treibt.

»Uhrzeit?«

»Sieben Uhr zehn!«

Die Angst mahlt in mir. Wir sehen uns nicht mehr an, als könnten unsere sich treffenden Blicke schon einen verhängnisvollen Kontakt auslösen.

Ich wünsche, ich könnte mich klein machen, zur Möwe werden und mit Kurs Ost abrauschen.

Von der Küste ist noch nichts zu sehen. Und auch noch keine Rauchfahne. Was denken die sich bloß? Scheißorganisation! Warten kann ja schön sein, wenn man weiß, daß man abgeholt wird, aber wenn es einen beim Warten durch ein Minenfeld zieht, sieht die Sache anders aus.

»Flugzeug! Hundertzwanzig Grad!«

Die Schreistimme des steuerbordachteren Ausgucks geht mir bis ins Mark.

Unsere Blicke werden wie von einer Schnur herumgerissen.

»Flakwaffen klar! Los schnell! Höhe?«

»Achthundert! Typ ›Halifax‹!«

Ich verschwinde von der Brücke, lange nach Munition, reiche sie nach oben weiter. Schon ballert unsere Dreikommasieben los. Wir schuften, was das Zeug hält. Verdammter Murks! Wir haben keine Fahrt im Boot. Wir müssen Schießscheibe spielen. Durch den Lärm der Abschüsse höre ich eine heftige Detonation. Und dann ist plötzlich Stille. Der Lärm ist weg, wie mit dem Messer gekappt.

Ich entere schnell auf und blicke rund. Wo sind denn bloß die anderen? Nichts als opalfarbene, glatte See. Nur ein paar dunkle Klumpen treiben backbord querab im Wasser. Wie von weit her dringen Ruder- und Maschinenbefehle an mein Ohr.

Unser Bug dreht auf die dunklen Klumpen zu.

Endlich sagt mir der Obersteuermann: »Volltreffer – direkt vor dem Turm!«

Ich sehe alles nur mehr wie in Trance. Mir ist, als hätte sich ein Graufilter vor die Bilder geschoben. Ich kneife die Augen, schlage angestrengt mit den Wimpern, starre: Das Boot, das eben noch seinen Umriß zeigte, ist weg. Und das Flugzeug? Verschwunden? Eine einzige Bombe? Kann das sein? Ein einziger Überflug, eine einzige Bombe und gleich Volltreffer?

Die kommen wieder, sage ich mir, die kommen im Rudel wieder. Aufgeschmissen! Jagdschutz? Warum haben wir keinen Jagdschutz? Das fette Schwein! Der Maulaufreißer! Wo sind sie denn, unsere Flugzeuge?

Die See ist wie eine polierte Fläche. Keine Bewegung, kein noch so leiser Kringel darauf. Die messerscharfe Kimm: Das kalt gleißende Meer gegen einen verschmutzt violetten Pastellton, der erst in halber Höhe heller wird. Und dort, wo eben noch das langgestreckte Boot lag, nur mehr dieser Klumpen – ein störender Fleck auf dem glatten Quecksilberspiegel. Kein Wasserwirbel, kein Schwall, nichts – kein Motorengebrumm – Stille!

Ich begreife nicht, daß keiner schreit. Diese Lautlosigkeit ist absurd. Sie ist es, die mir das Gefühl gibt, das alles sei gar nicht wirklich. Unser Bug hat jetzt Richtung auf den treibenden Klumpen. Im Glas löst sich der Klumpen auf: Einzelne Leute sind zu erkennen, Köpfe, die in den Schwimmwesten hängen. Die Männer an der Flakwaffe stehen noch immer wie Denkmäler da, ausdruckslos, als hätten sie auch nicht begriffen, was eben passierte. Nur ihre Brustkörbe heben und senken sich heftig.

An Oberdeck steht die Nummer Eins mit fünf Leuten, um die Schiffbrüchigen hochzuhieven.

»Verdammt – Wahrschau!« brüllt die Nummer Eins.

An Steuerbordseite rötet sich die See. Blut im Salzwasser. Wohin bloß mit diesen Jammergestalten?

Ich wage nicht, genau hinzublicken. Lieber den Himmel beobachten. Die Biene kommt zurück – so wahr uns Gott helfe! Die Minen! Das flache Wasser! Verraten und verkauft.

Dicht hinter mir sagt einer: »Die haben sich Weihnachten wohl *auch* anders vorgestellt!«

Ein Mann erscheint triefend auf der Brücke, stammelt so etwas wie eine Meldung, die Hand an der Stirn: der andere Kommandant – Bremer.

Er hat ein Konfirmandengesicht, das sich in Krämpfen verzerrt. Jetzt heult er und schluckt und heult, dabei starrt er wie hypnotisiert vor sich hin. Mit Zusammenpressen der Lippen versucht er, den Kastagnettenschlag seines Unterkiefers zu stoppen. Es gelingt ihm nicht. Heftiges Zittern durchläuft seinen ganzen Körper. Immer neue Tränen rinnen über seine zuckenden Wangen.

Der Alte sieht ihn stumm und kalt an. Endlich bringt er den Mund auf »Gehen Sie doch nach unten!«

Bremer wehrt mit heftigem Kopfschütteln ab.

Da befiehlt der Alte: »Decken herauf!« und dann scharf, als wäre er plötzlich in Zorn geraten: »Los, Beeilung, Decken hoch!«

Die erste Decke, die durch das Turmluk hochgereicht wird, legt er selber dem zitternden Bremer um die Schultern. Der stammelt plötzlich los: »Da hielt mich was umklammert – ich kam erst los, als wir unten aufschlugen – war wie eine Schlange.«

Keine Tauchtiefe! Keine Sperrbrecher! Kein Flakschutz! Verdammte Bredouille! Diese spiegelglatte See! Das schmeckt nicht. Die »Halifax«! Was war da los? Hatte die denn nur diese einzige Bombe? So eine Schachtel schleppt doch mehr davon.

»Ich fühlte – ich fühlte es, wie eine Schlange an der Kehle«, stottert Bremer wieder.

Der Alte wendet sich ihm zu und starrt ihn an, als sehe er ihn in diesem Augenblick zum erstenmal. Ein indignierter Ausdruck tritt auf sein Gesicht.

Der fremde, mit einer Decke vermummte Mann auf der Brücke, diese klappernde Ku-Klux-Klan-Figur! Das Häuflein Elendsgestalten an Oberdeck und dazu diese seidige, pastellfarbene See! Mummenschanz. Ich habe das Gefühl, ich müsse erst eine Membran durchstoßen, um die Wirklichkeit zu erreichen.

Was redet der gerettete Kommandant bloß? Hat er durchgedreht? Der Mann benimmt sich ansonsten normal. Er scheint ernsthaft zu meinen, was er sagt. Niemand würde ihn, wie er so schicksalsergeben und mit den Zähnen schnatternd auf unserer Brücke im Wege steht, für den Kommandanten eines U-Bootes halten.

»Wahrschau!« brüllt ihm ein Zentralegast, der Decken durchs Luk hievt, in den Rücken. Bremer zuckt zusammen. Er steht wirklich im Wege.

Da er zur anderen Flottille gehört, kennt ihn von unseren Leuten keiner.

Die Stimme des Alten ist brüchig. Er muß ein paarmal husten, ehe er das Krächzen wegbringt.

»Tauchen ist nicht.«

Zu flach, zu viel Strom. So werden wir denn weiterhin über die Grundminen gezogen und können warten, bis die Tommies wiederkommen. Immer noch kein Jagdschutz! Der andere war aber doch gemeldet! Nichts klappt mehr. Dieser Scheißhermann.

Ankern? Sollten wir nicht besser vor Anker gehen? So über die Minen wegzuschlurren, das ist doch wohl das Letzte!

Ich knicke die Knie ein. Gleich muß es wieder bumsen. Die unten in der Maschine – nur das bißchen Stahlhaut gegen die Minen!

Der Alte kann doch nicht mehr länger warten! Der muß sich jetzt entscheiden: Auf die Tommies warten oder durch wie Blücher an der Katzbach – dann eben ohne Sperrbrecher und ohne Minenräumer.

Der Alte macht sein übliches verkniffenes Nachdenkegesicht. Aber jetzt gibt er tatsächlich Maschinenkommandos und nun auch Ruderkommandos. Allmählich dreht unser Bug in die Sonne. Dacht ichs doch: Drauf und los!

Aber nein, der Alte läßt den Diesel nur ganz langsame Fahrt machen, um das Boot gegen den Strom zu halten. Wir treten am Ort.

So schön war noch kein Morgen auf See. Ich weiß nicht, ob es die feierliche Erhabenheit dieses Weihnachtsmorgens ist oder das Elend an Oberdeck, das mir die Tränen in die Augen treibt. Schluchzen quillt in mir hoch. Ich versuche das Schluchzen abzuwürgen. Ich kann mich doch hier nicht gehenlassen!

Wenn der Himmel sich in Trauer gekleidet hätte, in Nebel und Düsternis – vielleicht wäre dann die triste Schiffbrüchigenszene besser zu ertragen. Aber dieses opal-goldene Leuchten, das jetzt den ganzen Himmelsraum erfüllt und ins Wasser eindringt, bildet einen so schmerzhaft quälenden Gegensatz zum Bild der durchnäßten Seeleute auf unserem Oberdeck, daß ich schreien könnte. Sie stehen da unten wie Schafe dicht aneinandergedrängt. Jeder hat sich eine dunkelgraue Wolldecke umgehängt. Gegen das Licht im Osten ist schon kein einzelner mehr zu erkennen. So bilden sie eine dunkle Masse. Zwei haben noch ihre Mützen auf den Köpfen. Der eine, ein schmaler, lang aufgeschossener Kerl, muß der I WO sein. Der andere ist ein Feldwebel. Wahrscheinlich die Nummer Eins. Die Maschinisten sind bestimmt nicht mehr herausgekommen. So gehts immer. Alle scheinen barfuß zu sein. Einer hat sich die Hosenbeine hochgekrempelt, als hätte er vorgehabt, durch flaches Wasser zu waten.

Unser Bootsmann versucht, mit zweien unserer Leute ein leeres Floß zu bergen. Sechs, sieben hellgelbe Schlauchboote hat er schon am Turm hochgeschichtet.

Unter Deck will der Alte anscheinend keinen nehmen. Hätte ja auch keinen Zweck. Tauchen können wir hier doch nicht. Und dann die Grundminen! Die armen Schweine dort zu lassen, wo sie sind – das wird schon das beste sein!

Allmählich wirds aber Zeit für das Geleit! Die geben sich doch mit dem einen Bombenwurf nicht einfach zufrieden. Die »Halifax« hat sicher gemeldet. Die Tommies wissen längst, daß hier noch ein zweites Boot auf eine Bombe wartet! – Diese Scheißmarine! Dieser gottverdammte Sauladen! Die müssen doch an Land gehört haben, wies rumste. Oder haben wir im Küstenvorfeld schon gar nichts mehr zu bestellen? Vorpostenboote – gibts die auch nicht mehr? Sind wir denn ganz am Arsch des Propheten?

Der Funkmaat Herrmann, unser Sani, und zwei Seeleute sind unter dem Turm mit den Verwundeten beschäftigt. Einen Älteren vom anderen Boot hat es böse erwischt. Verbrannte Hände, der Kopf ein blutiger Kegel. Das Salzwasser am rohen Fleisch! Ein Schütteln durchläuft mich. Ich kann kaum hingucken.

Herrmann wickelt den roten Kopf mit Verbandsmull so ein, daß nur noch Augen, Nase und Mund herausgucken, wie bei einem Tuareg. Dann raucht er eine Zigarette an und steckt sie dem Tuareg zwischen die Zähne. Der dankt ihm mit einem Nicken. Die anderen rauchen jetzt auch. Einige setzen sich in ihren nassen Klamotten auf die Reste unserer Grätings.

Der fremde I WO und der Oberfeldwebel suchen unablässig den Himmel ab. Ihren Piepels aber scheint der Himmel egal zu sein. Zwei, drei lassen sogar die Luft aus den Schwimmwesten, damit sie besser sitzen können.

Der Kommandant will wissen, wie viele Leute gerettet sind. Ich mache mich ans Zählen: dreiundzwanzig auf dem Vorschiff. Vier liegen achtern – die Schwerverwundeten. Also siebenundzwanzig Leute und der Kommandant – kaum mehr als die Hälfte der Besatzung.

Wie glatt die See ist! Eine Fläche unberührter Metallfolie. So glatte See habe ich noch nie gesehen. In der Luft ist auch nicht der leiseste Hauch eines Windes.

Da ruft der Obersteuermann: »Objekt in zwohundertundsiebzig Grad!«

Unsere Gläser schwenken herum wie von einem Magneten gerichtet. Tatsächlich – da schwimmt ein winziger dunkler Körper im seidigen Blaugrau. Nicht zu erkennen, was es ist. Ich setze das Glas ab und schlage mit den Lidern. Der Obersteuermann balanciert sein Glas auf den Fingerspitzen. Jetzt turnt er auf den UZO hoch, legt sich schräg nach hinten, das Glas wieder auf den Fingerspitzen. Bremer guckt verblödet mit offenem Mund in die angegebene Richtung.

Der Alte fragt den Obersteuermann: »Was erkannt?« Ungeduld in der Stimme.

»Nein, Herr Kaleun! Das müßte aber die Sinkstelle sein, so wie jetzt der Strom steht. Uns hats ja während der Rettungsarbeiten beträchtlich vertrieben.«

»Hm!« macht der Alte.

Noch vergehen ein, zwei Minuten, dann läßt der Alte in plötzlichem Entschluß den Bug herumdrehen und mit der Fahrtstufe höher gehen. Wir nehmen Kurs auf das kaum wahrnehmbare Objekt.

Was treibt bloß den Alten, in diesem minenverseuchten Gebiet ohne Not herumzukutschieren wegen einer Kiste oder einer alten Tonne Öl? Das Schicksal herausfordern? Reichts denn immer noch nicht? Gleich *muß* es rumsen.

Ich stehe geduckt, meine Bauchmuskeln sind angespannt, die Kniegelenke locker.

So vergehen fünf Minuten. Da sagt der Obersteuermann, der das Glas nicht eine Sekunde von den Augen nahm, mit unbewegter Stimme: »Da schwimmt einer!«

»Dachte ich mirs doch!« entgegnet der Alte genauso kühl.

Schwimmt einer? Seit dem Sinken von U-Bremer ist doch mindestens eine Stunde vergangen, wenn nicht gar anderthalbe. Wir haben uns die Augen ausgeguckt, alle miteinander. Da war doch nichts. Nichts als spiegelglatte See.

Der Alte läßt den Diesel schneller laufen. Jetzt solls gleich sein! Ich habe das Glas vor den Augen. Wie wir näher herankommen, sehe ich auch: Das ist ein Mann. Deutlich ist sein Kopf über dem Schwimmwestenwulst zu erkennen. Und jetzt hebt er einen Arm hoch.

Die Leute an Oberdeck sind nach vorn gedrängt. Sie halten sich am Netzabweiser fest. Daß uns nur jetzt keiner über Bord geht! Mir klopft das Herz hoch oben. Da treibt wirklich einer! Der Obersteuermann, dieses As, der hats gleich gewußt, daß dort keine alte Kiste treibt.

Ich klettere über die Steigeisen außen am Turm an Oberdeck hinunter. Ich will den Mann sehen, den sie gleich aus dem Bach ziehen werden. Mann Gottes, will ich ihm sagen, Sie sollten dem Obersteuermann um den Hals fallen. Das war eine Chance eins zu tausend. So was schafft nur der alte Kriechbaum. Der paßt auf und der denkt. Für den alten Strömungstechniker war die Sache klar: da trieb nicht *irgendwo* ein Objekt, sondern genau über der Sinkstelle.

Jetzt haben sie ihn. Barfuß. Höchstens achtzehn Jahre alt. Hemd und Hose an den Körper geklitscht. Wasser trieft von ihm ab. Er lehnt sich gegen den Turm, hält sich aber auf den Beinen.

Ich nicke ihm aufmunternd zu. Wortlos. Ich will ihn jetzt nicht fragen, wie er es geschafft hat, sich aus dem gesunkenen Boot herauszuarbeiten.

Muß ein Heizer sein. Diesel oder E-Maschine. Wahrscheinlich der einzige, der aus dem Achterschiff herausgekommen ist. Aber warum so spät erst? Was war da los? Wer weiß, was der zu erzählen hat.

Nun sage ich doch: »Mensch Meier, Schwein gehabt, was?«

Der Junge pumpt Luft, zieht Wasser in der Nase hoch und nickt.

Die Nummer Eins erscheint mit Decken. Nie gedacht, daß die Nummer Eins so gefühlvoll sein kann: Er hüllt den Knaben mit schier mütterlicher Betulichkeit ein. – Herrje, das hätte er nicht tun sollen. Jetzt klappt der Junge zusammen, schluchzt auf, seine Zähne beginnen zu rattern.

589

»Gib mal ne Zigarette her!« herrscht die Nummer Eins einen unserer Matrosen an. »Los, rauch sie an! Na, mach schon.«

Die Nummer Eins läßt den Jungen vorsichtig auf die Grätings sinken, lehnt ihn mit dem Rücken gegen den Turm und schiebt ihm die Zigarette in den Mund: »Hier haste nen Glimmstengel. Nimm schon!«

»Uhrzeit?«

»Acht Uhr zehn!«

Um acht Uhr sollte das Geleit erscheinen. O Gott!

Die Schwimmweste wird mir lästig.

Was für ein Glück für die Leute an Oberdeck, daß kein Wind weht, sondern mildes Wetter herrscht. Weihnachten und überhaupt nicht kalt. Gleich muß die Sonne erscheinen. Trotzdem sollten wir zusehen, daß die nassen Piepels was an die Füße bekommen. Wir brauchen ja unsere Seestiefel nicht. Die Nummer Eins hat schon alle möglichen Klamotten hochwuchten lassen, Troier vor allem.

Ich steige ein, um Schuhzeug zusammenzuholen.

»Jetzt heeßt et ent oder weder!« Das war Dorian. »Der Kommandant vom andern Boot – der hat se nich alle – der quarkt vielleicht sauer!«

Als ich durch die O-Messe komme, bleibe ich wie vom Donner gerührt stehen: Der I WO hat die Schreibmaschine auf der Back stehen und will gerade loshacken. Mir verschlägts die Rede. Das ist zuviel! Ich hole demonstrativ Luft, aber der I WO schaut nicht mal hoch. Er stößt mit spitzen Zeigefingern drei-, viermal auf die Tasten und hält dabei seinen starren Möwenblick senkrecht nach unten gerichtet. Am liebsten würde ich seine Maschine nehmen und sie ihm auf den Kopf schlagen. Statt dessen sage ich bloß: »Irre!«, arbeite mich weiter nach vorn durch und brülle einen Seemann an: »Los – Beeilung, Seestiefel her! Mann, los schon!«

Was muß denn der jetzt bloß tippen? Einlaufmeldungen etwa? Weiß der Himmel! Vielleicht einen Revers für Bremer, eine ordentlich getippte Bestätigung, daß wir ihn übernommen haben mitsamt der Hälfte der Besatzung?

Eine Kette ist schnell organisiert. Die Stiefel kommen per Tempo oben an. Ich klettere dem letzten Paar nach.

Der Obersteuermann ruft laut: »Das Geleit!« und weist voraus.

Tatsächlich, da kommen Rauchwolken über die Kimm.

»Zu spät, meine Herren!« grollt der Alte.

Ganz dicht am Ohr habe ich ein schnelles, scharfes Rattern. Ich wende den Kopf. Mein Gott, der fremde Kommandant. Seine Zähne schlagen gegeneinander.

Und jetzt geht die Sonne auf! Sie schiebt sich schnell über eine breit hingelagerte malvenfarbene Wolkenbank empor und treibt als riesige Orange in der Perlmuttschale des Himmels höher. Das Meer ist changierender Taft. Der blaue Umriß des aufkommenden Sperrbrechers steht mit allen Aufbauten scharf gegen den roten Ball. Über der Flußmündung hängen barock geschweifte Wolken. Sie haben den feinen blaugrauen Ton von Taubenfedern. Ihr unterer Saum ist abgeflacht und nur durch einen schmalen gelb leuchtenden Spalt vom Horizont getrennt. In der Höhe breitet sich ein gebrochenes Malvenrot über den Himmel, und die am höchsten treibenden Wolken säumen sich mit Brokatborten.

Ich starre mit brennenden Augen auf die schnell steigende Sonnenscheibe. Der Heilsarmeevers des Bibelforschers singt in mir: »Herrlich, herrlich wird es einmal sein, wenn wir ziehn, von allen Sünden rein, in das gelobte Kanaan ein.«

»Verrückt, wie sich alles fügt«, sagt der Alte so zur Seite, daß ihn Bremer nicht hört, »jetzt stimmt alles wieder: *ein* Boot wird erwartet und *eins* läuft auch bloß ein.«

Er hat den Sperrbrecher aufgefaßt. »Ganz hübscher Zossen, gute achttausend Tonnen«, brummelt er unter dem Glas hin. »Nur zwei kleine Ladebäume. Wo sie den wohl herhaben? – Was ist denn das?« Der Alte hat seine Stimme bei den letzten Worten gedehnt und angehoben.

Jetzt sehe ich es auch: Schiff nach Schiff kommt hinter dem Sperrbrecher hoch.

»Zu viel der Ehre, meine Herren!« redet der Alte vor sich hin.

Da strahlt auf dem Sperrbrecher eine Sonne auf: »Anruf vom Sperrbrecher!«

»Schon bemerkt, II WO. Los, Klappbuchs hoch. Mal sehen, was die wollen.«

Der Scheinwerfer erlischt, strahlt wieder auf. Der II WO liest laut mit: »h-e-r-z-l-i-c-h-w-i-l-l-k-o-m-m-e-n!«

Der Alte murrt: »Geht wohl noch weiter?«

»w-a-s-h-a-b-e-n-s-i-e-v-e-r-s-e-n-k-t?«

»Das gilt Ihnen«, sagt der Kommandant zu Bremer gewandt, der unten in der Brückenwanne stehengeblieben ist und nun gegen uns, die wir uns alle hoch herausgestemmt haben, wie zusammengeschrumpft wirkt.

Bremer blickt hilflos hoch.

»Blöde Quasselsäcke«, sagt der II WO, den Blick unverwandt auf den Sperrbrecher gerichtet. »Fehlt bloß noch, daß die fröhliche Weihnachten wünschen!«

»Ach Quatsch!« Endlich entscheidet der Alte: »Wir beziehen die Frage einfach auf uns. Los, machen Sie hinüber: ›Drei schöne Dampfer!‹«

Der Hebel der Klappbuchs tackert. Sekundenpause, dann kommt es schon von drüben: »h-e-r-z-l-i-c-h-e-n-g-l-ü-c-k-w-u-n-s-c-h!«

Der Alte verzieht das Gesicht und beißt sich auf die Unterlippe.

»Was meinen Sie, sollen wir die aufklären?« fragt er den Obersteuermann.

»Einfach weiterlaufen, Herr Kaleun. Die merken noch früh genug, *wen* sie reingeholt haben!«

Wenn die Augen hinter den Gläsern haben, denke ich, müssen die doch die Piepels bei uns an Oberdeck längst gesehen haben. Dieser Mummenschanz ist schließlich bei der U-Boots-Waffe nicht üblich. Und die Schlauchboote, die unsere Nummer Eins so fein gestapelt hat, gibts normalerweise auch nicht an Oberdeck einlaufender Boote. Die *müssen* doch merken, daß hier was passiert ist. Und daß es jederzeit weitergehen kann. Die Tommies kommen doch wieder. Die lassen uns doch nicht ungeschoren!

Dann will ich mich beruhigen: Vor Minen werden wir jedenfalls gleich sicher sein. Und wenn uns jetzt ein Flugzeug angreift, stößt es auf erheblich mehr Feuerkraft als vor zwei Stunden. Der Sperrbrecher ist gut mit Flakwaffen bestückt, und die vielen Geleitfahrzeuge, die jetzt herankommen, haben ja auch ihre Spritzen. Für den Alten ist das aber anscheinend keine Beruhigung. So nervös wie jetzt war er noch nie. Wieder und wieder läßt er verkniffene Blicke über den Himmel wandern, der sich allmählich blau tönt.

»Die wissen sofort, wenn was wrong ist!« sagt der II WO und meint die Möwen, die im großen Schwarm das Boot umschweben.

Die Möwen laden sich das goldene Licht auf die Flügel und stoßen schrill klagende Schreie aus. Nicht eine bewegt die Flügel. Wenn sie direkt über uns sind, recken sie die Köpfe suchend hin und her.

Ich habe kein Ohr für die Maschinen- und Ruderkommandos, die der Alte jetzt selber gibt. Kaum ein Auge für die aufkommende Armada. Ich staune nur, wie unverfroren die Kolcher qualmen: Voraus hängt eine richtige dicke Rauchgirlande auf dem Pastellgrund des Morgenhimmels. Wollen die etwa mit ihrem Gequalme den Gegner, sollte er wieder erscheinen, auf sich ziehen und von uns ablenken?

Mit Abnehmen und Weiterreichen von Decken und Sportschuhen nach unten habe ich wieder alle Hände voll zu tun. Dann werde ich aber doch eines Pumpenschiffs gewahr, als wir es direkt an Steuerbord querab haben. Sein dunkelroter Unterwasseranstrich ist zu sehen. Die schwarzen Bordwände sind von mennigroten Aussatzflecken übersät. Minuten später kommt ein dunkler Koloß an Steuerbord auf. Es ist einer der Bagger, die hier unablässig arbeiten, um für größere Schiffe eine Fahrrinne freizuhalten.

Und nun kann ich mir endlich ein Glas greifen und über unseren Bug visieren: Die Küste ist nur ein dünner Strich. Doch da sind Kräne, klein wie Spielzeug. Auf dem Sperrbrecher, der jetzt direkt vor uns Kurs auf die Küste hält, kann ich schon deutlich einzelne Leute ausmachen.

Wir müssen im Vorbecken warten. An Oberdeck werden die Leinen klargemacht. Unsere Seeleute umgehen dabei die Verwundeten mit großer Vorsicht.

Von der Signalstelle kommt ein Anruf. Der Obersteuermann liest ab: »Sofort einlaufen!« Wir sehen durch das Glas, wie voraus eine Brücke aufschwenkt. Schon ist ein Rudel Menschen auf der Pier zu erkennen. Gott sei Dank: keine Blechmusik!

Ein paar Möwen kreischen überlaut in die merkwürdige Stille, während sich das Boot langsam zwischen die moosbehangenen Schleusenmauern schiebt. Von der Pier her werden uns kleine Blumensträuße mit Tannenreisig ringsum von oben zugeworfen. Keiner nimmt sie auf.

Die alte Abneigung gegen die Leute auf der Pier. Ich weiß, daß es allen, die hier in der Brücke stehen, genauso geht. Wir sind wie reizbare Tiere, die böse auf jede falsche Geste reagieren.

Pfiffe schrillen, die dem Anlegekommando an Oberdeck gelten. Die Festmacheleinen liegen ordentlich aufgeschossen vorn und achtern parat. Ebenso unsere dicken Korbfender.

Jetzt fliegen dünne Leinen zur Pier hinüber, Soldaten fangen sie auf und ziehen an ihnen die dicken Festmacheleinen nach. Matrosen kommen ihnen zu Hilfe und belegen unsere Leinen, wie es sich gehört, an mächtigen Eisenpollern. Die Schrauben quirlen das Brackwasser auf und drücken das Boot langsam an die moosgrüne Schleusenmauer.

»Stop, Maschine stop! Besatzung auf Achterdeck antreten!« befiehlt der Kommandant mit heiserer Stimme.

Die da oben sehen unser aufgerissenes Oberdeck, die wie Schafe dicht aneinandergedrängten Schiffbrüchigen, die Verwundeten. Ich blicke in betroffene Gesichter.

Jetzt wird die Stelling hinübergeschoben. Sie weist schräg nach oben: Wir sind wieder mit der festen Erde verbunden.

593

Noch ehe das Ohr das Gebrumm wahrnimmt, habe ich es schon erspürt, als hätte ich es mit der Luft eingeatmet: Flugzeuge!

Die Geräusche kommen von Seeseite. Das erwartete Rudel! Alle heben die Köpfe. Das Gebrumm wird stärker, tief und geschlossen. Schon belfert Flak. Da – über See – stehen jetzt winzige weiße Wölkchen am Himmel wie Wattetupfer. Ein Lichtblitz: die Tragfläche einer Maschine! Jetzt sehe ich dunkle Punkte: fünf – sechs Bomber. Sieben! Eine ganze Armada!

Ins Geratter einer Vierlingsflak stößt scharfes Fauchen. Schatten schießen über die Kühlhäuser hoch. Alles stiebt auseinander.

Der Alte brüllt mich an: »Los, weg hier! Zum Bunker!« Seine Stimme überschlägt sich.

Da prasseln auch schon Geschoßhiebe aufs Pflaster. Steinsplitter spritzen hoch. Jäger!

Das gilt nicht uns.

Die kämpfen die Flakstellungen nieder! Kombinierter Angriff von Bombern und Jägern! denkt es in mir.

Hier und da birst das Pflaster, steigen Schuttfontänen auf. Merkwürdig langsam segeln Steinbrocken durch die Luft.

Mir fehlen noch fünfzig Meter zur Tresortür des Bunkers, die sie von innen bis auf einen schmalen Durchschlupf zugeschoben haben. Ich springe auf, knicke in den Kniekehlen wieder ein, spüre heftigen Schmerz in den Oberschenkeln. Meine Beine sind wacklige Stelzen, die ich nicht in der Gewalt habe. Es ist, als hätte ich das Laufen verlernt.

Schreie. Viele weiße Wölkchen am Himmel. Sirenengeheul. Rattern und Peitschen der MG-Schüsse. Das hastige Bellen der mittleren Flak. Salvengeprassel. Kakophonien aus verschiedensten Detonationsrhythmen. Rauch, Staubpilze und dazwischen die grauen Leiber der Flugzeuge. Was sind eigene, was fremde Jäger? Ich erkenne eine doppelrümpfige »Lightning« und hoch oben den Hornissenschwarm der Bomber.

Ich höre das scharfe Blaffen der leichten Flak, das Rattern der Maschinenwaffen. Splittergezirp. Gebrumm. Hoch singendes Sausen. Weiter weg das sonore Wummern der schweren Flak. Die kommen in vielerlei Höhen.

Vor mir ein groteskes Ballett. Die Choreographie eines Irrsinnigen auf einer riesigen gepflasterten Bühne mit dem Mammutbau des U-Boot-Bunkers als Kulisse. Sich hinwerfende Gestalten, zickzackrennende, niedersackende, sich hochbäumende. Dichte Tanzgruppen und aufgelockerte Ein wogendes Hin und Her. Einer reißt die Arme hoch, dreht eine Pirouette und sinkt dann, die Handflächen an ausgestreckten Armen zu einer Reverenz nach oben gerichtet, in einem tiefen Hofknicks zusammen.

Erneutes Heranbrausen. Eine unsichtbare Faust schlägt mir in die Kniekehlen. Ich suche, an das Pflaster angepreßt, krampfhaft nach dem Wort, von dem ich nur mehr einen Zipfel im Hirn habe: Atro – Atro – Atro – In meine heftigen Denkanstrengungen bricht neues Geheul. Luftdruck preßt mich fest an den Boden, Maschine nach Maschine braust über mich hin. Atrophie – ja.

Ein Bomber montiert in der Luft ab. Tragflächenfetzen torkeln herunter. Der Rumpf schlägt krachend hinter dem Bunker auf. Vor Staub und Qualm kann ich kaum atmen. Mit rudernden Armen erreiche ich die Betonwand, zwänge mich durch den Spalt der Bunkertür, stürze über einen, der am Boden liegt, schlage mit der Stirn auf, rolle zur Seite.

Erst mal strecken, erst mal liegenbleiben! Der Dreck. Der Staub in der Luft.

Das Abschußgeratter klingt jetzt dumpfer. Ich fahre mir über die Stirn, bin nicht überrascht, daß ich klebriges Blut spüre. Der Mann neben mir stöhnt und hält sich den Bauch. Als sich meine Augen an das Halbdunkel gewöhnt haben, kann ich ihn erkennen: graues Ölzeug – einer vom Boot – Zeitler.

Von hinten greift mir jemand unter die Achselhöhlen und versucht, mich hochzuziehen.

»Geht schon. Danke!«

Ich stehe, taumele, Nebel vor den Augen. Der Mann hinter mir stützt mich. Jetzt lichtet sich der Nebel. Ich kann alleine stehen. Da gibt es einen ungeheuren Schlag, daß mir die Trommelfelle reißen wollen. Der ganze Bunker ist eine titanische bebende Resonanztrommel. Der Boden unter mir schwankt. Von der Decke über dem ersten Schwimmdock, das ich in halber Länge übersehen kann, schießen riesige Brocken Beton herunter, schlagen ins Wasser und pauken auf ein Boot, das da an der Pier liegt. Und auf einmal bricht weiße Helligkeit durch ein Loch in der Bunkerdecke.

Licht!

Ich stemme mich hoch.

Das Loch ist gut drei mal drei Meter groß. Eisengeflecht mit dicken Betonklumpen darin hängt rings um das Loch von der Decke herunter. Das Geflecht bewegt sich, läßt immer neue riesige Betonbrocken fallen.

Das Wasser im Dock hört nicht auf, an den Pieren hochzubranden. Mein Gott, sieben Meter Beton durchschlagen! Das gabs noch nie! Geschrei, Befehle. Hinundhergerenne nun auch im Bunker.

Die Bunkerdecken galten als sicher gegen jedes Kaliber.

Woher kommt bloß der viele Dampf?

Von draußen höre ich immer noch wütende Abschüsse und Donnerrollen wie von einem heftigen Gewitter.

Eine riesige Staubwolke senkt sich herab. Ich habe pelzigen Geschmack auf der Zunge. Keine Luft mehr zum Atmen. Stoßender Husten durchschüttert mich. Ich muß mich, Kopf gegen meinen Unterarm, an die Wand lehnen.

Luft! Nur Luft! Hier ersticke ich noch. Durch dichte Menschenknäuel wühle ich mich zur riesigen Panzertür zurück, boxe zwei Werftarbeiter zur Seite, die mir den Weg verstellen wollen, und schiebe mich durch den engen Spalt. Nichts als schwarzer Ölqualm. Es muß einen Treiböltank getroffen haben.

Nein: Das ganze Hafenbecken ist ein einziger Brandherd. Nur die Kräne ragen unberührt aus den quellenden Feuerwolken. Scharfes Prasseln und das Wehgeschrei einer Dampfersirene, das kein Ende finden will.

Ich wende den Blick nach rechts zur Schleuse hin. Der Himmel ist hier freier. Ich sehe zerrissene Lagerschuppendächer, zu Trümmerhaufen gebombte Häuser. Verbogene Drähte, Fetzen ausgezackten Eisens langen nach meinen Füßen. Ich rutsche fast in einen Krater hinein, den ich im Dunst nicht sah. Ein Verwundeter stemmt sich mir vom Boden entgegen, Irrsinn im Blick. Jetzt höre ich von überall her Stöhnen und Wimmern. Unter dem Staub und dem Qualm müssen viele Verwundete liegen.

Das Boot! Was ist mit dem Boot passiert?

Da treibt ein Windstoß den Qualmvorhang auf. Ich klettere durch hochgebogene Schienen, umgehe zwei Tote, haste an mennigroten Eisentrümmern vorbei. Vor mir fällt eine rauchende Geröllhalde hinab ins Wasser. Mein Gott, das war die Pier! Und das Boot? Wo ist bloß unser Boot? Ich sehe ein Stück Eisen wie eine riesige Pflugschar aus dem Wasser ragen – ein Netzabweiser daran. Ein U-Boots-Bug! Holztrümmer schwappen auf dem Wasser. Wasser? Das ist ja alles Öl! Und die schwarzen Klumpen, die da treiben: drei – vier – mehr – das sind ja Menschen! Diese Nöcks zwischen den aufsprudelnden Blasen müssen Leute von unserem Boot sein. Der Alte? Wo ist bloß der Alte? Warum rührt sich nichts? Eine Rauchfahne weht heran. Geschrei hinter mir. Eine weit ausgeschwärmte Front von Soldaten und Werftarbeitern kommt näher. Zwei Lastwagen kurven, unablässig hupend, zwischen den Trichtern in wilder Slalomfahrt heran.

Da sehe ich im Dunst den Alten: blutüberströmt, Pullover und Hemd zerfetzt. Seine Augen, sonst immer dicht verkniffen, sind weit aufgerissen. Fast zu gleicher Zeit sinken wir auf die Knie und hocken uns auf den zerspellten Steinen mit aufgestützten Armen gegenüber wie zwei Sumoringer. Der Alte macht den Mund auf, als wolle er losbrüllen. Aber es ist Blut, das ihm über die Lippen stürzt.

Glossar

BdU	Befehlshaber der U-Boote, Großadmiral Dönitz
FdU	regionaler Führer der U-Boote, z. B. FdU West = Befehlshaber der im Atlantik eingesetzten Boote, in der Stellung dem BdU untergeordnet
ASTO	Admiralstabsoffizier
VO	Verwaltungsoffizier
LI	Leitender Ingenieur
II LI	Zweiter Ingenieur
I WO	Erster Wachoffizier
II WO	Zweiter Wachoffizier
Nummer Eins	Bootsmann, ältester seemännischer Unteroffizier
Maat	Unteroffizier
Gast	Mannschaftsdienstgrad, an bestimmte seemännische Tätigkeiten gebunden, z. B. Signalgast, Zentralegast
Heizer	Mannschaftsdienstgrad im maschinellen und technischen Bereich, z. B. Dieselheizer

abbacken	Geschirr wegschaffen
achterlastig	nicht auf ebenem Kiel, Achterschiff hängt tiefer als Vorschiff
achtern	hinten
Affenjacke	kurze Jacke
anblasen	aus Druckluftflaschen Preßluft in Tauchzellen strömen lassen. Diese verdrängt das darin befindliche Wasser und gibt dem Boot Auftrieb
aufbacken	Geschirr auftragen
aufgeien	aufholen
aufklaren	Ordnung schaffen
Aufkommer	entgegenkommendes Schiff
aufschießen	ein Tau spiralartig zusammenlegen
Back	ursprünglich Aufbau über dem Vordeck, Tisch
Backbord	linke Seite des Bootes in Fahrtrichtung

Backschafter	Mann, der das Essen aufträgt
Bagiensegel	an der untersten Rah des Kreuzmastes
Barkasse	größeres, motorgetriebenes Beiboot, aber auch Eimer, Trog
bekalmen	von Kalmen, den windstillen Zonen zwischen Passaten
Besteck	Angabe der geographischen Länge und Breite des Schiffsstandorts
Bilge	Raum zwischen Schiffsboden und Flurplatten, in dem sich Kondenswasser und übergekommenes Wasser ansammelt
Braßfahrt	schnelle Fahrt
Bugraum	vorderster Raum im Boot, in dem die Torpedobewaffnung untergebracht ist und in dem die Mannschaften wohnen
Bulleye	rundes Fenster in der Schiffswandung
Dickschiff	schweres Schiff, Schlachtschiff, Panzerkreuzer
Dreisternemeldung	Verlustmeldung
Ducht	Sitzbank im Ruderboot
Dwarslöper	quer zum eigenen Kurs laufendes Schiff
einsteuern	das Boot gewichtsmäßig in einen Schwebezustand bringen, der sich mit der eigenen Schwere des Wassers und Gewichtsunterschieden des Bootes ändert. Diese Änderungen werden ausgeglichen durch Zulassen von Seewasser oder Lenzen
E-Maschine	elektrische Maschine, die das Boot unter Wasser antreibt
entern	hochsteigen, hochklettern
Etmal	Tagesreise, in 24 Stunden zurückgelegte Strecke
Fender	birnenförmiger Körper aus Tauwerk, der beim Anlegen zwischen Schiffsrumpf und Kaimauer gehängt wird, um die Bewegungen des Schiffes gegen die Kaimauer aufzufangen
Feudel	Wischlumpen, Putzlappen, Aufnehmer
Flurplatten	Eisenplatten, auf denen die Besatzung im Boot steht. Der eigentliche Schiffsboden liegt tiefer
fluten	Wasser in einen Raum fließen lassen (bei Tauchzellen durch Öffnen von Entlüftungsventilen bzw. -klappen)
FT	Funkspruch
Gang	Mannschaft
Gräting	Lattenrost aus Holz oder Eisen
Isländer	schwerer Pullover, auch Troier genannt
Kimm	Horizont
Klüsen	Öffnungen im Schiffskörper, z. B. für die Ankerkette. Im übertragenen Sinn die Augen
Kolcher	kleines Schiff

Kugelschott	druckfester Verschluß in den druckfesten Querwänden zwischen zwei Abteilungen des Bootes
Kujambelwasser	Limonade
Kulani	Uniformjackett, genannt nach einem Kieler Schneider
Lage eines Schiffes	bedeutet hier Lagewinkel = der Winkel, in dem ein anderes Schiff zur Blickrichtung des Betrachters fährt
Last	Raum
Leichter	Frachtkahn zum Entladen auf Reede liegender Schiffe
lenzen	Außenbordspumpen von Wasser
Luk	Öffnung im Schiffskörper
Mahalla	Menge
Mallung	Hinundherspringen des Windes
mannen	Weiterreichen in einer Kette
Mittelwächter	Kaffee um Mitternacht
Oberdeckstube	Torpedobehälter an Oberdeck
Oerlikon	Maschinenwaffe, Schweizer Fabrikat
O-Messe	Offiziersmesse
Piassavebesen	Besen aus den Blattscheiden von Palmen
Piepel	von people = Leute
Pier	Hafenmauer
Pivot	Sockel, Geschützunterbau
plieren	verglast gucken
pönen	malen
Poller	Pfosten, meist aus Eisen, zum Festmachen der Leinen und Taue
Poop	Aufbau auf dem Achterschiff
Prahm	flachgehendes Schiff für Arbeitszwecke
Pütz	Gefäß, Eimer
Ratattelboje	lautmalender Ausdruck für lärmentwickelnden Schwimmkörper
reesen	quatschen
reffen	Segel durch teilweises Einholen verkleinern
regeln	das Boot durch Einströmenlassen oder Außenbordsdrücken von Wasser in Gleichgewichtszustand bringen
Regelzellen	dienen dazu, das Gewicht des Bootes entsprechend den Wasser- und Tauchbedingungen zu verändern, und zwar durch Fluten oder Lenzen von Wasser
Schapp	kleiner Raum, Schrank
Schlingerleisten	Holzleisten, die auf die Back aufgesetzt werden, um Abrutschen des Geschirrs bei Seegang zu verhindern
Schott	Trennungswand im Schiff, auch Tür in der Wand

schwoien	Vor dem Anker drehen
Sextant	Winkelmeßinstrument zur Orts- und Zeitbestimmung
Spautstrahlen	Ausblasfontänen des Wals
Speigatt	Öffnung zum Ablaufen des Wassers
Spring	Festmacheleine
Stelling	an Tauen hängendes Sitzbrett zum Bemalen der Schiffsaußenwand, auch Laufplanke
Stenge	Verlängerung des Obermastes
Stiehm	von steam ⪯ Dampf
Sturmschoot	Segel
Süllrand	Dichtungsrand ums Turmluk
Tauchbunker	können wie Tauchzellen verwendet werden, sind jedoch in der Regel mit Treiböl gefüllt, das erst im Laufe einer Unternehmung durch Seewasser ersetzt wird
Tauchzellen	dienen dazu, dem Boot bei Überwasserfahrt Auftrieb zu geben. Sind bei Überwasserfahrt voll Luft, und werden zum Tauchen geflutet
tipsy	Betrunkenheit
törnen	drehen
Torpedovorhalt-rechner	elektrisches Rechengerät, welches die Schußwerte für die Torpedos nach Fahrt, Kurs und Entfernung des Gegners sowie Eigenfahrt und -kurs des Bootes bestimmt
trimmen	Wasser in Längsrichtung des Bootes verlagern, um das Boot auszuwiegen. Es geschieht durch Umpumpen von Wasser zwischen den beiden an den äußersten Enden gelegenen Trimmzellen
U-Boot-Päckchen	Borduniform aus Leder
Untertriebszellen	dienen zum Schnelltauchen. Sind bei Überwasserfahrt voll Wasser und werden erst ausgedrückt (gelenzt), wenn das Boot völlig weggetaucht ist
UZO	U-Boot-Ziel-Optik, Gerät mit einem starken Nachtglas, mit dem die Schiffspeilung gemessen und automatisch an den Torpedovorhaltrechner übertragen wird
Vorreiber	Schließhebel
Wachstrop	Wachzeit
Wahrschau	seemännischer Warnruf ⪯ gib acht
Wuhling	von whooling ⪯ Durcheinander
Zossen	abfällige Bezeichnung für ein Schiff

Inhalt

Bar Royal	7
Auslaufen	37
Gammel 1	99
Gammel 2	143
Erster Angriff	203
Sturm	241
Fühlung	313
Zweiter Angriff	337
Versorgung	405
Gibraltar	453
Rückmarsch	537
Glossar	599

Ein unvergleichliches Werk epischer Fotografie, ein großes historisches Dokument

308 Seiten mit 217 Fotos.
Leinen

»Buchheim wollte beschreiben, wie es war, genau aufs Wort, bis auf die Zwischentöne der gedrosselten Maschinengeräusche, ohne falsche Moral, Sinngebung, Reflexion.«
Deutsches Allgemeines Sonntagsblatt

»Antikriegsbücher sind wichtige Bücher – dieses gehört zu den eher seltenen, die mit der Kraft der Tatsachen fesseln, und zwar Auge, Gefühl und Verstand.«
Westermanns Monatshefte

»...Bilder, die zum Besten an ungeschminkter Kriegsfotografie überhaupt gehören.«
Stern

PIPER

Ein einzigartiges Buch über das Verhalten des Menschen im Krieg

1080 Seiten. Leinen

Jörg Friedrich legt ein bisher einzigartiges Buch vor: Die Enzyklopädie des Verhaltens der Menschen im Krieg. Er arbeitet dazu eine Fallstudie aus: Ein Krieg, der größte der Geschichte, Rußland 1941–45. Eine Befehlskette: von Adolf Hitler über Feldmarschälle und Generäle bis hinunter zum Landser. Eine Quellenbasis: als erster Historiker konnte er die Akten des Nürnberger OKW-Prozesses nutzen. Er hat so anhand des Raubkrieges gegen die Sowjetunion das Buch vom Krieg im 20. Jahrhundert geschrieben.

PIPER